Honoré-G

Catalogue de la collection de lettres autographes manuscrits du comte de Mirabeau, documents historiques sur la Ligue, la Fronde, la Re

volution, etc.

Anatiposi

Honoré-Gabriel de Riquetti Mirabeau

Catalogue de la collection de lettres autographes manuscrits du comte de Mirabeau, documents historiques sur la Ligue, la Fronde, la Re

´

volution, etc.

Réimpression inchangée de l'édition originale de 1860.

1ère édition 2023 | ISBN: 978-3-38270-098-0

Anatiposi Verlag est une marque de Outlook Verlagsgesellschaft mbH.

Verlag (Éditeur): Outlook Verlag GmbH, Zeilweg 44, 60439 Frankfurt, Deutschland
Vertretungsberechtigt (Représentant autorisé): E. Roepke, Zeilweg 44, 60439 Frankfurt, Deutschland
Druck (Imprimerie): Books on Demand GmbH, In de Tarpen 42, 22848 Norderstedt, Deutschland

CATALOGUE

DE LA COLLECTION

DE

LETTRES AUTOGRAPHES

Manuscrits du comte de Mirabeau,
Documents historiques
sur la Ligue, la Fronde, la Révolution, etc.

DE FEU M. LUCAS DE MONTIGNY
Conseiller de Préfecture du département de la Seine

DONT LA VENTE AURA LIEU

LE MERCREDI **30** AVRIL **1860** ET JOURS SUIVANTS
à 7 heures du soir

RUE DES BONS-ENFANTS, 28, MAISON SILVESTRE
Salle n° 4

PAR LE MINISTÈRE
DE Me PERROT, COMMISSAIRE-PRISEUR
quai des Augustins, 55

ASSISTÉ DE M. LAVERDET, EXPERT
chargé de la vente

A PARIS
LAVERDET, expert en autographes
RUE SAINT-LAZARE, 24

1860

Pendant quarante ans d'une vie occupée, honorée, honorable entre toutes, M. Lucas de Montigny avait arrangé, disposé, expliqué lui-même les innombrables feuillets de cette collection qui faisait sa joie et son intime orgueil; pas un collectionneur mieux que lui ne savait sa révolution française, et surtout les belles années du dix-huitième siècle auquel il appartenait par Mirabeau, son père adoptif. C'était une âme vaillante, un esprit généreux, ami de l'étude, et qui souvent s'élevait, sans le vouloir, à une véritable éloquence. Il appartenait beaucoup moins à notre temps qu'au temps passé, il parlait des hommes d'autrefois comme on parle de ses contemporains, et les nombreuses et intéressantes notes qui recouvrent les enveloppes de ses dossiers attestent son infatigable amour des recherches et ses aspirations historiques.

Cette collection, l'une des plus considérables, des plus variées, dont la dispersion nous a été confiée, se compose de plusieurs parties ou séries. La plus importante, croyons-nous, est celle provenant des archives de la maison d'Angennes de Rambouillet, due à la libéralité de M. le marquis de Vérac, descendant de cette famille illustre à tant de titres, dont les lettres, ou même les plus simples signatures sont de la plus grande rareté. Dans cette partie, qui est en quelque sorte le fondement de la collection, se trouve la correspondance de Henri III (depuis son élection au trône de Pologne jusqu'à sa mort), avec le marquis d'Angennes de Rambouillet, vidame du Mans, le marquis de Pisani et M. de Saint-Goard, ses ambassadeurs à Rome. Cette correspondance remarquable embrasse une période de dix-neuf ans. Elle nous fait assister aux innombrables difficultés des édits de pacification de 1576 et 1577, aux actes les plus émouvants de ce long drame où le bouffon touche à l'horrible, où les déclamations les plus violentes se mêlent aux rondeaux amoureux, la Ligue, en un mot, pour l'appeler par son nom; le meurtre du duc de Guise et de son frère, le cardinal, annoncé et expliqué par le roi lui-même le lendemain, à son ambassadeur à Rome, pour en donner communication au pape, en est pour ainsi dire le dénouement, et les lecteurs remarqueront comme une singularité historique des plus étranges, le post-scriptum de la lettre dans laquelle Henri III annonce à son ambassadeur l'assassinat du cardinal de Guise qui suivit de si près l'assassinat du Balafré (1).

Cette longue et dramatique correspondance du dernier roi de la branche des Valois le présente sous un jour tout nouveau, et les lecteurs sérieux sauront gré, sans doute, à ce dernier représentant d'une branche illustre de la maison royale de France, des sentiments tout français qu'il exprime, et qui sont vraiment dignes de François Ier.

Une longue et très-curieuse correspondance de la reine Catherine de Médicis avec la plupart des mêmes hommes politiques sur les

(1) Cette suite de lettres de Henri III, nos 1356 à 1496 (143 nos), sera vendue sous une seule enchère, s'il est fait une offre suffisante.

affaires intérieures de la France, et ses très-difficiles rapports avec la cour de Rome, présente le même intérêt et la même sollicitude pour l'honneur de la France, et la sérieuse protection de ses droits les plus légitimes (1).

L'intérêt recommence aussi vif et plus voisin de nous avec le premier roi Bourbon, Henri-le-Grand. Ses efforts pour éteindre enfin la guerre civile, les circonstances qui ont précédé, accompagné et suivi son abjuration, sont longuement décrits dans ses lettres et instructions (l'instruction des archevêques et évêques présents à cette abjuration, pour les députés vers le pape, ouvre la longue nomenclature de ce catalogue); ses négociations avec les chefs de la Ligue pour la pacification définitive de la France, l'annonce à son ambassadeur à Rome de son heureuse entrée à Paris le lendemain même de cet évènement mémorable, en complètent la curiosité et l'intérêt.

Beaucoup d'autres lettres de personnages divers se rapportant aux mêmes évènements et aux mêmes circonstances politiques sont dispersées dans le catalogue par suite de l'ordre alphabétique auquel nous sommes restés fidèles jusqu'à ce jour. M. Lucas de Montigny était heureux et fier de posséder ces trésors historiques, et certes, on le serait à moins.

Le règne de Louis XIII y est représenté par des documents importants émanant de cette main royale, et trop souvent oisive, et de personnages considérables dans l'Etat; celui de Louis XIV par la déclaration du roi retiré à Pontoise, sommant les Parisiens révoltés de rentrer dans le devoir; — la Révolution française par un côté bien triste, bien affligeant, par de nombreuses pièces émanant des fameux Comités de salut public et de sûreté générale, des nombreux Comités révolutionnaires des sections de Paris et des départements, et du redoutable tribunal révolutionnaire... Là règne en vrai bourreau de tant de victimes innocentes l'abominable Fouquier-Tinville, dont la mémoire est restée aussi exécrable en France que celle de Jefferies en Angleterre.

Le XIXe siècle se recommande par la variété des célébrités dans toutes les carrières, politique, militaire, judiciaire, religieuse, administrative, littéraire, artistique, dramatique, industrielle, etc., par des lettres ou des documents qui offrent un véritable intérêt. Plusieurs sont descendues dans la tombe pendant l'impression de ce catalogue, et au moment même où nous rédigions leur notice!... Ainsi en a-t-il été pour l'artiste éminent, Raffet, qui vient d'être enlevé si prématurément aux arts et à la France qu'il honorait par son caractère et par son talent. Nous tenions sa notice, et nous venions d'écrire: né à Paris en 1804, lorsqu'une lettre particulière nous annonçant sa mort nous est remise; nous avons dû immédiatement ajouter: Mort à Gênes en 1860.

En véritable disciple du grand historien, Amand-Alexis Monteil, qui recherchait surtout les divers fragments de notre histoire domestique, et qui tirait si bon parti des moindres détails de l'économie et de l'administration des bourgeois, des nobles, des artisans,

(1) Même réserve (de réunion et de vente sous une seule enchère) est faite pour la suite des lettres de la reine Catherine de Médicis, n°s 549 à 556 (38 n[os]).

de cette nation prudente autant que guerrière, M. Lucas de Montigny appréciait beaucoup un genre de pièces qui se trouvent en assez grand nombre dans cette collection, les actes notariés, les contrats de mariage signés, et les quittances provenant de la Cour des comptes. Il a eu la bonne fortune pour un amateur, de pouvoir se procurer bon nombre d'actes authentiques provenant de l'étude des notaires du Châtelet de Paris pendant le XVIe et XVIIe siècles, et appartenant aux grandes familles de noblesse tenant à divers titres aux affaires de l'État. Les contrats de mariage sont souvent signés par les souverains et les membres de leur famille. Au nombre de ces documents si intéressants pour l'histoire exacte et minutieuse des divers états, pour l'édilité de la ville de Paris, il faut noter les contrats passés par devant les mêmes notaires par des seigneurs de ces époques plus vieilles mêmes que leur âge; ainsi, notre collection contient pour ainsi dire, la note des halles et des marchés d'autrefois: poissons, pain, viande et volaille, épicerie, chandelle, fourrages, etc., jours de bombance et jours de jeûne, avec la scrupuleuse désignation du poids ou de la quantité, du prix de chaque objet. On lit avec une grande curiosité touts ces détails de consommation de bouche, dans lesquels ne craignaient pas de descendre les grands seigneurs et les plus grandes dames d'autrefois, témoin cette admirable lettre de Mme de Maintenon, indiquant à sa nièce, Mme d'Aubigné, comment une ménagère habile empêche sa servante et ses serviteurs de faire danser l'anse du panier, car ces actes sont aussi signés par la ménagère en chef, la maîtresse de la maison.

Pour les quittances provenant de la Cour des comptes, M. Lucas de Montigny les avait en grande affection, les classait dans sa collection avec autant de bonheur, et plus peut-être, qu'une lettre autographe. Un maréchal de France, un chancelier, un ministre, un grand fonctionnaire, viennent par devant les notaires du roi chargés d'effectuer les payements pour les services rendus à l'État, déclinent leurs noms et qualités, et le motif du traitement qui leur est alloué.... et très-souvent, par une ou plusieurs lignes, se déclarent *contents et bien payés*..... Il n'y a pas de certitude plus grande que l'autographe ou la signature de ces quittances, et aussi servent-elles à contrôler et à faire admettre ou rejeter de collections importantes, des pièces dont l'attribution avait été fautive ou douteuse. Aussi, quand, sous la Restauration, les greniers de la Cour des comptes furent vidés de ses archives, qu'une grande partie fut vendue au poids, et une autre, après triage préalable, versée dans celles de la bibliothèque du Roi, M. Lucas de Montigny s'empressa-t-il, ainsi que plusieurs de ses confrères amateurs, de faire de nombreuses acquisitions à ce dépôt public, lorsque ses administrateurs firent connaître (voir le no 866 de ce catalogue) qu'un nombre considérable de doubles inutiles étaient à la disposition du public à des prix fixés à l'avance (depuis un franc jusqu'à cinq francs, croyons-nous). Ces acquisitions ne sont pas une des moins importantes de notre collection, et elles ont fourni à l'auteur l'occasion de faire la plus grande partie de ses plus intéressantes notices. Ces quittances remontent très-haut, il y en a plusieurs du XIVe siècle, et bon nombre appartiennent également à des personnages dont les lettres atteindraient le plus haut prix dans les ventes.

Le lecteur studieux recherchera sans nul doute dans le présent catalogue, les manuscrits de Mirabeau, ce grand orateur tout puissant par le génie et par la conviction : M. Lucas de Montigny professait pour Mirabeau un véritable culte ; il l'entourait de ses hommages, de son admiration, de sa reconnaissance et de ses respects. Il a publié en huit tomes in-8, tout remplis des plus curieuses recherches et des plus rares découvertes, les Mémoires de Mirabeau. Il n'a pas laissé passer sans y répondre une seule accusation ; il n'a pas oublié une seule louange, il a défendu Mirabeau même contre Dumont de Genève, il s'entourait des images et des marbres de ce grand homme ; et pourtant, nous avons trouvé dans les papiers de ce pieux enthousiaste beaucoup moins de lettres autographes que nous n'avions droit d'espérer. Mais si cette fois les papiers à la marque de Mirabeau sont assez rares, en revanche les *spécimen* que possédait M. Lucas de Montigny sont d'un intérêt incontestable. Ainsi la grammaire française écrite de la main de Mirabeau lui-même pour cette aimable et charmante ignorante, madame de Monnier, *pour sa Sophie*, est un chef-d'œuvre à la fois de bonne logique et de belle écriture. On y retrouve en même temps l'esprit le plus lucide et le plus clair, l'âme la plus tendre et la plus bienveillante ; il explique, il corrige, il soutient les pas chancelants de cette femme habile à tout dire et qui sait toute notre langue, excepté l'ortographe ! Ah ! le beau manuscrit, les pages touchantes, et comme on est pris de pitié, de charme et d'intérêt pour une passion sincère et vraie à ce point-là !

Nous avons fait de notre mieux pour arriver à l'ordre, à la clarté dans une collection si considérable (1) des noms les plus divers, entourés de passions si différentes. Malheureusement l'espace et le temps, les nécessités du catalogue et la multiplicité des noms propres nous ont forcé à composer plusieurs catégories dans lesquelles il faudra nécessairement que l'amateur choisisse à son tour.

La vie de M. Lucas de Montigny était pleine de travail, de zèle, de philosophie et de bonnes œuvres. Il est mort en janvier 1852, au moment où il venait d'accomplir sa soixante-dixième année, regretté de tout ceux qui l'ont connu, et laissant après lui une de ces douces mémoires qui ne sont que louanges et bénédictions. Son digne fils, M. Gabriel de Montigny, après avoir visité l'Italie, et comme s'il eût été poussé par la volonté paternelle, est revenu dans le midi de la France, et ne s'est arrêté qu'au château de Mirabeau dont sa main pieuse a relevé les ruines. C'est là qu'il habite au milieu des plus chers, des plus poétiques, et des plus fidèles souvenirs.

AUGUSTE LAVERDET.

Paris, 26 mars 1860.

(1) Elle renferme près de 12,000 pièces, et plus de 3,000 portraits.

CATALOGUE

DE LA COLLECTION

DE

LETTRES AUTOGRAPHES

MANUSCRITS, DOCUMENTS HISTORIQUES, ETC.

DE FEU M. LUCAS DE MONTIGNY.

---

1. **ABJURATION DE HENRI IV.**

Instructions des archevêques et évêques présents à l'abjuration de Henri IV, pour les députés vers le pape... Signées par Renaud de Beaune, patriarche, archevêque de Bourges, grand aumônier de France. (Voyez *Beaune*, n° 196 de ce catalogue), et par Philippe Du Bec, évêque de Nantes. Renaud de Beaune a écrit à la fin, avant de signer : *Faict à Meleun* (Melun), *en l'absence de monseigneur le card. estant malade à Mantes, et signé pour led. Sr et les aultres qui se sont retirés.* Le 10 septembre 1593. 2 gr. p. pl. in-fol. Conservation parfaite. Pièce précieuse pour l'histoire de cet acte mémorable.

Monsieur l'évêque du Mans, et avec lui monsieur Séguier, doyen de Paris, nommés par Mgr le cardinal de Bourbon, et les prélats, docteurs et autres ecclésiastiques qui ont assisté à la conversion et absolution du roi, pour rendre compte au pape, et lui faire entendre comme tout s'était passé en cette affaire. Envoyés par Sa dite Majesté vers Sa Sainteté pour cette occasion, outre la charge particulière qu'ils ont d'icelle Majesté, feront-ils la part du dit Sr cardinal et des dits prélats et ecclésiastiques entendre à Sa Sainteté, que l'intention et volonté de la dite compagnie, tant en général que particulière, n'a jamais été et ne sera autre, moyennant la grâce de Dieu, que de vrais et entiers catholiques serviteurs de Dieu, de son Eglise, et obéissans enfans du St-Siége apostolique, et du dit St Pere, que quoi que l'on les ait calomniés, ils n'ont jamais pensé se soustraire tant peu que ce soit de cette obéissance, sachant que qui n'est uni sous le chef, ne peut demeurer au corps de l'Eglise.

Et pour l'action particulière représenteront à Sa Sainteté, comme ayant été mandés par le roi pour son instruction et réunion à l'église catholique, ils y seraient accourus avec une grande joie et allégresse, pour plusieurs raisons, même par ce qu'ils croyaient cela être très-important à l'avancement et augmentation de la religion et Eglise catholique, et particulièrement au bien et repos de ce royaume et conservation de la dite religion catholique, apostolique et romaine en icelui.

Lui feront entendre les particularités de tout ce qui s'est passé, lesquelles ils savent très bien pour y avoir été présens, et les raisons pour lesquelles ils ont estimé devoir sans attendre mandement dudit St Pere, ni s'adresser à M. le cardinal de Plaisance qui se dit légat de Sa Sainteté en France, donné l'absolution à Sa Majesté et le recevoir à l'Eglise, et entre lesquelles n'oublieront le danger cutre de mort auquel était et est encore Sa dite Majesté, non-seulement à cause des guerres, mais beaucoup plus pour les entreprises et machinations qui se font sur sa personne, et les avertissements ordinaires qu'elle en reçoit dont depuis peu de jours on en a vu un exemple signalé à Melun.

Remontreront aussi le hasard que courait le royaume lequel les guerres continuant, ne pouvait éviter une entière ruine dans peu de mois, si la dite absolution eut été différée, et qu'il était grandement à craindre que différant recevoir le roi en l'Eglise, il ne perdit à la persuasion de ministres, et de plusieurs autres personnes qui ne désirent pas le repos du royaume, et par les artifices de ses ennemis, cette bonne volonté qui eût été un trop grand mal à l'Eglise universelle, au royaume, et à la personne de Sa Majesté.

Lui feront entendre les raisons de droit, et comme ils n'estiment avoir rien fait que suivant les constitutions canoniques, et de ce qui est permis de droit en plusieurs cas qui concourront non-seulement en la personne du royaume, mais aussi au bien de l'Etat, et particulièrement de l'Eglise.

Qu'ils y ont observé ce qui est ordonné par les dites constitutions, de recours au St Père et à son autorité, ayant Sa Majesté promis « cessante impedimento « consulere sedem, et parere mandato Ecclesie, » de quoi l'exécution qu'il en fait, et l'ambassade honorable qu'il envoie vers Sa Sainteté lui prêter l'obéissance, est témoignage présumé suffisant.

En général, lui représenter tout ce qui s'est passé en cette affaire, tant de fait que de droit, dont ils sont suffisamment instruits, et feront tout devoir d'en contenter Sa dite Sainteté, et l'assurer que ce qu'ils ont fait, a été sous l'espérance qu'ils ont eue que Sa Sainteté aurait un si bon œuvre agréable. Recevant un si grand roi sous son obéissance, et l'y assujétissant, évitant par ce moyen le schisme que plusieurs eurent par aventure désiré, et été bien joyeux de voir en ce royaume, duquel les dits cardinal, prélats, docteurs et autres ecclésiastiques sont fort aliénés, le détestent, craignent et en ont horreur, et supplieront Sa Sainteté les tenir, et reconnaître pour très-humbles et très-dévots enfants de l'Eglise, et serviteurs de Sa Sainteté, et l'obéissance en laquelle ils ne se départiront jamais.

2. **ABRANTES** (Laure *Permon*, duchesse d'), auteur de *Mémoires*. N. 1784. M. 1838.

Trois lett. aut. sig. 1837. Ensemble, 5 p. in-8. Portrait gravé.

ABRANTÈS (Andoche *Junot*, duc d'), général de division, aide de camp de l'Empereur, gouverneur de Paris, mari de la précédente, etc. Trois lett. et pièces sig. An XI-1811. 3 p. in-4 et in-fol. 6 portr.

3. **ACADEMIE FRANÇAISE** (membres de l').

AIGNAN. L. a. s. 1823. 1 p. in-4. Deux *portr.* — AUGER. Deux lett. et un billet a. s. An IX à 1821. 3 p. in-4. — BIGOT DE PRÉAMENEU. L. a. s., et rapport aut. 1816. 6 p. in-fol. *Portr.* — CAMPENON. L. a. s. 1 p. in-8. *Portr.* — COUSIN. Billet a. s. — DE VAINES. L. a. s. An XIII. 2 p. in-8. — FERRAND. L. a. s. An XII. Demi-p. in-4. — GUIRAUD. L. a. s. 1838. 3 p. in-8. — PATIN. Pièce a. s. (à la 3e personne). 1836. 1 p. in-4. — PONSARD. L. a. s. 1850. 1 p. in-8. — RAYNOUARD. Deux lett. a. s. 1819-1825 3 p. in-4. Deux brochures et deux *portr.* — SOUMET. Deux lett. a. s. 3 p. in-8 et in-4. *Portr.* — TISSOT. Deux lett. et un billet à ordre a. s. 1830-1834. 4 p. in-8 et in-4. Deux *portr.* — VATOUT. Trois lett. et bill. a. s. 1831-1845. — VERJUS DE CRÉCY. Quitt. sig. (sur parch.) 1707. — VITET. Trois lett. a. s. 1835. 4 p. in-8. Ensemble, 27 lett. et pièces, et 9 *portr.* Très-beau lot.

4. **ACADEMIE DES SCIENCES**, Institut (membres de l').

BAUDE. L. a. s. 1 p. in-fol. — BERNARDI. L. a. s. 26 ventôse. 1 p. in-4. — BERTHOUD (Ferdinand). L. a. s. An XIII. 1 p. in-4. — BEUGNOT. L. a. s. 1847. 2 p. in-4. — BOUCHAUD. L. a. s. An VIII. Demi-p. in-8. — CHABERT (le marquis de). L. a. s., à M. de Sartines. 1780. 1 gr. p. in-fol., et mémoire au ministre. 1780. 1 p. in-fol. — CHAMPAGNE. L. a. s. 1807. 1 p. in-4. — COMTE (Fr.-Charles-Louis). L. a. s. 1833. 1 p. in-8. — DAUNOU L. a. s. 1831. Demi-p. in-4. Quatre *portr.* — CORDIER. L. a. s. 1813. 2 p. in-4. — DOMERGUE (Fr-Urbain). L. a. s. An XI. 1 p. in-8. — Ensemble, 12 lett. et pièces, et 4 *portr.*

5. **ACADEMIE DES SCIENCES**, Institut (membres de l').

FONTANIEU. Quitt. sig. (sur parch.) 1780. Beau *portr.* de Niéger. In-4. — GILLET DE LAUMONT. Deux lett. a. s. 1823 et 1827. 2 p. in-4 et 1 p. in-fol. — JOMARD. Quatre billet aut. et a. s. — LE BRETON. Deux lett. a. s. An IV. 2 p. in-8 et in-4. — LE ROY. L. a. s. 1791. 2 p. in-4. — POISSON. L. a. s. — Note aut. et deux lett. sig. 4 p. in-8 et 2 p. in-fol. *Portr.* — POUILLET. L. a. s. 1 p. in-4. —

PRONY. L. a. s. 1 p. in-4, et apostille a. s. — RAOUL-ROCHETTE. Deux lett. a. s. 1814. 1 p. in-4 et 1 p. in-fol. — SÉLIS. Pièce a. s. 1797. — Ensemble, 19 lett. et pièces, et 2 *portr.*

6. **ACLOQUE** (André Arnoult), brasseur, chef de bataillon de la garde nationale parisienne, courageux défenseur des Tuileries au 10 août 1792. M. 1802.

L. aut. sig., à M. Barré, membre du département. Paris, 29 juillet 1792. 1 p. pl. in-4.

7. **ACTEURS DE L'OPERA**, de l'Opéra Italien, de l'Opéra-Comique, des Variétés, du Gymnase, etc.

ALBERT (*Decombe* dit). L. a. s. 1825. 1 p. in-4. Deux *portr.* — BARILLI. L. a. s. 1823. 1 p. in-8. — BOUFFÉ. L. a. s. 1 p. in-8. Deux *portr.*, charge et biographie. — LAINEZ. L. a. s. 1810. Demi-p. in-4. — LÉGER (dit *Darance*). Deux lett. a. s. 1 p. in-4 et 2 p. in-fol., et pièce de vers : *Epître à M. le préfet.* 4 p. in-4. — LE PEINTRE jeune. L. a. s. 1845. 1 p. in-8. Deux *portr.* — LEVASSOR. L. a. s. 1840. 1 p. in-8., charge et biogr. — MAYEUR (dit de *Saint-Paul.*) *Réponse au billet qu'on ne m'a point écrit*, pièce de vers aut. sig. 1 p. et quart in-8. — PAUL DUTREILH. L. a. s., à M. Lucas de Montigny. 1829. 1 p. pl. in-4. — Ensemble, 11 lett. et pièces, et 8 *portr.*

8. **ADANSON** (Michel), botaniste. M. 1806.

L. aut. sig., au R. P. Cotte, prêtre de l'Oratoire. Paris, 12 avril 1774. 1 p. pl. in-4. *Portr.*

Lettre intéressante au sujet des degrés de chaleur nécessaires pour les plantes.

9. **ADRY** (Jean-Félicissime), philologue, bibliothécaire de la congrégation de l'Oratoire. N. 1749. M. 1818.

Notice sur Claude et Charles Perrault, considérés principalement comme architectes. Manuscrit aut. 3 gr. p. pl. et demie in-4. Très-jolie écriture.

10. **AGRONOMES.** Onze lett. et pièces sig., aut., et aut. sig.

BIXIO, médecin, ministre. L. et bill. a. s. 1841. — CHALLAN (Ant. Didier-Jean-Bapt.), mathématicien, membre des Cinq-Cents et du Tribunat, collaborateur des Codes... N. 1754, M. 1831. 1° L. sig. An VI. 1 p. in-4. — 2° Cinq minutes aut. de lettres à divers. 1790-1792. 5 p. in-fol. — TESSIER (Henri-Alex.), abbé, médecin, etc., membre de l'Institut. Deux lett. et pièce a. s., et une pièce aut. 5 p. in-4.

11. **AIGUILLON** (Armand Vignerod Duplessis Richelieu, duc d'), ministre de Louis XV, gouverneur de la Bretagne. N. 1720. M. 1788.

L. aut. sig., au duc de Parme, gendre de Louis XV. Versailles, 19 septembre 1759. 4 p. in-4. *Portr.* du dernier duc d'Aiguillon, et *portr.* caricature du même.

Très-intéressante lettre politique au sujet des affaires des Deux-Siciles, du duché de Parme et de l'Espagne; ce que lui a dit madame de Pompadour.

AIGUILLON (Henri de Lorraine, duc d'), pair et grand chambellan de France, gouverneur de Guyenne, ambassadeur en Espagne pour le mariage de Louis XIII. N. 1578, M. en 1621 au siége de Montauban. Pièce notariée, sig. 2 p. in-fol.

AIGUILLON (madame de Noailles-Duplessis, duchesse d'). L. aut. sig. 11 déc. 1792. Demie-p. in-4.

12. **AKAKIA** (Martin), docteur médecin. M. 1677.

Ce nom a servi de pseudonyme à Voltaire, en tête du recueil de ses pamphlets contre Maupertuis. M. Beuchot prétend que Voltaire, en faisant ce choix, a eu en vue un médecin de François Ier, *Martin-sans-*

Malice, qui prit ce nom d'Akakia, traduction grecque du sien. Que vaut cette conjecture? Je l'ignore. (*Note de M. Lucas de Montigny.*)

Quitt. aut. sig. (sur parch.). Paris, 30 oct. 1660.

Helvétius (Adrien), aïeul de l'auteur de l'*Esprit*, médecin du duc d'Orléans, importateur, en 1686, de l'*Ipécacuanha* dans les hôpitaux. Quitt. sig. (sur parch.) 1642.

13. **ALBE** (Ferdinand Alvarez de Tolède, duc d'), ministre espagnol, lieutenant, gouverneur, et capitaine général des Pays-Bas. N. 1508. M. 1582.

L. sig. Bruxelles, 21 février 1568. 1 p. in-fol. Sceau. Quatre beaux portraits anciens.

Ordre de se trouver en la ville d'Arras au 6e jour du mois de mars prochain, pour, avec les gens des trois Etats du pays et comté d'Artois, y convoqués au dit jour, etc.

14. **ALBERONI** (Jules, cardinal), homme d'Etat, ministre, ambassadeur. N. 1664. M. 1752.

Procuration sig. l'*abbé Jules Albéroni*, comme abbé de l'abbaye de Saint-Martin de Montecanino, diocèse de Plaisance, en Italie. 20 janvier 1711. 3 p. in-fol. *Portr.* d'Odieuvre.

15. **ALBITTE** (Antoine-Louis), député de la Seine-Inférieure à la Convention. Mort en 1812, dans la campagne de Russie.

L. aut. sig., comme représentant du peuple..., à Bouchotte. Bourg-régénéré, 6 pluviôse an II. 2 p. pl. et demie in-4.

Ils ont été tant trompés par les généraux, qu'ils sont sans cesse obligés de les surveiller pour ne pas voir la république exposée de nouveau aux trahisons qui ont retardé si longtemps leurs succès... Rapport sur les nominations qui ont été faites; motifs.

Albitte (Jean-Louis), député suppléant de la Seine-Inférieure à la Convention. L. aut. sig. Bourg, 5 pluviôse an II. 1 p. pl. in-4.

16. **ALBRET** (Gabriel d'), seigneur d'Avènes, grand sénéchal de Guyenne.

Pièce sig. (sur parchemin). 1476. Trace de cachet.

Ordre de payement de 12 livres tournois à Jean Vaillant, Guillaume Lalouette, Pierre Basset et Jean de la Croix, sergens royaux, pour peines, salaires, journées et vacations, d'avoir été porter ses lettres missives, etc.

Albret (Henri d'), baron de Pons, seigneur de Miossens, etc. Pièce notariée sig. 1601. 2 p. et demie in-fol.

Albret (Cæsar Phœbus d'), comte de Miossens, maréchal d'Albret, un des premiers amants de Ninon de Lenclos. N. 1614, M. 1676. Quit. sig. (sur parch.), 17 février 1655.

Albret (Marie d'), dame du palais de la reine. Quitt. sig. (sur parch.), 1680.

17. **ALEMBERT** (Jean Le Rond d'), physicien, mathématicien et philosophe, membre de l'Académie française et de celle des sciences. N. 1717. M. 1783.

L. aut. sig., à M. Jabineau de la Voute. Paris, 15 février 1779. 1 p. in-4. Cinq *port.* lith. et grav. in-8 et in-fol.

18. **ALENÇON** (François de France, duc d'), frère de Charles IX. N. 1554. M. 1584.

L. aut. sig., à la reine sa mère. Sans lieu ni date. 1 p. pl. gr. in-fol. Superbe pièce. Deux *portr.* gravés.

« Madame, iauois sy deuant depeche bestison mes ie le iusques isy retenu
« pour se que ie ne pansois pas si toust partir pour man aller an Franse ainsi
« que vous ores peu antandre de Lbe de Gadagne depuis il est surueuu quelque
« ocasion qui a auanse mon dit partement de quoy ie ne vouleu faillir vous
« auertir... »

Du Fargis (Philippe d'*Angennes*, sieur). Deux lettres aut. sig., adressées à son frère, M. de *Rambouillet*. Sans date, et 15 juin 1584 Ensemble, 3 gr. p. in-fol.

Il lui annonce la mort du duc d'Alençon, et ses suites. La première surtout est touchante : « Mon frère pour punir nos peches il a pleu a Dieu nous oster « nostre maistre qui fort chrestiennement vient de rendre son ame bien heu- « reuse et nous a tous laisses en affliction et misere que vous pouues consi- « derer et pour autant ne vous diray autre chose sinon que nous tous sommes « desliberes de n'abandonner point le corps qu'il ne soit en terre... »

19. **ALENÇON** (François de France, duc d'). *Le même.*

Pièce sig. (sur parch.). Paris, janvier 1578. gr. in-fol.

20. **ALIBAUD** (Louis), régicide. N. 1810. Exécuté en 1836.

Ce personnage « ne mériterait point de place ici, si ce n'est qu'il y a « beaucoup de gens qui, après avoir connu quelqu'un par quelque crime très- « énorme, souhaitent de savoir ce qu'il devint après cela et de quel genre de « mort il périt. Or ils ne peuvent guères contenter leur curiosité sans cher- « cher beaucoup, quand il s'agit d'un homme vulgaire; c'est pourquoi on ne « peut que leur procurer du plaisir lorsqu'on leur met en main un livre où ils « vont, dans un moment, à la conclusion du fait. Ceci soit dit une fois pour « toutes, à l'égard de pareils articles. » — C'est ainsi que s'explique *Bayle* dans l'article de son dictionnaire qui concerne *Besme*, l'assassin de Coligny ; j'ai transcrit cette citation pour expliquer l'insertion d'un rare autographe d'Alibaud dans ma collection; et pour répondre d'avance à la surprise des curieux, s'il en est qui parcourront mes dossiers, et qui liront les notes que j'y ajoute, pour employer les loisirs forcés de ma vieillesse. (*L. de M.*).

Pièce de trois lignes aut., adressée à M. Charles Ledru, son avocat. Petite page in-8 en travers, avec le cachet de la maison de justice du département de la Seine. *Portr.*, et son procès contenu dans deux numéros de la *Gazette des Tribunaux*.

« Votre pensionnaire Alibaud préfère le gras au maigre, en fait de bouilli « s'entend. »

21. **ALIBERT** (Jean-Louis, baron), célèbre médecin, auteur de monographies des maladies cutanées, de la *Physiologie des passions*. N. 1765. M. 1837.

1° Deux lett. aut. sig. — 2° Quatre certificats aut. sig. — 3° Ordonnance médicale aut. sig. Ensemble, 4 p. in-4 et 5 p. in-fol.

22. **ALIGRE** (famille d'), neuf lettres et pièces.

Aligre (Etienne d'), chancelier de France. N. 1572, M. 1635. Acte notarié sig. 1611. 3 p. in-fol. *Portr.* — Aligre (Etienne d'), membre de la commission de la marine, chancelier en 1674. N. 1592, M. 1677. Quitt. sig. (sur parch.). 1668. — Aligre (Charles d'), conseiller au parlement de Paris. M. 1695. Quitt. sig. (sur parch.), 1686. — Aligre (Etienne d'), président à mortier au parlement de Paris. Quitt. sig. (sur parch.), 1706, et acte notarié signé, et par Marie-Madeleine Peletier, sa femme. 1702. 4 p. in-fol. — Aligre (Etienne-François d'), président au parlement de Paris. L. aut. sig. (à la 3e personne), 30 mars 1763, 1 p. in-8, et deux lett. sig. 1763-65, 4 p. in-8. — Aligre (Etienne, marquis d'), pair de France, M. 1847. Lett. sig. 19 juillet 1825, 2 p. in-4.

23. **AMAR** (J.-P.), député de l'Isère à la Convention, surnommé le *farouche* Amar. N. 1750. M. 1816.

1° L. aut. sig., au ministre de la guerre. Paris, 3 sept. an II, 1 p. in-4, au bas se trouve la minute de la réponse du ministre. — Pétition (imprimée) et mémoire à la Convention nationale, contre des arrestations arbitraires faites par Amar et Merlinot, dans le département de l'Ain. 48 p. in-8.

2° Arrêté du comité de sûreté générale autographe signé d'Amar et signé par Laviconterie, le 4 août 1793. 1 p. in-fol., cachet à la cire rouge.

Le comité révolutionnaire de la section du Luxembourg vient de leur annoncer que le citoyen La Vignette, aide de camp et secrétaire du général Ferrand, arrive aujourd'hui de Valenciennes. Le comité de sûreté générale, persuadé qu'il est utile de connaître les motifs de la reddition de cette place, et de savoir ce qui s'est passé parmi les agents militaires dans une circonstance auss délicate, « arrête que La Vignette sera mis en état d'arrestation sur-le-champ « et conduit à l'abbaye, par précaution, où il restera pour être amené au co- « mité, et de suite interrogé. A cet effet, perquisition sera faite dans ses « papiers, et ceux qui paraîtront suspects seront apportés au comité. Commet « en conséquence tels commissaires qui seront choisis par le comité révolution- « naire de la section du Luxembourg pour l'exécution du présent arrêté...

24. **AMBASSADE DE FRANCE A TURIN**, du 16 novembre au 17 décembre 1588.

Copie-minute des dépêches adressées au roi par M. de Rambouillet, son ambassadeur à Turin. Manuscrit très-important et d'une bonne écriture. 35 p. gr. in-fol. Plusieurs parties mouillées, et déchirure en tête du premier feuillet.

25. **AMBASSADEURS DE FRANCE**, *diplomates*, 15 pièces.

Aubéry, 1620. — Barthélemy (le marquis de), an XII. — Bongars, 1606. — Buzanval, 1602. — Demoustier, 1802. — Guines. Deux lett. a. s. — La Ferronnays, 1821. — Laforest, an XIII. — Oppede, 1678.—Paschal, 1614.—Rayneval (Gérard de), 1777. Deux lett. a. s. — Reinhard, 1814. — Verninac de St-Maur, an IV. — Ensemble, dix lett. aut. sig., et cinq quitt. sig. (sur parch.).

26. **AMBOISE** (François d'), chevalier, seigneur d'Hémery et Malnoë, conseiller du roi, maître des requêtes ordinaire de son hôtel, fils de Jean d'Amboise, chirurgien de François Ier, Henri II, François II, Charles IX et Henri III. Il fut le premier éditeur des œuvres d'Abélard. N. 1550. M. 1620.

François d'Amboise et son fils ont leur part de scandale dans les récits de Tallemant des Réaux, si justement oubliés pendant un siècle et demi; et dont la publication inutile (c'est son moindre défaut) fait, selon moi, peu d'honneur aux éditeurs de ce recueil, qui seroit tout à fait oiseux s'il n'étoit aussi platement frivole. (*L. de M.*)

Quitt. aut. sig. *François d'Amboyse* (sur parch.), de la somme de trois cents livres, pour ses gages de conseiller d'État, pour les mois de juillet, août et septembre 1608.

27. **AMBOISE** (Georges d'), lieutenant général du roi en son pays et duché de Normandie, archevêque de Rouen, neveu du cardinal, ministre de Louis XII.

Quitt. sig. (sur parch.) de la somme de 500 livres tournois à lui ordonnée pour avoir assisté à la convention et assemblée des gens des trois états du dit pays et duché de Normandie tenue au dit Rouen, le 21e du mois d'août dernier... 21 fevrier 1515. Portr. gravé de son oncle.

Amboise (Adrien d'), docteur en théologie, conseiller et aumônier du roi, grand maître du collége de Navarre (depuis évêque de Tréguier). M. 1616. Quitt. sig. (sur parch.), 1603.

28. **AMEDEE** de Savoie.

L. aut. sig., à M. Juvet. 8 juillet 1738, 1 p. pl. in-8, cachet. Curieuse.

29. **AMEILHON** (Hubert-Pascal), bibliothécaire, historien, etc., membre de l'Institut. N. 1730. M. 1811.

1° L. aut. sig., au président du département. Paris, 13 messidor an II, 1 p. in 4

Envoi du catalogue de la bibliothèque des ci-devant religieux dits les Petits-Pères, de la place des Victoires.

2° Trois lignes aut. sig. au bas de la liste des personnes attachées à la bibliothèque de l'Arsenal. Paris, 29 prairial an XII, 1 p. in-fol.

3° Discours (imprimé), prononcé à ses funérailles par Petit-Radel.

30. **AMELOT** (membres de la famille), huit pièces.

Amelot (Jean), président au grand conseil. Deux pièces. sig. (dont une sur parch.), 1595 et 1620. — AMELOT (Denis), sieur de Chaillou, conseiller d'Etat. Quitt. sig. (sur parch.), 1624. — AMELOT (Jac.), marquis de Mauregard, premier président de la Cour des aides de Paris. N. 1602, M. 1668. (Signalé par la vigueur de ses remontrances au Grand Condé, pendant les troubles de la *Fronde*, et surtout dans l'orageuse année 1652. Voir notamment les mémoires de Conrard; quant à ceux de Tallemant des Réaux, l'article qui concerne Jacques Amelot, est un des plus scandaleux et insipides, à la fois, de ce plat recueil (*L. de M.*). Quitt. sig. (sur parch.), 1644. — AMELOT (Charles), président en la 3e chambre des enquêtes du parlement. Quitt. sig. (sur parch.), 1699. — AMELOT (Claude), ingénieur, à Grenoble. Quitt. aut. sig. (sur parch.), 1675. — AMELOT (Michel), chevalier, marquis de Gournay, conseiller d'Etat, ambassadeur en Portugal, puis en Suisse, etc. 1° Quitt. sig. (sur parch.), 1698. — 2° L. aut. sig. Paris, 11 juin 1711, 2 p. in-4.

31. **AMELOT** (Antoine-Jean), ministre de la maison de Louis XVI. M. 1794.

1° L. aut. sig., à M. le comte de Montrevel, à Mâcon. Versailles, 19 janvier 1778. 1 p. pl. et quart in-4. Beau *portr.* de Saint-Aubin.

Il a mis ce matin sous les yeux du roi la lettre qu'il lui a écrite, et par laquelle il consent à ce que Mme la comtesse, sa femme, fasse ses vœux conditionnels aux Carmélites de la rue St-Jacques. S. M. l'a en conséquence autorisé à lever la lettre de cachet qui la retenait à Sainte-Aure... etc., etc.

2° L. aut. sig., à M... Paris, 13 décembre 1788, demi-p. in-fol.

Il lui envoie l'ordre du roi pour mettre en liberté le Sr comte de Mirabeau, et celui par lequel il lui est enjoint de se retirer dans les lieux que son père lui fixera...

32. **AMELOTTE DE LARA** (Denis), prêtre de l'Oratoire, traducteur du Nouveau Testament. N. 1606. M. 1678.

Quitt. aut. sig. notariée (sur parch.) 5 mai 1670.

Il reconnaît avoir reçu du sieur Patu, trésorier général de l'émolument du sceau, la somme de trois cents livres, à lui ordonnée par Mgr le chancelier, en considération de plusieurs ouvrages auxquels il a travaillé par les ordres de son dit seigneur....

33. **AMERIQUE** (Etats-Unis d'). Présidents, ministres, généraux, etc., douze lettres et pièces, trois portraits.

CLAY (Henry). Billet a. s. 1835, in-8. — BARNET (J. Cox.), consul. L. a. s. Paris, 1831, 1 p. in 8. — MAC INTOSH (Lachlan), général. L. a. s. Petratalijo, 16 déc. 1775, demi-p. in-4. — WAYNE (James-M.), juge suprême. L. a. s. 1840, 1 p. in-8. — GALLATIN (Albert), ministre des finances. L. sig 1807, 1 p. in-4. — JACKSON (le général Andrew), septième président. Enveloppe de lettre aut. sig. Trois *portr.* — JAY (John), président du congrès, ambassadeur. L. a. s. Philadelphie, 10 janvier 1779. 1 p. in-4. — RIVES (Will.), ministre. L. a. s. (à la 3e personne), à M. le préfet de la Seine. Paris, 26 janvier 1831, 1 p. pl. in-8. Il regrette vivement qu'un engagement le prive du plaisir de se rendre à l'invitation de M. le préfet de la Seine Odilon Barrot et de madame Barrot, de venir dîner chez eux avec les députations américaines... — WARDEN, consul. Deux lett. a. s. 1833-1837, in-8 et in-4. — WEBSTER (Daniel). L. a. s., demi-p. in-4. — WEST. L. a. s. Washington, 7 juillet 1818, 1 p. in-4.

34. **AMONINO** (Dominique), médecin du roi.

Mentionné plusieurs fois par Mme de Sévigné qui l'appelle son *joli médecin*, qui vante son savoir autant que sa figure, et raconte malignement les débats que le jeune et beau docteur, attaché à l'abbaye de Chelles, suscita entre les jeunes et vieilles religieuses, débats qui l'en firent sortir. (*L. de M.*)

Quitt. aut. sig. (sur parch.). Paris, 15 juillet 1700.

35. **AMOROS** (François), colonel espagnol, introducteur en France de l'enseignement gymnast. N. 1769. M. 1848.

L. aut. sig., à Mgr... Paris, 25 janvier 1818, 3 p. et demie in-fol. Très-belle lettre relative à son système d'éducation physique et gymnastique ; protection qu'il croit être en droit de réclamer du gouvernement français.

36. **AMYOT** (Jacques), évêque d'Auxerre, précepteur de Charles IX et de ses frères, grand aumônier du roi, traducteur de Plutarque. N. 1513 M. 1593.

Fils d'un corroyeur de Meulan, il s'étoit échappé de chez son père ; et recueilli en route, au moment où il alloit mourir de fatigue et de faim, il fut déposé à l'hospice d'Orléans, soigné, guéri et congédié avec un secours de douze sols.—Depuis, et en reconnoissance de ce bienfait, il légua 1200 escus à l'hopital, son bienfaiteur. (*L. de M.*)

Quitt. sig. *J. Amyot Euesq. d'Auxerre, grand aulmon.*, de la somme de 300 livres tournois, pour ses gages de son état de grand aumônier, du quartier d'octobre, novembre et décembre 1570. Mai 1570. Pièce sur parch., jaunie par le temps. *Portr.*

37. **ANCELOT** (Marguerite-Virginie Chardon, dame), auteur dramatique. N. 1792.

1° Billet aut. sig. 1 p. in-18. *Portr.* lith.

2° L. aut. sig., à M. Jules Janin. 8 avril 1840, 1 p. pl. in-8.

...Sait-il quelque chose qui touche plus le cœur qu'un pauvre artiste ayant du talent, pas d'argent, pas de protection, qui est vieux, malade, avec femme et enfants, et qui a mis toutes ses espérances sur un ouvrage qui va paraître. « Eh bien! M. Mignerel, qui vient de terminer une gravure au burin représen- « tant *Charles douze* pour faire pendant à son *Pierre le Grand*, est dans cette « position cruelle. Quelques mots sur sa gravure dans les *Débats* ou dans l'*Ar-* « *tiste* peuvent attirer sur ce travail de huit années un peu de cette attention « qui est pour une œuvre d'art la gloire et la fortune.... »

3° L. aut. sig., au même. 24 sept. 2 p. pl. et quart in-8.

Jolie et intéressante lettre au sujet de sa pièce *Marie, ou les trois Époques*... Ayant appris qu'il doit assister à la représentation de son ouvrage au Théâtre-Français, et qu'il aura la peine d'en rendre compte dans le *Journal des Débats*, elle croit lui donner une preuve de loyale confiance en s'adressant directement à lui, et en refusant toute espèce de recommandation étrangère : « Car « je vis, moi, dans des idées qui n'admettent aucune inimitié dans les lettres « et les arts, et j'éprouve depuis longtemps de nobles sympathies pour les pen- « sées élevées, fixes, délicates et profondes qui m'ont charmée dans vos ou- « vrages, et qui m'ont appris, monsieur, que vous êtes du nombre de ceux « avec lesquels il est facile et honorable de s'entendre... »

4° L. aut. sig., au même. Dimanche, 18 juillet 1841. 2 p. pl. in-8. Très-intéressante lettre sur le même sujet.

ANCELOT, auteur dramatique, membre de l'Académie française. M.1854. Trois lett. aut. sig. 1830-1849. Ensemble, 3 p. in-8, *Portr.* lith.

38. **ANDELOT** (Charles de Coligny, seigneur d'), lieutenant général en Champagne.

Trois pièces notariées sig., dont deux aussi par sa femme, Humberte Chastenay. 1600-1609, 6 p. in-fol.

39. **ANDREINI** (Isabelle), fameuse comédienne, chanteuse et poëte. A Lyon, lors de sa mort prématurée, l'enthousiasme public qu'exaltaient sa beauté, sa vertu et son triple talent, lui décerna des obsèques magnifiques, et une médaille, avec cette devise : *Æterna fama*, fut frappée en son honneur. N. 1562. M. 1604.

Quitt. sig., signée aussi par Gio Paolo Fabri et Giovanni Polesini, de la somme de six cents écus reçus du trésorier de l'épargne du roi, *de laquelle Sa Majesté a fait don tant à elle qu'aux autres commédiens de sa compagnie, pour leur entretenement durant ung mois*... 31 décembre 1603. Pièce sur parchemin.

40. **ANDRIEUX** (François-Guillaume-Jean-Stanislas), membre de l'Académie française. N. 1758. M. 1833.

1° L. aut. sig., comme secrétaire perpétuel de l'Académie française, à M. le préfet de la Seine. Paris, 10 mars 1830, 1 gr. p. in-fol. Cachet, tête imp. vignette de l'Institut. Trois *portr.*

2° L. aut. sig. Paris, 23 mai 1832, 1 p. pl. in-4.

3° L. aut. sig., à M. Bernard, à Nevers, Paris, 19 janvier 1815, 2 p. pl. in-4.

.... L'année qui vient de se passer n'a pas été heureuse. « Je vois que vous « avez souffert comme nous; les environs de Paris ont été fort mal traités; « ma mère, à St-Cloud, a été précisément pillée ; de grands coquins sont en-« trés chez elle la bayonnette haute, et lui ont emporté du linge, des effets, ce « qu'ils ont trouvé sous leur main ; heureusement ils ne lui ont fait d'autre « mal que la peur; mais vous jugez qu'elle a été grande; à Paris on a été « plus ménagé; j'ai eu, comme tout le monde, des Prussiens chez moi ; mais je « n'ai pas eu à m'en plaindre ;.... allons, prenez courage ; espérons un temps « meilleur ; au moins n'a-t-on plus la guerre, et le sang ne coule-t-il plus à « flots.... »

41. **ANDROUET DU CERCEAU** (Jacques), architecte de Henri III, constructeur des hôtels de Carnavalet, de Bretonvilliers, d'une partie du Louvre, etc.

Obligation notariée, deux fois signée, d'une somme de 500 livres, à Jean d'Armaignac, valet de chambre de Henri IV (lequel d'Armaignac a aussi signé). 1608, 2 p. in-fol.

42. **ANDROUET DU CERCEAU** (Jean), architecte des bâtiments du Roi.

Devis deux fois signé pour travaux à faire à l'hôtel de Bellegarde, moyennant la somme de huit mille livres. Paris, 23 sept. 1645, 4 p. in-fol.

43. **ANGENNES** (Jehan d'), chevalier, sieur de La Louppe, conseiller et chambellan du Roi et de M. le *Daulphin* (*Jean*, Dauphin, frère aîné de Charles VII).

Quitt. sig. (sur parch.), de la somme de deux mille livres tournois à lui accordée par son dit seigneur le Dauphin, pour deux voyages par lui faits, par son ordonnance et commandement, et pour ses besognes et affaires, etc. Grenoble, 1er juillet 1415. Belle pièce, cachet en partie brisé.

44. **ANGENNES** (Loys d'), sieur de Montlouet, chevalier de l'Ordre du Roi, et grand maréchal des logis de Sa Majesté.

Quitt. sig., *Monluet* (sur parch.), de la somme de 300 livres pour payement de son état de grand maréchal des logis pendant trois mois. Novembre 1569. Trace de cachet.

45. **ANGENNES** (Claude d'), fils de Jacques et frère de Nicolas, évêque de Noyon, puis du Mans. N. 1538. M. 1601.

C'était comme tous les hommes de cette glorieuse race des d'Angennes, un homme d'un esprit éclairé et d'un caractère ferme et loyal. — Sans manquer de fidélité à Henri III, il avoit, en plein parlement, réclamé contre les prodigalités du faible monarque, et sur la bulle du pape Grégoire XIII qui l'autorisoit à vendre une masse énorme de rentes sur le clergé. — Depuis il répondit, avec une extrême vigueur au violent et séditieux cardinal de Lorraine, depuis tué à Blois, dont la popularité factieuse, aidée de celle de son frère Henri, étoit si redoutable. — Claude publia ensuite un bel écrit à propos de l'attentat de Jacques Clément; et il fut au nombre des dix prélats qui, deux ans après, réclamèrent à propos des bulles d'excommunication fulminées contre Henri IV. (*L. de M.*)

L. aut., sig., à son frère M. de Rambouillet, conseiller du roi, et capitaine de cent hommes d'armes, etc. Paris, 14 août 1584. 1 p. in-fol., cachet. Déchirures à la marge extérieure par les souris ; quelques lettres de quatre lignes ont été atteintes. Intéressante.

46. **ANGENNES** (Claude d'). *Le même.*

L. avec la fin de sept lignes aut. sig., à M. de Rambouillet, son frère, conseiller du roi, capitaine de ses gardes, et son lieutenant général au pays du Maine, etc. Paris, 11 octobre 1575. 1 gr. p. pl. in-fol.

Il l'entretient longuement des nouvelles qu'il a reçues de Rome, et de la défaite des reistres par M. de Guise...

47. **ANGENNES** (Claude d'). *Le même.*

L. aut. sig., à M. de Rambouillet, son frère, conseiller du roi, capitaine de ses gardes, et son lieutenant-général au pays du Maine. Paris, 13 octobre 1575. 1 p. in-fol. cachet. Très-belle lettre.

Il l'attend avec impatience pour s'entretenir avec lui des affaires présentes. La défaite est plus grande de beaucoup que l'on n'y pensait . . Corps qui ont été battus... « Le malheur a voullu que Monsieur de Guise a esté blessé « d'un harquebuzade au visage dont il est en grand dangier que hier au soir il « couroit bruit qu'il estoit mort. D'autre part on est fort après à traitter la « paix. »

48. **ANGENNES** (Nicolas d'), seigneur de *Rambouillet*, vidme du Mans, capitaine des gardes du corps de Charles IX.

Il fut gouverneur de Metz et du pays Messin, ambassadeur en Allemagne et à Rome, lieutenant-général, vice-roi de Pologne en attendant Henri III. Quatrième fils de Jacques d'Angennes, seigneur de Rambouillet, et d'Isabeau Cotereau, dame de Maintenon; il est le grand'père de Julie, duchesse de Montausier. C'est un des hommes les plus considérables de cette noble et illustre famille toute composée d'hommes de bien, de mérite et de vertu. Il eut en 1589 la principale part à l'accord de Henri III et de Henri IV. Sully a dit de lui : « Il était plein de droiture, allant toujours au bien de l'état sans au- « cune considération d'intérêt. » (*L. de M.*)

L. avec la souscription d'une ligne aut. sig., au roi Henri III, comme roi de Pologne. Francfort, 16 octobre 1573, 1 p. in-fol.

Il lui annonce que par les lieux où il a passé de messieurs les comtes Palatin, duc Casimir, et archevêque de Mayence, il a vu bon commencement des préparatifs qui se font pour le recevoir quand il y passera, etc., etc.

49. **ANGENNES** (Nicolas d'). *Le même.*

Pièce notariée sig., signée aussi par Nicolas d'Angennes, son frère, capitaine de cinquante hommes d'armes... 1588, 2 p. in-fol.

50. **ANGENNES** (Charles d'), fils de Nicolas, évêque du Mans, cardinal de *Rambouillet*, ambassadeur à Rome, gouverneur (pour Grégoire XIII) à Corneto. 1530-1587.

L. aut. sig. : *Cardinal de Rambouillet*, à son frère, capitaine de cinquante hommes d'armes, lieutenant-général pour le roi au pays et comté du Maine. Corneto, le 1er février 1582. 1 gr. p. in-fol. Belle lettre, trace de cachet.

Il a la main si estropiée qu'il ne peut qu'à grande peine tenir sa plume. « Dieu mercy, et Plantins, je suys icy sans secrétaire, sans médecin et presque « sans serviteur, ne s'estant pas contenté de payer les bienfaits qu'ilz a receus « de moy d'une signalée ingratitude si premier que partir il n'eust mys toute « ma mayson en combustion. J'ay a la uerite plus que besoin d'un médecin, « mays Dieu me guarde de tumber en mains de persone qui auecques tant « d'indignité perfidie et insolence soulage ma uieillesse et mes maladies. J'ay- « meroys mieulx ne uiure point.... »

51. **ANGENNES** (François d'), seigneur de Montlouet et Lisy, frère de Nicolas, 7e fils de Jacques d'Angennes.

.... « Il fut blessé à la bataille d'Ivry, où il servait glorieusement le roi, comme ses huit frères, et toute cette illustre famille. (*L. de M.*)

L. aut. sig., à M. de Rambouillet, son frère, capitaine des gardes du roi. Paris, 7 octobre 1578. 1 gr. p. in-fol. Cachet. Belle lettre.

Nouvelles de la blessure de M. du Fargis. Il s'en va par le commandement de Monseigneur voir la Suisse, et ne sait s'il y fera grand exploit, car il est plus aisé de faire le fou que de faire habiller les folies faites... «.. n'estoit pas prins « quand je partis et faisoient mine de se vouloir défendre. Tout effois j'espère

« qu'elle soit prinse à cette heure car samedi on la debuoit battre de bon « estant venu renfort d'artillerie et de pouldres de l'armée des estats.... Nous « scauions bien la maladie de Don Jouan, mais en cette ville nous auons esté « asseurés de sa mort.... »

52. ANGENNES (Henri-Louis d'), évêque de Poitiers.

L. aut. sig. : *Henry Loys, euesq. de Poitiers*, à M. l'évêque de de Luçon. Poitiers, 21 juillet 1612. 1 p. in-fol. Curieux cachets, bien conservés.

Il lui parle de son affaire pour laquelle il a vu ses avocats, il ne peut lu donner de résolution les ayant vus tantôt bien, tantôt mal. Il l'engage à venir... « Vous trouueres icy mauuaise chambre, pire table et fort bonne uolonté que « vous receures pour satisfaire au reste sil uous plaist. Je suis si las, embar- « rassé et saoulé de ma charge come ie l'auois preueu que ie ne seay a qui « m'en prendre qu'à moy mesme et un peu a vous qui m'aues tousiours exhorté « a subir ce faix duquel ie me recognois tres incapable de iour en iour. »

53. ANGENNES (Henri-Louis d'). *Le même.*

L. aut. sig. : *Henry Loys, evesq. de Poitiers*, à Mgr l'évêque de Luçon. Ce jeudi au soir. 1 p. in-fol. Curieux cachets bien conservés.

Il est immuable en ce qui le concerne, et l'affection qu'il a et doit avoir à son service, ne peut recevoir d'altération par aucune révolution d'années.... « et cependant ie me resiouyray de l'yssue du proces de Raffard qui vous don- « nera encores quelque bricole si vous ne luy tenes la bride haulte....»

54. ANGENNES (Louis d'), fils de Jacques et frère de Nicolas, conseiller du Roi, et grand maréchal des logis de sa maison, seigneur de Maintenon, baron de Meslay.

Loyal, brave, dévoué comme tous les d'Angennes, dont pas un ne fut ligueur, Louis, lors de l'assassinat de Henri III, voulait qu'on exposât le corps du Roi sur le pont de Saint-Cloud, qu'on fit défiler devant l'armée tout entière, et qu'on l'amenât tout de suite à l'assaut de Paris par la porte Saint-Honoré. On dit qu'après la reddition de cette ville, la vue de Henri IV jouant avec la duchesse de Montpensier, patronne et instigatrice de Jacques Clément, arracha à Louis d'Angennes cette terrible exclamation adressée au Roi, frappé de l'agitation de ce fidèle serviteur : « J'ai cru voir l'ombre sanglante de Henri III » qui vous regardoit. » (*L. de M.*)

1° Procuration notariée signée. 4. p. in-4.

2° L. aut. sig. : *Maintenon*, à M. de Rambouillet, son frère, capitaine de ses gardes, et son lieutenant général au pays et comté du Maine. Paris, 12 mars 1574. 3 gr. p. pl. in-fol. Très-belle lettre. Coupures en plusieurs endroits par les plis, mais ne l'endommageant nullement. Elle est fort curieuse, en ce qu'elle rapporte une conversation, d'abord remplie d'insinuations détournées, et ensuite de propositions directes de la reine (Catherine de Médicis) qui, ainsi que le roi (Henri III, sacré depuis un mois), veut que M. de Rambouillet retourne en Pologne, parce que le roi *voudrait retenir, s'il pouvait, ce royaume-là*. Elle commence ainsi :

« Mon frere iay esté ce matin au disner de la Royne laquelle deuant que ce » mettre a table soudain quelle ma veu ma demandé ou vous esties et ie luy » ay dict que vous esties ches vous Sur cela elle ma dict en riant quelle falloit » que vous allassies en Poloigne. Je luy ay respondu aussy en riant que ie pen- » sois quelle se mocquoit et quelle ne le disoit pas a bon escient. Sa majesté » ma dict quelle ne se mocquoit. Que le Roy vouloit retenir s'il pouvoit ce » royaulme la et quil ne pensoit point ny elle aussy y pouuoir emploier per- » sonne qui ly peult mieulx seruir et que les polonnois qui sont icy le disoint » tout d'une voix, etc., etc. »

..... Promesses d'argent et de subventions et largesses de toutes sortes pour faire ce voyage... « Le Roi ne vous feroit point partir que vous n'eussies cint » cens mille francs... »

55. ANGENNES (Louis d'). *Le même.*

Acte notarié sig., signé aussi par Françoise d'O, sa femme, et par Charles d'Angennes, leur fils aîné (tous logés en leur hôtel de la rue Saint-Thomas-du-Louvre). 1603. 2 p. in-fol.

ANGENNES Charles d'), baron de Meslay, gentilhomme ordinaire de la chambre du roi, fils aîné du précédent. Acte notarié sig., signé aussi par son père. 1604. 2 p. in-fol.

ANGENNES (Jacques d'), évêque de Bayeux. Deux actes notariés signés. 1611. 6 p. in-fol.

56. **ANGENNES** (Françoise d'), femme d'Olivier, dit Claude de Ravenel, seigneur de Rentigny (fille de Nicolas d'Angennes).

L. aut. sig., à M. de Rambouillet, son frère, capitaine des gardes du roi. Paris, 5 décembre 1574. 1 p. in-fol. Joli cachet.

Elle le presse de la venir voir à Boissy où il serait plus que le bien venu, « et sy vous atandes sy tart la saison de bons fromages sera passée... »

57. **ANGENNES** (Louise d'), fille de Louis d'Angennes et de Françoise d'O.

Pièce notariée deux fois signée. (Acte fait et passé à l'hôtel de Rambouillet, rue Saint-Thomas-du-Louvre, à Paris). 1613. 2 p. et demie in-fol.

58. **ANGENNES** (Julienne d'Arquenay, femme de Nicolas d'), mère de Charles, marquis de Rambouillet, aïeule de Julie d'Angennes.

L. aut. sig., à M. de Rambouillet, son mari. De Chamfleury, le 22 avril... 2 gr. p. pl. in-fol. Cachets. Très-belle lettre, grave et bien tournée, superbe écriture.

Elle lui donne des nouvelles de ses procès et ajoute : « et syl estoit permis » a ungne mal aisée come je suis de vous donner auis je vous dirois volon- » tiers que cest trop trauaillé sa vie pour du bien duquel Dieu nous a aces » donné pour pacer le reste de nostre age heureusement pardonnes moy sil vous » plaist sy l'an parle trop auant car je crains que vous tombies malade dauoir » touiours lesprit bandé en affaires come vous aues eu depuis deux ans..... » Nouvelles de son oncle qui est très-malade et qu'elle va aller voir. .... « Mais » nous somes si acables de pauures quil nest pas peible de plus il y en auoit » hier a la porte de ceans neuf cens quatre vins quy sont estoit pour la plus » part sy atenues quil fesoit peur a ceulx qui les regardoient... »

59. **ANGENNES** (Julie-Lucine d'), femme du marquis (depuis duc) de Montausier (la fameuse *Julie d'Angennes*, fille de la marquise de Rambouillet).

Sa signature au bas du contrat de mariage d'une fille qui l'intéresse, ainsi que sa sœur, Claire-Angélique, laquelle a aussi signé. 26 juillet 1647. 13 p. in-fol.

60. **ANGENNES** (Julie-Lucine d'). *La même.*

Sa signature au bas d'un état notarié des bijoux et joyaux destinés par M. et madame de Montausier à leur fille Marie-Julie, mariée à Emmanuel, duc de Crussol. Cette pièce curieuse est aussi signée par Emmanuel de Crussol, Julie-Marie de Sainte-Maure, Crussol, Catherine de Vivonne Savelle, et Charles de Sainte-Maure. Paris, 23 avril 1664, 3 p. in-fol.

61. **ANGERVILLIERS** (Prosper-Nicolas *Bauyn* d'), ministre de la guerre sous Louis XV, de 1726 à 1740. M. 1740. (Voir à son sujet mes *mémoires sur Mirabeau*, tome 1er, page 145. *L. de M.*)

1° Minute de son contrat de mariage avec Marie-Anne de Maupeou. Paris, 15 juin 1694, 11 gr. p. in-fol. Ont aussi signé cet acte : Phélypeaux ; César, duc de Choiseul ; de Lamoignon ; Lefèvre de Caumartin ; de Maupeou ; le marquis et le duc de Gesvres ; Potier de Novion, etc.

2° L. a. s., à M... Grenoble, 17 décemb. 1707, 1 p. et demie in-4.

62. **ANGIVILLER** (Charles-Claude de la Billarderie, comte

d'), surintendant des bâtiments du Roi. M. 1809

L. aut. sig., à M... 28 avril 1780, 3 p. in-4.

Au sujet du Palais du Roi à Rouen, et du mémoire de M. le comte Jules de Polignac à ce sujet. Il lui demande si ce Palais est utile au service du Roi. — Il lui répond qu'il est de la plus grande nécessité, non seulement pour l'honneur et la gloire de la nation, mais même pour touts les avantages possibles en tout genre...

63. **ANGLAIS**, *Espagnols*, *Hollandais*, *Russes*, etc.

Alexander (Williams), publiciste écossais. L. a. s., à l'abbé Morellet. Richmond, 20 déc. 1786, 3 p. in-4. — Du Ponceau (le révérend Peter). L. a. s. (anglais). Philadelphie, 13 oct. 1812, 1 p. in-4. — Everett (Edward), ministre d'Angleterre en Amérique. L. a. s. (en anglais). Watertown, 6 août 1838, 1 p. in-4. — Ellis (Henri), diplomate anglais. L. a. s. (en anglais), 1838, 4 p. in-8. — Hervas (don Joseph Martinez de), marquis d'Almenara, financier, diplomate espagnol, ministre du roi Joseph. L. sig. an XI, 1 p. in-4. — Kaunitz de Ritsberg (Vinceslas, prince de), pièce sig. Vienne, 1761, 1 p. in-fol., cachet. Beau *portr.*— Leader (sir John), membre de la chambre des communes. L. a. s. Paris, 1835. 2 p. in-8. — Lucchesini (le marquis Jérôme de), ambassadeur. Deux lett. a. s. 1806. 3 p. in-8 et in-4. —Marescalchi (Ferdinand, comte de), ministre des affaires étrangères d'Italie. Deux lett. a. s. et une lett. sig. An VIII à 1815. 2 p. in-4 et 1 p. in-fol. — Nagel (Anne-Guill.-Charles), ministre des affaires étrangères en Hollande, ambassadeur en Angleterre, etc. Passeport, sig. 1823. — Orloff (Grégoire). L. a. s., à M. Jules Janin. Florence, 4 janvier 1840. 3 p. in-8. — Salm-Kyrbourg (Frédéric III de), mis à mort en 1794. Fragment d'une pièce sur parch. 1781. — Schimmelpenninck (Ruyger-Jean), ambassadeur et ancien grand pensionnaire de Hollande. L. sig. An IX. 1 p. in-4.— Sforza (François, comte de), prince du Saint-Empire romain, etc. Institution et brevets de chevalier de l'Eperon d'or. Pièce sig. (sur parch.). 8 p. in-8, avec la traduction en français. — Sulkowski (le prince). L. a. s. Madrid, 21 janvier 1782. 3 p. in-8. —Tufiakin (Jean), prince russe. Certificat, sig. 1827. in-8. Vergy (Claude), chevalier de l'ordre de l'empereur, baron de Champlet, etc. Pièce sig. (sur parch.). 1550. — Wicombe (lord). L. a. s., à l'abbé Morellet. Londres, 5 mars 1789. 3 p. in-4 et copie du même d'une lettre de Jérémie Bentham. 3 p. in-4. — Ximenes, prince d'Aragona. L. a. s. (en italien). Bruxelles, 4 nov. 1758. 1 p. in-4. — Ensemble, 23 lett. et pièces diverses et 1 *portr.*

64. **ANGOULEME** (Charles de Valois, duc d'), fils naturel de Charles IX et de Marie Touchet. N. 1573. M. 1650.

L. aut. sig., à M. le cardinal de Richelieu. Chaumont, 1er mars 1629. 1 p. in-4. Cachets et soies. *Portr.* Curieuse notice de M. *L. de M.*

65. **ANGOULEME** (Charles de Valois, duc d'). *Le même.*

1° Acte notarié, sig. 1621. 1 p. et demie in-fol.

2° Sa signature derrière une quittance (snr parch.). 1611.

66. **ANGOULEME** (Louis-Emmanuel, comte d'Alais, duc d'), fils du précédent. N. 1596. M. 1653.

L. aut. sig., à M. le cardinal de Richelieu. Saint-Regratien, le 22 septembre 1627. 1 gr. p. pl. in-fol. Cachets. *Portrait* de Mellan. in-8.

Il lui envoie le baron de Ste-Frèque, cornette blanche de la cavalerie légère du Roi, pour le supplier de donner quelque réglement aux rangs des capitaines de chevaux-légers et à leurs montres...

67. **ANGOULEME** (Marie-Thérèse-Charlotte de France, duchesse d'), fille de Louis XVI.

Acte de baptême de Marie-Louise-Mathilde, née le 10 mars, après sa sœur Charlotte Thérèse-Octavie, fille jumelle et légitime du comte Charles-Étienne de Damas, maréchal de camp au service du roi de

France, premier gentilhomme de la chambre du duc d'Angoulême, e de madame Anne-Félicité-Simone de Sérent, dame pour accompagner madame la duchesse d'Angoulême. Le parrain a été son altesse royale monseigneur le duc d'Angoulême, et la marraine son altesse royale madame la duchesse d'Angoulême, lesquels ont signé le présent acte, ainsi que les autres assistants (au nombre de 20), le baptême célébré dans la chapelle de Mittau, en Courlande, le 11 mars 1800, par le cardinal de Montmorency, évêque de Metz, grand aumônier de France, etc. 2 p. gr. in-fol., avec deux légalisations et deux cachets. Douze *portr.*

ANGOULÊME (Louis-Antoine, duc d'), fils de Charles X. Apostille de 7 lignes, aut. 1814. 1 p. in-fol. Douze *portr.*

68. **ANNE DE BRETAGNE,** reine de France, femme de Louis XII. N. 1476. M. 1514.

Pièce sig. *Anne*, et contresignée : *Marchant* (sur parchemin, fatiguée). Blois, 11 mars 1505. Cachet brisé. Cinq *portraits.*

Ordre de payer à son oncle, le sieur Rufaut de Navarre, la somme de 1500 livres tournois...

69. **ANNE DE FRANCE,** dame de Beaujeu, fille de Louis XI, régente de France. N. 1462. M. 1522.

Pièce sig. *Anne de France*, et contresignée *De La Barre*. 3 janvier 1494. 1 p. in-4. Notice intéressante de M. *L. de M.*

... « Confessons auoir eu et receu de Charles de Peregennault nre grenetier » (à sel, sans doute) de Gien.... la somme de quatre cens liures tournois sur » ce qu'il nous peut se pouuoir deuoir à cause du prouffit et emolument du dit » grenier... »

70. **ANNE D'AUTRICHE,** reine de France. N. 1602. M. 1666.

L. aut. sig., au maréchal duc de Gramont. Paris, 22 novembre 1650. 1 p. pl. et demie in-4. Cachets et soies. Trois *port.* et trois vues du Val-de-Grâce. Notice de M. *L. de M.*

71. **ANNE D'AUTRICHE,** reine de France. *La même.*

1° L. aut. sig., au maréchal duc de Gramont. Poitiers, 3 novembre 1651. 2 p. in-4. Cachets et soies. Grandes déchirures par les souris, et enlèvement de plusieurs lignes en haut et en bas. Trois *portraits.*

Elle lui témoigne sa satisfaction pour le zèle qu'il a toujours eu pour le service du roi son fils, et le remercie des avis importants qu'il lui a donnés.....

2° Pièce sig. (sur parch.). 26 août 1651.

72. **ANQUETIL** (Louis-Pierre), historien. N. 1723. M. 1808.

1° Les membres du comité de surveillance et révolutionnaire de la commune de la Villette, ordonnent à tous exécuteurs de mandements de justice, de conduire en la maison d'arrêt de Saint-Lazare, à Paris, le nommé Anquetil, ci-devant curé de la Villette, demeurant à la Villette, Grande-Rue, par ordre du représentant Crassous... 27 germinal an II. 1 p. pl. in-4. Cachet.

L. aut. sig., comme curé de la Villette, au citoyen de Normandie. La Villette, 1er mars. 1 p. pl. et demie in-4. *Portr.*

73. **ANSIAUX** (Jean-Joseph-Antoine-Eléonore), peintre d'histoire. N. 1764. M. 1840.

1° Billet aut. sig., à M. Lucas de Montigny. Demi-page in-8.

2° Portrait, dessin à la sépia, in-fol., et derrière, dessin à la plume.

74. **ANSSE DE VILLOISON** (Jean-Baptiste-Gaspard d'), helléniste, philologue, membre de l'Académie des sciences, etc. Né à Corbeil en 1750. Mort en 1805.

L. aut. sig. 14 thermidor an X. Demi-p. in-fol. *Portr.*

ARTAUT DE MONTOR, diplomate, homme de lettres, traducteur du Dante, membre de l'Institut. N. 1774. M. 1849.

1° L. aut. sig., à M. Roger. Paris, 1er février 1838. 1 p. in-4.

2° L. aut. sig., au même. Rome. 1 p. pl. in-4.

Lettre curieuse au sujet d'une visite du duc de Laval à l'hospice du Saint-Esprit.

75. **ANTIQUAIRES,** *archéologues, philologues, numismates, lexicographes*, etc. 26 lett. aut. sig. et 3 lett. et pièces sig., 1 portr.

Asselin. L. a. s., suivie de la traduction (en vers) d'une élégie. 3 p. in-4. — Cambry. An IX. 2 p. in-4. — Cesari. 1817. In-4. — Clair, auteur d'un ouvrage sur les monuments de la ville d'Arles, à M. Jules Janin. 1841. 2 p. in-4. Intéressante. — Didron. 1840. 1 p. in-4. — Furgault. 1761. 2 p. in-4. — Graslin. Onze lettres, à M. Lucas de Montigny. 15 p. in-8. — Lelewel. Deux lett. 1833 et 1835. 3 p. in-8 et in-4, et une feuille gravée de médailles, avec sa signature aut. — Lemaire (Nicolas-Eloi). 1827. 1 p. in-8. — Le Prevost. 1828. 2 p. in-8. — Letronne. 1835. 2 p. in-4. — Maillard de Chambure. 1830. 2 p. in-8. — Mauduit, à M. Jules Janin. 1841. 1 p. pl. in-4. Au sujet de son ouvrage : *Découvertes dans la Troade*. — Origny. 1766. 1 p. in-4. — Oudinet. Quit. sig. (sur parch.). 1695 — Walckenaer. Deux lett. a. s. et deux lett. sig. et aut. *Portr.* Très-bon lot.

76. **ANTOINE DE BOURBON,** roi de Navarre, père de Henri IV. N. 1518. M. 1562.

Certificat sig. (sur parchemin), comme duc de Vendosmois et de Beaumont, pair de France, gouverneur et lieutenant-général pour monseigneur le roi en son pays de Picardie... 5 juillet 1553. Cachet. Quatre *portraits*, dont trois anciens. Notice de M. *L. de M.*

77. **ANTRAIGUES** (Louis d'), sieur d'Auterne, lieutenant de la compagnie de cent hommes d'armes des ordonnances du roi, sous la charge du duc de Joyeuse, pair et maréchal de France.

Quitt. sig. (sur parch.), de la somme de cent quinze escus sol... 1598.

Antraigues (Thophine de Launay, seigneur de Picheron d'), bailly du pays de Gourdon, gouverneur et capitaine des ville et château de Marvejols, en Languedoc. Deux pièces notariées s. 1616. 8 p. in-fol.

Antraigues (le chevalier d'). L. aut. sig. à M... Au camp de Maclem, 1696. 3 p. in-4.

78. **ANTRAIGUES** (Emmanuel-Louis-Henri de Launay, comte d'), député de la noblesse de Villeneuve de Berg aux Etats Généraux, etc. Assassiné à Londres, 1812, avec madame Saint-Huberti, sa femme, cantatrice.

1° L. aut., à M. Grand, banquier. Lyon, 16 novembre 1780. 1 p. pl. in-4. Cachet.

2° L. aut., à madame Saint-Huberti. La Bastide, 12 mai 1784. Cette lettre de 4 p. pl. in-4, est terminée par quatre lignes aut. de Montgolfier.

Charmante lettre, remplie des sentiments les plus affectueux. Relation de son voyage en Auvergne, pour visiter ses terres, en compagnie d'Etienne Montgolfier. Arrivé au Puy, il s'est bien aperçu qu'il était chez lui, à l'ennui qu'il a essayé dès le lendemain. Grandes visites, longues harangues, éternelles cérémonies, dîners de trois heures, voilà ce qui l'attendait. Il fut répandu par ses gens, sans doute, qu'il était monté dans le ballon de Montgolfier. « Vous douteriez-vous qu'un orateur en a fait le texte de son compliment, et m'a loué » sur mon étonnante intrépidité! Qu'en dites-vous? Je n'ai pu, malgré la gra- » vité requise en pareille fête, m'empêcher de lui rire au nez, je me suis tout- » à-coup rappellé ma frayeur, lorsque nous fûmes prêts à nous écraser contre » les arbres, assurément, mon intrépidité fut en défaut en cette occurence, mais » l'orateur ignorait cette anecdote, qui eut dérangé sa harangue... »

79. **APCHON** (Charles, baron d'), chevalier de l'ordre du roi, capitaine de cinquante hommes d'armes. Il combattait à Craon dans l'armée du roi, contre les ligueurs, commandés par le duc de Mercœur, et il y fut pris.

Quitt. sig. (sur parch.) de la somme de sept vingt un écus sol, pour ses appointements de capitaine de cent hommes d'armes, etc. 1586.

80. **ARAGO** (Dominique-François), astronome, membre du gouvernement provisoire de 1848. N. 1786. M. 1853.

1° L. a. s., à M. Coulier. Paris, 7 mai 1824. 1 p. in-4. Trois *portr.*

2° L. aut. sig., à M. Coulier. Paris, 21 février 1825. 1 p. in-4.

Il est très-vrai qu'il s'est glissé une erreur, dans la connaissance des tems, sur la longitude de Sévastopol. Il le remercie de l'en avoir averti...

3° Lettre (imprimée) de M. G. de Pontécoulant, à M. Encke, en réponse à la lettre de M. Arago à M. de Humboldt. 1840. 70 p. in-8.

ARAGO (Etienne), littérateur. N. 1803.

L. aut, sig. 16 mars 1848. 1 p. in-8.

ARAGO (Jacques-Etienne-Victor), auteur des *Souvenirs d'un aveugle, voyage autour du monde*. N. 1790. M. 1855. Deux lett. et pièce sig., à M. Jules Janin (au crayon). 1841, et note (au crayon), aut. sig., in-4.

81. **ARCHEVEQUES**, *évêques*, 21 lett. et pièces.

AFFRE (*Paris*). L. sig. *Portr.* — AMAT DE VOLX (*Senez*). L. s. 1770. 2 p. in-4. — ANDRÉ (*Quimper*). L. a. s. An XI. 4 p. in-4. — ANTELMY (*Grasse*). 1730. 4 p. in-4. — AVOINE (évêque constitutionnel de *Seine-et-Oise*). Deux lett. et pièce a. sig. 1791 et 1792. 2 p. in-fol. — BANNES D'AVEJAN (*Alais*). L. a. s. 1729. 4 p. in-4. — BAREAU DE GIRAC (*Rennes*). L. a. s. 1783. 1 p. in-4. — BERGER DE MALISSOLES (*Gap*). 1714. 3 p. in-4. — BERTHIER (*Blois*). L. a. s. 1701. 1 p. in-4. — BISCARRAS DE ROTONDY (*Lodève*). Acte notarié, sig. 1670. 3 p. in-fol. — BORDERIES (*Versailles*). 1 p. in-4. — BOULOGNE (*Troyes*). Apostille a. s. 1818. — CHARRIER DE LA ROCHE (*Versailles*). Quatre lett. a. s., et deux lett. sig. 1820-1827. — CHASTELART DE MONTILLET (*Auch*). L. a. s. 1748. 1 p. in-4. — COTTRET (*Beauvais*). L. a. s. 1812. 1 p. in-4.

82. **ARCHEVEQUES**, *évêques*, 16 lett. et pièces, 4 *portr.*

DAILLON (*Bayeux*). Acte notarié, sig. 1596. 1 p. in-4. — DALBERG (*Constance*). L. a. s. 1787. 2 p. in-4. *Portr.* — DEJEAN (*Asti*). L. a. s. 1812. 2 p. in-4. — DELBÈNE (*Alby*). Acte notarié, sig. 1609. 4 p. in-fol. Trois *portr.* — DESMARETZ (*Riez*). L. a. s. 1808. 1 p. in-4. — DILLON (*Narbonne*). L. a. s. 1774. 2 p. in-4. — DOMBIDEAU DE CROUSEILHES (*Quimper*). L. a. s. 1 p. in-4. — DUMOUCHEL (évêque constitutionnel du *Gard*). L. a. s. 1804. 1 p. in-4. — EGON, François (*Strasbourg*). Quitt. sig. (sur parch.). 1672. — EGON, Guillaume (*Strasbourg*). Pièce sig. (sur parch.), 1689. — FAYDEAU, Henry de Brou (*Amiens*). Quitt. sig. (sur parch.). 1696. — FIEUX (*Toul*). Quitt. sig. sur parch.). 1664. — JARENTE DE LA BRUYÈRE (*Orléans*). L. a. s. 1773. 1 p. in-4. — LA FERRONNAYS (*Lisieux*). L. a. s. 1789. 1 p. in-4. — LA HOGUETTE (*Sens*). Pièce épiscopale sig. 1709. — LA MAGDELAINE (*Arles*). Quitt. sig. (sur parch.). 1655.

83. **ARCHEVEQUES**, *évêques*, 34 lett. et pièces 1 *portr.*

LEJEAS (*Meaux*). L. a. s. An XIII. 1 p. in-4. — MALIER ((*Troyes*). Quitt. sig. (sur parch.). 1666. *Portr.* — OLIVIER (*Évreux*). Deux L. a. s., et billet a. s. 1830-1841. 3 p. in-8 et in-4. — PUGET (*Digne*). L. a. s. 1714. 3 p. in-4. Curieuse. — RAILLON (*Orléans*). L. a. s. 1815. 2 p. in-4. — RICCI, Scipion (*Pistoye et Prato*). L. sig. (en italien). 1793. 1 p. in-4. — SABRAN DE FORCALQUIER (*Glandevès*). L. a. s. 1712. 3 p. in-4. Curieuse. — FALCON (*Digne*). L. a. s. 1728. 2 p. in-4. — SALM (*Tournay*). L. a. s. 1732. 1 p. in-4. — SANGUIN (*Senlis*).

Pièce épiscopale sig. (sur parch.). 1654. — SAVARY (*Séez*). Quitt. sig. (sur parch.). 1692. — SÉGUIRAN (*Nevers*). L. a. s. 1789. 1 p. in-4. — SPONDE (*Pamiers*). Certificat a. s. 1641. 1 p. in-4. *Portr.* — SUZE (*Viviers*). Quitt. sig. (sur parch.). 1653. — TRESSAN (évêque de *Nantes*, puis arch. de *Rouen*). Acte notarié sig. 1719. 3 p. in-fol. — VACON (*Apt*). L. a. s. 1725. 2 p. in-4. — VARICOURT (*Orléans*). L. s. 1820. 1 p. in-4. — Plus, quinze lett. sig. et aut. sig. d'archevêques et d'évêques de divers diocèses.

84. **ARCHITECTES.** 11 lett. et 5 gravures.

ANTOINE. L. a. s. An VI. 1 p. in-4. Deux vues gravées. — BEAUMONT. Deux lett. a. s. 1808. 2 p. in-8 et in-4. — BELANGER. L. a. s. (à la 3e personne). 1791. 1 p. in-8. Trois planches gravées. — BERNIER. Quatre lett. a. s. 1806. 4 p. in-12. — BIENAIMÉ. L. a. s. 1816. 3 p in-fol. — BLONDEL (Jacques-François). L. sig. 1762. 4 p. in-fol. — BLONDEL (Jean-Baptiste). L. a. s. 1824. 1 p. in-4.

85. **ARCHITECTES.** 9 lett. et 3 planches.

BODIN. L. a. s. 1813. 2 p. in-4. — CAGNOLI. L. a. (La signature en partie enlevée.) 1789. 1 p. in-4. — CALLET. L. a. s. 1818. 1 p. in-fol. — CAMUS DE MEZIÈRES. Pièce sig. 1769. 1 p. in-4. — CARISTIE. L. a. s., à M. Lucas de Montigny. 1841. 1 p. in-4. — CELLERIER. L. a. s. 2 p. in-4. — CHALGRIN. L. s. An XII. 1 p. in-4. Trois vues de Saint-Philippe du Roule. — CHALLAMEL. L. a. s. 1844. 1 p. in-18. — CHAPUIS. L. a. s. 1827. 1 p. in-fol.

86. **ARCHITECTES.** 15 lettres et pièces.

CLAVAREAU. Apostille a. s. 1788. In-fol. — DELANNOY. L. a. s. (à la 3e personne). 2 p. in-8. — DOMMEY. L. a. s. 3 p. in-18. — DUBAN. L. a. s. 1842. 1 p. in-4. — DUBUT. L. a. s., et l. s. 1839. 2 p. in-4. — DUFOURNY. L. a. s. 1781. 1 p. in-18. — DUFOURNY DE VILLIERS. L. a. s. (1793). 2 p. in-fol. — GOURLIER. Sept lett. a. s., à M. Lucas de Montigny. 1836-1839. 11 p. in-8 et in-4.

87. **ARCHITECTES.** 9 lettres et pièces.

GAU. L. a. s., et lett. sig. 1845 et 1846. 2 p. in-4. — GAUCHÉ. L. a. s. 1846. 1 p. in-8. — GIRAUD. 1° Pièce a. s. An XI. 3 p. in-fol. 2° Mémoire sur sa vie et ses travaux. An XI. 12 p. in-fol. — GISORS (Guy de). L. a. s. 1829. 1 p. in-fol. — GISORS (Alphonse de). L. a. s. 1836. 1 p. in-4. — HAUDEBOURT. L. a. s. 1840. 1 p. pl. in-8 — HUYOT (Jean-Nicolas), membre de l'Institut. 1° Rapport aut. sig. sur le local affecté à l'école communale des filles de la rue du Pont-de-Lodi. 1823. 3 p. in-fol. — 2° Des statues équestres, et principalement de celle de Henri IV. Impr. 1814. 28 p. in-8. — LABADYE. Certificat d'études aut. sig. 1827. 1 p. in-fol.

88. **ARCHITECTES.** 11 lettres et 7 planches.

LA BARRE. L. a. s. 1836. 1 p. in-4. — LACORNÉE. Deux lett. a. s. 1824. 3 p. in-8 et in-4. — LE BAS (Hippolyte). Deux lett. a. s. 1821-1830. 3 p. in-8 et in-4. — LEDOUX. L. a. s. An XII. 1 p. in-4. Six vues et plans de monuments. — LEGRAND. L. a. s. An VII. 3 p. pl. in-4. — LENOIR (Alexandre). Deux lett. a. s. 1810 et 1827. 2 p. in-4 et in-fol. Vue de l'entrée des Petits-Augustins. — LE PÈRE. L. sig. 1811, 1 p. in-4. — LE ROY (Jean-David), membre de l'Institut. L. s An IX. 1 p. in-fol.

89. **ARCHITECTES.** 13 lettres, portr. et vue.

LESUEUR. Certificat d'études a. s. 1829. Demi-p. in-4. — MAZOIS. L. a. s. Naples, 1819. 2 p. in-4. — OPPENORD. N. 1672, M. 1742. 1° Pièce sig. 1695. 2 p. in-4. Curieuse. — 2° Pièce sig. par Louis XIV, Colbert de Croissy et Louvois, 18 mars 1684. 1 p. in-fol. Le Roi accorde et fait don au Sr Oppenord (père du précédent), ébéniste, en considération de l'expérience qu'il s'est acquise dans son métier, le logement dans la galerie du Louvre qu'occupait ci-devant le nommé

Errard, sculpteur. — PERCIER (Charles). Deux lett. a. s. 2 p. in-8 et in-4. *Portr.*, et vue de l'arc de triomphe de la place du Carrousel. — SCHLICK, architecte du roi de Danemark. Deux lett. a. s., à M. Lucas de Montigny. 1826 et 1829. 4 p. in-8 et in-4. — VAUDOYER (Laurent-Thomas). 1° L. a. s. An IX. 1 p. in-4. — 2° Etat sig. de ses travaux, et constructions publiques et particulières. 1814. 1 gr. p. pl. in-fol. — VIEL. Deux lett. a. s. An IX et 1806. 2 p. in-4. VIOLLET LEDUC. L. a. s. 1840. 1 p. in-8.

90. **ARENBERG** (Auguste-Marie *Raymond*, comte de *La Marck*, prince d'), député de la noblesse aux états généraux, ami de Mirabeau. N. 1753. M. 1833.

L. aut. sig., à M. Lucas de Montigny, chef de division à la préfecture de la Seine. Bruxelles, 6 mars 1826. 2 gr. p. pl. et demie in-4. Enveloppe avec cachet. Son portrait après sa mort, avec une lettre d'envoi du fondé de pouvoir de son fils. —Plus, lettre sig. du comte de Ségur au prince d'Arenberg (19 oct. 1828, 2 p. in-4), pour lui recommander M. Lucas de Montigny.

Il est très-sensible à tout ce qu'il veut bien lui dire d'obligeant dans la lettre qu'il lui a fait l'honneur de lui écrire. « Dans vos justes sollicitudes pour honorer « la mémoire du comte de Mirabeau, vous justifiez complettement le grand et « vif intérêt qu'il a constamment manifesté à votre égard. Je n'oublierai jamais « que même encore la veille du jour de sa mort, il s'est entretenu de vous avec « moi. — Il s'en est fallu de beaucoup que j'aie pu vous prouver, autant que « j'en avais le désir, combien j'aurais été heureux de vous être de quelque « utilité... Rien de plus juste que vos réflexions, monsieur, lorsque vous me « dites que depuis trente-cinq ans, tout ce qui a successivement paru sur le « comte de Mirabeau, le peint très-mal, et souvent le défigure au point qu'il « n'a pas encore pris la place qui lui est due par l'histoire... » Pièces originales de sa propre main qu'il possède. — Papiers originaux relatifs aux différentes circonstances d'alors.—Beaucoup d'autres lettres qui lui furent adressées de toutes parts dans le temps. — Motifs qui empêchent la publication de ces documents importants...

ARENBERG (le prince Pierre d'Alcantara Charles d'). N. 1790.
L. aut. sig. Paris, 19 avril 1830. 1 p. pl. in-4.

91. **ARGENS** (la marquise d').

C'est la veuve (assez maltraitée par Voltaire) de l'auteur des *Lettres juives*, de la *Philosophie du bon sens*, etc., mort en 1771. Elle avait été comédienne, avait de l'instruction, et peignoit assez bien. (*L. de M.*)

L. aut. sig., à M. Frich, peintre du roi, à Berlin. Aix, 29 août 1778. 2 p. pl. in-4. Cachet. Très-belle lettre.

..... Après les chagrins, le ciel lui envoie chaque année des objets de consolation. — Enfants de sa fille, qui est encore enceinte. Le prince de Prusse lui donnera son nom; si c'est une fille, ce sera la princesse..... Elle veut savoir le nom d'une méchante femme qui causait bien du chagrin à une de ses intimes amies.

92. **ARGENSON** (Marc-René de Voyer de Paulmy, marquis d'), lieutenant général de la ville de Paris pendant 21 ans, depuis garde des sceaux et président du conseil des finances, membre honoraire de l'Académie des Sciences. N. 1652. M. 1721.

Il tenoit son prénom *Marc* de la république de Venise, qui voulut être sa *marraine* par reconnoissance pour le père du filleul, René de Voyer d'Argenson, ambassadeur de France près de cette république. (*L. de M.*)

1° Allignement d'une maison rue de Grenelle donné par lui. 1703. 3 p. in-4. Beau *portr.* de Vangélisti, in-4. Notice de M. *L. de M.*

2° Note aut. pour le régent avec deux lignes aut., et paraphe de la main du prince. 1718. 1 p. in-4.

3° L. aut. sig., à M. Le Bret. Paris, 24 octobre 1695. 3 p. in-4.

En faveur du sieur Jacques Macé qui est depuis longtemps dans le levant où il a servi fort utilement la nation en qualité de drogman général du royaume de Candie, et qui sollicite le consulat de Tripoli.

4° L. aut. sig., au même. 2 novembre 1718. 2 p. in-4.

ARGENSON (Marc-Pierre de Voyer, comte d'), fils puiné du précédent, lieutenant général de la police de Paris, puis ministre de la guerre sous Louis XV. N. 1696. M. 1764.

Il s'étoit distingué à la bataille de Fontenoy. Courageux adversaire de la Pompadour, qui le fit renvoyer en même temps que l'intègre et ferme Machault, qui, pourtant étoit, sinon son ennemi, du moins son antagoniste. D'Argenson est, (injustement, je crois) fort maltraité par Duclos. (*L. de M.*)

Deux pièces sig, 1746 et 1753. 2 p. in-fol. *Portr.* de Levasseur.

ARGENSON (Rêné-Louis de Voyer, marquis d'), frère ainé du précédent, intendant du Hainault, puis ministre des affaires étrangères. N. 1694, M. 1757.

Eminent esprit, auteur des *Considérations sur les vrais principes du gouvernement*. Il fut, au ministère, le dernier partisan de la politique de Richelieu, de Mazarin et de Louis XIV, dirigée dans des vues d'abaissement de la maison d'Autriche. (*L. de M.*)

L. aut. sig., à M. Marais. Ségrez, par Arpajon, 6 sept. 1751. 1 p. in-4. *Portr.*

Accusé de réception d'une *généalogie* et félicitations de l'auteur.

93. **ARMAGNAC** (la princesse d'), née de Noailles, femme du prince Charles de Lorraine.

L. aut. sig., à M... Jeudi au soir. 3 p. pl. in-4.

Elle le supplie de faire mettre à l'hôpital général la femme de son tailleur dont la mauvaise conduite est des plus notoires.

94. **ARMAIGNAC** (Jehan d'), écuyer, sieur d'Isoray, premier valet de chambre de Henri IV.

Chercher ce qui concerne ce fidèle serviteur dans les histoires du temps, notamment dans P. Mathieu, Sully et Bouillon. (*L. de M.*)

Quitt. sig. (sur parch.), de la somme de trois cents livres dont le roi lui a fait don pour ses étrennes de la présente année. 1611.

95. **ARNAL** (Etienne), acteur comique, littérateur. N. 1794.

1° L. aut. sig., à M... 19 mars 1839. 1 p. in-8. Deux *portr.*

2° L. aut. sig., à M. Lebobe. 15 nov. 1842. 2 p. in-8. Curieuse.

96. **ARNAUD BACULARD** (François-Thomas-Marie d'), littérateur, auteur dramatique. N. 1718. M. 1805.

1° Extrait d'un arrêt du tribunal révolutionnaire du 23 juill. 1793, qui le condamne à deux mois de détention en la prison de l'Abbaye. 1 p. in-4. Tête imprimée, sceau du tribunal révolutionnaire bien conservé.

2° L. aut. sig., à M... Paris, 14 juin 1790. 4 p. pl. in-4.

Demande d'un prêt, exposé touchant de son état de gêne... On vient de jouer au Théâtre-Français une pièce de sa composition, le *Comte de Commenge*, il y a huit jours qu'ils en ont reçu une autre, et la semaine prochaine ils doivent en recevoir une troisième... On lit en tête : Répondu le 4 juillet, envoyé 4 louis.

97. **ARNAULD** (Antoine), père d'Arnauld d'Andilly, etc., célèbre par son plaidoyer contre les jésuites. 1560—1619.

Deux quitt. sig. (dont une sur parch.). 1615.

ARNAULD (Isaac), frère du précédent, intendant des finances. N. 1561, M. 1617.

Tallemant des Réaux parlant d'Isaac dit qu'il n'étoit pas riche, parce que, alors, les intendans n'étoient pas si grands voleurs qu'ils l'ont été depuis. (*L. de M.*)

Quitt. aut. sig. (sur parch.), comme contrôleur général des postes, commis par le roi à la recette générale des postes pendant les années de troubles, etc... 15 janvier 1600. Curieuse pièce.

ARNAULD (Pierre, dit *Du Fort*), maréchal de camp des carabins du roi, colonel du régiment de Champagne, gouverneur du Fort-Louis et du château de Dijon. M. 1624.

Selon Tallemant des Réaux, cet Arnauld aurait été l'amant de Marion Delorme, en concurrence avec Cinq-Mars. (*L. de M.*)

Quitt. sig. (sur parch.), de 250 livres, pour frais de voyages. 1620.

ARNAULD DE POMPONNE (Henri-Charles), évêque d'Angers, doyen du conseil d'État. N. 1597. M. 1692. Quatre beaux *portraits* anciens, dont deux in-4 et deux in-fol.

ARNAULD DE POMPONNE (Antoine-Joseph), chevalier, lieutenant des dragons d'Asfeld. Quitt. aut. sig. (sur parch.) de 118 liv. 6 sous 8 deniers, pour ses appointements en qualité de lieutenant, etc., pendant trois mois, à raison de 33 sous, 4 deniers par jour. 1686.

ARNAULD DE FONSOURDE (Antoine-René), aumônier de la maison du roi. Quitt. sig. (sur parch.). 1696.

ARNAULD (Pierre), trésorier général de France et de Paris. Quitt. sig. (sur parch.). 1614.

ARNAULD (Pierre), conseiller du roi en la sénéchaussée et siége présidial d'Angoumois. Quitt. aut. sig. (sur parch.). 1690.

98. **ARNAULD** (Antoine), docteur de Sorbonne, controversiste célèbre. N. 1612. M. 1694.

Il était le plus jeune des 20 enfants de l'avocat Antoine Arnauld. Voir, dans Tallemant des Réaux, la burlesque origine qu'il donne, en général, au développement de la secte des jansénistes, et en particulier au célèbre traité d'Antoine Arnauld, *De la fréquente communion*. (*L. de M.*)

Sa signature au bas d'une lettre de provision à la cure de Coubert à Jacques Ign. Valbois. 1687 1 p. in-fol. Cinq *portraits*, dont un grand in-fol., et deux notices biogr.

99. **ARNAULD D'ANDILLY** (Robert), l'aîné des 20 enfants d'Antoine, intendant de Gaston d'Orléans, traducteur de Josèphe, partisan exalté du jansénisme, retiré à Port-Royal. N. 1589. M. 1684.

1° Deux quitt. sig. (sur parch.). 1640 et 1670. Quatre *portr.* in-8 et in-4.— 2° L. aut. sig., à M. du Tremblay. Paris, 15 octobre 1617. 1 p. pl. in-4. Intéressante.

100. **ARNAULT** (Antoine-Vincent), auteur de *Germanicus*, membre de l'Académie française. N. 1766. M. 1833.

1° Trois lett. aut., à M. Babeuf, libraire, éditeur de la Biographie universelle des contemporains. Ensemble, 7 p. in-4. Relatives à la publication de cette biographie. *Portr.* in-4.

2° L. aut. sig., à M. Taschereau. 14 août 1834. 1 p. in-8.

3° L. aut. sig., à M. de Pongerville. Paris, 23 août 1824. 1 p. pl. et quart in-4.

Remercîments pour sa traduction de Lucrèce qu'il lui a envoyée.

101. **ARNOULD** (Sophie), actrice de l'Opéra. 1740.—1812.

L. aut., à son ami... Lundi, 19 janvier 1789. 3 gr. p. pl. in-4. Deux *portr.*

Relative à un emprunt qu'elle veut faire, elle donnera pour hypothèque sa maison de Clichy et tous ses autres biens.

102. **AROUET** (François), père de Voltaire, notaire au Châtelet de Paris, trésorier, et receveur des épices de la chambre des comptes. N. 1651. M. 1724.

Fort peu épris des belles lettres, et inflexible adversaire de la vocation de son fils. (*L. de M.*)

Trois pièces sig. sur quittances et actes notariés. 1690-92.

103. **AROUET** (Armand), receveur des épices de la chambre des comptes, frère aîné de Voltaire.

Voltaire disait de lui : « Les mœurs féroces de son jansénisme me dégoûtèrent du parti. » Cette *férocité*, cependant, n'empêcha pas la malignité publique de lui attribuer des galanteries avec de jolies convulsionnaires. (*L. de M.*)

104. **ARPAJON** (Louis, duc d'), marquis de Sévérac, lieutenant général des armées du roi et son ambassadeur en Pologne. M. 1679.

Rallié à la cour pendant la Fronde. — En opposition au parti de Condé. Il protégeoit les artistes, les hommes de lettres, et pensionnoit notamment maître Adam, le menuisier de Nevers qui lui a dédié des *chevilles*, qui, dans un rondeau, lui demande des arrérages de pension, dans un autre un *habit*, etc. (*L. de M.*)

1° Quitt. aut. sig (sur parch.). 1656.

2° Quitt. sig. (sur parch.). Bellay en Bresse, 30 juillet 1633.

3° Quitt. sig. (sur parch.), de la somme de cent deux mille livres pour payement de ses appointements et frais de son ambassade en Pologne...

105. **ARS** (Loys d'), ami intime, et frère d'armes de Bayart, capitaine de cent lances. Tué à la bataille de Pavie. 1525.

Quitt. sig. (sur parch.), de la somme de trois cents livres tournois, pour son état et droit de capitaine de cent lances... 15 août 1516. Notice intéressante de M. *L. de M.*

106. **ARTAIGNAN** (Charles de Castelmore, sieur d'), commandant la 1re compagnie des mousquetaires du roi. M. 1673.

C'est lui qui fut chargé d'arrêter Foucquet à Nantes, au grand désespoir du capitaine des gardes, en quartier, le marquis de Gesvres, qui s'écrioit : Qu'ai-je fait pour recevoir un pareil affront! Ne l'aurais je pas aussi bien arrêté qu'Artaignan? Désespoir de courtisan servile que j'ai déjà eu occasion de noter sur le dossier du maréchal d'Aumont, indigné de n'avoir pas été, dix ans plus tôt, chargé de capturer le grand Condé, son ami (*L. d. M.*).

Quitt. sig. (sur parch.), pour indemnité de fourrage de sa compagnie. 1671.

Artaignan, sous-lieutenant des mousquetaires à cheval de la garde du roi. Certificat militaire sig. Au camp de Maclem, 24 juin 1696. in-4. Cachet.

107. **ARTOIS** (Charles d'), comte d'*Eu*, Pair de France, gouverneur de Paris pendant *la guerre du bien public* sous Louis XI, etc. N. 1394. M. 1491.

Prisonnier à la bataille d'Azincourt, en 1415, retenu pendant 23 ans en Angleterre; Henri V, au lit de mort, recommanda de ne point délivrer de prison le comte d'Eu, avant que le jeune roi Henri VI, alors à la mamelle, fût en état de gouverner ses affaires. (*L. de M.*)

Quitt. sig. (sur parch.), de la somme de 67 liv. 2 sous 6 deniers, dus par l'abbé de Notre-Dame de *Beaubec*... En nostre chastel d'Eu, le 24e jour de février 1452. Trace de cachet.

108. **ARTOIS** (Marie-Thérèse de Savoie, comtesse d'), femme de Charles X, M. 1805.

1° Etat sig. des sommes qui doivent être payées aux personnes dénommées de sa maison par forme d'entretenement et nourriture pour la présente année 1778. Versailles, 31 décembre 1778. 3 p. in-fol. Joli *portr.* gravé in-8.

2° Quitt. avec deux lignes aut. sig. (sur parch.,) de la somme de 60,000 livres, savoir, 48,000 livres à raison de 4,000 livres au commencement de chaque mois pour employer à ses menus plaisirs, suivant la volonté du roi, son très-honoré seigneur et beau-frère... etc. Versailles, 31 décembre 1781.

109. **ASTRONOMES.** 5 lettres et 2 portraits.

Delambre, membre de l'Institut. L. a. s. 1810. 1 p. in-8, et une lett. a. s. d'un autre Delambre. — De Fouchy, membre de l'Académie des sciences. L. a. s. 1849. 2 p. in-4. — Encke (J. F.). Billet a. s. 1837. Demi-p. in-8. — Jaurat. Pièce sig. 21 pluviôse an III. 1 p. in-fol. *Portr.*

Pièce curieuse au sujet de divers objets, qui lui ont été enlevés à la suite d'une visite domiciliaire, notamment de tableaux pour quatre mille livres, dont les originaux en tapisserie et en tableaux existent encore aux Gobelins... « A l'imitation du parti qui fut pris aux Gobelins pour la conservation des originaux « de mes tableaux ci-dessus désignés, j'avais serré mes cinq copies de tableaux « dans une suppente de ma cuisine fermant à clef. Alors je fus interrogé à cet

« égard par les citoyens Drouet et Goust, puis croyant bien faire je leur prêtai
« moi-même une échelle pour monter à ma suppente et pour leur faire voir mes
« tableaux en question. Mais ils décidèrent entre eux et en ma présence que
« mes tableaux étoient de bonne prise : il les emportèrent mêmes, et la ci-
« toyenne Jacquinot, ma gouvernante, marquant quelque mécontentement à cet
« égard, fut menacée d'être mise sur le champ aux Madelonnettes et en ma
« présence... »

110. **ASTRUC** (Jean), savant médecin et professeur, adversaire de l'inoculation. N. 1684. M. 1763.

Il se fourvoya dans des recherches sur la Genèse. (*L. de M.*)

L. aut. sig., au lieutenant de police. Paris, 5 juin (1738).

2 p. in-4. (Plusieurs taches d'huile.) Troix beaux *portr.* grav. (dont deux doubles, de Daullé). Coll. de M. de Monmerqué.

111. **AUBERT** (l'abbé Jean-Louis), fabuliste, professeur de littérature au collége Royal. N. 1731. M. 1814.

L. a s., à M. Méjean. Sans date. 2 p. in-8. *Portr.* gravé, in-8.

112. **AUBESPINE**, baron de *Châteauneuf* (Claude de l'), secrétaire d'Etat (le premier qui ait porté ce titre), ambassadeur, plénipotentiaire, etc. M. 1567.

Expédition de son contrat de mariage, avec damoiselle Jehanne Bochetel, du 14 janvier 1542 (parchemin), 7 p. et demie in-fol. Fatiguée.

AUBESPINE, baron de *Châteauneuf* (Guillaume de l'), ambassadeur en Angleterre, chancelier des ordres du roi. Sa sig. et celle de sa femme, Marie de La Châtre, au bas d'un acte notarié. 1603. 3 p. et demie in-fol.

AUBESPINE, baron de *Châteauneuf* (Claude de l'), gentilhomme ordinaire de la chambre du roi. Deux actes notariés sig. : *Chasteauneuf*. 1601. 2 p. in-fol.

AUBESPINE, baron de *Châteauneuf* (Guillaume de l'), chancelier des ordres du roi. Acte notarié, sig. 1614. 5 p. in-fol.

AUBESPINE (de l'). L. aut. sig., au baron de Châteauneuf, à Paris. Dôle, 5 mars 1607. 1 p. in-fol. Cachets. La signature en partie enlevée.

AUBESPINE (de l'). Trois lettres aut. sig., et une sig., à M. Hachette, marchand mercier, à Paris. Varize, 1741-1742. Ensemble, 8 p. et demie in-4. Cachets. Relatives à ses affaires particulières.

AUBESPINE (le marquis de l'). Sept pièces aut. sig. 1772-79.

AUBESPINE (Charles-François, comte de l'), mestre de camp de cavalerie. 1° Quatre pièces, mémoires, etc., apostillés et signés. 1761-1780. — 2° Titres de noblesse du comte de l'Aubespine, à dater de 1430. 5 p. et demie in-fol.

AUBESPINE (Maximilienne-Madeleine-Henriette de Béthune-Sully, comtesse de l'), femme du précédent. N. 1713. 1° Apostilles et sig. de six pièces, mémoires, quitt., etc. 1765-1767. 2° Mémoire adressé au roi, au sujet de la propriété d'Henrichemont. 4 p. et demie in-fol.

AUBESPINE (Elisabeth Loisel, femme de Charles de l'), marquise de Châteauneuf. Sa sig. au bas d'une supplique adressée au lieutenant civil. 1672. 2 p. et demie in-fol.

AUBESPINE (Gabriel de l'), évêque d'Orléans, conseiller d'Etat. M. 1630. Acte notarié, signé. 1616. 3 p. in-fol.

113. **AUBETERRE** (David Bouchard d'), sénéchal et gouverneur du Périgord. Mort en 1593 (ou 1598), d'une blessure reçue au siége de l'Isle, en Périgord.

Ami et fidèle serviteur d'Henri IV, à qui il rendit de grands services. Il avoit servi la Ligne tant qu'il l'avoit crue dirigée contre le calvinisme, et la quitta lorsqu'il la vit formulée contre le roi. (*L. de M.*)

Acte notarié, trois fois signé. 23 mars 1587. 3 p. in-fol.

AUBETERRE (François d'Esparbès de Lussan, vicomte d'), gendre du précédent, maréchal de France. M. 1628.

C'étoit un ami personnel d'Henri IV. Il avoit servi la Ligue sous Mayenne, et l'avoit promptement abandonnée. — Depuis il tergiversa entre le roi et les rebelles, fut privé de son gouvernement de Blaye; mais néanmoins nommé maréchal, et gratifié pécuniairement; car le temps des transactions et concussions duroit encore sous la minorité orageuse de Marie de Médicis, comme sous la royauté contestée et marchandée d'Henri IV. (*L. de M.*)

Acte notarié, deux fois sig. 1609. 2 p. in-fol.

AUBETERRE (Jean d'), gouverneur de Collioure. Quitt. aut. sig. (sur parch.), de 432 *livres en louis d'argent et monnoye pour la solde et entretenement de six hallebardiers pour nostre personne...* 1674.

AUBETERRE (d'Esparbès de Lussan, chevalier d'), mestre de camp de cavalerie. Attestation de service, sig. 1713. Cachet.

114. **AUGUSTE III,** roi de Pologne. N. 1676. M. 1763.

L. aut. sig.: *Votre bon Père Auguste* (en français). W. (Varsovie), le 12 déc. 1759. 1 p. pl. in-4.

« Par votre letre du 25 du p. n. 49. J'ai vu mon cher fils que vous etiais « aucor occuper à l'arangemant des quartiers d'hivers dans le Wurtzbourgois, « si il fait si froit et qu'il aige tant de neige quici l'envie de sattaquer passera « tant au fran: qu'aus alle. Hier en sortant de la Ste Messe ariva un de mes « oficies depeches de vos freres, portant l'avis d'un second avantage que le « g. Beck a ramporter entre Dresde et *Keissen bey Zeewitz* (ces trois derniers « mots sont en caracteres gothiques), il n'est pas si éclatant que celui pour « lequel on vous a éveillé, mais pour les suites qui en peuve venir je l'en « estime pas moindre, et en vous souhaitant les heureuses fetes de la nouvelle « année, je prie Dieu qu'il vous accompagne toujours de ses sainte benediction « et vous garde de tous malheur et suis... »

115. **AUGUSTE III,** roi de Pologne. *Le même.*

Brevet de conseiller du roi accordé à Pierre-Jean de Livernette, docteur en médecine. 10 mars 1758, signé : *Augustus Rex*, contresig. Antonius Sikorski. Grande page in-fol. Sceau.

AUGUSTE (Frédéric-Guill.-Henri), prince de Prusse. N. 1779, M. 18.. L. sig., à M. Anselin, libraire. 1837. 1 p. in-4. Cachet.

116. **AULAN** (le bailly d'), commandant de l'île de Ré.

C'est l'indulgent et bienveillant commandant sous la garde de qui Mirabeau fut mis à vingt ans. (*L. de M.*)

L. a. s., à M. le marquis... Avignon, 4 janvier 1773. 1 p. in-fol.

117. **AULCHY** ou *Auchy* (Charlotte des Ursins, femme d'Eustache de Conflans, vicomte d'), qui fut gouverneur de Saint-Quentin. Morte en 1660.

Cette femme coquette et bizarre, pédante et vaine, est la *Caliste* de Malherbe. (*L. de M.*)

1° Acte notarié, sig.: *Charlotte des Ursins*. 1607. 2 p. in-fol.

2° Acte notarié, sig.: *Charlotte des Ursins*. 1609. 2 p. in-fol.

118. **AUMALE** (Claude II de Lorraine, duc d'), grand veneur de France, gouverneur du duché de Bourgogne. Né en 1523, tué par un boulet de canon à la Rochelle en 1573.

... Ce Claude II, frère du duc de Guise assassiné par Poltrot, fut le seul, ce me semble, des siens, qui ne se révolta pas contre les quatre rois qu'il servit... (Extrait d'une note de M. *L. de M.*)

1° Ordre sig. (sur parch.). Metz, 13 avril 1571. Cachet.

2° L. avec la souscription de deux lignes aut. sig., au roi Henri II. Ferrare, 6 octobre 1557. 1 gr. p. pl. in-fol. Cachet.

119. **AUMALE** (Mlle d'), une des premières dames de la maison de Saint-Cyr, amie et confidente de Mme de Maintenon.

Cette femme laide, mais spirituelle et amusante, distrayoit et égayoit Louis XIV devenu vieux et bigot, triste et ennuyé. (*L. de M.*)

L. aut. sig., à madame de Glapion. 28 juillet 1712. 2 p. in-4.

Elle la remercie d'avoir fait raccommoder sa croix, et ajoute en P. S. : « Nous songeons sérieusement à marier Suzanne, madame lui donne un très-« gros mariage, tous les gens davon voudroient estre a la place du jeune maçon

« qui va lepouser, elle aura 60 fr. de meuble 45 fr. pour une vache, et 24 fr.
« pour babiller Soizeux qui est le pretendu, elle aura un cochon de lait de
« nostre basse cour pour le festin de la nôce. »

120. **AUMONT** (Jehan d'), comte de Châteauroux, baron d'Estrabonne, etc., gouverneur de Dauphiné et de Bretagne, maréchal de France. N. 1522. M. 1595.

Ce vaillant et infatigable guerrier avait été blessé aux batailles de Cérisoles, de St-Quentin, de Dreux, de St-Denis, de Montcontour. A Ivry, il dégagea le roi enveloppé par l'ennemi. (*L. de M.*)

1° Quitt. sig. (sur parch.) de la somme de 833 écus un tiers pour un quartier de son état de maréchal de France. 1590. Cachet. *Portr.*

2° Acte notarié, sig. 1586. Demi-p. in-fol.

4° Acte notarié, sig. 1590. 2 p. in-fol.

121. **AUMONT** (Antoine d'), comte de Châteauroux, maréchal de France, etc., petit-fils de Jean d'Aumont qui contribua au gain de la bataille d'Ivry. N. 1602. M. 1669.

1° Deux quitt. sig. (sur parch.). 1644 et 1653. *Portr.*

2° L. aut. sig., à M... Boulogne, 9 décembre 1666. 2 p. in-4.

Il le supplie tres-humblement de représenter à Sa Majesté que les *catre milles liures* qu'il reçoit sur le *domène* du roi sont insuffisants...

Aumont (Antoine d'), comte de Châteauroux, gouverneur de Boulogne-sur-Mer. N. 1562, M. 1635. Pièce notariée, sig. 1603. 1 p. in-fol.

Aumont (Marie-Céleste, duc de Pienne, puis duc d'), lieutenant-général, premier gentilhomme de la chambre du roi. N. 1770, M. 1831.

1° Lett. sig. 1814. 1 p. in-4. — 2° L. aut. sig., à M. le comte...7 août 1826. 1 p. in-4.

Relativement à l'emplacement sur lequel sera bâti le théâtre Ventadour, et au nom que devrait porter la nouvelle rue.

Villequier (le duc de), membre de l'Assemblée constituante. L. aut. sig., à Stanislas Fouache. Blankenbourg, 25 mai 1797. Demi-p. in-4. Cachet.

122. **AUMONT** (Louis-Marie d'Aumont-Rochebaron, duc d'), gouverneur de Paris. N. 1632. M. 1704.

1° Quitt. sig. (sur parch.), de la somme de 2,518 livres pour l'entretenement de quatre mulles qu'il plait à Sa Majesté de m'entretenir, et pour la nouriture et médicaments de six pages de la chambre du roy. 1682.

2° Quitt. sig. (sur parch.). 1669.

3° L. aut. sig., à M... Boulogne, 3 août 1674. 2 p. in-4.

Il a établi la ferme du tabac, ainsi qu'il l'a désiré et que le roi l'a voulu. « Je me suis trouué a touttes les publications qui en ont esté faittes et l'affaire » sest passée dans touttes les formes, lalteration des esprits i a este grande » mais jay contenu leurs chagrins en sorte que je me flatte quil ni aura au- » cunes suittes facheuses dans lexécution ou japporterai toutte la douceur » possible... »

123. **AUMONT** (Françoise-Angélique de *La Mothe Houdencourt*, seconde femme du précédent, N. 1650. M. .....

C'est la fille dissolue de la chaste Louise de Prye, femme du maréchal Philippe de La Mothe Houdancourt. — C'est la Dlle de Toucy qui figura, à 13 ans dans les ballets dansés par Louis XIV. — C'est la sœur des duchesses de La Ferté et de Vantadour, dont les galanteries furent si scandaleuses. — Celle-ci fit moins de bruit sans se mieux conduire, témoin ses amours avec Villeroy, Caderousse, Roquelaure, l'archevêque de Reims Letellier. — C'est l'*Alcine* de Mme de Sévigné, la *maternelle chimène*, etc. — Elle est l'original d'un des portraits de La Bruyere. (*L. de M.*)

Quitt. sig. (sur parch.). Paris, 16 décembre 1705.

124. **AUTEURS DRAMATIQUES.** 13 lettr. et pièces aut. s.

Alboise. — Aude. 1818. — Augier (G.-V.-Emile). — Barré (Ives). — Bayard (Jean-François). 1° L. a. s., à M. Jules Janin. 1841. Intéressante. — 2° *La Pauvre Mère*, pièce de vers aut. sig. in-4. —

BAYARD (Antoine). Deux lett. — BLIN DE SAINMORE. Deux lett. 1788 et 1801. — BOCAGE (Paul *Touzez*, dit). — BOURGEOIS (Auguste *Anicet*). 1845. — BURRY (Fulgence de). *Le Diable, jeu à la mode,* chanson aut. 1812. 3 p. in-4.

125. **AUTEURS DRAMATIQUES.** 13 lett. et pièces aut. sig.

CHÉRON. An IX. — COGNIARD (Théodore). — DE LA VILLE DE MIRMONT. Et feuilleton de M. Jules Janin sur sa mort, 6 oct. 1845. — DELESTRE POIRSON. Deux lett., et *finale du 3e acte après l'air de Pamyra*, u. — DESFAUCHERETS (Jean-Louis *Brousse*). An X. — DONVÉ. Deux lett. à M. Jules Janin. 1842. Curieuses. — DRAPARNAUD. Deux lett. — DROUINEAU. 1831. — DUMANIANT. 1823.

126. **AUTEURS DRAMATIQUES.** 9 lett. et pièce aut. sig. 1 *portr.*

DUSAULCHOY. — DU TERTRE. 1842. — DUVERT. 1841. — GUILBERT DE PIXERÉCOURT. L. a. s. 1832, et lett. sig. 1814. *Portr.* Feuilleton de M. Jules Janin sur sa mort (19 août 1845). — GALOPPE D'ONQUAIRE. 1848. — GUENÉE. — HAPDÉ. 1829. — HOFFMAN (Henri). L. a. s, 1813, et fragment aut. — JACQUELIN. *Avis au public, avant que ma fortune soit faite.* Chanson aut. sig. (1808). 3 gr. p. in-4.

127. **AUTEURS DRAMATIQUES.** 13 lett. aut. sig. et 1 *portr.*

LAMARTELIERE. Deux lett. — LE BAILLY. — LEUVEN. — LOMBARD DE LANGRES. 1829. — MAUCLERC, à M. Jules Janin. 1841. Touchante. — MAURICE (J.-Charles-Fr.). Deux lett., et lettre à lui adressée. 1827-1841. — PERROT. Deux lett. 1841. — PIEYRE. Lett. et *portr.* — PICHAT.

128. **AUTEURS DRAMATIQUES.** 17 lett. aut. sig.

RADET. 1812. — SAINT GEORGES. Quatre lettres. — SAINT-JUST (Godard d'Aucour, baron de). — SIMONNIN. L'*Optimiste*, chanson aut. sig. 4 p. in-4. — THÉAULON. Trois pièces. — VAEZ (Jean-Nicolas-Gustave Van Nieuwenhuysen, dit). Deux pièces. — VARNER. Deux lett. 1835-1843. — VAULABELLE (Mathieu *Tenaille*, dit : Eléonore de). Deux lett. à M. Jules Janin. Intéressantes. — VIAL. 1837.

129. **AUVERGNE** (le comte d'), frère du cardinal de Bouillon.

L. aut. sig., à M... Paris, 26 nov. 1691 2 p. et demie in-4.

AUVERGNE (Mme la comtesse d'). Deux pièces aut. sig. 1697 et 1700.

AUVERGNE (le prince d'), capitaine au Régiment, colonel-général. Certificat militaire aut. sig. Paris, 1695. 1 p. in-4.

130. **AVAUX** (Claude de *Mesmes*, comte d'), surintendant des finances, négociateur de la paix de Munster, ambassadeur à Rome, en Allemagne, en Pologne, etc., auteur de *Lettres et Mémoires*.... N. 1595. M. 1650.

L. aut. sig., au cardinal Mazarin... Munster, 18 mars 1644. 1 p. in-fol. *Portr.* de Moncornet,

« Je ne prens pas la plume pour escrire daffaires a Vre Eminence, il y a trop peu dheures que ie suis icy, et la lre cy iointe contient tout ce qui s'y est passé depuis mon arrivée... »

131. **AVAUX** (Jean-Jacques de *Mesmes*, comte d'), président à mortier, surintendant des finances, membre de l'Académie française. M. 1688.

Quitt. sig.: *De Mesmes d'Auaux* (sur parch.), comme maître des requêtes. 1659.

AVAUX (Jean-Antoine de Mesmes d'), conseiller du roi. Deux quitt. sig. (sur parch.). 1625-1646.

AVAUX (Jean-Antoine de Mesmes d'), président du Parlement. Quitt. sig. (sur parch.). 1672. Vue de l'hôtel de Mesmes.

132. **AVAUX** (Jean-Antoine de *Mesmes*, comte d'), premier

président du Parlement de Paris, ambassadeur en Angleterre, en Hollande, etc., l'un des négociateurs de la paix de Nimègue. N. 1661. M. 1723.

1° L. aut. sig., à M. Le Bret, intendant de Provence. Paris, 9 janvier 1693. 1 p. in-4.

Il réclame sa protection pour les pauvres habitants de Mondragon, au sujet de la digue que les habitants de Boulainne doivent refaire...

2° L. aut. sig., à M... Cramayel, 3 avril 1714. 2 p. pl. in-4.

Il le remercie de la peine qu'il a prise de lui envoyer le projet d'arrêt que M. le prévôt des marchands a fait dresser, pour tâcher à diminuer le prix des matériaux à Paris..... Motifs.

133. **AVRIL** (Pierre-Victor), assassin, complice de Lacenaire. N. 1811. Guillotiné le 9 janvier 1836.

1° L. aut. sig., à M. Bidault, comptable de l'atelier des boites à rasoir, à la maison centrale de Poissy, pour ses anciens co-détenus. De la Conciergerie, 17 novembre 1835. 3 p. in-4.

Il se plait à penser qu'ils lui pardonneront tous son crime à l'unanimité.... Tous l'avaient prié de ne pas fréquenter Lacenaire..... Depuis qu'il a fait la révélation de son crime, il se trouve tres-heureux, il lui semble qu'il est plus léger, rien ne l'oppresse, il n'est plus le même homme, il est satisfait de son sort, pour rien au monde il ne voudrait le changer... Dans quelques jours il ne souffrira plus, sa triste existence aura fini... Souffrances qu'il éprouvait avant d'avoir fait cette révélation...

2° L. aut. sig., à M. Vialon, avocat. De la Conciergerie, 2 décembre 1835. 2 p. in-4.

134. **AVRIL** (Pierre-Victor). *Le même.*

L. aut. sig., à son complice Lacenaire. De la Conciergerie, le 7 janvier (deux jours avant sa mort). 1836. 3 gr. p. pl. in-4.

C'est avec peine qu'il se voit passer par lui comme délateur..... « Eh bien, « depuis notre condamnation, tu écris toujours du mal de moi ; écoute, je crois « me tromper, mais je vois ici des détails donnés par le docteur Fossati, il dit « en parlant de toi, le défaut de courage l'a toujours porté à se contenter de « diriger le meurtre et le faire exécuter par un complice, et il ajoute, on se « rappelle cette phrase, souvent répétée aux débats : Lassenaire était la tête, « Avril était le bras... » Ce qu'il répliquait là-dessus... Il ne pensait pas qu'il lui ferait du mal comme cela dans ses écrits, « j'aurais cru au moins que tu « aurais ménagé mon amour propre... Car moi, j'oublie tout de mon côté. Je « t'embrasse de tout cœur, et suis ton dévoué ami... »

135. **AYDIE** (Odet d'), seigneur de Lescun et de Castillon, lieutenant général du duc de Normandie et de Berri, puis chambellan du roi Louis XI, gouverneur, amiral et grand sénéchal de Guyenne, etc.

Quitt. sig. (sur parch.) de la somme de onze cents écus tournois, monnaie de Normandie, pour payer trente lances fournies de la grande ordonnance, pour un mois... 21 octobre 1461. Notice intéressante de M. *L. de M.*

136. **AYDIE** (le chevalier d'), l'amant de Mlle Aïssé, jeune Circassienne amenée en France par le comte de Ferriol.

Mlle Aïssé mourut à 38 ans, en 1733. Le chevalier d'Aydie, son amant, resté fidèle et inconsolable, vécut assez pour élever et marier la fille qu'il avait eue d'elle. (*L. de M.*)

L. aut. sig., à M. l'abbé Alary, à la Bibliothèque du roi, à Paris. Son adresse est route de Bordeaux, à Pontarneaux. 18 juillet 1739. 3 gr. p. pl. in-4. Intéressante.

137. **AZARA** (don Joseph-Nicolas d'), ambassadeur d'Espagne à Rome, en France, etc. N. 1731. M. 1804.

1° L. aut. sig. (en italien), à M... Rome, 3 avril 1793. 2 p. in-4. Lettre d'affaires. — Notice biographique (imprimée) en italien. 1804. in-8.

2° L. a. s. (en français). Paris, 30 novembre 1801. 1 p. pl. in-4.

138. **BABEUF** (François-Noël, dit *Gracchus*). Né en 1764. Condamné et mis à mort comme conspirateur en 1797.

1° L. aut. sig.: *G. Babeuf*, à Guffroy, député à la Convention nationale. Arras, maison d'arrêt dite des Baudets, le 9 floréal au III. 1 gr. p. pl. et demie in-4.

... Il ne s'est jamais abaissé aux pieds de personne, et il ne commencera pas par lui, mais il lui annonce qu'il a pourtant envie de renouer quelques liaisons entre eux deux. « D'abord, je le dois. Tu m'as un jour écrit, et je ne « t'ai point encore répondu. Tu as fait plus, tu as imprimé la lettre que tu « m'écrivais et tu l'as fait afficher dans Paris. Je n'ai pas voulu donner à tout « le peuple le spectacle d'une lutte scandaleuse entre nous deux. Je me suis « tu, et depuis lors tu m'as poursuivi dans le silence. Je ne dissimulerai pas « que je n'aie le premier fourni un vif aliment à ta haine. Je pousserai même « la franchise jusqu'à dire que de toi à moi, il peut y avoir des torts réciproques. Nous autres révolutionnaires, nous avions tous contracté la mau« vaise manie de nous déchirer mutuellement au premier petit différent que « nous avions ensemble. Je dis qu'il serait bien temps de perdre cette mau« vaise habitude, et le total des affaires en irait peut-être mieux. » Leur dispute dans le temps pour la constitution démocratique de 1793... Si par hasard, ils sont d'accord, de disputer, qu'en auraient-ils besoin..... « Tu sais « aussi quelle universelle influence sur le peuple j'étais parvenu à obtenir « dans ces derniers temps. Tu le sais, car tu es un de ceux que cette influence « a le plus effrayé... »

2° Extrait de l'arrêté du comité de sûreté générale du 15 ventôse an III, qui ordonne que les citoyens Babeuf, Pouré et Le Bois, détenus à la prison d'arrêt, rue des Orties, seront à l'instant transférés à celle de la Force. 1 p. in-4. Tête impr. Vignette. Sceau.

139. **BABOU DE LA BOURDAISIERE** (Georges), comte de Sagonne, capitaine de l'ancienne garde des cent gentilshommes du roi, oncle de Marie de Beauvillier et de Gabrielle d'Estrées. M. 1617.

Brave guerrier, d'abord attaché au duc d'Alençon, frère de Henri III, et même à ce prince, fut ensuite entraîné dans la Ligue par la duchesse de Montpensier, qu'il aimait tout en la méprisant... (*L. de M.*)

Deux quitt. sig. (sur parch.). 2 mai 1610 et 25 août 1611.

Babou de la Bourdaisière (Georges), gentilhomme de la chambre de Monsieur, frère du roi, etc. Quitt. sig. (sur parch.), et deux actes notariés, signés. 1576, 1595, 1600.

Babou (Jehan), comte de Sagonne, mestre de camp de la cavalerie légère du roi, tué à Arques, en 1589, par le duc d'Angoulême, fils naturel de Charles XI. Quitt. sig. (sur parch.) de cent écus... 1586.

Babou (Diane de La Marck, comtesse de Sagonne), femme du précédent. Elle avait épousé en premières noces Jacques de Clèves, duc de Nevers, et Henri de Clermont, vicomte de Tallard. Acte notarié, sig. 1594. 4 p. in-fol.

140. **BACIOCCHI** (Félix), mari d'Elisa Bonaparte.

L. aut. sig.: *Felix*, à sa mère. Gênes, 18 messidor... 1 p. in-4.
Il lui annonce son départ pour Lucques, où il compte se fixer.

141. **BADE** (Louis-Guillaume, prince de), filleul de Louis XIV, maréchal de camp, général de l'Empire, vainqueur des Turcs. Né 1655. M. 1707.

1° L. sig., au comte de Gonzel, à Varsovie. Augsbourg, 20 mai 1697. 6 p. pl. in-4.

Instruction très-détaillée pour ses prétentions au trône de Pologne, en concurrence avec le prince de Conti... Il a promis et promet encore les dix millions de Pologne que la France offre, « ie m'offre et avec le plus grand plaisir « du monde de faire tout mon mieux pour rétablir le royaume dans son ancien « lustre, et la dessus me gouverner selon leurs avis et intentions, continuer la « guerre contre les infidèles, et me rendre incessament après qui m'auroient « fait roy, non pas sur les confins, mais la ou l'interest et le bien de la repu« blique et la gloire de la nation me demanderoit... »

2° Quatre lettres aut. sig. de son secrétaire *Forstner*? (l'écriture est la même que celle de la lettre qui précède), adressées au même, et datées de Langenau, du camp de Ravemberg et d'Augsbourg, 23 avril, 20 mai et 14 août 1697, et 7 janvier 1698, relatives à la même négociation. Ensemble, 9 p. in-4.

BADE (Philippe, margrave, marquis de), landgrave de Hesse. N. 1559, M. 1588. L. sig., à François de Luxembourg, duc de Piney. Bade, 6 sept. 1683. 1 gr. p. pl. in-fol. (un peu rongée par l'humidité). Cachet. Intéressante.

BADE (Charles-Frédéric, grand-duc de). N. 1728, M. 1811. L. sig. 20 déc. 1808. 1 p. in-4.

BADE (Charles-Louis-Frédéric, grand-duc de). N. 1786, M. 1818. L. aut. sig., à madame... Schwetzingen, 5 juin 1811. 1 p. in-fol. (Collection de M. de Monmerqué).

142. **BAILLET** (Adrien), prêtre, bibliothécaire de M. de Lamoignon, auteur de la *Vie des saints*. Né à la Neuville en Hez, près de Beauvais, en 1649. Mort en 1701.

Quitt. sig. (sur parch.). 14 janvier 1700. Trois *portr.* gravés (deux doubles d'Édelinck, dont un beau).

BAILLET (René), président du Parlement de Paris.

Quitt. sig. (sur parch.). 1567. M. 1579.

143. **BAILLEUL** (Dominique-Louis de), marquis de Châteaugontier, président du Parlement de Paris.

L'histoire a perpétué le souvenir de la courageuse et patriotique résistance qu'il opposa au Grand Condé pendant les troubles de la *Fronde*, au milieu desquels le loyal magistrat courut à diverses reprises les plus grands dangers. (*L. de M.*)

Deux quitt., avec trois lignes aut. sig. (sur parch.). 1658-1663.

BAILLEUL (Nicolas de), chancelier de la reine Anne d'Autriche, président du Parlement de Paris, surintendant des finances. M. 1652. Quitt. sig. (sur parch.). 1633. *Portr.*

144. **BAILLOT** (Pierre-Marie-François), musicien compositeur, violoniste célèbre, professeur au Conservatoire de musique. N. 1775. M. 1842.

1° Réclamation aut. sig. (sur papier timbré), au préfet de la Seine, contre une taxe mobilière exagérée. Paris, 14 déc. 1832. 1 p. et demie in-4.

... Chargé de famille, sans fortune, de trois places qui constituaient touts ses moyens d'existence, ayant perdu d'abord celle de la chapelle, puis celle de l'Opéra, il se trouve dans un tel état de gêne, que payer 20 fr. sera pour lui un grand effort....

2° L. aut. sig., à M. Dauprat. 17 mars 1833. 2 p. in-8. Cachet.

Relative à un concert qu'il doit donner le 24 mars dans la salle St-Jean.

145. **BAILLY** (Jean-Sylvain), astronome, membre de l'Académie française, premier maire de Paris en 1789. Né en 1736. Mis à mort en 1794.

1° Ordre sig., au concierge de la prison de l'Abbaye, de recevoir le s^r^ de Memsay. *Fait à l'hôtel de la mairie, le* 14 *oct.* 1790, *trois heures du matin*. 1 p. in-4. Sceau de la ville de Paris. Sept *portr.*, dont un colorié in-fol.

2° L. sig., terminée par trois lignes aut., concernant le physicien Charles et sa précieuse collection. Paris, 31 oct. 1791. 1 p. in-4.

3° L. aut. sig., au président du conseil départemental, à Paris. Niort, 21 juillet, l'an IV de la liberté. 1 p. in-4.

Il lui envoie sa démission de conseiller, sa santé ne lui permettant pas de s'occuper d'affaires qui deviennent de plus en plus difficiles.

146. **BALLANCHE** (Pierre-Simon), littérateur, métaphysicien, membre de l'Acad. française. N. 1775. M. 1847.

1° L. aut. sig., à M. Laurent de Jussieu. Lundi 21 mars 1831. 1 p. pl. in-8.

Recommandation en faveur de Jean-Pierre Grenier; « ...il est sur les rangs « pour obtenir une décoration, parce qu'il a été signalé pour avoir fait des ac- « tions d'éclat dans les journées de juillet. Il s'est battu, ce qui est bien; il a « sauvé la vie à un homme, ce qui est encore mieux. C'est un garde royal qu'il « est parvenu à sauver après l'avoir blessé lui-même M. Récamier s'intéres- « sait à M. Grenier, et c'est là la cause de l'intérêt que madame Récamier prend « à lui... »

2° L. aut. sig., au même 27 mars 1841. 1 p. pl. in-8.

3° L. aut. sig., au même. 10 avril. 1 p. pl. in-8.

4° Billet aut. sig., au baron de Gérando. 1829. In-8.

Invitation à assister à la lecture de *Moïse* chez madame Récamier.

147. **BALSAC** (Robert de), sénéchal d'Agenois, chambellan du roi. Disgracié par le soupçonneux Louis XI, il fut reconnu innocent.

Deux quitt. sig. (sur parch.). 1499 et 1500.

148. **BALSAC D'ENTRAIGUES** (Charles de).

Ce Charles, appelé *Antraguet*, parce qu'il étoit le puîné de François, tua Quélus dans le fameux duel de 1577, où périrent Maugiron, Schonberg, Riberac. —Si l'on en croit Brantôme, la victoire d'Antraguet fut une lâche perfidie, attendu qu'il s'étoit pourvu d'une dague contre l'épée, seule arme qu'eût Quélus. — Ce qui porteroit à repousser cette assertion, c'est que Antraguet, brave d'ailleurs, se battoit pour un motif noble, puisque, amant favorisé de la reine Marguerite, il se vengeoit des propos par lesquels Quélus avoit, à ce sujet, outragé la reine. Comme beaucoup de duellistes, Antraguet fut tué en duel en 1599. (*L. de M.*)

Acte notarié, sig. 1595. 3 p. in-fol. *Portr.* médaillon, in-8, et acte notarié, signé par sa femme, Hélène Bonne. 2 p. in-fol.

149. **BALSAC D'ENTRAIGUES** (François de), de Malesherbes, mari de Marie Touchet dont il eut deux filles; l'aînée fut la marquise de Verneuil, maîtresse de Henri IV.

Quitt. sig. (sur parch.). 1572. Cachet. Belle pièce. Notice de M. *L. de M.*

150. **BALSAC** (Jehan de), sieur de Montagut.

Quitt. sig. (sur parch.) de la somme de 822 liv. 10 s. tournois, *pour nostre estat de lieutenant de la compaignie de M. d'Entraigue*. 1571. Cachet.

Balsac (Pierre de), sr d'Entraigues, capitaine du château de Castelmilsre. Quitt. sig. (sur parch.) de 50 liv. pour nos gaiges de l'année finye de la Saint-Jehan-Baptiste. 1524.

Balsac (Thomas de), Montagu, porteur d'enseigne de la compagnie de 80 lances fournies des ordonnances du roi, etc. Quitt. sig. (sur parch.). 1555.

Balsac (Henri de), gentilhomme ordinaire du roi, seigneur de Clermont d'Entraigues. Acte notarié, sig. 1605. 2 gr. p. pl. et demie in-fol.

Balsac (sœur Antoinette de), abbesse de Notre-Dame du Faetel, dit le Bois-aux-Dames. Quitt. sig. (sur parch.) de la somme de deux cents écus d'or... 1584. Belle et curieuse pièce.

Balsac (Anne de). Acte notarié, signé. 1607. 2 p. in-fol.

151. **BALTARD** (Louis-Pierre), dessinateur, graveur, architecte. N. 1764. M. 1846.

1° L. aut. sig., à M. Lucas de Montigny. Paris, 15 avril 1820, 1 p. in-4. Forte déchirure enlevant une partie de la signature et la fin de plusieurs lignes.

2° Rapports pour la construction d'une nouvelle halle aux veaux à proximité du chemin de ronde, entre les barrières Saint-Denis et Poissonnière. Minute aut. 2 gr. p. pl. in-fol.

3° Plans, dessins de deux tombeaux, avec des observations aut. sig. 1821. 1 p. in-fol.

152. **BALUZE** (Etienne), savant érudit. N. 1630. M. 1718.

Quitt. sig. (sur parch.). 1701.

153. **BALZAC** (Honoré de), romancier célèbre, auteur dramatique. N. 1800. M. 1850.

1° Billet aut. sig. *de B*. Deux articles de journaux et deux charges. — Note aut. sig. de M. Jules Janin sur une lettre d'invitation (imprimée), pour les premières représentations de ses *Ressources de Quinola*.

2° L. aut. sig. *Honoré de B*... Sans date. 1 p. pl. in-8.

« Mon bon tuteur, vous m'avez dit de vous rappeler *ces reconnaissances*, je « crois qu'il est plus que temps. Je travaille à ne pas perdre les dédits à Lagny, « je n'ai plus que jusqu'au 1er, et je ne suis qu'au quart de ma besogne... *La « Comédie humaine* m'accable de travail, à cause de l'ordre des matières, je « viens d'être obligé de faire haut le pied, une histoire pour le volume en « train... »

154. **BANCAL DES ISSARTS** (Jean-Henry), député du Puy-de-Dôme à la Convention. N. 1750. M. 1826.

Livré par Dumouriez aux Autrichiens, il fut échangé à Bâle, conjointement avec les autres commissaires, ses collègues, contre *Madame*, depuis duchesse d'Angoulême.

1° Copie sig., d'un ordre d'arrestation délivré par le comité de sûreté générale. An II. 1 p. in-fol. — Brochure imprimée, an VI. 19 p. in-8.

2° L. a. s., au citoyen et ancien collègue... Paris, an V. 1 p. in-4.

155. **BANCHI** (frère Séraphin), dominicain, docteur en théologie. M. 1622.

C'est lui qui découvrit le projet régicide de Barrière, et qui en fit avertir Henri IV par Bercaleon. (*L. de M.*)

Quitt. aut. sig. (sur parch.), de la somme de mille écus par an que lui fait S. M. (Il faut convenir que cette rente était bien gagnée). 1596.

156. **BANKS** (sir Joseph), baronnet, président de la Société royale de Londres, voyageur, naturaliste. 1743. 1820.

L. aut. sig. (en anglais), à M. l'Héritier, à Paris. Sohosquare, 29 novembre 1785. 3 p. in-4. *Portr.* grav.

Relative à une plante qui lui a été présentée.

157. **BARBAROUX** (Charles-Jean-Marie), avocat, conventionnel. N. 1767. Mis à mort en 1794.

1° Copie, certifiée et signée par lui, de la lettre écrite par le directoire du département des Bouches-du-Rhône à la municipalité de Marseille. Aix, 20 février 1791. 2 p. in-4. *Portr.*

2° Note aut. sig., pour le sieur Bouteille. Marseille, rue de la Roquette, 3 mai 1791. 1 p. pl. in-4.

3° Mémoire sur les préparatifs de guerre que fait l'assemblée représentative de Carpentras, dans le but d'opérer une contre-révolution dans le Comtat. Elle fait fabriquer des canons, des fusils dans ses murs et de la poudre à Avignon. Elle organise une armée, réunit tous les mécontents du nouvel ordre de choses, les émigrés, a des intelligences avec l'étranger, les 12, 13 et 14 juin, elle a fait envahir les villes de Thor et de Cavaillon, et pour cette expédition, elle a mis sur pied subitement 15 à 16 mille hommes armés en guerre, elle a donné par là une idée des forces militaires qui sont à sa disposition et de la manière dont elle sait les employer contre les amis des lois françaises... Quelle est enfin la puissance étrangère qui peut faire passer dix mille soldats dans le Comtat. Le roi de Sardaigne, et cela se suppose d'après les liaisons existantes entre Carpentras, Nice, Turin et même Rome, qui recèle un grand nombre d'émigrants français du plus haut rang... etc., etc. 5 gr. p. pl. et demie entièrement aut. in-fol. Pièce importante.

158. **BARBAROUX** (Charles). *Le même.*

Copie sig., avec attestation signée des maire et officiers municipaux de Marseille, en date du 21 février 1791, de la lettre écrite par le département du Gard, à la municipalité de Marseille. 5 p. in-fol. *Portr.*

« Le département du Gard se trouve dans la position la plus critique. Des « troubles arrivés à Uzès et bientôt appaisés ont donné lieu à une explosion « dont il est difficile de calculer les suites. Le trop fameux camp de Jalès s'est « formé de nouveau, il nous menace de toutes les fureurs de la guerre civile, « et d'attaquer nos cités patriotes, et d'y porter les horreurs du fanatisme et « les vengeances des ennemis de la constitution. Nous prenons des précau- « tions, nous rassemblons nos troupes, et nous sommes bien surs que nos « gardes nationales montreront autant de courage que de civisme. Nous avons « du canon, mais il nous manque des artilleurs, etc., etc. »

159. **BARBERINI** (Antoine), cardinal, archevêque de Reims, grand aumônier, etc.

Deux actes notariés, dix fois signés. 1647. Ensemble, 12 gr. p. in-fol. Deux *portr.* gravés.

Barberini (Charles), cardinal.

L. sig. (en italien). 1661. 1 p. in-4. *Portr.*

160. **BARBIER** (Marie-Anne), auteur dramatique. M. 1745.

Envoi aut. sig. de la tragédie de *Cornélie*, à J.-B. Rousseau, écrit sur la garde du titre. (Coll. de M. de Monmerqué, qui a écrit sur l'enveloppe: J'ai déchiré le feuillet blanc et le frontispice de l'exemplaire qui est relié en veau brun et très-simple.)

161. **BARBIER** (Henri-Auguste), poëte, littérateur, auteur des *Iambes*. N. 1805.

1° *Michel Ange.* Sonnet aut. sig. Très-grande page in-4.

2° *Le point de vue, idée sociale.* Pièce de vers, aut. sig. 7 p. pl. et demie in-4.

162. **BARERE DE VIEUZAC** (Bertrand), député aux états généraux, conventionnel. N. 1755. M. 1841.

1° L. a. sig., à M... Tarbes, 20 déc. 1837. 1 p. pl. et demie in-4.— Barère à la tribune de la Convention. Beau *portr.* gravé, grand in-fol.

Nouvelles de sa mauvaise santé... Quant à M. Taschereau dont il honore les talents littéraires et consciencieux, il ne connait pas son désir *personnel* sur les genres de documents historiques qu'il emploie pour sa *Revue rétrospective*, et qu'il fait demander par lui...

2° Défense de Barère. Appel à la Convention et aux Français. — Observations de Barère sur le rapport fait le 12 ventôse, par Saladin. Barère à Dubois Crancé. — Réponse de Barère à Dubois Crancé. Six brochures imprimées en l'an III. Ensemble, 198 p. in-8.

163. **BARERE DE VIEUZAC** (Bertrand). *Le même.*

1° Ses initiales, comme paraphe, au bas d'une quittance signée du prince Camille de Lorraine, 1777 et 1793. Trois *portr.*

2° Extrait d'un arrêté du Comité de salut public signé par lui, par Carnot et R. Lindet, du 27 floréal an II. 2 p. in-fol. Tête impr. Vignette.

Aux termes du décret du 16 Germinal pour l'amélioration du Museum d'histoire naturelle, le citoyen Molinos examinera : 1° Quels sont les biens nationaux et les terrains environnants qui pourraient être réunis à cet établissement national. 2° Quels sont les moyens d'y englober la riviere de Bievre, dite des Gobelins, et d'agrandir ce monument utile jusqu'au boulevard et au marché des chevaux d'un côté, jusqu'à la rue Saint-Bernard de l'autre...

3° L. aut. sig., à M. Gauthier d'Auteserve. Tarbes, 29 sept. 1839. 1 p. in-4.

164. **BARNAVE** (Antoine-Pierre-Joseph-Marie), avocat, dé-

puté de Grenoble à l'Assemblée constituante, orateur célèbre. Né en 1761. Mis à mort en 1793.

Un de ces hommes de bien, de talent et de courage, qui, après avoir cédé à l'énivrement des plus généreuses idées de réforme, s'aperçurent trop tard qu'ils avoient dépassé le but, et périrent en rétrogradant... (*L. de M.*)

L. aut. sig., à M... 1790. 1 p. pl. in-4. Trois *portraits*, et la gravure : *La liste civile faisant sauter pour le roi les successeurs des Barnave, des Lameth*, etc.

Relative aux événements de la Martinique dont il doit rendre compte à l'Assemblée nationale.

165. **BARRAS** (Paul-Jean-François-Nicolas), conventionnel, membre du Directoire. N. 1755. M. 1828.

1° Sa signature au bas d'un brevet de pension nationale de 1,200 liv. An VI. Gr. in-fol. Deux *portr.*, et lettre imprimée, an VIII.

2° L. aut. sig., à son collègue Calon. Paris, 6 floréal an III. 1 p. in-fol. Tête impr. Vignette.

3° L. aut. sig., à M. Guide, administrateur du directoire du département, à Toulon. Sans date, deux tiers de page in-8. Cachet à la cire rouge. Cette letre a été percée avec un canif, et trempée dans le vinaigre.

Il n'a que le temps de lui annoncer que l'armée a fait une retraite sur Nice, d'après l'avis de l'évacuation de cette place, et que si cela est, demain, sans tirer un coup de canon, ils établiront le quartier général dans Nice.

4° L. sig., au docteur Michel. Paris, 28 août 1828. 2 p. in-8.

166. **BARREME** (François), arithméticien, censeur royal.

Pièce aut. sig. Paris, 12 avril 1724. Demi-p. in-fol.

« J'ai examiné par ordre de Monseigneur le garde des sceaux les règles fon-
« damentales du bon ordre. Je ny ay rien trouvé qui pu en empescher l'im-
« pression. »

167. **BARRIERE** (François), littérateur, éditeur des *Mémoires sur la révolution.* N. 1786

1° Six billets et lett. aut. sig., à M. *L. de M.* in-8.

2° L. aut. sig. Paris, 17 vendémiaire an XIII. 1 p. in-4.

168. **BARRILLON** (Jean-Jacques), premier président aux enquêtes de la cour du Parlement. M. 1645.

Après avoir subi un long emprisonnement à Pignerol pour la cause de la reine Anne d'Autriche, et s'etre mêlé aux parlementaires dont la résistance fut la cause ou le prétexte de la Fronde, il fut réemprisonné à Pignerol, où il succomba au chagrin d'un traitement si dur et si inattendu, surtout de la part de la reine qu'il avait servie, et de Mazarin qui, continuant le despotisme de Richelieu, n'en avait pas la cruauté... (*L. de M.*)

Quitt. sig. (sur parch.). Château d'Amboise, 30 mai 1632.

169. **BARRILLON DAMONCOURT** (Paul), ambassadeur extraordinaire et *plénipotentiaire pour traiter de la paix* en Angleterre.

Ami de madame de Sévigné et de La Fontaine, qui lui a dédié le *Pouvoir des Fables*, Barrillon a été longtemps et infructueusement épris de madame Scarron, depuis madame de Maintenon. (*L. de M.*)

Passe-port sig., délivré à Jean Roussel. Cologne, 1er mars 1674. Cachet; sur le même passe-port la signature et le cachet de Courtin, son collègue pour traiter de la paix.

170. **BART** (Jean), célèbre chef d'escadre. N. 1651. M. 1702.

Sa signature : *Jan Bart*, derrière une quittance ainsi rédigée : Pour servire de quitance de la somme de cent dix livres pour mes appointements de lieutenant de marine entretenu en ce port de Duynkerq pendant le mois de juillet 1683. Trois *portr.* gravés.

Deux lett. aut. sig. *M. Tugghe, vefue du Chl. Bart*, à M. de Saint-Sulpice, conseiller du roi, inspecteur général de la marine, rue Feydeau, près la porte de Richelieu, à Paris. Dunkerque, 22 août et 29 septem bre 1711. Ensemble, 3 p. pl. in-4. Fortes moisissures au bas de la marge extérieure. Cachets (en cire noire) : d'argent à la fasce d'azur chargée d'une fleur de lis d'or ; en chef, deux ancres de navire mises en croix, en pointe un lion ?

171. **BARTHELEMY** (l'abbé Jean-Jacques), historien, antiquaire, membre de l'Académie des inscriptions et belles-lettres et de l'Académie française, auteur du *Voyage du jeune Anacharsis*. N. 1716. M. 1795.

Cet homme si doux et modeste, ce prêtre si vénérable, cet érudit si profond, n'avait pas trouvé grâce devant les démagogues, et ce fut cependant leur chef, Danton, qui l'arracha des Madelonnettes, où il alloit être égorgé dans les journées de septembre 1792. (*L. de M.*)

L. aut. sig. (à la 3e personne), à M. Watelet. Ce vendredi 3 sept. 1 p. in-8. Trois *portr.* Son éloge historique par M. de Boufflers. Paris, 1806. 49 p. in-8.

Il l'embrasse tendrement, et le prie de lui renvoyer, le plus tôt qu'il lui sera possible, les trois volumes de l'opéra bouffon intitulé : *le Philosophe de campagne.* « Un de ses amis le lui demande depuis et pour quelque temps, et il le » désire avec autant d'ardeur, que lui désire de voir le commencement de son » poëme que M. Marcette ne lui a pas encore envoyé. Au nom de Dieu, ne » montrés jamais cette lettre à l'abbé de la Bleterie, si vous le connoissés. Il » mourroit de douleur à l'aspect de tous ces *il* et *lui*. »

172. **BARYE** (Antoine-Louis), statuaire. N. 1795.

Réclamation aut. sig. (sur papier timbré), pour ses contributions. Paris, 25 juin 1842. 1 p. pl. in-fol.

Bartolini (Laurent), statuaire, correspondant de l'Institut de France. N. 1779, M. 1850. Billet aut. sig. (en italien, à la 3e personne), à l'amico Bardi. Demi-p. in-8.

173. **BASIRE** (Claude), conventionnel, membre du Comité de sûreté générale. N. 1764. Mis à mort en 1794.

1° L. aut. sig., au citoyen Sijas, adjoint du ministre de la guerre. Paris, 30 juillet 1793. 1 p. in-fol. En tête il y a huit petites lignes de la main de Bouchotte. Deux *portr.*

2° Arrêté du Comité de sûreté générale, signé par Basire, Bernard, Tallien, Ingrand, Ruamps, Maribon-Montant et Legendre de Paris. Paris, 27 janvier 1793. 1 p. in 4. Cachet à la cire rouge.

Les citoyens Jean-Louis-François de Paul Desaint et Gabriel-Mathieu Desaint, dit Lamothe, seront conduits à l'instant à la maison d'arrêt, dite de l'Abbaye, comme prévenus de complicité dans l'affaire du meurtre de Le Peletier, membre de la Convention nationale...

174. **BASSOMPIERRE** (Christophe de), baron de Renouville et de Baudricourt, grand maître d'hôtel et chef des finances de Lorraine, père du maréchal. M. 1596.

Au service du roi il combattit à Graville, à Montcontour, à Jarnac, où il fut blessé. Depuis, au service de la Ligue, il défendit si vigoureusement la porte de Bussy, en 1586, qu'il força à la retraite le roi, qui, sans cette résistance, alloit se rendre maître de Paris. Depuis il servit Henri IV fidèlement et utilement. (*L. de M.*)

1° Procuration notariée, signée. 1590. 1 p. in-4.

2° Quitt. sig. (sur parch.). 1590. Cachet.

Bassompierre (Charles de), commissaire ordinaire en l'artillerie. Quitt. sig. (sur parch.). Au camp de Longjumeau, le 30 sept. 1568. Cachet.

Bassompierre (Jehan de), seigneur et baron de Remonville, gentilhomme ordinaire de la chambre du roi. Acte notarié, trois fois sig. 1601. 3 gr. p. in-fol.

175. **BASSOMPIERRE** (François de), maréchal de France, colonel général des Suisses et Grisons, ambassadeur en Espagne, en Suisse, en Angleterre. N. 1579. M. 1646.

1° Quitt. sig. (sur parch.), de la somme de 2,500 liv. pour le quartier d'une pension de 10,000 livres que lui fait le roi... 1644. Deux *portr.* gravés. Notice intéressante de M. *L. de M.* 4 p. pl. in-4.

2° Deux procurations notariées. Il est logé *rue de Grenelle, maison où est pour enseigne le Paon*, paroisse Saint-Eustache. 1602 et 1605. 5 p. in-fol.

3° Acte notarié, deux fois signé, avec une ligne aut. 1608. 2 p. in-fol. Emprunt, conjointement avec Louise de Radeval, sa mère (laquelle a également signé deux fois), de la somme de 48,000 livres. Le prêteur est Lescalopier, abbé.

Bassompierre (Charlotte-Marie de Balsac), veuve du précédent.

Sœur de la marquise de Verneuil, veuve *prétendue* de Bassompierre dont, malgré de longs procès, elle n'avoit pu obtenir le titre d'épouse. — Monsieur, lui disoit-elle un jour publiquement, vous devriez me faire rendre les honneurs de *maréchale*. — Et pourquoi donc, madame? Parce qu'il vous plaît de prendre un nom de guerre? — Monsieur, vous êtes le plus sot homme de la Cour! — Soit, madame; mais que diriez-vous donc si je vous avois épousée? (*L. de M.*)

Deux quitt. sig. (sur parch.), comme veuve de François de Bassompierre. 1650 et 1660.

176. **BASTIDE** (Louis), auteur de la *Tisiphone* incorruptible, etc.

D'après les lettres ci-jointes, restes de beaucoup d'autres, il serait plus exact de donner à la muse démagogue de cet écrivain l'épithète de *Tisiphone mendiante*. (*L. de M.*)

Neuf lett. aut. sig., et une sig., à M. Lucas de Montigny. 1845 à 1848. Ensemble, 13 p. in-4.

177. **BASTILLE** (prise de la).

Autographe d'un prisonnier trouvé parmi les papiers enlevés le 14 juillet 1789. Interlinéaire de deux pages in-12 imprimées. *De la préparation à la mort.*

178. **BASVILLE** (Nicolas de Lamoignon de), intendant du Languedoc au temps des dragonnades. Mme de Sévigné l'appelle *la terreur du Languedoc*. N. 1648. M. 1724.

1° Quitt. sig (sur parch.). 1695. Son *portr.* gravé; caricature le représentant dans un froc.

2° L. aut. sig., à M. Le Bret. Paris, 12 février 1682. 1 p. in-4.

179. **BAUDIER** (Michel), gentilhomme servant, conseiller et historiographe du roi, auteur des histoires du cardinal d'Amboise, de Suger, de Ximenès, etc. M. 1650.

Quitt. aut. sig. (sur parch.), de la somme de 500 livres. Avril 1643.

180. **BAUDRAND** (Michel-Antoine), prieur et seigneur de Neufmarche.

Quitt. sig. (sur parch.). 1692. *Portr.* de Landry, in-4.

181. **BAUDRICOURT** (Jehan de), attaché au comte de Charollais (Charles le Téméraire) pendant la guerre du *bien public*, puis chambellan de Louis XI, maréchal de France, gouverneur de Bourgogne. M. 1499.

Il commandoit, pour Charles VIII, l'armée victorieuse à la bataille de St-Aubin et faisoit partie, six ans après, de l'aventureuse expédition de Naples. Je pense que c'est le fils de Robert de Baudricourt qui présenta Jeanne d'Arc à Charles VII. (*L. de M.*)

Quitt. sig. (sur parch.), de la somme de 300 livres, pour son état et droit de capitaine de cent lances, pour dernier quartier de l'année dernière. 9 février 1498. Trace de cachet.

182. **BAUFFREMONT-SENECEY** (Henri, baron de), gouverneur d'Auxonne.

1° Acte notarié, signé. 1609. 1 p. et demie in-fol.

2° Son contrat de mariage avec Catherine de La Rochefoucauld de Randan. 1607. 11 gr. p. in-fol., et 9 pages d'actes complémentaires. Les témoins signataires sont du côté de l'époux : Antoine de Brichanteau, Loys de l'Hospital ; Nicolas de l'Hospital, baron de Vitry, depuis maréchal ; François de l'Hospital du Hallier, depuis maréchal ; Jean de Laval de Bois Dauphin ; Jacques Dublé d'Huxelles ; Loys d'Agoult, etc. ; du côté de l'épouse : François de La Rochefoucauld, depuis cardinal ; Antoine de La Rochefoucauld évêque d'Angoulême ; Charles de Coligny, seigneur d'Andelot, etc., etc.

183. **BAUSSET** (Louis-Franç. de), évêque d'Alais, cardinal, membre de l'Académie française. N. 1748. M. 1824.

1° L. aut. sig. : *l'abbé de Bausset*, à Mgr. Paris, 2 février 1772. 2 p in-4. Deux *portr.* gravés.

2° L. aut. sig., à M... Digne, 9 janvier 1782. 1 p. in-4.

3° Copie d'un arrêté du Comité de sûreté générale et de surveillance de la Convention nationale, du 20 germinal an II, qui arrête le nommé *Bosset*, ci-devant évêque d'Alais, comme suspect... Le 21 du même mois, il a été amené à la maison de suspicion de Port Libre. 1 p. in-fol.

184. **BAUTRU** (Guillaume de), sieur des Matratz et de Cheviller, grand rapporteur de France, célèbre par ses bons mots. N. 1588. M. 1665.

Quitt. sig. (sur parch.). Paris, 26 août 1610.

Bautru, s[r] de Serrant, intendant de la justice, police et finances de la généralité de Tours. Quitt. sig. (sur parch.). 1645.

Bautru de Rambure (Marie de), colonel d'un régiment d'infanterie. Quitt. sig. (sur parch.). 1675.

185. **BAYARD** (Antoine de), capitaine de cinquante hommes de guerre à pied.

Quitt. sig. (sur parch.), de la somme de cent quatorze écus un tiers en livres, testons et dousaniers... 7 mars 1588. Cachet brisé.

186. **BAYLE** (Pierre), philosophe et historien, auteur du *Dictionnaire historique et critique*... N. 1647. M. 1706.

L. aut. sig., à M... 6 décembre 1696. 4 p. pl. in-8. Il y a en tête : Cette lettre est la 1re que j'ai reçue de M. Bayle en mon nom. Répondue le 18 janvier 1697. Quatre *portr*. et une notice biographique. Sur divers sujets littéraires, au sujet de Ménage, l'abbé du Bos, etc.

187. **BAYLE** (Moïse), conventionnel, membre du Comité de sûreté générale. N. 1760. M. 1815.

1° Ordre de mise en liberté du citoyen Talaru, signé par Bayle, André Dumont, Bernard, Dubarran, Louis (du Bas-Rhin) et Vadier. 28 thermidor an II. 1 p. in-fol. Cachet.

2° Ordre d'arrestation aut. et sig. de Bayle, signé aussi par Lavicomterie, Voulland, etc. 18 messidor an II. 1 p. in-4. Cachet. On lit au bas : Refusé aux Carmes faute de place.

3° Ordre d'arrestation des citoyens Rodde de Chalagnat, De Ribeyre, et de la citoyenne Métraux Reboul de Saulzet, aut. et signé par Bayle, et signé par Le Bas, Elie Lacoste, Lavicomterie, etc. 6 germinal an II. 1 p. in-fol. Cachet.

188. **BAZEILHAC** (Raymond-Aymeric, seigneur de), chambellan du roi, et sénéchal de Carcassonne.

Ordre sig. (sur parchemin) de payer une somme de cinq livres tournois pour diverses dépenses et réparations énoncées dans l'ordre. Carcassonne, 15 mai 1547.

189. **BAZIN** (Anaïs de Raucou), historien, auteur de l'*Histoire de France sous Louis XIII*. N. 1797. M. 1850.

1° L. aut. sig., à M. le directeur de la *Quotidienne*. 1er oct. Demi-p in-8. Article biographique par M. Sainte-Beuve.

Offre de cent francs pour le monument de Michaud.

2° L. aut. sig., à M. Taschereau. 29 nov. 1 p. pl. in-8.

Il désire obtenir communication de la publication faite par la Société des bibliophiles, avec les documents relatifs aux recherches faites contre la reine Anne d'Autriche, en 1637, achetés par la Société, et si cette publication a eu lieu... « Voilà, monsieur, toutes mes hardiesses dont l'excuse est dans une « violente affection, que je partage avec vous, pour l'exactitude historique. « J'ai sous les yeux vingt passages d'ouvrages divers sur le fait en question, « et partout je vois trace de mensonge. Or, puisque l'*authentique* existe, il « m'épargnerait le travail de rectifier par rapprochement, induction et con- « tradiction, ce qui est erreur accréditée. »

190. **BEAUFORT** (François de Vendôme, duc de), surnommé le *Roi des Halles*. N. 1616. M. 1669.

1° Pièce sig. (sur parchemin). Brest, 30 oct. 1666 *Portr.* Notice curieuse de M. *L. de M.* 2 p. in-4.

Ordre de faire procéder à la vente et adjudication au plus offrant et dernier enchérisseur du navire anglais et marchandises de son chargement y mentionnées...

2° Sa signature, et celle de sa femme, Françoise de Lorraine, au bas du contrat de mariage de Jean Moyer, leur chef d'office. Paris, 23 oct. 1650.

Beaufort (Jean-Thimoléon de), marquis de Canillac. Acte notarié, sig. 18 juillet 1585. 1 p. in-4.

Beaufort (Jean-Claude de), vicomte de Canillac. Quitt. sig. (sur parch.). 31 déc. 1601.

191. **BEAUHARNAIS** (Marie-Anne-Françoise *Mouchard*, comtesse de), connue sous le nom de comtesse *Fanny* de Beauharnais, poëte. N. 1738. M. 1813.

Elle montroit à tout venant une lettre où Voltaire lui donnoit les qualifications de *nymphe* et de *divinité;* quand je l'ai connue, elle ne justifioit nullement de tels éloges; et il ne lui restoit pas plus de traces d'esprit (aussi vanté par Voltaire) que de beauté. — Peut-être la postérité ne la connoîtra-t-elle que par la fameuse épigramme de Lebrun :

Chloé, belle et poëte, a deux petits travers,
Elle fait son visage et ne fait pas ses vers. (*L. de M.*)

L. aut. sig.: *Fanny de Beauharnais, tante de Sa Majesté,* à M. le préfet de la Seine. Paris, vendredi matin. 1 p. in-4.

Elle le prie de lui faciliter les moyens d'assister à la fête que la ville donne à Leurs Majestés: sa santé lui empêche d'y aller en représentation, et elle voudrait pouvoir y aller incognito...

Beauharnais, commissaire ordinaire de marine. Quitt. aut. sig. (sur parch.). 1605.

192. **BEAUMANOIR** (Jehan de), seigneur de Cussé, ayant la charge et garde des petits chiens blancs du roi, fils du maréchal de Lavardin.

Acte notarié signé, par lequel, sous le bon plaisir du roi, et par ces présentes, il se démet de sa dite charge de garde des petits chiens blancs de S. M. (qu'avait naguère feu son père, le maréchal de Lavardin), pour, au nom et profit de haut et puissant seigneur Jehan de Souvray, marquis de Courtanvaulx, etc., conseiller du roi en ses conseils d'État et privé, premier gouverneur de sa chambre, gouverneur et lieutenant général pour Sa Majesté en Tourraine. Novembre, 1614. 1 gr. p. in-fol.

193. **BEAUMARCHAIS** (Pierre-Augustin Caron de), littérateur, auteur dramatique. N. 1732, M. 1799.

1° Trois ordres officiels de Comités révolutionnaires concernant l'arrestation et l'emprisonnement de Beaumarchais, de sa femme, de sa fille et de Kornemann. An II. 3 p. in-4 et in-fol. Trois *portr.*

2° Examen du décret d'accusation de P. A. Caron Beaumarchais, sur l'affaire des fusils de Hollande.. Impr. de 32 p. in-8. 1793.

3° L. aut. sig., au citoyen Vitry, qui désire faire réimprimer un ouvrage de Mirabeau. 9 prairial an V. 1 p. pl. et demie in-8. La minute aut. de la réponse est sur la 3e page.

Il ignore absolument quel ouvrage de Mirabeau a pu être cru mériter qu'on l'oubliât, s'il est de son bon temps et de son bon genre. « Nous avons plus « été divisés de sentiments que d'opinion. Il revint à moi, et il y revint avec « grace: mais quel droit ce retour peut-il me donner d'accoler mon nom à « celui d'un auteur aussi éloquent lorsque le sujet l'échauffoit? La malveil- « lance trop continue qui s'est attachée à mes pas me fait fuir avec soin tout « ce qui peut fournir prétexte à me taxer de vanité. J'ai la fierté de supporter « l'injure; mais je ne veux rien faire qui éveille l'injuriosité... »

194. **BEAUMONT** (Christophe de), archevêque de Vienne en 1745, puis archevêque de Paris. N. 1703. M. 1781.

1° L. sig. Paris, 13 janvier 1769. 1 p. in-4. Deux *portr. gravés*, in-8. et in-4. 2° L. sig., à M... Conflans, 17 oct. 1775. 1 p. pl. in-4.

Au sujet des dettes de M. le marquis de Brunoy.

3° L. aut. sig., à M... 12 déc. 1 p. in-4.

Au sujet de la demande d'une chapelle domestique.

4° L. sig., à M. de Malesherbes, ministre d'Etat, à la Cour. Conflans, 21 août 1775. 1 p. pl. in-4.

Des personnes pieuses, et qui respectent la religion, ont cru devoir l'informer qu'il est d'usage depuis quelque temps que la comédie de la suite de la Cour joue les jours de grandes fêtes, tant à Versailles qu'aux grands voyages du roi. Ces personnes voient avec la plus grande peine que la directrice de cette comédie affecte de choisir les jours des fêtes annuelles où les spectacles sont prohibés à Paris, pour donner le sien à Versailles, dans l'espérance d'y avoir plus de monde: ce qui est arrivé mardi dernier, jour de l'Assomption, une des fetes annuelles du diocese, tandis qu'elle auroit pu donner le spectacle la veille ou le lendemain de cette fête. « Les honnêtes gens gémissent sur « un usage aussi abusif, aussi contraire à la décence, et que le roy étant dau- « phin desapprouvoit fort, à ce qu'on m'a assuré... » Il espere de son amour pour la religion, de son zèle pour le bon ordre, qu'il se portera à faire cesser un pareil scandale...

195. **BEAUMONT** (Thomas-Albert de Riquety de Mirabeau, dit le chevalier de), capitaine des vaisseaux du roi, commandeur de la Selve, grand prieur de Saint-Gilles. Voir mes *Mémoires sur Mirabeau*, tome Ier, p. 41. (*L. de M.*)

1° Quitt. aut. sig. (sur parch.). Toulon, 15 déc. 1671.

2° Quitt. sig. (sur parch.) de la somme de 200 liv. pour appointements d'un mois, et de 88 liv. pour huit jours de table qu'il a tenus dans le vaisseau la *Syrène*... Toulon, 30 décembre 1672.

196. **BEAUNE** (Renaud de), patriarche, archevêque de Bourges, ensuite de Sens, primat d'Aquitaine, grand aumônier de France. N. 1527. M. 1605.

Prélat patriote, petit fils d'un ministre patriote, l'infortuné Semblançay. — Renaud de Beaune fut à la tête des évêques, au nombre de huit, qui protestèrent courageusement contre les bulles d'excommunication fulminées par Grégoire XIV contre Henri IV, et un des négociateurs qui amenèrent la soumission de Mayenne et la pacification du royaume. — C'est lui qui reçut l'abjuration de ce grand roi, et qui lui donna l'absolution. Et il n'obtint celle du pape qu'en le menaçant de faire instituer en France un patriarche de l'Eglise française. (*L. de M.*)

Acte notarié, signé. 22 juin 1594. 3 p. in-fol.

Beaune (Jean de), frère du précédent, gentilhomme ordinaire du roi. Quitt. sig. (sur parch.). 1570.

197. **BEAUVAIS DE PREAU** (Charles-Nicolas), médecin, député du Gard à la Législative et à la Convention, pris à Toulon par les Anglais. N. 1745. M. 1794.

L. aut. sig., à Bouchotte. Sans nom, ci-devant Marseille, 28 pluviôse an II. 1 p. pl. in-fol. Curieuse.

Dartigoeyte (Pierre-Armand), conventionnel, membre du Comité de sûreté générale. N. 1758, M. 1820. Ordre d'arrestation du Comité de surveillance, aut. et sig. par lui, et signé par Ingrand, Michaud et Bernard. 17 août 1793. 1 p. in-4. Cachet.

198. **BEAUVAU** (Charles-Juste, prince de), maréchal de France, littérateur, membre de l'Académie française. Né à Lunéville en 1720. Mort en 1793.

L. aut. sig., à Mgr le duc d'Orléans. Angers, le 12 février 1749. 3 p. in-4.

Compliments de condoléance à S. A. Sérénissime, sur la perte qu'elle vient de faire de Son Altesse Royale...

199. **BEAUVILLIER** (Claude de), comte de Saint-Aignan.

Acte notarié, sig. 1582. 2 p. in-fol. (Notice de M. *L. de M.*)

Beauvillier (Léonard de), comte de Saint-Aignan. Acte notarié, sig. 1586. 1 p. in-fol.

Beauvillier (Honorat de), comte de Saint-Aignan. Il déploya une bravoure héroïque à l'attaque des Ponts-de-Cé. (1620), et y fut fait prisonnier. M. 1622. Quitt. sig. (sur parch.). 1609.

Beauvillier (Pierre de), gouverneur d'Ancenis. Acte notarié, sig. 1606. 2 p. in-fol.

200. **BEAUVILLIER** (Marie de), abbesse de Montmartre, maîtresse de Henri IV. N. 1574. M. 1656.

1° Deux quitt. sig. (sur parch.). 1598 et 1612. Cachets.

2° Quitt. sig. (sur papier), comme abbesse, dame de Montmartre, des porcherons et du fort aux dames... de la somme de 155 liv. 10 sous 3 deniers, reçue des maitres chefs propriétaires de la grande boucherie de Paris. 24 déc. 1642. 1 p. pl. in-4. (Collection de M. de Monmerqué.)

201. **BEAUVILLIER** (François-Honorat de), duc de *Saint-Aignan*, gouverneur du Hâvre, membre de l'Académie française. N. 1607. M. 1687.

Sa bravoure à la guerre le fit surnommer le *Paladin*... C'est lui qui présenta la Fontaine au roi, à l'occasion du roman de *Psyché*... (*L. de M.*)

1° Bail notarié sig., comme gouverneur du Hâvre, et signé par sa femme, Françoise de Rancé. 29 mai 1683. 4 p. in-fol.

2° Trois quitt. sig. (dont deux sur parch.). 1666-69.

Beauvillier (Paul-Hippolyte de), duc de *Saint-Aignan*, ambassadeur en Espagne, à Rome, à Naples, etc., membre de l'Académie française. N. 1684, M. 1776.

Duclos a remarqué que le père de Paul-Hippolyte était né en 1610, en sorte que le père et le fils ont parcouru entre eux les trois longs règnes de Louis XIII, Louis XIV et Louis XV, qui forment une période de 164 ans. Celui-ci épousa, sur la fin, Mlle Turgot, qui se trouva ainsi la bru d'un homme né en 1610 et la belle-sœur du duc de Beauvillier, gouverneur du duc de Bourgogne, père de Louis XV. J'observe qu'il faut encore ajouter trois ans à ces chiffres, car François-Honorat, père de celui-ci, était né en 1607. (*L. de M.*)

Billet aut. sig., à M. Grossin. 8 mars 1751. Tiers de p. in-4.

202. **BEAUVILLIER** (Paul de), duc de *Saint-Aignan*, gouverneur du duc de Bourgogne. N. 1648. M. 1714.

1° L. sig., avec un post-criptum de treize lignes aut., à M. de Louville. 26 juin 1701. 10 p. pl. in-4. Notice de M. *L. de M.*

Relative au choix d'un ambassadeur. Intéressante.

2° L. aut. sig., à M. de Barbézieux. Versailles, 22 septembre 1687. 1 p. in-8.

3° L. aut. sig., à Son Eminence... 1er mai. 1 p. in-4.

203. **BEAUVILLIER** (Henriette-Louise Colbert, duchesse de), femme du précédent. M. 1733.

L. aut. sig., à M. Le Bret. Versailles, 15 mars 1710. 2 p. petit in-4. Jolie lettre. Intéressante.

Beauvillier (Anne de), veuve de Pierre Forget, secrétaire des commandements du roi. Acte notarié sig. 1er sept. 1617. 2 p. in-fol.

204. **BECCARIA** (César Bonesana, marquis de), économiste, philosophe, auteur du *Traité des Délits et des Peines*, *Eléments d'économie domestique*, etc. N. 1735. M. 1793.

Lett. (en italien), avec un post-criptum de vingt-neuf lignes aut. sig. (en français), au traducteur de ses œuvres. Milan, 26 janvier 1766. 11 p. pl. in-4. *Portr.* gravé in-8.

Renseignements curieux sur sa famille et sur la modicité de ses ressources, qui l'empêchent de venir à Paris. Compliments à Helvétius, Diderot, Buffon, Hume, d'Holbach, d'Alembert, etc... C'est chez Mme la comtesse della Somaglia, née Belgiojoso, qu'il lui écrit ce post-scriptum. « Dame remplie des plus « excellentes qualités de l'esprit et du cœur, pleine de vertu, de sensibilité, de « connaissances. Vous devez l'avoir connue ici à Milan ; et elle a fait une figure « des plus brillantes à Paris, dans les premieres années de son mariage... Je « viens de savoir un trait de M. Hume en faveur de M. Rousseau, qui fait « bien honneur à la philosophie et aux philosophes. Qu'il seroit doux de pouvoir « l'imiter !... »

205. **BECCARIA** (César Bonesana, marquis de). *Le même.*

L. aut. sig. (en italien), à M... Sans date. 1 p. pl. in-fol.

Il est trop philosophe pour ne pas lui pardonner le silence de plusieurs années qu'il a gardé apres avoir été l'objet de tant d'attentions de sa part. « M'en « excuser serait ridicule ; aussi je prends le parti d'implorer votre bon cœur : « une cruelle misanthropie s'était emparée de mon âme, elle a cessé à présent; « elle n'était pas produite par les amis de France, dont je n'ai jamais reçu que « des témoignages d'amour et de bonté ; mais par ceux d'Italie, etc... » Il le supplie d'accueillir avec bonté l'abbé Venini, un des philosophes les plus éclairés de l'Italie, etc.

206. **BECLARD** (Pierre-Augustin), anatomiste, chirurgien, professeur à la Faculté de médecine. N. 1785. M. 1825.

L. aut., au doyen de la Faculté de médecine. Paris, 15 mai 1823. 1 p. pleine et tiers in-4. Trois *portr.*

Il lui adresse la liste des préparations nécessaires pour son Cours, et qui doivent être faites par MM. les professeurs et les aides d'anatomie, et déposées dans la collection anatomique de la Faculté. 1° La suite complette des squelettes de tous les âges, etc., etc.

207. **BEFFARA** (Louis-François), ancien commissaire de police (de 1792 à 1816), auteur d'une dissertation sur Molière. N. 1751. M. 1838.

L. aut. sig., à M. Lucas de Montigny. 5 juin 1836. 2 gr. p. pl. et quart in-fol. — Deux ordres d'écrouer sig. An II. 2 p. in-4. — Lettre lith., au sujet de ses recherches de la maison où est né Molière. 23 nov. 1833.

Lettre curieuse au sujet d'un spectre qu'on aurait trouvé dans l'alcôve où Mirabeau venait de mourir, etc., anecdote racontée par M. Cadet de Gassicourt. Il n'en a point eu connaissance, et pourtant il était secrétaire du commissaire de police de la section où demeurait Mirabeau au moment de sa mort. Au moment de son convoi la rue était garnie de plusieurs milliers de spectateurs. Si l'anecdote était vraie, si le spectre avait été conduit au dépôt levant le commissaire de police par la garde, toutes ces personnes en auraient eu connaissance, cela aurait occasionné une grande rumeur, surtout dans l'idée qu'avaient beaucoup de personnes que Mirabeau avait été empoisonné, le bruit du spectre n'aurait pas manqué de se répandre dans tout Paris, et les journaux s'en seraient emparés...

208. **BEFFARA** (Louis-François). *Le même.*

L. aut. sig., à M. Lucas de Montigny. Paris, 8 juin 1836. 2 gr. p. pl. et demie in-fol. (Quelques taches.)

Relative à l'autopsie du corps de Mirabeau et aux mémoires que M. de Montigny a publiés sur cet homme extraordinaire. Il nie l'anecdote du spectre, et que la cervelle de Mirabeau ait été remise au docteur Sue, qui, au reste, n'assista point à l'autopsie ni à l'embaumement, et il aurait été naturel qu'il eût démontré la fausseté de ces *absurdes* et *lugubres* romans.

« Vous vous rappèlerez bien qu'il y a cinq ans et demi j'avois offert à MM. les

« préfets de la Seine, beaucoup de volumes sur l'Opéra (dont entre autres une » collection unique de pièces représentées et non représentées en 94 porte-« feuilles in 4), le tout provenant de mes travaux et recherches, en demandant « en indemnité une place de commissaire de police pour mon neveu. La chose « ne put réussir, parce qu'elle n'étoit pas dans la dignité de l'administration ni « dans les principes et les convenances, mais mon intention étoit, même aupa-« ravant, et est encore de *donner* tous ces volumes à la *ville de Paris* pour être « placés dans sa bibliothèque publique, sans autre condition que celle de les « garder jusqu'à ma mort pour être en état de continuer mes travaux et mes « recherches. Je vais écrire à M. le comte de Rambuteau et lui proposer de « faire, entre nous, un acte, sous seing privé, qui constatera ce don et les « titres des volumes et ouvrages (285) dont la ville deviendrait propriétaire...»

209. **BEFFARA** (Louis-François). *Le même.*

L. aut. sig., à M. Lucas de Montigny. Paris, 13 août 1831. 3 gr. p. pl. in-fol. Enveloppe aut. (Deux petites taches d'huile.)

Relative aux recherches qu'il a faites inutilement pour découvrir la date et le lieu du décès de la marquise de Monnier.— Il a quatre-vingts ans, et depuis plus de cinquante il s'occupe d'un dictionnaire de l'Académie royale de musique, d'un dictionnaire des ballets opéras qui n'y ont pas été représentés, d'un dictionnaire des acteurs, actrices, etc., d'une dramaturgie lyrique étrangère, de généalogies assez nombreuses des familles Poquelin, etc. Il a formé des collections d'opéras représentés ou non représentés composant au moins de 1,800 à 2,000 pièces, et il a réuni encore beaucoup d'autres ouvrages concernant l'Académie; tous ces ouvrages, collections, etc., forment environ 240 volumes ou portefeuilles. Proposition qu'il a faite à MM. les prefets de la Seine et de police, par plusieurs lettres, de faire don « à la ville de Paris pour sa bibliothèque « publique de ces 240 volumes, » et à quelles conditions.

210. **BEFFROY DE REIGNY** (Louis-Abel), dit : le *Cousin Jacques*. auteur dramatique, etc. N. 1757. M. 1811.

L. aut. sig., au citoyen Bosselange, a la marque d'or et d'argent. Paris, 25 ventôse an VIII. 1 p. pl. in-4. Jolie lettre.

Sans avoir l'honneur d'être connu de lui, il lui recommande le citoyen Beffroy, son parent et compatriote, père de famille que les événements successifs de la révolution ont ruiné tout à fait...

211. **BEFFROY DE BEAUVOIR** (Louis-Etienne), député de l'Aisne à la Convention. N. 1754. M. 1825.

1° Déclaration aut. sig., en faveur du chef de brigade Ramadier Lormet. Paris, 8 messidor an II. 2 p. in-4.

2° L. aut. sig., au citoyen Villars. Finale, 12 prairial an III. 1 p. pl. et demie in-4. Tête impr. Vignette.

Il est arrivé à propos à Finale. « Des adresses incendiaires faites pour coin-« cider avec les troubles de Toulon, à empêcher la sortie de notre escadre et « à désorganiser l'armée, au moment d'agir, circulaient dans nos camps, et des « brigands, anciens auteurs de massacre quoique chefs de bataillons, en avaient « fait une pour cette armée, qui ne tendait qu'à substituer le gouvernement « militaire au gouvernement républicain, et le regime de sang à celui de justice « si nécessaire au bonheur public. Je les ai fait arrêter et conduire à Paris...»

212. **BELIN** (François de Faudoas, comte de), maréchal de camp, général des armées catholiques, lieutenant général du roi en Picardie, gouverneur de Paris.

Il avait, des premiers, embrassé le parti de l'*Union*, c'est-à-dire de la Ligue. Combattant à Arques, dans ses rangs, il fut pris, et Henri IV le traita avec bonté. Deux ans après il fut investi du gouvernement de Paris, révolté ou plutôt dominé, par Mayenne, qu'il servit avec plus d'ostentation de zèle que de conviction et de sincérité, donnant une main ouverte aux ligueurs, et tendant l'autre, cachée, aux *Royaux*, à Daubray notamment et à la partie restée fidèle du Parlement de Paris. Aussi excita-t-il à la fois la haine des *Seize*, qu'il s'efforçait de contenir, et la défiance de Mayenne, qui lui ôta le gouvernement de Paris, malgré les instances du Parlement, etc., etc. (*L. de M.*)

1° Quitt. sig. (sur parch.). 1591.

2° Ordre a des notaires de décharger le débiteur d'un reste de *rançon* due par un prisonnier de guerre civile. 1591. Demi-p. in-fol.

213. **BELIN DE BALLU** (Jacques-Nicolas), helléniste, philologue, botaniste. N. 1753. M. 1815.

L. aut. sig., à M... Sorèze, 22 brumaire an VIII. 3 p. et demie in-4. Détails intéressants sur la flore de Bordeaux, etc. Il a fondé à l'école de Sorèze, au printemps dernier, un jardin de botanique qui contenait plus de 1,200 espèces tant indigènes qu'exotiques. Il a formé un assez bel herbier, il le lui offre.

214. **BELLARMIN** (Robert), jésuite, cardinal, prédicateur, controversiste, auteur des *Triadelphes*. 1542-1621.

Sa signature au bas d'un acte donné la veille des nones d'octobre 1611, à Pierre Chalumeau, carme, par la congrégation de la sainte Inquisition, pour lui permettre de lire les livres hérétiques condamnés. Il est en outre signé des cardinaux: Pierre Aldrobrandin; Blanchet; Pompée Arigon; Antoine Zapata; Jean Garcia; Jean-Garcia Mellin; François de La Rochefoucauld, grand aumônier de France; Fabrice Verallus. Belle pièce sur parch. grand in-fol. Trois *portr*. (Collect. de M. de Monmerqué.)

215. **BELLART** (Nicolas-François), avocat célèbre, procureur général, etc. N. 1761. M. 1826.

1° Six pièces, dont trois billets et lettres aut. sig., et trois minutes aut. *Portr*.

3° Minute aut. d'un discours sur l'*Usure*. 17 p. in-4.

216. **BELLEGARDE** (Octave de), conseiller et aumônier du roi, archevêque de Sens. N. 1587. M. 1646.

Neveu de Roger de Bellegarde et fils de César, tué à la bataille de Coutras. C'était un prélat érudit et zélé. Il fut le hardi approbateur du livre fameux d'Antoine Arnauld, *De la fréqu nte communion*. (*L. de M.*)

Quitt. sig. (sur parch.) 31 décembre 1607.

217. **BELLEGARDE** (Roger de Saint-Lary, seigneur de), colonel général de l'infanterie française, maréchal de France. M. 1579.

Quitt. sig. (sur parch.). 1574. Notice de M. *L. de M.*

218. **BELLEGARDE** (Roger de Saint-Lary, seigneur de), baron de Termes, grand écuyer de France, gouverneur de la Bourgogne. Il alla à Florence *épouser* pour le roi Marie de Médicis, qu'il contribua plus tard à faire nommer régente. N. 1563. M. 1646.

L. aut. sig., à Mgr... Danoy, 24 janvier 1633. 2 gr. p. in-fol. Trace de cachet. La suscription a été coupée. *Portr*. gravé. Notice de M. *L. de M*.

219. **BELLEGARDE** (Roger de Saint-Lary, s[r] de). *Le même.*

1° Quitt. sig. (sur parch.). 1642.

2° Acte notarié de foi et hommage signé, signé aussi par sa femme Anne de Bueil. 15 juin 1601. 3 p. in-fol.

3° Acte notarié sig. 1611. 2 gr. p. in-fol.

4° Acte notarié sig. 1611. 2 gr. p. in-fol.

220. **BELLEISLE** (Charles-Louis-Auguste Foucquet, duc de), ministre de la guerre, maréchal de France. 1684-1761.

1° L. sig., au maréchal de Noailles. Versailles, 18 avril 1760. 1 p. in-fol. Trois *portr*. in-4, dont un colorié.

2° L. sig., au même. Versailles, 20 avril 1760. 1 p. in-fol.

3° Ordonnance sur la discipline, subordination et services des maréchaussées du royaume. 24 p. in-fol. Copie annoncée dans les lettres qui précèdent.

BELLEISLE (Louis-Foucquet, marquis de), mestre de camp d'un régiment de dragons. 1° Certificat militaire aut. sig. Paris, 19 déc. 1708. 1 p. in-4. Cachet. — 2° Quitt. sig. (sur parch.). 1714.

221. **BELLENAVE** (G. de).

L. aut. sig., à son cousin, M. de Rambouillet. Rome, 7 décembre (vers 1590). 1 p. in-fol. Cachet. Forte mouillure touchant la fin de quatre lignes. Curieuse.

Bellenave (Joachim-Jean de), capitaine de 50 hommes d'armes. Acte notarié sig. 1537. 1 p. et demie in-fol.

La Charité (le gouverneur de). Trois lett. avec la souscription aut. sig., écrites au roi, à la reine, et à M. de Rambouillet. La Charité, 12 novembre et 13 décembre 1575. 3 p. in-fol. Cachets.

222. **BELLIEVRE** (Pomponne de), premier président au Parlement de Paris, ambassadeur en Suisse et en Angleterre, chancelier de France. N. 1529. M. 1607.

L. aut. sig., à M. de Rambouillet. Lyon, 12 octobre 1574. 1 gr. p. in-fol. Trace de cachet. Déchirures par les souris enlevant une partie de deux lignes. *Portr.* Notice de M. *L. de M.*

Bellièvre (Nicolas de), procureur général au Parlement de Paris. Quitt. sig. (sur parch.). 1613.

Bellièvre (Nicolas Pomponne de), premier président au Parlement de Paris. Quitt. sig. (sur parch.). 1631. Deux *portr.*, et vue de la Salpêtrière.

223. **BELLINI** (Vincent), compositeur. N. 1806. M. 1835.

1° Deux pages de musique (et paroles), aut. In-4.

2° L. aut. sig., à M. Taschereau. Puteaux, 10 oct. 1834. 1 p. in-8.

224. **BELLOC** (Louise *Swanton*, dame), femme de lettres.

Onze lett. aut. sig., à M. et à madame Lucas de Montigny. 1832 à 1838. Ensemble, 20 p. in-8 et in-4. *Portr.*

Celle du 2 décembre 1832 est relative à la publication d'un livre en Angleterre, intitulé : *Lettres de Mirabeau* pendant son séjour en Angleterre, avec des anecdotes, maximes, etc... Prétendue origine de cette publication... Analyse de cette compilation faite au point de vue des intérêts anglais...

Belloc (Jean-Hilaire), mari de la précédente, peintre, directeur de l'école de dessin. N. 1787. Deux lett. aut. sig., et deux lett. sig., à M. Lucas de Montigny. 1832-1841. 4 p. in-4.

225. **BELMONTET** (Louis *Belmonte*, dit), poëte, membre du Corps législatif. N. 1799.

1° L. aut. sig. 1 p. in-8, et minute de lett. aut. 2 p. in-8.

2° L. aut. sig., à M. Jules Janin. 15 avril 1841. 1 p. in-8.

Il aime l'admirable comédienne que nous perdons, il doit donc aimer ceux qui la chantent. « Voici les vers d'adieux qui ont été lus, en son honneur, au Théâtre-Français, dans la grande solennité de jeudi; le public d'élite ne les a sans doute vivement applaudis qu'à cause de la gracieuse bénéficiaire... »

3° *A mademoiselle Mars. Un adieu.* Pièce de vers (annoncée dans la lettre qui précède) aut. 2 gr. p. in-4. 15 avril 1841.

4° *Le Prince. Le 13 juillet.* Vers a. sig. Six strophes. 2 p. pl. in-4. Sur la mort du duc d'Orléans.

226. **BELSUNCE** (Henri-François-Xavier de Castelmoron de), évêque de Marseille, célèbre par son dévouement pendant la peste de 1721. N. 1671. M. 1755.

L. aut, sig., à M... Marseille, 30 mars 1745. 1 p. in-4.

227. **BENAZET**, entrepreneur des jeux de hasard aux bains d'Allemagne.

L. aut. sig., à M... Baden, 24 mai 1840. 1 p. in-8.

Invitation à venir chez lui... « Nous aurons beaucoup de bonnes cigarres, du vin du Rhin premier numéro. Toute l'Europe élégante et civilisée s'est donnée rendez-vous à Baden. C'est le véritable congrès de la haute aristocratie... Je me brouille avec vous à mort si vous ne descendez pas chez moi. C'est l'hôtel de la liberté la plus absolue... »

228. **BENEZECH** (Pierre), ministre de l'intérieur, préfet de Saint-Domingue. N. 1745. M. 1802.

L. a. s., à son collègue... Corbeil, 23 avril 1792. 3 gr. p. in-fol.

Au sujet de M. Favereau, nommé à la place de juge de paix du canton de Brunoy.

229. **BENOYST** (René), curé de Saint-Eustache, à Paris, confesseur de Marie Stuart, puis de Henri IV, à la conversion duquel il avait aussi travaillé, surnommé le *Pape des halles*... N. 1521. M. 1608.

1° Quitt. sig. (sur parch.) de la somme de trois cents livres pour un quartier de son gage, à cause de son état de confesseur du roi... 1607. Notice intéressante de M. *L. de M.*

2° Quitt. sig. (sur parch.) de la même somme, et pour le même état. 1603. Pièce mouillée et jaunie par le temps.

230. **BENSERADE** (Isaac de), poëte, membre de l'Académie française. N. 1612. M. 1691.

Sa signature au bas du contrat de mariage d'André Caullet, secrétaire de Louis-Charles-Gaston de Foix de Lavallette, duc de Candalle (lequel a aussi signé)... avec la fille de Jacques Cordier Bocan, violon ordinaire du cabinet du roi... 13 sept. 1651. Six p. in-fol. *Portr.* Curieuse notice de M. *L. de M.*

231. **BENTABOLE** (Pierre), avocat, conventionnel, membre du Comité de sûreté générale. M. 1798.

1° Délibération du Comité de sûreté générale qui ordonne l'incarcération du citoyen Pierre Crosnier et de la citoyenne Ferrin, veuve Belliard, du 13 brumaire an III, aut. et sig. de Bentabole, et signée par Monmayou, Harmand, Reubell, Levasseur (de la Meurthe), Clauzel, Bourdon (de l'Oise), etc. 1 p. in-fol. Cachet.

2° L. aut. sig., au citoyen Bouchotte. Paris, 3 juillet 1793. 1 gr. p. pl. et demie in-fol. Curieuse.

Plaintes sur un des employés de son ministère.

232. **BENTHAM** (Jérémie), publiciste, économiste. 1748-1832.

L. aut. sig. (en anglais), à lord... Hendon, Middlesex, 25 févr., 1789. 5 gr. p. pl. in-4. *Portr.* Très-belle lettre.

Il le nomme son ambassadeur extraordinaire et plénipotentiaire à la cour de madame Necker. Il travaille à son traité ayant pour titre : *Political tactics.*

233. **BENTHAM** (Jérémie). *Le même.*

L. aut. sig. (en anglais), à l'abbé Morellet. Hendon, Middlesex, 25 févr. 1789. *Portr.* 5 gr. p. pl. in-4. Très-belle lettre.

Relative à son dernier ouvrage qu'il désire voir traduit.

234. **BENTHAM** (Jérémie). *Le même.*

1° L. aut. (en anglais), au comte de Wycombe. 1er mars 1789. 1 gr. p. in-fol. en travers. Cachet brisé.

2° Trois feuillets in-4 de manuscrits dont l'écriture est certifiée authentique par M. de Chesnel, neveu de Bentham par alliance.

235. **BENTHAM** (Jérémie). *Le même.*

L. aut. (en anglais), à l'abbé Morellet. Hendon, Middlesex, 6 mars, 1789. 3 gr. p. in-4. Déchirure par le cachet.

Affaires littéraires et politiques. Intéressante.

236. **BENTHAM** (Jérémie). *Le même.*

L. aut. sig., à l'abbé Morellet. Hendon, Middlesex, 28 avr. 1789. 1 p. et tiers très-grand in-fol. Cachet.

Affaires littéraires et politiques. Intéressante.

237. **BENTHAM** (Jérémie). *Le même.*

L. aut. (en anglais), à l'abbé Morellet. Hendon, Middlesex, 18 juin, 1787. 3 gr. p. in-fol.

Sur les affaires politiques du temps. Intéressante.

238. **BENTINCK** (V.-R.), major général anglais.

L. a. s., au général Moreau, commandant en chef l'armée du Nord. Utrecht, 25 mai 1795. 2 p. in-4. Cachet. Beau *portr.* gravé in-4.

Au sujet de sa maison à Arnhem, dont on a fait derechef un quartier général pour les troupes françaises... Il croit n'avoir rien à se reprocher vis-à-vis de sa patrie, et sûrement aussi de l'armée française; cependant, par un concours de circonstances, il se trouve privé d'au delà de dix mille florins de revenus...

239. **BENTIVOGLIO** (Gui, cardinal), nonce apostolique en France, historien. N. 1579. M. 1644.

Quitt. sig., avec une grande ligne aut. derrière. Paris, 5 août 1630. 1 p. in-4. *Portr.*

Bentivoglio (Jean), abbé commandataire de Saint-Vallery, etc. 1° L. aut. sig. (en italien). Compiègne, 30 août 1652. 2 p. in-4. — 2° Acte notarié, deux fois sig. 24 oct. 1652. 3 p. in-fol.

240. **BERANGER** (Pierre-Jean de), notre poëte national.

L. aut. sig., à M. Brissot. 4 février 1846. 1 p. et demie in-8. *Portr.*

241. **BERANGER** (Pierre-Jean de). *Le même.*

L. aut. sig., à M. Andrieux. Passy, 10 février 1833. 3 p. pl. in-8. (Tachée.) *Portr.*

... Il croit avoir donné quelques preuves d'études faites sur nos bons écrivains; il doit être sûr qu'il lui a été grandement utile, et dans ses cours, n'a-t-il pas daigné descendre de nos maîtres jusqu'à lui, pour recommander ses chansons à la jeunesse si attentive à ses leçons, si docile à ses conseils? ... « Quant à l'Académie, vous savez que je ne vous tourmenterai jamais pour « cela. Puisque vous avez le *vol des grands seigneurs*, tirez dessus, morbleu! « n'en manquez aucun. Trop heureux pour vous, messieurs de l'Académie, si « c'est Thiers que vous abattez cette fois. Je crois vous avoir dit que j'allais « me confiner à Passy. J'ai vendu mon dernier volume; il n'y a donc rien à venir « après : je règle ma dépense sur mon petit revenu et mes lourdes charges. « Je prends une mansarde et une femme de ménage; et, grâce à ces réformes, « j'espère n'être pas obligé de toucher au capital sur lequel repose l'existence « de trois autres personnes... »

242. **BERANGER** (Pierre-Jean de). *Le même.*

Mon petit coin. Air de la république. Chanson aut. avec son initiale *B.* 3 p. in-8.

243. **BERARD** (Auguste-Simon-Louis), industriel, député, rédacteur de la Charte de 1830. N. 1783. M. 1859.

Neuf lett. et billets aut. et aut. sig., à M. Lucas de Montigny, de 1820 à 1838. in-8 et in-4.

244. **BERAT** (Frédéric), compositeur. N. 1810. M. 1855.

1° L. aut., à M. Jules Janin. Ce samedi. Demi-p. in-8.

2° L. aut. sig., au même. Ce samedi. 1 p. in-8.

Il est depuis trois jours sous les verrous, à l'hôtel des Haricots! etc.

245. **BERBIGUIER**, compositeur, flûtiste. N. 1781. M. ....

L. aut. sig., à MM. Janet et Cotelle. Abbeville, 8 ou 10 jours avant la fin du mois... (21 sept. 1823). 3 p. pl. in-4.

Curieuse lettre au sujet d'une somme de 69 fr. dont il a besoin pour payer un billet.

246. **BERENGER** (Laurent-Pierre), littérateur, censeur royal, auteur des *Soirées provençales.* N. 1749. M. 1822.

Le bienfait et la Reconnaissance, anecdote. Aut. sig. 8 p. pl. in-4.

247. **BERGASSE** (Nicolas), avocat, écrivain politique, député aux états généraux. N. 1750. M. 1832.

Fragment d'un écrit philosophique, aut. 2 p. in-4. Cinq *portr.* gravés.

248. **BERGER DE XIVREY** (Jules), membre de l'Académie des inscriptions et belles-lettres. N. 1801.

L. aut. sig., à M. Lucas de Montigny. Paris, 26 sept. 1843. 1 p. pl. in-4. Cachet. Jolie lettre.

Au sujet de son travail sur Henri IV dont il l'entretient.

249. **BERGIER** (Nicolas-Sylvestre), chanoine de l'Eglise de Paris, confesseur de *Mesdames*, filles de Louis XV, auteur de : *Réfutation du système de la nature*, *Dictionnaire théologique*, etc. N. 1718. M. 1790.

L. aut. sig., à M. l'abbé Prales, à Madrid. Paris, 19 nov. 1772. 2 p. pl. et demie in-4.

On imprime sa *Réfutation du système de la nature*. Le père Grou l'a lu. Comment il est traité par les jansénistes. Il lit actuellement *Israël vengé*, par Isaac Drobio, juif espagnol; ce qu'est ce livre. Y a-t-il des procès-verbaux dressés et des informations en règle sur le miracle de N. D. del Pilar à Saragosse? On parle beaucoup de la guerre que se feraient les Anglais et les Espagnols... Il arrive encore de Hollande de nouvelles brochures, malgré les soins redoublés de la police; il croit cependant que *le Système de la nature* diminuera le goût pour les autres livres de ce genre, et qu'en fin de cause il fera plus de tort à la philosophie qu'à la religion. « J'ay commencé à lire les « auteurs anglois qui ont écrit sur ce sujet et j'y trouve d'excellentes choses : « nos docteurs françois ne sont habillés que de la friperie de ce pays-là. »

250. **BERINGHEN** (Pierre de), premier valet de chambre du roi. Henri IV ayant remarqué sa bonne tenue chez un gentilhomme où il servait, se l'attacha.

1° Quitt. sig. *P. D. Berenguen* (sur parch.), de la somme de 660 écus deux tiers, pour travaux faits au siége de la Fère. 1575.

Béringhen (Pierre de), chevalier, seigneur d'Harminvilliers, Grez, Meillean, Juvigny et autres terres, premier valet de chambre ordinaire du roi, directeur général réformateur des poids, aunes et mesures de France. 1° Procuration notariée, sig. 1609. 1 p. in-fol. — 2° Quitt. sig. (sur parch.), d'une pension de 1,800 livres que lui fait le roi. 1614.

Béringhen (Henri de), premier écuyer du roi. L'abbé de Choisy prétend qu'il fut un des témoins du mariage secret de Louis XIV avec madame de Maintenon. N. 1603, M. 1692. Quitt. sig. (sur parch.). 1678.

Béringhen (Jacques-Louis, marquis de), premier écuyer de Louis XIV. En 1708, pris pour le Dauphin, il fut enlevé par un parti hollandais entre Sèvres et Versailles. N. 1651, M. 1723. Quitt. sig. (sur parch.). 1677.

251. **BERNADOTTE,** maréchal de France, depuis roi de Suède sous le nom de Charles-Jean XIV. 1764-1844.

L. a. s., à M. Landrieux. 10 vendémiaire. 1 p. in-8. Huit *portr.*

252. **BERNARD** (Samuel), fameux par son immense fortune, devant laquelle l'orgueil de Louis XIV lui même s'était un moment incliné. N. 1651. M. 1739.

Acte notarié sig. 21 janvier 1709. 8 p. in-4.

Nomination (en qualité de seigneur) de maires, conseils, etc., de divers lieux dénommés. Il prend le titre de *secrétaire de Sa Majesté, maison, couronne de France et de ses finances.*

253. **BERNARD** (Aristide *Martin*), commissaire du gouvernement Provisoire dans le départ. du Rhône. N. 1808.

Laisser-passer aut. sig. pour quatre caisses de fusils destinés à la garde nationale de Thysy. Lyon, 28 avril 1848. 1 p. in-fol. Au bas : *Aprouvez par nous frere vorace de Lyon. Le Juiféran G. Couporoce.* Sceau des voraces.

254. **BERNIER** (Et.-Alex.-J.-B.-Marie), curé de Saint-Laud, évêque d'Orléans, un des chefs les plus actifs de la Vendée. N. 1764. M. 1806.

1° L. sig., à l'évêque de Quimper. Paris, 10 oct. 1802. 1 p. in-4.
2° L. a. s., au citoyen Méjean. Paris, 4 brumaire an XI. 1 p. in-4.

255. **BERNIS** (Fr.-Joachim de *Pierres* de), cardinal, ministre de Louis XV, ambassadeur, poëte, membre de l'Académie française. N. 1715. M. 1794.

L. a. sig., à Mme la duchesse de Valentinois, en son hôtel, à Paris. Albano, 27 juin 1781. 1 p. in-4. Deux *portr.* gravés in-8 et in-4. Regrets de ne lui avoir point fait sa cour à Rome.

256. **BERNOUILLI** (Jean), mathématicien. N. 1667. M. 1748.

L. aut. sig., à M. de Mairan, au vieux Louvre, à Paris. Bâle, 30 juillet 1730. 2 p. et quart in-4. Cachet. Détails scientifiques.

257. **BERNOUILLI** (Daniel), fils de Nicolas, savant mathématicien. N. 1700. M. 1782.

L. aut. sig., à M. de Mairan, au vieux Louvre, à Paris. Bâle, 14 décembre 1735. 2 p. in-4. Cachet. *Portr.*

Le porteur de cette lettre, qu'il lui recommande, c'est M. Scherz de Strasbourg, fils d'un des premiers jurisconsultes. Son étude principale est le droit, mais il n'a pas laissé de faire des progrès considérables dans les mathématiques...

258. **BERNOUILLI** (Jean), frère du précédent, mathématicien. N. 1710. M. 1790.

L. aut. sig., à M. de Mairan, au vieux Louvre, à Paris. Bâle, 16 janvier 1737. 3 p. in-4. Cachet. *Portr.*

Recommandation en faveur de M. le conseiller Frey, bailly du petit Huningue, qui va à Paris pour justifier sa conduite dans l'affaire du malentendu entre la cour de France et l'affaire de Bâle...

259. **BERRUYER** (Joseph-Isaac), jésuite, auteur de l'*Histoire du peuple de Dieu*. N. 1681. M. 1758.

L. a. s., à M. Guérin, libraire. Paris, 4 février 1750. 2 p. in-4. Lettre curieuse au sujet de l'impression de ses sermons.

260. **BERRY** (Charles-Ferdinand de Bourbon, duc de), fils de Charles X. Né en 1778. Assassiné en 1820.

Sa signature avec le mot *recommandé*, à la marge d'une pétition de M. Michon, demandant une place de censeur, adressée à l'abbé duc de Montesquiou. Douze portraits, dessins publiés à l'occasion de sa mort, *portr.* de la duchesse et de ses enfants, dont plusieurs coloriés.

261. **BERRYER** (Louis), secrétaire du conseil d'Etat, direction et finances du roi.

Acte notarié, sig. 1681. *Portr.* d'Odieuvre.

Berryer père, avocat, défenseur du maréchal Ney. L. aut. sig. 26 décemb. 1 p. in-12. *Portr.*

Berryer fils, avocat, député, membre de l'Institut. L. aut. sig. Malesherbes. 2 nov. 1837. 1 p. pl. in-8. *Portr.*

262. **BERTHAUD**, poëte, aut. de satires politiques. N. 1843.

L. aut. sig., à M. G...M... La Chapelle-Saint-Denis. 21 octobre 1841. 2 p. in-8.

Impossibilité de faire publier, dans le *National*, la lettre de Béranger, toute honorable qu'elle soit. Motifs... « Vous savez combien notre presse, malgré « ses vices honteux, est bégueule et collet monté ; vous savez combien elle « est orgueilleuse avec tous les pauvres diables qui n'ont pas l'honneur d'être « pachas à deux ou trois queues. — Je suis dans ce cas... »

263. **BERTHELOT** (Jean-François), professeur à l'Ecole de droit de Paris, auteur du *Traité des Evictions*, traducteur d'*Heineccius*, de partie du *Digeste*, professeur de droit romain, etc. N. 1749. M. 1814.

1° L. aut. sig., à M. Lenoir, lieutenant de Police. Paris, 3 mars 1781. 2 p. in-4.

Demande de permissions pour l'abbé Goujoux, et pour Mme Berthelot, sa femme, qui désirent aller voir Mme la marquise de Mirabeau au couvent de Saint-Michel.

2° L. aut. sig., au même. (Paris), 2 avril 1781. 1 p in-4.

Rendez-vous pour une conférence avec Mme la marquise de Mirabeau.

264. **BERTHIER DE SAUVIGNY**, intendant de Paris, conseiller d'Etat, etc. Massacré à Paris en 1789.

1° Ordre de payement aut. sig. 26 mai 1775. Quart de page in-4. — 2° Minute aut. d'une lettre. 3 gr. p. in-fol.

Bausset (François, comte de), préfet du Palais impérial, auteur de *Mémoires*. L. aut. sig. 20 juin. 1 p. in-8.

Cochon de l'Apparent (Charles), député des *Deux-Sèvres* à la Convention. Apostille de cinq lignes aut. sig. comme préfet de la Vienne. Poitiers, 4 floréal an IX. 1 p. in-4.

265. **BERTHIER** (Pierre), chimiste, minéralogiste, membre de l'Académie des sciences. N. 1772.

L. aut. sig., à M. Coulier. Paris, 13 juillet 1834. 1 p. in-4.

Au sujet d'appareils propres à faire l'essai des houilles.

266. **BERTHIER** (Pierre-Alexandre), prince de Neufchâtel et de Wagram, maréchal de l'empire, ministre de la guerre. N. 1753. M. 1815.

1° Billet avec 3 lignes aut. sig., à M. Lesueur. Versailles, 29 avril 1790. 1 p. in-4. Sept *portr.* gravés.

2° Approbation aut. sig. d'une autorisation de départ, adressée par Villemanzy, commissaire ordonnateur en chef, au citoyen Ivan, chirurgien de première classe, à Milan, pour se rendre à Rastadt avec le citoyen Bonaparte, général en chef de l'armée d'Italie. Quartier général de Milan, le 20 brumaire an VI. 1 p. in-fol. Tête impr. Vignette.

3° Trois lett sig., comme ministre de la guerre. De l'an VIII à à l'an XII. 5 p. in-fol.

267. **BERTHIER** (Jean-Ferdinand), sourd-muet et professeur à l'Ecole des sourds-muets. N. 1805.

1° L. sig., au rédacteur de la *Quotidienne*. 16 juin 1838. 1 p. pl. et demie in-4.

Relative au monument à élever à l'abbé de l'Epée.

2° L. aut. sig., au même. Paris, 11 juillet 1840. 1 p. in-4.

Cette lettre est aussi relative au monument à élever à l'abbé de l'Epée dans l'église Saint-Roch.

268. **BERTIN** (Henri-Léonard-Jean-Baptiste), lieutenant général de police, contrôleur général des finances, ministre d'Etat, juge intègre et humain de La Bourdonnais, créateur des sociétés d'agriculture, etc. 1719-1792.

1° L. aut. sig., à M... Chatou, ce mercredi... 1 p. et demie in-4. — 2° Fin de lett. aut. sig. 4 p. pl. in-4. — 3° Notes aut., sur les rentes, etc. 3 p. et demie in-4. Beau *portr.* gravé.

Bertin (Louis-Marie-Armand), rédacteur en chef du *Journal des Débats*. Trois. lett. aut. sig., à M. Jules Janin. in-8 et in-4.

Bertin de Veaux, bibliothécaire, marin, journaliste, banquier, diplomate, député, pair, etc. N. 1777, M. 1842.

L. aut. sig., à M. Méjean. 9 ventôse an XIII. 1 p. in-4.

269. **BERTON** (Henri *Montan*), compositeur, membre de l'Institut. N. 1767. M. 1840.

1° L. aut. sig., à M. Dauprat. Sans date. 1 p. in-4. Deux *portr.* gravés, deux caricatures et des articles nécrologiques, par Ad. Adam.

Il l'invite à se réunir à ses collègues de la section de musique, pour examiner les procédés employés par M. Schmitt pour le perfectionnement du cor.

2° L. a. s., à son collègue... Paris, 13 février 1823. 1 p. pl. in-4. Recommandation en faveur de M. Bienaimé qui demande à être exempté du service.. « Il ne peut faire, je crois, qu'un très mauvais soldat, tandis que « nous avons à l'école royale de musique la certitude d'en faire un artiste de « premier ordre!... »

270. **BERTRAND** ou *Bertrandi* (Jean), capitoul de Toulouse, premier président aux Parlements de Toulouse et de Paris, garde des sceaux, évêque de Comminges, archevêque de Sens, cardinal. N. 1470. M. 1560.

Trois certificats de service judiciaire, une sig.: *Bertrand*, et les deux autres : *J. Cardal.* de Sens, 1551, 1557 et 1559. Grandes pièces sur parch. (Collection de M. de Monmerqué.)

271. **BERTRAND DE MOLEVILLE** (Antoine-François, marquis de), intendant de Bretagne, ministre de la marine sous Louis XVI, historien. N. 1744. M. 1818.

1° L. sig., avec *P. S.* de 3 lignes aut. Paris, 13 oct. 1784. 1 p. in-fol. Notice de M. *L. de M.*

2° L. aut. sig., à M. le duc de La Rochefoucauld-Liancourt. Paris, 27 avril 1816. 1 p. pl. in-4. Curieuse.

Relative à une phrase de ses *mémoires secrets* qui avait blessé le duc de Liancourt.

272. **BERTRAND** (Henri-Gratien, général comte), grand maréchal du palais de l'empereur Napoléon, son compagnon de captivité à Sainte-Hélène. N. 1773. M. 1844.

1° L. aut. sig., à M. Barthe. Châteauroux, 27 janvier 1841. 1 p. pl. in-4. Neuf *portr.* et un article nécrologique.

2° L. a. s., à M. de Jussieu. Lalœuf, 17 juillet 1841. 1 p. pl.in-4.

3° Plan aut. du prolongement de la rue Vivienne. 1 p. in-fol.

273 **BERULLE** (Pierre de), fondateur et premier supérieur général de la congrégation de l'Oratoire. 1575. 1629.

Quitt. sig. (sur parch.) de la somme de 3,000 liv. à lui ordonnée *sur et tant moings* de ce qui lui sera ordonné, pour le voyage qu'il va présentement faire par le commandement du roi, et pour affaires important son service, de ce lieu à Rome, ensemble pour son séjour et retour... Saint-Germain-en-Laye, 29 août 1680. Deux *portr.* in-4. Notice de M. *L. de M.*

274. **BERWICK** (Jacques *Fitz-James*, duc de), fils naturel de Jacques II, neveu de Marlborough, maréchal de France, gouverneur de Guyenne, etc., auteur de *Mémoires*. Né en 1671. Tué devant Philisbourg en 1734.

1° L. sig., à M. Le Bret. Au camp de Francin, 3 août 1709. 4 p. in-4. Notice de M. *L. de M.* Deux *portr.*

2° L. s., à M. d'Andrezel. Bordeaux, 29 avril 1719. 1 p. et demie in-4.

3° L. aut. (la signature et le bas de la lettre ont été enlevés), à madame la maréchale, duchesse de Berwick, à Saint-Germain-en-Laye. Du camp d'Hensé, le 31 août 1703. 1 p. in-4. Cachet. Tache de cire en tête.

« Les ennemys n'ont point marchés aujourd'huy, hyer leur armée de dela la « Meuse les rejoignit, et aujourd'huy le corps qu'ils auoient en deça de la « Melaigne les a aussy joint: ils rembarquent le canon qu'ils auoient au siége « d'Huy pour le renvoyer à Mastrick : Les nouvelles de ces pays sont deuenir « stériles, et le principal soin que nous allons auoir c'est de nous garantir de « la pluye qui arriuera bientot, c'est pourquoy, comme ma roquelaure « est toute gatée, j'en fais faire une neuve. J'ay commencé aujourd'huy a « auoir moins d'affaires, et ainsy ait été uisiter beaucoup de conualescents

« que je n'auois pas eu le tems d'aller uoir auparauant. Tu me parles toujours « conte le chocolat, c'est pourtant une bonne chose, et tout considéré uaut « peut etre mieux que le caffé, outre qu'a gens qui se leuent matin rien de si « bon... »

275. **BERZELIUS** (Jacques, baron de), célèbre chimiste, membre associé de l'Acad. des sciences. 1779-1848.

L. aut. sig., à M. Ducrotay de Blainville, au Jardin du roi. Stockholm, 17 avril 1833. 1 p. in-4. *Portr.*

Lettre d'introduction pour M. André Retzius, professeur d'anatomie.

276. **BESENVAL** (Jean-Victor, baron de), lieutenant général, colonel général des Suisses. On a publié sous son nom des *Mémoires*. N. 1722. M. 1794.

1° L. aut. sig., à M... Paris, 21 janvier 1783. 1 p. in-4. *Portr.* in-4 (de Drevet), du lieutenant général Jean-Victor, baron de Besenval, mort en 1736.

.... « Quoi que le désarmement que vous proposez n'aboutisse pas à grande « chose, parce que vous seavés tout comme moy que les braconniers, ne tien- « nent point leurs armes chés eux, cependant cette opération peut être bonne, « en ce qu'elle intimidera le pais, ou l'on tient bien peu la main sur cet objet, « j'irai jeudi à Versailles, où je verrai à la faire aprouver par le roy... »

2° L. aut. sig., à M... 17 mai 1785. 1 p. in-4.

Relative à la construction de l'église de Romainville... Il y a un mois que M. Dautien a terminé ce qui le regardait. « Vous vous êtes chargé d'après « tout cela, ainsi que vous l'avés dit à M. de Ségur du reste, j'ai envoié Bro- « guiar chés vous, et tout est au croc, cependant ce seroit le moment de mettre « la main à l'œuvre... »

277. **BESME** (Loys de), écuyer étant à la suite de M. le duc de Guise.

Quitt. sig. (sur parch.) de la somme de 488 écus sol, à lui ordonnée par Mgr le duc de Guise. Décembre 1595. Notice de M. *L. de M.*, qui le croit parent de l'assassin de l'amiral Coligny.

278. **BESONS** (Jacques Bazin, marquis de), maréchal de France, membre du conseil de régence sous le duc d'Orléans. N. 1652. M. 1733.

1° Trois pièces sig. 1709, 1710, 1713. In-fol.

2° L. aut. sig., à Mgr... Valenciennes, 6 nov. 1691. 2 p. in-4.

Il lui recommande le cavalier Lacoste, qui lui paraît mériter la grâce d'être reçu aux Invalides; il a perdu la vue...

279. **BESSE** (Guillaume), historien de la maison de Narbonne, etc. M. 1680.

L. aut. sig., au surintendant Foucquet. Sans date. 3 p. très-grand in-fol. Superbe écriture. Foucquet a écrit en marge : *Ie nay pas reçu ce livre.*

Il lui dédie son recueil de pièces curieuses qui servent à l'histoire du roi Charles VI... Il n'aurait jamais osé approcher de Sa Grandeur, pour lui présenter un ouvrage si peu digne d'elle, si le glorieux accueil que l'archevêque de Narbonne, son frère, vient de faire à son histoire des ducs, marquis et comtes de Narbonne ne lui en eût donné la hardiesse. Il lui a fait connaître qu'il ne devait pas avoir tant de défiance de lui-même qu'il ne dût avoir encore beaucoup plus de confiance en cette grande bonté qui est naturelle à toute sa maison, « et qui dans les éleuations de vostre condition et de vos mérites, « vous rend semblables à la Divinité, laquelle ne regarde dans les offrandes « qu'on luy faict, que l'intention et que la pareté de cœur, et nullement ny le « prix ny la dignité de la main qui les luy présente. C'est, monseigneur, une « vérité universellement receüe, que vous possedés tout ensemble et au su- « prême degré toutes les qualitez d'un magistrat tres équitable et d'un politique « parfait et accomply, et que vostre ame est embellie de toutes les nobles « inclinations et de toutes les généreuses habitudes que la morale inspire, à « tous ceux qui comme vous sont consommés dans cette solide et sublime « science qu'elle enseigne. Aussi n'est-ce pas tout l'esclat de vostre fortune « comme celuy de vos vertus, qui attire sur vous les yeux et l'admiration des « peuples: ce sont de brillantes lumières qui touchent avec plus de vigueur et

« de force nos esprits, et qui pénètrent plus puissamment nos cœurs, que « toute la splendeur qui se tire de l'éminence de vos charges, et pour une « expression plus ingénüe ce sont des lumières pures, qui ne tenant rien de la « nature doiuent briller éternellement comme celles des astres, etc., etc. »

280. **BETHUNE-SULLY-CHAROST**, etc. (famille de).

Béthune (Léonidas de). 2 p. Acte notarié et quitt. sig. 1601. — Béthune (Philippe de). Quitt. sig. 1620. — Béthune-Charost (Louis), duc de). Quitt. aut. sig. 1634. — Béthune (François de). Acte notarié sig. 1650. — Béthune (le comte de). Quitt. sig. 1651. — Béthune (Maximilien Alpin, marquis de). Acte not. sig. 1671. — Béthune (Annibal, chevalier de). Trois quitt. sig. 1673-1683. — Béthune (Louis de). Quitt. au sig. 1688. — Béthune (de). L. aut. sig., au marquis de Béthune. Paris, 14 août (vers 1700). 2 p. et demie in-8. Cachet. Curieuse. — Béthune (de). Deux lett. aut. sig., à M. le duc de Sully, à Paris. Metz et Sarrelouis, 1738. 3 p. in-4. Cachets. — Béthune (Armand de), comte d'Orgeval. Deux requêtes sig. 1734 et 1735. — Béthune (le chevalier de). L. aut. sig., et note aut. Amberg, 25 oct. 1741. 6 p. in-4. — Béthune (Armand-Joseph de), duc de *Charost*, ancien maire de Paris. Quitt. sig. 1773, et lett. aut. sig. 21 prairial an VIII. — Béthune (Louise de). Quitt. sig. 1643. — Béthune (Marguerite-Angélique de), fille de François de Béthune, duc d'Orval, abbesse de Saint-Pierre de Reims. Trois actes notariés sig. 1682 à 1698, et lett. aut. sig. 1706. 2 p. in-4. Curieuse. Au sujet de billets de plusieurs loteries. — Béthune (Catherine de *La Porte*, veuve de Maximilien Alpin, marquis de). Six notes et quitt. sig. et aut., et une lett. aut. sig. 1697. Ensemble, 30 pièces, dont plusieurs sur parch.

281. **BEUCHOT** (Adrien-Jean-Quentin), littérateur, bibliographe, bibliothécaire de la Chambre des députés, commentateur des œuvres de Voltaire. N. 1777. M. 1851.

Quatre lett. aut. sig., à M. Lucas de Montigny. 1821-1846. in-8 et in-4. — Brochures imprimées : Réflexions rapides sur quelques articles du projet de loi concernant la liberté de la presse. 8 p. — *Dictionnaire des Immobiles*, par un homme qui jusqu'à présent n'a rien juré et n'ose jurer de rien. 1815. impr. 38 p. in-8.

Dans la lettre du 8 mars 1821, il indique des retranchements à proposer aux auteurs de l'article *Mirabeau*... « M. Frochot, exécuteur testamentaire de Mi« rabeau, n'a brulé aucun de ses écrits. On ne sait donc sur quel fondement « on a pu dire que parmi les papiers qu'aurait brulés M. Frochot en 1793, se « trouvaient un mémoire sur le mariage des prêtres, etc., etc. (je laisserai les « lettres). Ce qui est certain, c'est que le propriétaire actuel des papiers de « Mirabeau et qui fut son légataire, n'a trouvé aucune trace que Mirabeau se « fut aucunement occupé d'ouvrages sur les matières cy dessus... »

282. **BEURNONVILLE** (Pierre-Franç. *Riel*, comte de), mathématicien, géographe, ambassadeur, maréchal de France, ministre de la guerre. N. 1752. M. 1821.

1° L. sig., comme ministre. 2 p. in-fol. Trois *portr*. in-8 et in-4.

2° L. aut. sig. Paris, 10 déc. 1807. 2 p. in-4.

3° L. aut., à M. Besta. Berlin, 1er germinal an VIII. 8 p. pl. in-4.

Il se justifie de diverses accusations portées contre lui à l'occasion de sa conduite comme ministre plénipotentiaire. La plupart des sottises insérées dans les journaux d'Allemagne et rapportées par ceux de Paris sont fournies par les émigrés mêmes de Berlin; comme ils le voient de plus près et entretenir particulièrement le roi presque tous les jours, et dans toutes les occasions recevoir des marques de bonté et de distinction particulières de sa part, ils en conjecturent en conséquence que la correspondance de touts les points, de touts les émigrés doit jouer son rôle... « On m'accuse, par exemple, de faire rentrer « Boufflers et son épouse, ceux cy sont détestés par les émigrés qu'ils ne voyent « pas. Ils ne s'occupent que de littérature, cela doit déplaire à de barbares « ignorans. Il est cependant un fait qu'ils ne peuvent désavouer; c'est que je « ne connais M. Boufflers, ni sa femme; c'est que je ne les ai jamais « vû de ma vie, il est d'autant moins à supposer que je puisse être lié

« avec eux ni avec madame Custine leur fille, que le gouvernement m'a « donné en payement leur maison de Paris rue du Faubourg Honoré, n° 61, « que j'habite comme bien d'émigré: cela ne m'empêchera point d'être tres « juste envers eux, de rendre les témoignages qui me seront demandés par le « gouvernement sur leur compte et de leur transmettre avec plaisir les parolles « consolantes qu'il pourra m'envoyer pour eux... » Détails très-curieux sur lui-même et l'existence qu'il mene à Berlin au milieu des émigrés... Pourquoi il rend le salut à un émigré qui le salue chez le roi... Il est par exemple étonné que l'on ne l'ait pas accusé d'avoir reçu des émigrés chez lui, eh bien il s'en accuse lui-même, c'est bien plus fort, il confesse qu'il en reçoit et qu'il en recevra, il est homme public, il est ministre de France à la cour de Prusse, et il met en fait qu'il doit recevoir tout le monde avec politesse, et si cela n'était pas, il ne voudrait pas être ministre deux heures; « j'ai la manie d'être poli, que « voulés vous, c'est la mienne; j'ai même idée que l'on réussit plus avec de « la politesse qu'avec des grossièretés, chacun à cet égard a sa manière de « voir, telle est la mienne; je suis fâché que ce ne soit pas celle du journal « des défenseurs de la patrie et autres c....... de cette espèce... » Pourquoi il ne fréquente pas le Casino... etc., etc.

283. **BEURNONVILLE** (le maréchal de). *Le même.*

1° L. aut. sig., au ministre de la guerre. Paris, 30 mars 1809. 4 p. pl. in-4. Trois *portr.*

2° L. a. s., à M... Naples, 13 juin 1817. 4 p. pl. in-4 (sur pap. timbré).

3° L. aut., à M. Besta. Berlin, 1er germinal an VIII. 4 p. pl. in-4. Curieuse lettre. Affaires politiques, etc.

Il vient de lui écrire huit pages de lui et sur lui, c'est en vérité trop justifier « un général solidaire sur sa tête du gouvernement actuel, et qui a donne tant « de gages et de garanties à la république; le seul texte de ma lettre vous suf- « fira pour répondre à touttes les cochonneries possibles, passées, présentes « et à venir; je vous constitue donc pour mon deffenseur officieux... » Le départ du premier consul pour l'armée a fait à Berlin le bon effet qu'il fera dans toute l'Europe, « suivant moi, c'est le signal de la victoire, et la première « bataille qu'il gagnera infailliblement sera celui de la paix; le temps est court « pour les négociations et les batailles les abrègent, les idées se murissent, on « nous voit avec plaisir moderés... »

284. **BEZE** (Théodore de), réformateur. N. 1519. M. 1605.

Deux vers latins aut. écrits sur la garde d'un livre, et signés: *Theodorus Beza. Geneuæ scribebam*, etc. 1603. En tout, 9 petites lignes. Notice de M. *L. de M.*

285. **BEZOUT** (Etienne), mathématicien. N. 1730. M. 1783.

1° L. aut. sig., à Mgr... Brest, 25 oct. 1778. 1 p. in-fol.

L'instruction de M. le chevalier de Bruix lui a paru donner une place distinguée dans la liste de ceux qui sont dans le cas d'être faits gardes de la marine: il a même bien répondu sur la section de navigation, et il le regarde comme un sujet utile à acquérir.

2° Liste aut. des aspirants gardes de la marine au département de Brest, qui, à l'examen du mois d'octobre 1778, ont été reconnus avoir le degré d'instruction requis par l'ordonnance, etc. 3 p. in-fol.

L'instruction du chevalier Bruix le placerait le 7e dans la liste précédente.

3° Autre liste aut. de mai 1779. 3 p. in-fol.

Dans cette liste figure, entre autres noms qui ont été connus plus tard, ceux de De Fuomelin, De Kergrist, Du Couédic, Duroy de Chaumareix...

286. **BIBLIOGRAPHES**, bibliothécaires, imprimeurs, libraires, etc. 16 lett. aut. sig. et 2 pièces.

Amar Durivier. Deux lett. a. s. 1826. — Anisson Duperron. L. a. s. et lett. sig. 1772 et 1791. — Bailly (Prosper). Trois lett. 1845. — Barbier (Antoine-Alexandre). 1821. *Portr.* — Capperonnier. Deux pièces aut. sig. an VI et an VII. Celle du 23 germinal an VII est relative à: Biblia sacra polyglotta, Philippi II. Hispaniarum regis jussu edita ac impressa curâ Benedicti Ariæ Montani. Antuerpiæ, Plantinus. 1569-1572. 8 vol. in-fol. Cet ouvrage est connu dans la république des lettres sous le nom de *Polyglotte d'Anvers*, autrement, la *Bible royale*, ou de *Philippe second*. On croit qu'il existe dans la bibliothèque de Turin un exemplaire de cette bible, *imprimée sur vélin*. Si cela est, cet exemplaire est infiniment précieux, et mérite bien d'être envoyé à Paris à la Bibliothèque nationale... — CHAPELET (Georges-Adrien). Deux lett. 1832-1838. — DE MANNE. 1830. — DENIS (Ferdinand). 1840. — DESCHIENS, célèbre collectionneur d'écrits sur la révolution française, etc. Pièce collective sig., comme administrateur du district de Montagne-Bon-Air. 25 prairial an II. 3 p. in-4. — DES ESSARTS (Nicolas Lemoyne). Deux lett. — DUBROCA. An X. — FOURNIER (Henri). 1830.

287. **BIBLIOGRAPHES,** bibliothécaires, etc. 22 lett. aut. sig.

FURNE. 1828. — GOSSELIN (Charles). Deux lett. aut. sig., à M. Lucas de Montigny, au sujet de la correspondance de Mirabeau publiée en Angleterre. 1832. — GRATIOT (Amédée). — HERHAN (L. E.), imprimeur stéréotype. — LALLEMANT (Richard Conteray). An VIII. — LUNEAU DE BOISJERMAIN. 1782. — MASSABIAU. 1813. — NICOLOPOULO (Constantin). N. 1786, mort à l'Hôtel-Dieu en 1841. Deux lett. 1829. — PAULIN (J.-B.-Alexandre), éditeur de l'*Illustration*. N. 1798, M. 1859. L. a. s., à M. J. Janin. 3 oct. 1841. 1 p. pl. in-4. Intéressante. — RENOUARD (Ant.-Augustin). Deux lett. 1826 et 1830. — RONDONNEAU. — SALLIER (l'abbé André). 1760. — SCOPPA (l'abbé Antoine). 1811. — VALERY (Antoine-Claude Pasquin, dit). — VAN PRAET. Deux lett. An XII et 1812. — VITRÉ (Antoine), imprimeur ordinaire du roi et du clergé de France. Quitt. sig. (sur parch.) 1651. — WEIS (Charles). Trois lett., à M. Lucas de Montigny. 1841 et 1842. Intéressantes.

288. **BICHAT** (Marie-François-Xavier), anatomiste et professeur célèbre. N. 1771. M. 1802.

Fragment aut. de ses travaux anatomiques. Deux tiers de p. in-fol. Deux *portr.* — Notice historique, extrait du Plutarque français. — Discours prononcé à l'inauguration de la statue de Bichat... à Bourg en 1843. Ces deux brochures par le baron H. Larrey, avec envoi aut. sig., à M. Lucas de Montigny.

289, **BIEVRES** (Georges *Maréchal*, marquis de), célèbre par ses calembours. N. 1747. M. 1789.

L. aut., à M. de Vaudoyer. Janvier 1789. 1 p. in-4. Cachet.

Le prix qu'on lui offre de sa charge lui ferait perdre un huitième du capital ; avant les états généraux il trouvait jour à faire un placement plus avantageux.

290. **BIGNON** (Jérôme), avocat général au Parlement, grand maître de la bibliothèque du roi. N. 1589. M. 1656.

Quitt. avec cinq petites lignes aut. sig. (sur parch.). 23 janvier 1638. Deux beaux *portr.* gravés.

BIGNON (Jérôme), conseiller d'Etat. Quitt. sig. 1699. 1 p. in-8.

BIGNON (Thierry), premier président au grand conseil. N. 1631, M. 1697. Quitt. sig. (sur parch.). Paris, 22 mai 1691. Beau *portr.* de Pitau, in-fol.

BIGNON (Armand-Rolland), conseiller d'Etat, intendant des finances. Quitt. sig. (sur parch.). 1703.

291. **BIGNON** (Louis-Edouard, baron), ministre plénipotentiaire, député, académicien, etc. N. 1771. M. 1840.

1° L. aut. sig., au comte Mollien. Paris, 7 juillet 1815. 1 p. in-4.

2° L. aut. sig., à M... Paris, 26 mars 1834. 1 p. pl. in-4. Quatre *portr.* in-8 et in-4.

292. **BIGOTTINI** (Mme Emilie), célèbre danseuse de l'Opéra.

L. aut. sig., à M. le maire de Créteil. Créteil, 13 août 1828, 1 p. in-4. *Portr.* Costume colorié, et *portr.* lith. in-fol. En tête, il y a un renvoi signé du maire de Créteil, De Joly, ancien ministre de la République.

293. **BILLAUD VARENNE** (Jean-Nicolas), conventionnel, membre de la Commune de Paris. N. 1762. M. 1819.

1° L. aut., à M... An IV. 3 p. et quart in-4. *Portr.* et six brochures de Billaud-Varenne, discours à la Convention, réponse à Laurent Lecointe, aux inculpations qui lui sont personnelles, etc.

2° L. sig., signée aussi par Carnot et Prieur (de la Marne), comme membres du Comité de salut public, au ministre de la guerre. Paris, 8 sept. an II. 1 p. in-fol.

Le général Pichegru leur a écrit d'Arras sur les personnes commises à la défense de cette place..., il regarde aussi les employés dans les vivres comme infiniment suspects; ils sont soupçonnés même d'espionner pour les Autrichiens... « Vous sentez de quelle conséquence il est, surtout dans ces moments « d'orages, que les intérêts de la république ne soient confiés qu'à des mains « pures, qu'à des patriotes éprouvés... »

294. **BINET** (Étienne), provincial de la Compagnie de Jésus de la province de Champagne. N. 1568. M. 1639.

Sa signature au bas d'une transaction pour la vente de dix-huit rezauls de froment, et six rezauls d'avoine. Nancy, 20 mars 1626. Très-gr. feuille double (parch.). Cachet de la Sociét. *Portr.* gravé.

295. **BION** (Nicolas), ingénieur pour les instruments de mathématiques, auteur d'un *Traité de l'usage des globes*, etc. N. 1655. M. 1733.

Quitt. aut. sig. (sur parch.). Paris, 9 juillet 1709. Beau *portr.* de Larmessin, in-4.

296. **BIOT** (Jean-Bapt.), physicien, mathématicien et astronome, membre de l'Académie des sciences et de l'Académie française. N. 1774. M. 1859.

L. aut. sig., à M. le préfet de police. Paris, 22 février 1834. 3 p. in-4. *Portr.*

297. **BIRAGUE** (René de), cardinal, garde des sceaux, chancelier de France, etc. N. 1507. M. 1583.

Auteur, autant qu'il fut en lui, de la Saint-Barthélemy. Son origine italienne, comme celle des Gondi, de Catherine de Médicis, celle des Guise eux-mêmes, a fait dire, non sans raison, que les crimes de cette fatale journée ont eu des étrangers pour auteurs principaux... (*L. de M.*)

1° Quitt. sig. : *Renato da Birago* (sur parch.), de la somme de 260 liv. tournois, pour remboursement de semblable somme avancée par lui au roi. 6 oct. 1567. Le haut de la marge intérieure déchirée, et enlevant le commencement de trois lignes. Deux *portr.* gravés.

2° Quitt. sig.: *R. de Birague* (sur parch.). 25 février 1574.

298. **BIRAGUE** (Charles), lieutenant général pour le roi dans le marquisat de Saluces.

Ennemi généreux du maréchal de Bellegarde qui l'avait chassé de son gouvernement, et se l'étoit approprié, Charles de Birague l'avoit averti de se défier d'une maîtresse chargée par Catherine de Médicis d'empoisonner le maréchal. Celui-ci n'en crut rien, et fut victime de sa confiance. (*L. de M.*)

L. sig.: *Carolo da Birago*, au duc d'Anjou, depuis Henri III. Corbeil, 1er mars 1560. 1 p. pl. in-fol. Trace de cachet.

Les habitants de Corbeil ne se plaignent pas de ses troupes qui n'étaient pas encore arrivées quand ils ont fait leurs plaintes... Il ne s'y fait aucune insolence qu'incontinent il en soit averti, et n'en fasse la punition aux délinquans, que le cas le requiert, et fera vivre les soldats de telle façon qu'il espère qu'il n'en aura point de plaintes. « Ils sont bien si pauures, et en si « grande nécessité, que ie suis esté contrainct vous envoyer le capitaine « Brian, présent porteur, pour vous supplier très humblement monseigneur, « qu'il vous plaise ordonner, qu'ils soient secourus de quelque argent, affin « qu'ils puissent auoir meilleur comodité de viure... »

299. **BIRAGUE** (Sacromore de), mestre de camp d'un régiment de guerre à pied. Assassiné par Mayenne.

Quitt. sig. (sur parch.) de la somme de 660 *escus sol, et un cart d'escu, à nous ordonnés par Mgr le duc de Mayenne, lieutenant général pour S. M. en la dicte armée de Guyenne, pour remboursement de pareille somme que nous avons cidevant fournie et advancée de son commandement*, etc. 1586.

Biragur (Rodomonte), entretenu sur l'état de l'artillerie du Piémont. Quitt. sig. (sur parch.). 12 sept. 1579. Cachet.

300. **BIRON** (Armand de Gontaut de), maréchal de France, grand maître de l'artillerie, gouverneur de Saintonge, de Guyenne, etc., parrain du cardinal de Richelieu. Né en 1524. Tué au siége d'Epernay en 1592.

Quitt. sig. (sur parch.). Février, 1549. Enlèvement de la moitié du côté de la marge extérieure. Cinq *portr.* in-8, in-4 et in-fol. Notice de M. *L. de M.*

301. **BIRON** (Charles de Gontaut, duc de), pair, amiral et maréchal de France, gouverneur de Bourgogne, etc. Né en 1561. Décapité en 1602.

L. aut. sig., au roi Henri IV. Dijon, 29 mai 1595. 1 gr. p. pl. in-fol. Trois beaux *portr.* gravés in-8 et in-4. Notice de M. *L. de M.*

Il croit qu'il aura agréable de savoir comme ils sont entrés hier à Dijon, et fort à propos, car tant la garnison autant qu'aucuns habitants avec eux, commençaient à sortir, ils sont rentrés dans leurs contrescarpes, et le combat a continué avec perte des ennemis, « *iauons fait nos barycades*, mais leurs coups de canon nous offensent un peu et vous puis asseurer quilz nen sont chyches den tyrer, nous auons besoin de la présence de vostre majesté et apres cela la chose le plus nécessaire est de la poudre il se poura retourner a Langres sy « uostre majesté y enuoye promptement il ne se uist iamays parler d'une telle « allegresse ce peuple a de se uoir reduire en uostre obeyssance et ors « des mains de nos ennemys... »

302. **BIRON** (Charles de Gontaut, duc de). *Le même.*

Trois actes notariés, signés, dont une procuration à sa mère. 1595, 1599 et 1601. Ensemble, 6 p. in-fol. Deux *portr.* lith.

303. **BIRON** (Jean de Gontaut de), seigneur de Saint-Blancart, mestre de camp du régiment de Picardie. M. 1635.

1° Quitt. sig. (sur parch.). 21 oct. 1606.

2° Acte notarié, deux fois sig. 1614. 3 p. in-fol.

3° Sa signature au bas d'un curieux tarif de fournitures de comestibles de toutes sortes, y compris l'écurie, le bois, etc., pour sa maison, soumissionné par un pourvoyeur, et par devant notaire, le 2 janvier 1614. 15 p. in-fol.

304. **BIRON** (le maréchal, duc de), colonel des gardes françaises. N. 1701. M. 1788.

1° Deux pièces sig., dont un congé. *Portr.* gravé.

2° L. aut. sig., à M... Paris, 31 juillet 1773. 2 p. in-4. Curieuse.

Biron (Armand de Gontaut de), baron de Chef Boutonne. Obligation notariée signée de la somme de 1,409 liv. 1 s. 6 d. 1611. 3 p. in-fol.

Biron. Ordre militaire aut. sig. Gache, 14 sept. 1649. Quart de page in-fol.

305. **BISSY** (Claude de Thiard de), gouverneur de la ville et château de Chalon-sur-Saône.

1° Quitt. aut. sig. (sur parch.). 4 janv. 1688.

2° L. a. s., à M... Mantoue, 17, à midi. 2 p. in-4. Cette lettre et la suivante sont remontées ensemble. Détails militaires curieux.

3° L. aut. sig., à M... Mantoue, 17 juillet. 1 p. in-4.

Voilà la compagnie franche de cavaliers qu'il lui envoie; « c'est ce qu'on « appelle vulgairement *tarabustes*, gens capables de bonne et de mauvaise ac- « tion; vous vous en serviray en ce que vous jugeray à propos. »

306. **BISSY** (Henri de Thiard, cardinal de), évêque de Meaux, défenseur ardent de la bulle *Unigenitus*. 1657-1737.

1° Quitt. sig. de la somme de 3,000 fr. pour six mois de sa pension sur le clergé de France. Paris, 29 août 1731. In-4.

2° Son *portr.* peint par Rigaud, gravé par Marie Hyacinthe Hortemets. Grand in-fol. Belle épreuve.

307. **BITAUBE** (Paul-Jérémie), littérateur. N. 1734. M. 1808.

Billet aut. sig. Paris, 21 thermidor an VIII. 1 p. in-8 en travers. *Portr.* gravé in-8.

308. **BLACAS D'AULPS** (Pierre-Louis-Jean-Casimir, duc de), comte de Vergnen, pair de France, premier chambellan, ministre d'État, etc. N. 1770. M 1839.

L. aut., à M. le comte de Damas, depuis duc... Hartwell, 22 mars 1814, à 3 heures du matin. 5 p. in-4.

... « Les nouveaux succès de lord Wellington, l'accueil que Monseigneur « reçoit partout, les dispositions du pays où vous êtes et de celui où vous « alliez vous rendre, nous ont fait éprouver un bonheur que je ne saurois vous « exprimer. J'attends les plus heureux résultats de votre glorieuse entreprise. « Je me flatte que le génie du héros qui dirige, qui soutient, qui appuyera « toutes vos opérations, sauvera la France et l'Europe. C'est lui qui doit par « ses victoires et par leurs conséquences nécessaires, décider un mouvement « dans tout le midi, qui, en gagnant de proche en proche, s'étendra bientôt « dans toute la France et forcera enfin à rompre les conférences de Châtillon « qui arrêtent, qui entravent toutes les mesures que l'on pourroit prendre, et qui « nous tiennent dans une anxiété bien cruelle. La victoire remportée par le « général Blucher auprès de Laon, le 9 et le 10, a un peu relevé nos espéran- « ces; mais la reprise de Reims, où M. de St-Priest a été battu et blessé dan- « gereusement, nous a donné de nouvelles craintes...» Autres détails intéressants.

309. **BLACAS D'AULPS** (le duc de). *Le même.*

L. aut., à M. le comte de Damas, depuis duc. Hartwell, 29 mars 1814. 3 p. in-4.

Il lui serait impossible de lui exprimer tout ce que leur a fait éprouver l'arrivée à Hartwell de ses députés, il chercherait en vain à le lui rendre, son cœur seul peut le sentir.

« Je vous félicite, M. le commandant, d'avoir le premier donné des ordres au « nom de notre maître, j'eusse été heureux de vous voir arriver avec une cocarde « blanche, mais je vous aime bien mieux à Bordeaux qu'à Hartwell ou à Londres. « Je me flatte que ces messieurs ne tarderont pas à repartir; j'attends un bâ- « timent pour les ramener. Celui qui doit aller chercher M. le duc de Berri « pour le conduire à Bordeaux partira demain. J'en ai demandé un autre pour « MM. les ducs de Lorge et de Gramont, que le roi envoie en Guienne et en « Béarn. M. de Malcor portera à M. le duc d'Angoulême les instructions du « roi. MM. de Pujol, Dartez, etc., iront prendre ses ordres. Je vous ferai « passer très-incessamment des fonds, je suis occupé à en chercher, mais, etc., « etc. »

310. **BLACAS D'AULPS** (le duc de). *Le même.*

1° Sa sig. sur une invitation au jeu du roi. 6 mars 1827. in-4.

2° L. aut. sig., au duc de Damas. Ce jeudi. 1 p. in-8.

3° L. sig., au même (alors comte). Gand, 9 juin 1815. 3 gr. p. pl. et quart in-4.

Il partage bien ses sentiments au sujet de l'armée. « La trahison dont elle « s'est rendue coupable l'a rendue odieuse à toute la nation. Il est cependant « certain que ces soldats parjures vont rallier à eux tout le parti jacobin. Les « royalistes n'auroient point assez de forces contre cette détestable alliance; « mais l'Europe en armes a juré la destruction du tyran qui entraînera j'espère « dans sa chute tous ses infâmes complices. Les étrangers détruiront la mons- « trueuse puissance qui désole et opprime notre patrie. C'est aux François à « relever celle du roi; car eux seuls peuvent maintenir ce qu'ils n'auroient « pas seuls les moyens d'achever. Cette considération rend bien nécessaire un « mouvement national et par conséquent un effort dans le midi, où la présence « de Monseigneur obtiendra, je n'en doute pas, sous de plus heureux auspices, « les résultats les plus importants.

« Nous ne savons pas encore précisément l'époque à laquelle commenceront « les hostilités; mais ce sera probablement dans peu de jours. La déclaration, « ou plutôt le procès-verbal du congrès les devancera utilement et ôte à Buona- « parte tout moyen de déguiser l'imminence du péril. Les François ne pourront « plus douter qu'ils vont avoir à soutenir l'effort de toute l'Europe et, cela, « parce qu'ils suivent les drapeaux de l'Usurpateur... »

311. **BLACAS D'AULPS** (le duc de). *Le même.*

L. a. s., au duc de Damas. Naples, 30 mars 1829. 4 p. in-4. Curieuse.

312. **BLANC** (Jean-Joseph-Louis), historien, publiciste, membre du Gouvernement provisoire de 1848. N. 1813.

Deux lett. aut. sig. 1840-1844. 2 p. in-8. *Portr.*

313. **BLANC** (Edmond), avocat à la Cour de cassation, député, secrét. général du minist. de l'intérieur. M. 1850.

1° Une lett. aut. sig. et quatre lett. sig., à M. Lucas de Montigny. 1829 à 1833. Ensemble, 8 p. in-8 et in-4. Notice de M. *L. de M.*

2° Fragment sig. d'une lettre au même. Samedi, 21 août 1830. Demi-p. in-8.

Il a vu son ami Odilon Barrot à son arrivée, « mon premier soin a été de lui « parler de vous, car il a accepté la préfecture, le roi lui en ayant en quelque « sorte intimé l'ordre hier soir. Odilon Barrot m'a dit positivement : Je conser- « verai M. Lucas Montigny, qu'il soit tranquille, les hommes capables et su- « périeurs m'appartiennent... »

314. **BLANCHARD** (Jean-Pierre), aéronaute fameux. (Il a fait 60 ascensions.) N. 1753. M. 1809.

1° L. sig., à M... Metz, 28 juin 1788. 3 p. pl. in-4 (avec de nombreuses corrections pour être publiées).

Détails sur la construction d'un ballon de quatre pieds cubes dont il fait hommage à une société ou loge maçonnique de Stuttgard. C'est un échantillon de celui avec lequel il a passé d'Angleterre en France, il l'a fait construire avec les débris de ce grand aérostat, dont une partie est déposée dans Calais, par ordre du roi.

2° Copie de sa main de la lettre adressée par Jérôme de La Lande, astronome, aux auteurs du *Journal de Paris*, le 20 décembre, au sujet de l'ascension faite par Blanchard, du côté de Gand, le 21 novembre de la même année. 2 p. pl. in-4.

3° Fragment aut. de son journal du 24 février 1786 (étant à Lille). 2 p. pl. in-8. Curieux.

4° *Ma sortie de prison, le 9 juin, à 7 heures et demie du soir.* Pièce de vers aut. sur son emprisonnement et sa mise en liberté. 1 gr. p. pl. in-4. Curieuse pièce.

5° L. aut., aux auteurs du *Journal de Paris*. Sans date. 7 gr. p. pl. trois quart in-4.

Relation très-intéressante et scientifique d'une ascension. Elle commence ainsi : « Ayant traversé le Palatinat, la Bavière, la Souabe et la Franconie de- « puis mon 29e voyage aérien fait à Nuremberg, je n'ai pas eu le moment de « vous donner aucuns détails de cette ascension Quoique ce ne soit pas pure- « ment l'objet de ma lettre, par reconnoissance pour la ville de Nuremberg je « crois devoir publier le traitement gracieux et honorable que j'i ai reçu : le « 12 novembre dès le grand matin, une quantité considérable de maisonnettes « et de tentes furent élevées comme par enchantement autour d'une vaste rot- « tonde qu'on avoit construite à grand frais pour le ballon dans une immense « pleine près la ville ; à 8 heures, la troupe, en grande tenue, prit ses postes, « l'ensemble avoit l'air d'une armée campée, à 9 heures tous les habitans de « la ville accoururent au bruit du canon, à 10 heures et demie, plusieurs derniers « coups qui annonçoient l'ascension firent accélérer la marche de milliers d'é- « trangers qui couvroient la route de toutes parts, à 11 heures précises j'aban- « donnay la terre en jettant pour leste sur les spectateurs des petites brochures « intitulées *Abrégé de mes avantures terrestres*. Arrivé à mille toises de son « niveau, je lançai un chien hors de ma nacelle, qui, après avoir plané long- « temps dans l'air alla descendre légèrement en parachute aux pieds du cheval « de S. A. Mgr le margrave d'Anspak... » Difficultés de la navigation aérienne sans la connaissance des couches de l'air et des courants ; navire aérien de son invention dirigé par une machine à feu, etc., etc.

6° Note sur la vue (aérienne) de la bataille de *Rocou*, près Liége, donnée le 11 octobre 1746, aut. et sig : *Ansiaux avocat.* 2 p. in-fol.

315. **BLANCHARD** (Marie-Madeleine-Sophie *Armant*, dame), aéronaute, femme du précédent. N. 1774. M. 1819.

L. sig., au docteur de Mangeon. Paris, sans date. 1 p. in-4.

316. **BLAND** (Roch), ouvrier chapelier, assassin.
Né à Auxerre en 1809. Mis à mort en 1835.

L. a., à sesparents. Paris, 1er mars 1834. 1 p. pl. et demie in-fol. Dans cette lettre, écrite sans orthographe, il raconte les circonstances du crime et proteste de son innocence.

317. **BLAVET** (l'abbé Jean-Louis), bibliothécaire du prince de Conti, censeur royal, auteur de divers ouvrages.
Né à Besançon en 1719. Mort à Paris en....

L. a. s., à M. Boudot, procureur au Châtelet. 1 p. in-4. Cachet.

318. **BLOSSET** (Jehan), seigneur du Plessis Pasté, grand sénéchal de Normandie, un des plus affidés et rudes exécuteurs des mesures politiques de Louis XI.

Quitt. sig. (sur parch.) de la somme de 100 liv. tournois pour les gages de son office de capitaine du château de Niort, de l'année finie à la Saint-Jean-Baptiste. 2 décembre 1485. La moitié de la signature est enlevée par la bande du cachet.

Blosset (Pierre), chambellan du roi, et son bailli de Caux au vicomté de Montivillier. Quitt. sig. (sur parch.) de 81 liv. pour gages dudit office. 1485.

319. **BLOSSEVILLE** (Bénigne-Ernest *Porel*, marquis de), littérateur. N. 1799.

Vingt-sept lettres, billets et notes aut. et aut. sig., adressés à M. Lucas de Montigny, de 1833 à 1845. Ensemble, 47 p. in-8 et in-4. Très-intéressante correspondance relative à Mirabeau, etc.

320. **BLOSSEVILLE** (Jules *Poret* de), frère du précédent, navigateur, mort en 1833 sur la côte d'Islande.

1° L. aut. sig., à M. Balbi. Toulon, à bord du brick l'*Alacrity*, 3 mai 1830. 1 p. pl. et demie in-8. *Portr.* Très-intéressante.

2° Deux lett. aut. sig. de M. Ernest de Blosseville, son frère, adressés à M. Lucas de Montigny. 12 et 30 sept. 1834. 5 p. in-8. Relatives à la fin tragique présumée de Jules de Blosseville.

321. **BOCHART** (Samuel), ministre protestant, pasteur à Caen, savant orientaliste. N. 1599. M. 1667.

Quitt. de trois lignes aut. sig. Sedan, 2 août 1617. *Portr.* grav. in-4.

322. **BOCHART DE SARON** (Jean-Baptiste-Gaspard), premier président du Parlement de Paris, membre de l'Académie des sciences. N. 1730. M. 1784.

L. aut. sig., à M. de Villedeuil. Paris, 7 juin 1789. 1 p. in-4. Au sujet de la communication de la mort du Dauphin, fils aîné de Louis XVI qu'il lui a faite, pour qu'il en fasse part au Parlement, qui s'empressera, certainement, « de rendre à ce prince destiné à combler les espérances du roi et « de toute la France, les honneurs qui lui sont dus, en allant à Meudon jetter « de l'eau bénite sur le corps de ce prince... »

Bochart (Jean), seigneur de Champigny et de Norry, conseiller d'Etat, ambassadeur à Venise. Quitt. sig. (sur parch.). 1618.

323. **BOCHETEL** (Bernard), évêque de Rennes, ambassadeur en Allemagne.

Quitt. avec quatre lignes aut. sig. (sur parch.), de la somme de 600 liv. pour *nostre estat, vaccations, dépenses et entretenement en la dite charge d'ambassadeur durant le mois de janvier* 1565.

Boismont (Nicolas *Thyrel*, abbé de), prédicateur du roi, membre de l'Académie française. N. 1715, M. 1786. Sa signature, et celle de l'abbé Maury, au bas d'un bail fait entre eux, le 21 octobre 1786, par lequel l'abbé de Boismont loue à l'abbé Maury un appartement dans sa maison. 2 p. in-4.

324. **BODONI** (Jean-Baptiste), célèbre typographe. Né à Saluces en Piémont en 1740. Mort à Parme en 1813.

L. aut. sig., à M... bibliothécaire de S. M. l'empereur et roi. Parme, 26 novembre 1812. 3 gr. p. in-4. *Portr.* gravé de Rosaspina. Très-belle lettre.

Ses occupations. qui ne font qu'accroître tous les jours, et sa santé affaiblie beaucoup par la goutte dont les attaques sont plus fréquentes que par le passé, l'en ont détourné malgré lui. M. le Maître, inspecteur général du trésor de la couronne, s'est offert de lui porter lui-même sa lettre, un paquet d'imprimés et quelques livres. « J'ai accepté avec plaisir ses offres, et l'ai prié d'abord de « vous témoigner, monsieur, toute ma reconnaissance pour les éloges que « vous lui avez faits de mes éditions ; après, de vous offrir et présenter de ma « part celle du *Songe de Polyphile*, deux vol. in-4. Placez-la dans votre biblio- « thèque, avec mon *Périclès*, et agréez cette marque d'estime et de considéra- « tion.

« Vous ignorez, peut-être, monsieur, que S. M. le roi des Deux Siciles a « daigné m'ordonner l'impression des classiques français in-f°. Je viens d'a- « chever le Télémaque. Avant de mettre la main à cette grande entreprise, « j'eus l'honneur de faire parvenir à ce souverain, par l'entremise de son mi- « nistre des affaires étrangères, mes premiers *résultats* du *Télémaque*, du « *Racine*, du *Boileau* et des fables de *La Fontaine* : ces résultats ont remporté « son approbation. Or, j'ai pensé que ces *résultats* typographiques imprimés « sur le parchemin, un jour peut-être seront regardés par les amateurs comme « des monumens précieux dans l'histoire du progrès des arts. C'est ce qui me « décide, monsieur, à vous les envoyer, et j'espère que vous voudrez bien « avoir la complaisance, lorsque vous le jugerez à propos, de les soumettre à « Sa Majesté l'empereur et roi. Si ce monarque magnanime avait la clémence « de les trouver dignes de ses augustes regards, il serait bien flatteur et bien « satisfaisant pour moi qu'il daignât m'accorder la grâce de les faire déposer à « la Bibliothèque impériale de Paris. Un artiste qui travaille pour l'immortalité « et qui s'efforce de perpétuer par ses caractères typographiques les souvenirs « de grandeur et de magnificence qui sont désormais inséparables du siècle « présent, doit s'enorgueillir que ses ouvrages obtiennent une place dans le « sanctuaire des muses, qui est de nos jours ce que jadis étaient les temples « de Delphe et de Dodone. »

325. **BOERHAAVE** (Hermann), botaniste, chimiste, médecin, professeur de l'Université de Leyde, membre de l'Académie des sciences de Paris, etc. N. 1668. M. 1738.

Petite page aut. sig. (en latin), découpée d'un album. Lug. Batav. 11 juillet 1713. In-18 en travers, remontée. Deux *portr.* grav.

326. **BOESSET DE DEHAUT** (Jean de), conseiller du roi et surintendant des musiques de S. M.

Quitt. sig. (sur parch.). Paris. 28 déc. 1668.

327. **BOFFRAND** (Germain), architecte. N. 1667. M. 1754.

L. aut. sig., à M... Paris, 3 juillet 1728. 1 p. pl. in-4.

328. **BOICHOT** (Jean-Guillaume), sculpteur, membre de l'ancienne Académie. N. 1738. M. 1814.

Sa signature et celles de Roland, Dejoux, Moitte et A. G. Dardes, au bas d'un rapport sur une figure de l'Égalité modelée par le citoyen Lucas, de quatorze pieds de proportion, et destinée à l'ornement du Panthéon français. Paris, 4 ventôse an IV. 1 p in-fol.

Ils pensent que vu les circonstances présentes, une somme de soixante mille livres, en sus des quatre mille livres qui restent dues au citoyen Lucas, serait suffisante pour indemniser cet artiste, et que touts les frais seront supportés par le trésor national.

329. **BOIELDIEU** (Adrien), compositeur, membre de l'Institut. N. 1775. M. 1834.

1° L. aut. sig., à M. Dauprat. 12 oct. 1824. 1 p. pl. in-8. *Portr*

Compliments sur son excellent ouvrage.

2° Duo dans les *Deux nuits*, première intention. Paroles et musique aut. sig. 2 p. in-fol.

330. **BOIELDIEU** (Adrien), compositeur. *Le même.*

L. a. s., à M... Sans date. 1 p. pl. et demie in-4. *Portr.* lith. in-fol.

Il lui recommande le jeune Bertin, qui écrit le russe, l'allemand et l'anglais. Il a revu encore l'autre jour son *Amant et le mari*, c'est une charmante comédie, et la musique qui lui avait semblé tant soit peu âpre, gagne beaucoup à être entendue. « Fétis a un très bon fond de talent, avec un rien il donnerait « la couleur riante qui me semble lui manquer... »

331. **BOILEAU DESPREAUX** (Nicolas), poëte. 1636-1711.

Quitt. s.: *Boileau* (sur parch.). Paris, 18 août 1696. Six *portr.* gravés.

332. **BOILEAU** (Gilles), frère aîné du précédent, receveur général et payeur des rentes, membre de l'Académie française. N. 1631. M. 1669.

1° Quitt. aut. sig. (sur parch.). Paris, 23 oct. 1668.

2° Quitt. sig. (sur parch.). Paris, 29 oct. 1668.

333. **BOILEAU** (Charlotte), fille de Jérôme Boileau, et nièce du poëte.

Revêche bizarre, laquelle est l'original d'un des portraits de la Xe satire. — Si l'on en croit une lettre de Racine, la fille n'étoit pas plus aimable que la mère. (*L. de M.*)

Quitt. notariée sig. (sur parch.). Paris, 20 sept. 1605.

334. **BOILEAU** (Geneviève), sœur du poëte, veuve de Dominique Manchon.

Deux quitt. sig. (sur parch.). 1685 et 1700. Notice de M. *L. de M.*

335. **BOILEAU** (Mélanie de), dame de 1re classe à la maison d'Ecouen et institutrice, auteur d'un *Cours élémentaire d'histoire universelle.*

Plan aut. sig. (a la 3e personne), d'un petit cours d'histoire à l'usage de la jeunesse. 4 gr. p. pl. in-fol.

336. **BOILLEAU** (Jacques), avocat, député de l'Yonne à la Convention nationale. N. 1752. Mis à mort en 1793.

L. aut. sig., au patriote Palloy. Avallon, 9 août, an IVe de la liberté. 2 p. pl. et demie in-8.

Il lui rappelle qu'ils se sont trouvés côte à côte à l'Assemblée nationale, et qu'au diner qu'il lui offrit il lui donna pour société une épouse aimable autant qu'affable, et une demoiselle jolie, charmante, intéressante à touts égards, et que dans cette même journée, il lui promit de lui faire cadeau, pour son cabinet, d'un morceau de pierre de la Bastille à laquelle son goût donnerait une forme quelconque... « Envoyez-moi donc, mon cher camarade, en même tems « que vous adresserez à la municipalité, ce que les amis de la Constitution, les « femmes, les officiers municipaux vous demandent; envoyez-moi donc un petit « morceau façonné de vos mains sur lequel vous graverez *Pierre de la Bastille,* « *par Palloy.* Ce sera si vous voulez, une petite boëte carrée pour mettre une « petite constitution, ou tout ce que vous voudrez... »

337. **BOILLY** (Louis-Léopold), peintre de genre et d'histoire. Né à la Bassée (Nord) en 1761. Mort en 1844.

L. aut. sig., à son fils, artiste peintre, à Narbonne. Paris, 22 mai 1833. 3 gr. p. pl. et quart in-4. *Portr.*

Il lui fait part de sa joie d'avoir reçu la croix de la Légion d'honneur qui avait été demandée pour lui par touts les artistes. Détails de famille.

BOILLY (Jules), fils du précédent, peintre d'histoire.

L. aut. sig., à M. le comte de Forbin. Paris, 17 octobre 1827. 1 p. in-4.

338. **BOIREAU** (Victor), complice du régicide Fieschi.

L. aut. sig., à Mme Delaselve. De la Conciergerie, 1er octobre 1835 2 p. in-4.

Prière de remettre au porteur plusieurs objets d'habillement, et de faire un état de ceux qui resteront chez lui.

339. **BOISDAUPHIN** (Urbain de Laval, marquis de), mar-

quis de Sablé, gouverneur de l'Anjou, maréchal de France. M. 1629.

1° Quitt. sig. (sur parch.), de la somme de six mille livres, pour les appointements de sa charge de gouverneur du duché d'Anjou. 10 juin 1615. Notice de M. *L. de M.*

2° Deux marchés signés, faits par devant notaires, avec des pourvoyeurs de comestibles. Années 1615 et 1618. Ensemble, 31 pages gr. in-fol.

Ces marchés sont très-curieux, en ce qu'ils donnent les prix de toutes les denrées alimentaires de l'époque, pain, vin, viandes, poissons (toutes les espèces connues y sont dénommées), volaille, gibier, épiceries, etc., etc.

340. **BOISGELIN** (Jean de Dieu Raymond de Cucé de), archevêque d'Aix, puis de Tours, cardinal, membre de l'Assemblée constituante. N. 1732. M. 1804.

1° L. aut. sig.: *L'abbé de Boisgelin*, à M... 29 mai 1766. 2 p. in-4.

2° L. a. s.: *Le cardinal de Boisgelin*. Tours, 11 mai 1804. 1 p. in-4.

3° Ordre d'arrestation par la municipalité de Paris, de Thomas-Pierre-Antoine Boisgellin. Paris, 27 août 1792. 1 p. in-4.

341. **BOISSIEU** (Jean-Baptiste-Louis de), peintre, dessinateur et graveur célèbre. N. 1736. M. 1810.

1° Ordre de mise en liberté des citoyens Morel et Boissieu, signé par les représentants du peuple Reverchon et Laporte. Commune affranchie, 16 fructidor an II. 1 p. in-fol. Tête impr. vignette, sceau à la cire rouge.

2° L. a. s., au citoyen Reverchon, représentant du peuple à Commune affranchie. La Tour du Pin, 25 fructidor an II. 3 gr. p. pl. in-4.

Très-curieuse et très-intéressante lettre en faveur du citoyen Faure, son codétenu. Dans son plaidoyer il sera succinct; il ne se permettra ni le mensonge, ni même la moindre exagération ; ce serait insulter à la majesté du peuple, que de mentir à l'un de ses représentants, et il croit pouvoir répondre que jamais il ne se rendra coupable d'un crime de cette nature. C'est dans la prison de Crémieu qu'il eût occasion d'étudier et d'apprécier les vertus morales et civiques de son ami. « Mangeant au même plat et couchant sur le même grabat, « chaque instant du jour ajoutait de nouvelles forces à notre liaison. On en voit « peu d'aussi intime que fût la nôtre durant les cinquante-deux jours qu'a duré sa « détention. Transférés bientôt après dans les prisons de commune affranchie, « nous avons, l'un et l'autre, bû la coupe amère qui ne devrait pas être pré- « sentée, même aux plus grands scélérats; Faure surtout a eu le temps d'en « savourer jusqu'à la lie. Entassés les uns sur les autres plus que ne l'ont « jamais été les plus vils troupeaux ; manquant souvent des choses les plus « nécessaires à la vie, privés surtout pendant sept jours, je ne dis pas de paille « pour nous coucher, mais d'espace, oui d'espace pour allonger nos membres, « couverts de vermine, abreuvés d'humiliations par les derniers des hommes, « avec le spectacle d'une mort ignominieuse sans cesse sous les yeux, je puis « t'assurer, citoyen représentant, que tant d'horreurs n'ont jamais été capables « de lui arracher, je ne dis pas une expression, mais un sentiment anti-civique. »

342. **BOISSY D'ANGLAS** (François-Antoine, comte de), membre de l'Assemblée constituante, conventionnel, etc. N. 1757. M. 1826.

1° L. aut. sig., à M. le préfet de la Seine. Paris, 23 janvier 1821. 1 p. in-4. Son discours (imprimé) prononcé comme président de l'Institut à l'audience de l'Empereur, le 16 nov. 1809. In-4. Trois *portr.*

2° Extrait d'une lettre à lui adressée. 3 p. pl. aut. gr. in-fol.

Sur les troubles qui ont eu lieu à Vernoux (Ardèche), à l'occasion d'une mission. Il y a dans ce bourg et dans la contrée quelques mariages mixtes; on a cherché à en troubler l'union et on n'y a que trop réussi. Le chef de cette mission est un nommé Belot, du département de la Drôme, jeune homme d'un tempérament bilieux et fanatique, lequel n'a cessé d'attaquer dans ses discours le culte réformé, et les dogmes de cette religion. Il s'est surtout signalé les derniers jours du haut d'une estrade élevée dans le lieu où on venait de planter une croix, et autour de laquelle s'étaient rassemblés trois ou quatre mille personnes, même des protestants attirés par la curiosité, il a lancé les

anathèmes les plus violents contre ceux qui, comme les protestants, n'adoraient pas la croix. Ce discours véhément a manqué exciter le massacre de ceux-ci... Ils se sont retirés le courroux dans l'âme, le missionnaire a jugé lui-même l'effet qu'il produisait sur son auditoire, au lieu de chercher à l'atténuer et à adoucir l'exaspération réciproque, il a mis fin à la cérémonie, et s'est enfui par un chemin détourné jusque chez lui. Le maire était présent.... Les protestants sont assez sages pour se contenir, mais ils ne sont pas endurants, et il ne faudrait pas grand chose pour les mettre en mouvement d'une maniere sérieuse...
« J'oubliais de vous dire que le maire de Vernoux, disait un de ces jours, en « plein marché, que dans cinq ans, au plus, tous les protestants se seraient « convertis..... »

3° Ordre d'incarcération de la femme Carles Migelly, âgée de 22 ans, native de Paris, y demeurant, marchande à la toilette, prévenue :

1° De s'être transportée, par suite de projets qu'elle avait déjà tenté d'exécuter, ainsi qu'elle en est elle-même convenue, à la Convention nationale, le 1er prairial, dans l'intention criminelle d'y assassiner le représentant du peuple Boissy-d'Anglas, président de la Convention ;

2° De s'être approché plusieurs fois du fauteuil du président dans l'espoir coupable d'exécuter son abominable projet ;

3° D'avoir donné, par suite du mécontentement qu'elle avait éprouvé de ne pouvoir réussir, plusieurs coups de sa galoche sur la tête du représentant Feraud, dans le moment où il venait d'être renversé du coup qui lui a donné la mort.

4° Enfin, d'avoir encore dans la même journée attenté à la représentation nationale, en se jetant avec le couteau qu'elle avait disposé en forme de poignard, sur le représentant du peuple Camboulas.

Cet ordre de la commission nationale... est du 19 messidor an III. 1 p. et demie in-fol.

343. **BOISTE** (Pierre-Claude-Victorin), littérateur et lexicographe. Né à Paris en 1765. Mort en 1824.

1° L. a. s., à M. Verdière, libraire. Sans date. 2 p. et quart in-8.

2° L. aut. sig., à M. Desray, libraire. Sans date. 1 p. in-8.

La pacification de l'Europe, la prépondérance ou plutôt la domination de la France confirme de plus en plus l'universalité de sa langue, elle assure le débit des dictionnaires faits ou à faire, et ce qui reste de la troisieme édition du sien s'écoulera promptement.

344. **BOIVIN** (François de), baron de Villars, maître-d'hôtel de la reine, agent du roi en Savoie, auteur de *Mémoires*.

Quitt. sig. (sur parch.) de la somme de 3,460 escus sol, 14 s. 7 d., pour frais d'ambassade. 10 déc. 1580. Cachet. Belle pièce. Notice de M. *L. de M.*

Boivin (Louis), avocat au Parlement, membre de l'académie des Inscriptions. N. 1649, M. 1724. Quitt. sig. (sur parch.). 1711. Notice de M. *L. de M.*

345. **BOMBELLES** (Marc-Marie, marquis de), ambassadeur, évêque d'Amiens, aumônier de Mme la duchesse de Berri. N. 1745. M. 1823.

L. aut. sig., à M... Rougemont, 9 oct. 1785. 2 p. in-4.

346. **BONALD** (Louis-Gabriel-Ambroise, vicomte de), pair de France, membre de l'Acad. française. 1753-1840.

1° L. a. s., à Mgr... Montpellier, 16 août 1825. 1 p. in-8. Deux *portr.*

Il est chargé par son fils Victor de lui faire part du décès de la pauvre Honorine..... Sa mort édifiante.

2° L. aut. sig., à M. le comte... Rhodez, 2 juillet 1830. 1 p. in-4.

Cette lettre contient son serment comme président du collège électoral de l'Aveyron.

3° L. aut. sig., à M. Laurentie. 28 juin 1832. 1 p. in-4.

Remarques sur un article de ce dernier.

347. **BONAPARTE** (Jean-François), l'un des aïeux de l'empereur Napoléon.

L. aut. sig. *Gio Fr. Buonaparte* (en italien), à son oncle Caccini, à Florence. Pise, 27 juillet 1560. Demi-p. in-fol. Cachet. Entièrement tachée.

348. **BONAPARTE** (Nicolas), clerc de la Chambre apostolique, fils de Jean-Jacques Mucci de Bonaparte, mort le 25 septembre 1441, et qu'il fit inhumer dans l'église de Saint-François, à San-Miniato.

Sa signature sur un extrait des décrétales du pape, expédiées par les clercs de la chambre apostolique, à Rome. 2 gr. p. in-fol.

349. **BONAPARTE** (Napoléon Ier), comme général en chef de de l'armée d'Italie. Nov 30 -1796 -

L. sig., au général Baraguay-d'Hilliers. Quartier général de Milan, 10 frimaire an V. 1 p. in-fol. Tête impr. Vignette.

350. **BONAPARTE** (Napoléon Ier), comme premier consul.

Apostille de quatre lignes aut. sig. en tête d'une lettre à lui adressée par Masséna, général en chef de l'armée d'Italie. Marseille, 10 nivôse an VIII. 1 gr. p. in-fol.

Relative à des fournitures de blé pour l'armée.

351. **BONAPARTE** (Napoléon Ier), comme général en chef de l'armée d'Egypte.

Sa signature au bas d'une réclamation de Joseph Hakim, gardien de de la douane de Boulac (Egypte). 1 p. in-fol. Sur la quatrième page, il y a onze lignes en arabe.

352. **BONAPARTE** (Napoléon Ier), comme premier consul.

1° Brevet sig. (sur parch., avec la jolie vignette de Roger), de commissaire général de commerce à Paris, pour le roi de Danemarck, délivré au sieur Classen. Paris, 2 vendémiaire an IX. (Contres. par Hugues Maret, et le prince de Talleyrand). Sceau. *Portr.*

2° Brevet de chirurgien (sur parch.), accordé au docteur Michel. Paris, 16 germinal an VIII. Contresig. par Hugues Maret et Carnot. La signature *Bonaparte*, n'est pas de la main du premier consul. Sceau et vignette.

353. **BONAPARTE** (Lucien), prince de Canino. 1775-1840.

1° L. aut. sig., au citoyen Méjean. Paris, 19 fructidor an X. 1 p. in-4. *Portr.*

Il renonce à faire l'acquisition qu'il projetait de quelques-uns des effets mobiliers appartenant aux jardins de Monceaux.

2° Apostilles de trois lignes aut. sig. *Lucien B.*, au bas d'une demande de médaille de colportage de journaux. 25 mai 1825. 1 p. in-8.

3° *Parallèle entre César, Cromwell, Monck et Bonaparte, fragment traduit de l'anglais.* Brochure (impr.), 16 p. in-8.

BONAPARTE (Louis), roi de Hollande. L. sig. 1806. 1 p. in-4. *Portr.*

354. **BONNECARRERE** (Guillaume de), diplomate, directeur des affaires étrangères, N. 1754. M. 1825.

1° L. aut. sig., à M. Méjean. 8 frimaire. 1 p. in-4.

2° Décret de la Convention nationale qui ordonne sa réintégration dans la prison de l'Abbaye. 7 avril 1793. 1 p. gr. in-fol. Vignette.

3° Ordre d'incarcération. 13 brumaire an III. 1 p. in-4.

355. **BONNET** (Louis-Ferdinand), avocat, député, conseiller à la Cour de cassation. N. 1750. M. 1839.

Trois lett. aut. sig. et trois billets ou notes aut. adressés à M. Lucas de Montigny. 1827-1838. In-8 et in-4. Deux *portr.*

356. **BONNEVAL** (Jean de), chambellan de François Ier, ca-

pitaine de 40 lances, etc., fameux par sa vigueur, sa fidélité et l'habileté militaire qu'il déploya, notamment en 1536, dans la basse Provence.

Trois quitt. sig. (sur parch.), 1525, 1535 et 1546.

357. **BONNIVET** (François *Gouffier*, seigneur de), lieutenant général du roi au gouvernement de Picardie.

Quitt. sig.: *François Gouffier* (sur parch.), de la somme de 533 écus un tiers, pour six mois d'appointements... 1584. Cachet brisé. La signature ressemble beaucoup à celle du roi François Ier.

358. **BONPLAND** (Aimé), voyageur et naturaliste, compagnon de Humboldt. N. 1773. M. 1858.

L. aut. sig. comme intendant de la Malmaison, à M. de Montlivault. Malmaison, 18 janvier 1813. 2 p. in-4.

359. **BONS COUSINS** (Société des).

Diplôme de compagnonnage: *Du grand chantier général séant et assemblé dans le centre de forets du roy, sous les auspices de la nature, Bonne vie, Bonne vie à tous les pères maîtres, officiers et bons cousins, bons compagnons fendeurs*, délivré au frère Jean-Claude-Joseph Nucédon, et signé par dix-neuf membres de la société, avec le cachet du *Chantier général de France*, à la cire rouge, bien conservé. Le texte imprimé est entouré d'un beau cartouche composé d'arbres et d'outils de charpentier. Grande page in-fol. (Parchemin). Curieuse pièce.

Acte notarié sig. 16 nov. 1601. 4 p. in-fol.

360. **BONSI** (Jean de), évêque de Béziers, cardinal, prélat habile, savant et conciliant, fut particulièrement agréable à Henri IV, dont il bénit le mariage avec Marie de Médicis. N. 1554. M. 1621.

Bonsi (Anne de), dame d'honneur et gouvernante de madame Charlotte de France. Quitt. sig. (sur parch.). 1521.

361. **BONTEMPS** (Alexandre), valet de chambre ordinaire du roi Louis XIV, intendant des château et parc de Versailles; il fut l'un des témoins du mariage secret de Louis XIV avec Mme de Maintenon.

Quitt. aut. sig. (sur parch.), de la somme de sept cents livres pour ses gages de l'année 1663, à cause de sa charge de premier valet de chambre du roi.

Bontemps (Jean-Baptiste), premier chirurgien ordinaire du roi, et Marguerite Leroux, sa femme. Acte notarié sig. Paris, 12 janvier 1629. 2 p. in-fol.

362. **BORDA** (Jean-Charles, chevalier de), membre de l'Académie des sciences, de l'Institut, etc. N. 1733. M. 1799.

1° Apostille du ministre au bas d'un rapport de Borda, au sujet de son commandement de la gabarre *la Boussole*. 1777. 1 p. in fol.

2° Rapport a.s., à Mgr... Brest, 3 mai 1777. 3 gr. p. et demie in-fol. Il fait l'éloge des officiers de marine qui l'ont secondé dans son expédition, et demande pour quelques-uns d'entre eux des récompenses.

363. **BORGHESE** (Camille, prince), beau-frère de l'empereur Napoléon Ier. M. 1832.

L. aut. sig., à Madame, mère de l'Empereur. Turin, 25 décembre 1808. Demi p. in-4. *Portr.*

Borghèse (Jacques, prince). L. aut. sig. (en italien), à son ami... Rome, 18 déc. 1750. 2 p. in-4.

364. **BORGHESE** (Marie-Pauline Bonaparte, princesse), sœur de l'empereur Napoléon, femme du précédent.

L. a. s., à madame Mère. Paris, 3 juillet. 1 p. pl. in-8. *Portr.*
Elle a reçu sa lettre du 26, et n'a pas besoin de lui recommander de bien recevoir son mari; « j'y suis portée de cœur et d'inclination. J'espère que lui-« même sera assez raisonnable, et ne me donnera aucun sujet de chagrin... »

365. **BORNAZEL** (Hugues de), chambellan du roi, sénéchal de Thionville.

Quitt. sig. (sur parch.) de la somme de 100 liv. pour partie du payement de cette année des gaiges que souloit prendre et avoir le juge des opérations civiles de Thionville, l'office duquel le roy notre syre a aboli. 1463. Cachet brisé.

366. **BORY** (Gabriel de), chef d'escadre, membre de l'Académie des sciences. N. 1720. M. 1801.

Mémoire a. s., pour l'abbé Terray. 1771. 2 p. à mi-marge in-4.

367. **BOSC** (Louis-Auguste-Guill.), naturaliste, membre de l'Institut. N. 1759. M. 1828.

1° L. aut. sig., à M. Sévigny, au Hâvre. Paris, 13 mars 1817. 1 p. pl. in-4. Sur les 3e et 4e pages, se trouve une lettre aut. sig., de M. Landolphe, au même. *Portr.* in-4.

Relative à la Société coloniale philanthropique.

2° L. aut. sig., au ministre de l'intérieur. Paris, 27 sept. 1817. 2 p. in-fol.

Relative à un canal qui traverse la pépinière de la barrière d'Enfer.

3° Rapport aut. sig., fait au nom de la Société... pour proposer une médaille d'or à mademoiselle Aglaé Adanson, fille du célèbre botaniste, pour ses travaux d'agriculture. Séance du 15 février 1814. 3 p. in-4.

368. **BOSCOVICH** (Roger-Joseph), jésuite, mathématicien, astronome, poëte, etc. N. 1711. M. 1787.

1° Minute aut. d'un discours préliminaire sur les économistes, la noblesse, le régime féodal, etc., etc. 8 gr. p. pl. in-fol.

2° Minute aut. sur les mêmes sujets. 1 p. in-8.

369. **BOSIO** (François, baron), célèbre statuaire, membre de l'Institut. N. 1766. M. 1845.

L. aut. sig., au préfet de la Seine. Paris, 17 août 1827. 1 p. in-4. *Portr.* et gravure au trait de l'*Hyacinthe.*

Il lui recommande M. Brian, l'un de ses élèves, qui a tiré au sort; il a déjà obtenu une première médaille.

370. **BOSSUET** (Jacques-Bénigne), évêque de Condom, puis de Meaux. N. 1627. M. 1704.

1° Fragment d'un devoir aut. du grand Dauphin, avec des corrections aut. de Bossuet, 2 p. in-4, fortement tachées par l'humidité. Huit *portr.* et un *portr.-caricature.*

2° L. aut. sig., à madame... Versailles, 25 février... 6 p. pl. in-4, avec une copie moderne.

Conseils à une de ses pénitentes... Il se réjouit des saintes dispositions que Dieu commence à mettre dans l'âme de madame de Guemené. C'est un grand don de Dieu dont elle doit être fort reconnaissante. La lecture qu'elle lui fait de l'Ecclésiaste est fort propre à l'attrait par où Dieu la prend... L'aspersion de l'eau bénite sera bonne en quelque manière qu'on la fasse; et il s'en remet à la prudence de madame... « J'ai prié Dieu pour vos yeux et j'espère de sa « bonté qu'il en accordera la guérison à vostre foy. . On peut bien réitérer le « viatique au bout de neuf ou dix iours, surtout dans les maladies de langueur, « et lorsqu'il y a eu quelque relasche. Mais pour communier deux fois en un « iour on ne le doit permettre en aucun cas, à chaque iour suffit son festin, « c'est doutter de la vertu de l'Eucharistie que d'en multiplier la réception avec « trop d'empresse .. »

371. **BOTANISTES.** 15 lett. aut. sig., 2 notes aut. et 4 *portr.*

BUCHOZ. An XII. — BULLIARD. 1790. — DESCOURTILS. 1829. — DESFONTAINES (René). Lettre et deux *portr.* — DU BOIS (Louis). Deux lett

1828 et 1829. — DUMONT, baron de Courset. 1805. — HERMANN (Jean). 1790. — LAMARCK. 1783 et *portr.* — LHÉRITIER. Note aut. — LOISELEUR DES LONCHAMPS. 1825. *Portr.* — PICOT DE LA PEYROUSE. An V. — POIRET. Article scientifique aut. — SÉGUIER (Jean-François). 1783. — TOLLARD. 1839. — TSCHUDI. 1780. — VENTENAT. An XII.

372. **BOTTA** (Charles), historien. N. 1766. M. 1837.

1° Réclamation aut. sig. (sur timbre), à M. le préfet de la Seine, au sujet de sa taxe mobilière. Paris, 7 avril 1837. 1 p. in-4.

2° L. aut. sig., à M. Roatta. Paris, 7 juillet 1807. 1 p. in-4. Renseignements intéressants sur les monnaies.

373. **BOUCHER** (Luc), marchand de vin, *celui des assaillants du 1er prairial an III qui coupa la tête du représentant Feraud.* Mis à mort en 1795.

Ordre de comparution devant la commission militaire qui, le même jour, le comdamna à mort. Paris, 6 prairial an III Demi-p. in-fol. Cachet à la cire rouge.

374. **BOUCHERAT** (Louis), chancelier de France, fameux par l'esprit de rigueur outrée qu'il fit prévaloir dans la rédaction réglementaire de la procédure criminelle; il se récusa lors du procès de Foucquet. N. 1616. M. 1699.

1° Quitt. *pro vadiis meis*; deux fois sig. (sur parch.), sig. aussi par le président de Montholon. 1642. *Portr.* in-4.

2° L. sig., à M. Le Bret. Versailles, 14 mars 1691. 2 gr. p. in-fol.

375. **BOUFFLERS** (François de), comte de Cagny, grand bailly de Beauvais. M. 1672.

C'est celui dont la bière en plomb tua, par l'effet d'un cahot de voiture, le curé qui l'escortait. — De là la fable de La Fontaine : *le Curé et le mort* (*L. de M.*).

Quitt. sig. (sur parch.). Paris, 20 mars 1671.

BOUFFLERS (Joseph-Marie, duc de), gouverneur de Lille, lieutenant général, fils puiné du précédent. N. 1706, M. 1747.

Quitt. sig. (sur parch.). 31 déc. 1740.

376. **BOUFFLERS** (Louis-François, marquis, puis duc de), pair de France, colonel général des dragons, maréchal de France. N. 1644. M. 1711.

1° Quitt. aut. sig. (sur parch.). Paris, 26 déc. 1684. — Derrière, quitt. sig. du même. 20 déc. 1684. *Portr.*

2° L. aut. sig., à madame... Fontainebleau, 1er oct. 1705. 1 p. pl. et demie in-4. Tachée et jaunie par le temps.

377. **BOUFFLERS** (Marie-Françoise-Catherine de Beauvau, veuve de Louis-François, maréchal de), maîtresse du roi Stanislas. N. 1711. M. 1787.

1° Deux promesses de payement de mille livres aut. sig. sur la même feuille. Paris, 11 déc. 1750. 1 p. in-4.

2° L. aut. sig., à M. Pâris de Montmartel. Paris, 24 novembre 1753. 1 p. pl. in-4.

378. **BOUFFLERS** (Stanislas-Jean, chevalier, marquis de), fils de la précédente, gouverneur du Sénégal, député à l'Assemblée Constituante, poëte, littérateur, membre de l'Institut. N. 1737. M. 1815.

L. aut. sig., au ministre Talleyrand. Paris, 13 floréal an VIII, 1 p. in-4. Cinq *portr.*, et discours (imprimé) du comte de Ségur, prononcé à ses funérailles. 4 p. in-4.

379. **BOUGAINVILLE** (Louis-Antoine de), navigateur, chef d'escadre, sénateur de l'empire. N. 1729. M. 1811.

1° Proposition faite par le ministre à Louis XVI, de nommer Bougainville chef d'escadre. Au bas, on lit de la main du roi: *Bon le 8 décembre* 1779. 1. gr. p. et demie in-fol.

2° L. aut. sig., comme sénateur, à M. Frochot, préfet de la Seine. Paris, 25 déc. 1806. 2 p. in-4. Trois *portr.*

Il lui recommande un jeune homme qui veut entrer dans les *vélites*.

BOUGAINVILLE (le baron de), contre-amiral. M. 1846.

L. aut. sig. Toulon, 23 avril 1828. 1 p. in-8.

380. **BOUHIER** (le président Jean), membre de l'Académie française. N. 1673. M. 1746.

L. aut. sig., à M... Dijon, 10 avril 1732. 1 p. et demie in-4. Très-jolie lettre.

Remerciments et observations pour le beau livre qu'il lui a adressé. On ne peut être plus content qu'il l'est, et du fond des choses, et de la manière dont elles sont traitées... Il n'y a que la contrariété qui fasse peu à peu découvrir la vérité; et c'est en ce sens qu'on a dit il y a longtemps, que la discorde était souvent utile aux hommes, et c'est dans cette vue uniquement qu'il lui a proposé quelques doutes...

381. **BOUHIER** (le président Jean). *Le même.*

Extrait d'une lettre écrite à M de Saumaise, par M. de Peiresc, le 22 septembre 1634. Du talus ou astragale aux monnoyes de l'uncia des romains et des Etrusques, des autres symboles de cet œs gravé. Des trois onces de la main ouverte. Des quatre doigts de la main traversée. Copie (d'une bonne écriture), avec des notes et des corrections autographes du président Bouhier. 18 p. et quart in-fol.

382. **BOUHIER** (Vincent), seigneur de Beaumarchais, trésorier de l'épargne du roi, intendant de l'ordre du Saint-Esprit.

Ce financier, qui fut dans son temps un homme d'importance, avoit marié sa fille au maréchal de Vitry, l'assassin ou le chef des assassins du maréchal d'Ancre. Marie de Médicis ne pouvant se venger sur le gendre, s'acharna après le beau-père, le persécuta avec fureur, et lui fit tout le mal qu'elle put (*L. de M.*)

Quitt sig. (sur parch.). 10 nov. 1611. Belle pièce et belle signature.

383. **BOUILLE** (François-Claude Amour, marquis de), lieutenant général. N. 1738. M. 1800.

1° Rapport, avec cinq lignes aut., à Mgr... Au Roseau-Dominique, 8 septembre 1778. 3 gr. p. in-fol.

Relation intéressante de la prise de la Dominique, et éloge des officiers qui y ont pris part.

2° L. sig., au comte... Metz, 9 juillet 1790. 3 p. in-4. *Portr.*

La municipalité de Metz a cédé aux instigations de quelques gens mal intentionnés, et elle a le projet de donner, le 14, une fête où on fera boire les soldats : il a fait tous ses efforts pour empêcher cette disposition dont il redoute les plus grands inconvénients, d'autant plus qu'il n'est pas sûr de sa garnison...

384. **BOUILLON** (Henri de La Tour d'Auvergne, vicomte de Turenne, duc de), prince de Sédan, maréchal de France, auteur de *mémoires*, père de Turenne. N. 1555. M. 1623.

Trois quitt. sig. (sur parch.), avec neuf petites lig. aut. 1607-1609, et un acte notarié sig. 4 p. in-fol. *Portr.* Notice de M. *L. de M.*

BOUILLON (Godefroy-Maurice de La Tour d'Auvergne, duc de), gouverneur général de la haute Auvergne, neveu de Turenne. N. 1639, M. 1721. Quitt. aut. sig. (sur parch.)

385. **BOUILLON** (Emmanuel-Théodose de La Tour d'Auvergne, cardinal de), grand aumônier de France, fils de Frédéric Maurice, et neveu de Turenne. Il fut l'ami fidèle et courageux de Fénelon. N. 1644. M. 1715.

1° L. aut. sig., à M. le prince de Turenne. Lyon, 5 nov. 1686. 4 gr. p. pl. in-4. *Portr.*

2° L. aut. sig., à M... Saint-Martin (près Pontoise), ce samedi soir 2me juin. 1 gr. p. pl. in-4.

3° Lett. aut., à M. Andrieu. 28 mai 1651. 3 p. in-4. La première page avait été dictée par un secrétaire, mais le cardinal l'a biffée, et a continué et terminé la lettre.

4° Instructions et mémoires dont fut chargé M. Dubat pour aller en Auvergne. 4 gr. p. in-fol., avec trois petites lignes de correction de la main du cardinal.

5° *Mémoire faict par Son Altesse Monseigneur* (le cardinal), *pour le sieur Dubat allant en Auvergne senquérir de ceux qui s'opposent à son contract deschange, et y remédier, non datté ny signé.* 6 p. très-gr. in-fol.

6° Note entièrement de la main du cardinal remise au roi Louis XIV. 4 p. pl. gr. in-fol.

Justification de la prétention émise par les Bouillon qu'un Antoine de Noailles avait été domestique de leur trisayeul :

« Papiers que le cardinal de Buillon a mis entre les mains du roy. — Une « quittance en original d'Anthoine de Noailles, de la somme de trois cents « liures, pour parfait paiement de ses gages en date du 17 mars 1535, etc., etc.» Très-intéressant dossier.

386. **BOUILLY** (Jean-Nicolas), littérateur, auteur dramatique, etc. N. 1764. M. 1842.

1° L. a. s., à M. Lucas de Montigny. 3 nov. 1838. 1 p. et demie in-8.

2° L. aut. sig., à mademoiselle Van Ostade, jeune Hollandaise. Paris, 4 avril 1832. 4 p. in-8. Les deux dernières sont remplies par des vers.

Elle a témoigné le désir d'emporter dans son pays quelques lignes de la main du vieux conteur des femmes.... « Veuillez donc accepter ce portefeuille « où j'ai tracé deux cents vers environ, que j'ai traduits des anciens auteurs, « et qui me sont venus d'inspiration, en fesant de votre sexe l'étude profonde « qu'il mérite. Puissiez-vous, cher ange, parcourir avec quelque intérêt ce « petit recueil où vous trouverez des vérités utiles aux différents âges de la « femme... »

3° L. aut. sig., à M. L. de Jussieu. 12 mars 1833. 2 p. in-8.

.......Le bon, l'aimable auteur de *Simon de Nantua* ne saurait refuser son intercession au malheureux Raffaneau...

4° Pièce aut. sig. 1 p. in-4. (L'écrit annoncé ne se trouve pas au dossier.)

« Ecrit de la main de Mirabeau à Sophie Ruf...... Tracé en secret dans sa « prison, seul, en proie à toute la fureur de l'esclavage, à tous les transports de « l'amour, sur une vieille feuille de registre de cuisine, qu'il avait su dérober, « et avec une mauvaise plume de houssoir qu'il avait taillée avec son rasoir. « Cet écrit m'a été remis par lui à Versailles en 1789. — Bouilly. »

387. **BOULAINVILLER** (Henri, comte de), auteur de mémoires historiques sur l'ancien gouvernement de la monarchie française. N. 1658. M. 1722.

Quit. notarié sig. (sur parch.). 24 février 1709.

388. **BOULARD** (Antoine-Marie-Henri), ancien notaire et maire du XI° arrondissement, littérateur, traducteur, bibliomane. N. 1754. M. 1825.

1° L. a. s., au citoyen Méjean. Paris, 26 thermidor an VIII. 2 p. in-4.

Envoi de sa traduction des fables de Lessing.

2° Imitation en vers de deux psaumes traduits par Laharpe. 7 gr. p. pl. aut. in-fol.

389. **BOULAY** *de la Meurthe* (Antoine-Jacques-Claude-Joseph, comte), ministre d'Etat, etc. N. 1760. M. 1840.

L. aut. sig., au citoyen Méjean. Sans date. 1 p. in-4.

Boulay *de la Meurthe* (Henri-Georges, comte), vice-président de la république de 1848, sénateur, etc. Deux lett. aut. sig. 1841 et 1847. 1 p. in-8 et 1 p. in-4., et une note aut.

390. **BOULAY-PATY** (Evariste-Cypr.-Félix), poëte. N. 1804.

Sonnet aut. sig., commençant par ces mots : *Naïf comme un enfant*, etc. 1 gr. p. in-fol.

391. **BOULLONGNE** (Louis de), peintre ordinaire du roi, professeur à l'Académie royale. N. 1654. M. 1733.

Quitt. notarié sig. (sur parch.) de la somme de six cents livres à lui ordonnée à compte des ouvrages de peinture et dorure à fresque, qu'il fait dans la voûte et la grande galerie du Louvre. 6 sept. 1671.

BOULLONGNE (Jean de), fils du précédent, contrôleur général des finances. 1° L. aut. sig., à M. Grassin. Paris, 27 juillet 1745. 2 p. in-4. — 2° L. aut. sig., à M... Paris, 16 oct. 1778. 1 p. et demie in-4.

392. **BOULOGNE** (Bon), l'aîné, peintre du roi. 1649-1717.

Quitt. notarié sig. (sur parch.). Paris, 22 juillet 1690.

393. **BOURBON** (Charles, connétable de), duc de Bourbonnais, d'Auvergne et de Châtellerault, vice-roi du Milanais. Né en 1489. Tué au siége de Rome en 1527.

1° Pièce sig., comme connétable (sur parch.). Ordonnance de payement de 600 liv. tournois, à Jean Chambleton, sous la charge de son cousin, le seigneur d'Aubigny. 24 juin 1516. Belle pièce in-fol. oblong. *Portr.* Notice de M. *L. de M.*

2° Arrêt de bannissement (en double minute) du connétable, du 27 juillet (plus de deux mois après sa mort, arrivée le 6 mai). 1527. 1° Minute. 1 gr. p. pl. et tiers in-fol. 2° Minute signée par le roi François Ier et par l'archevêque de Sens (Papillon Duprat). 3 gr. p. in-fol. Pièce précieuse. Avec une copie de la main de M. A. Teulet, in-fol.

« Veuz par la court, garnie de pers. princes et gens de sang, le Roy séant et « président en icelluy, l'arrest et commission donnée par le dict seigneur, séant « en sa dicte Court, pour prendre au corps Charles de Bourbon, et icelluy « amener ès prisons de la Conciergerie du Palais, etc., etc. »

394. **BOURBON** (Louis, bâtard de), amiral de France, sénéchal du Bourbonnais. M. 1486.

Il était fils, légitimé en 1463, de Charles Ier de Bourbon. Louis avait épousé Jeanne, fille naturelle de Louis XI, morte en 1519. En qualité de gouverneur d'Usson, il refusa de se prêter aux ordres barbares de Louis XI, en ce qui concernoit, par exemple, Antoine de Châteauneuf, seigneur du Lau, grand chambellan, compromis dans la guerre dite *du Bien public*, selon l'usage constant des factieux. — A cette occasion, le généreux et courageux bâtard répondit : « Si le roi veut traiter ainsi ses prisonniers, il n'a qu'à les garder lui-même, « alors il en fera, s'il veut, de la chair à pâté. » (*L. de M.*).

Quitt. sig. (sur parch.). 14 mai 1471.

395. **BOURBON** (Charles de), comte de Roussillon, amiral de France, fils du précédent.

Quitt. sig. (sur parch.) de la somme de 1,000 livres, pour sa pension et entretenement au service du roi. Mars 1487.

396. **BOURBON** (Jean, duc de), duc de Bourbonnais, d'Auvergne, etc., gouverneur du Languedoc.

Quitt. sig. (sur parch.) de la somme de mille livres tournois, pour le parfait d'une somme plus considérable, à lui ordonnée et octroyée par les gens des trois etats du pays de Languedoc, à l'assemblée par eux faite au mois de mai 1484... 22 janvier 1485.

397. **BOURBON** (Charles, cardinal de), proclamé roi de France sous le nom de *Charles X*. N. 1523. M. 1590.

L. aut. sig., au roi (Charles IX ou Henri III), ce 23 de juillet. 1 gr. p. in-fol. Notice de M. *L. de M.* Deux *portr.*

« Sire, ce jourd'huy la Roinne vre mere est Dieu mercy arrivée en bonne « santé en ceste uille, ou apres auoir passe les grandes challeurs de la Prou- « uence, a trouue icy ung pais de montaignes de touneres et de neiges. Sa

« Maieste attent icy Mr de Sauoye, et cependant elle donnera ordre pour la « pacification de ce pais qu'il en a bon besoing... »

398. **BOURBON** (Charles, cardinal de). *Le même.*

Sa signature et celle de plusieurs autres prélats (Antoine, archevêque de Bourges; Louis de Lorraine; Durbecque, évêque de Nantes; l'évêque de Bazas, etc.). Ordre de payer au duc de Nemours la somme de 2,500 livres sur la vente des biens du clergé. Paris, 23 août 1575. Pièce in-fol. (sur parch.). Plus, mandement (non sig., sur parch.), daté de Paris, le 18 juillet 1568. In-fol. *Portr.*

399. **BOURBON** (Renée de), tante de Henri IV, abbesse de Chelles. M. 1583.

Quitt. sig. (sur parch.). 14 janvier 1570.

Bourbon (Louise de), abbesse de Jouarre et Faremoutiers en Brie. Quitt. sig. (sur parch.). Fait en l'abbaye de Jouarre, le 14 janvier 1580.

Bourbon (Jeanne de), abbesse. Contrat de vente sig. (sur parch.). 1605. 4 p. in-fol.

Bourbon (Louise de), abbesse de Fontevrault, fille naturelle de Henri IV et de Charlotte Des Essarts, comtesse de Romorantin. Deux quitt. sig. (sur parch.) Paris, 1615 et 1620.

400. **BOURBOTTE,** député de l'*Yonne* à la convention nationale. Né en 1763. Mis à mort en 1795.

L. aut. sig., à ses collègues de Sambre-et-Meuse. Trèves, 9 fructidor an II. 1 gr. p. pl. et demie in-fol. Tête impr. Vignette.

401. **BOURDEILLE** (François de), évêque de Périgueux, religieux de l'abbaye de Saint-Denis, neveu du célèbre Brantôme.

Pièce sig., comme évêque et député du diocèse de Périgueux. 22 janvier 1582. 1 p. in-fol. Belle pièce.

402. **BOURDEILLE** (Henri, baron de), sénéchal et gouverneur pour le roi en Périgord, neveu de Brantôme.

1° Quitt. sig. (sur parch.). 31 décembre 1620.

2° Acte notarié, sig. 21 mars 1616. 2 p. in-fol.

403. **BOURDEILLE** (Damoiselle Madelaine de), fille d'honneur de la reine Catherine de Médicis, sœur de Brantôme. N. 1540. M. 1618.

Acte notarié sig. Paris, 13 mars 1602. 2 gr. p. in-fol.

404. **BOURDOIS DE LA MOTTE** (Edme-Joachim), médecin du roi de Rome. M. 1752. M. 1835.

Deux lett. aut. sig., à M. Lucas de Montigny. 1832 et 1835. 2 p. in-8. Curieuses.

405. **BOURDON** (Léonard-Jean-Joseph), député du Loiret à la Convention. N. 1758. M. 1816.

L. aut. sig., aux citoyens administrateurs des travaux publics. 25 septembre 1793. 1 p. in-4. *Portr.*

Au sujet des réparations à faire au ci-devant prieuré de St-Martin. Il est impossible d'y entrer dans l'hiver, et les dégradations que cette maison a essuyées, « me forcent à vous solliciter à ce sujet, à vous prier de vous inté« resser au sort de nos orphelins, et à ne point les abandonner aux injures de « l'air, nous n'avons ni portes ni fenestres fermantes... »

Bourdon, député de l'*Orne* à la Convention. L. aut. sig., au citoyen Dupin. Paris, 20 pluviôse an VII 1 p. et demie in-fol.

406. **BOURDON** (François-Louis), député de l'*Oise* à la Convention, membre du Comité de sûreté générale.

1° Arrêté du Comité de sûreté générale, ordonnant l'arrestation et l'incarcération des citoyens Poulet et Boudot, de la section du Muséum, aut. et signé de Bourdon (de l'Oise), et sig. de Clauzel, Garnier (de l'Aube), Reubell, Reverchon, Collombel, Meaulle, Barras et Lesage Sénault. 4 frimaire an III. 1 p. in-fol. Cachet.

2° Délibération du Comité de sûreté générale, contre les auteurs de l'arrestation et des insultes et menaces faites au citoyen Bourdon de l'Oise, représentant du peuple, à la barrrière de la Villette, le 19 germinal an III, 2 p. in-fol. Cachet.

407. **BOURGELAT** (Claude), célèbre vétérinaire, fondateur de l'École d'Alfort. N. 1712. M. 1779.

Quitt. aut. sig. Paris, 4 avril 1777. Tiers de page in-4. Beau *portr.* gravé de Letellier in-8.

408. **BOURGOGNE** (Louis de France, duc de), petit-fils de Louis XIV. N. 1682. M. 1712.

Cinq portraits gravés in-18 et in-8, et la suite de tous les Dauphins de France, par Berny, gravure in-fol. Et trois *portr.* de la duchesse sa femme.

409. **BOURGOING** (Jean-François, baron de), ambassadeur en Suède, etc. N. 1748. M. 1811.

1° L. aut. sig., au citoyen Récamier, à Paris. Stockholm, 23 vendémiaire an II. 1 p. in-4. Tête impr.

2° L. aut. sig. de ses initiales, à M. Récamier, banquier, à Paris. Hambourg, 4 septembre 1789. 3 gr. p. pl. et demie in-4. Cachet armorié (d'azur à la croix pattée d'or).

Sa bonne et longue lettre du 24 août a mis leurs âmes citoyennes dans une nouvelle agitation. « Nous nous disions, il faut que l'état des choses soit réel-« lement allarmant pour que notre cher Récamier si calme et si modéré en té-« moigne de l'inquiétude. Au reste ce que vous exprimez avec connoissance de « cause, je le soupçonnois et je l'opposois aux élans d'enthousiasme auxquels « quelques étrangers éclairés se livrent ici. Il y a entr'autres un fameux poëte « épique, le Milton de l'Allemagne, Klopstock, qui prend autant d'intérêt à nos « affaires que le plus zélé partisan du tiers. Il me recherche pour en parler et « me sait presque mauvais gré quand je veux tempérer son admiration. C'est « ici presque comme en France, l'objet des conversations, la matière favorite « des gazettes et des journaux. Nos ennemis (où n'en avons-nous pas) recon-« noissent à la rapidité peu réfléchie de nos opérations la *furia francese*... » Affaires personnelles, de famille, etc., etc.

410. **BOURSAULT** (Edme), poëte dramatique. 1636-1701.

Quitt. notariée sig. (sur parch.). Paris, 1669. (Un peu tachée.)

411. **BOURSAULT** (Jean-François), dit *Malherbe*, petit-fils du précédent, comédien, membre de la Convention (il n'y siégea qu'après la mort de Louis XVI), horticulteur, spéculateur, etc. N. 1752. M. 1821.

1° Quatre lett. aut. sig., au préfet de la Seine. 1809-1811. Ensemble, 14 p. in-4 et in-fol.

Sur la voirie de Montfaucon dont il est adjudicataire.

2° Mémoire aut. sig. (à la 3ᵉ personne), sur le même sujet. 4 p. pl. gr. in-fol.

3° Notice (impr.) sur sa vie publique et privée... 1819. 40 p. in-8.

412. **BOUTHILLIER** (Claude de), baron de Rancé, surintendant des finances. N. 1684. M. 1755.

Quitt. sig. (sur parch.). 1639. *Portr.* Notice de M. *L. de M.*

Bouthillier (Denis de), seigneur de Rancé, secrétaire des commandements du roi. Quitt. sig. (sur parch.). 1631.

413. **BOUVET DE LOZIER** (A.-H., comte), impliqué dans la conspiration de Georges Cadoudal, maréchal de camp, commandant de l'île Bourbon. N. 1769. M. .....

L. aut. sig., au duc d'Angoulême. 9 avril 1818. 1 p. in-fol. *Portr.* gravé in-8.

Rapport sur ce qui s'est passé à l'île Bourbon pendant son commandement.

414. **BOYER** (l'abbé Claude), auteur dramatique, membre de l'Académie française. M. 1618. N. 1698.

Quitt. notariée sig. (sur parch.). Paris, 26 février 1692.

415. **BOYER** (Jean-François), évêque de Mirepoix, membre de l'Académie française. N. 1675. M. 1755.

L. aut. sig.: *l'ancien évêque de Mirepoix*, à M. l'abbé Alary, de l'Académie Française, à la bibliothèque du roi. Versailles, 2 janvier 1737. 1 p. in-4. (Un peu jaunie par le temps.)

416. **BOZE** (Joseph), peintre de portraits. N. 1746. M. 1826.

Quitt. sig. de la somme de 400 fr. Reçue de M. *Lucas... pour la valeur convenue du prix de l'original du portrait de M. de Mirabeau que j'ai peint sur lui-même, et pour lequel il posait encore peu de jours avant sa mort en* 1791. *Paris*, 14 *décembre* 1825. (Demi-page in-4). M. Lucas de Montig y a écrit au bas, au crayon : (*Ceci s'applique au pastel ovale*). *Ce portrait m'avoit été légué par Mirabeau. Mais Boze l'avoit, non sans raison, retenu, faute d'en avoir reçu le prix. Lucas.*

Boze (madame) veuve du précédent. L. aut. sig., à M. Lucas de Montigny. Versailles, 6 février 1831, 1 p. in-4.

417. **BRANCAS** (Louis, marquis de), ambassadeur, maréchal de France. N. 1672. M. 1750.

Certificat militaire aut. sig., comme colonel du régiment d'infanterie de son nom. Paris, 13 mai 1709. 1 p. in-4 en travers. Joli cachet à la cire noire. Note de l'état de ses services. 1 p. in-8.

418. **BRASSAC** (Catherine de Sainte-Maure, femme de Jean de Galard de Béarn, gouverneur de Lorraine, comtesse de), dame d'honneur de la reine Anne d'Autriche.

Quitt. sig.: *C. de Sainte-Maure* (sur parch.) de la somme de 6,000 livres pour sa pension à cause de sa charge de dame d'honneur de la reine pour l'année 1640. Notice de M. *L. de M.*

419. **BRAZIER**, poëte, chansonnier, employé à la bibliothèque particulière du roi. M. 1838.

1° *On verra c'que ça d'viendra*. Chanson a. s. 3 p. et demie in-8.
2° *Les couleurs parlantes*. Chanson aut. sig. 2 p. et demie in-4.
3° *Louis XVIII et Charles X, stances*, a. s. 2 p. pl. et demie in-4.

420. **BREGUET** (Abraham-Louis), horloger, membre de l'Institut, du Bureau des Longitude, etc. N. 1747. M. 1823.

L. aut. sig., au citoyen préfet... Paris, 15 frimaire an XII. 1 p. pl. et demie in-4. *Portr.* lith.

421. **BRES** (J.-P.), littérateur, poëte, dessinateur. N. 1785.

1° L. a. s., à M. Lucas de Montigny. Paris, 2 déc. 1830. 2 p. in-8. Envoi du dessin du château du Saillant qu'a habité Mirabeau.

2° *Le verre d'eau sucrée*, pièce de vers, aut. sig. de ses initiales *J. P. B.*, adressée à M. Lucas de Montigny. 2 p. pl. et demie in-4.

422. **BRESCHET**, médecin, membre de l'Académie des sciences. N. 1783. M. 1845.

1° Deux certificats médicaux aut. sig. (sur papier timbré). 1825 et 1826. Discours (imprimé dans la *Presse*) de Royer-Collard sur Breschet.

2° Trois lett. aut. sig., à M. Lucas de Montigny. 1827-1830. Ensemble, 9 p. in-8 et in-4.

423. **BRETAIGNE** (Claude de), comte de Vertus, premier baron de Bretagne. Il descendait, dit Tallemant des Réaux, d'un frère bâtard de la reine Anne de Bretagne.

Son contrat de mariage avec Catherine Fouquet de Lavarenne, fille de Fouquet de Lavarenne, gouverneur de la ville et du château d'Angers, baron de Sainte-Suzanne, général des postes de France. Signé *Claude de Bretaigne*, de sa femme, et de plusieurs autres *Bretaigne*. Il est constitué 240,000 liv. de dot à la demoiselle. 1609. 11 gr. p. in-fol.

424. **BRETEUIL** (Louis-Auguste Le Tonnelier, baron de), ministre sous Louis XVI. N. 1733. M. 1807.

1° L. avec 4 lig. a. s. Saint-Cloud, 21 sept. 1785. 1 p. in-fol. *Portr.* in-4.

2° Minute aut. d'une circulaire aux cantons suisses. 18 nov. 1763. 1 p. in-fol.

3° L. a. s., à M. le comte... Versailles, 23 nov. 1784. 2 p. in-4.

Breteuil (le chevalier de), capitaine d'une des galères du roi, la *Forte*. Quitt. sig. (sur parch.). Marseille, 30 nov. 1676.

Breteuil (Louis-Nicolas Le Tonnelier de), lecteur ordinaire de la chambre du roi. Deux quitt. aut. (sur parch.), pour ses gages de lecteur, etc. Paris, 1686.

Breteuil (François-Victor Le Tonnelier, marquis de), ministre de la guerre, cousin germain de la marquise du Châtelet. Pièce sig. Versailles, 17 déc. 1740. 1 p. in-4. *Portr.* gravé in-4.

Breteuil (le comte de), pair, sénateur. N. 1781. Deux pièces sig. et aut. sig. in-4.

425. **BRETONVILLIERS** (Le Ragois de), président de la Chambre des comptes.

Tallemant des Réaux s'est égayé sur l'avarice de ce président, fils d'un autre avare, secrétaire du conseil, duquel il dit: *Je ne crois pas qu'on puisse gagner légitimement 600,000 liv. de rente, comme on dit qu'il avoit.* (*L. de M.*)

Quitt. sig. (sur parch.). 1718.

Breul (François du), sieur de La Roche, capitaine et gouverneur pour le roi... Il se signala et fut blessé à Bapaume en 1553. Deux quitt. sig. (sur parch.). 1574.

425 *bis*. **BRÈVES** (François de Savary, s^r de), instituteur de Gaston, frère de Louis XIII, ambassadeur à Rome et à Constantinople, créateur en France de la typographie arabe. N. 1560. M. 1628.

Quatre quitt. sig. *Savary* (sur parch.), 1602 à 1617. L'une est de 21,000 liv. pour son état et son entretènement d'ambassade pendant six mois, une autre (1616), 1,500 liv. pour trois mois de gage de gouverneur de Gaston, etc. Notice de M. *L. de M.* sur Brèves qui aurait dénoncé à Sully une conspiration ourdie à Naples contre Henri IV; Ravaillac était l'instrument de cette conspiration.

426. **BREZE** (Pierre de), comte de Maulevrier, compagnon de Dunois, sénéchal d'Anjou, de Poitou, chancelier, grand sénéchal de Normandie, etc. M. 1465.

Cet homme sage, éloquent, brave, agréable autant que solide, fut un des plus habiles conseillers, un des plus vaillants guerriers de Charles VII et, à ce titre, soupçonné, haï, persécuté, dépouillé, emprisonné par Louis XI, au service de qui, pourtant, il mourut à Montlhéry. (*L. de M.*)

Quitt. sig. (sur parch.). 30 mai 1445. (Fatiguée). Trace de cachet.

427. **BREZE** (Armand de Maillé, duc de), duc de Fronzac, pair de France, grand-maître et surintendant de la navigation et du commerce, gouverneur de La Rochelle, beau-frère du grand Condé. N. 1619. M. 1646.

Pièce sig. (sur parch.). Permission pour bâtir un colombier. 12 ma 1645. Notice de M. *L. de M.*

428. **BRIAL** (Dom Michel-Jean-Joseph), de la congrégation de Saint-Maur, membre de l'institut. N. 1743. M. 1828.

L. aut. sig., à madame Montlouet. Sans date. 1 p. pl. et demie in-4. *Portr.* in-4.

En faveur du père Jaubert, ci-devant doctrinaire de la maison de St-Charles, à Paris, agé de 86 ans, actuellement à l'hospice des vieillards, à Chaillot.

429. **BRIENNE** (Athanase-Louis-Marie de Loménie, comte de), lieutenant général, ministre de la guerre sous Louis XVI. Né en 1734. Mis à mort en 1794.

1° L. sig. 1788. 1 p. in-fol., et pièce sig. (sur parch.). 1764.

2° Deux lett. aut. sig. 1779 et 1780. Ensemble, 2 p. et demie in-4.

430. **BRIENNE** (Etienne-Charles de Loménie de), frère du précédent, ministre de Louis XVI, cardinal, archevêque de Toulouse, puis de Sens, membre de l'Académie française. N. 1727. M. 1794.

1° L. sig., au maréchal de Ségur. Brienne, 5 septembre 1784. 4 p. in-4. Deux *portr.*

Sur le projet d'établir un hôpital militaire à Valence dans la maison des Cordeliers.

2° L. aut. sig., à M. de Buhem. Brienne, 2 avril 1785. 1 p. in-4.

431. **BRIEZ**, député du Nord à la Convention.

Pièce aut. sig. comme représentant du peuple envoyé près les armées du Nord et de Sambre-et-Meuse. Bruxelles, 17 fructidor an II. 1 p. in-fol. Tête impr. Vignette. Cachet à la cire rouge.

Requisition pour le citoyen Reyde, de se transporter à Malines à l'effet de lever les scellés apposés sur la bibliothèque de l'évêque de cette ville, et d'en extraire les livres et manuscrits les plus précieux pour être envoyés dans l'intérieur de la république, d'après l'état qu'il en aura dressé; après quoi il réapposera lesdits scellés, pour la conservation des livres restants.

Carra (Jean-Louis), employé à la bibliothèque royale, littérateur, journaliste, conventionnel. N. 1742, mis à mort 1793, avec les Girondins. Liste aut. sig. de manuscrits qui lui ont été remis par M. Caussin de Perseval pour M. Coster. Paris, 25 oct. 1788. Demi-p. in-4.

Charlier (L. J.), député de la *Marne* à la Convention. L. aut. sig., comme représentant du peuple dans les départements du Rhône et de la Loire. 21 fructidor. Demi-p. in-4. Signée aussi par Pocholle.

432. **BRIFAUT** (Charles, poëte, littérateur, membre de l'Académie française. N. 1781. M. 1857.

1° L. aut. sig., à M. Roux Laborie. 1 p. in-18.

2° L. aut., à M. Frantin, à Dijon. Sans date. 3 p. in-4.

Curieuse et spirituelle lettre. Il ne veut pas qu'il reste célibataire. Quand on est vieux garçon, qu'on demeure à Dijon, et qu'on a la moitié de la journée à soi, il faut se marier. Le mariage désennuie. Ou l'on a une femme aimable qui charme vos moments, ou l'on est uni à une acariâtre qui la remplit de querelles, d'humeur, de pointilleries; et la journée, de l'une ou l'autre manière, se passe très-vite... Sujet dramatique qu'il a choisi; nombreux suffrages qu'il a obtenus, etc.

433. **BRILLAT SAVARIN** (Anthelme), auteur de la *Physiologie du goût.* N. 1755. M. 1826.

1° L. sig., aux administrateurs de Seine-et-Oise. Versailles, 7 pluviôse an VII. 1 p. in-4. Tête impr. Vignette.

2° L. aut. sig., aux mêmes. Versailles, 3 frimaire an VII. 1 p. in-fol. Tête impr. Vignette.

434. **BRISSAC** (Artus de Cossé, comte de), colonel général des bandes françaises en Piémont, gouverneur d'Anjou, de Touraine, de l'Orléanais, maréchal de France, grand panetier, surintendant des finances. M. 1582.

Sa signature au bas d'un « estat des cappitaines appointez par le roi « près la personne du comte de Brissac, collonel général des bandes « françaises en Pyémont, durant le mois d'avril 1567. » 1 p. in-fol. Cachet (fortement tachée). Deux *portr.* gravés. Notice de M. *L. de M.*

Brissac (Françoise du Bouchet, dame de Puygreffier, comtesse de), femme du précédent. Quitt. sig. (sur parch.). 1569. Cachet. Notice de M. *L. de M.*

435. **BRISSAC** (Charles II de Cossé, comte, puis duc de), gouverneur de Paris pour la Ligue, maréchal de France. Ce fut lui qui remit Paris à Henri IV. M. 1621.

Quitt. sig. (sur parch.). 29 juin 1590. Six *portr.* in-8, in-4 et in-fol. Notice de M. *L. de M.*

436. **BRISSAC** (François de Cossé, duc de), pair et grand panetier de France, lieutenant général pour le roi en Bretagne. N. 1580. M. 1651.

Quitt. sig. (sur parch.). 1630. *Portr.*

Brissac (Albert de), capitaine d'une compagnie de six vingts hommes de guerre à pied, etc. Quitt. aut. sig. (sur parch.), pour l'armement de sa compagnie. 1627.

Brissac (Albert de), major des gardes du corps, lieutenant général. N. 1627, M. 1713. Quitt. aut. sig. (sur parch.). 1673.

Brissac (Artus-Timoléon-Louis de Cossé, duc de), pair et grand pannetier de France, maire perpétuel de la ville de Montreuil-Bellay. N. 1668, M. 1709. Deux quitt. sig. (sur parch.), de la somme de 64 livres, chacune pour les gages d'une année de ses fonctions de maire perpétuel de la ville dudit Montreuil. 1699 et 1700.

Brissac. Certificat sig., et signé au bas : Chamillart. 1703. 1 p. in-4.

Brissac (le duc de), pair de France. Sa signature au bas d'un certificat délivré au cavalier Laroze pour entrer aux Invalides. 1706. 1 p. in 4. Cachet.

Brissac (le duc de), pair de France. 1° L. aut. sig., au préfet de la Seine. Paris, 10 mars 1825. 1 p. in-4. — L. aut. sig., à Mme Victoire Jacquotot, peintre sur porcelaine, à Florence. Brissac (Maine-et-Loire), 26 novembre 1837. 2 gr., p. pl. et demie in-4.

Lettre aimable et intéressante au sujet des démarches qu'il a faites pour elle auprès de M. le comte de Bendy, intendant de la liste civile, pour lui faire obtenir de grands travaux... « L'accueil que vous avez reçu à l'etranger, et « sur la terre classique des arts, proclame assez qu'il y aurait de l'ingratitude « à ne plus employer l'artiste éminent, qui a créé un nouveau genre, qui a fait « faire un pas immense à l'art, et assuré la conservation d'une foule de chefs-« d'œuvre, qui, grâce à votre savant pinceau, vivront encore, lorsque le temps, « si prompt pour détruire, les aura fait disparaître .. »

Brissac (le comte de). L. aut. sig. Paris, 27 avril 1826. 2 p. in 4.

Brissac (Guyonne-Marguerite de Cossé de), abbesse de Chelles. Quitt. sig. (sur parch.). 31 décembre 1701. Deux cachets.

437. **BRISSON** (Barnabé), conseiller du roi en son conseil d'Etat, président à mortier, premier président de la Ligue. Pendu publiquement par les ligueurs en 1591.

Les détails du jugement dérisoire, et des atroces circonstances de l'exécution, sont racontés par Palma Cayet avec une flegme qui fait frémir. (*L. de M.*)

Quitt. sig. (sur parch.). 15 janvier 1586. Beau *portr.* gravé.

438. **BRISSOT DE WARVILLE** ((Jacques-Pierre), avocat, journaliste, économiste, etc., député d'*Eure-et-Loir* à la Convention. N. 1754. Mis à mort en 1793.

1° L. aut. sig., à M... Paris, 9 février 1792. 1 p. in-4. Quatre *portr.* Notice de M. *L. de M.*

Envoi d'un mémoire de son frère, curé à Chartres, qui réclame les arrérages de sa pension. Ce mémoire, aut. sig., est ci-joint. Chartres, 2 février 1792. 3 p. in-fol.

2° Minute aut. d'un discours sur les tabacs. 31 p. et demie in-4.

3° Ordre sig., au concierge de la prison de l'abbaye Saint-Germain-des-Prés, de mettre sur-le-champ en liberté madame la marquise de Favras, née princesse d'Anhalt. Paris, 19 février 1790. 1 p. in-4. Tête impr. de la municipalité de Paris. Cachet.

4° Ordre au concierge des prisons de l'Abbaye, en vertu du décret de la Convention nationale de ce jour, de recevoir et garder J.-P. Brissot, député. Commune de Paris, 23 juin 1793. 1 p. in-4. Tête impr. Vignette. Cachet à la cire rouge.

439. BRISSOT DE WARVILLE. *Le même.*

Délibération du Comité des recherches, de l'Assemblée nationale, au sujet de l'incarcération dans les prisons de l'Abbaye de MM. D'Hozier et Petit-Jean, aut. sig. de Brissot de Warville, et signé d'Agier, Oudart et Perron. 3 juillet 1790. 1 p. in-4. Tête imprimée de la Municipalité de Paris. Deux *portr.* — J. P. Brissot, député de la Convention, sur la dénonciation de Robespierre, etc. Imprimé de 11 p. in-8.

440. BRISSOT THIVARS (Louis-Saturnin), neveu du précédent, homme de lettres, journaliste, libraire-éditeur, préfet du Finistère. N. 1792. M. 1850.

1° Trois lett. aut. sig., à M. Lucas de Montigny. 1821. Ensemble, 4. p. in-4.

Relatives à sa publication des œuvres de Mirabeau.

2° L. aut. sig., à M. Bérard. Paris, 4 août 1821. 1 p. in-8

3° L. a. s., à M. Lucas de Montigny. Quimper, 13 janv. 1850. 2 p. in-8.

Lettre intéressante sur le pays dans lequel il se trouve une branche de Mirabeau, des descendants du vicomte...

441. BRODEAU (Julien), avocat au Parlement, auteur des *Commentaires sur la coutume de Paris.* M. 1653.

Quitt. aut. sig. (sur parch.). 31 janvier 1636.

Brodeau (Julien), conseiller du roi en sa cour du Parlement. Quitt. sig. (sur parch.). Paris, 9 avril 1698.

442. BROGLIE (Victor-François, duc de), maréchal de France, petit fils de Victor-Maurice de Broglie. N. 1718. M. 1804.

L. a. s. au prince de Montbarrey. Paris, 19 juin 1778. 1 p. pl. in-4. *Portr.* gravé in-fol. Plan gravé de la bataille de Bergen. 1759.

Broglie (Charles-Amédée de), comte de Revel, lieutenant général. Quitt. aut. sig. (sur parch.). 27 oct. 1693. *Portr.*

Broglie (Victor-Marie, comte de), maréchal de France. N. 1639, M. 1727. Quitt. sig. (sur parch.). 1706.

Broglie (Charles-Louis-Victor, prince de), député aux États généraux. N. 1758, décapité en 1793. Deux ordres d'arrestation. 11 germinal an II et 1er avril 1793. 2 p. in-4. *Portr.* gravé.

Broglie (Achille-Charles-Léonce-Victor, duc de), ministre. N. 1785. L. aut. sig., à M. le préfet de... Broglie, 2 sept. 1838. 1 p. et demie in-4. *Portr.*

Il ne peut assister au concours de charrue, parce qu'il doit être présent au *Te Deum* qui sera chanté ce jour (2 septembre) dans l'église de Broglie pour la naissance du comte de Paris.

Broglie (Gabriel-Octave, prince de). L. aut. sig., à M. le marquis de Maletête. Château de Rasne. 16 août 1816. Demi-p. in-4.

Broglie (Maurice-Jean-Madeleine de), fils du maréchal Victor-François, évêque de Gand, aumônier de l'Empereur, emprisonné et exilé par l'empereur, depuis persécuté, emprisonné, exilé par le roi de Hollande Guillaume, et condamné à la déportation. N. 1766. M. 1821.

L. aut. sig., au ministre... Paris, 5 février 1809. 1 p. pl. in-4.

Broglie (madame la duchesse de), née de Staël-Holstein. M. 1838.

1° L. aut. sig., à M. le comte de Bondy. 22 nov. 1 p. in-4. — 2° L. aut. sig. 30 janvier 1837. 1 p. in-12.

443. **BRONGNIART** (Alex.-Théod.), architecte du palais de la Bourse, etc. N. 1739, M. 1813.

L. aut. sig., à M. Méjean. 13 nivôse an XIII. 3 p. in-4. Six planches et plans, dont celui du cimetière du Père Lachaise, du Palais de la Bourse, et deux *portr*.

Relative au payement des travaux du Lycée Bonaparte.

444. **BRONGNIART** (Alexandre), minéralogiste, géologue, physicien, directeur de la manufacture de porcelaine de Sèvres, membre de l'Institut. N. 1768. M. 1847.

1° L. aut. sig. (à la 3e personne), à M. Marcel, directeur de l'imprimerie impériale. Sèvres, 5 avril 1813. 1 p. in-4. Tête imprimée. Vignette.

2° L. aut. sig., à M. Lucas de Montigny. Sèvres, 11 mars 1837. 2 p. in-4. Relative à madame Jacquotot.

3° L. a. s., à M. Laurent de Jussieu. Sèvres, 13 déc. 1838. 2 p. in-4.

Réparations aux vitraux peints de la sacristie de Notre-Dame de Lorette.

Brongniart (Adolphe-Théodore), professeur de botanique au Muséum d'histoire naturelle, membre de l'Institut. Deux lett. aut. sig., à M. Lucas de Montigny. 1847. 2 p. in-8 et 2 p. in-4. *Portr*. de A. L. Brongniart.

445. **BROSSETTE** (Claude), avocat à Lyon, commentateur de Boileau et de Régnier. N. 1671. M. 1743.

Dédicace de cinq lignes a.s., sur une garde de livre (enlevée). In-4.

446. **BROUGHAM** (Henry, baron), avocat, homme politique, pair d'Angleterre. N. 1779.

1° Deux lett. aut. sig., à M. le procureur général Borrely. Octobre 1845. 4 p. in-8 et 2 p. in-4. Cachet.

2° L. aut. sig., à M. Lucas de Montigny. Morillon, 3 oct. 1845. 1 p. in-8. Cachet.

447. **BROUSSAIS** (François-Joseph-Victor), médecin en chef de l'hôpital du Val-de-Grâce. N. 1772. M. 1838.

Ordonnance médicale aut. sig. Paris, 22 mai 1829. 1 p. pl. in-4. Trois *portr*., dont celui de Bonvoisin, in-4.

Broussais (Casimir), médecin. M. 1847. L. aut. sig. (sur timbre), à M. le préfet de la Seine. 13 juillet 1835. 1 p. in-4.

448. **BRUAND** (Jean-Jacques), conseiller de préfecture à Besançon, assassin monomane de sa famille.

1° L. sig. Besançon, 8 déc. 1815. 1 p. in-4.

2° L. aut. sig., à M. Texier, conseiller de préfecture, à Metz. Besançon, 12 avril 1818. 6 p. in-4.

Relative aux écoles mutuelles de Besançon, etc. Intéressante.

449. **BRUCE** (Michel), officier anglais, un des libérateurs du comte de Lavallette.

Billet de 5 lignes aut. sig. In-8 oblong.

450. **BRUIX** (Eustache), vice-amiral, ministre de la marine. Né à Saint-Domingue en 1759. Mort en 1805.

L. aut. sig., comme capitaine de la *Sémillante*, au citoyen ministre. Brest, 25 février 1793. 2 gr. p. in-fol. Deux *portr*. Belle lettre.

Il réclame avec instance le commandement d'un bâtiment plus fort que sa frégate, avec lequel il puisse rendre à sa patrie, et dans toute leur étendue, les services qu'elle est en droit d'attendre d'un citoyen qui ne fit jamais d'autre métier que celui des armes...

451. **BRULART** (Noël), sieur de Crosne, procureur du roi en la cour du Parlement. M. 1557.

Quitt. sig. (sur parch.). 18 oct. 1536.

BRULART (Nicolas), conseiller du roi, maître des requêtes ord. de son hôtel, fils du précédent. M. 1597. Quitt. sig. (sur parch.). 10 avril 1597.

BRULART (Matthieu), seigneur de Berny, conseiller du roi. Transport notarié du sixième d'une maison rue des Blancs-Manteaux, signé aussi par l'autre contractant, François Brulart, son frère, abbé de Laval-le-Roi, aumônier ordinaire du roi ... 1611. 2 p. et demie in-fol.

BRULART (Pierre), s[r] de Crosne et de Genlis, ministre secrétaire d'Etat des finances sous Henri III et Henri IV, 3e fils de Noël Brulart. N. 1535. M. 1608. 1° Quitt. sig. (sur parch.). 1607. — 2° Acte notarié, aussi sig. par Jeanne de Chastaigner, veuve de Gaspard de Schomberg. 1607. 4 gr. p. in-fol.

BRULART (Pierre), seigneur de Montgeron, conseiller du roi au grand conseil. Quitt. sig. (sur parch.). 1630.

BRULART (René), marquis de Genlis, mestre de camp d'un régiment de cavalerie. Quitt. aut, sig.: *Genlis* (sur parch.). 1666.

452. **BRUNE** (Guillaume-Marie-Anne), gouverneur de la Provence, ambassadeur en Turquie, maréchal de France. Né à Brives (*Limousin*) en 1763. Assassiné en 1815.

1° Rapport aut. sig., au Comité de salut public. Arras, 30 août 1793. 3 gr. p. pl. in-fol. Six *portr.*

Très-belle et très-intéressante lettre, écrite dans le style du temps.

... Il apprend que St-Omer, Dunkerque et Calais sont remplis d'Anglais et de gens suspects dont la ville a grand intérêt d'être purgée. Les hommes riches ne doivent pas rester dans les villes menacées, ainsi le veut la prudence révolutionnaire... « Des brigands religionnaires, aristocrates, etc., au nombre de « 600, se sont rassemblés près de *St-Paul*, commandés par deux frères, nom- « més les Treüillards, heureusement les brigands sont vaincus et payent de « leur tête leur fanatisme et leur trahison. Leur défaite a eu lieu le 27 du « courant... »

2° Duplicata d'un rapport très-intéressant sur Limoges, Agen, Bordeaux, adressé au Comité de salut public, par Brune, chargé d'une mission dans ces contrées. Du 24 sept. 1793. 4 gr. p. in-fol.

3° L. a. s., au ministre de la justice. Paris, 22 therm. an VI. 1 p. in-4.

4° L. sig., au payeur de l'armée. Milan, 12 fructidor an VIII. Demi-p. in-fol.

5° L. sig., au préfet des Bouches-du-Rhône. Antibes, 24 juin 1815. 1 p. in-fol.

Envoi de son arrêté du 23 juin, relatif à la levée en masse.

6° Arrêté signé, annoncé dans la lettre qui précède. 2 gr. p. et quart in-fol.

7° Extrait du procès verbal des cérémonies... de l'inauguration de la statue élevée au maréchal Brune. Brochure de 30 p. in-8.

453. **BRUNET** (*Mira*, dit), acteur du théâtre des Variétés.

L. aut. sig., à M. le préfet de la Seine. 1 p. in-4. *Portr.*

454. **BRUNSWICK-LUNEBOURG** (Charles-Guillaume-Ferdinand, duc de). N. 1725. M. 1805.

L. aut. sig., au comte de Mirabeau, à Berlin. *Bronsvic*, 16 août 1786. 2 p. in-4. Enveloppe aut. Cachet. Belle lettre.

Il recevra avec la plus vive reconnaissance l'ouvrage qu'il a la bonté de lui faire venir de Paris. « Il y a une multiplicité d'objets sur lesquels votre na- « tion s'est acquis, à juste titre, le droit de dicter des leçons aux autres, mais « il n'y en a aucun sur lequel elle puisse le faire plus décidément que sur la « matière qui fait le sujet de cet ouvrage... »

455. **BUDE** (Jehan), secrétaire de Charles VI et de Charles VII.

Ordre de payement au nom du roi, d'une somme de deux cents livres tournois, signé par Budé, qui a aussi écrit : *par le roi*. Bourges, 3 juin 1424. Belle et curieuse pièce.

456. **BUEIL** (Jehan de), comte de Sancerre, conseiller et chambellan du roi, amiral de France. M. 1480.

Guerrier fidèle, intrépide, infatigable, qui figura dans toutes les guerres de son temps et fut surnommé *le fléau des Anglais*, compagnon de Jeanne-d'Arc au siége d'Orléans, de Dunois, de Prégent, etc. Il assista au sacre de Charles VII. (*L. de M.*)

Quitt. sig. (sur parch.), de la somme de 720 livres tournois, pour solde de 24 petites payes. (Fortes mouillures).

457. **BUEIL** (Anne de Fontaines, veuve d'Honorat de), mère du poëte *Racan*.

Acte notarié sig. 1603. 3 p. in-fol.

458. **BUEIL** (Jean de), comte de Sancerre, grand échanson de France. M. 1638.

C'étoit un guerrier intrépide qui se signala partout. . Il étoit oncle de Jacqueline de Beuil, comtesse de Moret, et maîtresse d'Henri IV ; mais, loin de profiter de l'impudique crédit de sa nièce, il lui dit un jour : « Je ne veux pas « devoir à ce que vous savez ce que dix-sept blessures auroient dû me faire « obtenir depuis long-temps. . . » (*L. de M.*)

Quitt. de deux lignes aut. sig. (sur parch.) de la somme de six cents livres, pour ses gages d'échanson de France de l'année 1620.

459. **BUEIL** (Jean de), s^{r} de Fontaines, lieutenant de 50 lances des ordonnances du roi, etc.

Deux quitt. sig. (sur parch.) 1547 et 1559.

Bueil (Jacques de), s^{r} de Valcins, capitaine de la ville et château de Saint-Malo. Quitt. sig. (sur parch.) 1586.

Bueil Sancerre (de). Quatre lignes aut. sig. Bruges, 16 oct. 1708.

460. **BUFFON** (Georges Le Clerc, comte de), célèbre naturaliste, membre de l'Acad. française. N. 1707. M. 1788.

Quitt. sig. Paris, 20 avril 1777. 1 p. in-4. Plus, lettre d'envoi d'un billet de 700 livres. 16 mai 1779, in-4. Cachet. Neuf *portr*.

461. **BULLETIN** lancé par des boules fulminantes sur la voie publique en 1847.

Cinq petites lignes imprimées en lettres majuscules grossièrement gravées.

« Incendions jusqu'a ce qu'il n'y ait plus de résistance au juste partage des « terres et recoltes. »

462. **BULLION** (Claude de), marquis de Galardon, président à mortier au Parlement de Paris, surintendant des finances, garde des sceaux. M. 1640.

Trois quitt. sig. (sur parch.). 1604-1610. *Portr.* Notice de M. *L. de M.*

Bullion (Noël de), fils du précédent, marquis de Gallardon, garde des sceaux. M. 1670. Quitt. aut. sig. (sur parch.). 1655.

Bullion (Charles-Denis, marquis de), fils du précédent, gouverneur du Maine et prévôt de Paris. 1° Quitt. sig. (sur parch.). 1699, et acte notarié sig. 1694. 3 p. in-fol.

Bullion (Henri de), commissaire général dans l'armée du roi aux Grisons. Deux quitt. sig. (sur parch.) 1634-1635.

Bullion (Alphonse-Noël de), marquis de Fervaques, lieutenant pour le Maine, le Perche, etc. Deux quitt. sig. (sur parch.). 1687 et 1693.

463. **BUREAUX DE PUZY** (Jean-Xavier), membre de l'Assemblée constituante, préfet de Gênes. N. 1750. M. 1801.

L. aut., à son ami Viennot, Ottensen, 18 ventôse an VI. 3 p. pl. et demie grand in-4. *Portr.* Intéressante.

464. **BURNOUF**, père, professeur de rhétorique au collége de France, traducteur, membre de l'Institut. M. 1844.

1° Certificat aut. sig. Paris, 1er août 1828. 1 p. in-8.

2° L. aut. sig., à M... Paris, 7 mars 1841. 3 gr. p. in-fol.
Très-belle lettre sur la propriété littéraire.

465. **BURR** (Aaron), colonel, vice-président des Etats-Unis d'Amérique.

Note aut. sig. (en anglais), pour M. John Kisson, à New-York. 10 sept. 1792. 1 gr. p. et demie in-fol. (Fatiguée).

466. **BUSSY-RABUTIN** (Roger, comte de), auteur de *Mémoires*, etc., membre de l'Acad. française. 1618-1693.

Quitt. de trois lignes aut. sig. (sur parch.), comme mestre de camp général de la cavalerie légère, de la somme de 6,000 fr., pour son traitement... 23 juin 1662. *Portr.* d'Edeling, in-4.

467. **BUSSY** (Michel-Celse Roger de Rabutin, comte de), fils du précédent, évêque de Luçon, membre de l'Académie française, ami de Voltaire et de Gresset. N. 1669. M. 1736.

Ce prélat vanté, dans le *Temple du goût*, par Voltaire, qui a peint d'après lui le *Mondain*, étoit, malgré cette qualification, fort économe, car il laissa, en mourant, 120,000 louis, que son père n'auroit pas amassés de même. (*L. de M.*)

L. aut. sig.: *l'abbé de Bussy*, à M. Jolly. Bussy, 19 oct. 1721. 1 p. in-4. Forte tache d'humidité.

Ordre de faire la visite de touts les fours de la ville, et de faire abbattre sous peine de dépens, dommages, intérêts et amendes, sans que l'on puisse y apporter de modération, touts ceux qui seront trouvés au dessus et plus grands qu'il n'est permis par l'ordonnance.

468. **CABANIS** (Pierre-Jean-Georges), médecin, philosophe, littérateur, sénateur. N. 1757. M. 1808.

1° L. aut. sig., au citoyen Frochot, préfet de la Seine. Auteuil, le 5 fructidor an XI. 1 p. in-8.
Relative aux embellissements d'Auteuil.

2° Morceaux traduits de l'*Iliade* par Cabanis (impr.). 20 p. in-4.

469. **CABRERA** (Ramon), comte de Morella, général espagnol, carliste.

1° Deux lett. sig., à M. le vicomte Walsh et au préfet du Rhône. Lyon, 27 oct. et 5 nov. 1841. 2 p. in-8 et 3 p. in-4.

2° L. aut. sig. (en espagnol), à M. le vicomte Walsh. Lyon, 6 mars 1842. 1 p. pl. in-8.

470. **CABRIERES.**

Sa signature et celles de 29 autres gentilshommes français, qui jurent et promettent au roi, tant pour eux que pour les soldats qui sont ci-présents, de jamais ne servir aucun prince étranger ou autre, etc. Turin, 1er juillet 1615. 1 gr. p. pl. et quart in-fol.

471. **CADET DE VAUX** (Antoine-Alexis), pharmacien, agronome, économiste. N. 1743. M. 1828.

1° L. aut. sig., à M... Paris, 22 sept. 1808. 1 p. in-4.

2° L. sig., au citoyen Méjean. Paris, 30 vendem. an XI. 1 p. in-4.
Il lui envoie un exemplaire de son *Mémoire sur la gélatine des os*... Une livre d'os donne autant de bouillon que six livres de viande, bouillon éminemment nutritif et qui ne coûte absolument rien. « Je désire ardemment que les « amis de l'humanité dirigent l'opinion sur l'adoption et la propagation de ce « moyen comme devant exercer une heureuse influence sur la santé du peu- « ple... »

472. **CADET DE GASSICOURT** (Charles-Louis), neveu du précédent, pharmacien, chimiste, littérateur, poëte, chansonnier. N. 1769. M. 1821.

1° L. aut. sig., aux Enfants zélés de la vraie L.·. à Paris le 27 vendémiaire, ère vulgaire, 19e jour du 8e mois 4805. 2 gr. p. in-fol.
Lettre curieuse en style maçonnique, adressée par le vénérable de la R.·. de l'Abeille, à l'approche de l'élection d'un nouveau président.

2° L. a., s. à M. Lucas de Montigny. 25 septembre 1720. 1 p. in-8. Envoi de quelques exemplaires de son *Essai sur la vie privée de Mirabeau.*

3° *Suis-je heureux?* Chanson aut. sig.: *Charles Sartrouville* (comme il signait souvent). 1806. 2 p. in-4.

4° *Les quatre Adèle, ou la prévention justifiée.* — Anecdote véritable. Aut. sig.: *C. Sartrouville.* 10 p. et demie in-4, et billet d'envoi aut. sig. *Charles.* 1810. in-8.

5° Notice (impr.) sur Louis-Claude Cadet de Gassicourt, père de Charles-Louis, par Eusèbe Salverte. Paris, 1er frimaire an VIII, 19 p. in-8. Deux *Portr.*

473. **CAFFIAUX** (Dom Philippe-Joseph), bénédictin, historiographe de Picardie. N. 1712. M. 1777.

Autorisation aut. sig. de recevoir en son nom 2000 livres. Mons en Hainaut, 16 avril 1769. Demi-p. in-4.

474. **CAFFIERI** (Jean-Jacques), sculpteur, membre de l'Académie royale, etc. N. 1723. M. 1792.

1° Quitt. aut. sig. Paris, 27 juillet 1745. Demi-p. in-4. *Portr.* de Saint-Aubin, in-4.

2° L. aut. sig., à son ami... Paris, 31 déc. 1791. 1 p. in-4.

Les journaux ayant dénaturé une lettre qu'il a écrite à M. Bailly, maire de Paris, il a cru devoir la faire imprimer; il lui demande la permission de lui en faire part comme ami des arts et de la vérité.

475. **CAILHAVA D'ESTANDOUX** (Jean-François), auteur dramatique, membre de l'Institut. N. 1731. M. 1825.

Billet aut. sig., à Champein. Demi-p. in-4. Deux *portr.*, dont celui de Gaucher. (Collection de M. de Monmerqué).

Carmouche, chansonnier, auteur dramatique.

1° Deux lett. aut. sig. 1847. 3 p. in-18. *Portr.*

2° *Le clair de lune.* Romance. Aut. sig. 1 p. et demie in-4.

476. **CAILLOUETE** (Louis-Denis), sculpteur. N. 1791.

Vingt-sept lett. aut. sig., à M. *L. de M.* 1822 à 1838. in-8 et in-4.

477. **CALIGNON** (Soffroy de), président au Parlement de Grenoble, chancelier de Navarre, historien de Lesdiguières, etc., l'un des rédacteurs de l'*Edit de Nantes.* Né à Saint-Jean-de-Voiron en 1550. Mort en 1606.

Sa sig. sur un acte notarié. Fait et passé en son hôtel, rue Saint-Honoré, paroisse de Saint-Germain-de-l'Auxerrois, le 1er avril 1606. 4 gr. p. pl. in-fol.

478. **CALMET** (Dom Augustin), bénédictin. N. 1672. M. 1757.

L. aut. sig., au T. R. P. dom Mathieu Petit-Didier, abbé de Saint-Léopold, à Nancy. Paris, 6 août 1712, suivie d'une autre lettre au même de dom Henry Fauque. 3 p. in-4.

Envoi de livres et nouvelles de l'armée. La reine d'Angleterre va joindre ses troupes à celles du maréchal de Villars contre celles du prince Eugène... Dom Henri Fauque dit: « M. Des Camus nous est venu voir aujourd'huy, et « nous a donné le divertissement d'une machine assez singulière qu'il porte « demain à Fontainebleau pour la faire jouer devant le roy. C'est un fort joli « petit carrosse attelé de deux bons petits chevaux noirs, richement parez, « conduits par un cocher de bonne mine qui frappe tantôt sur un cheval et « tantôt sur un autre, et qu'il fait courir au grand galop sur une table bien « unie. Dans le carrosse il place une des plus belles dames qu'il peut, et à qui « il a appris les manières de la cour. Il fait partir son carrosse d'une extrémité « de la table du roy, etc., etc., etc. »

479. **CALONNE** (Ch.-Alex. de), contrôleur général des finances. N. 1734. M. 1802.

1° Trois lett. et p. sig. 1783 et 1784. 4 p. in-4 et in-fol. *Portr.* et caricature coloriée. Notice de M. *L. de M.*

2° L. avec post-scriptum de 14 lignes aut. sig., au marquis de Monteynard. Metz, 16 mars 1774. 4 gr. p. in-fol.
Envoi d'un mémoire du sieur de Fouperine, chirurgien major de l'hôpital militaire de Verdun, contre le sieur Clouet, médecin dudit hopital, qui s'est emparé de la clef d'une enceinte destinée à faire un jardin de plantes annuelles et journalières....

480. **CAMBACERÈS** (Jean-Jacques Régis), conventionnel, archi-chancelier de l'Empire. N. 1753. M 1825.

1° Arrêté du Comité de salut public, relatif à la santé des militaires qui doivent rejoindre leurs foyers. Expédition signée par Cambacérès. 15 fructidor an III. 2 p. in-fol.

2° Arrêté du Comité de salut public concernant les dix otages pris dans la ville d'Anvers, par les représentants du peuple Haussemann et Briez, lesquels seront sur-le-champ conduits dans la maison d'arrêt du Luxembourg. 1er frimaire an III. Signé par Cambacérès, Merlin (de Douai), Thuriot, Delmas, Prieur (de la Marne), Carnot et Charles Cochon. 1 g. p. in-fol.

3° L. sig., à *Madame*, mère de l'Empereur. Paris, 26 juillet 1813. 1 p. in-4.

4° L. sig., au citoyen Méjean. Paris, 13 thermidor an IX. 2 p. in-4. Tête imprimée avec la jolie vignette de Roger. Deux *portr.* et deux caricatures coloriées.

481. **CAMBRONNE** (Pierre-Jacques-Etienne, baron), général de la République et de l'Empire. N. 1770. M. 1842.

1° Bon aut. sig., pour 37 rations de pain pour la subsistance d'un officier et 35 dragons. Strasbourg, 9 fructidor an IV. Quatre *portr.*

2° Certificat aut. sig., constatant que le capitaine Auguier était à Fontainebleau le 19 mars. 12 avril 1815. Tiers de page in-4.

Berton (le général J.-B.). Né en 1769, mis à mort en 1822. Billet aut. sig. 1820, et gravure de son exécution.

482. **CAMERANI** (Barthélemy), acteur de la Comédie-Italienne et de l'Opéra-Comique. N. 1733. M. 1816.

L. aut. sig., au citoyen Méjean. 4 vend. an III. 1 p. in-4.

483. **CAMPAIGNO** (Bertrand de Patras de), lieutenant au gouvernement des ville et château de Boulogne, célèbre par sa défense du pont de Cuverville.

Quitt. sig. (sur parch.). Boulogne, 15 nov. 1599.

484. **CAMPAN** (Jeanne Genet, femme), femme de chambre de Marie-Antoinette, surintendante de la maison Impériale d'Ecouen, auteur de *Mémoires*. N. 1752. M. 1822.

1° L. aut. sig., au comte de La Valette, directeur général des postes. Ecouen, 12 juin 1811. 2 p. in-4. Deux *portr.*

2° L. a. s., à M. Bourgeois, à Paris. 1er avril 1810. 3 p. in-4. Cachet.
Sa lettre est entre les mains de madame Lambert qui la remettra elle-même à la reine de Naples..... « Que de bruit à Paris! Que de fusées volantes! Que « de calme à Ecouen, mais non dans ma tête et dans mon cœur. Je crains les « accidens dans ces jours de fêtes; je les vois toujours réservés à ceux qui me « sont chers....» Sa lettre sera remise mardi ou mercredi. Les jours de noces ne sont pas ceux où l'on pense à d'autres qu'à soi, il n'est pas nécessaire d'être Empereur ni Impératrice pour cela, il en est de même des mariés de village......

485. **CANAYE** (Philippe), sieur de Fresnes, ambassadeur de Henri IV à Venise. N. 1551. M. ....

Quitt. sig. (sur parch.), de 240 escus sol, pour frais de voyage faits pour le service du roi. 16 janvier 1598.

Canaye (Jacques), célèbre avocat, un des réformateurs de la coutume de Paris. Quitt. sig. 12 juin 1779. Demi-p. in-4.

486. **CANDALLE** (Henri de Foix de Lavallette, comte de), *captal* de Buch, pair de France, gouverneur d'Angoumois, etc. M. 1639.

1° Quitt. sig. (sur parch.). 1616. — 2° Deux actes notariés sig. 1604 et 1608. 3 p. in-fol. *Portr.*

CANDALLE (Henri-François de Foix, duc de), pair de France. Acte notarié, deux fois sig. 1711. 3 p. in-fol.

487. **CANDOLLE** (Aug.-Pyrame de), botaniste. 1778-1841.

1° L. aut. sig., au comte de Lacépède. Paris, 1er nov. 1810. 3 gr. p. in-fol. Très-belle lettre. *Portr.*

État des services qu'il a rendus à la science, et demande de la décoration de la Légion d'Honneur.

2° L. aut. sig., à M. Guillemin, botaniste. Genève, 14 mars 1827. 2 p. pl. in-4. Scientifique. Intéressante.

488. **CANILLIAC** (le marquis de), gouverneur et lieutenant général de la Haute-Auvergne, l'amoureux et jaloux gardien, au château d'Usson, de la reine Marguerite de France, 1re femme de Henri IV.

Quitt. sig. (sur parch.) de la somme de 4,800 *escus sol*, pour quatre années de la pension que lui fait S. M. à raison de ses fonctions... 23 octobre 1582. Cachet. Belle pièce.

489. **CANOLLE** (Antoine Desfossés de), chevalier de Malte.

Est-ce le malheureux baron ou marquis de Canolle, lieutenant-colonel du régiment de Noailles, que les révoltés de Bordeaux firent pendre en 1650, en représailles du même supplice infligé au commandant Richard du château de Vair, exécuté par ordre du maréchal de la Meilleraie qui l'assiégeait à la tête de l'armée du roi mineur? Le meurtre ou plutôt l'assassinat de Canolle présente les horribles circonstances qui se renouvellent dans toutes les guerres civiles, témoin ce passage des Mémoires du P. Lenet : « Ce jugement qui fut fait sans « écriture, sans ouir de prisonnier, ni sans figure de procès, fut exécuté sur-le-« champ. Tout ce que la princesse (de Condé) put faire fut d'empêcher que tous « les prisonniers de guerre ne souffrissent le même sort, tant la fureur du « peuple est à redouter. Jamais il ne fut possible de leur faire souffrir qu'on « donnât un prêtre à ce pauvre homme, qui étoit huguenot, pour tâcher de le « convertir en mourant; ils disoient qu'étant *Mazarin* il falloit qu'il fût damné, « et si l'on n'eût fait armer la bourgeoisie, il auroit été déchiré par la multi-« tude qui le suivoit en le menant au supplice..» Notice de M. *L. de M.*, qui juge ensuite sévèrement le duc de La Rochefoucauld, l'auteur des *Maximes*.

Quitt. avec une ligne aut. (sur parch.). 10 déc. 1620.

490. **CANOVA** (Antoine), célèbre statuaire. N. 1747. M. 1822.

L. aut. sig. (en italien), à M... Rome, 15 oct. 1814. 1 p. in-4. Deux *portr.*

Recommandation en faveur du jeune Jean d'Este, conscrit atteint d'épilepsie.

491. **CANTATRICES,** *comédiennes*, etc. 7 lettres et 1 *portr.*

COURTIN. L. a. s. 20 février 1815. 1 p. in-4. — CINTI-DAMOREAU. L. a. s. 26 mars 1841. 2 p. in-12. *Portr.* — GORDON (Elisabeth *Archer*, dame). Billet a. s. (à la 3e personne), et billet de concert signé.— LUTHER (Amédine). Deux lett. a. s. 1851. PAULIN. L. a. s. 1 p. in-4. — VERTPRÉ (Jenny). L. a. s., à M. Jules Janin. 1 p. in-18.

492. **CAPELLE** (Pierre), libraire, littérateur, chansonnier, éditeur de la *Clef du Caveau*. N. 1771. M. 1851.

1° Six lett. aut. sig., à MM. Lucas de Montigny, Janet, etc. 1826 à 1849. Ensemble, 7 p. in-8.

Relatives à l'impression de ses chansons, échange d'autographes, etc.

2° *Grégoire*, chanson aut. sig. (1825). 3 p. in-4.

3° *L'Habit neuf, ou le vieillard rajeuni, anecdote* (en vers). Aut. sig. 1 p. pl. in-8.

493. **CAPITAINES DE VAISSEAUX,** des galères du roi, etc.

BARRAS DE LA PENNE (*l'Héroïne*). 1695. — BERRE (Loys de). 1575.

— Chateaumorand. 1686. — De Mandols (*la Fleur de lys*). aut. sig. 1676. — Du Chalard. 1694. — Forbin (François de), commissaire général de la marine du Levant et Mortespaies de Provence. 1599. — Forbin (le chevalier de), enseigne de vaisseau. 1698. — Frégose (Jean-Galéas). 1504. — Oppède (*la Souveraine*), aut. sig. 1673. — Preuilly d'Humières (le marquis de), lieutenant-général des armées navales, compagnon de Duquesne. 1688. — Rancé (le chevalier le Bouthillier de), frère de l'abbé de la Trappe. L. sig. et quitt. sig. 1684, et Marseille, 8 sept 1720. — Riquet. 1682. — Saint-Aignan (le marquis de). L. a. s. Toulon, 17 mars 1776. 3 p. in-4. — Saint-Herem (*la Hardie*). 1673. — Tonnerre (*la Victoire*). Aut. sig. 1670. 16 pièces.

494. **CAPITAINES DE** 40, 50, 60 et 100 lances.

Annebault (Jehan, sire, baron d'). 1557. — Barbansson (Loys de). — Bellefont (Bernardin de). Quitt. de 4,500 escus sol, de laquelle somme S. M. lui a fait don en considération des services qu'il lui a faits en plusieurs bonnes occasions, même durant le siége d'Amiens, lorsque les ennemis se présentèrent pour secourir la ville. 1598. — Chenu (Jean), seigneur de la Tour du Pin. 1462. — Chantemesle (Audard-Dilliers, sieur de). 1569. — Costa (Ludovic), comte de Beyne. 1572. — Du Monterud (Innocent). 1569. — Harville (messire Claude de), seigneur de Palloyeau. 1621. — La Béraudière (Emmanuel-Philibert de). 1616. — Lannoy (Loys de), seigneur de Morvilliers. 1557. — Lignerolles. 1572.

495. **CAPITAINES DE** 40, 50, 60 et 100 lances.

Longaunay (Hervieu de), seigneur de Damigny et de Dampierre. 1570. — Marconnay (Jean de). 1547. — Maugiron (Annet de). Quitt. et acte notarié. 1580-1585. — Monthibault (Françoís de Tersac de). 1586. — Ruffec (Philippe de Volvic, marquis de). 1600. — Saint-Aignan (Gilbert de). 1566. — Saint-Herem (Jean de). 1562. — SaintS-ulpice (Jean-d'Hebréard, baron de). 1579.— Terrides (Antoine de Loumaigne, baron de). 1548. — Tilladet de Cassagnet, sieur de, Saint-Thoryn. 1582. — Verac (Olivier de Saint-Georges, seigneur de). 1624. — Vienne (Jehan de), baron de Ruffey. 1580.

496. **CAPO DISTRIAS** (Jean, comte), diplomate, ministre de l'empereur Alexandre 1er de Russie, président de la Grèce. Né à Corfou en 1780. Tué en 1831.

L. aut. sig., au prince Pierre Kozlofski. Carlsbad, le 22 juillet-3 août 1817. 1 p. in-8.

... Le ministère s'est occupé d'organiser la mission des Etats-Unis. Et à son départ de Petersbourg, cette affaire était complètement achevée. Le général Freyll a été nommé ministre, etc.

497. **CAPPOT DE FEUILLIDE** (Jean-Gabriel), littérateur.

1° L. aut. sig., à M. Lesguillon. 4 p. pl. in-8. Curieuse. — 2° Discours d'*élection*. Aut. 23 p. in-fol. — 3° Enseignement de la religion... Aut. sig. 7 p. et demie in-fol. — 4° *A monsieur le duc de Damas Crux*. Pièce de vers aut. 5 p. et demie in-4.

498. **CARDINAUX** français et étrangers. 18 pièces.

Albani. L. a. s. Milan, 27 juillet 1813. 2 p. in-4. — Alessandrino. L. s. 1587. 1 p. in-4. — Caprara. L. sig. An XII. Demi-p. in-4. — Coislin (Pierre du Camboult de), évêque d'Orléans. Deux quitt. sig. (sur parch.). 1674 et 1705 — Consalvi (Hercule). L. a. 1814. 1 p. in-8. — Giraud. L. a. s. 1776. Demi-p. in-4. — Givry (Anne d'Escars de). Quitt. sig. (sur parch.). 1607. *Portr.* — La Chambre (Loys de), cardinal, abbé de Vendôme. Deux actes notariés, sig. 1584. 4 p. in-fol. — Mathieu, archevêque de Besançon. L. a. s. 1844. 1 p. in-4. — Pacca (Barthélemy). L. a. s. Rome, 1820. 1 p. et demie in-8. — Périgord, archevêque. L. sig. 1820. 1 p. in-4. — Rivarola. L. s. 1825. 1 p. in-4. — Sublet (Michel), abbé de Vendôme. Quitt. sig.

(sur parch.). 1636. — Torrigiani (Louis). L. a. s. 1736. 1 p. pl. in-4. — Vaudemont (Charles de Lorraine, prince de), évêque et comte de Verdun. Deux actes notariés, signés. 1586. 5 p. in-fol.

499. **CARIGNAN** (François *Thomas* de Savoie, prince de), dit le *prince Thomas*, lieutenant général pour le roi aux armées d'Italie, grand-maître de France. 1596-1656.

1° Acte notarié sig. 23 août 1653. Beau *portr.* de Pontius, in-4. Notice de M. *L. de M.*

2° Fragment d'un marché de fourniture de comestibles pour sa maison. Prix du temps. 1652. 8 p. in-fol. Curieux.

Carignan (Marie de Bourbon-Soissons, princesse de) femme du précédent. Quatre actes notariés, sig. (deux le sont aussi par Marie d'Orléans, duchesse de Nemours). 1664, 1670, 1683 et 1688. 9 p. in-fol. Notice de M. *L. de M.*

Carignan (Louise-Philiberte de Savoie, princesse de). 1° Quitt. aut. sig. Paris, 10 avril 1697. — 2° Contrat de mariage notarié, sig. 26 janvier 1698. 3 p. in-fol.

500. **CARLES** (Lancelot de), évêque de Riez, poëte, helléniste, ami de l'Hospital, de Du Bellay et de Ronsard. M. 1570.

Quitt. sig. (sur parch.), de la somme de 2,500 liv. tournois, pour le parachèvement de la pension qu'il plait à S. M. de lui donner. 30 avril 1668. Cachet.

501. **CARMONTEL**, lecteur du duc d'Orléans, littérateur, auteur dramatique, dessinateur, etc. N. 1717. M. 1806.

Divertissement du troisième acte de la Feste du Seigneur. Aut. 10 p. in-4.

502. **CARNOT** (Lazare-Nicolas-Marguerite, comte), conventionnel, ministre de la guerre. N. 1753. M. 1823.

L. aut. sig., au ministre... 5 pluviôse an II. 1 p. in-4. Au bas se trouve la réponse du ministre. Sept *portr.* Circulaire impr. in-fol.

503. **CAROLINE BONAPARTE** (Marie-Annonciade), sœur de Napoléon, reine de Naples, comtesse de Lipano, femme de Murat. N. 1782. M. 1839.

L. aut. sig., à *Madame* Mère. Bayonne. 29 juin 1808. Demi-p. in-4. *Portr.* Intéressante.

Caroline, archiduchesse d'Autriche, reine de Naples, femme de Ferdinand IV. N. 1762, M. 1815.

L. aut. sig. (en italien), à son mari, 31 décembre 1812. 1 p. in-8, papier avec entourage gaufré. Brisée en deux.

« Cher Ferdinand, bon commencement d'année. Embrassez le cher frère « en mon nom et n'oubliez pas votre vieille et bonne Caroline. »

504. **CARREL** (Armand), militaire, historien, littérateur, publiciste. N. 1800. M. 1836.

1° L. aut. sig., à M. Taschereau, 5 janvier. demi-p. in-8.

2° L. aut. sig., au même. Sans date. 2 p. in-8.

3° L. aut. sig., à M. Gosselin. Sans date. Deux tiers de p. in-8.

Sautelet s'est trompé en lui disant qu'il ne ferait pas pour le *Globe* un article sur M. de Livin. Après avoir lu le livre il était si peu content qu'il dit en effet à Sautelet qu'il ne se sentait pas le courage d'en rendre compte ; mais au *Globe* on a tant insisté qu'il a été obligé de s'engager à faire un article... « Vous pouvez compter sur ma discrétion au sujet de certaines notes de l'éditeur qui mériteraient bien aussi *la colère* d'un homme aussi spécial que moi « en fait de conspiration de carbonarisme... »

505. **CARRIER** (Jean-Baptiste), député du *Cantal* à la Convention. Né en 1756. Mis à mort en 1794.

1° L. aut sig., au ministre de la guerre. Paris, 25 germinal an II. Demi-p. in-4. Au bas se trouve la réponse de Bouchotte. Deux *portr.*

2° Rapport de Carrier sur les différentes missions qui lui ont été déléguées. Imprimé par ordre de la Convention an III. 40 p. in-8.

3° Décret d'accusation de Carrier, 4 frimaire an III. Signé Joseph Becker, Merlino, Guimberteau, Crassous, Legendre (de Paris), etc. 1 p. in-fol. Tête imprimée, vignette. Cachet.

4° Ordre d'incarcération de Pierre Guillet, son complice dans l'exécution des noyades... 28 brumaire an III. 1 p. in-4. Cachet.

506. **CARRON** (l'abbé Guy-Toussaint-Julien), dit *le jeune*, auteur d'un grand nombre d'ouvrages d'éducation. Né à Rennes en 1760. Mort en 1821.

L. aut. sig. comme administrateur du refuge, à M. le comte... 23 oct. 1820. 1 p. in-4.

507. **CARROUGES** (Tannegui Le Veneur de), comte de Tilliers, ambassadeur en Angleterre, etc.

1° Quitt. sig. (sur parch.), de la somme de neuf mille livres pour six mois de ses appointements... 1623.

2° Deux procurations notariées, sig. 1611. 1 p. et demie in-fol.

Carrouges (Catherine de Bassompierre), femme du précédent. Acte notarié sig.: *Catherine de Bassompierre*, et sig. aussi par son mari. 1609. 2 p. in-fol.

508. **CASAUBON** (Isaac), professeur de belles-lettres, garde de la Bibliothèque du Roi. N. 1559. M. 1614.

Quitt. sig. (sur parch.), de la somme de cent livres, pour un quartier de ses gages de garde de la bibliothèque de S. M. 12 oct. 1607.

509. **CASIMIR** (Mme), célèbre actrice de l'Opéra-Comique.

Deux lett. a. s., à M. Lucas de Montigny. Ensemble, 4 p. in-8 et in-4.

510. **CASSINI DE THURY** (César-François), astronome, membre de l'Académie des sciences. N. 1714. M. 1784.

Etat de la dépense pour le voyage des parallèles à la méridienne en l'année 1747. Aut. sig. Paris, 29 janvier 1741. 1 gr. p. in-fol. — *Portr.* du comte Alex. H.-Gab. de Cassini, in-8.

Cassini (le comte de), directeur de l'Observatoire, membre de l'Académie des sciences. L. aut. sig., à M... 2 janvier 1786. 2 p. pl. in-4.

Relative à son « projet d'édit, en faveur des ingénieurs en instruments de « mathématiques, » auquel il préfère modestement celui présenté par un de ses confrères, M. Bailly. Son plan est moins grand que le sien, mais son exécution est beaucoup plus facile et dérange moins l'ordre actuel... « Je vou« drois que toute la classe des artistes fût privilégiée, et répandre les encou« ragemens sur tous. M. Bailly ne demande qu'un très-petit nombre de « priviléges que l'Académie royale des sciences accorderoit aux artistes les « plus distingués... »

511. **CASTAING** (Edme-Samuel), docteur en médecine, empoisonneur des frères Ballet. Né à Alençon (Orne), en 1796. Mis à mort en 1823.

1° Pétition aut. sig.: *Saint-Edme Castaing* (rue d'Enfer, n° 31), à S. A. R. le duc d'Angoulême. Paris, 23 août 1820. 3 gr., p. in-fol. Trois *portr.* lith., et celui d'Hippolyte Ballet, l'une de ses victimes. Cette pétition est apostillée par M. le curé de Saint-Jacques-du-Haut-Pas, qui *joint ses supplications à celles dudit Castaing, pour obtenir de S. A. R. les consolations dont il a si grand besoin. Paris, 24 août 1820.*

« Daignez permettre que le suppliant expose à V. A. R. la position malheu« reuse dans laquelle il se trouve plongé. Ayant souscript un billet de six « cents francs pour une personne qui n'a point rempli cet engagement, on est « revenu vers moi ; ne possédant rien que ma réputation, la dure nécessité « me force à ne pouvoir remplir ce que mon cœur et l'honneur me prescri« vent, quoique je n'aie point touché les fonds, etc., etc... » Au dos est écrit au crayon le projet de lettre ci-après : « M. le curé, j'ai vu hier la personne « à laquelle vous prenez de l'intérêt, M. St-Edme Castaing, élève en médecine. « Il auroit besoin d'un secours considérable, pour faire face à des engage-

« ments, mais la cassette de S. A. R. M. le D. est tellement épuisée qu'il ne « me sera possible de lui obtenir que celui très modique de 40 à 50 fr. Veuil- « lés, M. le curé, me faire savoir s'il est dans une position assés malheureuse « pour le recevoir... » Autre note également au crayon : .l a reçu ces 50 fr. le 4 oct. 1820.

512. **CASTELNAU** (Michel de), seigneur de la Mauvissière, ambassadeur en Angleterre. N. 1520. M. 1592.

1º Quitt. aut. sig. (sur parch.). 17 oct. 1567. Cachet. *Portr.* in-fol.

2º Quitt. sig. (sur parch.). 25 nov. 1586.

3º Acte notarié sig., et aussi signé par Marie Bochetel, sa femme. 1586. 2 p. in-fol.

513. **CASTELNAU** (Jacques, marquis de), petit-fils du précédent, maréchal de France. N. 1620. M. 1658.

Quitt. sig. (sur parch.). 12 mai 1651. Beau *portr.* in-fol.

CASTELNAU (Marie de Girard de l'Espinay, marquise de), femme du précédent.

Cette femme fut une des plus dissolues de ce temps-là, s'il faut en croire Dangeau, et surtout Tallemant des Réaux. Celui-ci, surtout, donne à son sujet de cyniques détails, qui font songer à des vers adressés par Voltaire aux François qui combattoient vaillamment à Philisbourg. (*L. de M.*)

Quitt. sig. (sur parch.). 9 janvier 1690.

CASTELNAU (Mathurin de), gouverneur de la ville et château d'Issoudun, etc. Quitt. sig. (sur parch.). 1616, et trois actes notariés sig. 1607-1608. 8 p. in-fol.

CASTELNAU-BOCHETEL (Jacques de), baron de Joinville, etc. Acte notarié, sig. 1608. 2 p. in-fol.

CASTELNAU (Jacques de), baron de Joinville, gentilhomme de la chambre du roi. Bail notarié, sig. 1614. 3 p. in-fol.

CASTELNAU (Christophe de), maître d'hôtel du roi. 1º Quitt. aut. sig. (sur parch.). 23 août 1621. 2º Acte notarié, sig. 1621. 2 p. in-fol.

514. **CASTRIES** (Charles-Eugène-Gabriel de La Croix, marquis, puis duc de), ministre de la marine, maréchal de France. N. 1727. M. 1801.

1º Six pièces, notes et lett. sig., aut. et aut. sig. 1781, in-8, in-4 et in-fol. — 2º L. aut. sig., à M... Au camp sous Sarlouis, 11 sept. 1753. 2 p. in-4. Rapport militaire.

CASTRIES (Armand-Charles-Auguste, duc de), lieutenant-général, député aux états-généraux, pair de France. N. 1757, M. 1842. Billet et lett. aut. sig. 1816 et 1827, in-8 et in-4.

CASTRIES (Armand-Pierre de La Croix de), archevêque d'Alby. L. aut. sig., à M. de Saint-Julien. Alby, 29 mars 1745. 2 p. in-4.

515. **CATEL** (Charles-Simon), compositeur de musique, membre de l'Institut. N. 1773. M. 1832.

1º Deux lett. aut. sig. 2 p. in-8. *Portr.* in-4.

2º L. aut. sig., sig., à M. Dauprat. 9 mars 1821, 1 p. in-4.

516. **CATHERINE DE MEDICIS,** reine de France, femme de Henri II. N. 1519. M. 1589.

Une circonstance (bien frivole, sans doute, en comparaison de tout ce qu'on peut dire sur cette trop fameuse princesse) c'est qu'elle est la première reine de France qui ait eu un carrosse (*L. de M.*).

L. sig.: *Catherina demedici Manuppª* (en italien), au roi très-chrétien (François Ier). Florence, 16 mars 1529 (elle avait dix ans). 1 gr. pl. in-fol. Fatiguée.

Les démonstrations d'amitié et les offres qu'il lui a faites plusieurs fois lui donnent l'assurance de l'importuner non-seulement pour elle, mais pour les siens. Ridolphi, gentilhomme florentin, a été son premier gouverneur pendant l'espace de six ans. . Elle demande pour le fils de ce Ridolphi une abbaye ou autre bénéfice...

517. CATHERINE DE MEDICIS. *La même.*

L. aut. sig.: *Caterine*, à notre Saint-Pere le pappe. Sans date. 1 gr. p. in-fol. Très-belle lettre, avec une copie moderne. Sept *portr.*

Elle lui recommande l'évêque d'Alby, qui est de son nom, pour le chapeau de cardinal.

518. CATHERINE DE MEDICIS. *La même.*

Pièce sig., et contre-signée : *Chantereau* (sur parch.). Ordonnance de payement pour ses bâtiments et édifices. 1er déc. 1576. Grande feuille in-fol. (Mouillures). Cinq vues gravées du palais et du jardin des Tuileries.

519. CATHERINE DE MEDICIS. *La même.*

L. sig. *La bien vostre Caterine*, contresignée *De Neufuille*, à M. le marquis de Rambouillet. Metz, 13 avril 1569. 1 p. in-fol.

Ayant été malade, elle n'a pu lui faire plustôt ses compliments sur la part qu'il a eu à la bataille de Jarnac (15 mars 1569). Le *Dargensse* qui est chargé de porter cette lettre, est probablement celui à qui le prince de Condé se rendit avant d'avoir été assassiné par Montesquiou. (*L. de M.*)

Plus : Copies de deux lettres au même. Louppy, 6 mai 1569, et Paris, 4 déc. 1572.

520. CATHERINE DE MEDICIS. *La même.*

L. sig., et contr. *Brulart*, à M. de Rambouillet. Vitry-le-Français, 10 novembre 1573. 1 p. in-fol.

Elle lui donne avis que le Roi de Pologne, son fils, partira de Metz le 27, et « se rendra en Pollogne aux meilleures journées qu'il pourra... »

421. CATHERINE DE MEDICIS. *La même.*

L. sig. et contr. *Brulart*, à M. de Rambouillet. Sommerives, 9 décembre 1573. 1 p. in-fol.

Elle lui donne avis que le sr Nozerolles, parti par un autre chemin que le roi de Pologne, son fils, arrivera à Cracovie avant Sa Majesté.

522. CATHERINE DE MEDICIS. *La même.*

L. sig. et contr. *Brulart*, à M. de Rambouillet. Saint-Germain-en-Laye, 24 janvier 1574. 1 p. in-fol. Cachet brisé.

Elle le remercie des bonnes dispositions faites en Pologne, en attendant le Roi son fils qui y arrivera bientôt, d'une avance d'argent faite pour la guerre; promesse de lui en envoyer, etc.

523. CATHERINE DE MEDICIS. *La même.*

L. sig., et contr. *Brulart*, à M. de Rambouillet. Saint-Germain-en-Laye, le 9 février 1574. 1 p. in-fol.

Remerciments pour la bonne préparation des affaires de Pologne, notamment à l'occasion des funérailles du feu Roi Sigismond, à Cracovie; elle est bien aise que le roi de Pologne, son fils, l'ait chargé d'assister de sa part à ces funérailles.

524. CATHERINE DE MEDICIS. *La même.*

L. sig. et contr. *Brulart*, à M. de Rambouillet. Paris, 18 juillet 1574. 2 gr. p. in-fol. Importante.

Avis de la pacification des troubles de Normandie. Mesures à prendre pour recevoir les soumissions des personnes amnistiées.

525. CATHERINE DE MEDICIS. *La même.*

L. sig. et contr. *Chantereau*, à M. de Rambouillet. Lyon, 2 oct. Demi-p. in-fol. Cachet.

Ordre d'aller trouver la Reine à Lyon, en amenant ses frères de Maintenon ou de Poigny, pour faire les logis quand elle en partira.

526. CATHERINE DE MEDICIS. *La même.*

L. sig. et contr. *Chantereau*, à M. de Rambouillet. Blois, 11 oct. 1575. 1 p. in-fol.

Ordre de notifier aux officiers et échevins de la ville du Mans l'état des sommes qu'ils doivent fournir incontinent, à peine d'envoi d'une armée à discrétion par tout le plat pays, dont s'ensuivrait la totale ruine...

527. **CATHERINE DE MEDICIS.** *La même.*

L. sig. et contr. *Fises*, à M. de Rambouillet. Poitiers, 4 déc. 1575. 1 p. in-fol. Cachet brisé.

Ordre de mettre à la disposition du duc d'Alençon la ville de la Charité qui, avec plusieurs autres (Bourges, Angoulême, Saumur, Niort et Mézières), doivent être déposées et mises en son pouvoir, comme condition de la trève faite et arrêtée le 21 nov. 1575, pour la retraite de lui et de ceux qu'il choisira de son parti durant ladite trève...

528. **CATHERINE DE MEDICIS.** *La même.*

L. sig. et contr. *Chantereau*, à M. de Rambouillet. Poitiers, 7 décembre 1575. Demi-p. in-fol. Cachet brisé.

Ordre de suspendre la remise de la Charité et de Bourges au duc d'Alençon.

529. **CATHERINE DE MEDICIS.** *La même.*

L. sig. et contr. *Fises*, à M. de Rambouillet. Poitiers, 12 déc. 1575. 1 p. in-fol. Cachet brisé.

Nouvelles instructions pour remettre la ville de la Charité au duc d'Alençon.

530. **CATHERINE DE MEDICIS.** *La même.*

L. sig. et contr. *Pinart*, à M. de Rambouillet. Condom, 13 déc. 1578. Cachet. Au bas sont quelques lignes de la main du ministre.

Regret de n'avoir pu le gratifier de l'abbaye de Thouars, donnée au cardinal de Birague. Elle le prie de croire que quelque autre occasion se présentant, elle l'en gratifiera aussi volontiers de bon cœur que gentilhomme du royaume.

531. **CATHERINE DE MEDICIS.** *La même.*

L. sig. et contr. *Pinart*, à M. de Rambouillet. Montenot, 20 oct. 1579. Demi-p. in-fol.

Avis de l'application de l'édit de pacification à ceux de la Religion du Dauphiné et du marquisat de Saluces. Elle va rejoindre le Roi son fils qu'elle a hâte de revoir...

532. **CATHERINE DE MEDICIS.** *La même.*

L. sig.: *La bien vostre Caterine*, à M. de Rambouillet. Lyon, 22 oct. 1579. 2 gr. p. in-fol. Importante.

Voici la dépêche qu'elle fait au roi son fils, au roi et à la reine de Navarre, au sujet de l'édit de pacification. — Qu'il fasse en sorte que le roi de Navarre se dessaisisse des places qu'il doit rendre en Guyenne et en Languedoc. — Faute qu'a commise le maréchal de Bellegarde. — Faute résultant plutôt de la querelle contre Carles de Birague, que d'intention contraire au service du Roi. — Ce qui est du marquisat de Saluces... à quoi ayant égard, elle lui a baillé les pouvoirs du roi à ce sujet... son frère, le duc de Savoie, lui a promis de surveiller ledit maréchal...

533. **CATHERINE DE MEDICIS.** *La même.*

L. sig. et contr. sig. *Pinart*, à M. de Rambouillet, en Guyenne. Lyon. 9 oct. 1579. 1 gr. p. pl. et demie in-fol.

Ordre de surveiller ce qui se passe en Guyenne et d'en rendre compte... Vu les dépêches que le roi monsieur son fils y a faites sur cette occasion elle n'a voulu tarder à lui écrire encore cette lettre, en laquelle elle ne répondra aucunes particularités. « Mais me remettray a ce que jescript tant à mon fils le « Roy de Navarre qu'à mon cousin le maréchal de Biron et au d. aultres dont « vous trouuerez les lettres à cachet vollant lesquelles vous verrez et considé- « rerez puis les refermerez et baillerez a ceux a qui elle s'adressent faisant « enuers eulx les offices conuenables a l'intention du Roy Mond. s^r et fils « selon ce que je leurs escripts et si pourriez tant f^re que ceulx de la Relligion « prétendue remissent les vingt villes suiuant les articles de la conférance de « Nérac se seroit le plus grand bien qui sauroit aduenir à ce royaume, car « par ce moien nous pourrions espérer de voyr de la paix ou au contraire si cela « ne se faist, je crains bien que les catholiques entrent en grand doubte et « deffiance des d. de la Relligion. »

534. **CATHERINE DE MEDICIS.** *La même.*

L. terminée par six lignes aut. sig., à M. de Rambouillet. La Palice, 28 oct. 1579. 2 gr. p. in-fol. Importante.

Relative à la remise des places que, d'apres la conférence de Nérac, le Roi de Navarre et Bellegarde doivent rendre... Il a bien fait conjointement avec l'abbé Gadaigne, et par l'entremise de sa fille, la reine de Navarre, pour obtenir du roi de Navarre et du maréchal de Biron, la restitution des places qu'ils doivent remettre d'après cette conférence. Qu'il continue afin de tout conduire au but de la paix. — A la Toussaint elle arrivera auprès du roi son fils. — Les actes et traités sont aux mains du duc de Biron à qui il les demandera. — Les traités avec les gentilshommes ayant charge des villes à remettre sont aux mains du duc de Montmorency. Il faut mettre à tout cela beaucoup de soin, de patience et de prudence, car c'est la plus grande affaire du royaume...

535. **CATHERINE DE MEDICIS.** *La même.*

L. sig. et contr. *De Neufuille*, à M. de Rambouillet. Paris, 31 oct. 1579. Tiers de page in-fol.

Le roi son fils désire qu'il ne s'absente pas... S'il a besoin d'argent qu'il le lui fasse savoir, elle y pourvoira.

536. **CATHERINE DE MEDICIS.** *La même.*

L. sig.: *La bien vostre Caterine*, contr. *De Neufuille*, à M. de Rambouillet. Orléans, 9 novembre 1579. Demi-p. in-fol.

Le roi lui a communiqué ses lettres. Elle a envoyé l'abbé d'Elbène pour parler de sa part à son fils le roi de Navarre et à sa fille... Elle lui commande de temporiser pour exécuter les commandements du roi son dit seigneur et fils.

537. **CATHERINE DE MEDICIS.** *La même.*

L. sig. et contr. *De Neufuille*, à M. de Rambouillet. Paris, 4 décembre 1579. Demi-p. in-fol.

Elle le prie de dire à son fils, le roi de Navarre, que s'il veut qu'ils croyent à ce qu'il leur a tant de fois mandé de la volonté du mal de Biron pour la punition des contraventions à l'Edit, il est nécessaire qu'il lui ôte l'occasion de s'en excuser. — Agir contre La Faye. — En parler de sa part à sa fille, afin qu'elle lui fasse trouver bon, lui remontrant que c'est le seul moyen qui leur reste de s'éclaircir de la volonté du dit maréchal et de ceux qui l'accusent, et aussi de mettre fin aux désordres qui règnent par delà... Elle est revenue très-contente de son fils (le duc d'Alençon), lequel elle a laissé en très-bonne volonté de se conformer, comme il doit, aux intentions du roi son frère...

538. **CATHERINE DE MEDICIS.** *La même.*

L. aut. sig., à M. de Rambouillet. Paris, 6 janvier 1579. 1 gr. p. in-fol. Déchirure à la marge extérieure enlevant la fin de cinq lignes.

Recommandations pour le roi de Navarre. Affaires politiques, etc.

539. **CATHERINE DE MEDICIS.** *La même.*

L. sig., contr. *De Neufuille*, à M. de Saint-Goard, son ambassadeur à Rome. Paris, 17 août 1585. Demi-p. in-fol.

Elle lui assure qu'elle n'a jamais été si marrie et si fâchée qu'elle l'a été quand elle a su l'injure qui a été faite au roi, monsieur son fils, en la personne du dit ambassadeur. Connaissant comme elle fait de quelle importance est ce fait, et le mal qui en peut advenir à la chrétienté, et même en cette saison, et sur la résolution que le roi son dit sieur et fils a prise en bénéfice de la religion catholique, apostolique et romaine, et ce qui plus l'afflige est qu'elle ne sait *comment la chose pourra estre rabillée...*

540. **CATHERINE DE MEDICIS.** *La même.*

L. sig. et contr. *De Neufuille*, à M. le marquis de Pisani, ambassadeur à Rome. Saint-Maur-les-Fossés, 23 juin 1586. 1 p. in-fol.

Recommandation pressante pour son neveu Charles, bâtard d'Orléans, en faveur de qui il faut obtenir du pape une dispense d'âge, pour être nommé grand'croix de l'ordre de Malte...

541. **CATHERINE DE MEDICIS.** *La même.*

L. sig. et contr. *De Laubespine*, à M. le marquis de Pisani, à Rome. Saint-Maur-les-Fossés, 8 juillet 1586. 1 p. in-fol. Cachet.

Plaintes contre le grand-duc (de Toscane) qui occupe et usurpe des biens qui lui appartiennent. Voyage à *Fleurence* (Florence) de d'Elbène et d'Ossat, pour prendre, s'il est possible, la possession des dits biens... Elle prie de les assister dans cette mission délicate... Il ne faut pas éventer cette affaire...

542. CATHERINE DE MEDICIS. *La même.*

L. sig., contr. *Brulart*, à M. le marquis de Pisani, à Rome. Saint-Maur-les-Fossés, 10 juillet 1586. Demi-p. in-fol.

Recommandation en faveur des chanoines, chapitre et clergé de Cambrai, dans leur recours au Pape, contre les fâcheuses poursuites de leur évêque étant auprès du duc de Parme, lequel les travaille en général et en particulier au grand scandale de l'église de Dieu...

543. CATHERINE DE MEDICIS. *La même.*

L. sig., contr. *De Neufville*, à M. le marquis de Pisani, Paris, 12 juillet 1586. Demi-p. in-fol. Cachet.

Elle le prie de faire entendre au Pape que le voyage (non expliqué) qu'elle va entreprendre, n'a rien que d'utile et de nécessaire au bien de l'Etat et de l'Eglise, quoi qu'on en puisse dire d'ailleurs à Sa Sainteté... étant le roi son dit seigneur et fils poussé d'une même intention comme sa dite Sainteté connaîtra par ce qui s'en suivra...

544. CATHERINE DE MEDICIS. *La même.*

L. sig. et contr. *De Laubespine*, à M. le marquis de Pisani, à Rome. Paris, 22 juillet 1586. Demi-p. in-fol. Cachet.

La Reine lui donne avis du départ du docteur d'Ossat pour *Fleurance* (Florence), afin d'entrer en arrangement avec le grand-duc pour ses droits et ses affaires particulières.

545. CATHERINE DE MEDICIS. *La même.*

L. sig. et contr. *De Laubespine*, à M. le marquis de Pisani, à Rome. Chenonceaux, 31 août 1586. Demi-p. in-fol. Cachet brisé.

Nouvelles recommandations d'aider d'Elbène et d'Ossat dans la négociation de ses affaires privées auprès du grand duc de Toscane.

546. CATHERINE DE MEDICIS. *La même.*

L. sig. et contr. *De Laubespine*, à M. le marquis de Pisani, à Rome. Niort, 16 février 1587. 1 p. in-fol.

Elle lui donne l'ordre de s'entremettre auprès du Pape pour obtenir expédition gratuite et don de l'annate en faveur de son cousin, le marquis de St-Sorlin, fils de sa cousine, Mme de Nemours, lequel est promu à une partie des bénéfices dont était pourvu défunt son cousin, le cardinal Hippolyte d'Est.

547. CATHERINE DE MEDICIS. *La même.*

L. sig. et contr. *De Laubespine*, à M. le marquis de Pisani, à Rome. Paris, 20 avril 1587. Demi-p. in-fol.

Elle lui a envoyé procuration pour régler ses droits avec son cousin, le cardinal Farnèse, et prendre possession de son palais à Rome... Elle le prie d'envoyer le s^r d'Ossat ou tout autre auprès du grand-duc de Toscane pour prendre possession des biens qui lui appartiennent, étant de sa maison depuis Cosme-le-Grand... Afin d'éviter toute prescription que l'on voudrait alléguer à l'encontre d'elle, pour n'avoir fait prendre la dite possession...

548. CATHERINE DE MEDICIS. *La même.*

L. sig. et contr. *De Neufville*, à M. le marquis de Pisani, à Rome. Paris, 24 avril 1587. 1 p. in-fol. Cachet brisé.

La présente que le roi son fils lui écrit est si particulière qu'elle n'a rien à y ajouter « que a me douloir auecques vous des trauerses que lon luy donne en « ses affaires et spécialement en la poursuite de son dessain contre les ennemis « de nostre religion et du repos public de ce royaulme, lesquels je suis très de- « plaisant de nauoir voulu croire et s'accommoder aux intentions du Roy « mond. s^r et fils, lesquelles nont point este aultre que de les reunir au giron « de lesglise par ceste voie beaucoup moins périlleuse que celle de la guerre, « et vous asseure que s'il eust este question de traiter aultre chose je nen « eusse pris la charge ny p ine que jay faicte aiant plus grand besoin de me « reposer le corps et la conscience en leage ou je suis que dentreprendre « toute aultre chose. Je vous prie de dire de ma part à Sa Sainteté lui presen- « tant la lettre que jay aduise de luy escrire sur ce subjet en la suppliant de « me tenir pour telle que je suis en ce qui concerne la religion catholique et « de vouloir assister mond. s^r et fils en ses affaires lesquelles importent a « toute la république crestienne, car quant ce royaume aura mal les aultres « potentats en patiront en une sorte ou aultre. »

549. **CATHERINE DE MEDICIS.** *La même.*

L. sig. et contr. *De Laubespine*, à M. le marquis de Pisani, à Rome. Paris, 7 mai 1587. Demi-p. in-fol.

Elle lui recommande le sr Brossier, lecteur ordinaire du roi son fils, qui va à Rome en compagnie de M. le cardinal de Joyeuse...

550. **CATHERINE DE MEDICIS.** *La même.*

L. sig. et contr. *De Laubespine*, à M. le marquis de Pisani, à Rome. Reims, 30 mai 1587. Cachet.

Elle trouve fort bonne la façon dont il a usé à l'endroit de son cousin, le cardinal Farnèse, ayant été bien aise d'entendre qu'il se soit ainsi de bonne volonté mis à la raison... qu'il fasse pour les autres créanciers tout ce qu'il pourra pour les faire venir à la même raison, afin qu'elle n'y pense plus. Quant à ce qu'elle a avec le duc de Florence, elle prie d'y travailler sans discontinuation, et de faire connaître audit duc, qu'elle ne veut plus user de la patience qu'elle a eu, de laquelle il a toujours jusques à cette heure abusé, et que ce coup elle s'est résolu d'avoir ce qui lui appartient.

551. **CATHERINE DE MEDICIS.** *La même.*

L. sig. et contr. *De Laubespine*, à M. le marquis de Pisani, à Rome. Reims, 16 juin 1587. 2 p. in-fol. Cachet.

Longues explications sur la manière de terminer ses affaires d'intérêts privés à Rome, en Toscane et à Parme. Précautions à prendre contre le grand-duc de Toscane pour lui signifier régulièrement la revendication des biens qui lui appartiennent, et qu'il retient injustement... Elle termine en le priant de se souvenir du fait de sa fondation de Notre-Dame de Lorette, et de ce qui concerne l'église Saint-Louis pour les assurer, « et que les obits, prières et services que je y ay fondés soient fondés et asseurés sur les boutiques et « petites maisons qui m'appartiennent... »

552. **CATHERINE DE MEDICIS.** *La même.*

L. sig. et contr. *De Laubespine*, à M. le marquis de Pisani, à Rome. Paris, 2 août 1587. 1 gr. p. pl. in-fol. Cachet.

Suite de ses affaires privées en Toscane. — Mention de son neveu, le cardinal de Médicis, frère du grand-duc de Toscane. Elle approuve ce qu'il faudra faire pour la prise de possession de ses biens, en cas que le grand-duc fasse difficulté de l'accorder. — Mention de sa fondation à Notre-Dame de Lorette. —Plus, copie d'une lettre de la Reine, au même, datée de Paris, le 10 novembre 1587. La Reine y avait ajouté un postscriptum de sa main contenu en plusieurs lignes. Il y est question du mariage de sa petite-fille, la princesse de Lorraine...

553. **CATHERINE DE MEDICIS.** *La même.*

L. sig. et contr. *De Laubespine*, à M. le marquis de Pisani, à Rome. Paris, 14 sept. 1587. 1 p. in-fol. Cachet.

Continuation des instructions relatives à ses affaires d'intérêts privés en Toscane. Ce qu'elle en attend viendrait bien à propos pour les affaires du Roi, son fils...

554. **CATHERINE DE MEDICIS.** *La même.*

L. sig. et contr. *De Laubespine*, à M. le marquis de Pisani, à Rome. Paris, 26 oct. 1587. 1 p. in-fol.

Continuation d'instructions sur ses affaires en Toscane.

555. **CATHERINE DE MEDICIS.** *La même.*

L. sig. et contr. *De Laubespine*, au marquis de Pisani, à Rome. Paris, 31 décembre 1587. Demi-p. in-fol.

Elle lui a déjà écrit et recommandé les affaires que damoiselle Isabeau Belliseau a pendantes à Rome, à l'encontre d'un nomme Sixto, lequel, après l'avoir épousée en face de notre sainte mère Eglise, est allé contracter à Saluces un second mariage...

556. **CATHERINE DE MEDICIS.** *La même.*

1° Minute de lettres dictées par la reine à son neveu. (Il y a deux écritures.) Sans date. 1 p. in-fol. Il y a derrière : *Projet de deux lettres écrites par la reine à M. le Prince, sur le retardement des mariages.*

2° L. sig. et contr. *De Laubespine*, à M. le marquis de Pisani, à Rome. Paris, 31 décembre 1787. 1 p. in-fol.

Continuation de ses affaires en Toscane. — Il semble que le grand-duc est mort, et que son frère, le cardinal, lui succède. Il faut qu'il la reconnaisse pour ce qu'elle est, héritière unique et universelle de sa maison. — Mention du marquis Delmonte, envoyé par son cousin le cardinal, grand-duc de Toscane...

557. **CATHERINE** (Sophie-Dorothée-Frédérique) de *Wurtemberg*, reine de Westphalie, femme de Jérôme-Napoléon, puis princesse de Montfort. M. 1783. M. 1835.

L. aut. sig., à sa mère. Napoleonshohe, 19 sept. 1809. 2 p. in-4. Entourage gauffré. Très-jolie lettre.

Nouvelles du roi son mari qui vient de faire un petit voyage dans ses Etats. Elle est heureuse d'en avoir reçu de Pauline et de la reine d'Espagne. Elle la prie de vouloir bien garder encore ses coraux qui sont un peu chers, n'ayant pas encore les fonds prêts pour *les* payer sur-le-champ. Elle veut attendre le mois de janvier pour les faire monter...

558. **CATINAT** (Nicolas de), maréchal de France. 1627-1712.

1° Passeport sig. Au camp de Suze, le 27 déc. 1690. 1 p. in-fol. Cachet brisé. Deux *portr.*, et carte gravée de la bataille de la Marsaille.

En faveur de Raymond Brun, dit *de Laurier*, «... pour s'en aller à l'hostel « des Invalides ayant esté estropié du bras droit au service du Roy, et n'estant « plus en estat de le servir. »

2° L. aut. sig., à M... Paris, 23 juillet 1700. 1 p. et demie in-4.

Il a reçu sa lettre du 12 courant, dans laquelle il l'a vu avec plaisir occupé à sa campagne, et jouissant tranquillement de son oisiveté et de sa liberté. — « Lisez les epistres de Ciceron et celles de Pline le ieune, et uous y ioindray « Seneque, uons y uerrez, si uous ne les auez pas leües, que uous pratiquez « par uostre bon esprit et de uous mesme, ce que ces trois grands personna- « ges ont pansé de mieux sur la douceur de la uie. Les femmes ont peu de part « dans leurs sentimens de morale, ie ne scay si uous en este paruenu iusques « la, ce n'est pas une petite entreprise pour un homme aussi robuste que uous « este... »

559. **CATRUFO** (le chevalier), compositeur.

Les Canses, canon perpétuel, à voix égales, paroles de mademoiselle Pauline Hodelet, publié dans un recueil de canons, portant pour titre les Animaux chantants, mis en musique par moi... 4 février 1843. Aut. sig. 1 p. gr. in-4.

560. **CAULAINCOURT** (Armand-Augustin-Louis de), duc de Vicence, général de division, ambassadeur en Russie, ministre des affaires étrangères. N. 1773. M. 1727.

1° Certificat de 4 lignes aut. sig. 15 janvier 1815, in-8. Cachet. Quatre *portr.*

2° L. a. s., au général Martin. Paris, 11 frimaire an XI. 1 p. in-4.

CAULAINCOURT (de), sénateur. L. a. s. Paris, 26 avril 1808. 1 p. in-4.

CAULAINCOURT (François-Armand, marquis de). Quatre lett. aut. sig., à M. le marquis de Béthune et autres. 1705 et 1717. Ensemble, 10 p. in-4. Cachet.

CAULAINCOURT (Françoise de Béthune, marquise de). Trois lett. aut. sig. 1717, 1718. 9 p. in-4.

561. **CAUMARTIN** (Louis-Urbain Le Fèvre de), intendant des finances. N. 1653. M. 1729.

Il a été justement vanté par Boileau, et par Jean-Baptiste Rousseau. L'hospitalité qu'il donna à Voltaire au château de Saint-Ange, inspira *La Henriade*. C'est lui qui a recueilli et conservé les mémoires du cardinal de Retz. (*L. de M.*)

Pièce sig., signée aussi par le chancelier Daguesseau, Henri de Fourcy et Jean Phélipeaux, conseillers d'état. Paris, 20 janvier 1701. 3 gr. p. in-fol. *Portr.* de Vermeulen, in-fol.

Assignation donnée à Philibert, comte de Grammont, et à la dame Elisabeth d'*Amilton*, dame du palais de la feue Reine, son épouse... et au marquis de Gesvres... « a comparoir en l'hostel de nous, Phélypeaux, scis rue Cocheron, « samedy prochain, 8 heures du matin... représenter par deuant nous les « contrats d'acquisition par eux faite de l'ile Louuier, scize sur la riuiere de « Seine vis a vis l'arcenal de cette dite ville.... »

CAUMARTIN (Louis Le Fèvre de), garde des sceaux en 1622. N. 1551 M. 1624. Quitt. (sur parch.). 1620. Beau *portr.*

CAUMARTIN (Jacques Le Fèvre de), marquis de Cailly, ambassadeur en Suisse. Quitt. sig. (sur parch.). Paris, 12 août 1678. Beau *portr.*

CAUMARTIN (Louis Le Fèvre de), conseiller d'Etat. Quitt. sig. (sur parch.). 24 sept. 1680. *Portr.* in-fol.

CAUMARTIN (Le Fèvre de), conseiller d'Etat, prévôt des marchands de la ville de Paris. M. 1803. 1° L. aut. sig., à M. Chénier. Paris, 2 déc. 1789. Demi-p. in-4. Cachet. (Et une autre lettre aut. sig., incomplète.)

Promesse de payer trois livres en recevant un volume in-8, contenant la tragédie de Charles IX, une épître d'édicatoire à la nation, etc.

562. **CAUMONT** (Jacques Nompar de), duc de La Force, gouverneur du Béarn, maréchal de France. 1559-1652.

1° Acte notarié, sig. 1680. 3 p. in-fol. *Portr.*

2° L. avec un postscript. de sept lignes aut. sig., au cardinal de Richelieu. Du camp de La Mothe, 28 juillet 1634. 1 gr. p. in-fol. Cachets.

Lettre intéressante au sujet de la capitulation de la place de La Mothe.

563. **CAUMONT** (Armand Nompar de), duc de La Force, maréchal de France. M. 1675.

Quitt. aut. sig. (sur parch.). 1673.

CAUMONT (François Nompar de), conseiller d'Etat, capitaine de 50 hommes d'armes, compagnie de Lauzun. Acte notarié signé *Lauzun.* 1615. 1 p. in-fol.

CAUMONT LA FORCE (le comte de), député. L. aut. sig., au préfet de la Seine. Paris, 27 mai 1827. 3 p. in-fol.

Relative aux dépenses de la garde nationale à cheval en 1814.

CAUMONT (Marie de), *Dagne (Duègne)* gouvernante de mademoiselle de VenQuitt. sig. (sur parch.). 1612.

CAUMONT DE LA FORCE (Marie de Beuzelin de Bonnclet, épouse du duc Henry-Jacques Nompar de). Pièce notariée, sig. 1718. 2 p. in-4.

564. **CAVAIGNAC** (Jean-Baptiste), député du *Lot* à la Convention, membre du Comité de salut public. 1762-1829.

Arrêté du Comité de sûreté générale (du 21 avril 1793), qui charge les citoyens Isabeau et autres, de faire traduire dans les prisons de l'Abbaye, les prévenus (au nombre de dix-neuf, dont la liste suit; il y a cinq femmes, dont une femme de chambre, un médecin, deux chirurgiens, un perruquier, etc.). Aut. et signé de Cavaignac, signé aussi par Garnier, Drouët et Ingrand. 1 gr. p. in-fol. Cachet à la cire rouge.

565. **CAVAIGNAC** (Godefroid), fils du précédent, journaliste, publiciste. N. 1800. M. 1845.

L. aut. sig.. *Godefroid*, à madame... 1 p. pl. in-18. Curieuse.

566. **CAVOYE** (Louis d'Oger, marquis de), grand prévôt général de Guyenne, maréchal des logis de la maison du roi. N. 1640. M. 1716.

Ami de Racine, et de Boileau qui l'a nommé parmi les plus braves dans son épître sur le passage du Rhin. (*L. de M.*)

1° Quitt. sig. (sur parch.). 9 sept. 1704.

2° Quitt. aut. sig. (sur parch.). 1663.

567. **CAYLUS** (Anne-Claude-Philippe de Thubières, comte de), antiquaire. N. 1692. M. 1765.

L. aut. sig., à M... Paris, 15 mai 1759. 1 p. in-4. (Le bas a été enlevé, mais sans toucher à l'écriture). Deux beaux *Portr.* de Cochin et de De Lorraine.

Relative à un marché de marbres de France.

568. **CAYLUS** (Daniel-Charles-Gabriel de), évêque d'Auxerre. Ses *Œuvres* ont paru en 10 vol. in-12. N. 1669. M. 1754.

1° L. aut. sig., à madame... 14 février 1737. 2 p. in-4.

2° L. aut. sig., à M. Engran, à Bourges. 21 juin 1753. 2 p. in-4.

569. **CAYOT** (Joséphine-Céline), chanteuse de l'Opéra.

Deux lett. aut. sig., à M. Jules Janin. 3 p. in-8. Théâtrales. Curieuses. — Et fragment d'un feuilleton de M. J. Janin sur mademoiselle Cayot (20 décembre 1842), et au sujet de sa rente viagère de *cent louis*.

570. **CAZAUX** (Charles, marquis de), publiciste, économiste, agronome, traducteur d'Arthur Young. M. 1796.

Mirabeau avait eu occasion de le citer et de s'y associer à propos de la liberté de la presse. — Voir mes *Mémoires sur Mirabeau*, notamment tome V, p. 143. (*L. de M.*)

1° L. aut., au comte de Mirabeau, à Versailles. 1789. 2 p. pl. et demie in-4. Intéressante.

Article à insérer dans les journaux *sur la banqueroute nationale*...

2° *Arguments pour et contre le commerce des colonies*. Aut. sig. en tête. Sans date. 4 pl. in-4.

571. **CAZOTTE** (Jacques), poëte, illuminé, etc., auteur du *Diable amoureux*, etc. N. 1720. Mis à mort en 1792.

1° L. aut., à M. Royer, libraire. 26 octobre 1788. 2 p. pl. et quart in-8. (Collection de M. de Monmerqué).

2° Note aut. pour servir d'avertissement au *Journal amoureux de la Cour de Vienne*. 1 p. et demie in-8.

3° Préface aut. pour un *Recueil de tableaux*. 2 p. et tiers in-4.

572. **CELS** (Jean-Martin), botaniste, annotateur d'Olivier de Serres. N. 1743. M. 1806.

L. aut. sig., à M. L'Héritier. 26 fév. 1791. 1 p. pl. in-4. Cachet.

573. **CERE** (Jehan-Paul de), capitaine de 60 lances.

C'était un de ces officiers généraux dont François Ier estimait, et employait le plus la vaillance et la fidélité. (*L. de M.*)

Quitt. sig. (sur parch.). 1536.

Céré (Réné-Ursin de), capitaine de 60 lances.

Je crois que c'est lui qui défendit si vaillamment Marseille contre le connétable de Bourbon révolté. (*L. de M.*)

Quitt. sig. (sur parch.). 12 avril 1535. Trace de cachet.

574. **CERIZIER** (Antoine-Marie), publiciste, auteur de la *Gazette de Leyde*, etc. N. 1749. M. 1828.

L. aut., sig., au comte de Mirabeau. 10 avril 1788. 3 p. pl. in-4.

Lettre intéressante au sujet des manuscrits hollandais qu'il a confiés à Mirabeau, aussitôt qu'il lui a eu communiqué son projet d'écrire sur les affaires de Hollande...

575. **CESAROTTI** (Melchior), littérateur, poëte, traducteur d'*Homère*, de *Juvénal*, de *Voltaire*, etc. N. 1730. M. 1808.

L. aut. sig. (en italien), à M... Padoue, 9 juin 1792. 1 p. in-4.

576. **CHABANNES** (François de), marquis de Curton, etc.

C'étoit un vaillant capitaine à qui Henri IV annonça joyeusement la bataille d'Ivry... (*L. de M.*)

Deux actes notariés sig., signés aussi par dame Hélène de Daillon, son épouse. 1607-1617. 5 p. in-fol.

Chabannes (Josselin de), conseiller et chambellan du roi, et son bailli des montagnes d'Auvergne. Quitt. sig. (sur parch.). 1473.

Chabannes (Geoffroy de), chevalier, seigneur de Charlus et de la Palisse, sénéchal de Rouergue. Quitt. sig. (sur parch.). 1486.

Chabannes (Jean de), baron de Curton, un des vaillants et fidèles compagnons d'armes de François Ier. Quitt. sig. (sur parch.). 1543.

577. **CHABANON** (Michel-Paul-Gui de), poëte dramatique, traducteur de Théocrite et de Pindare, membre de l'Académie française, violoniste amateur. N. 1760. M. 1792.

L. aut. sig., à M. Le Vaillant fils (le voyageur), à Paris. Verberie, 1er février 1790. 2 p. et demie in-4. Cachet.

Il apprend que la renommée de son ouvrage s'accroît tous les jours ; il n'en est pas étonné ; en piquant la curiosité, en instruisant, amusant et intéressant le lecteur, il produit encore un autre effet, celui de faire estimer sa personne... « Mais vous savez comment cela se passe chez notre race moutonnière : on fait comme les autres, on va où le troupeau nous mène, et on se croit pénétré des sentiments que d'après eux l'on professe. Une chose me fâche et m'attriste pour vous : c'est que vous devenez, dit-on, l'objet de la curiosité publique ; je vous en plains, cela vous fera regagner plutôt vos forêts africaines..... »

578. **CHABOT** (François de), sieur de Brion, marquis de Mirebeau, comte de Charny, fils de l'amiral Philippe.

Guerrier valeureux, mais mauvais courtisan, qui affectait de vivre retiré dans ses terres, loin de la cour, et qui ne reparoissoit que quand il s'agissoit de combattre. (*L. de M.*)

Deux quitt. (sur parch.), dont une incomplète. 1589.

CHABOT (Pierre de), commissaire extraordinaire de la guerre. Quitt. sig. (sur parch.). 1543.

CHABOT (Léonor de), comte de Charny et de Buzançais, lieutenant général du roi en Bourgogne, grand écuyer de France. Quitt. sig. (sur parch.).

CHABOT (Charles), comte de Charny. Deux quitt. sig. l'une *Charles Chabot*, et l'autre *Charny* (sur parch.). 1618 et 1619. M. Lucas de Montigny croit que les stances écrites par Malherbe pour le comte de Charny, s'appliquent à celui-ci.

CHABOT (Louis-François-Jean), général de division. Fragment de lett. sig. avec vignette. Paris, 29 vend. an VIII.

CHABOT (le comte de), député. L. aut. sig. 1838. 1 p. in-4.

579. **CHABOT** (François), capucin, journaliste, député de Loir-et-Cher à la Convention. Il contribua au salut de l'abbé Sicard, qui allait être égorgé le 2 septembre 1792 à l'Abbaye. Né en 1759. Mis à mort en 1794.

Délibération du Comité de sûreté générale et de surveillance de la Convention au sujet de Kerversau et Sachs, se disant aides de camp de Beysser, rebelle à la loi qui le mande à la barre et réuni aux rebelles de Caen... Arrête qu'ils seront conduits dans les prisons de l'Abbaye où ils seront séparés et au secret... Aut. sig. de Chabot, et sig. par Lavicomterie, Laignelot, Guffroy et Jullien de Toulouse. 23 juillet 1793. 1 p. pl. in-4. Tête imprimée et cachet à la cire rouge. Notice de M. *L. de M.* — Plus : Pièces trouvées dans les papiers de Robespierre et ses complices... Affaire Chabot. Faction Proly. Paris, an III. Edition originale. 99 p. in-8.

580. **CHABRIER,** officier supérieur d'artillerie, auteur d'ouvrages sur la mécanique animale. M. 1844.

1° L. a. s., à M... Paris, 15 mars 1830. 1 gr. p. pl. et demie in-fol.

2° *Extrait d'un mémoire sur les moyens de voyager dans l'air et de s'y diriger*. Aut. sig. 4 gr. p. pl. in-fol. Curieux détails.

3° L. aut. sig., à M. le conseiller Lucas de Montigny. Paris, 28 déc. 1833. 2 gr. p. pl. in-4.

Il se plaint des calomnies répandues contre lui..... Cependant peu de personnes ont des témoignages plus honorables que ceux qu'il possède sur ses services aux armées. « De plus, je suis presque certain d'avoir découvert la cause du mouvement des astres, celles de la pesanteur, de la lumière, etc., et si ce que j'ai annoncé sur un sujet si élevé, et qui avec le tems sera remarqué, était la conception d'un homme célèbre, la chose est assez évidente pour que je puisse dire qu'elle serait déjà adoptée par tous les corps savans.

« D'autre part, j'ai démontré de la manière la plus incontestable que le méca-
« nisme animal avait été mal expliqué jusqu'ici; que les fonctions des
« muscles du mouvement n'avaient pas été comprises : j'ai fait voir surtout que
« la manière selon laquelle s'opère le vol était entièrement inconnue; et que
« si l'on parvient un jour à voyager dans l'air, ce dont je ne doute pas, ce ne
« sera jamais que par les moyens, plus ou moins modifiés, que j'ai su découvrir
« et que j'ai indiqués..... »

581. **CHABROL** (Guill.-Michel), avocat du roi au Présidial de Riom, conseiller d'Etat, auteur d'un *Commentaire sur les coutumes d'Auvergne.* N. 1714. M. 1792.

L. aut. sig., à Mgr... Riom, 15 nov. 1781. 3 p. in-4.

582. **CHABROUD** (Charles), avocat, député du Dauphiné à l'Assemblée nationale de 1789, auteur du Rapport sur les journées des 5 et 6 oct. N. 1740. M. 1816.

L. aut. sig. (en anglais), à Minette. 1er ventôse. 1 p. in-8. *Portr.*

583. **CHABRY** (Marc), peintre et sculpteur lyonnais, auteur de plusieurs des statues du parc de Versailles. 1660-1727.

1° L. aut. sig., à Mgr... Carrare, 3 nov. 1714. 1 p. in-fol.

2° L. aut. sig., au même. Gênes, 9 déc. 1714. 6 p. in-fol.

Lettres curieuses sur les marbres qu'il a choisis et achetés à Carrare et à Gênes, et sur les dispositions qu'il prend pour leur embarquement pour Marseille. (Ce numéro pourra être divisé.)

584. **CHALAIS** (Henri de *Tallerant* de Grignaux, comte de), maître de la garde-robe du roi Louis XIII. 1599-1636.

Quitt. aut. sig. (sur parch.), de la somme de 2,886 liv. 18 s., pour l'entretenement de quatre pages de la chambre qui sont sous sa charge, durant les quartiers de janvier et avril 1624. (Pièce fortement tachée.) Notice de M. *L. de M.*

585. **CHALIER** (Marie-Joseph), prêtre, négociant, président du Club révolutionnaire de Lyon. Mis à mort en 1793.

L. aut., à Robespierre. 4 p. pl. in-4. Deux petits *portr.* médaillon.

Lettre curieuse et toute empreinte de l'exagération du temps. Elle commence ainsi : « O Robespierre, ô mon ami, comment ton génie profond, « sçavant, lumineux, a-t-il pu se laisser entraîner dans un bourbier aussi pro- « fond, que celui de la France, pourquoi t'a-t-on fait député..... pourquoi « les-tu toy même...... »

586. **CHAM** (Amédée-... de *Noë*, dit), peintre caricaturiste.

1° L. aut. sig., à M. Yvon, 9 avril 1854. 1 p. in-8.

2° L. aut sig., au même. Jeudi. 2 p. in-8.

Il lui parle de sa charge par Meunier..... « Ma mère trouve que cela res- « semble un peu à une tête coupée, elle craint qu'on ne suppose un sup- « plicié dans sa famille ; du reste on l'a trouvée excessivement plaisante et « très-comique. Maintenant ma mère me supplie de ne pas me faire couler en « bronze, elle trouve la chose un peu funéraire..... »

587. **CHAMBON DE MONTAUX** (Nicolas), médecin en chef de la Salpêtrière, praticien renommé, inspecteur général des hôpitaux militaires, maire de Paris en 1792, traducteur de *Columelle.* N. 1748. M. 1826.

..... Je l'ai vu, pendant vingt ans, inconsolable du malheur d'avoir dû notifier et lire à Louis XVI le jugement prononcé par ses assassins. (*L. de M.*)

1° L. aut. sig., à M. Lucas de Montigny. 10 déc. 1810. 2 p. pl. in-8. Forte tache d'encre au bas de la première page.

Relative à sa traduction de *Columelle*, etc.

2° L. sig., comme maire de Paris. 2 janvier 1793. 1 p. in-fol.

3° Ordre d'arrestation sig., signé aussi par quatre officiers municipaux de la ville de Paris. 16 janvier 1793. 1 gr. p. in-fol. Tête imprimée. Vignette. Cachet à la cire rouge.

Cet ordre concerne le nommé Jean Nicolas Bréard, « prévenu d'avoir, sous « l'autorisation spéciale des frères de Louis Capet, cherché à se procurer des « fonds pour relever la caisse du Commerce de la rue de Bussi, et se rendre « maître, conjointement avec autres, pour servir les projets contre-révolution- « naires des frères de Louis Capet, en leur faisant passer des fonds..... »

588. **CHAMBRAY** (Georges, marquis de), maréchal de camp, auteur de plusieurs ouvrages militaires. N. 1783 M. 1848.

Trois lett. aut. sig., à divers. 1824-1825. 3 p. in-8.

Ces trois lettres sont relatives à ses ouvrages.

CHAMBURE (Laurent-Auguste *Pelletier* de), colonel d'état-major. N. 1789, M. 1832. L. aut. sig. 1829. Demi-p. in-8.

589. **CHAMFORT** (Sébastien-Roch-Nicolas), littérateur et auteur dramatique, membre de l'Académie française. Né en Auvergne en 1741. Suicidé en 1794.

1° L. a., au comte de Mirabeau. Dimanche soir. 3 p. in-4. Cachet.

Le hasard l'a fait rencontrer l'abbé Sieyès au club de 1789, où il était allé pour voir ce qu'on dirait du succès de la veille.... En causant du décret, il lui a fait part de son opinion sur l'art. 9. « Il l'a approuvée au plus haut degré « et s'est écrié : Ah! si M... veut proposer lui-même cet amendement, ce sera « une grande confusion pour ces gens là. — Je l'appuyerai autant qu'il sera en « moi. Je me hâte de vous dire cela, parce que je pense comme lui que rien « au monde ne seroit plus honorable pour vous, plus propre à mettre de « votre côté tous ceux qui semblent s'en éloigner qu'une explication venue « de vous faite à votre propre décret, dans la but de le rendre plus popu- « laire, etc., etc. »

2° L. aut., au même. Mardi, 2 nov. 2 p. pl. in-4.

La grandeur et l'étendue de son plan lui garantissent la mort des jurandes littéraires.....

3° Minute de lett. aut. sig. Ch., au citoyen représentant... 2 p. pl. et demie in-4. *Portr.*

Il apprend que le moment de sa délivrance n'attend que celui où il voudra bien faire le rapport de son affaire.... « Au nom de la patrie que je brûle « de servir comme vous, au nom des lettres que vous cultivez avec succès, « songez que chaque jour ajouté à ma longue détention consomme ma ruine « entière.....

590. **CHAMILLART** (Michel), contrôleur général des finances, ministre de la guerre. N. 1651. M. 1721.

1° L. aut. sig., à M... Paris, 2 déc. 1691. 1 p. in-4. Roussie aux bords. Notice de M. *L. de M.*

Un de ces donneurs d'avis qui, sous prétexte du bien public, cherchent à faire leur compte, lui a apporté le mémoire qu'il trouvera ci-joint.....

2° Deux pièces sig. par Louis XIV et contresig. par lui (sur parch.). 1705 et 1706.

CHAMILLART, frère du précédent, maréchal de camp. L. aut. sig., à M... 8 sept. 1703.

CHAMILLART (madame... Le Rebours, comtesse de). L. aut. sig., à M... Versailles, 14 mars... 1 p. in-4.

591. **CHAMILLY** (Noël *Bouton* de), gouverneur de Strasbourg, maréchal de France. N. 1636. M. 1714.

C'est le héros amoureux des *Lettres Portugaises.*

1° Certificat aut. sig., en faveur d'un vieux soldat. Paris, 22 déc. 1691. 1 p. pl. petit in-8. Petit cachet aux armes.

2° Laisser-passer sig. 1682. 1 p. in-4.

3° Quatre lig. aut. sig., au bas d'un certificat militaire. 1686. 1 p. in-fol. oblong. Cachet.

592. **CHAMILLY** (Claude Christophe Lornier d'Etoges de), premier valet de chambre de Louis XVI, cité dans le testament du Roi. Né en 1732. Mis à mort en 1794.

Ordre d'arrestation de la main de Dubarran, qui a signé avec six autres membres de la Convention nationale (Jugot, Louis (du Bas-

Rhin), Voulland, Elie Lacoste, Moyse Bayle et Amar). Paris, 28 prairial an II. 1 p. in-4. Tête impr. Sceau.

« Le Comité de sûreté générale arrête, que Chamilly, ci-devant noble, et « valet de chambre du dernier tyran, sera conduit à l'instant à la Concier- « gerie. »

593. **CHAMPAGNY** (Jean-Baptiste Nompère de), duc de Cadore, constituant, ambassadeur, ministre des affaires étrangères. N. 1756. M. 1834.

1° L. aut. sig., comme ministre de l'intérieur, à M... Paris, 31 juillet 1807. 1 p. et quart in-4.

Relative au programme des fêtes du 15 août. Curieux détails.

2° L. aut. sig., à M. le comte... Paris, 22 juillet 1827. 1 p. pl. et demie in-4.

Relative à son troisième fils qui doit être exempté du service militaire, comme étant d'une complexion faible.....

594. **CHAMPAIGNE** (Jean-Baptiste de), peintre ordinaire du roi. N. 1643. M. 1688.

Quitt. sig. (sur parch.). 30 août 1679.

595. **CHAMPIEN** (Stanislas), compositeur, auteur de *la Mélomanie*, etc. N. 1753. M. 1830.

L. aut. sig., à M. Prin. Brunoy, 13 oct. 1825. 2 gr. p. pl. in-4.

Il l'entretient longuement de ses affaires dont il a bien voulu se charger, et lui dit en terminant : « Si vous voulez me faire un grand plaisir, ce serait en « m'écrivant de suite, de me parler encore de ma *Mélomanie* et me donner « l'état de ses représentations à datter du 2 du présent mois, et si elle fait tou- « jours plaisir au public. »

596. **CHAMPIONNET** (Jean-Etienne), général en chef de l'armée de Naples. Né à Valence en 1762. Mort en 1800.

L. a. s. Armée de Sambre-et-Meuse, 6 frim. an III, 1 p. in-8. 4 *Portr.*

597. **CHAMPION DE CICE** (Jérôme-Marie), agent du clergé, évêque de Rhodez, archevêque de Bordeaux, puis d'Aix, memb. des états généraux, gardes des sceaux. 1735-1810.

L. a. s., comme évêque de Rhodez. Paris, 13 mai 1771. 1 p. pl. in-4.

598. **CHANTOME** (l'abbé P.).

Du droit de pétition dans l'Eglise. Manuscrit aut. sig. (avec de nombreuses ratures et corrections. 32 p. pl. et demie in-4.

Au sujet de la pétition qu'il adresse au Pape, aux Conciles et aux évêques, sur les réformes à opérer dans l'Eglise. Il a cru et il croit encore avoir exercé un droit imprescriptible, accompli un devoir rigoureux, fait une œuvre de bon catholique, de prêtre fidèle, d'autant plus qu'il n'attendait de cet acte de dévouement filial à l'Eglise que des colères, des injures, des calomnies et peut-être des vengeances, malgré son désir de ne blesser qui que ce soit. Il signalait trop d'abus, il demandait trop de réformes, trop de personnes et trop de choses devaient être atteintes par ses paroles pour qu'il ne dût pas s'attendre à soulever des préventions, à exciter des ressentiments, etc., etc., etc.

599. **CHANUT** (Martial), aumônier d'Anne d'Autriche, abbé d'Issoire, traducteur de la *Vie de sainte Thérèse, du catéchisme du concile de Trente*, etc. M. 1695.

Quitt. sig. (sur parch.). Issoire, 24 février 1672.

600. **CHAPELAIN** (Jean), poëte, auteur de *La Pucelle*, un des fondateurs de l'Académie française. N. 1595. M. 1674.

1° *Sur la maladie du roy*, sonnet. Copie du temps. Demi-p. in-fol.

L. aut. sig., à M... Paris, 18 mai 1665. 2 p. pl. in-4.

601. **CHAPELLAIN** (Jehan), premier médecin de François II, C'est lui qui, en qualité de premier médecin du roi,

s'opposa à l'opération par laquelle Ambroise Paré espérait le sauver.

Pièce sig. (sur parch.). 30 janvier 1568. Jolie pièce.

Il atteste et certifie à tous qu'il appartiendra « que Martin Dauoynes appoticaire et vallet de chambre ordinaire du dict s. r. a fourny, baillé et liuré « tant pour la personne dicelluy S. R. que pour le faict de sa chambre et de « ses officiers domestiques plusieurs drogues médicines et aultres partyes de « son estat montant ensemble a la somme de cinq cens soixante et dix liures « dix solz tournois, durant le quartier de octobre, novembre et décembre derniere passé lesquelles partyes apres auoir este deuement calculées, modé« rées et acceptées à la dicte somme... » etc... 30 janvier 1568.

602. **CHAPTAL,** comte de Chanteloup (Jean-Antoine-Claude), chimiste, ministre de l'intérieur, sénateur, pair de France, membre de l'Acad. des sciences. 1756-1832.

1° Deux circulaires (imprim.), sig. An XI. 5 p. in-4 et in-fol. 3 *portr.*

2° Note aut. sig., pour le citoyen Frochot, préfet de la Seine. Sans date. 1 p. pl. in-4.

Comme il importe essentiellement d'entourer les nouveaux préfets de lumières suffisantes pour qu'ils n'accordent leur confiance qu'aux personnes qui en sont dignes, il croit de son devoir de le prévenir contre *Cazade*, commissaire à Clichy, et contre *Riston*, qu'on tâche de lever au conseil de département. Il l'invite à se tenir en garde contre ces intrigants...

3° L. aut. sig., à son ami Méjean. 11 prairial an VIII. 1 p. in-8.

4° L. aut. sig., à M. Rolland, sculpteur, membre de l'Institut. Paris, an XIV. 2 p. in-4. Intéressante.

Relative à son buste ou médaillon exécuté par Rolland.

5° L. aut. sig., au même. Paris, 1er janvier 1806.

« Le corps célèbre auquel nous appartenons, mon cher Rolland, vous a « rendu une justice éclatante; et je lui en fais compliment plutot qu'à vous. « Le sénateur Tronchet, le patriarche de la législation françoise désire vous « confier sa tête venerable... »

603. **CHARLES V,** roi de France, dit *le Sage*. N. 1337. M. 1380.

Lettres patentes sig., adressées aux gens de ses comptes pour le payement d'une somme de quatre cents *francs*. Paris, 8e jour d'avril. Pièce sur parchemin, trace de cachet. Fortement tachée. Deux *portr.*, dont un colorié. Vue de la Bastille, et vue de l'hôtel de Sens.

604. **CHARLES VII,** roi de France. N. 1403. M. 1461.

Pièce sig. et contresig. *Budé*. (sur parch.). 24 juin. 4 *portr.*

605. **CHARLES VIII,** roi de France. N. 1470. M. 1498.

Pièce sig. et contres. *Robertet* (sur parch.). Amboise, 12 oct. 1497. 5 *portr.*, et un de Charles Roland, son fils.

606. **CHARLES IX,** roi de France. N. 1550. M. 1574.

Instructions pour M. de Poigny, sig. et contre sig. *De Laubespine*. 29 août 1568. 3 gr. p. pl. in-fol. Pièce importante. 6 *portr.*

Instructions à cet envoyé, qui exposera aux électeurs de Trèves, Cologne et Mayence, que le Roi, pour calmer les troubles de son royaume, a été forcé d'accorder quelque liberté à ceux de la religion *qu'ils appèlent réformée*; mais que le Roi ne l'a fait qu'en attendant qu'il eut les moyens de ramener ses sujets à l'obéissance, etc., etc.

607. **CHARLES IX,** roi de France. *Le même.*

Augmentation d'instructions pour M. de Poigny, sig. et contres. *De Laubespine*. 20 août 1568. 1 gr. p. in-fol.

M. de Poigny verra l'électeur de Trèves, et lui exprimera l'intérêt que ses affaires inspirent au Roi qui lui conseille d'user avec eux de prudence et de bonté, plutôt que de venir aux extrêmes remèdes, étant nécessaire en ce temps, plus que jamais, que les princes supportent en beaucoup d'endroits l'infirmité et ignorance des sujets...

608. **CHARLES IX,** roi de France. *Le même.*

L. sig., et contres. *De Neufuille*, à M. de Rambouillet. Metz, 13 avril 1569. 1 p. in-fol.

Il lui a déjà mandé le grand contentement qu'il a reçu d'entendre le service qu'il lui a fait à la bataille (de Jarnac), que son frère (le duc d'Anjou), a gagnée sur ses ennemis. « Neantmoins maiant plus particullierement mond. frère mandé « par le sr Dargense, présent porteur, le grand seruice que vous y avez faict, « ayant par votre moien obtenu la victoire que Dieu luy en a donnée, il fault que « je vous dye que je ne seray à mon aise que je ne vous aie faict congnoistre « par effect combien jestime le seruice que vous mauez faict en cest en- « droit... »

609. **CHARLES IX,** roi de France. *Le même.*

L. sig. et contres. *De Neufuille*, à M le vidame de Chartres. Plessis-les-Tours, 27 août 1569. 1 p. in-fol.

S'il a un grand regret et déplaisir de la mort du feu Sr de Rambouillet son frère, il peut lui assurer qu'il n'en a pas moins reçu pour lui avoir été si affectionné, si bon et digne serviteur, et duquel il espérait encore de grands services...

610. **CHARLES IX,** roi de France. *Le même.*

Instructions sig. et contres. *Ruzé*, pour le seigneur de Poigny, gentilhomme ordinaire de sa chambre. Argentan, 19 juin 1570. 3 gr. p. in-fol. Pièce importante.

Il envoie à la Reine d'Angleterre le Sr de Poigny, pour lui renouveler ses assurances d'amitié, et lui témoigner la joie qu'il ressent des mesures prises pour pacifier le royaume d'Ecosse et mettre en liberté la Reine, sa belle-sœur. L'ambassadeur ira trouver la reine d'Ecosse, et lui fera même manifestation.

611. **CHARLES IX,** roi de France. *Le même.*

Instruction sig. et contres. *Ruzé*, pour M. de Rambouillet, capitaine de ses gardes, et son ambassadeur à Rome. 18 nov. 1572. 5 gr. p. in-fol. Pièce importante.

Cette instruction est écrite à l'occasion de la promotion de Grégoire XIII.— Demander audience. — Dire que le Roi remercie Dieu de l'élection du Saint-Père. — Que la religion avait besoin d'un tel pasteur.— Que le Roi s'applique à la faire fleurir et espère y être parvenu. — Le Roi a un peu tardé à envoyer son ambassadeur (l'élection fut faite le 14 mars 1572) et qu'il s'en excuse. — Que si le voyage du cardinal Ursin à Paris n'a pas été provoqué plus tôt, ça été par la crainte que la Reine d'Angleterre, les princes protestants, le prince d'Orange n'en prissent ombrage, et occasionné d'armer d'avantage dans la supposition vraie ou supposée d'une ligue entre eux. D'où le Roi a conclu qu'il fallait agir prudemment, d'autant qu'il n'a pas encore recouvré la ville de La Rochelle. — Toutefois le cardinal va être mandé, et sera reçu comme il doit l'être. — Le pape proposera sans doute la ligue contre le Turc... mais il faudra lui représenter que le royaume a beaucoup souffert des divisions intestines ; que le roi est endetté de sept millions, que les récoltes ont été mauvaises ; que le peuple a besoin de repos, que le Roi a beaucoup de dépenses à faire pour ramener à l'obéissance ceux de ses sujets qui ne sont pas soumis encore pour reprendre La Rochelle. —Du reste, beaucoup de dissidens reviennent de plein gré à l'Eglise, et l'ordre de résider donné aux évêques et archevêques, « et autres ayant charge d'ames en lieux de leur charge, faire prescher et an- « noncer purement la parole de Dieu, que ceulx qui restent encore prendront « le même chemin, pour faire une parfaicte reunyon des membres qui sestoient « séparez du corps de la d. Eglise, de suiure l'enseigne dicelle et non autre...» Insister sur les propositions faites par le roi pour le cardinalat..

612. **CHARLES IX,** roi de France. *Le même.*

Instructions sig. et contres. *Brulart*, pour M. de Rambouillet. Paris, 23 septembre 1572. 1 gr. p. pl. in-fol.

Le duc d'Anjou (Henri III) ayant été élu roi de Pologne, Charles IX commet M. de Rambouillet en qualité d'ambassadeur, pour témoigner aux Polonais son extrême satisfaction, et resserrer les liens d'amitié des deux royaumes. — Le Roi élu va partir et arrivera à la mi-décembre. — Son couronnement se fera le 18 janvier; il serait parti plustôt s'il avait pu.

613. **CHARLES IX,** roi de France. *Le même.*

L. sig. et contres. *Brulart*, à M. de Rambouillet. Saint-Germain-en-Laye, 24 janvier 1574. 1 p. in-fol. — Plus, copie d'une lettre du roi au même, datée du même lieu, le 14 février 1574.

... « Jay veu ce que me faictes scauoir par vre lre du XIe de décembre « dernier passé de leffort que lors il se disoyt par de la que vouloit fe le Mos- « couite contre la Poloigne; A quoi jestime que s'il a este esmeu par lesperance « qui luy auoit esté donnée du reculeman du voiage de mon frere le Roy de

« Pologne ayant depuis sceu son acheminemen cela laura diuerty de son en-
« treprise comme je le souhaite.... » d'autant que le Moscovite observant d'ordinaire les trêves convenues, il se pourrait que ses préparatifs fussent contre le roi de Suède...

614. **CHARLES IX.** *Le même.*

Passeport au nom du roi, et contresigné *Brulart*, délivré à Fontainebleau, le 30 septembre 1573. 1 p. in-fol., avec le cachet royal. Quelques mouillures et déchirures, mais ne touchant pas l'écriture.

Pour M. de Rambouillet, chevalier des ordres du Roi, capitaine de ses gardes, vidame du Mans, son lieutenant au pays du Maine, se rendant au royaume de Pologne, comme son ambassadeur; et pour les affaires de son service. Aide et protection qu'il pourra réclamer pour lui et pour sa suite.

615. **CHARLES X,** roi de France. N. 1757. M. 1836.

1° Deux proclamations imprimées, 1815 et 1830, et lettre circulaire d'envoi de la dernière, 16 juin 1830. Quatorze *portr.* et une charge.

2° L. aut. sig. *Charles Philippe*, à M. de Barentin. Edimbourg, 19 avril 1802. 1 p. pl. in-4.

Il a reçu sa lettre, et il ne veut pas tarder à lui dire combien il est sensible à la part qu'il prend à son malheur, ainsi que les fidèles magistrats qui l'ont chargé d'être leur organe...

616. **CHARLES-QUINT,** empereur d'Allemagne, roi d'Espagne. N. 1500. M. 1558.

Sa signature *Carolus*, à la date du 3 mai 1532, au bas de lettres (en latin), par lesquelles il nomme un de ses serviteurs (familiaris), appelé Jean Thevene, à une prébende laïque dans le couvent de St-Vincent de Metz. Pièce sur parch., grand in-fol., contresignée par *Alexandre Schweis*. Neuf *portr.* gravés. (Collection de M. de Monmerqué).

416 *bis*. **CHARLES-EMANUEL Ier**, duc de Savoie (Emanuel), fils d'Emanuel-Philibert, duc de Savoie, et son successeur en 1580. N. 1562. M. 1630.

Vingt-trois lett. sig. (seize en français et sept en italien), adressées, quelques-unes à M. de Pougny, et les autres à M. le marquis de Rambouillet, ambassadeurs du roi de France, datées de Turin, Asti, Verceil, etc., de 1588 à 1615, in-fol.

Correspondance intéressante relative aux affaires politiques et militaires du Piémont et de l'Italie centrale. Dans celle datée de Verceil, le 9 octobre 1614, il lui témoigne l'aise et le contentement qu'il a reçu de sa venue, puisque par là il reconnait toujours plus clairement « les faveurs que me font Leurs Ma-
« jestez, se ressouuenant, mesmes en une occasion si importante de qui leur
« est si partial et tres humble seruiteur comme nous sommes tous ceux de
« cette maison, mais moy plus particulierement que tous les aultres pour les
« obligations que iay engrauées dans mon cœur, receües du feu Roy, et celles
« si récentes, et réitérées de L. M... Et à la vérité si le mal que iay heu ces
« iours passez ne m'eusse empesché je serois à Turin aussi tost que vous eus-
« siés peu fère, pour le désir que iay de ne vous donner cette incommodité
« de venir par un chemin si extrêmement frayé de soldats, et par conséquent
« peu capable de commodité, et aussi en un air où il y a eu tant de malades :
« et a la vérité pour moy il a tousiours esté extremement facheux, ayant esté
« icy desia deux fois à la mort en semblable saison... » Il espere donc le voir bientôt pour traiter d'affaires politiques avec son frère de Nemours, qui ne peut tarder d'arriver, et qui, il en est assuré, facilitera comme lui les negociations de tout son pouvoir, pour les obligations qu'il a aussi au roi de France et à sa maison; « et m'aydera aussi a vous fere recognoistre le grand tort qu'ont les
« Espagnols a m'auoir déclairé et ouvert une guerre contre tant de raison,
« n'ayant iamais tâché que de conseruer mes estats en la liberté, que passé
« 900 ans les premiers de nos ancestres les mirent, n'ayant iuste cause de me
« fere une si forte guerre, leur ayant remis les places de Montferrat que i'auois
« prins à Monsieur de Mantoüe a cause de la dispute de ma petite fille, et
« estant entre leurs mains, et mesmes du gouverneur de Milan la négociation
« de l'accommodement, lequel sil eut voulu sans nulle doubte seroit esté
« concleu au contentement des parties. Je crois touttesfois quilz nont rien
« gagné en cette brauade quilz ont faitte de vouloir que tout fléchisse à leur
« commandement, car ilz s'en sont plus tost retournez de la Riuiere en

« l'estat de Milan que nous ne les ayons à peine veu de deça, que casi comme « un esclair, et ie croy que leur retraitte feust aussi plustot faitte, par le « rauage que nous feismes dans leur estat, encores que nous y aurions peu « fère beaucoup plus de mal. Au moins lon a fait ce gain là qu'ilz ont du tout « quitté le Montferrat, duquel sans doubte, entre noz différens, ils auront « grande enuie de s'en saisir. Et moy encores quà cest heure ieusse peu re- « reprendre ce qui est du d. Montferrat de ça le Po entre icy, et Turin, et du « Costé d'Asti ce qui est de la le Tannar qui sont les deux plus grandes parties, « et sur lesquelles iay plus de raison, néanmoins iay laissé de le fère pour le « seul respect que ie porte à leurs Majéstéz comme ie feray en toutes aultres « choses que ie puisse connoistre estre de leur satisfaction ou commandement, « m'asseurant aussi qu'aiant l'honneur d'estre du sang de France, et fils d'une « princesse telle que feut feu Madame ma mère, et estant sous la protection de « leurs Mtez qu'elles ne me commanderont iamais chose qui puisse toucher ou « préiudicier à la réputation de cette maison ou a l'asseurance de ces estats, « et à fin que vous voyez aux termes raisonnables ou ie me suis mis, ie feray « partir des demain le Père Isidore mon confesseur qui a traitté la plus part « de ces affaires affin qu'il vous informe de tout ce qui est passé en ce fait, et « les cruautez dont nos ennemis ont usé iusques à brusler les villages, façon « de guerre non plus accoustumée entre les chrestiens... »

Mettons: *Autrichiens* au lieu de: *Espagnols*, dans ce récit, et l'on peut presque mettre 1859 au lieu de 1614....

617. **CHARLES-EMMANUEL III**, roi de Sardaigne. N. 1701. Il fut le médiateur de la paix de 1763. M. 1773.

1° Pièce sig. (en français). Turin, 12 août 1733. 1 p. in-fol. Sceau.

2° Pièce sig. (en italien sur parch.). Turin, mars 1736.

617 *bis*. **CHARLES-EDOUARD** (Louis-Philippe-Casimir *Stuart*), connu sous les noms du *Prétendant*, du *Chevalier*, du *comte d'Albany*. N. 1720. M. 1788.

L. aut. sig. *Charles R.* (en anglais), à M. Gordon, principal du collége des Ecossais, à Paris. Rome, 18 mars 1772. 1 p. pl. in-4. Cachet. Fortes mouillures qui ont fait déteindre l'encre.

618. **CHARLET** (Nicolas-Toussaint), dessinateur et peintre populaire. N. 1792. M. 1845.

L. aut. sig., à M. Santerre. Vendredi matin. 1 p. in-4. Trois *portr*.

« Figurez vous que votre garde malade, je pense, ou plutôt tout occupé de « son départ, navait rempli mon carnier que de vent, aussi j'ai beau protester « de ma conduite honorable, ma femme me traite de menteur, de maladroit... « se rit de mes serments, me taquine et me raille, me goguenarde enfin en « m'appelant *Broussailles* ;... »

619. **CHAROLAIS** (Charles de *Bourbon-Condé*, comte de), arrière-petit-fils du grand Condé, connu par ses violences et ses cruautés. N. 1700. M. 1760.

1° L. sig., à M. de Massiac. Paris, 30 juin 1758. 1 p. in-4.

2° L. aut. sig. *Charles de Bourbon*, à M. de Boullougne, contrôleur général des finances. Paris, 24 janvier 1759. 1 p. in-4.

Il lui demande pour le Sr Dauvillié, un intérêt dans les fermes de Bretagne, qu'on va incessamment renouveler.

620. **CHASLES** (Philarète-Ernest-Euphémon), littérateur, polygraphe. N. 1799.

1° L. aut. sig., à M. Lucas de Montigny, 26 octobre 1842.

2° Quatre lett. aut. sig., à M. Jules Janin. 1841. Ensemble, 6 p. in-8. Curieuses.

621. **CHASTEAUNEUF** (Antoine de), seigneur du Lau, grand-chambellan et bouteiller de Louis XI, son sénéchal de Beaucaire et de Nismes.

Longtemps favori du Roi; puis disgracié, emprisonné dans une cage de fer, au château d'Usson ; évadé grâce à une complicité galante de la femme du capitaine (Des Araignes). (*L. de M.*)

Pièce sig. (sur parch.). Ordonnance de payement de travaux. Nismes,

25 mai 1474. Belle pièce. Trace de cachet. La signature paraît être une abréviation de ses noms.

622. **CHASTENAY** (Victorine, comtesse de), femme de lettres.

Trente-neuf lett. aut. sig. et une lett. sig., à M. Lucas de Montigny, de 1823 à 1847. Ensemble, 55 p. in-12, in-8 et in-4.

623. **CHATEAUBRIAND** (François-Auguste, vicomte de), membre de l'Académie française, ambassadeur, ministre. N. 1769. M. 1848.

1° Deux lett. sig. 1814 et 1823. 2 p. in-8 et in-fol. Cinq *portr.*

2° L. aut., à M... Dimanche, 24 février (1828). 1 p. pl. et demie in-4.

« Vous avez raison ; je ne serai rien ; mais qu'importe ! Le petit colosse « gascon m'avait poussé dehors, je l'ai brisé. Quand ils ont voulu de moi il y « a un mois, je leur ai dit à quel prix ils m'auroient. . »

624. **CHATEAUGIRON** (Hippolyte *Le Prestre*, marquis de), littérateur, bibliophile, consul général de France à Bucharest et à Nice. M. 1848.

1° Circulaire sig. (lithographiée), aux électeurs de l'arrondissement de Sceaux. 10 juin 1831. 4 gr. p. in-fol.

2° Trente et une lett. et billets aut. et aut. sig., à M. Lucas de Montigny. 1824 à 1847. In-8 et in-4.

625. **CHATEAUNEUF** (Charles de *L'Aubespine*, abbé de Préaulx, marquis de), ambassadeur en Flandres, garde des sceaux. N. 1580. M. 1653.

Deux quitt. sig. *De Laubespine Préaulx* (sur parch.). 1612 et 1614. *Portr.* Notice de *M. L. de M.*

CHATEAUNEUF (Charles de), capitaine de la garde écossaise. Acte notarié, trois fois signé 1575. 2 p. in-fol.

CHATEAUNEUF (Charles de *L'Aubespine*, marquis de). Huit pièces sig. et quatre titres (dont 3 sur parch.). 1671 à 1693, in-8, in-4 et in-fol.

CHATEAUNEUF (Baltazard-Phélypeaux de), secrétaire d'état sous Louis XIV. 1° L. avec la souscription d'une ligne aut. sig., à M. Le Bret. Versailles, 17 nov. 1683. 1 p. in-fol.

Comme le Roi lui a ordonné de rapporter les partages qui sont entre ses mains touchant l'exercice de la *R P. R.* qui se fait dans plusieurs lieux du Dauphiné, il a cru devoir lui en donner avis, afin qu'il ait agréable de lui mander s'il n'y a que les Temples de Bordeaux et de Bezaudun qui ayent été démolis, pour punir ceux de la dite religion des mouvements qui sont survenus en la dite province, afin qu'on ne juge pas les instances pour raison dudit exercice dans les endroits où il se trouvait présentement interdit par quelques ordres particuliers.

2° L. avec la souscription de deux lignes aut. sig., au même. Versailles, 5 février 1691. 1 p. in-fol. Envoi d'un placet du seigneur Cottereau, ci-joint.

CHATEAUNEUF (Agricola de la Pierre de), auteur de la Vie des grands capitaines français, etc. N. 1770, M. 1842. 1° L. sig. 1803. 1 p. in-8. 2° L. aut. Paris, 1838. 4 p. in-8. Curieuse.

626. **CHATEAUNEUF RANDON** (Alexandre, comte de), général de brigade, député de la noblesse de Mende aux états généraux, conventionnel, membre du Comité de sûreté générale. M. 1816.

L. aut. sig., comme préfet des Alpes maritimes, au citoyen Méjean. Paris, 6 vend. an X. 2 p. petit in-8.

627. **CHATEAURENAULT** (Louis de Rousselet marquis de) vice-amiral, maréchal de France. M. 1637-1716.

1° Trois quitt. avec plusieurs lignes aut. sig. (sur parch.) 1666, 1674, 1682. Celle de 1666 est pour la somme de 9,209 liv. 4 sols, pour payement des pierriers de fonte, canons de fer, boulets de plusieurs façons, grapins, mousquets, affûts de canons, etc., pour servir à l'armement des vaisseaux du roi.

2° Deux petites lignes aut. en marge et en réponse à une série de questions pour ce qui se pratique en Bretagne par rapport aux cérémonies telles que le *Te Deum*, où le Parlement assiste, etc. 1 p. in-4.

628. **CHATEAUVIEUX** (Joachim, baron de), chevalier d'honneur de la reine Marie de Médicis. M. 1615.

Brave guerrier rallié des premiers à Henri IV, auprès de qui on le vit partout aux jours de dangers. Il parlait un jour de la durée du siége de La Rochelle, et le roi lui dit : « Pas trop, tu n'eus le temps d'y être blessé que deux fois. » (*L. de M.*)

629. **CHAUILLON** (André-Marie), architecte. N. 1782.

L. aut. sig., à M... Janvier 1820. 2 p. pl. in-4. — Plan et vue de l'église de Bercy, bâtie par lui, in-fol.

Hommage de la reproduction et fidèles copies de deux charmantes figures de son frère : Diane au moment où achevant sa toilette divine, elle est prête à partir pour la chasse..., et Silène, ou le Faune, père des satyres, compagnon de Bacchus, tel que Virgile le dépeint, un sage voluptueux qui connaît les mystères les plus sublimes de la nature....

CHATILLON, graveur, frère du précédent. L. aut. sig., à M. Lucas de Montigny. Versailles, 12 nov. 2 p. in-4.

630. **CHAUDET** (Antoine-Denis), statuaire, membre de l'Institut. N. 1753. M. 1819.

Mémoire des ouvrages de sculpture fait par les citoyens Chaudet, Villette et Lemot, pour la fête de l'anniversaire du 18 fructidor, par les ordres du citoyen Chalgrin, ordonnateur de la fête. Ce mémoire descriptif (montant à 10,509 fr.). est entièrement aut. et sig. par Chaudet, et signé par Lemot et Villette. 1 p. pl. in-fol. Deux *portr.* de Chaudet, et une gravure représentant l'Amour.

631. **CHAUFFEURS D'ORGÈRES.**

Vingt-quatre pièces officielles relatives à l'instruction criminelle, et à la condamnation prononcée contre les fameux chauffeurs de 1799. Ces pièces se composent de neuf mandats d'extraction, signés par le capitaine rapporteur Hervo, dont huit pour amener les prévenus devant le conseil de guerre, et le neuvième pour conduire les condamnés à la place de Grève, pour y être mis à mort le 4 floréal an VII. L'escorte militaire sera de six cents hommes. Les condamnés sont : François *Nezel*; François *Guerrier*; Gilles *Chemin*; François *Mériotte*; François-Charles *Lolivret;* Hyacinthe *Sénéchal*, dit *Tato*; François *Garnier*; P. F. E. *Dion*; Guillaume *Monnier*; Louis *Lamarre*; Claire *Leture*; veuve *Bourenel*; Marie-Anne *Grenot*; Thérèse-Julienne, veuve *Fontaine*; et Rose *Fontaine*. — Douze lett. sig. et aut. sig. du capitaine Hervo, rapporteur près le conseil de guerre, adressées au concierge de la maison de justice, au sujet de la garde des accusés, de leur ferrement avant leur extraction pour être conduits devant le conseil de guerre, et des mesures à prendre contre les tentatives d'évasion qui lui ont été dénoncées... Deux des administrateurs des prisons au même concierge, et une pièce aut. sig. du citoyen Bechoux, juge instructeur des prévenus de chauffage, ordonnant l'incarcération de la femme Fontaine, de Marie-Claire Leture, et de la femme Chemin, le 25 floréal an VI.

632. **CHAULIEU** (Guillaume Amfrye, abbé de), poëte, surnommé l'*Anacréon du Temple*. N. 1639. M. 1720.

L. sig., à madame... Fontenay, 2 novembre. 5 p. pl. in-4. Curieuse.

633. **CHAULNES** (famille de).

CHAULNES (Jean de), écuyer, s^{r} de Bièvres. Acte notarié sig., sig. aussi par Gaspard de Schonberg. 1585. 4 p. in-fol. — CHAULNES (Loys Donguies, seigneur de), gouverneur de Montdidier, Péronne et Roye.

Quitt. aut. sig. (sur parch.). 1561. — CHAULNES (Louis-Dongnies, comte de), fils de Charles de Chaulnes, gouverneur des mêmes villes. Deux quitt. sig., et un acte notarié. 1600-1603. Cet homme féroce se croyant trompé par sa femme, Anne d'Humières, la précipita et la noya dans les fossés de son château. — CHAULNES (dame Anne d'Humières, comtesse de), femme du précédent. Acte notarié sig. 1597, 7 gr. p. in-fol. — CHAULNES (Honoré d'Albert, duc de), maréchal de France. Quitt. sig. *Cadenet* (sur parch.), d'une somme de 100,000 *fr. dont il a plu au roy nous faire don par ses lettres-patentes du 2 décembre* 1619. *Portr.* — CHAULNES (Charlotte d'Ailly, duchesse de Piquigny, duchesse de), veuve du précédent. Quitt. sig. (sur parch.). 1679. — CHAULNES (Charles de Dailly, duc de), ambassadeur, gouverneur en Bretagne, etc. N. 1625, M. 1698. Trois quitt. sig. (sur parch.), et deux actes notariés. 1668-1693. — CHAULNES (Charlotte d'Albert de), prieure perpétuelle du monastère de Saint-Louis de Poissy. Quitt. sig. (sur parch.). 1677. — CHAULNES (le duc de), capitaine du château du Louvre. Quitt. sig. (sur parch.). 1641.

634. **CHAULNES** (Louis-Auguste d'Albert d'Ailly, duc de), maréchal de France. M. 1744.

L. aut. sig., à M. Clautrier. Marly, vendredi 14 juin 1715. 4 p. pl. in-4. Il y a des ratures et des corrections de sa main.

Il lui fait part de ses inquiétudes au sujet d'une revue des chevau-légers que le Roi doit passer. Désordre et mauvais état dans lesquels se trouve cette compagnie.

635. **CHAUMONT** (Alexanrde de), chevalier, depuis marquis de), capitaine de vaisseau, ambassadeur de France au royaume de Siam, etc. (Voir les Mémoires de Forbin, de Gui Tachard et de Choisy.) N. 1678. M. .....

Deux quitt., dont une aut. sig. (sur parch.). 1678 et 1696.

CHAUMONT (Hugues, comte de), lieutenant général, et Jeanne Houdry, sa femme. Deux actes notariés sig. 1666-1667. 1 p. in-fol.

636. **CHAUMONT** (Jehan de), garde des livres du Cabinet du roi. N. 1580. M. 1667.

Quitt. aut. sig. 1615, et quitt. sig. 1620. Ces deux quitt. (sur parch.), sont relatives à son traitement de garde des livres, etc.

637. **CHAUSSIER** (François), membre de l'Académie de médecine et de l'Institut. N. 1746. M. 1828.

1° L. sig., à M. le comte... Paris, 4 mars 1825. 2 p. in-4. *Portr.*

2° L. aut. sig., à M... Dijon, 16 nov. 1776. 4 p. pl. in-4. Jaunies par le temps.

Très-intéressants détails sur une amputation du pied faite à Dijon à une marchande de fruits encore jeune et robuste...

638. **CHAUVEAU LAGARDE** (Claude-François), avocat, défenseur de Marie-Antoinette, de Charlotte Corday, etc. Né à Chartres en 1756. Mort en 1841.

L. aut. sig., à M. Lefèvre. Mardi, nov. 1810. 1 p. in-8. *Portr.*

639. **CHAUVELIN** (famille de). 10 lett. et pièces sig., aut. et aut. sig.

CHAUVELIN (Louis de), conseiller d'État. 1° L. aut. sig., à M... Calais, 23 août 1693. 2 p. in-fol. — 2° Obligation notariée sig., signée aussi par *Marguerite Billard*, sa femme, *Germain-Louis*, son fils, et Phélypeaux, chancelier de France. 1711. 8 p. in-fol. — 3° Quitt. sig. (sur parch.). 1705.

CHAUVELIN (Germain-Louis de), garde des sceaux, ministre des affaires étrangères, fils du précédent. L. sig. Paris, 27 janvier 1730. Demi-p. in-4.

Chauvelin (François-Claude, marquis de), président à mortier au Parlement de Paris. Deux lett. aut. sig. Tours et Amiens, 1712 et 1720. 3 p. in-4.

Chauvelin (François-Claude, marquis de), lieutenant-général, ambassadeur, l'un des maîtres de la garde-robe de Louis XV, mort subitement (1774) en présence du roi. 1° L. aut. sig. Gênes, 18 juin 1749. 2 p. in-4. — 2° L. aut. Dimanche 18. 1 p. in-4. — 3° L. sig. 15 nov. 1759. 2 p. in-4.

Chauvelin (François-Bernard, marquis de), aide de camp de Rochambeau, ambassadeur à Londres en 1792, etc., député, pair, etc. N. 1766. M. 1832. L. aut. sig. Paris, 15 fructidor an XI. 1 p. in-4. Quatre *portr.*

640. **CHAVIGNY** (Léon Le Bouthillier, comte de), surintendant des finances, à 24 ans, en survivance de son père, ministre des affaires étrangères, plénipotentiaire en Hollande et en Suède, etc. N. 1608. M. 1652.

1° L. aut. sig., à M. de Bellièvre. 23 oct. 1641. 1 p. in-4. — 2° Quitt. sig. *Bouthillier* (sur parch.). 1643. Deux *portr.* Notice de M. *L. de M.*

Chavigny (Théodore *Chavillard*, dit de), ambassadeur en Suisse, Venise, etc. N. 1687, M. 1762. L. aut. sig. Soleure, 11 janvier 1731. Demi-p. in-4.

641. **CHAZERON** (Gilbert, baron de), lieutenant général et sénéchal du Bourbonnais.

Il commandait l'avant-garde de l'armée royale à la bataille d'Issoire (1560), où le général de l'*Union*, comte de Randan, fut tué.

Quitt. sig. (sur parch.). Moulins, 26 juillet 1589.

642. **CHAZET** (René *Alissan*, chevalier de), poëte, auteur dramatique. N. 1772. M. 1845.

1° Deux lett. aut. sig. 1821. 3 p. in-8 et in-4.

2° L. aut. sig., à M. Jules Janin. 20 juillet 1840. 2 p. in-8.

3° Sept pages de vers aut. sig., écrits en 1809. In-8.

643. **CHEFS D'ESCADRES,** *amiraux*. 15 pièces et 2 *portr.*

Allemand (le comte). L. a. s. 1793. 2 p. in-4. *Portr.* — Antreville. Quitt. sig. (sur parch.). 1678. — Baste. L. sig. 1813. 1 p. in-4. — Baudin (Charles). L. a. s. 1823. 1 p. in-4. — Bonnefoux. L. a. s. An XII. 1 p. in-fol. — Cambis. L. a. s. 1 p. in-fol. — Cosmao. Etats de services sig. An XI. 1 p. in-fol. — Daugier. L. a. s. 1 p. in-4. — Dumanoir Le Pelly. Pièce sig. 1827. 1 p. in-4. — Duperré. L. a. s. 1825. 1 p. in-4. *Portr.* — Emeriau. Deux pièces sig. An X et 1807. in-8 et in-4. — Guichen Quitt. sig. ((sur parch.). 1762. — Harteloyre. Quitt. sig. (sur parch.). 1694. — Hugon. L. a. s. 1830. 1 p. in-4.

644. **CHEFS D'ESCADRES,** *amiraux*. 13 pièces et 7 *portr.*

Infreville. Quitt. sig. sur parch.). 1699. — Lalande. L. a. s. 1841. 1 p. in-8. — La Treyte. L. a. s. 1842. 1 p. in-8. — Linois. Apostille a. s. An X. in-4. *Portr.* — Mackau. — Deux lett. a s. 1824 et 1832. 4 p. in-8 et in-4. — Richery. L. a. s. Pondichéri, 1789. 2 p. in-4. — Rigny. L. a. s., à bord du vaisseau de S. M. le *Conquérant*, à Navarin, le 2 sept. 1828. 4 p. in-4. — Thévenard. L. a. s. 1791. 1 p. in-4. — Truguet. Deux lett. a. s. An VI et an XI. 4 p. in-8 et in-4. Trois *portr.* — Verhuel. L. a. s. 1 p. in-fol. *Portr.* — Villaret de Joyeuse. L. a. s. An XI. 1 p. in-4. Trois *portr.*

645. **CHEMERAULT DE BARBESIERES** (Mery de La Roche de).

Grand maréchal-des-logis du corps du Roi, il fut, en cette qualité, un des témoins affligés de la mort d'Henri III. Il avait, dit-on, été aimé de Catherine de Médicis... qui le dépêcha en Pologne pour annoncer à Henri III la mort de Charles IX. (*L. de M.*)

1° Quitt. sig.: *Barbesières* (sur parch.). 1603.

2° Deux actes notariés sig., signés aussi par Claude de l'Aubespine, son épouse. 1565-1579. 6 p. in-fol. Notice de M. *L. de M.*

646. **CHENIER** (Marie-André), poëte. Né en 1762, Mis à mort avec le poëte Roucher, le 25 juillet 1794.

Deux ordres d'arrestation de Marie-André Chénier, délivrés par le Comité de surveillance et révolutionnaire de Passy-lès-Paris, du 7 prairial an II (1 p. in-4 et 1 p. in-fol.), pour être conduit à la maison d'arrêt, dite de Saint-Lazare. *Portr.* de Suvée gravé par Henriquel Dupont, in-8, et deux lettres à madame la comtesse de Ranc... par Tenant de Latour, sur l'exemplaire de l'*Imitation de Jésus-Christ* de J. J. Rousseau, et l'exemplaire de *Malherbe* de Chénier, avec son commentaire autographe. Paris, 1842. 23 p. in-12.

647. **CHENIER** (Marie-Joseph), frère du précédent, poëte, conventionnel, membre de l'Institut. N. 1764. M. 1810.

1° Apostille de 8 lignes aut. sig. (signée aussi par plusieurs députés, Cabanis, etc.). An VII. 1 p. in 4. — Le *Chant du départ*. gravé, in-fol. — Discours prononcé à la cérémonie funèbre en l'honneur de nos ministres plénipotentiaires assassinés à Rastadt. Paris, an VII. 30 p. in-18. — Discours prononcé à ses funérailles, par Arnault. 10 p. in-4. Cinq *portr.*

2° Fragment aut. sur Fontenelle. 2 gr. p. pl. in-4.

648. **CHERUBINI** (Marie-Louis-Charles-Zénobie-Salvador), compositeur, membre de l'Institut. N. 1760. M. 1842.

1° Certificat aut. sig. 14 mars 1823. 1 p. in-8. 3 *portr.*

2° L. aut. sig., à M. Dauprat. 10 février. 1 p. in-8.

C'est demain que viendra chez lui ce facteur qui a imaginé le cor de chasse dont il lui a parlé, qui change de ton en un instant. Il serait bien aise qu'il le jouât...

CHENIÉ, compositeur de musique. L. aut. sig. 1829. 1 p. in-8.

649. **CHEVERNY** (Philippe Hurault, de), chancelier, garde des sceaux, etc. N. 1528. M. 1599.

1° Trois quitt. sig.: *Cheverny* (sur parch.). 1570-1582.

2° Sa signature au bas d'une commission notariée (signée aussi par Pomponne de Bellièvre et Jacques Le Roy), relative à une offre de fourniture annuelle de 80 milliers de poudre à canon, à 7 sous la livre. — Malversation d'un nommé Nicolas Dubellay. — Défense à lui signifiée, *sous peine de la vie*, de plus s'entremettre dans la charge de commissaire des Salpêtres, etc. 1696. 3 p. in-fol.

3° L. aut. sig., à M. de Bellièvre. Tours, 26 oct. 1595. 1 p. in-4. Fatiguée et jaunie par le temps. Notice de M. *L. de M.*

CHEVERNY (Henry Hurault, comte de), lieutenant général et gouververneur du Blaisois, Quitt. sig. (sur parch.). 1602.

650. **CHEVERT** (François de), lieutenant général. Né à Verdun-sur-Meuse, en 1695. Mort à Paris, en 1769.

Quitt. aut. sig. 1er février 1746. 1 p. in-4. Trois *portr.*

651. **CHEVREUSE** (Marie de *Rohan*, femme en première noces de Charles d'Albert, connétable de Luynes, et en secondes noces de Claude de Lorraine, duc de).

L. aut. sig., à M. de Lionne. Avril 1650. 2 p. in-8, jaunies par le temps. Remontée. Deux *portr.* Curieuse. Notice de M. *L. de M.*

Elle a tant de confiance en sa bonne volonté, aux petites comme aux grandes, qu'elle lui en demande librement des preuves. Il verra dans le mémoire ci-joint la prière qu'elle lui fait, etc.

Chevreuse (Claude de Lorraine, duc de), mari de la précédente, grand fauconnier de France, gouverneur d'Auvergne. Quitt. sig. (sur parch.) 1625.

652. **CHEVRY** (Charles *Duret*, seigneur de), intendant et contrôleur général des finances.

Tallemant des Réaux en a fait le sujet d'une de ses plus vides et plates notices, — et il en a beaucoup de telles. (*L. de M.*)

Quitt. avec une ligne aut. sig. Paris, 11 mars 1659.

653. **CHIMISTES.** 11 lett. et pièces, et 1 *portr.*

Barruel. L. a. s. 1838. 1 p. in-4, et notice aut. sur ses travaux scientifiques. 2 p. in-4. — Bayen (Pierre). L. a. s. 1758. 1 p. in-4. — Berthevin. L. a. 1774. 2 p. in-4. *Portr.* — Boissel. 1848. 1 p. in-4. — Bouillon La Grange. Attestation a. s. 1825, in-4. — Boullay. L. a. s. 1826. 1 p. in-4. — Bourdelin (Louis-Claude). Pièce sig. 1738. 2 p. in-fol. — Boutron. L. a. s., à M. Lucas de Montigny. 1847. 1 p. in-8. — Braconnot. L. a. s. 1 p. in-4. — Deveux. L. a. s. 1825. 1 p. in-4. — Dumas (J.). Note sur l'huile essentielle des fleurs de Reine des prés (*spiræ almaria*). Aut. sig. en tête. 6 p. in-4.

654. **CHIMISTES.** 13 lett. et pièces, et 2 *portr.*

Elie de Beaumont (L.). L. a. s. 1837. 2 p. in-4. — Fourcroy. 1° L. a. s. 2 p. in-4. — 2° Deux arrêtés du Comité de salut public (An II et an III), signés par lui et par Carnot, Thuriot, Guyton de Morveau, Richard, Merlin (de Douai), Charles Cochon et Delmas, 2 p. in-fol. *Portr.* — Gannal. Note a. s., quatre imprimés divers, et *portr.* — Girardin (J.). Billet a. s. in-8. — Guyton de Morveau. L. a. s. 1 p. in-4. — Julia Fontenelle. Note scientifique aut. 2 p. in-4. — Labarraque. L. a. s., 1825. 1 p. in-8. — Peschier. L. a. s. 1 p. in-4. — Séguin (Armand). Trois lett. a. s. 1829-1830. 7 p. et demie in-4. — Silliman. 1833. 1 p. in-4.

655. **CHIRURGIENS FRANÇAIS.** 16 lett. et pièces et 3 *portr.*

Barbier (Louis-Athanase). Deux lett. a. s. An III et 1833. 1 p. in-8 et 4 p. in-4. — Bougon. Certificat médical a. s. 1828. — Bourdet, dentiste du roi. L. a. s., à M. Bertin. 29 mars 1773. 2 p. in-4. Au sujet du titre de noblesse qui lui a été accordé par le roi au sujet de ses fonctions, ayant beaucoup contribué au progrès de son art, par la publication d'un ouvrage considérable, fruit de son application à ses travaux... — Boyer (Alexis, baron). Cinq certificats médicaux aut. sig. 1825-1830. 5 p. in-4. *Portr.* — Cullérier. Certificat médical a. s. an XI. 1 p. in-4. *Portr.* — Demours (Pierre), oculiste. Fragment aut. de consultation médicale. 1765. 2 p. in-4. *Portr.* — Demours (Antoine-Pierre), oculiste. Pièce aut. — Dionis (Pierre), chirurgien du corps de Madame la Dauphine. Quitt. sig. 1681. — Gama. L. a. s. 1829. 1 p. in-4. — Guerbois. Deux certificats médicaux aut. sig. 1825-1826. 2 p. in-8 et in-4.

656. **CHIRURGIENS FRANÇAIS.** 17 pièces.

Heurteloup (le baron Nicolas). Certificat sig. An III. 1 p. in-4. — Imbert de Lonnes. L. a. s., au ministre. 1 p. in-fol. — Le Dran (Henry). Quitt. sig. 1686. — Lisfranc. Sept certificats médicaux aut. sig. 1825-1830. — Murat. Certificat médical a. s. 1825. 1 p. in-4. — Puzol. Certificat médical a. s. 1677. Demie-p. in-4. — Sanson (Louis-Joseph). Certificat sig. 1828. — Thévenot de Saint-Blaise. Deux certificats médicaux a. s. 1825-1826. 2 p. in-4. — Verdier (César). Certificat médical a. s. 1754. 1 p. in-4. — Yvan (le baron). Certificat médical a. s. 1829. 1 p. in-4.

657. **CHIRURGIENS,** médecins, membres de l'Académie des sciences et de l'Institut. 7 pièces et 3 portraits.

Andouillé. Certificat aut. sig. 1760. Demie-p. in-4. — Berger (Claude). Quitt. aut. sig. 1704. — Berthollet. L. a. s., et lett. sig.

An III et 1815. 4 p. in-4. Trois *portr.* — BURLET (Claude). Quitt. sig. 1616. — CHABERT (Philibert), médecin vétérinaire. Billet aut. sig. An III. — DES ESSARTS (Jean-Charles). Certificat médical aut. sig. An X. 1 p. pl. in-4.

658. **CHIRURGIENS,** médecins, membres de l'Académie des sciences et de l'Institut. 12 pièces et 2 portraits.

DUMAS (C. L.). L. a. s. 1 p. in-4. — DUMÉRIL. Deux certificats médicaux sig. et aut. sig. 1828. 2 p. in-4. *Portr.* — HUZARD (Jean-Baptiste), vétérinaire. Trois lett. aut. sig. An XI-1807. 1 p. in-8 et 2 p. in-4. — LEMERY (Louis). Quitt. sig. 1709. — MAGENDIE. Trois certificats médicaux a. s. 1828-1829. 3 p. in-4. — MALVET. (Pierre-Louis). Certificat médical aut. sig. 1724. 1 p. in-3. — SABATIER (Raphaël-Bienvenu). Certificat médical aut. sig. An II. 1 p. in-4. *Portr.*

658 *bis*. **CHODZKO** (Mme Olympe), femme de lettres.

1° L. aut, sig., à M. Jules Janin. 1er avril 1841. 3 p. pl. in-8.

Il ne se souvient sans doute ni de son nom, ni de ses lettres, ni de son amitié, ni de sa bienveillance; elle veut rappeler tout cela à son souvenir, et le prier d'être bon pour elle. Il s'agit d'une femme et d'un drame qui l'intéressent l'un et l'autre : la femme c'est Mme Waldor, et le drame c'est celui qui sera représenté samedi à la Renaissance. « Vous détestez les femmes dites de lettres, et « vous abominez les drames et vous avez deux fois raison ; moi, j'ai horreur de « la femme de lettres, de cette monstruosité inconvenante; mais quand une « pauvre femme ne veut point faire des ménages, ne peut pas cirer les bottes, « ne veut pas faire autre chose, il faut bien qu'elle écrive pour vivre et qu'elle « fasse des drames pour acheter des robes, pour manger et pour payer des « créanciers qui aiment fort les drames qui réussissent.... » Ce qu'est le drame de Mme Waldor qui écrit le drame par nécessité.

2° L. aut. sig., au même. Avril 1841. 2 p. in-8.

Mme Waldor serait charmée de le voir et de lui présenter la belle Mlle Fitz James. « Ces deux personnes, très-agitées et très-émues, se placent sous ma « protection pour obtenir cette grâce..... »

659. **CHOISEUL** (familles de). 16 lett. et pièces signées et autographes signées.

CHOISEUL (Christophe, (*Chretto* de), gouverneur de la citadelle de Coiffy. Deux quitt. sig. (sur parch.). 1572-1579. — CHOISEUL (Ferry de), seigneur du Plessis, gentilhomme ordinaire du roi. Quitt. sig. (sur parchemin). 1603. — CHOISEUL (Alexandre de), comte du *Plessis-Praslain*, premier gentilhomme de la chambre de *Monsieur*, frère du roi. Deux quitt. sig. (sur parch.). 1660-1661. — CHOISEUL FRANCIÈRES (Claude de), maréchal de France. N. 1632. M. 1711. Deux quitt. aut. sig. (sur parch.). 1664 et 1667. — CHOISEUL-BEAUPRÉ (Antoine-Cleriadus de), aumônier du roi de Pologne, cardinal, archevêque de Besançon. N. 1707. M. 1774. L. aut. sig. Gy, 5 sept. 1769. 1 p. in-4. — CHOISEUL-STAINVILLE (Étienne-François, comte, puis duc de), ministre de la guerre et des affaires étrangères. N. 1719, M. 1785. 1° L. aut. sig., à Mgr... Vienne, 16 janvier 1758. 3 p. in-4. — 2° L. sig. 1759. Demi-p. in-fol. *Portr.* in-fol. — CHOISEUL-GOUFFIER (Marie-Gabriel-Auguste, comte de). ambassadeur, voyageur, membre de l'Académie française. N. 1752, M. 1817. L. aut. sig., au sujet du sequestre de ses biens. Paris, an XII. 1 p. et demie in-4, et note en réponse. Notice par Dacier. (imp.) 1819. 24 p. in-8. — CHOISEUL STAINVILLE (Claude-Antoine-Gabriel, duc de), aide de camp de Louis-Philippe. N. 1760, M. 1838. L. aut. sig. 11 juillet 1815. 1 p. in-fol. Deux *portr.* — CHOISEUL STAINVILLE (Jacques-Philippe, comte de), maréchal de France. Pièce sig. 1787. 1 p. in-4. — CHOISEUL (Maxime, comte de). L. aut. sig. 1828. 1 p. in-4. — CHOISEUL D'AILLECOUR (le comte de). L. aut. sig. 1828. 2 p. in-4. — CHOISEUL MEUSE (madame la comtesse Félicité de), romancière. Pièce sig. 1822. 1 p. in-4. Marché pour la vente d'un roman de brigands ou de terreur, moyennant cent francs par volume.

660. **CHOISEUL-PRASLIN** (Charles, marquis de), gouverneur de Champagne, maréchal de France. N. 1563. M. 1625.

Un des premiers, des plus fidèles et des plus affectionnés serviteurs de Henri IV. Il avait commandé neuf armées, assisté à quarante-sept batailles ou combats, conquis cinquante-trois villes et reçu trente-six blessures. (*L de M.*)

1° Deux quitt. sig. (sur parch.). 1590 et 1614. — 2° Deux actes notariés sig. 1589 et 1595. 8 p. in-fol.

661. **CHOISY** (François-Timoléon, abbé de), auteur de *Mémoires*, membre de l'Académie française. 1644-1724.

Quitt. sig. (sur parch.). 1690. Notice de M. *L. de M.*

Choisy (Jean de), s^r de Balleroy, secrétaire du roi et de ses finances. Quitt. sig. (sur parch.). Avril 1638.

662. **CHRESTIENNE** (ou *Christine* de France), princesse de Piémont, fille de Henri IV.

Passeport militaire sig. et contresigné *Bazin*. Turin, 16 sept. 1622. 1 p. in-fol en travers. Cachet.

663. **CLAIRAUT** (Alexis-Claude), géomètre, mathématicien, astronome, voyageur en Laponie, membre de l'Académie des sciences. N. 1713. M. 1765.

L. aut., à madame la marquise Du Châtelet. Sans date. 4 p. pl. in-4. *Portr.* de Cathelin, in-4.

Lettre scientifique... Il n'a point trouvé dans son édition de Newton que la course du projectile dans l'air fût une espèce d'hyperbole, et il ne se ressouvient pas de l'avoir jamais entendu dire à personne..... « Mandés moi de « grâce si on verra bientôt la suite de vos institutions. Je vous envoye dans « le moment deux exemplaires de mes *Eléments* chés M. Brémond, desquels je « vous prie de remettre un à M. de Voltaire en lui disant, si vous voulés bien « vous en charger, mille choses pour moi. Je vous demande à l'un et à l'autre « autant de sévérité pour mon livre que j'en ai eu pour le vôtre..... »

664. **CLAIRON** (Claire-Josèphe Legris de *La Tude*, dite), soubrette de la Comédie-Italienne, puis actrice du Théâtre-Français. N. 1723. M. 1803.

L. aut. sig., au citoyen Dupoirier, rue Guillaume, à Paris. Issy l'Union, près Vaugirard, n° 44. 20 brumaire an X. 1 p. in-4. Jolie lettre. Deux *portr.*

Elle a reçu beaucoup de lettres, dont elle est aussi contente, aussi flattée qu'elle doit l'être, mais elle ose lui confier que la sienne a fait plus d'effet sur son cœur que toutes les autres ensemble. « Plus je la relis, plus il me semble « qu'elle est dictée par cette sensibilité réservée, délicate, pure et toutefois « ingénieuse que j'ai cherchée vainement dans vos semblables. Je ne puis « vous dire combien il me serait doux de savoir qui vous êtes, et de vous « voir, qui que vous soyés..... »

665. **CLAVIÈRE** (Etienne), banquier genevois, économiste, député à l'Assemblée législative, ministre des finances en mars et en avril 1792. Né en 1735. Suicidé en 1793.

1° Divers fragments aut. : *Opinion d'un créancier de l'Etat*, etc. 40 p. in-8 et in-4. *Portr.*

2° L. aut. sig., au comte de Mirabeau. 25 avril 1788. 3 p. pl. in-4. Taches d'humidité.

Il lui demande un instant de trêve, pour lui dire qu'il a une occasion pour Marseille, et que sans doute leur ami Delisle recevrait avec plaisir sa semonce aux Bataves, de la main de son éloquent auteur. « Je trouve dans le livre « même que vous faites bien de l'honneur aux Bataves, et je suis pour que « l'industrie, la dépense, la vigilance, etc., qui concernent leur pays, se trans- « portent dans les champs et les forêts américaines..... » Pourquoi les Bataves, qui ont 1,500,000 mâles et qui peuvent réunir 500,000 combattants, ne se réunissent-ils pas pour accabler tous les Prussiens par le nombre ? « Qu'a- « voit-on besoin de combats réguliers, et de feux par pelotons et d'artillerie

« Ne pouvait-on pas les étouffer? et que de femmes ne se fussent pas mêlées « dans un mouvement aussi universel? Pourquoi cela ne se fait-il pas? C'est « que le peuple, dont nous voulons toujours faire de la canaille, est rendu in- » différent sur la liberté, et pourtant on n'en aura jamais sans lui. C'est que « dans cette turpitude, il est bien aise de voir un maître qui traite tout de « canaille. On dit cela tous les jours, et nul esprit ne se forme au support, à la « patience et au travail, aux ménagements par lesquels on porteroit la popu- » lace à avoir quelqu'estime réfléchie d'elle-meme, à ne pas se séparer du « bourgeois, ni celui-ci du magistrat, et à laisser ainsi le maître seul contre « tous..... C'est que l'on est à son valet, à son serrurier, à son tailleur, etc., « ce que le maître est à tous; et voilà pourquoi nul peuple ne sera libre, e « que le sang versé ne sera qu'une calamité de plus; jusqu'à ce qu'on élève la « canaille à soi, ou que l'on descende à elle. Cette révolution n'est pas pro- « chaine, témoin la patience que M. le comte de Mirabeau aura s'il siége aux « Etats généraux, et qu'il regarderoit comme au dessous de lui d'avoir dans « une petite société obscure et naissante..... » Mais il se rappelle toujours d'avoir ouï à Neuchâtel une belle tirade en faveur du pauvre peuple; et d'avoir vu un instant après l'orateur lancer un coup de pied au cul de son perruquier. — Que faut-il donc faire? Conseiller l'Amérique aux « oprimés. « Le besoin y a rapproché tous les états, et dans la terreur de ce rapproche- « ment, on a consacré de bonnes loix et de meilleurs principes, qui, es- « pérons-le, dureront quelques siecles, et feront le bonheur de quelques gé- « nérations..... »

3° Ordre d'arrestation et d'emprisonnement à la maison d'arrêt du Luxembourg, décerné par le Comité de surveillance révolutionnaire de la section Lepeletier, contre le nommé Clavière, ci-devant minis- tre. Paris, 1er germinal an II. Tête imprimée, cachet, signé par onze membres du Comité : Piron, Trial père, L. Potier, Taschereau, etc. 1 p. in-4.

666. **CLEMENT** (Julien), accoucheur de la Dauphine, de Mlle de La Vallière, de Mme de Montespan. 1650-1729.

1° Quitt. sig. (sur parch.). 1694.

2° Quitt. aut. sig. (sur parch.) de la somme de douze cents livres, pour les gages attribués à sa charge d'accoucheur de feu madame la dauphine pendant l'année 1694.

667. **CLEMENT** (Nicolas), garde de la bibliothèque du Roi, auteur de divers ouvrages historiques. N. 1647. M. 1712.

Quitt. sig. (sur parch.). Février 1708.

668. **CLERAMBAULT** (Philippe de Palluau, comte de), maréchal de France. N. 1620. M. 1665.

1° L. aut. sig.: *Paluau*, à S. E. Ypres, 14 août 1648. 2 p. in-4. Curieuse. — 2° Quit. sig. : le *maréchal Clérambault* (sur parch.). 1663. Notice de M. *L. de M.*

Clérambault (Louise-Françoise Le Bouthillier, comtesse de), femme du précédent, gouvernante des enfants de *Monsieur*, Gaston d'Orléans. Acte notarié, signé, par lequel elle renonce à la succession de son fils tué à Hochstedt. 18 octobre 1704. 2 p. in-fol. Elle mourut presque centenaire.

Clérambault (Philippe de Palluau, marquis de), lieutenant-général, fils des précédents. Tué à Hochstedt en 1704. Quitt. sig. (sur parch.). 1697.

669. **CLERGÉ FRANÇAIS**, orthodoxe et hétérodoxe.

Amalric, vicaire général de Verdun, sécularisé et marié. Trois lett. et pièce a. s. 1788-1810. 3 p. in-4. — Archon, abbé de Saint-Gilbert. — Audouin, vicaire de Limoges. Lett. imprimée. — Bertolio, ambassadeur à Rome. L. a. s. Rome. 2 p. in-4. — Bonnevie L. a. s. An XI. 1 p. in-4. — Brisacier. Quitt. sig. (sur parch.). 1707. — Cayron, jésuite. Pièce aut. sig. 1737. 1 p. in-4. — Ceriziers, aumônier du roi. 1649. — Chastelain, aumônier du roi. Quitt. sig. (sur parch.). 1679. — Chatel (François), fondateur de l'Eglise catholique française. L. sig. 1831. 1 p. in-4. Cachet. — Desrenaudes

Martial Borye). L. a. s. 2 p. in 8. — DUHAN (Laurent), professeur de philosophie au collége de Plessis. Quitt. sig. 1709. — FAGON (Antoine), abbé de Saint-Mion. Deux pièces sig. — GEORGEL (Jean-François), jésuite. Billet aut. — JANSON (Jules, comte de). L. a. s. 1805. 3 p. in-4. — Dix-huit pièces.

670. **CLERGÉ FRANÇAIS**, orthodoxe et hétérodoxe.

JUILLERAT-CHASSEUR, ministre protestant. L. a. s. (à la 3e personne. 1846. 1 p. in-8. — LABOUDERIE. L. a. s. 1827. 1 p. in-4. — LEGALLOIS (Jehan), cordelier, prédicateur du roi. Quitt. sig. (sur parch.). 1614. — LE VALOIS (Louis), jésuite, auteur des *OEuvres spirituelles*, etc. Quitt. sig. (sur parch.). 1690. Cachet. — LIEUTARD, curé de Fontainebleau. Deux lettr. a. s. 2 p. in-8 et in-4. — LYONNET, secrétaire du cardinal Fesch (plus tard évêque). L. a. s. 1 p. et demie in-8. — MARION, professeur au collége de Navarre. Quitt. sig. (sur parch.). 1706. — PIQUET, jésuite. Quitt. sig. (sur parch.). 1585. — RIBALLIER. Quitt. a. s. 1770. 1 p. in-4. — RICHARD (Jean). Quitt. sig. 1655. — TABARAUD, oratorien. Billet a. s. 1827. — THIÉBAULT (Dieudonné), jésuite. Note aut. sig. sur ses travaux et sur ses principes. An V. 1 p. pl. in-4. — TOURNELY (Honoré), auteur des Traités de *la Grace*, des *Attributs de Dieu*, etc. Quitt. sig. (sur parch.). 1698. — VERJUS (Antoine), jésuite, directeur des missions françaises à la Chine. Quitt. (sur parch.). 1694. *Portr.* — Quinze pièces.

671. **CLERMONT D'AMBOISE** (famille de).

CLERMONT D'AMBOISE (Louis de), marquis de Resnel, gouverneur de Chaumont-en-Bassigny. Deux actes notariés sig. 1607-1613. 10 p. in-fol. — CLERMONT D'AMBOISE (Clériadus de), marquis de Resnel, gouverneur de Chaumont. Deux quitt. aut. sig. sur parch.). 1644-1646. — CLERMONT D'AMBOISE (Louis de Resnel de), lieutenant général, tué au siége de Cambrai, le 11 avril 1697. Quitt. aut. sig. (sur parch.). 1676. — CLERMONT D'AMBOISE (madame de Rohan-Chabot, comtesse de). L. aut. sig., au lieutenant général de police Berryer. 15 mai 1751. 1 p. pl. in-4. Cachet.

CLERMONT (Charles de), abbé commandataire de Saint-Ouen de Rouen. Deux actes notariés sig. 1611. 5 p. in-fol.

CLERMONT (Georges de), marquis de Garlande, maréchal général des camps et armées du roi. Deux actes notariés sig. 1595 et 1609. 4 p. in-fol.

672. **CLERMONT-TONNERRE** (famille de).

CLERMONT-TONNERRE (Charles-Henri, comte de), premier baron du Dauphiné, lieutenant général au gouvernement de Bourgogne. Deux actes notariés sig. 1597 et 1617. 4 p. in-fol. — CLERMONT-TONNERRE (Philippe-Aimard, comte de), colonel du régiment d'Anjou. Transport notarié sig. 6 mai 1611. 3 p. in-4. — CLERMONT-TONNERRE (Stanislas, comte de), député aux Etats-généraux. Né en 1747, assassiné le 10 août 1792. Sa signature comme commissaire de la société des amis de la Constitution monarchique. 14 avril 1791. Pièce in-fol. incomplète du commencement. Deux *portr.* — CLERMONT-TONNERRE (Anne-Antoine-Jules, cardinal de), évêque de Châlons, archevêque de Toulouse, député aux Etat-généraux. N. 1749, M. 1830. Deux lett. aut. sig. Besançon, 1779. 4 p. in-4. Relatives à l'établissement d'aumôniers dans les salines. — CLERMONT-TONNERRE (le marquis de), ministre de la marine, puis ministre de la guerre. N. 1780, M. 1837. L. aut. sig. 1830. 1 p. in-4, et lett. sig. 1823. 1 p. in-fol. — CLERMONT-TONNERRE (le duc de), pair de France. L. aut. Aix, 20 juin 1808. 4 p. pl. in-4.

673. **CLERMONT-TONNERRE** (Gaspard, marquis, puis duc, de), maréchal de France. N. 1688. M. 1781.

1° L. aut. sig., à M. le maréchal... Champlâtreux, près Corbeil.

13 août 1767. 3 p. pl. et tiers in-4. — 2° Certificat militaire sig. 1714. 1 p. in-4. Beau *portr*. de L. Capitaine, grand in-fol.

674. **CLERY** (Jean-Baptiste *Hanet* —) valet de chambre de Louis XVI. N. 1759. M. 1809.

L. a. s. au citoyen Hanet, son frère, inspecteur des vivres à l'armée du Rhin, à Besançon. 24 thermidor au III. 1 p. pl. et quart in-8

Il est enfin rendu à la liberté, et il s'empresse de lui en faire part, afin qu'il partage sa joie.... « Je pars ce soir pour Versailles, je compte voir ma « pauvre mère et la prier de garder encore mes petits enfants quelque temps, « jusqu'à ce que je sache ce que je vais devenir...... »

Hanet-Cléry (Jean-Pierre-Louis), frère du précédent, valet de chambre de *Madame*, puis, munitionnaire des troupes françaises. N. 1762, M. 1834. L. aut. sig. 27 déc. 1833. 1 p. pl. in-4.

675. **COBENTSEL** (Philippe, comte de), ambassadeur d'Autriche à Paris. N. 1731. M. 1810.

L. aut. sig., à M. Caccia. Ce mercredi 4 oct. 1805. 1 p. in-4.

676. **COCHIN** (Charles-Nicolas), graveur. N. 1688. M. 1754.

Quitt. de 4 lignes aut. sig. pour travaux de gravures. Paris, 19 janvier 1740, in-8 en travers.

677. **COCHIN** (Charles-Nicolas), fils du précédent, dessinateur du cabinet du roi, secrétaire perpétuel de l'Académie de peinture et sculpture. N. 1715 .M. 1790.

L. aut. sig., à M... 14 juillet 1783. 2 p. pl. in 4. Trois *portr.*

Relative à une suite de gravures qu'il doit faire. Détails intéressants sur la composition des dessins, les tirages, le prix de ses travaux.

678. **COCHIN** (Jean-Jacques-Denis), curé de St-Jacques-du-Haut-Pas, fondateur de l'*Hospice Cochin*; on a de lui des *Prônes*, *Exercices de retraite*, etc. N. 1726. M. 1783.

L. aut. sig., à M... 1er août 1780. 1 p. in-4. *Portr.*, et deux vues de l'hospice Cochin, in-4.

2° *Estat des sommes payées par le curé de Saint-Jacques-du-Haut-Pas, au bureau du domaine* (à l'occasion de la construction de l'hospice de Cochin). 16 oct. 1781. Aut. sig, 1 p. pl. in-8. Curieuse pièce.

3° Copie d'une exhortation pour le mariage de M. Isabeau et de mademoiselle Despeignes, prononcée par M. Cochin, à Meudon... 1765. 4 p. et demie in-4.

679. **COEFFETEAU** (Nicolas), docteur en théologie, prieur des Jacobins de Paris, évêque de Dardanie et de Marseille, traducteur de *Florus*. N. 1574. M. 1623.

Quitt. notariée, sig. (sur parch.). Paris, 23 nov. 1610. *Portr.* d'Edelinck. in-4.

680. **COETIVY** (Prégent de), amiral de France en 1439. Tué au siége de Cherbourg en 1450.

Un des plus vaillants capitaines de Charles VI. C'est à lui que Charles VII et Agnès Sorel conférent leur seconde fille, Marguerite, qui épousa en 1458 Olivier de Coëtivy, sénéchal de Guienne, etc. (*L. de M.*)

Pièce sig. (sur parch.). 20 juillet 1443.

681. **COETLOSQUET** (Jean-Gilles du), précepteur des enfants de France (petits-fils de Louis XV), évêque de Limoges, membre de l'Académie française. N. 1700. M. 1784.

1° L. aut. sig., à M... Limoges. 25 février 1752. 3 gr. p. pl. in-4. *Portr.* gravé gr. in-fol.

Procès pour droits de régale entre l'évêché et la famille du Saillant. Curieux détails.

2° L. aut. sig., à M... Compiègne, 5 août 1768. 1 p. in-4.
Au sujet de la perte du procès dont il est question dans la lettre qui précède.

3° L. sig, Versailles, 18 mars 1769. 2 p. in-4., et permission sig. de célébrer un mariage. 1767.

682. **COFFIN** (Charles), poëte latin, recteur de l'Université après Rollin. N. 1676. M. 1749.

Quitt. aut. sig. Paris, 20 juillet 1744. Demi-p. in-4. *Portr.* de Simonneau, in-8.

683. **COIGNY** (François de Franquetot, comte, puis duc de), maréchal de France. N. 1670. M. 1759.

1° Deux pièces et certificat militaires, 1703 et 1758. 3 p. in-fol. Cachet.

2° L. aut. sig., à M... Besançon, 18 nov. 1 p. et quart in-4.
En faveur d'un brigadier qui a servi 23 ans dans le Royal-Etranger... « Et « puis vous assurer que personne ne mérite mieux l'honneur d'entrer dans « l'hautel de Mars..... »

Coigny (Marie-François-Henri de Franquetot, marquis, puis duc de), député aux Etats-généraux, gouverneur des Invalides, maréchal de France. N. 1737, M. 1821.

L. aut. sig. 14 juin 1819. Demi-p. in-fol.

684. **COLBERT** (Jean-Baptiste), marquis de Seignelay, secrétaire d'Etat, contrôl.-général des Finances. 1619-1683.

1° L. aut. sig., à M. l'abbé... 10 janvier 1666. 1 p. petit in-4.
Il lui donne avis que le prieuré de Villars est vacant.

2° Quitt. sig. (sur parch.). 6 juillet 1675. *Portr.*

3° Une ligne et demie aut. au bas d'un fragment d'acte, suivi du mot *bon*, de la main du roi, et de sa signature, laquelle a été biffée Demi-p. in-fol.

4° L. sig. (avec quelques corrections aut.), à M. Le Bret. Versailles 8 avril 1782. 2 gr. p. in-fol.

5° Gravure. Colbert présente à Louis XIV le plan du canal du Languedoc. — Onze *portr.* gravés in-8, in-4 et in-fol.

685. **COLBERT** (Jacques-Nicolas), fils du précédent, archevêque de Rouen, primat de Normandie, membre de l'Académie française, etc. N. 1654. M. 1707.

Quitt. sig. (sur parch.). Paris, 4 février 1692.

Colbert de Sceaux (Louis), garde de la bibliothèque du roi. Quitt. sig. (sur parch.) de la somme de 1,200 livres, pour ses gages de ladite charge pendant l'année 1777.

Colbert (le comte Edouard), lieutenant général. L. aut. sig. 1816. 1 p. in-fol.

686. **COLET** (Madame Louise), née Revoil, poëte, romancière,

1° L. aut. sig., à M. Lucas de Montigny. Mardi, 9 juin 1840. 2 p. pl. et demie in-8. — Lettres imprimées.
Relative aux héritiers du nom de Mirabeau.

2° *Un cœur qui vous aimait*... Trois strophes (de 4 vers) aut. 1 p. in-8. — Les funérailles de Napoléon. Pièce de vers (imprimée). 1840. 8 p. in-8. Deux *portr.*

687. **COLIGNY** (Gaspard Ier, seigneur de), et de Châtillon-sur-Loing, comte de Guignes.

Pere de l'amiral Coligny. — Compagnon d'armes de Charles VIII à Naples, de Louis XII à Aignadel, de François Ier à Marignan. — Gouverneur de Champagne et de Picardie, etc.

Sa signature : *Coulligny*, au bas d'une commission de prévôt délivrée à Jean Dumonceau de Tignonville. 16 décembre 1520. Très-belle pièce sur parchemin, grand in-fol.

688. **COLIGNY** (Gaspard II, comte de), fils du précédent, seigneur de Châtillon-sur-Loing, illustre guerrrier, amiral de France. Né en 1517. Massacré en 1572.

1° Quitt. sig.: *Colligny* (sur parch.). 1570. Trois *portr.*

2° L. avec la souscription d'une ligne aut. sig., *Chastillon*, à MM. les prévôt des marchands et échevins de la ville de Paris... 18 décembre 1554. Demi-p. in-fol. Trace de cachet.

Relative aux contributions levées et réclamées pour les réparations de la ville de Paris.

689. **COLIGNY** (Gaspard III, comte, puis duc de), seigneur de Châtillon-sur-Loing, amiral de Guyenne, maréchal de France. N. 1584. Tué à la bataille de Marfée en 1642.

1° Acte notarié, deux fois signé. 1629, 2 p. in-fol. *Portr.*

2° Quitt. aut. (sur parch.), *de la somme de huit mille livres tournois, de laquelle il a pleu à Sa Majesté nous faire don en considération des grands et signalez seruices que nous lui auons rendus et rendons journellement*... 4 juin 1627.

Coligni-Saligny (Gaspard-François de). Quitt. sig. (sur parch.). 1645.

690. **COLIGNY** (Marguerite de Dailly, comtesse de), veuve de François de Coligny, seigneur de Châtillon.

C'est l'héroïne dont parle L'Estoille. Assaillie dans son château de Châtillon, en 1590, par Salard, commandant pour la Ligue, à Montargis, elle se mit à la tête de ses domestiques, chassa les assaillants et fit leur chef prisonnier. (*L. de M.*)

1° Acte notarié, sig. 18 avril 1600. 2 p. et demie in-fol.

2° Acte notarié sig., signé aussi par Gaspard de Coligny, et par Charles de Coligny, seigneur d'Andelot. Avril 1607. 4 p. in-fol.

691. **COLLASSE** (Pascal), compositeur de la musique de la chambre du Roi, auteur de 107 opéras. N. 1639. M. 1709.

Quitt. sig. (sur parch.). Paris, 16 avril 1688.

692. **COLLE** (Charles), littérateur, poëte, chansonnier, auteur dramatique, secrétaire du duc d'Orléans. 1709-1783.

L. aut. sig., à M. Dupoirier, avocat au Parlement. Jeudi 27 juillet... 1 p. pl. in-4. Cachet. *Portr.* Très-belle lettre.

Il a reçu son manuscrit, et lui promet de lui dire ce qu'il croira être la vérité. Mais qu'il ne s'en rapporte pas entièrement à lui! Indépendamment de ses lumières, qui sont fort bornées, l'estime et l'amitié qu'il lui a inspirées, le rendront machinalement fort indulgent, d'ailleurs. « Votre sujet, Monsieur, « vient d'être encor traitté par M. Sédaine, qui en vient de faire une pièce à « ariettes, avec Monsigni, l'on doit la joüer, même ces jours cy, à Villers-« Côte-Rêts..... »

693. **COLLIN D'HARLEVILLE** (Jean-François), poëte dramatique, membre de l'Académie française. 1755-1806.

L. aut. sig., à M. Roger. 3 nivôse. 2 p. pl. et demie petit-in-8. Deux *portr.* Sur les 2e et 3e pages se trouve la minute aut. de la réponse de M. Roger.

Les peines de son ami Guillard l'ont empêché d'aller le voir. Il attendait hier, d'après la promesse de Legouvé, et sa pièce entière, et la lettre de madame Demoustiers, revue et mise au net.....

694. **COLLOT D'HERBOIS** (Jean-Marie), acteur, auteur dramatique, conventionnel, membre du Comité de salut public. N. 1751. M. 1796.

1° L. sig. signée aussi par Carnot et Saint-Just. Paris, 20 octobre 1793. 1 p. in-fol. *Portr.* Eclaircissements nécessaires sur ce qui s'est passé à Lyon, par Collot... An III. Broch. de 72 p. in-8. —

Quatre discours et adresse de Collot à la Convention. Ensemble, 9 p. in-8.

2° L. aut. sig., à son collègue... Paris, 21 ventôse an II. Demi-p in-4. Nombreuses ratures et corrections.

« Il est nécessaire qu'à ton arrivée au Port de la Montagne, tu mandes au « près de toi d'Espagnac, actuellement à Gênes, et frère de celui qui e « en arrestation à Paris. Tu lui annonceras qu'il doit se rendre au Port de l « Montagne, où nous t y ferons parvenir de nouvelles instructions pour qu « la mission dont il est chargé par la commission des subsistances ne rest « pas en souffrance, et sur sa destination ultérieure, *tu le feras mettre e « arrestation dès qu'il sera arrivé à Port-la-Montagne.* »

695. **COLNET** (Charles-Joseph), libraire, journaliste, critique rédacteur de la *Gazette de France*. N. 1770. M. 1832

L. aut. sig., à M. Charles Pillet, libraire. 7 mars. Demi-p. in-4.

2° Article aut. sig. sur les *Mémoires de Condorcet sur la révolutio française*, etc. 6 p. in-fol.

696. **COMBALOT** (l'abbé Théodore), prédicateur. N. 1798

L. aut. sig., à M. Laurentie. Paris, 6 juillet 1836. 1 p. pl. in-8.

697. **COMBES** (Edmond), voyageur en Afrique. N. 1812

L. aut. sig., à M. Jules Janin. Alexandrie (Égypte), 27 novembr 1841. 3 gr. p. pl. et quart in-4.

Détails intéressants sur le voyage d'un scheik dans le Darfour, et sur l cérémonie du revêtement des cuivres ou timbales avec des peaux de taureau La fête publique qui a lieu à cette occasion dure sept jours. Détails curieu sur ce qui se passe à cette fête, et les pratiques singulières qui y sont ob servées.

698. **COMITES REVOLUTIONNAIRES** des sections de Paris

Quatre-vingt-six pièces originales, collectives signées, émanant d plus de quarante comités différents, réunion curieuse, la plupart ave têtes imprimées et vignettes, quelques-unes avec cachet à la cire, av une liste des Comités et les noms des signataires des pièces par ordr alphabétique, de la main de M. Lucas de Montigny.

Comités révolutionnaires des départements. Onze pièces.

699. **COMITES REVOLUTIONNAIRES** des sections de Pari et des départements.

Quarante-une pièces collectives, signées, et aut. sig. (in-4 et in-fol la plupart avec têtes imprimées, et vignettes. M. Lucas de Montign a écrit au crayon : *Pièces curieuses par l'extravagance, la fureur e l'ineptie démagogique. A garder spécialement*. Voici quelques extrai de ces pièces :

« Au Pont de la Montagne, 27 ventôse, l'an second de la République fran « çaise. François-Marie Durand, commandant en chef de la place. Aux citoye « membres de la commission municipale. Je vous préviens qu'il y aura de « main, 28 du courant, à midi, l'exécution du jugement rendu par la commi « mission révolutionnaire. Le nombre des prévenus pourra se monter à un « quarantaine. L'intention des représentants est qu'il soit jeté dans la foss « des suppliciés une quantité suffisante de chaux vive, par voix de salu « brité..... »

« *Section de la Cité.* Du 14 messidor an II. Le concierge de la Petite-Forc « recevra les nomé Marie-Sophie Piquet et Marie-Catrine Piquet, preven « detre fanatisé et de connaitre des pretre qui nont pas preté leur serment « ne pas vouloir les déclaré, et aretté pour les avoir trouve avec des soy di « sant hostie..... »

Section des Tuileries. 14 messidor an II. Ordre d'arrestation de Mar Françoise Bourgeois, native de Montmartre...., Prévenue d'avoir tenu de propos contre revolutionnaires, d'avoir été arretté sans cocarde et de n'e avoir pas voulu mettre à son bonnet.....

« *Comité révolutionnaire de la section Chalier.* Attendu que le Cen Caumon « est ex noble, quil est beau frere de La Rochejaquelin, chef des brigands d « la Vendée, et que si nous n'avons trouve chez lui rien de positivement con « traire a la Revolution, nous n'avons aussy rien trouvé en sa faveur q « puisse prouver son patriotisme, n'ayant monté qu'une seule fois « garde en personne depuis 89, et ayant le jour du 10 aoust passé le jour et l

« nuit chez sa maîtresse, d'après son aveu. D'après ces considérations, le « comité, le regardant comme suspect, arrête qu'il sera envoyé..... aux Carmes « de la rue de Vaugirard. »

« *Section de la Cité*. Le concierge des prison de la Conciergerie resevras le « nommais Benoit Boudier, prevenus de cettre emparé des sinquante louis en « ors, perdus dans le cor de garde de notre comité par le nomais Leconte, mar- « chand dors et darjens..... Et de les avoir vendus, — et den avoir ensuite « fait paser le montant an asignas, sous enveloppe, avec une lettre ano- « nime..... »

00. **COMMERSON** (J.), officier de l'Université, condamné pour injures, menaces, et usurpation de décoration (s'étant installé, avec les insignes universitaires, sur le pont St-Michel, dans l'office de décrotteur.)

L. aut. sig., au rédacteur du *Courrier Français*, 18 sept. 1830. 1 p. pl. in-4.

Il lui envoie la copie de sa lettre au ministre. Curieuse.

01. **COMMINGE** (Famille de).

Comminge (Charles de), sieur de Guitault, écuyer de *Monsieur*, frère du roi. 1° Quitt. aut. sig., et quitt. sig. (sur parch.). 1616 et 1620.

Comminge (Gaston-Baptiste de), lieutenant général et gouverneur de Saumur. Quitt. aut. sig. (sur parch.). 1668.

Comminge (Louis de), lieutenant général et gouverneur de Saumur. Quitt. aut. sig. (sur parch.). 1673.

02. **COMMUNE DE PARIS**, municipaux, administrateurs de police, etc. 1792-1793.

Soixante-trois pièces sig. (in-4 et in-fol.), la plupart collectives, imprimées, avec vignettes, relatives à des arrestations et à des incarcérations. L'une d'elle contient cent dix noms, hommes et femmes. Il y a une liste de la main de M. Lucas de Montigny.

03. **COMPOSITEURS DE MUSIQUE**. Neuf lett. a. s. et 4 portr.

Adam (Adolphe). Deux lett. 2 p. in-18. *Charge* et notice impr. — Alary. 1 p. in-8. — Auber. Billet. *Portr.* — Beauplan (Amédée *Rousseau*, dit de). 1 p. in-8. — Berlioz. Deux lett. 1840. 2 p. in-8. *Portr.* et *charge* et notice impr. — Bresson (madame). 1842. 1 p. in-12. — Cambini. Quitt. a. s. 1779. Demi-p. in-4.

04. **COMPOSITEURS DE MUSIQUE**. Huit l. a. s. et pièce sig.

Carafa (Michel). 1840. 1 p. in-8. *Charge* et notice impr. — Choron. 1 p. in-8. — Clapisson. *L'Offrande. Romance.* Musique et paroles aut. sig. 1 p. in-fol. — Della Maria. 1 p. in-8. — Fétis. 1828. Demi-p. in-8. — Floquet. Quitt. a. s. 1797. — Gossec. Approbation a. s. de la dépense faite pour le transport, à l'hôtel de Richelieu, des instruments devant servir à la répétition de la musique exécutée au Champ-de-Mars, le jour de la fédération du 14 juillet 1790. Paris, 16 juin 1791. 1 p. in-4. *Portr.* Deux feuilletons d'Adam (*Constitutionnel*) sur Gossec — Halévy. 1 p. in-8. *Portr.* Notice impr.

05. **COMPOSITEURS DE MUSIQUE**. 15 lett. et pièces a. s.

Hérold. Certificat de vie sig. 1810. — Jadin. L. a. s. et quitt. a. s. 1810 et 1817. in-8 et in-4. — Kar (Martin), maître de musique de l'évêque de Liége. L. a. s. An X. 1 p. in-fol. — Kreutzer (A.). L. a. s. 1840. 1 p. in-8. — Langlé. L. a. s. An XIII. 1 p. in 4. — Panseron. Deux lett. a. s. 2 p. in-12, et lett. a. s. de madame Panseron, à M. Jules Janin. 1 p. in-8. *Portr.* charivarique. — Reber. L. a. s. 1 p. in-8. — Thys. L. a. s. 1 p. in-8. — Wilhem. L. a. s. 1841. 1 p. in-4. — Zimmermann. Trois lett. a. s. 1839-1842, in-8 et in-4.

06. **COMTE** (Louis-Christian-Emmanuel-Apollinaire), phy-

sicien, prestidigitateur, fondateur-directeur du théâtre Choiseul. N. 1778. M. 1859.

1° L. aut. sig., à madame... 2 nov. 1841. 1 gr. p. in-4.

Invitation à une soirée de ses prestiges...

2° L. aut. sig., au semainier du Théâtre-Français. Paris, 24 janvier 1842. 1 p. in-8.

« Messieurs et *très grands collègues*, ma première duègne serait vraiment « heureuse de prendre ce soir une excellente leçon, accordez-lui donc *deux* « *modestes places*, vous ferez une bienheureuse, et obligerez bien sincèrement « votre petit voisin dévoué en toute occasion. »

707. **COMYNES** (Antoine de), gouverneur du Quesnoy.

1° Certificat militaire sig. 1er juin 1387. Demi-p. in-fol.

2° L. avec la souscription aut. sig., à M. de Prove, gouverneur de la ville de Malines. Bruxelles, 17 sept. 1591. 1 gr. p. in-fol. Cachet.

708. **CONCINI** (Concino), marquis d'*Ancre*, maréchal de France, assassiné en 1617.

1° Quitt. avec une ligne aut. sig.: *le maréchal d'Ancre* (sur parch.) de la somme de douze mille livres tournois, dont dix mille pour son état et appointement de maréchal de France, et deux mille pour ses gages de conseiller d'Etat. 31 décembre 1616. *Portr.*

2° Vente faite par Concini des offices et maîtrises à créer à l'occasion de la naissance de l'enfant dont la reine est enceinte. Acte notarié six fois signé par lui, et très-curieux à déchiffrer. 1607. 4 gr. p. in-fol.

709. **CONDE** (Louis Ier de Bourbon, prince de), chef du parti protestant. N. 1530. M. 1569.

Acte d'affranchissement de biens de main-morte de plusieurs familles de Château-Chinon, signé par lui et par sa seconde femme, Françoise d'Orléans. 1566. Grande pièce sur parchemin. Curieux considérants. Deux *portr*. Notice de M. *L. de M.*

710. **CONDE** (Henri Ier de Bourbon, prince de), fils du précédent. N. 1552. M. 1588.

L. aut. sig., à M. de Pougny. Au camp de Lonvallon, ce XXIIe may 1571. 1 p. pl. très-grand in-fol. (avec une copie moderne). *Portr.* Notice de M. *L. de M*. Très-belle et très-rare lettre. L'écriture a une grande analogie avec celle de Henri IV dans sa jeunesse.

Il l'entretient d'affaires militaires, de payement des troupes, de gratifications, etc., etc... « Je suis tres desplaisant du meurtre qui a esté comis enuers ses « trois jeunes angloys, vous scauez monsieur de Pouigny la malheureuse con- « dition des paysans de ce pays, qui massacrent les myens propres tres souuent « escartez, sil y a moyen de pouuoir faire apprehander ceux qui ont fait ledit « meurtre, ledit Sr Norrys aura occasion de croyre qu'oultre tout le contente- « ment, que desire luy apporter, il en verra la pugnition exemplaire... »

711. **CONDE** (Charlotte-Catherine de La Trémoille, princesse de), femme du précédent. M. 1629.

1° Quitt. sig. (sur parch.). 26 août 1607.

2° Acte notarié sig., passé avec un entrepreneur de broderies pour le costume de son fils, à exécuter d'après un portrait-modèle. 1607. 1 gr. p. pl. et demie in-fol. Curieuse pièce.

712. **CONDE** (Henri II de Bourbon, prince de), fils de la précédente. N. 1588. M. 1646.

L. aut. sig., *au roy mon souuerain seigneur. De Bourges, ce 20 feburier.* 1624. 2 p. petit-in-fol. Cachets. *Portr.* de Mariette, in-fol.

L'honneur qu'il plaît au Roi de lui faire de le rendre participant de l'état de ses affaires, lui témoigne qu'il n'est pas du tout hors de sa mémoire sur le sujet qu'il lui a plu de lui écrire. Il n'a rien à dire, sinon qu'il tient pour regle de sa sagesse tout ce que Sa Majesté a agréable, et pour principal bonheur l'obéissance à ses commandements, laquelle continuant à le tenir absent, à son grand regret, de sa présence, il la supplie de finir l'affaire de son *euocation* qui n'a justice que sa volonté, « car si Vostre Majesté trouvoit bon que je lallasse « trouuer et solliciter mes affaires à Paris je nen demanderois point, mais « puisquil ne vous plaist pas, Vostre Majesté me doit par sa bonté donner des « juges en lieu ou je puisse aller, et cela depant de vostre commendement « absolu, puisque l'empeschement vient de vostre volonté, non de la mienne... »

713. **CONDE** (Henri II de Bourbon, prince de). *Le même.*

L. a. s., à M. de la Fonce. 1617. 1 p. pl. in-4. Cachets. *Portr.*

Il a dépêché ce porteur vers lui pour le conjurer « coume bons seruiteurs « du Roy de lasistance que les gans de bien doiuet a nos deseins les ueus ne « se peuuet counetre can se ioignant auec nous... »

714. **CONDE** (Henri II de Bourbon, prince de). *Le même.*

1° Quitt. sig. (sur parch.). 1606. Cachet, et sa signature au bas d'un fragment d'acte sur parchemin. 1615. *Portr.*

L. aut. sig., *à mon fils M. le duc d'Anguin, général de l'armée du roy.* De Paris, le 21e aoust 1644. 1 p. in-4. Cachets et soies de deuil.

« Mon fils le memoire cy joint vous fera connoistre mes auis hier le Tedeum « de vostre victoire fut chante en l'honneur de Dieu conserues vous et prenes « des dessains raisonnables... »

715. **CONDE** (Charlotte-Marguerite de Montmorency, princesse de), femme du précédent. N. 1594. M. 1650.

L. aut. sig., à M. le maréchal de Brézé. 16 octobre. 3 p. pl. in-4. Cachet. Déchirure par un cachet, et mouillures enlevant quelques encoignures du bas des feuillets. Deux *portr.* Curieuse notice de M. *L. de M.*

Elle lui annonce la maladie de sa belle-fille... « Elle tomba malade hier au « matin au conmanseman nous creumes que se netoit qune ebulition de sanc « mes se matin nous auons ete asures que setoit la petite verolle... »

716. **CONDE** (Louis II de Bourbon, prince de), surnommé *le Grand Condé.* N. 1621. M. 1686.

L. aut. sig., à M. le duc de Longueville. Ce 1er juin 1660. 1 gr. p. pl. in-4. Cachets et soies de deuil. Cinq beaux *portr.*, et aussi celui de sa femme (Moncornet, in-4). Notice de M. *L. de M.*

Il vient de recevoir une lettre de M. le cardinal dont il lui envoie copie. Il en a aussi reçu une de M. Lesnet qui lui marque que l'affaire des limites n'est pas encore terminée absolument... Ses douleurs l'ont absolument quitté, et il commence à se lever aujourd'hui...

717. **CONDE** (Louis II de Bourbon, prince de). *Le même.*

L. aut. sig., à M... Chantilly, 15 octobre 1677. Demi-p. in-4. Quatre *portr.*

Il ne s'attendait pas à le voir médecin, « ie suis pourtant rani que vous le « soiés deuenu puisque cela me done une marque que vous vous interesses a « ma sancte ie vous suis fort oblige de vostre recepte... »

718. **CONDE** (Henri-Jules de Bourbon, prince de), fils du précédent, grand-maître de France. N. 1643. M. 1709.

Deux quitt. sig. (sur parch.). 1673. 1678. Notice de M. *L. de M.*

Condé (Louis de Bourbon, prince de), gouverneur de Bourgogne et de Bresse. N. 1668. M. 1710. Nomination sig. (sur parch.). 13 janvier 1697.

Condé (Louis-Henri de Bourbon, prince de), l'élève de La Bruyère, ministre du régent. N. 1692, M. 1740. Nomination à un office de notaire, sig. (sur parch.). 1727.

Condé (Louis-Joseph de Bourbon, prince de), chef de l'armée dite de *Condé*. N. 1735, M. 1817. 1° Pièce sig. (sur parch.). Nomination à un office de notaire. 1753. — 2° Apostille sig. à la marge d'une pétition du célèbre inventeur, le marquis de Jouffroy d'Abbans, au ministre des finances, également apostillée par le comte Auguste de Talleyrand, ministre de France en Suisse. 1815. Trois *portr.*

Condé (Elisabeth-Alexandrine de Bourbon), dite *Mademoiselle de Sens*. Quitt. sig. (sur parch.). 1763.

Condé (Marie-Gabrielle-Eléonore de Bourbon), abbesse de l'abbaye royale de Saint-Antoine des Champs-lès-Paris. Quitt. sig. 1740. in-4.

CONDÉ (Louise-Adélaïde de Bourbon, princesse de), abbesse du monastère du Temple. N. 1757. M. 1824. L. aut. sig. Paris, 19 avril 1785. 1 p. in-4.

BOURBON (Angélique-Cunégonde de Montmorency-Luxembourg, veuve de Louis-Henry, légitimé de), princesse de Neufchâtel, etc. Acte notarié sig. 1711. 3 p. in-fol.

719. **CONDÉ** (Louis-Henri-Joseph de Bourbon, prince de) père du duc d'Enghien. N. 1756. M. 1830.

1° Certificat militaire sig. 1783. 1 p. in-4. *Portr.* de Vangélisti, in-8.

2° L. aut., à madame la baronne de Feuchères, au palais Bourbon. Chantilly, 11 oct. 1825. 1 p. pl. in-8. Papier et cachet de deuil.

« Nous voilà rentrés, chère Sophie, ayant fait une très-belle chasse de deux « heures... Le Rhume va toujours son train...; » il espère dans quelques heures savoir par la petite lettre que le sien, et la douleur du col la font moins souffrir...

CONDÉ (Louise-Marie-Thérèse-Bathilde d'Orléans, duchesse de Bourbon), femme du précédent. Apostille de 14 petites lignes aut. sig., en marge d'une pétition. 21 septembre 1814. *Portr.* de Dupin. in-8.

720. **CONDÉ** (Louise-Françoise de Bourbon), dite *Mademoiselle de Nantes*, fille légitimée de Louis XIV et de Mme de Montespan, femme de Louis de Bourbon, prince de Condé. N. 1673. M. 1743.

L. a. s., au cardinal de Fleury. Oct. 1732. 2 pl. in-4. *Portr.* in-4.

721. **CONDORCET** (Marie-Jean-Antoine Caritat, marquis de), littérateur, conventionnel. N. 1743. M. 1794.

Rapport aut. sig. comme membre de l'Académie des sciences, signé aussi par Leroy, sur un mémoire de M. de Laplace sur les solutions des équations différentielles non comprises dans l'intégrale générale... Fait au Louvre, le 6 mai 1772. 2 p. pl. et demie in-8. Deux *portr.* Notice de M. *L. de M.*

722. **CONFLANS** (Hubert, comte de), gouverneur des îles Sous-le-Vent, lieutenant-général des armées navales, maréchal de France. M. 1777.

Deux lett. sig., à M. de Dory. Paris, 1762. Ensemble, 7 p. in-4. Intéressantes. — Lettre de M. le maréchal de Conflans. (Rapport au ministre, sur le combat naval du 20 novembre 1759 sur les côtes de la Bretagne). Impr. de 11 p. in-4. Notice de M. *L. de M.*

CONFLANS (Jehan de), gentilhomme ordinaire de la chambre du roi. Quitt. sig. (sur parch.). 1578.

CONFLANS (Eustache Lescale de), vicomte d'Auchy, gouverneur de Saint-Quentin. M. 1628. Quitt. sig. (sur parch.). 1610.

CONFLANS (le marquis de), colonel du régiment de ce nom. Certificat militaire aut. sig. 1708. 1 p. in-4.

CONFLANS (le bailli de). Certificat aut. sig. 1735. 1 p. in-4.

723. **CONSEILLERS DU ROI**, avant 1789. Vingt lett., pièces, actes notariés, etc., sig., la plupart sur parch. Un *portr.*

AUBERY (Robert) 1621. — BARBESIEUX (Louis-Marie-François Le Tellier, marquis de). Trois lett. et pièce. 1695-1699. — BARENTIN (Honoré de). 1626. — BERNAGE (Jean de). Deux pièces 1681 et 1714. — BEST (Étienne). 1479. — BRAGELONGNE (Martin de). 1621. — CARBONNEL (Henry). 1494. — BERTIN. 1777.— COMBAULT (Robert de). 1577. — COTIGNON (Nicolas). 1668. — DE LA PORTE (Georges), seigneur de Montagny. L. sig. et procès-verbal d'un huissier qu'un conseiller au Parlement, Charles de la Porte, a insulté et battu, etc. Certificat du chirurgien qui a pansé le blessé, etc. 1653. 11 p. in-fol. — DESMARETZ (Jean). 1667. — DESMARETS (Jean-Baptiste). 1681. — DUFON

(Pierre). 1480. — Du Lau de Chasteauneuf (Antoine), sénéchal de Bourgogne. 1481. — Errault (François). 1544. — Ferrand (Ant.). 1671. Beau *portr*. de Guill. Vallet, in-fol.

724. **CONSEILLERS DU ROI**, avant 1789. Vingt-deux pièces, quitt. et actes notariés sig., la plupart sur parch.

Feydeau (Denis de Brou). 1620. — La Marck (Loys de), marquis de Mauny. 1614. — Le Tellier (Louis-Marie-François), marquis de Barbésieux. 1699. — L'Huillier, seigneur de Boulencourt et d'Angerville. Deux pièces. 1614-1616. — Mallebranche (Nicolas). 1666. — Mangot (Claude), seigneur de Villeran. 1635. — Poncet de la Rivière (Mathias). 1687. — Robertet (Florimond), seigneur d'Alluye. 1569. — Rouillé du Coudray (Pierre). 1671. — Rouillé du Coudray (Hilaire). 1701, — Ruffec (Philippe, baron de). 1572. — Saint-Pouenge (Gilbert-Colbert de). Deux pièces. 1677-1690. — Sarlem (Antoine de). Deux pièces. 1572-1575. — Seve (Christophe). Trois pièces. 1602-1606. — Tambonneau (Jean). Deux pièces. 1590-1609. — Tournon (Antoine de), seigneur de Beauchastel. 1521. — Vervin (Claude Royer de Comminge, marquis de). 1641. — Verthamont (François-Michel de). 1698. — Villaines (Antoine de Mohet de), seigneur de Lavangarde. 1479.

725. **CONSEILLERS D'ETAT**, depuis 1789. Vingt-trois lett. et pièces sig. et aut. sig. Un *portr*.

Bergon (Joseph Al., comte). 1806. — Boinvillers. Deux lett. 1830-1842. — Caffarelli (Louis-Marie-Joseph). 1813. — Des Touches, préfet de Seine-et-Oise. Trois lett. 1817-1819. — Duchatel. 1807. — Dufresne (Bertrand). Trois lett. 1790. — Forestier. L. a. s. 1823. 8 p. in-4. — Genty de Bussy. 1837. — Hauterive (Alex.-Maurice-Blanc, comte d'). An XI. *Portr*. — Jubelin. 1847. — Jurien. 1821. — Laumond (Jean-Charles-Joseph, comte). An VII. — Maillard (Charles-Jean-Firmin). 1841. — Maret (Jean-Philibert, comte). 1815. — Pérignon (A.). Deux lett. 1814. — Pichon (A., baron). 1836. — Vaulchier (le marquis de). Deux lett. 1827-1829.

726. **CONSIDERANT** (Victor-Prosper), publiciste, phalanstérien. N. 1805.

L. aut. sig., comme membre du conseil de Paris, à M. Lucas de Montigny. Paris, 20 décembre 1846. 2 gr. p. pl. in-4.

2° Divers imprimés, adresses aux électeurs, etc., etc. 25 p. in-4.

727. **CONSTANT DE REBECQUE** (Samuel), lieutenant-général au service de Hollande. N. 1729. M. 1800.

L. aut. sig., à M. Grand, à Paris. Bois-le-Sec, 5 juillet 1787. 2 gr. p. pl. et demie in-4. Cachet.

Il est à la recherche de son fils qui a quitté Paris sans donner de ses nouvelles. Les nouvelles qu'on lui en donnait lui causaient un chagrin si violent qu'il en perdait la tête. « je suis trop malheureux et je connois trop votre « cœur sensible et bon, mon cher monsieur, pour n'être pas certain que vous « partagerez mes peines... J'aurai soin de faire honneur aux avances que vous « avez bien voulu me faire, mais je vous demande la grâce d'attendre jusques « à ce que je sois en Suisse. Je n'ai aucuns moyens d'ici et nous sommes dans « les circonstances les plus embarrassantes ; peut-être que dans le courant de « ce mois le payement de nos régiments sera suspendu. La crise est à son plus « haut période, le peuple rappelle le prince à grands cris, et s'il veut toutes « les portes sont ouverte ; il hésite pour ne pas faire verser le sang. . »

Constant de Rebecque (Benjamin), fils du précédent, tribun, député, littérateur, publiciste, etc. N. 1767, M. 1830. L. aut. sig. Paris, janvier 30 1830. 1 p. in-8. Deux *portr*.

728. **CONTAT** (Louise-Françoise), actrice de la Comédie-Française. N. 1760. M. 1813.

1° L. aut. sig., à M. Roger. Sans date. 2 p. in-8. Curieuse.

2° Ordre de mise en liberté de plusieurs actrices du Théâtre-Français, les citoyennes Contat, Lainé (Louise-Françoise), Emilie Contat et Mézeray, détenues aux Madelonnettes. Cet ordre aut. sig. de Voulland, est signé aussi par Legendre, Goupilleau de Fontenay, Elie Lacoste. Louis du Bas-Rhin et Bernard, membres du Comité de sûreté. générale de la Convention. 15 thermidor an II. 1 p. in-fol. Cachet.

729. **CONTI** (François de Bourbon, 1er prince de), frère de Louis Ier de Condé, assassiné à la bataille de Jarnac.

1° L. avec la souscription d'une lett. aut. sig., aux présidents et trésorier généraux des finances... Bayeux, 16 oct. 1590. 1 p. in-fol. Trace de cachet. Fortes mouillures. *portr.* Notice de M. *L. de M.*

2° Quitt. sig. (sur parch.). 29 janvier 1594.

3° Acte notarié sig. 27 juillet 1697. 3 p. et demie in-fol.

4° Acte notarié sig., signé aussi par Henriette de Clèves, Catherine de Clèves, et Catherine de Bourbon. Paris, 1er juin 1595. 2 gr. p. pl. in-fol. Belle pièce.

Constitution d'une dot de 3000 escus sol, en faveur de la sœur de lait de la princesse Catherine de Bourbon, sœur du constituant.

730. **CONTI** (Louise-Marguerite de Lorraine de Guise, princesse de), femme du précédent, auteur des *Amours du Grand Alcandre.* N. 1577. M. 1631.

1° Deux quitt. sig. (sur parch.). 1611 et 1615. Notice de M. *L. de M.*

2° Deux actes notariés, sig. 1614. 6 p. in-fol.

3° Trois mémoires d'orfèvrerie, etc. sig. 1615-1618. 6 p. in-fol. Curieux détails.

731. **CONTI** (Armand de Bourbon, prince de), frère puîné du grand Condé. N. 1629. M. 1666.

1° Sauve-garde pour la maison des religieuses du faubourg Saint-Antoine, appelée Popincourt. Paris, 9 février 1649. Pièce curieuse. imprimée, en placard, signée par le prince, et contresigné : *Roger.* 1 gr. p. in-fol. Trace de cachet. Deux *portr.* (Moncornet et Vangélisti). in-8.

2° Billet aut. sig., au chancelier de France. Paris, 2 sept. 1661. Demi-p. in-4.

Il le supplie d'accorder sa protection au bon droit des Augustins, deux desquels lui rendront ce billet, ils soutiennent l'autorité de leur père général contre douze ou quinze religieux désobéissants.

CONTI (François-Louis, prince de), prince de La Roche-sur-Yon, fils du précédent. N. 1664, M. 1700. Trois *portr.* gravés, in-8. Notice de M. *L. de M.*

732. **CONTI** (Anne-Marie Martinozzi, princesse de), femme du précédent. N. 1631. M. 1672.

L. a. s. Châlons, 4 août 1665. 2 p. petit in-4. Cachets. Deux *portr.*

733. **CONTI** (Louise-Elisabeth de Bourbon Condé, princesse de), femme de *Louis Armand.*

1° Nomination de garde-chasse, sig. (sur parch.). 1681. *Portr.*

2° L. aut. sig., à M. de Bonnac, ambassadeur de France en Suisse. 20 février. 1 p. pl. in-4. Cachet bien conservé.

Elle lui demande si elle peut « adiouter foy au chose que dit M. Daubone « il est a present ensuise et ma dit estre fort conu de vous... »

734. **CONTI** (Louis-François de Bourbon, prince de), Grand Prieur de France. N. 1717. M. 1776.

L. sig. en partie chiffrée), à M. de Valory, ambassadeur en Prusse. Diepurg, 23 avril 1725. 5 gr. p. in-fol. *Portr.*

Lettre politique et militaire. Les chiffres ont été traduits par M. de Valory.

CONTI (Louis-François-Joseph de Bourbon, prince de). N. 1734. M. 1814. L. sig. Paris, 24 sept. 1785. 1 p. in-4. *Portr.*

CONTI (Marie-Thérèse de Bourbon Condé, princesse de). Requête s. au grand maître des eaux et forêts. 1710. 2 p. et demie in-fol. *Port.*

Conti (Anne-Louise-Françoise Delorme, femme Billet, se disant Amélie-Gabrielle-Stéphanie-Louise de Bourbon, fille du prince de), comtesse de *Mont-car-zain*, anagramme de *Conti* et *Mazarin*, la duchesse de Mazarin étant sa mère putative dans ce roman. N. 1756. M. 1825.

1° Pétition a. s., au premier Consul. 13 germinal an XI et copie d'autres pièces conformes : Stéphanie-Louise de Bourbon. 4 gr. p. in-fol.

2° Deux lett. aut. sig., au secrétaire général de la préfecture de la Seine. An XII. 5 p. in-8.

3° Défenses (imprimées) de Stéphanie-Louise de Bourbon-Conti, adressées au préfet de la Seine, etc. 8 p. in-4.

4° Ordre du Comité de sûreté générale de la Convention (signé Roberjot), de transférer la citoyenne Stéphanie-Louise de Bourbon, attaquée de folie, de la maison des Orties, à Sainte-Pélagie. 18 thermidor an III. 1 p. in-4. Sceau.

735. **CONTRAFATTO**, abbé sicilien, condamné, à Paris, aux travaux forcés.

1° L. aut. sig., à M. Saunière, avocat, qu'il a chargé de sa défense. De la Conciergerie, le 18 septembre 1827. 1 p. in-4. *Portr.* — Lettre de M. Charles Ledru, adressée au journal de Rennes (extraite du journal la *Presse*, du 4 février 1846), qui établirait son innocence.

2° L. sig., à M. Barthe, garde des sceaux. Bagne de Brest, le 15 juin 1831. 2 gr. p. in-4. Au sujet du recours en grâce qu'il adresse au roi.

736. **CONVENTION NATIONALE** (membres de la).

Audrein (l'abbé Marie-Yves). *Morbihan*. 1 p. in-4. — Auguis. *Deux-Sèvres*. Lett. et pièce aut. 1793. 3 p. in-4. — Bar. *Moselle*. An IV. 1 p. in-fol. — Barrot. *Lozère*. An IV. 4 p. in-4. — Baudin. *Ardennes*. An IV. 2 p. in-4. Discours (impr.) prononcé à ses funérailles. — Becker (Joseph). *Moselle*. An VIII. 2 p. in-fol. — Berlier (Théophile). *Côte-d'Or*. An VIII. 1 p. in-4. — Bernard-de-Sainte-Affrique. *Aveyron*. Demi-p. in-4. — Bertrand (Antoine). An VI. 1 p. in-4. — Besson (Alex.). *Doubs*. 1793. 1 p. in-4. — Ensemble, dix lett. et pièces aut. sig.

737. **CONVENTION NATIONALE** (membres de la).

Bion. *Vienne*. An VI. 1 p. in-8. — Blad. *Finistère*. An III. Demi-p. in-4. — Boissy-d'Anglas. An III. 1 p. in-4. Deux *portr.* — Bordes. *Arriège*. An VIII. 2 p. in-4. — Borie-Combard. *Corrèze*. An V. 1 p. in-8. — Boudin. *Indre*. An III. 1 p. in-4. — Bouret. *Hautes-Alpes*. An III. 2 p. in-4. — Bouygnes. *Lot*. 1797. 1 p. in-8. — Brun. *Charente*. An II. 1 p. in-4. — Camus. *Haute Loire*. 1781. 1 p. in-4. Trois *portr.* — Charrel. *Isère*. 1800. 1 p. in-4. — Ensemble, onze lett. aut. sig., et cinq *portr.*

738. **CONVENTION NATIONALE** (membres de la).

Chiappe (*Corse*). 1825. 1 p. in-8. — Corenfustier. *Ardèche*. An V. 1 p. in-4. — Couturier. *Moselle*. An IV. 1 p. in-4. — Crassous (Paulin). *Martinique*. Deux arrêtés a. s. An II. 2 p. in-4. Cachets. — Dabray. *Alpes maritimes*. Paris, et dans la prison de la Force, le 6 oct. 1793. 1 p. in-4, et Dabray du Conseil des cinq-cents, en réponse au premier libelle du citoyen Gastaud de celui des anciens. Imprimé de 94 p. in-4. — De Bry (Jean). *Aisne*. L. a. s. An XII, 3 p. in-4, et Lett. sig. 1813. 2 p. in-4. — Decomberousse. *Isère*. An VI. 2 p. in-8. — Defermon des Chapeliers. *Ille-et-Vilaine*. An XI. 1 p. in-4. *Portr.* — Defrance. *Seine-et-Marne*. An II. 1 p. in-4. — Ensemble, neuf lett. a. s., et une lett. sig. Un *portr.*

739. **CONVENTION NATIONALE** (membres de la).

Delacroix (de Constant). *Marne*. Quatre lettr. et pièces sig. et a. s — Delaunay. *Maine-et-Loire*. An III. 1 p. in-4. — Delbrel. *Lot*. An VI. 2 p. in-4. *Portr.* — Delecloy. *Somme*. 1 p. in-4. — Delle-

VILLE (Philippe). *Calvados*. An XI. 2 p. in-4. — DELMAS. *Haute-Garonne*. 1793. 1 p. in-4. — DRULHE. *Haute-Garonne*. An III. 1 p. in-4. — DUBARRAN (Barbeau). *Gers*. An II. 1 p. in-4. — DU BOIS DU BAIS. *Calvados*. 2 p. in-4. — DUCOS (Roger). *Landes*. 1803. 1 p. in-4. — Ensemble, dix lett. a. s., et trois pièces sig. Un *portr*.

740. **CONVENTION NATIONALE** (membres de la).
DUGUÉ-D'ASSÉ. *Orne*. 1808. 1 p. in-4. — DUMONT (André). Ordre de mise en liberté, aut. sig. (signé aussi par Louis (du Bas-Rhin), Goupilleau de Fontenay, Dubarran, Elie Lacoste et Legendre de Paris. An II. 1 p. in-4. Sceau. — DUHEM. *Nord*. Ordre d'arrestation et d'incarcération du citoyen Sauvan, ancien officier à la maison de l'Egalité. Aut. sig., signé aussi par Garnier, Maribau-Montant, Ruamps et Meaulle. 1793. 1 p. in-fol. Cachet. — DUPUY. *Rhône-et-Loire*. Commune affranchie. An II. 2 p. in-4. — DURAND DE MAILLANE. *Bouches-du-Rhône*. An V. 2 p. in-4. *Portr*. — DUSAULX (J.). *Paris*. An V. 1 p. in-8. — DUVAL. *Aube*. 1793. 1 p. in-12. — ENJUBAULT-DELAROCHE. *Mayenne*. 1813. 3 p. in-4. — ESPERT. *Arriège*. 2 p. in-2. — FAURE. *Seine-Inférieure*. An V. 1 p. in-4. — Ensemble, dix pièces et lettres aut. sig., et un *portr*.

741. **CONVENTION NATIONALE** (membres de la).
FAYOLLE. *Drôme*. An III. 1 p. in-4. — FOUSSEDOIRE. *Loir-et-Cher*. An II. 1 p. in-fol. — GARNIER-DE-SAINTES. *Charente-Inférieure*. An II. 3 p. in-4. — GARRAU. *Gironde*. Arrêté aut. sig. au III. 1 p. in-4. Cachet, et pièce sig. An II. 1 p. in-fol. — GAUDIN. *Vendée*. An XI. 1 p. in-fol. — GAY-VERNON. *Haute-Vienne*. An V. 1 p. in-4. — GENISSIEU. *Isère*. An IV. 1 p. in-4. — GIROT-POUZOL. *Côtes-du-Nord*. An V. 1 p in-4. — GOSSUIN. *Nord*. L. a. s. An V. 1 p. in-4, et lett. sig. 1 p. in-4. — Ensemble, neuf lett. aut. sig., et deux lett. sig.

742. **CONVENTION NATIONALE** (membres de la).
GUEZNO. *Finistère*. 1 p. in-4. — GUFFROY. *Pas-de-Calais*. An VII. 3 p. in-4. — GUILLEMARDET. *Saône-et-Loire*. An V. 1 p. in 4. — GUIMBERTEAU. *Charente*. An VIII. 1 p. in-4. — GUIOT. *Côte-d'Or*. — An V. 3 p. et demie in-4. — GUYTON DE MORVEAU. *Côte-d'Or*. 1793. 1 p. in-4. — HUBERT. *Meuse*. An VI. 1 p. in-4. — INGRAND. *Vienne*. Arrêté du Comité de salut public qui ordonne que le citoyen Béguin auquel de faux assignats ont été adressés de Hollande, sera traduit au tribunal criminel de Paris, et conduit dans les prisons de l'Abbaye... Aut. sig. par Ingrand, sig. aussi par Amar, Pinet aîné, Guffroy, et Laignelet. 30 juillet 1793. 1 p. in-fol. Cachet. — ISORÉ. *Oise*. An II. 1 p. in-4. — ISOARD. *Hautes-Alpes*. An V. 1 p. in-4. — Ensemble, dix lett. et pièces aut. sig.

743. **CONVENTION NATIONALE** (membres de la).
JARD PANVILLIER. *Deux-Sèvres*. 1809. 1 p. in-4. *Portr*. — JEAN BON SAINT-ANDRÉ. *Lot*. L. a. s. 1807. 1 p. in-4., et lett. sig. 1809. 2 p. in-4. — JULLIEN. *Drôme*. An II. 1 p. in-4. — LACOMBE SAINT-MICHEL, *Tarn*. 1793. 3 p. in-fol. — LACOSTE. *Cantal*. L. a. s. Demi-p. in-4., et extrait de l'arrêté du Comité de sûreté générale qui ordonne sa mise en liberté provisoire. 3 messidor an III. 1 p. in-fol. — LACOSTE (Elie). *Dordogne*. Arrêté du Comité de sûreté générale qui ordonne que le citoyen Philippe, de Nancy, sera traduit dans la maison de Port-Libre. Aut. signé par Elie Lacoste, et sig. par Louis (du Bas-Rhin), Jagot, Dubarran, Voulland et Amar. 14 messidor an II. 1 p. in-fol. Cachet. — LAIGNELOT. *Paris*. Ordre d'arrestation aut. sig. de Laignelot et, sig. par six autres membres du Comité de sûreté générale. An III. 1 p. in-fol. Cachet. — LALOY. *Haute-Marne*. An VI. 3 p. in-fol. — LECOINTRE. *Seine-et-Oise*. 1793. 1 p. et demie in-4. — LEGENDRE. *Nièvre*. An VI. 1 p. in-4. — Ensemble, onze lett. et pièces aut. sig. et deux pièces sig.

744. **CONVENTION NATIONALE** (membres de la).

Lequinio. *Morbihan.* An III. 1 p. in-fol. — Lesage Sénault. *Nord.* An V. 1 p. in-4. — Le Tourneur. *Manche.* L. a. s. 1792. 1 p. in-4., et pièce sig. An V. 2 p. in-fol. — Leyris. *Gard.* An II 1 gr. p. in-fol. — Lidon. *Corrèze.* 1790. 1 p. in-fol. (La fin de toutes les lignes a été coupée.) — Lomont. *Calvados.* Ordre de mise en liberté des citoyens Charles-Antoine et Pierre-Paul Menesson, de Laon, aut. sig. par Laumont, et signé par cinq autres membres du Comité de sûreté générale. 26 pluviôse an III. 1 p. in-fol. Cachet. — Louvet. *Somme.* An II. 1 p. in-4. — Ludot. *Aube.* 1 p. in-8. — Maignen. *Vendée.* An V. 2 p. in-4. — Maurel. *Ile-et-Vilaine.* An III. 1 p. in-4. — Ensemble, dix lett. et pièces aut. sig, et 1 pièce sig.

745. **CONVENTION NATIONALE** (membres de la).

Méjansac. *Cantal.* An V. 1 p. in-8, en travers. — Mollevaut. *Nancy.* 1806. 1 p. in-fol. — Monmayou. *Lot.* Ordre d'arrestation et d'incarcération du citoyen Joseph Aubert de Nancy, concierge de la maison d'arrêt des Carmes, délivré par le Comité de sûreté générale, aut. sig. par Monmayou, et signé par neuf autres membres du Comité. 10 vendémiaire an III. 1 p. in-fol. Cachet. — Oudot. *Côte-d'Or.* An VI. 1 p. in-4. — Paganel. *Lot-et-Garonne.* An XII. 1 p. in-8. — Pelet. *Lozère.* An V. 1 p. in-4. — Perès. *Haute-Garonne.* An V. 1 p. in-4. Périès. *Aude.* An V. 2 p. in-4. — Ensemble, huit lett. et pièces aut. sig.

746. **CONVENTION NATIONALE** (membres de la).

Pontécoulant (Doulcet de). *Calvados.* Quatre lett. a. s., 5 p. in-8 et in-4, et une lett. sig., sig. aussi par Cambacérès, Treillard et Vernier, aussi membres du comité de salut public, adressée au général en chef près l'armée des Pyrénées-Orientales, en lui envoyant le décret de la Convention rendu sur leur rapport, qui déclare que l'armée qu'il commande ne cesse de bien mériter de la patrie. Ce décret sera sanctionné par tous les bons Français. 14 messidor an III. 1 p. in-fol. *Portr.* — Porcher de Richebourg. *Indre.* Deux lett. An III et an X. 4 p. in-4. *Portr.* — Portiez. *Oise.* An XIII. 1 p. in-4. — Poullain-Grandprey. *Vosges.* 1807. 3 p. in-4. Cachet. — Poultier-Delmotte. *Nord.* An V. 2 p. in-fol. — Quinette. *Aisne.* 1 p. in-4. — Rabaut-Pommier. *Gard.* An IX. 1 p. in-4. Ensemble, douze lettres et pièces aut. sig. et deux *portr.*

747. **CONVENTION NATIONALE** (membres de la).

Ramel. *Aude.* L. aut. sig., 1 p. in-8, et deux lett. sig. An V et an VII. 4 p. in-4. — Richard. *Sarthe.* 1 p. in-18. — Richon. *Eure.* 1812. 1/2 p. in-4. — Ritter. *Haut-Rhin.* An IV. 2 p. in-4. — Rouyer. *Hérault.* An IV, 1 p. in-fol. Coupé à la marge extérieure jusqu'à l'écriture. — Serres. *Hautes-Alpes.* An V. 1 p. in-4. — Talot. *Maine-et-Loire.* An VI. 1 p. in-8. — Ensemble, sept lett. et pièces aut. sig., et deux lett. sig.

748. **CONVENTION NATIONALE** (membres de la).

Thibaudeau. *Vienne,* L. a. s., an XIII, et deux pièces sig. *Portr.* — Thibault. *Seine-et-Marne.* L. a. s., an V. 1 p. in-4.., et pièce sig., comme membre du Comité ecclésiastique de l'Assemblée constituante. 23 décembre 1790. 1 p. in-fol. *Portr.* in-4. — Thirion. *Moselle.* 1/2 p. in-4. — Vardon. *Calvados.* Apostille a. s. an III. in-fol. — Vernier. *Jura.* Deux lett. 1809 et 1815. 3 p. in-4. *Portr.* — Vidal. *Hautes-Pyrénées.* An V. 2 p. in-4. — Villetard. *Yonne.* 1813. 2 p. in-4. — Ensemble, huit lett. et pièces aut. sig.. et trois lett. et pièces sig. Trois *portr.*

749. **CONVENTIONNELS**, membres des Comités de salut public et de sûreté générale, etc.

Quinze arrêtés des Comités, lettres, etc.. signés la plupart par un grand nombre de membres de ces Comités (Albert à Billaud Varenne); les arrêtés sont relatifs, pour la plupart, à des arrestations et à des mises en liberté. in-4 et in-fol.

750. **CONVENTIONNELS**, membres des Comités de salut public et de sûreté générale, etc.

Dix-huit arrêtés des Comités, lettres, etc., signés la plupart par un grand nombre des membres de ces Comités (Bo à Chazal); les arrêtés sont relatifs, pour la plupart, à des arrestations et à des mises en liberté. in-4 et in-fol. Huit *portr.* de Carnot.

751. **CONVENTIONNELS**, membres des Comités de salut public et de sûreté générale, etc.

Dix-huit arrêtés des Comités, lettres, etc., signés la plupart par un grand nombre de membres de ces Comités (Chénier à Drouet); les arrêtés sont relatifs, pour la plupart, à des arrestations et à des mises en liberté. In-4 et in-fol. Trois *portr.*

752. **CONVENTIONNELS**, membres des Comités de salut public et de sûreté générale, etc.

Vingt-deux arrêtés des Comités, lettres, etc., signés la plupart par un grand nombre de membres de ces Comités (Enlart à Guyard); les arrêtés sont relatifs, pour la plupart, à des arrestations ou à des mises en liberté. In-4 et in-fol. Six *portr.*

753. **CONVENTIONNELS**, membres des Comités de salut public et de sureté générale, etc.

Seize arrêtés des Comités, lettres, etc., signés la plupart par un grand nombre de membres de ces Comités (Guyomar à Lecarlier); les arrêtés sont relatifs, pour la plupart, à des arrestations ou à des mises en liberté. in-4 et in-fol. Un *portr.*

754. **CONVENTIONNELS**, membres des Comités de salut public et de sûreté générale, etc.

Seize arrêtés des Comités, lettres, etc., signés la plupart par un grand nombre de membres de ces Comités (Leclerc à Pierret); les arrêtés sont relatifs, pour la plupart, à des arrestations ou à des mises en liberté, in-4 et in-fol. Un *portr.*

755. **CONVENTIONNELS**, membres des Comités de salut public et de sûreté générale, etc.

Vingt-quatre arrêtés des Comités, lettres, etc., signés la plupart par un grand nombre de membres de ces Comités (Pottier à Voulland); les arrêtés sont relatifs, pour la plupart, à des arrestations ou à des mises en liberté, in-4 et in-fol. Trois *portr.*

756. **COOPER** (James-Fenimore), célèbre romancier américain. N. 1789. M. 1851.

1° Billet aut. sig. (en anglais), Sans date. 1 p. in-18. *Portr.*

2° L. aut. sig. (a la 3e personne), à M. Odilon Barrot, préfet de la Seine. Paris, 17 décembre 1830.

Chargé par la commission de ses compatriotes de faire insérer dans les journaux américains une relation du dîner donné en l'honneur du général La Fayette, il le prie de vouloir bien lui donner une petite esquisse de son éloquent discours prononcé à cette occasion.

757. **COQUELAY DE CHAUSSEPIERRE** (Claude-Geneviève), avocat et censeur royal, collaborateur du *Journal des Savants*, auteur, éditeur de Piron. N. 1736. M. 1791.

L. aut. sig., à M. Dupoirier, avocat au Parlement. 27 mars 1774. 1 p. in-4. *Portr.*

758. **COQUILLE** (Guy), jurisconsulte célébre. 1522-1603.

L. a. s., à M... Sans date. Demi-p. in-fol. Affaires de procédure.

759. **CORBINELLI** (Raphaël), secrétaire de Marie de Médicis et attaché au maréchal d'Ancre.

Quitt. sig. (sur parch.). Paris, 13 avril 1630.

760. **CORDAY D'ARMANS** (Marie-Anne-Charlotte). Née à Saint-Saturnin (Normandie), en 1768. Mise à mort, à Paris, le 17 juillet 1793.

1° Ordre de son arrestation, en vertu d'un ordre du comité de sûreté générale de la Convention nationale et la commune de Paris. Aut. et sig. de Drouet qui arrêta Louis XVI à Varennes, et signé aussi par Marino et Louvet. Paris, 13 juillet 1793. 1 gr. p. in-fol. Tête imprimée, vignette. *Portr.* de Quéverdo.

Elle sera traduite à la maison de l'abbaye, pour y être tenue dans le plus grand secret..... « Arrêté à la clameur publique pour cause d'assassinat sur « la personne du citoyen Marat, député à la Convention nationale, dans sa mai- « son, située rue des Cordeliers, lequel est mort à l'instant de ses bles- « sures, ainsi qu'il est constaté par le procès-verbal de ce jour..... »

2° Ordre d'arrestation de Duperret, député à la Convention, présumé complice de Charlotte Corday, dans l'assassinat de Marat, parceque *la d. Corday avoit en notte l'adresse du citoyen Duperret, rue Saint-Thomas-du-Louvre, n° 45.* Cet ordre, entièrement de la main d'Amar, et signé de Dumont (de la Somme), Benoit, Guffroy, Laignelot et Lavicomterie, est du 14 juillet 1793. 1 p. in-fol. Tête impr. Cachet à la cire rouge.

761. **CORMENIN** (Louis-Marie de La Haye, vicomte de), député, publiciste, etc. N. 1788.

1° Apostille, de 12 petites lignes aut. sig. 1829. in-fol.

2° Billet aut. sig. *Timon*, à M. Lucas de Montigny. Montargis, 15 juillet 1841. Quart de p. in-8.

C'est principalement dans son véridique et spécial ouvrage qu'il a étudié Mirabeau, et il lui doit l'honneur de son portrait. Il espère que l'immense publicité du *Siècle* et des journaux qui l'ont reproduit fera connaître et admirer encore plus le plus grand orateur des temps modernes.

3° L. aut. sig., au même. 18 mai 1843. 2 p. in-12.

Il le prie de lui rendre un service. Voici ce dont il s'agit : « Nous fesons en ce « moment pendre sur l'un des murs de la salle de l'Hôtel de ville de Montar- « gis des couronnes, au bas desquelles nous mettrons les noms des person- « sages qui ont illustré notre arrondissement. Ces personnages sont *Mirabeau*, « né près du canton de Ferrières au *Bignon*, *Girodet* à *Montargis*, *Coligny* à « *Châtillon*. Je rédige un petit in-32 de quelques feuillets, où je tente la bio- « graphie sommaire de ces hommes célèbres. J'ai pensé que vous ne me refu- « seriez peut-être pas de nous donner en deux pages (de papier à lettre) la « biographie de Mirabeau, la date et le lieu de sa naissance, la date de sa « mort, et l'appréciation succincte de ses travaux oratoires et de l'influence de « son génie. Ceci, pour être lu par les enfants des écoles primaires, doit être « d'une grande simplicité. Vous possédez tellement bien la vie de ce grand « homme, qu'il vous suffira d'écrire ceci pour ainsi dire à la main courante, « et vous nous rendrez un double service..... »

4° L. aut. sig., au même. Paris, 19 mai 1843. 1 p. pl. in-4.

Il le remercie de sa note et de l'empressement qu'il a mis à la lui envoyer. Dans les sept ou huit notices qu'il rédige lui-même sur les hommes célèbres de son arrondissement de Montargis, il ne peut reprendre ni citer le titre de Timon. La notice sur Mirabeau doit se déshabiller du style oratoire et s'exprimer avec simplicité, si cela est possible, « lorsqu'on se sent malgré soi « soutenu, porté par l'éloquence du grand orateur, il faut de plus que je ne « blesse l'opinion politique de personne, et je n'ai pas ici mes coudées « franches comme pour les orateurs. Il faudrait, sans sécheresse, mais succinc- « tement, louer Mirabeau de ce qu'il a fait pour la grandeur de la France ; « donner quelques détails sur son enfance déjà orageuse et brillante, passée « dans notre arrondissement; rappeler l'héroïsme de sa famille, de son grand- « père, frappé d'une balle à la bataille de....., se relevant et tombant pres- « que mort, la mâchoire fracassée..... »

762. **CORNUSSON** (François de La Valette, seigneur de), gouverneur sénéchal de Toulouse, vaillant guerrier.

Deux quitt. sig. (sur parch.). 1575 et 1582.

« Celle de 1582 est deu 1,000 *Escus sol* à nous ordonnés pour le rembourse- « ment des frais de plusieurs voyages qu'avons faits par commandement de « S. M. et pour affaires et service en certains lieux et endroits dont elle ne « veult être fait aucune mention ni déclaration. »

CORNUSSON (Guillot de La Valette, seigneur de), lieutenant et gouverneur pour le roi en pays de Rouergue, en l'absence du roi de Navarre. Deux quitt. (sur parch.). 1562.

CORNUSSON (Jehan de), sénéchal et gouverneur de Toulouse. Quitt. sig. (sur parch.) 1594.

763. **CORTOT** (Jean-Pierre), statuaire, membre de l'Institut. Né à Paris en 1787. Mort en 1843.

1° Deux notes aut. (in-8 et in-4), et sa carte de visite signée.

2° Certificat sig. signé aussi par Cartelier, statuaire et Quatremère de Quincy. Paris, 4 août 1828. 1 p. in-fol.

764. **CORVISART** (Jean-Nicolas), premier médecin de Napoléon Ier, membre de l'Institut. N. 1755. M. 1821.

L. aut. sig., à M. Bonpland, intendant de la Malmaison. 28 nov. 1811. 2 p. pl. in-8. Deux *portr.*

Relative à des arbres que l'Impératrice Joséphine lui a obligeamment promis pour les plantations de son domaine de la Garenne de Colombes. Détails des essences, environ douze cents pieds.

« J'espère, Monsieur l'intendant, que S. M. l'Impératrice Joséphine vous don- « nera aujourd'hui un bon savon pour vous fortifier dans le rôle de musard, dont « vous vous acquittez si bien. Hier matin il n'y avait encore rien d'arrivé à « la Garenne..... »

765. **COSME DE MEDICIS**, duc de Florence et de Sienne, surnommé *le Grand*, *le Père de la patrie*, premier grand-duc de Toscane. N. 1519. M. 1574.

L. sig.: *El duca di Fiorenza* (en italien), au consul Marc... Florence, 23 oct. 1560. Demi-page in-fol. Trace de sceau. Trois *portr.*

Relative à des porcs trouvés paissant à Migliarino... « Nous voulons que vous « sachiez que dans ce cas-là il n'y a pas à se précipiter, mais à prendre patience, « plutôt une semaine de plus ou de moins, pour faire justice à chacun, et afin « que celui qui a intérêt puisse se défendre.....

766. **COSNAC** (Daniel de), évêque de Valence, puis archevêque d'Aix. N. 1626. M. 1708.

Prélat fort remarquable par la causticité de son esprit incisif et prompt, par la vigueur de son caractère, par l'habileté de son audace, par la persévérance d'ami dévoué et utile qu'il remplit auprès de *Madame*, Henriette d'Angleterre par l'empire qu'il exerça sur de petits grands seigneurs, tels que *Monsieur* frère de Louis XIV ; le prince de Conti, *etc.* (*L. de M.*)

1° Quitt. sig. (sur parch.). Paris, 17 mars 1707.

2° L. aut. sig., à M... Paris, 11 juillet 1701. 3 p. pl. in-4.

Il est bien aise qu'il ait écrit à M. le maréchal de Noailles.... « Enfin, le pape « pressé par les réguliers, ma fait lhonneur de mescrire un bref touchant linter- « dit des églises, et des censures que jai données contre ceux qui mont fermé « leurs églises; il paroit par ce but que les réguliers ont allégué beaucoup de faus- « setés et qu'ils ont surpris le pape par de faux faits.... » Il n'est pas difficile de se persuader qu'on n'est pas content du bref du pape qui se rend par là le juge immédiat de cette affaire, qui ne peut être jugée que par des commissaires *in partibus*, selon les lois et privilèges du royaume, « et je ne doute pas qu'il en « faudra venir à une appellation comme d'abus si le pape prétend decider sur « cette matière ; il y a même beaucoup de raisons qui me confirment dans ce « sentiment, dont on ne m'a pas caché le secret ; quant à moy, j'espère bien « soutenir les droits de leglise et du royaulme par les saints canons et lusage. « Jai pour moi lescriture saincte, les conciles, les bulles mesmes des papes, « les declarations de nos roys, et les arrests de beaucoup de compagnies supé- « rieures..... »

767. **COSSE** (Timoléon, comte de), grand panetier de France, lieutenant-général. M. 1675.

Obligation notariée, sig. Paris, 27 oct. 1652. 1 gr. p. in-fol.

Cossé (Charles de), marquis d'Acigné. Acte notarié sig. Paris, 27 octobre 1614. 2 p. in-fol.

Cossé (le comte de), colonel d'un régiment de cavalerie. Certificat militaire signé. 1695. in-4. Cachet.

768. **COUDER** (Louis-Charles-Auguste), peintre d'histoire. élève de David. N. 1790.

1° Dix lett. aut. sig., à M. Lucas de Montigny. 1838 à 1848. Ensemble, 14 p. in-8 et in-4.

Relatives au portrait de Mirabeau. Intéressantes.

2° Quatre lettres et minutes de M. de Cailleux, directeur du Musée, relatives au même portrait.

Dans sa lettre du 21 septembre 1835, il annonce qu'il est chargé par le roi d'exécuter, pour le musée de Versailles, un grand tableau représentant l'ouverture des Etats généraux, en 1729. Il a dû, autant que possible, placer en évidence les personnages les plus illustres, et, à ce titre, le grand orateur de la révolution, Mirabeau, est placé le plus en évidence. Désirant donc représenter dignement cette grande figure de l'époque, il a fait bien des recherches afin de découvrir un bon portrait, et il a appris qu'il en possède un en pied qui serait pour lui un document extrêmement précieux......

769. **COULIER** (Philippe), auteur de divers ouvrages sur l'astronomie, la navigation, etc.

1° Cinq lett. aut. sig., à M. Lucas de Montigny. 1817 à 1841. 6 p. in-8 et in-4.

2° L. aut. sig., au même. 12 sept. 1841. 6 gr. p. pl. in-fol.

Sur la rédaction de procès-verbaux concernant les établissements industriels.

3° L. aut. sig., au même. Paris, 18 mai 1836. 2 p. in-fol.

Description et tracé de l'observation de l'éclipse du soleil du 15 mai 1836. La seconde page contient la figure astronomique de l'éclipse.

4° Rapport au préfet de police, sur les eaux d'alun. (Copie aut. sig. de ce rapport.) Paris, 10 mai 1841. 6 gr. p. in-fol.

5° Deux notes aut. sur la natation dans Paris, et sur les inconvénients du voisinage d'une fonderie de cuivre. 5 p. in-4 et in-fol.

6° Notice imprimée sur la terminologie géographique, etc. 1840. 16 p. in-8.

770. **COULMIER** (François *Simonet* de), abbé régulier d'Abbecourt, constituant, directeur de l'hospice de Charenton, etc. M. 1818.

1° L. aut. sig., au citoyen secrétaire général de la préfecture de la Seine. Charenton, 13 fructidor an X. 1 p. in-4. *Portr.*

2° L. aut. sig., au citoyen Méjean (le même). Charenton, 23 frimaire an XIII. 1 p. in-4.

Il a lu ce matin, dans son journal, que l'Empereur lui avait donné la croix; il n'était étonné que d'une chose, c'était de ne l'avoir pas vu compris dans la première distribution... Il lui a recommandé les biens de son établissement, c'est le bien de l'humanité qu'il plaide.

771. **COULON DE THEVENOT** (A.), inventeur de la Tachygraphie.

1° Notice ou discours aut. 3 p. in-4.

Il explique longuement les avantages de son art.

2° Dictionnaire tachygraphique aut. et note de 22 lignes aut. sur ce dictionnaire. Ensemble, 2 p. in-8.

N. B. Ce Dictionnaire peut être utile pour comprendre le sens de certaines notes de M. Lucas de Montigny.

772. **COUPART** (Antoine-Marie), auteur dramatique, chansonnier. N. 1780.

1° Deux lett. aut. sig. 1837. 2 p. in-8.

2° *Conseils : Lorsque vous êtes malade*, etc. Chanson aut. sig. (sept couplets de neuf vers). 2 p. pl. et demie in-4.

3° *Chansonnette : A se plaindre on est fort enclin*, etc. Aut. sig. (7 couplets de 6 vers). 1 gr. p. pl. in-fol.

773. **COURCELLES** (Charles, marquis de), lieutenant-général d'artillerie. M. 1678.

Vil et impudent mari de la belle Marie Sidonia de Lenoncourt, fameuse par ses désordres et ses impudicités, qu'elle a pris la peine de détailler ellemême dans ses mémoires, complétés et publiés par Chardon de La Rochette. La digne amie de Sidonia, la duchesse de Mazarin, l'a mentionnée dans ses mémoires. (*L. de M.*)

Quitt aut. sig. (sur parch.). 1668.

774. **COURIER** (Paul-Louis), officier d'artillerie, savant helléniste. Né en 1774. Assassiné en 1825.

L. aut. sig., à madame... Paris, 30 août 1821. 2 p. pl. in-4. *Portr.*

Sa lettre lui a fait grand plaisir et grand honneur. Il peut lui dire avec vérité qu'elle le dédommage et au delà du tort qu'on lui fait. Car c'est justement son approbation et celle de personnes comme elle qu'il ambitionnait quand il a fait ce coupable pamphlet. « On m'assure au reste que la prison n'est pas si « fâcheuse qu'on le croit. Du moins y serai-je en assez bonne compagnie. Les « juges et les jurés ont juré d'y mettre d'honnêtes gens et des hommes d'es- « prit. Mais vous dites fort bien que dans mon métier de cultivateur cela ne « vaut rien d'être deux mois entre quatre murs. Heureusement Dieu m'a donné « une femme qui vaut mieux que moi pour nos intérêts temporels. (C'est cette « femme qui a été accusée de l'avoir fait assassiner.) Ainsi, à tout prendre, je « ne voudrais pas n'avoir point fait ce *Simple discours*. C'est vanité, mais que « voulez-vous. — Je n'ai pas tant à me plaindre des juges que des jurés. Les « juges m'ont fait le moins de mal qu'ils ont pu. Mais le jury, ainsi modifié, « est la plus heureuse invention dont on se soit jamais avisé pour le despo- « tisme. Les Richelieu n'y entendaient rien avec leurs commissions, dont tout « l'odieux leur demeurait..... »

775. **COURT DE GEBELIN** (Antoine), historien, antiquaire, censeur royal. N. 1725. M. 1784.

Pièce aut. sig., entièrement écrite dans le style maçonnique. A l'Orient de Paris, le 21 du 2e mois 5779 (1779). 1 p. in-fol. Cachet de la loge à la cire rouge. Curieuse. *Portr.*, et vue de son tombeau à Franconville.

776. **COURTENAY** (famille de). Huit pièces.

Courtenay (Jehan de), sieur de Salles, gentilhomme ordinaire de la chambre du roi. Deux quitt. sig. (sur parch.). 1601 et 1609. — Courtenay (Esme, baron de), chevalier, sr de Bleneau. 1° Quitt. sig. (sur parch.). 1610. — 2° Acte notarié quatre fois sig. 1607. 2 p. et demie in-fol. — Courtenay (Jacques de), gentilhomme de la chambre du roi. Quitt. sig. (sur parch.). 1611. — Courtenay (Jehan de), seigneur de Frainville, et Madelaine de Marle, son épouse. Acte notarié signé des deux, et dans lequel il s'intitule : *Illustre seigneur de sang royal.* 1620. — Courtenay (Charles-Roger, prince de). Quitt. sig. (sur parch.). 1708. — Courtenay (Hélène de Besançon, épouse de haut et puissant *prince du sang royal de France*, Louis-Charles de). Quitt. sig. (sur parch.). 1699.

777. **COURTOIS** (Edme-Bonaventure), député de l'*Aube* à la Convention. N. 1750. M. 1816.

Arrêté du Comité de sûreté générale du 3 messidor an III, pour la mise en liberté du citoyen Pionnier, aut. sig. par Courtois, et sig. par les Conventionnels Pierres, Sevestre, Bailly, Marie-Joseph Chénier, P. M. Delaunay, Lomont, Mariette et Pépin. 1 gr. p. in-fol. Tête imp. Vignette et Cachet.

2° *Ma catilinaire, ou suite de mon rapport du 16 nivôse, sur les papiers trouvés chez Robespierre et autres conspirateurs...* An III. Impr. 26 p. in-8.

778. **COUSINOT** (Jacques), médecin de Louis XIII et de Louis XIV dauphin. N. 1590. M. 1646.

Quitt. aut. sig. 1632, et quitt. sig. 1619 (toutes deux sur parch.), pour honoraires de ses gages de médecin du roi.

779. **COUSTOU** (Guillaume), sculpteur, membre de l'Académie de peinture et de sculpture. N. 1678. M. 1746.

L. sig., signée aussi par Frémin, Restout et Lépicié, membres de l'académie de peinture et de sculpture, à Mgr... Paris, 20 janvier 1744. 2 p. in-fol. *Portr.* de A. Saint-Aubin, in-4.

Coustou (Charles-Pierre), architecte du roi. L. a. s. (à la 3e personne), à M. Cuvillier. 28 avril 1780. 1 p. in-8. *Portr.* de Nicollet, in-4.

780. **COUTENCES** (Valentin de), sieur de La Salle, commandant dans le château de Nantes.

Quitt. avec une ligne aut. sig. (sur parch.). 1613.

781. **COYPEL** (Antoine), peintre du roi et premier peintre du duc d'Orléans. N. 1661. M. 1722.

1° Constitution d'une rente de l'Hôtel de ville de cent livres, en sa faveur, deux fois signée. Paris, 28 juin 1694. 3 gr. p. in-fol.

2° Quitt. sig. (sur parch.). 17 juillet 1704.

3° Son portr. par Sarrabat, in-4, et gravure de son tableau *Ecce Homo*.

782. **CRAMAIL** (Adrien de Montluc, comte de), prince de Chabannes, gouverneur du comté de Foix. 1568-1646.

Il fut l'une des victimes de Richelieu qui, après la *Journée des Dupes* (1630), le retint prisonnier à la Bastille, avec tant d'autres et plus illustres compagnons d'infortune, et pendant 12 ans. — Il a laissé une piquante *Comédie des Proverbes*, et un livre, *Les jeux de l'Inconnu*, rempli de critiques et d'allusions qui, peut-être, expliquent en partie sa longue captivité. (*L. de M.*)

Son testament notarié dicté, et signé *Monluc* (quatre fois), au bas de chaque page et à la fin... *De présent retenu en la maison du grand regard, sise hors le faubourg Saint-Jacques, pour se faire tailler de la pierre dont il est de longtemps travaillé...* 5 octobre 1645. (Trois mois avant sa mort). 3 gr. p. pl. et demie in-fol.

783. **CRAMOISY** (Sébastien), imprimeur, directeur de l'imprimerie du Louvre, échevin de Paris, administrateur de l'Hôtel-Dieu. N. 1585. M. 1669.

Il était capitaine de la milice bourgeoise pendant les troubles de la *Fronde*, et fit preuve de zèle et de courage. (*L. de M.*)

Acte notarié sig., signé aussi par le président Mathieu Molé, et par plusieurs conseillers du roi, etc. 16 oct. 1650. 3 gr. p. in-fol. Beau *portr.* de Rousselot, in-4.

Exécution d'un testament fait en faveur de l'Hôtel-Dieu de Paris, par haute et puissante dame Marguerite de Gondy, veuve de Florimond d'Halluyn, marquis de Maignelay.....

784. **CREBILLON** (Prosper *Joiyot de*), poëte tragique, censeur royal. N. 1674. M. 1752.

Permis aut. sig. de représenter l'*Oiseleuse* (au théâtre italien). 12 déc. 1755. Six *portr.*

785. **CREBILLON** fils (Claude-Prosper *Jolyot de*), censeur royal, auteur du *Sofa*, etc. N. 1707. M. 1777.

Permis aut. sig. de publier *un manuscrit intitulé : Lettre à M. Racine sur le théâtre en général, et sur les tragédies de son père en particulier...* Paris, 8 mai 1773. Demi-p. in-8. *Portr.*

786. **CREQUY** (Charles Ier de), prince de Poix, seigneur de Canaples, comte de Saulx, etc., ambassadeur à Rome, maréchal de France. N. 1578. M. 1638.

1° Quitt. sig. (sur parch.). 19 nov. 1627. *Portr.* colorié in-4 et gravure coloriée représentant sa mort devant Brême.

2° Acte notarié, signé. 1621. 2 p. pl. et demie in-fol.

Créquy (François de Blanchefort, marquis, puis duc de), fils du précédent, maréchal de France. N. 1624, M. 1687. Quitt. d'une ligne aut. sig. (sur parch.). 1675. *Portr.* colorié in-4, et gravure coloriée représentant la prise de Luxembourg, in-4.

787. **CREQUY** (famille de). Huit pièces sig.

Créquy (Jehan de), comte de *Meullens*, gentilhomme de la chambre du roi. 1530. — Créquy (Jehan de), prince de Poix, capitaine de 40 lances. 1552. — Créquy (Anne de), baron de Flissey, gentilhomme de la chambre. 1579. — Créquy (Philippe de), gentilhomme de la chambre, et *Urbaine de Laval*, son épouse. 1581. — Créquy (François, marquis de), tué en 1702, à la bataille de Luzara. 1696. — Créquy (Charles, duc de), prince de Poix, pair de France, ambassadeur à Rome. M. 1687. 1° Quitt. 1671. — 2° Acte notarié, signé aussi par Antoinette-Louise de Mesme, et J. Bernage. 1666. 2 p. et demie in-fol. — Créquy (Armande de Lusignan, duchesse de), dame d'honneur de la reine Marie-Thérèse. 1689.

788. **CREUTZ** (Gustave-Philippe, comte de), poëte, ambassadeur de Suède en France. N. 1726. M. 1785.

L. aut. sig., à M... Stockholm, 16 juillet 1784. 1 p. in-4.

Avis d'une pension à payer au sieur Temple, son ancien secrétaire.

789. **CREUZE DE LESSER** (Auguste, baron), poëte, auteur dramatique. N. 1771. M. 1839.

1° L. a. s., au préfet de la Seine. Paris, 26 sept. 1834. 1 p. pl. in-4.

2° L. aut. sig., à M... Paris, 5 nov. 1 p. in-8.

3° L. aut. sig., au baron de Walkenaër, secrétaire de la préfecture de la Seine. Montpellier, 22 mai 1825. 1 gr. p. pl. in-4.

Recommandation en faveur de M. Renouvier, conscrit. Postscriptum sur la vie de La Fontaine, publié par Walkenaër, et à côté, note aut. de celui-ci (au sujet du mot de La Fontaine *sur les damnés*).

789 bis. **CREVECOEUR** (Philippe de), sire d'Esquerdes et de Launoy, maréchal de France. M. 1494.

Il commandait à la malheureuse bataille de Guinegate. Louis XI en mourant lui confia la garde du jeune roi Charles VIII.

Quitt. sig. (sur parch.), de la somme de 64 livres, à cause de ses gages pour l'office de capitaine du pont de Meulan.

790. **CRILLON** (Louis Balbe de Berton, baron de), chevalier de Malte, lieutenant de la colonelle générale, surnommé le *Brave Crillon*. Né en 1541. Mort à Avignon en 1615.

Sa signature au bas d'un fragment d'acte notarié. 3 demi-p. in-fol. Fortes mouillures. Deux *portr.* in-4.

Crillon (le marquis de), brigadier général des armées du roi, gouverneur de Tarascon. Certificat militaire, sig. 1684. in-4.

Crillon, évêque de Vence. L. aut. sig. 1705. 1 p. in-4.

791. **CRILLON** (Louis Balbe de Berton, duc de), commandant du siége de Gibraltar, lieutenant général des royaumes de Valence et de Murcie. N. 1718. M. 1796.

L. aut., à sa chère Mimi .. Aranjuez, 16 juin 1779. 4 p. pl. in-4. Son *portr.* comme commandant en chef au siége de Gibraltar, in-4.

Curieux détails au sujet d'une affaire d'intérêt à traiter avec un nommé Reboal.

792. **CROISSY** (Charles de Colbert, marquis de), frère du grand Colbert, président à mortier au Parlement de Paris, ambassadeur au congrès de Nimègue, ministre des affaires étrangères. N. 1629. M. 1696.

1° L. a. s., à M. Le Bret. Fontainebleau, 12 oct. 1689. 1 p. pl. in-4. Au sujet de la démission de M. l'archevêque d'Arles, comme syndic du clergé de Provence.

2° L. sig., à M. Le Bret. Fontainebleau, 28 sept. 1692. 3 gr. p. in-fol. Au sujet des échevins de Marseille. — Et quitt. sig. (sur parchemin). 1665.

3° L. sig., à M. Le Bret. Versailles, 26 nov. 1683. 2 p. in-fol.

M. le président du parlement de Grenoble lui ayant écrit que M. de Châteaudouble avait souffert de grandes pertes dans sa terre par ceux de la R. P. R., et qu'il serait de la justice du roi qu'il lui fût adjugé une somme proportionnée à ses dommages, tant sur les biens des huguenots qui seront condamnés que sur les communautés qui auront contribué auxdits désordres, il en a rendu compte à Sa Majesté, qui lui a ordonné de lui faire savoir, que si ledit sieur de Châteaudouble justifie des dommages qu'il a soufferts par ceux de la R. P. R., il lui adjuge des sommes proportionnées à ses pertes sur les biens des particuliers qui ont été déjà condamnés comme étant exceptés de l'amnistie.

793. **CROUZET** (Pierre), poëte, directeur du Prytanée de Saint-Cyr. N. 1753. M. 1811.

1° L. aut. sig., comme principal du collége du Panthéon, aux commissaires de l'instruction publique, collége des Quatre-Nations. (Prison de Sainte-Pélagie), 6 nivôse an II. 3 p. pl. in-4. Cachet.

On s'ennuie furieusement à Sainte-Pélagie. On y connaît pourtant les transports de la joie. Cela lui arrive toutes les fois que le bruit de nos victoires retentit jusque dans leur prison. C'est dans un de ces moments heureux qu'il a fait et chanté les couplets qui suivent aux compagnons de sa captivité...... *Sur le siége de Toulon*, chantés le 5 nivôse.

« Victoire aux sans-culottes.
« Tremblés, tremblés, superbes despotes;
« Nos braves patriotes,
« Dès qu'ils sont outragés,
« Sont vengés. »

. . . .

2° Les Brevets, ou le départ des élèves de Saint-Cyr pour l'armée, par le citoyen Crouzet. Dialogue en vers. Paris, an XI (impr.). 18 p. in-8.

794. **CRUSSOL** (Jacques Ier de), grand panetier de France, sénéchal de Beaucaire. M. 1525.

Il avait la confiance et l'affection de Louis XII qu'il accompagna au siége de Gênes, à Milan, etc. (*L. de M.*)

Quitt. sig. (1503), et reçu de cent six hoquetons pour les hommes de sa compagnie... 1523, (Ces deux pièces sur parch.).

Crussol (Charles, sire de), vicomte d'Uzès, grand panetier de France. M. 1546. Quitt. sig. (sur parch.). 1534.

Crussol (Emmanuel, comte de), pair de France, chevalier d'honneur d'Anne d'Autriche. M. 1657. Acte notarié, sig. 1517. 2 p. in-fol.

Crussol (Emmanuel, duc de), pair de France, gouverneur de l'Angoumois et de la Saintonge. Certificat militaire, sig. 1679. 1 p. in-4. Cachet.

Crussol d'Uzès (Suzanne de), abbesse de N. D. *Dhierre*. Quitt. sig. (sur parch.). 5 avril 1693. Sceau de l'Abbaye.

795. **CRUSSOL** (Jacques II, comte de), duc d'Uzès, lieutenant-général du Languedoc, connu longtemps sous le nom de baron d'*Assier*. N. 1540. M. 1586.

..... Un des pricipaux chefs des protestants, il se signala partout dans les guerres civiles. Quoique arrivé trop tard à la bataille de Jarnac, il empêcha le duc d'Anjou, depuis Henri III, d'anéantir les restes de l'armée de Coligny..... Jacques était aussi humain que brave. Quoique, dit-il, *il n'entendit point de messes et ne se confessât qu'à Dieu*, il reprocha courageusement, durement même, au duc de Montpensier, qui entendoit trois messes chaque jour, ses lascives violences envers les jeunes captives, dont le dévot prince usoit et faisoit user d'une maniere qui a égayé la verve du cynique Brantôme. (*L. de M.*)

Lett. sig. et contresignée *Barruel*, au capitaine Barthès Médoc. Au camp de Montargis, le 9 avril 1575. 1 gr. p. in-fol. en travers. Trace de cachet. Fatiguée.

Le fort de Crais, pouvant être attaqué et pris par les rebelles, il lui donne ordre de mettre en bon état ledit fort, et de porter à vingt au lieu de dix les soldats qui doivent composer la garnison ; les choississant les plus braves qu'il pourra, et catholiques.....

796. **CUBIÈRES** (Michel, chevalier de), dit DORAT, dit *Palmézeau*, écuyer de la comtesse d'Artois, secrétaire greffier de la commune de Paris, poëte. N. 1752. M. 1820.

1° Couplets aut. sig. chantés à la distribution des prix, le 6e jour complémentaire an VII. 1 gr. p. in-4. Notice de M. *L. de M.*

2° Discours pour la fête de la vieillesse prononcé le 10 fructidor... 1 p. pl. et demie aut. gr. in-fol.

797. **CUBIÈRES** (Simon-Louis-Pierre, marquis de), dit *Freydier*, naturaliste, auteur de l'*Histoire des coquillages de la mer*, etc. N. 1747. M. 1821.

Deux lett. aut. sig. Versailles, an VI et an VII. 2 p. in-4. Demande d'un passeport pour l'Italie, et le passeport demandé, signé par lui... Versailles, 2 thermidor an VI. 2 p. in-fol., avec un grand nombre de visas.

798. **CUREAU DE LA CHAMBRE** (Pierre), prieur de Normandie, membre de l'Académie française. M. 1693.

Quitt. sig. (sur parch.). Paris, 7 juillet 1667.

799. **CUSSY** (Remon de).

L. aut. sig., à M. de Rambouillet. De Paris, 2 mars (vers 1590). 1 g. p. in-fol. Cachet.

Au sujet des affaires du roi dont il a eu audience, et de celles du duc de Bouillon.

800. **CUSTINE** (Adam-Philippe, comte de), député aux Etats-généraux, général en chef de l'armée du Rhin, du Nord, etc. Né en 1740. Mis à mort en 1793.

Cet homme, dont le principal mérite militaire était une extraordinaire bravoure, montra, dit-on, beaucoup de faiblesse lors de sa condamnation. D'un autre côté, des témoins rapportent qu'entouré, pendant qu'on le conduisoit au supplice, par la foule imbécile et féroce qui l'insultoit en hurlant : *A la guillotine !* Il leur cria : *On y va, canailles !* Le cœur humain est sujet à tant de singularités et de contrastes, qu'il n'est peut-être pas difficile de concilier ces deux assertions, en apparence contradictoires. (*L. de M.*)

1° Deux lett. sig. 1782 et 1793. 2 p. in-8 et une p. in-fol. Deux *port.*

2° Ordre de la commune de Paris, au concierge de la prison de l'Abbaye, de recevoir le général Custine. 22 juillet 1793. 1 p. in-4.

3° Ordre d'arrestation (délivré par le Comité de sûreté générale), des *nommés Meunier, mari et femme, prévenus d'avoir brûlé tous les papiers et correspondance de Lottinger, cy-devant prestre confesseur de Custine*. 5 prairial an II. 1 p. in-4.

CUSTINE (Marc-Antoine, marquis de), chambellan du roi Stanislas Leszczinski, gouverneur de Pont-à-Mousson. Nomination sig., à un office de notaire. 1750. Pièce sur parch. Cachet brisé.

801. **CUSTINE** (Astolphe, marquis de), voyageur, littérateur, romancier, etc., petit-fils du précédent. 1790-1857.

1° L. aut. sig., à M. Jules Janin. Ce lundi. Demi-p. in-8. — 2°

L. aut. sig., au même. Sans date. 2 p. in-8. Curieuse. — 3° L. aut. sig., au même. Sans date. 2 p. in-8.

La peur le prend d'être oublié. Lui, n'a pas cette inquiétude-là, lui, qui se rappelle à ses amis par des éclairs de talents ; « mais moi qui reste attaché « à mon boulet, je tremble dans mon coin. Ce matin en lisant votre article « sur Chérubini, j'ai été ravi, et je me suis écrié : C'est pour cela que je « l'aime tant !... non pas Chérubini. Vraiment, si je valais la peine d'un ar- « ticle de nécrologie par vous je me tuerais demain... Mille amitiés de chien, « vilain chat que vous êtes. »

802. **CUSTINE** (Astolphe, marquis de). *Le même.*

L. aut. sig., à M. Jules Janin. 1840. 2 p. in-8.

Il a oublié dans son article de ce matin, de dire que Mlle Rachel a été rappelée après Andromaque, tandis que tous les amis de l'art et de Mlle Mars ont été justement chagrins de voir que le jour de son bénéfice, on ne l'a ni redemandée ni même applaudie. C'est un fait à constater pour faire une leçon au public; quand on est placé comme lui dans le monde littéraire, on se doit de former les spectateurs aussi bien que les auteurs. « Du reste, chat « sylphe que vous êtes, je suis de votre avis sur bien des points, et notam- « ment sur la nécessité de faire jouer des rôles nouveaux à la jeune tragé- « dienne, qu'il serait digne de vous de soutenir et d'encourager après l'avoir « proclamée... »

803. **CUSTINE** (Astolphe, marquis de). *Le même.*

L. a. s., à M. Jules Janin. Milan, 13 avril 1842. 4 gr. p. pl. in-8.

Nouvelles du théâtre de Milan, des succès mérités de Mlle Loewe, et ensuite de son abandon par les Milanais... Il a fait le voyage de Bologne tout exprès pour aller entendre le *Stabat Mater* de Rossini exécuté avec toute la perfection dont il est susceptible. « On se plaint de vous là, non pas Rossini, mais « le concierge du Camposanto. C'est un personnage de comédie, il a été « mandé par le cardinal Légat pour se justifier de tout ce qu'il vous a dit, et « il s'en est justifié en le niant. Je ne vous conseille pas d'aller vous faire en- « terrer à Bologne, ce pédant de gardien, savant et hargneux comme les vieux « professeurs qu'il surveille, vous rendrait la mort dure en diable. »

Rossini l'intéressait à voir dans sa gloire, quoi qu'il en dise, ce dernier ouvrage (le *Stabat*) est admirable, ce n'est point de la musique d'Opéra... Ce n'est point de la vieille musique religieuse, c'est un style inventé pour l'église actuelle: c'est le religieux moderne, l'omnibus musical, et dans ce genre c'est une création égale à ce que le grand maître a fait de plus beau dans d'autres genres... Il est souffrant, mais il le croyait plus vieilli qu'il n'est ; « il y a là de quoi produire encore de belles choses : son triomphe a été com- « plet ; porté et presque écrasé dans la rue, il a fallu qu'il reparût au balcon « de sa maison... » Nouvelles de Mme Albert, de Manzoni, de Mme Grassini, etc.

804. **CUSTINE** (Astolphe, marquis de). *Le même.*

L. a. s., à M. Jules Janin. Paris, 1er mai 1843. 3 gr. p. pl. in-8.

Belle et curieuse lettre relative à son ouvrage *la Russie en* 1839. La préface aurait dû engager M. Bertin à insérer dans le *Journal des Débats* des extraits de cet ouvrage.

805. **CUVELIER DE TRIE** (Jean-Guillaume-Auguste), avocat, auteur dramatique, dit le *Corneille des boulevards.* Né à Boulogne-sur-Mer en 1775. Mort en 1824.

Procuration aut. sig. Paris, 18 messidor an VII. 1 p. pl. in-4.

806. **CUVIER** (Georges-Léopold-Chrétien-Frédéric-Dagobert, baron), naturaliste, memb. de l'Instit., etc. 1762-1832.

1° L. a. s., au préfet de la Seine. Sans date. 1 p. in-fol. Deux *portr.*

Relative à l'indemnité de logement du second pasteur de l'église luthérienne de Paris.

2° Quatre lett. et pièces sig. 1806 à 1830. 6 p. in-4 et in-fol.

3° L. sig., à Mgr... Paris, 20 déc. 1813. 3 p. in-fol.

Sur le transport du corps du général Walther à Ste-Geneviève (le Panthéon).

807. **CUVILLIER-FLEURY** (Alfred-Auguste), littérateur.

1° L. aut. sig., à M. Th. Burette. Palais des Tuileries, 8 mars 1839. 1 p. in-12. Cachet.

2° L. aut. sig., à M. Lucas de Montigny. Château de Chantilly, 11 novembre 1850. 3 p. pl. et quart in-8. Enveloppe aut., et carte de visite avec 4 lignes aut.

Lettre curieuse au sujet des relations de Mirabeau avec Camille Desmoulins, et du caractère qu'on a voulu donner à ces relations.

808. **DACIER** (Bon-Joseph, baron), littérateur, membre de l'Institut, traduct. de *Xénophon*, etc. N. 1742. M. 1833.

L. aut. sig., à M. le comte... Paris, 6 sept. 1821. 2 p. in-fol. Tête impr. Vignette de l'Institut. Deux *portr.*, et notice biographique par Silvestre de Sacy, 20 p. in-8.

809. **DAGUESSEAU** (Henri-François), chancelier de France, Né à Limoges en 1668. Mort en 1751.

L. aut. sig., à M... Fresne, 13 juillet 1736. 2 p. pl. et quart in-4. Et sa signature (biffée), au bas d'une requête. 1 p. in-fol. Six *portr.*

DAGUESSEAU, père du précédent. L. aut. sig., à M. de Torcy. Paris, 27 juillet 1702. 6 p. pl. in-4.

Il a examiné le placet du s^r Caulet de Toiras qu'il lui a envoyé, et il a entendu le s^r Boucher, commis à la recette des biens des fugitifs protestants, sur ce qui y est contenu... Preuves que donne le s^r Caulet de son zèle à suivre l'exercice de la religion catholique, il a fait son jubilé à Paris, dans l'église de Saint-Eustache... Il estime que la partie des biens confisqués sur les religionnaires, et qu'il réclame, peut lui être délivré...

DAGUESSEAU (Antoine), président au grand Conseil. Quitt. d'une ligne aut. sig. (sur parch.). 1631.

810. **DALAYRAC** (Nicolas), compositeur. N. 1753. M. 1809.

« Lettre contenant l'abrégé d'un système pratique au moyen du-« quel on peut apprendre l'harmonie plus facilement et plus promp-« tement qu'avec le secours de la basse fondamentale.

« Simplici proprior veritas.

« A une dame qui m'avait fait l'honneur de me consulter sur le « choix d'un ouvrage propre à diriger ses études d'harmonie et de « composition... » 29 gr. p. pl. in-4, avec la musique (intercalée) nécessaire à l'exposé du système. *Portr.* in-4. Pièce importante.

811. **DALBERT DE RIONS,** chef d'escadre N. 1738. M. 1800.

Mémoire aut. sig. pour le maréchal de Castries. Paris, 28 mars 1786. 1 gr. p. in-fol. — Et quitt. sig. (sur parch.). 1785.

Il demande une augmentation de retraite pour le chevalier de La Devèze, son beau-frère, dont la santé se trouve considérablement altérée par des maladies graves, suite de la guerre maritime.

812. **DAMES AUTEURS.** Douze lettres et pièces a. et a. sig.

AGOULT (Marie d'), née de *Flavigny* (pseudonyme *Daniel Stern*). Trois lett. à M. Jules Janin. 4 p. in-8. — BEAUFORT D'HAUTPOUL (la comtesse de). 1815... 5 p. in-8. — BELGIOJOSO (la princesse Christine *Trivulzio*). 1840. 1 p. in-8. — BOURDIC. Billet. — BRADI (la comtesse de). 1820. 3 p. in-4. — COLLIN (Victorine). 2 p. in-8. — CRAON (Mme *Du Cayla*, princesse de). 1838. 1 p. in-8. — DAURIAT (Louise). Deux lett. à M. Lucas de Montigny. 1834-1837. 3 p. in-8 et in-4. Curieuses.

813. **DAMES AUTEURS.** Quinze lett. et pièces a. s. 2 *Portr.*

DESORMERY (Mme). 1829. 1 p. in-8. — DUCHAMBGE (Mme), compositeur de romances. 1 p. in-8. Curieuse. — DUFRÉNOY. 1818. 1 p. in-8. *Fac-simile. Portr.* Les derniers moments de Bayard, poëme couronné à l'Institut en 1815. Imprimé de 12 p. in-4. — DUPIN (A.). Deux lett. à M. Jules Janin. 1841. 6 p. in-8. Intéressantes. — FOA (Eugénie). Trois lett. 3 p. in-12. — GAY (Sophie). Billet aut. 1828. 1 p. in-12. — GOTTIS (Augustine). Deux lett. à M. Jules Janin. 1841 et 1842. 2 p. in-8. Intéressantes. — HAUDEBOURT-LESCOT. 1 p. in-4. *Portr.* — NARBONNE-PELET (Félicie, comtesse de). Trois lett. et billets, à M. Jules Janin. in-18 et in-8.

814. **DAMES AUTEURS.** Quinze lettres aut. sig. 3 *Portr.*

NIBOYET (Eugénie *Mouchon*, dame). Deux lett., à M. Jules Janin, et à M. de La Rochefoucauld. 1842 et 1843. 4 p. in-8. — PANNIER (Sophie *Teissier*, dame). 1838. 1 p. in-8. — ROBERT (Clémence). 2 p. in-8. — SAINT-ELME (Ida de), *la Contemporaine*. N. 1778. Morte dans une maison de charité à Bruxelles, en 1845. 1 p. in-8. *Portr.* — SAINT-SURIN (Mme Rosalie de), épouse de M. de Monmerqué. Deux lett., à M. Jules Janin. 1841. 3 p. in-8. Intéressantes. — SALM-DICK (comtesse *de Theis*, d'abord dame *Pipelet*, puis princesse de). 2 p. in-4. Deux *portr.* — SIGOURNEY (en anglais), 1 p. in-8. — VOIART (Elise). 1822. 1 p. in-8. — WALDOR (Mélanie), née *Villenave*. 1° Deux lett., à M. Jules Janin, au sujet de la représentation de sa pièce *l'Ecole*, à l'Odéon. 4 p. in-4. Intéressantes. 2° Trois lett. et billets, à M. Lucas de Montigny.

815. **DAMES,** *baronnes, comtesses*. 22 lett. et pièces sig. et aut. sig.

BOURGOING. 1828. 2 p. in-8. — DANNERY, surintendante de la maison de Saint-Denis. Sept lett., à M. Lucas de Montigny. 1839 à 1845. 11 p. in-8 et in-4. Intéressantes. — FEUCHÈRES (Sophie *Dawes*, baronne de). Billet a. s. (à la 3e personne). 1838. — BALBI. 1 p. in-18. — ANDRÉOSSY. 2 p. in-8. — AUBIGNÉ (comtesse d'). Contrat de mariage sig. Les futurs époux sont : le concierge du marquis de Menars et une femme de la marquise. 1688. — BATARNAY (Françoise de), comtesse Du Bouchage. Acte notarié sig. — CHASTEAUVILLAIN (Anne d'Aquitaine), dame de la reine. 1581. — CUBIÈRES (Aglaé de). 1841. 2 p. in-8. — MARSAN (Marie d'Albret de). Quitt. sig. 1690. — PONTÉCOULANT (de). 1 p. in-18. — TOULOUSE (la comtesse de). Pièce sig. (sur parch.). 1742. — VAILLAC (Elisabeth de La Vergne de *Tressan*, comtesse de). Acte notarié sig. 1684. — VALENCE (... *Genlis*, comtesse de). 1831. 1 p. in-8. — SAINT GELAY DE LUSIGNAN, abbesse de Jarcy-en-Brie. Quitt. sig. 1670. — BAVIÈRE (Louise-Marie de), abbesse de Notre-Dame La Royale, dite de Maubuisson. Quitt. sig. 1670.

816. **DAMES,** *marquises, duchesses, princesses*. 22 lettres aut. sig. et pièces sig.

COESBRIAND (Louise-Nicole de Béthune Sully, marquise de). 2 pièces. 1743-1744. 3 p. in-4. — GUYONES (marquise de), demoiselle de la reine. Quitt. sig. 1585. — MAINTENON (Françoise-Juliette de *Rochefort, de Salvert*, marquise de). quitt. sig. 1641. — LA ROCHEJAQUELEIN (Donnissan, marquise de). Deux l. sig. Pièce aut., et apostille a. s. 5 p. in-4 et in-fol. — ALBERT (Charlotte Dailly, duchesse de Pecquigny, maréchale duchesse d'). quitt. sig. 1665. — BÉTHUNE (Marie Foucquet, duchesse de). Quitt. sig. 1704. — LA MARCK (Guillemette de Sarrebruck, maréchale et comtesse de Braine, femme du maréchal duc de). Quitt. sig. 1559. — MERCŒUR (Marie de Luxembourg, duchesse de). Acte notarié sig. 1600. — MÉDICIS (Marguerite-Louise d'Orléans, femme de Cosme III de), grande-duchesse de Toscane. Quitt. sig. 1706. — LA MARCK (Françoise de Bourbon, duchesse de Bouillon). L. sig. 1583. — NARBONNE (... de Sérent, duchesse de). 1827, 1 p. in-12. — TOURZEL (la duchesse de), gouvernante des enfants de France. Deux pièces sig. 1800 et 1816. — DEUX PONTS (la princesse douairière de), grand'mère de la princesse de Wagram. L. a. s. An XI. 1 p. in-8. — ORANGE (Louise de *Colligny*, princesse de). Acte notarié sig. 1606.—RADZIWILL (Louise, princesse de Prusse et). L. a. s. 1802. 1 p. in-4. — SANTA-CROCE (la princesse de). Deux lett. a. s. (en italien), à madame de Fortia, à Rome. 1812. 6 p. in-4. Cachet.

817. **DAMES** nobles,auteurs, etc. 27 lett. et pièces sig. et a. s.

BERTIN DE VEAUX (A.). 1842. 1 p. in-8. — BIEZ (Claude de

Montgommery, du). Deux pièces. 1608. — Bourville (Louise de Luxembourg, veuve de). Deux actes notariés, sig. 1614. — Boulanger (Elisa), femme du peintre Clément Boulanger. Trois lett. à M. Lucas de Montigny. 3 p. in-8. — Comte (Aglaé), veuve de J. L. Laya. Deux lett. a. s. 1841. 4 p. in-8. — Condorcet. Notes interlinéaires sur une lettre à elle adressée. — D'Eldir, sultane indienne. L. a. s. 1837. 1 p. in-4, et note aut. — Delpech. Trois lett. a. s. à M. Lucas de Montigny. — Desmarets (*Béchameil*, dame). L. a. s. 1715. 1 p. in-4. — Dosne (Sophie). 2 p. in-8. — Du Cayla (Julie-Victoire *Talon*, comtesse). L. a. s. 1827. 1 p. in-8. Curieuse. — Dubignon (Joséphine), née de Montreuil. L. a. s. 1810. 3 p. in-4. — Du Plessis. Fin de l. a. s., à Mme de Richelieu. Demi-p. in-4. Cachets et soies. — Fauchet (Anna). poëte. L. a. s., à M. Jules Janin. 1841. 1 p. in-8. Envoi de quelques vers d'un poëme qui en contient dix mille. — Gordon (Angélique). 1821. 1 p. in-4. — Helvetius, née *Ligniville*. L. s. à M. Perronet. 1771. 5 p. in-4. — Martel (Joachime de Rochechouart de). 1575. — Soubsmoullins (Claude de), dame d'atours de la Reine. Quitt. sig. 1575. — Thoury (Francoise de Noailles, dame de). Acte de foi et hommage. 1616. 2 p. in-fol. — Ville-d'Avray (Sophie de), d'abord dame de *Maraise*. L. a. sig. 1830. 1 p. in-4. — Lot intéressant.

818. **DAMPIERRE** (Auguste-Henri-Marie *Picot* de), général de la république. N. 1756. M. 1793.

L. aut. sig., à M. Beulin. 31 mars 1791. 2 p. in-8. Cachet.

819. **DAMPIERRE** (Antoine de Cugnac, marquis de), gentilhomme ordinaire de la chambre du roi.

Il s'était fait peindre dans sa vieillesse, posé sur un tas d'or, tenant son épée d'une main, et de l'autre une bourse. « C'est disait-il, un petit trophée « que je me suis élevé, et qui subsistera, du moins en peinture, lorsque mes « héritiers l'auront dissipé. J'ai dans certain coffre 100,000 écus, que je ne « dois ni aux bienfaits de la cour, ni à mes emplois, et dont rien n'a été pris « sur le peuple. C'est le produit des rançons de prisonniers faits de ma main « dans les combats. (*L. de M.*)

1° Acte notarié, signé, de foi et hommage. 1619. 2 p. in-fol.

2° Deux actes notariés. 1619 et 1624. 4 p. 1/2 in-fol.

Dampierre (de), lieutenant pour le roi au gouvernement du Quesnoy. Certificat aut. sig. pour l'enseigne de Barjeton de Fonslongue. 1694. 1 p. in-8. Cachet.

Dampierre (le marquis de), pair de France. L. aut. sig., à M. Lucas de Montigny. 1841. 1 p. in-4.

820. **DANET** (Pierre), abbé commendataire de Saint-Nicolas de Verdun, savant lexicographe, associé par Montausier à la collaboration des *Ad usum Delphini*. 1640-1701.

Quitt. aut. sig. (sur parch.). Paris, 18 mai 1706.

821. **DANGEAU** (Philippe de Courcillon, marquis de), gouverneur de Turenne, membre de l'Académie française, de celle des sciences, etc. N. 1638. M. 1720.

1° Quitt. sig. (sur parch.). 5 août 1676.

2° Certificat sig., comme gouverneur de Touraine et colonel du régiment du Roi, en faveur de l'enseigne Caillé. Lille, 8 juin, 1668. 4 p. in-4. Cachet.

822. **DANIEL** (Gabriel), jésuite, historiographe de France. Né à Rouen en 1649. Mort en 1728.

L. sig., au R. P. Du Ru, supérieur de la C. de Jésus, à Pontoise. Paris, 22 janvier 1709. 1 p. pl. et demie in-8.
Il lui annonce la mort édifiante du P. Pierre Dozenne.

823. **DANTON** (George-Jacques), député de Paris à la Convention. Né en 1759. Mis à mort en 1794.

1° Ordre des membres de la commune de Paris au concierge de la maison d'arrêt du Luxembourg, d'y recevoir le prisonnier Danton, membre de la Convention, pour y être gardé au secret. 11 germinal, en II. 1 p. in-4. *Portr.* Notice de M. *L. de M.*

2° Sa signature, et celles de Camus, Delacroix et Gossuin, comme commissaires membres de la Convention nationale de France près l'armée de Belgique, pour requérir l'envoi le plus prompt à Aix-la-Chapelle, de la moitié, tant des capotes que des culottes qui se trouvent actuellement faites... Les soldats aux avant-postes étant obligés de passer presque toutes les nuits au bivouac. Aix-la-Chapelle, 4 janvier 1793. Deux tiers de p. in-4.

824. **DAQUIN** (Antoine), premier médecin du roi. M. 1696.

Daquin est le *Tomès* de *l'Amour médecin* de Molière, et en effet on s'égayait beaucoup sur le compte de Daquin, qui avait sa part des prétentions pédantesques et des ridicules des médecins du temps. (*L. de M.*)

Quitt. sig. (sur parch.), de la somme de 3000 livres pour ses gages de l'année 1676, à cause de sa charge de premier médecin du Roi.

825. **DARCET** (Jean), précepteur du fils de Montesquieu, médecin, chimiste, membre de l'Institut, sénateur, directeur de la manufacture de Sèvres, etc. N. 1725. M. 1801.

L. aut. sig., aux citoyens administrateurs... Paris, 6 prairial an IV. 2 p. in-4. — Précis historique sur la vie et les travaux de Jean Darcet, lu à la séance publique du Lycée des arts, le 10 germinal an X, par Michel Dizé. Paris, an X. 36 p. in-8.

Darcet (Jean-Pierre-Joseph), fils du précédent, chimiste, membre de l'Institut. N. 1777, M. 1844. Deux lett. aut. sig. 1822 et 1827. 2 p. in-4 et note aut. *Portr.* — Discours prononcé à ses funérailles par M. Dumas. 13 p. in-4.

826. **DARMÈS** (Marius-Ennemond), régicide. Exéc. en 1841.

1° L. aut. sig., à M. Dufresne, inspecteur général des prisons du département de la Seine. Prison du Luxembourg, 30 mai 1841. 1 p. in-4. En marge de cette lettre, M. Dufresne a écrit et signé le motif qui lui a fait demander cette lettre à Darmès qui l'avait écrite la veille de sa mort, et donne des détails sur ses derniers instants.

2° L. aut. sig., de M. Dufresne à M. Lucas de Montigny, en lui envoyant la lettre qui précède. Paris, 9 juin 1841. 2 p. in-8.

827. **DARU** (Pierre-Antoine-Noël-Bruno, comte), ministre, membre de l'Académie française. N. 1767. M. 1830.

1° Cinq lett. aut. sig., au baron Desgenettes et à M. de Pongerville. 1814 à 1829. Ensemble, 6 p. in-4 et in-fol. Trois *portr.*

2° Deux lett. et p. sig. An V. 5 p. in-4 et in-fol.

3° L. sig., au préfet de la Seine. Varsovie, 39 janvier 1807. 1 p. et demie in-fol.

L'Empereur, par décret du 16 frimaire an XIV, a daigné adopter les enfants des vainqueurs morts à Austerlitz. Il a fondé deux maisons d'éducation, où ils doivent être placés suivant leur sexe. ..

828. **DAUBENTON** (Jean-Louis-Marie), ami de Buffon, naturaliste, membre de l'Institut, sénateur, etc. 1716-1799.

L. aut. sig., au citoyen Molinos, architecte. Au Muséum, 6 ventôse an II. 1 p. in-4. Tête impr. Vignette. *Portr.*

829. **DAUBERMESNIL** (François-Antoine), député du *Tarn* à la Convention, fondateur, avec La Réveillère-Lépaux, de la Théophilanthropie. M. 1802.

1° L. aut. sig., au citoyen Petiet. 15 brumaire an V. 1 p. in-4.

2° L. aut. sig., au ministre de la guerre. 7 vend. an VIII. 1 p. in-4.

De La Croix (J.-P.), député d'*Eure-et-Loir* à la Convention. N. 1754. Mis à mort en 1794.

1° L. aut. sig., au ministre... Paris, 17 mai 1793. 1 p. in-4.

2° Ordre des administrateurs de la police de la commune de Paris, au concierge du Luxembourg, de mettre au secret le citoyen De La Croix, député d'*Eure-et-Loir* à la Convention. Paris, 11 germinal an II. 1 p. in-4.

830. **DAUBERVAL** (Jean *Bercher*, dit), danseur, compositeur de ballets. N. 1742. M. 1806.

L. aut. sig.: *Auberval fils*, à M. Taurel, secrétaire du marquis de Chauvelin. Ce lundi matin. 2 p. et demie in-4. Cachet.

Au sujet de l'engagement du sieur Gronet, pour danser au théâtre de Turin.

831. **DAUBIGNY** (J.-L.-Marie Villain), procureur au Parlement, un des promoteurs des massacres de septembre.

Note curieuse sur une condamnation prononcée par Saint-Just, avec autant de légéreté que de barbarie (*L. de M.*). Aut. 27 messidor an III. Autographe, 1 p. in-4.

832. **DAUPRAT**, corniste, professeur de cor.

Deux lett. aut. sig., à M. Lucas de Montigny. Paris, 25 et 28 mars 1846. 2 p. pl. in-8, et 2 p. pl. et demie in-4.

A propos d'un envoi d'autographes, il donne à M. de Montigny des détails intéressants sur *Sarrette*, fondateur du Conservatoire, sur la *marquise de Montgeroult*, forcée de toucher sur le piano *la Marseillaise* devant le Comité de salut public..... « Le nom de comtesse de Charnage vient du dernier mariage que « madame la marquise de Montgeroult avait contracté. Elle est morte à Flo- « rence en 1834. Elle fut incarcérée avec tant d'autres sous l'affreux régime de « la terreur, et c'est à M. Sarrette et aux compositeurs dont il avait formé son « comité des inspecteurs de l'enseignement qu'elle dut son élargissement. Ils « allèrent la réclamer au comité de Salut public, comme le professeur de piano « le plus distingué, et dont le Conservatoire ne pouvait se passer. Les juges du « tribunal révolutionnaire la firent venir à la barre, ordonnèrent en même « temps qu'on y apportât un piano, sur lequel ils voulurent qu'elle jouât la « Marseillaise. Il fallut bien s'acquitter de cette tâche, d'ailleurs si facile pour « elle. Alors le président de ces tigres, un instant adoucis, lui adressa à « peu près cette courte allocution : *Citoyenne, nous voyons que tu es une bonne « patriote, et nous t'acquittons des accusations portées contre toi. Viens re- « cevoir l'accolade fraternelle.* Et la célèbre artiste fut obligée d'accueillir les « baisers immondes de toutes ces lèvres dégoutant encore le sang dont elles « s'abreuvaient... »

833. **DAVID** (Jacques-Louis), peintre, conventionnel, membre de l'Institut. N. 1748. M. 1825.

1° Certificat aut. sig. en faveur du jeune Scheider, son élève. Sans date. 1 p. pl. in-4. Deux *portr.* in-8 et in-fol. Deux lithographies. Description du tableau des Sabines. An VIII, in-8. Description du tableau du sacre de Napoléon. 1808, in-8. — Copie d'une lettre de M. Delafontaine à l'académie des Beaux-Arts sur David. 12 avril 1851. 2 p. et demie in-4.

2° Arrêté du Comité de sûreté générale pour l'emprisonnement du nommé Machet de Velge, ci-devant intendant des bâtiments de Capet, dit *Monsieur*, signé par David et Le Bas, et aut. sig. de Louis (du Bas-Rhin). 22 germinal an II. Demi-p. in-fol. Cachet.

3° L. sig. de Jollivet, secrétaire du Comité de sûreté générale, adressée au concierge des Quatre-Nations, au sujet de la détention de David. 16 thermidor an III. Demi-p. in-fol.

4° Arrêté du Comité de sûreté générale sig. par Bailly (l'arrêté est entièrement de la main de celui-ci), Lomont, J. Mariette, Rovère, Alex. Ysabeau, Pierres, P. M. Delaunay, Bergoing et Pierre Guyomar. 16 thermidor an III. 1 gr. p. pl. in-fol. Cachet.

Sur les rapports qui ont été faits constatant la maladie du représentant du peuple David, et l'état où il se trouve, le comité arrête qu'il sera transféré dans la maison de la citoyenne Pécoul, section du Luxembourg, où il restera sous la garde d'un gendarme... jusqu'à ce qu'il puisse être conduit à St-Ouen, près Tournan (Seine-et-Marne), chez le citoyen Seriziat, pour y demeurer également sous la garde du même gendarme...

834. **DAVID** (Pierre-Jean), statuaire, membre de l'Assemblée constituante de 1848. Né à Angers en 1793. M. 1856.

L. aut. sig., à M. Roland, statuaire, à Paris. Rome, 23 mai 1812. 3 p. pl. in-4. Croquis d'une statue représentant un jeune chasseur. Petite déchirure par le cachet. Très-belle lettre.

Il l'entretient de Rome, de sa visite aux belles choses que cette ville renferme, de son projet de travaux pour la statue dont il lui envoie le dessin, etc., etc... « Je tâche autant qu'il m'est possible de suivre dans mes « études la route que vos précieuses leçons m'ont tracée, je ne manque pas « d'aller tous les jours étudier d'après le modèle qui pose à l'Académie, je « dessine d'après l'antique, je sais que vous m'avez toujours dit que l'antique « servait à faire voir les beautés qui existent dans la nature...»

835. **DAVID** (Pierre-Jean). *Le même.*

L. aut. sig., à M. Roland, statuaire. Rome, 18 décembre 1812. 2 p. pl. et demie in-4. Belle lettre.

Il aurait bien besoin de ses conseils. Il doit aisément se faire une idée de l'embarras où se trouve un jeune homme (qui comme lui n'a pas beaucoup d'expérience) dans une ville pleine des ouvrages de tant de maîtres et par conséquent de tant de routes différentes à suivre pourraient quelques fois faire errer, car il existe une route qui doit être la plus sûre pour parvenir au bien; et il pense que l'étude constante de l'antique et de la nature peuvent produire un grand effet; il croit aussi que l'étude mal raisonnée de l'antique peut induire dans un goût raide et froid... l'étude des productions des Grecs, tant dans leur sculpture, que dans leur littérature, peut amener au résultat de perfection dont leurs ouvrages nous offrent le modèle... « La renommée m'a « annoncé une nouvelle qui ne m'étonne point puisqu'elle parle avantageuse- « ment d'un chef-d'œuvre (que j'ai vu) qui fait le plus grand honneur à la France, « car en faisant la statue d'Homère, cet homme immortel, vous vous êtes im- « mortalisé ; je sais, mon cher maître, que le jugement d'un faible élève « tel que moi ne peut pas être d'un grand poids, mais je ne suis que l'écho « des hommes dont les lumières et les connaissances peuvent vous rendre « leur jugement agréable...»

836. **DAVID** (Pierre-Jean). *Le même.*

L. aut. sig., à M. Roland, statuaire. Rome, 17 juillet 1813. 3 gr. p. pl. in-4. Très-belle lettre.

Il le remercie bien des conseils qu'il lui donne à l'égard de ses études. Ils sont bien conformes à sa manière de penser, et il ne doute pas qu'avec les efforts qu'il fait, s'il a quelques dispositions, ils doivent le conduire dans la bonne route; « il y a déjà longtemps que je pense aux dangers qui peuvent ré- « sulter de l'étude mal raisonnée de l'antique, mais je sais aussi qu'il est le « contre-poison du mauvais goût que l'étude de la nature aussi mal raisonnée « peut produire. Aussi d'après cette idée, quand je trouve une belle tête dans « la nature j'en fais une étude, et je tache de la comparer avec les belles « choses antiques du même caractère ; par cette étude, j'acquière la certitude « que les grands artistes grecs ont copié la nature, mais qu'ils ont appris à la « bien voir. Après avoir terminé ma figure de jeune homme, j'ai fait une « figure d'après un modèle à barbe qui avait une figure superbe, plusieurs « personnes m'ont encouragé à la faire en marbre, ce que j'ai fait, parce que « je désire étudier cette matière. J'ai aussi fait une étude de tête d'après une « femme qui avait un profil juste comme les belles têtes grecques. Je me sers « de l'expression *qui avait*, parce que ces deux modèles sont morts aussitôt « que j'ai eu fini ; le modèle d'homme, le lendemain, et la jeune fille a été « assassinée le même jour dans la rue du Course...» Actuellement il dessine les chevaux... Il va souvent voir le cheval de Marc-Aurèle, c'est de la sculpture pleine de vie ; il lui semble qu'il lui est impossible de représenter le mouvement avec plus d'âme... Il y a encore près de la place Navonne un fragment d'un groupe représentant Ajax (et qu'on appelle vulgairement le Pasquino), c'est pour lui une chose merveilleuse, parce qu'il ressemble à la belle nature ; aussi, il n'a pas manqué de le dessiner de tous les côtés, et la vue de ce chef-d'œuvre l'affermit dans la marche qu'il doit suivre...

837. **DAVID** (Pierre-Jean). *Le même.*

L. aut. sig., à M. Roland, statuaire. Rome, janvier 1814. 2 p. pl. in-4. Cachet. Croquis. (Ce dessin étant sur papier huilé, la lettre en a été maculée).

Il ose espérer qu'il l'excusera si sa lettre lui parvient si tard, quand il saura qu'il vient d'avoir la fièvre. « Et d'ailleurs, mon cher maître, ce n'est pas seu-« lement au premier jour de l'an que je fais des vœux pour que vous jouissiez « du plus parfait bonheur, chaque pas que je fais dans Rome me rappelle que « c'est à vos soins que je dois ce bonheur, et alors la reconnaissance me dicte « tous les souhaits que je fais pour le meilleur des maîtres et l'ami le plus « sensible!... » Il lui envoie le croquis (joint à la lettre), de la figure qu'il doit faire cette année, c'est une figure de mouvement, et comme il n'en a pas encore fait beaucoup. Cette étude pourra lui être d'une très-grande utilité...

838. **DAVID** (Pierre-Jean). *Le même.*

Huit lettres et billets aut. sig., à M. Lucas de Montigny. 1835 à 1847. Ensemble, 13 p. in-12, in-8 et in-4. *Portr.* — Gravures de ses deux premiers prix de sculpture, mort d'Epaminondas et Othryade. — Notice biographique, 4 p. in-4., et épître (en vers), à P. J. David, auteur du monument de Bonchamps, par L. Pavie. 1824. 12 p. in-8. br.

Relative à la vente des portraits de Mirabeau, à sa statue de Jean Bart qu'il le prie d'aller voir, etc., etc.

839. **DAVID** (Félicien), musicien, compositeur. N. 1810.

Le sommeil de Paris. Chœur. Musique aut. 4 p. pl. in-4.

840. **DAVID** (Joseph), assassin de sa belle-sœur. Né à Neufbrisach (Haut-Rhin), en 1797. Exécuté en 1836.

Deux lett. aut. sig., à son avocat, au sujet de son recours en grâce, et à son frère, pour implorer son pardon. De la Conciergerie, 22 novembre 1835. 3 p. in-4.

841. **D'AVRIGNY** (Charles-Joseph Lœillard), auteur et censeur dramatique. N. 1760. M. 1826.

L. a. s., à M. de Jouy. Paris, 20 juillet 1819. 2 p. et demie in-4.

Il a appris hier de M. de Tesseville, chez Mlle Duchesnoy, qu'il se proposait de rendre un compte *ex professo*, dans la *Renommée*, de sa pauvre *Jeanne-d'Arc*, si méchamment mise à mort par un de ses amis... « Je sais qu'il m'a « bien voulû louer de la pureté de mon style, et c'est une louange qu'il est im-« possible de refuser à Campistron, à Lachaussée, et, le dirai-je, à Pradon lui-« même, qui tous ont écrit purement. Je sais que le caractère de Talbot lui « paraît beaucoup mieux tracé que celui de Jeanne d'Arc, ce qui, dans une tra-« gédie de caractère, serait un arrêt de mort contre l'ouvrage où je me suis « efforcé de présenter l'héroïne, soit en action, soit en récit, sous le triple « caractère que l'histoire lui donne de bergère, de guerrière et de messagère « du ciel... »

842. **DE BELLOY** (Jean-Baptiste), évêque de Marseille, puis cardinal et archevêque de Paris. N. 1709. M. 1808.

L. aut. sig., comme évêque de Marseille, à M... Beaumont-sur-Oise, 17 juillet 1767. 1 p. in-4. Trois *portr.*

Relative à des réparations à l'abbaye de Villeneuve-lès-Avignon. Curieux détails.

843. **DE BELLOY** (Pierre-Laurent Buirette), poëte dramatique, membre de l'Académie française. 1727-1775.

Acte de vente, cession et transport, pour toujours, sans aucune réserve de sa part, à M. Duchesne, libraire, de tous les droits et prétentions qu'il a à ses tragédies de *Titus* et de *Zelmire*... Paris, 19 mai 1762. Tiers de page in-4. Quatre jolis *portr.*

844. **DE BERIOT** (Charles-Auguste), violoniste célèbre, compositeur, mari de Mme Malibran. N. 1802.

1° L. aut. sig., à M. Lucas de Montigny. 22 déc. 1838. 1 p. pl. in-4.

Il promet quelques lignes écrites par sa femme, madame Malibran.

2° L. aut. sig., au même. 24 janvier 1839. Demi-p. in-4.

Envoi de l'autographe promis.

845. **DEBRAUX** (Paul-Emile), chansonnier. 1798-1831.

Chanson aut. sig. *P. Emile Dx V. T., à ma bien-aimée Cornélie-Aglaé T. Le jour de sa fête et de sa majorité* (le 17 décembre de l'an... la date a été grattée. 1815). 2 p. pl. petit in-8, avec un entourage à la plume. Au bas se trouve un piédestal surmonté de deux cœurs enflammés percés d'une flèche, également à la plume.

846. **DEBRET** (François), architecte, élève de Percier, constructeur de l'Opéra actuel et du Palais des Beaux-Arts, membre de l'Institut. N. 1772. M. 1850.

L. aut. sig., à M... Paris, 12 oct. 1824, 2 p. in-4. Deux vues de l'Opéra construit par lui.

Relative à un percement de rue sur l'hôtel de La Rochefoucauld.

847. **DECAZES** (Elie, duc de), préfet de police, ministre, pair de France, etc. N. 1780.

1° L. aut. sig., comme préfet de police, au général... Paris, 9 juillet 1814, huit heures du soir. 2 p. in-4.

Le commissaire de police du quartier St-Marcel lui écrit à l'instant: « Mon « quartier est absolument au pillage; les officiers prussiens m'ont menacé de « mettre le feu si l'on mettoit aucun obstacle à ce que feroient ses soldats. » ... Mesures de sûreté et de prudence à prendre dans ces graves circonstances. Il sort pour aller rendre compte de cet événement aux ministres du Roi.

2° Billet de trois lignes aut. sig. Paris, 7 août 1815. In-8.

« Le concierge donnera à M. de Lavalette la meilleure chambre dispo- « nible... »

3° L. a. s., au préfet de la Seine. Paris, 18 déc. 1816. 2 gr. p. in-fol.

Relative à la disette. Pourquoi, l'approvisionnement n'a pas été assuré, et par suite la tranquillité de la capitale compromise. Le roi le charge de lui faire connaître tout son étonnement... La distribution du pain ne s'est pas faite sans embarras ce matin; les queues ont commencé à se former de nouveau, et l'inquiétude s'est de nouveau aussi répandue parmi le peuple; dans de pareilles circonstances tout retard dans le payement des indemnités aux boulangers pourrait avoir les suites les plus funestes, et la volonté du Roi est que tout soit employé pour les prévenir...

4° Deux lett. aut. et aut. sig., deux lett. sig., et apostille aut. sig. 1815-1842. 6 p. in-8, in-4 et in-fol. *Portr.*

848. **DEFAUCONPRET**, traducteur de Walter Scott, de Cooper, etc.

L. a. s., à M... Londres, 16 juillet 1832. 3 p. pl. et demie in-8.

Lettre intéressante sur des lettres inédites de Mirabeau retrouvées, possédées par une dame de Bruxelles, et dont un M. Jordan veut vendre les copies... « Cette dame avoit la manie des autographes. Elle avoit des amis à « Paris qui lui envoyèrent deux grandes malles contenant douze à quinze mille « lettres accumulées dans le *bureau noir* de la poste. M. Jordan fut chargé de « les examiner et de les assortir, et n'ayant alors rien de mieux à faire, il en « copia entre trois et quatre mille des plus intéressantes, du consentement « de cette dame... Que ces lettres aient été véritablement écrites par Mirabeau, « c'est ce dont je ne puis douter, d'après les détails dans lesquels il entre « dans celles qui m'ont été communiquées... »

DEFAUCONPRET fils, directeur du collège Rollin, littérateur. Trois lett. aut. sig., à M. Lucas de Montigny. 1829-1845. 5 p. in-8.

849. **DEGOTTI**, peintre scénographe de l'Opéra.

L. aut. sig., au citoyen préfet. Paris, 29 frimaire an XI. 2 p. pl. in-4. — Copie de la réponse du préfet. 1 p. in-4.

Relative aux décorations de l'opéra de Proserpine qui doit être représenté dans les premiers jour de pluviôse, d'après l'ordre du premier consul. Curieuses considérations pour assurer le succès de cet ouvrage.

850. **DEIDIER**, vicaire général du Tonquin.

L. aut. sig., à Mgr l'évêque de Senez et aux prêtres de son diocèse. De la capitale du Tonquin, le 18 janvier 1671. 4 p. pl. in-4.

Il lui rend compte de ses souffrances et de celles des autres membres de la mission... « Le mesme jour que je fus frappé de la foudre dans mon en- « trée en ce royaume, ce mesme jour du mesme mois jeux lhonneur que le « gouverneur de la province du Midy qui est la plus grande et la plus consi- « dérable du royaume, pour auoir trouué un chappellet dans mon batteau me « fit saisir par une compagnie de ses soldats qui me prenuent par les cheueux « qui dun costé qui de lautre me jetterent dans les boües car la riuiere auoit

« nouuellement inondé tout ce quartier puis ils me releuerent de terre par les « cheueux et battirent le paué de mon corps par trois ou quatre fois en suitte « le gouuerneur leur commanda que me tenant par les cheueux assis sur la » boüe qu'ils m'enfonçassent de grands coups de genoux dans les reins et ce- « luy qui me rendit ce bon office y reussit si bien que jay este un mois et « demy apres sans pouuoir respirer quauec peine apres cella il me fit lier les « deux bras par derriere le dos auec une corde mais si serrée que les deux « coudes sentretouchoient ensuite de quoy il me fit attacher a une colomne de » sa galere et me conduisit en cet estat en son palais qui est a une journée « de la ou il me fit renfermer les deux pieds dans une chaine de fer d'un « palme de long mais des plus pesantes quon donne aux chefs de bandes de « uoleur et il me fit exposer auec un placard deuant mes yeux qui m'accusoit « destre un trompeur denseigner une loix trompeuse a de jeunes gens que je « nourrissois dans nre mayson Jai esté en cet estat dans un corps de garde « deux mois et demy exposé au sereiu a la pluye au uent a toutes iniures de « lair et a la risée de tous les passans estent tout sur un chemin royal fort « battu mais ma plus grande ignominie en cella estoit de voir combien jestois « indigne de telles faueurs, etc., etc... »

851. **DEJAZET** (Mlle Virginie), actrice. N. 1797.

L. aut. sig., à M. Boulet. 15 juillet 1850. 2 p. pl. et quart in-18. Trois *portr.* Fac simile d'une lett. aut. sig.

852. **DELACROIX** (Ferdinand-Victor-Eugène), peintre d'histoire. N. 1799.

Deux lett. aut. sig., à divers. 1 p. et demie in-8 et 2 p. in-4.

853. **DELALANDE** (Michel-Richard), surintendant de la musique du Roi, auteur de plusieurs opéras, de motets, fort estimés de son temps. N. 1657. M. 1725.

Quitt. notariée sig. (sur parch.). Paris 21 janvier 1705.

854. **DELAMARE** (Nicolas), commissaire au Châtelet de Paris, auteur du *Traité de la police*. N. 1639. M. 1723.

Rapport de police aut. sig., à M. d'Argenson, sur une visite qu'il a faite dans le logement de l'abbé Morel; divers imprimés sur Port-Royal qu'il y a saisis, et visite faite chez la veuve Lancelot, au faubourg Saint-Jacques. nov. 1707. 3 p. in-4. En marge de la première page se trouve une note de treize lignes de la main de M. d'Argenson. (Collection de M. de Monmerqué).

855. **DELAROCHE** (Hippolyte, dit *Paul*), peintre d'histoire, etc. N. 1793. M. 1856.

L. aut. sig., au comte... 11 mars 1828. 1 p. pl. in-8. Lithographie, indications au trait de l'hémicycle du palais des Beaux-Arts.

Réponse à l'offre qui lui est faite d'acquisition de son tableau d'*Elisabeth*... « Je désire vendre mon tableau, je le veux à toute force, voilà une question « à laquelle je puis répondre sans embarras. Quant au prix, je ne sais com- « ment me tirer d'une gêne, celui que je vais vous demander ne sera que « pour vous prouver que je vous obéis : on m'a dit au salon que M. E. Devéria « avait demandé 10,000 fr. pour sa naissance d'Henry IV, je vais suivre son « exemple, en vous priant surtout, monsieur le comte, de ne pas oublier que « la demande de cette somme pour mon tableau n'est de ma part qu'un acte « d'obéissance et non une estimation de mon ouvrage.. »

856. **DELAUNAY** (Nicolas), directeur et contrôleur du balancier du Louvre, pour la fabrication des médailles d'or, d'argent, de bronze ou de cuivre, et orfèvre ordinaire du Roi.

Quatre pièces et quitt. sig. (3 sur parch.). 1705-1706.

857. **DELAVAU** (Gui-Louis-Jean-Baptiste), préfet de police.

Pétition aut. sig., au préfet de la Seine. Paris, 3 nov. 1813. 1 gr. p. in-fol. — Deux pièces à l'appui, dont l'une est signée par le comte Molé, grand-juge, ministre de la justice. 2 p. in-fol., et seize pièces d'ordres sig. comme préfet de police, de 1821 à 1825. 20 p. in-4.

L'exposant nommé conseiller-auditeur en la cour impériale de Paris..., se trouve compris dans l'une des classes de conscrits rappelés par le dernier sénatus-consulte... Il demande qu'on suspende son rappel sous les drapeaux jusqu'à la décision de l'Empereur...

858. **DELAVIGNE** (Jean-François-Casimir), poëte, auteur dramatique, membre de l'Acad. française. 1793-1844.

L. aut. sig., à M. Leconte, avoué à Paris. La Brulerie, près Montargis, 21 mai 1820. 3 p. pl. in-8. Deux *portr.* et une vignette in-8.

Il se plaint de ne point recevoir de ses nouvelles. Ses lettres se sont-elles perdues en chemin? Il aime mieux le croire... Depuis son arrivée il fait la conversation à lui tout seul, personne ne lui répond, et il est comme un homme qui parle à un sourd... « C'est à vous de m'écrire, vous, qui courez les con- « certs, les bals et les spectacles. Vous n'avez qu'à laisser aller votre plume, « elle rencontrera toujours quelques détails amusants, quelque scandale po- « litique ou littéraire, quelques aventures de société qui seront du pain bénit « pour de pauvres solitaires réduits à se nourrir de l'air des bois...»

859. **DELECLUSE** (E.-J., baron), littérateur, critique, collaborateur du *Journal des Débats*.

1° Deux lett. aut. sig., à M. Lucas de Montigny. 1841. 3 p. in-8.

2° L. aut. sig., M. Jules Janin. 6 février 1841. 2 p. pl. in-8.

Il lui recommande M. Auguste Desportes qui a été autrefois dans l'instruction publique, et est auteur d'une traduction en vers des satires de Perse... « J'ai « pris sur moi de vous l'adresser : vous qui avez si bien parlé de Martial, au- « rez encore l'occasion de nous dire des choses intéressantes sur Perse... »

860. **DELESSART** (Antoine de Valdec), ministre de l'intérieur en 1791, puis des affaires étrangères en 1792. Né en 1742. Mis à mort en 1792.

1° L. aut. sig., à M... Paris, 16 sept 1772. 4 p. pl. in-4. — 2° Deux lett. sig. 1791. 2 p. in-fol. Notice de M. *L. de M.*

Dalbarade, ministre de la guerre sous la république. L. aut. sig. Lorient, 15 thermidor an VI. 3 p. pl. in 4.

De Joly, ministre de la justice en juillet 1792. N. 1756, M. 1837. Deux lett. aut. sig., à M. Lucas de Montigny. 1828 et 1835. 2 p. in-8 et in-4.

861. **DELESSERT** (Gabriel), préfet de police. M. 1858.

1° L. aut. sig., à M. Drouin. 18 juillet. 2 p. in-4. — 2° Note curieuse aut., sur une lett. aut. sig. de M. Théodore Lameth. 1837. 1 p. in-4. — 3° L. sig. 10 janvier 1848. 1 p. in-4.

4° *Bulletin de Paris du 16 août 1842*, adressé au roi Louis-Philippe. 3 p. pl. gr. in-fol. Une page et quart aut. sig. Pièce fortement tachée.

Au chapitre *Surveillance générale* qui termine, le préfet écrit de sa main: *Paris* est tranquille et ne présente aucun symptôme d'agitation... La moisson est terminée, les blés nouveaux sont d'une magnifique qualité et d'un poids supérieur à ceux de 1840. — Le parti républicain cherche à se réunir, mais sans succès jusqu'à présent. — Les légitimistes sont fort divisés et sont rongés par leurs divisions intestines ; M. de Bourmont qui était à Paris depuis deux mois et qui est fort malade, est parti pour Bourbon-l'Archambaud, sans que les visites que lui ont constamment faites les principaux meneurs du parti ayent rien produit d'important.

Delessert (Benjamin), frère du précédent, banquier, député, philanthrope, savant botaniste. N. 1773, M. 1847. L. aut. sig. 1815, 2 p. in-4. *Portr.*

862. **DELISLE** (Guillaume), géographe. N. 1675. M. 1726.

L. aut. sig., à M... Paris, 14 août 1700. 7 p. pl. in-8. Ecriture fine et serrée.

Il lui rend compte d'une nouvelle méthode de faire les soustractions, inventée par M. de Roberval, professeur de mathématiques, et d'une *Nouvelle arithmétique par les jetons.* La description de cette arithmétique forme à elle seule quatre pages pleines.

Delisle (Joseph-Nicolas), géographe, membre de l'académie des sciences, gardien du dépôt de la marine, etc. M. 1688, N. 1768. L. aut. sig., à M. Buache. 31 oct. 1748. Scientifique.

863. **DELORME** (Philibert), architecte. **M. 1577.**

Sa signature et les mots *douze cents livres*, au bas d'une autorisation de payement de cette somme, à compte de travaux de maçonnerie, etc., faits au palais de la reine, 25 mai 1566. 1 p. in-fol. Fortes mouillures.

864. **DELORME** (Jehan), médecin de la Reine Marie de Médicis. **N. 1547. M. 1637.**

Quitt. sig. (sur parch.). 31 mars 1613,

DELORME (Charles), fils du précédent, médecin de Henri IV et de Louis XIII. N. 1584, M. 1678. Quitt. aut. sig. (sur parch.). 1620.

865. **DE LUC** (Guillaume-Antoine), naturaliste, physicien célèbre. **N. 1729. M. 1812.**

1° L. a. s., à M... Genève, 4 avril 1770. 3 p. pl. et demie in-4. Lettre importante relative aux troubles de Genève, etc.

2° L. aut., à M. de Tavel de Montbijou, membre du Conseil souverain, à Berne. Sans date. 5 gr. p. pl. in-4.

Très-intéressante lettre sur ses affaires personnelles, son association avec M. d'Ivernois, son inaptitude au commerce, etc.

866. **DEMANNE** (Louis-Charles-Joseph), conservateur à la bibliothèque royale. **N. 1773. M. 1832.**

L. aut. sig., à M. Lucas de Montigny. Paris, 5 novembre 1830. 1 p. pl. in-4. Il y a en tête imprimé : *Bibliothèque du roi*, avec les armes du roi.

On se rappelle le procès intenté en 1841 à notre prédécesseur Charon, au sujet de de la quittance de Molière qu'avait possédée pendant de longues années M. Campenon, membre de l'Académie française, laquelle était venue par échange dans le cabinet de M. Lalande, secrétaire de la présidence de la chambre des pairs, et qu'il avait été chargé de vendre pour ce dernier. M. Campenon avait toujours annoncé, en montrant cette pièce précieuse, qu'il l'avait achetée à la bibliothèque royale où on vendait à bureau ouvert des quittances doubles provenant de la cour des comptes, et pendant ce procès, plusieurs collectionneurs offrirent d'attester qu'ils avaient fait à ce dépôt public des acquisitions de ces pièces, et à divers prix. M. le directeur de la bibliothèque royale soutint que de semblables ventes n'avaient jamais eu lieu et que la quittance revendiquée avait été dérobée, et cette pièce fut, par jugement en appel, réintégrée à la bibliothèque royale, sans aucune indemnité. Mais la bibliothèque royale avait vendu des doubles de ces quittances ; la lettre qui suit en est la preuve incontestable, et M. Lucas de Montigny a dû, comme beaucoup d'autres de ses confrères-collectionneurs, en enrichir sa collection. Voici textuellement cette lettre :

« Monsieur,

« L'objet pour lequel vous m'avez fait l'honneur de m'écrire, regarde particulièrement M. Champollion-Figeac, mon collègue. Je lui ai parlé de votre désir de voir et peut être d'acquerir quelques-unes des *signatures autographes* dont la bibliothèque possède des doubles.

« Je m'empresse de vous annoncer, Monsieur, que M. Champollion se fera un grand plaisir de vous recevoir après-demain, dimanche 7, sur les dix heures du matin, rue Neuve-des-Petits-Champs, 12.

« Je suis bien flatté, Monsieur, d'avoir cette occasion de vous renouveller les assurances du parfait dévouement avec lequel j'ai l'honneur d'être, etc.

« DE MANNE. »

867. **DEMOLITION DE LA BASTILLE.**

Pièce aut. sig. de M. Deyeux, membre du district de Saint-Louis de la Culture, pharmacien, chimiste, professeur, etc. M. 1837. Demi-p. in-4.

« Comité de St-Louis de la Culture. Laissez entrer à la Bastille MM. Le Grand et Molinos, architectes préposés à la démolition, ainsi que les personnes qu'ils indiqueront munies de cartes signées d'eux pour concourir à cette besogne. En comité, ce 17 juillet 1789. *Deyeux*, membre du comité. « Après est la signature : Le marquis De La Salle.

868. **DEMOUSTIER** (Charles-Albert), auteur des *Lettres à Emilie sur la mythologie*, etc. N. 1760. M. 1801.

L. aut. sig., au citoyen Roger, à Paris. Lassigny, par Noyon, 1er jour complémentaire an VII. 3 p. pl. in-8. Deux *portr*. Curieuse lettre littéraire.

Il ignore dans quel état est la comédie française. Il a écrit à Mlle De Vienne. Il s'informait s'il y avait plusieurs grands ouvrages reçus pour cet hiver, et s'il peut avoir quelqu'espoir d'être donné avant le printemps... Il ne sait pas quel parti il doit prendre pour sa pièce... Il fait en ce moment le *second acte du congrès de Cythère*... Picard fera toujours agréablement ce qu'il voudra faire ; mais par l'estime et l'amitié qu'il a pour lui, il voudrait le voir rester aux *Dancourades* en cinq actes...

869. **DENNE-BARON**, poëte, traduct. de Properce. M. 1854.

1° L. aut. sig., aux membres de la chambre des députés. 2 p. in-4. Envoi d'une pièce de vers sur la campagne d'Espagne.

2° Ermitage-Ermite (Article aut. sig. sur). 2 p. pl. in-8.

3° L. a. s., à M. Jules Janin. 26 février 1841. 1 p. pl. in-8. Cachet.

Il lui demande la permission de réclamer de sa plume féconde et universelle un petit service. « M. Le Fèvre, libraire que vous connaissez, vient de « mettre au jour la traduction des classiques grecs. Le plus désintéressé des « éditeurs, il a fait reverdir presqu'à ses frais les lauriers sur le front de ces « grands hommes. Chaque volume qu'il fait paraître est un véritable autel « qu'il leur élève dans le style français. Veuillez je vous prie y brûler un peu « de votre précieux encens. Un jeune pontife de notre littérature, un génie « attaché à sa conservation ne s'y pourrait refuser sous peine de sacrilége. « J'ai pour mon compte dans les *Romans grecs*, la *Luciade* ou l'*Ane* que j'ai « traduit ; vous dont l'*Ane mort* ne mourra jamais, veuillez avoir la bonté de « soutenir le mien par le licol, dans les chemins escarpés et rocailleux où je « chemine avec lui. Lucius vous en saura gré et aussi Denne Baron... »

870. **DENYAU**, calligraphe, et autres *calligraphes*.

Trois exemples d'écriture sur parchemin. 3 gr. p. in-fol.

Charme. Deux feuilles d'exemples d'écriture aut. sig. 1761 et 1767. 2 p. in-fol. (Parchemin.)

Gallemant. Feuille d'exemples d'écriture a. s. 1 p. in-fol. (parch.).

Poiret. Feuille d'exemp. d'écrit. (en forme de lettre) aut. sig. 1738. 1 p. in-fol. (parchemin).

Roland. Huit feuilles d'exemples d'écriture, dont cinq aut. sig. (parch.), 8 p. in-fol., et une quitt. aut. sig. (sur papier) pour deux mois d'instruction d'écriture. 1769. 1 p. in-4.

Rossignol. Deux feuilles d'ex. d'écrit. aut. 1 p. in-fol. (parch.)

Royllet fils (Honoré-Sébastien). Feuille d'ex. d'écrit. aut. 1 p. in-fol. (parch.) Beau *portr*. gravé, in-4.

Saint-Omer jeune. Deux feuilles d'ex. d'écrit. aut. sig. 1805. 2 p. in-fol. (parch.).

871. **DENYAU** (Mathurin), conseiller et médecin ordinaire du Roi, professeur général de médecine de Paris.

Ce médecin cité par Boileau niait la circulation du sang.

Quitt. sig. (sur parch.). Paris, 30 juin 1675.

872. **DEPARCIEUX** (Antoine), mathématicien, auteur du *Traité de Trigonométrie rectiligne*, etc., membre de l'Académie des sciences, censeur royal. 1703.-1768.

L. aut. sig., à M. Trudaine. Paris, 18 juin 1760. 3 p. pl. in-4. Beau *portr*. de Saint-Aubin, in-4.

Au sujet des travaux faits à la fontaine d'Arnouville ; réclamation de payement pour les ouvriers.

Deparcieux, physicien. L. aut. sig., à M. Foullon, procureur au Châtelet. Paris, 28 novembre 1785. 1 p. in-4.

873. **DEPUTES** à l'Assemblée Constituante, à la Législative,

aux 500, sous la restauration, etc. Vingt-neuf lett. et pièces sig., et aut. sig. Sept *portr.*

AGIER (Charles-Guy-François). An VIII. Deux *portr.* — ARMAND (François). 1791. — AUDRY DE PUYRAVEAU. — BAVOUX. Deux billets. 1840. — BEDOCH. Deux *portr.* — BEGOUEN. 1827. *Portr.* — BENOIST (P. V.). Cinq lett. An XII. — BÉRIGNY. 1814. — BERNARD DE RENNES. — BLANGY. 1826. — BLIN DE BOURDON. Deux lett. 1838. — BLOSSEVILLE (Poret, marquis de). 1815.— BOISBERTRAND. 1830.—BONARDIÈRE (Camet de la). Deux lett. 1825-1830.—BONDY (le comte de), préfet de la Seine. Trois lett. 1831. — BONNAY (François, marquis de). 1790. — BULLY (de). 1828. — CARDONNEL (Pierre-Salvi-Félix de). 1804. — CHABAUD LA TOUR (Antoine-Georges-François, baron). An XII et 1830. *Portr.* Comme et avant madame la comtesse de Lavallette, madame Chabaud La Tour sauva la vie de son mari en se substituant à lui dans la prison, où il attendait l'heure du supplice.

874. **DEPUTES** à l'Assemblée Constituante, etc. 2 *portr.* Trente-deux lett. aut., et aut. sig. Deux *portr.*

CHEVALIER LEMORE. 1834. — CLARAC. 1825. — CLAUSEL DE COUSSERGUES. — COCHIN (Jean-Denis-Marie). Deux lett. 1841. — CONNY (Félix de). Deux lett. 1830-1835. — CORDOUE (le marquis de). 1829. — CORNE. 1840. — CORNUDET. 1804. — DANDRÉ (Ant.-Balthasard-Joseph). Sept lett. 1789.-1821. Deux *portr.* — DARBLAY ainé. Six lett. 1839-1841. — DARRACQ. An VI. — DARTIGAUX. 1827. — DECOMBEROUSSE. An VIII. — DELACROIX-FRAINVILLE. Trois lett. 1789-1818. — DELAFORGE. An VI.— DELESPÉE. 1841. — DUBRUEL. 1825. — DUDON (le baron). 1828.

875. **DEPUTES** à l'Assemblée Constituante, etc. Vingt-trois lett. sig., et aut. sig. Deux *portr.*

DUGABÉ. Deux lett. — DU MEILET. 1830. *Portr.* — DUPIRE. An VI. — DUPLEIX DE MÉZY. — DUPLESSIS DE GRENEDAN. 1828. — DUPRAT (R.). 1846. — DUQUESNOY (Adrien). Deux lett. An IX. — DUVERGIER DE HAURANNE. (Jean-Marie). 1825. — EYMAR (Ange-Marie, comte d'). An X. — FAULCON (Félix). Deux lett. An XII.— FAURE (Louis-Joseph). Deux lett. 1807 et 1816. — FAVARD DE L'ANGLADE. — FLAUGERGUES. 1828. — FOUQUIER D'HEROUEL. 1791. — FRANÇAIS, dit de Nantes. — FROC DE LA BOULAYE. — FULCHIRON. 1841. *Portr.* — GALARD-TERRAUBE. Deux lett. 1823 et 1826,

876. **DEPUTES** à l'Assemblée Constituante, etc. Trente-huit lett. et pièces sig., et aut. sig. Trois *portr.*

GANNERON. Huit lett., à M. Lucas de Montigny. 1831 à 1844. — GARNIER PAGÈS. 1834. — GAUTHIER D'HAUTESERVE. Trois lett. 1816 à 1831. — GAUTHIER DE RUMILLY. 1841. — GUIRAUDET. An X.— GIBERT DESMOLIÈRES. 1798. — GILLON. 1841. — GIROD (de l'Ain). Deux pièces. An VIII et XII. — GRANDIN (Victor). 1842. — HAY. — HENNEQUIN. 1833. Deux *portr.* — ISAMBERT. Trois lett. 1825 à 1832.— JACQUINOT DE PAMPELUNE. Deux lett. 1828. — JANVIER. Deux lett. 1839. — JAUBERT. Deux lett. 1835-1844. — JOLLIVET. 1803. — JOURDAN (André-Joseph). 1825.— KERGOLAY. Deux lett. 1826-1837. — LABBEY DE POMPIÈRES. Deux lett. 1812-1818. *Portr.* — LABOULIE (G. de).

877. **DEPUTES** à l'Assemblée Constituante, etc. Vingt-huit lett. sig., et aut. sig. Trois *portr.*

LADOUCETTE. Cinq lett. à M. Lucas de Montigny. 1803 à 1837. — LAFFON DE LA DÉBAT. An IV. Il contribua au salut de l'abbé Sicard qui, le 2 sept. 1792, allait être égorgé.— LAISNÉ DE VILLEVÊQUE. Deux lett. Deux *portr.* — LARABIT. Deux lett. 1836-1839. — LARCY. — LAROCHEJAQUELEIN (Henri du Vergier, marquis de), sénateur de 1859. Deux pièces. 1838.— LEFEBVRE (Jacques) Deux lett. — LE MAIGNEN. An IV.

— LEMERER. An V. — LIADIÈRES. 1845. — LUR SALUCES. 1829. — MADIER DE MONTJAU (Noé-Joseph). 1820. Intéressante. — MAUGUIN. Et un *portr.* — MAURAT-BALLANGE. 1843. — PIFFON, curé de Vallairac. 1801. — MONTOZON. 1838. — MOUSSAYE (de la). 1825. — PRADIÉ (P.). 1849. — PRUNELÉ. 1828. — PUYMAURIN. Deux lettr. 1826. — REINAUD-LASCOURS. An XII.

878. **DEPUTES** à l'Assemblée Constituante, etc. Vingt-trois lett. sig., et aut. sig. Un *portr.*

REY. An X. — RIBARD. 1816. — RIBOUD (Thomas-Philibert), archéologue, poëte. 1791. — RICARD DE SÉALT. 1800. — ROGER (du Nord). 1842. — SADE. 1829. — SAUZET. 1841. *Portr.* et caricature. — SIVRY. 1838. — TABARIÉ. Deux lett. 1803-1804. — THIL. 1845. — TRINQUELAGUE. 1824. — TROIS-ŒUFS. — TRY. — TURMEL. 1822. — VALMY (le duc de). 1837. — VATIMESNIL père. 1822.—VATRY. 1847. — VAVIN. Deux lett. 1841-1849. — VIGIER 1841.— VOYSIN DE GARTEMPE. 1801 et 1806.

879. **DERIVIS** (Louis-Etienne), chanteur (première-basse taille) de l'Opéra. N. 1781. M. 1856.

L. a. s., au général Dessolles. Paris, 13 avril 1814. 1 p. pl. in-4.

Il demande le grade d'officier dans la garde nationale, ayant fait ses études à l'école de Sorèze... « D'ailleurs, M. le général, vous savez que les gens du « Midi sont toujours à leur poste. »

DÉRIVIS (Prosper), fils du précédent, chanteur de l'Opéra et des Italiens. L. aut. sig., au rédacteur en chef du *Temps.* Paris, 11 février 1837. 1 p. in-8.

880. **DE ROZOI** (Barnabé-Farmain), homme de lettres, auteur dramatique, rédacteur royaliste de la *Gazette de Paris.* Né en 1745. Mis à mort en 1792.

1° L. aut. sig., à M. Duhamel. 8 janvier 1786. 1 p. pl. in-8 en travers. Deux taches de cire.

Au sujet de plusieurs numéros parus d'une nouvelle publication.

2° Ordre au gendarme porteur du présent, d'amener par devant le tribunal révolutionnaire... le sr De Rozi, détenu dans les prisons de l'Abbaye Saint-Germain-des-Prés. Vendredi, 24 août 1792, l'an 4e de la Liberté, 1 p. in-4. en travers.

881. **DESAIX** (Louis-Charles-Antoine), chevalier de Voigoux, général de la république. Né en 1768. Tué en 1800.

L. a. s., au général Belliard. Girgé (Egypte), 6 floréal an VII. 4 p. pl. in-4. (La première page est de la main d'un secrétaire. Neuf *portr.*

Affaires de service militaire et d'administration pendant l'occupation de l'Egypte. L'organisation d'une compagnie de dromadaires serait admirable et remplirait bien ses vues... Registres qu'il faudrait établir pour y consigner tout ce qui regarde la topographie, les produits agricoles, la valeur et la quantité des productions, le dénombrement de la population, l'état général des impôts, tout ce qui a rapport à la police, à la sécurité des populations, etc., etc.

882. **DESAUGIERS** (Marc-Antoine-Madelaine), poëte, chansonnier, auteur dramatique. N. 1772. M. 1827.

1° *Jean qui pleure et Jean qui rit.* Chanson de huit couplets aut. sig. 3 gr. p. in-4.

2° Cinq strophes ou couplets aut., pour la fête de Bouilly. 1 p. pl. et demie in-4.

3° Billet aut. sig., à Menjaud. Ce 5., Demi-p. in-8.

4° L. aut., à M... Sans date. 1 p. pl. in-8.

Au sujet de la 1re représentation du *Voisin* dans laquelle débutait Lepeintre aîné... Il est faux qu'un homme ait été blessé presque mortellement pour avoir sifflé au parterre du Vaudeville, etc., etc...

Désaugiers (Auguste-Félix), frère aîné du précédent, diplomate. L aut. sig. Copenhague, 20 avril 1813. 4 gr. p. pl. in-4.
Curieux détails sur la politique du temps, les préparatifs de l'Empereur pour une nouvelle campagne, etc.

883. **DESAULT** (Pierre-Joseph), chirurgien en chef de l'Hôtel-Dieu de Paris. N. 1744. M. 1795.

L. aut. sig., au citoyen Vavin. Hôtel-Dieu de Paris, 27 novembre, l'an Ier de la république... 1 p. pl. in-4.
Relative à l'embaumement de Mirabeau. D'après l'avis de citoyens instruits sur cette matière et sa propre conscience, il pense qu'une somme de 800 livres doit suffire pour les frais de l'apothicaire qui a fourni les drogues, et que les chirurgiens seront payés de leurs peines si on leur alloue 600 livres... « Les sommes demandées ne seroient pas exorbitantes, s'il s'agissoit d'un « riche héritier dont il eut fallu satisfaire la vanité. Mais il est question d'un « grand homme, que la nation a voulu honorer à ses frais; et la nation n'a « pas de vanité dont elle doive payer les intérêts. »

3° Ordre d'incarcération, à la maison d'arrêt du Luxembourg, des nommés Terrier, inspecteur, et Desault, chirurgien-major de l'hospice de l'Humanité, délivré par ordre du Comité de sûreté générale de la Convention. Hôtel de la mairie (département de la police), 11 prairial an II. 1 p. in-4.

884. **DESBORDES-VALMORE** (Marceline), actrice de l'Opéra-comique, poëte. N. 1787. M. 1859.

1° L. aut. sig.: *madame Desb. Valm.*, à M. Louis, libraire à Paris. Bruxelles, décembre 1818. 3 p. in-4.
Belle lettre littéraire. Corrections à faire à ses poésies, etc.

2° L. aut., à son oncle. Bordeaux, 21 juin 1826. 4 p. pl. in-4. Sur divers sujets. Très-intéressante.

3° *A mademoiselle Mars*, pièce de vers, à l'occasion de sa retraite. 15 avril 1841. Ecrite par son mari, et signée par elle. 2 p. pl. gr. in-fol.

885. **DESCHAMPS** (Emile), poëte. N. 1791.

1° Trois lett. aut, sig., à MM. Sorlin, Soulié et Victor Hugo. 4 p. in-8 et in-4. Curieuses. *Portr.*

2° L. a. s., au baron Auriol. Paris, 29 mars 1831. 1 p. pl. in-4.
Relative au pillage des magasins de l'armurier Caute, lors des journées de juillet 1830.

3° *La nuit de Jeanne. Ballade* (en 4 strophes). Aut. sig. 1 p. in-fol.

4° *Sombre Océan*, etc. Vers aut. sig. 1 p. pl. in-4.

886. **DESCHAMPS** (Antoni), frère du précédent, poëte, traducteur du *Dante*. N. 1800.

1° Billet aut. sig. Tiers de page in-8.

2° *Le Miserere à la chapelle Sixtine*. Pièce de vers aut. sig. 3 p. pl. gr. in-fol.

887. **DESEZE** (Romain-Raymond, comte), avocat, défenseur de Louis XVI, 1er président de la cour de Cassation, membre de l'Académie française. N. 1750. M. 1828.

1° L. aut. sig., à M. Roger, à Paris. Ce jeudi. 1 p. pl. in-8. — Adresse (impr.) aux électeurs. 1827. 2 p. in-4. *Portr.*

2° Mémoire au tribunal de Cassation, pour la veuve Vaubanel. Aut. 2 gr. p. in-fol.

3° L. sig., à madame Roland. Paris, 11 juillet 1817. 1 p. in-fol.
Au sujet de l'offre qu'elle fait à la cour de Cassation du modèle en plâtre de la statue de Tronchet exécutée par son mari.

4° L. sig., au préfet de la Seine. Paris, 4 janvier 1819. 2 p. in-fol.
Au sujet du dernier incendie qui s'est manifesté au palais.

5° Ordre de sa mise en liberté, délivré par le Comité de sûreté générale, et signé par Legendre, Elie Lacoste, Vadier, Dubarran,

Merlin (de Thionville), et Goupilleau (de Fontenay). 30 thermidor an II. 1 p. in-fol. Cachet.

888. **DESFONTAINES** (Guill.-François-Fouques Deshayes), auteur dramatique, un des fondateurs du Vaudeville et du Caveau. N. 1735. M. 1825.

1° L. aut. sig., à M. Maradan. Paris, 13 brumaire an XI. 1 p. in-8.
2° L. aut. sig., à M... Paris, 3 sept. 1824. 1 p. et demie in-4.

Il lui rappelle sa promesse de remettre au théâtre le *Droit du seigneur Fanchette*, la *Dot*... La musique de ces trois pièces mérite bien d'être entendue. Il compte sur sa parole et sa qualité de doyen des auteurs, et doit sentir qu'à son âge on est pressé de jouir. D'ailleurs sa fortune est très-médiocre, et quelques représentations de temps en temps lui deviendraient fort utiles... Autrefois, « dans le *Droit du Seigneur*, le bailli, à la fin du troisième acte, le « bailli dansait le menuet avec Babet à laquelle il chantait des couplets, et cette « petite fête amusait le public, faites pour le mieux... »

889. **DESFORGES** (Pierre-Jean-Baptiste *Choudard*), romancier, comédien, auteur dramatique. N. 1746. M. 1806.

L. aut. sig., à M. de Neuville, au Palais-Royal. Vendredi, 28 sept. 1791. 2 p. pl. in-4.

Sur la mise en scène du *Sourd* et d'autres pièces; sur la distribution des rôles de la *Nouvelle Eugénie*... « Le *Temple de l'hymen*, pièce à tiroirs en « trois actes. Les *Deux Portraits* mis en musique par Bruni, le *Crime dévoilé*, « que je nettoyerai, que je vous prie d'accepter... »

890. **DESGENETTES** (René-Nicolas *Dufriche*), médecin en chef des armées françaises en Italie, en Egypte, en Russie, membre de l'Académie des sciences. 1762-1837.

1° Rapport aut. sig., au conseiller d'Etat Bérenger. Paris, 4 nivôse an XII. 1 p. in-fol. Cachet. — 2° L. aut. sig. 14 nov. 1830. 1 p. in-4. — 3° Certificat aut. sig. 1834, in-4. *Portr.* Notice de M. *L. de M.*

891. **DESGODETZ** (Antoine), architecte et contrôleur des bâtiments du Roi. N. 1653. M. 1728.

1° Quitt. sig. (sur parch.). 1699.

2° Acte notarié sig. (Constitution de rente sur la ville de Paris.) 18 nov. 1694. 3 p. in-fol.

3° *Mémoire des vacations employées pour messieurs du collége de Beauvais, par Desgodetz, architecte du roy en l'année* 1717... Aut. sig. 2 gr. p. pl. in-fol., terminé par la quittance, de laquelle il résulte que ce mémoire, montant à vingt-cinq vacations un tiers, à quatre livres dix sous par vacation, fait la somme de cent quatorze livres. Curieux détails d'un consciencieux travail.

892. **DESHOULIERES** (Antoinette-Thérèse de Lafond de Bois-Guérin), fille de Mme Deshoulières. 1662-1718.

Deux quitt. de rentes sig. (sur parch.). 1698.

893. **DES HOUSSAYES** (Jean-Baptiste *Cotton*), chanoine du diocèse de Rouen, érudit, bibliophile, botaniste, chimiste, bibliothécaire de la Sorbonne. N. 1728. M....

1° Oratio habita in comitiis generalibus, iisque ordinariis societatis Sorbonicæ die 23a mensis Xbris 1780... Aut. 10 p. in-8, et le même discours, impr. 1781. 8 p. in-8 et deux notes aut.

2° Six lett. aut., et aut. sig., à M. Haillet de Couronne, lieutenant criminel du bailliage de Rouen. Paris, 1777 à 1782. Ensemble, 20 gr. p. pl. in-4.

Toutes ces lettres sont fort intéressantes; elles font mention de personnages publics, tels que Necker, l'évêque d'Autun, etc., elles sont relatives aussi à des achats de livres, à des publications projetées par l'abbé Deshoussayes, etc.

894. **DESJARDINS** (Martin Vanden Bogaert), sculpteur, auteur de la statue de Louis XIV à Lyon, etc. 1640-1694.
Quitt. sig. (sur parch.). Août 1693.

895. **DESMARETZ** (Nicolas), ministre d'Etat, contrôleur général des Finances. M. 1721.
1° L. aut. sig., à S. A. Mgr... Fontainebleau, 16 oct. 1703. 3 p. in-4. — 2° Deux lett. sig., au marquis de Béthune. 1700. 3 p. in-fol. — 3° Quitt. sig. (sur parch.). 1683.

896. **DESMAZURE**, chanoine, missionnaire, prédicateur, aumônier de l'ambassade de France en Turquie.
1° L. aut. sig., à M. Michaud. Nice, 7 juillet 1825. 4 p. pl. in-fol. *Portr.* Intéressante.
Il lui fait part de ses succès comme prédicateur dans plusieurs villes du Midi.
2° L. aut. sig., au baron de Rivette, à Nimes. Nimes, 13 nov. 1829. 2 p. in-fol. Curieuse.

897. **DESMOULINS** (Lucie-Simplice-Camille-Benoît), journaliste, conventionnel. N. 1760. Mis à mort en 1794.
1° L. aut. sig., à son père, homme de loi, à Guise. 18 décembre 1790. Deux *portr.* Notice de M. *L. de M.*
Au sujet de son mariage il le prie de lui faire passer, poste pour poste, son consentement, et celui de sa chère mère, notarié, et en bonne forme. « Par « votre lenteur, mon mariage est retardé de huit jours; songez que je compte « les minutes et ne prolongez pas votre véto suspensif. Cet établissement fait « mon bonheur et ma fortune et la vôtre, ainsi faites-moi passer à la hâte ce « consentement et ne me désolez pas davantage... »
2° Ordre de la commune de Paris, au concierge de la maison d'arrêt du Luxembourg, de recevoir comme prisonnier Camille Desmoulins, membre de la Convention nationale, pour y être gardé au secret. Fait au département de police, hôtel de la Mairie, 11 germinal an II. 1 p. in-4.

898. **DESMOULINS** (Camille). *Le même.*
Fragment aut. 1 petite page in-18. *Portr.*

899. **DES NOYERS** (François *Sublet*), secrétaire de la princesse Marie de Gonzague, surintendant des bâtiments, ministre d'Etat, fondateur de l'imprimerie royale. Il fut le protecteur du menuisier de Nevers, Adam Billaud, qui lui adressa une Epître. N. 1578. M. 1645.
L. aut. sig., au maréchal de Brézé. Compiègne, 21 mai 1638. 1 gr. p. pl. in-fol. Cachet. Belle lettre. Notice de M. *L. de M.*
« J'ay rendu compte au Roy et à S. E. de tout ce qu'il vous a pleu me man- « der par vos dernières despeches qui ont eu leur effect tout entier, car en suitte « de ce que vous y remarquiés très judicieusement sur le sujet de la caualle- « rie liegeoise. Lon done ordre à Monsr le uicomte de Turenne de les mener a « M. de la Force pour les emploier dans son armée.... »

900. **DESPRES** (Jean-Baptiste-Denis), journaliste, auteur dramatique, traducteur de Smolett, d'Horace, de Velleius Paterculus, etc., secrétaire du roi de Hollande, Louis Bonaparte. N. 1752. M. 1832.
Trois lett. aut. sig., à divers. 1804 à 1826. 5 p. in-8 et in-4.

901. **DESSINATEURS**, *artistes, directeurs de musées, d'écoles*, etc. Dix-sept lettres et pièces.
Belloni, créateur de l'École française de botanique. L. a. s. 1836. 1 p. in-4. — Bachelier, fondateur de l'Ecole de dessin. N. 1724, M. 1805. L. a. s. Paris, 14 brumaire an XIII. 2 p. in.4. — Cavé, directeur des Beaux-Arts. Deux lett. a. s. et une lett. sig. 1841-1844.

3 p. in-4.— CHENAVARD. L. a. s. 1832.— DENON (Dominique-Vivant). Deux lett. a. et a. s. 1808 et... 2 p. in-8. — DESENNE (Alexandre). L. a. s. 1 p. in-8.— DU TERTRE (André), un des auteurs de la grande description de l'Egypte. L. a. s. 1836. 1 p. in-fol. — GAVARD, inventeur du Diagraphe. L. a. s., à M. Jules Janin, 1840. 2 p. pl. in-8. Curieuse. — GAVARNI. Trois lett. et billet a. s. (une au crayon). — NOBLESSE (François), dessinateur du roi. Quitt. sig. (sur parch.). 1692.— PHILIPON (Charles), mort en 1847. L. a. s., à M. Jules Janin. 1 p. pl. in-4. Curieuse.— SILVESTRE (Israël), maître à dessiner du Dauphin. Quitt. sig. (sur parch.). 1677. — Très-bon lot.

902. **DESSOLLE** (Jean-Joseph-Paul-Augustin, m^is^), général, ministre de la guerre. N. 1767. M. 1828.

1° Sept lett. aut. sig., à M. Duffaut. Hanovre, Nice, etc. An IV à l'an XIII... Ensemble, 17 p. pl. in-4. *Portr.*

Très-intéressante correspondance sur ses affaires privées. La lettre du 14 vendémiaire, au quartier général du blocus de Mantoue, contient des détails très-étendus sur l'investissement de cette ville, et le peu de probabilité de la réduire.

2° L. sig., comme ministre de la guerre, au préfet de Seine-et-Oise. Paris, 10 oct. 1819. 4 p. in-fol.

DESSOLLE (Louise). L. a. s., à M. Duffaut. 27 floréal. 2 p. in-4. Cachet.

903. **DESTUTT DE TRACY** (Antoine-Louis-Claude, comte), constituant, sénateur, membre de l'Académie française, économiste, etc. Né dans le Bourbonnais, en 1754.

1° L. aut. sig., à M. Papon, à Moulins. Auteuil, 10 nivôse an XIII. 1 p. pl. in-4. *Portr.*

Relative à une rente qu'il devait au prince de Condé.

2° L. sig. du sieur Péguin, à M. de Tracy, explicative de cette affaire.

904. **DESYVETEAUX** (Nicolas de Vauquelin, S^r^), précepteur du duc de Vendôme, puis du Dauphin, qui fut depuis Louis XIII. N. 1559. M. 1649.

Quitt. avec une ligne aut. sig. (sur parch.), de la somme de six mille livres, à lui ordonnée par le roi, pour l'état et entretennement qu'il lui plait de lui donner durant la présente année (1621).

905. **DIANE DE POITIERS**, femme de Louis de Brézé, comte de Maulevrier, duchesse de Valentinois, maîtresse de Henri II. N. 1499. M. 1556.

L. sig., *Anne de Poytiers*, à M. le receveur conseiller et secrétaire des finances du roi, à Paris. Fontainebleau, 22 septembre 1551. 1 p. in-4. Trace de cachet.

Elle le prie de la part du Roi, de faire délivrer, le plus promptement que faire se pourra, pour la fille de Mr de Couton, son cousin, abbesse du Pont-aux-Dames, les lettres ou provisions de l'ordre de ladite abbaye...

906. **DIANE DE FRANCE**, duchesse d'Angoulême, duchesse de Castro, femme de François de Montmorency, fille légitimée de Henri II. N. 1538. M. 1619.

L. aut. sig., au marquis de Rambouillet. Du bois de Vincennes, 19 août 1579. 1 gr. p. pl. in-fol. Très-belle lettre.

Elle ne saurait assez le remercier de la peine qu'il lui a plu prendre d'assister au dernier office d'un seigneur qui l'aimait et estimait autant ou plus qu'ami qu'il eut au monde, l'assurant pour son particulier qu'elle lui en sera toute sa vie obligée... Elle est bien aise qu'il soit sur son partement pour aller au Mans... « Car ie scay que vous m'y pouués beaucoup aider, pour le « moyen et crédit que vous y aués et empescher les menées et brigues quy s'y « font contre moy... »

907. **DIDEROT** (Denis), philosophe. N. 1712. M. 1784.

1° Billet de 8 lignes et demie aut. Demi-p. in-8. Relatif à des corrections typographiques. — 2° Bon à imprimer sig. Trois *portr.*

908. **DIDIER** (Jean-Paul), avocat de Grenoble, compromis dans la conspiration dite de Grenoble, comme chef de cette conspiration. Né en 1758. Mis à mort en 1816.

L. aut. sig., à M. de Dovet, à Goutefrey. Grenoble, 30 août... Deux tiers de page in-4. Rare.

909. **DIDOT** (Pierre), l'aîné, imprimeur du Roi. N. 1762. M....

L. a. s., au préfet de la Seine. Paris, 15 oct. 1814. 2 p. pl. in-4.

Didot (A. Firmin), imprimeur, député. N. 1764, M. 1836. L. aut. sig. (à la 3e personne), à M. Walkenaër. 2 gr. p. in-4.

Il aurait désiré le consulter sur les cartes géographiques que son père a exécutées typographiquement et qui ne le céderont en rien à la taille douce, sur laquelle elles auront même plusieurs avantages importants. Il aurait désiré, pour la carte de la Gaule et de la France, choisir différentes époques principales de l'histoire dans lesquelles les noms de ville et de province ont éprouvé des changements importants....

Didot (Ambroise-Firmin), fils, helléniste, voyageur, imprimeur. N. 1790. Quatre lett. aut. sig., à M. Lucas de Montigny. 1848. 7 p. in-8 et in-4.

Au sujet de l'indemnité accordée par la ville de Paris (200,000 fr.), aux imprimeurs dont les presses ont été brisées le 23 février 1848. Il est important pour les imprimeurs ayant droit à ces indemnités de pouvoir les toucher immédiatement... résultat si important pour eux, et même pour la tranquillité publique, puisque les travaux pourront reprendre leur activité chez les mécaniciens et les imprimeurs...

910. **DIETRICH** (Philippe-Frédéric, baron de), premier maire constitutionnel de Strasbourg, savant minéralogiste. Né à Strasbourg en 1748. Mis à mort en 1793.

C'est dans sa maison que Rouget de Lisle composa, en une seule nuit, la *Marseillaise*, paroles et musique.

1° Ordre d'arrestation. *Vu l'ordre d'autre part* (sur le verso, copie de l'arrêté du Comité de salut public de la Convention du 29 août 1793, qui ordonne de faire transférer promptement sous bonne et sûre garde, le nommé Dietrich, ancien maire de Strasbourg, détenu dans la maison d'arrêt de Besançon, à la prison de l'Abbaye de Paris...), *il est ordonné aux citoyens Aupick, 1er capitaine au 88e rég. d'infanterie*, etc., d'escorter jusque dans la prison de l'Abbaye le nommé Dietrich, etc. Besançon, 31 août 1793... *Le général de brigade commandant la 6e division*: Reed. 2 gr. p. in-fol., dont une aut. sig., du général. Cachet.

2° Délibération du Comité de sûreté générale (signée par Legris, et le vice-président Bazire), pour faire savoir au citoyen concierge des prisons de l'Abbaye, que le nommé Frédérick Diétrich qui vient d'être constitué prisonnier desdites prisons, ayant été arrêté en vertu d'un décret d'accusation, ne pourrait être relâché par le défaut d'envoi dans les 24 heures du procès-verbal demandé, et qu'en conséquence le citoyen de La Vacquerie ne pourrait se prévaloir, à l'égard dudit Dietrich, de l'ordre qu'il dit avoir été donné de relâcher les prisonniers dont les procès-verbaux ne lui auraient pas été envoyés dans les 24 heures... 15 novembre l'an Ier de la république. Demi-p. in-fol. Cachet.

911. **DIVERS**. Quatorze lettres et deux *portr.*

Cailleux (*Cailloux*, dit), directeur des musées royaux. L. a. s. 1 p. in-4, et lett. sig. 1847. 1 p. in-8. — Duponchel, directeur de l'Opéra. L. s. 1838. — Du Tillot, marquis de Sélino, premier ministre de l'Infant Don Philippe, duc de Parme, gendre de Louis XV. L. a. s. 2 juillet 1762. 3 p. in-4. — Erard (Pierre). Deux lett. a. s., à M. Jules Janin. 3 p. in-8 et in-4. — Escudier frères, directeurs de la *France Musicale*. Cinq lett. a. s. 1841. 5 p. in-8 et in-4. — Ortigue (Joseph-Louis d'), auteur d'ouvrages sur la musique, directeur de *La Maîtrise*. L. a. s. 1 p. in-18. — Sgricci, improvisateur italien. L. sig. 1 p. in-4. *Portr.* — Toulouse (Louis-Alex. de Bourbon, comte de), fils légitimé de Louis XIV et de madame de Montespan. L. sig. 1696. 1 p. in-4. *Portr.* Cachets. (Collectionde M. de Monmerqué).

912. **DIVERS**. Huit lettres et pièce aut. sig.

Grisier, maître d'armes. 1840. 1 p. in-8. — Huré, condamné politique. 1831. 3 p. in-4. — Laity, compromis dans la tentative de Strasbourg. 1838. — Lombard. Lettre au rédacteur de la *Quotidienne*. 1839. 1 p. in-8. — Maubreuil (le marquis de), L. a. s., *De M.* 3 p. in-8. — Verninac de Saint-Maur, condamné pour faux. Deux lett. 1836. 3 p. in-8 et in-4. — Viomenil (Alexandre), se disant vicomte de), condamné en police correctionnelle pour usurpation de nom et pour mendicité à domicile. Lett. 1842. 1 p. in-8, et : Impression et souvenirs d'une visite au pénitencier de Fontevrault. Impr. 1842. 47 p. in-8.

913. **DIVERS**. Vingt-huit lett. et pièces sig., et aut. sig.

Adam (Edmond). 2 lett. 1848. — Anglure (le marquis d'). 1710. — Arcambal. 2 lett. 1793-1797. Jolies vignettes. — Aubigné (d'). 1719. — Ayen (le duc d'). 1787. — Beauteville. 1770. — Bucquey. An XII. — Begasson. 1747. — Bellegarde (Pierre de), marquis de Montbrun. 1666. — Bellegarde (James de). — Belleville (Redon de), consul général à Gênes. 2 lett. 1799-1804. — Berteche, commandant général de l'*Ecole de Mars*. An II. Cachet à la cire rouge. — Bertrand, maître d'armes. 1840. — Billig. 1830. — Bizemont (marquis de). 1821. — Boismilon. 1842. — Boscary-Villeplaine. 1816. — Boucheporn, maréchal de la cour du roi de Westphalie. 1812. — Bouvier-Dumolard. 1806. — Brard. An XI. — Caderousse (François Dancesune Cadart de Tournon, duc de). 1683. — Caffarelli) (Charles). Deux lett. 1806. — Callissane. 1802. — Cauchy (Louis-Fr.. 1814. — Cauchy (E.). 1841.

914. **DIVERS**. Trente-une lett. et pièces sig., et aut. sig.

Champaigne (Louis de), comte de La Suze. Deux pièces notariées. 1609-1615. — Charamont (Annibal de). 1685. — Chastillon (Paul-Sigismond de Montmorency-Luxembourg, duc de). Deux pièces. 1701. — Choisny. L. a. s., à l'évêque du Mans, d'Angennes. 1600. 2 gr. p. pl. in-fol. — Civrac (... Durfort, marquis de). Deux lett. 1824. — Charlet (Th... baron). 1820. — Coucy (Charles de). 1535. — Coucy (Robert de). 1559. — Curzay (le comte de). 1827. — Dalègre (François), comte de Joigny, grand maître général des eaux et forêts de France. 1518. — Dalrymple (Henry). L. a. s. (en anglais). Londres, 7 mai 1786. — Daquin de Chasteaurenard (Antoine), secrétaire du cabinet du roi. 1694. — Damas (Louis-Antoine), seigneur, comte de *Crux*. 1698. — Damas. 1762. — Damas, gouverneur du duc de Bordeaux. 1829. — D'Aure (le comte). 1830. Deux lett. — Dejean (le comte). 1830. — De La Hodde. 1848. — Deliège (Ch.). Note secrète pour le directeur de la police Franchet, pour lui déclarer la vente de 28 exemplaires de l'*Abrégé de l'origine des cultes*, et de 15 exemp. du *Système de la nature*.. 1 p. in-4. — De Metz, fondateur et directeur de la colonie de Mettray. 1847. — Dermoncourt. 1835. — Desbassyns de Richemont. — Desmarest (Charles), chef de la police sous l'empire. Deux pièces. 1803. — Dossonville, agent du Comité de sûreté générale. Ordre de transfèrement d'une prison à une autre. 1794. — Dubost. 1847. — Dufresne. 1841.

915. **DIVERS**. Trente-une lett. et pièces sig., et aut. sig.

Duperrey (L.-J.). — Duplesseys (Pierre), maître d'hôtel de Mgr. d'Angoulême... 1529. — Dupont (Claude), conseiller et précepteur de Gaston d'Orléans. Deux pièces. 1625. — Du Pré de Saint-Maur. 1783. — Du Pré de Saint-Maur, conseiller honoraire de grand'-chambre. 1782.— Egmont-Pignatelli, comte d'Egmont, et sa femme Henriette-Julie de Durfort de Duras. 1718. Bail de 59 arpents de terre à Lagny, *moyennant bail de la somme de six cents livres en argent, douze grands fromages et douze talmouses de quatre sols chacune, le tout de ferme par chacun an*... — Esprémenil (J.-J. Duval d'), membre du Conseil souverain de Pondichéry. 1744. — Estève (le comte), intendant général, etc. Deux lett. An XI. — Estourmel (le chevalier d'). 1791.— Evrard Saint-Jean. 1843.— Eyssautier, commissaire ordonnateur en chef. An II. — Fercoq, à M. Jules Janin. 1841. — Feydel (G.). An X. — Flotard. Deux lett. 1848. — Folard. 1777. — Forcades, prévôt des troupes du Roussillon. Quitt. a. s. 1695. (Incomplète). — Fourqueux (de). 1739. — Folleville (de). 1821. — Garnier (Charles), sous-préfet de l'arrondissement de Pontoise. Lett. 1814, et chanson et discours (impr.). — Gasville (le marquis de). 1815. — Gassot. L. a. s., à M. de Rambouillet. 1575. 1 p. in-fol. — Gautier (H.). 1828. — Gay de Vernon (le baron). 1825. — Gelzer (Henri), professeur prussien. 1543. — Gengembre, inspecteur général des monnaies de l'empire. 1811. — Gérard, accusateur public. Deux lett. An XI. — Giresse-Labeyrie. 1847.

916. **DIVERS**. Trente-sept lett. et pièces sig., et aut. sig.

Gueret (Guill., maître d'hôtel de Mgr le duc d'Angoulême. 1455.— Hanneucourt (d'). An XII. — Helmstadt (le comte d'). 1814. — Héron de Villefosse. 1825. Essais sur l'histoire de la révolution française, par une société d'auteurs latins. Impr. An VIII. 85 p. in-8. — Hesse (Louis, prince héréditaire de). 1747. — Hochet. Trois lett. 1830. — Hugues (Victor), ancien gouverneur de la Guyane française. 1809. — Imbert. 1835. — Invau (d'). contrôleur général. 1758. — Jauffret. Trois lett. 1829-1830.— Jerphanion (le baron). 1813.— Joinville (le baron). Deux lett. 1826 et 1829.— Juchereau de Saint-Denis. 1828.— Jullien, préfet du Morbihan. 1810.— Kentzinger (le baron de). 1826. — Laboullaye (de). 1841. — Lafarge (le fondateur de la Tontine). 1793. — Lagarde (le baron), secrétaire général du Directoire exécutif. Trois lett. et un billet. An XIII à 1829. — La Grange (le comte de). 1842. — Lamarck (Guill. de). 1515. — Lamarthonie (Robert), s[r] de Bonnay. 1539.— Lambert, commissaire ordonnateur de l'armée d'Italie. Trois lett. 1797-1800. — Langeron (le marquis de). 1789. — Le Chandelier. L. a. s., à M. de Rambouillet. 1573. 4 p. in-fol. Cachet. — Lelieur de Ville-sur-Arce (le comte). Pièce sig., suivie de 8 lignes aut. sig. de l'abbé Sicard. 1817.

917. **DIVERS**. Trente-cinq lett. et pièces sig., et aut. sig. *Portr*

Lescallier (Daniel), préfet maritime. 1791. — Ligne (Lamoral de.) L. sig. à M. de La Molle. 1581. 1 p. in-fol. Cachet. — Luçay (Legendre, comte de), premier préfet des palais impériaux. 1814. — Maffioli. 1835.— Magne. L. a. s., à M. Lucas de Montigny. 1825. — Mailly (Charles de). 1574. — Mallarmé. 1813. — Malus, commissaire ordonnateur de l'armée de Dumouriez. An XIII. Curieuse. Vignette. — Marconnay (Pierre de), seigneur de Froses. 1578. — Marguerittes (Tessier, baron de). 1814. — Martigny (Antoine de). 1465. — Martineau des Chenetz. 1831. — Narbonne (le vicomte de). 1787.— Nyert (Pierre), premier valet de chambre du roi. 1676. — Oberkampf (Christophe-Philippe), manufacturier. Deux pièces. 1789. Trois *portr*. — Ogny (le baron d'). 1790. — Ouvrard (Julien, munitionnaire et financier. Deux lettres. 1829. Jolie vignette. Pièce imprimée. — Parran (Félix). Six lett. à M. Lucas de Montigny. 1846 à 1849. — Péchart. — Périgny (le comte de). 1841. — Permangle (Paul de Chouly de). Cinq pièces, dont une de généalogie, avec blason.

1636-1668. — PIERRE BUFFIÈRE (Philippe de), premier baron de Limousin. 1582. — PLEUVAULT (Charles, marquis de). 1690. — PONTHIEU (François de), commissaire ordinaire de l'artillerie. 1597.

918. **DIVERS.** Trente-six lett. et pièce sig., et aut. sig.

PRUNELLE, maire de Lyon. 1831. — RAINEVILLE (Alp. de). 1826. — RAOUL D'ARLY, vidame d'Amiens, 1439. — REVERONY-SAINT-CYR. 1819. — RIEUX (François de Lorraine, comte de), et Anne d'Ornano, sa femme. 1650. — RŒDERER (le baron de). 1830. Curieux. — SAINSON (de). L. aut. sig., à M. Jules Janin. 1840. — SAINT-CRICQ. — SAINT-MARTIN. (Pierre de Tallanes). Pièce incomplète. 1620. — SAINTE-MAURE (Alexis de), marquis de Jonsac. 1670. — SALPERWICK (le marquis de). 1828. — SALUCES (Michel-Antoine de), s[r] de Châteaufort. 1619.— SALVAN, professeur à l'école impériale des Sourds-Muets.1813. —SALVIAT. 1817.— SALVO (le marquis de). 1840. — SARTINE (Antoine de). 1711. — SAUMERY (Jacques de Johanne de), officier de vénerie. 1679. — SAUREN (Claude). — SILLY (François, comte de). Pièce sig., sig. aussi par Antoinette de Pons, marquise de Guercheville.— SODERINI (Carlo). 1577. L. sig., à M. de Rambouillet. 1577. 1 p. in-fol.— SALMON (Jehan), écuyer et châtelain du château de Pennes en Albigeois. 1470.— SOURCHES (L. François de Bouschet de). 1692. — SUCY (S.), commissaire ordonnateur, assassiné en Sicile. 1796. — TAMBONNEAU (Jean), premier président de la chambre des comptes. 1678.— TERSON (Charles-Colbert de). 1672. — ESCU. L. a. s., à M. Jules Janin. Londres, 22 avril 1841. — TONNERRE (le duc de). 1787. — TRAVENOY (François), seigneur de Nogent. 1562.— TRESMES (René Potier, comte de). Deux pièces. 1611 et 1626.— TROGNON (A.). Deux lett. — TRONCIN (Ernest), sous-préfet en 1848. — VIGUIER, directeur des études à l'École normale. 1835. — VILLETTE. 1851.

919. **DIZIMIEU** (Hector de), chevalier de St-Jean de Jérusalem.

Voir dans Palma Cayet, le récit de la conduite habile et courageuse de Dizimieu, qui, commandant à Vienne, en sous ordre pour la Ligue, rendit la place au Roi. — Et l'assassinat que tentèrent sur lui, deux ans après, les ligueurs, irrités de sa défection. (*L. de M.*).

Quitt. avec deux lignes aut. sig. (sur parch.). 1618.

920. **DODART** (Denys), médecin de la princesse de Conti, membre de l'Académie des sciences. N. 1634. M. 1707.

Fontenelle a écrit son éloge. Ce fut lui qui, plus de cent ans après les curieuses expériences de Sanctorius, se pesa avant et après un carême rigidement observé, et calcula ainsi, sur lui-même, les effets de la nourriture, de la transpiration insensible, etc. (*L. de M.*)

1° Quitt. aut. sig. (sur parch.). 1703. *Portr.*

2° Manuscrit aut. 12 p. pl. in-18. Observations médicales. etc.

DODART (Claude-Jean-Baptiste), fils du précédent, médecin du duc d'Orléans et de Louis XV, après Poirier, successeur de Fagon. M. 1750. Quitt. aut. sig. (sur parch.). 1704.

921. **DODUN** (Charles-Gaspard), contrôleur général des finances. M. 1736.

Pièce aut. sg. du 23 mai 1723, au sujet du contrat de mariage du comte de Manicamp. 1/2 p. in-4. Notice de M. *L. de M.*

922. **DOMAT** (Jean), célèbre jurisconsulte, avocat du Roi au présidial de Clermont, auteur des *Lois civiles dans leur ordre naturel.* N. 1625. M. 1695.

Fragment aut. de son manuscrit des *Lois civiles*. 2 p. petit in-fol. *Portr.* (Collection de M. de Monmerqué).

923. **DOMBEY** (Joseph), médecin, naturaliste, botaniste, voyageur au Pérou, au Chili, etc. N. 1742. M. 1794.

L. aut. sig., à M. L'Héritier. Lyon, 2 mars 1788. 2 p. pl. in-4. Lettre intéressante sur le Pérou, etc.

924. **DORAT** (Claude-Joseph), poëte. N. 1734. M. 1780.

L. aut. sig., à M... 7 mars 1761. 1 p. in-4. (Tachée au bas). Deux *portr.* (Collection de M. de Monmerqué).

925. **DORIA** (André), illustre marin génois, amiral de la flotte française. N. 1468. N. 1566.

L. sig. (en italien), au doge et aux magistrats gouverneurs de la République de Gênes. Villefranche, 13 mai 1538. 1 p. in-fol. Trace de cachet. Deux *portr.*

Relative à un procès entre Simon Spinola et Grégoire Spinola.

926. **D'ORLEANS** (Louis-François-Gabriel Delamotte), évêque d'Amiens. N. 1682. M. 1774.

L. aut. sig., à M. de St-Jullien. 12 août 1790. 1 p. in-4. Beau *portr.* de Bradelin, in-4.

927. **DORUS GRAS** (Madame Julie), cantatrice. N. 1813.

L. aut. sig., à M... Paris, 19 juillet, 2 p. petit in-8. *Portr.*

628. **DORVAL** (Marie-Thomase-Amélie *Delaunay*, dite), dame Allan, puis dame Merle, célèbre actrice de drame. Née en 1798. Morte en 1849.

L. aut. sig., à M. Jules Janin. 29 janvier 1841. 2 p. petit in-8. Trois *portr.* et une notice biographique.

Elle a grande envie de le voir. « Merle m'a dit que vous voulez bien nous « donner à déjeûner chez vous pour entendre un drame de M. Malfile. Faites « donc que cela soit bientôt. Il me va falloir reprendre la grande route, les « romantiques m'ont planté là. Partout! dans les chemins, dans les auberges, « j'ai appris Phèdre. Aidez-moi à revenir dans trois mois au Théâtre-Français « et à rentrer par ce magnifique rôle. Il me semble que ce serait là une belle « vengeance. »

929. **DOUJAT** (Jean), conseiller au Parlement de Paris, professeur en droit canon, membre de l'Académie française. N. 1606. M. 1688.

Lors de l'incendie et du massacre de 1652, Doujat était à l'hôtel-de-ville de Paris, avec Legras, son ami. Celui-ci fut égorgé; et Doujat sauvé, grâce à un déguisement et à de nombreux amis. (*L. de M.*)

Quitt. (sur parch.) 1676. *Portr.* de Cossin, in-fol.

Doujat (Jehan), avocat au parlement de Paris. Quit. aut. sig. (sur parch.). 1581.

Doujat (Jean), conseiller du roi à la cour des Aides. Acte notarié, sig. 1563, 2 p. in-fol.

Doujat (Jean), conseiller au parlement. Quitt. sig. (sur parch.). 1659.

Doujat (Jean-Charles), conseiller du roi au grand conseil. Deux quitt. sig., et aut. sig. (sur parch.). 1698 et 1700.

930. **DREVET** (Pierre), graveur du Roi. N. 1664. M. 1739.

Quitt. sig. (sur parch.). Paris, 12 nov. 1710.

931. **DROLLING** (Martin-Michel), peintre de genre, membre de l'Institut. N. 1787. M. 1851.

1° L. aut., sig., au préfet de la Seine. 1837. 1 p. in-8.

2° Réclamation aut. sig. (sur timbre), au même. 1837. Au sujet de sa contribution pour son atelier.

3° L. aut. sig., à son père. Rome, 30 août 1815. 1 p. pl. in-4.

Il est dans la plus mortelle inquiétude de ne pas avoir de ses nouvelles. « Tu dois bien penser le mal que j'éprouve sachant l'état affreux où se trouve « mon malheureux pays, et la situation pénible où tu dois être ainsi que tous « mes compatriotes. » Nouvelles de Rome, de son tableau, de Cortot, du roi d'Espagne qui est de retour à Rome... « On est très-tranquille ici, et Rome « est, comme je te l'ai déjà dit dans mes lettres, comme un grand couvent où « l'on vit en paix à l'abri des discordes de ce monde... »

932. **DROSTE DE VISCHERING** (Clément-Auguste, baron), archevêque de Cologne, évêque suffragant de Munster.

L. aut. sig., à M. Leclère, libraire à Paris. Munster, 7 janvier 1821. 1 p. pl. in-4. Fatiguée aux marges extérieures. *Portr.* in-4.

933. **DROUET** (Jean-Baptiste), conventionnel, auteur de l'arrestation de Louis XVI à Varennes. N. 1763. M. 1824.

1° Apostille de 4 lignes aut. sig. comme député de la Marne, au bas d'une pétition. Paris, 11 sept. 1793. 1 p. in-fol.

2° Trois brochures de l'an IV, relatives à son procès. Ensemble, 203 p. in-8.

934. **DU BARRY** (Marie-Jeanne *Gomart de Vaubernier*, comtesse), maîtresse de Louis XV. Née à Vaucouleurs (où est née Jeanne d'Arc) en 1744. Mise à mort en 1793.

Bon de trois lignes aut. sig. de la somme de 800 fr. à payer au sieur Ollivon. Louveciennes, 8 nov. 1784. In-8 en travers. *Portr.*

935. **DU BELLAY** (Jehan), évêque de Bayonne, puis de Paris, ambassadeur en Angleterre, à Rome, etc., cardinal. N. 1492. M. 1560.

Sa prudente entremise fut près d'empêcher le schisme qui sépara Henri VIII et l'Angleterre de la communion catholique; mais la précipitation de la cour de Rome, et les intrigues de Charles-Quint firent malheureusement avorter cette négociation fort avancée *(L. de M.)*

Quitt. sig. *Du Bellaye de Bayonne* (sur parch.), de la somme de 825 livres ordonnée par le roi pour subvenir et satisfaire à la dépense « qu'il nous commendra supporter ou voiage que présentement partant cejourduy de ce lieu et allant en Angleterre comme ambassadeur d'icelluy pour conferer et communiquer de par led. seig. au pays d'Angleterre daucunes affaires dimportance, de laquelle somme de VIII, XXV livres nous tenons content et bien paié !... » Croissy-en-Brye, 8 oct. 1531. Pièce sur parchemin. Cachet brisé. Déchirure en haut de la marge extérieure, enlevant la fin de six lignes. *Portr.*

936. **DU BELLAY** (Martin), seigneur de Langey, frère puîné du précédent, lieutenant général pour le roi en Normandie, auteur de *Mémoires*. M. 1559.

Certificat de service sig. (sur parch.) en faveur d'un *chevaulcheur*, etc. 1555. Sceau.

Du Bellay (René). L. avec la souscription de deux lignes aut. sig., à M. de Rambouillet. Bizeulx, 15 avril 1588. 1 p. in-fol.

Du Bellay (René), baron de la Flotte, commandant en la ville du Mans. Trois quitt. sig. (sur parchemin, dont une incomplète). 1596 à 1618.

937. **DU BELLAY** (Pierre).

L. aut. sig., à M. de Rambouillet. Paris, 14 mars 1588. 1 p. in-fol. Au sujet d'un mariage pour lequel l'évêque de Chartres fait des difficultés.

938. **DUBOIS** (Guillaume, cardinal), archevêque de Cambrai, premier ministre du Régent. N. 1656. M. 1722.

1° Quitt. de 3 lignes aut. sig. Paris, 22 mai 1662. Petite bande en travers. Deux *portr.*

2° L. sig., à M... Paris, 14 juin 1719. 1 p. in-4.

Ce qu'il lui écrit lui donne lieu d'espérer qu'il ne sera pas longtemps à jouir de sa première conquête, et qu'il sera bientôt en état de développer et de faire avorter les projets du cardinal Albéroni...

Dubois. L. aut. sig., à M... 5 nov. 1698. 3 p. pl. in-4. Cette lettre n'est point de l'écriture du cardinal, mais il y a en tête une ligne qui ressemble beaucoup à l'écriture de Bossuet, ou tout au moins à celle de l'abbé Ledieu, son secrétaire.

939. **DUBOIS** (Antoine, baron), doyen de la faculté de médecine, célèbre opérateur. N. 1756. M. 1836.

Trois certificats et une lett. aut. sig. 1826 à 1831. 4 p. in-4. Trois *portr.*

Dubois (Louis-Nicolas-Pierre-Joseph, comte), préfet de police sous l'empire. N. 1757. M. 1847. L. aut. sig. An XII. 2 p. in-8. et 19 lett. ou pièces administratives. sig. in-4.

940. **DUBOIS DE CRANCE** (Edouard-Louis-Alexis), dit *Chanterèche*, député aux États-Généraux, et député des *Ardennes* à la Convention. N. 1747. M. 1814.

1° Projet de souscription présenté aux Amis de la constitution par Dubois de Crancé. 28 oct. 1790. Minute aut. avec de nombreuses corrections. 3 p. in-fol. Deux *portr.* — Les sections de la ville de Lyon aux citoyens Dubois Crancé et Gauthier... Imprimerie nationale. 1791. 91 p. in-8.

2° Minute aut., avec des ratures et corrections, 2 p. pl. et demie in-fol.

La société des amis de la constitution séante à Paris fera, au nom de toutes les sociétés qui lui sont affiliées, une adresse à l'Assemblée nationale, dans laquelle sera exprimé le vœu de tous les bons citoyens pour la conservation du jeu de paume de Versailles, parce qu'ils le considèrent comme le plus précieux monument national. Par la même adresse, la société fera à l'Assemblée nationale l'hommage du projet qu'elle a de consacrer et de transmettre à la postérité le serment du jeu de paume par un tableau de la composition du s^r^ David, destiné à orner l'Assemblée nationale...

3° Ordre des administrateurs de police, de surveillance et de salut public de la municipalité de Paris, au concierge des prisons de l'abbaye de Saint-Germain-des-Prés. de recevoir les sieurs Dubois de Crancé dit Chanterèche et Cappy... Août 1792. 1 p. in-4.

941. **DU BOURG** (J.), évêque de Rieux, cardinal de Rambouillet.

L. aut. sig., à M. de Rambouillet, chevalier de l'ordre du roi et capitaine de ses gardes. Rome, 1575. 4 gr. p. pl. in-fol. Cachets à la 4e page, les 7 et 8me lignes ont été enlevées.

Récit, par ordre du cardinal de Lorraine, de l'assassinat commis au palais même de l'ambassade, par le s^r^ Saint-Maurice sur un pauvre homme inconnu. — Détails. — Fuite de l'assassin. — Regrets et crainte du cardinal qui provoque la descente de la justice pour informer. — Mauvais effet dans Rome, surtout à cause du meurtre récent d'un Corse. — Désir toutefois que Saint-Maurice ne soit pas arrêté.

942. **DU BOURG** (Antoine *Du Mayne*), partisan de Mayenne, gouverneur de la Bastille pour la ligue.

Deux quitt. sig. (sur parch.) 1581 et 1586. Notice de M. *L. de M.*

Du Bourg (Léonor-Marie *Du Mayne*, comte), commandant en chef en Alsace, maréchal de France. N. 1655. M. 1739. 1° Certificat militaire, aut. sig. 1689. Demi-p. in-4. Cachet. — 1° Ordre militaire sig. 1724. 1 p. in-fol. *Portr.*

943. **DU BOURG** (le général).

L. aut. sig., au ministre de l'intérieur. Paris, 30 janvier 1832. 3 p in-fol. — Et des signatures découpées.

Il réclame 42,000 francs pour dépenses faites par lui pendant les combats de 1830. Détails de ces services pendant ses journées où il a bravé la mitraille des soutiens du despotisme, « et de plus encore j'ai bravé volontaire- « ment l'échafaud, ce qui demande un courage que tout le monde n'a pas, et « de plus, après la victoire pour faire respecter les personnes et les proprié- « tés, j'ai bravé volontairement le fer et le feu des brigands qui, comme les « oiseaux de proie, apparaissent après les combats... »

944. **DUBURET** (frère René), *pauvre religieux hermite* (sic).

Quitt. sig. (sur parch.), de la somme de 100 livres dont S. M. lui a *fait don et aulmone pour lui donner moien de faire bastir une petitte chappelle et maison pour sa retraicte en la forest de Liury.* 1614.

945. **DUBY** (Pierre-Ancher Tobiesen), officier suisse invalide (amputé à Fontenay), numismate, interprète à la bibliothèque royale, etc. N. 1721. M. 1782.

L. aut. sig., à M. Pavillet. 30 juin 1780. 1 p. in-4.

946. **DU CANGE** (Victor-Henri-Joseph *Brohain*), romancier, auteur dramatique. N 1783. M. 1833.

L. aut. sig., aux directeurs du théâtre de la Gaîté. 8 décembre 1831, 3 p. in-4. *Portr.* Théâtrale. Curieuse.

947. **DU CHATEL** (Tanneguy), chevalier, vicomte de Bellièvre, grand écuyer de Charles VII. M. 1477.

C'est lui qui, à la mort de Charles VII, fit les frais des obsèques auxquelles personne ne songeait. Il fut tué à Bouchain d'un coup d'arquebuse près de Louis XI qui, en ce moment, s'appuyait sur lui. (*L. de M.*)

Certificat sig. (sur parch.), constatant que des réparations ont été faites, notamment aux ponts-levis de la Tour de la Charbonnière. 1472.

948. **DU CHATELET** (Gabrielle-Emilie le Tonnelier de Breteuil, marquise), amie de Voltaire. N. 1706. M. 1749.

Fragment aut. relatif au voyage de Voltaire en Prusse. Sans date. 4 p. pl. in-4. Deux *portr.*, et article biographique.

Du Chatelet (Louis-Marie-François d'Haraucourt, duc), fils de la précédente), colonel des gardes-françaises, lieutenant général, député à l'Assemblée constituante. N. 1660. Mis à mort en 1793. L. avec un postscriptum de quatre lignes aut. sig., au comte de Brienne. Paris, 8 avril 1788. 1 p. in-fol.

949. **DUCHESNE** aîné (Jean), conservateur des estampes à la bibliothèque impériale. N. 1799. M. 1855.

Six lett. aut. sig., à M. Lucas de Montigny. 1827 à 1849. 12 p. in-4, et lett. sig. au préfet de la Seine 1828. 1 p. in-fol.

950. **DUCIS** (Jean-François), poëte dramatique, membre de l'Académie française. N. 1732. M. 1817.

L. aut. sig., à M. Roger. Versailles, 31 janvier 1815. 1 p. pl. in-4. Deux *portr.*

Il a reçu de la réunion et du dîner des sept amis, le présent qu'il a envoyé par Léonard, son homme de confiance, et avec des inscriptions où sa tendre affection pour lui se montre plus que la vérité ... « Vous ne doutez pas, sen« sible et généreux ami, que mon grand âge et mes infirmités ne pèsent « beaucoup sur moi, puisqu'ils m'empêchent d'aller à Paris trinquer avec vous « dans les doux épanchements de l'amitié.. »

951. **DUCLOS** (Charles *Pinot*), historiographe de France, membre de l'Académie française, auteur de l'*Essai sur les mœurs*. N. 1704. M. 1772.

Portrait de Maupertuis... Portrait de D... Fragment aut. 2 gr. p. pl. in-4. *Portr.* Son éloge (imprimé), par Brieude, fils. 16 p. in-8. Notice de M. *L. de M.*

952. **DUCRAY DUMINIL** (François-Guillaume), romancier, chansonnier, etc. N. 1761. M. 1819.

Les Gages touchés. La Fêtes des Annes, ou les maris tirés au sort, contes aut. sig. 8 p. pl. in-8. *Portr.*

953. **DUFOUR DE PIBRAC** (Jérôme), maître de chapelle et musique du duc d'Orléans, Régent. M. 1720.

Quitt. aut. sig. de la somme de six cent livres, pour ses livrées de sa charge de maître de la chapelle de Son Altesse Royale Monsieur... Paris, 1686. Demi-p. in-8.

954. **DUFAURE** (François), président du Parlement de Grenoble.

Quitt. sig. (sur parch.). 31 nov. 1621. Belle pièce.

955. **DUFRENOY** (Mme de Marsant), femme d'Elise Dufrénoy, premier commis de la guerre, dame du lit de la Reine Marie-Thérèse, maîtresse de Louvois.

Quitt. aut. sig. (sur parch.) de la somme de trois mille livres pour la pension de sa charge de dame du lit de la reine. 1679. Curieuse notice de M. *L. de M.*

956. **DUGAZON** (Jean-Baptiste-Henri *Gourgault*), acteur de la Comédie-Française. N. 1741. M. 1809.

L. aut. sig., *au citoyen Brunelière, expert juré en loi Code pénal et civil de la République.* Sans date. 1 p. in-8.

957. **DUGAZON** (Louise-Rosalie Lefebvre), actrice de la Comédie-Italienne, puis de l'Opéra-Comique. 1755-1821.

L. aut. sig., à M. le duc... Sans date. 2 p. in-4. *Portr.*

Demande de protection pour son neveu, candidat médecin.

Dugazon (Gustave), fils de la précédente, compositeur et professeur de musique. N. 1780. M. 1832. L. aut. sig., à M. Janet, 2 p. in-18.

Envoi du cahier de deux quadrilles du *Mariage secret.*

958. **DUGUÉ DE BAGNOLS** (A. Dugué de Bagnols, dame), sœur de Madame de Coulanges.

Un peu alliée de Mme Sévigné et courtisée par son fils. La lettre ci-jointe ne dément pas ce que dit Mme de Sévigné du style de Mme Dugué de Bagnols (*L. de M.*)

L. aut. sig., à M. Hérault, lieutenant-général de police. 19 mars 1727. 3 p. pl. in-4. Cachet. Collection et note de M. de Monmerqué. Jolie lettre, curieuse pour l'orthographe.

Dugué de Bagnols.

Je crois que c'est l'intendant de l'armée de Flandre mentionné par Mme de Sévigné, et le fils de celui qui reçut, de Chavigny mourant, l'important *fidéi-commis* dont parle Conrart. (*L. de M.*)

L. aut. sig., à M... Au camp de Faren, 11 juillet 1690. 1 p. pl. in-4.

959. **DU HAMEL.**

Pièce sig. *Du Hamel*, au nom de Richard, duc d'York, comte de Lamarche, etc. 25 octobre 1446. Pièce curieuse, sur parch.

960. **DUHAMEL DU MONCEAU**, agronome, arboriculteur, membre de l'Académie des sciences. N. 1700. M. 1782.

L. aut. sig., à M... Paris, 8 juillet 1774. 3 p. pl. in-4.

Lettre scientifique. Observations météorologiques, etc.

961. **DULAU D'ALLEMANS** (Jean-Marie), curé de Saint-Sulpice, puis archevêque d'Arles, député aux Etats-Généraux. Né en 1738. Egorgé aux Carmes en 1792.

L. aut. sig., comme curé de Saint-Sulpice, à M. de Sartine, lieutenant-général de police. 9 mai 1760. 1 p. pl. in-4. *Portr.*

Relative aux plaintes qu'on lui a faites sur la mauvaise odeur du cimetière de la paroisse... Il s'y est transporté... « J'ay trouvé qu'effectivement en « approchant de la fosse il y avait un peu de mauvaise odeur, mais si peu « qu'on ne la sentait pas dans la rue; j'en ay cependant fait des reproches au « fossoyeur. Quand au party, Monsieur, que vous me proposez d'inhumer tous « les corps dans le cimetière de la rue de Bagneux, je ne suis pas capable d'en « décider seul... »

962. **DULAURE** (Jean-Antoine), conventionnel, historien de Paris, journaliste, etc. N. 1755. M. 1835.

L. aut. sig., à M. Raymond. Paris. 30 sept. 1817. 2 p. in-4. Deux *portr.* Notice de M. *L. de M.*

Relative à une inscription découverte par ce dernier au portail occidental de l'église de St-Denis. L'académie des inscriptions n'adopte pas sa conjecture sur les caractères de cette inscription puisqu'ils sont arabes, et que les caractères arabes n'étaient point en usage en l'an 748.

963. **DULAURENS** (André), médecin de Henri IV et de Sully. (Voir ses *Economies royales.*) M. 1609.

Réglement de fournitures d'apothicaire pour 2,411 livres, tant pour *la personne d'iceluy roy que pour le faict de sa chambre*... 1609. Grande pièce sur parch.

964. **DUMAS** (Alex.), romancier, auteur dramatique. N. 1803.

Cinq lett. et billets aut. sig., à diverses, article biog. et charge.

965. **DUMAS** (Adolphe), littérateur, poëte, auteur dramatique. N. 1810.

1° Deux lett. et billet aut. sig., à M. Jules Janin. 1842.

2° L. aut. sig., au même. 15 juillet 1841. 2 p. pl. in-8.

Il a subi le supplice des énervés, et il est dans un lit de fer, et dans un sabot de fer, d'où il voudrait lui envoyer mille gracieusetés... Avant sa section, il a fait pacte avec les frères Cogniard contre la Comédie-Française, « et les « braves hommes de lettres ont trouvé après deux lectures, faites à l'un et à « l'autre, que je n'étais pas un homme que M. Ligier et Mlle Anaïs devaient « mettre à la porte comme leur domestique. S'il vous vient sous la plume, « mon très-cher, un mot de cette nouvelle — faites selon la loi, les prophètes « et les gens de cœur... »

966. **DU MERSAN** (Théophile *Marion*), numismate, vaudevilliste. M. 1849.

1° L. aut. sig., à M. Jules Janin. Paris, 3 nov. 1841. 3 p. pl. in-8. M. J. J. a écrit en tête trois petites lignes sig. de ses initiales.

Touchante lettre au sujet de son feuilleton des *Débats* du 1er nov. 1841.

2° L. aut. sig., au même. Paris, 5 novembre 1841. 3 p. pl. in-8.

Il accepte ses explications. Il ne peut pas lui avoir fait plus de peine qu'il ne lui en avait causé. Il y a eu malentendu, c'est lui sans doute qui a tort, mais sa susceptibilité était bien naturelle, et il n'a dû voir dans ses plaintes rien que de pardonnable... « Quant à vous croire méchant, dans la noire ac- « ception du mot, je serais désolé d'en avoir la pensée. *Tout faiseur de journal « doit tribut au malin*, et votre férule a le droit de frapper nos mœurs do- « mestiques, jeunes ou vieilles écolières, comme nous avons le droit de jouer « tous les ridicules et tous les travers qui sont la pâture de la comédie. Ou- « blions donc tous deux cet incident qui nous a malheureusement chagrinés : « mais ce que je n'oublierai pas, c'est que vous m'avez fait connaître votre « cœur, et ce sont de ces connaissances qu'on aime à faire et à garder... »

967. **DUMILATRE** (Mlle Adèle), danseuse de l'Opéra.

L. aut. sig., à M... Avril 1841. 1 p. pl. in-8. Jolie lettre.

Elle lui demande son appui pour la *Sylphide*, qu'elle doit jouer demain.

968. **DUMONSTIER** (Daniel), et non pas *Dumontier*, peintre et valet de chambre du Roi, et poëte. N. 1550. M. 1631.

L'un des créateurs de la peinture en France, et surtout du genre du crayon de trois couleurs. Tallemant des Réaux a longuement narré ses singularités.. (*L. de M.*)

Acte notarié sig. *D. Dumonstier*. Paris, 1614. 2 p. in-fol.

669. **DUMONT** (André), conventionnel. N. 1764. M. 1838.

L. aut. sig., au ministre de la guerre. Abbeville, 15 sept. an II. 2 p. pl. et quart in-4. La 3e page est remplie par la minute de la réponse du ministre de la guerre. *Portr.*

970. **DUMONT** (Etienne), publiciste, traducteur de *Jérémie Bentham*, etc. N. 1759. M. 1839.

Ami versatile et inquiet de Mirabeau, dont il se prétendait l'inspirateur, e dont il ne fut qu'à peine le collaborateur subalterne. Voir mes *Mémoires sur Mirabeau*, notamment tome VIII, page 159, et une multitude d'autres passages. (*L. de M.*)

1° L. aut. sig., à l'abbé André Morellet, à Paris. 3 février 1803. 3 p. pl. et quart in-4.

Très-intéressante lettre, mentionnant lord Lansdowne, père du marquis de Lansdowne, qui est devenu ministre, et qui déjà alors annonçait « un carac« tère si aimable et si solide. Lord Henry, de retour avec son père, se pro« pose de fréquenter assidument la chambre des communes, mais il n'est point « pressé de se produire, et il lui faudra, pour parler, un autre motif que le désir « de paraître.... » Désaccord de l'abbé Morellet avec Bentham sur le principe de la propriété, etc.

2° Copie d'un fragment de la réponse de Morellet à la lettre qui précède. 3 p. in-4.

3° L. aut. sig., à M. Lucas de Montigny. 1826. 1 p. in-4.

4° L. aut. sig., au même. 10 avril 1826. 1 p. in-4.

« Vous m'avez fait un très-grand plaisir en me donnant des nouvelles de l'ai« mable enfant que je n'avais point oublié. Je puis présumer, d'après votre « lettre, qu'il est devenu ce que les amis de son père adoptif pouvaient désirer.»

971. **DUMONT** (Henri), organiste de la Reine. 1610-1684.

Compositeur de grandes messes, motets, etc. Plus orthodoxe que courtisan, il quitta son office plutôt que d'étoffer et d'enjoliver ses motets par des accompagnements qu'exigeait Louis XIV, et qui, selon le musicien réfractaire, étaient réprouvés par les canons du concile de Trente. (*L. de M.*)

Quitt. notariée sig. (sur parch.). de la somme de 300 fr. pour ses gages d'une année de sa charge d'organiste... 5 janvier 1654.

972. **DUMONT D'URVILLE** (Jules-Sébastien-César), contre-amiral, circumnavigateur. N. 1790. M. 1842.

1° L. aut. sig., à M. Bajot, au ministère de la marine. Paris, 13 janvier 1790. 1 p. pl. in-8. Relative à l'impression de son mémoire.

2° Avertissement aut. sig. de la relation historique du voyage de l'*Astrolabe* et de la *Zélée*. Paris, 19 mars 1841. 3 p. pl. et demie in-fol.

973. **DU MOULIN**, théologien protestant. N. 1568. M. 1658.

Quitt. aut. sig., de la somme de 375 livres reçue de M. le Baron, receveur des deniers ecclésiastiques de la souveraineté de Sédan, pour le quartier de ses gages... 1627. Petite p. in-4.

974. **DUMOULIN** (Evariste), publiciste, fondateur du *Constitutionnel*, de *la Minerve*, etc. N. 1776. M. 1833.

L. aut. sig., à M... Bordeaux, 25 janvier 1809. 4 p. pl. in-4. Intéressante.

Nouvelles diverses, du théâtre de Bordeaux où l'on a joué *la Vestale*, *Ninon chez Mme de Sévigné*, etc.

975. **DUMOURIEZ** (Charles-François *Du Périer*), ministre des affaires étrangères, général en chef de l'armée du Nord après le 10 août 1792. N. 1739, M. 1823.

1° Sa signature sur un état (incomplet) des employés au département politique pour l'*entretien de vingt gardes nationales volontaires à raison d'une retenue de 18 livres par année et de trente sols par mois sur chaque centaine de pistoles de leur traitement*... Cet état est aussi signé par Bonne-Carrère, D. M. H. Le Brun, etc. Sept *portr*.

2° Ordre aut. sig. (à la 3e personne), au commandant de la ville de Sédan, 19 août 1792. 1 gr. p. in-fol.

Mesures civiles et militaires à employer pour faire mettre en liberté MM. Kersaint, Péraldi et Antonelle, députés de l'Assemblée nationale, envoyés comme commissaires auprès du département et de l'armée qui était ci-devant aux ordres du général La Fayette....

3° Billet de 6 lignes aut., à Mme de Noiseville. *Samedy 28, très-vieux style* (Saint-Pétersbourg). Quart de p. in-4. Note explicative de ce billet. 1 p. in-8.

4° Lettre curieuse sur la politique du temps, trouvée dans les papiers de Dumouriez et à lui adressée de Paris, le 7 sept. 1789. 2 p. pl. et quart in-4. Cachet. La première page est en anglais.

976. **DUNOIS** (Jehan, bâtard d'Orléans, comte de), duc de Longueville, etc. N. 1402. M. 1468.

Quitt. sig. (sur parch.), de la somme de 1200 livres tournois pour la garde des ville et chastel de... 8 août 1449. Bonne conservation. Trois *Portr.*, dont un gr. in-fol.

977. **DUPATY** (Charles-Marguerite-Jean-Baptiste *Mercier*), président à mortier au Parlement de Bordeaux, auteur des *Lettres sur l'Italie*. N. 1744. M. 1788.

L. aut., à madame... Le 21. 1 p. in-8. Deux *portr.* Intéressante.

DUPATY (Louis-Emmanuel-Félicité-Charles *Mercier*), fils du précédent, auteur dramatique, membre de l'Académie française. N. 1775. M. 1851.

1° Deux lett. aut. sig. 1809 et 1840. 2 p. in-8. *Portr.*

2° *Réponse à un journaliste qui nous reproche de nous répéter*. Chanson (7 couplets) aut. sig. 1810. 3 p. et demie in-8.

3° *Ou peu s'en faut*. Chanson (8 couplets) aut. sig. 1810. 2 p. pl. et quart in-8.

978. **DUPATY** (Louis-Marie-Charles-Henri *Mercier*), statuaire, membre de l'Institut. N. 1771. M. 1825.

1° L. aut. sig., à son ami Chinard, à Carrara. Rome, 30 mai 18[illegible]7. 2 p. in-8. Curieuse. *Portr.*

2° Sa signature et celles de *Bosio*, *Cartellier* et *Le Thière*, au bas d'un certificat en faveur de M. Jules Edmond Savouré, élève de Le-Thière, qui a écrit de sa main le certificat. 1825. 1 p. in-4.

979. **DU PERRON** (Jacques Davy, cardinal), archevêque de Sens, grand aumônier de France, plusieurs fois ambassadeur, négociateur, avec d'Ossat, de l'abjuration d'Henri IV. N. 1556. M. 1618.

1° Ordre de payement. 1616. Demi-p. in-fol. Deux *portr.*

2° Acte notarié, sig. 1608. 2 gr. p. in-fol.

980. **DU PERRON** (Jean *Davy*), frère du précédent, conseiller, et un des familiers de Henri IV.

Quitt. sig. (sur parch.). 1609.

981. **DU PETIT-THOUARS** (Louis-Marie *Aubert*, chevalier), voyageur, naturaliste, membre de l'Académie des sciences. N. 1756. M. 1831.

L. aut. sig., à M. le comte... A la Pépinière du Roule, 28 février 1825. 4 p. in-4. Curieux détails.

Il combat le projet de construction d'un marché au Roule sur l'emplacement de la Pépinière... Motifs.

DU PETIT-THOUARS (Abel *Aubert*), contre-amiral. N. 1793. L. aut. sig., à M. Gide, à Paris. Brest, 11 déc. 1841. 2 p. in-8.

982. **DUPHOT** (Léonard), général de la République. N. 1770. Assassiné à Rome où il avait accompagné l'ambassadeur de France, en 1797.

L. aut. sig., au citoyen ministre de la guerre. Périgueux, 12 vendémiaire an V. 1 p. in-fol. *Portr.*

En vertu de l'ordre qu'il a reçu de se rendre sur-le-champ à l'armée d'Italie il partira après demain. Il rend grâce au Directoire de l'avoir déchaîné de l'oisiveté dans laquelle on le retenait depuis la paix des Pyrénées....

983. **DUPIN** aîné (André-Marie-Jean-Jacques), avocat, député, membre de l'Académie française. N. 1783.

1° L. aut. sig., au président Heurion. 1er juillet. Tiers de page in-4. Trois *portr.*

2° Consultation électorale, aut. 4 p. pl. in-4.

DUPIN (François-Pierre-Charles, baron, frère du précédent, membre de l'académie des sciences, etc. N. 1784. L. aut. sig., à M. Lucas de Montigny. Paris, 18 janvier 1842. 2 p. in-4.

DUPIN (Philippe-Simon), frère des précédents, bâtonnier de l'ordre des avocats, député. N. 1795, M. 1846. 1° L. aut. sig., au président de la société philotechnique. Paris, 8 déc. 1825. 2 p. et demie in-4. — 2° L. aut. sig., au préfet de la Seine. 1836. 2 p. in-4. — 3° L. aut. sig., à M. Jules Janin. Oct. 1841. 1 p. pl. in-8. Très-intéressante. *Portr.*

984. **DUPLEIX** (Joseph-François, marquis), gouverneur des établissements français dans l'Inde. N. 1697. M. 1753.

L. aut. sig. à M. Du Val de Leyris. Pondichéry, 18 mars 1742. 2 p. in-4. Gravure coloriée de la levée du siége de Pondichéry. in-4.

985. **DU PLESSIS-MORNAY** (Philippe de Mornay, seigneur), gouverneur de Saumur, surnommé *le Pape des Huguenots*, ami de Henri IV. N. 1549. M. 1623.

L. aut. sig., à sa femme (Charlotte-Arbaleste de Laborde), à Saumur. De Chastellcraut, 8 février 1598. 2 gr. p. pl. in-fol., à moitié tachée d'huile du haut en bas par la marge intérieure. *Portr.* Notice de M. *L. de M.*

Il s'inquiète de sa santé et l'entretient d'un grand nombre d'affaires particulières et politiques, de la prise de la ville de Dinan, de l'arrivée de M. de la Noue, etc. Il commence ainsi : « M'amye, hier au soir, m'est venu celuy « que ietauoy depesché d'icy auec tes lettres du 5 et 6e. La continuation de « tes battemens me tient pene : que ie ne puis attribuer qu'a ceque les remè- « des touchent à l'humeur. Il faut patienter... et remettre le reste à Dieu... Il dit en terminant : « Vre fidele et loyal mary à jamais Duplessis. »

986. **DU PLESSIS MORNAY** (Philippe). *Le même.*

Quitt. sig. (sur parch.). 1602. Forte mouillure. Trois *portr.*

2° Acte notarié, quatre fois sig., signé aussi par Calignon, chancelier de Navarre. 1600. 3 gr. p. in-fol.

987. **DUPONT** (Auguste), littérateur, journaliste, rédacteur de l'*Echo de Vesonne*, inventeur d'un procédé pour la reproduction des vieux livres. Tué en duel en 1850.

L. aut. sig., à M. Jules Janin. Périgueux, 20 février 1842. 3 p. pl. in-8. En tête il y a trois lignes de M. Jules Janin.

Il le remercie de l'accueil tout fraternel qu'il lui a fait, et qui l'a profondément touché. Il s'occupe toujours de la mise en pratique de son procédé de *transport* auquel la plupart des lithographes ne croient pas encore. « Aussi, « à l'égal de ce vieux *farceur* qui, pour prouver le *mouvement* se mit à *marcher*,— « pour prouver qu'on peut *transporter* et *imprimer* les vieux livres, je *transporte* et je *réimprime* des bouquins. Le premier vieux livre que j'ai trans- « porté est un petit ouvrage, dont un riche *parent d'Amérique* de M. Romieu « avait conservé l'unique exemplaire. C'est l'histoire d'un de leurs ancêtres « *ancien ministre d'État en Provence*. Je suis heureux de pouvoir vous en « offrir un exemplaire. Vous verrez par là, qu'il suffit d'avoir sauvé du nau- « frage du temps un seul exemplaire d'un livre, pour le reproduire avec tous « les types de l'époque, sans le secours du graveur et sans composition « nouvelle... » Ouvrage en deux volumes in-4 qui est en cours de reproduction.

988. **DUPONT** de l'*Eure* (Jacques-Charles), avocat, député, ministre de la justice, membre du gouvernement provisoire en 1848. N. 1767. M. 1855.

1° L. aut. sig., au préfet de la Seine. Paris, 14 août 1830. Demi-p. in-4. Trois *portr.*

Il s'excuse de ne pouvoir assister au banquet municipal offert au général La Fayette.

2° L. aut. sig., à M. Taschereau. Rougepériers, 16 nov. 1833. 1 p. pl. et demie in-4.

Dulong et lui, apprennent par le journal de ce matin que l'affaire de Vecchiarelli doit être incessament portée devant la cour royale de Paris, et qu'en attendant MM. d'Argout et Gisquet poursuivent à outrance leur victime, et veulent la forcer de quitter incessamment la France...

989. **DU PONT** de *Nemours* (Pierre-Samuel), économiste, député du Bailliage de *Nemours* aux Etats-Généraux, membre de l'Institut. **N. 1729. M. 1817.**

Voir mes *Mémoires sur Mirabeau*, notamment tome 2, pages 316-317, 322, à 324-328-368, etc., et tome 3, pages 44-83-87-98-159, etc., (*L. de M.*)

1° L. aut. sig. *D. P.*, à M. Grand. 5 oct. 1775 1 p. in-4. Curieux cachet. Deux *portr.* Intéressante.

Affaire grave entre eux. Peut-il lui trouver en Hollande cent millions à trois pour cent, ou au plus trois et demi. Il en résulterait deux biens. « L'un que « nous mettrions sur-le-champ la coignée au pied de l'arbre qui étouffe les « récoltes du canton, et que nous porterions en peu d'années la France au plus « haut degré de prospérité, ce qui assurerait d'autant l'hypothèque. L'autre « que votre ami ayant commencé et guidé l'opération, acquéreroit le crédit « prédominant ce que je crois bien à désirer pour ce pauvre peuple; car le « ciel m'est témoin que je ne pense qu'à lui, et que je consens bien à être « pauvre toute ma vie, pourvu que mon pays soit riche et heureux...

2° L. aut., à son ami... Versailles, 3 nov. 1775. 1 p. in-4. Curieuse. Relative à une crise financière qui arrive.

3° L. aut. sig., à M. Boucher. Paris, 6 février 1779. 4 p. pl. in-4.

Il a sondé, comme il se l'était proposé, et le lui avait promis, le père du jeune homme (Mirabeau), auquel ils s'intéressent tous deux. Il a trouvé que la tendresse paternelle était loin d'être épuisée, mais qu'il y avait des difficultés très grandes tenant à la valeur des choses, et aussi au peu de confiance que la conduite passée doit inspirer. D'abord quant au procès il est impossible de prendre la voie de révision. La dame a perdu son portefeuille contenan les lettres du jeune homme, dans lesquelles le projet d'enlèvement et le plan de conduite à tenir pour y réussir, même sans danger, sont très nettement tracées...

4° L. aut., à madame de Lasteyrie du Saillant, à Limoges. Paris, 7 fructidor an X. 1 p. pl. in-8.

5° DUPONT de *Nemours* (madame Françoise), née de Montholon, femme du précédent. Quatre lett. aut. sig., dont trois à M. Lucas de Montigny. De l'an XII à 1832. 8 p. in-8 et in-4.

990. **DUPONT** (Henriquel), graveur.

Quatre lett. aut. sig., à M. Lucas de Montigny, 1838 à 1847. Ensemble, 6 p. in-8 et in-4.

Celle du 19 juin 1847 est très-intéressante. Bien qu'il ne soit que le très-humble copiste du dessin de son ami, M. Paul Delaroche, il veut lui dire qu'il partage entièrement son opinion sur le *mérite* et l'*authenticité* du portrait de Mirabeau qu'il a consulté pour faire son dessin, car c'est sciemment et avec réflection qu'il a choisi le type qu'il réprouve... Celui de Boze, qu'il a vu chez lui il y a quelques années, a corroboré son opinion; à son avis, ce portrait est l'ouvrage d'un de ces artistes médiocres sachant très-bien donner une de ces ressemblances vulgaires et *adoucies* qui, à toutes les époques, obtiennent la faveur du public. « Vous, monsieur, je suis surpris que vous jugiez avec tant « de sévérité l'œuvre de Guérin, j'aurais cru tout au contraire à votre sympa- « thie; en vérité, il n'a pas fait un Adonis; ne savons-nous pas tous que « Mirabeau était laid? Il le savait bien, lui; mais comme le peintre a su illu- « miner cette figure si irrégulière par l'expression du génie et de la puis- « sance! Il faut être un grand artiste pour cela, monsieur; la peinture de Boze « est le portrait d'un homme quelconque, Guérin nous a conservé Mirabeau...»

991. **DUPONT** (Louise-Charlotte-Valentine *Rougeault*, dite), actrice du Théâtre-Français. **N. 1794.**

L. aut. sig., à M. Jules Janin. 14 avril 1840. 1 p. pl. in-8. *Portr.* Jolie et curieuse lettre.

992. **DU PORT** (François), docteur en médecine, auteur *De signis morborum.*

Quitt. aut. sig. (sur parch.). 19 sept. 1623.

993. **DU PORT DU TERTRE** (Marguerite-Louis-François), avocat, ministre de la justice avant le 10 août 1792. Né en 1754. Mis à mort en 1793.

1° L. avec un postscriptum de cinq lignes aut. sig., à l'abbé Siéyès. Paris, 20 avril 1793. 1 gr. p. pl. in-fol. En tête il y a deux lig. aut. sig. de l'abbé Siéyès. *Portr.*

2° L. aut. sig., à M... (1784). Relative au procès de Mirabeau.

Du Port (Adrien-Jean-François), conseiller au Parlement, constituant, introducteur du jury en France. N. 1760, M. 1798. Note aut. sig. pour M. de Joly, greffier de la municipalité de Paris, en faveur de Marie-Anne Vafflard, dite de Sainte-Augustin, de la rue de Reuilly, qui demande à sortir de son couvent. 1 p. in-8 en travers. Trois *portr.*

994. **DUPRAT** (Antoine), avocat, premier président au Parlement de Paris, cardinal, archevêque de Sens, légat, chancelier de France. N. 1463. M. 1535.

Pièce sig. (sur parch.). Certificat de service d'un conseiller ordinaire du roi, et ordre de payer ses gages. 1530 *Portr.*

995. **DU PUY** (Jacques), garde de la bibliothèque du Roi, co-éditeur, avec son frère Pierre, de l'histoire du Président de Thou. N. 1586. M. 1656.

L. aut. sig., à M. Godefroy. Paris, 10 janvier 1635. 1 gr. p. in-fol. Beau *portr.* in-4. Nouvelles diverses.

996. **DUPUYTREN** (Guillaume, baron), chirurgien et anatomiste célèbre. N. 1778. M. 1835.

1° Quatre lett. et pièces sig., aut., et aut. sig., et bulletin de la santé de madame la duchesse de Berry et du duc de Bordeaux, le 29 sept. 1820, à 8 heures du soir. *Portr.* Notice de M. *L. de M.*

2° L. aut. sig., à M. Lucas de Montigny. Paris, 20 déc. 1832. 4 gr. p. pl. in-fol.

Il se plaint avec amertume d'avoir été condamné pour contravention aux règlements concernant la voie publique. *Grande lettre sur un bien petit sujet,* dit M. *L. de M.*

997. **DU QUESNE** (Abraham), lieutenant général des armées navales. N. 1610. M. 1688.

Quitt. aut. sig. (sur parch.), de la somme de 150 livres, pour trois mois d'appointements de son trompette. Brest, 3 avril 1672. Deux *portr.*

998. **DUQUESNOY,** député du *Pas-de-Calais* à la Convention nationale. N. 1748. Il se tua en 1795 pour se soustraire à l'échafaud.

L. aut. sig., à son collègue Gillet. Au quartier-général sous le Quesnoy, 27 thermidor an II. 1 p. in-4. Tête imprimée Vignette.

Duroy, député de l'*Eure* à la Convention nationale. Il se frappa au moment de monter à l'échafaud (1795). L. sig. Châlons-sur-Marne, 17 brumaire an II. 2 p. in-fol.

999. **DURAND DE MAILLANE** (Pierre-Toussaint), conventionnel, auteur de *Mémoires.* N. 1729. M. 1814.

L. aut. sig., à son collègue... Paris, 11 mars 1791. 1 p. in-4. *Portr.*

1000. **DURAS** (Symphorien de *Durfort*, s^r de), général ligueur.

1° Quitt. sig. (sur parch.), comme porteur de guidon de la compagnie de cinquante lances des ordonnances du roi, étant sous la charge de M. de Longueval. 20 mai 1546.

2° L. aut. sig., à M. de Rambouillet. Bordeaux, 14 décembre 1579. 1 p. pl. gr. in-fol. Très-belle lettre.

Il est question dans cette lettre du duel fameux qui eut lieu conjointement avec son frère de Rozan et le duc de Bouillon, Henri de la Tour d'Auvergne, alors vicomte de Turenne, assisté de Salignac (Jean de Gontaut-Biron), duel interrompu par une tentative d'assassinat commise par les gens de Duras, qui blessèrent grièvement le vicomte de Turenne.

Il lui a répondu, il y a déjà quelque temps, sur ce qu'il avait écrit à M. le maréchal de Biron pour faire qu'il envoyât un gentilhomme pour conférer avec un autre envoyé du vicomte de Turenne « sur laccort que le roy vous auoit « desbaucher sur le différent de mon feu frere de Rozan et de luy je vous « escriuis la charge que nous voulons donner à celui qui iroit de noz pars de « parler le premier et le mesme langage que nous aurions tenu despuis noste « comb…t sur quoy Monsieur le mareschal fit quelque difficulté quil vous es- « criuit lors comme il fet astheure le moien quil lui semble le plus a propos « pour satisfaire à la volonté et commandement du roy quy est la seule occa- « sion quy my a faict consentir pour plusieurs raisons et mesmes veu la mal- « heureuse thraison que les huguenotz mont voulu faire depuis peu de jours... »

1001. **DURAS** (Jean-Baptiste de *Durfort*, comte, puis duc de), maréchal de France. N. 1684. M. 1770.

L. aut. sig., à M. Desroches, gouverneur des Invalides. Fontainebleau, 24 sept. 1699. 1 p. et demie in-4. Cachet.

Duras (Jacques-Henri de *Durfort*, duc de), père du précédent, maréchal de France. N. 1626. M. 1704.

Deux pièces sig. quitt. (sur parch.), et passeport in-fol. 1677 et 1698.

1002. **DURAS** (Emmanuel-Félicité de *Durfort*, duc de), ambassadeur en Espagne, maréchal de France, membre de l'Académie française. N. 1715. M. 1789.

1° Certificat de service, sig. 1759. 1 p. in-4.

L. aut. sig., à M... Versailles, 20 mars. Demi-p. in-4.

Duras (Amédée Bretagne Malo de *Durfort*, duc de), maréchal de camp, pair de France, gentilhomme de la chambre du Roi.

1° L. aut. sig., à M. le comte de Chabrol. Paris, 22 avril 1823. 2 p. et demie in-4.

Relative à une discussion qui s'élève entre Mlle Georges, et ses anciens co-sociétaires du Théâtre-Français.

2° L. sig. de M. Naylies, avocat à la Cour de cassation, adressée au même, et sur le même sujet. 1824. 1 p. in-4.

1003. **DURAS** (Claire *Le Chat de Kersaint*, duchesse de), auteur d'*Ourika*, etc. N. 1779. M. 1828.

L. aut. sig., *Kersaint de Duras*, à M. Jomard. 1824. 2 p. in-4. *Port.*

Duras (Mme de Noailles, duchesse de).

1° L. aut. sig., à M... Sans date. 1 p. et demie in-8.

Envoi d'une pétition au duc d'Angoulême en faveur d'une juive et d'un luthérien, mariés il y a deux mois et convertis... Ils sont fervents, ont eu le bonheur de se nourrir du pain des anges, mais ils manquent du pain matériel.

2° L. aut. sig., à M. Breschet, chef des travaux anatomiques, etc. Paris, 18 février 1821. 2 p. in-8. Cachet.

Relative à une manière de traiter la rage par des aspersions d'eau froide.

1004. **DU RESNEL** (Jean-François *Du Bellay*), abbé de Sept-Fontaines, membre de l'Académie française. 1692-1761.

L. aut. sig., à M... Paris, 5 août 1744. 1 p. in-4.

1005. **DURET** (Jean), premier médecin de Marie de Médicis, régente, et son confident. N. 1563. M. 1629.

Il avait été au nombre des ligueurs les plus furieux et les plus sanguinaires ; il était particulièrement haï de Henri IV. (*L. de M.*)

Sa signature au haut du titre d'un livre de médecine, in-8.

Duret (Louis), médecin de Charles IX et de Henri III, père du précédent. N. 1527. M. 1586. Quitt. sig. (sur parch.). 1576.

1006. **DURFORT** (Jehan de), s[r] de Born, lieutenant général de l'artillerie de France.

1° Quitt. de deux lignes aut. sig. (sur parch.). 1580. — 2° quitt. sig. (sur parch.). 1562.

Du Roullet (Pierre Le Blan, seigneur), gouverneur de la ville de Louviers. Acte notarié, deux fois sig. 1595. 3 p. in-fol.

1007. **DUPRÉ** (Guillaume), contrôleur général des poinçons et effigies des monnaies de France.

Quitt. aut. sig. (sur parch.). Paris, 8 août 1633.

Dupré, graveur des monnaies. L. aut. sig., aux membres de la commission des monnaies. Paris, 21 sept. 1792. 1 p. in-4.

Duvivier (B.), graveur en médailles. L. aut. sig., à la commission générale des monnaies. 8 mai An II. 1 gr. p. pl. in-fol. Curieuse.

1008. **DUSAULX** (Jean), conventionnel, membre de l'Institut, traducteur de Juvénal, etc. N. 1728. M. 1799.

L. aut. sig., à Bernardin de Saint-Pierre. Paris, 25 février 1785. 2 p. pl. et demie in-4. Joli *portr.* de Dieu, in-8.

Au sujet de la lecture de son livre qu'il vient de faire... « Mais le bon « M. de St-Pierre, ne se doute pas qu'une foule d'honnêtes gens éclairés, « bénissent son travail, chérissent sa personne et placent déjà son nom parmi « ceux des Platon, des Plutarque, des Montaigne ; parmi ceux de son ami « J. J. Rousseau et du divin Fénélon. Quant à moi, monsieur, qui n'ai point « mérité de nom, je n'ai pas le droit de vous offrir mon suffrage : je vous « prie seulement d'agréer l'hommage de ma reconnaissance, pour le plaisir que « vous m'avez procuré, et pour toutes les voluptés que vous me procurerez le « reste de mes jours ; car vos accens m'ont fait verser des larmes délicieuses, « ont pénétré mon cœur et ravi mon esprit : j'ai souvent cru qu'une voix cé- « leste m'enseignoit le chemin du bonheur, en me révélant les mystères de la « nature... »

1009. **DUSOMMERARD** (Simon-Nicolas), conseiller maître à la cour des comptes, archéologue, fondateur du musée de Cluny. N. 1779. M. 1842.

L. aut. sig., à M. Jules Janin. Paris, 24 février 1840. 2 gr. p. in 4. Belle lettre. — Vue intérieure de l'hôtel de Cluny. — *Portr.* Charge. — Notice nécrologique (dans le journal des *Débats*) de M. Jules Janin.

Lettre très intéressante au sujet de la publication de son musée, qui lui coûtera plus de trois cent mille francs, dont les déboursés pour chaque exemplaire seront de 1400 francs, pour laquelle il occupe une brigade de plus de 120 artistes graveurs, lithographes, colorieuses, etc., qui ne lui laissent aucun répit pour solder, trop souvent à l'avance, des travaux dont il ne fait pas toujours usage, pour peu qu'ils s'écartent de sa manière de sentir... Si l'on ne lui vient en aide qu'après le couronnement de l'œuvre auquel, par un vœu téméraire et trop tardif sans doute (mais il ne lui est venu à la pensée que la veille de son opération de la pierre), il aura consumé ses vieux jours, il court grand risque, fatigué comme il l'est, d'en être personnellement pour ses sueurs... Embarqué dans cette galère où il est menacé d'un naufrage *corps et biens*, si quelque génie bienfaisant et habile comme lui, comme lui seul, ne le prend en pitié, et ne remorque sa nef battue de tous côtés, il ne veut cependant pas tarder plus longtemps à le remercier de son obligeante disposition, qu'il considère comme son ancre de salut, dans la position où l'a placée sa folle détermination d'entreprendre *seul*, avec de médiocres ressources en *tous genres* une œuvre colossale devant laquelle les agrégations privées et publiques ont reculé jusqu'ici, et qu'il n'en poursuivra pas moins, jusqu'à complet achèvement, dans la conscience de son utilité...

1010. **DUSSEK** (Jean-Louis), pianiste célèbre, compositeur de musique. N. 1760. M. 1812.

L. aut. sig., à Mme Naderman, rue d'Argenteuil. Ce lundi soir. 1 p. pl. in-4. *Portr.* de Quenedey, in-4.

Il lui envoie le reste de la fantaisie pour être gravé .. Il s'occupe de variations sur l'air de la reine de Hollande qu'il lui apportera sous peu de jours. *Mille amitiés à toutela cotterie, et surtout à vos deux vauriens de fils.*

1011. **DUTENS** (Louis), diplomate, littérateur. 1730-1812.

L. aut. sig., à l'abbé Morellet. Londres, 10 oct. 1773. 4 p. pl. in-4. Très-belle lettre. Intéressante.

Son jugement sur le livre de l'*Homme* d'Helvétius, qu'il trouve mieux fait, plus systématique, mieux écrit encore que l'*Esprit*... Nouvelles littéraires de Londres, etc...

DUTENS, auteur de mémoires sur les travaux publics de l'Angleterre. Billet aut. sig. Paris, 12 avril 1828. Demi-p in.-8.

1012. **DUVAL** (François), grand prévôt de France. M. 1603.

Il mourut subitement, dit l'histoire, pour avoir trop bu de vin nouveau.

Deux actes notariés, signés. 1600. 2 p. in-fol.

1013. **DUVAL** (Guillaume), lecteur et professeur ordinaire du Roi en philosophie grecque et latine, et docteur en médecine. M. 1637.

Quitt. aut. sig. (sur parch.), pour ses gages... 1637.

1014. **DUVAL** (Alexandre *Pineux*), ingénieur, dessinateur, acteur, auteur dramatique, membre de l'Académie française. N. 1767. M. 1842.

1° L. aut. sig., comme bibliothécaire de l'Arsenal, à M. Taschereau. Paris, 12 janvier 1834. 2 gr. p. in-4. Son discours de réception à l'Académie française, et la réponse de Regnaud-Saint-Jean-d'Angély. 14 et 15 p. in-4, et deux articles nécrologiques.

Il répond à ses reproches de ne s'être pas trouvé à la bibliothèque de l'Arsenal au moment où il y est arrivé ; motifs de son absence... « La plus grande « preuve que le service se fait très bien à cette bibliothèque, c'est qu'on n'y « prête plus, comme on l'a fait trop souvent autrefois, les livres précieux qui « nous sont confiés, et j'aurais su bien mauvais gré à MM. les conservateurs, « si, sans m'en prévenir, les mémoires de Luynes vous eussent été livrés. L'ordre « du ministre qui m'a autorisé à vous prêter les mémoires de Conrart, ne s'étend « pas plus loin que le manuscrit ; et comme une note fort importante, de la « main de M. de Paulmy, défend que les mémoires de Luynes sortent de la « bibliothèque, je ne puis blâmer le refus de mes confrères... Vous, monsieur, « qui avez été administrateur, et qui dans votre qualité d'homme de lettres, « devez apprécier les richesses de notre bibliothèque, vous serez le premier à « convenir que nous devons mettre une extrême prudence dans le choix des « livres que nous prêtons et des personnes à qui nous les prêtons. Si nos prédécesseurs n'eussent pas si souvent cédé à des complaisances ou à des importunités, nous aurions trois ou quatre cent volumes très précieux que nous « ne pourrons peut-être jamais remplacer et dont tous les jours nous déplorons la perte. Si le droit de parcourir nos livres, d'y prendre des notes appartient au public, le privilége de les emprunter, est une grande faveur que « le conservateur doit n'accorder qu'après avoir mis à l'abri sa responsabilité. »

2° L. aut. sig., au même 15 janvier 1834, 1 p. in-4.

Suite de la même affaire... « Quant à la condescendance que vous voulez « bien montrer pour mon âge, je vous en remercie ; mais je vous prierais de « n'en tenir aucun compte si vous trouvez une offense dans une juste récrimination. »

1015. **DUVAL** (Amaury *Pineux*), frère du précédent, journaliste, antiquaire, membre de l'Institut. 1760-1838.

L. aut. sig., à M... 13 fév. 1 p. in-4.

Il vient de faire remettre au ministre (de l'intérieur) la note qu'il lui a envoyée au sujet du feu d'artifice, ainsi que le devis de ce feu. « Il est chez l'Empereur, et saura du moins que lui répondre si, comme je n'en doute point, « Sa Majesté lui fait des reproches. — C'est une affaire bien désagréable pour « vous et un peu pour moi. Cependant je croyais bien avoir pris toutes les « précautions. L'Empereur et son cortége doivent passer demain par la place « et le pont de la Concorde, pour aller au champ de Mars : il n'y a pas un instant à perdre pour rendre le pont libre. Faites déblayer sans délai. Il faut « que tout soit en ordre, demain matin de très-bonne heure. — Ne négligez « donc rien. — N'allons pas nous attirer d'autres reproches. »

2° L. aut. sig., à M... 23 mai 1807. 1 p. in-4.

DUVAL (Georges), poëte.

1° *A MM. Gouffé et Brazier, auteurs de couplets singulièrement piquants dirigés contre Jean de Nivelle, pièce de G. Duval.* Pièce de vers aut. sig. 1807. 1 p. pl. in-8.

2° *Le retour.* Vers aut. sig. 1808. 1 p. in-4.

1016. **DUVERNET** (Théophile Imarigeon, dit l'abbé), littérateur, pamphlétaire, etc. N. 1730. M. 1796.

L. aut. sig., au citoyen Lhuillier, procureur général du département de Paris. Maison d'arrêt de Bicêtre, salle de Saint-Germain. 8 brumaire an II. 2 p. pl. in-4.

Il lui recommande son mémoire... « Je finis en observant qu'il suffit d'un « cheveu pour traîner un républicain en prison, et qu'il faut dix cables pour « l'en sortir. J'observe encore qu'il est triste pour l'auteur de la *Vie de Vol-* « *taire*, pour l'auteur de l'*Histoire de la Sorbonne*, j'oserais presque dire pour « un philosophe, qui depuis trente ans n'a pas prêtrisé, d'être parqué à Bicê- « tre avec quarante prêtres qui vivent dans la crainte continuelle d'être égor- « gés... »

1017. **DUVERNEY** (Guichard-Joseph), médecin du Roi, et professeur d'anatomie et chirurgie au Jardin royal des plantes, membre de l'Académie des sciences. 1648-1730.

Quitt. avec la mention de l'année aut. sig. (sur parch.). 1697. (L'écriture un peu pâlie par l'humidité).

1018. **DUVIVIER** (Franciade-Fleurus), lieutenant général, tué dans les journées de juin 1848.

L. aut. sig., à M. Pascal. Paris, 24 novembre 1842. 2 p. pl. in-8.

1019. **ECKSTEIN** (Ferdinand, baron d'), écrivain politique, orientaliste, etc. N. 1790.

Trois lett. aut. sig. 1820. 2 p. in-4 et 1 p. in-8.

1020. **ECONOMISTES.** Onze lett. sig., et aut. sig. Un *portr.*

ANSON (Pierre-Hubert), député à l'Assemblée Nationale, traducteur, etc. N. 1744. M. 1810. Cinq lett. 1789 à l'an XII. *Portr.* — APPERT. 1830. 1 p. in-4. — CHASSAGNOLLE. 1843. 1 p. in-8. — CHEVALIER (Michel). Deux lett. 1847. in-8. — FIX (Théodore). 1836. 1 p. in-8. — GANILH (Charles de). 1808. 1 p. in-4.

1021. **ECONOMISTES.** Huit lett. et pièces sig., aut., et aut. sig. Un *portr.*

LA FARELLE (L. de). Fin d'un article aut. sig. 1 p. pl. in-4. — NICCOLINI (l'abbé). Florence, 1780 (en italien). 6 p. in-fol. — ODOLANT-DESNOS. 1788. 5 p. in-4. — PARIS (Jean-Joseph). Deux lett. An XIII et 1818. 3 p. in-4. — PEYSSONEL, consul général à Smyrne, antiquaire, etc. Note politique au sujet de la mort probable de Joseph II. Situation de l'Europe. Aut. 6 p. et demie in-4. — PICTET (Marc-Auguste), naturaliste et physicien. N. 1752, M. 1825. 1801. 3 p. in-4. *Portr.* — SAY (Jean-Baptiste). 1821. 2 p. in-8.

1022. **EDGEWORTH** (Miss Marie), célèbre romancière et moraliste anglaise. N. 1771. M. 1848.

1° L. aut. sig. *Rd. E.* par son père, avec 21 lignes aut. sig. par elle : *Maria E.* à l'abbé Morellet, à Paris. 1805. 10 p. gr. in-fol. Cachet.

Superbe lettre. Nouvelles politiques, littéraires, etc.

2° Réponse de l'abbé Morellet à la lettre qui précède. Paris, 25 mai 1805. 9 p. pl. in-4. Il y a en tête de la main de l'abbé : *Copie de lettre à mademoiselle Edgeworth, écrite à Paris.* 1805. Nouvelles littéraires, politiques, etc.

1023. **EFFIAT** (Antoine Coiffier de Ruzé, marquis d'), surintendant des finances, ambassadeur en Angleterre, maréchal de France, père de Cinq-Mars. N. 1581. M. 1632.

Quitt. sig. (sur parch.) de la somme de 18,000 livres, pour frais d'ameublement comme ambassadeur... 1624. *Portr.* Notice de M. *L. de M.*

2° Deux actes notariés, sig., dont la vente du fief de Savigny, avec haute, moyenne et basse justice. 1624 et 1627. 4 p. et demie in-fol.

Effiat (Antoine Ruzé, marquis d'), premier veneur du duc d'Orléans. Deux quitt. sig. (sur parch.). 1676 et 1685.

C'est celui qui, agent et complice avec Beuvron, et le chevalier de Lorraine, empoisonna Henriette, première femme de *Monsieur*, frère de Louis XIV. (*L. de M.*)

Effiat (Gilbert de Coiffier, seigneur d'), gentilhomme ordinaire de la chambre du roi. Deux quitt. sig. (sur parch.). 1594 et 1595.

1024. **EGERTON**, comte de Bridgewater (Francis-Henry), helléniste et monomane. N. 1756. M. 1829.

Deux lett. a. s. (en anglais). 1811 et 1812. 2 p. in-4. Deux *portr.*

1025. **EINSIEDEL** (le baron d'), voyageur en Afrique.

L. aut. sig., à Mgr... Bâle, 16 février 1787. 3 p. in-4.

Lettre sur ses voyages en Afrique, et sur une seconde tentative qu'il veut faire du côté du Sénégal. C'est à la France à recueillir les fruits de ses recherches de tant d'années...

1026. **ELBEUF** (Charles II de Lorraine, 2e duc d'), officier général, pair de France. N. 1596. M. 1657.

C'est le mari de Catherine-Henriette, fille légitimée de Henri IV et de Gabrielle d'Estrées.

1° Acte notarié signé, sig. aussi par sa mère, Marguerite de Chabot. 1619. 5 p. in-fol. *Portr.*

2° Acte notarié signé, pour fournitures de comestibles. (Toutte la chair, volailles, poissons, vin, bois, et touttes aultres choses cy apres déclarées en quelque sorte, manière et quantité que ce soit nécessaire pour la nourriture des personnes et chevaulx des maisons des ditz seigneur et dame, tant en ceste ville de Paris, suitte de la cour que aultres lieux et endroitz de ce royaulme où il plaira à mes ditz seigneur et dame de résider, durant trois années consécutives...). 1619. 14 gr. p. pl. in-fol., et curieux détails pour les prix.

1027. **ELBEUF** (Catherine-Henriette, duchesse d'), fille légitimée de Henri IV et de Gabrielle d'Estrées, femme du précédent. M. 1663.

1° Note aut. pour demander à son intendant De Loude, une somme de dix pistoles. Il y a écrit au bas : Baillez à la Forest ce 10 de feburier 1649. Demi-p. in-4.

2° Acte notarié sig., signé aussi par le duc son mari. 1619. 3 gr. p. in-fol.

1028. **ELBEUF** (Charles de Lorraine, duc d'), gouverneur des ville et citadelle de Montreuil.

Quitt. aut. sig. (sur parch.) de la somme de trois mille livres, à cause du licenciement de la garnison ordinaire de la présente année. 1666.

Elbeuf (Henri de Lorraine, prince d'). Approbation aut. sig. d'un compte de dépense de maison. Paris, 25 mai 1681. 3 p. et demie in-fol.

Elbeuf (Marguerite Chabot, veuve de Charles Ier de Lorraine, duc d'). Acte notarié, deux fois signé. 1614 2 p. in-fol.

Elbeuf (Thérèse de Lorraine d'Espagny, d'). Acte notarié, quatre fois signés. 1683. 11 p. in-4.

1029. **ELISA BONAPARTE**, sœur de l'empereur Napoléon, princesse de Lucques et de Piombino. N. 1777. M. 1820.

L. aut. sig., à sa mère. Sans date. 1 p. pl. in-8.

Nouvelles de son oncle, le cardinal Fesch, qui va mieux. Toute la famille se porte bien. « J'attends Napoléon aujourd'hui, rien de nouveau. On dit que LL. « MM. vont à St-Quentin. »

1030. **ELISABETH**-Philippine-Marie-Hélène de France, *Madame*, sœur de Louis XVI. Mise à mort en 1794.

L. aut., sig. : *Elisabeth-Marie*, à son amie... 23 décembre 1790. 1 p. pl. petit in-8. Deux *portr.* Très-jolie lettre.

Paris est depuis ce matin dans l'étonnement. M. d'André a commencé sa présidence en annonçant le départ de Mirabeau, il demande un congé de un mois, on en ignore encore le motif et l'endroit où il est allé ; bien des gens disent en Provence... Il a été décrété qu'il n'y aura plus de maréchaussée, mais de gendarmerie nationale. Il faut bien que tout se ressente de la révolution. « Hier on a fait mourir le comte d'Artois de faim, et banqueroutier, en ne lui « donnant pas de quoi payer ses dettes ; il faut espérer que son beau-père ne « lui laissera pas subir la première de ces décisions. Quant à la seconde, ce « n'est pas sa faute, si la nation aime mieux le duc d'Orléans que lui ; on « donne à celui-ci un million par an pour payer ses dettes pendant vingt ans, « avec des retranchements tous les ans de l'intérêt ; tu conviendras qu'il étoit « bien juste que l'on s'occupât de son sort... »

1031. **ELISABETH**-Philippine. *La même.*

L. aut. sig.: *Elisabeth*, à son amie... Sans date. 2 p. in-12. *Portr.*

« Vilaine menteuse que vous êtes ie vous abort extremement, quelle idée « de prendre médecine, le jour que la semaine finisse, faite donnés des coups « de batons à M. Guets car je sais persuader que tu ne t'en souvient pas du « tout, imagine-toi que je suis à St-Hubert et que je pars à 5 heures; on ne te « permeteroit pas de sortir à 4 heures...

1032. **ELLIOT** (Stephen), célèbre botaniste américain.

L. aut. sig. (en anglais). Beaufort, 26 août 1799. 1 p. in-4.

1033. **ELSSLER** (Fanny), célèbre danseuse.

L. aut. sig., à M... 2 mars 1850. Demi-p. in-8.

Elssler (Thérèse), danseuse de l'Opéra. Deux lett. aut. sig. 1837. 2 p. in-8 et in-4.

1034. **EMERIC DAVID** (Toussaint-Bernard), membre de l'Académie des inscriptions et belles-lettres, auteur des *Recherches sur l'art statuaire.* N. 1755. M. 1839.

1° L. a. s. au citoyen Méjean. Paris, 9 pluviôse an X. 3 p. in-4.

2° L. aut. sig., comme président de l'Athénée des arts, au préfet de la Seine. 2 gr. p. in-fol.

1035. **EMERY** (Jacques-André), supérieur général de la congrégation de St-Sulpice.

L. aut. sig., à M. Cheyre, préposé aux archives nationales, 11 sept. 1 p. in-4. Beau *portr.* de Massard père, in-4.

1036. **EMMETT** (Thomas-Addis), avocat, médecin, un des patriotes irlandais qui s'associèrent vers 1801 contre l'Angleterre. N. 1763. M. 1827.

L. aut. sig. (en anglais), à John V..., esq. 1819. 1 p. pl. in-4.

1037. **EMPIRE OTTOMAN** (Essai sur les forces militaires de l').

Manuscrit de Jean-Joseb Paris, économiste, publiciste. M. 1824. 16 p. pl. sig. grand in-fol (Turquie), 7 germinal an IX.

Il conclut ainsi : « On a vu par l'esquisse rapide que j'ai tracée des forces de « terre et de mer de l'empire Ottoman que le souvenir seul de ce qu'il a été « autrefois a pu le soutenir jusqu'à ce jour. Semblable à ces antiques châteaux-« forts qui, parce qu'on les croyait imprenables avant le perfectionnement de « l'artillerie, passent encore pour tels aux yeux du vulgaire, ses hautes tours, « ses frêles créneaux, s'écrouleront à la première décharge du canon russe ou « autrichien. Cette vérité décide par l'affirmation la question si nous devons « seconder ou empêcher l'expulsion des Turcs de l'Europe. Car en supposant « que nous dussions en souffrir dans nos rapports commerciaux et politiques, « ce que je crois qu'on peut éviter, il nous faut chercher à en souffrir le moins « possible, et nous devons, pour y réussir, coopérer à une révolution qui se « ferait sans nous et même malgré nous (22). Ici d'ailleurs la philanthropie « vient à l'appui de la politique, et quiconque a été témoin de l'affreuse ser-

« vitude dans laquelle gémissent en Turkie les chrétiens, les juifs et même les « musulmans, mérite de la partager, si l'âme indignée par un souvenir aussi « révoltant, il n'est pas toujours prêt à sacrifier jusqu'à son existence pour « briser le joug qui écrase plusieurs millions de ses semblables. »

1038. **ENTRECASTEAUX** (Bruny d').

L. aut. sig., à M. Cochu, avocat à Paris. Orange, 13 février 1791. 2 p. in-4.

1039. **EON DE BEAUMONT** (Charles-Geneviève-Louis-Auguste-André-Timothée, dit la chevalière d'). 1728-1810.

L. aut. sig., à M... 17 sept. 1734. 1 p. in-4. *Portr.* de Lebeau, in-8, *portr.* anglais (en Palas), in-fol., et caricature curieuse gravée in-fol.

1040. **EPAGNY** (Violet d'), auteur dramatique.

Quatre lett. aut. sig., à MM. Champein, Raisson, Jules Janin, e Ballande. 1819 à 1841. 7 p. in-8, in-4 et in-fol. Intéressantes.

1041. **EPINAY** (Louise-Florence-Pétronille de *La Live* d'), amie de J.-J. Rousseau, auteur de: *Conversations d'Emilie, Mémoires et Correspondances*, etc. N. 1725. M. 1783.

L. aut., à M. Sédaine, au vieux Louvre. 23 avril, à la Briche. 2 p. pl. et demie in-4. Cachet. Article de M. Sainte-Beuve (*Constitutionnel*), sur ses Mémoires.

Aucun suffrage ne pourait la flatter autant que le sien, elle espère qu'il est sincère, et qu'il l'estime assez pour lui dire la vérité... Elle est très-forte dans ses principes, et jamais cet ouvrage ne verra le jour, elle redoute toute célébrité, et quand elle serait sûre d'un grand succès, ce qui est toujours douteux, elle n'imprimerait pas davantage. « Je uous montrerai quelques jours « une assez bonne lettre que j'ecriuis à Uoltaire sur un sujet pareil; on auait « imprimé à Geneue une de mes lettres qu'on m'auoit uole. Je le sus à tems « pour en empêcher le débiz, mais il s'en échapa quelques exemplaires à mes « recherches, Uoltaire m'en ecriuit et je lui repondis, le reste de l'histoire à « l'ordinaire prochain... »

1042. **ERRARD** (Charles), peintre ordinaire du Roi, architecte (dôme de l'Assomption), premier directeur de l'Académie de France à Rome. N. 1606. M. 1689.

Deux actes notariés, signés. 1664. 11 p. in-4.

2° Quitt. sig. (sur parch.) de la somme de mille livres, à lui ordonnée par le roi, sur et au moins des ouvrages de peintures faites et à faire au château de Versailles. 1663.

1043. **ESCARS** (François, comte d'), capitaine de cent hommes d'armes des ordonnances du Roi.

Lors du sacre de Henri III, François d'Escars profondément attaché, comme ses ancêtres et comme ses descendants, à la famille royale de Bourbon, poussa, jusqu'à une provocation en duel, sa résistance au redoutable Henri de Guise, qui prétendoit à une préséance sur le duc de Montpensier. (*L. de M.*)

Acte notarié, cinq fois sig. 1596. 3 p. in-fol.

Escars (François d'), capitaine de cinquante hommes d'armes, grand sénéchal de Guyenne. Quitt. sig. (sur parch.). 1607.

Escars (Charles d'), seigneur de La Mothe, capitaine de cinquante hommes d'armes, gouverneur de la ville et château de... en Champagne. Acte notarié, sig. 1609. 2 p. in-fol.

Escars (Jean-François de Peyrusse, duc d'), lieutenant-général, pair de France. L. a. s. 1816. 1 p. in-4.

Escars (François-Nicolas-René d'), député aux Etats-Généraux, pair de France. L. aut sig. 1829. 1 p. in-4.

1044. **ESCHERNY** (François-Louis, baron et comte d'), littérateur, ami de J.-J. Rousseau et de Voltaire. 1733-1815.

L. aut. sig., à M. Blanchard, citoyen de Calais par adoption, à Aix-la-Chapelle. Vienne, 4 octobre 1786. 2 p. pl. in-4. Cachet.

Il désire infiniment que la réponse de l'empereur soit favorable à son proje et il l'espère, malgré l'opinion contraire d'une femme qu'il honore de son estime et de ses visites... Elle se fondait sur l'aversion qu'elle connaît au prince pour toutes les expériences qui exposent inutilement la vie des hommes. « Elle « ignoroit combien votre art et encore plus votre ame maitrisent le danger et « les événements. Ce spectacle n'est point en effet noûveau pour la ville de « Vienne comme je l'avois cru. Il s'est fait ici il y a deux ans une expérience « aérostatique, mais qui n'a réussi qu'à moitié, la corde cassa, le ballon vacillant fut emporté au haut des airs, et faillit peu apres retomber et se perdre dans le Danube; il étoit monté par deux personnes... »

1045. **ESCHINARD**, envoyé de France à Rome.

L. avec la souscription aut. sig., à madame de Schonberg, à Paris. Rome, 28 août 1610. 3 gr.p. in-fol. Un peu fatiguée.

Relative à des affaires d'intérêts et de finances.

1046. **ESMENARD** (Joseph-Alphonse), poëte, traducteur, membre de l'Académie française. N. 1775. M. 1811.

L. aut. sig., à M. Méjean. Paris, 1er frimaire an XIII. 2 p. pl. et quart in-4. Cachet. *Portr.* — Discours prononcé dans la séance publique tenue par la classe de la langue et de la littérature françaises de l'Institut de France, le 26 décembre 1810, pour la réception d'Esménard. Impr. 36 p. in-4. Notice de M. *L. de M.*

Lettre curieuse au sujet des haines que ses œuvres poétiques lui ont suscitées. Doit-il reparaître dans une fête, avant d'avoir publié son ouvrage... « C'est ma complaisance pour M. Lucien et pour M. Talleyrand qui fournit à « mes ennemis la seule plaisanterie, qui ait l'air d'une épigramme. Le reste « est aussi plat que grossier. »

1047. **ESPAGNAC** (M... B. Sahuguet, abbé d'), littérateur, spéculateur, fournisseur, etc. Mis à mort en 1793.

1° L. sig., à M. le comte... Paris, 11 janvier 1769. 1 p. in-4.

2° L. sig. *le cy devant abbé d'Espagnac*, à M. Delessart, ministre de l'intérieur. Paris, 26 août 1791. 1 p. pl. in-4.

1048. **ESPERNON** (Jean-Louis de Nogaret de La Valette, duc d'), gouverneur de Metz, de Guyenne, colonel général de l'infanterie française, amiral de France. 1554-1642.

1° Deux actes notariés, signés. 1606 et 1610. 7 p. in-fol. *Portr.* Fac-simile d'une lettre aut. sig. 1581. 1 p. in-fol. Notice de M. *L. de M.*

1° Récit contemporain et fort curieux du guet-apens dont d'Espernon faillit être victime quand il fut attaqué par les habitants d'Angoulême, le jour de Saint-Laurent 1588. Manuscrit du temps, 8 gr. p. pl. et demie in-fol.

1049. **ESPINAC** (Pierre d'), archevêque de Lyon. 1540-1599.

Ligueur furieux, ami et complice d'Henri de Guise, que ses avertissements auroient sauvé à Blois si, par excès de confiance ou de courage, ce grand factieux ne les avoit négligés. Voir sur son compte Cayet et l'Estoille. (*L. de M.*)

Quitt. de deux lignes aut. sig. (sur parch.). 1581.

1050. **ESPINASSE** (Julie-Jeanne-Éléonore de l'), amie de Mme Dudeffant, de D'Alembert, du comte de Guibert. Ses *Lettres* ont été publiées. N. 1732. M. 1776.

L. aut., à M. Inard, rue Neuve-Saint-Roch, au bureau de la *Gazette de France*. Vendredi. 1 p. pl. in-8. Jolie lettre. Rare en aussi bon état.

Elle ira le prendre pour dîner chez Mme Nekre. Elle aurait mille petites anecdotes à lui conter et à causer sur quelque chose qui lui déplaît souverainement. Quoiqu'elle ne soit ni opiniâtre ni pédante, le procédé de M. Diderot est bien mal honnête, et ce manque d'usage et d'égards peut avoir de grands inconvénients pour elle; elle lui dira la vérité et l'effet de cette lecture, « en « vérité en vérité on ne peut pas suffire aux petits chagrins et aux grands « malheurs dont on est accablé. M. Did ot d'apres l'expérience qu'il a devoit ce « me semble s'interdir de parler ou de faire parler des femmes qu'il ne con« noit point. »

1051. **ESPINAY SAINT-LUC** (François d'), grand-maître de l'artillerie. Tué au siége d'Amiens en 1597.

Procuration notariée, signée. 1684. 1 p. in-4. Notice de M. *L. de M.*

1052. **ESPINAY SAINT-LUC** (Timoléon d'), fils du précédent, maréchal de France.

1° Acte notarié sig., signé aussi par Henriette de Bassompierre, sa femme. 1605. 4 p. in-fol.

2° Quitt. sig. (sur parch.). 1642.

ESPINAY SAINT-LUC (Henriette de Bassompierre d'), femme du précédent. Deux actes notariés sig. 1603-1606. 5 p. in-fol.

ESPINAY SAINT-LUC (Louis d'), aumônier du roi. Quitt. aut. sig. (sur parch.). 1678.

1053. **ESPRIT** (Jacques, dit l'abbé), conseiller d'Etat, membre de l'Académie française. N. 1611. M. 1678.

Auteur d'un livre sur la *Fausseté des vertus humaines.* — On a dit qu'il avait été fort utile comme moraliste, aux *maximes* de La Rochefoucauld. (*L. de M.*)

Quitt. sig. (sur parch.) de la somme de 600 livres, ordonnée par M. le chancelier, pour avoir travaillé à divers ouvrages.

1054. **EST** (Francisque d'), conseiller et chambellan du Roi, gouverneur de Metz.

Quitt. sig. (sur parch.). 1479.

1055. **ESTAING** (Charles-Henri, comte d'), lieutenant-général, amiral de France. N. 1729. M. 1794.

Nomination de M. Jean-Pascal Rouger, au grade de capitaine de brûlot. Aut. sig. et contresignée Martin. A bord du vaisseau du roi le *Majestueux*, en rade de Cadix. 18 décembre 1782. 1 gr. p. pl. et demie in-fol. Tête imprimée, vignette. Gravure : *La bravoure récompensée*, in-fol. et deux *portr.* Très-belle pièce.

Cette nomination entièrement de la main de l'Amiral, est précédée de considérations importantes sur les pouvoirs dont Sa Majesté l'a honoré pour la présente campagne, et quelles règles doivent guider dans l'organisation du service de chaque équipage, et en le classant, et divisant par compagnie, de manière qu'il existe à bord de tous les vaisseaux et frégates, une responsabilité active et personnelle, qui mette chaque individu embarqué dans le cas de connaître particulièrement d'une part, ceux dont il répond, et de l'autre, ceux auxquels il doit s'adresser soit pour la santé, la propreté, et la tenue, soit pour les motifs d'émulation, d'instruction, de besoin, de confiance, de tous les rapports qui lient les hommes entre eux, etc., etc.

1056. **ESTAMPES** (Jehan de Romorentin, comte d'), depuis comte de Nevers.

Prince de la maison de France, branche d'Evreux. Un des plus considérables personnages de son temps.— Habile, vaillant. D'abord attaché au service du duc de Bourgogne (Philippe-le-Bon), et depuis à celui de Louis XI, par suite des séductions de celui-ci, et des mauvais procédés du comte de Charolais, depuis Charles-le-Téméraire, qui s'aliéna les plus illustres et les plus utiles serviteurs de son père. (*L. de M.*)

.Quitt. sig. (sur parch.) de la somme de *cinq cents francs*... 1448.

1057. **ESTAMPES** (Jehan de Bretagne, duc d'), comte de Ponthieu, lieutenant général et gouverneur de Bretagne.

Est-ce l'époux d'Anne de Pisseleu, dite Mlle d'Helly, ou d'Heilly, duchesse d'Estampes, maîtresse de François Ier ? (*L. de M.*)

Certificat de service sig. (sur parch.), en faveur d'un *chevaulcheur et escuyer*. 1561. Trace de cachet.

1058. **ESTAMPES** (Claude d'), baron de la Ferté-Imbault, capitaine de cent hommes d'armes. Combattant pour le roi, il fut pris à Tarascon par le comte de Carces qu commandait pour l'*Union*.

Acte notarié, signé. 1579. 1 p. in-fol.

ESTAMPES (Jacques d'), baron de la Ferté-Imbault, ambassadeur en Angleterre, maréchal de France.

1° Quitt. aut. sig. (sur parch.). 1663.

2° Quitt. sig. (sur parch.). 1622.

ESTAMPES DE VALLENÇAY (Jean d'), président au grand conseil. Quitt. sig. (sur parch.). 1630.

ESTAMPES DE VALLENÇAY (Angélique-Françoise Remond, femme de François-Henri, comte d'). Quitt. sig. (sur parch.). 1706.

1059. **ESTIENNE** (Antoine), imprimeur du Roi, le dernier de l'illustre suite des typographes de ce nom. 1594-1674.

Quitt. notariée, sig. (sur parch.), de la somme de 450 livres, à lui ordonnée pour ses peines, salaire et vacations, d'avoir imprimé par commandement de S. M. plusieurs discours et leçons pour son service.

1060. **ESTOILLE** (Pierre de l'), conseiller, et secrétaire du Roi. N. 1540. M. 1611.

L'auteur de l'utile, curieux et fameux *Journal*, un des principaux ancêtres de la race moderne, toujours croissante, des chercheurs et collecteurs de vieux papiers, de vieux livres, de médailles, etc. (*L. de M.*)

Quitt. avec une ligne aut. sig. ((sur parch.) de la somme de 640 livres... Paris, 16 janvier 1583.

061. **ESTOILLE** (Claude de l'), fils du précédent, membre de l'Académie française. N. 1597. M. 1662.

L'Estoille, avec Colletet, Bois-Robert, Rotrou et P. Corneille, composait le groupe des cinq manœuvres dramatiques de Richelieu (*L. de M.*).

Quitt. aut. sig. (sur parch.), de la somme de 600 livres, à lui ordonnée par Mgr. le chancelier, pour les causes portées par ses ordonnances.

1062. **ESTOILLE** (Jean de l'), valet des chiens de la vénerie du Roi.

Acte notarié, sig., signé aussi par Antoine, comte de Gramont. 1603. 3 p. et demie in-fol.

1063. **ESTOUTEVILLE** (Jehan d'), seigneur de Torcy et de Blanville, conseiller et chambellan du Roi, maître des arbalestriers de France, prévôt de Paris, capitaine du château de Caen. Rétabli prévôt de Paris par Louis XI (1465.). N. 1405. M. 1494.

« Quitt. sig. (sur parch.), de la somme de neuf vingt livres tournois, « pour le payement et solde de quatre hommes d'armes de notre com- « pagnie, que le roy notre syre nous a octroyé tenir en notre hôtel pour « nous accompagner et servir pour les mois de octobre, novembre et « décembre 1458. »

1064. **ESTOUTEVILLE** (Jehan II, d'), seigneur de Villebon, prévôt de Paris en 1534, lieutenant général en Normandie et en Picardie. M. 1568.

Deux quitt. sig. (sur parch.), de 600 liv. tournois, et de deux cents écus d'or, pour six mois de ses gages et état de gentilhomme de la chambre du roi. 1538 et 1547.

1065. **ESTRADES** (Godefroi, comte d'), capitaine des gardes du cardinal de Richelieu, commandant de Dunkerque, etc., ambassadeur, maréchal de France. 1607-1686.

Quitt. sig. (sur parch.), de la somme de 1500 livres, pour six mois de ses appointements de gouverneur de la citadelle de Dunkerque. 1675.

ESTRADES (Louis, marquis d'), maire et gouverneur de la ville de Bordeaux, gouverneur des ville et citadelle de Dunkerque. Acte notarié, sig. 1683. 1 p. in-fol.

1066. **ESTREES** (Jehan d'), maître et capitaine général de l'artillerie. N. 1486. M. 1571.

Guerrier célèbre sous François Ier et Henri II. Réorganisateur de l'artillerie française, signalé par la prise de Calais, etc. Grand-père de Gabrielle d'Estrées.

Quitt. avec deux lignes aut. sig. (sur parch.) de la somme de 300 livres, pour nostre estat et appointemens du présent mois de sept. 1569, d'avoir exercé l'estat de maître et capitaine général durant la maladie et absence de M. de la Bourdaisière. 1571. Belle pièce. Cachet.

1067. **ESTREES** (Antoine d'), marquis de Cœuvres, vicomte de Soissons, lieutenant général au gouvernement de l'Ile de France, grand maître de l'artillerie, père de Gabrielle d'Estrées.

Je ne connais pas de plus magnifique éloge à faire de cet homme habile et courageux que ces mots de Henri IV, que je rapporte de mémoire, les ayant lus je ne sais où : Jamais plus grand service ne m'a été rendu que par M. de Cœuvres, par son étonnante défense de Noyon, qu'un autre n'auroit pu garder trois jours, et qu'il tint trois semaines, ce qui empêcha Mayenne de m'attaquer devant Paris, et ce qui en accélera la prise. (*L. de M.*).

1° Quitt. sig. (sur parch.). 1569. — 2° Acte notarié, sig. 1595. 1 p. in-fol. — 3° Rescription, signée. 1597. Demi-p. in-4.

1068. **ESTREES** (Gabrielle d'), duchesse de Beaufort, maîtresse de Henri IV. N. 1571. M. 1599.

Acte notarié, signé (fin d'), signé aussi par Myron, médecin de Henri III. 21 mars 1595. 2 gr. p. in-fol. avec une copie de la main de M. *L. de M.*

Cet acte est un achat, par Gabrielle d'Estrées, de la terre de Crécy, vendue par Myron, moyennant le prix principal de vingt mille écus. — Voici un singulier hasard. — Cette même terre de Crécy a été, 150 ans après, achetée pour la Pompadour par Louis XV, qui l'a payée 700,000 livres au prince de Conti (*L. de M.*)

1069. **ESTREES** (Diane d'), femme de Jean de Montluc, sieur de Balagny, maréchal de France, sœur de Gabrielle d'Estrées.

Deux actes notariés, signés, comme veuve du maréchal, et tutrice de ses enfants mineurs. 1607 et 1616. Neuf pages in-fol.

1070. **ESTREES** (Juliette-Hippolyte d'), femme de Georges de Brancas de Villars, lieutenant général en Normandie.

Cette *Hippolyte d'Estrées*, sœur de la belle Gabrielle, et aussi belle, au moins, haïssoit mortellement la marquise de Verneuil, qu'elle essaya de compromettre, en 1608, en portant à Henri IV une lettre prouvant l'intimité amoureuse de la marquise avec le prince de Joinville, le 4e fils du duc Henri de Guise, assassiné en 1588 à Blois. Ce jeune prince qui s'étoit déjà approprié une autre maîtresse du Roi, *Charlotte Des Essarts, comtesse de Moret*, et qui, en outre, selon la coutume de sa race, étoit entré dans des intrigues politiques, fut exilé, et ne rentra en France qu'après la mort de Henri IV. — Tallemant des Réaux a fait un portrait hideux de cette femme. (*L. de M.*)

Obligation notariée sig., signée aussi par son mari. 1629. 3 gr. p. in-fol.

1071. **ESTRÉES** (Marguerite d'), femme de Gabriel de Bonneval, seigneur de Nan, sœur de Gabrielle d'Estrées.

Obligation notariée, signée. 1608. 1 p. in-fol.

1072. **ESTREES** (Annibal d'), marquis de Cœuvres, lieutenant général au gouvernement de l'Ile-de-France, et gouverneur de la ville et citadelle de Caen.

1° Quitt. sig. avec quatre lignes aut. (sur parch.). 1614. — 2° Acte notarié, sig. 1611. 2 p. in-fol.

Estrées (Annibal-François d'), de Lauzière-Thémines, marquis de Cœuvres, gouverneur de l'Ile de France. Trois quitt. sig. (sur parch.), 1672-1673.

Estrées (François-Annibal, duc d'), gouverneur de Dommes. Quitt. sig. (sur parch.), de la somme de 1570 liv., dont 870 livres pour solde de onze hommes, compris un sergent, tenant garnison à Dommes, et 600 livres pour ses appointements de ladite place pendant l'année 1670.

1073. **ESTREES** (César, cardinal d'), habile négociateur, membre de l'Académie française. N. 1628. M. 1714.

Dans les mémoires de *Mademoiselle* il y a une étrange accusation dirigée contre le cardinal d'Estrées qui, deux fois, aurait marié et *demarié* deux grandes princesses, l'une duchesse de Savoie, l'autre reine de Portugal. A étudier et expliquer. (*L. de M.*)

1° Quitt. aut. sig. (sur parch.)., 1671.

2° Quitt. sig. de la somme de 4,000 livres. 1710. in-4. Mouillures.

3° L. aut. sig., à M... 20 avril 1693. 2 gr. p. in-4.

1074. **ETIENNE** (Charles-Guillaume), auteur dramatique, publiciste, député, pair, etc., membre de l'Académie française. N. 1778. M. 1845.

L. aut. sig., à M. Roger. 4 décembre 1812. Deux *portr*. Caricatures, et la caricature : la fantasmagorie de l'Odéon, in-fol., coloriée.

Il compte aller le voir demain et lui lire sa pièce, s'il a la complaisance de l'entendre. Il écoutera aussi la sienne, et peut être trouveront-ils moyen de se donner l'un à l'autre de bons conseils.

1075. **EUGENE DE SAVOIE** (François, prince), généralissime des armées de l'Empereur. N. 1663. M. 1736.

L. sig. (en italien), avec beaucoup de chiffres et de mots de convention. Du camp d'Urago, 10 novembre 1705. 2 gr. p. pl. et demie in-fol. (Remontée.) Cachet. *Portr.*

1076. **EUGENE BEAUHARNAIS** (le prince), vice-roi d'Italie. N. 1780. M. 1824.

1° L. sig., au colonel... Eichstett, 19 oct. 1823. 1 p. in-4. 21 *portr.* in-18, in-8 et in-4.

L. a. s., à son ami Lauriston. St-Cloud, 28 germinal an XI. 1 p. in-8.

3° L. aut. sig., comme colonel général des chasseurs, au général Sanson. Boulogne, 9 fructidor an XII. 1 p. pl. in-4.

1077. **EVREUX** (Louis de la Tour d'Auvergne, comte d'), colonel du régiment de *Blézois*.

1° Deux pièces sig. (dont un brevet sur parch.). 1699 et 1723.

2° L. aut. sig., à M. le marquis... Monceaux, 3 sept. 1736. 3 p. pl. et quart in-4.

Au sujet de la charge qui est offerte à madame de Lacharce. Il a pris la liberté de lui faire observer « que le premier poste est en vérité peu convenable, avec le nom qu'elle portes qu'il ne procure aucuns agréments, pour « le seconds, il n'est non seulement pas proposable, mais je soutient qu'il est « déshonorent... »

1078. **EXPILLY** (l'abbé Jean-Joseph d'), chanoine de Sainte-Marine, à Tarascon, voyageur en Europe et sur les côtes d'Afrique. Né à St-Remy (Provence) en 1719. M. 1793.

Deux lett. aut. sig. 1756 et 1772. 4 p. in-4, et note aut. sig. tiers de page in-4.

1079. **FABBRONI** (Jean-Valentin-Mathias), naturaliste, chimiste, économiste, etc. N. 1750. M. 1822.

L. a. s., à M. Mongez. Florence, 8 juillet 1809. 2 gr. p. pl. in-4.

Détails sur l'hôtel des Monnaies de Florence qu'il vient de réorganiser.

1080. **FABERT** (Abraham, marquis de), maréchal de France, gouverneur de Sédan. N. 1569. M. 1662.

1° Quitt. sig. (sur parch.). 1612. Quatre *portr.* et gravure.

2° L. a. s., à son Eminence. A la campagne, le 24 août 1655. 2. p. in-4.

Affaires militaires; au sujet de la mort de M. de Marolles et de la pénible situation dans laquelle se trouve sa veuve...

1081. **FABRE** (Marie-Jacques-Joseph-Victorin), littérateur, poëte. Né à *Janjac* (Ardèche), en 1785. Mort en 1831.

L. aut. sig., à M. le comte de Fontanes. Paris, 27 nov. 1809. 2 p. pl. in-4. Trois imprimés : Eloge de La Bruyère, discours qni a remporté le prix d'éloquence à l'Institut. 1810. — Les Embellissements de Paris, pièce qui a remporté le prix de poésie à l'Institut. 1811. — Tableau littéraire du XVIIIe siècle... Ouvrage qui a remporté le prix d'éloquence à l'Institut. 1810. Ensemble, 114 p. in-4.

Si, dans le grand nombre de places importantes dont il dispose en ce moment, il le jugeait digne d'en occuper une à Paris, sous ses yeux, et sous ses auspices, il n'aurait pas dans sa milice de caporal plus zélé, plus soumis, et plus sincèrement dévoué au service de son général...

1082. **FABRE D'OLIVET** (Antoine), littérateur. 1767-1825.

Pièce aut. sig., à l'Institut national de France. 5 vendémiaire an X. 1 p. pl. in-4. Pièce intéressante.

En faisant hommage à l'Institut d'un exemplaire des Lettres à Sophie sur l'histoire, il acquitte le double tribut que lui imposent le respect et la reconnaissance; car il aime à l'avouer: c'est à l'auteur de la *Philosophie de la nature*, l'un des membres de l'Institut, qu'il doit et le système cosmologique et l'idée primitive de son ouvrage...

Fabre de Narbonne, traducteur de Juvénal et de Perse. L. aut. sig. 1812. 1 p. in-8.

1083. **FAIN** (Agathon-Jean-François, baron), garde des archives impériales, secrétaire archiviste de Napoléon Ier et de Louis-Philippe, historien. N. 1778. M. 1836.

1° L. sig. et billet aut. sig. Quatre enveloppes de lett. aut.

2° L. aut. sig., à M. Lucas de Montigny. Palais-Royal, 2 mars 1831. 3 p. in-4.

Fain (Camille, baron), fils du précédent, secrétaire de Louis-Philippe. Deux lett. aut. sig., à M. de Jussieu. 1831. 2 p. in-4.

1084. **FARADAY,** célèbre chimiste anglais.

L. aut. sig. (en anglais), à M. Robinet. 1 p. pl. in-4.

1085. **FARGIS** (Philippe d'*Angennes*, seigneur du), lieutenant et gouverneur du pays du Maine, capitaine du château du Mans. Mort de deux blessures au siége de Laval (1590).

Fargis, un des membres les plus distingués de l'illustre famille d'Angennes de Rambouillet, fut fort utile à Henri IV. Il sauva le Mans des flammes. — Combattit glorieusement à Ivry. — Montra partout autant de loyauté que d'esprit, de valeur et de capacité. (*L. de M.*)

Deux quitt. sig.: *Philippe d'Angennes* (sur parch.). 1582 et 1583.

* Fargis (Charles d'*Angennes*, seigneur du), gentilhomme ordinaire de la chambre du roi. Acte notarié, signé. 1620. 3 p. in-fol.

1086. **FARGIS** (Philippe d'*Angennes*, seigneur du). *Le même.*

L. aut. sig.: *Fargis*, à M. de Rambouillet, son frère. Beauregard, 14 avril 1584. 2 gr. p. in-fol. Belle lettre.

Il a eu des nouvelles qu'il verra par un petit discours qu'il lui envoie tout exprès, « afin que si vous en oyes parler vous puissiés respondre de mes ac« tions comme je vous en supplie très humblement, vous asseurant sur ma « vie et sur mon honneur que les choses se passent ainsi comme je vous

« mende dans le mesmoire que vous pourres faire voir a qui il vous plaira et « si vous jugiés a propos et que vous penssiés m'enuoier des lettres du Roy « qui me commandast de tenir main forte a justice et ne laisser faire aucune « violence ou assemblées en mon gouuernement se seroit encores pour plus « iustifier mes actions que ie conduiré le plus doucement qu'il me sera possi- « ble. Toutefois ie mourray plus tost que de souffrir chose aucune indigne « d'un homme d'honneur. Dieu soit loué que la raison et l'autorité du Roy, du « Pape et de Monseigneur sont pour moy... »

1087. **FARGIS** (Philippe d'*Angennes*, seigneur du). *Le même.*

L. aut. sig.: *Vostre très-humble et obéissant cadet Fargis*, à M. de Rambouillet, son frère. Paris, 8 août 1584. 1 gr. p. in-fol. Cachet. Belle lettre.

« Mon frere, je vous baise très humblement les mains de la pene que vous « voulés prendre pour moy. Je pense qu'il n'en sera pas besoin et aussi bien « la reue doit a se que l'on dit partir demain dicy si tost quelle en sera par- « tie ie vous iray trouuer. Je vous supplie tres humblement me pardonner si « ie ne vous ay rien escrit de ceste brouillerie ne pensent pas qu'elle en va- « lust la pene ie n'en ay escrit a personne du monde... »

1088. **FARGIS** (Philippe d'*Angennes*, seigneur du). *Le même.*

L. aut. sig.: *Votre très-humble et obéissant cadet Fargis*, à M. de Rambouillet, son frère. Dernier janvier 1584. 1 gr. p. pl. in-fol. Cachet. Belle lettre.

Ayant appris hier de Paris qu'il s'était retiré malade à Rambouillet, il n'a voulu tarder davantage à le supplier de lui en faire mander des nouvelles... « Un laquais m'a mandé du Maine que vre compagnie deuoit y entrer en guar- « nison auec une compagnie de gens de pied, ce que je ne puis croire toutes « fois ie vous supplie si sela se mestoit en auant rompre le plus que vous « pourres ce coup la et me tenir en vos bonnes graces, et la femme grosse « quy est de huit ou neuf iours en son neufiesme elle et moy vous baisons et « a ma seur tres humblement les mains... »

1089. **FARNESE** (Alexandre), duc de Parme et de Plaisance, lieutenant gouverneur et capitaine général des Pays-Bas, pour Philippe II d'Espagne. N. 1545. M. 1592.

L. aut. sig., au sr de Provene, gouverneur de Malmos. Bruxelles, 16 novembre 1588. 1 p. in-fol. Cachet. Quatre *portr.*

Au sujet du logement des gens de guerre et des Espagnols pendant l'hiver. Mesures à prendre pour que les habitants ne soient pas foulés.

1090. **FAUCHE-BOREL** (Louis), imprimeur à Neuchâtel, agent zélé de Louis XVIII pendant la révolution, auteur de *Mémoires*. N. 1762. M. 1829.

L. aut. sig., à M. Baillemont. Paris, 19 juillet 1816. 1 p. in-4. Beau *portr.* gravé in-fol.

1091. **FAUCHER** (César), général de brigade, un des deux infortunés jumeaux de La Réole. N. 1759. M. 1815.

L. aut., sig., aux citoyens administrateurs de la poste aux lettres. 12 germinal an VI. 1 p. in-4.

Au sujet d'une lettre qu'il envoie à son frere.

1092. **FAUCHET** (Claude), prédicateur du Roi, journaliste (*La Bouche de Fer*), député à l'Assemblée nationale, évêque constitutionnel du Calvados, député du Calvados à la Convention. Né en 1744. Mis à mort en 1794.

L. aut. sig., à madame... Paris, 21 novembre 1774. 1 p. et demie in-4. Il y a en tête quelques griffonnages, et les 3e et 4e pages sont remplies d'une écriture (latine) étrangère à la lettre. *Portr.*, et *Claude* Fauchet à la Convention nationale. Discours prononcé le 20 avril 1793, l'an II de la république, à la tribune de la Convention sur la liste de proscription dressée par les anarchistes. Impr. 16 p. in-8.

Hommage d'un exemplaire de son panégyrique de St-Louis.

1093. **FAURE**, acteur de la Comédie-Française.

1° Note aut. Programme de sa représentation de retraite au théâtre de l'Odéon. 1 p. in-fol.

2° L. aut. sig., à M. Jules Janin. 14 avril 1840. 3 gr. p. pl. in-4.

Témoignage de sa vive reconnaissance pour l'aimable accueil qu'il a reçu de lui. En 1813, à l'époque du voyage de Dresde, vingt et un premiers sujets furent appelés auprès de l'Empereur, et il fut nommé par M. de Rémusat, semainier perpétuel pendant le voyage de Dresde, avec ordre de ne pas donner un seul relâche ; dût-il jouer trois pièces en un acte, il fallut jouer. Tels furent les ordres de l'Empereur... Singulière réception faite par ses camarades à son retour à Paris.

1094. **FAVART** (Charles-Simon), poëte et auteur dramatique, il a laissé des *Mémoires*. N. 1710. M. 1793.

Quitt. sig. de la somme de 650 livres, à compte de sa pension de 2,000 livres. Paris, 24 août 1791, in-4. Deux *portr.*

FAVIÈRES (Edme-Guill.-François de), ancien conseiller au Parlement de Paris, auteur dramatique et lyrique. N. 1755, M. 1837.

1° L. aut. sig., à Champein (vers 1800). 2 p. in-8. Théâtrale.

2° *La fausse Auberge*, comédie en trois actes, en prose. Aut. 20 p. in-fol.

1095. **FAVRAS** (Thomas *Mahi*, marquis de), l'une des premières victimes de la révolution. N. 1745. M. 1790.

L. a. s., à M. M... Prison de l'Abbaye, 2... 1790. 1 gr. p. in-4.

Au sujet des annonces injurieuses et atroces faites à sa charge dans les papiers publics. Il veut former ses plaintes, et commencer des informations contre ceux qui donnent lieu à de pareilles insinuations au peuple...

1096. **FELETZ** (Charles-Marie-Dorimond, abbé de), journaliste, bibliothécaire de l'Institut, membre de l'Académie française. N. 1767. M. 1850.

L. aut. sig., à M. Roger. 10 janvier 1824. 1 gr. p. in-4.

FAUDET (l'abbé), curé de Saint-Roch. L. aut. sig., à M. Lucas de Montigny. 1838, 1 p. in-4.

FAYET (l'abbé), curé de Saint-Roch, puis évêque d'Orléans, membre de l'Assemblée constituante de 1848. M. 1849. L. a. s. 1825. 1 p. in-4.

1097. **FELIBIEN** (André), sieur des Avaux, historiographe du Roi et de ses bâtiments, membre de l'Académie des inscriptions. N. 1619. M. 1695.

Quitt. sig. sur parch.) de la somme de 400 livres pour ses gages d'historiographe du roi... 1618.

FÉLIBIEN (Jean-François), sieur des Avaux, fils du précédent, historiographe du roi et historien de Paris... N. 1658, M. 1733. Quitt. sig. (sur parch.). 1714.

1098. **FELIX DE TASSY** (Charles-François), nommé en 1676, premier chirurgien du roi. M. 1703.

Quitt. aut. sig. (sur parch.) de la somme de 500 livres, pour ses gages des derniers six mois de l'année 1694.

Il paroit que la modicité des gages étoit compensée par la magnificence des gratifications. Huit ans auparavant Félix ayant opéré Louis XIV de la fistule, en reçut 100,000 fr. (*L. de M.*)

1099. **FENELON**, archevêque de Cambrai. N. 1651. M. 1715.

Quitt. aut. sig. (sur parch.), *de la somme de trois mille livres pour mes appointements de précepteur de Mgr le duc de Bourgogne pendant les mois d'auril, may et juin de la présente année mil six cent quatre-vingt-seize.* Quatorze *portr.*, gravure coloriée, et article de M. Sainte-Beuve.

1100. **FENELON** (La Mothe), frère du précédent, père de l'ambassadeur à La Haye. N. 1659. M. 1743.

Deux lett. aut. sig., à M. Manoti. 1731 et 1739. 5 p. in-4.

1101. **FENELON** (Gabriel-Jacques de Salignac, marquis de), neveu de l'archevêque de Cambrai, lieutenant général, ambassadeur en Hollande. Né en 1688. Tué à la bataille de Rocoux en 1746.

1° L. aut. sig., à M. le marquis de Vassan. La Haye, 17 nov. 1739. 8 gr. p. pl. in-4.

2° L., avec un postscriptum de deux p. et quart in-fol. aut. sig., au même. La Haye, 23 nov. 1739. 15 p. in-fol.

Fénelon (Madame Le Peletier de), femme du précédent. L. aut. sig., à madame la marquise de Vassan. La Haye, 5 oct. 1739. 2 p. pl. in-4. Fatiguée.

Toutes ces lettres sont relatives au mariage projeté de leur fils aîné avec mademoiselle de Vassan, mariage qui n'eut pas lieu.

1102. **FERAUD**, député des *Hautes-Pyrénées* à la Convention nationale. Né en 1764. Assassiné à la Convention le 1er prairial an III (1795).

Apostille sig., en tête d'une lettre aut. sig, de C. Barthélemy, ci-devant chanoine de Toul, datée de Toul, adressée aux membres de la Convention, le 31 janvier 1793. 2 gr. p. pl. et demie in-fol. Intéressante.

Pièces relatives a l'assassinat de Féraud.

1° Arrêté du Comité de sûreté générale sig. par Delecloy, Gauthier, Pierre Guyomar, et Alex. Ysabeau. 3 prairial an III. 2 p. in-4. Tête impr. Vignette. Sceau.

Le nommé Martin Tacq, prévenu d'avoir porté au bout d'une pique la tête du représentant du peuple Féraud, assassiné dans le sein de la Convention, actuellement détenu aux Orties, sera transféré à la Conciergerie sous bonne et sûre escorte.

2° Duplicata de l'arrêté qui précède, pour copie conforme à l'original déposé au greffe du concierge, et signé par lui.

3° Arrêté du Comité de sûreté générale (copie conforme à l'original, signé par Le Roy et Barbarin, membres de la commission de police administrative de Paris). 4 prairial an III. 1 p. et quart in-fol. Tête impr. Vignette.

... Le nommé Dupuis, qui demeure comme ouvrier chez le citoyen Olivier, fabricant de fayence de la rue de la Roquette... désigné comme ayant coupé ou porté la tête du représentant du peuple Féraud, sera de suite conduit à la Conciergerie pour être traduit au tribunal criminel du département de Paris.

4° Arrêté du Comité de sûreté générale (extrait conforme à l'original, signé par Le Roy et Barbarin, membres de la commission de police administrative de Paris). 6 prairial an III. 1 p. pl. in-fol. Tête impr. Vignette.

Ordre à la section militaire du palais national, section de la guerre, d'incarcérer de suite dans ses prisons, les nommés *Saurel* et *Boucher*, prévenus d'avoir mutilé le corps du représentant du peuple Féraud.

5° Ampliation de l'arrêté du Comité de sûreté générale du 11 prairial an III, qui ordonne de prendre les mesures nécessaires pour faire tranférer du Comité de sûreté générale en la maison d'arrêt des Quatre-Nations, les députés décrétés d'arrestation ou d'accusation (à l'occasion de l'assassinat de Féraud). Les détenus seront conduits en voiture et traités avec tous les égards convenables. 1 p. et demie in-fol. Cachet à la cire rouge.

6° Ordre du Comité de sûreté générale du 13 prairial an III, signé Gauthier et Bergouing, au citoyen Terillon, commandant du poste de la section armée des gardes-françaises, de conduire à la Conciergerie le nommé *Hébert*, prévenu d'avoir assassiné le représentant du peuple Féraud.

7° Délibération du Comité de sûreté générale adressée à la commission des administrations civiles, police et tribunaux sur ce qui doit être accordé aux représentants du peuple (impliqués dans l'attentat du 1er prairial). Expédition conforme signée Dumont. 1 gr. p. in-fol.

Ils ont la faculté de lire les papiers publics. — De recevoir les parents et amis qui demanderont à les visiter. — « Quant aux couteaux ou autres instru- « ments de ce genre, nous pensons qu'il n'est pas en notre pouvoir d'atténuer « les loix et réglements qui y sont relatifs. »

8° Arrêté du Comité de sûreté générale, en date du 20 prairial an III, qui règle qu'il sera choisi dans la maison d'arrêt des Quatre-Nations un local particulier dans lequel on déposera ceux qui seront traduits en jugement devant la commission militaire... Expédition conforme, sig. par Aumont, 23 prairial an III. 1 p. et demie in-fol.

9° Arrêté du comité de sûreté générale, en date du 30 prairial an III. Attendu qu'il résulte des différentes déclarations que le citoyen Robert Crappé, officier de santé, le deux prairial, étant de service près la Convention nationale, au vestibule qui conduit à la salle des pétitionnaires, entre quatre et cinq heures du soir, au moment où un citoyen que l'on disait être représentant du peuple, fut arrêté par la multitude dans le jardin des Tuileries, ledit Robert Crappé, étant à la fenêtre, cria à ceux qui étaient dans le jardin : *Coupez-lui la tête!* Ce qui ne peut laisser de doute que ledit Crappé ne fût du parti des révoltés... Ordonne que de la maison d'arrêt du Plessis, il sera extrait et traduit par devant la commission militaire... Copie conforme sig. Houdeyer, secrétaire général. 1 p. in-fol. Tête impr. Vignette.

10° Arrêté du Comité de sûreté générale du 1er messidor an III. Copie conforme, signée Houdeyer, secrétaire général. 1 p. in-fol. Tête impr. Vignette. Sceau.

Vu les déclarations faites au comité le 2 prairial contre le nommé Louis Morand, brocanteur ; ensemble l'interrogatoire par lui subi à la section de police le premier messidor d'où il résulte, qu'au moment où une marchande de journaux annonçait l'assassinat du représentant Féraud, il avait dit: *Tant mieux, je voudrais en égorger quarante*... Il sera extrait de la maison d'arrêt du Plessis, et conduit par devant la commission militaire.

11° Ordre de la commission nationale des administrations civiles, police et tribunaux, du 5 messidor an III, sig. Aumont. 1 p. in-fol. — Au gardien de la maison de justice de la Conciergerie, de recevoir, venant de la maison d'arrêt des Quatre-Nations : Michel Sorelt, âgé de 38 ans, natif de Montbazon, district de Vesoul (Haute-Saône), demeurant à Paris, rue du Faubourg-Martin, n° 56, section de Boudy, prévenu d'avoir tenu les pieds du représentant du peuple Féraud, assassiné dans le lieu des séances de la Convention nationale, le 1er prairial, pendant que le nommé Boucher lui coupait la tête...

12° Ordre de la commission nationale des administrations civiles, police et tribunaux, du 8 messidor an III, signé Dumont (7 p. pl. in-fol., tête imprimée), au gardien de la maison d'arrêt des Quatre-Nations, de recevoir les ci-après nommés (au nombre de quinze), venant de la maison d'arrêt de Port-Libre. — 1er. Dufay (François)..... prévenu de provocation contre la représentation nationale, et de s'être mis à la tête des rassemblements. — 2e Rigour (Joseph), dit *Languedoc*... Prévenu d'avoir, le 4 prairial... chargé son mousqueton sur le quai des Célestins, et mis en joue le commandant de la cavalerie qui s'avançait vers l'Arsenal... — 3e Parlou (André-Jean)... Prévenu d'avoir prêché le pillage à raison de la cherté des denrées, d'avoir injurié le président au fauteuil à une certaine époque, d'avoir dit, étant sous les armes le jour de l'insurrection, que le moment était arrivé de faire la guerre aux marchands et aux muscadins. — 4ᵉ DEPAIN (Nicolas)... Prévenu d'avoir toujours été dans les principes de la tyrannie de Robespierre, d'avoir fait des motions incendiaires... — 5ᵉ BRABANT (Jacques). Arrêté et envoyé à Port-Libre, le 8 prairial... comme prévenu d'avoir le 1ᵉʳ prairial tenu des propos séditieux, d'avoir dit dans le jardin des Tuileries, dans le moment où on portait au bout d'une pique la tête du représentant du peuple Féraud, en parlant de lui et de Tallien, que tant que ces anarchistes gouverneraient, les affaires n'iraient pas bien, d'avoir le soir de ce même jour dit à Duval, en causant avec lui, nous avons donné aujourd'hui une belle chasse aux peignes retroussés. — 6ᵉ GALLOIS (Pierre)...Convaincu d'un fait à lui imputé et qu'il a avoué lui-même à l'Assemblée, d'avoir désarmé un volontaire... s'être servi du fusil pour tirer sur ce volontaire, l'avoir couché en joue et raté. — 7ᵉ L'ESPERNAU (Guill.)... Prévenu d'avoir publiquement prêché le massacre. — 8ᵉ BESSIN (Pierre), dit *Versailles*... Prévenu d'avoir conduit le 1ᵉʳ prairial le tambour qui provoquait à la révolte, et d'avoir lui-même souvent provoqué au meurtre en présence de Collin. — 9ᵉ JOLLY (René)... Prévenu d'avoir été juge aux massacres qui ont eu lieu les deux septembre et jours suivants à l'hôtel de la Force, d'être convenu d'avoir assisté à ces sortes de jugements pendant plus d'une heure, d'avoir pris une part active aux différents pillages qui ont eu lieu dans Paris, d'être accusé et d'être même convenu de s'être trouvé le 1ᵉʳ prairial dans le sein de la Convention nationale, lorsque les factieux en remplissaient l'enceinte, d'avoir mis sur le chapeau le signe de ralliement des factieux... — 10ᵉ ROBBÉ (Louis)... Prévenu d'avoir voulu marcher à la Convention avec les canons, d'avoir désobéi à ses chefs, d'avoir excité les femmes au désordre à la porte des boulangers...— 11ᵉ ESCOFFOU (Jean-Baptiste)... Comme ayant dénoncé le citoyen Blondin qu'il a accusé d'avoir traité Marat de f. gueux et de f. coquin, etc., ce qui a été cause que Blondin a été incarcéré pendant dix mois, d'en avoir usé de même à l'égard du citoyen Salignac Fénelon qu'il a accusé d'émigration, ce qui a été cause de son incarcération, et de la vente de ses biens. Idem envers le citoyen Gem, instituteur, qu'il accuse d'avoir occasionné un soulèvement relativement à la messe de minuit en 1793, ce qui fut cause que Gem a été incarcéré pendant huit mois, et d'avoir, le 1ᵉʳ prairial, porté sur son chapeau le signe de ralliement: *Pain et la Constitution de* 1793. — 12ᵉ LECOQ (Eustache)... Prévenu d'avoir dit devant plusieurs témoins qu'il donnera de sa pique dans le ventre aux députés, d'avoir applaudi en apprenant la délivrance du condamné enlevé à la justice, et d'avoir dit que la Convention n'était composée que de gueux et de coquins. — 13ᵉ THÉVENIN (Jean)... Prévenu d'avoir le 1ᵉʳ prairial excité par des discours séditieux sa compagnie contre la Convention, d'avoir dit qu'elle n'était composée que de gueux et de coquins, qu'elle n'avait pas le droit de faire des lois, et qu'il n'y avait de lois que celles que le peuple ferait en ce jour. — 14ᵉ LAPLACE (François), canonnier... Prévenu d'avoir le 2 prairial, dans la rue Antoine, dans un groupe de femmes, tenu des propos séditieux tendant à exaspérer les femmes contre les marchands et les prétendus muscadins, en disant que du temps des Jacobins on avait du pain, et qu'à présent on n'en avait point. — 15ᵉ CARRÉ (Jean-Sulpice)...

1103. **FERDINAND D'AUTRICHE**, infant d'Espagne, gouverneur des Pays-Pas.

L. sig., au baron..., chef du conseil de guerre du roi, et capitaine de Gravelines. Bruxelles, 19 novembre 1634. 1 p. in-fol. Sceau.

1104. **FERNIG** (Félicité et Théophile).

Héroïnes, sœurs du général Fernig, officiers d'état-major auprès de Dumouriez, de Beurnonville, du duc de Chartres (depuis Louis-Philippe), à Jemmapes, à Valmy, à Anderlecht, à Nerwinde, etc.

1° L. aut. sig., au citoyen Méjean, secrétaire-général de la préfecture de la Seine. 28 thermidor an VIII. 2 p. pl. et demie in-4.

Elles lui donnent l'extrait de la lettre du conseiller d'Etat Maret, par laquelle il les engage à retourner dans leur pays. Leur position est trop pénible pour n'être pas touchante, et il mettra le plus grand prix à accélérer le terme qu'elles doivent si vivement désirer... « Ainsi donc la misère nous chasse... d'une pa- « trie pour qui nous avons tout sacrifié! Nous partons en l'adorant toujours. » Abattues par le chagrin le plus dévorant, nous retournerons en Hollande, « cette terre hospitalière, y consoler notre famille languissante. Mais vous, « citoyen, soyez ici ce que vous fûtes... La patrie vous saura gré de votre in- « térêt pour des enfants qu'elle reconnaîtra toujours malgré le nuage qui les « obscurcit, malgré les rigueurs de l'infortune qui les réduit à envier le se- « cours que reçoivent nos colons non moins malheureux, mais pas plus à « plaindre que nous... »

2° L. aut. sig., au même. Même date. 1 p. in-4.

L'âme attendrie de ses procédés délicats, et pénétrées de la plus vive reconnaissance, elles lui offrent le tribut de leur sensibilité. « Nos larmes, que « l'admiration, autant que tout autre sentiment, se forcent un passage du cœur « à nos paupières. — A vous seul appartenait de nous faire accepter sans hu- « miliation. O Méjean, l'humanité si généralement méconnue, doit sourire en- « core en reconnaissant en vous les douces vertus qui la caractérisent; vivez, « vivez longtemps pour sa gloire... »

Fernig (Louis-Joseph-César, comte de), frère des précédentes, lieutenant général. L. aut. sig., à M. Méjean. Bruxelles, 6 messidor an XII. 2 p. in-4. Tête impr. vignette. *Portr.*

1105. **FERVAQUES** (Guill. de Haultemer, seigneur de), comte de Grancey, maréchal de France. 1538-1613.

Acte notarié, sig. 1590. 2. p. in-fol.

1106. **FESCH** (Joseph), cardinal, archevêque de Lyon, oncle de Napoléon, N. 1763. M. 1839.

L. aut. sig., à *Madame*, mère de l'Empereur, sa sœur. Paris, 20 juillet 1810. 1 p. in-4. Deux *portr.*

1107. **FEU** (François), curé de St-Gervais et de St-Protais, auteur d'un *Cours de théologie*. N. 1671. M. 1761.

1° Quitt. sig. 1750. Demi-p. in-4. — 2° Certificat d'abjuration de la R. P. R. 1706. 1 p. in-4°. Beau *portr.* gravé d'Audran, in-fol.

1108. **FEUILLEE** (Louis), minime, géographe, astronome, botaniste. N. 1660. M. 1732.

L. aut. sig., à M. de Cassini, de l'Académie royale des sciences, à Paris. Marseille, 30 avril 1698. 3 p. in-4. Scientifique. Curieuse. (Collection de M. de Monmerqué.)

1109. **FEUILLET DE CONCHES** (le baron), introducteur des ambassadeurs, collectionneur d'autographes.

1° L. aut. sig., à M. Lucas de Montigny. 19 janvier 1842. 1 p. in-4. - 2° L. aut. sig., au même. Paris, 27 janvier 1844. 1 p. in-4.

Comment peut-il penser qu'il ait besoin d'un introducteur rue de la Ferme? Il y sera reçu à bras ouverts; son apparition sera une fête autographique, et il sera heureux de lui prouver, par l'empressement de son accueil, tout le prix qu'il attache aux bonnes grâces qu'il a reçues de lui... Il y a un siècle qu'il a sous enveloppe les pièces qu'il lui a, dans le temps, confiées. Il verra que la lettre attribuée à Henri IV n'est point de lui, mais de M. de Montpensier. M. le prince de Labanoff lui est bien reconnaissant pour la communication bienveillante de la lettre de Marie Stuart: Cette lettre figurera dans la publication qu'il prépare à grands frais... « Permettez que je recherche la lettre « dont vous me parlez: Mon dossier Mirabeau est au fond de mes cartons. Je « vous donnerai toutes les copies que vous pourrez souhaiter. Mais m'ac- « corderez-vous la grâce de donner place à maître Jean dans vos riches col- « lections? C'est une compensation modeste pour vos bontés à mon « égard. »

1110. **FEUQUIERE** (Manassé de *Pas*, marquis de), lieutenant général, ambassadeur. Né à Saumur en 1590. M. 1640.

Quitt. d'une ligne aut. sig. (sur parch.). 1620. *Portr.*

Feuquière (Isaac de *Pas*, sieur de), fils du précédent, lieutenant général au gouvernement de Verdun, ambassadeur. M. 1688. Quitt. sig. (sur parch.). 1629.

1111. **FEUQUIERE** (Anne-Louise de Gramont, marquise de), femme d'Isaac et mère de l'auteur des *Mémoires*.

L. aut. sig., *A. L. de Gramont*, à Mme d'Andilly. 2 p. pl. petit in-4. Jolie lettre.

1112. **FEUQUIERE** (Antoine de *Pas*, marquis de), fils d'Isaac, lieutenant général, habile tacticien, auteur des *Mémoires sur la guerre*. N. 1648. M. 1711.

L. aut. sig., à M. de Pomponne. Du camp de Fluyx, le 1er juillet 1693. 8 gr. p. pl. in-4. (Collection de M. de Monmerqué.)

Très-belle et très-importante lettre sur les opérations de la guerre en Allemagne, la défense de Mayence, etc.

1113. **FEUQUIERE** (Marguerite-Catherine Mignard (fille du grand peintre Pierre), femme de Jules de *Pas*, comte de).

La belle Catherine Mignard avait tenu sur les fonds de baptême le 3e et dernier enfant de Molière ; l'enfant vécut moins d'un mois. (*L. de M.*)

Quitt. notariée, signée (sur parch.). 1701.

Feuquière (Jules de *Pas*, comte de), fils d'Isaac, époux de la précédente, gouverneur de la province de Toul. M. 1648. Certificat militaire aut. sig. Paris, 22 août 1698. 1. p. in-4. Cachet à la cire rouge.

1114. **FEUTRIER** (Jean-François-Hyacinthe, comte), évêque de Beauvais, ministre. N. 1785. M. 1830.

L. aut. sig., à M. Roger. Paris, 12 juillet 1821. 1 p. in-4. Intéressante. *Portr.*

Falloux du Coudray (Frédéric-Alfred-Pierre), ministre de l'instruction publique, membre de l'Académie française N. 1811. L. aut. sig. (à la 3e personne). 4 juillet 1851. 1 p. in-8.

Ferlus (Raymond-Dominique), frère de la doctrine chrétienne, bénédictin, membre de l'Institut. N. 1756. M. 1840. L. aut. sig. 1812. Demi-p. in-4.

1115. **FEVRET DE FONTETTE** (Charles-Marie), conseiller au Parlement de Dijon, continuateur de la bibliothèque historique du Père Le Long. N. 1710. M. 1772.

Ratification aut. sig., comme curateur de M. le chevalier de Clugny, d'un traité fait en une assemblée de parents... Dijon, 19 mars 1758. Demi-p. in-4. (Le Traité qui précède forme deux pages et demie in-4.) *Portr.* in-fol.

1116. **FIESCHI** (Joseph), auteur de l'attentat du 28 juillet 1835. Né en 1796. Mis à mort le 19 février 1836.

L. aut. sig., à M. Figa, officier de paix, à la préfecture de police. 2. p. pl. in-4, avec le cachet de la maison de justice. *Portr.* in-fol., et *portr.* (dessin au crayon), in-18.

« Malgre que jais comi un crime, que la loi m'antrene à léchafaud que peut « estre je oure ou non la providence est grande au reste il me due la morte « je la meppris, et je lattends à piet ferme tu conaisse men caractere asse je « ne tendiet pas davantage mais je nen suis pas content de toi... »

1117. **FIESCHI** (Joseph). *Le même.*

L. aut. sig., *Le Régissid Fieschi* à M. *Lavocat*, directeur des Gobelins. 18 octobre 1835. 1 pl. in-4. *Portr.* sur une seule feuille des quatre conspirateurs.

Il est chagrin d'avoir appris qu'il est malade, et il le prie de le tirer d'inquiétude en lui donnant de ses nouvelles... « Pour moi peu m'importe quoi

« qu'il arrive je m'attende à tous; puisque je n'en peut estre plus utille à per-
« sonne. Je nen tiens plus à ma vie, mais la vottre il faut la conservé.... »

1118. **FIESQUE** (Charles-Léon, comte de), comte Palatin, vicaire de l'empire, prince souverain de Marsillan.

Deux fois exilé par Mazarin, une fois comme partisan du duc de Beaufort, et une autre fois comme frondeur (en parole, et non pas en action, car ceux-là étaient plus ménagés), Fiesque était d'ailleurs un officier et un chaud partisan de *Monsieur*, frère de Louis XIII. (*L. de M.*)

Quitt. de trois lignes aut. sig., derrière un ordre de paiement signé par Gaston, frère de Louis XIII, et par Goulas, son secrétaire. 1648. (Collection de M. de Monmerqué).

1119. **FIESQUE** (Gillonne de Harcourt, comtesse de), femme du précédent. N. 1619. M. 1699.

C'est la *Madame la comtesse* des lettres de Mme de Sévigné. Son amie folâtre, fantasque même, peut être douteuse. — Mais l'amie sincère, dévouée et constante, de la grande *Mademoiselle* dans la première partie de ses *Mémoires*, et tout le contraire dans la seconde partie. (*L. de M.*)

Pouvoir sig. (sur parch.), pour la garde des bois, eaux, forêts et autres choses à elle appartenantes... Fresne-le-Pureux, le 21 décembre 1663, grand in-4.

1120. **FIESQUE** (Jean-Loys de). N. 1647. M. 1708.

Est-ce le *Petit bon* de Mme de Sévigné, lequel s'associa aux cabales contre Racine, fomentées par le duc de Nevers? (*L. de M.*)

Quitt. sig., (sur parch.)., de la somme de 691 livres, qu'il a fournie et avancée par l'exprès commandement du roi, pour les habits des Petits-Suisses de S. M.

Fiesque (Jean-Louis-Marie, comte de), prince et vicomte perpétuel du Saint-Empire. Quitt. sig. (sur parch.). 1698.

1121. **FIEUBET** (Gaspard de), conseiller du Roi en son conseil d'Etat, et trésorier de son épargne. 1617-1694.

Il avoit été près d'acheter 1,000,000 livres la charge de procureur général qu'avoit Foucquet. — Auteur de quelques bonnes poésies latines et françaises. En 1691, le desespoir d'avoir perdu sa femme le porta à se retirer aux camaldules de Grosbois. La Fontaine dans une lettre en vers au duc de Vendôme parle de cette retraite de Fieubet, retraite dont la cause devoit, en effet, surprendre étrangement le *Bonhomme*. (*L. de M.*)

1° Quitt. sig., (sur parch.). 1683.

2° Quitt. s. (sur parch.), de la somme de 6672 livres 16 sols 6 deniers, reçus de Denis Rocheveau, receveur-général des finances à Châlons...
« en espesses dargent rongnées reduictes au poix et vailleur d'icelluy a
« la dite somme des deniers tant ordinaires quextraordinaires de sa
« charge de lannée dernière XVIc Trente-neuf. Ladite somme... a
« moy ordonnée par le roy nostre dict seigneur pour convertir et em-
« ployer au faict de mon dit office de ladite année dernière 1639.

1122. **FISCHER** (E. Gotthelf), savant allemand.

1° L. a. s., au citoyen Venthel. Mayence, 28 fructidor an X. 1 p. in-8. Hommage de son ouvrage sur Guttenberg.

2° L. aut. sig., à M. Millin, membre de l'Institut. Moscou, 3 M. 1814. 3 p. in-4. Cachet. Jolie lettre. (Collection de M. de Monmerqué).

Il le félicite de tout son cœur que la prise de Paris ne lui ait pas autant coûté qu'a eux celle de Moscou. « Vingt ans de travaux et de peines ont été
« consumés en peu de minutes. Je n'ai rien sauvé que ma santé et mon désir
« de travailler. C'est à ce désir que mes élèves doivent l'année passée une
« nouvelle édition de ma *Zoognosie*... »

1123. **FITZ-JAMES** (Charles, duc de), et de Berwick, maréchal de France. N. 1675. M. 1712.

1° Certificat militaire aut. sig., comme colonel du régiment de Berwick, infanterie. Paris, 10 novembre 1734. 1 p. in-4.

2° L. aut., à l'abbé... Bourbonne, 4 juillet. 4 p. pl. in-4.

FITZ-JAMES (Edouard, duc de), pair de France, démissionnaire en 1830. L. aut. sig. 1828. 2 p. in-8.

FITZ-JAMES (Jacques de). Billet aut. sig. 1/2 p. in-8.

1124. **FLECHIER** (Esprit), évêque de Lavaur, puis de Nîmes, membre de l'Académie française. N. 1632. M. 1710.

Pièce sig., comme évêque de Nîmes, et contresignée Regault. Nîmes, 11 mars 1689. 1 p. in-4. Cachet. Quatre *portr.*

Il certifie... que la dame Anne-Marguerite Petit, de Nîmes, femme du sr du Noyer, capitaine au régiment de Toulouse, revenue depuis environ sept mois de Hollande où elle était allée au sujet de la religion, a fait abjuration de l'hérésie de Calvin, que depuis sa conversion elle a toujours été très-assidue à la messe et aux offices de l'église, etc., etc.

1125. **FLESSELLES** (Jacques de), intendant de Lyon, prévôt des marchands de Paris, une des premières victimes de la Révolution. Né en 1730. Assassiné en 1789.

1° L. sig. 1781. 2 p. in-4, et minute aut. d'une lettre à M. Jolly de Fleury. 1781. Demi-p. in-4. Gravure représentant sa mort le 14 juillet 1789. — Notice biographique de la main de M. Prosper Bailly, sous-bibliothécaire de l'Hôtel de Ville.

2° L. aut. sig., à M. Orry, greffier du Châtelet. Paris, 24 janvier. 1 p. in-4. Cachet.

3° Délibération du Comité révolutionnaire de la section de l'*Indivisibilité*, signée par sept membres, en date du 1er messidor an II. (2 p. in-4. Tête impr. Vignette), par laquelle la nommée Pajot, veuve Flesselles, domiciliée à Rosay, mise en arrestation et conduite dans une maison de Paris, par ordre des représentants du peuple, sera incarcérée en la maison de la Force ou toute autre...

1126, **FLEURANGES** (Robert de La Marck, seigneur de), duc de Bouillon, maréchal de France. N. 1492. M. 1536.

Fils de Robert dit le grand Sanglier des Ardennes. Auteur, pendant sa prison, après la bataille de Pavie, de l'*Histoire des choses mémorables advenues du règne de Louis XII et de François Ier*... Il s'y désigne lui-même sous le nom du *Jeune avantureux*. (*L. de M.*)

L. aut. sig.: *Robert de Lamarc*, à la reine. Sédan, 24 décembre 1527. 1 gr. p. pl. in-fol. Coupée en tête juste, et non jusqu'à l'écriture, et partie enlevée au bas sans toucher l'écriture.

Il a reçu hier la lettre qu'il lui a plu lui écrire... Il la supplie de vouloir continuer en la bonne volonté qu'elle annonce de faire pacifier ces troubles, car ce lui sera un honneur immortel d'avoir par sa providence délivré ce royaume des ruines et calamités qui lui sont proches. « Si lesdits troubles ja « commencés continue davantaige, et crains bien fort que si tous les estrangers, « qui se préparent venir y rentrent, que lors vre maiesté aura bien affaire à « les en faire sortir... »

1127. **FLEURY** (André-Hercule de), évêque de Fréjus, cardinal, ministre. N. 1653. M. 1743.

1° L. sig. Versailles, 12 mars 1732. 3 p. in-4. 4 *portr.* in-8, in-4 et in-fol.

2° L. aut., à M. de Valincour. 10 novembre. 1 p. pl. in-8. Curieuse

3° L. aut. sig., à M... Fréjus, 24 sept. 4 p. in-4.

1128. **FLEURY** (Bénard), acteur sociétaire de la Comédie-Française. Né en Champagne en 1750. Mort en 1824.

Quitt. aut. sig. de la somme de deux mille francs, reçue de Sageret, à compte sur ce qui lui est dû. Paris, 18 frimaire an VII, in-8 en travers. *Portr.* in-4.

FLEURY (mademoiselle), actrice du second Théâtre-Français, auteur d'*Aglaure*, de *Léontine*, etc.

Deux lett. aut. sig., à M... (Les suscriptions ont été enlevées. 14 février et 3 mai 1822. 2 p. pl. in-8. Curieuses.

1129. **FLORIAN** (Jean-Pierre Claris de), littérateur, poëte dramatique, fabuliste. N. 1755. M. 1794.

1° Fragment aut. d'un de ses ouvrages. 2 p. à mi-marge in-fol. *Portr.* Eloge de Florian, prononcé à l'Institut par Ch. Lacretelle. 1812. 32 p. impr. in-8. — Article de M. Sainte-Beuve sur ses fables.

2° L. aut., à son frère... 2 p. in-8. — Fin de quitt. sig. 1785.

Il a fini le *Baiser*. Il a pris jour pour le lire, et les comédiens le donneront sitôt qu'il sera prêt. : « J'ai renoncé, grâce à Dieu, au théâtre, c'est-à-dire « au chagrin. Le *Baiser* ira quand vous voudrés, je ne puis finir plus brillam- « ment et plus selon mon cœur, que par vous... »

1130. **FODERE** (Joseph-Benoît), médecin, professeur de médecine légale. N. 1764. M. 1835.

L. aut. sig., à M. Croullebois, libraire. Strasbourg, 15 janvier 1819. 3 gr. p. pl. in-4.

Très-curieuse lettre à l'occasion de la vente de ses ouvrages.

1131. **FOIX** (Jehan, comte de) et de Bigorre, lieutenant général en Languedoc et en Guyenne.

Un des meilleurs conseillers de Charles VII. — Serviteur moins sûr de Louis XI. (*L. de M.*)

Quitt. sig. (sur parch.) de la somme de 550 moutons d'or octroyés au roi par les gens des trois Etats du pays de Languedoc, en l'assemblée faite à Béziers, au mois de juillet dernier. 18 juin 1432

1132. **FONCEMAGNE** (Etienne-Lauréault de), sous-gouverneur du duc de Chartres, littérateur, membre de l'Académie française. N. 1694. M. 1779.

L. aut. sig., à M .. Palais-Royal, avril 1775. 2 p. in-8.

1133. **FONTAINE**, architecte de Napoléon Ier et de Louis-Philippe, membre de l'Institut. N. 1762.

Trois lett. aut. sig. An IX à 1821. 4 p. in-8 et in-4, et lett sig. 1839. 2 p. in-fol. *Portr.*

1134. **FONTANES** (Louis, comte de), grand-maître de l'Université de France, littérateur, poëte, membre de l'Académie française. N. 1761. M. 1821.

L. a. s., à M. Guéneau de Mussy, à Dieppe. 12 mai 1809. 2 p. in-4. Trois *portr.* Notice historique par M. Roger.

1135. **FONTENAY-MAREUIL** (François Duval, marquis de), ambassadeur en Angleterre et à Rome, auteur de *Mémoires* qui portent son nom. N. 1595.

Quitt. aut. sig. (sur parch.) de la somme de 29,000 livres tournois à lui ordonnée par S. M. pour ses appointements d'ambassadeur extraordinaire à Rome, durant les six premiers mois de la présente année (1639).

1136. **FONTENELLE** (Bernard *Le Bouyer* de), membre de l'Académie française. N. 1657. M. 1757.

Sa signature au bas d'une constitution de rente en sa faveur sur la ville de Paris. 1711. 3 p. in-fol. La tête rongée par l'humidité. Notice de M. Sainte-Beuve.

1137. **FONTRAILLES** (Michel d'Estarac, sieur de), sénéchal d'Armagnac, et gouverneur pour le Roi en la ville de Lectoure.

Quitt. sig. (sur parch.) de la somme de cent cinquante livres, pour son état de gouverneur de Lectoure, pour un mois et demi de l'année présente. 1607. Notice de M. *L. de M.*

1138. **FORBIN DE GARDANNE** (Claude, comte de), chef d'escadre, auteur de *Mémoires*. N. 1656. M. 1733.

1° Deux quitt. sig. (sur parch.). 1683 et 1690. *Portr.*

2° L. sig., au ministre... Marseille, 18 déc. 1723. 2 p. in-fol.

Lettre curieuse au sujet de son différend avec le marquis de Foresta, demeurant à Marseille, qui prétend qu'on a été chasser dans son bien qui est dans le terroir de la ville où, pour autoriser ses prétentions, il n'a aucun titre seigneurial, ni perdrix, ni lievres, ni lapins qui puissent lui donner le moindre chagrin... Il lui écrivit une lettre fort honnête par laquelle il lui déclarait que c'était lui qui avait été dans son bien avec ses valets sans avoir eu aucune intention de le fâcher, que toute sa chasse s'était terminée à un merle qu'il avait tué en volant. Mais comme c'est un jeune homme violent et emporté, il brutalisa son domestique qui lui rendit sa lettre, et la jeta par mépris sans lui faire réponse...

Forbin (Louis de), commandeur de Gardane, capitaine de la galère *Madame*. Quitt. aut. sig. (sur parch.). 1674.

1139. **FORBIN JANSON** (Toussaint, cardinal de), évêque de Digne, puis de Marseille, ambassadeur. N. 1625. M. 1713.

1° L. sig., à mademoiselle de Scudéry. Aix, 4 février 1668. 1 p. in-4. (Collect. de M. de Monmerqué.)

Le billet qu'elle lui a envoyé a été suivi d'une lettre du P. Annat qui lui écrit par ordre du roi que S. M. le nomme à l'évêché de Marseille. Il ne lui désavoue pas qu'il a une joie sensible de se voir honoré de cette nouvelle marque de l'estime qu'un prince aussi éclairé a témoignée pour sa personne...

2° L. sig., à M. Le Bret. Rome, 16 oct. 1691. 1 p. in-4.

1140. **FORBIN** (Louis-Nicolas-Philippe-Auguste, comte de), peintre, littérateur, directeur général des musées, membre de l'Institut. N. 1779. M. 1841.

L. aut. sig., au duc de Damas-Crux. 1817. 1 p. in-4. *Portr.*

Forbin (Laurent de) et de Janson, gouverneur de la ville d'Antibes. Quitt. sig. (sur parch.). 1663. — Forbin (Joseph de), marquis de Janson, gouverneur d'Antibes. Quitt. sig. 1702. 1 p. et demie in-4. — Forbin Saint-Estève, lieutenant sur le vaisseau du roi l'*Apollon*. Quitt. sig. (sur parch.). 1676. — Forbin, chevalier de Sainte-Croix, capitaine de galère. Quitt. aut. sig. 1691. — Forbin des Issarts (le marquis de), pair de France. Note aut sig. 1821. 1 p. in-8.

1141. **FORBONNAIS** (François Véron de), membre de l'Institut, auteur des *Recherches et considérations sur les finances de France*. N. 1722. M. 1800.

L. a. s., à l'abbé Le Blanc. Versailles, 25 avril 1759. 2 p. pl. et demie in-4. (Collect. de M. de Monmerqué.) Intéressante.

1142. **FORGET** (Pierre), seigneur de Fresne et de Maflée, secrétaire des finances de Henri III, et secrétaire particulier de Henri IV. N. 1553. M. 1610.

Ce ministre dont le caractère et le talent étoit fort prisés de Henri IV, qui lui fit rédiger l'Edit de Nantes, avoit aussi toute la confiance de Gabrielle d'Estrées. (*L. de M.*)

Acte notarié, signé. 1599. 1 gr. p. in-fol.

Forget (Jehan), président au Parlement de Paris. Quitt. sig. (sur parch.). 1610.

1143. **FORMONT** (Jean-Baptiste), philosophe, poëte, ami et correspondant de Voltaire. M. 1758.

Lettre de M. de Voltaire à M. de Genouillac. Pièce de vers aut. 3 p. in-4. Tache au bas des deux feuillets.

1144. **FORTIN**, ancien procureur au Parlement, se disant le *Frère terrible*.

L. aut. sig., *au citoyen Hébert, substitut du procureur de la com-*

mune, et auteur du véritable Père Duchesne. Paris, 28 sept. l'an II. 3 p. pl. in-4.

« Le frère Terrible au vénérable père Duchesne. Salut et fraternité.— Jusqu'à « quand, père Duchesne, les accapareurs se f...-ils des décrets bienfai- « sants ? Est-ce que ces patriotes—vampyrisés regardent les lois de l'au- « guste montagne, comme les rois-tyrans regardaient les sermens, avec les- « quels ils amusaient les peuples, ainsi que l'on amuse les enfants avec des « osselets ? Tonne, frappe, il en est tems, morbleu! rends leur guerre pour « guerre; le frère Terrible te secondera de tout son pouvoir, en brave sans- « culotte pour f... tous ces b... là, dans ton ardent fourneau et les consu- « mer?... » Le reste est dans ce style; mieux encore.

1145. **FOUCHE** (Joseph), conventionnel, duc d'Otrante, ministre de la police. N. 1763. M. 1820.

1° Arrêté signé, comme représentant du peuple envoyé dans la Commune-Affranchie, signé aussi par Meaulle et La Porte. Commune-Affranchie, 10 pluviôse an II. 1 gr. p. in-fol. Tête impr. Vignette. Cachet à la cire rouge. Trois *portr.* — Fouché, à Lyon. Vignette, et caricature coloriée.

2° L. aut. sig., au préfet de la Seine. Paris, 4e jour complémentaire. 1 p. in-4. Tête imprimée, avec la jolie vignette de Prud'hon.

1146. **FOUCQUET** (Nicolas), surintendant des Finances, procureur général. N. 1615. M. 1680

L. aut. sig., à Son Eminence... Paris, 4 oct. 1653. 1 p. pl. in-4 *Portr.* de Moncornet.

1147. **FOUCQUET** (Christophe), procureur général au Parlement de Bretagne.

Quitt. sig. (sur parch.). 1621.

Foucquet (François), évêque et comte d'Agde. Quitt. sig. (sur parch.). 1650. — Foucquet (François), père du surintendant, conseiller d'Etat. 1618. — Foucquet (Charles-Armand), prêtre de l'Oratoire Deux quitt. aut. sig. (sur parch.). 1707 et 1708. — Foucquet (Marie-Madelaine de Castille, veuve de Nicolas), ministre d'Etat. La Fontaine lui a adressé deux pièces de vers. Quitt. sig.: *M. M. Castille* (sur parch.). 1701.

1148. **FOUQUIER TINVILLE** (Antoine-Quentin), accusateur public près le tribunal révolutionnaire, sans pitié, même pour ses amis. Né en 1747. Mis à mort en 1795.

1° Ordre aut. sig., au concierge de la maison d'arrêt de la Force, ou de toute autre maison d'arrêt où il y aura place, de recevoir et de garder jusqu'à nouvel ordre du Comité de sûreté générale, les nommés Fransquin, Tixier et Canel, ci-devant membres du Comité révolutionnaire de la commune de Dôle... Paris, 29 messidor au II. 1 p. in-4. Tête impr. Cachet à la cire rouge. *Portr.*

2° Décret du Comité de sûreté générale, signé Louis (du Bas-Rhin), et entièrement de la main de celui-ci, André Dumont et Legendre (de Paris), en date du 14 thermidor, qui arrête que Fouquier-Tinville, accusateur public près le tribunal révolutionnaire, sera sur-le-champ saisi, conduit en arrestation dans les prisons de la Conciergerie, traduit au tribunal révolutionnaire pour y être sans délai mis en jugement. 1 p. gr. in-fol. Tête impr. Sceau.

3° Ordre du lieutenant-colonel de la gendarmerie nationale, Dumesnil, pour l'arrestation de Fouquier-Tinville, partout où il pourra se trouver... et son incarcération à la Conciergerie. 14 thermidor an II. 1 p. in-4. Cachet à la cire rouge.

4° Ordre de la commission nationale, signé *Aumont*, au gardien de la maison d'arrêt du Plessis, de recevoir, venant de la maison d'arrêt de Pélagie, sept prisonniers (dont trois femmes), au nombre desquels se trouve Fouquier-Tinville, ci-devant accusateur public du tribuna révolutionnaire, arrêté le 4 fructidor... 8 brumaire an III. 1 p. pl. et quart in-fol.

5° Ordre de la commission nationale... sig. *Aumont*. (Deux expéditions semblables et également signées, du 7 germinal an III. Chacune de 2 gr. p. in-fol.)... *En vertu de l'arrêté du six de ce mois qui charge la commission de faire transférer, de la maison de justice du Plessis à la Conciergerie, Fouquier et ses coaccusés* (au nombre de vingt-quatre dénommés), *pour y être déposés dans la partie de cette prison où l'ont été les anciens membres du Comité révolutionnaire de Nantes. Le citoyen Richard*, EX-CONCIERGE *de la Conciergerie, recevra et gardera*, etc.

1149. FOUQUIER-TINVILLE. *Le même.*

1° Trois ordres d'arrestation et d'incarcération, signés par Fouquier Tinville. 3 p. in-4, impr. Cachets à la cire rouge.

2° Quatre ordres, signés par Fouquier-Tinville, adressés aux gardiens des prisons de l'Abbaye et maison de santé du citoyen Lachapelle, de remettre à la gendarmerie, plusieurs détenus (hommes et femmes), prévenus, pour être conduits au tribunal révolutionnaire. Floréal et messidor an II. 4 p. in-4. Vignettes en tête. Cachets à la cire rouge.

1150. FOUQUIER-TINVILLE. *Le même.*

1° Ordre sig. par Fouquier-Tinville, le 15 germinal an II, au gardien de la maison d'arrêt de la Conciergerie, de remettre à l'huissier, porteur du présent, les (cinquante) prévenus dénommés dans le présent ordre, lesquels seront conduits à la maison d'arrêt dite Egalité, rue Jacques... 1 p. pl. et quart in-4. Le second inscrit est François *Destanges-Chaix*. Il y a des ecclésiastiques.

2° Ordre signé par le même, au même gardien, pour être transportés à la même prison, dite de l'Egalité, quarante-cinq prévenus, hommes et femmes. 20 germinal an II. 1 p. et quart in-4.

3° Ordre signé par le même, au gardien de la maison d'arrêt, de recevoir les quarante-quatre prévenus dénommés dans cet ordre (quarante hommes et quatre femmes). 2 prairial an II. 1 p. pl. et demie in-4. A la fin il y a trois lignes aut. sig. du maréchal des-logis-de gendarmerie, *Clauzel*, qui déclare avoir conduit dans la maison d'Egalité ces quarante-quatre hommes et femmes.

4° Ordre signé par le même, au gardien de la maison dite Egalité, rue Jacques, de recevoir et garder les cinquante-quatre prévenus (hommes et femmes), dénommés dans cet ordre. 3 messidor an II 1 p. pl. et demie in-4.

5° Ordre signé par le même, au même gardien, de recevoir les trente prévenus dénommés dans cet ordre, venant de l'hospice national. 3 messidor an II. 1 p. pl. in-4.

6° Ordre signé par le même, au même, de recevoir, venant de la Conciergerie, et garder les cent trente-deux prévenus (hommes e femmes), dénommés dans cet ordre... 18 messidor an II. 3 gr. p. pl. in-4. Il y a au bas de la 3e page : *Bon pour cent trente-deux*. On y lit les noms de J. Nicolas *Soufflot*, F. L. *Philippe*, dit *Tronjoly*, etc.

Ces six ordres sont avec l'entête imprimé du tribunal révolutionnaire e avec cachets à la cire rouge.

1151. FOURILLE (le marquis de), capitaine aux gardes, commandant de la ville et du château de Saumur.

Certificat militaire aut. sig. 1687. 1 p. pl. in-4. Cachet.

FORVILLE (Alphonse de Pilles, marquis de), gouverneur viguier de Marseille. Quitt. sig. (sur parch.). 1690.

1152. FOURNIER *l'Héritier* (Charles), surnommé l'*Américain*, à cause du long séjour qu'il fit en Amérique (à Saint-Domingue). Né en Auvergne en 1745. Mort en 1823.

Un des plus odieux révolutionnaires de cette fatale époque de 1789-1794. Un des insurgés du champ de Mars (1791) où il attenta à la vie de La Fayette qui lui fit grâce. Un des chefs de l'attaque du 10 août 1792, un des organisateurs du massacre de septembre. L'ordonnateur du massacre, à Versailles, des prisonniers d'Orléans — comme il l'avait été des égorgements d'Orange, etc. « Cet homme à face livide et sinistre, » a dit Mme Roland, « avec ses moustaches et sa triple ceinture de pistolets, avoit réussi à inspirer l'épouvante à « bien des gens. (*L. de M.*). » Voir, pour le revers de ce tableau, la *Biographie universelle et portative des Contemporains...*, par Rabbe, Vieilh de Boisjolin, etc. Tome II, page 1732.

Expédition du décret de l'Assemblée nationale du 2 septembre 1792, qui ordonne le transfèrement des détenus dans les prisons de la haute cour nationale à Orléans, dans le château de Saumur, comme présentant tous les moyens de sûreté pour la garde des prisonniers, et le retour sans délai, au sein de la capitale, des gardes nationales qui se sont rendues de Paris à Orléans... Laquelle expéditon, collationnée et trouvée conforme à l'original déposé aux archives de la République, est signée par Camus, gardes desdites archives, le 1er fructidor an VII. 2 gr. p. in-fol. Sceau des archives. Fournier, qui avait réclamé cette pièce pour sa défense, a écrit au bas : *Fournier comandant général.*

1153. **FOY** (Maximilien *Sébastien*), général, député, orateur célèbre. N. 1775. M. 1825.

L. aut. sig., à M. le préfet de la Seine. Paris, 5 février 1824. 1 p. pl. in-4. Dix *portr.* in 8 et in-4.

1154. **FOYATIER** (Denis), statuaire. N. 1793.

1° L. a. s., à M. Lucas de Montigny. Paris, 16 août 1832. 1 p. in-4. — 2° L. aut. sig., au même. Paris, 15 mai 1845. 1 p. pl. in-4.

1155. **FRAGONARD** (Alexandre-Evariste), dessinateur, peintre et sculpteur. N. 1783 (à Grasse, *Var*). M. 1850.

L. a. s., à M. Landon, auteur des *Annales du Musée...* Paris, 1er novembre 1808. 1 p. in-4.

1156. **FRANÇOIS Ier**, roi de France. N. 1494. M. 1547.

1° Ordonnance de payement sig. et contresig. *Robertet* (sur parch.). Paris, 25 décembre 1516.

2° Ordonnance de payement sig., et contresig. *Bayard* (sur parch.). Saint-Germain-en-Laye, 15 mai 1544.

3° Nomination de Jean de Foye à la charge de garde-noble de sa nièce, Antoinette de Foye. Pièce (en latin (sur parch.). Très-grand in-fol. (Fatiguée). Cinq *portr.*, deux feuilles de médailles d'alliance et gravure de la bataille de Marignan.

1157. **FRANÇOIS II**, roi de France. N. 1544. M. 1560.

Fin de lettre sig. *François* et contres. *De Laubespine*. Ortez, le 17 nov. (19 jours avant sa mort). 1560. 1 p. in-4. (Fatiguée). Trois *portr.*

1158. **FRANÇOIS** (Hippolyte-Martin), complice de Lacenaire.

L. a. s., à M. Jourdain, juge d'instruction. Prison de la Conciergerie, 23 nov. 1835. 1 p. in-8. *Portr.* avec celui d'*Avril*, son complice.

1159. **FRANÇOIS DE NEUFCHATEAU**, poëte, député des Vosges à l'Assembl. législative, memb. du Directoire, ministre, sénateur, memb. de l'Acad. franç. 1750-1828.

1° L. aut. sig., à M. Vaudoyer. Epinal, 30 avril 1790. 2 gr. p. pl. et demie in-4. *Portr.*

Il le remercie des détails qu'il veut bien lui donner. La garde nationale s'es acquis dans l'occasion qu'il lui marque une gloire immortelle. Nouvelles diverses. Projets. Que parle-t-il de contre-révolution? « Nos provinces n'y sont « nullement disposées. Vous pourrez en juger par les brillantes et formidables « fédérations de nos milices citoyennes. La fédération des Vosges a un très-« joli médaillon en broderie, ouvrage des religieuses de cette ville où le parti « populaire est absolument dominant. Nous avons de notre côté deux grands « moyens : la *raison* et la *force*. Il reste aux aristocrates la *prudence*, que je « leur conseille de tout mon cœur... »

2° L. sig., comme ministre de l'intérieur, au commissaire du pouvoir exécutif... Paris, 16 prairial an VII. 3 p. et demie in-4. — Lettre circulaire (impr.), comme ministre. Paris, 30 prairial an VII. 5 p. in-4.

La première est relative à la prononciation d'un divorce, et la seconde, à l'institution des fêtes morales et des fêtes commémoratives.

1160. **FRANÇOIS DE NEUFCHATEAU.** *Le même.*

L. aut. sig., à M. Régnier, député de la Meurthe au Conseil des anciens. 17 nivôse an VI. Deux p. in-4. Papier avec ce filagramme : République française. Directoire exécutif. Deux *portr.*

Les deux conseils recevront demain 18, le message du Directoire sur *Versailles*. On en a retranché tout ce qui pourrait indiquer le projet de les y transporter. Il regrette quelques passages, et il croit devoir lui faire passer sur la 2e page un de ceux qui peuvent lui suggérer quelques faits et quelques idées. Il lui recommande cette grande pensée républicaine. Voici ce passage :

« La création de Versailles fut une insulte à la nature. Un despote voulut « faire un palais dans un désert. Il y joignit un parc, dont la circonférence em« brassait dix-neuf lieues. Il y joignit les prodiges. Le bon peuple paya les « frais. Il en coûta à nos ancêtres environ deux milliards, pour cette fantaisie « royale ; et le seul article des plombs, dans les mémoires des dépenses, passa « trente millions. C'était au milieu d'une guerre qu'il fallait soutenir contre « l'Europe. Le despote en rougit lui-même et il jeta au feu les mémoires de « la dépense. Ainsi les Rois se flattent d'effacer la trace du mal qu'ils font au « monde. Heureusement, en France, les Rois ont disparu. Versailles est un de « leur vestiges, que la liberté doit effacer à son tour, si elle ne peut réussir « à le purifier. Mais sans doute votre sagesse s'occupera, de préférence, du « facile moyen de le républicaniser. Saisissez, citoyens représentants, saisis« sez au plutôt cette grande idée politique. Songez qu'en la réalisant, vous « remplirez un double but. Vous ôterez au royalisme un de ses derniers rêves ; « et vous consolerez les amis de la liberté, par la métamorphose, si longtemps « attendue, qui fera du palais des Rois la maison de la république. »

1161. **FRANKLIN** (Benjamin), l'un des plus illustres fondateurs de l'indépendance des Etats-Unis. 1706-1790.

L. sig. (en anglais), à M. Grand, banquier. Passy, 1er mars 1781. 1 p. in-4. Huit *portr.*

1162. **FRANKLIN** (Sir John), capitaine, navigateur. M. 1847.

Mots de passe aut. sig. (en anglais), pour le capitaine Fournier. 17 avr. 1832. Petite p. in-8 en travers.

1163. **FRAYSSINOUS** (Luc-Denis), évêque d'Hermopolis, ministre, membre de l'Académie française. 1763-1841.

L. a. s., à Mgr de Quélen. 8 mars... 2 gr. p. pl. et demie in-4.

Il a quelque espoir que le 3 mai, la procession générale du jubilé se terminera par une grande expiation ; on pourrait bien l'appeler nationale, si les deux grands corps politiques y étaient présents, et pourquoi pas?... Il lui a paru que le monument était arrêté ; ce serait la statue pédestre en bronze de Louis XVI ; il ne sait dans quelle attitude ; « il faudrait ici je ne sais quoi de « céleste que les artistes de nos jours ne savent guère saisir... Ne serait-il « pas possible de profiter du jubilé, circonstance unique, pour abolir ces folles « et sacriléges promenades de Longchamps pendant les jours les plus saints « de l'année ; ce triomphe de la vanité et de l'impudicité à côté des mystères « douloureux de la croix me paraît être le comble de l'abomination chez un « peuple chrétien ; on pourrait transporter ces promenades au lundi *de Quasimodo;* « alors dans la mesure, il y aurait force et condescendance politique ; ne « pourriez-vous pas voir avec M. de Lavau jusqu'à quel point cela serait « exécutable ; je me chargerais bien d'en parler au Roi ; j'ai trouvé que cette « œuvre honorerait votre épiscopat ; vous y penserez devant Dieu ; vous avez « grâce et qualité pour cela.

« Montlosier est dangereux, La Mennais l'est cent fois davantage ; embou« cher la trompette pour prêcher la suprématie *temporelle* des papes, et croire « en cela servir la religion dans le temps où nous sommes, est une des plus in« signes folies que je sache ; le gouvernement, les deux chambres, toute la « magistrature de France, toutes les autorités, et en général la France entière, « repousse cette doctrine ; leur silence ne passera-t-il pas pour un acte de « faiblesse ou de complicité, et si l'épiscopat n'est pas bien net de cet *ultra« montanisme*, qu'arrivera-t-il ? Ceci mérite réflexion. »

1164. **FRAYSSINOUS** (Luc-Denis). *Le même.*

Trois lett. aut. sig., à divers. 1812 à 1832. 4 p. in-4. — Et lett. sig. comme ministre. 1827. 1 p. in-fol. *Portr.*

1165. **FREDERIC II**, roi de Prusse. N. 1712. M. 1786.

1° Minute d'une lettre du duc de Nivernais au roi de Prusse. 14 février 1756. 1 p. in-4. Curieuse.

2° L. a. s. (en réponse à celle qui précède), au duc de Nivernais. 19 février 1756. Demi-p. in-4. Sept *portr.* Article de M. Sainte-Beuve (3 num. du *Constitutionnel* 1850).

Ce sera un agrément de plus pour lui d'avoir la satisfaction de le voir à Potsdam, il souhaite que l'air de cette ville lui soit moins contraire que celui de Berlin, et qu'il puisse y jouir de son aimable société sans qu'il en soit incommodé, il pourra choisir des *dinés* et des *soupés* ce qu'il trouvera plus convenable pour sa santé...

1166. **FREDERIC II ET LE COMTE DE MIRABEAU.**

1° Copie d'une lettre du roi (23 janvier 1786), à M... 1 p. in-8. Deux beaux *portr.* gravés.

Il a très-bien reçu sa lettre d'hier, le paquet de livres que le comte de Mirabeau l'a prié de lui faire passer. Il l'obligera de l'en remercier affectueusement de sa part. « Je serois, je l'avoue, très-curieux de savoir par quel heu« reux hasard ce voyageur a passé jusqu'ici... »

2° L. signée du roi au comte de Mirabeau. Potsdam, 23 janvier 1786. Quart de page in-4.

Il sera bien aise de faire sa connaissance, et il est bien sensible à l'offre qu'il vient de lui faire de se rendre auprès de lui... S'il veut lui faire ce plaisir, ce sera après demain, 25 de ce mois.

3° Minute de la main du comte de Mirabeau de sa lettre au roi. 26 janvier 1786. 1 p. in-4.

... Quand S. M. lui a fait l'honneur de lui demander hier s'il allait à St-Pétersbourg, il a répondu que son dessein n'était pas d'y aller encore. Il avait un et même deux témoins, et ses circonstances personnelles exigent que sa marche ne soit pas ébruitée. Maintenant qu'il parle au roi seul, il a l'honneur de lui dire, que bien mal récompensé des véritablement grands services qu'il a rendus en France au département des finances, compromis dans sa sûreté et presque dans sa réputation par le ministère, parce qu'il n'a pas voulu s'occuper de son dernier emprunt... Il se croit obligé de chercher jusqu'à la mort de son père l'emploi de son activité naturelle et de son faible talent... Motifs pour lesquels il ne peut se fixer en Prusse, et qui lui font tourner ses pas vers la Russie, cette contrée sauvage... « Mais les orages de « ma première jeunesse et les déceptions de mon pays ont trop longtemps « détourné mes idées de ce beau dessein, et je crains bien qu'il ne soit trop « tard. Daignez agréer, Sire, la révélation de celui auquel je me vois contraint « de me borner; je vous la devois, puisque V. M. a montré quelque curiosité « sur ma destination ; mais j'ose la supplier de m'en garder le secret. »

4° L. sig. du roi au comte de Mirabeau, à Berlin. Potsdam, 28 janvier 1786. Quart de p. in-4.

Il n'a pu qu'être sensible à la confidence qu'il lui a faite des raisons qui l'ont engagé à s'expatrier avec la permission de son souverain... Il peut être persuadé qu'il lui en gardera le secret...

5° L. sig. du roi, au comte de Mirabeau, à Berlin. Potsdam, 20 février 1786. Quart de p. in-4.

La cause qu'il plaide dans sa lettre du 18, n'est nullement de son ressort immédiat. C'est une affaire de justice où il n'intervient jamais par une décision arbitraire...

6° L. sig. du roi, au comte de Mirabeau, à Berlin. Potsdam, 15 avr. 1786. Tiers de page in-4.

Comme des circonstances imprévues, à ce qu'il voit par sa lettre du 14 de ce mois, exigent son prompt retour en France, il lui fera le plaisir, au cas qu'il prenne la route par Potsdam, de lui faire savoir son arrivée en cette ville...

7° L. aut. sig., du comte Neale, au comte de Mirabeau. 17 avril 1786. Quart de page in-4.

S. A. R. le prince Ferdinand, recevra le comte de Mirabeau, à quatre heures.

8° L. aut. sig. de M. de Pfuel, au comte de Mirabeau. Potsdam.

18 avril 1786. 1 p. pl. in-4. — Derrière se trouve la minute de la réponse de Mirabeau (mais non de sa main).

9° Trois lett. et billets aut. et aut. sig., du comte Goertz, au comte de Mirabeau. 18 et 19 avril 1786. 1 p. pl. in-4 et 2 p. in-18.

1167. **FREDERIC-GUILLAUME II**, roi de Prusse. 1744-1797.

Quatre lett. sig., au comte de Mirabeau, à Berlin. Potsdam, du 5 avril au 20 août 1786. Quart de page chacune, in-4, avec enveloppe et cachet à la cire. Neuf *portr.*

1168. **FREMYOT** (André), archevêque de Bourges, ambassadeur à Rome. N. 1575. M. 1641.

Frère de Sainte-Françoise Chantal, et grand oncle de Mme de Sévigné. — Courageux antagoniste des abus simoniaques, etc. (*L. de M.*)

Quitt. sig. (sur parch.). 1637. *Portr.* Vue (gravée) de la *Visitation*, église où André Frémyot fut inhumé, et à la fondation de laquelle sa sœur avait contribué.

1169. **FRERET** (Nicolas), chronologiste, géographe, philologue, secrétaire perpétuel de l'Académie des Inscriptions et Belles-Lettres. N. 1688. M. 1749.

Fragment aut. sur la géographie ancienne. 6 p. pl. et demie in-4.

1170. **FRERON** (Elie-Catherine), journaliste, fondateur et rédacteur de l'*Année littéraire*. N. 1716. M 1779.

1° L. aut. sig., à M. Lambert, procureur au parlement. A Fantaisie, plaine de Montrouge, 14 février 1776. 1 p. in-4. Forte mouillure et déchirure au bas de la marge extérieure. *Portr.*

2° Ordre d'incarcération de la dame veuve Fréron dans la prison de l'Abbaye. Paris, 23 juillet 1791. Demi-p. in-4. Tête impr. de la municipalité de Paris.

1171. **FRERON** (Louis-Stanislas), fils du précédent, littérateur, journaliste, conventionnel. M. 1802.

Rapport aut. sig. comme commissaire du pouvoir exécutif dans le département de la Moselle, au ministre de la guerre. Paris, 16 décembre 1772. 3 gr. p. pl. et demie in-fol.

Détails d'un très-grand intérêt sur la défense de Thionville par le général Félix Wimpffen, dont le talent, la bravoure, le patriotisme sont à toute épreuve. Ses moyens de défense, ses mesures pour attirer l'ennemi et l'écraser, etc.

1172. **FRERON** (Louis-Stanislas). *Le même.*

L. aut. sig., à l'abbé Delaunay, à la bibliothèque du roi. Paris, 3 février 1778. 2 p. pl. et demie in-4. Biographique.

Frémanger, député d'*Eure-et-Loir* à la Convention. M. 1807. L. aut. sig. comme représentant du peuple. Rouen, 15 fructidor an III. 1 p. in-fol. Tête imp. Vignette.

1173, **FRETEAU DE SAINT-JUST** (Emmanuel-Marie-Michel-Philippe), conseiller au Parlement de Paris, député aux Etats-Généraux. Né en 1745. Mis à mort en 1793.

L. aut. sig., à M... 6 avril 1789. 1 p. in-4.

Au sujet d'une affaire entre Mme la maréchale de Montmorency et M. le prince de Rohan.

1174. **FREYCINET** (Claude-Louis *Desaulses* de), capitaine de vaisseau, célèbre circumnavigateur, membre de l'Institut. Né à Montélimart en 1779. Mort en 1842.

L. aut. sig., à M. Coulier. Paris, 12 août 1837. 2 gr. p. in-4.

Coulier. Billet aut. sig. explicatif de la lettre de Freycinet qui précède. 1er février 1838. 1 p. pl. in-18.

1175. **FROCHOT** (Nicolas-Thérèse-Benoît, comte), membre

de l'Assemblée constituante, préfet de la Seine, puis des Bouches-du-Rhône. N. 1764. M. 1828.

1° L. aut., à MM. les présidents et membres du conseil général municipal de Paris. Nogent-sur-Marne, 1er octobre 1814. 3 gr. p. in-fol. — Réponse de N. Th. B. Frochot au libelle intitulé : A la société des amis de la liberté et de l'égalité, séante à Aignay (Côte-d'Or). De la maison de réclusion à Dijon, le 30 ventôse an II. Imprimé de 47 p. in-8.

Lettre intéressante au sujet de la pension qu'ils ont sollicitée de la bonté du roi pour récompense de ses services...

2° L. aut. sig., à son ami... 1 p. pl. in-4.

3° Trente-sept feuillets de minutes aut. ou de corrections et interc. In-4 et in-fol.

1176. **FROISSART** (Jehan), au nom de Charles V, roi de France.

Pièce aut. sig., au nom de Charles V. (Sur parch.). 1369. Bonne conservation. Très belle écriture. Le scel a été enlevé.

« Charles par la gre de Dieu Roy de Nauarre et conte dEureux. A nos amez
« et feaulz les gens de comptes et tresor et a chascun deulx salut : Euerard
« de Crapon Nre viconte et Receueur de Valoignes et baillie de nre cmandemt
« a messire pre Gaisel nre aumosnier pour distribuer et donner pour Dieu aux
« poures, la some de douze *frans*. Si vous mandons que vous les allouez es
« comptes du dit vicontes et Rabattes de ses Receptes, en rendent ces contes
« sanz contredire. Donne en nre chastel de Cherebourg le xxe jour de no-
« vembre lan de gce mil ccclxix. Par le Roy. *Froissart.* »

1177. **FRONSAC** (le duc de), fils du maréchal de Richelieu, intendant général des théâtres royaux.

L. aut. sig., à M. Dubois. Paris, 10 avril 1778. Demi-p. in-4.

1178. **GABARET** (de), chef d'escadre.

Il commandait la flotte qui, en 1689, débarqua Jacques II en Irlande.

Quitt. sig. (sur parch.), de la somme de cinq cents livres, pour ses appointements du mois de novembre dernier. 22 janvier 1685.

1179. **GABRIEL** (Maurice), architecte du Roi.

Deux quitt. notariées, sig. (sur parch.) 1679 et 1699.

Gabriel (Jacques), contrôleur des bâtiments du roi. N. 1667. M. 1742. 1° Quitt. sig. (sur parch.). 1715. — 2° Deux dessins (trophées de la porte Saint-Pierre) au crayon rouge, avec ces mots aut. sur chacun d'eux. *Bon à exécuter, ce 4e août* 1737. *Gabriel.* 2 p. in-4.

1180. **GAIGNE** (Alex.-Toussaint, chevalier de), officier du génie, censeur royal, écrivain militaire.

1° L. aut. sig., à MM. Masson et Besson, imprimeurs-libraires. Paris, 22 nivôse an X. 2 p. in-4. Exposé de sa détresse.

2° L. aut. sig., à Mgr... Paris, 22 juillet 1814. 2 gr. p. in-fol. Intéressante.

1181. **GAIL** (Jean-Baptiste), helléniste. N. 1755. M. 1829.

1° L. aut. sig., à M. Méjean. 25 brumaire an XI. 1 p. in-4. — Et un n° du *Philologue* (1819), contenant des fac-simile d'autographes.

2° Minute aut. sig., d'une lettre à M... 2 p. in fol., avec de nombreuses ratures. Au sujet du déluge de Deucalion.

Gail (Sophie *Garre*), femme du précédent, compositeur de musique. N. 1776. M. 1819. L. a. s., à Mme Bertrand, 19 mars. 1 p. in-8

1182. **GALIGAI** (Leonora-Dovi), dame d'atours de la reine Marie de Médicis, femme de Concini, maréchal d'Ancre. Accusée comme sorcière, elle fut décapitée en 1617.

Acte notarié signé par son mari sur la 3e page, et par elle : Leonora Galiga Concini sur la 4e. 1610. 3 gr. p. pl. et demie in-fol. *Portr.*

1183. **GALL** (Jean-Joseph), médecin, physiologiste et craniologiste célèbre. N. 1758. M. 1828.
Fragment aut. de son ouvrage. 4 p. pl. in-4. *Portr.*

1184. **GAMACHES** (Georges de), capitaine de 50 hommes d'armes et chambellan du Roi.
Acte notarié, sig., sig. aussi par Gaspard de *Schonberg*. 1595. 3 gr. p. pl. et demie in-fol.
GAMACHES (Nicolas-Joachim *Rouault*, marquis de), lieutenant-général. Acte notarié sig., signé aussi par Marie de Bourbon, veuve de François-Thomas de Savoie, prince de Carignan. 1664.

1185. **GANTEAUME** (Honoré, comte), vice-amiral, pair de France. N. 1755. M. 1818.
L. aut. sig., au ministre de la marine. Paris, 27 août 1811. 4 gr. p. pl. in-fol. Très-belle lettre. Il y a en tête six lignes de la main du ministre Decrès.

1186. **GARAT** (Dominique-Joseph, comte), ministre, sénateur, membre de l'Institut. N. 1749. M. 1833.
1° Sa signature comme ministre de la justice au bas d'un ordre d'arrestation du général d'Harambure, lequel sera conduit à la prison de l'Abbaye. Paris, 16 mars 1793. 1 p. in-4. Joli cachet à la cire rouge. *Portr.* Notice de M. *L. de M.*
2° L. aut. sig., à M. Roger. 11 mars 1826. 1 p. pl. et quart in-8.
GARAT (le baron), directeur de la Banque de France. L. aut. sig. 2 p. in-4.
GAUDIN (Martin-Michel-Charles), duc de Gaëte, ministre des finances N. 1756. M. 1841. L. aut. sig. 1807, et deux pièces sig. *Portr.*

1187. **GARAT** (Pierre-Jean), célèbre chanteur. 1768-1823.
L. aut. sig., à M... Paris, 12 juin. 1 p. pl. in-4. *Portr.*
Curieuse lettre au sujet d'un concert.

1188. **GARDEL** (Pierre-Gabriel), célèbre chorégraphe.
L. aut. sig., à M... 17 juillet 1790. 1 p. in-4. Beau *portr.*

1189. **GARNERIN** jeune (André-Jacques), fameux aéronaute, physicien, etc., le premier qui ait fait usage du *Parachute*. N. 1770. M. 1823.
1° L. aut. sig., à M... Paris, 31 août 1811. 2 p. pl. et demie in-4.
Au sujet de la plainte qu'il a rendue au sujet de la conduite horrible, des injures, violences, détention arbitraire, abus de l'usage de la force armée, dont les préposés de l'administration dont il est membre ont fait usage hier à son égard, pour exercer sur le public, en sa personne, une concussion inique...
2° Etat aut. sig. des honoraires, qui lui ont été accordés par le ministre de l'intérieur (quinze mille francs), pour sa descente en parachûte, à la fête du 1er vendémiaire an IX. Paris, 5 vendémiaire an IX. Demi-p. in-fol.

1190. **GARNERIN** (Elisa), célèbre aéronaute.
L. aut. sig., à M. le marquis de Sémonville. Paris, 12 août 1820. 2 g. p. pl. et tiers in-fol. On lit en tête : *Refus positif, mais honnête. Point de fête au Luxembourg.*
« Mlle Garnerin *l'aéroporeiste* à qui l'intrépidité, le courage et les succès « de ses ascensions aérostatiques suivies de ses descentes en parachute, ont « mérités l'honneur d'être présentée plusieurs fois au Roy et à la famille « royale de France, ainsi qu'à tous les souverains de l'Europe, a l'honneur de « vous proposer de comprendre l'expérience de son *ascension aérostatique* dans « la fête que vous aller ordonner pour la Chambre des pairs, afin de célébrer « la fête du roy le jour de la saint Louis.. » Suivent les détails des expé- « riences qu'elle se propose de faire.

1191. **GARNIER** (le comte Germain), député aux Etats Généraux, sénateur, pair de France, ministre d'Etat, membre de l'Institut. N. 1754. M. 1821.

1° L. aut. sig., comme préfet de Seine-et-Oise, au citoyen Méjean. Versailles, 15 brumaire an IX. 2 p. in-4. Cachet.

2° L. aut. sig., et cinq minutes aut. de lett., etc., in-8 et in-4.

1192. **GASSENDI** (Pierre), philosophe, métaphysicien, théologien, physicien, astronome, etc. N. 1592. M. 1655.

L. aut. sig., à M... Digne, 8 sept. 1626. 1 gr. p. pl. in-fol. Belle lettre. Trois *portr.*

1193. **GASTON** (Marie-Joseph-Hyacinthe de), poëte, traducteur de l'*Enéide*, etc. N. 1767. M. 1808.

1° L. aut. sig., à M... Paris, 30 frimaire an X. 1 p. et demie in-4.

2° L. aut. sig., à Bernardin de Saint-Pierre. Paris, ventôse an XII. 3 p. in-4.

Hommage de sa traduction des quatre premiers livres de l'*Enéide*... Sa critique sera pour lui un bienfait si elle lui épargne un long travail et des revers.

1194. **GATTEAUX** (Nicolas-Marie), graveur en médailles, graveur habile. N. 1751. M. 1832.

L. aut. sig., au citoyen Mourier, administrateur de l'enregistrement des domaines. Paris, 20 ventôse an XII. 1 gr. p. pl. et demie in-fol. *Portr.* in-fol., d'après Ingres.

Au sujet de la dépense pour l'entretien et la réparation des presses servant à timbrer les papiers de l'Etat.

1195. **GATTEAUX** (E.), membre de l'Institut (Académie des Beaux-Arts.

Quatorze lett. aut. sig., à M. Lucas de Montigny. 1825 à 1844. in-8 et in-4. *Portr.*, et gravure. — Considérations sur la gravure en taille-douce et sur le graveur Audran, par M. Gatteaux. Lu à l'Institut, le 25 oct. 1850. Impr. 12 p. in-4.

1196. **GAULLE** (Edme), statuaire.

L. aut. sig., à M... Paris, 19 mars 1816. 1 gr. p. in-fol.

Il se recommande à lui pour des travaux de son art.

1197. **GAULT DE SAINT-GERMAIN** (Pierre-Marie), peintre, traducteur du traité de la peinture de Léonard de Vinci, etc. N. 1753. M. 1842.

1° Cinq lett. aut. sig., à M. Lucas de Montigny, 1837 à 1839. Ensemble, 11 p. in-8. Intéressantes.

2° *Henry IV dans la cabane de Michaud.* Projet d'un tableau sur ce sujet qu'il soumet à M. Lucas de Montigny. Aut. sig. 4 juin 1838. 3 p. in-4.

1198. **GAUSSIN** (Hélène), actrice de la Comédie-Française, puis du théâtre de la Porte-St-Martin, de l'Odéon, etc.

L. aut. sig., à M. Jules Janin. 1 p. pl. et demie in-8, et deux numéros de la *Gazette des Tribunaux*, 19 juin et 18 sept. 1845, relatant ses procès.

Au sujet de son début à la Porte-St-Martin, dans le drame de M. Paul Foucher. Orage qui s'est élevé contre elle.

1199. **GAUTHIER DE BIAUZAT** (Jean-François), avocat, député du bailliage de Clermont (Auvergne), aux Etats-Généraux. M. 1815.

1° L. aut. sig., à MM. les rédacteurs du *Journal de Paris*. Versailles, 12 juin 1789. 3 p. in-4. Intéressante.

Au sujet de la tenue des séances des Etats-Généraux.

2° Deux lett. aut. sig. An IX. 2 p. in-4.

1200. **GAUTIER** (Madame), née *Delessert*, pour laquelle J.-J. Rousseau a écrit ses *Lettres sur la Botanique*.

L. a. s., (à la 3e personne), à M. Guillemain. 20 juillet. 1 p. in-8.

1201. **GAUTIER** (Théophile), poëte, romancier. N. 1808.

Pièce de vers aut. sig. (dix-huit strophes), sur Ladislas de Varna. Avril 1834. 2 p. et tiers in-fol.

« Une grande journée en Pologne connue,
« Ce fut lorsque naquit à Jagellon un fils,
« Toute la nation célébra sa venue,
« Avec de joyeux cris.
« . . . . »

1202. **GAVEAUX** (Pierre), acteur, chanteur, compositeur de musique, auteur du *Réveil du Peuple*. N. 1764. M. 1825.

Lett. sig. par Gaveaux, Martin, Lesage, Juliet, Philippe et Camérani, artistes de Favart et de Feydeau, adressée à M. Molinos, architecte, pour le prier d'accepter ses entrées à leurs spectacles. 28 fructidor. 1 p. in-4.

1203. **GAYRARD**, statuaire, graveur en médailles.

1° Deux lett. aut. sig., à M. Lucas de Montigny. 4 p. in-4.

2° L. aut. sig., au même. Sans date. 3 p. in-4.

Il lui témoigne sa vive reconnaissance pour la bienveillance avec laquelle i a rendu compte de son buste de l'evêque d'Hermopolis exposé au salon. . « Destinant ce marbre à son pays natal qui est aussi le mien, j'ai dû tâcher de « reproduire ses traits vénérables tels qu'ils sont aujourd'hui, afin que ses « compatriotes qui le voient tous les jours ne me reprochent pas d'avoir plutôt « cherché l'idéal que la vérité, etc. »

1204. **GENERAUX FRANÇAIS**, depuis 1789. 21 lett. a. sig.

Aboville. 2 lett. — Agoult. — Allix. — Alton. — Ambrugeac. — Andréossy (Ant.-Fr.) 3 lettr. et une apostille. Deux *portr.* — Arrighi. — Arriule (d'). — Atthalin. 2 lettr. Deux *portr*. Caricature. — Aupick. — Autichamp. 3 lett. — Autichamp (Charles d'). Pièce sig. — Avril. — Aymar. — Et quatre *portr*.

1205. **GENERAUX FRANÇAIS**, depuis 1789. 18 l. s. et a. s.

Bachelu. *Portr*. — Balthazar. — Baraguey-d'Hilliers. 2 pièces. *Portr*. — Barbantane. — Puget. — Bardin. — Barrois. — Baudrand. — Bazancourt — Beauvais. *Portr*. — Beker. *Portr*. — Belair. — Bellavène. — Belliard. 2 lett. *Portr*. — Bergère. — Berruyer. 2 lett. sig. — Et quatre *portr*.

1206. **GENERAUX FRANÇAIS**, depuis 1789. 20 l. s. et a. s.

Berthezène. — Berthier (César) — Bertier. — Beurnonville (Et.-Martin). — Bordesoulle. — Boudet. — Boudin. — Boutarel. — Boye. — Boyer (Pierre), surnommé en Afrique : *Pierre le Cruel*. — Brack. Cinq lett. aut. sig., à M. Lucas de Montigny. — Breton. — Bro. — Buchet. — Caffarelli (Auguste). 2 lett.

1207. **GENERAUX FRANÇAIS**, depuis 1789. 20 l. a. et a. s.

Campredon. 2 lett. — Canclaux. 2 lett. — Canuel. — Carra Saint-Cyr. *Portr*. — Cavaignac (le vicomte). — Chabran. — Charbonnel. — Charlot. 3 lett. — Charpentier. Deux lett. — Chazot. — Claparède. *Portr*. — Clouet. — Colaud. Deux *portr*. — Compans. *Portr*. — Corbineau. — Et cinq *portr*.

1208. **GENERAUX FRANÇAIS**, depuis 1789. 19 l. s et a. s.

Coustard Saint-Lo. — Coutard. — Cramayel. — Curial. — Damas (Charles, duc de). 3 lett. — Daultane. — Dumesnil. L. sig. — Dauxon. — Debelle. — De Caen. *Portr*. — De France. — Delaborde. 2 lett. *Portr*. — Delmas. *Portr*. — Demarçay. 2 lett. — Descorches Sainte-Croix. — Et trois *portr*.

1209. **GENERAUX FRANÇAIS**, depuis 1789. 17 l. s. et a. s.

Desprez. — Digeon. — Dommanget. — Domon. — Donnadieu.

2 lett. — DONZELOT. — DOPPET. — DORSENNE. Deux *portr.* — DROUOT. 3 *portr.* — DUFOUR. — DUGOMMIER. — Deux *portr.* — DUGUA. *Portr.* — DUCHESNE. — DUMAS (Mathieu). 2 lett. Deux *portr.* — DUMERBIOU. — Et dix *portr.*

1210. **GENERAUX FRANÇAIS**, depuis 1789. 20 l. s. et a. s.
DU MUY. — DUPONT-CHAUMONT. — DUREPAIRE. — DUROSNEL. 2 lett. — DURIEU. — DURTUBIE. — DUVIGUAU. — EBLÉ. 2 lett. — ERNOUF. 2 lett. *Portr.* — FABVIER. — FAVEROT. — FEISTHAMEL. — FÉRINO. *Portr.* — FRÉSIA. 3 lett. — FRIANT. Deux *portr.* — Et quatre *portr.*

1211. **GENERAUX FRANÇAIS**, depuis 1789. 19 l. s. et a. s.
FRIRION. — GADY. — GASSENDI. — GAZAN. 2 lett. — GAZAN DE LA PEYRIÈRE. *Portr.* — GENTIL DE SAINT-ALPHONSE. 2 pièces. — GOUVION. — GRENIER. Deux *portr.* — GRUNDLER. 2 lett. — GUDIN. — HARDY. — HARVILLE. — HATRY. — HAUTEVILLE. — HAVRÉ ET DE CROY (le duc de). 2 lett. — Et trois *portr.*

1212. **GENERAUX FRANÇAIS**, depuis 1789. 19 l. s. et a. s.
HAXO. — HEUDELET. — HIGONET. — HOUSSAYE (La). 2 lett. — HUGOT. — HUMBERT. — JANIN. 2 lett. — JOMINI. 4 lett. — JORRY. — KERMORVAN. — KILMAINE. *Portr.* — LA FERRIÈRE L'EVÊQUE. — LA GARDE. — LARIBOISIÈRE. Trois *portr.* — Et quatre *portr.*

1213. **GENERAUX FRANÇAIS**, depuis 1789. 19 l. s. et a. s.
LASCOURS. *Portr.*, et Caricature. — LAUBADÈRE. — LAVALETTE. 3 lett. — LAWŒSTINE. — LECLERC. *Portr.* — LECOURBE. — Trois *portr.* — LE NOIR. — LEPIC. — LESPINASSE. — LIGER-BELAIR. — LOISON. *Portr.* — LOVERDO. — LUCOTTE. — MALSEIGNE-GUYOT. — MARASSIN. — MARBOT. 2 lettr. — Et cinq *portr.*

1214. **GENERAUX FRANÇAIS**, depuis 1789. 26 l. s. et a. s.
MARCHAND. Deux *portr.* — MARESCOT. — MARGARON. — MATHIEU DE LA REDORTE. — MAUPETIT. — MAURIN. — MOLIN. — MONNET. 2 lett. — MORAND. 2 lettr. Deux *portr.* — MORGAN. — MORLOT. — MOSSEL. — MOULIN. — NANSOUTY. — NEMPÈDE. — ORDENER. *Portr.* — ORDONNEAU. — PAJOL. 2 lett. Trois *port.* — PARTOUNEAUX. — PAULTRE DE LA MOTTE. — PELET. 2 lett. — PÉPIN. — Et huit *portr.*

1215. **GENERAUX FRANÇAIS**, depuis 1789. 23 l. s. et a. s.
PERNETY. — PILLE. 4 lett. — PIRÉ. — POMMEREUL. 2 lett. — PRÉCY. — PULLY. — PUTHOD. — RAMPON. Six *portr.* — RAPP. Trois *portr.* — REBILLOT. 2 lett. — REGNIER. 2 lett. aut. — REY (Ant.-Gabr.-Venance). — REY (Emmanuel). 2 lett. *Portr.* — REYNAUD. — REYNIER. Trois *portr.* — RICARD. *Portr.* — Et quatorze *portr.*

1216. **GENERAUX FRANÇAIS**, depuis 1789. 19 l. s. et a. s.
RIVAUD DE LA RAFFINIÈRE. 2 lett. et pièce. Deux *portr.* — ROBIN. — ROCHEJAQUELEIN (Auguste de La). — ROCHON DE CHABANNES. — ROGNIAT. 2 lett. — ROGUET. — ROHAUT DE FLEURY. — RULLY. — RUTY. — SAINT-CYR NUGUES. — SAINT-HILAIRE (Louis-Joseph). 2 lett. — SAINT-MICHEL. — SALLIGNY. — SANDRAZ. — SANSON. — SARRAZIN, bigame. — Et deux *portr.*

1217. **GENERAUX FRANÇAIS**, depuis 1789. 21 l. s. et a. s.
SAUDRAY (de). — SÉMELLÉ. — SONGIS. — SORBIER. 2 lett. — SOUHAM. *Portr.* — SOULÈS. *Portr.* — SPARRE. 2 lett. — STETTENHOFFEN. — TAILLEFER. — TALANDIER. — TARAYRE. — THIÉBAULT. 3 lett. Deux *portr.* — THOLOSÉ. — TROMELIN. — UZER. — VALAZÉ. — VALENCE. Trois *portr.* — Et six *portr.*

1218. **GENERAUX FRANÇAIS**, depuis 1789. 26 l. s. et a. s.
VALLIN. — VALLONGUE. *Portr.* — VANDAMME. Deux *portr.* — VARIN. 2 lett. — VAUBOIS. 2 lett. — VÉRAC (le marquis de). — VERDIER. 4 lett. — VIALLE. — VIGNOLLE. 3 lett. — VILLATTE. — VILLEMANZY.

2 lett. — WALL. — WALTHER. 2 lett. — WILLOT. — WIRION. 2 lett — XAINTRAILLES.

1219. **GENERAUX ETRANGERS.** 11 lett. et pièces s. et a. s.

ALZAA (Joaquin-Julian). *Espagnol.* L. aut. sig. (en espagnol). Cahors, 1er nov. 1839. 2 p. in-8. — LALANCE. *Wurtemberg.* Pièce sig. (en allemand, avec la traduction). 1815. Cachet. — PÉPÉ (Guill.). L. aut. sig. (en italien). 1 p. in-12. — QUIROGA. *Espagnol.* Aut. sig. —SAAVEDRA (Ildefonso Arias de). *Espagnol.* Pièce sig. 1795. 1 p. in-fol. — SAPIEHA (le prince). *Polonais.* 2 lett. et pièce aut. sig. 1789. 2 p. in-4 et 1 p. in-8. Cachet. — YERMOLOFF (Michel). *Russe.* Deux certificats aut. sig. 1822, in-8 et in-4. — ZIMMERMANN. *Suisse.* L. aut. sig. Soleure, 8 oct. 1816. 2 p. in-4.

1220. **GENLIS** (Stéphanie-Félicité Ducrest de Saint-Aubin, comtesse de). N. 1746. M. 1830.

L. aut. sig., à M. Méjean. 28 vendémiaire an IV. 2 p. pl. in-4. Deux *portr.* Notice de M. Sainte-Beuve.

Elle est logée à l'Arsenal... et elle a reçu hier de la préfecture un imprimé qui lui enjoint de se préparer à loger un lieutenant-colonel auquel il faudra deux chambres meublées, une cuisine et une 3e chambre pour un domestique, et son appartement est composé de trois pièces...« Il faudra donc que je m'en « aille (je ne sais où) pour fournir ce logement ?... Une personne qui n'a « rien et qui est logée chez une autre, serait-elle fixée à ces taxes ?... »

1221. **GENOUILLAC** (François de), dit GALYOT, sr Dassier, sénéchal de Quercy. N. 1516. M. 1544.

Un des combattants de la bataille de Cérisolles, et grand maître de l'artillerie après Jacques, son père, qui avoit commandé à Fornoue, à Agnadel, à Marignan, à Pavie, etc. (*L. de M.*)

Quitt. sig. (sur parch.) de la somme de 250 liv. tournois en escus d'or sol pour son quartier d'appointements... 1537.

1222. **GENSONNE** (Armand), avocat, député de la *Gironde* à l'Assemblée législative et à la Convention nationale. Né à Bordeaux en 1758. Mis à mort en 1793.

Ordre d'incarcération, à la prison de l'Abbaye, délivré par les administrateurs de police de la commune de Paris, décerné contre Gensonné, en vertu du décret de la Convention, en date du 28 juillet 1793... Paris, 31 juillet 1793. 1 p. in-4. Tête impr. Vignette. Deux *portr.*

GASPARIN, député des Bouches-du-Rhône à l'Assemblée législative et à la Convention. N. 1741, M. 1793. L. aut. sig., au ministre de la guerre. Paris, 15 février 1793. 1 p. in-fol.

Une compagnie de volontaires nationaux du district d'Orange qui est à Paris depuis le mois d'octobre, mais qui s'y est conduite dans le sens des *vrais sans culottes*, doit se présenter lundi chez lui pour lui demander à être employée le plus utilement qu'il sera possible pour le service de la république...

1223. **GENTIL DE CHAVAGNAC**, lecteur du Roi, chansonnier, auteur dramatique. N. 1767. M. 1846.

1° L. aut. sig., au roi. Paris. 25 nov. 1824. 1 gr. p. in-fol.

2° *N'faut pas vouloir en trop savoir.* Chanson a. s. 4 p. pl. in-8.

1224. **GENTILSHOMMES** de la chambre du Roi, et conseillers et maîtres d'hôtel du Roi.

BARADAT (François de). 1625.— BOYSSE (Louis Descodecat de). 1618. — CARONDELET (Charles du). 1583. — CHASTELLUX (Ollivier, seigneur et baron de), seigneur d'Avallon. 1607. — COCHEFILLET (Joseph de), sr de Saint-Martin. 1575. — FIESCO (François de), comte de Lavagne. 1604. — GUADAYGNE (Thomas de). 1566. — JARNAC (Charles de Chabot, sr de). 1541. — LALUZERNE (Julien de), sieur de Lorey. 1614. — LA ROCHEJOUBERT (Bernard de). 1580. — MOREL (Jehan de), conseiller gentilhomme ordinaire de chez la reine, gouverneur de sa personne, etc. N. 1511. M. 1581. 1569. — POTON (Antoine Laffin, dit), seigneur de Puyralvaire. 1523. — RABODANGES (Loys de). 1547. — RIEUX (le comte de). 1618. — ROUGÉ (Mathurin), seigneur des Rues. 1580. — SAINTE-CATHERINE (Etienne de). Quatre quitt. sig. et aut. sig. 1614 à 1621. — SANZAY (Charles, comte de), vicomte de Tupigny. 1617. — SAVEUSES (Louis de). 1643. — THURIN (Hieronimo). — GASSION (Hugues de). 1577. — LA HAYE (François de). 1573. — MARLE (Guillaume de), seigneur de Versigny. 1585. — Ensemble, vingt-cinq pièces (quittances et actes notariés), la plupart sur parchemin. Curieux lot.

1225. **GEOFFRIN** (Marie-Thérèse Rodet, dame). 1699-1777.

1° Quitt. aut. sig. de la somme de 2,098 livres, reçue de M. Des Hayes, notaire, pour payer deux boucles d'oreilles, dont Mme Charpentier l'a priée de faire emplette, ce qu'elle a exécuté. Paris, 6 décembre 1742. Quart de page in-4. Beau *portr.* de Miger. In-4. Notice de M. Sainte-Beuve (*Constitutionnel* du 22 juillet 1850).

2° L. aut. sig. de madame de Noyan Charpentier, à madame Geoffrin. Tours, 2 novembre 1742. 1 p. pl. et tiers in-4. Au bas de la première page madame Geoffrin a écrit : *Il me faut* 2,098 *livres.*

Elle la prie de lui choisir une paire de boucles d'oreilles de diamans brillans pour une belle fille dont elle a fait depuis peu l'acquisition, et à qui elle voudrait faire ce petit présent, « supposé que l'on puisse trouver quelque « chose de convenable pour des personnes de notre estat auec le peu d'argent « que j'ay à y mettre, c'est-à-dire deux mille francs ou environ... Je souhait- « terois quelque chose qui parust pour son prix et qui surprist du premier « coup doeil la délicatesse de nos provinciaux qui n'estiment que ce qui est « apparent ... »

1226. **GEOFFROY**, cordonnier (Sutor), bienfaiteur des hospices de Paris.

Fac-simile (lithographié) du titre de propriété de la *Boule-Rouge*. Donation à l'Hôtel-Dieu, par le s^r Geoffroy, cordonnier, et sa femme, de huit arpents, en face la Grange-Batelière. 1260. 1 p. in-fol. Derrière se trouve le plan parcellaire colorié de ce terrain.

1227. **GEOFFROY SAINT-HILAIRE** (Etienne), naturaliste, zoologiste, professeur au museum d'histoire naturelle, membre de l'Institut. N. 1772. M...

1° Trois minutes aut. de lettre et rapports scientifiques.., 1 p. in-4, et 4 gr. p. in-fol. *Portr.*

2° L. aut. sig.: *Votre vieux ami*, à madame Stemler. Paris, 26 septembre 1840. 2 p. pl. in-4.

Touchante lettre au sujet des pertes douloureuses qu'ils viennent de faire tous deux.

1228. **GEOGRAPHES,** *hydrographes*, etc. 15 lett. et pièces sig. et aut. sig.

BALBI. — BARBIÉ DU BOCAGE. — BEAURAIN (Jean de). 1768. — BUACHE (Philippe). 1672. — BUACHE (Jean-Nicolas). 1793. — DAUSSY. 1838. — EYRIÈS. 1786. — FÉRUSSAC (Daudebard de). 1807. — HUOT. 1836. — JAILLOT. 1701. — LAPIE. 1817. — MALTE-BRUN. 1807. — ROBERT DE VAUGONDY. 1754. — ROBERT. 1790. — VAYSSE DE VILLIERS.

1229. **GEORGES WEYMER** (Mlle), célèbre tragédienne.

1° L. aut. sig., à M. Jules Janin. 3 mai 1842. 3 p. pl. in-8. Deux *portr.* Intéressante.

2° L. aut., au même. 1 p. pl. in-18.

Merci mille fois. Il est excellent pour sa pauvre vieille amie. « C'est une « grande affaire pour moi qu'un éloge aussi grand fait par vous, j'en sens bien « tout le prix... Tout l'article est admirable. Il tue M. Scribe avec une grace « charmante, — mais Hugo, comment fera-t-il pour reconnaître ce que vous « faites pour lui... »

1230. **GERARD** (Maurice-Etienne, comte), maréchal de France, ministre de la guerre.

1° L. aut. sig., à S. A. R... Villers Saint-Paul (Oise), 24 oct. 1828. 1 p. in-4. Neuf *portr.*

2° L. aut. sig., au roi Louis-Philippe. Bruxelles, 28... à 4 heures après-midi. 4 gr. p. pl. in-4.

A son arrivée il a eu immédiatement une entrevue avec le roi Léopold, et il a été arrêté entre eux, que quatorze ou quinze mille Français resteront en Belgique... « Le roi Léopold m'a exprimé la ferme résolution dans laquelle « il est de dire et de répéter à qui de droit de la manière la plus formelle, « afin qu'on ne puisse en douter, que le séjour des troupes françaises en Bel- « gique lui est indispensable, jusqu'à ce qu'il ait pu réorganiser son armée... « Cette intime union lui paraît la conséquence naturelle de l'origine pareille « des gouvernemens français et belge; nés tous deux du triomphe des mêmes « principes, le roi Léopold les considère à jamais unis par les liens du même « intérêt de conservation; c'est ce qu'il s'est plu à me répéter à diverses re- « prises... »

1231. **GERARD** (le baron François), peintre d'histoire, membre de l'Institut. N. 1770. M. 1837.

1° L. aut. sig., à M. Lucas de Montigny. 28 mai... 1 p. in-4. *Portr.* Notice historique sur son tableau représentant l'entrée de Henri IV dans Paris. Impr. 1817, in-8, avec deux planches gravées. *Portr.*

2° L. a. s., à M. le préfet de la Seine. 5 août 1827. 2 p. in-4.

3° L. aut. sig., au même. 8 juillet 1828. 2 p. in-4.

1232. **GERBIER** (Pierre-Jean-Baptiste), célèbre avocat au Parlement de Paris. N. 1725. M. 1788.

1° L. aut. sig., à M. Turpin. 1 p. in-12.

2° Consultation aut. s. Paris, 17 août 1766. 3 p. pl. et demie in-4.

3° Mémoire de M. Gerbier sur l'affaire de La Marck. Manuscrit d'une jolie écriture. 39 p. et quart à mi-marge grand in-fol. — Mémoire pour le s^r de Martigny, contre le marquis de Montferrand. Impr. 1752. 31 p. in-fol. — Mémoire et consultation (impr.) 1752. 16 p. in-fol. pour la comtesse de Montboisier, contre le comte de Montboisier son mari (Merlet, Bevière, Esbrard, et Doulcet fils, avocats). Curieux.

1233. **GERLE** (Antoine-Christophe), chartreux, député par le clergé de Riom à l'Assemblée constituante.

1° Pièce sig., comme secrétaire du Comité ecclésiastique de l'Assemblée nationale. Paris, 6 déc. 1790. 1 gr. p. pl. et quart in-fol.

2° *Etat que doit remplir chaque citoyen* (ceci est imprimé en tête, ainsi que les questions, en marge, sur l'état-civil, les fonctions remplies avant et depuis la révolution, son caractère moral et physique, etc.). Dom Gerle répond longuement à toutes ces questions. A celle-ci, ce qu'il a fait pour la révolution : « Je me suis montré pour « la révolution dans les assemblées primaires. Je me suis montré « contre Bonnal, ci-devant évêque de Clermont et contre sa coalition « cléricale, contre la cabale formée pour faire faire les cahiers par « ordre, j'ai voté pour qu'ils fussent faits par têtes. J'ai empêché, « seul, la levée de la séance pour faire nommer des suppléans contre « le vœu de l'évêque... » Aut. sig. 1 p. pl. in-4. Curieuse pièce.

3° Ordre d'arrestation et d'incarcération de dom Gerle dans la prison du Luxembourg. 28 floréal an II. 1 p. in-4. Tête impr.

1234. **GERMON** (Dominique), jésuite, auteur de l'histoire des *Contestations sur la Diplomatique*, etc. N. 1663. M. 1718.

L. a. s., au Cardinal de Bouillon. Paris, 17 juin 1705. 5 gr. p. in-4.

Au sujet des preuves, arguées de fausseté, que la maison de Bouillon avait produites pour prouver sa descendance des anciens comtes d'Auvergne, cadets des ducs de Guyenne... La charte de Clovis II sur laquelle s'appuie Baluze lui a toujours aussi paru bonne et incontestable... Curieux détails.

1235. **GESVRES** (le cardinal de).

L. aut. sig., à M... 1730. 1 p. in-4.

Prière d'arrêter un jeune homme, qui vient de faire une friponnerie.

GESVRES (Léon Potier, marquis de), capitaine des gardes du corps. Les inspirations de l'égoïsme et de la cupidité sont toujours les mêmes chez tous les hommes, surtout chez les courtisans. J'ai noté ailleurs comment, lors de l'arrestation du Grand Condé, le duc d'Aumont se plaignit amèrement qu'on eût confié à d'autres cette mission qui étoit un droit et un devoir de sa charge, et qu'il auroit bien remplie, disoit-il, quoique serviteur et ami du prince. — Voici l'équivalent à propos de l'arrestation de Foucquet : « Le marquis de Gesvres, capitaine des gardes du corps en quartier, jetoit feu et flammes. — « Qu'ai-je fait, disoit-il, pour recevoir un pareil affront? ne « l'aurais-je pas aussi bien arrêté qu'Artagnan? » Ses amis lui disoient de se « taire. Il n'en faisoit rien, et ne faisoit pas mal sa cour (mémoires de Choisy). » (*L. de M.*)

Quitt. sig. (sur parch.). 1655.

GESVRES (Elisabeth de Romilly de la Chesnelaye, veuve de Léon Potier, duc de), gouverneur de Paris. Quitt. sig. (sur parch.). 1707.

1236. **GINGUENÉ** (Pierre-Louis), littérateur, ambassadeur, auteur de l'*Histoire littéraire d'Italie*, membre de l'Institut. N. 1748. M. 1816.

1° Pièce sig. comme membre adjoint de la commission exécutive de l'instruction publique. 6 ventôse an III. 1 p. in-fol. *Portr.*

2° Ordre d'arrestation de Ginguené, délivré par les membres du comité révolutionnaire de la section de la Montagne, signé par sept membres. 15 floréal an II. 1 p. in-4.

3° L. aut. sig., au préfet de la Seine. 7 germinal an VIII. 2 p. in-4.

4° L. aut. sig., au citoyen Millin. 1 p. pl. et demie in-4.

1237. **GIRARDIN** (Cécile-Stanislas-Xavier, comte de), député de Senlis aux Etats-Généraux, député, etc. 1762-1827.

Deux lett. aut. sig. An X et... 2 p. in-8, et pièce sig. in-fol. *Portr*

GIRARDIN (le général, comte de), grand veneur. L. aut. sig. et lett. sig. 1817 et 1839. 3 p. in-8 et in-4.

GIRARDIN (Emile de), journaliste, député. Cinq lett. et bill. aut. sig., et une lett. aut. *Portr.*

GIRARDIN (Delphine Gay, dame Emile de), poëte. Deux lett. aut. sig. 2 p. in-8. Feuilleton de la *Presse* contenant *Judith* et *Cléopâtre*.

1238. **GIRAUD** (Eugène), peintre.

Neuf lett. aut. sig., à M. Lucas de Montigny. 1840-1843. Ensemble, 15 p. in-8, in-4 et in-fol. Plusieurs dessins et charge dans les lettres, dessin, charge et gravure. Curieuses.

1239. **GIRAULT-DUVIVIER** (Charles-Pierre), lexicographe, auteur de la *Grammaire des grammaires*, etc.

1° Quitt. sig. de la somme de 9.000 fr. pour mille quatre-vingt-trois exempl. de sa *Grammaire des grammaires*, 3e édition, 2 vol. in-8. Paris, 8 déc. 1817 1 p. in-4.

2° L. aut. sig., à M. Cotelle. 1 p. in-4.

3° L. aut. sig., au même. 3 p. in-4.

1240. **GIRODET-TRIOSON** (Aimé-Louis), peintre célèbre. Né à Montargis en 1770. Mort à Paris en 1824.

1° L. aut. sig., à son ami... 24 juin 1806. 3 gr. p. pl. et demie in-4. Trois *portr.* lith. in-4.

Au sujet du logement qu'il occupe dans le Palais des Arts.

2° Minute aut. d'une lettre au ministre. 1 p. pl. in-4.

3° L. aut. sig., à M. Roger, directeur-général des Postes. Paris, 1er juillet. 1822 1 gr. p. in-4.

4° Deux dessins, l'un au crayon, l'autre à la plume.

1241. **GOBEL** (Jean-Baptiste-Joseph), évêque de Lidda, député aux Etats-Généraux, évêque constitutionnel de Paris. Né en 1737. Mis à mort en 1794

L. aut. sig. (comme évêque de Paris), à son collègue... Paris. 2 juin 1792. 1 p. in-4. *Portr.*, et *Proclamation de l'évêque de Paris*, gravure in-8.

Il le prie de ne point faire délivrer de traitement soit à MM. ses vicaires, soit à tout autre serviteur attaché à son église, sans un certificat de résidence et d'assiduité à son service, et signé de lui. Cette mesure préviendra toute négligence et anarchie.

1242. **GODEFROY** (Théodore), avocat du Parlement de Paris, historiographe de France. N. 1580. M. 1649.

Quitt. aut. sig. de la somme de deux cents livres tournois qui lui a été ordonnée par messieurs de l'assemblée du clergé, pour une demie année de don gratuit, etc., etc. Paris, le 30 janvier 1630. 1 gr. p. pl. in-fol. Curieuse pièce.

1243. **GODET-DESMARAIS** (Paul), évêque de Chartres, confesseur de Mme de Maintenon. N. 1647. M. 1709.

Quitt. sig. (sur parch.). 1702.

Grangier (Balthazar), aumônier du roi, abbé de St-Barthélemy, premier traducteur français du Dante. Quitt. sig. (sur parch.). 1696.

1244. **GODIN** (Louis), astronome, membre de l'Académie des sciences, compagnon de voyage de Bouguer et de La Condamine. N. 1704. M. 1769.

L. aut. sig., à M..., au Fort-Royal de la Martinique, 2 et 3 juillet 1735. 4 gr. p. in-fol. Superbe lettre.

Rapport d'un très-grand intérêt sur ses observations astronomiques pendant la traversée, et depuis son arrivée à la Martinique.

1245. **GOETHE** (Jean Wolfgang), poëte. N. 1749. M. 1832.

L. aut. sig. (en allemand), à M..., 3 septembre 1793. 1 p. in-4. Trois *portr.* Notice de M. Sainte-Beuve (29 juillet 1850).

1246. **GOHIER** (Louis-Jérôme), ministre de la justice, membre du Directoire. N. 1746. M. 1830.

1° Ordre d'emprisonnement sig. comme ministre de la Justice, 28 mars 1793. 1 p. in-4. Cachet. — 2° Décret de réquisition pour les assignats sig. (de sa griffe) 22 brum. an II. 1 gr. p. et demie in-fol. vignette. — 3° Billet aut. sig. (à la 3e personne), 7 novembre 1808. — 4° L. aut. sig., à M. Kératry. 28 janvier 1826. 2 p. in-4. *Portr.*

Grave (Pierre-Marie, marquis de), ministre de la guerre sous Louis XVI. N. 1755, M. 1823. 1° L. aut. sig. au citoyen Méjean. Montpellier, 23 février 1809. 1 p. pl. in-4. — 2° Apostille de 6 lignes aut. sig. 14 pluviôse an XI.

1247. **GOLDONI** (Charles), poëte, auteur dramatique, ses *Mémoires* ont été publiés. N. 1707. M. 1793.

L. aut. sig. (en italien) à M. Boldoni, à Paris, sans date. 2 p. in-8. Déchirure en tête par le cachet. Deux *portr.*

1248. **GOLOWKIN** (A. de).

L. aut. sig., à M. Wille, graveur du roi, à Paris. Yères, par Brunoy, 1er juin 1778. 2 p. pl. et demie in-4. Joli cachet à la cire noire.

Relative à des envois de gravures et de livres pour le grand-duc (depuis Paul Ier).

1249. **GONDI** (Pierre, cardinal de), d'abord évêque de Langres, puis de Paris. N. 1533. M. 1616.

1° Quitt. avec une ligne aut. sig. (sur parch.) 1595. Beau portr. gravé, in-4.

2° Acte singulier et curieux, daté du 11 octobre 1595, par leque nombre d'hommes politiques donnent commission à noble homme,

Paul Chouart, s[r] de Buzanval, gentilhomme ordinaire de la chambre du roi, et son ambassadeur près de MM. des Etats des provinces unies des Pays-Bas, d'acheter pour 100,000 écus de blés et avoines... 4 gr. p. pl. in-fol.

Pour apprécier l'importance d'un tel acte solidaire, à pareille date, il suffit de lire les noms des signataires.— En tête, *P** de Gondy*, cardinal, évêque de Paris; *Angennes* (Nicolas d'), Sr de *Rambouillet*; les secrétaires d'Et t: Pierre *Brulart*, Loys *Potier de Gesrres*, Michel *Sublet*, *Ruzé*, Sr de *Beaulieu*, Claude *Pinart*; *Schonberg* (Gaspard de), depuis maréchal; *Hotman* (François); *Vallée des Barreaux*; *Saldaigne*, et autres conseillers d'État, intendants des finances.

1250. **GONDI** (Henri de), évêque de Paris.

Conseiller du Roi, en son conseil d'Etat, et maître ordinaire de son oratoire, mort en 1622, au camp, devant Béziers. C'est cette même année que le siége de Paris fut érigé en archevêché; son oncle Pierre s'étoit démis de l'évêché de Paris en sa faveur. — Henri s'étoit fait donner pour coadjuteur son frère Jean-François qui fut le premier archevêque de Paris. — Et Jean-François s'étoit de même associé son neveu Jean-François Paul, qui fut le célèbre cardinal de Retz, de séditieuse et spirituelle mémoire. (*L. de M.*)

1° Quitt. avec deux lig. aut. sig. (sur parch.) 1607. Très-beau *portr.* gravé in-4.— 2° Quitt. avec une ligne aut. sig. (sur parch.) 1608.

1251. **GONDI** (Philippe-Emmanuel de), comte de Joigny, général des galères, puis prêtre de la Congrégation de l'Oratoire, un des fondateurs de la Congrégation de la mission, père du cardinal de Retz. N. 1581. M. 1662.

1° Acte notarié, sig. 1615. 3 p. in-fol. Très-beau *portr.* de Cl. Duflos, in-4. — 2° Acte notarié, sig. 1650. 1 p. in-fol.

1252. **GONDI** (Jérôme de), gentilhomme ordinaire de la chambre du Roi.

Quitt. sig. (sur parch.), de la somme de 5800 *escus sol à nous ordonnée pour nostre remboursement de semblable somme dont nous avons ci-devant faict prêt à sa majesté.* 1596. Cachet.

Gondi (Jean-Baptiste de), gentilhomme de la chambre du roi et conseiller d'état. 1° Quitt. avec une ligne aut. sig. (sur parch.) 1612. — 2° Quitt. sig. (sur parch.) 1646. *Portr.* de Jean-Baptiste de Gondi, in-4. — Gondi (Jeanne de), prieure du royal monastère de Saint-Louis de Poissy. Quitt. sig. (sur parch.) 1588. — Gondi (Louise de), prieure du royal monastère de Saint-Louis de Poissy. Quitt. sig. (sur parch.) 1639.

1253. **GONDOIN** (Jacques), architecte, membre de l'Institut. Né à Saint-Ouen en 1737. Mort en 1818.

1° Trois pages aut. in-4, de minutes, de rapports pour le Comité d'architecture, son *portr.*, vue de la colonne de la place Vendôme, et deux de l'Ecole de médecine.

2° Dessin colorié (modèle d'un candélabre), in-fol.

3° Dessin colorié (*sedia* épiscopale), in-fol.

4° Dessin colorié (ornementation de fleurs et de fruits), in-fol.

1254. **GONZAGUE** (Ludovic de), duc de Nevers, de Rhétel, de Mantoue, ambassadeur à Rome, gouverneur de Champagne, etc. N. 1539. M. 1595.

1° Quatre lett. avec la suscription d'une ligne aut. sig., à M. de Rambouillet, gouverneur du pays et du comté du Maine. Chartres, Bonneval et Digne, 1574 et 1575. 5 p. in-fol. Cachets et traces de cachets. *Portr.*

2° Sa signature et celles de Schonberg, etc., au bas d'un acte notarié relatif à des affaires de finances, etc. 1595. 7 p. et demie in-fol.

1255. **GONZAGUE** (Henriette de Clèves de), duchesse de Nevers et de Rhétel, etc., femme du précédent.

C'est la princesse qui, après le supplice de Coconas, son amant, enleva de sa propre main, ou fit enlever la tête de celui-ci, exposée sur un poteau à la place de Grève ; l'embauma, la porta à l'hôtel de Nesle, et la conserva dans une armoire près de son lit. — Sa petite-fille Marie-Louise de Gonzague de Clèves, avant d'être deux fois reine de Pologne, pleura son amant Cinq-Mars dans le même palais. (*L. de M.*)

1° Quitt. avec une ligne aut. sig. (sur parch.). 1596.

2° Acte notarié, signé par elle et par Diane de Lamarck. 1599. 5 p. in-fol.

3° Acte notarié signé par elle et par Catherine de Gonzague et de Clèves. 1591. 3 p. in-fol.

1256. **GONZAGUE** (Charles de), duc de Clèves, de Nevers et de Rhétel, etc., gouverneur et lieutenant général de Champagne et Brie.

1° Trois quitt., dont une avec trois lignes aut. sig. et cachet (sur parch.). 1500-1504. Deux *portr.*

2° Quatre actes notariés, signés. 1595 à 1619. 9 p. in-fol.

Lorraine (Catherine de), femme du précédent. Deux actes notariés, signés par elle et par son mari. 1612 à 1618. 7 p. in-fol.

1257. **GONZAGUE** (Anne de), duchesse de Clèves, palatine de Bavière. N. 1616. M. 1684.

1° Quitt. sig. (sur parch.). 1681. Deux *portr.* Notice de M. *L. de M.*

2° Obligation notariée, deux fois sig. 1663. 7 p. in-fol.

1258. **GOSSELIN** (Pascal-François-Joseph), savant géographe, membre de l'Institut. N. 1751. M. 1830.

Mémoire adressé à M. de Kersaint, député à l'Assemblée nationale, touchant le tarif de l'impôt établi à Rome et à Athènes (extrait de l'histoire ancienne de Rollin, tome 4e, p. 497, à l'article : fonds du gouvernement d'Athènes, établi par Solon). Sans date. 5 gr. p. in-fol. Cachet. En tête il y a neuf lignes de la main de Gosselin, et à la fin seize, aut. sig. Elles commencent ainsi :

« J'apprends dans ce moment que nos armées sont en campagne. Puissent-« elles avoir tout le succès que je leur désire ! et faire mettre bas les armes « aux ennemis de la liberté sans aucune effusion de sang. Car il est bien triste « d'être obligé de mettre les hommes à la raison à coups de canon. Si les sol-« dats avoient du bon sens des deux côtés, ils se salueroient mutuellement, « mettroient bas les armes et iroient boire ensemble à la santé de la liberté, « alors tous les différents seroient terminés... »

1259. **GOUFFE** (Louis-Armand), auteur dramatique, poëte, chansonnier. N. 1773. M. 1845.

1° L. aut. sig., à M. Roger. Paris, 13 déc. 1807. 1 p. et quart in-4. Jolie lettre littéraire.

2° *Il est temps qu'ça finisse*, vaudeville aut. sig. (1809). 4 p. in-4.

1260. **GOUFFIER** (Louis), duc de *Rouannais*, marquis de Boizy, comte de Maulevrier. N. 1575. M. 1642.

Je crois que c'est celui qui prit parti dans les intrigues de Henri de Condé (1615). — Voir Fontenay-Mareuil. — Il y a dans Tallemant des Réaux, qui n'a écrit que pour recueillir des scandales et des ordures, une ignoble anecdote sur ce duc de Roannais. (*L. de M.*)

Acte notarié, sig. 1617. 3 p. in-fol.

Gouffier (Claude). Quitt. sig. (sur parch.). 1562.

Gouffier (Ch.-Antoine), sr de Brasseuil. Quitt. sig. (sur parch.). 1629.

Gouffier (Artus), duc de *Rouanès*, lieutenant général, gouverneur du haut et bas *Poitou*. Deux quitt. sig. (sur parch.). 1649 et 1653.

2161. **GOUJET** (Claude-Pierre), chanoine de Saint-Jacques-l'Hôpital, auteur de la *Bibliothèque française*, etc.

1° L. aut., à M. Grosley, avocat, à Troyes. 23 oct. 1752. 2 p. pl. in-8. Cachet.

Nouvelles au sujet de la dissertation de M. Du Tillet. — Mort du père Prévost, bibliothécaire de Sainte-Geneviève. — On commence à répandre à Paris une apologie du sieur de Prades, qui ne montre pas qu'il veuille se rapprocher de la vérité, si étrangement maltraitée dans sa thèse. » La 2e partie est « toute contre l'instruction pastorale de M. d'Auxerre à qui il n'oppose que « des sophismes et des injures. On est persuadé que le P. de Prades n'a fait « que prêter son nom à cette apologie, et que c'est l'ouvrage de quelques-uns « de nos déistes... »

2° L. aut. sig., à l'abbé Mercier de Saint-Léger, bibliothécaire de Sainte-Geneviève. Paris, 21 décembre 1762. 1 p. in-8.

1262. **GOUPIL** (Jehan). [*Construction du donjon de Vincennes*].

« Je Jehan Goupil poieur des ouuriers et aûes chouses touchant la tour que « le Roy fait fere au bois de Vincennes, cognois et confesse auoir eu et receu « des generaulx tresorrs sur le fait des aides du Royaume p. la main Jehan « hussier, receueur general des diets aides deux cens *frans* dor pour mettre « et emploier en leuure de la dite tour de la quelle some ie me tiens pour poie « tesmoig ces ltres escriptes de ma main et scell. de mon scel. Donn. le sa- « medi XVIIe jour daoust. Lan de grace mil CCC LX et quatre. » Nous avons cru devoir donner textuellement cette curieuse quittance de 1364, pour la construction du donjon de Vincennes. Elle est sur parchemin, bien conservée (moins le scel annoncé qui a été enlevé.)

1263. **GOUPILLEAU DE FONTENAY**, (Jean-François), député de la Vendée à la Convention. N. 1760, M. 1823.

Six pièces aut sig. comme membre du Comité de sûreté générale, signées aussi par André Dumont, Amar, Louis (du Bas-Rhin), Dubarran, Voulland, Vadier, Moyse Bayle, Elie Lacoste, Legendre (de Paris), Merlin (de Thionville), et relatives à la mise en liberté de divers prévenus. An II. 6 p. in-fol. Têtes impr. Cachets.

Goupilleau (Philippe-Charles-Aimé), dit de Montaigu, député de la Vendée à la Convention. Mort en 1813. Pièce sig., comme membre du Comité de sûreté générale, sig. aussi par Harmand, Reverchon et Laignelot, pour le transfèrement d'un prisonnier, Edme-François Fortier, le jeune, de Clamecy (Nièvre). 18 frimaire an III. 1 p. in-fol. Tête impr. Vignette.

1264. **GOURBILLON** (Joseph-Antoine de), traducteur du Dante, auteur du *Voyage Critique* à l'Etna, etc.

L. a. s., à M. Jules Janin. Berlin, 13 juin 1840. 4 gr. p. pl. in-4. « Sous ce titre: Molière épuré dans ses dix principales comédies en vers « (*l'Etourdi ; le Dépit amoureux ; Sganarelle ; l'Ecole des maris ; les Fâcheux ;* « *l'Ecole des femmes ; le Misanthrope; le Tartufe ; l'Amphitrion* et *les Femmes* « *savantes*) ou choix de quelques variantes proposées, à l'effet de purger le « texte du grand comique, de certaines locutions surannées, par suite de chan- « gements opérés dans la langue et les convenances dramatiques à partir du « XVIIe siècle » sous ce titre, il a tenté de faire pour les ouvrages de Molière, ce que, dans ses articles littéraires, il a appris que M. Victor Hugo a si heureusement exécuté lui-même à l'égard de son drame d'Hernani : et nouvel Ozias, il a osé porter la main sur l'arche Sainte... Mode d'exécution de son travail et comparaison (en regard) de quarante vers (*le Dépit amoureux*, acte V, scène 5) réduits à vingt-huit...

« Les expressions, *fils de putain, carogne, fort en gueule* et plusieurs autres « ne me semblent point de nature à être admises sur la scène, plus qu'elles « ne le seraient aujourd'hui, et ne l'étaient, du temps de Molière, dans la con- « versation la plus familière. En un mot, monsieur, j'ai essayé de faire pour « ses immortels ouvrages ce qu'il ferait lui-même s'il revenait parmi nous... « Tout en reconnaissant mon peu d'habileté pour mener à bien l'entreprise, « je ne puis me persuader qu'elle n'ait pas un jour son but d'utilité, et ne « puisse du moins donner lieu à des épreuves plus heureuses, une fois la car- « rière ouverte, et une fois l'idée admise que quelques légers changements « dans les chefs-d'œuvre du grand homme enrichiraient soudain la scène « d'une foule d'ouvrages, qui, bien que moins recommandables que *les Femmes* « *savantes*, *le Tartufe* et *le Misanthrope*, n'en sont pas moins très-respectables « et complétement écartés.. »

1265. **GOUVERNEURS**, *commandants* de *villes*, de *forteresses*, de *châteaux-forts*, etc. 18 quittances et actes notariés.

Ambleville (François de Jussas d'). *Coignac*, 1594. (J'ai lu, je ne sais où, qu'il se vantait d'être petit-fils du héraut de Jeanne d'Arc.

L. de M.) — ARQUENAY *Montigny* (Antoine de la Grange d'). *Ville et comté de Gray*, 1595. — ASFELD (Alexis d'). *Maubeuge*. 1678. — ASPREMONT (Adrien), vicomte d'Horte. *Bayonne*, etc., 1512. — AUTICHAMP (Jean-Claude de Beaumont d'). *Anjou*. 1696. — AUVERGNE DE SAINT-MARS (Bénigne d'), gouverneur de *Sens* et de la *Bastille*. 1682. — BEAULIEU (David Fourré de). Ville et château de *Taillebourg*. 1672. — BELLEFORIÈRE (Maximilien de), marquis de Guerbigny et comte de Tilloloy. *Picardie et Boullonois*. 1635. — BELLEFORIÈRE (Charles de). *Corbie*. 1574. — BELLENGREVILLE (Joachim de). *Ville et fort de Meullan*. 1581. — BEST (Etienne de), baron de Gounault. *Château de Nîmes*. 1499. — BOYSEON (Pierre de). Ville et château de *Morlaix*. 1597. — BONNAC (Jean-Louis Busson, marquis de). *Foix*. 1715. — BROGLIA (Charles de). *Avesne*. 1670. — BROUILLY-PIENNES. (Antoine, marquis de). Ville et citadelle de *Pignerol*, et fort de *La Pérouse*. 1669. — CAMPMAS (François de), seigneur d'Yvoy. *Metz*. 1569. — CHÉTARDYE. (Joachim de la). *Saverne*. 1676. (Voir mes Mémoires sur Mirabeau. Tome 1, page 72. *L. de M.* — CHEVIGNY (Louis du Bellay de). Ville et citadelle de *Stenay*. 1676. — CLISSON (Charles-Xavier-Bernard Sauvestre de), comte Desmottes. *Aunis*. 1711.

1266. **GOUVERNEURS**, *commandants*, etc. 21 pièces sig.

COETLOGON (René de). *Rennes*, *Dol*, *Saint-Malo et Vannes*. 1679. (Voir mes Mémoires sur Mirabeau. Tome I, page 107. *L. de M.* — COISLIN (Armand du Cambout, duc de). *Basse-Bretagne*. Deux pièces. 1663 et 1664.— COUESQUEN (Jehan, marquis de). *Saint-Malo*. 1601. — COUESQUEN (Malo, marquis de) comte de Combour. *Saint-Malo*. 1636. — COURSON (Guillaume-Urbain de Lamoignon, comte de Launay de). *Rouen*. 1708. Notice de M. *L. de M.* — CREVAN (Pierre). *Casal*. 1691. — CROSNE (Louis Thiroux de), *Normandie* et *Lorraine* puis, lieutenant général de Police. Deux lett. sig., 1787. — DARSE (Pierre). Château de *Terme*. 1573. — DE LA SALLE (Coucheran). *Toul*. 1583. — DUBOIS (Louis), seigneur des Arpentils. *Touraine*. 1575. — DU MOULIN (Philippe). Ville et château de *Blaye*. Deux quitt. 1472 et 1503. — ENNERY (comte d'). *Antilles*. 1774. — ESGUEDES (Pierre d'). *Bourg-en-Bresse*. 1639. — ESTOURMEL (Jehan), sr Du Fouilloy. *Péronne*. 1614. — FLEURY (André-Hercule de Rosset, duc de). *Lorraine*. 1757. (Voir mes Mémoires sur Mirabeau. Tome I, page 168. *L. de M.*). — GENLIS (René Brulart de). Fort de *Barrault*, en Dauphiné. Deux pièces. 1676 et 1693. — GIVRY (Louis du Bois, marquis de). *Touraine*. 1679. — GRASSE (Claude), baron du Bar. *Antibes*. 1587.

1267. **GOUVERNEURS**, *commandants*, etc. 24 pièces sig.

LAUNOY (Claude de), sr de Houdan, Comte d'*Eu*. 1614. — LANSSAC, sr Daubray. *Saint-Macaire*. 1581. — LASSAY (Armand-Léon de Madaillan de l'Esparre, marquis de). *Bresse et Bugey*. Deux pièces. 1675 et 1689.— LESDIGUIÈRES (François de Bonnes de Créquy, duc de). *Dauphiné*. 1628.— LETOURNEUR (Jacques), sr du Plessis. *Talmont-sur-Gironde*. 1622. — LOSSE (Jean de). *Verdun*. Deux quitt., 1570 et 1573. — LUSIGNAN (François de). Ville et château de *Puymirol*. 1606. — MAGALOTTI (Bardo-Bardi). *Valenciennes*. Deux pièces. 1676 et 1679. — MAILLY. (Gilles de). *Montreuil*. 1574. — MALICORNE (Jean de Choursses, sr de). *Poitou*. 1598. — MOLAC (Sébastien de Rosmadec, marquis de). *Nantes*. 1674. — MONTSEGUR (Jehan de). *Domme*. 1591. — MONTREVEL (Ferdinand de la Baume, comte de). Haute et Basse *Bresse*. 1673. — NETTANCOURT (Jean de), comte de Vaubecourt. *Châlons* (en Champagne), *Verdunois*. Deux pièces. 1639 et 1641. — NEUFVILLE (Charles de), sr d'Allincourt. *Lyonnais*. Deux pièces. 1607 et 1621. — NYERT (François de). *Limoges*. 1683. — PALLUAU (Henri de Buade, baron de). *Saint-Germain-en-Laye*. 1620. — POTHONVILLE ou POTOVILLE (Jean Rivery de). *Brouage*. Deux pièces. 1582 et 1586.

1268. **GOUVERNEURS,** *commandants*, etc. 21 pièces sig.

RANCHER (Antoine de), sr de Trémemont. *Berry*. 1696. — RASAC (Gaston de Beaulieu, sr de). *Toulon*. 1573. — RASILLY (Gabriel, marquis de). *Touraine*. 1700. — SAINT-AUBIN (Guillaume de). *Montigny-le-Roy*. 1614. — SAINT-MESME (Jehan de La Rochebeaucourt, sr de). *Saint-Jean-d'Angély*. 1580.— SAINT-SORLIN (Henri de Savoie, marquis de). *Lyon*. 1590. — SAINT-SORLIN (Henri de Savoie, duc de Genevois, de Nivernois, d'Aumale, marquis de). *Lyonnais, Forez et Beaujolais*. 1632. — SAINTE-MARIE (Loys de), sr de Canchy. *Carentan*. 1591. — SALINS (Laurent de Gorrevod, vicomte de). *Bresse*. 1519. — SAULX (Simon de), baron de Tourpes. *Auxonne*. 1572. — SAULX (Jehan de), vicomte de Ligny. *Toul*. Trois pièces. 1571, 1572 et 1603. — SAVARY (Claude), sr de Lancome. *Paris et Ile de France*. 1580. — TEVALLE (Jean, comte de); par sa fille Jeanne, femme de Charles de Maillé, marquis de Brézé, il fut le trisaïeul du grand Condé. Gouverneur de *Metz* et du pays *Messin*. 1568.— TOSINGHI (Petro-Paulo). *Vence*. 1574.— TOTT (François, baron de). *Douai*. 1790. — TREIGNEL (François Juvenel des Ursins de l'Isle, marquis de). *Corbeil*. 1592. — USSAC (Jehan d'). *La Réole*. 1580. Notice de M. *L. de M.* — UZÈS (le duc d'). *Saintonge et Angoumois*. 1698. *Portr.* — VALLAVOIRE (François-Auguste). *Sisteron*. 1664. Voir mes Mémoires sur Mirabeau. (*L. de M.*)

1269. **GOUVION SAINT-CYR** (Laurent, marquis de), maréchal de l'Empire, ministre de la guerre. N. 1764. M. 1830.

L. aut. sig., à Mgr... Quartier général de Boulogne. 1er sept. 1807. 1 p. in-fol. Tête imp. Trois *portr.*

GOUVION SAINT-CYR (madame la maréchale, marquise de). L. aut. sig. (à la 3e personne), à M. le préfet de la Seine. Paris, 1er décembre 1830. Papier de deuil.

1270. **GOUYE** (Thomas), jésuite, astronome, membre de l'Académie des sciences. N. 1650. M. 1725.

Deux quitt. aut. sig. (sur parch.). 1702 et 1703. Avec le cachet de la Compagnie de Jésus.

1271. **GRAFIGNY** (Françoise d'Issembourg, d'Happoncourt, dame de Huguet de), auteur des *Lettres d'une Péruvienne*, etc. N. 1693. M. 1758.

1° L. aut., à M. Devaux (son cher Panpan), à Nancy. Ce jeudi soir. 2 p. pl. in-4.

Elle est toute désolée, elle croyait se divertir hier au souper chez Mme de Ligniville, avec la belle duchesse, point du tout, voilà Bagard de Nancy qui arrive, et qui lui dit qu'un de leurs amis a le ver solitaire... Elle lui envoie des pilules qu'elle a fait faire pour lui... « Ah! Panpan, si tu scauoit dans ma « douleur le plaisir que iay de penser que mon amitié et ma diligence lui pro- « cure un remede plus tost qu'il ne l'ouroit eu tu verois come ie scais aimer. « Tu ne le scais guere toi, de ne pas vouloir quitter ta méchante habitude... « J'ai le cœur trop attendris p ur gronder, mais je tai asses touché pour que « ta paresse adioute a ma peine, adieu tu n'aura de moi que cela, je voudrois « etre morte, mon cœur se rebute de souffrir de tant de façons... »

2° Copie aut. de vers de M. de La Rivière. 3 p. pl. in-4. Certifié par M. Aimé Martin. Notice de M. Sainte-Beuve.

1272. **GRAMMONT** (Ferdinand, comte de), maréchal de camp, servant à l'armée d'Italie commandée par le maréchal de Catinat.

Deux quitt. aut. sig. (sur parch.) 1694 et 1697.

GRAMMONT (François-Joseph de), archevêque de Besançon. Pièce épiscopale sig. (sur parch.) 1707.

GRAMMONT (Antoine-Pierre de), archevêque de Besançon. Pièce épiscopale sig. (sur parch.) 1743. Cachet.

1273. **GRAMONT** (*Corisandre d'Andoyns*, comtesse de Guiche, femme de Philibert de), maîtresse de Henri IV.

1° Procuration notariée, signée. 1606. 2 p. in-fol.

2° Acte de vente notarié et signé, à la duchesse de Mercœur, Marie de Luxembourg, de moellons et pierres pour bâtir le couvent des Capucines de la rue Saint-Honoré, au lieu appelé l'hôtel de Retz — 9,000 fr. — Matériaux à prendre dans l'ermitage de Chaillot qui lui appartient...

Gramont (Philibert de), mari de la précédente, maire et gouverneur de Bayonne. Né en 1552. Tué au siége de La Fère en 1580. Acte notarié, deux fois sig. 1580. 2 p. in-fol.

1274. **GRAMONT-TOULONGEON** (Antoine II, comte de), fils des précédents, maire et gouverneur de Bayonne.

Cinq actes notariés sig. 1605 à 1608, ensemble, 12 p. in-fol. — Notice de *M. L. de M.* — Procuration à sa femme, non dénommée. — Procuration à sa mère, Corisandre d'Andoyns. — Obligation de 3500 livres au profit d'Auguste de Bellegarde, baron de Termes. — Vente « de quatre offices de commissaires examinateurs de nouvelle « création pour estre établis dans la ville de Bordeaux et desquels le « Roi (Henri IV) a fait don au dit comte de Gramont... » — Prix : 6000 liv. tournois.

1275. **GRAMONT** (Antoine III, duc de), fils du précédent, maréchal de France. N. 1604. M. 1678.

Quit. sig. (sur parch.). 1672. *Portr.*

Gramont (Philibert, comte de). N. 1632. M. 1707.

Le personnage equivoque mais spirituel des mémoires d'Hamilton, son beau-frère. (*L. de M.*)

Promesse d'accomodement sig. Paris, 13 avril 1702. 1 p. pl. in-4. *Portr.* de Philibert de Gramont.

Gramont (Béatrix de Choiseul Stainville, duchesse de). Mise à mort en 1794. L. sig. Fontainebleau, 11 nov. 1765. 1 p. et demie in-4.

1276. **GRANCEY** (Jacques de Rouxel de Médavi de), maréchal de France. M. 1680.

Quitt. sig. (sur parch.). 1669.

Grancey (Charlotte de Mornay-Villarceaux, maréchale de), femme du précédent. Quitt. sig. (sur parch.) 1684.

Grancey (François Rouxel de Médavi, marquis de), chef d'escadre, commandant le vaisseau le *Conquérant*. Deux quitt. aut. sig. (sur parch.). 1673 et 1674.

1277. **GRANVILLE** (J.-J.), dessinateur. N. 1804. M. 1847.

Réclamation aut. sig. (sur timbre), adressée au préfet de la Seine. 1837. 1 p. in-4.

Granet (François-Marius), peintre, membre de l'Institut. N. 1776. M. 1849. Deux lett. aut. sig 1847. 2 p. in-8. *Portr.*

Granger (Jean-Pierre), peintre. N. 1779. M. 1841. L. aut. sig., à M. de Cailleux. 28 août 1829. 1 p. in-4.

1278. **GRAVEURS DU ROI**, etc. Six pièces.

Audran (Gérard). N. 1640. M. 1703. Quitt. sig. (sur parch.) 1702. — Audran (Benoît). N. 1661. M. 1721. Quitt. sig. (sur parch.). 1707. — Barre (Jean-Jacques), graveur des monnaies. N. 1793. M. 1855. L. aut. sig. 18 mai. 1 p. in-8. — Baudet (Étienne). N. 1643. M. 1716. Quitt. sig. (sur parch.). 1707. — Bernard (Thomas). Quitt. sig. (sur parch.). 1713. — Bervic (Charles-Clément). N. 1756. M. 1822. Pièce sig. sig. aussi par Pougens, Langlès, et Vincent, comme lui, membres de l'Institut. Paris, 8 février 1813. 1 p. in-fol. *Portr.*

1279. **GRAVEURS DU ROI**, etc. Huit pièces.

David (François-Antoine), auteur des *Antiquités d'Herculanum*, des

Antiquités Etrusques, etc. N. 1741. M. 1824. Quitt. aut. sig. 1783. — DEQUEVAUVILLER. L. a. s. à M. le Préfet de la Seine. Paris, 19 juin 1843. 1 p. in-fol. — DESAULX. L. a. s., à M. Lucas de Montigny. Paris, 2 sept. 1837. 1 p. in-4. — DESNOYERS (le baron Boucher). L. aut. sig., à M. le Préfet de la Seine. 13 déc. 1825. 1 p. in-4. — GALLE (André), graveur en médailles. N. 1763. M. 1845. Recommandation aut. sig., signée aussi par Bosio, Berton et Mérimée. 9 mars 1825. 1 p. in-4. *Portr.*, et notice historique par Raoul Rochette. 16 p. in-4. — GREVEDON (Henri). L. aut. sig. 1 p. in-8. — JEUFFROY, graveur en médailles et en pierres fines. N. 1749. M. 1826. L. a. s., à M. Lucas de Montigny. 1803. 1 p. in-4. — LEROUX. L. a. s. au même. 1832. 2 p. in-8.

1280. **GRAVEURS DU ROI**, etc. Onze pièces.

NOLIN (Jean-Baptiste). N. 1686. M. 1762. Quitt. a. s. 1741. — PITAU (Nicolas). N. 1633. M. 1676. Quitt. sig. (sur parch.). 1670. — ROGER. Quitt. sig. 1822. — ROUSSELET (Claude-Étienne). Quitt. sig. (sur parch.). 1710. — POILLY (Nicolas de). N. 1626. M. 1696. Deux quitt. sig. (sur parch.). 1691 et 1693. — SIMONNEAU (Charles). N. 1639. M. 1728. Quitt. a. s. 5 sept. 1727. — TARDIEU (Alex.). N. 1756. M. 1844. Pièce sig. *Portr.* — THOMASSIN (Simon). M. 1732. Deux quitt. sig. (sur parch.). 1682 et 1688. — TIOLIER. L. sig. An XIII. 1 p. in-4.

1281. **GREGOIRE** (Henri, comte), constituant, évêque constitutionnel de Blois, conventionnel, sénateur, membre de l'Institut, etc. N. 1750. M. 1830.

L. a. s., à son concitoyen... Paris, 19 germinal an V. 2. p. in-4. Deux *portr.* Rapport à la Convention sur l'ordre de Malte. 8 p. in-8.

1282. **GRESSET** (Jean-Baptiste-Louis), poëte, membre de l'Académie française. N. 1709. M. 1777.

Brouillon aut., ou canevas de la 9e scène du 3e acte de sa comédie du *Méchant*. 1 p. pl. in-4. *Portr.*

1283. **GRETRY** (André-Ernest-Modeste), compositeur, membre de l'Institut. N. 1741. M. 1813.

1° Fragment aut. de ses Mémoires. 4 pages à mi-marge in-4. Cinq *portr.* — Notice historique sur Grétry, lue à l'Institut le 1er oct. 1814, par Joachim Le Breton. 34 p. in-4.

2° L. a. s., à M. Leferre. Paris, 25 février 1784. 1 p. in-4. Cachet.

1284. **GRIGNAN** (Françoise-Marguerite de Sévigné, comtesse de), fille de Mme de Sévigné. N. 1648 M. 1707.

1° L. aut., à M... *Lion, ce 5 oct.* 4 p. pl. in-4. — Fac simile d'une lett. aut. sig. Deux *portr.*

Lettre curieuse au sujet de ses bagages qui ont été saisis à la frontière, et pour lesquels il a été dressé un procès-verbal dont elle veut avoir la copie.

2° Une page aut. (in-4) de comptes de dépenses de sa maison. M. Lucas de Montigny avait attribué cette page à madame de Sévigné. — Vue de l'hôtel de Carnavalet, et sept *portr.* de madame de Sévigné.

1285. **GRIGNAN** (François Adhémar de Monteil, comte de), mari de la précédente. N. 1632. M. 1717.

1° Quitt. aut. sig., (sur parch.). 1664. *Portr.*

2° L. sig., à M... Paris. 27 mai 1687. 2 p. in-4.

3° Pièce sig. Marseille, 7 juin 1714. 1 p. pl. in-4.

4° Obligation notariée pour une somme de 2,000 livres, due depuis 1667. Signée par lui et par sa femme, Françoise-Marguerite de Sévigné. 1681. 4 p. in-fol.

1286. **GRIGNAN** (Louis Provence, marquis de), fils du précédent, et petit fils de Mme de Sévigné, colonel du régiment de cavalerie de Grignan. N. 1671. M. 1704.

Ce fut à l'occasion du mariage de ce fils (en 1694) avec Mlle de Saint-Amand, fille du fermier général, et trésorier des Etats du Languedoc, que Mme de Grignan, pour expliquer une telle mésalliance, déclara que tel était l'état de la fortune de son fils, « qu'il falloit prendre du fumier pour engrais« ser ses terres. » (*L. de M.*)

Deux quitt. sig. (sur parch.). 1693.

Grignan (Julie-Françoise Adhémar de Monteil de), petite-fille de Mme de Sévigné, épouse de Léonor Hurault de Vibraye. Quitt. sig. sur parch.). 1706.

Grignan (Joseph de), frère du comte François, gendre de madame de Sévigné, maréchal de camp. N. 1644. M. 1713.

1° Certificat militaire aut. sig. 6 septembre 1686. Cachet.

2° Quitt. sig. (sur parch.). 1672.

Grignan (Jacques Adhémar de Monteil de), évêque et comte de Saint-Papoul, depuis évêque d'Uzès, oncle du gendre de madame de Sévigné. M. 1674. Acte notarié, quatre fois sig. 1650. 3 p. pl. in-fol.

1287. **GRIMM** (Frédéric-Melchior, baron de), et du saint empire romain, auteur de la *Correspondance littéraire, philosophique et critique.* N. 1723. M. 1807.

Quitt. de deux lig. aut. 1786. — 2° Billet aut. sig. (à la 3e personne), à M. Guillard. 27 août. — 3° Certificat de vie aut. sig., en sa faveur, délivré et signé par M. de Lagravière. Bruxelles, 20 avril 1792. 1 p. in-4. — 4° L. aut., à M. Desfranches. Paris, 16 février. 1 p. pl. in-8. Cachet.— 5° L. aut., à M. Sédaine, secrétaire perpétuel de l'Académie royale d'architecture, au vieux Louvre. 31 août 1770. 2 p. in-8. *Portr.* Curieux dossier.

Invitation à venir lire sa tragédie à M. le prince Charles de Suède, M. l'archevêque de Toulouse sera au nombre des auditeurs.

1288. **GRIMOUVILLE** (François de), Sr de *Larchant*, gentilhomme ordinaire de la chambre du Roi.

Présent à la mort de Henri III, il fut un des affligés dont le désespoir est peint d'une maniere touchante dans les mémoires d'Angoulême. (*L. de M.*)

Quitt. sig. (sur parch.). 1586.

Grille (Charles-Maximilien de), comte de Sentenier, capitaine de 50 hommes d'armes des ordonnances du roi.

Je crois que c'est le vaillant guerrier que mentionnent et louent les mémoires du temps, notamment Rabutin. (*L. de M.*)

Acte notarié. sig., 1581 1 p. in-fol.

Estissac (Loys d'), gentilhomme de la chambre du roi, Quitt. sig. (sur parch.). 1536.

Gourgue (Jean de), conseiller du roi, président du Parlement de Guyenne. Quitt. aut. sig. (sur parch.). 1682.

Antin (Louis-Antoine de Pardaillan de Gondrin, duc d'), lieutenant général, gouverneur d'Alsace. N. 1665. M. 1736.

1° L. sig., Marly, 16 janvier 1713. 2. p. et demie in-4. — 2° L. aut. Meudon, 26 avril 1709. 1 p. et demie in-4. *Port.* in-fol. Notice de M. *L. de M.*

1289. **GRIMOUVILLE** (Nicolas de), seigneur de l'*Archant*, d'Auteuil, etc., capitaine des gardes du Roi. Mort en 1592, à la suite d'une blessure reçue au siége de Rouen.

Guerrier intrépide, blessé à Tours, auprès de Henri III qui combattoit avec une bravoure téméraire et désespérée... — Je pense qu'il est ce Larchant ou l'Archant qui, en qualité de *capitaine des gardes de Henri III*, présida (s'il ne coopera), au meurtre de Henri de Guise à Blois... (*L. de M.*)

1° Quitt. sig. (sur parch.). 1584. — 2° Acte notarié, signé par lui, et par sa femme, Diane de Vivonne. 1582. 1 p. et demie in-fol.

Grimouville (Diane de Vivonne de), veuve du précédent, l'une des dames de la reine douairière de France. Elle était fille de François de Vivonne de La Chastaigneraie, mort à la suite de son fameux duel avec Jarnac.

1° Deux quitt. aut. sig. (sur parch.). 1597 et 1605. — 2° Trois actes notariés, signés. Sept p. in-fol.

1290. **GRISAR** (Albert), compositeur, musicien.

SARAH. Paroles et musique aut. sig. 1 p. in-4.

1291. **GROS** (Antoine-Jean, baron), peintre d'histoire, membre de l'Institut. N. 1771. M. 1835.

1° Billet aut. sig., à M. Lucas de Montigny. 13 nov. 1824. 1 p. in-8. — Gravure (au trait) de son tableau : Le 20 *mars*. in-8. — Explication des peintures de la coupole de Sainte-Geneviève (impr.). 3 p. in-4. — Epître à M. le baron Gros... sur ses peintures de la coupole de Sainte-Geneviève; par M. René Taillandier. (Impr.). 1825. 7 p. in-8. — Deux *portr.* lith., et *portr.*, dessin au crayon, sur papier végétal, par M. Jules Boilly, in-8.

2° L. aut. sig., au même. Paris, 10 mars 1825. 1 p. pl. in-4.

Il lui recommande le jeune Emile Signol, qui n'a pas eu le bonheur de le trouver le jour du tirage à la conscription, jour qui lui a enlevé en lui l'un de ses meilleurs élèves. Il est médailliste, et très-remarqué dans les écoles, et il comptait beaucoup sur lui pour l'honneur de son atelier...

GUÉRIN (A.). L. aut. sig., à M. Lucas de Montigny. Paris, 2 septembre 1849. 3 p. pl. in-8.

Une indisposition l'a privé de l'honneur d'aller lui porter lui-même la lettre de Gros (celle qui précède), que M. Laverdet a mis le plus aimable empressement à demander à la personne qui s'en était rendue adjudicataire, et qui n'a consenti à s'en dessaisir que par la pensée qu'il avait des raisons particulières pour la désirer vivement. C'est M. de La Jarriette, receveur général et trésorier de la ville de Nantes...

1292. **GROSTETE DESMAHIS** (Marin), auteur ascétique, directeur de la maison des *Nouvelles catholiques* d'Orléans. N. 1649. M. 1694.

L. aut. sig., à Mlle Perrier, à Paris. Orléans, 6 février 1694. 3 p. pl. petit in-4.

Relative aux affaires spirituelles et temporelles de cette maison.

1293. **GROTIUS** (Hugues Van Groot, dit), théologien, jurisconsulte, publiciste, historien, poëte, ambassadeur de Suède en France, etc. N. 1583. M. 1645.

Fragment aut., en latin, 2 p. pl. in-4. Mouillure en tête. *Portr.*

1294. **GRUN** (Alphonse), rédacteur en chef du *Moniteur*, auteur d'un ouvrage sur Montaigne. N. 1801.

Quatre lett. a. s., à M. Lucas de Montigny. 1840-1841, in-8 et in-4.

1295. **GRUND** (Jean), peintre du grand-duc de Bade. N. 1801.

L. aut. sig., à M. Jules Janin. *Carlsrouhe*, 25 février 1841. 2 p. pl. in-4. Intéressante.

Relative à son tableau qui est au salon, représentant Esméralda, au moment d'être volée par les Bohémiens.

1296. **GUDIN** (Théodore), peintre de marine, etc. N. 1802.

Trois lett. aut. sig., à MM. de Rambuteau, de Cailleux et Jules Janin. 1829 à 1841. 6 p. in 8 et in-4.

1297. **GUEMADEUC** (Thomas, baron du), gouverneur de la ville de Fougères.

Convaincu de plusieurs crimes, il fut décapité, en 1617, après avoir forcément rendu, et frauduleusement repris son gouvernement de Fougères. (*L. de M.*)

Quit. sig. (sur parch.), de la somme de 3000 livres, « pour trois « quartiers d'une pension qu'il plaist à sa Mté nous donner... » 1614.

1298. **GUENEAU DE MONTBEILLARD** (Philibert), économiste, naturaliste, littérateur, associé par Buffon à ses travaux d'ornithologie. N. 1720. M. 1785.

L. aut. sig., à M. l'abbé d'Anjoux, prieur de St-Joseph, à Paris. Semur, 25 janvier 1775. 1 p. in-4. Cachet.

Guéneau de Mussy (Philibert), membre du Conseil de l'instruction publique. N. 1776. M. 1834.

L. aut. sig., à M. le duc .... Paris, 9 sept. 1819. 1 p. in-fol.

1299. **GUENEGAUD** (Henri de), marquis de Plancy, secrétaire d'Etat. N. 1609. M. 1675.

C'est lui qui, ayant acheté l'hôtel de Nesle, depuis de Gonzague, et de Conti, le démolit, ouvrit la rue Guénégaud, etc.

1° Quitt. sig. (sur parch.). 1658. — 2° Nomination de Nicolas Cousin, prieur de Notre-Dame d'Estrelles, aux fonctions de chapelain du château d'Estrelles. Paris, 2 mars 1663. (Parchemin). Cachet. — 3° Quitt. sig. (sur parch.). 1658. — 4° Acte notarié sig. 1670. 2 p. in-fol. *Portr.* de Moncornet. Notice de M. *L. de M.*

Guénégaud (Claude de), conseiller et trésorier de l'épargne du Roi. Quitt. sig. (sur parch.). 1644.

Guénégaud (François de), président au parlement de Paris. Quitt. aut. sig. (sur parch.). 1657.

1300. **GUENEPIN** (Auguste-Jean-Marie), architecte, membre de l'Institut. N. 1780. M. 1842.

1° Deux lett. aut. sig., à M. Lucas de Montigny. 1830 et 1838. 2 p. in-8 et in-4. — 2° Notice aut. sur le puits artésien de Saint-Denis, foré par M. Mulot. 4 p. in-4. — 3° Apostille aut. sig., plan (lith.) de l'église de Noisy-le-Sec, plans, etc., et notice nécrologique par M. Lequeux (impr.). 21 p. in-8.

1301. **GUERCHEVILLE** (Antoinette de Pons, veuve de Henri de Silly, comte de la Roche-Guyon, femme de Charles du Plessis de Liancourt, marquis de), dame d'honneur de Marie de Médicis. Elle fut aimée de Henri IV. M. 1632.

Sa signature : *Anthoynette de Pons*, au bas d'un contrat de mariage, signé aussi par H. d'Estrées, Roger Du Plessis, La Picardière, Forget, etc. 1613. 7 p. in-fol. Notice curieuse de M. *L. de M.*, qui cite une lettre de Henri IV à Mme de Guercheville.

1302. **GUERIN** (Pierre-Narcisse), peintre d'histoire, membre de l'Institut. N. 1774. M. 1833.

L. aut. sig., à M. Roger. 30 déc. 1 p. in-8. *Portr.*

Guignet, peintre. L. aut. sig., à M. Jules Janin. 13 nov. 1841. 2 p. in-8. Curieuse.

Guillemot, peintre d'histoire. M. 1832. L. aut. sig., au préfet de la Seine. 27 sept. 1826. 2 p. in-4.

1303. **GUERRIERS FRANÇAIS**, avant 1789. 19 quitt. et actes notariés sig.

Albergotti (François-Zenobi-Philippe), lieutenant-général. 1707. (Voir à son sujet, notamment mes *Mémoires sur Mirabeau*. Tome Ier, p. 131. *L. de M.*). — Asfeld (Benoît *Bidal* d'). Deux pièces. 1682 et 1689. — Auriac (Etienne de Bonnes), vicomte de Tallard. 1621. — Balagny (Damien de Montluc, marquis de), deux fois assassiné, en 1608, par ordre de Henri de Lorraine, duc d'Aiguillon. Deux pièces. 1609 et 1611. — Bartillat (Nicolas de). 1695. — Beauplan (Michel Daulnan, seigneur de), capitaine des gardes du cardinal de Richelieu. 1629. — Brichanteau (Jehan de), sr de Saint-Martin. 1576. — Brichanteau (Antoine de), seigneur de Naugis, mestre de camp du régiment des gardes françaises. Brave guerrier. Son père, son oncle, et deux de ses cousins avaient été tués à la bataille de Saint-Denis en 1562. Acte notarié, sig., signé aussi par sa femme, Antoinette de La Rochefoucauld, Henri de Schonberg, etc. 1613. — BRICHANTEAU (Nicolas de), marquis de Naugis. 1611. — BUAT (Charles de Fleury, seigneur de). 1601. — CAUSSENS (Jehan de Montlezun de), et de Fages. 1572. — CAMBIS (Jacques de), baron Dalles. 1648. — CHAMBERET (Henri de Pierre Buffière, baron de). 1625. — CHAMPIGNY (le chevalier de). 1715. — CHAROST (le marquis de). Aut. sig. 1709. Cachet. — CHASTAIGNERAIE (Charles de Vivonne de La). 1589. — CHASTE (François de), baron de La Faye. Quitt. de 400 écus sol, que le roi a ordonnée être mise en ses mains pour employer en certaines affaires concernant son service. 1585. Est-ce l'expédition inutile et malheureuse que, par l'ordre de Catherine de Médicis, il tenta sur l'île de Tercère, et dont la relation fut publiée par Thévenot? (*L. de M.*). — CHENU (Claude), s^r^ Du Bois Plessis, maréchal de camp au gouvernement d'Anjou. 1590.

1304. **GUERRIERS FRANÇAIS**, avant 1789. 15 quitt. et actes notariés sig.

DARAGON (Jean-Joseph-Ignace d'Ardenne), comte d'Ille. 1669. — DEFABRÉ. 1572. — DEGOMBE (Claude de), s^r^ de Suresne. 1594. — DIESBACH (Imbert de), s^r^ de Saint-Christophe. 1600. — DOMPMARTIN (François, baron de). 1606. — DOUGLAS (Georges). 1676. — DU CHAYLA. 1742. — DUVERDIER (Étienne). 1667. — ESPAGNAC (J. B. Joseph de Sahuguet d'Amarzit, baron d'). 1764. — ESPINOY (Louis de Meleun, prince d'). 1693. — ESTOURMEL (Charles d'), s^r^ de Plainville. 1605. — FAVOLS (Jehan de), s^r^ de La Daudie. 1601. — FURSTENBERG (Guill. Egon, prince de). 1667. — GIVRY (André de), s^r^ Du Perchay. 1697. — GRÉGY (Philippe, comte de). 1693.

1305. **GUERRIERS FRANÇAIS**, avant 1789. 18 quitt. et actes notariés sig.

JAUVELLE. 1689. — KŒNIGSMARK (le comte de). 1674. Cachet. — KŒNIGSMARK (Charles-Jean de), comte de Westerwyen. 1686. Cachet. — LISLEBONNE (François de Lorraine, prince de Commercy et de). 1679. Cachet. — LA FERTÉ (François de). Deux pièces. 1557. — LAMARCK (Henri-Robert de), comte de Brène, duc de Bouillon. 1614. — LA MOTTE (Joseph de). 1590. — LANGALERIE (Henri-François de Gentils, marquis de). 1690. — LA SALLE (Louis de Caillebot de). 1620. — LAUTREC (le comte de). 1697. Cachet. — LEZAY DE LESIGNAN (le marquis de). 1676. Cachet. — LIGNERAC (Gilbert de). 1607. — LUSSAN (Jean-Paul de). Deux pièces. 1567. — MADAILHAN (Jean de), baron de Montataire. Deux pièces. 1592 et 1613. — MAUPERTUIS (Louis de Melun, seigneur de). Deux pièces. 1707 et 1718.

1306. **GUERRIERS FRANÇAIS**, avant 1789. 27 quitt. et actes notariés sig.

MAYNEMARE (Robert de), s^r^ de Bellegarde. 1469. — MONTBRON (François, comte de). 1674. — MONTLEZUN (Bernard de), s^r^ de Tresca. 1640. — MONTMARTIN (Jehan de Mars, s^r^ de). 1605. — MONTLUC (Adrien de), baron de Montesquieu. 1595. — NARBONNE (Jean-François Pelet Fritzlar, comte de). L. aut. 1771. — NARGONNE (Claude de). 1602. Notice de M. *L. de M.* — ORSINO (Virginio), duc de Santo Gemini. 1595. — PARIS DE MEYZIEU (Jean-Baptiste). 1766. — PÉRONNE (Charles de). 1613. — PLANCY (Emmanuel de Guénégaud de). 1696. — PODEVILS (Henri de). 1665. — PONTESCOULANT (Roland Le Doulcet de). 1661. — PONTECOULANT. 1778. — PORCELLET (Jehan). 1538. — QUINCÉ (Louis, comte de). 1668. — QUINSON (Jehan de). 1694. — RANCÉ (Nicolas d'Argouges, marquis de). Deux pièces. 1672. — RASILLY. 1674. Cachet. — RYEUX (François de La Jugie, baron de). Deux pièces. 1589 et 1593. — ROMAINVILLE (Charles-François de). 1692. — ROSSO (Pierre-Marie), comte de Saint-Second. 1543. —

Saint-Hilaire (Armand de Mormes de). Deux pièces. 1708 et 1711. — Savigniac (Jean de La Roderie de). 1637.

1307. **GUERRIERS FRANÇAIS**, avant 1789. 27 quitt. et pièces notariées sig.

Saint-Estienne (Esme de). 1609. — Saint-Frémont (François de). 1695. — Saint-Marsault (Louis de Green de), baron de Chastellaillon (et Marie d'Orléans, duchesse de Nemours). 1698. — Saint-Vallier (Pierre-Félix de La Croix de Chevrières de). 1687. — Sassenage (Antoine de), sr de Montellière. 1570. — Semonville (François Huguet de). 1709. — Sourches (Louis de Bouchet, marquis de). 1774. — Talmont (Frédéric-Guill. de La Trémoille, prince de). 1703. Cachet. — Tilladet (Jean-Baptiste). 1668. — Tilladet (Gabriel de Cassagne, de). 1657. — Toulouse de Lautrec. 1745. — Valbelle (Joseph-Alphonse Omer, comte de). Son testament. Manuscrit de six gr. p. pl. in-fol. (La fin manque). — Varennes Nagu (le marquis de). 1676. Cachet. —Vassan (Zacarie de). 1597. — Vatteville (Louis de). 1689. — Vaubecourt. 1698. — Vins (Jean de). 1691. — Vieux-Pont (Etienne de). 1546. — Vesins (Jean de). 1578. — Violaine (de). 1783. — Ximenès (Joseph de). 1692. Cachet.

1308. **GUERRIERS** français et étrangers, depuis 1789. 16 pièces, lettres sig., et aut. sig.

Boisson-Quency. L. a. s. 1796. 1 p. in-fol. — Dentzel. — Fabincourt (le comte de), blessé pendant les journées de juillet 1830. Deux pièces. — Foucault (le vicomte de), qui donna l'ordre d'*empoigner* Manuel. Pièce aut. sig. — Gourdon. An XII. — La Salle d'Offemont (le marquis de), commandant de la garde nationale en juillet 1789. L. a. s. 1812. 1 p. in-4. — La Harpe (Frédéric-César), gouverneur de l'empereur Alexandre Ier. L. a. s. Lucerne, 27 mai 1799. 2 p. in-4. Curieuse. — Lelièvre (Hilaire-Etienne), défenseur du fort de Mazagran. L. sig., à M. Decomps, commandant le 1er bataillon d'Afrique. Mazagran, 27 février 1840. 1 p. in-4. — Decomps, lieutenant-colonel. L. a. s., à M. Lucas de Montigny. Alger, 11 janvier 1843. 2 p. in-4. Il l'entretient du commandant Lelièvre. — Pleineselve (A. de), colonel de la garde royale. 4 pièces. — Rieussec, lieutenant-colonel de la 8e légion de la garde nationale de Paris, une des victimes de l'attentat de Fieschi. L. sig. 1826. — Simon Lorrière. L. a. s. 1831. 3 p. in-4. — Songis. L. a. s. 1809. 1 p. in-fol. *Portr.*

1309. **GUIBERT** (Jacques-Antoine-Hippolyte, comte de), écrivain militaire. N. 1743. M. 1789.

L. a. s. (à la 3e personne), à Mme Necker. Sans date. 1 p. in-12.

1310. **GUICHARD**, (Jean-François), poëte, ami d'Alexis Piron. N. 1731. M. 1811.

1o *Couplets explicatifs de la dernière énigme de janvier* (1808)... Aut. sig. 1 p. pl. et quart in-8. — 2o *Epigramme à un calomniateur*. Aut. sig. (1810). — 3o *Logogriphe*. Aut. (1810). 1 p. in-4.

1311. **GUILLAUME DE NASSAU**, prince d'*Orange*, dit le *Taciturne*.

Pièce sig. (en flamand) et contresignée par un ministre. Rotterdam, 9 juillet... In-fol. (parchemin). Sceau bien conservé. Deux *portr.*

1312. **GUILLEMEAU** (Jacques), chirurgien de Charles IX, Henri III et Henri IV. N. 1550. M. 1633.

Quitt. sig. (sur parch.), *de la somme de sept vingt dix liures que Sa Majesté m'a faict don pour ma récompense, a cause de mon estat de chirurgien de Sa Majesté, durant le quartier de juillet, aoust, et septembre*... septembre 1608.

1313. **GUILLEMINOT** (Armand-Charles), comte, lieutenant général, ambassadeur à Constantinople. 1774.-1839.

L. aut. sig., au citoyen Méjean. Paris, 23 ventôse an XI. 1 p. pl. in-4. *Portr.*

Recommandation en faveur de M. Vanderwalle-Fernig, pour une place de percepteur des contributions de la ville de Louvain.

Gourgaud (le général, comte), compagnon de captivité de Napoléon à Sainte-Hélène. L. sig., au préfet de la Seine. Paris, 2 p. pl. in-4. Six *portr.*

1314. **GUILLON** (Marie-Nicolas-Sylvestre), évêque de Maroc. aumônier de la Reine Marie-Amélie. N. 1760. M. 1847.

Il eut le courage pastoral d'administrer l'extrême-onction à l'évêque constitutionnel Grégoire, malgré la défense de l'archevêque de Paris. (*L. de M.*)

1° Deux lett. aut. sig. 1826 et 183... 2 p. in-8.

2° Dissertation sig., adressée à madame... sur l'excellence du catholicisme... Montfermeil, 12 juillet 1823. 11 p. in-4.

1315. **GUILLOTIN** (Joseph-Ignace), médecin, membre de l'assemblée Constituante, fondateur de l'Académie de médecine. N. 1738. M. 1814.

L. a. s., à M. le préfet de la Seine. Paris, 28 mars 1808. 4 p. pl. in-4.
Lettre intéressante au sujet d'un conscrit à réformer.

1316. **GUISE** (François de Lorraine, duc de), gouverneur et lieutenant général du Dauphiné, etc. Né en 1519, assasssiné par Poltrot en 1563.

Deux quitt. sig. (sur parch.). 1548 et 1556. *Portr.* in-fol.

1317. **GUISE** (Henri de Lorraine, duc de), fils du précédent, dit : le *Balafré*. Né en 1550, assassiné à Blois en 1588.

Quitt. sig. (sur parch.). 1581. Cachet. Quatre *portr.*

1318. **GUISE** (Louis de Lorraine, cardinal de), frère du précédent, archevêque de Reims, légat du S. S. Né en 1556, assassiné à Blois en 1588.

1° Nomination aux fonctions de conservateur de foires de la ville de Saint-Denis en France, dont il est abbé. 1580. Grande pièce sur parch.). Deux *portr.*

2° L. aut. sig., à l'évêque de Noyon. Rheims, 22 septembre 1586. 1 gr. p. in-fol. Trace de cachet. Affaires religieuses.

1319. **GUISE** (Charles de Lorraine, duc de), fils du *Balafré*, amiral des mers du Levant. N. 1571. M. 1640.

1° Acte notarié, sig. 1611. 2 p. in-fol. *Portr.*

2° Procuration générale notariée, sig., donnée (aussi ample que possible) à Henriette-Catherine de Joyeuse, son épouse. 1611. 3 p. in-fol.

Guise (Henriette-Catherine de Joyeuse, duchesse de), femme du précédent. Deux procurations, notariées, sig. 1611 et 1613. 5 p. in-fol.

1320. **GUISE** (Louis III de Lorraine, cardinal de), abbé de Clugny, etc., prélat guerrier. N. 1575. M. 1621.

Quitt. de deux lignes aut. sig. (sur parch.). 1621. Notice de M. *L. de M.*

Guise (Marie de Lorraine, duchesse de). Quitt. sig. (sur parch.). 1616.

1321. **GUITAUD** (Charles de Pechpeirou de Comminge, comte de), gouverneur de l'île Sainte-Marguerite, ami de Mme de Sévigné. M. 1686.

Quitt. aut. sig. (sur parch.). 1672.

Guitaud (Charles de Pechpeirou de Comminge, chevalier de), gouverneur de l'Ile-Sainte-Marguerite. Quitt. sig. (sur parch.). 1670.

affections politiques, par la vigueur de son caractère, et par son influence sur des hommes et des événements de son époque. (*L. de M.*)

1° Vingt-cinq lettres aut. sig., à M. Lucas de Montigny. 1826 à 1836. Cachets. — 2° Neuf lett. et billets aut. sig. H., au même. — 3° L. aut., à M. Testard, à Bordeaux. 2 p. et demie in-12. Cachet. Curieuse sur les événements politiques, et sur un singulier fait médical. — 4° Lettre (imprimée), à la comtesse Kisseleff, à Hombourg. 1849.

Dans une de ces lettres elle dit à M. Lucas de Montigny... « Où en est Mirabeau? Je l'attends comme une fête : qu'il va paraître grand, ce colosse, au « milieu de nos banquiers, avocats, doctrinaires! On ne croira pas que ce soit « un homme de la même espèce que ceux qui s'intitulent des députés, des « orateurs, des ministres, des hommes d'État. Marchez donc, paroissez ; fixez « nos regards bien haut pour les détourner enfin de regarder si bas. « J'ai parlé de vous bien longtemps un jour avec M. Janin. N'est-ce pas qu'il « est bien spirituel, bon et amusant.... »

1336. **HAMILTON** (Antoine), rédacteur des *Mémoires du chevalier de Gramont*. N. 1646. M. 1720.

1° Quitt aut. sig. (sur parch.). 1676. Joli *portr.*

2° Certificat de service militaire sig. 1676. 1 p. in-4. Cachet.

1337, **HANRIOT** (François), général en chef de l'armée de Paris. Né en 1759. Mis à mort en 1794.

Voici, selon Mathon de La Varenne, l'histoire du général Hanriot. Domestique, il avoit été chassé pour vol ; commis aux barrières, chassé pour même cause; de même, comme espion de police. — Il avoit été enfermé à Bicêtre, puis fouetté et marqué ; il avoit été, le 3 septembre 1792, au nombre des égorgeurs à Saint-Firmin et à la Force, où il avoit bu du sang de la princesse de Lamballe, etc. (*L. de M.*)

1° L. aut. sig., au citoyen Bugniaux, rue Mouffetard, section des Sans-Culottes. 8 ventôse an II. Demi-p. in-4. Tête impr. *Portr.*

2° Ordre d'arrestation de *la mère du traître Hanriot*, délivré par le Comité de sûreté générale, et signé par Jagot, Louis (du Bas-Rhin) et Lavicomterie. Paris, 13 thermidor an II. 1 p. in-fol. Tête imprimée. Cachet.

1338. **HARAMBURE** (Jehan de), seigneur de Romefort, baron de Picassary, etc.

Je crois que c'est le vaillant *borgne* dont le dévouement, la bravoure, et les éminents services sont attestés glorieusement par la correspondance familière et amicale de Henri IV. — En voici un échantillon : « Pendez-vous, borgne, « de ne vous estre point trouvé près de moy en un combat que nous avons eu « contre les ennemys, où nous avons faict rage, mais non pas tous ceulx qui « estoient avec moy... » 15 juin 1595. — Entre la première des lettres conservées où le roi appelle d'Harambure *borgne* (1er novembre 1589) et la dernières de celles où manque ce sobriquet (12 novembre 1586), l'ordre des temps place la bataille d'Arques (21 septembre 1589), et c'est là, sans doute, que d'Harambure perdit un œil. (*L. de M.*)

1° Quitt. sig. (sur parch.). 1599. — 2° Acte notarié, sig. 1619. 3 p. in-fol.

1339 **HARCOURT**-*Beuvron* (famille de). 17 pièces.

Harcourt. L aut. sig., à Mme de Beuvron, sa mère. Constantinople. Avril 1574. 1 gr. p. pl. in-fol. Relation intéressante de son arrivée et de son séjour à Constantinople. Il va s'acheminer vers Jérusalem, et demande de l'argent.— Harcourt (Pierre de). Quitt. sig. sur parch.). 1551. — Harcourt (Pierre de), et Gilonne de Matignon, son épouse, amie et confidente de Marguerite de Valois. Trois actes notariés, signés. 1609 et 1619. 8 p. in-fol. — Harcourt (Charles de), marquis de La Mothe et Jacqueline d'O, son épouse. Acte notarié, sig. 1609. 2 p. in-fol. — Harcourt (Jacques de), gouverneur de Falaise. Trois actes notariés, sig. 1599-1621. 4 p. in-fol. — Harcourt (Guy de), baron de Beuvron. Quitt. sig. (sur parch.). 1626. — Harcourt (François de), marquis de Beuvron, lieutenant général au gouvernement de Normandie. Il fut fidèle au roi pendant la Fronde.

Mme de Motteville raconte comment elle et sa sœur furent tirées des mains de la populace, qui les avait poursuivies jusque dans l'église Saint-Roch, comme *Mazarines* (1649), et qui voulait les y massacrer. (*L. de M.*). Quitt. sig. (sur parch.). 1663. — HARCOURT (Henri, duc de), ambassadeur en Espagne, maréchal de France. N. 1654. M. 1718. Deux pièces sig. et aut. sig. 1684 et 1692. Cachet. — HARCOURT (François, duc de), maréchal de France, gouverneur de Sédan. Pièce sig. 1748. — HARCOURT (Anne-Pierre, comte de Beuvron, duc de), maréchal de France, gouverneur de Normandie. Deux pièces aut. et aut. sig., 1713 et 1714. — HARCOURT (Pierre-Marie-Joseph de Lorraine, comte de). Deux quit. sig. (sur parch.). 1705 et 1706.

1340. **HARCOURT** (Henri de Lorraine, comte de), vice-roi de Catalogne, dit : *Cadet la Perle*. N. 1601. M. 1666.

Deux quitt. sig. (sur parch.), et un passeport sig. 1646, 1647 et 1661. Deux *portr.* Notice de M. *L. de M.*

HARCOURT (Marguerite-Philippe du Cambout, comtesse de), femme du précédent, avant, duchesse de Puy-Laurens. M. 1674.

Contrat de mariage de Louise-Catherine Langlois, avec Michel Coulombin, receveur des aides, sig. par elle : Marguerite Du Cambout, comtesse douairière de Harcourt, et par Catherine-Henriette de Lorraine ; le prince Alphonse-Louis de Lorraine, chevalier de Harcourt, etc., etc. 8 p. in-fol.

1341. **HARLAY** (Achille de), premier président au parlement de Paris. N. 1536. M. 1616.

C'est un prétendu message d'Achille de Harlay qui servit de prétexte à Jacques Clément pour s'introduire auprès de Henri III.

Quitt. a. s. et quitt. sig. (sur parch.). 1563 et 1607. Deux *portr.*

HARLAY (Achille II de), premier président au Parlement de Paris. Deux quitt. sig. (sur parch.). 1671 et 1698.

HARLAY (Achille III de), conseiller du roi et maître des requêtes. N. 1639. M. 1712. Quitt. deux fois sig. (sur parch.). 1655.

1342. **HARLAY** (François de), abbé de l'abbaye de Saint-Victor-lez-Paris, puis, archevêque de Rouen. 1586-1653.

Prélat savant, laborieux, mais capricieux, violent et ambitieux. (*L. de M.*)

Acte de nomination sig., comme abbé de Saint-Victor, et contresig. *Le Roy* (sur parch.). Paris, 1er mars, 1604.

HARLAY DE CHANVALLON (François), archevêque de Rouen, puis de Paris. N. 1635. M. 1695.

Moliniste rigide, et prélat scandaleux ; amant public de Mme de Lesdiguières ; entreteneur de Mme de Bretonvilliers. — Il refusa la sépulture chrétienne à Molière, et mourut sans sacrements ; Mascaron refusa de faire son oraison funèbre qui, disoit Mme de Sévigné, ne présentoit que deux petites difficultés, à savoir : *La vie et la mort du prélat.* Mais, en revanche, il étoit et fut chanté exemple :

Il fait tout ce qu'il défend
A Paris comme à Rouen.

(*L. de M.*)

1° Permission sig. d'exposer le Saint-Sacrement dans l'église de l'Annonciade de Popincourt... Paris, 28 juillet 1674.

2° Sa signature au bas d'un certificat du curé de Saint-Sulpice (Baudrand), à Paris, attestant que le sieur Matthieu de Larroque, ci-devant ministre au Caulle, en Normandie, à présent son paroissien, fait profession de la foi, et exercice, etc. Paris, 3 nov. 1690. 1 p. in-4. Mouillures et déchirures par l'humidité.

HARLAY (Achille de), évêque de Saint-Malo. Quitt. sig. (sur parch.). 1637. Beau *Portr.* de Van Meerlen, in-fol.

1343. **HARLAY** (Christophe de), conseiller du roi, et président au parlement de Paris.

Quitt. sig. (sur parch.). 1563.

HARLAY (Christophe de), comte de Beaumont, ambassadeur en Angleterre. Deux actes notariés sig., dont un aussi par Louis de Harlay. 1597. 5 p. et demie in-fol.

HARLAY (Louis de), gouverneur de la ville de Saint-Maixant. Acte notarié, trois fois sig. 1601. 3 p. in-fol.

HARLAY (Charles de), gentilhomme de la chambre du Roi. Acte notarié, sig., signé aussi par Antoine d'Estrées. 1599. 3 p. in-fol.

HARLAY DE CHANVALLON (Jacques de), écuyer et chambellan de François, duc d'Alençon. Trois actes notariés, sig., dont deux par sa femme, Catherine de La Mark. 1592, 1593 et 1598. 8 p. in-fol.

HARLAY (Nicolas-Auguste de), seigneur de Bonneuil, conseiller du Roi, etc. Trois quitt. sig. (sur parch.) 1676-1678.

1344. **HAUTEFORT** (René de), baron de Lestrange, gouverneur du Puy en Velay.

Quitt. sig. (sur parch.), de la somme de 3000 livres, dont Sa Majesté lui a fait don, en considération de ses services, et pour lui donner plus de moyen de les lui continuer à l'avenir. 1612.

1345. **HAUTEFORT** (Marie de), dame d'atours de la reine Anne d'Autriche, maréchale, duchesse de Schonberg, protectrice de Bossuet. N. 1616. M. 1691.

1° Neuf lettres de changes tirées pour elle (comme. duchesse de Schonberg). 1667-1670. Notice intéressante de M. *L. de M.* 4 p. in-4.

2° Pièce aut. sig. 1 p. petit in-8 en travers, avec double feuillet blanc. Bonne conservation. *Rare.*

« Ie recongnois q. M. le marquis de Saubeuf ma peye la somme de sis cent « liures q. ie promets luy tenir en conte sur se quil me peut deuoir. A Paris « ce 21 may 1683. Marie dHaultefort. »

1346. **HAUY** (Valentin), instituteur des jeunes aveugles, interprète public, etc. N. 1745. M. 1822.

1° Certificat de vie aut. sig. Paris, 2 juillet 1791. Demi p. in-4. — 2° Quitt. sig. 1804. 1 p. in-4.

HAUY (René-Just), minéralogiste, membre de l'Institut. N. 1743. M. 1822. Beau *portr.* de Debucourt, in-4.

HASSENFRATZ (Jean-Henri), mathématicien, minéralogiste, membre de l'Institut. N. 1755. M. 1827. L. aut. sig., à M .... 27 déc. 1824. 1 p. pl. et demie in-4.

1347. **HEBERT** (Jacques-René), dit : *Le père Duchesne*, à cause de son journal. Né en 1755. Mis à mort en 1794.

Longue notice de M. *L. de M.* qu'il termine ainsi: Personne plus qu'Hebert n'avait ameuté et perverti l'horrible populace des deux sexes qui, après avoir salué d'applaudissements les jugements du tribunal révolutionnaire, insultoit les victimes marchant à l'échafaud. — Il eut son tour et les mêmes voix crièrent autour de lui, et dans son langage : « Il est bougrement en colere aujour-« d'hui le pere Duchesne! Va, coquin, va éternuer dans le sac! »

L. aut. sig., à Jourdeuil, adjoint au ministre de la guerre. Paris, 27 pluviôse an II. 1 p. pl. et tiers in-4. Deux *portr.*

Il a appris qu'il était d'une colere telle (contre le jeune républicain Lemblet, employé dans ses bureaux), que le père Duchesne n'en eut jamais de plus terrible... Dans un bon cœur, la colère n'est pas de longue durée, « eh « qui le sait mieux que le père Duchesne, à qui il ne faut qu'une bonne nou-« velle, ou un trait de sentiment pour passer de l'emportement le plus grand à « la plus grande joie... »

1348. **HELLENISTES**, orientalistes, *philologues*, etc.

AGOUB (Joseph) N. 1795. M. 1835 L. a. s. sig. aussi par de Pongerville et Villenave, 1827. 3 p. et demie in-4. — CAUSSIN DE PERCEVAL N. 1757. M. 1835. L. a. s., sig. aussi par Boudet de Perceval. 1788 2 p. in-4. — CHAMPOLLION (Jean-François), dit *le jeune*. N. 1791. M. 1832. L. a. s. Grenoble, 1810. 2 p. in-8. — CHARDON DE LA ROCHETTE. N. 1753. M. 1814. L. aut. An IV. 2 p. pl. et demie in-8. Curieuse. — CHÉZY (Antoine Léonard. N. 1773. M. 1832.

L. a. s. 1828. 2 p. in-4. — CORAY. N. 1748. M. 1833. L. a. s. 1 p. in-8. — DESGRANGES (Alix). Deux lett. a. s., à M. Jules Janin. 1841. 2 p. in-8. — D'GHIEZ (Hassouna), rédacteur du *Moniteur Ottoman*, L. a. s. 1834. 1 p. in-8.

1349. **HELLENISTES,** *orientalistes, philologues*, etc.

GUIGNES (Joseph de). N. 1721. M. 1800. Fragment aut. demi-p. in-4. — HAMMER DE PURGSTALL (le baron de). Pièce a. s. 9 janvier 1838. Demi-p. in-8. — JULIEN (Stanis'as). L. a. s. 1839. 1 p. in-8. — KLAPROTH (Henri-Jules). N. 1783. M. 1837. Billet. a. s. Deux *portr*. — LANGLÈS (Louis-Mathieu). N. 1763. M. 1824. L. a. s. 1812. 2 p. in-4. *Portr*. — LEFEBVRE DE VILLEBRUNE. N. 1732. M. 1809. L. a. s. 1791. 2 p. et demie in-4. — SAINT-MARTIN (Jean-Antoine de). N. 1791. M. 1832. L. a. s. 1 p. in-8. — SILVESTRE DE SACY. N. 1753. M. 1838. L. a. s. 1834. 1 p. in-8. *Portr*. — VAUVILLIERS (Jean François). N. 1737. M. 1801. L. a. s. 1790. 1 p. in-4.

1350. **HENAULT** (le président Charles-Jean-François), historien. N. 1685. M. 1770.

Quitt. sig. de la somme de deux mille francs, pour loyer d'une maison rue du Bac. Paris, 2 avril 1763. 1 p. in-8. *Portr*. de Voyez, in-4.

1351. **HENRI D'ALBRET,** roi de Navarre, grand père maternel de Henri IV. N. 1503. M. 1555.

Pièce sig. (sur parch.). Pau, 12 octobre 1554.

1352. **HENRI II**, roi de France. N. 1518. M. 1559.

Ordonnance de payement d'une somme de deux cents écus d'or, au sr Borthie, lieutenant du sr de Lorges, en sa garde écossaise... Signée par le roi, et contres., *Lausse*. Fontainebleau, 17 nov. 1547. (Parch.). Quatre *portr*.

1353. **HENRI III,** roi de France. N. 1551. M. 1589. 14

C'étoit un bon Roi s'il eut rencontré un meilleur siècle, dit l'Estoille. Ce prince malheureux, trop sévèrement jugé, selon moi, par l'histoire, avoit pour compenser ses faiblesses, ses travers, ses vices, de grandes qualités d'esprit et de cœur, ainsi que de grands talens qui, faute d'applications complettes, et surtout de réussites, n'ont pas été bien appréciés. Pour ne parler ici que de sa bravoure magnanime, et sans rappeler Montcontour et Jarnac, je citerai seulement ce qu'en disent les *Mémoires de Nevers*. (*L. de M.*).

L. aut. sig., à M. le marquis de Pisani, son ambassadeur, à Rome. 15 mai 1587. 1 gr. p. in-fol. Deux *portr*.

Au sujet de l'abbaye de Chevilly.

1354. **HENRI III.** *Le même*.

L. aut. sig., à M. le marquis de Pisani. 10 décembre 1587. 1 p. pl. in-fol. Deux *portr*.

1355. **HENRI III**. *Le même*.

L. aut. sig., à M. le marquis de Pisani. Sans date. 1 p. in-fol. Déchirure au bas de la page enlevant plusieurs lignes. La signature est avec trois lignes, à la marge intérieure. Deux *portr*.

1356. **HENRI III** *Le même*.

L. sig., à M. le Vidame du Mans. Tin-le-Moustier, 21 novemb. 1570. Demi-p. in-fol.

Le Roi son seigneur et frère a été averti qu'il passe plusieurs sortes de gens par le pays du Maine avec armes, tenant tous un même chemin, comme s'ils avaient quelque rendez-vous pour exécuter quelque entreprise. Et d'autant que c'est chose qui est du tout contraire à l'édit de pacification, lequel le Roi son dit seigneur veut garder et observer, afin que l'on y puisse remédier et pourvoir, il le prie de s'informer dextrement et diligemment de ce qui en est à la vérité...

1357. **HENRI III.** *Le même*.

L. sig., au cardinal de Lorraine. Paris, 18 novembre 1572. Demi-p. in-fol. Cachet.

Il le prie d'assister le s[r] de Rambouillet que le Roi, son frère, envoie devers Sa Sainteté, pour lui rendre l'obéissance qui lui est due...

1358. **HENRI III.** *Le même.*

L. sig., *à Mons. de Rambouillet, chevalier de l'ordre du roy monseigneur et frère, conseiller en son privé conseil, et cappitaine de ses gardes* (et son ambassadeur à Rome). Paris, 4 décembre 1572. Demi-p. in-fol.

Il le prie de faire ses condoléances au duc de Ferrare, sur la mort de sa tante, feu la duchesse.

1359. **HENRI III.** *Le même.*

Instructions à M. de Rambouillet (signée *Henricus*), que le roi de Pologne dépêche présentement au dit pays, pour visiter de sa part ceux des États et plusieurs s[rs] palatins et castellans auxquels il écrit... 1573. 5 gr. p. in-fol. (Avec une copie moderne).

M. de Rambouillet témoignera aux états et seigneurs de Pologne la joie du Roi de l'élection dont ils l'ont honoré.—Sa reconnaissance.—Sa ferme volonté de remplir et surpasser leur espoir par son bon gouvernement. — Remerciements particuliers aux archevêques et évêques, aux palatins, etc. — Il témoignera aux opposants que loin de leur en savoir mauvais gré, le roi les estime au contraire. — Le Roi aurait voulu se rendre tout de suite en Pologne, mais il avait à s'occuper des difficiles affaires de la France. — Heureusement il a soumis La Rochelle, pacifié la Guyenne et le Languedoc, et il peut songer à son départ. S'il en était le maître, il monterait à cheval aujourd'hui, plutôt aujourd'hui que demain, tant il est pressé de voir ses sujets, d'embrasser leurs intérêts, de surveiller les Moscovites dont la trêve touche à son terme, même en supposant qu'elle soit prolongée jusqu'à la saint Martin comme on l'a proposé avec raison; il faudra essayer de la prolonger davantage, — et de deux ans, s'il est possible, proposition que l'ambassadeur doit faire comme de lui-même, et non par l'ordre du Roi.— Le Roi partira le plus tôt qu'il pourra, et en attendant, l'ambassadeur doit inviter les Etats, etc., de pourvoir à touts les intérêts publics, soit par levées et armes, soit par négociations, pour contenir le Moscovite et maintenir dans le royaume la paix dont il jouit, et dont trop d'autres Etats sont privés, etc., etc.

1360. **HENRI III.** *Le même.*

Instruction-sig. *Henricus*, et contresig. *Brulart*, pour M. de Rambouillet. Paris, 24 septembre 1573. 3 gr. p. in-fol. (avec une copie moderne).

Le Roi va partir pour la Pologne et compte être à *Posnania* (Posen) le 16 décembre prochain, pour être couronné le 16 janvier; il voudrait partir plus tôt. — Les 70,000 écus que M. de Rambouillet a reçus (voir l'instruction qui précède) lui serviront pour des levées de gens de guerre qu'il jugerait indispensables, mais il en usera avec mesure et le surplus restera à la disposition du Roi qui s'en servira fort utilement, ainsi que des autres deniers qu'il pourra apporter... L'ambassadeur offrira ses services et conseils aux États palatins, etc., etc.

1361. **HENRI III.** *Le même.*

1° L. sig., avec ces mots aut. : *Vostre bon amy*, à M. de Rambouillet. Vitry-le-Français, 10 novembre 1573. 1 gr. p. pl. in-fol. (La moitié chiffrée), avec une copie moderne et la traduction de la partie chiffrée. — Minute d'une lettre (il y a derrière : Minuter ce matin une l[re]). Demi-p. in-4.

Il a reçu une lettre de Bazin qui lui annonce que tout s'est amélioré depuis que l'on sait qu'il se prépare à s'acheminer vers son royaume. Un gentilhomme a tenu 200 chevaux entretenus pour lui faire service. Qu'il voie s'il les faut maintenir ou licencier, et comme on devra pourvoir au payement des dépenses faites...

2° Copie moderne d'une lettre du Roi, au même, datée de Mayence, le 18 décembre 1573, au sujet d'une rescription de 40,000 livres qu'il lui a envoyée, et de ses affaires de Pologne. (L'original manque).

1362. **HENRI III.** *Le même.*

L. sig., avec ces mots aut. : *V[re] bien bon amy*, à M. de Rambouillet. Eisnac (Eisenach), 3 janvier 1574. 1 p. in-fol. (avec une copie moderne).

Il a grande envie de le voir à son arrivée à Posnanie (Posen) pour entendre de lui l'état des choses de son royaume de Pologne, ce qu'on pense sur le retard de son arrivée, sur son couronnement, etc. Cependant, qu'il reste à Cracovie s'il le croit nécessaire pour le bien de son service, à cause des ambassadeurs envoyés pour assister à son couronnement...

1363. **HENRI III.** *Le même.*

L. avec un postscriptum de quatorze lignes aut. Delitz, 13 janvier 1574. 1 gr. p. pl. in-fol. (avec une copie moderne).

Il lui envoie sa réponse par le neveu du palatin Laski à la dépêche apportée de son royaume de Pologne et de Lithuanie. — Il faut rompre les manœuvres de ceux qui voudraient différer son couronnement jusqu'à Pâques; il faut au contraire qu'il soit couronné à son arrivée, et empêcher les nonces terrestres de se réunir en assemblée qui lui pourrait porter préjudice, et qu'on n'élise pas un maréchal terrestre, car il pourrait assembler tous les nonces terrestres, et concerter des mesures désavantageuses à son autorité... — Ce qui suit est de la main du Roi : « Je vous prie de reguarder pour mon logys que « le soye accomodé a Cracouie tant de chambre que autres apartemans et prin- « cipallemant de cabinets pour auoyr antandeu quil est comode. Le dict logis « de ces choses la mesmes pour sortir et antrer a ce que iai antandu dans la « ville sans que lon le uoye vous scauez lennuie qua an cella la Royne ma « mere jan suis de mesmes mais faictes le si dextremant quils ne connoissent « que se soyt pour cella. Je vous an escris une lettre que vous monstrerez au « procureur non ceste cy. »

1364. **HENRI III.** *Le même.*

L. sig., avec ces mots aut. : *Vostre bon amy*, à M. de Rambouillet. Torgau, 13 janvier 1574. Demi-p. in-fol.

Il a entendu que le bâtiment de son château de Cracovie est fort commode pour logis. Mais d'autant que le procureur qui en a la charge ne sait pas qu'elle est sa coutume de loger, et d'approprier les chambres et les cabinets à la façon de France, il le prie de regarder à faire dresser et approprier son logis comme il sait qu'il le désire, et qu'il a accoutumé de l'être...

1365. **HENRI III.** *Le même.*

L. sig., avec cette souscription aut. : *Vre très-humble et très-obéissant frère*, au roy, Monsieur et frère (Charles IX). Cracovie, dernier jour de mars, 1574 (avec une copie moderne).

Il lui recommande particulièrement le s[r] Du Vau, porteur de cette lettre, à cause du grand contentement qu'il a reçu des bons et fidèles services qu'il lui a faits par deçà, près le s[r] de Rambouillet...

1366. **HENRI III.** *Le même.*

L. sig. et contresig,. *Pinart*, à M. de Rambouillet, capitaine de ses gardes, son lieutenant général au comté du Maine. Lyon, 11 sept. 1574. 1 gr. p. in-fol. (avec une copie moderne).

Il sait les bons services qu'il a rendus au feu Roi son frère, et à la Reine sa mère. Il y compte à son tour, et comme il sait que des symptômes d'effervescence des ennemis de son autorité se manifestent, qu'il se tienne et qu'il le tienne averti... Recommandation « d'auoir l'œil ouuert bien soigneusement « pour garder quil ne se face aucune surprinse, il naduienne aucuns mauuais « changements en l'estendue de vostre charge, me tenant aduerty de l'Estat en « quoy y seront toutes choses, et quand vous aurez quelque aduis secret à me « donner, ou a me faire, faictes en une lettre appart pliée meneu en vos pa- « quets de depesches que me ferez iournellement... » — Tant de personnes de la noblesse française toujours affectionnée à ses Rois se sont présentées à son arrivée, qu'il n'a pu témoigner à chacun son contentement comme il l'aurait voulu... « Je vous prie si vous en congnoissez quelques ungs en brillante « charge qui nayent eu accez a moy tel quils eussent désiré et que je me suis « disposé de bailler a ung chacun pour macquitter de la charge qu'il a pleu a « Dieu me commettre les rendre cappables des empeschemens et occasions, et « les asseurer que, jusques aux moindres, jespere auec la grace de Dieu, me « rendre si bon et affectionné prince, quils se ressentiront du fruict de ma « bonne intention qui ne tend a aultre fin qua ramener et reconciller les ungs « et les aultres a une commune et parfaicte intelligence, establir entre iceulx « une bonne paix, et rendre mon regne hureux et agreable. »

1367. **HENRI III.** *Le même.*

L. sig., et contresig., *Pinart*, à M. de Rambouillet. Lyon, 16 septembre 1574. 1 p. in-fol. (avec une copie moderne).

N'ayant rien plus à cœur que la réunion de ses sujets et établir entre iceux un entier et parfait repos, il a voulu aussitôt qu'il a plu à Dieu se rendre en son royaume, et spécialement en ce lieu, aviser avec la Reine sa mère, ses frères les duc d'Alençon et roi de Navarre et autres princes et autres officiers de sa couronne qui se sont trouvés près de lui, des moyens propres à y parvenir, par l'avis desquels il a fait la déclaration qu'il lui envoie, afin que ceux qui ont été jusques ici nourris en quelque défiance de sa bonne grâce, ne diffèrent de la rechercher, d'autant qu'ils le trouveront toujours avec les bras ouverts pour les recevoir...

1368. **HENRI III.** *Le même.*

L. sig., et contresig., *Pinart*, à M. de Rambouillet. Lyon, 13 octobre 1574. 1 p. in-fol. (avec une copie moderne).

Il lui envoie une nouvelle déclaration de son intention droite et sincère de remettre son royaume au paisible et tranquille état qu'il désire, y conviant tous ses sujets qui, par sinistres opinions ou autrement, se sont éloignés de sa bonne grâce... Il juge bien qu'il aura tenu la main, de tout son pouvoir, à l'exécution d'un service si saint et si louable, le priant encore de faire exactement observer le contenu de ses instructions, et n'y omettre aucune chose....

1369. **HENRI III.** *Le même.*

L. sig., et contresig., *Pinart*, à M. de Rambouillet. Lyon, 18 octobre 1574. 1 p. in-fol. (avec une copie moderne).

Entre plusieurs choses qu'il voit désordonnées en son royaume, il y en a une qui lui déplait beaucoup, et de laquelle il a grande commisération, qui est la foule et charge que souffre ordinairement son peuple en diverses provinces par les mêmes soldats et gens de guerre qui y sont établis pour la conservation d'icelles, et pour la sûreté de son service, se trouvant que leur entretenement leur revient à un dommage si grand, que ce qu'ils pourraient recevoir de ceux qui leur sont contraires ne leur serait gueres plus insupportable..... Mesures à prendre pour faire cesser un pareil état de choses et pourvoir au soulagement de ses sujets...

1370. **HENRI III.** *Le même.*

L. sig., et contresig., *De Neufuille* (de Villeroy), à M. de Rambouillet. Lyon, 20 octobre 1574. 1 p. in-fol. (avec une copie moderne).

Il a décidé que les archers des gardes qui l'ont servi en son voyage de Pologne seraient repartis parmi les trois compagnies françaises de ses gardes. Il fera enrôler dans la sienne ceux qui sont portés sur le rôle qu'il lui envoie.

1371. **HENRI III.** *Le même.*

L. sig., et contresig., *Pinart*, à M. de Rambouillet. Lyon, 23 octobre 1574. Demi-p. in-fol. (avec une copie moderne).

Il a avis, que pour certain, il se trouve quelque mauvaise entreprise sur aucunes de ses villes, et que aucuns de ceux qui ont été de la nouvelle opinion qui ont fait demonstration de se contenir doucement en leurs maisons, conduisent ladite entreprise, ayant telle intelligence et pratique avec aucuns de ceux desdites villes où elles se doivent faire, et que les portes leur seront ouvertes quand ils voudront...

1372. **HENRI III.** *Le même.*

L. sig., et contresig., *Pinart*, à M. de Rambouillet. Lyon, 10 nov. 1574. 1 p. in-fol. (avec une copie moderne).

Des affaires l'appellent en Dauphiné, en Provence et en Languedoc pour le bien de son royaume, il a pris la résolution de s'approcher davantage des dits pays .. Il lui recommande de maintenir et conserver toutes choses en bon état au dedans de sa charge, si est-ce qu'étant plus requis que jamais d'y avoir l'œil ouvert..., il ne doit souffrir qu'il soit fait aucun tort, ennui ni déplaisir à ceux qui ont été ci-devant ou sont encore de la nouvelle opinion qui se contiendront doucement, aimant les maintenir sous sa protection et sauvegarde comme ses autres bons sujets catholiques, sans en faire aucune différence ni distinction ; là où aussi il y en aurait quelques-uns qui se voulusent émouvoir à la faveur de ceux qui se sont élevés en armes pour troubler ses autres sujets vivant en repos..., « Je veulx et entends que cheure vous ayez à les « preuenir et empescher de paruenir au but de leurs malheureuses intentions, « leur faisant courre sus et les taillant en pièces auant quils ayent moyen « dexecuter leurs mauuais desseings... »

Il ne sera que bien peu de jours à Avignon, étant son intention de se rendre à Reims le 12e du mois de janvier prochain, pour de là s'acheminer en sa ville de Paris, où Dieu aidant, y faire son entrée le dimanche gras aussi prochain, ainsi qu'il est porté par les publications qu'il en a fait faire...

1373. HENRI III. *Le même.*

L. sig., et contresig., *Pinart*, à M. de Rambouillet. Avignon, 22 novembre 1574. 1 gr. p. pl. et demie in-fol. (avec une copie moderne).

Quelles qu'aient été à son avénement ses assurances et protestations tendantes à pacifier son royaume, à rassurer et ramener ceux de la nouvelle religion, il est informé qu'ils s'agitent s'arment, passent ainsi par troupes de jour et de nuit pour se mettre et joindre à ceux qui les portent contre son autorité, se concertent et font toutes sortes de manifestations inquiétantes... Qu'il ait soin de redire ses intentions à ceux qui sont paisibles. — Quant aux autres qui s'arment il leur fera courir sus... Il entend aussi que l'on observe les édits de son frere, de sa mere pendant sa régence, et les siens, pour épargner aux provinces la charge accablante des gens de guerre à son service; et que les troupes ne marchent qu'avec ordre et permissions des gouverneurs et lieutenants généraux des points de départ et d'arrivée, et sous la conduite de commissaires qui pourvoiront à leurs besoins, etc.

1374. HENRI III. *Le même.*

L. sig., et contresig., *Brulart*, à M. de Rambouillet. Lyon, 22 janvier 1575. 1 p. in-fol. (avec une copie moderne).

Etant heureusement retourné de son voyage d'Avignon à Lyon, il lui donne avis qu'il a délibéré de partir de cette ville lundi prochain, 24 du mois, pour s'acheminer à Reims où il se propose de faire son sacre le 13 de fevrier prochain. Cependant, il le prie de contenir toutes choses en son gouvernement en bon repos et tranquillité, afin que, approchant des quartiers de Paris, il les y trouve en bon état comme il désire... S'il y en a aucuns qui veuillent interrompre le repos de ses bons sujets, il entend que selon ce qu'il lui a ci-devant assez de fois écrit, qu'il leur fasse courir sus de bonne heure, les tailler en pieces, et empêcher de parvenir à leurs malheureux desseins, qui est le plus agréable service qu'il lui saurait faire...

1375. HENRI III. *Le même.*

L. sig., et contresig., *Pinart*, à M. de Rambouillet. Paris, 21 mai 1575. Demi-p. in-fol. (avec une copie moderne).

Son cousin, le prince de Condé, et ses sujets de la nouvelle religion, et autres de leurs associés, ayant envoyés vers lui leurs députés pour le fait de la pacification des troubles de son royaume, lui ont présenté leurs articles et remontrances sur lesquels il leur a déclaré son intention, mais pour ce qu'ils lui ont fait entendre n'avoir pouvoir d'arrester et conclure aucune chose, il leur a permis de retourner chacun en leur province, pour en communiquer avec ceux qui les ont envoyés, d'où ils lui ont assuré qu'ils seraient de retour dans le mois de juillet prochain...

1376. HENRI III. *Le même.*

L. sig., et contresig., *Pinart*, à M. de Rambouillet. Paris, 4 juillet 1575. Demi-p. in-fol. (avec une copie moderne).

Il a eu présentement avis que ses sujets élus et leurs adhérents ont des entreprises sur aucunes de ses villes et places, et qu'ils les doivent bientôt exécuter pour les surprendre. A cette cause, il devra avertir tous les habitants des villes de sa charge, de faire la meilleure garde qu'il leur sera possible....

1377. HENRI III. *Le même.*

L sig., et contresig., *Brulart*, à M. de Rambouillet. Paris, 22 août 1575. Demi-p. in-fol. (avec une copie moderne).

Il a reçu ses lettres et entendu le contenu au procès verbal et examen fait au prisonnier François Vialaz, sur quoi il ne saurait lui dire autre chose, sinon que son proces lui soit parfait, et justice administrée... Il admonestera au surplus les juges de vivre en toute amitié les uns avec les autres sans continuer en ces partialités, à quoi, s'ils ne se disposent, il sera contraint d'y mettre la main si raidement, qu'ils se repentiront de n'avoir cru à ses admonitions...

1378. HENRI III. *Le même.*

L. sig., et contresig., *Brulart*, à M. de Rambouillet. Paris, 3 septembre 1575. 2 p. in-fol. (avec une copie moderne).

Les ennemis de son autorité continuent leurs entreprises. Par suite d'intelligences pratiquées et de faiblesse de ses officiers, ils se sont emparés de plusieurs villes. Il faut qu'il veille à celles qui sont sous sa charge... Empêcher les assemblées et faire arrêter ceux qui les formeront, en quelque petit nombre que ce soit, leur courir sus et tailler en pièces... Faire rechercher leurs messagers qui passent trop facilement... Ne laisser passer personne sans passeport. — Détails sur les passeports, sur ceux qui peuvent en obtenir, sur ceux qu'il faut arrêter lors qu'ils n'en sont pas munis. — Arrêter tous ceux qui marchent la nuit, etc., etc.

1379. **HENRI III.** *Le même.*

L. sig., et contresig., *Brulart*, à M. de Rambouillet. Paris, 16 septembre 1575. 1 p. in-fol. (avec une copie moderne).

Encore qu'il ait toujours aimé chèrement son frère, le duc d'Alençon, sans lui avoir donné occasion aucune d'être mal content de lui, si est-ce qu'il est advenu par mauvais conseil, selon qu'il est assez aisé à présumer, que hier au soir, sur les cinq heures, il s'est départi d'avec lui sans qu'il ait pu encore savoir en quelle part il a tiré, et pour ce que cela ne peut servir que pour accroître les maux desquels ils ne sont que trop affligés, il le prie sur touts les services qu'il eut jamais en volonté de lui faire, de faire prendre soigneusement garde par tous les lieux et endroits de son gouvernement, s'il s'y sera point retiré, afin de le prendre et arrêter par touts les meilleurs moyens dont il sait aviser, et le lui amener puis apres, qui est bien le plus grand et digne service qu'il saurait jamais recevoir de lui. Il désire aussi qu'il admoneste tous ceux de sa noblesse et autres de son gouvernement de lui demeurer toujours bons et loyaux sujets, sans suivre autre parti que le sien, selon qu'ils y sont naturellement obligés, et qu'il leur est ordonné par Dieu... Il lui envoie des lettres en blanc pour en bailler à aucuns des principaux, afin de les y encourager davantage.

1380. **HENRI III.** *Le même.*

Trois lett. sig., et contresig., *Brulart*, à... Paris, 16 septembre 1575. 3 p. in-fol. (avec une copie moderne).

Ces trois lettres, sans susriptions, signées en blanc, sont celles annoncées à M. de Rambouillet dans la lettre du roi qui précède, et sont identiques. Il y fait les mêmes doléances sur le départ subit et inexpliqué du duc d'Alençon, son frère, ne sachant ce qu'il est devenu, et encore moins qui l'a mu de le délaisser de cette façon, car Dieu lui est témoin de l'amitié fraternelle qu'il lui a toujours portée dans ses actions, ne lui ayant donné aucune occasion de tel parti... Mesures auxquelles ils doivent s'associer de le prendre partout où il sera rencontré, le lui amener aussitôt qu'il sera pris, etc.

1381. **HENRI III.** *Le même.*

1° L. sig., et contresig., *Brulart*, à M. de Rambouillet. Paris, 16 septembre 1575. 1 p. in-fol. (avec une copie moderne).

Il lui a écrit ce matin, mais il a oublié de lui dire, qu'ayant ordonné à son cousin, le duc de Nivernois, de s'en aller à la suite de son frère, le duc d'Alençon, avec le plus de forces qu'il se pourra, il désire pour qu'il soit d'autant mieux aidé, qu'il se trouve à Vendôme le 22 de ce mois, accompagné de ses amis, en meilleur équipage qu'il sera possible, pour les employer à lui faire servir à la représentation de son dit frère...

2° Lettre jointe, sans suscription et sans signature (de la même écriture que celle qui précède); il y a derrière : *Coppie de la lettre escripte par le premier courrier*. Chartres, 20 septembre 1575. 1 p. in-fol. (avec une copie moderne).

Cette lettre est probablement du duc de Nivernois et adressée à M. de Rambouillet. Le Roi lui a dit lui avoir écrit de s'acheminer pour être le 22 à Vendôme, afin qu'il se joigne à sa troupe. Il lui envoie ce courrier exprès pour lui faire savoir où il est. Il pense qu'il aura pourvu à ce qu'on pourrait tenter sur le Mans.

1382. **HENRI III.** *Le même.*

L. sig., et contresig., *Brulart*, à M. de Rambouillet. Paris, 24 septembre 1575. Demi-p. in-fol. (avec une copie moderne).

Il a eu avis que son frère, le duc d'Alençon, au partir de Dreux, doit prendre son chemin vers la riviere de Loire, et qu'il s'assure, entre autres lieux, d'avoir le Mans à sa dévotion, chose de quoi il a bien voulu l'avertir...

1383. **HENRI III.** *Le même.*

L. sig., et contresig., *Brulart*, à M. de Rambouillet. Paris, 26 septembre 1575. Demi-p. in-fol. Cachet (avec une copie moderne).

Il lui a fait part du dessein de son frère sur le Mans. — M. de Lavardin va faire entrer ses troupes dans le pays du Maine. — Il le prie de veiller à ce qu'elles soient employées où besoin sera.

1384. **HENRI III.** *Le même.*

L. sig., et contresig., *Brulart*, à M. de Rambouillet. Paris, 28 septembre 1575. 1 p. in fol. (avec une copie moderne).

Il lui a dit le départ de son frère à qui il n'a pourtant donné aucun sujet de plaintes. Il sait que beaucoup de troupes vont se joindre à lui, gens embrassant volontiers toutes nouveautés. Il a résolu de dresser une armée, la plus forte qu'il pourra, et y aller en personne pour rompre le cours de leurs desseins... Il a donc besoin de ses amis et de sa noblesse. Il écrit aux baillis et sénéchaux d'avertir toute la noblesse qui peut prendre les armes de venir, non vers son frère, mais vers lui aussitôt qu'il leur en aura donné l'ordre ; on lui enverra les rôles des hommes sur lesquels il peut compter. — Qu'il y veille, et que nulle part on ne donne entrée à son frère et à aucun de son parti...

1385. **HENRI III.** *Le même.*

L. sig., et contresig., *Brulart*, à M. de Rambouillet. Paris, 28 septembre 1575. 1 p. in-fol. Cachet (avec une copie moderne.)

Il lui sait gré de la levée de 600 hommes de pied et de 50 de cheval que, sur l'avis du départ de son frère, il a faite pour la sûreté de son gouvernement. Il lui envoie les commissions nécessaires tant pour la levée que pour l'entretenement d'iceux .. Toutefois, son frère s'étant dirigé d'un autre côté, il le prie de diminuer cette levée, autant que la sûreté du pays le permettra, et pour soulager d'autant son peuple qui en a bien besoin.

1386. **HENRI III.** *Le même.*

L. sig., et contresig., *Brulart*, à M. de Rambouillet. Paris, 21 octobre 1575. 1 p. in-fol. (avec une copie moderne).

Ses sujets du Maine avaient offert de solder 600 *harquebusiers* à pied ; et 50 à cheval, pour la sûreté du pays. Le danger ayant cessé, il suffit de mettre 20 harquebusiers dans son château du Mans, sous le commandement d'un lieutenant ; en la ville du Mayne (Mayenne), 20 ; à Sablé 20 sous la garde de celui qu'y a mis son cousin, le duc de Guise ; au château du Loir 13 ; 20 au s[r] De Fouilloux; et 20 à cheval à son lieutenant pour s'en servir au besoin ; ainsi, qu'il supprime le reste, afin que son peuple soit d'autant soulagé...

1387. **HENRI III.** *Le même.*

L. sig., et contresig., *De Neufville*, à M. de Poigny, son ambassadeur à Rome. Paris, le 17 novembre 1575. 1 p. in fol.

Il le prie de faire au pape les plus grandes recommandations en faveur du sieur de Givry, abbé de Sainte-Bénigne de Dijon, de Molesmes, etc., frère du comte de Charny, grand écuyer de France, afin qu'il soit élevé au cardinalat à la première promotion qui aura lieu... Motifs de sa recommandation...

1388. **HENRI III.** *Le même.*

L. sig., et contresig., *Brulart*, à M. de Rambouillet. Paris, 8 décembre 1575. 1 p. in-fol. (avec une copie moderne).

D'après le traité de la trêve, la ville de La Charité doit être remise à son frère le duc d'Alençon. Le maréchal de Cossé, qu'il en avait chargé, est malade Il le choisit pour le remplacer, et il fera remettre la ville au sieur Davantigny, commis par son frère, suivant sa promesse, et les instructions que sa mère lui a données. — Il fera aux habitants l'éloge de Davantigny, en leur disant que son dit frère n'eût pu choisir un plus sage et vertueux gentilhomme pour y entrer.., et que s'ils aiment leur conservation, le repos et salut de son royaume, ils ayent à y obéir promptement, sous peine d'être à jamais privés de sa bonne grâce, tenus et réputés déloyaux et désobéissants, et comme tels, répondre de leurs vies, de toute la ruine et autres maux que la continuation de la guerre pourrait attirer après soi, usant envers eux de toutes telles autorité, menaces et persuasions dont il saura bien aviser pour les y faire condescendre...

1389. **HENRI III.** *Le même.*

L. sig., et contresig., *Pinart*, à M. de Rambouillet. Paris, 8 janvier 1576. 1 gr. p. in-fol. (avec une copie moderne).

Il a différé de l'avertir d'un fait duquel il est très-déplaisant et en grande peine : son frère, le duc d'Alençon, lui a écrit qu'il a été empoisonné, et que la bonté de Dieu et le remède qui lui a été soudainement appliqué, l'ont préservé d'un danger imminent. Il peut penser combien ceci lui a pénétré le cœur de douleur, tant pour n'avoir la vie de son dit frère moins chère que la sienne propre, l'aimant comme frère, que pour ce qu'il connaît qu'il y va grandement de sa réputation, Il a dépêché aussitôt un gentilhomme vers lui. Il a aussi dépêché des plus notables de sa cour de parlement pour informer sur les lieux ainsi qu'il appartient... D'autant que toutes sortes de personnes et sur divers prétextes abordent et sont reçues indifféremment au camp de son dit frère, il est à présumer qu'il y en ait pu avoir qui seraient bien aises de le mettre en tel soupçon de lui, qu'il n'y eût plus lieu de parfaite amitié, afin de nourrir perpétuellement les troubles et divisions en ce royaume, et y a grande apparence que ceci a été machiné à cette fin, ce qu'il se mettra en peine d'approfondir. Jusqu'à cette heure, l'on n'en a pu découvrir aucune chose, car le valet de chambre qui avait reçu le vin des mains du sommelier, ayant été privé prisonnier, interrogé et gêné, n'a rien dit. ..

1390. **HENRI III.** *Le même.*

L. sig., et contre sig., *Pinart*, à M. de Rambouillet. Paris, 23 janvier 1576. Demi-p. in-fol. (avec une copie moderne).

Il est informé que les bandes du régiment d'infanterie que commande le sieur de Beauvais Nangis ont fait plusieurs pilleries, exactions, méchancetés, et saccagé les faubourgs de Laval... Il envoie ordre d'en informer et de dépêcher un commissaire ordinaire de ses guerres pour diriger le corps vers l'armée que conduit son cousin, le duc de Mayenne.

1391. **HENRI III.** *Le même.*

L. sig., et contresig., *Brulart*, à M. de Rambouillet. Paris, 12 février 1576. Demi-p. in-fol. (avec une copie moderne).

Il a su par lui et par une lettre du Mans, le projet qu'on a eu d'entreprendre sur cette ville, et il est assuré qu'il aura pris les mesures nécessaires pour la conserver.

1392. **HENRI III.** *Le même.*

L. sig., et contresig., *Brulart*, à M. de Rambouillet. Paris, 21 février 1576. 1 p. in-fol. (avec une copie moderne).

Il a reçu sa lettre du 16 de ce mois en laquelle il lui donne bien particulier avis de tout ce qu'il a entendu des déportements de son frere, le roi de Navarre, auquel il a fait une sage réponse sur ce qu'il lui a écrit pour son passage par la ville du Mans, « dont s'estant veu esclu je masseure bien quil aura « pris son chemin par autre endroict. Il m'auoit esté donné aduiz semblable « de son acheminement vers Saumur pour aller comme jestime joindre mon « frere le duc d'Alençon, ce qui seruira à asseurer davantage le repos du pays « du Mayne... »

1393. **HENRI III.** *Le même.*

L. sig., et contresig., *Brulart*, à M. de Rambouillet. Paris, 19 mars 1576. Tiers de page in-fol. (avec une copie moderne).

Il y a dans sa ville d'Angers bonnes sommes de deniers venant de Bretagne, et qu'on n'ose faire passer outre pour le danger des chemins; et pour ce qu'il en est besoin pour son service et celui de la reine sa mère, il écrit au s^r Du Belloy de les faire partir, et que le lieutenant de M. de Rambouillet en sa ville du Mans ira le trouver avec ses gens pour servir d'escorte...

1394. **HENRI III.** *Le même.*

L. sig., et contresig., *De Neufuille*, à MM. de Rambouillet et de La Forest Bochetel. Paris, 26 avril 1576. 1 gr. p. pl. in-fol. (avec une copie moderne.

Il a su par leurs lettres que les habitants de Bourges ont mis en leurs mains la tour de cette ville, et il en est satisfait, mais il a besoin d'eux ailleurs. Qu'ils viennent donc le trouver, apres avoir pourvu à la sûreté de la tour où ils laisseront le sieur de Sommièvres pour y commander, ou s'il est indisposé, tel autre de ses gardes qu'ils choisiront. Quant aux frais qu'ils ont faits montant à 300 livres, il leur envoie un mandat de remboursement. Sur leur demande il accorde au capitaine Marun *les trois mil liures de la solde des cinquante mil* (erreur, sans doute) *hommes que doibuent fournir les habitans de la d. ville, suivant le mémoire que m'en auez enuoyé*. Du reste, il n'a besoin de décharge spéciale, puisqu'il n'était que lieutenant du sieur de La Châtre, commandant de la Tour. La reine sa mere va trouver son frère, le duc d'Alençon. Il leur recommande de veiller à ce qu'il soit satisfait à ce qu'elle commandera. .

1395. **HENRI III.** *Le même.*

L. sig., et contresig., *Pinart*, à M. de Rambouillet. Paris, 4 novembre 1576. 1 p. in-fol. (avec une copie moderne).

Quoiqu'il ait déclaré qu'il entend un chacun être reçu es assemblées des Etats particuliers de chaque province pour, en toute liberté, y dire et proposer ce que bon lui semblera, et le tout selon les cahiers qui en seront dressés pour lui être représentés par les députés d'icelles provinces, en l'assemblée générale assignée à Blois, au vingtième de ce mois, il sait que quelques-uns la craignent (tandis qu'elle est désirée par les amis du repos public), et s'efforcent à mettre en doute ses intentions à ce sujet. « Je vous prie, si vous apprenez que lesd. artifices tiennent encore en suspen quelques ungs de vre « gouuernement sur l'asseurance qu'ilz doiuent auoir que ma volonte est telle « que dessus est dict, les en asseurer et desclarer encores de ma part et que « je ne désire rien plus que d'ouyr ces plaincies et doléances de mes subjectz « et tous les moiens qui peuuent estre proposez pour restablir les choses en « bon estat quil est requis pour le repos de ce royaulme...»

1396. **HENRI III.** *Le même.*

L. sig., et contresig., *Pinart*, à M. de Rambouillet. Olinville, 9 novembre 1576. 1 p. in-fol. Cachet (avec une copie moderne).

Il sait combien, depuis la pacification des troubles, il a à cœur de maintenir en paix ses sujets de l'une et l'autre religion, sans vouloir permettre qu'il soit fait aucune chose préjudiciable aux uns ni aux autres. Cependant, il est informé que beaucoup de gens de la religion prétendue réformée sont prêts à monter à cheval et font amas de gens armés pour susciter de nouveaux troubles, et perpétuer le mal et oppression qu'ils font à ses pauvres sujets. Ainsi, qu'il empêche dans son gouvernement les levées, et qu'il avertisse ceux qui les feraient qu'ils encourraient son indignation, car il veut à tout prix maintenir la paix de son royaume...

1397. **HENRI III.** *Le même.*

L. sig., et contresig., *Pinart*, à M. de Rambouillet. Etampes, 13 nov. 1576. 1 gr. p. pl. et demie in-fol. (avec une copie moderne).

Il lui a dit que son frère, le duc d'Alençon, va venir le trouver. Il sait qu'il n'a rien plus à cœur que de maintenir la paix entre ses sujets. La prochaine assemblée des Etats va lui en indiquer les moyens. Il veut pourvoir au licenciement des Reistres et des Suisses, et il s'efforce, ainsi que sa mère, de pourvoir à leur payement; ils sont en route et prêts à quitter le royaume... Pourtant il sait que des malveillants, voyant son frère et lui remis et prêts à s'acheminer vers les Etats, s'efforcent d'émouvoir ses sujets, et troubler encore le repos public. Il lui écrit donc pour lui dire que n'ayant rien en plus grande affection que l'observation de son dernier édit de pacification, il veut qu'il le garde et fasse garder dans son gouvernement, et qu'il dissuade les personnes trompées... Il sera le 18 à Blois pour la tenue des Etats-Généraux... Qu'il invite donc les députés des trois ordres qui ne seraient point encore partis, de s'acheminer incontinent, car sa volonté est d'ouvrir les Etats aussitôt après son arrivée.

1398. **HENRI III.** *Le même.*

L. sig., et contresig., *Ruzé*, à M. de Rambouillet. Blois, 24 novembre 1576. Demi-p. in-fol. (avec une copie moderne).

Encore qu'il lui ait ci-devant écrit de ne bouger de son gouvernement durant la tenue des Etats-Généraux du royaume pour tenir la main que rien ne s'y remue au préjudice du repos de ses sujets, si est-ce, qu'après avoir été informé de la disposition des affaires de ce pays-là, il a estimé qu'il pourrait faire plus de service étant auprès de lui... Désirant aussi, en vue de si grande et notable assemblée, être assisté du plus grand nombre de seigneurs et gentilshommes que faire se pourra, et même de ceux qui ont états et charges principales près de sa personne, il le prie de le venir incontinent trouver pour lui rendre ce service qu'il se promet de lui...

1399. **HENRI III.** *Le même.*

L. sig., et contresig., *Pinart*, à M. de Rambouillet. Blois, 26 novembre 1576. 1 p. in-fol. (avec une copie moderne).

Il est arrivé en cette ville de Blois depuis sept ou huit jours, où se trouvent la plupart des députés des bailliages et seigneuries de son royaume pour la tenue des Etats-Généraux, selon la convocation qu'il en a fait faire. Il a délibéré d'entrer en l'assemblée desdits Etats le 3 du mois prochain, et d'employer sans discontinuation tout le temps, sollicitude et travail qui sera requis, pour en obtenir le fruit salutaire qu'il en attend pour tous ses peuples et sujets; en quoi il sera assistée de la reine sa mère, et de son frère le duc d'Anjou, qui, depuis quelque temps, l'est venu trouver, comme il a été averti, pour se réformer en toute chose à sa volonté, et aider de sa part au bien général et universel de sondit royaume, en tout ce qui lui sera possible, et pour ce qu'il ne désire rien plus que de pouvoir mettre à exécution sa bonne, sainte et droite intention, pour le regard de la tenue desdits Etats qu'il ne voudrait être traversé par aucun mauvais dessein, il a voulu lui écrire ce mot pour lui dire et prier, que pendant qu'il sera empêché à une si grande et importante affaire avec le bon nombre de princes, de gens ecclésiastiques, de noblesse, et d'autres qualités qui y seront, il donne ordre et veille plus que jamais à maintenir toutes choses en sa charge, en bon et assuré repos, et à y faire vivre chacun en paix, amitié, union et concorde...

1400. **HENRI III.** *Le même.*

L. sig., et contresig., *Pinart*, à M. de Rambouillet. Blois, 22 décembre 1576. 1 p. in-fol. (avec une copie moderne).

Il lui confirme ce qu'il lui a déjà écrit le 13 de ce mois, combien il désire conserver le repos de son royaume, et maintenir en union tous ses sujets, tant catholiques que de la religion prétendue réformée, qu'il lui a ordonné bien expressément de mettre en la protection les uns des autres, à ce qu'ils demeurent en plus grande sûreté, et prenant tant plus d'assurance contre les faux bruits, qui ont été malicieusement controuvés que l'on leur voulait courir sus, et, encore que ceux de la religion prétendue réformée aient pu de cette heure s'apercevoir que ce a été chose méchamment inventée, et qu'il pense qu'ils ne seront distraits pour cela de la dévotion qu'ils doivent avoir de vivre et se contenir tranquillement en son obéissance, etc., etc.

1401. **HENRI III.** *Le même.*

L. sig., et contresig., *Pinart*, à M. de Rambouillet. Blois, 24 décembre 1576. 1 p. in-fol. (avec une copie moderne).

Craignant que, à l'exemple de la surprise de la Charité et de quelques autres villes desquelles ceux de la religion prétendue réformée se sont saisis, ils se licencient peu à peu de faire le semblable par toutes les provinces, il désire, pour y obvier, qu'il continue d'avertir les habitants des villes de son gouvernement, qu'ils aient à se tenir si bien sur leurs gardes, et pourvoir avec tel soin et vigilance à la garde des postes, qu'il n'en puisse advenir aucune faute... voulant aussi qu'il fasse bien entendre à touts ceux de ladite religion qu'il entend que lui et tous ses autres sujets catholiques, les prennent en garde avec leurs femmes, familles, biens et maisons, pour les préserver sous sa protection de toute injure, pourvu qu'ils vivent doucement, et sans faire chose qui tende à troubler le repos du royaume...

1402. **HENRI III.** *Le même.*

L. sig., et contresig., *Pinart*, à M. de Rambouillet. Blois, 4 janvier 1577. 1 p. in-fol. (avec une copie moderne).

On l'informe que des gentilshommes et capitaines résidants au dedans du comté du Maine et aux environs de Blois, dont il lui envoie les noms de quelques-uns, desquels il pourra bien savoir les noms d'autres, qui sont comme eux (à ce qu'on lui a dit), recherchés de la part du roi de Navarre son frère, pour leur faire faire quelque levée de gens de guerre, et les attirer à son parti, sous couleurs que l'on leur persuade qu'il veut maltraiter ceux de la nouvelle opinion... Qu'il s'enquière diligemment si cela est véritable, et si ainsi est, assurer les dits gentilshommes et autres... Que les bruits et propos que l'on leur tient ne sont véritables par tant de gens qui ne cherchent qu'à recommencer les troubles, et comme il leur pourra assurer qu'il lui a par plusieurs fois écrit depuis deux mois, et encore ces jours-ci très-expressément, comme il a fait par toutes les provinces de son royaume, de conserver tous ses sujets en paix et union, et ceux de la nouvelle opinion se comportant comme ils doivent, sans entreprendre aucune chose contre son service... Il leur dira, que selon que les occasions se présenteront, il les emploiera à son service, et leur fera toujours comme à ses autres sujets tout le favorable traitement qu'ils sauraient désirer...

1403. **HENRI III.** *Le même.*

L. sig., et contresig., *Ruzé*, à M. de Rambouillet. Blois, 6 janvier 1577. Demi-p. in-fol. Cachet (avec une copie moderne).

Depuis qu'il lui a envoyé la dépêche qu'il lui a faite pour le fait de l'*association*, il a avisé pour plus claire intelligence du sixième article, de faire ajouter à la fin d'icelle ces mots: *Et autres qui par ceux de la d. maison de Vallois seront appellez par la loy du royaume à la couronne*, de quoi il a bien voulu l'avertir pour le faire insérer, tant à l'original qui doit demeurer devers lui, qu'aux doubles qu'il fera signer et baillera à ceux qu'il verra bon être, et suivant ce qu'il lui a écrit...

1404. **HENRI III.** *Le même.*

L. sig., et contresig., *Pinart*, à M. de Rambouillet. Blois, 12 janvier 1577. 1 p. in-fol. (avec une copie moderne).

Il a ci-devant pu connaître par les dépêches qu'il lui a faites, comme il a agréable que les *associations* de guerre se fassent au dedans des villes du comté du Maine, ainsi que dans les autres provinces de son royaume. En avisant au nombre des forces qui se pourront mettre sus, il a estimé que lesdits comté, ville et pays pourront faire pour leur part jusqu'au nombre de 200 hommes de pied, et 50 hommes de cheval, et pour l'établissement d'icelui, ensemble des moyens par lesquels ses gens de guerre pourront être soldés sans faire foule à son peuple, il a fait dresser ses lettres de commission qu'il lui envoie...

1405. **HENRI III**. *Le même*.

L. sig., et contresig., *Pinart*, à M. de Rambouillet. Blois, 29 janvier 1577. 1 p. in-fol. (avec une copie moderne).

Il avait déjà eu quelque avis semblable à celui qu'il lui a donné de l'assemblée qui se fait auprès du sr Clermont d'Amboise. Il sait les noms de ceux qui sont avec lui, et a sujet de grand soupçon. — Mais il faut qu'avant tout il sache la réponse de son frère, le roi de Navarre, et de son cousin, le prince de Condé aux députés des trois ordres et Etats de son royaume qui sont allés devers eux, et qui sont arrivés depuis huit jours. — Ainsi, rien à faire que de se bien tenir sur ses gardes, et avoir l'œil à tout pour éviter quelque entreprise et surprise. — Il a très-bien fait d'aviser ceux d'Angers et du pont de Scay (*Cé*) de l'entreprise qui était projetée contre ces villes. — Si le sr de La Noue se met en campagne, les comtes du Lude, de Mortemart et de Chemerault l'aîné, qui sont près de lui, lui résisteront... qu'il parachève le plus tôt possible les *associations* le long des rivières de Loir, Sarthe et Mayne (Mayenne). Il recommandera au sr comte de La Suze qui est près de lui, d'en faire autant pour le dit lieu de La Suze...

1406. **HENRI III**. *Le même*.

L. sig., et contresig., *Pinart*, à M. de Rambouillet. Blois, 2 février 1577. Demi-p. in-fol. (avec une copie moderne).

Il le prie de faire exécuter dans l'étendue de sa charge le mémoire qu'il lui a envoyé, afin que ses sujets étant informés au vrai de son intention, ne puissent être circonvenus par les artifices des méchants, et se contiennent en repos et sûreté en leurs maisons... Il entend aussi que s'ils en usent autrement, ils soient châtiés comme il appartient, et qu'il est spécifié particulièrement par le dit mémoire...

1407. **HENRI III**. *Le même*.

L. sig., et contresig., *Pinart*, à M. de Rambouillet. Blois, 13 février 1577. Demi-p. in-fol. (avec une copie moderne).

Il lui rappelle le mémoire qu'il lui a envoyé, contenant ses bonnes intentions pour la conservation de ceux de la nouvelle opinion... Il a entendu par un mémoire du sr Fargis, son frère, que l'*association* est en très-bons termes, et s'avance fort en sa charge, dont il est bien aise, désirant qu'il exhorte un chacun d'y entrer franchement pour le bien de son service et du public, et s'il y en a quelques-uns qui soient en opinion que ladite association tende à les surcharger, il la leur lèvera, et fera en sorte qu'ils signent les articles d'icelle association sans qu'il y soit ajouté ni diminué... Car il veut que chacun soit maintenu, et surtout la noblesse de son royaume, en toutes leurs prérogatives et priviléges...

1408. **HENRI III**. *Le même*.

L. sig., et contresig., *Pinart*, à M. de Rambouillet. Blois, 13 février 1677. Tiers de p. in-fol. (avec une copie moderne).

Désirant que les soldats qui sont en garnison au château du Mans vivent en bon ordre et police, et empêcher qu'ils n'entrent en controverse et débat avec les habitants de la ville du Mans, il a bien voulu lui faire cette lettre, pour lui dire, qu'il fasse payer lesdits soldats de leur solde suivant la commission qu'il a fait expédier, et donne aussi ordre que ledit château soit pourvu de quelques munitions nécessaires pour la conservation d'icelui, avec le plus grand soulagement de son peuple qu'il sera possible...

1409. **HENRI III**. *Le même*.

L. sig., et contresig., *Pinart*, à M. de Rambouillet. Blois, 9 mars 1577. 1 p. in-fol. (avec une copie moderne).

Il apprend les difficultés qui s'élèvent pour le payement des soldats de la garde du Mans, et il écrit aux officiers, échevins, manants et habitants, qu'ils aient à y pouvoir, ainsi qu'au remboursement de ce qu'il a avancé. — Il apprend aussi que l'*association* s'avance dans son gouvernement, et qu'hommes et chevaux sont prêts pour le besoin. — Mais que quelques-uns ont fait difficulté de signer, notamment le comte de Gournay et les srs de Courcelles, de La

Troussières, La Courbe et Plessis de Cosiné... Il faudra que dans l'assemblée qui se tiendra le 17 de ce mois, il les exhorte et avertisse, qu'il n'est question de rien attenter sur leurs priviléges... Il dira au sr de Courcelles qu'il lui a baillé la charge qu'il a de commander à Laval, sur la recommandation du maréchal de Cossé... Quant aux troupes de gens de pied qu'il lui écrit être aux environs de sa dite ville du Mans, c'est à lui de savoir qui ils sont, « et s'ils ont « commission de moy ou des cappnes de mes gens de pied pour faire cœur « de leurs compagnies, auquel cas il fault que teniez la main quilz viuent auec « le meilleur ordre et discipline et à la moindre foulle de mon peuple que faire « ce pourra. Et silz nauoient aucune commission dont ilz feissent apparoir, « vous les ferez prendre, s'il est possible, pour estre pugniz comme ilz mé- « ritent, et silz faisoient résistance, vous leur courrez sus et les taillerez en « pieces... »

1410. **HENRI III.** *Le même.*

L. sig., et contresig., *Pinart*, à M. de Rambouillet. Blois, 11 mars 1577. 1 p. in-fol. (avec une copie moderne).

Qu'il dise encore à ceux de la nouvelle opinion, qu'il veut qu'ils soient en paix et protection, et liberté de conscience, s'ils veulent se retirer dans leurs maisons, et ne rien entreprendre contre son autorité; et qu'ils se tient à sa ferme volonté et sincérité à cet égard. Qu'il répète et fasse publier ces assurances tant de fois données... Mais que ceux qui troubleraient l'ordre public soient rigoureusement châtiés...

1411. **HENRI III.** *Le même.*

L. sig., et contresig., *Pinart*, à M. de Rambouillet. Blois, 6 avril 1577. Demi-p. in-fol. (avec une copie moderne).

Il a reçu l'ordonnance qu'il a faite et envoyée dans tous les bailliages et sénéchaussées de son royaume pour rédimer ses pauvres sujets du plat pays de l'oppression des gens de guerre.— Toutefois, il apprend que sous couleur de faire des levées pour son service, beaucoup de gens foulent son pauvre peuple, quoiqu'ils n'aient nulle commission de lui pour faire lesdites levées... S'il en est dans son commandement, qu'il vérifie s'ils ont des commissions de lui, scellées de son grand scel; et, sinon, qu'il leur fasse courir sus, et tailler en pièces.

1412. **HENRI III.** *Le même.*

L. sig., et contresig., *Pinart*, à M. de Rambouillet. La Bourdaisière, 22 avril 1577. Demi-p. in-fol. (avec une copie moderne).

Il est toujours informé que des gens de guerre courent sans commissions de lui, et s'avouant du sieur De Bussy. Il désire qu'il puisse se joindre aux sieurs de Basse, de Rochefort, de La Croisette et de La Hunauldaye, auxquels il écrit comme à lui, pour faire cesser les désordres desdits gens de guerre et pourvoir à l'encontre d'eux, selon sa dernière ordonnance, faisant assembler pour cet effet les communes, leur courir sus et les tailler en pièces, à présent qu'ils sont comme il a entendu autour du Mans qu'ils tiennent comme assiégé...

1413. **HENRI III.** *Le même.*

L. sig., et contresig., *Pinart*, à M. de Rambouillet. Chenonceaux, 28 avril 1577. 1 gr. p. pl. in-fol. (avec une copie moderne).

Il a été fort marri de voir par ses lettres du 23 de ce mois, et par une requête des procureur, échevins, manants et habitants de sa ville du Mans, les pilleries, exactions, rançonnements et autres excès que les compagnies, qui s'avouent du sieur de Bussy ont faites en sa charge, y étant entrées sans avertissement, au mépris de l'ordonnance publiée. — Il lui sait gré d'avoir fait faire des levées de troupes pour la sûreté de ses villes. — Qu'il lui envoie le nombre de ces levées, et les lieux où elles sont départies. S'il lui avait donné ces détails, il les aurait mentionnés aux lettres patentes qu'il lui envoie pour subvenir aux frais. — Sur la demande de son frère d'Anjou, il a envoyé au sr de Bussy dix commissions pour dix des compagnies d'infanterie qu'il a levées, et depuis, il lui en a pareillement accordé cinq par commission, pour qu'il les menât tout de suite au siége de La Charité, ce qu'il lui a mandé par Fargis, son frère, lui commandant de se conformer à sa dernière ordonnance, afin de moins charger et fouler son peuple, et qu'il ne faille de casser le reste. Pourtant, si ces troupes restent trop longtemps, et qu'il ait motif de soupçonner quelque mauvaise intention, qu'il convoque les gentilshommes, et qu'ils s'entendent avec le Sr de Matignon pour leur courir sus, mais que le Sr de Bussy n'en sache rien ni le divertisse d'exécuter ses ordres, s'il a dessein de les suivre....

1414. HENRI III. *Le même.*

L. sig., et contresig., *Pinart*, à M. de Rambouillet. Chenonceaux, 29 avril 1577. Demi-p. in-fol. (avec une copie moderne).

Il sait qu'il a donné au Sr de Bussy quinze commissions pour quinze enseignes de gens de pied qu'il doit conduire à la Charité pour son service, et casser le reste. — Mais comme on lui assure que ceux qu'il cassera sont au nombre d'environ 2,000, et la plupart de la nouvelle opinion, et qu'ils pourraient tenter quelque chose et essayer de surprendre quelque ville, il l'en avertit pour qu'il se mette sur ses gardes, et y fasse tenir les villes de sa charge...

1415. HENRI III. *Le même.*

L. sig., et contresig., *Pinart*, à M. de Rambouillet. Chenonceaux, 4 mai 1577. 1 gr. p. in-fol. (avec une copie moderne).

Il apprend par son frere, le duc d'Anjou, que ceux de la Charité se voyant à toute extrémité, ont demandé une capitulation qu'ils ont eue fort honorable; de quoi il se réjouit, parce qu'elle prouvera, accordée à des gens qui s'attendaient à être passés au fil de l'epée, qu'il ne veut que la paix, qu'il préfere les voies de la douceur, et qu'il a toujours les bras tendus à ceux qui veulent se réunir et se fier à lui. — Au moment où il va signer sa lettre il est informé que son cousin, le duc de Mayenne, assiégeant Tonnay-Charente avec dix canons et deux grosses couleuvrines, en deux endroits, après avoir tiré environ quatre cents coups de canons a emporté la place, apres avoir taillé en pièces deux cent cinquante des meilleurs soldats de ceux de la nouvelle opinion... Il s'est aussi saisi du château de Rochefort, de Soubise, et des Iles de Marennes...

1416. HENRI III. *Le même.*

L. sig., et contresig., *Pinart*, à M. de Rambouillet. Chenonceaux, 8 mai 1577. 1 gr. p. in-fol. (avec une copie moderne).

Il est bien aise que lui, et le sr de Malicorne, aient tant fait envers le capitaine Lagallotière, qu'il se soit retiré à son service avec les quatre cents hommes qu'il a... même de ceux du sr de Faverolles, ayant été bien fait à lui de leur avoir donné espérance qu'il recevrait l'excuse qu'il lui a faite de ce qu'il s'est joint aux troupes du sr de Bussy. Il lui pourra encore davantage assurer qu'il oubliera volontiers ce qui s'est passé tant pour lui que pour ses soldats, pourvu que *doresnavant* ils se comportent et lui fassent service aussi fidèle qu'il desire d'eux... Lesdits quatre cents hommes partiront en deux compagnies, mais au lieu d'aller en Poitou, comme ils demandent, il faut qu'ils aillent trouver son cousin, le duc de Nevers, qui mene avec lui les forces qui étaient devant la Charité, et s'en va en Auvergne, pour assiéger et reprendre Yssoire et Ambert, et ils seront payés comme les autres enseignes étant audit camp...

1417. HENRI III. *Le même.*

L. sig., et entièrement de la main et signée du secrétaire d'Etat, *Pinart*, à M. de Rambouillet. Chenonceaux, 11 mai 1577. 1 gr. p. in-fol. (avec une copie moderne).

Il a entendu bien amplement par le sr Duban qu'il lui a dépêché, la bonne et grande volonté et affection qu'ont tant de gentilshommes et autres de son gouvernement, qui se sont assemblés avec lui, et ont résolu un très-grand et bon service dont il lui sait, et a eux, tres-bon gré... Il les prie tous de demeurer ensemble jusques à ce qu'il sache ce que voudra faire le sieur de Bussy, vers lequel il a envoyé le sr de La Fontaine Millot, avec le jeune Bussy son frere...

1418. HENRI III. *Le même.*

L. sig., et contresig., *Pinart*, à M. de Rambouillet. Chenonceaux, 29 mai 1577. 1 gr. p. pl. in-fol. (avec une copie moderne).

Il a tres-bien fait d'avoir promptement pourvu, suivant ce qu'il lui a mandé par le sr de *Mesdavid*, à faire séparer les forces que, pour son service et selon son désir, il avait tres-a propos mises ensemble, lui et les srs de Matignon et de Vassé afin de réduire les depenses de guerre... En attendant que Dieu leur ait donné le repos qu'il désire plus que mille autres choses voir en son royaume, il eût bien désiré qu'il vint en voyage de par deça suivant ce qu'il lui écrit, afin que plus amplement et particulierement, il eût entendu de lui toutes choses, et qu'en sa présence se fût en son conseil vu ce à quoi se trouvera monter les frais des its gens de guerre qu'il veut être réduits au plus petit nombre que faire se pourra... Comme il sait qu'il n'a aucun moyen de les entretenir de ses finances, il faudra que pour le payement de ceux qu'il retiendra, leur solde soit mise sur son peuple qui est d'ailleurs déjà tant foulé, qu'il a un merveilleux regret de le voir encore charger de celle-là... Il sait que le s[r] de Clermont d'Amboise le jeune est à present retourné en sa maison, il pourra bien penser à ses déportements passés qu'il n'a que de mauvaise volonté; aussi il a su qu'il se fortifie en sa dite maison, voilà pourquoi il le prie d'essayer de se saisir de sa personne...

1419. **HENRI III.** *Le même.*

L. sig., et contresig., *Pinart*, à M. de Rambouillet. Plessis-les-Tours, 14 juin 1577. 1 gr. p. pl. et demie in-fol. (avec une copie moderne).

Il ne lui a pas encore donné l'état des dépenses (solde et vivres) des troupes qu'il a fait lever au Maine, et des gens de guerre amenés par les Srs de Matignon et de Vassé, en cette dernière occasion, des troupes du Sr de Bussy. Il pense bien que celà sera un peu long à *espelucher*, et que c'est chose qui se pourrait bien faire ci-après sur le compte de celui qui recevra, et qui a commencé à payer et distribuer les deniers, « mais ayant faict lire vostre d. dé« pesche en présence de mon conseil, il a este d'aduis que le meilleur sera de « faire le d. estat par le menu dès à présent, et pour ceste cause je désire « que le faictes faire, et apres que l'aurez bien vérifié, l'enuoyez par deça « par quelqu'un des habitants du Mans ou du pays qui soit entendu en tels « affaires, garny des pieces justificatives du d. estat, afin qu'il le puisse en « mon d. conseil faire veoir et vérifier, et que sur cela lon resoulde la com« mission, et aduise où sur quoy et comment lon leuera tous ces deniers là, « qui se montent à environ trente ou trente-cinq mil liures, ainsy que j'ai veu « par vre depesche, qui, est une des grandes sommes pour la leuée en ceste « présente année par la ferme des deniers de la taille... » Il a vu aussi qu'il serait d'avis de mettre 50 hommes dans la ville du Mans, outre les 20 qui sont au château, 20 à Mayenne, 30 à Sablé, et 6 à Passy. — Toutefois, son conseil et lui sont d'avis que comme il n'y a plus de crainte de surprise ou de trouble en l'étendue de son gouvernement, il n'est pas grand besoin d'y tenir aucune force; de tenir seulement 20 hommes au château du Mans et casser tout le reste, afin que son pauvre peuple, qui est déjà tant foulé, dont il a extrême regret et pitié, soit d'autant déchargé. — Il s'ébahit bien fort qu'ayant dernièrement les forces il ne se soit saisi de tous ceux qui sont retournés en leurs maisons venant de porter les armes contre son service ; c'était le cas de les faire saisir et mettre en justice, car on a les preuves qu'on ne se peut fier à leurs sermens...

1420. **HENRI III.** *Le même.*

L. sig., et contresig., *Pinart*, à M. de Rambouillet. Plessis-les-Tours, 17 juin 1577. 1 gr. p. in-fol. (avec une copie moderne).

Depuis longtemps ses affaires requièrent grandement sa présence et l'appellent du côté de la Guyenne... Depuis son partement de Blois il a toujours désiré s'y acheminer le plus tôt qu'il pourrait, s'il n'avait désiré, comme il était raisonnable, de voir premièrement les villes de La Charité et d'Yssoire réduites en son obéissance, afin de ne rien laisser derrière, ni à côté de lui qui pût préjudicier pendant son dit voyage, et pour lequel accomplir encore plus à propos, il a avisé que son frère fera marcher son armée droit d'Yssoire qu'il a graces à Dieu prise dès le XIe de ce mois, devers la ville de Périgueux pour l'expugnation d'icelle. Cependant, son cousin, le duc du Maine, avec l'armée qu'il a pour son service de l'autre côté en Poitou, s'acheminera en Brouage, et es Isles et Marais Salans pour aussi les réduire en son obéissance, et lui à Poitiers, où il sera dans peu de jours... Qu'il se tienne donc à sa charge et ne la quitte sans son ordre, et qu'il veille bien aux villes de son commandement, car il sait que les mal intentionnés seraient tout prêts à tenter quelque surprise...

1421. **HENRI III.** *Le même.*

L. sig., et contresig., *Pinart*, à M. de Rambouillet. Bourgueil, 19 juin 1577, et Poitiers, 4 juillet 1577. 1 gr. p. in-fol. (avec une copie moderne.)

Voyant les mauvais et pernicieux déportements d'aucuns de la nouvelle opinion, même de ceux qui portent les armes contre son autorité, il a résolu, étant en son conseil, de s'aider de l'argent qui proviendra de la vente de leurs meubles, et revenus de leurs terres et immeubles, pour l'employer à la décharge de ses autres pauvres sujets aux frais de cette guerre et non ailleurs... Il a donné l'ordre à ses baillis et sénéchaux pour qu'ils agissent mieux que par le passé où les ventes n'ont pas produit le 1/4 de la valeur des objets. — Il les en rend responsables, et lui aussi, et il veut que les ventes soient faites sans partialité et sans égard pour la qualité de qui que ce soit.

Cette lettre datée et non signée d'abord, est continuée, datée et signée de Poitiers, le 4 juillet, et il dit : Qu'il a eu avis que l'on lève des reîstres pour les amener en ce royaume en faveur de ses sujets, mais levés contre son service et autorité. Il s'est délibéré de s'y opposer avec la plus grande force qu'il lui sera possible, et pour ce, considérant que la noblesse de son royaume est la principale dont il fait état, il mande à tous les baillis et sénéchaux de la convoquer en chacune de leurs juridictions et faire tenir prête ladite noblesse d'armes et de chevaux, pour marcher et le venir trouver au jour et lieu qu'il leur assignera, pour aller au devant desdits reîstres, où il est résolu d'être en personne...

1422. **HENRI III.** *Le même.*

L. sig., et contresig., *Pinart*, à M. de Rambouillet. Châtellerault, 28 juin 1577, 1 p. in-fol. Cachet (avec une copie moderne).

Il est averti que beaucoup de ceux de la nouvelle opinion n'ont pas encore fait la déclaration et soumission prescrite par ses édits. — En conséquence, il les mandera ou fera mander par les baillis et sénéchaux, et la leur fera signer.. Quant à ceux qui, conservant leurs mauvais desseins, ne sont rentrés dans leurs maisons que pour se remonter d'argent et de chevaux, il les fera prendre et mettre prisonniers, et lui en rendra compte...

1423. **HENRI III.** *Le même.*

L. sig., et contresig., *Pinart*, à M. de Rambouillet. Poitiers, 26 juillet 1577. 1 p. in-fol. Cachet (avec une copie moderne).

Il est bien aise qu'il ait reçu ses ordres pour la saisie des biens de ceux de la nouvelle opinion, et la convocation de la noblesse de sa charge dont il désire être accompagné allant en personne au devant des forces étrangeres que l'on estime qui doivent venir en faveur de ses sujets élevés... Quant à ce qu'il leur écrit que le s^r de Laval fait prêcher en sa maison de Laval, il lui dit qu'il lui a ci devant écrit et semblablement aux s^rs de Bouille et de La Hemandaye pour lui faire entendre qu'il désirerait qu'il s'abstint de faire exercice de la nouvelle opinion, ne voulant en permettre aucune autre que de la religion catholique, apostolique et romaine, et pour ce, il ne lui en veut plus mander, mais s'il voit qu'il continue à faire prêcher en sadite maison, il lui fera service agréable de l'admonester, de sa part, qu'il observe le contenu en la déclaration qu'il lui a envoyée...

1424. **HENRI III.** *Le même.*

L. sig., et contresig., *Pinart*, à M. de Rambouillet. Poitiers, 21 août 1577. 1 p. in-fol. (avec une copie moderne).

Les saisies de biens qu'il a ordonnées sont du fait du lieutenant civil, et non du lieutenant criminel, et s'appliquent à ceux de la nouvelle opinion qui n'ont point voulu signer les soumissions prescrites. — Quant à ceux qui ont obéi, qui sont rentrés chez eux, qui s'y tiennent en paix et obéissance, il ne faut pas les saisir, mais au contraire leur rendre ce qui serait libre encore. — Toutefois, faut-il continuer à surveiller ceux-là plus particulièrement encore. Quant à la convocation de sa noblesse, c'est pour le suivre dans une expédition qu'il veut faire en personne contre les forces étrangères qui seraient introduites dans son royaume. Qu'il fasse faire les rôles, il dira le temps et le lieu...

1425. **HENRI III.** *Le même.*

L. sig., et contresig., *Pinart*, à M. de Rambouillet. Poitiers, 21 août 1577. 1 p. in-fol. (avec une copie moderne).

Il est averti que entre beaucoup de choses mauvaises qui s'entreprennent licencieusement en son royaume sous couleur de troubles, il y a plusieurs personnes de toutes qualités qui fortifient leurs maisons qu'ils ont aux champs, sans qu'ils le puissent faire par la nature du fief d'icelles, ni qu'ils aient pour cela sa permission ou de ses prédécesseurs, chose qui est de merveilleuse conséquence pour le bien de son service et entretenement du repos dudit royaume, et désirant y pourvoir, il le prie de se faire enquérir diligemment de ceux qui, au dedans de sa charge, fortifient ainsi leurs maisons sans qu'ils le puissent faire.., sous peine de confiscations d'icelles... Il lui envoie la capitulation faite par son cousin, le duc du Maine, pour la réduction de Brouage qui est dès dimanche dernier réduit en son obéissance...

1426. **HENRI III.** *Le même.*

L. sig., et contresig., *Pinart*, à M. de Rambouillet. Poitiers, 31 août 1577. Demi-p. in-fol. (avec une copie moderne).

Il a bien fait d'admonester le s^r de Laval sur l'exercice public de la nouvelle opinion dans sa maison, surtout depuis qu'il a su qu'il est parti de Laval pour aller en quelque autre de ses maisons de Bretagne, où ses lieutenants généraux en icellui pays, lui feront aussi entendre son intention, s'i continue à faire exercice de la nouvelle opinion...

1427. **HENRI III.** *Le même.*

L. sig., et contresig., *Pinart*, à M. de Rambouillet. Poitiers, 10 septembre 1777. Demi-p. in-fol (avec une copie moderne).

Il a eu beaucoup de plaintes des exactions et pilleries qu'exercent sur son peuple les soldats et gens de guerre qui sont par les champs, lesquels, le plus souvent, au lieu de se rendre telle part qu'il leur est ordonné s'arrêtent et séjournent en plusieurs lieux où ils foulent et oppriment en toutes sortes son peuple; il avise, pour réprimer un tel mal, de lui envoyer de nouveau et aux baillis et sénéchaux, l'ordonnance qu'il a faite dernièrement à Blois pour faire de nouveau publier et notifier à un chacun... le priant de faire soigneusement observer et procéder contre ceux qui y contreviendront en toute rigueur...

1428. **HENRI III.** *Le même.*

L. sig., et contresig., *Pinart*, à M. de Rambouillet. Poitiers, 16 septembre 1577. Demi-p. in-fol. (avec une copie moderne).

Ayant avis de la conclusion et résolution de la paix faite samedi dernier, 13e de ce présent mois, il l'avertit de cette bonne nouvelle, s'assurant qu'elle sera fort agréable à lui et à tous ses bons serviteurs, en attendant qu'il lui puisse donner avis, et envoyer par écrit les particularités d'icelle paix, ce qu'il fera après que son oncle, le duc de Montpensier, et ses autres députés qui lui en apportent les articles, seront arrivés à Poitiers, où il les attend bientôt.

1429. **HENRI III.** *Le même.*

1° L. sig., et contresig., *Pinart*, à son cousin le comte de Secondigny, maréchal de France, gouverneur et son lieutenant-général, en province d'Orléans, château du Maine, Rodemont, comté de Blois, Amboise, et le long de la rivière de Loire, et pour son absence à M. de Rambouillet. Poitiers, 2 octobre 1577. 3 gr. p. pl. in-fol. Ecriture fine et serrée (avec une copie moderne). On lit au bas : *A monsieur le maréchal de Cossé, ou en son absence à M. de Rambouillet.*

L'accroissement de touts maux, afflictions et calamités qu'il a connues de jour à autre tomber sur ses sujets, à l'occasion de ces troubles, l'a mu de compassion, et fait désirer pour l'amour et affection qu'il leur porte, d'en arrêter le cours. A quoi ayant travaillé fort soigneusement depuis quelques mois en çà, comme en affaire qu'il aurait grandement à cœur, il a enfin, avec mûre délibération, et pour le bien général de son royaume, fait l'édit de pacification, duquel presentement il lui envoie la copie, et par lequel il espère, premierement, que Dieu sera mieux servi et honoré qu'il n'a été par le passé en la confusion des armes épandues par tous les endroits de son royaume, que la justice régnera à la conservation des bons et punition des méchants, et que ses sujets seront remis en toute bonne amitié, les uns avec les autres, qui sont les vrais moyens de remettre son dit royaume en sa primitive dignité, et splendeur, de laquelle l'on voit à l'œil combien il est dechu depuis la continuation de ces troubles. En quoi il désire singulièrement être assisté de ses principaux ministres, qui ne pourront jamais lui faire service plus agréable qu'en s'employant en tout ce qu'ils pourront pour l'établissement dudit édit, lequel il le prie, outre ce qu'il écrit présentement à tous les baillis et sénéchaux, ordonner à ceux de son gouvernement de faire incontinent publier par tous les lieux et endroits de leurs senéchaussées, à ce que chacun en ait la connaissance... et de faire procéder sommairement contre ceux qui y contreviendraient par les peines contenues en icelui... et afin qu'il puisse être mieux reçu et plus aisément établi en toutes les villes et lieux de son gouvernement, il désire qu'il les visite les uns après les autres pour savoir plus à la vérité quel devoir y auront fait lesdits sénéchaux, leurs lieutenants et ses autres officiers, les solliciter davantage d'y satisfaire soigneusement, et pour pourvoir aux cas particuliers qui s'offriront sur l'exécution d'icelui, selon qu'il trouvera bon être en suivant sa teneur, il regardera aussi pour faire sentir à ses sujets le fruit de la pacification qu'il leur veut donner, de faire cesser les tourments de chacun et retirer en leurs maisons tous les gens de guerre qui seront au-dedans de sondit gouvernement... Et pour ce que parmi les articles, il est dit que en chacun des anciens bailliages et sénéchaussées de ce royaume qui sont ceux qui etaient du temps du roi Henri, son seigneur et père..., il sera ordonné es faubourgs d'une ville où il y aura ville, et au défaut de ville, un bourg ou village auquel il sera permis à ceux de la nouvelle opinion avoir l'exercice de leur religion, il le prie de lui nommer deux ou trois lieux pour chacune des sénéchaussées de son gouvernement lesquelles il estimera que plus commodement, et avec le moins de scandale, il se pourra mettre, pour après avoir vu ce qu'il lui en aura mandé, choisir celui desdits lieux qu'il trouvera plus à propos pour y être permis le dit exercice, le priant encore un coup, d'avoir l'observation dudit édit pour singulièrement recommander et estimer, que l'ayant fait pour le bien général de son royaume, et avec très grande considération, ceux qui le feront bien garder lui seront infiniment agréables, et lui donneront par là assez à connaître combien ils l'aiment et le repos de son état. Et d'autant que la conservation et établissement du repos qu'il désire par icelui, donner à ses sujets, depend principalement de la bonté et clémence de Dieu envers lequel il est besoin qu'un chacun fasse mieux son devoir qu'il n'a fait par ci-devant pour apaiser son courroux justement irrité contre tous, il le prie, qu'en cheminant par sondit gouvernement, il admoneste les évêques de veiller soigneusement sur leurs troupeaux, de leur donner de bons pasteurs, et s'employer tellement en leurs fonctions ecclésiastiques, que les inférieurs qui sont sous leur charge, y soient par leur bon exemple et par fréquentes bonnes admonitions, incités à faire leur devoir en leurs charges au soulagement de ses sujets, et s'assurant qu'en toutes ces choses, il ne défaudra d'aucun devoir de sa fidélité et affection accoutumée, il ne lui en dira rien davantage...

2° Edit de pacification (annoncé dans la lettre qui précède). Copie signée de la main du roi, 6 gr. p. in-fol. Important dossier.

1430. **HENRI III.** *Le même.*

L. sig., et contresig., *Pinart*, à M. de Rambouillet. Paris, 12 février 1578. 1 p. in-fol. (avec une copie moderne).

Etant survenu depuis peu de jours en ça, quelque débat et différend entre aucuns gentilshommes qui sont pres de sa personne, et d'autres de son frère le duc d'Anjou, il avait pris opinion sur cette occasion de s'en aller pour quelque temps en celle de ses maisons qui est la plus prochaine de Paris. Mais le roi ayant de sa part pensé que, en la qualité du temps où il est, cela ne pourrait être que mal interprété de plusieurs, et se vir plutôt à traverser les esprits de beaucoup et causer quelque trouble et tumulte en son royaume, pour ce, l'entretenement du repos qu'il désire y être bien établi, et pour lequel chacun sait comme il a travaillé et travaille ordinairement, son dit frere, apres lui avoir remontré ce que dessus, s'est de lui même résolu en se conformant à sa volonté, de demeurer aupres de lui, sans s'en départir en sorte du monde, et par même moyen, il a avisé avec lui, d'accorder le dit différend, qui est aujourd'hui assoupi à leur commun contentement...

1431. **HENRI III.** *Le même.*

L. sig., et contresig., *Pinart*, à M. de Rambouillet. Paris, 15 février 1578. 1 p. in-fol. (avec une copie moderne).

Il lui avait mandé que son frere, le duc d'Anjou, avait résolu de le quitter pour aller dans quelqu'une de ses maisons pres de Paris, et qu'il l'en avait détourné, crainte des conséquences. — Il est revenu à ce dessein, et il est parti. Il ne croit pas que ce soit à mauvais dessein, à cause de l'affection qu'ils se portent, et de ce qu'il lui doit pour ce qu'il a fait pour lui, et de l'amitié plus que fraternelle qu'il lui a tant prouvée. — Mais comme son départ pourrait servir de prétexte à de mauvais desseins, il l'avertit de veiller soigneusement aux places de sa charge... qu'il donne ordre aussi pour que toutes choses y soient maintenues en bon état et en l'observation de son dernier édit de pacification, qu'il lui recommande particulierement, qui est le plus agréable service qu'il lui saurait faire...

1432. **HENRI III.** *Le même.*

L. sig. entièrement de la main et signée par le secrétaire d'état *Pinart*, à M. de Rambouillet. Paris, 8 mars 1578. 1 gr. p. pl. in-fol. Cachet (avec une copie moderne).

Il a dépêché ces jours-ci deux de ses valets de chambre, pour aller faire séparer aucuns gens de guerre qu'il a entendu qui s'assemblent en divers endroits de la Beauce et du Maine. Mais à ce qu'il a entendu, et selon ce que la reine sa mere lui a encore cejourd'hui mandé, cela augmente principalement dudit côté de Maine, ayant pour cette cause avisé lui faire cette dépêche, afin qu'il sache promptement ce que c'est, et les faire séparer tout soudain, sinon, et qu'ils ne le voulussent faire apres qu'il le leur aura commandé de sa part, donner ordre d'assembler la noblesse et les communes pour leur faire courir sus, en sorte qu'il soit obéi, et son pauvre peuple réduit des vexations que telles gens font, ne voulant souffrir de telles assemblées, car iceux de la nouvelle opinion pourraient entrer en crainte, et il ne faudrait que celà pour troubler le repos qu'il veut être et maintenir en son royaume, suivant son édit de pacification...

1433. **HENRI III.** *Le même.*

L. sig., et contresig., *Pinart*, à M. de Rambouillet. Paris, 6 juillet 1578. Demi-p. in-fol. (avec une copie moderne).

Il lui envoie de nouvelles défenses de lever et faire marcher des troupes, afin de parvenir à décharger ses peuples, et empêcher que la paix du royaume ne soit troublée. Qu'il fasse observer ces défenses par les baillis, sénéchaux, etc.

1434. **HENRI III.** *Le même.*

Instruction du roi, signée par lui et contresignée par son secrétaire d'Etat, *Brulart*, pour M. de Rambouillet. Oliuville, 22 octobre 1578. 5 gr. p. in-fol. (avec une copie moderne). Document important.

Ayant entendu qu'en plusieurs endroits de son royaume, l'on essaie de rendre ses actions odieuses, et de le depeindre autre qu'il n'est envers ses sujets, il ne peut que recevoir tres-grand deplaisir d'une telle démonstration de mauvaise volonte en ceux qui, examinant à la vérité ses dites actions, desquelles toutes fois il sait n'avoir à rendre compte à autre qu'à Dieu seul, seraient toujours contraints de confesser, que depuis son avenement à la couronne, il n'a rien oublié de ce qui se pouvait procurer de bien et soulagement de ses sujets, et pour empêcher telles impressions, bien qu'elles soient fausses, et malicieusement controuvées, il a avisé de dépêcher en quelques-unes de ses provinces des gens d'honneur et d'autorité affectionnés à son service, afin que de là l'on ne vienne à prendre de mauvaises résolutions préjudiciables au bien de son service, et tranquillité de son royaume, et a choisi le s^r de Rambouillet, capitaine de ses gardes et conseiller en son conseil privé, pour s'en aller en Bretagne, et se trouver à la tenue des Etats qui se doivent faire sur la fin de ce mois à Ploërmel, selon l'assignation que en a donnée monsieur le duc de Montpensier. Où étant, il fera entendre à ceux qui se trouveront aux dits Etats tant en général qu'en particulier, qu'il a su à son très-grand regret... que l'on veut faire croire de lui toute autre chose que ce que porte sa bonté et inclination naturelle envers ses dits sujets, s'aidant en celà des autorités de telles malheureuses inventions de la malice du temps, et de beaucoup de sortes d'afflictions qui ont travaillé le royaume depuis son avénement à la couronne... Il a tout fait pour empêcher les troubles et les malheurs de la France. — Il a fait deux pacifications qu'on croyait impossibles (en 1576 et septembre 1577). — Il a convoqué les Etats-Généraux à Blois, dont peu de fruit est advenu, à cause de la guerre qui se mit quasi en même temps un peu après. Il a examiné les cahiers des Etats-Généraux avec la plus grande attention, — a vu des améliorations à faire, les a deliberees, résolues, mais non publiées, parce que la guerre n'a pas encore cessé. — Les provinces de Dauphiné, Guyenne, Languedoc vont être bientôt pacifiées par l'entremise de la reine sa mere, et il pourra ensuite publier sa résolution sur les articles des cahiers des Etats généraux. — Quant aux gens de guerre, sujet principal de plainte, M. de Rambouillet dira que ce ne sont ceux du roi, ni levés par son ordre, mais fruit de la licence des temps contre lesquels il a multiplié les ordres a ses gouverneurs, lieutenants, baillis, sénéchaux, de les empecher, séparer, dissiper, au besoin courir sus et tailler en pièces, assemblant à cet effet la noblesse, les communes, et le plus de forces possible. Il a même envoyé les gens de sa garde du côté de Sens... Et si ses ordres ont été mal exécutés, la faute en est à ses officiers et non à lui. Il a d'ailleurs évité d'y employer ses gens de guerre, parce qu'il aurait pu accroître le mal, en ce qu'étant mal payés, ils auraient été une seconde foule pour les peuples. — On se plaint aussi de création d'offices, de contributions sur les cabaretiers, sur le sel, sur les marchandises sortant du royaume, et il en a grand regret, mais ses finances étaient épuisées par les guerres, par les douaires des reines, veuves des feus rois, par l'apanage, de son frere, par la dot de la reine Marguerite, par les diverses dépenses de son état (dont il donne les details). Il a pensé qu'il valait mieux recourir à ces moyens extraordinaires que de laisser déchoir l'Etat, un temps devant venir où ce qui serait mal pourrait être rectifié. — Ensuite, après en avoir toutefois délibéré d'avance avec le président des Etats, et les seigneurs qui lui sont les plus affectionnés, M. de Rambouillet parlera des impôts nouveaux, de la traite des blés, vins, toiles, pastels dont le produit est indispensable pour payer la dette des Suisses, dette qui monte à cinq millions de livres, et dont le payement ne se peut faire avec les revenus ordinaires de l'Etat, mais seulement par cette ressource, sans laquelle il faudra manquer les promesses faites, et encourir la dangereuse inimitié d'une nation dont les services ont été si utiles au royaume, et lui sont si nécessaires ..

1435. **HENRI III.** *Le même.*

L. sig., et contresig , *Brulart*, à M. de Rambouillet. Olinville, 22 octobre 1578. 1 p. in-fol. (avec une copie moderne).

Il a dû ouïr parler de plusieurs bruits que l'on a fait courir par les provinces de son royaume pour blâmer ses actions, le rendre odieux envers ses sujets, et les exciter à faire quelques nouveautés préjudiciables à leur repos... Ne voulant rien mépriser pour connaître que en la saison où l'on est, les choses facilement controuvées sont quelquefois mieux reçues que les véritables, il a avisé pour cette cause d'avoir quelques personnages d'autorité par les provinces, pour rabattre telles mauvaises inventions et les rendres vaines et illusoires, afin que ses peuples, venant à en être imbus, ne se précipitent à quelque mauvaise résolution... Il l'a choisi pour aller en Bretagne avec les mêmes instructions que celles qu'il a données à son procureur général La Guesle qu'il envoie en Bourgogne... Il lui envoie plusieurs lettres en blanc pour s'en aider, etc., etc.

1436. **HENRI III.** *Le même.*

Instruction signée par le roi et contresignée, *De Neufuille*, pour M. de Rambouillet. Paris, 31 août 1579. 3 gr. p. et quart in-fol. (avec une copie moderne). Document important.

Informé que la paix n'est pas encore si bien établie qu'il désire au gouvernement de Guyenne, le roi l'y envoie pour bien faire connaître ses intentions qui sont toujours de pacifier tout, et de faire observer les édits, et aussi punir les transgressions. En allant trouver le roi et la reine de Navarre il passera par Bordeaux. Il verra le parlement, et l'invitera à maintenir et faire observer les édits et la convention de Nérac. — Il fera même recommandation à l'évêque de Bordeaux, au sr de Saussac, gouverneur, aux maires et jurats. — De là il ira au roi de Navarre, il lui exposera le but de son voyage qui est le maintien et l'observation des édits. Il s'efforcera de le mettre d'accord avec le maréchal de Biron (et il requerra s'il le faut pour celà les bons offices de la reine de Navarre), en disant que c'est son vœu et sa volonté, s'efforçant ainsi de concilier le roi et le maréchal de Biron dont le dissentiment a fait et pu faire tant de mal. — Il fera entendre au roi de Navarre que sa volonté est si ferme et si impartiale à l'égard des excès et attentats à réprimer, qu'il veut que les catholiques qui ont, les premiers, violé les édits à Langon, soient les premiers punis. Que le maréchal de Biron s'y applique ; et que toutes poursuites contre touts autres soient si vivement dirigées, que lui, sr de Rambouillet, en puisse voir la punition avant son départ... Il fera la même remontrance à la chambre établie à Agen, etc., etc.

1437. **HENRI III.** *Le même.*

Seconde instruction signée par le roi et contresignée, *De Neufuille*, pour M. de Rambouillet. Paris, 31 août 1579. 4 gr. p. in-fol. (avec une copie moderne). Document important.

Par l'édit de pacification de septembre 1577, et par la convention de Nérac passée entre la reine-mère et le roi de Navarre, il a été convenu que nombres de places resteraient aux mains de ses sujets de la religion prétendue réformée. Le roi de Navarre a nommé les commandants des dites places, et s'y sont prêtés le maréchal de Biron pour la Guyenne, et de Montmorency pour le Languedoc.

Comme le terme de la restitution de ces places approche, le roi charge M. de Rambouillet de les recevoir, et l'envoie pour ce fait vers le roi de Navarre et le maréchal de Biron. Il remontrera au roi de Navarre la nécessité d'exécuter les conventions consenties et jurées. S'il y résiste, M. de Rambouillet sommera les commandants des villes, en leur montrant les promesses qu'ils ont faites au maréchal de Biron de les rendre à l'époque convenue. Si ces commandants obéissent, il leur rendra leurs promesses et tel autre acquit et décharge que besoin sera, — et étant les dites villes ainsi remises, les maintiendra en l'état où elles sont sans y mettre aucun gouverneur ni garnison, et sans en rien déplacer de ce qui est munition ou autres choses servant à la défense et appartenant à S. M. ou aux communautés, le tout suivant les articles de la conférence et de l'édit de pacification. — Pour vaquer à sa mission, M. de Rambouillet a non seulement le dit édit et la conférence, mais il fera remettre les villes dans l'état stipulé, il fera rétablir le service des églises, invitera les officiers à tenir la main à l'exécution de l'édit sans égard pour la condition des infracteurs. Après avoir ainsi opéré en Guyenne avec ou sans le concours du roi de Navarre, M. de Rambouillet ira en Languedoc et agira de tout point de même. Pour s'en assurer, il écrira d'avance au maréchal de Montmorency pour que celui-ci prépare les choses. — Tous deux devront tenir raidement la main au maintien de la paix et faire châtier. Il agira de même à Narbonne conjointement avec MM. de Joyeuse et de Rieux...

1438. **HENRI III.** *Le même.*

L. avec une ligne aut. sig. du roi, et entièrement de la main et deux fois signée par De Neufville de Villeroy. Paris, 17 septembre 1579. 1 p. pl. in-fol. (avec une copie moderne).

Il le prie incontinent la présente reçue le venir trouver, afin qu'il le dépêche en Guyenne suivant la résolution qu'il sait qu'il a prise, se promettant que son voyage serait tres utile par l'affection qu'il porte à son service, et sa prudence et dextérité. Mais le plus tôt qu'il pourra partir sera le meilleur, comme la reine sa mere le lui écrivit encore hier... De Neufville lui dit en postscriptum : Monsieur, je vous supplie vous en venir ici le plus tôt que vous pourrez, car il est nécessaire que vous faciez voile, l'argent et vos dépesches sont toutes prestes...

1439. **HENRI III.** *Le même.*

L. sig., et contresig., *De Neufuille,* à M. de Rambouillet. Paris, 18 septembre 1579. 3 p. in fol. (avec une copie moderne).

M. de Rambouillet donnera ordre aux srs de Gramont et de Duras de faire retirer les troupes qu'ils avaient mises ensemble sous prétexte de voyage de Fontarabie, le roi ayant trouvé mauvais qu'ils aient agi sans sa permission, d'autant qu'il en est résulté beaucoup d'ombrages pour le roi de Navarre et à son parti, et prétexte pour différer la restitution des villes délaissées par la conference de Nérac, sans compter le risque d'indisposer le roi d'Espagne. Il dira, qu'en cas de besoin, le roi emploiera les dernieres voies de rigueur pour se faire obéir Avis de ces ordres sera donné au maréchal de Biron. Pareil avis au roi et à la reine de Navarre. — Il saura si, comme on le dit, cette entreprise est un commencement des associations et ligues qu'on ourdit sous le prétexte du bien public, et au besoin se concertera avec le maréchal de Biron pour les rompre. Il remontrera aux gentilshommes et habitants, que ces menées ne tendent qu'à perpétuer la désolation et amener la ruine du royaume. — Il dira au maréchal de Biron et au parlement de Bordeaux, que le roi est satisfait des arrêts rendus sur le fait des ligues, mais qu'il demande que quelque punition exemplaire soit faite de ceux qui s'y livrent. — Et comme ceux des présidents et conseillers du parlement de Bordeaux qui servent en la chambre établie à Agen demandent à y être remplacés et relevés par d'autres, il y pourvoira avec le concours du maréchal, du parlement de Bordeaux et du roi de Navarre...

1440. **HENRI III.** *Le même.*

L. sig., et contresig., *De Neufuille,* à M. de Rambouillet. Paris, 30 septembre 1579. 5 gr. p. pl. in-fol. Superbe lettre (avec une copie moderne).

Il dit à M. de Rambouillet, que depuis son départ de Nérac, la reine sa mère avait envoyé devers son frère, le roi de Navarre, pour la réconciliation du maréchal de Biron, et la restitution des villes qui lui ont été délaissées par la conférence de Nérac. S'en retournant, ladite dame a passé par Paris, et lui a fait entendre la réponse que sondit frere lui a faite, bien éloignée de l'espoir qu'il avait fondé sur sa parole. Qu'il ne veut rendre les villes tant que le maréchal reste gouverneur de Guyenne parce qu'il est son ennemi personnel. Il représentera au roi de Navarre qu'il lui a déjà fait retirer le marquis de Villars sous même prétexte. Que les catholiques s'en effraieraient avec raison. Que le refus de remise des villes promises ne saurait être compris apres l'entremise de la reine sa mère et de la reine de Navarre. Que le roi de Navarre et ceux de sa religion sont en possession de quatre villes que le traité de Nérac leur assigne, sous prétexte de restituer, apres six mois expirés. Les craintes des catholiques sont justifiées d'ailleurs par les levées d'armes, courses, excès, assassinats qui se commettent, d'où résultent autres désordres de gens qui, ne pouvant obtenir justice, se la font eux-mêmes. Anarchie qui nuit aux princes et à la noblesse contre qui de secrets desseins se trament. — Qu'il parle à sa sœur, la reine de Navarre, pour qu'elle s'entremette dans cette réconciliation. Le maréchal de Biron est tout prêt à entrer en accord. — Non qu'il veuille le soutenir contre sondit frère, car malgré les qualités du maréchal, il le retirerait si la paix ne tenait qu'à cela. — Mais ceux qui machinent le départ du maréchal contre son intérêt et celui de son frère, voudraient recommencer tout le désordre auquel le traité de Nérac a pourvu. Il est vrai qu'on dira que toutes ses conditions en faveur de son frere et des siens n'ont pu être remplies — mais c'est leur faute — et s'ils l'avaient exécuté de leur côté, il serait plutôt allé lui-même le faire exécuter du sien s'il eût été nécessaire. Mais l'on s'y est comporté de façon que quand les uns ont contrevenu aux réglements dudit édit au lieu que les autres en devaient poursuivre et attendre réparation par la voie de justice, ils se sont efforcés d'en prendre revanche par voie de fait, accumulant infinis maléfices les uns sur les autres pour rendre la plaie incurable. Ses officiers tenant la chambre de la justice en sa ville d'Agen lui ont mandé qu'ils voient tous les jours aller et se promener par les champs avec armes découvertes ceux d'un parti et d'autres qu'ils ont condamnés à perdre la vie pour leurs méchancetés, ils sont retirés et supportés à l'envi l'un de l'autre, au lieu que chacun devrait se retirer et bander pour les appréhender et délivrer entre les mains de la justice. Il a infinies fois prié sondit frere vouloir pour l'amour de lui, ôter Vivans de Périgueux, sachant qu'il est seul cause des meurtres qui se sont commis en Périgord, et de quoi les catholiques et ses officiers du siége de ladite ville n'y veulent retourner, lui ayant protesté qu'ils aimaient autant être crucifiés que de se mettre en sa puissance, tant ils l'ont en horreur pour les maux qu'ils en ont reçus.... — Qu'il dise à sa sœur de l'aider dans les remontrances dont i le charge. Que son frère croie à sa vraie amitié plus qu'à ses conseils qui le poussent à faire tout ce qui est fâcheux et désagréable, témoin l'étrange affaire de Saluces. — Après son frere, personne plus que lui a intérêt à la conservation de ce royaume. Pourquoi s'obstinerait-il à perdre la bienveillance des catholiques? Il a toujours été bon et respectueux pour lui ; pourquoi en croire des conseils pervers? Il lui a écrit ces jours passés en faveur de Beaupré contre d'Aumont. Il semble vouloir en faire son propre fait, et d'une cause particulière une cause générale. Il parle d'agitations, de courses, de persécutions Beaupré aurait mérité d'être une fois davantage défavorisé au regard dudit Sr d'Aumont. Qu'il lui dise qu'il ne souffrira aucune injustice, mais qu'il n'en veut pas user envers ceux qui l'ont toujours fidelement servi. Que Beaupré vienne, il trouvera sûreté et justice ; mais il ne peut pas dessaisir les juges qui tiennent son procès. — Quant à Desgrisons, justice lui sera aussi faite. Pujos et La Roque se sont plaints que les châteaux de Montagnac, de Nontron et Périgord, appartenant à sondit frère, ne lui sont pas encore rendus. Il a donne les ordres nécessaires. Qu'il le lui dise. Il avancerait les choses en rendant, comme il l'a juré, les villes qui lui ont été délaissées. — Son frère d'Anjou s'en est allé ces jours-ci. Il dit que c'est pour aller au-devant de la reine sa mère...

1441. **HENRI III.** *Le même.*

L. sig., et contresig., *De Neufuille*, à M. de Rambouillet. De... 9 novembre 1579. 2 gr. p. pl. et demie in-fol. (avec une copie moderne).

Il a voulu voir la reine sa mère, et conférer avec elle du contenu de ses lettres du 20 et du 28 de ce mois (du mois dernier) avant que d'y répondre, afin d'y satisfaire avec plus de poids et de considération. Il approuve le détail qu'il lui donne de ses conférences avec le roi de Navarre; il est fort reconnaissant envers sa bonne sœur des soins qu'elle se donne, il l'en remerciera de sa part. — Il est aise des bonnes dispositions du roi de Navarre pour la paix, mais il aurait bien désiré qu'au lieu de différer encore la restitution des villes il l'eût effectuée, ce qui lui eût acquis une extrême bienveillance de la part des catholiques. — Qu'il lui dise toutes les raisons tirées du bien de son service, du sien même, de la paix du royaume, touts et un chacun ayant les yeux sur lui. — Il a bien fait de n'avoir voulu parler qu'à lui, puisque lui a traité seul pour tout le monde. S'il persiste à différer la restitution, il en sommera les gouverneurs particuliers des villes, mais sans que son frère ait occasion de s'en offenser et irriter. — Et parce que le refus se fonde sur les contraventions à l'édit de pacification, il écrit au maréchal de Biron qu'il y tienne plus la main que par le passé. Il sera bien aise de voir le réglement qu'il prépare pour y pourvoir, afin de l'approuver et fortifier. — Il voudrait aussi que lui et ceux de son conseil qui sont par delà, prissent sous son nom et son autorité, de concert avec son frere, la poursuite et punition des auteurs et coupables desdits excès, en quoi il voudrait que les sénéchaux de province et autres lui prêtassent la main... Il lui donne l'assurance qu'il reconnaîtra perpétuellement le service qu'il lui fera par delà, où il le retiendra le moins qu'il lui sera possible. Il a vu aussi par sa derniere lettre l'expedient qui a été mis en avant pour appointer la querelle du vicomte de Turenne et de Duras, de laquelle il ne doute pas que ne dérivent une bonne partie des pratiques et dissensions qui retardent l'exécution de ses intentions. Il serait bien aise qu'ils s'y voulussent soumettre, afin que ledit différend se pût terminer par l'amiable. Mais à lui dire la vérité, il craint qu'il y soit usé tant de remises et de longueurs, qu'il ne s'en ensuive aucun bon effet Il est sur les lieux pour en mieux juger, et s'il connait que cette voie soit longue et incertaine, il suivra ce qu'i lui a mandé par sa dernière lettre, et l'avertira de ce qui s'en suivra...

1442. **HENRI III.** *Le même.*

L. sig., et contresig., *De Neufuille*, à M. de Rambouillet. Paris, 26 novembre 1579. 5 gr. p. pl. et demie in-fol. (avec une copie moderne).

Depuis le partement du dernier courrier qu'il lui a dépêché, il a reçu sa lettre du 2 et du 6 de ce mois. Ravignan est aussi arrivé, et il a été bien aise d'entendre que son frère, le roi de Navarre, se soit résolu faire un voyage en Foix, et même s'aboucher avec son cousin, le duc de Montmorency, pour aviser par ensemble, de remédier aux excès et désordres qui se commettent journellement de ce côté-là, et dont ses sujets commencent à entrer dans un tel désespoir que s'il n'y est promptement pourvu, il craint qu'ils se débordent du tout et n'en recherchent la revanche à quelque prix que ce soit. Il a bien fait d'être allé devant Toulouse pour parler à ceux du parlement, et aux habitants de ladite ville, estimant que sa présence et visitation les aura grandement consolés. Ravignan lui a exposé toutes les raisons colorées que l'on donne pour éluder la restitution des villes qui ont été délaissées à ceux de la religion par suite de la conférence de Nérac; mais il ne veut se payer de telles excuses. — Il a répondu, que quand il a accordé la garde de ces villes pour six mois, ses sujets catholiques en sont entrés en grande jalousie, et beaucoup de désordres s'en sont ensuivis. — Et pourtant, il a prorogé la restitution de six autres mois pour faciliter la paix, et il en est advenu tout autrement, comme le prouve la suite des abus commis, sans doute, contre le vœu du roi de Navarre, à qui il ne les impute pas; qu'à la vérité, les catholiques n'ont pas été plus réprimés dans leurs excès que les autres, et c'est bien contre son gré; mais chacun s'accoutume à excuser et couvrir sa faute par celle d'autrui. — Pour y mettre fin, il s'est délibéré d'envoyer par delà une chambre de parlement en forme de grands jours, mais il faut qu'avant les villes soient remises en l'état ordonné par l'édit de pacification. Il a demandé audit Ravignan quel gage lui serait donné desdites restitutions étant les délais expirés, et il ne lui a su offrir autre chose que leur foi et parole, à laquelle il a fait remontrance qu'ayant été failli et manqué deux fois, il n'y pouvait faire de fondement; et que quant aux dangers qu'ils appréhendaient courir en quittant lesdites villes, leur plus sûr rempart était dans sa volonté de les prendre en sa protection, et les faire jouir dudit édit de pacification; ce qu'éprouvaient les provinces de deçà la rivière de Loire, auxquelles n'étaient faits nuls outrage et injure, sinon es lieux de Montoire et La Ferté dont il avait commandé qu'il fût fait justice. Voilà la réponse qu'il a faite de sa propre bouche, en présence de la reine, sa mère, qui, s'étant rendue pleige du roi son frère, aurait lieu de se plaindre de lui, si la restitution n'était faite; le terme en étant échu depuis deux mois, il fallait la faire enfin. Qu'il présente donc les mêmes raisons au roi son frère, et à sa bonne sœur, à qui il demandera son assistance. — Le conseil établi par sa mère étant par delà, se composant de 4 ou 5 de ses principaux et autres serviteurs, fera beaucoup de bien. Il y enverra de Paris un des secrétaires de son conseil pour tenir registre des expéditions. — Son frère trouvera la chose très-bonne. — Toutefois, il n'a pas voulu en faire l'envoi jusqu'à ce qu'il lui en eût parlé, et su que lui en semble, dont il l'avertira par ses premières lettres. — En attendant qu'il puisse envoyer une chambre de ce parlement, ce qui ne se peut faire aussi vite que le besoin l'exige, il est en délibération d'y envoyer devant le grand prévôt de son hôtel avec forces, et lui attribuer la connaissance des contraventions à l'édit de pacification. — Toutefois, il en veut avoir avant l'avis de sondit frère. Il lui dira, ainsi qu'à sa sœur, qu'il retirera le maréchal de Biron deux mois après la restitution des villes, tant de Guyenne que de Languedoc, il l'a déjà prié de l'en retirer, s'il savait que sa présence y fût un sujet de retarder l'établissement de la paix...

1443. **HENRI III.** *Le même.*

L. sig., et contresig., *De Neufuille*, à M. de Rambouillet. Paris, 23 décembre 1579. 3 gr. p. pl. in-fol. (avec une copie moderne).

Il aura été averti de la prise du château de Puynormant par ce voleur de La Faye. Il en est très-marri, parce que son frère, le roi de Navarre, peut s'y méprendre en très-mauvaise part. Le s^r Saint-Julien en a fait grand vacarme, et a outrepassé sa commission, en assemblant des forces et attaquant le château sans commandement de son frère, et il trouve bien étrange qu'il ait levé des vivres sur ses sujets pour nourrir ses gens de guerre. Le maréchal de Biron a bien fait de lui refuser deux canons pour battre le château. Il a offert au roi de Navarre et à sa bonne sœur de l'aller reprendre, ce qu'il serait marri qu'ils eussent refusé, puisque ce serait preuve de bonne foi qu'il ne faut pas repousser, non plus que son dit frère emploie ses partisans propres à calmer les troubles, et remettre l'ordre, plutôt que ceux qui ont de lui commission qui reste ainsi sans effet. Le maréchal pourrait par même moyen reprendre le château d'Allas. Il le prie d'engager son frère et sa sœur à y consentir, dussent-ils commettre de leurs forces pour aider le maréchal, pourvu quelles ne soient plus nombreuses. Qu'il leur dise encore qu'il répond de la bonne foi du maréchal, et les prier de commander à Saint-Julien de séparer ses troupes dont tout le pays s'alarme, et ne permettre plus levées quelconques. Il fera connaître la réponse au maréchal, et si elle est contraire, qu'il se charge lui-même de l'expédition, et qu'il se fasse aider de son dit frère et du maréchal, car il veut absolument que tout sujet de méfiance cesse, et que justice soit faite de tant d'attentats. — Son cousin, le prince de Condé, s'est rendu en Picardie, à La Fère, où il a été reçu par le capitaine du château dont il pense qu'il aura averti son dit frère et sa sœur. Il lui a dépêché pour s'excuser d'être entré sans sa permission, et lui offrir ses assurances et soumissions, dont il est bien aise et confiant. Il aurait préféré toutefois qu'il n'eût pas entrepris ce voyage, pour lui donner le temps de préparer et pacifier. I lui envoie le sr de Maintenon, son frère, pour le tenir en bonne disposition. — Qu'il demande à son frère et à sa sœur de l'y engager. — Il a permis à la reine de l'y aller trouver, et à Ravignan de ne partir de Paris que l'autre ne soit de retour...

1444. **HENRI III.** *Le même.*

L. sig., et contresig., *De Neufuille*, à M. de Rambouillet. Paris, 31 décembre 1579. 2 p. in-fol. (avec une copie moderne).

En attendant qu'il l'avertisse de la résolution qu'aura prise son frère, le ro de Navarre, sur la restitution des villes, et après avoir ouï Ravignan et les députés des églises du Languedoc, il lui écrit de ne pas revenir à Paris, parce que sa présence lui est plus que jamais nécessaire auprès de son frère. Il en écrit autant à l'abbé Gadagne. Il enverra bientôt quelqu'un exprès pour visiter son frère et sa sœur. Il leur dira sa pensée de la venue inopinée du prince de Condé à La Fère qu'il suppose venu de leur consentement, quoique Pibrac dise le contraire. Qu'il lui dise l'avis de sa sœur fort intéressée au fait, puisque la terre et maison lui est attribuée par son mariage, et pour assurance de sa dot. — Il consent que le prince de Condé y reste, mais il n'a pu lui permettre de rentrer en la possession de son gouvernement, d'autant que tout le pays s'y oppose, par défiance de ce qu'il a saisi la ville, et désarmé les habitants catholiques. — Qu'il le dise à son frere et à sa sœur, et qu'il lui fasse connaître leur réponse sur ce qu'il lui a mandé touchant le château de Puynormant. En l'attendant, il retient le capitaine Saint-Martin, car il ne voit de moyen à la reprise du dit château que par le maréchal de Biron ou par lui-même. — Qu'il lui réponde aussi relativement au parlement de Bordeaux et au remplacement de ses membres qu'il faut relever à Agen...

1445. **HENRI III.** *Le même.*

L. sig., et contresig., *De Neufuille* (avec un postcriptum de huit lignes aut. de ce dernier), à M. de Rambouillet. Paris, 6 janvier 1580. 3 gr. p. pl. in-fol. (avec une copie moderne.)

Plus il s'attache à l'établissement de la paix publique, moins on l'aide, plus on élude son édit de pacification rendu il y a déjà deux ans, témoin le refus persévérant de ceux de la religion de lui rendre les villes, malgré les preuves de sa bonne foi et de sa confiance. En vain il leur a envoyé la reine sa mere, mais à peine a-t-elle été revenue, que tout a recommencé. Même, son frère, le roi de Navarre, a mandé aux siens et à ceux de la religion du Dauphiné, de secourir le maréchal de Bellegarde pour troubler ses affaires au marquisat de Saluces, quoique son dit frère eût feint de blâmer cette entreprise, et envoyé pour cet effet le baron de Salignac. Pour user de douceur, il a composé par amiable des affaires dudit marquisat. Cependant, il l'a chargé de réclamer lesdites villes délaissées par la conférence, et il a autorisé son dit frère à s'entendre avec le duc de Montmorency. Sur cela, le prince de Condé s'étant emparé de La Fère, loin d'accumuler les offres de l'en chasser, il lui a envoyé sa mère pour tout arranger. Il attend les résultats qu'il aura obtenus de son côté. — Mais il apprend que le sr de Châtillon pille et rançonne ses pays de Rouergue, Auvergne, Vivarais, a pris enfin la ville de Mende, dans laquelle il a mis à mort une grande partie des ecclésiastiques et principaux d'icelle; il pourra juger du deplaisir qu'il en ressent. Mais il s'en prend à son dit frère, le roi de Navarre, s'il ne s'en justifie auprès de lui, désavoue et rappelle ledit sr de Châtillon, et même aide les sieurs de Mandelot et de Saint-Vidal qu'il envoie pour en avoir raison. Il n'a que ce moyen de lui rendre une satisfaction qu'il veut à tout prix. Qu'il en parle aussi à la reine, sa bonne sœur, à qui il demande en ceci preuve de son affection.

1446. **HENRI III.** *Le même.*

L. sig., et contresig., *De Neufuille*, à M. de Rambouillet. Paris, 6 janvier 1580. 1 gr. p. pl. in fol. (avec une copie moderne).

L'abbé Gadagne est arrivé, et l'a mis au courant des affaires. Quelle décision prendra son frere sur la dépêche de Ravignan? Qu'il lui dise qu'il ne peut consentir que les villes délaissées par la conférence de Nérac lui demeurent, car il ne peut établir la paix autrement. S'il refuse, qu'il se transporte dans lesdites villes, et qu'il somme les gouverneurs de les lui rendre, et les remette en l'état qu'ils ont promis, et s'ils ne veulent obéir et satisfaire, comme ils sont tenus et obligés de faire, il en lèvera acte, lequel puisse ci-apres servir en justice pour en obtenir la réparation nécessaire, et qui a été arrêtée par le traité de ladite conférence, ayant délibéré d'y procéder dorénavant par cette voie-là pour se faire rendre l'obéissance qui lui est due, puisqu'il n'y peut rien profiter par celle qu'il a pratiquée jusqu'à présent... Il ne faut pas que l'on espère qu'il soit pour accorder ci-apres grâce ni abolition des attentats et désobéissance susdits, car il connaît par effet que la trop grande indulgence de laquelle il a ci-devant usé en pareil cas, accroit l'audace des méchants et le nombre des forfaits et délits; ce qu'il remontrera à son dit frere et à touts autres... Qu'il confère de tout avec son cousin, le duc de Montmorency, pour se résoudre par ensemble à faire ce qu'ils jugeront être plus utile... tant par le fait de Mende que par la restitution desdites villes et la punition des infracteurs de paix et brigandages qui s'exercent par delà...

1447. **HENRI III.** *Le même.*

L. sig., et contresig., *Brulart*, à M. de Rambouillet. Paris, 8 mars 1580. Demi-p. in-fol. (avec une copie moderne).

Il sait qu'un de ses gardes, sous sa charge, veut se démettre en faveur de René Cottereau, sieur de Villambois. Connaissant celui-ci, il a ce dessein pour agréable, et il le prie de le réaliser.

1448. **HENRI III.** *Le même.*

L. sig., et contresig., *Brulart*, à M. de Rambouillet. Paris, 10 mai 1580. Demi-p. in-fol. (avec une copie moderne).

Il est informé que des armements se font dans la vue de susciter des troubles. Il va employer sa gendarmerie au rétablissement de l'ordre. Qu'il prévienne les gendarmes de sa charge de se tenir prêts à marcher au premier ordre qu'ils recevront.

1449. **HENRI III.** *Le même.*

Mémoire et instruction, sig. par le roi, et contresig., *Brulart*. 3 gr. p. in-fol. (avec une copie moderne), à M. de Rambouillet, de ce qu'il aura à dire et faire entendre à Mgr frère de Sa Majesté (le duc d'Alençon, puis d'Anjou), lui portant de la part de sadite Majesté les lettres de pouvoir qu'elle lui donne pour l'établissement, exécution et observation entière du dernier édit de pacification, et des articles résolus à Nérac en la conférence d'entre la reine sa mère, le roi de Navarre, et les députés de ceux de la religion prétendue réformée, y assemblés.

Le roi se loue de la bonne intention que lui témoigne son frere, le roi de Navarre, pour finir tant de troubles désastreux. A cet effet, S. M. envoie à son frère des lettres de pouvoir, afin d'agir selon le mémoire qu'a fait le sr de Villeroy quand il l'est allé trouver dernièrement. — Le prince négociera avec le roi et le prince de Condé, pour qu'ils fassent poser les armes à ceux de la religion prétendue réformée; délivrer les prisonniers sans rançon; rétablir l'ordre; révoquer les levées de Reistres commandées par Guitry en Allemagne. — Quand le prince aura des nouvelles par le sr Fervaques qui a été envoyé vers le roi de Navarre, il en informera S. M. — Le prince écrira au roi de Navarre d'envoyer les députés de chaque province pour être ouïs en leurs remontrances. — Le roi devra être averti de leur réunion, et que rien ne se décide sans son aveu. Mais cet avis sera donné par M. de Rambouillet avec précaution et comme de lui-même. — M. de Rambouillet, de son côté, tiendra le roi averti de tout...

1450. **HENRI III.** *Le même.*

L. sig., et contresig., *Pinart*, à M. de Rambouillet. Paris, 26 ma 1580. 1 p. et demie in-fol. (avec une copie moderne).

Il le charge de faire entendre à son frère (le duc d'Anjou), qu'il a eu avis par le sr de Suzanne, de la part du prince de Condé, que M. d'Aumale, et ceux qu'il appelle de la ligue, étaient assemblés en armes pour se trouver à Breteuil, et l'aller assiéger à La Fère. Il a dépêché à M. d'Aumale pour lui témoigner son mécontentement, et lui défendre de rien entreprendre sous peine de désobéissance. — Mais ces avis étaient faux, et il l'a fait savoir au prince de Condé. — — Mais celui-ci est parti lui cinquieme, et est allé en Allemagne. — Il fera part de tout cela à son frere.

1451. **HENRI III.** *Le même.*

L. sig. par le roi, et entièrement de la main et contresig. par le secrétaire d'Etat, *Pinart*, à M. de Rambouillet. Paris, 8 juin 1580. 2 p. in-fol. (avec une copie moderne).

Il a reçu ses envoyés. Il est bien aise d'avoir su les propos de son oncle de Montpensier à son frère d'Anjou. — Il le prie de faire en sorte que tout le bien qu'ils veulent à son service se réalise, et de les y aider. Il voudrait bien qu'il allât trouver son dit oncle, le duc de Montpensier, et qu'il regardât avec lui ce qu'il désirerait en ceci que fît son cousin le duc de Nevers; qu'il en fasse un petit mémoire par écrit, et le lui envoye incontinent et en secret, afin de regarder s'il y a possibilité de moyenner un bon accord.

1452. **HENRI III.** *Le même.*

L. sig., et contresig., *De Neufuille*, à M. de Rambouillet. Saint-Maur-les-Fossés, 13 juillet 1581. Demi-p. in-fol. (avec une copie moderne).

Il lui avait dit de faire acheminer sa compagnie de gendarmes sur Espernon. — Qu'il les envoie à Pierrepont où M. de Puygaillard, maréchal de camp, les recevra, et les dirigera selon ses ordres.

1453. **HENRI III.** *Le même.*

L. sig., et contresig., *De Neufuille*, à M. de Rambouillet. Saint-Maur-les-Fossés. 19 juillet 1580. 1 p. in-fol. (avec une copie moderne).

Il l'a averti par ses lettres du 27 du mois passé qu'il entendait que des compagnies de ses ordonnances (la sienne comprise), partissent le 26 de ce mois-ci pour se rendre au pays Chartrain, et servir ensuite en l'armée qu'il a délibéré dresser sur la frontière de son royaume, pour en défendre l'entrée aux forces étrangeres qu'aucuns perturbateurs du repos public lèvent en Allemagne. Il a su depuis que les dites forces étrangeres ne seront pas prêtes à ma cher selon qu'il l'estimait. — Il avise en conséquence de retarder de quelques jours le partement de sa compagnie. Qu'il donne incontinent des ordres pour qu'on reste, mais qu'on se tienne prêt à partir.

1454. **HENRI III.** *Le même.*

Lettre missive du roi pour le s[r] de Rambouillet, se rendant vers Mgr son frère, sig. par le roi et contresig., *Brulart*. Paris, 3 novembre 1582. 2 gr. p. in-fol. (avec une copie moderne).

Il témoignera à son frere le grand contentement qu'il a reçu de lui pour avoir suivi ce dont il a été requis de sa part par les seigneurs de Bellièvre et Brulart. Il a envoyé par deçà feu Salcède pour mieux avérer le fait contenu en la déposition qu'il avait faite devant son dit frere... M. de Rambouillet lui représentera comme S. M. voulant que le fait dudit Salcède fût traité avec toute sincérité dès le lendemain de son arrivée, il fut interrogé en présence de la reine sa mere et d'aucuns princes et seigneurs de son conseil d'Etat et du conseiller Perrot, y assistant le capitaine Fresne qui est de ses gardes, qui avait eu charge de le garder... Suivent les détails du fait de son interrogatoire et de son procès en la cour du Parlement, à Paris, où il a été fait si bonne diligence, comme l'importance du fait le requérait, que jugement de mort s'en est ensuivi contre lui, lequel a été exécuté le jeudi 26e du mois d'octobre dernier, ainsi qu'il se verra par l'arrêt que porte avec soi le dit s[r] de Rambouillet, ayant icelui Salcède usé de plusieurs variations, tant à la torture qui lui a été baillée avant l'exécution de mort, que depuis icelui étant en la chapelle, et sur le lieu même du supplice; ainsi que le d. s[r] de Rambouillet qui en est bien informé le pourra dire à son dit frère, par lesquelles variations S. M. et tous les gens de bien qui ont eu quelque connaissance de ce procès, sont plus confirmés que jamais à croire que, en tout et partout, il a été faux et méchant calomniateur tel que dès le commencement on l'a jugé...

1455. **HENRI III.** *Le même.*

L. sig., et contresig., *De Neufuille*, à M. de Rambouillet. Paris, 6 janvier 1584. Demi-p. in-fol. (avec une copie moderne).

Pour régler sa gendarmerie et décharger son peuple, il a résolu de réduire les compagnies de cent hommes à trente. La sienne est dans ce cas. — Qu'il fasse tout de suite la réduction d'après les rôles, afin qu'au premier ordre de marche, les hommes maintenus partent seuls, et les autres rentrent dans leurs maisons. — Telle est la nécessité de ses affaires; mais il n'en résulte aucun changement de titre ni de solde pour les chefs.

1456. HENRI III. *Le même.*

1° Lettre non signée et chiffrée, adressée à M. de Saint-Goard, son ambassadeur à Rome. 9 juillet 1584. 2 gr. p. pl. in-fol. Trace de cachet. Il y a écrit près de la suscription : *Du roy, du IXe juillet. Respondue par le courrier de Ruscellay le 23e du dit mois 1584.*

2° Déchiffré de la lettre qui précède Minute originale. 5 p. pl. et quart grand in-fol.

Des malveillants ont jeté des doutes sur ses intentions auprès du Pape qui voulait l'assister de ses forces et de ses deniers. Qu'il aille le trouver et lui dise ce qui suit : « C'est ascauoir que encores que les Roys de France ne re- « connoissent autre puissance et supériorité que celle de Dieu, de la seulle « main duquel ilz sont créez et establis et se soit maintenus iuesques icy « comme iespere quilz feront encore à l'aduenir. Toutteffois ils ont tousiours « porté telle réuérence au Saint-Siege de l'authorité duquel ilz ont este vrays « protecteurs et deffenseurs, qu'ilz ont voullu que leurs actions et volontez « fussent connues et approuvées des saints Pères ses prédécesseurs, desquels « aussi ils ont tousiours esté chéris et fauorisez par dessus tous autres, ayants « par leur obeyssance et devoir acquis le degré de premier filz de l'Eglise qu'ilz « ont depuis méritoirement conserué... » Il doit mettre ordre à son royaume, où sous de vains prétextes il voit prendre ses villes, saisir ses deniers, méconnaître son autorité. Il aime mieux les voies douces, non que les moyens de force lui manquent. Il est faux qu'il ait voulu se servir des Huguenots, non que sans la crainte de Dieu il le put faire, car il est loisible à un prince de s'aider de tout pour résister à d'injustes attaques. Mais il ne souffrira jamais que autre que lui, quel qu'il soit, s'entremette et prenne connaissance de ses affaires, car il est trop jaloux de son autorité ; et combien qu'il désire plus que vivre, nettoyer son royaume des hérésies qui y sont, néanmoins, il veut que sa dite Sté sache qu'il n'y a rien qui le puisse forcer à la guerre contre les Huguenots, que l'amour de Dieu et sa conscience laquelle n'a besoin d'éperon... — Que S. S. ne daigne donc ne juger que par ses actions, et non par les calomnies de ses ennemis. — Il ferait la guerre aux Huguenots si tel était l'intérêt de la religion, et il n'a nul besoin qu'on l'y excite, mais sa résolution est autre, parce que le bien de son Etat le veut.— Que S. S. l'autorise de sa bénédiction et l'aide des moyens du Saint-Siége. Il la supplie de révoquer l'archevêque de Nazareth avec qui il ne peut traiter avec nulle confiance, parce que comme lui et son oncle d'Est l'ont dit au Pape, cet archevêque n'attend son avancement que des auteurs de discordes qui désolent son royaume. Il lui a donc écrit de ne pas venir jusqu'à Paris, et il pourra assurer le Pape que l'archevêque de Bergame résidant auprès de lui est bien suffisant et capable. — Qu'il prie aussi S. S. de ne pas envoyer cette bulle qui susciterait des troubles. — Quant à la guerre aux Huguenots, il dira au Pape qu'il ne pourra la faire quand il en sera temps qu'avec son assistance. Qu'il lui envoie, non des hommes en qui il ne saurait se confier, et dont il ne manque pas d'ailleurs, mais de l'argent, sauf à le faire manier par gens à lui... — Quant à la délivrance de Claude Bargier qui est aux galères de Gênes et qui se dit chevalier de son ordre, il a essayé de l'en faire sortir, mais sans succès. Il n'est plus convenable qu'il s'en mêle. Qu'il voie s'il pourra agir sous main. Il reçoit chaque jour plainte de l'évêque de Cavaillon, lequel protége ses ennemis et se montre plus Espagnol que Français, de sorte qu'il ne peut se promettre rien de bon du combat tant qu'il y aura le pouvoir. Qu'il le dise au Saint-Père, pour qu'il y soit pourvu de manière à le contenter...

1457. HENRI III. *Le même.*

L. sig., et contresig., *Pinart*, au maréchal de Matignon, commandant pour son service en Guyenne. Paris, 18 février 1585. 1 gr. p. pl. et quart in-fol. Onze des premières lignes sont en chiffres.

Il lui donne des ordres pour la formation de six compagnies de gendarmes, lesquelles devront être employées à empêcher les assemblées que l'on voudrait faire en armes contre son service... Il fera entendre à son frère, le roi de Navarre, l'avis dont il l'a entretenu, tout ainsi qu'il lui a été donné, sans lui nommer qui, afin que de son côté il essaie d'y pénétrer, et y voir le plus clair qu'il pourra, comme en une chose qui le concerne...

1458. HENRI III. *Le même.*

L. sig., et contresig., *Brulart*, à M. de Saint-Goard, à Rome. Paris, 28 février 1585. 1 p. in-fol.

Il apprend que beaucoup de nominations d'évêchés, abbayes, prieurés, passent en cour de Rome sans qu'aucune connaissance en soit donnée à son oncle, le cardinal d'Est, quoiqu'il l'ait établi protecteur de ses affaires. Qu'il donne des ordres en conséquence aux ministres solliciteurs et notaires en icelle cour.

1459. **HENRI III.** *Le même.*

L. sig., et contresig., *Brulart*, à M. de Saint-Goard, à Rome. Paris, 21 mars 1585. 2 gr. p. in-fol. (avec une copie moderne).

Il a reçu les députés de Brabant, Gueldres, Flandres, Hollande, Zélande, Utrecht, Frise et Malines, qui lui firent entendre que ces provinces se remettaient sous sa domination et obéissance. Il s'en est expliqué avec eux comme il lui a paru convenable à un roi tres-chrétien, et les a fait conférer avec ses ministres. Puis, en les remerciant des offres qu'ils lui faisaient de si beaux pays et provinces, il a répondu qu'il ne les pouvait accepter, pour n'apporter quelqu'occasion de trouble dans la chrétienté, mais qu'il s'efforcerait de les réconcilier avec le roi catholique. Ils ont insisté, mais il s'est tenu ferme. Il lui en donne avis pour qu'il en fasse part... Il a un avis de pratiques et de remuements dans son royaume. Il croit ces bruits exagérés, mais il ne laisse pas d'y veiller, et il a demandé une levée de six mille Suisses...

1460. **HENRI III.** *Le même.*

L. sig., et contresig., *Brulart*, à M. de Saint-Goard, à Rome. Paris, 31 mars 1585. 1 p. in-fol. (avec une copie moderne).

Sur la requete qui lui a été faite par le s^r d'Aubignan, chevalier de son ordre, il écrit présentement au pape en sa faveur pour qu'il lui accorde et permette qu'il puisse prendre et lever trois sols sur chacune bête et charrette chargées de marchandises passant et repassant en sa terre d'Aubignan et Loriol, au comtat Venaissin, pour lui donner moyen d'entretenir un pont servant au dit passage qui lui est de grand frais de dépense, afin aussi qu'il se puisse acquitter de la rançon qu'il aurait été contraint de payer pour se rédimer des mains de ceux de la nouvelle opinion, qui l'auraient pris prisonnier, revenant de le trouver à Blois, lors de la réduction de la ville de Menerbes en l'obéissance du saint-père.

1461. **HENRI III.** *Le même.*

L. sig., et contresig., *De Neufuille*, à M. de Saint-Goard, à Rome. Paris, 16 avril 1585. Deux gr. p. in-fol. (avec une copie moderne).

Il sait par ses dépêches les mouvements de sédition qui se manifestent dans son royaume. Les choses s'échauffent de plus en plus. Il y a bien des mécomptes dans les calculs et les projets des séditieux, mais le mal s'étend, dont se réjouiront les chefs qui, seuls, en tireront profit. — Qu'il le dise à S. S., et que le parti qu'il avait pris était plus certain que celui qu'on veut prendre à présent. — La reine, sa mere, a vu le duc de Guise, et lui a envoyé l'archevêque de Lyon qui lui assure que le duc de Guise veut l'aider à éteindre ce feu, dont il est tres-aise; il lui a mandé qu'il est disposé à oublier ce qui s'est passé. Son frere, le duc de Lorraine, voulant se joindre à cette bonne œuvre, a vu sa mère. Le cardinal de Bourbon et le duc du Maine s'y rendront aussi. — Pendant qu'on parle de paix, le duc de Savoie se prépare à se saisir du marquisat de Saluces à l'aide du roi d'Espagne. Ce qui montre que la cause réelle des guerres suscitées, n'est pas le véritable intérêt de l'Eglise, mais bien de détruire son Etat, chose qu'il supplie S. S. vouloir considérer et empêcher...

1462. **HENRI III.** *Le même.*

L. sig., et contresig., *De Neufuille*, à M. de Saint-Goard, à Rome. Paris, 12 avril 1585. 3 gr. p. in-fol.

Cette lettre est entièrement chiffrée.

1463. **HENRI III.** *Le même.*

Lettre non signée par le roi, au cardinal d'Est, à Rome. 22 avril 1585. 3 gr. p. pl. et quart in-fol. On lit derrière : *Double de la lettre escripte par le roy à monseigneur le cardinal d'Est du XXIIe auril 1585.* Cette lettre toute chiffrée, est accompagnée de la traduction qui en a été faite lors de sa réception.

Il regrette la mort du pape, et il désire que son successeur soit amateur de paix et du repos de la chrétienté, le principal bien de laquelle il reconnait dépendre apres Dieu, de la bonne inclination de celui qui sera constitué en cette dignité. Il s'en remet à sa prudence de favoriser de sa part l'élection de qui il conviendra; qu'il fasse donc pour le mieux. Et s'il ne réussit pas, s'il voit l'impossibilité d'obtenir un pape qui soit dans les intérêts de la France, et la chance assurée pour un autre, sans moyen de l'empêcher, « Il me semble « très à propos estant les choses déplorées de nostre côté et quasi certaines

« et asseurées du sien que nous ne soyons pas des derniers à le favoriser et « lui faire paroistre que j'affectionne sa promotion encores que je ne la peusse « empescher affin que s'il est créé pape il me donne une partie de la louange « et me sache gré de la bonne volonté que j'y auray apportée, ce que j'entends « neanmoins estre faict pourueu que le proposé ne soit reconnu si partial du « parti contraire, qu'il n'y ayt esperance de l'obliger par telle congratulation. » Le cardinal de Joyeuse est déjà parti pour s'acheminer par delà, et celui de Vendôme le doit suivre bientôt, afin de fortifier de leurs voix le parti de celui de qui la création sera plus avantageuse pour son service. « Et peult estre les « cardinaulx de Guise et le Vaudémont pourront semblablement faire ce « voyage, j'ay commandé aux deux premiers auoir bonne intelligence auec « vous, mais ie vous prie disposer les deux autres aduant qu'ils facent ce « voyage d'embrasser ce qui sera du bien de mon service, et prendre garde « que soulz coulleur de s'aller rendre au conclaue ilz n'ayent quelque chose à « négocier au préjudice du repos de mon Estat, dont ie n'aurois aucun argu- « ment de deffiance, n'estoit que ceux de leur maison se sont esleuez en « armes, et que dorenauant leurs actions me doiuent estre suspectes... »

1464. **HENRI III.** *Le même.*

Lettre du roi, à M. de Saint-Goard, à Rome. Paris, 22 avril 1585. L'original qui était chiffré, manque; ceci est le déchiffré que l'on croit être de la main de Laboderie. 1 gr. p. pl. et tiers in-fol.

Le pape (Grégoire XIII) est mort. Il doit déjà être arrivé à Rome. Voici l'occasion de lui rendre un signalé service. Il écrit à son oncle, le cardinal d'Est, de favoriser l'élection de celui des cardinaux qu'il avisera être le plus affectionné à son royaume. — Il lui envoie des lettres pour les cardinaux Pellevé et de Rambouillet, les unes douces, les autres plus aigres, avec menaces de grands ressentiments à l'égard d'eux et de leurs parents s'ils y faillent. Il écrit semblablement en créance sur son dit oncle autres lettres pleines de courtoisies et honnetetés aux cardinaux Sainte-Croix de La Tour, Conterel, Salviati, Albano, Savelle, de Montealto, Rusticucio, Madruce, Vercel, Alexandrin, Mouréal et Sforse, pleine de l'expression de sa bonne volonté à leur endroit... Le cardinal de Joyeuse est déjà parti, celui de Vendôme le doit suivre pour fortifier son parti de leurs voix et suffrages, « et peult estre les cardinaux « de Guise et de Vaudemont s'y pourront acheminer, ie vous prie d'observer les « actions de ceux cy pour empescher qu'ils ne trament rien par de là au préju- « dice de mon dit seruice, ayant occasion de me deffier de leurs actions, pen- « dant que ceux de leur maison auront les armes en la main, et auoir bonne « intelligence auec les deux autres... »

1465. **HENRI III.** *Le même.*

L. sig., et contresig., *De Neufuille*, à M. de Saint-Goard, à Rome. Paris, 30 avril 1585. 3 gr. p. in-fol. (Il y a une partie chiffrée et le déchiffré original est joint à la lettre,) (avec une copie moderne).

Il persiste dans sa parfaite confiance pour son oncle, le cardinal d'Est. Il comptait qu'il serait aidé par les cardinaux de Guise, de Vendôme et de Vaudémont, comme il le sera de celui de Joyeuse. — Cependant il a retenu près de lui le cardinal de Vendôme. Celui de Guise ne s'apprête pas à partir, ni celui de Vaudemont non plus. Qu'il le dise à son oncle, et que Rondinelli va essayer de les ébranler, sa mere s'y emploiera... CE QUI SUIT EST LA TRADUCTION TEXTUELLE DE LA PARTIE CHIFFRÉE DE CETTE LETTRE : « Vous ferez aussi « entendre à mon dit oncle que ie ne desire aucunement que le cardinal de « Mondeins entre en cette charge, d'autant que ie scay qu'il a l'ame tres espa- « gnolle et dangereuse pour mon seruice dépendant du tout du duc de Savoye, « duquel ie ne puis attendre en ceste saison aucune correspondance, puisqu'il « fauorise ouvertement ceux qui ont pris les armes en mon royaume contre mon « autorité. Pourtant, vous prierez de ma part mon dit oncle tres instamment « de s'opposer formellement au dit de Mondeins, et ferez entendre le semblable « aux autres cardinaulx qui me sont affectionnez, comme chose que iay tres a « cœur. Ayant le dit cardinal de Mondeins telle intelligence de mes affaires de « mon dit royaume, que ie tiens pour tout certain que si l'authorité et puis- « sance apostolique estoit entre ses mains, il me feroit beaucoup de mal en « ceste saison. Embrassez doncq quelle est mon intention sur l'eslection au « pontificat. »... Il l'avise, au reste, que les auteurs des troubles continuent à s'emparer des villes et places de son royaume, où ils peuvent entrer. Celle de Marseille leur est tombée des mains par la fidélité des habitants, ainsi qu'il verra par le mémoire qu'il lui envoie, leur étant advenu le semblable de celle de Bordeaux par le bon ordre qu'y a donné le maréchal de Matignon, lequel s'est rendu maître du château Trompette que Vaillac avait promis de leur livrer, mais ils se sont emparés de celle de Verdun par le moyen des habitants, lesquels ayant chassé la garnison qu'il y entretenait, les ont introduits en icelle à la vue de la reine, madame sa mère, qui est à Epernay, essayant de tout pacifier, ce qui n'avance nullement...

1465 *bis*. **HENRI III**. *Le même*.

Note diplomatique. Mai 1585. (De la main de l'un des écrivains de la plupart des lettres qui précèdent.) On lit derrière : *Pour pansions. Liasse des mémoires sur plusieurs affaires*. 1 gr. p. pl. et demie, in-fol. (avec une copie moderne).

Le meilleur moyen de servir les affaires du Roi à Rome, serait d'y intéresser le plus possible pour suppléer à la perte d'un seul (le cardinal d'Est) :

1° Le cardinal Montalte, à cause du crédit qu'il a auprès du Pape, il faudrait lui donner une bonne pension ou abbaye, et la protection des affaires de France.

2° Après lui le cardinal Sainte-Croix, le seul qui fasse profession publique d'être Français, sa pension d'Arles, ou une abbaye.

3° Le cardinal Rustianti qui a les affaires de France — il est riche — il faudrait donner 1000 écus à son neveu, l'un des cinq plus secrets camériers du Pape — un diamant à l'oncle.

4° Le cardinal Azzolin — 1500 écus de pension.

5° Lancelot — pauvre, 2000 écus de pension.

6° Aldobrandin, affectionné à la France —créature du cardinal d'Est qui voulait lui faire donner 1500 écus de pension.

7° Mathei — riche— des compliments seulement.

8° Peruse — 1500 écus de pension.

9° Sarnan qui porte encore la faim du cloître avec soi, et fort en crédit auprès du Pape pour lui avoir donné l'habit de cordelier — 1500 écus de pension.

Voilà tout, et ce serait fort utile, surtout si le cardinal Montalte, fort accrédité auprès de son oncle, se voulait mettre à leur tête...

1465 *ter*. **HENRI III**. *Le même*.

Lettre au Pape (non signée par le roi). Mai 1585. (De la main de l'un des écrivains de la plupart des lettres qui précèdent.) On lit derrière : *Double de la lettre du roi à Nre St père le pape, pour response au brief que a naguere presenté à Sa Sainteté le camérerier de Sa Sainteté*. 1 gr. p. pl. in-fol. (avec une copie moderne).

Il a reçu la lettre de Sa Sainteté du 23 avril, sur sa promotion. Il en félicite S. S. que Dieu a visiblement choisie. Il la supplie de prendre en considération l'état où est son royaume, etc., etc

1466. HENRI III. *Le même*.

Lettre au pape (non signée du roi), de la main de l'un des écrivains des lettres qui précèdent. Mai 1585. 1 p. in-fol. Il y a derrière : *Double de la lettre escripte par le roi au pape* (avec une copie moderne.)

Il félicite le Pape de son élection. Il le remercie des paternelles bontés qu'il lui témoigne, et dont il a déjà eu connaissance par son oncle, le cardinal d'Est, son ambassadeur ; il le remercie de la bonne volonté qu'il lui plaît lui porter, et au bien de ses affaires ; il s'en montrera digne, etc., etc.

1467. HENRI III. *Le même*.

L. sig., et contresig., *De Neufuille*, à M. de Saint-Goard, à Rome. Paris, 6 mai 1585. 4 gr. p. pl. in-fol. (avec une copie moderne).

Il a reçu l'avis qu'il lui a donné de la promotion du cardinal Montalto (Sixte-Quint) dont il se réjouit à cause du bien qu'il lui en dit, ainsi que le cardinal d'Est. Il en a fait prévenir le nonce-évêque de Bergame, à qui il a témoigné sa joie en l'audience qu'il lui a donnée depuis expressément pour cet effet, l'ayant prié d'avertir Sa dite Sainteté que cette suprême dignité ne pouvait tomber entre les mains de personne dont il reçût plus de consolation par l'espérance qu'il a qu'elle sera très-utile et heureuse à toute la chrétienté, laquelle avait tant besoin d'un pasteur orné de tant de prudence et exemplaires de vie que sont celles qui reluisent en sa béatitude... Qu'il l'a témoigné lui-même, et sa reconnaissance au cardinal d'Est ; il lui envoie à cet effet Rondinelli. Il espère que le cardinal Rusticuci lui sera aussi très-favorable. — Il lui envoie aussi une lettre pour le cardinal de Pellevé, en réponse à l'avis qu'il lui a donné. Il est aise qu'il ait été le premier ambassadeur à féliciter Sa Sainteté et lui baiser les pieds. — Il prie son oncle d'Est de lui demander la dignité de cardinal pour le Sr Alex. Picot de Lamirande... Pour fin de la présente, il se plaint à lui des longueurs et remises dont usent envers la reine, sa mère, sur la pacification de ces misérables troubles, son oncle le cardinal de Bourbon, et son cousin le duc de Guise, car les choses ne sont guère plus avancées qu'elles étaient quand la reine, sa mère, s'est acheminée à Épernay. Ainsi s'est depuis commis et se commet encore journellement quelque surprise de ville, et avec attentats de guerre qui altèrent et aigrissent toujours de plus en plus les affaires, de sorte qu'il semble qu'ils retardent la dite négociation expressément pour attendre leurs forces étrangères, pour par ce moyen traiter avec plus d'avantage. Pour son regard, il désire tant éviter les maux qui naîtront de cette guerre, et embrasser toute occasion de promouvoir et avancer l'honneur de Dieu, et la religion catholique, apostolique et romaine, qu'il leur a fait dire être content révoquer et casser son édit de pacification, et en ce faisant, prohiber en ce royaume l'exercice de la nouvelle opinion, se faisant paraître par effet, que c'est le zèle d'icelle qui les meut, afin de réunir leurs forces ensemble pour entreprendre et poursuivre, comme il appartient, l'exécution de la dite prohibition; en cas que ceux qui font profession de la dite nouvelle opinion refusent d'y condescendre et acquérir, après en avoir été admonestés et semonds, comme il est raisonnable qu'ils soient devant que d'y employer la force. Sur quoi ses dits oncles et cousins ne lui ont encore fait entendre leur délibération. Mais s'ils refusent ce parti, ils feront assez connaître être poussés d'autres zèle et intention que du bien de la religion. Combien qu'il ait opinion qu'ils eussent mieux établi et avancé le service de Dieu et de son Eglise durant la paix, de par ce moyen d'icelle, qu'ils ne feront pas la dite guerre, de laquelle la suite sera plus longue et incertaine que plusieurs ne aident ou veulent à présent estimer. — Il dira tout ce que dessus à sa dite Sainteté, afin qu'elle sache de quel pied il chemine en ces affaires, et si le cardinal de Vaudémont donne jusques à Rome comme aucuns disent qu'il doit faire, il prendra garde à ses actions, afin que s'il entreprend de dire ou faire chose au préjudice de sa réputation ou de son service, il y réponde et s'y oppose par le conseil de son dit oncle, le cardinal d'Est...

1468. **HENRI III.** *Le même.*

L. sig., et contresig., *De Neufuille*, à M. de Saint-Goard, à Rome. Paris, 14 mai 1585. 3 gr. p. in-fol. Il y a quelques parties chiffrées (avec une copie moderne).

Depuis ses lettres portées par Rondinelli il n'a, non plus que sa mère, cessé de travailler à la paix, mais se préparant pour la guerre, qu'il voudrait bien éviter, devant ruiner son royaume. — Ils ont pris la ville de Thou (Toul), saisi ses deniers, écrit partout pour exciter des soulevemens, fait hâter l'arrivée des reîtres et lansquenets. — Qu'il fasse entendre tout cela à Sa Sainteté, et que la religion n'est qu'un prétexte, le vrai but étant de détruire son Etat. — Les Flamands se sont adressés à lui pour qu'il aidât à leur rebellion, et il les a refusés et admonestés de rentrer dans le devoir. — Et si feu son frère s'était lié envers eux, c'était contre sa volonté. — Les Espagnols reconnaissent bien ce procédé, en l'accusant de défaut de zèle religieux, et en suscitant chez lui la guerre civile. — Il fait assembler et marcher douze mille Suisses. Néanmoins la vérité et la raison ont enfin autant de force à l'endroit de cette nation, qu'elle s'est résolue de le contenter... Il n'aura faute aussi de forces françaises, tant de cheval que de pied, de sorte qu'il aura moyen d'empêcher que l'on ne lui donne la loi comme il semble que l'on veuille faire contre son espérance et la raison...

2° L. aut. sig., *De Neufuille de Villeroy*, à M. de Saint-Goard, à Rome (ou post-scriptum de la lettre du roi qui précède). 14 mai 1585. L'original manque au dossier. Il y a sur l'enveloppe, au crayon, de la main de M. Lucas de Montigny : *L'original a été donné à M. de Monmerqué* (avec une copie moderne).

Il lui écrit encore ce petit mot de sa main... pour accompagner la déclaration de l'intention du roi sur ce remuement d'armes de laquelle il lui avait ci-devant envoyé une minute, lui déplaisant grandement de voir ces choses prendre le chemin qu'ils font, et d'être contraint pour le service de son roi et bon maître, tailler sa plume et s'employer par si misérable guerre, de laquelle il prie Dieu bientôt les délivrer. « Quand ces messieurs qui nous font la guerre « ont vu que le roy accordoyt ce qu'ils demandoient pr le faict de la religion, « ils ont dit qu'il falloit pourueoir à leur seureté et de leurs partisans. Quand « on leur a demandé ce qu'ils vouloient et remonstré que le roy se résoluoit « faire la guerre aux huguenots, et qu'ils ne devoient demander d'autres, ils « ont répondu que iis estimoient beaucoup la sécurité publique, toutes fois « que leur en falloit donner des preuues particulières dont ils ne se sont en-

« core ouverts ne déclarés, et voilà à quoi nous en sommes. La roine, mère du « roy, est maintenant avec eulx pour en traicter... »

1469. **HENRI III.** *Le même.*

L. sig., et contresig., *De Neufuille*, à M. de Saint-Goard, à Rome. Paris, 14 mai 1585. 3 gr. p. pl. in-fol. (avec une copie moderne).

Depuis sa lettre portée par Rondinelli, il a continué tous ses efforts pour éviter la guerre qui finira par ruiner l'Etat, et même la religion. — Ses ennemis n'ont fait que s'enhardir. Ils se sont emparés de la ville de Toul, ont saisi ses deniers, ont soulevé ses sujets contre lui, ont fait hâter leurs reîtres et lansquenets. — Qu'il en informe le pape, et lui dise que ses sujets ont promis au roi d'Espagne de ne traiter avec lui sans lui, car c'est pour ledit roi catholique et pour la ruine de son royaume qu'on travaille, et non pour la religion, comme on affecte de le dire. — Quand ses sujets des Pays-Bas se sont offerts à lui, ils les a renvoyés à leur devoir envers lui, et si son frère, quand il vivait, en a autrement agi, ç'a été à son grand regret et contre sa volonté, — ce que chacun sait bien, et le roi catholique aussi, — de quoi on le paie bien mal, en se servant pour sa ruine du prétexte de la religion, comme s'il n'en avait pas été le défenseur exemplaire et constant. — Pour soutenir la guerre il fait marcher 12,000 Suisses dont la levée a été traversée par l'ambassadeur espagnol, celui de Savoie, et même les Jésuites...

1470. **HENRI III.** *Le même.*

L. sig., et contresig., *De Neufuille*, à M. de Saint-Goard, à Rome. Paris, 29 mai 1585. 6 gr. p. in-fol. (avec une copie moderne).

Il est très-satisfait des bonnes dispositions que le Pape lui montre. Qu'il lui baise les pieds en lui portant la lettre qu'il lui envoie écrite de sa main. Qu'il garde bien la préséance qui lui a été rendue, et qu'il ne souffre pas que l'ambassadeur catholique y attente, comme le lui a promis le cardinal Alexandrin, étant premier fils du Saint-Siége par la grâce et bonté de Dieu, et par la piété, vertu et magnanimité des rois ses prédécesseurs d'heureuse mémoire.... Qu'il insiste pour que le Pape lui envoie quelque prélat pour l'aider à pacifier les troubles de son royaume, lesquels augmentent au lieu de diminuer, comme le verra l'évêque de Rege dont le choix lui plait d'autant plus, qu'il est créature de son oncle... Le nonce de Sa Sainteté lui présenta hier un bref d'Icelle et lui dit (après l'avoir assuré de sa paternelle bienveillance), « quelle auoit esté « très aise et contente d'auoir entendu la belle et saincte résolution que jauois « prinse de ne permectre plus en mon royaume exercice daucune religion que « de la catholique appostolique et romaine. Sasseurant que l'effectuant Dieu « feroit prosperer mes ans et mon regne selon son desir usant de plusieurs « autres propos conuenables a ung tel subiect, lesquels véritablement me furent « tres agreable de luy respondre que je remerciois tres affectueusement sa « beatitude, premierement de lasseurance quelle me donnoit de sa bonne vo- « lonté de laquelle jauois ja receu si bon gage par les faueurs quelle vous « avoit faictes, que je men sentois tres obligé a elle et mestoit de men rendre « digne. Et pour le regard de la résolution quelle auoit entendu que jauois « prise pour bannir de mon royaume les hérésies que la malice du temps y « auoit introduictes, je le priois faire scauoire a sa d. S[té] que jauois esté « nourry et esleue auec ceste mesme détermination et quelle nestoit jamais « partie de mon ame en laquelle puis que jauois cest honneur que de porter le « titre de roy tres chrestien je pouuois dire estre son vray siege, que vérita- « blement jauois toléré que les huguenots preschassent en mond. royaume. Mais « que la nécessité du temps et lexpérience des choses précédentes mauoient « contrainct et suadé à ce faire, non pour auctoriser lhérésie comme aucuns « blasphemmant contre moy et leur deuoir auoient osé publier, mais en inten- « tion dobtenir par ceste voye de la grace et bonté de Dieu ce dont je naurois « peu venir a bout durant tant dannées par celle des armes. Que toutes choses « sacheminoient assez bien a me donner contantement pour ce regard par le « moyen de la paix de mon royaume, quand elle a esté interrompeu par les « autheurs de ceste nouuelle et misérable guerre, lesquels mayant faict enten- « dre auoir moyen de maider à mectre à exécution ma bonne volonté plus promp- « tement et seurement par la voye des armes que par la continuation de la paix. « Je leur auois faict dire par la royne, madame et mere, que cestoit ce que « jauois tousiours plus désiré, et que sils me faisoient paroistre pouuoir ce « quils proposoient, que jestois contant reuocquer mon edict de pacification, « et me seruir de leurs personnes forces et moyens, auec les miens, pour en- « treprendre et poursuiure lexécution dune si sainte et louable entreprise. « Mais leur ayant faict le d. offre au lieu de laccepter et se departir de leurs « desseings, ils auoient proposé et mis en auant nouuelles demandes par les- « quelles ils faisoient tres bien et clairement congnoistre nen vouloir tant aux

« huguenots et à l'hérésie que à mon estat..., que jestois encore à présent « aussi incertain de la d. intention que le premier jour que la royne ma dte dame « et mère auoit parlé à eulx... » Qu'ainsi, il ne pourrait à présent révoquer l'édit sans mettre les uns les autres, et tout son royaume contre lui; le nonce lui a dit qu'il en ferait part au Pape.

Du reste, ils continuent à le présenter comme protecteur de l'hérésie. Ils ont failli à prendre Metz. Ils la lui demandent en garde pour assurer le duc de Guise; ce qu'il ne veut, quoiqu'ils ne veuillent poser les armes qu'à ce prix. Qu'il juge si c'est là le zèle de la religion, et quel honneur acquerra le cardinal de Bourbon de s'unir à eux! Qu'il dise tout celà au Pape que va trouver le cardinal de Vaudémont si ingrat envers lui, que lui ayant donné l'évêché de Verdun, il y a aboli son autorité et son nom, comme les siens ont fait depuis à Toul. Il avait prié le Pape de pourvoir un des leurs de l'évêché de cette ville, comme le lui dira le cardinal d'Ossat, mais il faut à présent empêcher que la chose ne se fasse.— Il observera de près le cardinal de Vaudémont. — Il s'opposera aussi à la proposition que pourrait faire le cardinal de Bourbon de résigner la légation d'Avignon au cardinal de Guise, résignation qu'il avait aussi recommandée...

1471. **HENRI III**. *Le même.*

L. sig., et contresig., *De Neufuille*, à M. de Saint-Goard, à Rome. Paris, 10 juin 1585. 3 gr. p. in-fol. (avec une copie moderne).

Ses dernières lettres ont été prises et volées entre La Palisse et Varennes par des troupes du duc du Maine. Les demandes des chefs de cette Ligue augmentent en proportion de ses concessions. — Toutefois, il n'a voulu rappeler encore la reine, sa mère. Ils ont demandé qu'il leur laissât faire la guerre aux huguenots. Du reste, ils sont irrésolus et fort peu d'accord entre eux. Leurs déportements condamnent leurs beaux prétextes. Leurs partisans les quittent. Les deniers commencent à leur manquer. On les hait d'avoir fait entrer 1,000 à 1,200 Reîtres et 2 à 3,000 Lansquenets, d'autant que ceux du parti contraire se préparent à faire de même, aidés des deniers de la reine d'Angleterre, et favorisés du duc Jean Casimir. — D'un autre côté, la justice de sa cause se reconnait. 10,000 Suisses lui sont arrivés. Il a près de lui 2,000 bons chevaux, et 5 ou 6,000 hommes de pied Français.— Pourtant, il les recevrait sincèrement en grâce, pour éviter la guerre civile et pour le bien de la religion... Ce qu'il dira à Sa Sainteté, et à son oncle, le cardinal d'Est...

1471 *bis*. **HENRI III**. *Le même.*

Extrait d'une lettre que le roi a écrite à M. de Saint-Goard, du 15 juin 1585. 2 gr. p. pl. in-fol. Ecriture du temps, faite à Rome, pour tenir lieu de l'original.

Même sujet que la précédente. Plaintes contre la Ligue.

1472. **HENRI III.** *Le même.*

1° L. sig., et contresig., *De Neufuille*, à M. de Saint-Goard, à Rome. Paris, 6 juillet 1585. 12 gr. p. pl. in-fol.

Cette belle lettre est chiffrée. Le chiffré manque.

2° Copie (du temps), d'une ordonnance datée du 7 juillet 1588. Demi-p. in fol. (avec une copie moderne).

Défense de commettre désormais aucun acte quelconque d'hostilité. — Publication de cette défense ès lieux et endroits où sont les troupes tant de S. M. que des card. de Bourbon et de Guise; ducs de Guise, de Mayenne, d'Aumale et d'Elbœuf.

1473. **HENRI III**. *Le même.*

L. sig., et contresig., *De Neufuille*, à M. de Saint-Goard, à Rome. 18 août 1585. 2 gr. p. in-fol. Quelques déchirures (avec une copie moderne).

Il ressent comme il le doit, l'injure que le Pape lui a faite, et qu'il attribue aux ennemis que lui a suscités son zèle pour le bien de son service. Qu'il revienne tout de suite. Il sera le bienvenu. Il a, Dieu merci, assez d'autorité pour le récompenser.

1474. **HENRI III.** *Le même.*

L. sig., et contresig., *De Neufuille*, à M. de Saint-Goard, à Rome. Paris, 18 août 1585. 3 gr. p. in-fol. (Lettre entièrement chiffrée). — Déchiffré de cette lettre, écriture du temps. 2 p. in-fol. Ces deux pièces, étant ployées ensemble, ont été rongées dans plusieurs parties (avec une copie moderne).

Il persiste dans son opinion sur l'injure qui lui a été faite. Ainsi, qu'il publie qu'il lui ordonne de revenir et qu'il parte en effet, mais à petites journées, où s'arrêtant comme de lui-même, sous un prétexte, comme d'une course à Notre-Dame de Lorette, ou d'une visite à la comtesse de Lamirande, mais en lieu où il soit à portée de recevoir de ses nouvelles qui ne tarderont pas. — Si le Pape se ravise et lui fait dire de revenir à Rome, qu'il refuse en citant ses ordres. Il envoie copie de ceci à son oncle, le cardinal d'Est, à cause des autres affaires, et surtout pour la permission qu'il demande d'aliéner du temporel du clergé de son royaume pour fournir aux frais qu'il lui faut faire en la poursuite de la guerre qu'il a entreprise, car s'il n'est tôt sûr de la permission, il sera contraint de s'en départir...

1475. **HENRI III.** *Le même.*

L. sig., et contresig., *De Neufuille*, à M. de Rambouillet. Paris, 28 novembre 1585. 1 p. in-fol. (avec une copie moderne).

Il est informé que ceux de ses sujets qui veulent désobéir à l'édit de pacification et de réunion lèvent des troupes en Allemagne, à quoi voulant pourvoir, il veut s'assurer de l'état des compagnies de ses ordonnances. Qu'il avertisse ceux de la sienne de se tenir prêts, hommes et chevaux, à marcher au premier ordre qu'il avancera ou retardera selon les avertissements qui lui parviendront...

1476. **HENRI III.** *Le même.*

L. sig., et contresig., *De Neufuille*, à M. de Rambouillet. Paris, 24 janvier 1586. 1 p. in-fol. (avec une copie moderne).

Il veut se servir, auprès de sa personne, de la compagnie de ses ordonnances dont il lui a donné la charge. Ainsi, il veut qu'elle entre en garnison en la ville de La Fere le 1er mars prochain. Qu'il avertisse les membres, hommes d'armes et archers d'icelle, de s'acheminer vers leur destination en bon et convenable équipage. — Mais qu'il veille à ce qu'ils ne soient en chemin que le temps qu'il faut pour ne pas demeurer par les champs à la foule de son peuple ou sur leur bourse inutilement, chose qu'il lui recommande très-expressément...

1477. **HENRI III.** *Le même.*

L. sig., et contresig., *De Neufuille*, à M. le marquis de Pisani, à Rome. Saint-Maur-les-Fossés, 29 juin 1586. 1 p. in-fol. Cachet. (avec une copie moderne).

Il nomme le cardinal de Joyeuse archevêque de Toulouse. Qu'il prie le Pape de le pourvoir, et permette qu'il tienne l'archevêché de Narbonne jusqu'à ce qu'il se présente quelque personne capable pour le tenir dignement.

1478. **HENRI III.** *Le même.*

L. sig., et contresig., *DeNeufuille*, à M. de Rambouillet. Paris, 9 juillet 1587. Demi-p. in-fol. (avec une copie moderne).

Il verra par les lettres de publications, qu'il a envoyées à touts les baillis et sénéchaux de son royaume, comme il a résolu de se trouver en personne en l'armée qu'il veut assembler pour opposer à celle des Allemands qui vient au secours de ses adversaires, et se servir entre autres forces des deux cents gentilshommes de sa maison, les ayant à cette fin mandés en sa ville de Montereau-Faut-Yonne, au 8e d'août prochain, au moyen de quoi il le prie de donner ordre que les cent gentilshommes de sa dite maison qui sont sous sa charge ayent à s'y trouver précisément au dit temps pour le servir et accompagner en la dite armée...

1479. **HENRI III.** *Le même.*

L. sig., et contresig., *De Neufuille*, à M. de Rambouillet. Beaugency, 12 novembre 1587. 2 gr. p. pl. in-fol. (avec une copie moderne).

Il ne veut pas d'amas de gens de guerre en ses quartiers. Il a bien fait d'ordonner aux communes de leur courir sus, et d'avoir mis 100 hommes au Mans, 20 à Sablé, etc. Mais comme cela ne suffit pas, il écrit au sr de Poigny, qui est à Chartres, de lui envoyer sa compagnie et celle de Fargis, son frère. — Au reste, qu'on n'épargne personne, pas même gens qui seraient avoués du prince de Conti et des siens. — De même, qu'il poursuive ceux qui ont été avec le roi de Navarre. — Qu'il se méfie de ceux qui lui disent lui vouloir faire service, et qui ont d'autres projets, car on ne peut rien faire de si répugnant et contraire à cela, que de faire plus qu'il ne commande, et principalement en matière de levée de gens de guerre. — Les srs de Boisrouant et de Narmoutiers sont arrivés pour lui faire service. — Qu'il pourvoie à faire vivre et entretenir toutes ces troupes. — Il dit en post-scriptum, qu'on l'avertit que les ennemis tournent de son côté, et semble qu'ils veulent s'aller placer entre les rivières de Sarthe et de Loire. Qu'il veille donc sur ses villes. —

Que son frère de Poigny se place avec sa compagnie à La Ferté-Bernard. — Qu'il fasse tout le possible pour affamer les ennemis, si faibles d'ailleurs de nombre et d'artillerie qu'ils ne peuvent forcer la moindre place.

1480. **HENRI III.** *Le même.*

L. sig., et contresig., *De Neufuille*, à M. le marquis de Pisani, à Rome. Paris, 7 janvier 1588. 3 gr. p in-fol. (avec une copie moderne).

Il savait ce que ses lettres lui apprennent, que quiconque s'adresse au pape pour lui demander de l'argent n'est le bien venu. Il en est marri, car il ne peut, sans secours de Sa Sainteté poursuivre ses avantages... contre les hérétiques. Elle lui a promis de ce faire quand elle verrait qu'il ferait à bon escient, et qu'elle verrait quelque bon acheminement en ses affaires contre les dits hérétiques. De quoi elle ne peut plus douter, étant certain que les ennemis ont plus perdu d'honneur, et reçu plus de honte et dommage par la dissipation qui a été faite de cette armée étrangère, qu'ils n'avaient fait par toutes les batailles données en ce royaume depuis le commencement des troubles. Car de seize mille Suisses protestants qu'ils étaient il n'en est retourné trois mille en tout, qui ne se lasseront jamais de publier autant la perfidie et faiblesse des dits hérétiques qui les avaient appelés, que ils feront sa clémence et puissance très-grande. De quatre mille lansquenets, il n'en retourne trois cents, ni des sept à huit mille reitres, que de quatre à cinq cent de combat; la plus grande partie desquels ayant passé le pont de Mâcon pour sortir de son royaume, se sont encore vendus avec leurs armes et chevaux a des bourgeois et gentilshommes, pour être conduits sûrement en Allemagne, après avoir perdu tous leurs bagages, abandonné et quitté leurs armes, et crié merci à Dieu et à la France des maux qu'ils y avaient faits, remportant sur leurs chevaux les corps morts des personnes de qualité qu'ils avaient pu sauver. Voilà en quel équipage ils sont sortis de soudit royaume. C'est le bon traitement qu'il leur a fait, et la punition que Dieu en a voulu faire, qui a grandement étonné ceux qui les avaient fait venir, de sorte qu'il espère qu'étant poursuivis vivement, il en aura meilleur compte que jamais. Mais ce sera chose qu'il ne pourra exécuter selon son désir s'il ne recouvre des deniers, car il n'y a sorte de guerre plus difficile à faire sans argent que celle des sièges, à laquelle il se faudra du tout résoudre, parce que les dits ennemis n'auront de quoi comparaître en campagne, et se renferment dans les places qu'ils occupent et gouvernent, de Poitou, Xaintonge, Guyenne, Languedoc et Dauphiné, qui sont en trop bon nombre et trop bien fortifiées, etc., etc.

1481. **HENRI III.** *Le même.*

L. sig., et contresig., *De Neufuille*, à M. le marquis de Pisani, à Rome. Paris, 19 février 1588. 5 p. in-fol. (avec une copie moderne).

Mario Bandini est arrivé avec ses lettres. Il apprend ainsi qu'il n'a pas de secours d'argent à attendre du Pape. Qu'il ne lui en parle plus, mais seulement qu'il l'aide, comme il l'a promis, à chasser l'hérésie de son royaume, laquelle est prétexte et cause de toutes les rebellions. — Il recevra avec ceci un double de son accord avec le clergé qu'il a quitté pour 500,000 écus qu'il lui faut encore attendre. — Qu'il en fasse part au Pape, afin qu'il sache que c'est son seul moyen d'entretenir son armée qui couterait 200,000 écus par mois en comptant le premier double. — Du reste, il n'accepte pas l'offre de Sa Sainteté de l'assister de gens de guerre, car il n'a pas besoin d'hommes.

Le mot du Pape sur cette grande armée d'Espagne, et touchant Cambrai, est à considérer. Qu'il continue de le sonder à cet égard. — Ses ennemis voudraient le mettre en guerre avec le roi d'Espagne. C'est le vœu secret de la reine d'Angleterre. C'est pourquoi elle engagea feu son frère dans les affaires des Pays-Bas. — Elle rendrait toutes les places qu'elle y tient au roi d'Espagne, s'il lui déclarait la guerre. — Il sait que Sédan et Jamets ont toujours été sous la protection des rois ses prédécesseurs. Pourtant, le duc de Lorraine y a envoyé des gens de guerre. C'est entreprendre contre lui ; il y envoie de Rieux. — Le duc d'Aumale avait logé de son autorité privée des gens de guerre dans la maison de Mouy, qui est hérétique et a porté les armes en cette armée étrangère, ayant chassé d'icelle les commissaires établis par justice au régime desdits biens. Mais ayant trouvé tel attentat très-préjudiciable à son autorité, il a fait prendre et châtier par justice lesdits gens de guerre... Ledit duc d'Aumale essaie de pratiquer des soulèvements en Picardie. — Il envoie des personnes de confiance aux ducs de Lorraine et de Guise. — Il a su les observations du cardinal de Lenoncourt à S. S. relativement au roi de Navarre ; son zèle est bien louable, et ce serait un grand mal aux hérétiques, et un grand bien à l'Etat de gagner et retirer le roi de Navarre. Mais il ne l'espère pas ; il craint le contraire, et son avis n'est pas que le Pape s'y emploie avant qu'on n'ait plus d'espérance du succès. — Il y a quelque jalousie et méfiance entre ledit roi de Navarre et le maréchal de Montmorency. Le maréchal de Joyeuse et le grand-prieur de Toulouse ont pris les lieux de Burguerolles et Besplas, qui apportaient de grandes incommodités à ses bons sujets du pays. Mais le roi de Navarre s'est jeté du côté de Toulouse où il fait plusieurs ravages...

1482. **HENRI III.** *Le même.*

L. sig., et contresig., *De Neufuille*, à M. le marquis de Pisani, à Rome. Paris, 14 mars 1588. 1 p. pl. et demie in-fol. (avec une copie moderne).

On a dit au Pape que des Rochellois sont venus à sa cour pour négocier et traiter d'affaires. Il lui assure que c'est une très-sotte et grossière imposture et menterie, car il n'y en est point venu, et il faut que S. S. remarque tels conteurs et inventeurs de nouvelles, car ce sont des abuseurs et des gens malins qui ne s'étudient qu'à mal faire. Il le dira ouvertement au Pape, et que quand il aura volonté de prêter l'oreille à telles gens et à traiter avec ceux de ce parti-là il s'y gouvernera comme ont fait les rois ses prédécesseurs, et aura toujours devant les yeux par préférence à toute autre chose la crainte et le service de Dieu, comme il a eu jusques à présent. Ce sont des nouvelles des prédicateurs de cette saison qui remplissent leurs sermons de bruits de ville, qui sont sans fondements, sans vérité et sans aveu, à quoi ils forceront à la fin sa patience de pourvoir autrement qu'il n'a fait jusques à présent, puisque sa constance en la poursuite de cette guerre contre les hérétiques, ni ses admonitions, et prières, ne les ont pu corriger..... Il en écrit au cardinal de Joyeuse. — Quand il traita avec les reitres, pour les faire sortir du royaume, il envoya le s[r] de Moulnot, de la maison de Rambouillet, vers le roi de Navarre pour traiter de la délivrance de quelques gentilshommes prisonniers. — Il est revenu sans succès. Il ne l'a voulu voir, et lui a donné l'ordre de s'en retourner. — Il parle de faire revenir d'autres reitres; qu'il démente tous ces bruits. — Quant à la reine d'Angleterre, habile à gagner du temps et attendre l'occasion, elle rendra les Pays-Bas aux Espagnols pour se garantir de l'armée qu'ils préparent. — Qu'il dise cela au Pape, et lui demande sa protection pour le cas où ses siens ennemis s'uniraient.....

1483. **HENRI III.** *Le même.*

L. sig., et contresig., *De Neufuille*, à M. le marquis de Pisani, à Rome. Paris, 29 mars 1588. 2 gr. p. pl. in-fol. (avec une copie moderne).

Depuis sa dernière lettre, les troubles de Picardie ont augmenté. Le duc d'Aumale s'est emparé des faubourgs d'Abbeville pour empêcher l'entrée d'une compagnie de cent hommes venue par son commandement, et attendue par les habitants. Il a mis en émoi toute la province, et l'a remplie de gens de guerre qui y font des dommages infinis. S'il ne se fût retenu, il aurait bientôt mis les catholiques aux prises entre eux. Il a mieux aimé attendre le résultat de la mission de MM. de Bellievre et de La Guiche, qu'il a envoyés vers ses cousins les ducs de Guise et du Maine (Mayenne) qui sont très-déplaisants desdits ordres et désireux de les faire cesser, à l'effet de quoi ils ont envoyé vers le duc d'Aumale. — Il patiente d'autant qu'il voudrait que rien ne l'empêchât de suivre son dessein du côté du Poitou, où ses adversaires sont fort divisés par la mort du feu prince de Condé, de quoi Malicorne et Lavardin se sont déjà prévalus, en reprenant pour son compte l'île de Marans. — D'un autre côté, son frère, le duc de Lorraine, menace Sédan et Jamets, prétendant que c'est fief qui revient à cause des félonies du feu duc de Bouillon, à quoi il s'oppose, lesdites villes étant sous sa protection. — Il est poussé et appuyé des Espagnols, sans autre raison ni fin que de lui nuire. Qu'il en parle au Pape, et de la nécessité où il est d'embrasser cette défense, et qu'il ne croie pas que c'est pour favoriser les huguenots qui sont dans lesdites places, car ce n'est son intention. — Mais il espère par son cousin, le duc de Montpensier, oncle et tuteur de la demoiselle de Bouillon, faire remettre lesdites places à la garde d'un catholique, et ramener ladite fille à la religion catholique, ce que les autres désirent moins que de s'emparer desdites places. — Il dira au Pape qu'il n'est point, quoi qu'on dise, question de paix avec le roi de Navarre auquel il ne prêtera l'oreille que pour avancer l'honneur et service de Dieu. S'il avait voulu cette paix, il y a longtemps qu'elle serait faite, mais ce sont les Espagnols qui traitent avec la reine d'Angleterre, non moins hérétique que ledit roi de Navarre, et toutefois ce qu'ils font sera toujours approuvé, comme ce qu'ont fait pour le comtat d'Avignon les hérétiques du Dauphiné et du Languedoc. — Il ne peut croire que le cardinal de Lenoncourt ait poursuivi la légation de Bretagne, puisqu'il ne lui a jamais permis de le faire; il veut qu'il s'oppose à pareilles poursuites...

1484. HENRI III. *Le même.*

L. sig., et contresig., *De Neufuille*, à M. le marquis de Pisani, à Rome. Paris, 12 avril 1588. 2 gr. p. pl. in-fol. (avec une copie moderne.

Il a continué d'user de touts les moyens de douceur et de prudence pour n'être contraint de faire la guerre aux catholiques. Il avait envoyé les s[rs] de Bellièvre et de La Guiche qui lui ont rapporté des assurances d'obéissance du duc de Guise, mais que les mouvements de Picardie concernaient le duc d'Aumale ; qu'en conséquence, le duc de Guise demandait qu'il différât d'envoyer des troupes, et qu'il lui permît de voir à Soissons le duc d'Aumale et ceux de son parti. Il y a consenti. Le cardinal de Bourbon et celui de Vendôme s'y sont acheminés, lui promettant de tout pacifier, afin qu'il pût s'occuper de l'expédition du Poitou, où l'on a pris l'île de Marans, et où a échoué le roi de Navarre qui a voulu la reprendre. Qu'il en fasse part au Pape, ainsi que de sa bonne volonté et sincérité, en le priant d'exhorter les princes à s'unir à lui. Il compte peu sur le clergé, et il en reçoit bien peu d'assistance.—Cependant, la saison de la guerre se passe. — Les protestants s'armeront en Allemagne et en Suisse. — Les huguenots sont excités par la reine d'Angleterre qui se flatte de faire la paix quand elle voudra avec l'Espagne, dont l'armement contre elle n'avance pas. Elle fait aussi des progrès en Ecosse, où elle fait persécuter les catholiques. — Il a bien répondu au Pape sur le fait de Sédan et de Jamets, car il a intérêt à retirer aux protestants les places qui sont sous sa protection. Il se sert à ce sujet du duc de Montpensier, oncle et tuteur de l'héritière, qui serait déjà sur les lieux, si la goutte ne l'avait surpris. Il dira tout cela au Pape pour le défendre de ceux qui, à la fois, le calomnient et veulent prendre ses places (le duc de Lorraine). Qu'il l'avertisse des levées qui se font pour ceux de la Ligue, et qu'il les traverse de tous ses moyens...

1485. HENRI III. *Le même.*

L. sig., et contresig., *De Neufuille*, à M. le marquis de Pisani, à Rome. 27 avril 1588. 2 gr. p. pl. et demie in-fol. (avec une copie moderne).

Il a remarqué dans ses lettres ce qu'il a dit au Pape de la diète qui doit se tenir à Nancy, et l'approuve de lui avoir dit le préjudice que feraient à son autorité de pareilles assemblées sans sa permission, car c'est par lui qu'il apprend ce projet. Mais il y fera prendre garde, et il a dit au nonce combien lui nuirait que S. S. favorisât telles diètes, car, lui a-t-il dit, S. S. doit savoir qu'il n'a pu obtenir de ceux de Guise qu'ils fissent retirer le duc d'Aumale et les siens de sa ville d'Abbeville, suites croissantes de désobéissances qui l'empêchent de suivre ses desseins contre les hérétiques. Le cardinal de Bourbon étant allé trouver à Soissons le duc de Guise, à qui il avait aussi envoyé le s[r] de Bellièvre, n'en a rien pu obtenir, que des propositions tendantes à lui faire perdre l'affection de ses sujets de Picardie, s'en autorisant, quoiqu'il n'y ait qu'un partisan, le s[r] de Rambure, et qu'il reçoive assurance de fidélité de touts autres seigneurs notables, de Crevecœur, d'Estrées, de Chaulne, d'Humières, d'Estourmel, qui le pressent de pourvoir à la punition de tant d'exces et désobéissance, ce qu'il ferait s'il n'était retenu par le désir de maintenir la paix entre les catholiques, afin de poursuivre la guerre contre les hérétiques. Pendant les conférences de Soissons, ils essayaient d'attenter sur cette ville même sous couleur de haine contre le duc d'Espernon, de sorte qu'il a dû y rappeler les Suisses du régiment de Gallaty qui étaient à Lagny.— Il ne peut plus supporter tant d'indignités, et il sera forcé de passer par dessus touts respects pour se faire obéir, de sorte que le bref que S. S. leur a écrit est venu fort à propos. Il leur mande de venir l'aider dans cette guerre des hérétiques en laquelle ils l'ont embarqué, ne voulant qu'ils marchent de pair avec lui, ou bien lui donnent la loi, car il les veut avoir pour sujets et non pour compagnons; il verra à quoi ils se résoudront, et si comme il le veut, ils quittent leurs correspondances avec les étrangers, et leurs pratiques dans son royaume. Il a bien parlé à S. S du fait de Sédan et de Jamets. Le roi de Navarre a envoyé vers lui pour le supplier de faire arrêter quelques serviteurs de la princesse de Condé, et entre autres un page soupçonné d'avoir empoisonné son maître, ce qu'il a ordonné, parce que c'est un fait odieux, et qui doit être puni. Il le dira à S. S. — Il a bien fait de ne pas donner à S. S. un mémoire qu'elle lui a demandé pour le faire comprendre dans cette paix qui se traite entre le roi d'Espagne et la reine d'Angleterre, d'autant qu'il lui semble que ce traité n'avance guère, non plus que l'armement de guerre de l'Espagne, lequel fera, à son jugement, plus de bruit que de progrès du côté de l'Angleterre...

1486. HENRI III. *Le même.*

L. sig., et contresig., *Pinart*, à M. de Rambouillet. Paris, 8 mai 1588. Demi-p. in-fol. (avec une copie moderne).

« Pour la crainte que jay eue qu'il advint tumulte en ceste ville, jay faict « venir ces jours icy loger es faulxbourgs d'icelle le régiment des Suisses que « jay il y a jà quelque temps à mon service, que jauois faict entrer ce matin « en ceste d. ville, et deppartir auec quelques enseignes des soldats de ma garde « en aulcunes des places et carrefours d'icelle, sur plusieurs bruicts qui cou- « roient qui se deuoit faire quelque émotion. Mais voyant que, grâce à Dieu, « les choses sont aultrement disposées, je fais retirer les d. Suisses, espérant « que toutes choses y demeureront en repos... » Il a bien voulu incontinent lui en donner connaissance afin qu'il le fasse entendre à ses bons serviteurs et sujets du Mans.

1487. HENRI III. *Le même.*

L. sig., et contresig., *De Neufuille*, à M. le marquis de Pisani, à Rome. Chartres, 18 mai 1588. 2 gr. p. pl. et demie in-fol. (avec une copie moderne).

Voici un mémoire de ce qui lui est arrivé, et de quoi il est offensé. Le duc de Guise a voulu venir à Paris sans son commandement. Les hérétiques en profiteront, car il ne pourra continuer à leur faire la guerre. Il ne laissera pas de la faire pourtant. Qu'il le dise au pape. Il ira en Poitou à cet effet, pourvu que le duc de Guise veuille sortir de Paris, aux habitants de qui il veut bien pardonner, parce qu'il sait que le nombre des bons surpasse de beaucoup celui des méchants. A cet effet, il y a laissé sa mère. Le duc de Guise parti, il se contentera que le duc de Mayenne et ses parents le suivent. Mais si le duc de Guise résiste, le roi jouera de son reste, il se fortifiera; qu'il le dise au pape, et que les moyens ne lui manqueront point, parce que l'on voit à présent la réalité de ce prétendu zèle de religion, dont l'effet est de favoriser la cause des hérétiques. — On cherchera à abuser le pape, mais il l'éclairera. — Qu'il lui réponde tout de suite.

1488. HENRI III. *Le même.*

L. sig., et contresig., *De Neufuille*, à M. le marquis de Pisani, à Rome. Chartres, 24 mai 1588. 3 gr. p. in-fol. (avec une copie moderne).

Depuis ses dernières lettres qu'il lui a envoyées par courrier exprès, par lesquelles il l'a averti de ce qui était advenu à Paris, et de sa retraite à Chartres, les auteurs du tumulte d'icelle se sont emparés de la Bastille, de l'Arsenal et pareillement du château du bois de Vincennes. Ils ont aussi dépossédé les prévôts des marchands et échevins de la dite ville, qui avaient été créés légitimement, et en ont créé d'autres en leurs places tumultueusement et sans garder ni observer l'ordre ancien et accoutumé en pareil cas, lesquels ils ont installés et mis en leurs charges sans son consentement ni celui de la reine, sa mère, qui était et est encore dans la dite ville d'où il ne lui est permis de faire sortir personne sous ses passeports, ni ceux du sieur de Villequier, gouverneur. Les passeports sont donnés par le duc de Guise et les prévôts des marchands et échevins. Ils ont arrêté ses deniers et recettes, et envoyé de tout côté quérir des forces dedans et dehors son royaume, et écrit dans toutes les villes pour qu'on imite leur exemple. — Du reste, ils cherchent à émouvoir le peuple, disant qu'ils ne tendent qu'à le supplier de poursuivre la guerre contre les hérétiques. Il lui laisse à penser comment il doit et peut recevoir et supporter touts ces attentats. — Toutefois, il leur a fait dire qu'il avait plus d'envie qu'eux de poursuivre la guerre contre les hérétiques, mais qu'il voulait que les Parisiens s'amendassent et se soumissent à sa miséricorde, offrant de réunir les Etats-Généraux de son royaume pour y recevoir les plaintes et doléances de ses sujets, tant pour éviter qu'il ne tombât jamais sous la domination d'un prince hérétique, que pour obvier à tant de désordres. — Que ces Etats produiraient beaucoup plus de fruits que leurs diverses demandes; — presque toutes les autres villes du royaume ont envoyé vers lui pour l'assurer de leur fidélité, de même les Cours souveraines de la ville de Paris, et le clergé. — Qu'il dise tout cela au pape, et le supplie de ne leur point prêter l'assistance dont ils se vantent, parce que ce serait le contraindre à prendre des résolutions qui ne sont jamais entrées dans sa pensée. — Le duc d'Aumale a assailli Boulogne et fait approcher des forces du duc de Parme, fait qui a mis la reine d'Angleterre en telle jalousie, qu'elle a envoyé des vaisseaux en intention de secourir et assister les assiégés. Ils seront cause, par ce moyen, d'allumer un feu dans son royaume, qu'ils ne pourront jamais éteindre, et de le remplir de forces étrangères qui s'en empareront; qui sera la belle restauration et réformation qui s'ensuivra de leurs desseins et beaux prétextes...

1489. HENRI III. *Le même.*

L. sig., et contresig., *Brulart*, à M. de Rambouillet. Rouen, 24 juin 1588. 1 p. in-fol. (avec une copie moderne).

Ayant très-agréables les services du Sr de La Noue, l'un des cent gentilshommes de sa maison, sous sa charge, et les services qu'il lui a faits et aux feux rois ses prédécesseurs depuis trente-six ans, comme il continue à la garde et conservation de son château de la ville de Rouen auquel il commande en l'absence du Sr de Carrouges et du comte de Tilliers, il agrée la résignation qu'il compte faire de son état en faveur de son fils, à condition de survivance, et pour servir l'un en l'absence de l'autre. Ainsi, qu'il reconnaisse le fils comme tel, etc.

1490. HENRI III. *Le même.*

L. sig., et contresig., *De Neufuille*, à M. le marquis de Pisani, à Rome. Rouen, 4 juillet 1588. 3 p. pl. très-grand in fol. (avec une copie moderne).

Il a pu être en peine de ne pas recevoir de ses lettres. Il continue à employer la douceur à l'égard de ceux qui troublent son royaume. Il répugne à la guerre entre catholiques, mais il désespère de réussir et il finira par être contraint de recourir à la force, comme il l'écrit à Sa Sainteté. — Il accepte l'offre qu'elle lui fait d'un légat pour cet effet, mais il la supplie d'y envoyer l'évêque de Bresse, son nonce, ici résidant, car ce secours qui peut être utile, s'il est appliqué tout de suite, deviendrait inutile par les lenteurs qu'entraînerait l'envoi d'un légat spécial. — En effet il faut que tout soit fini *d'ici à un mois* par la guerre ou par la paix. Si l'on tarde, la guerre entre catholiques deviendra furieuse et implacable. Chacun appellera à soi des étrangers dont ensuite on ne pourra plus délivrer le royaume. — Ainsi, si la paix n'est pas faite, d'ici à un mois, il ne permettra plus qu'elle soit traitée. — Qu'il supplie donc le pape de donner ses pouvoirs à son dit nonce, et de le faire cardinal pour l'amour de lui. Qu'il prie les cardinaux de Joyeuse et de Gondi de l'y aider. — Ses ennemis ont suborné le capitaine et gouverneur qu'il avait mis au Hâvre de Grâce depuis quinze jours. Ils veulent à présent qu'il leur donne en garde cette ville. Il n'y consentira pas. — Ils ont aussi commencé à battre la ville de Melun, sans avoir égard à la dite négociation de paix, encore que l'on ait voulu accorder avec eux la liberté du commerce par la dite ville pour éviter telles aigreurs. — Du reste, il fait assembler et avancer ses forces, et il s'est retiré en cette ville où il a été bien reçu des habitants. — Il est fort satisfait de la gestion de ses affaires. Il remerciera Sa Sainteté de ses offres de services, et aussi l'ambassadeur de Venise de sa coopération favorable. — Il n'a pu retrouver l'original de la lettre où il lui annonce que Sa Sainteté est courroucée contre le cardinal de Pellevé. — Si l'ambassadeur de Suède comparaît pour prêter l'obédience en qualité de roi de Pologne, il fera toutes protestations en son nom, comme ci-devant, le Sr Dabin, non qu'il mette à cela beaucoup d'importance à ce fait, surchargé qu'il est de tant d'autres affaires, mais cette formalité ne peut nuire et peut servir...

1491. HENRI III. *Le même.*

L. sig., et contresig., *De Neufuille*, à M. de Rambouillet. Rouen, 19 juillet 1588. Tiers de page in-fol. (avec une copie moderne.)

Ordre de se trouver au Parlement, lorsque l'édit de réunion sera envoyé et publié au dit Parlement.

1492. HENRI III. *Le même.*

L. sig., et contresig., *De Neufuille*, à M. le marquis de Pisani, à Rome. Rouen, 20 juillet 1588. 1 gr. p. pl. et demie in-fol. (avec une copie moderne).

Il l'informe de la paix qu'il a accordée à ses sujets catholiques, mu par le zèle qu'il porte à la gloire de Dieu et à la conservation de son Eglise catholique, apostolique et romaine; il a dû prendre cette résolution et passer sur bien des choses afin de ne pas donner avantage aux hérétiques de triompher de ses dits sujets catholiques, comme ils commençaient à faire de toutes parts. Or, il est question maintenant de mieux faire la guerre aux hérétiques que jamais, c'est sa résolution, il le dira à Sa Sainteté, et qu'il ne cessera qu'il n'en ait purgé son royaume. Pour ce faire, il s'en va à Blois, tant pour y tenir ses Etats-Généraux, que pour être plus près du Poitou où le roi de Navarre, qui a naguère repris Marans trop facilement parce qu'il avait tiré du dit pays ses forces, fait infinis ravages, comme font les autres du côté du Dauphiné et Languedoc, où il a délibéré d'y employer son cousin, le duc de Mayenne, et retenir auprès de sa personne son cousin, le duc de Guise, pour se servir de l'un et de l'autre avec honneur et confiance, de quoi il se promet aussi qu'ils lui donneront toute occasion. Son oncle, le cardinal de Bourbon, et le dit duc de Guise, ont envoyé devers lui l'archevêque de Lyon et le Sr de La Châtre pour lui en donner toute assurance, et il fait état de voir avant dimanche en la ville de Mantes la reine, sa mère, pour conférer et résoudre plus amplement avec elle toutes choses nécessaires, pour avancer et effectuer sa bonne intention, de quoi il l'avertira incontinent et semblablement de ce qu'il aura à requérir et faire entendre de sa part à Sa Sainteté, sur une occurrence et sa détermination, de laquelle il suffira cependant qu'il lui donne avis, et l'assure, que les effets s'en ensuivront tels qu'il sait qu'elle désire, tant pour l'honneur de Dieu, que pour l'affection qu'elle lui porte, dont elle lui a naguère rendu un témoignage qui lui a été très-agréable ; en ce qu'elle a trouvé bon qu'il assistât à la canonisation du saint Espagnol que Sa Sainteté était lors en terme de célébrer, pour y tenir le rang et le lieu que la raison, les mérites de ce royaume et des rois ses prédécesseurs envers le Saint-Siége, et la bonne justice des siens lui ont acquis et conservé, de quoi il lui baisera les pieds de sa part... Il en remerciera aussi le cardinal de Joyeuse et celui de Gondi. — Il les remercie tous les trois de sa conduite dans cette occasion où ils lui ont fait rendre l'honneur dû à sa couronne...

1493. **HENRI III.** *Le même.*

L. sig., à M. le marquis de Pisani, à Rome. Blois, 24 décembre 1588. 2 gr. p. pl. in-fol.

« Mons. le marquis. Le feu duc de Guyse a si mal recongneu les graces que « je luy auois faictes de luy auoir pardonné par deux fois des crimes capi- « taux, meu principalement de la considération q. j'auois de ne vouloir per- « mettre la guerre entre mes subiectz catnoliques, que ma patience et bonté ne « faisoit que accroistre son audace à attenter tous les jours quelque chose de « nouveau contre mon auctorité, et finalement son ambition ne pouuant sup- « porter plus longue attente, il pensoit en brief exécuter son desseing qui « n'estoit moindre que de m'oster ma couronne et la vie, comme j'en ay plu- « sieurs auertissemens dignes de foy. De quoy voiant q. oultre mon particu- « lier, il y alloit du repos de mes subiects, pour la conseruation desquels je « ne vouldrois espargner mon sang, non plus q. j'ay faict autrefois, j'ay enfin « esté contrainct, désespéré de tout aultre remede, de me resouldre à garantir « ma vie et mon estat par la perte de la sienne. Vous verrez ung mémoire « que je vous enuoye auec la présente, par lequel vous serez plus particuliè- « rement informé des raisons que j'ay eu de le faire mourir, comme il fut faict « hier matin, ce q. si je n'auois faict plustost, ce n'estoit que dez longtemps je « n'en eusse trop d'occasion, et assez de courage, Dieu mercy, pour l'entre- « prendre, mais la considération de sa maison, et les belles parolles dont il « m'amusoit pendant qu'il bastissoit son entreprise, me tenoit toujours en es- « pérance qu'il seroit vaincu de quelque recongnoissance de sa faulte, et des « obligations qu'il m'auoit, dont neantmoins mon attente estoit banie, qui m'a « enfin faict embrasser le moien de m'en assurer, que j'ay estimé le plus seur. « Vous verrez Sa Saincteté et l'informerez de la vérité du faict selon le contenu « aud. mémoire, luy disant en oultre q. ses saintes et paternelles admonitions « et l'exemple de sa justice m'ont osté tout scrupule qui me pouuoit retenir « d'user de ce moien. Je m'asseure aussi qu'elle louera ce q. j'ai faict, estant « chose non seulement licite, mais aussi pieuse d'asseurer le repos du public « par la mort d'ung particulier. Vous luy direz pareillement q. l'essay que j'ay « faict en cestuy cy de l'esfect que produit l'indulgence des faultes aux hom- « mes ambitieux, me seruira d'exemple pour n'encourir plus par tel moien le « danger duquel il a pleu à Dieu me garantir, et q. s'il s'en trouue encore de « si temeraires q. d'entreprendre sur mon auctorité, je leur y feray laisser « l'honneur et la vie, voulant estre recongneu de mes subiectz quelques grands « qu'ils soient pour leur roy à qui cette couronne appartient par la grace et « bonté de Dieu, et par légitime succession de mes ancestres, de laquelle, a « bon droict, je m'aduouerois indigne, si je souffrois y estre entreprise à mon « préjudice, et comme Dieu m'a donné cest heur d'auoir la raison de cesluy cy, « j'espère qu'il me fera aussi tant de graces q. de la tirer de tout autre qui me « voudroit tenir fort. » Il a délibéré de reconnaître les bons offices et l'affection que lui rend le cardinal Montalto d'une pièce de la dépouille du cardinal de Guise, dont il lui pourra toucher quelques mots, s'il voit qu'il soit à propos. Quant au duc du Maine (Mayenne), il sait très-assurément qu'il ne participait aucunement aux malheureux desseins de son frère, aussi n'a-t-il volonté de lui faire aucun déplaisir, ainsi plutôt toute faveur en se comportant comme il doit, vrai est, que considérant l'ennui que la proximité de sang lui peut apporter, il estime à propos, pour lui donner loisir de l'adoucir, de le renvoyer en son gouvernement de Bourgogne...

Au bas il y a un post-scriptum de quatorze lignes contresig.: *Reuol*... Je

« oubliais a vous dire que je me suis aussi deschargé du feu cardinal de Guise « lequel auoit esté si impudent de dire qu'il ne mourroit point qu'il ne meust « prins la teste pour me raser et faire moine, ce qui m'auoit fort touché au « cueur, estant le d. langage de trop grand mespris. Mais ses instructions et « déportements en autres choses n'estoient moins pernicieuse que de son d. « frère, comme il en a faict assez de preuues... »

1494. **HENRI III.** *Le même.*

Commission du roi, portant pouvoir, aux archevêques, évêques, chapitres, communautés et touts autres qu'il appartiendra du clergé de France, pour la vérification du saint concile de Trente. Blois, 3 février 1589. Expédition collationnée et signée par *Fonteblein*, l'un des secrétaires du roi. 1 p. et demie in-fol. (avec une copie moderne).

Durant l'assemblée des Etats-Généraux tenus à Blois, il y a eu plusieurs conférences sur la conservation des droits, privilèges et franchises de l'Eglise Gallicane, et les dits Etats l'ont très-humblement supplié de maintenir les dits droits, libertés et franchises... Qu'ils reçoivent et publient le saint concile, et le fassent garder, observer et entretenir, selon sa forme et teneur, chacun d'eux pour son regard et endroit... Sans y contrevenir en aucune manière, car tel est son plaisir.

N. B. Par suite d'erreur de chiffre, il n'y a pas de n° 1495.

1496. **HENRI III.** *Le même.*

L. sig., et contresig., *Ruzé*, à M. de Rambouillet. Paris, 19 mars 1589. 1 p. in-fol. (avec une copie moderne).

Le retard de son acheminement et de celui du maréchal d'Aumont n'est pas de leur fait ni du sien, car il lui nuit. — Qu'ils se hâtent donc, touts deux, et qu'ils fassent pour le mieux de son service.

1497. **HENRI III.** *Le même.*

Quatre-vingt-quatre lett. sig. et contresig. par divers ministres, adressées à MM. de Saint-Goard, de Pisani, cardinal d'Est, de 1583 à 1587, in-fol., la plupart relatives à des nominations ou résignations d'abbayes, de prieurés, etc.

1498. **HENRI III** (règne de).

Quatre lettres (copies-minutes), écrites au cardinal d'Armagnac, par Maugiron, de Foix, d'Auville, etc., datées de Toulouse (5 juillet), Grenoble (10 juillet), Pézénas (13 juillet), et Avignon (22 juillet) 1568. Ces quatre lettres sont de la même main et d'une bonne écriture. Ensemble, 9 p. petit in-fol.

Relatives aux troubles de la France, et à l'édit de pacification, toutes du même intérêt. Voici le sujet de la première :

Il l'a prévenu qu'il allait à St-Félix attendre M. le vicomte de Turenne. — Le roi de Navarre l'a informé que le vicomte était retardé par une fièvre. Il y est allé. — Sa Majesté l'a ensuite mandé à Montauban. Il y est allé. Alors on a prétexté d'autres empêchements au voyage du vicomte. — Il a représenté que celui-ci était attendu par Sa Majesté, et qu'en manquant à la promesse de l'envoyer, ainsi que lui, on déplairait au roi et l'on augmenterait le mécontentement public déjà excité chez les catholiques par des désordres, pilleries, retentions de places, et autres faits qui faisaient douter de l'observation de l'édit de pacification. Néanmoins, le vicomte disait que sa venue serait inutile, sur quoi il déclara au roi de Navarre qu'il était résolu à aller vers le roi. Sur ce, le roi de Navarre le pria de différer de trois jours jusqu'à la venue des députés de ceux de la religion prétendue R. assemblés à Castres. Mais ils ont réitéré les demandes déjà faites dont il a inutilement dit que le roi serait fort irrité. Ils ont résolu d'envoyer au roi le s[r] de Chassinaud pour exposer les causes du retardement de son voyage. — Du reste, le roi de Navarre donne des ordres pour la restitution de quelques petites places. — Il retourne à St-Félix, bien marri de tous ces retards, et il attend les ordres du roi...

1499. **HENRI IV**, roi de France. N. 1553. M. 1610.

Lettre d'amour autographe. 9 octobre. 1 petite page in-4.

« Ma mye jay couru jusques a la nuyt un lieure apres ie suys arryué an ce « lyeu, fort las, toutefoys resolu de prendre demayn celuy quy ma donné tant « de peyne aujourduy, je manuoys dormyr fort altere, bonsoyr mon cœur le te « bese cent myle fois. Ce IXme octobre. »

1500. **HENRI IV.** *Le même.*

L. avec la souscription d'une ligne aut. sig., à MM. les gens du roi, échevins et habitants de la ville du Mans. Beaumont, 13 février 1576. 1 p. in-fol. (avec une copie moderne).

Pour aller à sa ville de la Flèche, il faut qu'il passe par leur ville du Mans. Il leur envoie ce messager pour savoir s'ils veulent lui donner passage, et leur représenter qu'il n'ont nulle raison de le lui refuser, parce que son intention n'est que de passer, et de permettre que tort soit fait au moindre de leurs habitants, ainsi qu'il fait partout ailleurs. Ayant commandé audit porteur de leur dire davantage que s'ils ne sont assurés de sa parole qui est très-véritable, ils aviseront entre eux quelle autre sûreté ils veulent de lui, qu'il leur offre telle qu'ils la voudront choisir et qu'il veut leur bailler.

1501. **HENRI IV.** *Le même.*

L. sig., et contresig., *Potier*, à messieurs de son conseil d'Etat. Du camp, devant Honfleur, 27 janvier 1590. Tiers de page in-fol.

Confirmation au s[r] Rambouillet, de l'état de son procureur au Mans.

1502. **HENRI IV.** *Le même.*

Instruction au marquis de Pisani, son ambassadeur à Rome, sig. et contresig., *Révol*. Au camp du Champs, 7 octobre 1592. 3 gr. p. pl. et demie in-fol. (avec une copie moderne). Pièce importante.

Il est prêt à se faire instruire dans la religion catholique, apostolique et romaine. — Mais quelle garantie lui donnera-t-on que sa conversion, en éloignant peut-être ses amis, lui ramènera, en effet, l'obéissance de ses sujets, et la possession de ses Etats, et qu'il ne sera pas, après le fait, en danger d'être moqué des uns, et abandonné des autres ?... L'ambassadeur doit demander que le légat qui sera envoyé ait les pouvoirs nécessaires pour lier ceux de la Ligue, envers lui, afin que ses dispositions à se convertir ne tournent pas à son préjudice. En passant à Florence, il réclamera les conseils et les bons offices du grand duc ; à Rome, il verra les cardinaux, réclamera leur appui, leur en promettra la récompense, notamment le cardinal Montalto — Il tâchera d'éclairer le Pape sur l'animosité que le cardinal-légat (de Plaisance) montre à l'égard de la France, plusieurs de ses lettres ont été interceptées, et toutes tendent à l'avancement des desseins du roi d'Espagne...

1503. **HENRI IV.** *Le même.*

L. sig., et contresig., *Revol*, à M. le marquis de Pisani, à Rome. Chartres, 11 janvier 1593. 1 p. pl. in-fol. Cette lettre, entièrement chiffrée, est accompagnée du déchiffré du temps. 1 p. in-fol. (avec une copie moderne).

A son retour d'un voyage qu'il vient de faire en Normandie, il a trouvé des lettres d'Italie auxquelles il fait à présent réponse... Par les lettres interceptées, il a appris que les ennemis n'ont failli de bien exagérer envers le Pape l'arrêt de Châlons, duquel il lui a été ci-devant écrit et envoyé copie, le duc de Guise, entre autres, lui en ayant écrit en termes les plus piquants qu'il a pu pour l'irriter au désavantage de ses affaires ; et pour ce que tels artifices peuvent frapper coup, trouvant disposition susceptible de leur poison, s'ils ne sont rabattus... Qu'il dise au Pape, en s'aidant de la dépêche qu'il a faite à ses Cours de Parlement, que ce qui s'est fait audit Châlons, n'a fondement ni suite qui doive faire présumer changement ou contravention à sa dépêche, ni en empêcher l'effet, si le Pape a le zèle qu'il doit à la restauration de la religion et de l'etat du royaume...

1504. **HENRI IV.** *Le même.*

L. sig., et contresig., *Revol*, à M. le marquis de Pisani, à Rome. Chartres, 12 janvier 1593. 1 p. pl. in-fol.

Duplicata (aussi chiffré) de la lettre du 11 janvier 1593.

1505. **HENRI IV.** *Le même.*

L. sig., et contresig., *Revol*, à M. le marquis de Pisani, à Rome. Chartres, le 5 février 1593. 2 gr. p. pl. in-fol. Lettre entièrement chiffrée. (Le déchiffré manque.)

1506. **HENRI IV.** *Le même.*

L. sig., et contresig., *Revol*, à M. le marquis de Pisani, à Rome. Chartres, 9 février 1593. 1 gr. p. pl. et demie in-fol. Lettre entièrement chiffrée. (Le déchiffré manque.)

1507. **HENRI IV.** *Le même.*

L. sig., et contresig., *Revol*, à M. le marquis de Pisani à Rome. Chartres, 29 mars 1593. 2 gr. p. in-fol. (avec une copie moderne).

Son voyage à Tours et Saumur s'étant prolongé plus qu'il n'avait projeté, les ennemis en ont profité pour assiéger Noyon où ils étaient même entrés, par surprise, au nombre d'environ trois cents hommes, et d'où ils ont été chassés avec grande perte par la courageuse garnison récemment accrue de deux cents Suisses. — Détails des combats de ce siége. — Il s'est mis en marche. — Il va à Compiègne. — D'O et Longueville y ont des forces avec lesquelles il secourra les assiégés. — Les ennemis ont tenté un nouvel assaut et ont encore été repoussés. — Conty, le général des troupes du Pape a été tué dans une querelle particulière par Chasteau Robin, colonel des lansquenets, soldés par le Pape. — Tout cela jette du désordre et de la mutinerie parmi les troupes, et il en fera son profit s'il les trouve encore engagés au siége.

1508. **HENRI IV.** *Le même.*

L. sig., et contresig., *Revol*, à M. le marquis de Pisani, à Rome. Mantes, 28 avril 1593. 2 gr. p. pl. et demie in-fol. Lettre entièrement chiffrée, mais avec un déchiffré moderne.

Il a vu par sa lettre qui lui est arrivée en trois semaines, le sujet qu'on lui donnait à Rome de faire valoir sa patience et prudence, et qu'il n'avait rien obtenu de l'une ni de l'autre, selon que l'on pouvait désirer. Sur quoi il ne pense pas que par la réponse qu'il attend à la seconde lettre qu'il a écrite au Pape, très-sagement conçue, on lui ait donné plus de satisfaction qu'auparavant, vu ce qu'il lui a appris des humeurs et affaires de cette Cour-là, et de la subjection de laquelle les Espagnols ont réduit tout ce qui y est sous les lois de leurs violences et ambition, de sorte que quand on se voudra résoudre en ce royaume à autre remède que celui qu'on attendait de là pour restaurer les affaires d'icelui, on n'aura que trop de justification pour y procéder. Toutefois, il n'a voulu rejeter l'avis qui lui a été donné de ne le faire encore revenir, ni aussi son cousin, le cardinal de Gondi, d'autant qu'on estime que cela pourra aucunement retenir le Pape de venir aux extrémités auxquelles on le voudrait pousser, quand il connaîtra par cette patience qu'on ne cherche occasion de rompre avec lui, comme les ennemis le lui veulent persuader, et en tout événement, il sera bien aise qu'il s'avance, ou recule en cela, selon les avis que le grand-duc lui en pourra donner, et non autrement. Il faut donc éviter toutes les occasions de rompre, et mettre la raison de son côté. — Il se réjouit aussi de la bonne volonté du duc de Mantoue et du duc de Ferrare. Il a bien fait de dire au duc de Mantoue qu'il ne voudrait, à son préjudice, composer avec le duc de Savoie. Qu'ainsi, il n'écoute pas ce qu'il entendra dire du duc de Savoie nourri en cette école de s'aider de toutes sortes d'artifices pour mettre jalousie entre les princes amis. Il lui a annoncé qu'il a permis des conférences entre ceux de son parti et quelques-uns de l'assemblée de Paris, ce qui a été convenu malgré les Espagnols; ils doivent se trouver dans deux ou trois jours à Suresnes. — C'est moins sans doute par bonne intention que pour éviter le blâme qu'ils viendront et chercheront quelque rupture coloriée. Mais Dieu y pourvoira peut-être. — Il lui a écrit le 29 mars qu'il allait secourir Noyon, mais elle était rendue avant qu'il ne fût arrivé, ce qui lui a nui. Du reste, les ennemis ne hasarderont plus rien, en attendant de nouvelles forces et munitions. Il se tient prêt à les bien recevoir.

1509. **HENRI IV.** *Le même.*

L. sig., et contresig., *Revol*, à M. le marquis de Pisani, à Rome. Mantes, 28 avril 1593. 1 gr. p. pl. et demie in-fol. La plus grande partie chiffrée, avec le déchiffré du temps 2 gr. p. in-fol.

Cette lettre est le duplicata original de celle qui précède.

1510. **HENRI IV.** *Le même.*

L. sig., et contresig., *Potier*, à M. le marquis de Pisani, à Rome. Mantes, 18 mai 1593. 2 gr. p. in-fol. (avec une copie moderne).

La conférence de Suresnes a commencé et l'on n'y a d'abord traité que des sûretés respectives. Schonberg et Prevot sont venus lui en rendre compte. Il lui dit que cette conférence a été introduite parmi des délibérations où l'on voulait faire tomber l'assemblée de Paris, de procéder à l'élection d'un roi. Ce moyen a frappé des esprits qui ne voudraient tomber sous la domination espagnole, et cette crainte jointe au désir de finir la guerre, leur a donné le désir de s'accorder avec lui s'il était de leur religion. Ils ont même l'air d'y acquiescer s'en remettant au Pape qu'ils savent être tout espagnol de cœur. Du reste, ils ont soin de semer des doutes sur sa sincérité, en quoi le ministre d'Espagne les aide d'argent, de promesse, tellement qu'ils pourraient en venir, à quelque coup décisif, comme l'élection à laquelle ils tendent et qui semble incliner à la personne du roi d'Espagne pour ne voir autre sujet assez puissant pour les maintenir. « Jay pensé ne pouvoir trouuer meilleur remède que « de conuoqcer en nombre des prélatz aupres de moy, pour entendre à mon « instruction qui seruira aussy a contantèr le commun souhayt de mes subiectz « catholiques, en quoy pour le moyns jespere que vauldra la d. conuocation, « si elle na force en lautre party. Voila ce qui sest passé, dont je vous ay « voulu aussy tost donner adtis, afin que vous ayez de quoy fermer la bouche « a ceulx qui feront courir des bruits aux désavantage de mes affaires.. »

1511. **HENRI IV.** *Le même.*

L. sig., et contresig., *Revol*, à M. de Pisani, à Rome. Mantes, 30 mai 1593. 1 p. in-fol. (avec une copie moderne).

M. de Gondi qu'il envoie vers lui le trouvera, il l'espère, et lui fera part de l'état de ses affaires dont il l'a parfaitement informé. Qu'ils se concertent ensemble, et qu'il agisse pour le mieux de son coté, etc.

1512. **HENRI IV**. *Le même.*

L. sig., et contresig., *Revol*, à M. le marquis de Pisani, à Rome. Mantes, 9 juin 1593. 3 gr. p. pl. in-fol. Entièrement chiffrée. Il y a sur l'enveloppe (au crayon), de la main de M. Lucas de Montigny : Le déchiffrement de cette lettre a été donné dans le Recueil des lettres de Henri IV, t. III, p. 788, d'après la copie qui est à la bibliothèque du roi, fonds Brienne, manusc. 13, fol. 224.

1513. **HENRI IV.** *Le même.*

L. sig., et contresig., *Ruzé*, à M. de Rambouillet. Mantes, 16 juillet 1593. 1 p. in-fol. (avec une copie moderne).

Il saura, que le XXe de ce mois approche qui est le jour auquel il a assigné la convocation qu'il fait faire à Saint-Denis, pour y recevoir l'instruction à laquelle il s'est disposé dès son avénement à la couronne, et pour ce qu'incontinent apres il delibère de s'y faire sacrer et couronner suivant les anciennes coutumes, observées par les rois ses prédécesseurs, et qu'en une si célèbre que sera celle-la, il faut que les choses se fassent avec les mêmes cérémonies qui de tout temps ont été gardées en pareil cas ; à cette cause, il le prie d'y faire trouver douze ou quinze des cents gentilshommes de sa maison desquels il a la charge, et leur mander qu'ils se rendent incontinent audit lieu de Saint-Denis...

1514. **HENRI IV.** *Le même.*

L. sig., et contresig., *Revol*, à M. de Pisani, à Rome. Saint-Denis, 8 août 1593. 2 gr. p. pl. in-fol. (avec une copie moderne, en partie de la main de M. Lucas de Montigny).

Il a enfin satisfait au désir commun de tous ses bons amis et serviteurs catholiques, mais premierement à lui-même, touchant l'expectation en laquelle ils étaient de le voir uni avec eux en l'Eglise catholique, apostolique et romaine. Il a été averti de la convocation qu'il avait faite d'un bon nombre de prélats et de docteurs en la faculté de la théologie pour entendre à son instruction qu'il avait de longtemps desirée, et qui lui a été jusques à présent empêchée par les artifices et continuels efforts de ses ennemis. En faisant ladite convocation, il avait par même moyen mandé les princes, officiers de la couronne et grand nombre d'autres sujets et noblesse, ensemble des principaux officiers de ses Parlements pour intervenir en cette action, afin de la rendre plus célèbre, et témoigner à un chacun et pour prendre aussi avis avec eux sur les affaires de son royaume. Il avait premierement assigné cette assemblée à Mantes au 16 juillet, auquel temps une partie, tant desdits prélats que des autres qui etaient mandés s'y rendit, mais il avisa depuis de la transferer en cette ville de Saint-Denis où il s'en vint, et le 20, ladite assemblée se trouva complète. « Jauois desir auparauant commencer de vacquer a ma d. instruc- » tion laquelle je poursuiuiz icy de façon que me sentant satisfaict en ma con- « science des poinIs sur lesquels jauois désiré desire esclaircy, et recongnois- « sant par ce moien et par l'inspiration qu'il a pleu a Dieu me donner, l'Eglise « catholique apostolique et romaine estre la vraye Eglise, je my suis joinct et « uni le dimanche XVIII du d. moys avec les formes et solempnitez que les d. « prelats et docteurs ont jugé estre nécessaires ; entre lesquels se sont trouués « les curez de Saint-Eustache, de Saint-Médéric, et de Saint-Sulpice que jauois « mandez et qui sont sortis exprez de Paris et pour commencement de la pro- « fession que je désire continuer toute ma vie de la d. religion catholique

« après auoir receu l'absolution et esté introduict dans l'église de cette ville « de Saint-Denis je y ouys la messe qui y fut solennellement célébrée par « l'euesque de Nantes, assistants les autres prélatz jusques au nombre de dix « auec plusieurs docteurs et auec personnes ayant dignitez en l'église où se « trouuerent aussi mon cousin le cardinal de Bourbon, quelques autres prin- « ces, grand nombre d'autres s^rs et noblesse, et multitude de peuple, mesmes « de Paris, qui s'estoient desrobés pour y venir. Je ne vous scaurois exprimer « la grande resjouissance qui fut veue en toute l'assemblée ; mais je vous puis « dire que nul ne la sentye plus grande que moy et que comme ce que j'ay faict « a esté de ma franche volonté, aussi j'ai bien délibéré d'en rendre telle preuue « par mes actions que l'on congnoistra que je nay rien plus a cueur que l'honneur « de Dieu et la manutention de sa sainte Eglise, dont je rendray aussi bientost le « témoignage que je dois à Notre Saint-Père le Pape qui congnoistra l'obser- « uance en laquelle je désire uiure envers Sa Sainteté et le Saint-Siége faisant « estat de despescher à ceste fin dans peu de jours personnage de bonne et « grande qualité, et de vous joindre en ce voyage auec luy pour y aller prendre « la charge de mon ambassadeur ordinaire... »

1515. **HENRI IV**. *Le même.*

Instructions à l'évêque du Mans (depuis cardinal d'Angennes), envoyé vers Sa Sainteté pour lui rendre compte de son abjuration, des cérémonies, des circonstances qui l'ont retardée, etc., etc., sig. par le roi, et contresig., *Revol*. Fontainebleau, 9 septembre 1593. 7 gr. p. pl. in-fol. (avec une copie moderne).

Voulant donner en toute occasion à notre Saint-Père le Pape, de demeurer satisfait de sa conversion, absolution et union à l'Eglise catholique, apostolique et romaine, et de l'approuver, il a avisé d'envoyer vers S. S. le s^r évêque du Mans, conseiller en son conseil d'Etat et avec lui le s^r Séguier, doyen en l'église cathédrale de Paris et conseiller en la cour de Parlement, et M. Jean Gobelin, religieux et commandeur en l'abbaye de Saint-Denis et docteur en la faculté de théologie, pour lui être représenté par la bouche dudit s^r évêque la vérité des formes et solennités qui ont été observées et tout ce qui est passé en cette action en laquelle ils ont été présents et opinants, ou S. S. connaîtra lui avoir été gardé le respect qui lui appartient, comme chef souverain de ladite église. Mais avant que d'entrer aux particularités de cette action, et afin qu'il ne demeure aucune mauvaise opinion à S. S. du retardement qu'il y a eu, ledit s^r évêque lui remontrera de sa part, que depuis son avénement à la couronne, il a été si continuellement occupé aux exploits de la guerre que ses ennemis lui ont faite, qu'il n'a pu prendre loisir compétent ni à propos pour vaquer et recevoir instruction, même que toutes les fois qu'il avait fait démonstration d'y vouloir entendre, sesdits ennemis avaient fait plus grands efforts contre lui pour lui en ôter le moyen, faisant assez connaître qu'autre chose les poussait à ce qu'ils faisaient, que le zèle de la religion dont est aussi un argument invincible, que cette guerre n'est que la continuation de celle qu'ils avaient commencée contre le feu roi dernier, sur lequel il n'y avait rien à reprendre pour le regard de la religion... Longues explications sur les motifs de conscience qui l'ont guidés, l'ont empêché d'avoir recours à S. S. et ont précipité la résolution des évêques et prélats .. Les circonstances pressaient vivement, l'union des peuples et de la paix du royaume étaient à ce prix. Les Espagnols continaient toutes les menées possibles, distribuaient de l'argent aux factieux, promettaient de marier l'Infante au duc de Guise, poussaient à une élection dont le résultat aurait été de ruiner le royaume, et d'établir le schisme le plus long et le plus désastreux que l'Eglise ait encore eu à souffrir. — Le cardinal de Plaisance (Séga), se disant nonce du Pape, donnait mille preuves de la plus révoltante partialité contre lui et pour les Espagnols... Ces graves motifs ont fait hâter la cérémonie. Il faudra prouver à S. S. qu'il n'y a, dans cette précipitation forcée, ni témérité, ni manque d'obéissance et de respect pour son autorité, ainsi qu'elle connaîtra bien clairement par la charge que M. le duc de Nevers a devers elle de sa part, mais seulement par l'extrême danger où l'on a vu à l'œil être réduites les affaires de la religion et de ce royaume pour les raisons susdites et autres...

1516. **HENRI IV**. *Le même.*

1° Déchiffré original d'une lettre chiffrée adressée par le roi à M. le marquis de Pisani, à Rome. 22 octobre 1593. 2 gr. p. in-fol. (avec une copie moderne).

Les difficultés dont il lui fait part, et qui ont lieu sur un si petit sujet, prouvent combien est grande l'influence espagnole à la cour de Rome. Il n'en veut pas moins user de touts les moyens pour satisfaire le pape. Le duc de Nevers doit être rendu auprès de lui. Il faut faire tout pour réussir; et dans le cas contraire pour demeurer déchargé envers Dieu et les hommes. — Il est très-assuré de la volonté du Sr Delbène. — Il sait bien que la prolongation de la trève avait des inconvénients, mais il ne se pouvait autrement faire. — Il aurait grand contentement et avantage à l'avoir près de lui, mais il ne peut céder à ses instances à cet égard avant que ses affaires n'aient pris un autre tour...

2º Requête présentée au roi de Navarre par les églises réformées de Laurigeois et Albigeois, représentées par les syndic, consuls et habitants de la ville de Montauban, au sujet de la non exécution à l'égard des protestants, de l'Edit de pacification. Copie du temps (papier filigrane à fleur de lis). 1 p. pl. et demie in-fol.

« ... La Court de Parlement de Tholouse qui a faict de tout temps paroistre « sa mauuaise affection contre ceulx de la Religion, et est tenue et réputée pour « suspecte par le d. Edit prend cognoissance indifferement de tout procès tant « ciuilz que crimineiz sans auoir esgard aux declinatoires exposées, et soubz « prétexte et ombre de justice exécutent leurs animositez, et iniustices contre « tous ceulx de la d. Religion qui tumbent en leurs mains, et pour le moindre « subiect, et apparence de criminaulté, condampnent à mort sans les ouyr en « leurs iustifications et innocence... »

3º Chiffre du marquis de Pisani. Copie moderne. 1 p. in-fol.

1517. **HENRI IV.** *Le même.*

L. sig., et contresig., *Revol*, à M. le marquis de Pisani, à Rome. Mantes, 22 décembre 1593. 2 p. pl. in-fol. Lettre chiffrée, avec le déchiffré du temps. (Copie moderne de ce déchiffré).

Il a eu des nouvelles de Rome par les Srs de La Clielle, de La Boderie et Feret. Il en aura par l'arrivée prochaine de ses cousins le cardinal de Gondi et le duc de Nevers. Cependant, la raison qui est de son côté et la bonne opinion qu'il a de la sincérité de Sa Sainteté lui font espérer tout succès. Il lui prouve son respect en remettant à recevoir la communion par son autorité, et par conséquent différer son sacre, quoique ces retards lui puissent préjudicier. La Boderie lui a parlé de ses affaires, et qu'il ne peut demeurer en sa charge d'ambassadeur si la résolution tire en longueur. Il le tirera bientôt d'incertitude, car on ne peut plus temporiser, et il lui fera plaisir de prendre la charge, au moins pour quelque temps, et il l'en tirera ensuite. — On est sur la fin de la trève. — Le duc de Mayenne lui a fait proposer de la continuer jusqu'à la fin de mars. Mais sachant que ce n'est que pour gagner du temps, attendant les grandes forces que les Espagnols leur promettent, il a répondu qu'il ne l'avait accordée que dans l'espoir de la paix, et que rien ne finissant, il ne la pouvait continuer, sans tenir en suspens l'affection que le peuple lui montre. — Il aura eu avis de quelque révolte en Provence contre le duc d'Epernon pendant qu'il était en Languedoc avec le duc de Montmorency. On s'y sert à tort de son nom. Il y envoie informer, et il donne au duc de Montmorency pouvoir de connétable pour y pourvoir...

1518. **HENRI IV.** *Le même.*

L. sig., et contresig., *Revol*, à M. le marquis de Pisani, à Rome. Paris, 22 mars 1594. 1 gr. p. pl. et quart in-fol. (avec une copie moderne).

Le long temps qu'il y a qu'il a eu avis de son partement d'Italie, et l'incertitude où il était que ses lettres ne le rencontrassent en chemin est cause qu'il ne lui en a fait aucune depuis quelque temps; mais à présent il n'a voulu pour cette difficulté laisser de lui faire celle-ci au hasard, pour lui donner avis que, après le partement du duc de Mayenne de Paris, s'en étant approché pour exécuter une entreprise qu'il y avait par l'intelligence du Sr comte de Brissac, de la Cour de Parlement, échevins et autres chefs de la dite ville, Dieu l'y a tellement favorisé par sa grâce, que ce jourd'hui matin il y est entré par la porte Neuve qui lui a été livrée sans effusion de sang, sinon de quelques lansquenets qui étaient en un corps de garde près de la dite porte Neuve, qui voulurent empêcher ceux qui favorisaient l'entrée des siens, car pour le reste de la ville, la plupart des habitants prirent les armes pour lui; les autres desquels on se défiait avaient eu commandement de ne bouger de leurs maisons. Quant aux Espagnols, ils se sont retirés en une maison, et leur ayant envoyé faire offrir par des hérauts de les laisser aller avec leurs armes et bagages comme il a aussi fait au duc de Feria et à don Diego, qui était chose désirée et réservée par ceux qui ont dressé et conduit la pratique, ils l'ont accepté et sont sortis de Paris après-dînée, les faisant conduire jusque sur sa frontière, de sorte que sur les huit heures du soir, après s'être promené partout, et voyant que rien ne se remuait en nul endroit, il est allé en la grande église Notre-Dame faire chanter le *Te Deum* où il y eut tant de peuple, que la dite église n'était assez grande, témoignant une si grande allégresse de le voir, qu'il n'a occasion de douter à présent de leur affection; aussi n'ont-ils reçu aucun déplaisir, car pas un des soldats ne s'est débandé pour piller, à quoi il avait donné bon ordre. Il ne reste que la Bastille, laquelle il espère avoir bientôt, s'il Dieu plaît...

1519. **HENRI IV**. *Le même.*

L. sig., et contresig., *Forget*, à M. de Rambouillet. Paris, 23 ma 1597. Demi p. in-fol. (avec une copie moderne).

Création d'un Conseil particulier pour l'administration des finances en Normandie. — Avis de la nomination de M. de Rambouillet, comme membre de ce Conseil.

1520. **HENRI IV**. *Le même.*

Pièce sig. (sur parch.). Paris, février 1606.

Autorisation pour l'établissement d'un marché perpétuel, le lundi de chaque semaine, à *Bourg de Bessé-sur-Braye.*

1521. **HENRI IV**. *Le même.*

1° Vingt-six portraits, in-8 et in-4, dont deux de Miger, Cochin Saint-Aubin, etc.

2° Onze planches gravées, in-18, in-4 et in-fol., dont : *Le somptueux édifice de l'hospital de Saint-Louis, près la ville de Paris.* Grand in-fol. oblong.

1522. **HENRI IV**. *Le même.*

« L'admirable dessin de la porte et place de France, avec ses rues, « commencée ès-Maretz du Temple, à Paris, durant le règne de Henry-« le-Grand, » avec description au-dessous. Pièce curieuse sur l'ancien Paris. Gravure grand in-fol., rognée à l'un des côtés, fatiguée dans quelques parties. Rare.

1523. **HENRI** (Frédéric-Henri-Louis de Prusse, dit le prince), frère du grand Frédéric. N. 1726. M. 1802.

Trois lett. sig., au comte de Mirabeau. Kœnigsberg, 10 et 18 avril, et 28 juillet 1786. Trois quarts de pages in-4. Enveloppes avec cachets. *Portr.*

Dans celle du 10 avril, il lui dit qu'il a reçu avec beaucoup de plaisir la lettre qu'il vient de publier et qu'il a bien voulu lui faire parvenir. « Tout ce qui « sort de votre plume m'intéresse vivement; je me flatte que j'aurai bientôt le « plaisir de vous voir à Kœnigsberg, et d'y jouir de votre société. Je suis du « reste, avec des sentiments distingués, votre très-affectionné ami... »

1524. **HENRION DE PANSEY** (Pierre-Paul-Nicolas, baron), premier président à la Cour de cassation, ministre de la Justice. N. 1742. M. 1829.

1° L. aut. sig., à M... Paris, 2 juillet 1790. 1 p. in-4.

Il a reconnu et éprouvé que les adresses des provinces à l'assemblée nationale étaient ce qui échauffait le plus le patriotisme des citoyens. Comme leur décret n'en permet qu'une heure de lecture le soir, trois fois la semaine. Il croit qu'il y en a beaucoup qui ne seront connues que de leurs auteurs... Ce qu'il propose pour y obvier.

2° L. aut. sig., à M..., 2 pluviôse an XII. 1 p. in-8.

3° L. aut. sig., à M. Colleville, 18 mars. 1 p. in-4.

1525. **HENRY** (Joseph), auteur d'une tentative de régicide en 1846.

Trois reçus aut. sig. (arrêt de la Cour des Pairs portant sa mise en accusation. — Ordonnance du chancelier qui fixe l'époque de l'ouverture des débats, et liste des témoins), 18, 19 et 22 août 1846. De la Conciergerie, à Paris. Chacun de 4 ou 5 lignes in-8 et in-4.

1526. **HERAULT DE SECHELLES** (Marie-Jean), membre de

l'Assemblée législative et de la Convention nationale. Né en 1760. Mis à mort en 1794.

L. aut. sig., à l'abbé Massieu, curé de Saint-Sergi, à Pontoise. Epone, 3 octobre 1782. 1 p. in-4. Cachet. Curieuse. *Portr.*

Invitation à venir le voir dans son château en ruines.

1527. **HERMAN** (Armand-Martial-Joseph), oratorien, ministre de l'intérieur, président du tribunal révolutionnaire. Né en 1750. Mis à mort en 1794.

1° Ordre d'arrestation et d'incarcération, 9 messidor an II.

2° Deux ordres de destitution et d'arrestation, aut. sig. comme ministre de l'intérieur, 25 germinal an II, 1 p. in-4 sig., et 1 p. in-fol.

3° Ordre de son arrestation et de son incarcération, comme prévenu de complicité dans le procès de Fouquier-Tinville, et autres. Paris, 22 germinal an III. 2 p. in-4.

1528. **HEROARD** (Jean), médecin de Louis XIII, fondateur du Jardin des Plantes. N. 1545. M. 1627.

1° Quitt. avec six petites lignes aut. sig. (sur parch.). 1622. Notice de M. *L. de M.*

2° Plan du Jardin des plantes, par Guy La Brosse, intendant de ce Jardin. — Et deux vues modernes du même établissement.

1529. **HERSENT** (Louis), peintre d'histoire. N. 1777.

L. aut. sig., à M... Paris, 1er mars 1825. 1 p. in-4. — Deux grav.

Houasse (René-Antoine), peintre ordinaire du roi. Quitt. sig. (sur parch.). Paris, dernier jour de mai 1698.

1530. **HERTZ** (Henri), compositeur. N. 1804.

1° Réclamation (en partie aut. sig., et sur timbre) au préfet de la Seine. 2 p. in-4. 1839.

2° L. aut. sig., à M. Janet, éditeur de musique. 1829. 1 p. in-8. — L. aut. sig. de son père. 2 p. in-8. *Port.*

Karr (Henri), compositeur. Deux pages de musique aut. sig., et deux pages de titres de musique aut. sig.

1531. **HERVART** (Anne), conseiller du Roi. Il recueillit La Fontaine dans sa maison et, aidé de sa jeune et belle femme, il lui prodigua ses soins jusqu'à sa mort.

Acte de vente notarié sig., signé également par sa femme, Françoise de Bretonvilliers, J. Phélypeaux, et la femme de ce dernier, Anne-Marie de Beauharnois. 1691. 7 p. in-fol.

1532. **HEVIN** (Prudent), chirurgien du Dauphin, auteur de divers ouvrages de pathologie et de thérapeutique, membre de l'Acad. de chirurgie. N. 1715. M. 1789.

L. aut. sig., à M. Janin de Combeblanche, écuyer, maître en chirurgie, et chirurgien oculiste, à Lyon. Versailles, 3 janvier 1780. 2 p. pl. in-4. Cachet armorié. *Portr.*

Il a reçu son dernier ouvrage contre le docteur Hallé, il l'a lu deux fois, et il a reconnu avec plaisir qu'il n'avait plus gardé de ménagements vis-à-vis de ses adversaires acharnés à lui nuire, et qu'il avait traité et la société de médecine, et le docteur Hallé surtout comme il le méritait... Il a quelques amis à Paris auxquels il en fera part, et surtout deux gens honnêtes qui ont toutes ses lettres, et qui se sont amusés à turlupiner à cette occasion le sieur Lavoisier, leur ami et confrère, qui n'en a pas toujours ri...

1533. **HISTORIOGRAPHES,** *généalogistes, historiens, grammairiens, métaphysiciens,* etc. 22 pièces.

Chapsal. L. a. s., 1 p. in-4. — Chérin (Bernard). N. 1718. M. 1785. L. a. s. Paris, 23 oct. 1775. in-4. — Chérin (Louis-Nicolas-Henri), général. N. 1769. M. 1799. L. a. s., an VII. In-fol. — Critton

(Georges), lecteur du roi. N. 1544. M. 1611. Quitt. sig. (sur parch.). 1610. — GIRARD (Bernard de), sr du Haillan. N. 1535. M. 1610. Quitt. sig. (sur parch.). 1596. — LAVEAUX (Jean-Ch.-Thibault). N. 1749. M. 1827. Minute de lett. aut. 1807. — BOUCHER DE PERTHES (Jacques). Deux lett. a. s., à MM. Raynouard et Jules Janin. 1836 et 1842. 6 p. in-8. Curieuses. — COMTE (Achille). Trois lett. a. s., à M. Lucas de Montigny. 1835-1841. 5 p. in-8 et in-4. — MAINE DE BIRAN. N. 1766. M. 1824. L. a. s. 1 p. in-8. — MATTER (Jacques). L. a. s. 1837. 2 p. in-4. — PONCET DE LA GRAVE. N. 1725. M. 1800. Pièce et lett. a. s. 1767 et an VI. 2 p. in-4. — RAYMOND. Trois lett. a, s. 1816-1836. 4 p. in-8 et in-4. — ROMEY (Charles. L. a. s. 1839. 1 p. in-4. — ROSSEEUW SAINT-HILAIRE, Billet a. s. 1838. — VALOIS (Adrien de) N. 1607. M. 1692. Deux quitt. sig. (sur parch.). 1687 et 1688. *Port.* in-fol. Très-bon lot.

1534. **HOCHE** (Lazare), célèbre général en chef de la République. N. 1768. M. 1797.

1° L. aut. sig. *L. H.*, au citoyen Thomas. Au quartier général de Vannes, 28 prairial an IV. 1 p. in-4. Tête imprimée. 5 *portr.*

Il ne peut lui dire autre chose de ce pays, que la guerre touche à sa fin, que les chefs chouans suivis de leurs bandes rapportent leurs armes et munitions, et enfin, que les émigrés évacuent le territoire de la république. « Vous pourrez « et je vous prie de me parler de la personne *au chiffre*. Que dit-elle, que « fait-elle, elle doit être rayonnante de gloire, tant les exploits de son mari « sont glorieux. »

2° L. sig., au citoyen Pille, commissaire, etc. Au quartier général de Vannes, le 1er ventôse an III. 2 gr. p. pl. et demie in-fol. Tête impr. Vignette.

Le 25 pluviôse, affaire dans le Morbihan dans laquelle quarante-deux chouans ont été tués. — Dix hommes venant de Jersey dans une barque ont été arrêtés... Ces hommes sont l'aide de camp de Puisaye, etc... Toute la correspondance dont ils étaient porteurs a été prise, ainsi que quatre millions en assignats, et quatre cents louis en or.,. Rey, qui a sous son commandement les troupes de la colonne envoyée à l'armée du Nord, s'en plaint beaucoup. Il semble qu'elles soient l'écume de tous les dépôts, les soldats sont nus-pieds, galleux et insubordonnés, ils ont menacé dernièrement le général Walteau, qui conduisait la colonne de le fusiller, pour avoir fait arrêter quatre de leurs camarades., etc. « J'ai demandé plusieurs fois des armes pour notre cavalerie, elle n'a ni sabres, « ni pistolets, ni mousquetons, cette dernière arme est nécessaire dans ce pays « où l'on fusille les cavaliers d'ordonnance par dessus les hayes... »

3° Extrait de l'arrêté du Comité de sûreté générale, ordonnant l'arrestation du général Hoche, et son incarcération dans la maison d'arrêt dite des Carmes, pour y être détenu jusques à nouvel ordre, sig. Collot d'Herbois, Billaud Varennes et Barère. 22 germinal an II. 1 p. in-fol. Tête imp. Vignette.

1535. **HOCQUINCOURT** (Charles de Mouchy, marquis d'), maréchal de France, vice roi de Catalogne. M. 1658.

L. aut. sig., à M. de Sauvebœuf. Sans date. 1 p. pl. et demie in-4. Cachets. Déchirure au bas.

... Il s'en va sur la mer du roi qui va faire une descente en Barbarie pour assiéger Alger...

HOCQUINCOURT (Georges de Mouchy d'), grand prévôt de France. Quitt. sig. (sur parch.). 1636.

HOCQUINCOURT (Georges de Mouchy, marquis d'), lieutenant général, gouverneur de Péronne. Quitt. sig. (sur parch.). 1676.

1536. **HOEUFFT** (Jacques-Henri), poëte latin, et littérateur hollandais. N. 1760.

L. aut. sig., à M. Marron, président du Consistoire réformé de Paris. Breda, 25 janvier 1811. 1 p. pl. in-4. Littéraire. Curieuse.

1537. **HORTENSE** Beauharnais, reine de Hollande.

L. aut. sig., à l'Impératrice Mère. Sans date. 1 p. in-8. Entourage gaufré.

Elle lui envoie une note qui lui prouvera que tout est fini en Westphalie, et que Jérôme se porte très-bien. Elle n'écrit pas à Paulette parce qu'elle pense qu'elle lui donnera les nouvelles qu'elle lui envoie. « L'Empereur se porte très- « bien, il doit être à présent à Brunnen, l'Impératrice se joint à moi, ma chère « maman, pour vous embrasser bien tendrement. »

1538. **HOTMAN** (François), sr de Mortefontaine, jurisconsulte, professeur de droit. N. 1524. M. 1590.

Quitt. sig. (sur parch.). 1582.

Hotman (Jean), sr de Villiers, fils du précédent. Il a laissé un *Traité des devoirs de l'ambassadeur*. Quitt. aut. sig. (sur parch.). 1614.

1539. **HOUDETOT** (la comtesse d'), amie de J.-J. Rousseau.

L. aut., au docteur... sans date. 2 p. in-12.

M. le duc de Harcourt vient de lui faire dire que M. de Castries lui mande qu'il n'attend que son consentement pour donner la liberté sur parole aux prisonniers détenus au château de Saint-Malo, dont M. de Saint-Jean et elle ont eu l'honneur de lui parler... Il faudrait perdre le moins de temps possible pour soulager des malheureux malades, blessés et détenus déjà depuis longtemps...

1540. **HOULLIER** (Jacques), docteur régent et doyen de la Fac. de médecine de Paris (loué par De Thou). M. 1562.

Quitt. aut. sig. (sur parch.). 1559. 1 p. pl. in-4.

1541. **HUE** (François), valet de chambre de Louis XVI et de Louis XVIII. N. 1757. M. 1819.

L. aut. sig., à madame Roland, veuve du statuaire... Aux Tuileries, 13 juillet 1816. 1 p. in-4. Intéressante.

1542. **HUGO** (Victor-Marie, vicomte), poëte, romancier, membre de l'Académie française. N. 1802.

1° L. aut. sig., à M. Ch. Blanc. 23 sept. 1 p. in-8. *Portr.*, charge et notice biographique, et trois articles de l'*Assemblée nationale*. — 2° Billet aut. sig. 1 p. in-18.

1543. **HUGO** (Victor-Marie, vicomte). *Le même.*

L. aut. sig., à M. Charles Gosselin. 4 oct. 1 p. pl. in-4. *Portr.*

Il s'aperçoit que le roman de *Notre-Dame de Paris*, tel qu'il l'avait conçu, dépassera probablement d'un volume in-8 l'étendue qu'il avait cru pouvoir lui assigner. Cependant il serait possible, en supprimant les développements historiques, de le restreindre en deux volumes, stipulés dans son traité...

1544. **HUGO** (Victor-Marie, vicomte). *Le même.*

1° L. aut. sig., à M... 15 juillet 1843. 1 p. pl. in-8.

2° Rapport du comité du Théâtre-Français sur *Hernani*, drame en cinq actes et en vers, signé par MM. Brifaut, Chéron, Laya et Sauvo. Paris. 23 oct. 1829. 4 gr. p. pl. in-fol. Ecriture fine et serrée. Il se termine ainsi :

« Quelque étendue que j'aie donnée à cette analyse, elle ne peut donner « qu'une idée imparfaite de la bizarrerie de cette conception et des vices de « son exécution. Elle m'a semblé un tissu d'extravagances, auxquelles l'au- « teur s'efforce vainement de donner un caractère d'élévation, et qui ne sont « que triviales et souvent grossières. Cette pièce abonde en inconvenances de « toute nature. Le roi s'exprime souvent comme un bandit. Le bandit traite « le roi comme un brigand. La fille d'un grand d'Espagne n'est qu'une dé- « vergondée, sans dignité, ni pudeur, etc., etc. — Toutefois, malgré tant de « vices capitaux, je suis d'avis que non-seulement il n'y a aucun inconvénient « à autoriser la représentation de cette pièce, mais qu'il est d'une sage poli- « tique de n'en pas retrancher un seul mot. Il est bon que le public voie jus- « qu'à quel point d'égarement peut aller l'esprit humain affranchi de toute « règle et de toute bienséance. »

3° Note du baron Trouvé, en réponse au rapport qui précède, indiquant les corrections ou suppressions demandées par M. Rives, au drame d'*Hernani*. 3 p. in-4. Malgré l'avis de la commission qui veut qu'on livre au public cette pièce telle qu'elle est, on pense qu'il convient d'exiger :

« 1° Le retranchement du nom de *Jésus* partout il se trouve.

« 2° A la page 27 et 28, de substituer aux expressions insolentes et inconvenantes : *Vous êtes un lâche, un insensé* (*bis*), adressées au roi, des mots « moins durs et moins pénétrants.

« 3° A la page 28, dans le même sens, ce vers doit être changé :

« *Crois-tu donc que les rois à moi me soient sacrés ?*

« 4° Page 59, supprimer ou changer ce commencement de vers :

« *Un mauvais roi*...

« On peut rester, par réticence, sur la fin du vers précédent : *Roi, don* « *Carlos, vous êtes*...

« Mais on craindrait d'odieuses allusions à ce passage.

« 5° Remplacement de ces deux vers (page 71), dont le sens est trop amer et « l'expression trop dure, en parlant des courtisans :

« *Basse-cour où le roi, mendié sans pudeur,*
« *A tous ces affamés émiette la grandeur.*

« 6° Pages 73 et 74.

« Pauvres fous (les rois), qui l'œil fier, le front haut, visent droit
« A l'empire du monde, et disent : *j'ai mon droit.*
« Ils ont force canons rangés en longues files
« Dont le souffle embrasé ferait fondre les villes ;
« Ils ont vaisseaux, soldats, chevaux... et vous croyez
« Qu'ils vont marcher au but sur les peuples broyés.
« Baste !... Au grand carrefour de la nature humaine,
« *Qui mieux encor qu'au trône à l'échafaud nous mène,*
« A peine ils font trois pas qu'indécis, incertains,
« Tâchant en vain de lire au livre des destins,
« Ils hésitent, peu sûrs d'eux même, et dans le doute
« Au nécromant du coin vont demander leur route.

« Cette paraphrase du mot de Frédéric : Dieu est du côté des gros batail« lons, semble devoir être retranchée à cause du ton général du couplet, du « *Droit* attaqué et de l'*échafaud*. Le sens et le commentaire tolérables de « cette pensée se trouvent suffisamment dans les vers qui précèdent « ceux-ci... »

4° Observations des membres de la commission du Théâtre-Français en réponse à la note du baron Trouvé qui précède, sur le drame d'*Hernani*, signées par MM. Brifaut, Chéron, Laya et Sauvo. Paris, 30 octobre 1829. 1 p. pl. et demie in-fol.

5° Nouvelle note aut. sig. du baron Trouvé sur les corrections et suppressions à faire au drame d'*Hernani*. A la suite se trouvent plusieurs lignes aut. sig. de M. Rives approuvant divers passages, avec la date du 11 novembre 1829. 3 p. pl. in-4.

Dans une très-longue conversation que M. Trouvé vient d'avoir avec M. Victor Hugo, relativement aux suppressions exigées dans sa pièce d'*Hernani*, ce littérateur se borne à réclamer contre quatre. Les trois premières lui paraissent purement littéraires, parce que ce sont des mots de situation qui n'ont aucun but politique. Don Carlos, âgé de 19 ans, a enlevé une Espagnole. Un brigand, qui en est aimé, poursuit le prince, etc., etc.

6° Note aut. sig., de M. Brifaut et sig. par M. Sauvo, comme commissaires du Théâtre-Français, au sujet du drame d'*Hernani*. Paris, 12 février 1830. 1 p. in-4.

« La plupart des changements demandés à l'auteur ont été faits de manière « à satisfaire l'autorité ; mais il est resté quelques parties de phrases, quelques « expressions condamnées, et auxquelles l'auteur n'a rien substitué... »

7° L. aut. sig. de M. Brifaut, à M. le baron Trouvé, au sujet du drame d'*Hernani*. Paris, 13 février 1830. 1 p. in-8. — Et une page aut. de corrections pour ce drame.

1545. **HULIN** (Pierre-Augustin, comte), lieutenant général, président du conseil de guerre qui condamna à mort le duc d'Enghien. N. 1758. M. 1841.

1° Certificat aut. sig. Paris, 25 floréal an X. Demi-p. in-4.

2° Lett. et pièces sig. An VI à 1812. 3 p. in-fol.

3° Ordre d'incarcérer dans la maison dite de Picpus, le général Hulin, délivré par le département de police de la commune de Paris. 22 germinal an II. 1 p. in-4. Vignette.

1546. **HUMBOLDT** (Frédéric-Henri-Alexandre, baron de), voyageur, naturaliste célèbre. N. 1769. M. 1859.

Six lett. aut. et aut. sig., à MM. Bonpland, de Prony, Coulier, Charles Coquerel et Etienne, 1805 à 1820. Ensemble, 9 p. in-12, in-8 et in-4. Trois *portr.*

1547. **HUME** (David), historien. N. 1711. M. 1776.

L. aut. sig., (en anglais), à M. Beckel, libraire à Londres. Paris, 17 juin 1764. Cachet. Deux *portr.*

Relative à cent exemplaires d'un roman de madame Riccoboni qui sont égarés.

1548. **HUMIERES** (Charles de Crevant d'), gentilhomme de la chambre du Roi, père du maréchal. M. 1628.

Ardent adversaire de la Ligue, et en même temps bon catholique, il disait : *Je ne suivrai pas le roi au prêche mais bien à la bataille.* — Henri IV ne tarda pas à lui donner le droit, dont il profita, de le suivre partout. (*L. de M.*)

Acte notarié sig. 1586. 2 p. et demie in-fol.

Humières (Louis de Crevant, marquis d'), capitaine de cent gentilshommes de la maison du roi. Quitt. aut. sig. (sur parch.). 1621.

Humières (Louis de Crevant, marquis de), maréchal de camp. Quitt. sig. (sur parch.). 1625.

Humières (Louis de Crevant, duc d'), maréchal de France. M. 1694. Deux quitt. sig. (sur parch.), et un passeport sig. 1678-1679.

Humières (le duc d'), colonel. Certificat a. s. 1715, in-8. Cachet.

Humières (Françoise d'), religieuse professe en l'abbaye de Poissy. Quitt. sig. (sur parch.). 1610.

1549. **HUMMEL** (Jean Népomucène), célèbre pianiste, improvisateur et compositeur. N. 1778. M. 1837.

1° L. sig., à M. le préfet de la Seine. Paris, 10 mai 1825. 1 p. et demie in-4.

Il demande qu'on lui désigne un jour, pendant les fêtes de la Pentecôte, pour qu'il donne une matinée musicale.

2° L. aut. sig., à M. Dauprat. Sans date. 1 p. in-4, en travers.

Il lui est infiniment obligé de lui vouloir faire entendre de beaux quintuors de Reicha...

1550. **INGENIEURS**, intendants des bâtiments du roi, hydrographes, mécaniciens, etc.

Béchameil. 1696. — Bralle. 1801. — Cessart (Louis-Alexandre de). 1787. — Chappe (Ignace-Urbain-Jean). 1815. — Chappe (Claude). — Cordier (J.). Deux lett. 1824. — Coriolis. Deux lett. 1831. *Portr.* — Défougères. An XI. — Emmery de Sept-Fontaines (Henri-Charles). Quatre lett. 1842. — Enfantin 1843. — Flachat (Stéphane). Deux lett. 1830. — Fresnel. 1843. — Girard (Pierre-Simon). 1803. *Portr.* — Ensemble, 18 lett. et pièces sig. et aut sig. Deux *portr.* Très-bon lot.

1551. **INGENIEURS,** intendants des bâtiments du roi, hydrographes, mécaniciens, etc.

Givry. 1842. — Guillaumot (Charles-Axel.). 1804. — Héricart de Thury. 1819. — Hittorff. 1840. — Jollois (Jean-Baptiste-Prosper). 1838. — Legrand. — Lespine (Simon de). 1666. — Mandar (Charles-François). Deux lett., à M. Lucas de Montigny. 1830. — Péreire (Emile). 1840. — Ramelli (Agostino). 1608. — Villacerf (Edouard-Colbert, marquis de). 1696. — Villiers du Terrage (René-Edouard de). Neuf lett., a M. Lucas de Montigny, et un plan lith. — Ensemble, 21 lett. et pièces sig., et aut. sig.

1552. **INGRES** (Jean-Auguste-Dominique), peintre d'histoire, membre de l'Institut. N. 1781.

1° L. aut. sig., à M. Varcolier. Sans date. 1 p. in-8. Deux *portr.* et lith. (odalisque).

2° Certificat aut. sig., en faveur de M. Jules Etex, son élève. Sans date. 1 gr. p. in-4.

3° Minute aut. d'un discours prononcé par lui en réponse à une adresse d'artistes qui lui ont offert un banquet à son retour de Rome. 1 p. in-4.

4° Discours de M. de Pastoret à M. Ingres, au nom de la commission de ce banquet. Minute manuscrite, avec des corrections aut. 1 p. et demie in-4.

1553. **ISABELLE D'AUTRICHE** (Claire-Eugénie), fille de Philippe II, roi d'Espagne, souveraine, puis gouvernante des Pays-Bas. N. 1566. M. 1633.

Trois lettres sig. et contresig. *Verreyken*, à M. d'Esquerbecke. Bruxelles, 11 octobre 1621. 24 avril 1626, et 10 novembre 1633. 3 p. in-fol. avec sceau. Deux *portr*. Notice de M. *L. de M.*

Ces trois lettres sont en français et relatives à des affaires d'administration de ses Etats.

1554. **ISABEY** père (Jean-Baptiste), peintre. 1767-1855.

Deux lett. aut. sig. 19 messidor... et 1824. 2 p. in-4.

ISABEY (Eugène-Louis-Gabriel), fils du précédent, peintre. L. a. s. 1er décembre... 1 p. in-8. *Portr.*

1555. **JACQUEMONT** (Victor), voyag., naturaliste 1801-1832.

L. aut. sig., à M. Adrien de Jussieu, au jardin du roi, à Paris. Brest, 15 août 1828. 1 p. pl. in-4.

Comme il n'a pas attendu pour lui écrire, qu'il eût passé les barrières, il n'attendra pas lui, d'être dans l'autre monde pour lui répondre et le remercier de son petit, mais aimable cadeau... « J'ai fait connaissance aujourd'hui avec « ma future prison qui est beaucoup moins étroite que je ne pensais. La nuit « j'y serai au long, chose pour moi bien essentielle... Soyez heureux, et ayez « un garçon, afin qu'il soit aussi un grand botaniste et que *cette famille des* « *Jussieu* soit sans fin comme celle d'Agamemnon, des Atrides. etc., etc. »

1556. **JAMYN** (Amadis), poëte, traducteur de partie de l'*Iliade.* N. 1538. M. 1585.

Il fut le page et en quelque sorte le fils adoptif de Ronsard. Il fut aussi le complaisant assidu, sinon domestique de mademoiselle de Gournay, fille adoptive de Montaigne. (*L. de M.*)

Quitt. sig. (sur parch.), de la somme de deux cents livres, pour deux quartiers de ses gages de secrétaire ordinaire de la chambre du roi. 1577. (Forte tache au milieu).

1557. **JANIN** (Jules-Gabriel), littérateur, critique. N. 1804.

L. aut. sig., à M. Lucas de Montigny. Paris, 1er mai 1832. 2 p. pl. in-4.

S'il ne lui a pas répondu sur-le-champ, c'est qu'il y avait une cause majeure, il était malade et il est encore au lit. « Pourtant votre bonne petite « lettre de notre grand homme me viendra bien vivant ou mort; mort je pou- « rai laisser quelque chose à mes héritiers. Quant à votre projet d'en finir avec « nous et de vous acquitter envers l'histoire en nous donnant tous les maté- « riaux épars de cette importanté biographie (de Mirabeau), j'y trouve quelque « justice et devoir. Il y a assez longtemps que vous entassez richesses sur « richesses, faites-nous en part, s'il vous plaît. Vous voyez comme Mirabeau « a été défiguré, même par moi qui l'adore, mon crime est votre crime. Si « donc vous voulez sortir de cette malheureuse timidité qui vous tient la main « et ouvrir cette main si pleine de vérités et de belles choses, il est temps et « plus que temps... »

1558. **JANIN** (Jules-Gabriel). *Le même.*

1° L. aut. sig., à M. Lucas de Montigny. 15 sept. 1835. 1 p. in-8.

2° L. aut. sig., au même. 17 avril 1840. 1 p. in-4.

2° L. aut. sig., au même. 29 avril 1840. 1 p. pl. in-4.

Oui, certes, il les payera avec joie, ces 250 francs. — « Et vous ne savez « pas de quel chagrin vous me soulagez. Je ne connais pas cette malheureuse « femme, son mari nous a causé toutes sortes de dépenses et de chagrins, à « ma vieille tante et à moi, encore nous étions bien pauvres, mais enfin cette « pauvre femme est ma parente par alliance, et cette alliance lui a été trop « funeste pour qu'elle ne lui rapporte pas enfin ce petit bien-être. — Je suis « donc tout prêt. — A ces 250 francs j'ajouterai une petite pension mensuelle « qui, dit-on, la rendra riche. — Merci donc, mille fois merci... »

1559. **JANIN** (Jules Gabriel). *Le même.*

1° Deux lett. aut. sig., à M. G. de M. Août 1840. In-8 et in-4. Curieuses.

2° L. aut. sig., à M. Lucas de Montigny. 20 octobre 1840. 1 gr. p. pl. in-4.

Mais mon Dieu non? il n'a pas tué son livre, son livre vivra, il est vivant, il a des dents, il sent son honnête historien d'une lieue, il est tout plein de dévouement, de feu sacré, d'amour filial, de cœur, de courage, d'esprit; le moyen de tuer un pareil livre. Il a très-bien fait de se passer du féroce galimathias de Mr..., qui ne savait pas de quoi il était question, « mais une fois « que votre Mirabeau a repris sa robe nuptiale, je redevenais ce que j'avais « toujours été, son humble esclave. Ainsi ne me mettez pas ce péché là, « c'est-à-dire ce grand crime de meurtre sur la conscience... »

1560. **JANIN** (Jules-Gabriel). *Le même.*

L. aut. sig., à M. Lucas de Montigny.

« Mon maître, je n'ai jamais oublié qu'un beau jour, sans me connaître, il « y a déjà 17 à 18 ans (hélas !), me voyant tout nu et blanc comme un poulet « qui n'a pas encore passé à l'état de coq, vous m'avez fait renvoyer comme « indigne de porter les armes pour mon pays, à preuve que je suis caporal des « grenadiers de la garde nationale, 11e légion. Maintenant, je vous prie et je « vous supplie humblement pour un pauvre conscrit, nommé Charles Giraud, « un gaillard qui ferait un beau soldat, et que je n'ai pas vu tout nu. Mais ce « pauvre diable vient de faire un long voyage autour du monde, il arrive du « Spitzberg, il était le dessinateur de la *Recherche*, il a suivi dans tous leurs « travaux, messieurs Favre, capitaine de la corvette, et Gaymard, président « de la commission scientifique. Il est revenu de là tout chargé de dessins « qu'il faut publier. Il est le frère et l'élève de notre ami à tous, Eugène Gi- « raud, le meilleur garçon du monde... Et pensez combien cela serait dur, « après une grande année de navigation pour le service de l'Etat, au milieu de « nos études, au plus fort de nos travaux, sans compter qu'il y a là une « vieille mère qui pleure? — Ou bien s'il faut un remplaçant, nous sommes « ruinés pour six mois...

1561. **JANIN** (Jules-Gabriel). *Le même.*

1° L. aut., à M. Lucas de Montigny. 11 décembre 1840. 1 p. pl. et demie in-8. Intéressante.

2° L. aut. sig., au même. Paris, 9 avril 1841. 4 p. pl. in-8.

Il n'y a guère moins de dix ans qu'il est tenté d'écrire un livre qui serait tout simplement intitulé : *Histoire de la vie et du règne de Louis XV...* « L'entreprise est difficile, je le sais bien, surtout pour un ignorant comme « moi, et cependant tout futile que je suis, je ne crois pas que ce travail soit « au-dessus de mes forces. Je me sens porté à écrire cette histoire, par toutes « les sympathies de mon cœur, de mon esprit, et vous l'avouerai-je, par toutes « les excitations de mes sens. » Ce qu'il aime dans Louis XV, dans ceux qui ont formé son entourage, dans les lettres, les arts, etc., etc. Qu'il l'aide donc, et lui dise ce qu'il doit lire, ce qu'il doit étudier, ce qu'il doit chercher. — Et ceci fait, il lui dédiera son livre comme fit Horace à Mécène pour de moins bonnes raisons... « M. de Talleyrand, un jour qu'il avait lu quelque chose de « moi, disait à M. Bertin de Veaux : *Ce petit là sait aussi bien son dix-huitième « siècle que vous et moi* ! Je vous en prie, ne dites à personne au monde que « j'ai eu la fantaisie de vous répéter ce propos-là. «

1562. **JANIN** (Jules-Gabriel). *Le même.*

L. aut. sig., à M. Lucas de Montigny. Paris, 15 mars 1841. 1 p. pl. in-4. Intéressante. Son feuilleton : *La littérature et la cour d'assises.*

Relative à un procès de presse jugé à huis-clos.

1563. **JANIN** (Jules-Gabriel). *Le même.*

1° Billet aut. sig., à M. Lucas de Montigny. Paris, 12 octobre 1841 :

1 p. in-8. Et feuilleton du *Journal des Débats* du 18 octobre 1841 : *Le mariage du critique.*

2° *Le mariage du critique.* Epithalame à madame Janin. Aut. sig., *Alexandre P.* 4 p. pl. in-4.

3° Son portrait gravé par Desmatry, d'après Champmartin, in-4. Au bas il a écrit et signé : *Un peu plus gros, un peu moins grand, et toujours fort bon enfant.*

1564. **JANIN** Jules-Gabriel). *Le même.*

1° Billet aut. sig. 23 septembre. 1841. In-18.

2° L. aut. sig., à M. Lucas de Montigny. 23 mai 1842. 1 p. in-8. Cachet.

Il est dans un grand embarras. Une princesse d'Allemagne, qui n'a pas été élevée par Euler, lui demande à cor et à cris une lettre de madame Lafarge...

1565. **JANIN** (Jules-Gabriel). *Le même.*

1° L. aut. sig., à M. Lucas de Montigny. Paris, 18 janvier 1844. 1 p. in-4.

A propos du procès qu'il est forcé d'intenter à Félix Pyat, il a besoin de quelque lettre à lui adressée par un homme reconnaissant. Il le prie de chercher dans sa collection, afin qu'on puisse prouver qu'il n'est pas, comme on le dit, « l'homme vénal, le corrompu, l'ennemi acharné de toutes les gloires, le « bouc émissaire des poëtes et des artistes... »

2° *Marie-Joseph Chénier au prince des critiques*, par Félix Pyat. Impr. 1844. 15 p. in-8. — *A M. Félix Pyat, réponse du prince des critiques.* Impr. 1844. 15 p. in-12. — *Pierrot racontant au public l'histoire de la querelle de MM. J. J., Félix Pyat, et un peu Alexandre Dumas.* Impr. 1844. 15 p. in-12.

1566. **JANIN** (Jules-Gabriel). *Le même.*

1° Sept lettres et billets aut. et aut. sig., à M. Lucas de Montigny, et autres. 1846 à 1850. In-8. *Portr.*

2° Trois lettres adressées à M. Jules Janin par des anonymes. 1841, 8 p. in-4. Curieuses.

1567. **JANVIER** (Antide), célèbre horloger. 1741-1835.

L. aut. sig., à M. Encelain (garde du commerce). Sans date. 5 p. pl. in-4.

Très-intéressante lettre. Exposé de sa triste situation. Antide Janvier, qui mourut à l'Hotel-Dieu, était alors fugitif.

1568. **JAQUOTOT** (Marie-Victoire), dame *Pinel*, célèbre peintre sur porcelaine. N. 1786. M. 1855.

1° Seize lettres aut. sig., à M. Lucas de Montigny, datées de Milan, Bologne, Florence, Parme, Genève, etc., de 1837 à 1840. 51 pages in-8 et in-4.

Très-intéressantes. Sur ses impressions de voyage en Italie et en Suisse, sur la réception qui lui a été faite à Milan, sur ses démêlés avec le Directeur de la Manufacture de Sèvres relativement aux tableaux qu'elle doit copier, sur la supériorité des Italiens dans les beaux-arts, etc.

2° Vingt-huit lettres et billets aut. sig., au même, datées de Toulouse, de Paris, etc., de 1840 à 1849. 56 p. in-8 et in-4.

Arrangements de famille, projets de faire offrir à l'empereur de Russie ses tableaux dont elle indique les prix.

1569. **JASMIN** (Jacques Bue, dit), coiffeur à Agen, poëte célèbre dans l'idiôme languedocien. N. 1798.

L. aut. sig., à M. Montaut, artiste peintre, graveur, à Paris. Agen, 4 septembre 1842. 3 p. pl. in-8. — Pièce de vers à Béranger, impr.

A Paris, à Bordeaux, à Nantes, à Agen, etc., son portrait a été bien trouvé, comme gravure, l'honneur lui en revenait, mais rien n'était pour lui, car tout le monde, les femmes surtout disent que le daguerréotype l'a vieilli de vingt ans et qu'il a rudi ses traits... Il a pensé à son enthousiasme et à l'offre qu'il lui fit de lui donner des preuves d'attachement dans une nouvelle édition. « Eh bien ! « M. Montaut, soyez assez bon pour corriger le portrait d'après le modèle que « je vous envoie. Nous l'avons arrangé d'après nature. Cette raie à droite est de

« toute nécessité, la touffe de même ; et la raie bien marquée ; le front ouvert « par le haut, la touffe que j'ai ajouté à ma coiffure est très-gracieuse, elle « incline à gauche et les cheveux, qui bordent le front, sont toujours dessus « et enveloppent les autres à l'extrémité en frisant. Cela fait à peu près ceci « (ici est le modèle dessiné à la plume de la coiffure), d'ailleurs le modèle l'in- « dique bien assez, et puis si vous pouvez éclaircir la joue droite et jeter du « blanc sur la figure et animer un peu plus les yeux, cela ira parfaitement, « etc., etc., etc. »

1570. **JAUCOURT** (Louis de), un des principaux collaborateurs de l'*Encyclopédie*. N. 1704. M. 1779.

L. aut. sig., à M... Paris, 29 nov. 1777. 3 p. in-4.

Jaucourt (Jacques de), sr de Rouvray, gentilhomme ordinaire de la chambre du roi. Quitt. sig. (sur parch.). 1612.

Jaucourt (Arnail-François, marquis de), lieutenant-général, député de *Seine-et-Marne* à l'Assemblée législative, etc., ministre de la marine. 1° L. aut. sig. Demi-p. in-4. — Ordre de son incarcération à la prison de l'Abbaye. 22 août 1792. Demi-p in-4.

1571. **JAUME SAINT-HILAIRE**, botaniste, sylviculteur.

Mémoire sur le domaine forestier de Rambouillet. Aut. sig. (à la 3e personne). 1 gr. p. pl. et demie in-fol.

1572. **JEANNIN** (Pierre), premier président du parlement de Bourgogne, surintendant des finances, etc. 1540-1622.

1° Procuration notariée sig., signée aussi par Anne Guéniot, sa femme. 1601. 1 p. in-fol. — 2° Quitt. sig. (sur parch.). 5 *portr.*

1573. **JEANRON** (Philippe-Auguste), peintre, directeur des musées. N. 1809.

Quatre lett. aut. sig., et une lett. sig., à M. Lucas de Montigny, de 1843 à 1849. 6 p. in-8 et in-4, et une lett. aut. sig. de Mme Jeanron, au même. 1845. 2 p. et demie in-8. Curieuse.

1574. **JENNER** (Edouard), médecin anglais, inventeur de la vaccine. N. 1749. M. 1823.

Cinq mots aut. d'envoi sur le titre de son mémoire sur la contagion variolique. 1808. In-4. 2 *portr.*

La Corbière (Jean-Baptiste Beunaiche de), médecin phrénologue, auteur du *Traité du Froid*, etc. N. 1801. Trois lett. aut. sig. à M. Lucas de Montigny. 1846 et 1847. 8 p. in-8 et in-4. Biographie avec *portr.*, et lett. aut. sig. de M. Malherbe à M. Lucas de Montigny (1846) sur le docteur La Corbière. 2 p. in-4.

1575. **JEROME NAPOLEON**, roi de Westphalie. N. 1784.

L. aut., à Mme Hamelin. 20 janvier 1841. 1 p. pl. et demie in-8. 2 *portr.* — Passeport mi-partie français et allemand, au nom de Jérôme Napoléon, roi de Westphalie, délivré par le préfet de police de Cassel, en 1813, avec le visa de Reinhard, ministre de France.

Il a voulu répondre de suite à sa bonne lettre du 16 décembre dernier, mais il a été tellement occupé péniblement par le départ de ses enfants qu'il a, à dessein, retardé jusqu'à ce jour. « Bientôt ma fille sera à Pétersbourg, elle est « partie depuis avant hier et s'y rend par Vienne !!! Quelle atroce et inconsé- « quente conduite que celle que l'on tient à l'égard des frères de l'Empereur, « on les tient en exil, et on leur retient leurs biens, afin qu'ils soient obligés « de vivre des secours étrangers !!! Mais brisons sur ce sujet, la conduite du « gouvernement est réellement par trop *anti-française*, aux Bourbons leurs « biens sont conservés et à nous il y a prescription !!! »

Hamelin (Madame). L. aut. sig., à M. Lucas de Montigny... 21 février 1841. 3 p. pl. in-8.

Elle a dévoré son grand ouvrage dans son aire. C'est une vaste consolation pour les longues soirées d'automne et elle l'en remercie. « Ce génie qui a tant « de droits à votre amour est le précurseur de Napoléon, la force, l'idée, la « grandeur, l'originalité, tout est de la même famille, et pour tous deux, leur « mort a été suivie des malheurs de la France. C'est que le vide, le deuil

« causé par la perte d'un grand homme est irréparable pour les contemporains,
« voyez donc ce que nous sommes et ce qui nous reste.

« Puisque nous parlons de Napoléon et de Mirabeau (frères glorieux de la » révolution), voulez-vous agréer cette lettre jointe ici de son frère, ancien « roi de Westphalie. Je pense que les autographes aujourd'hui ont moins de « prix par la rareté que par l'intérêt, le style, la position des personnages. « Ce cri de douleur du *sang* même de notre grand empereur, alors qu'on « *jouait* aux funérailles du martyr, cette proscription inique pour le tort d'être « sorti des mêmes entrailles qu'un demi-dieu. Ce désespoir d'un Bonaparte, en « décembre 1840, est un rapprochement touchant et curieux : *Son intérieur « changé* pour répondre à des bruits d'un second mariage faussement an- « noncé... »

1576. **JOANNY** (Jean-Bernard *Brisebarre*, dit), acteur du Théâtre-Français. N. 1775. M. 1849.

Deux lett. aut. et aut. sig., à M. Jules Janin. 1840 et 1841. Deux demi-p. in-4. Trois *portr.*

1577. **JOHANNOT** (Charles-Henri-Alfred), dessinateur, graveur et peintre. N. 1800. M. 1837.

1° L. sig., à M. Varcollier. Paris, 14 nov. 1835. 1 p. et demie in-8.

Il a été fort malade, il a beaucoup souffert, et maintenant encore au bout de trois mois de maladie il ne sent aucune amélioration.

2° L. aut. sig., à M. Jules Janin. 1831. 1 p. petit in-8.

« Merci, mille fois merci, mon bon Janin, pour votre charmant article. *Il fera « pleurer de joie mon vieux père.* Moi-même je me suis senti tout ému au pa- « ragraphe de mon pauvre frère Charles qui n'a jamais eu que la misère en « partage de son vivant, il a fallu qu'un excellent homme tel que vous, mon « ami, vînt pour rappeler son souvenir à ce monde si oublieux... »

KLAGMANN (Jules), statuaire. L. a. s., à M. Varcollier. 3 p. in-4.

1578. **JOLLY** (Edme), supérieur général de la congrégation de la Mission.

Deux quitt. (sur parch.), comme supérieur général de la mission, demeurant en la maison de Saint-Lazare. 1683.

1579. **JOLY DE FLEURY** (Joseph-Omer), avocat général au parlement de Paris.

L. aut. sig., à M... 11 janvier 1722. 1 p. pl. in-4.

Relative aux frais extraordinaires de l'affaire de Cartouche.

1580. **JOLY DE FLEURY** (Guillaume-François), procureur général au parlement de Paris. N. 1675. M. 1756.

1° L. aut. sig. Paris, 3 février 1753. 1 p. in-4. — 2° L. sig. 1649. 1 p. in-4. *Portr.* in-4.

JOLY DE FLEURY, contrôleur général. Deux lett. aut. sig. 1777 et 1790. 2 p. in-4, et lett. sig. sur l'adjudication des carrosses de place de Lyon. 1781. 1 p. in-fol.

1581. **JONAS** (Mme), marchande à la toilette.

Acquéreur d'un *couvrepied* dans la vente monstrueuse et sacrilége des effets et hardes de la princesse *Marie d'Orléans, duchesse de Wurtemberg*. Quittance du 5 mars 1841, de ce couvrepied acheté pieusement par M. Jules Janin, qui m'a donné cette pièce. (*L. de M.*)

1582. **JORDAN** (Camille), député au conseil des Cinq Cents, au Corps législatif, etc. N. 1771. M. 1821.

L. aut. sig., au citoyen Brunelle de Lierre, député à la Convention nationale. Lyon, 17 mai 1793. 1 p. pl. in-4. Deux *portr.*

Il a été jusqu'à présent sans état, et il souhaite en occuper un. Il n'en est point qui lui convienne davantage, dans les circonstances actuelles, qu'une place de commis surnuméraire dans la direction de Lyon pour les approvisionnements des armées. Il sera là, tranquille, et la république y trouvera les plus grands services qu'elle puisse en attendre...

1583. **JOSEPH II**, empereur d'Allemagne. 1741-1790.

Apostille de 5 lignes aut. sig. (en allemand), en marge d'un placet. 1782. 1 gr. p. in-fol. Six *portr.* in-8 et in-4.

1584. **JOSEPH NAPOLEON**, roi de Naples, roi d'Espagne, comte de Survilliers. N. 1768. M. 1845.

1° L. a. s., au général... Naples, 14 mars 1806. 1 p. in-4. 2 *portr.*

2° L. avec la souscript. aut. sig. 19 déc. 1816. 1 p. in-4.

3° Sa proclamation comme lieutenant général de l'empereur, et commandant la garde nationale de Paris. 29 mars 1814. Placard impr. in-fol.

1585. **JOSEPHINE** (l'impératrice). N. 1761. M. 1814.

L. sig., *Lapagerie Bonaparte*, au citoyen Dupin, commissaire du pouvoir exécutif. 4 floréal an VII. 1 p. pl. petit in-8.

Il le prie d'avoir égard à sa recommandation pour ce qui regarde « Louis-« François Menou ; je connois sa famille depuis plusieurs années, il a depuis « son enfance la vue si courte et si faible attestée de tous les gens de l'art, « qu'il lui est impossible de distinguer les objets peu éloignés; le zèle de sa « famille pour servir la patrie n'est point équivoque, son oncle le général Menou « est en Egypte, et n'a pu l'emmener avec lui, à cause de son infirmité, le frère « de ce jeune citoyen Menou vient de s'enrôler volontairement. »

1586. **JOSEPHINE** (l'impératrice). *La même.*

1° L. sig., *Joséphine*, à M. le préfet de la Seine. Malmaison, 22 janvier 1814. 1 p. in-4. — 2° Apostille (découpée) de six petites lignes aut. sig., *Lapagerie Bonaparte.*

1587. **JOUBERT** (Barthélemi-Catherine), général, commandant en chef l'armée d'Italie. N 1769. M. 1799.

L. aut. sig., au général Belliard. Quartier général de Trente, 19 pluviôse an V. 2 p. in-4. Petite déchirure au bas du recto. Quatre *portr.* — Son éloge funèbre prononcé au Champ-de-Mars le 30 fructidor an VII, par Garat, membre de l'Institut. Impr. 32 p. in-8.

1588. **JOUBERT** (Jean), peintre en miniature du roi.

Quitt. aut. sig. (sur parch.), de la somme de 150 livres pour des gages attribués à sa charge de peintre en miniature du roi, pour le quartier d'avril, mai et juin 1694.

1589. **JOURDAN** (Jean-Baptiste, comte), maréchal de France. Né à Limoges, en 1762. Mort en 1837.

1° Lett. aut. sig., au général de division Kléber, à Basnem. Au quartier général, à Andernach, 9 prairial an III. Demi-p. in-fol. Cachet. Tête impr. Vignette. Sept *portr.*

L'ordonnateur en chef l'a prévenu aujourd'hui qu'à dater de demain, il serait délivré aux travailleurs un supplément de quatre onces de pain, et d'une once de riz par homme. « Je t'engage à en prévenir les ouvriers qui sont « sous tes ordres, pour que ceux-ci en préviennent les ouvriers de leurs divi-« sions. »

2° L. aut. sig., au ministre de la guerre. Paris, 4 frimaire an VI. 1 p. pl. et demie in-4.

3° L. aut. sig., au général Belliard, gouverneur de Madrid. Madridejos, 26 juin 1807. 1 p. in-fol.

Le roi est arrivé hier, il a passé la revue du 4e corps qu'il a trouvé dans le meilleur état, les troupes sont animées du meilleur esprit, etc...

1590. **JOURDEUIL** (Didier), membre de la commune de Paris, adjoint au ministre de la guerre.

Le 3 septembre 1792, il provoqua directement et nominativement l'assassinat de la princesse de Lamballe. — Juré dans le procès de la reine Marie-Antoinette. (*L. de M.*)

Extrait des procès verbaux du Comité de surveillance de la section du Théâtre-Français et de Marseille. 17 août 1792. Aut. s. 1 p. in-4.

Le comité... ayant pris lecture des procès-verbaux d'arrestation et d'information contre le sr Chamblain, adjudant général de la garde Parisienne, et attendu l'incivisme reconnu dudit Chamblain, et le mépris qu'il a fait des magistrats du peuple, et même des autorités constituées, ordonne... qu'il sera envoyé sur bonne et sûre garde, es prisons de l'abbaye Saint-Germain-des-Prés...

1591. **JOURGNIAC SAINT-MEARD** (François, chevalier de), capitaine au régiment du roi, auteur de la fameuse relation des massacres de septembre, intitulée : *Mon agonie de trente-six heures.* N. 1745. M. 1827.

1° Sa signature, et celle de plusieurs anciens officiers, au bas d'une adresse à l'armée d'Espagne. 1823. 3 p. pl. et demie in-fol.

2° Ordre de son incarcération à la prison de l'Abbaye, sig. par les administrateurs du département de police, de surveillance et de salut public de la municipalité de Paris. A la mairie, le 13 août, l'an IV et Ier de l'Egalité. 1 p. in-4. Tête impr. Cachet à la cire rouge.

1592. **JOUSSE** (Daniel), conseiller au présidial d'Orléans, jurisconsulte célèbre. N. 1703. M. 1781.

1° L. aut. sig., à M. Boullenois. Orléans, 27 août 1760. 2 p. in-4. Il lui renvoie le mémoire des notaires d'Orléans qu'il a eu la bonté de lui communiquer avec les réponses qu'il y a faites, qui lui prouveront le peu de solidité des raisons sur lesquelles ils s'appuient pour se dispenser de satisfaire à l'arrêt de la cour du 3 septembre 1735, et d'envoyer à M. le procureur général leurs mémoires pour dresser un tarif de leurs droits, conformément à la disposition de cet arrêt.

2° Observations sur le mémoire envoyé par les notaires du Châtelet d'Orléans, à M. le procureur général. 4 gr. p. pl. in-fol.

3° Notes aut. (suite du mémoire qui précède. 1 p. in-8. *Portr.* in-8.

1593. **JOUVENET** (François), peintre de l'Académie.

Quitt. notariée, sig. (sur parch.). Paris, 29 juillet 1705.

JOUVENET (Noël), sculpteur. Quitt. notariée, sig. (sur parch.), de la somme de 150 livres à compte de la sculpture qu'il fait au vestibule de la façade du château de Marly, à droite en entrant audit château.

1594. **JOUY** (Victor-Joseph-Etienne de), auteur de l'*Ermite de la Chaussée d'Antin*, etc., membre de l'Académie française. N. 1769. M. 1846.

1° L. aut. sig., J., à M. Villemaret. 1 p. in-8. Trois *portr.*

2° *Le Testament de l'Amour*, pièce de vers aut. (1808). 4 p. pl. in-4.

1595. **JOYEUSE** (Anne, duc de), amiral de France, l'un des favoris de Henri III. Tué en 1587.

Quitt. sig. (sur parch.) 1586. Deux *portr.*

1596. **JOYEUSE** (François, cardinal de), frère du précédent, archevêque de Rouen, apologiste du meurtre des Guise à Blois, en 1588.

1° Nomination du sr Jacques de la Bouque à la charge de lieutenant et sénéchal en la baronie d'Allié, dépendant de son abbaye de Sainte-Trinité de Fécamp. Donné dans son château de Gaillon, 20 avril 1606. Grande pièce sur parch.

2° Deux actes notariés, sig. 1608-1613. 5 p. in-fol.

1597. **JOYEUSE** (frère *Ange*, Antoine-Scipion de), grand prieur de Toulouse, lieutenant du maréchal de Joyeuse, et commandant en son absence en Languedoc, maréchal de la Ligue en 1592. Mort dans le Tarn, après le combat de Villemur (1592).

Quitt. sig. (sur parch.), de la somme de *cinq cens escuz sol pour noz estatz et appointemens de lieutenant du d. mareschal de Joyeuse...* 3 juillet 1588. *Portr.*

JOYEUSE (Robert de), comte de Grandpré, gentilhomme ordinaire de la chambre du roi. Acte notarié, sig. 1 p. in-fol.

1598. **JUAN D'AUTRICHE** (Don), fils naturel de Charles-Quint. N. 1546. M. 1578.

1° L. sig. et contresig., *Levasseur*, à M. de La Motte. Namur, 26 juin 1578. 3 gr. p. in-fol. Sceau. Mouillure et déchirure au bas. Affaires militaires.

2° *Response sur le Mémoire du s^r de La Motte apporté par le prieur de Renty*, signée par don Juan et contresig. *Levasseur*. 11 sept. 1578. 2 p. in-fol.

1599. **JUIGNÉ** (Antoine-Eléonore-Léon Le Clerc de), évêque de Châlons, puis archevêque de Paris, député à l'Assemblée constituante. N. 1728. M. 1811.

1° L. aut. sig., comme évêque de Châlons, à M... Châlons, 17 novembre 1766. 1 p. in-4. Deux *portr*.

2° L. aut. sig., à M. Le Noir, lieutenant général de police. Conflans, 30 juillet 1785, 1 p. in-4.

« On m'a assuré, monsieur, que M. le curé de Bagnolet, près Paris, alloit « souvent chez une fille nommée Mimie qui demeure rue Pierre à Poissons. S'il « vous est possible, monsieur, de vérifier ce fait que j'ai beaucoup d'intérêt de « savoir... » M. Le Noir a écrit en tête : Au s^r Quidos pour vérifier promptement et secrètement, et me mettre à portée de répondre. 3 août 1787.

1600. **JULIE CLARY**, reine de Naples, puis d'Espagne, femme de Joseph Napoléon.

L. aut. sig., *Julie*, à Madame Mère de l'Empereur, à Albano. Bruxelles, 8 août 1823. 2 p. pl. in-8. Déchirure à la marge extérieure enlevant la fin de douze lignes du recto, et le commencement des trois dernières du verso.

Inquiétude que lui cause le voyage de sa fille Zénaïde et de son gendre, qui vont rejoindre le roi Joseph en Amérique, etc.

1601. **JULIEN DE PARME** (Simon), peintre, auteur des compositions ; *Jupiter endormi dans les bras de Junon sur le mont Ida*, le *Triomphe d'Aurélien*, etc. Né à Carigliano en 1736. Mort à Paris en 1799.

1° Quitt. avec deux lignes aut. sig. Paris, 22 octobre 1787. 1 p. in-4. — 2° L. aut. sig., à M... 19 nivôse an VII. Demi-p. in-4. Intéressante.

1602. **JULLIEN**, dit de *Paris* (Marc-Antoine), fondateur de la *Revue Encyclopédique*. N. 1775. M. 1848.

1° L. aut. sig., au duc de La Rochefoucauld-Liancourt. Paris, 30 mars 1825. 1 p. pl. et demie in-4. En partie en vers. *Les deux polonaises*. — *Les trois capitales*, vers imprimés. 6 p. in-8.

2° L. aut. sig., au colonel La Chauvinière. 11 août 1841. 2 p. in-8.

3° Note sur l'utilité d'ouvrir de suite le Boulevard, dit Boulevard Malesherbes, pour faciliter et encourager les constructions déjà commencées... 3 gr. p. pl. aut. in-fol. avec un plan. — Note sur des travaux de terrassement et de construction à faire exécuter sur-le-champ... aut. 5 p. et demie in-fol.

1603. **JUSSIEU** (Antoine-Laurent de), médecin, directeur du muséum d'Histoire naturelle, membre de l'Académie des sciences. N. 1747. M. 1836.

1° Apostille de six lig. aut. sig., sig. aussi par Lacépède et Thouin 1790. 1 p. in-4.

2° Certificat a. s., en faveur du citoyen Molinos. An IV. 1/2 p. in-4.

3° L. aut. sig., au docteur Alibert. Venteuil, près la Ferté-sous-Jouarre, 15 juin 1824. 1 p. pl. in-4. Intéressante.

4° Certificat médical aut. sig. Paris, 1er mars 1815. 1 p. in-4.

JUSSIEU (Laurent-Pierre de), neveu du précédent, auteur de *Simon de Nantua.* N. 1792. Cinq billets aut. sig., à M. Lucas de Montigny. 1838-1848.

1604. **KARR** (Jean-Baptiste-Alphonse), romancier, horticulteur, auteur des *Guêpes*, etc. N. 1808.

Quatre billets aut. sig., à MM. Jules Janin, etc. in-8.

1605. **KELLER** (Jean-Balthazar), commissaire général des fontes de l'artillerie de France, l'habile fondeur d'une multitude de belles statues du musée de Versailles, du Jardin des Tuileries, etc. N. 1638. M. 1702.

Quitt. aut. sig. (sur parch.). 12 février 1698. *Rare. Portr.*

1606. **KELLERMANN** (François-Christophe), duc de Valmy, maréchal de France. N. 1735. M. 1820.

1° Ordre au gardien de la maison d'arrêt de l'Abbaye de remettre à la gendarmerie le nommé Kellermann, ex-général, prévenu, pour être conduit au tribunal révolutionnaire. Paris, 16 fructidor an II. 1 p. in-4. Vignette. Cachet à la cire rouge.

2° Ordre de l'accusateur public du tribunal révolutionnaire au gardien de la même prison, de recevoir et garder le général Kellermann... Signé Leblois. Paris, 17 fructidor an II. 1 p. in-4. Cachet à la cire rouge.

3° Apostille de 5 lignes aut. sig. An X. 1 p. in-fol. Neuf *portr.*

1607. **KERSAINT** (Armant-Guy-Simon Le Chat, comte de), capitaine de vaisseau, député à l'Assemblée constituante et à la Convention. Né en 1741. Mis à mort en 1793.

L. aut. sig., à MM. Molinos et Le Grand. Paris, 19 juillet 1792. 2 p. pl. et demie in-8. *Portr.*

Lamarque (François), avocat, député de la *Dordogne* à la Convention. N. 1755. M. 1839. L. a. s. Paris, vendémiaire an VI. 2 p. in-fol.

1608. **KLEBER** (Jean-Baptiste), général en chef de l'armée d'Égypte. Né en 1745. Assassiné en 1801.

1° L. aut. sig., à M. Heim, à Strasbourg. Belfort, 21 avril 1790. 1 p. pl. in-4. Jolie lettre. Onze *portr.*

2° L. sig., au commandant du génie..... Quartier général du Caire, 29 vendémiaire an VIII. Demi-p. in-fol. Tête impr. Vignette.

Ordonnancement de 10,000 livres pour les travaux urgents des différents lazarets.

3° Sa signature (découpée du bas d'un visa).

4° Lettre en arabe, signée. 1 p. pl. in-4.

1609. **KOCH** (Christophe-Guillaume de), publiciste, historien, député à l'Assemblée législative. N. 1737. M. 1813.

L. aut. sig., au comte Dauvet, à Mainville. Strasbourg, 5 février 1777. 3 p. in-4. Cachet.

Appréciations intéressantes des événements politiques qui se préparent en Europe. Il y a de la fermentation dans les esprits, et une apparence d'une guerre générale..

Justel (Christophe), historien, généalogiste. N. 1580. M. 1649. Quitt. sig. (sur parch.). 1645.

1610. **LABANOFF DE ROSTOFF** (Alexandre, prince), littérateur, éditeur des lettres de Marie Stuart. N. 1788.

L. aut. sig., à M. Lucas de Montigny. Paris, 13 février 1844. 2. p. pl. in-8. Enveloppe aut., avec cachet.

Il le prie de lui permettre de collationner la lettre de Marie Stuart qui est dans sa collection, devant la placer d'après l'ordre chronologique dans le 3e volume de sa publication qui est maintenant sous presse.

1611. **LA BEAUMELLE** (Laurent *Angliviel* de), littérateur. Né à Vallerangue (Gard), en 1727. Mort en 1773.

L. aut., à M. de La Condamine. 31 oct. 1753. 1 p. pl. in-8. *Portr.*

Au sujet des rigueurs qu'a pour lui M. le chancelier... Voilà des lettres de madame de Louvigny. Voir ce qu'on lui propose, ou pour mieux dire ce qu'on lui promet. « Vous m'avez attiré cela : J'en suis bien fâché, quoique j'en aie « une vraie reconnaissance. Quand je serois réduit à la mendicité, je n'accep- « terois pas, et si madame de Louvigny y revenoit encore, mon honnêteté « monteroit sur ses grands chevaux. Les mains d'un historien doivent être « pures comme celles d'un ambassadeur... »

1612. **LA BEDOYERE** (Charles-Angélique-François Huchet de), colonel du 7e de lig. Né en 1789. Fusillé en 1815.

L. aut. sig., Charles de la Bédoyère, à M. de Joly, avocat au conseil d'État, à Paris. Burghausen, 30 avril 1809. 3 p. pl. petit in-4. Cachet (un griffon) à la cire rouge.

Il a reçu de madame de Souza, sa tante, l'affreuse nouvelle que son père est à toute extrémité. Il se flatte encore qu'elle a été effrayée en le voyant dans un de ces moments de crise, et qu'elle a jugé mortel un redoublement de souffrances dont mille fois il a été le témoin... S'il a le malheur de perdre son père... dans la position où il est, affrontant la mort presque touts les jours, il jugera combien il doit désirer, s'il est en son pouvoir, si quelque fortune lui arrive, prendre des arrangements définitifs pour le payement de ses dettes... « M. le M. « Lannes commande le deuxième corps, et il paroit que Sa M. sera toujours « extrêmement près de nous... »

La Bédoyère (probablement le père du précédent). L. aut. sig..., à M. Despauty, à Paris. Paris, 4 février au soir. Demi-p. in-4.

1613. **LA BILLARDIERE** (Jean-Julien Houton de), voyageur, membre de l'Institut. N. 1755. M. 1834.

L. aut. sig., à M. L'Héritier. Marseille, 17 février 1788. 3 p. pl. et demie in-4. Scientifique. Intéressante.

1614. **LABLETERIE** (J.-P.-René de), oratorien, historien, traducteur de Tacite. N. 1696. M. 1772.

L. aut. sig., à M. Guyot, procureur au Parlement de Dijon. Fontaine Française, 8 novembre. 2 p. in-4. Cachet. Déchirure en tête, enlevant la date, et le commencement des deux premières lignes de la seconde page.

Lablée (Jacques), littérateur, fabuliste. N. 1751. M. 1841. 1° L. aut. sig., à Mgr... Paris, 14 oct. 1822. 1 p. in-fol. — 2° Ordre de sa mise en liberté, sig. par les membres du Comité de sûreté générale : Elie Lacoste, Legendre (de Paris), Dubarran, Merlin (de Thionville), Louis (du Bas-Rhin), Goupilleau (de Fontenay) et Vadier. Paris, 30 thermidor an II. 1 p. in-4. Tête impr. Cachet.

1615. **LA BODERIE** (Antoine Lefèvre de), maître d'hôtel du roi, diplomate attaché au marquis de Pisani, ambassadeur à Rome, en Angleterre, etc. N. 1555. M. 1615.

Il avait marié sa fille à Arnauld d'Andilly qui lui apporta la terre de Pomponne. — Leur fils, l'abbé Arnauld, parle avec attendrissement, dans ses mémoires, de la tendresse de sa mère, toujours occupée d'adoucir les rigueurs, et de combattre les parcimonies paternelles. — Leur petit-fils, l'abbé de Pomponne, a publié les *Ambassades et Correspondances* diplomatiques de Lefèvre de la Boderie. (*L. de M.*).

1° L. aut. sig., à M. le marquis de Pisani. Rome, 31 décembre 1585. 3 gr. p. pl. in-fol. Cachet. La marge intérieure enlevée par l'humidité.

Au sujet de l'insulte faite par le Pape au marquis de Pisani. Intervention de plusieurs cardinaux et de l'évêque de Paris pour lui faire obtenir la répa- qui lui est due. Curieux détails.

2° L. a. s., au même. Rome, 24 mars 1590. 3 p. pl. in-fol. Cachet

Il voit bien, par ses lettres qu'ils ont reçues, la plaie qu'a faite en son âme la trahison perpétrée contre le feu roi (Henri III), beaucoup plus sanglante encore qu'ils ne voudraient... Qu'il revienne donc bien vite à Rome après avoir mis ordre à ses affaires, qu'il donne ce contentement à ses serviteurs de le voir confondre par sa présence, la joie de ses ennemis. Il verra par la dépêche qu'il fait au roi (qui ira avec celle-ci toute ouverte, afin qu'il sache comment tout va), « la grande mutation qui est en ceste court, et les belles « occasions qu'un bon et habile seruiteur de Sa Majesté y auroit d'aduancer « les affaires. Je vous suplie que cela vous conuie dautant plus a y uenir « signaler encore vostre valeur et dextérité, et quand vous aurez veu la d. « lettre la ferez fermer et enuoyer, si dauenture elle ne vous trouue en lieu où « la puissiez rendre vous-mesme... »

1616. **LA BODERIE** (Antoine Lefèvre de). *Le même.*

L. aut. sig., à M. le marquis de Pisani. Rome, 24 mars 1590. 2 p pl. in-fol. Cachet.

Il lui a écrit aujourd'hui plus amplement par la voie de Bordeaux, et hasardé ce mot ici à toutes aventures avec une dépêche qu'il fait au roi,.. pour lui dire que sa femme et sa fille se portent très-bien, Dieu merci, et que depuis dix ou douze jours il court un bruit par deçà que le roi l'a envoyé quérir « *pour « nous* y dépescher, dont non seullement voz amys parters mais generallement « toute ceste ville se resjouyt, prenant un chacun asseurance de là que le roy « se veut fre catholique, pour l'opinion quon a quil ne se voudroit seruir de « vous si ce n'estoit auec ceste intention, le pape mesme le dist dernièrement « a l'ambassadeur de Venise, auec tant de paroles démonstratives de la bonne « opinion en quoy il vous tient, et du contentement qu'il receuroit de vous uoir « icy, que vous luy en estes très obligé, tenez la main, Monseigneur, a ce que « ceste espérance qu'on a conceu de la conuersion du roy ne soit point vaine, « et croyez que la disposition de Sa Sainteté enuers luy ne peut estre meil- « leure.... »

1617. **LA BODERIE** (Antoine Lefèvre de). *Le même.*

L. aut. sig., à M. le marquis de Pisani. Meaux, 2 janvier 1594. 3 gr. p. in-fol.

Depuis qu'il lui a écrit, le roi est venu en cette ville de Meaux recevoir le don que M. de Vitry lui en a fait, de la façon qu'il lui a dite par ses dernières. « Hier... nous y arriuasmes où sa Majesté fut receu et fist son entrée soubz le « dais et toutes les rues tapissées, auec uniuerselle allégresse et applaudisse- « ment de tout ce pays. Demain elle va à Monceaux, et après-demain reprendra « la route de Mantes, tant pour receuoir la reqte de la reyne dont ie uous ay « cy deuant parlé, que pour ouyr de rechef les députez de monsieur du Mayne « (Mayenne) sur les articles qu'ilz proposent maintenant pour la paix. Il luy « fasche extrêmement que la trefue ne se finisse, et y a bien plus d'un mois « qu'il trauaille tout ce qu'il peut pour la faire prolonger... » difficultés qui se présentent pour arriver à une bonne entente... les forces d'Espagne ne devraient pas entrer à Paris, mais seulement celles du roi... Mais il y a grande peur que touts ces traités s'en aillent en fumée comme touts les précédents. Cependant force villes sont en branle de vouloir imiter Meaux. Déjà Cambray est assuré, Orléans a fait savoir à monsieur du Mayne qu'il pense à ses affaires, et que quant à eux ils veulent la paix, Sens, Auxerre et Montargis sont prêtes à se réduire, et à toute heure on attend d'autres soumissions par l'intelligence des gouverneurs... « Quant a Paris la seulle force le retient que tous les iours « monsieur du Mayne s'essaye d'accroistre y ayant encore depuis deux iours « fait entrer quelques cinq à six cents harquebusiers, après auoir toutefois esté « aucunement eschaudez, la nuit du dernier de l'an, par monsieur de la Noue, « et le lendemain par monsieur l'amiral près Charenton, il y en peut estre « mort à toutes les deux charges quelques quatre vingts ou cent, et tous leurs « bagages pris et perdus, le demourant s'est ietté dedans Paris, dou monsieur « du Mayne pour mieux s'asseurer a fait sortir quatre des principaux collonels « qui y fussent, à scauoir, d'Aubray, Marchand, Passart et le Maistre, et ce « soir, la nouuelle est venue qu'il auoit fait bailler des gardes à monsieur « de Belin, et qu'il substituoit monsieur de Brissac à sa place... »

1618. **LA BORDE** (Jean-Benjamin de), gouverneur du Louvre, premier valet de chambre du roi, poète, compositeur de musique, historien, député d'Etampes aux Etats-Généraux, etc. Né en 1734. M. 1794.

1° Certificat a. s. (onze lignes), d'une remise de matière d'or au change de la monnaie de Lille. Paris, 20 juillet 1772. 1 gr. p. in-fol.

2° Billet aut. sig., à M. Lamy. 20 février 1783. Demi-p. in-8.

La Borde (Alexandre-Louis-Joseph, comte de), littérateur, archéologue, membre de l'Institut. N. 1774. M. 1842. 1° L. aut. sig., à Madame, le 14... 4 p. pl. in-4. Au sujet d'une nouvelle édition de son voyage en Espagne. — 2° L. aut. sig., au préfet de la Seine Paris, 1832. 2 p. in-8.

1619. **LA BOUISSE-ROCHEFORT** (Jean-Pierre-Jacques-Auguste de), littérateur, surnommé le *poëte de l'hymen.*

Quatre lett. aut. sig., à M. Lucas de Montigny, de 1836 à 1839. Ensemble, 18 p. in-8 et in-4, et six p. pl. aut. in-8.

Curieuse correspondance littéraire ; il l'entretient aussi de ses malheurs de famille.

1620. **LA BOURDONNAIS** (Bertrand-François Mahé de), gouverneur des établissements français dans l'Inde. Né en 1699. Mort en 1755.

1° L. sig., à MM. les capitaines des vaisseaux français à Mahé. Pondichéry, 12 juillet 1746. 2 gr. p. in-fol. Deux *portr.* (dont un colorié, et gravure (Reddition de la ville de Madras), coloriée.

Ordres de service de navigation et de guerre.

2° Sa signature au bas de l'expédition d'un ordre du roi, qui enjoint aux capitaines des vaisseaux de la compagnie des Indes de reconnaître pour commandant le sieur Mahé de La Bourdonnais. Pondichéry, 12 juillet 1746. 1 p. in-fol.

3° Certificat aut. sig. du capitaine de vaisseau le *Pondichéry*, Boudeville, qui reconnaît avoir reçu de M. Dupleix, cinq caisses, contenant trente mille roupies. Pondichéry, 20 octobre 1742. 1 p. in-4.

La Bourdonnaye (le comte Arthur de), député. Fragment aut. d'un discours à la chambre des députés. 2 p. in-4.

La Bourdonnaye (François-Régis, comte de), Vendéen, député, ministre, etc. N. 1767. M. 1839. Trois lettr. et bill. aut. sig. in-8. et in-4. *Portr.*

1621. **LACENAIRE** (Pierre-François), commis voyageur, assassin fameux. Né en 1801. Exécuté en 1836.

1° Billet de 4 lignes aut. sig., à M. Brochant, avocat. 28 novembre 1835. 1 p. in-8. Trois numéros de la *Gazette des Tribunaux*, contenant son procès.

2° Pièce de cinq strophes (de 8 vers) aut. sig., envoyée à M. Clerget, greffier de la Conciergerie. De la Conciergerie. 2 p. pl. in-4.

« Qui me dira ce que c'est que la vie ?
« Qui me dira ce que c'est que la mort?
. . . .

3° Pièce de vers (50). Aut. sig. De la Conciergerie, 27 nov. 1835. 2 p. pl. in-4.

« En expirant le cygne chante encor,
« Ah !... laissez-moi chanter mon chant de mort!

4° Copie du *Rêve d'un condamné à mort*, par Lacenaire. 27 novembre 1835. Ecriture de M. Lucas de Montigny. 2 p. in-4.

5° L. aut. sig., à M... La Conciergerie, 17 déc. 1835. 2 p. pl. in-4. Au sujet de l'arrangement qu'il fait de ses papiers pour ses Mémoires... ce n'est pas une œuvre d'amour propre. Ce sont presque toutes ses sensations qu'il analyse, qu'il classe pour ainsi dire par ordre chronologique; et cela presque sans but, sans intention, comme un véritable fou qu'il serait, si ce n'était l'accomplissement d'une parole sacrée et une reconnaissance envers une personne à qui il doit beaucoup. « Vous pourrez donc lire mes Mémoires avec autant de « confiance que s'ils eussent été écrits pour vous seul... pour un ami ce sera « comme l'expression fidele de ma pensée la plus intime et le peu de correc- « tion du style vous sera encore un sûr garant de mon peu de prétention « Vous en recevrez un exemplaire de ma part... »

1622. **LACEPEDE** (le comte de), naturaliste, président du Sénat, grand chancelier, membre de l'Académie française, etc. Né en 1756. Mort en 1825.

Deux lett. a. s., à M. Roger. An XII. et 1819. 2 p. in-4. Trois *portr.*

Lacuée (Jean-Gérard), comte de Cessac, ministre, membre de l'Académie française. N. 1752, M. 1841. Trois lett. aut. sig. An VIII, an X et 1827, 7 p. in-4, et apostille (découpée), aut. sig. *Portr.*

Lacuée (Gérard), fils du précédent, colonel, mort sur le champ de bataille à Gunsbourg, en 1805. L.a.s., au citoyen Méjean. 1 p. in-4.

1623. **LA CHABEAUSSIERE** (Ange-Etienne-Xavier Poisson de), littérateur, auteur dramatique. N. 1752. M. 1820.

Cinq lett. aut. sig., à Mme Boucher, à M. Riffé, etc. 1781-1782. Ensemble, 7 p. in-8 et in-4. *Portr.*

1624. **LA CHAISE** (François d'Aix de), jésuite, confesseur de Louis XIV. Né en 1624. Mort en 1709.

L. aut. sig., à M. Huet. Ce vendredi matin, 13 novembre 1676. Demi-p. petit in-4. *Portr.* Notice de M. *L. de M.*

La Chaise (François d'Aix de), frère du précédent, capitaine des gardes de la porte du roi. — Fut-il, ou est-ce le fils de celui qui fut un des quatre témoins-combattants du duel fratricide des ducs de Beaufort et de Nemours en 1652? (*L. de M.*).

Quitt. aut. sig. (sur parch.). 1687.

1625. **LA CHALOTAIS** (Aimé-Raoul de), procureur général au parlement de Rennes. Né en 1729. Mort en 1794.

Ordre de son arrestation et de son incarcération, délivré par le comité de sûreté générale de l'an II, (copie conforme délivrée à Rennes), suivi de l'ordre de transfèrement délivré à Rennes, le 19 floréal an II. 2 p. in-4. Cachets à la cire rouge. On lit en haut de la 3e page : Refusé à la maison de la Force, faute de place, le 24 floréal. *Jeanne.* — Refusé aux Madelonnettes, faute de place, le 25... *Vaubertrand.* — Et deux *portr.* de Louis-René de La Chalotais, l'adversaire fameux de la Compagnie de Jésus.

Ladvocat (Louis-François), conseiller du roi, auteur des *Entretiens sur un nouveau système de morale et de physique.* N. 1644, M. 1735. Quitt. sig. (sur parch.). 1698.

1626. **LA CHASSE DE VERIGNY** (le marquis de), lieutenant général, commandant de l'école d'état-major, une des victimes de l'attentat de Fieschi, en 1835.

L. aut. sig., au général Dalbe. Paris, 28 août 1814. 2 p. et demie in-fol. Belle lettre. Intéressante.

Il lui rend compte de ses travaux d'histoire militaire.

1627. **LA CHASTRE** (Claude, maréchal de), un des quatre maréchaux qui se rallièrent à Henri IV. 1526-1614.

1° Quitt. de trois lignes aut. sig. (sur parch.). 1601. Cachet.

2° Quitt. sig. (sur parch.). 1573, incomplète de la moitié.

3° Acte notarié, sig. 1609. 1 p. in-fol.

La Chastre (madame la maréchale de). Quitt. sig. (sur parch.). 1637. — La Chastre (Louis de), gouverneur du Berri. Acte notarié sig. 1613. 2 p. in-fol. — La Chastre (Louis-Claude de), aumônier du roi. Quitt. aut. sig. (sur parch.). 1693.

1628. **LACLOS** (Pierre-Ambroise-François Choderlos de), maréchal de camp, auteur du roman *Les Liaisons dangereuses.* N. 1741. M. 1803.

Ordres de son arrestation, et de sa réintégration dans la prison de l'Abbaye 2 et 7 avril 1793. 1 p. in-4 et 1 p. et demie in-fol. Cachet.

1629. **LA CONDAMINE** (Charles-Marie de), voyageur, chimiste, membre de l'Académie française et de l'Académie des sciences. N. 1701. M. 1774.

L. aut. sig., à M. de Malesherbes. Etouchi, près de Ham, 22 sept. 1765. 3 p. in-4. *Portr.* de Cochin, in-4.

Lettre très-intéressante sur l'inoculation, sur les mesures à prendre pour s'assurer du nombre des morts causées annuellement par la petite vérole, etc.

1630. **LACRETELLE** aîné (Pierre-Louis), littérateur, publiciste, membre de l'Académie française. 1751-1824.

L. aut. sig., à M. Buisson, libraire. 21 oct. 1808. 1 p. in-8. Deux *portr.* in-4.

Lacretelle jeune (Charles-Joseph), historien, membre de l'Académie française. N. 1766, M. 1855.

1° L. aut. sig., à M. Thesanas. Juillet 1824. 1 p. in-4.

2° L. aut. sig., à M. Jules Janin. Avril 1842. 4 p. pl. in-4.

Envoi de ses Mémoires. « Voici, Monsieur, un volume plein d'aventures que « la révolution a fait subir à l'homme du monde le moins aventureux. J'ay du « plaisir à vous faire cet hommage. Comme il a intéressé vos deux plus il- « lustres amis, MM. de Chateaubriand et de Lamartine, et Victor Hugo, qui « forme avec eux un radieux triangle, je présume qu'il pourra aussi toucher « votre cœur... Je ne puis vous dire combien nous avons été charmés hier « soir de votre apparition avec votre jeune et charmante femme. Elle est vrai- « ment éblouissante de grâce et de beauté. Son esprit, son enjouement, son « naturel exquis, nous ont paru d'un merveilleux augure pour votre future « félicité... »

3° L. aut. sig., à M. Roger. Bel-Air (près Mâcon), 4 oct... 2 gr. p. pl. in-4.

Très-belle lettre sur le bonheur dont il jouit à la campagne. Il a eu assez récemment de ses nouvelles par Campenon, mais quelles nouvelles un pauvre, ou plutôt un heureux campagnard peut-il donner à celui qui voit le soleil de la Cour?...

Lacretelle, père des précédents. L. aut. sig., à M. de St-Merry. Pont-à-Mousson, 7 nivôse an XII. 2 p. in-4.

1631. **LACROIX** (Louis-Augustin), ex-vicaire à Meulan.

Extrait du registre servant à inscrire les démissions et abdications des ecclésiastiques du district de Pontoise. Du 5 thermidor an II (N° 101). Copie conforme, avec le cachet du district de Pontoise. 3 p. pl. et demie in-fol. Curieux papier (pour une curieuse pièce), ayant vingt grosses fleurs de lis semées dans le filagrane.

Vicaire à Meulan vers la fin de 1789, il monta en chaire pour la première fois au commencement de 1790, « et le seul Discours qu'il ait prononcé avec « l'accoutrement de Prêtre et qui parut alors trop hardi à des patriotes d'au- « jourd'hui, révolta tellement tous les hommes à abus, toute la prêtraille qu'il « mettait à nu, qu'il eut besoin de la vigueur patriotique de quelques membres « du comité ecclésiastique de l'Assemblée constituante, de l'ascendant de Mi- « rabeau l'aîné, pour ne pas succomber aux persécutions de tout genre dont il « fut l'objet... » Il déclara ensuite publiquement qu'il renonçait à ce qu'on appelait ministère ecclésiastique qu'il n'avait exercé quelques jours qu'au grand scandale des âmes pies, se retira à Pontoise, où depuis ce temps il se livra aux fonctions d'éducateur... Il a brûlé ses lettres de prêtrise; il ne peut donc pas les déposer comme la loi l'exige, peut-être ne les eût-il pas déposées, tant il craignait de paraître aller au devant des huit cents livres, et de passer pour hypocrite, en disant aux patriotes, « je ne suis plus ce que les fanatiques « pour qui cet acte est fait, me croyent encore ; il lui fallait un acte qui ôtât « aux fanatiques toute volonté, toute idée de communiquer avec lui comme « prêtre, un acte qu'ils dussent regarder comme une apostasie certaine, cet acte « c'était le mariage et il l'a contracté. Lui demander une renonciation légale à « toutes les fonctions ecclésiastiques, dans les circonstances où il se trouve, « c'est lui demander au moins une chose inutile et annoncer des scrupules « presqu'aussi forts qu'est grande dans les fanatiques l'horreur pour un prêtre « marié. Au surplus, pour ne laisser rien à désirer, tranquilliser toutes les con- « sciences, il déclare à tous ceux ou celles qui seraient tentés de l'employer « comme prêtre, de venir se confesser à lui ou à sa femme, avec laquelle il ne « forme plus qu'un, que la Boutique est pour toujours fermée, dont et de quoi « a été donné acte que le comparant a signé... »

1632. **LACROIX** (Paul), dit le *Bibliophile Jacob*, littérateur.

1° Quatre lett. et billets aut. sig., à MM. Janet, Charles Blanc, etc. 1827-1849. In-12 et in-8.

A M. Janet, il lui rappelle qu'il lui a proposé une édition nouvelle des œuvres choisies de Mme Deshoulieres... Il prend la liberté de revenir à la charge, persuadé que personne mieux que lui ne peut publier avec succès une édition d'un poete qui se place naturellement à côté de Colardeau, Gresset et Bernard. Il lui est tombé entre les mains un manuscrit original sur lequel il collectionnera le texte... — A M. Charles Blanc, il le prie vivement de faire ordonnancer le plus tôt possible la commande d'un tableau qu'il a promis pour Mlle Louise de la Percherie. « ... La copie du *Christ* de Prudhon qu'elle a faite est très-« magistralement traitée : je l'ai vue au Louvre, et je me porte fort du mérite « de ce travail... »

2° Fragment aut. d'un manuscrit pour l'impression. 1 p. pl. in-8. Curieux spécimen d'une écriture microscopique, et cependant parfaitement lisible.

1633. **LA FARE** (Charles-Auguste, marquis de), poëte, capitaine des gardes de *Monsieur*, frère de Louis XIV, et ensuite du duc d'Orléans, régent. N. 1644. M. 1712.

Quitt. aut. sig. (sur parch.), de la somme de trois mille livres, reçue de M. de Mérainville, trésorier de *Monsieur*, pour les six derniers mois de ses gages et appointements de l'année dernière... de capitaine des gardes de S. A. R... Paris, 25 juillet 1700.

1634. **LA FARE** (Philippe-Charles, marquis de), fils du précédent, maréchal de France. N. 1685. M. 1752.

L. sig., à M. le maréchal de Noailles. Fontainebleau, 30 oct. 1747. 4 gr. p. in-fol.

Au sujet des Mémoires présentés par les Maréchaux de France.

La Fare (Anne-Louis-Henri de), fils du précédent, cardinal, archevêque de Sens, d'abord évêque de Nancy. N. 1752.

1° Note aut. sig. concernant les émigrés français, aussi bien que les veuves et enfants d'émigrés, pensionnés par le gouvernement britannique, etc. Paris, 7 décembre 1814. 4 p. in-4.

2° Deux notes aut. sur le même sujet. 3 p. et demie in-4.

1635. **LA FAYETTE** (famille de). Six pièces.

La Fayette (Aimée de), dame de Lourdy, gouvernante de madame la princesse de Navarre. Certificat sig. de livraison de quinze minots de sel. (sur parch.). 1530. — La Fayette (Jacqueline de), comtesse de Mont-Gibault, et François de Daillon, comte du Lude. Acte notarié sig. 1597. 4 p. in-fol.—La Fayette (Esther de), dame de Brouilly, gouvernante des filles damoiselles de la reine. Quitt. sig. (sur parch.). 1625. — La Fayette (Philippe Emmanuel, chevalier de), capitaine du vaisseau nommé la *Sainte-Geneviève*. Quitt. sig. (sur parch.). 1631. — La Fayette (Jeanne-Madeleine de Marillac, veuve d'Armand, comte de). Deux quitt. sig. (sur parch.). 1707 et 1708.

1636. **LA FAYETTE** (le général, marquis de). 1757-1834.

1° Minute aut. (avec des ratures) d'un ordre au commandant en second de la garde nationale. 14 novembre 1789. 1 p. in-4.

Relatif aux troubles du 10 novembre ; en rechercher les auteurs.

2° L. sig., à M. Berthier, commandant de la garde nationale de Versailles. Paris, 24 août 1790. 1 gr. p. pl. et demie in-fol.

Il ne s'étonne pas que les ennemis de la Constitution, de l'Assemblée nationale et du roi, cherchent à troubler la tranquillité publique, et à semer la division parmi eux ; mais il s'étonnerait que la garde nationale de Versailles et les régiments qui sont dans cette ville fussent dupes des bruits que l'on cherche à répandre. Il s'est fait aussi des tentatives à Paris, mais elles ont été infructueuses, et l'on compte vraisemblablement essayer à Versailles ce que le patriotisme et l'union qui règnent à Paris, ont jusqu'à présent fait avorter...

1637. **LA FAYETTE** (le général, marquis de). *Le même.*

1° Congé limité signé, accordé au chasseur Laval. Paris, 11 décembre 1790. 1 p. in-fol., entourée d'un cartouche avec vignette. Cachet à la cire rouge.

2° Placard du 21 avril 1791, imprimé en lettres capitales irrégulières, in-4.

« Le Roi est un traître, Lafayette un contre-révolutionnaire. L'Assemblée na-
« tionale est toute corrompue, ministérielle. Le département vendu. La muni-
« cipalité despote. La garde nationale complice de pieds-plats. Nommez
« M. Dorléans Régent, M. de Lameth commandant général, et f... nous serons
« libres. »

3° Arrêté de la municipalité de Paris du 23 août 1792. Demi-p. in-fol. Tête imprimée. Vignette.

« M. Sanson se rendra, samedi 25 du courant, sur la place de Grève, pour
« flétrir l'effigie du cy-devant général La Fayette; cette exécution s'est faite en
« vertu d'un arrêté du Conseil général. »

4° Ordre des administrateurs de la police de la commune de Paris, pour le transférement de *Marie Adélaïde-Françoise Nouailles, femme Lafayette*, et de plusieurs autres dames, de la petite Force, dans la maison d'arrêt de l'Egalité. 7 messidor 1793. 1 gr. p. pl. et quart in-fol. Tête impr. Vignette.

1638. **LA FAYETTE** (le général, marquis de). *Le même.*

1° L. sig., à M. Méjean. Paris, 26 floréal an XI. Demi-p. in-4.

2° L. aut. sig., à M... Lagrange, 8 avril 1808. 1 p. pl. in-4.

3° L. a. s., à M. Tripier. Lagrange, 29 mars 1817. Tiers dep. in-4.

4° L. aut. (la signature a été enlevée), à M. Decombes. Demi-p. in-4.

5° Invitation à diner au banquet municipal offert au général Lafayette le 15 août 1830. 1 p. in-4. Fac-simile d'une lett. aut. sig. du 24 juillet 1830.

6° Vingt-quatre *portr.* in-18 et in-4 (plusieurs coloriés), et deux gravures de scènes de la révolution. (Ce lot de portraits pourra être vendu séparément.)

1639. **LA FEUILLADE** (François d'Aubusson, duc de), pair et maréchal de France. M. 1691.

L. aut. sig., à M. de Pomponne. 19 nov. 1679. 1 p. pl. in-4. *Portr.* et quatre vues gravées de la place des Victoires. (Collection de M. de Monmerqué). Notice de M. *L. de M.*

La Feuillade (Louis d'Aubusson, duc de), fils du précédent, maréchal de France. N. 1673, M. 1725. Lett. terminée par deux lignes aut. sig., à M. Lebret, intendant de Provence. Grenoble, 1er mars 1704. 3 p. pl. in-4. En tête et plein la 4e page se trouve la minute de la réponse de M. Lebret.

La Feuillade (Georges d'Aubusson, sr de), gentilhomme ordinaire de la chambre du roi. Quitt. sig. (sur parch.). 1620.

1640. **LAFFEMAS** (Isaac de), lieutenant civil. 1589-1650.

Appelé par ses contemporains le *Bourreau du Cardinal* (de Richelieu), et par La Porte le *Grand Gibecier de France*, et par je ne sais qui : *Vir bonus strangulandi peritus*. (*L. de M.*)

Sa signature au bas d'une requête comme lieutenant civil. 1639. 1 p. pl. in-fol., suivie d'une assignation signée par Dagoumer. *Portr.* de Lasne, in-fol. Notice de M. *L. de M.*, qui rapporte le récit de Mme de Motteville, au sujet du procès de Jars.

1641. **LAFFORE**. avocat, inventeur de la *Statilégie* ou méthode *Lafforienne* pour apprendre promptement à lire.

L. aut. sig., à M. Lucas de Montigny. Paris, 10 oct. 1828. 1 p. in-4.

1642. **LAFIN** (Jacques de), chambellan du duc d'Alençon, dénonciateur du duc de Guise et du maréchal de Biron.

Quitt. sig. (sur parch.). 1588. Notice de M. *L. de M.*

Lafin (Préjan de), neveu du précédent, vidame de Chartres, le négociateur et le révélateur, ou plutôt le dénonciateur de la conspiration du second maréchal de Biron contre Henri IV. Quitt. sig. (sur parch.). 1594.

1643. **LAFON** (Pierre), acteur sociétaire de la Comédie-Française. Né en 1775. Mort en 1846.

1° L. aut. sig., à M. Auguste Rieusset, à Narbonne. Paris, 24 oct. 1818. 3 p. in-4. Deux *portr.*

Il ne lui appartient pas de louer les vers qu'il lui a adressés, cependant il y trouve la preuve complète de sa constante amitié pour lui... « Cultivez les « muses, vous les trouverez dociles à votre voix; elles embelliront vos loi- « sirs; mais surtout employez leurs accents à illustrer davantage les grands « personnages de notre histoire. Je vous parle en tragédien reconnaissant, « mais un peu confus des vers que vous m'avez consacrés. Je voudrais, encore « une fois, en être digne... »

2° L. aut. sig., à M... Paris. 1 p. in-8.

3° L. aut. sig., à M. Laurent de Jussieu. Paris, 17 juin 1835. 1 gr. p. in-4. Intéressante.

1644. **LAFONT** (Charles), poëte, auteur dramatique. N. 1809.

1° Billet aut. sig., à M. G. de M. Paris, 12 déc. 1841. 1 p. in-18.

2° La femme du poëte, pièce de vers (de 4 strophes de 6 vers aut. sig. 1 p. in-fol. en travers.

1645. **LAFONT** (Charles-Philippe), violoniste et chanteur. Né en 1776. Mort en 1839.

1° L. aut. sig., à M. Dauprat. 2 juillet. 2 p. in-8.

2° L. aut. sig., à M. Janet. Sans date. 2 p. in-8.

Il lui propose de faire des variations pour violon et piano, sur une marche ayant pour titre: *Marche de la Girafe*. Ce morceau serait composé par lui et par madame Hérault.

Hérault (madame Palmyre). Deux lett. a. s., à M. Janet. 2 p. in-8.

Laferrière (Charles-Fortuné-Adolphe), acteur et auteur dramatique. L. aut. sig., à M. Jules Janin. 28 avril 1841. 3 p. in-8. Curieuse.

1646. **LAFONT D'AUSSONNE** (l'abbé), auteur de l'*Histoire de Madame de Maintenon*, etc.

1° L. a. s., à M. Eymery. Paris, 31 mars 1820. Demi-p. in-4.

2° L. aut. sig., à M. le président de la chambre des députés. Paris, 18 juillet 1824. 1 p. in-4.

Hommage à la Chambre des députés de son *Histoire des malheurs et de la mort de la reine de France.*

1647. **LA FONTAINE** (Jean de), fabuliste. N. 1621. M. 1695.

Pour son Altesse Eminentissime Monseigneur le cardinal de Bouillon, après son brevet de cardinalat. Pièce de vers aut. sig. Deux tiers de page in-4.

1648. **LA FONTAINE** (Jean de). *Le même.*

Quitt aut. sig. de la somme de quatre-vingt-neuf livres, reçue de Nicolas Soflet, adjudicataire de la vente ordinaire de trente arpents de bois taillis à prendre à Rarny la haute charnaise et grosseur, tant pour les droits d'entrée et sortie, que pour ses vacations, savoir soixante-deux livres pour sesdits droits, et vingt-sept livres pour lesdites vacations... 1er octobre 1656. Deux tiers de page in-4.

1649. **LA FONTAINE** (Jean de). *Le même.*

Dix-sept *portr.*, dont quinze gravés et deux lithographiés, in-18, in-8 et in-4.

(Bertonnier, Fiquet, Odieuvre, Duflos, Macret, Scriven, Tavernier, etc.)

1650. **LA GARDE** (Antoine Escalin des Aymars, baron de),

gouverneur de Marseille, général des galères sous Henri II.

Deux quitt. sig. (sur parch.) des sommes de 1,800 livres tournois en testons, et 24,000 livres... 1560 et 1572. Notice de M. *L. de M.*

1651. **LAGRANGE** (Joseph-Louis, comte), géomètre, sénateur, membre de l'Institut. N. 1736. M. 1813.

Proposition du jury d'instruction pour les écoles centrales, signée par lui, Garat, et La Place (le texte de cette proposition est de l'écriture de La Place). Paris, 7 ventôse an VI. Tiers de page in-4. — Discours de Lacépède et de La Place, prononcés le 13 avril 1813, lors des funérailles de Lagrange. Impr. 4 p. in-4. Deux *portr.*

1652. **LA GRANGE** (Charles Varlet de), comédien, directeur de la troupe de Molière, éditeur de son théâtre. Né en 1658. M. 1692.

Quitt. notariée, sig. (sur parch.). Paris, 21 août 1681. Rare.

« ...Charles Varlet, sieur de La Grange, comédien du roy, tant pour luy « que pour la troupe des comédiens françois de Sa Majesté, dont il se fait fort, « a confessé avoir receu comptant de Mre Nicolas Menque, esct conser du roy, « trésorier général des menus plaisirs et affaires de sa chambre, la somme de « onze cent soixante deux livres, ordonnée à la d. trouppe, scavoir, cinq cens « livres à compte de nourriture depuis le quinze avril dernier, y compris le d. « jour, trois cent trente livres pour frais journaliers, et trois cent trente-« deux livres pour frais de symphonie et ballets, employés sur l'estat sur le « nom de Conuerset... »

1653. **LA GRANGE-CHANCEL** (Joseph de), poëte dramatique auteur des *Philippiques*... N. 1676. M. 1758.

Les vers ci joints paraissent avoir pour objet de dénoncer au Garde-des-Sceaux l'intendant de Guyenne, Courson, dont les tyranniques abus d'autorité furent punis, grâce à la fermeté de Saint Simon, et malgré la partialité, sinon la complicité du duc de Noailles. — Voir Duclos, Guill.-Urbain de Lamoignon (*L. de M.*)

Epître à monseigneur le garde des sceaux. Aut. 3 gr. p. pl. et quart in-fol.

« Non, je ne marche point dans la route commune
« De ceux qui dans les grands n'aiment que leur fortune.
« Et je n'ai ni le cœur, ni l'esprit assés bas
« Pour célébrer en eux les vertus qu'ils n'ont pas.

. . . .

1654. **LA GUESLE** (Jacques de), procureur général au Parlement de Paris. N. 1557. M. 1612.

Ce fut lui qui eut le malheur de présenter à Henri III son assassin Jacques Clément, que, furieux, il blessa grièvement d'un coup d'épée. (*L. de M.*)

Quitt. sig. (sur parch.), pour ses gages de procureur général. 1605.

La Guesle (Jean de), sr de Lacsaux, commandant pour le roi au fort de Danzac. Quitt. d'une lig. aut. sig. (sur parch.). 1594.

1655. **LA GUICHE** (Philibert de), grand maître de l'artillerie, gouverneur du Beaujolais, etc. N. 1540. M. 1607.

Un des hommes les plus considérables de son temps. — Comme commandant de Mâcon, il refusa d'obéir aux ordres sanguinaires des auteurs de la Saint-Barthélemy, et aux fureurs de la populace qui voulait massacrer les protestants. — Seize ans après il sauva la vie de Henri de Guise, à qui, dès le mois de mai, étoit tendu le piége où il périt en décembre. — Comme grand-maître de l'artillerie, Philibert de La Guiche eut une part considérable aux victoires d'Arques et d'Ivry. (*L. de M.*)

1o Acte notarié sig. 1579. 7 p. in-fol.

2o Quitt. sig. (sur parch.) de la somme de mille écus sol, dont Sa Majesté lui a fait don, en recommandation des bons et recommandables services qu'il lui rend... 1594.

La Guiche de Saint-Géran (Claude de), colonel des Bandes françaises en Languedoc. Quitt. sig.: *Saint-Géran* (sur parch.). 1570.

1656. **LA HARPE** (Jean-François de), poëte, littérateur, membre de l'Académie française. N. 1739. M. 1803.

1° Hymne de Saint-Jean (en latin). Aut. 1 p. pl. et demie in-8. — Extrait des Testament et codicile de La Harpe. Manuscrit. 2 p. pl. in-4.

Arrêté du Comité de sûreté générale qui ordonne que le citoyen La Harpe, sera mis à l'instant en liberté... signé par Amar, Bayle, Dubarran, Elie Lacoste, Louis (du Bas-Rhin), Vadier et Voulland. (L'arrêté est de la main de Dubarran). 14 thermidor an II. 1 p. in-4. Cachet. Tête imprimée.

1657. **LA HARPE** (Jean-François de). *Le même.*

De la Providence. Manuscrit aut. 12 p. à mi-marge in-fol.

1658. **LA HARPE** (Jean-François de). *Le même.*

Des peines éternelles. Aut. 1 gr. p. pl. et quart in-fol., et 7 pag. de notes aut. in-18 et in-8.

1659. **LA HARPE** (Jean-François de). *Le même.*

1° *Apologie de la religion.* Manuscrit aut. (119 feuillets), 237 pages pleines in-fol. Papier uniforme et pouvant former un volume.

2° Notes diverses aut. pour l'*Apologie de la religion.* Extraits de l'Ecriture sainte, des Pères de l'Eglise, des philosophes, etc. etc. 190 p. in-18, in-8, in-4 et in-fol.

1660. **LAHIRE** (Philippe de), peintre, astronome, membre de l'Académie des sciences. N. 1640. M. 1719.

Deux quitt. aut. sig. (sur parch.), comme lecteur et professeur en mathématiques... 1704 et 1719.

LAHIRE, seigneur de Vignolles (un des descendants, sans doute, de l'héroïque capitaine de Charles VII. (*L. de M.*). Acte notarié, sig. *Vignolles.* 1600. 1 p. in-fol.

1661. **LAHORE** (Allard, officier français, organisateur et général de Runjet Singh, roi de).

L. aut. sig., au prince d'Eckmühl. Marseille, 30 mai 1815. 1 p. pl. in-fol. *Portr.*, avec une notice biographique.

Nommé capitaine dans le 7e régiment de hussards, il se serait empressé de rejoindre son régiment, si M. le maréchal Brune, auprès de qui il sert depuis son arrivée en Provence, ne l'eût retenu...

1662. **LAHORIE** (Victor-Claude-Alexandre Fanneau de), général de brigade, impliqué dans la conspiration de Malet. Né en 1766. Fusillé en 1812.

L. aut. sig., au général en chef Schérer, à Milan. Monza, à neuf heures du matin... 2 p. pl. petit in-4.

Rapport sur les opérations militaires... Pillage du fourgon de l'état-major de la division Sérurier, par trente paysans armés... — Bruits divers sur les troupes ennemies...

LAJOLAIS (le général), impliqué dans la conspiration de Pichegru, Georges Cadoudal, etc. N. 1761. M. 1808. Certificat militaire aut. sig. Strasbourg, 8 frimaire an VII. 1 p. in-8 en travers.

1663. **LAKANAL** (Joseph), vicaire général constitutionnel, conventionnel, membre de l'Institut. N. 1762. M. 1845.

L. aut. sig., à M. Méjean, secrétaire général de la préfecture de la Seine. Paris, 27 frimaire an XII. 10 p. pl. in-4. *Portr.*

Curieux détails de ses débats avec les universitaires.

1664. **LALANDE** (Jean-Jérôme Lefrançais de), astronome, membre de l'Académie des sciences. N. 1732. M. 1807.

1° L. aut., à sa mère. Berlin, 15 janvier 1752. 4 p. pl. in-4. Deux *portr.*, dont celui de Saint-Aubin, in-4.

Très-intéressants détails sur son séjour à Berlin; le discours qu'il doit prononcer à l'Académie; son admiration pour Frédéric-le-Grand, etc.

2° L. aut. sig., au citoyen Méjean. 18 brumaire. Demi-p. in-4.

1665. **LALLY-TOLENDAL** (Thomas-Arthur, comte de), lieutenant-général, gouverneur des possessions françaises dans l'Inde. Né en 1702. Décapité en 1766.

Certificat aut. sig., en faveur de Jacques Brady, soldat au régiment de Dillon, signé aussi par le major Glaydon. Arras, 18 novembre 1734. 1 p. gr. in-8. — Gravure le représentant après sa condamnation.

Lally-Tolendal (Trophime Gérard, marquis de), fils du précédent, député à l'Assemblée nationale, pair de France, membre de l'Académie française. N. 1751. M. 1830. L. aut. sig., à M. Lucas de Montigny. Paris, 25 août 1829. 1 p. in-4. Cinq *portr.*

Lally-Tolendal (le comte de), neveu du précédent. L. aut. sig., à M. Jules Janin. Paris, 20 avril 1841. 1 p. et demie in-4. — Avec un dessin et une annotation de M. Jules Janin.

Curieuse. En faveur du flûtiste Bauller.

1666. **LAMAGDELAINE** (François de), marquis de *Ragny*, lieutenant-général au gouvernement de Bresse et Charolais. N. 1543. M. 1626.

Guerrier fort renommé sous Charles IX, Henri III et Henri IV, qu'il servit fidèlement. (*L. de M.*).

Quitt. sig. (sur parch.), de la somme de 2,000 fr., pour une année de son traitement de conseiller d'État. 1615.

1667. **LA MARLIÈRE** (Antoine-Nicolas Collier, comte de), général de division. Né en 1745. Mis à mort en 1793.

L. aut. sig., au citoyen ministre... Gand, 11 novembre 1792. 1 gr. p. pl. in-fol.

Curieuse lettre, par laquelle il demande « deux chevaux en état de monter « le général patriote le plus zélé, et qui a le plus à cœur de mériter de la « république... »

Lamarque (Maximilien), général, député. N. 1770. M. 1832. L. aut. sig.; au général Laborie. Paris, 13 ventôse an IX. 1 p. et demie in-4. A la suite se trouve une lettre aut. sig. du général Bruguière au même. *Portr.*

Il l'entretient de diverses affaires, et ajoute : « Nous avons vu M. de Seto « (Cetto), ambassadeur de la Bavière; il est icy très-bien vu, il espère s'ag- « grandir jusqu'à la Salza et l'Isler, et obtenir une partie de l'évêché d'Aistecht pour lier la Bavière au Haut-Palatinat. La Prusse et la Russie l'ap- « puyent, dit-il, dans ses prétentions. Son souverain lui a écrit pour appuyer « la demande de l'ouverture du fameux canal de Charlemagne. On ne parle à « Paris que de canaux, etc. »

1668. **LAMARTINE** (Marie-Louis-Alphonse Prat de), poëte, membre de l'Académie française, député, membre du gouvernement provisoire de 1848, ministre des affaires étrangères. N. 1792.

1° L. aut. sig., à M. de Jussieu, à Paris. Mâcon, 25 mars 1832. 1 p. pl. in-4.

En faveur de leur ancien camarade et ami, Riva de Lyon.

2° L. aut. sig., à M... Hondschoote, près Bergues. 2 p. in-4.

Au sujet de la satire que M. Barthélemy a écrite contre lui, et de la réponse qu'il a à lui faire remettre. Affaires de librairie... « J'ai manqué la dépu- « tation ici de huit voix, à Toulon de quatre. Je vais être libre en conséquence « de faire mon voyage en Orient qui donnera plus tard bien de l'occupation à « vos presses... »

1669. **LAMARTINE.** *Le même.*

L. sig., à M. Gide, éditeur. Paris, 25 mars 1842. 1 p. in-8. — Deux ac-simile. — Six articles de journaux, six *portr.*, et vue gravée du château de Milly.

Refus de souscrire au nouveau voyage de Dumont-d'Urville.

1670. **LAMARTINE**. *Le même.*

1° L. aut. sig., à M. Lucas de Montigny. 6 juin. 1 p. in-8.

2° Minute aut. d'un discours prononcé à la chambre des députés, en réponse à une attaque personnelle de M. Guizot. 3 p. et demie in-4.

3° Minute aut. d'une lettre de M. Lucas de Montigny à madame de Lamartine. Paris, 1er juin 1847. 1 p. in-8.

Il remet chez elle le petit manuscrit dont il lui a parlé la veille. « Outre la « précieuse empreinte de la main illustre qui l'a tracé, et dont les plus sim- « ples linéaments sont des trésors pour les collecteurs, madame de Lamartine « remarquera sur cet autographe la particularité que je lui ai expliquée ; cir- « constance bien minime sans doute, mais qu'il n'en faut pas moins soustraire, « par une pieuse confiscation, à la curiosité maligne, quand elle n'est pas hai- « neuse, qui épie les plus grands hommes. »

4° L. aut. sig. de madame de Lamartine à M. Lucas de Montigny. Paris, 1er juin 1847. 2 p. pl. in-8.

Elle a montré à M. de Lamartine la minute autographe du discours qui précède, il l'a reconnue. Les signes d'approbation mentionnés ne sont pas du tout le fait d'une vanité d'orateur, on ne pourrait pas tromper ainsi un millier de témoins. — C'est tout bonnement l'expression du procès-verbal copié à la fin de la séance sur la sténographie du *Moniteur* pour l'envoyer à plusieurs journaux qui lui demandaient cette réplique afin de l'imprimer dans la soirée. — « M. de Lamartine est très-reconnaissant que vous le jugiez digne d'être re- « cueilli à côté de tant d'autres trésors mille fois plus reels. — Il veut que je « vous la laisse, en vous remerciant, monsieur, d'avoir eu pour lui une suscep- « tibilité qu'il n'a pas eue pour lui-même .. »

1671. **LAMARTINIERE** (Germain Pichault de), premier chirurgien du roi, président de l'Académie royale de chirurgie de Paris.

Certificat médical aut. sig. Choisy, 21 septembre 1765. Demi-p. in-4. Beau *portr.* gravé, avant la lettre, in-4.

1672. **LAMBALLE** (Marie-Thérèse-Louise de Savoie-Carignan, princesse de). Née en 1749. Massacrée en 1792.

L. sig., au chevalier de Croix. Paris, 11 janvier 1786. 1 p. petit in-8. Trois *portr.*

1673. **LAMBERT** (Michel), maître de la musique de la chambre du roi. N. 1610. M. 1696.

Outre son talent de chanteur, qui, dans sa jeunesse, charma les souffrances du cardinal de Richelieu, Lambert composa des motets, des *Leçons de ténèbres*, etc. Perrin, Boisrobert, Bensserade et Quinault étaient ses poëtes habituels.

— Et Lambert, qui plus est, m'a donné sa parole : (1)
C'est tout dire, en un mot, et vous le connoissez.
— Quoi! Lambert?— Oui, Lambert.

(BOILEAU, satire IIIe.)

(1) *C'étoit*, dit Boileau, *un fort bonhomme, qui promettoit à tout le monde de venir; mais qui ne venoit jamais.* — Il y a dans Tallemant des Réaux une historiette du mariage de Lambert avec laquelle on pourrait faire une jolie scène d'opéra comique. (*L. de M.*)

Deux quitt. sig. (sur parch.), pour ses gages, et entretenement de trois pages de la musique pendant trois mois, etc. 1666 et 1683.

1674. **LAMBESC** (Charles-Eugène de Lorraine, prince de), duc d'Elbeuf, pair et grand écuyer de France, gouverneur de l'Anjou, fâcheusement célèbre par l'épisode du 12 juillet 1789. Né en 1751. Mort en 1825.

1° Brevet sig. (sur parchemin), nommant Adrien-Chrétien Friedel, maître de langue allemande des pages du roi. 1778. — Gravure représentant l'épisode du 12 juillet 1789 (aux Tuileries), qui fut un des prétextes de l'attaque de la Bastille deux jours après.

2° L. aut. sig., à M. Pioreau. Valenciennes, 18 mai 1789. 1 p. in-4.

Lambesc (Louis de Lorraine, prince de), certificat militaire aut. sig. Au camp de Preseau, 19 octobre 1712. 1 p. in-4. Joli cachet à la cire rouge.

1675. **LA MEILLERAIE** (Charles de la Porte, duc de), maréchal de France. N. 1602. M. 1664.

1° Trois pièces sig. (commission, quittance, et lettre au maréchal de Brézé), 1632, 1639 et 1641. Deux *portr.* Notice de M. *L. de M.*

2° L. aut. sig., à M... 1 p. pl. in-8.

1676. **LAMENNAIS** (l'abbé Félicité Robert de), écrivain religieux et politique, député à l'Assemblée nationale de 1848. N. 1782. M. 1854.

Fragment aut. du *Livre du peuple*. 3 p. in-4. Deux *portr.* et trois articles de journaux.

« ...Délivrés du fléau de la guerre, à laquelle succédera d'abord une concurrence transitoire, les nations comprendront l'intérêt qu'elles ont toutes à coordonner leurs efforts, à organiser leurs travaux, afin de tirer de l'héritage commun, du patrimoine universel, tout ce qu'il peut fournir pour satisfaire les besoins des hommes, pour multiplier leurs jouissances ; et de cet ensemble de travaux dirigés à la même fin, sortira une masse incalculable d'utiles productions, que la science, en se développant, augmentera sans cesse, tandis que le développement moral en déterminera une plus équitable distribution. — Ainsi peu à peu croîtra le bien être de chacun, étroitement lié au bien être de tous ; ainsi, de proche en proche, le mal ira s'affaiblissant, par une suite naturelle du progrès général... Peuple, garde-toi d'incarner tes sublimes espérances dans la boue que tu foules aux pieds. Durant ce court passage, tu n'es entouré que de fantômes, d'ombres vaines : les réalités te sont invisibles, l'œil de chair ne peut les saisir, mais Dieu qui en a donné l'invincible désir à l'homme, en a mis aussi dans son cœur l'infaillible pressentiment... »

1677. **LAMETH** (Alexandre, comte de), membre de l'Assemblée constituante, député, etc. N. 1757. M. 1828.

L. aut. sig., au comte de Fermon, ministre d'Etat. Aix-la-Chapelle, 29 sept. 1808. 1 p. et quart in-4. Quatre *portr.*

Lameth (Charles-Malo-François, comte de), maréchal de camp, membre de l'Assemblée constituante, député, etc. N. 1756. M. 1832. — L. aut. sig., à Mgr... Wurzburg, 26 sept. 1809. 3 p. in-4. En faveur de son frère Théodore. Trois *portr.*, et *portr.* caricature.

Lameth (Théodore de), maréchal de camp, membre de l'Assemblée législative, député, etc. N. 1754. M. 1830. Note de neuf lignes aut. sig., au bas d'une lettre. 1830. 1 p. in-4. Curieuse.

1678. **LAMOIGNON** (Chrétien de), président à mortier au Parlement de Paris, élève de Cujas. N. 1567. M. 1636.

Quitt. de trois lignes aut. sig. (sur parch.). 1625.

Lamoignon (Guillaume de), fils du précédent, premier président au parlement de Paris. C'est l'*Ariste* du Lutrin. N. 1617. M. 1677. Quitt. sig. sur parch.). 1660. *Portr.* d'Edelinck, in-4.

Lamoignon (Chrétien-François de), garde des sceaux en 1787. M. 1789. 1° Trois lett. et pièces sig., dont deux au baron de Breteuil, au sujet du procès de madame de Cabris. 1787 et 1788. 6 p. in-f. — 2° L. aut. sig., à l'abbé Alary. Malesherbes, 1764. 1 p. pl. in-4.

Dames qui sont venues lui rendre visite. — Nouvelles des vendanges... « Le trois du moys prochain on fera la bénédiction de notre croix. La cérémonie sera auguste; tout notre clergé y viendra en procession, l'archidiacre finira la bénédiction, il en sera inséré un acte dans les chartres de l'Eglise... »

1679. **LAMOLLE** (Joseph-Boniface de), amant de la reine Marguerite. Décapité avec Coconas en 1574.

Lettre au roi, avec cette souscription aut. sig. : *Vostre très humble, très obeisant et très fidelle subgect et serviteur Lamolle.* De Marseille, le 29 novembre 1572. 1 gr. p. in-fol. Cachet. Copie de la main de M. *L. de M.*

Au sujet de l'ordre du roi à M. de Caran de licencier les compagnies qui sont en ce pays pour son service... « Lesquels quelques jours auparavant que « j'arrivasse firent monstre pour deux mois et sont este paiées estant le « nombre de deux cents hommes dont la plus grand partie sont gentilshommes « ou vieux soldas les mieulx armés que se peult voyr et sont en bonne voulanté « d'exploicter leurs vies pour vre seruice... »

1680. **LAMONTAGNE** (Pierre de), poëte, auteur dramatique, romancier, traducteur, etc.

1° *Le retour d'Aline*, romance aut. sig. 2 p. pl. in-4.

2° *A M. Fauchat, après avoir lu la notice qu'il a donnée sur M. de Crétet, ministre de l'intérieur*. Pièce de vers aut. sig. Paris, 3 janvier 1810. 1 p. pl. in-fol. Cachet.

3° *Epître à M. le colonel Ternaux, membre de la chambre des députés*. Pièce de vers aut. sig. 3 p. pl. in-4.

1681. **LAMOTHE-HOUDANCOURT** (Henri de), archevêque d'Auch, grand aumônier de la reine Anne d'Autriche, qu'il administra à ses derniers moments. (Voir la touchante relation de Mme de Motteville.)

Quitt. notariée, sig. (sur parch.). *Portr.* in-4.

1682. **LAMOTHE-HOUDANCOURT** (Philippe, comte de), duc de Cardonne, maréchal de France, vice-roi de Catalogne. N. 1605. M. 1657.

1° Quitt. aut. sig. (sur parch.). 1656. *Portr.* de Moncornet, in-4.

2° Sauvegarde pour les maisons et biens des dames religieuses de l'Annonciade du Saint-Esprit, à Popincourt... Paris, 22 janvier 1649. 1 p. in-fol. Joli cachet.

La Mothe Houdancourt (Charles, comte de), maréchal de camp, gouverneur de Bergues. 1640-1728. Quitt. aut. sig. (sur parch.). 1697.

La Mothe Houdancourt (Madeleine de), prieure du prieuré de l'Hôtel-Dieu du pont de Compiègne. Certificat aut. sig. 1691. 1 p. in-4.

La Mothe Houdancourt (le comte de), colonel d'un régiment d'infanterie. Certificat militaire sig. 1708. Demi-p. in-fol. Cachet.

La Mothe Houdancourt, gouverneur de la ville de Corbie. Quitt. aut. sig. (sur parch.). 1679.

La Mothe Houdancourt (Elisabeth de Lavergne de Tressan, comtesse de). Quitt. sig. (sur parch.). 1709.

La Motte-Houdancourt (Thérèse de la Roche-Courbon, femme du maréchal Louis-Charles, marquis de). L. sig. 1768. 1 p. in-4.

1683. **LAMOTHE-HOUDANCOURT** (Louise de Prye, maréchale), femme du précédent, gouvernante du duc d'Anjou. N. 1625. M. 1709.

Mère vertueuse de trois filles dissolues, la marquise de La Vieuville, et les duchesses de La Ferté et d'Aumont. (*L. de M.*)

Quatre quitt., dont trois aut. sig., et une sig. (sur parch.). 1675, 1685 et 1689. Curieuse notice de *M. L. de M.*

1684. **LAMOTHE LEVAYER** (François de), précepteur de Philippe d'Orléans, frère de Louis XIV, historien, membre de l'Académie française. N. 1588. M. 1672.

Selon la femme de ce frère de Louis XIV, *Madame*, mère du régent, La Mothe Levayer fut arrêté dans l'essor de son zèle de précepteur par Mazarin qui lui dit de se bien garder de rendre son élève plus savant et plus habile que le roi. (*L. de M.*).

Quitt. sig. (sur parch.). 1665. Trois *portr.* (Fiquet, Fessard et Miger). In-8 et in-4.

1685. **LA MOTTE** (Jeanne de Valois de Saint-Remi, comtesse de), impliquée dans l'affaire du *Collier*. 1756-1791.

Ordre du comité de surveillance révolutionnaire de la section Lepelletier, pour l'exécution de l'arrêté du comité de sûreté générale de la Convention, relatif à la ci-devant comtesse de La Motte, demeurant à Moussy-le-Vieux (Seine-et-Oise), laquelle sera sur-le-champ mise en état d'arrestation, et traduite dans une des maisons d'arrêt de Paris... 16 germinal an II. 1 gr. p. pl. in-fol. Tête imprimée.

1686. **LA MOTTE D'ARGENCOURT** (Madeleine de Conty de), fille d'honneur d'Anne d'Autriche, religieuse à Sainte-Marie de Chaillot.

Elle fut l'objet de la première inclination de Louis XIV, inclination qui prenait les caractères de la passion, quand la reine et Mazarin, alarmés, prouvèrent au jeune roi, par des lettres achetées, qu'il avoit un rival préféré (le marquis de Richelieu ou Chamarant). Par suite, Madeleine fut forcée d'entrer au monastère de Sainte-Marie de Chaillot, où quelques années après, elle accueillit et consola mademoiselle de La Vallière qui, dans son désespoir amoureux, s'y réfugioit. A cette occasion, Louis XIV donna 200,000 francs à la consolatrice, ce qui fait dire à madame de Sévigné : « Elle trouvera bientôt parti ! » Cette prédiction, toutefois, ne se vérifia pas, et Madeleine resta, de son plein gré, au couvent, où elle mourut après s'y être fait, dit madame de Motteville, « une vie fort tranquille et fort heureuse... » (*L. de M.*).

Quitt. notariée, sig. (sur parch.). Juillet 1689.

1687. **LAMOURETTE** (Adrien), grand-vicaire d'Arras en 1789, évêque constitutionnel de Lyon, député à l'Assemblée législative. Né en 1742. Mis à mort en 1794.

1° Six pages aut. in-4, de la critique d'un ouvrage intitulé : « Opinions d'un créancier de l'Etat, sur quelques matières de finances importantes dans le moment actuel; par M. Clavière, auteur de l'estimable écrit qui parut l'année dernière, sous le titre : *De la foi publique*.. »

2° Certificat de publication de bans. Lyon, 5 juillet 1791. 1 p. in-fol. en travers, avec le sceau de l'évêché constitutionnel de Rhône-et-Loire.

1688. **LANFANT** (Alexandre-Charles-Anne), jésuite, prédicateur. Né en 1726. Massacré au Carmes de la rue de Vaugirard le 2 septembre 1792.

1° L. aut. sig. (à la 3e personne); à madame de Julienne, ce jeudi 29e décembre... 1 p. pleine in-8.

2° Ordre de son incarcération à la prison de l'Abbaye, délivré au département de police de la municipalité de Paris, le 30 août 1792, signé P.-M. Joly et Chéradame. 1 p. in-4. Tête impr. Vignette. Cachet à la cire rouge.

1689. **LANGUET DE GERGY** (Jean-Baptiste-Joseph), curé de Saint-Sulpice. N. 1675. M. 1750.

Apostille de cinq lignes aut. sig., en tête d'une pétition adressée à l'archevêque de Rouen par la demoiselle Anne-Marie Aisnakarin, Allemande de nation, nouvelle convertie... 1 gr. p. in-fol., et trois vues de l'église Saint-Sulpice. Notice de M. *L. de M.*

1690. **LANNES** (Jean), duc de Montebello, maréchal de l'empire. N. 1769. M. 1809.

Billet de six lignes aut. sig., à Son Excellence... 1 p. in-8 en travers. Forte tache d'encre effaçant le nom du dénommé. Dix *portr.*

Demande des lettres de services du capitaine .. aide de camp du maréchal Augereau, admis au nombre de ses aides de camp...

1691. **LA NOUE** (François de), dit *Bras-de-Fer*, lieutenant-général en Bretagne. Né en 1521. Tué au siége de Lamballe en 1591.

L. sig., à monseigneur... De Cambray, le 25 septembre... 1 gr. p. pl. et quart in-fol. Déchirures en tête enlevant la fin de la première ligne du verso. *Portr.* Notice de *M. L. de M.*

Lettre intéressante. Il proteste de ses sentiments d'obéissance et de fidélité envers son souverain..... « Car quant a moy, j'aimerois beaucoup plus « desire pres de mon roy en mon pays avec petitz moyen quand de tres grands « en pays estrangers... »

1692. **LANSDOWNE** (William Petty, comte Shelburne, marquis de), ministre de Georges III. N. 1737. M. 1805.

1° L. aut. sig.: *Shelburne*, à l'abbé Morellet. Londres, 23 mars 1783. 4 p. pl. in-4.

2° L. aut. sig.: *Lansdowne*, au même. High Wycombe, 5 avril 1787. 4 p. pl. in-4.

3° L. aut. sig.: *Lansdowne*, au même. Bowood-Park, 18 juin 1788. 5 p. pl. in-4.

4° L. aut. sig.: *Lansdowne*, au même. Bowood-Park, 29 juillet 1788. 2 p. et demie in-4.

5° L. aut. sig.: *Lansdowne*, au même. Londres, 25 décembre 1788. 4 p. pl. in-4.

6° L. aut. sig.: *Lansdowne*, au même. Salham, 3 février 1789. 3 p. in 4.

7° L. aut., 26 septembre 1789. 4 p. pl. in-4. La fin qui devait être signée, manque. M. Lucas de Montigny a écrit en tête : « Généreuses « idées politiques dignes de l'homme d'État vraiment libéral, qui « s'opposa tant qu'il pût aux effets de l'acharnement de son pays « contre la révolution française. »

N. B. Ces lettres (en anglais) pourront être vendues séparément.

Morellet (l'abbé André), littérateur et publiciste, membre de l'Académie française. N. 1727. Mort 1819.

1° L. a. s., à son ami (M. Méjean). 5 messidor. 1 p. in-8. *Portr.*

2° Extraits, copie et traductions de diverses lettres adressées à l'abbé Morellet, principalement par le marquis de Lansdowne. 35 p. aut. in-4.

5° Deux lignes aut. de la minute d'une lettre *à mylord Henry Petty, chancelier de l'échiquier* (aujourd'hui lord Lansdowne). Septembre 1806. 2 p. in-4.

1693. **LANTHENAS** (François), médecin, député de *Rhône-et-Loire* à la Convention nationale, ami et commensal de Roland de La Platière. N. 1740. M. 1799.

Fragment aut. 2 p. pl. in-4. Il commence ainsi :

« Il est temps de montrer de l'énergie, depuis que Danton a parlé raison, qu'il « a dit sa préface les sections sont agitées, le tambour roule à tous les coins « de rues, attention, attention, Robespierre est malade, on a dit aux Corde- « liers qu'on avait présente Camille comme un enfant... »

Lavicomterie (Louis de Saint-Samson), conventionnel, membre du comité de sûreté générale, auteur des *Crimes des rois*, des *Crimes des papes*, etc. N. 1732. M. 1809. — 1° Arrêté du comité de sûreté générale pour l'arrestation et l'incarcération du citoyen Leferre, dit Carlier, sous-chef à la commission de la guerre... Aut. signé de Lavicomterie, et sig. par Élie Lacoste, Louis (du Bas-Rhin) et Vadier. 12 prairial an II. 1 p. in-4. Tête impr. Cachet. — 2° Fin d'un arrêté du comité de sûreté générale sig. par lui, Dubarran et Louis (du Bas-Rhin). Cachet. — 3° Arrêté du même comité pour l'arrestation et l'incarcération de la nommée de Frémery, ex-noble, et sa sœur..., sig. par Lavicomterie, M. Bayle, Voulland, etc. 18 floréal an II. 1 p. in-fol. Tête impr. Cachet. — Il y a derrière trois refus de les recevoir, faute de place, à la maison du Luxembourg, aux Anglaises, rue des Fossés-Saint-Victor, et à la maison rue du Cheval-Vert.

1694, **LAPEROUSE** (madame E. Broudon, femme du navigateur).

L. aut. sig., à madame Boisseau, à Paris, 16 pluviôse an VIII. 1 p. in-8. Trois *portr.* de son mari.

M. de Grimaldi lui a donné l'espoir qu'elle voudra bien avoir la bonté de se charger de faire expliquer le ministre des finances sur un objet qui l'intéresse, relatif à l'édition du voyage de son infortuné mari...

1695. **LAPEYRONIE** (François Gigot de), premier chirurgien et médecin consultant du roi, membre de l'Académie des sciences. Né en 1678. Mort en 1747.

Certificat médical aut. sig., suivi du « bon pour être reçu à guérir « à l'hôtel des Invalides, » s. par le comte d'Argenson. 1746. 1 p. in-4.

1696. **LAPLACE** (Pierre-Simon, marquis de), mathématicien, géomètre, ministre, etc., auteur de : *Le Système du monde*, etc. N. 1749. M. 1827.

1° L. aut. sig. Paris, 24 thermidor... 1/2 p. in-8. — 2° L. sig. 1806. 2 p. in-4. Deux *portr.*

Lanjuinais (Jean-Denis, comte), constituant, conventionnel, sénateur, littérateur, etc. N. 1753. M. 1827. L. aut. sig., à M. Frochot. 1811. 2 p. in-4. — Proposition faite au sénat, le 26 avril 1814, d'accorder un témoignage honorable à la mémoire du général Moreau. Impr. 8 p. in-8. Quatre *portr.*

Laujon (Pierre), auteur dramatique, chansonnier, membre de l'Institut. N. 1727. M. 1811. — 1° L. aut. sig., à M. Duchesne, libraire. 1810. 1 p. pl. in-8. — 2° Traité aut. sig. pour la vente de la première édition de ses œuvres diverses, en 4 volumes in-8, au libraire Léopold Collin (qui a approuvé et signé). 26 juin 1810. 1 p. pl. in-8. — Discours prononcé dans la séance publique tenue à l'Institut pour sa réception, le 24 novembre 1807. Impr. 17 p. in-8. *Portr.*

1697. **LAPLACE** (Pierre-Antoine de), littérateur, traducteur, auteur dramatique. N. 1707. M. 1773.

L. aut. (en partie en vers), à Larive. 8 septembre 1773. 2 p. pl. et quart in-4.

Jolie et curieuse lettre littéraire à l'occasion de l'envoi qu'il vient de lui faire de son ouvrage sur l'*Art du comédien*.

Langle (de), littérateur, auteur d'un voyage en Espagne et en Suisse L. aut. sig., à M. Cerf Beer. 1 p. pl. in-4.

1698. **LAPORTE** (Pierre de), premier valet de chambre de la reine Anne d'Autriche. N. 1603. M. 1680.

Quitt. sig. (sur parch.). 1647. Notice de M. *L. de M.*

Laporte (Arnaud de), intendant de la liste civile, etc., serviteur et confident dévoué de l'infortuné Louis XVI, et victime de sa fidélité. Né en 1737. Mis à mort en 1792.

1° Trois lignes aut. sig., au bas d'une copie d'un ordre du roi, au sujet de l'embarquement du régiment de Luxembourg. 14 janvier 1782. Demi-p. in-4.

2° Ordre du conseil général des sections de la municipalité de Paris, sig., *Tallien*... 13 août 1792. 1 p. in-fol. Tête impr. Vignette.

Après avoir entendu M. Laporte,... il sera reconduit chez lui pour assister à la levée des scellés qui avaient été apposés par ordre de l'Assemblée nationale, et après cette opération terminée, il sera traduit dans les prisons de l'Abbaye, pour être jugé par la Cour martiale.

3° Ordre de son transfèrement des prisons de l'Abbaye en celles de la Conciergerie. Paris, 22 août 1792. On lit au bas : Le transfèrement ne se fera qu'à cinq ou six heures du matin.

1699. **LA REYNIE** (Gabriel-Nicolas de), lieutenant-général de police de Paris, le premier qui ait porté ce titre. Né en 1627. Mort en 1709.

Une sentence de La Reynie du 5 avril 1675 défendit le débit des contes de La Fontaine. — A l'occasion de *La Voisin*, et de la mystérieuse affaire des empoisonnements, en 1680, Voltaire raconte que La Reynie, un des présidents de la chambre ardente, fut assez mal avisé pour demander à la duchesse de Bouillon, *si elle avoit vu le diable*, et qu'elle lui répondit : Qu'elle le voyoit « dans ce moment, qu'il étoit fort laid, fort vilain, et déguisé en conseiller « d'Etat. » (*L. de M.*)

1° Bail notarié, sig. 1668, 2 p. in-fol. *Portr.*

2° L. aut. sig., à M... Paris, 3 octobre 1702. 2 p. in-4.

Le pays latin lui attribue une portion du mandement de M. le cardinal de Noailles, et on croit mal à propos y reconnoître son style. « Je vous envoye « un mémoire de ce qui fust faict en 1678 à l'égard du liure de la critique du « père Simon et il me souvient qu'après auoir entretenu l'autheur, ie dis dès « ce temps là ce que ie croy encore à présent, que tout ce qu'on pourra es- « crire contre luy, ne changera point ses sentimens, et qu'il finira encore plus « mal qu'il n'a commencé. Il faut d'autres précautions à l'égard de cette sorte « d'escrivains, et ne pas attendre pour en uzer, qu'ils ayent faict tout le mal « qu'ils peuuent faire... »

1700. **LARGILLIÈRE** (Nicolas de), peintre de portraits et d'histoire. Né en 1656. Mort en 1746.

Quitt. notariée, sig. (sur parch.). Paris, oct. 1705.

1701. **LARIVE** (Jean-Mauduit de), acteur célèbre de la Comédie française. N. 1744. M. 1813.

1° Extrait de l'arrêté du comité de salut public, ordonnant que les citoyens Larive, Florence, Dazincourt, et les citoyennes Raucourt et Thénard, artistes du ci-devant Théâtre-Français, seront à l'instant mis en liberté, et les scellés qui ont pu être apposés sur leurs papiers ou effets levés..., sig. par Legendre (de Paris), Treilhard, Eschassériaux, Carnot, P. A. Laloy, Thuriot, Merlin (de Thionville) et Collot d'Herbois. 16 therm. an II. 1 gr. p. in-fol. Tête impr. Vignette. Cachet.

2° Réflexions sur l'art théâtral, par J. Mauduit Larive. Paris, an IX. Impr. 59. p. in-8, avec la signature originale de l'auteur.

3° L. aut. sig., à M. le comte Français (de Nantes). Paris, 16 février 1816. 1 gr. p. in-fol. Belle lettre. *Portr.* de Saint Aubin, in-18.

Il a établi depuis plusieurs années une tuilerie dans sa retraite de Montlignon. Son produit peut l'aider à soutenir sa famille. Les hospices de Paris, qu'il fournit de carreaux depuis cinq ans, ayant éprouvé une grande gêne par la cherté du pain, ont cessé d'en employer. Il a besoin d'un nouveau débit pour alimenter les bras qu'il emploie et soutenir sa famille; un mot de recommandation de lui pour l'administration des bâtiments des octrois, lui serait d'autant plus favorable qu'il n'a rien négligé pour la solidité et la perfection de son carreau...

1702. **LA ROCHE DU MAINE** (Charles Tiercelin de), capitaine de 24 lances des Ordonnances du roi.

Ce vaillant guerrier qui, à 23 ans de distance, combattit et fut pris à Pavie et Saint-Quentin, avoit, dans sa chevaleresque loyauté, de l'adresse et de la finesse, témoin la part qu'il prit à la négociation qui précéda la reddition de Fossano (1536), et l'énergie courageuse qu'il montra quand « l'Empereur « (Charles-Quint) s'avança jusqu'à demander combien de journées il pouvoit « encores avoir depuis le lieu où ils étoient jusques à Paris : à quoy ledit de « la Roche respondit que, s'il entendoit journées pour batailles, il pouvoit y en « avoir encore une douzaine pour le moins, sinon que l'agresseur eust la tête « rompue dès la première. » Ce souvenir que je consigne ici, seroit sans doute insuffisant pour quiconque liroit ceci ; mais dans ce cas, le lecteur feroit bien de chercher dans les curieux mémoires de Guillaume du Bellay, ce Tiercelin de La Roche du Maine, parfaitement oublié par les volumineuses Biographies modernes, que des compilateurs faméliques, ou des amis complaisants, ou des hommes de coteries, soit littéraires, soit politiques, soit scientifiques, remplissent de longs articles consacrés à des personnages insignifiants, à des noms sans valeur. — Brantôme parlant de ce qu'il appelle le *serment ordinaire* de plusieurs vaillants capitaines dit : « Le bonhomme M. de La Roche du Maine juroit : « *Teste de Dieu pleine de reliques !* » Où diable alla-t-il trouver celui-là ? (*L. de M.*)

Quitt. sig. (sur parch.), comme capitaine de 24 lances fournies des ordonnances du roi, « du nombre de trente deux lances dont nous « avons eu par cy devant la charge et conduite, duquel nombre le roy « Nre d. s[r] pour diminuer ses finances et soulager le pouure de son « royaume, a ordonné estre cassé huit lances fournies... » 1526.

1703. **LA ROCHEFOUCAULD** (François, cardinal de), grand aumônier de France, ambassadeur à Rome, etc., oncle de l'auteur des *Maximes*. Né en 1558. M. 1645.

1° Acte notarié, sig., comme évêque de Clermont. 1608. 1 p. in-fol. Deux *portr*.

2° Deux quitt. sig. (sur parch.), 1632 et 1634.

3° Ordre de payement du prix du service solennel célébré à Paris, pour l'âme de Mgr l'évêque d'Orléans, décédé à Grenoble, et sig. par le Card. de La Rochefoucauld, l'archevêque de Bourges, l'arch. d'Aix, l'év. d'Auxerre, l'év. de Digne, Emery, év. de Luçon, etc. Paris, 28 avril 1630. 1 gr. p. pl. in-fol. A cette pièce est joint le mémoire des frais funéraires pour l'évêque d'Orléans, fait par le s[r] Bordier, juré crieur de Paris, avec la quittance desdits frais, montant à 950 livres, et payés seulement le 8 mars 1631. Il est approuvé et sig. par l'évêque d'Auxerre, et plusieurs autres prélats. Curieux détails d'objets et de prix.

1704. **LA ROCHEFOUCAULD** (François VI, prince de Marsillac, duc de). N. 1613. M. 1680.

J'ai, il y a longtemps, écrit une notice abrégée, fort amère, sur ce célèbre auteur des *Maximes* et des *Mémoires* ; et quelle qu'en soit la sévérité, je n'ai trouvé depuis, ni dans mes lectures, ni dans mes réflexions, de motifs pour me rétracter. Je ne copierai pas ici cette note, qui est sur le dossier du chevalier *de Canolle*, où, après moi, on n'ira peut-être pas la chercher. Je me bornerai à dire ici que les *Mémoires*, comme toute l'histoire de la Fronde, prouvent que l'esprit égoïste, ambitieux, et froidement téméraire du *prince de Marsillac* a fort bien fait de se renfermer sous Richelieu qui très-probablement, auroit fait subir à l'amant de Mme de Longueville le sort des Montmorency (Henri), des Chalais, des Cinq-Mars, moins coupables que lui ; tandis que pour se dégourdir, se distraire, s'égayer, *pour plaire à deux beaux yeux*, La Rochefoucauld a pu jouer impunément à la guerre civile sous Mazarin qui, non moins ambitieux et despote que son prédécesseur et son patron, préféroit, du moins, la patience à la force, et l'astuce à la violence sanguinaire. (*L. de M.*).

Quitt. de deux lig. aut. sig. (sur parch.). Paris, 15 sept. 1645. Deux *portr*.

La Rochefoucauld (François V, comte, puis 1er duc de), prince de Marsillac, grand maître de la garde-robe du roi, père du précédent). M. 1650. Acte notarié, sig. 1613. 2 p. pl. et demie in-fol.

1705. **LA ROCHEFOUCAULD** (François VII, duc de), prince de Marsillac, duc de La Roche-Guyon, pair et grand veneur de France, fils de l'auteur des *Maximes*, favori de Louis XIV.

1° Quatre quitt. sig. *Marsillac* (sur parch.). 1676, 1680 et 1682.

2° Certificat sig., comme Grand Veneur (sur papier). 1686.

1706. **LA ROCHEFOUCAULD** (Louis-Alexandre, duc de), député de Paris à l'Assemblée constituante, président du Directoire du département de Paris. Né en 1735. Massacré à Gisors en 1792.

1° L. aut. sig., au maréchal duc de Tonnerre. La Roche-Guyon, 6 février 1780. 1 pl. in-4. *Portr*.

2° Sa démission de la place d'administrateur du département de Paris. Aut. sig. Paris, 19 juillet 1792. Quart de page in-4.

3° Arrêté du Directoire du département de Paris, au sujet du mémoire présenté par l'abbé Mille, curé de la municipalité d'Évry, district de Corbeil, signé par le duc de La Rochefoucauld, Anson, Germain Garnier, Davous, Brousse, etc. Paris, 28 janvier 1792. 2 gr. p. pl. et demie in-fol. Tête impr. Vignette.

1707. **LA ROCHEFOUCAULD - LIANCOURT** (François-Alexandre-Frédéric, duc de), lieutenant-général, membre de l'Assemblée constituante, pair de France, propagateur de la vaccine, etc. N. 1747. M. 1827.

1° L. aut. sig., à M. Boucher, à Liancourt. Rouen, 15 juillet 1792. 1 p. in-4. Cinq. *portr.* — 2° L. aut. sig., à M. le comte de Chabrol. Liancourt, 27 juillet 1823. 1 p. 1/2 in-4.—3° L. aut., à M. Bertrand de Molleville. Rouen, 27 avril 1816. 1 p. pl. in-4.

Au sujet d'une de ses lettres qui a été publiée à son insu et sans sa volonté... « Quant à la proposition que vous voulez bien me faire de rétablir « dans votre nouvelle édition la note qui atteste mon profond et constant atta- « chement pour Louis XVI, je vous prie de me permettre de vous laisser le « maître de faire à cet égard tout ce que vous croirez devoir faire. Mon atta- « chement pour notre auguste et malheureux maître est et demeure au fond « de mon cœur tant qu'il y restera un battement...

1708. **LA ROCHEFOUCAULD** (famille de), de 1556 à 1766.

La Rochefoucauld (Antoine de), s[r] de Barbézieux, sénéchal de Guyenne. Quitt. sig. (sur parch.). 1556. — La Rochefoucauld (Anne de), femme d'Antoine de La Rochefoucauld. Acte notarié, sig. 1579. 1. p. in-fol. — La Rochefoucauld (Antoine de), évêque d'Angoulême. Acte notarié, sig., signé aussi par Pons-de-Pons, chevalier de Brosses. 1607. 3 p. et demie in-fol. — La Rochefoucauld (Jacques de), gentilhomme ordinaire de la chambre du roi. Acte notarié, sig., signé aussi par Pons-de-Pons, chevalier de Brosses. 1607. — La Rochefoucauld (Claude d'Estissac, femme du comte François de). Transaction notariée, sig. 1605. 8 p. in-fol. — La Rochefoucauld (Charlotte de Fayolle de Melet de), première fille d'honneur de la reine, mère du roi, dame de Neuville, etc. Obligation notariée sig., pour un emprunt de 800 livres. 1641. 1 gr. p. in-fol. — La Rochefoucauld (le vicomte de). L. aut. sig., au baron d'Espagnac, au gouvernement des Invalides. Provins, 4 juin 1766. 1 p. in-4. Cachet.

1709. **LARREY** (Dominique-Jean, baron), chirurgien en chef de la grande armée. N. 1766. M. 1842.

1° L. aut. sig., à M. Lucas de Montigny. Paris, 17 juin 1830. 1 p. pl. in-4. — 2° Certificat médical aut. sig. Paris, 25 juin 1840. 1 p. pl. in-8. Cachet armorié. — 3° Discours prononcé sur la tombe du baron Larrey, par le Dr Michel Lévy. impr. 8 p. in-8. — 4° Discours prononcé le 11 août 1842 aux obsèques du baron Larrey, par Moizin. Impr. 14 p. in-8. — 5° A la mémoire du baron Larrey, panégyrique en vers, dédié à son fils, et à tous les chirurgiens de l'armée, par Casimir Pertuis. Impr. 1842. 16 p. in-8. Cinq *portr.*

Larrey (Hippolyte), fils du précédent, médecin, professeur au Val-de-Grâce. L. aut. sig. Paris, 9 août 1846. 1 p. in-8.

1710. **LA SAUDRAYE** (madame de), amie de Robespierre jeune.

Sur cette amie très intime de Robespierre jeune, voir l'histoire de Marie-Antoinette, par Mme Simon Viennot. (*L. de M.*)

L. aut., au citoyen Viennot, apothicaire, à Vesoul. 14 ventôse an III. 3. p. in-4.

A-t-il lu l'énorme volume qui paraît sous le titre de Rapport de Courtois à la Convention, sur les papiers trouvés chez les Robespierre? Sans doute il aura vu à la page 177 qu'elle y est citée sans bienséance, et presque d'une manière équivoque. C'est là le résultat de l'extrême négligence du style de l'auteur. Il ne choisissait jamais l'expression propre à ce qu'il voulait dire en écrivant, et ici il dit presque l'inverse de ce qu'il devait, de ce qu'à coup sûr il voulait dire Cette lettre est écrite de Lyon. Les horreurs dont cette malheureuse ville était le théâtre n'avaient pas seulement pour cause les ordres des comités de gouvernement, mais encore ceux du cabinet de Saint-James, et sur les lieux cela était palpable. Collot n'était entouré que d'Anglais. Elle fit toucher au doigt cette vérité à son compagnon de voyage, qui au lieu d'exposer les faits trouva plus court de dire : Voyez la citoyenne.. Aujourd'hui cela peut paraître un problème à ceux qui ne la connaissent qu'imparfaitement; il y a plus, c'est qu'on la donne, dans le personnage indiqué, comme l'ennemi le plus dangereux de l'État, et ennemi direct. Elle effacerait cette citation par dix ans de sa vie si elle le pouvait, tant elle craint à être en scene...

1711. **LAS CASES** (Emmanuel, comte de), auteur de l'Atlas, dit de *Lesage*, du *Memorial de Ste-Hélène*, etc. M. 1842.

1° L. aut. sig., à son Excellence ... Paris, 20 mars, 1 p. in-4. Quatre *portr.*

Demande d'une place de conseiller à la Cour impériale.

2° L aut sig., au marquis de Châteaugiron. Passy, 14 octobre 1830. 2 gr. p. in-4. Curieuse et aimable lettre.

Il lui demande son appui afin d'obtenir qu'on donne le nom de rue Las Cases à une nouvelle rue sur laquelle il a fait bâtir quatre hôtels.

1712. **LA SERRE** (Jean Puget de), historiographe de France, auteur dramatique, garde de la bibliothèqne de Gaston d'Orléans. N. 1600. M. 1665

Fort moqué par Boileau...

« Suivre chez l'epicier Neufgermain et La Serre

« . . . .

« La Xenophon dans l'air heurte contre un La Serre. »

(*L. de M.*).

Quitt. sig. (sur parch.), de la somme de neuf cents livres, pour la moitié de ses gages d'historiographe de France. 1649.

1713. **LASSAIGNE,** médecin de Louis XVI et de la reine Marie-Antoinette.

1° L. aut. sig., à M. le comte de Mirabeau, détenu à Vincennes. 7 décembre 1779. 1 p. in-4.

Réponse au Mémoire qui suit de Mirabeau sur les symptômes de disurie qu'il ressent, et les moyens curatifs qu'il croit applicables.

2° Mémoire de Mirabeau pour M. Lassaigne. 4 p. pl. in-4. Il y a à la fin six lignes de son écriture.

1714. **LASSAVE** (Nina), née Petit, maîtresse de Fieschi.

Billet de quatre lignes aut. sig., *à monsieur Boireau.* Avec le cachet de la maison de justice.

1715. **LASTEYRIE DU SAILLANT** (Charles-Philippe, comte de), économiste, naturaliste, etc. N. 1759. M 1849.

1° L. aut. sig., à M Richard. Paris, 15 juillet 1825. 1 p. in-8.

2° L. a. s., à M Dondey-Dupré, 14 mai 1827. 1 p. et demie in-8.

La Porte du Theil (François-Jean-Gabriel de), bibliothécaire, helléniste, traducteur de Callimaque, etc. N. 1742. M 1815 L. aut., *au citoyen Dangé-d'Orsay, de Grillemont, sous quelque nom qu'il lui plaise se voir interpellé, salut, et plus respectueux nepotisme :* L. aut. (en partie en vers). 1 p. et demie in-8. Curieuse.

1716. **LATIL** (Jean-Baptiste-Marie-Anne-Antoine, cardinal de), archevêque de Reims. N. 1761. M. 1839.

1° L. aut. sig., a. M... Paris, 25 mai 1816. 1 p. in-4.

2° L. aut. sig., à Mme la comtesse de Mesnard. Pavillon Marsan, 14 février. 1 p. in-8.

Langelier, évêque de Saint-Brieuc. L. sig., à l'évêque de Noyon. Rennes, 2 oct. 1586. 1 gr. pl. et demie in-fol.

Annonce de prochain envoi de papiers; projet de prédication, etc.

1717. **LATOUCHE** (Hyacinthe [dit Henri] Thabaud de) éditeur des poésies d'André Chenier, auteur de *Fragoletta* et d'autres romans, auteur dramatique, etc. 1785-1851.

Deux lett. aut. sig., à Mme Eugénie Foa, et à M. Reymond. 2 p. in-8. — La Mort de Rotrou, pièce de vers impr. 1811. 7 p. in-4.

Lattaignant (G.-Charles, abbé de), chanoine de Reims, poëte. N. 1697. M. 1779. Reçu de 3 lignes a. s. Paris, 4 août 1761. In-4. *Portr.*

1718. **LA TOUCHE DE TREVILLE** (Louis-René-Madeleine Levassor de), vice-amiral, membre de l'Assemblée constituante, etc. N. 1745. M. 1804.

L. aut. sig., au sénateur Lemercier. A bord du *Bucentaure*, en rade de Toulon, le 5 pluviôse an XII. 2 p. in-4. *Portr.*

La Touche de Tréville, officier de marine, probablement le père du précédent.

1° L. a. s., à M. Maréchal. Paris, 15 avril 1759. 1 p. in-4. Cachet.

2° L. a. s., à M... Rochefort, 14 août 1759. 2 p. pl. et demie in-4.

Rapport sur son entrevue avec M. d'Aubigny, sur l'armement des Prames, que le ministre veut lui confier; la nouveauté de ces bâtiments l'a d'abord intrigué. Quand on sait bien un jeu, on préfère toujours jouer le même. Mais aussi, quand on est fait pour la société, on se prête volontiers à tout. Il est vrai de dire, que quoiqu'il n'ait pas grande manœuvre à faire, encore faut-il une sorte d'habitude. « Comme jay commandé dans la dernière guerre un ba- « teau corsaire pris sur les Anglais, jimagine a quelque chose près que je ma- « nœuvreray aisément un de ses bâtiment... » Promesse de garder le se- « cret, etc. »

1719. **LATOUR**, intendant de Provence, premier président au Parlement d'Aix.

Quatre lett. aut. sig., et un billet aut., au comte de Mirabeau, datées de Paris, de Saint-Aubin et d'Aix. 1781, 1782 et 1783. Ensemble, 6 p. et demie in-4, et 1 p. in-8.

Relatives au sauf-conduit demandé par Mirabeau pour arranger ses affaires. Curieuses.

1720. **LA TOUR D'AUVERGNE** (Bertrand VI de), comte d'Auvergne et de Boulogne. M. 1494.

Sa signature (griffe), au bas d'un acte (sur parch.) du 2 août 1494. On voit que cette griffe était faite en bois, à la manière de la gravure en bois dur. Curieux cachet (Collection de M. de Monmerqué.)

1721. **LA TOUR D'AUVERGNE** (Hugues-Robert-Jean-Charles de), cardinal, évêque d'Arras. N. 1768. M....

1° L. aut. sig., à M. Leclerc, libraire, à Paris. Arras, 26 juillet 1812. 1 p. pl. in-4. Cachet armorié.

2° L. aut. sig., à M. Cohier, orfèvre du roi, à Paris. Arras, 28 octobre 1818. 1 p. in-4. Envoi de deux tabatières à raccommoder.

La Tour d'Auvergne (sœur Louise-Émilie de), abbesse de Montmartre. 1° L. aut. sig., à M... 10 juin 1731. 1 p. in-4. — 2° Sa signature au bas d'un extrait des registres mortuaires de l'abbaye de Montmartre. Montmartre, 7 février 1734. Demi-p. in-4, avec le sceau de l'abbaye, fleurdelisé, à la cire rouge, bien conservé.

1722. **LA TOUR** (diverses familles de). 20 lettres et pièces.

La Tour (Philippe de), sr de Barilleux, Ramon et Valacieux, lieutenant en la compagnie de M. l'Amiral, etc., quitt. sig. (sur parch.). 1538. — La Tour du Pin Gouvernet (Jean-Frédéric, comte), ministre de la guerre. N. 1737. M. 1794. Brevet sig. (sur parch.). 1790. — La Tour du Pin (madame). L. aut. sig., a madame de La Noue, à la Joie-les-Nemours. Avignon, 6 sept. ... 3 p. in-4. Récit de ses voyages avec la ... — La Tour du Pin Montauban (Louis-Apollinaire de), archevêque d'Auch. N. 1744. M. 1807. L. aut. sig., à M... 1er août 1786.

3 p. in-4. Demande de 300 pieds cubes de marbres des carrières du roi, pour l'église de l'hôpital d'Auch. *Portr.* de Bouquet, in-fol. — La Tour du Pin Montauban (Louis de), évêque de Toulon. L. aut. sig., Toulon, 28 août 1732. 3 p. in-4. — La Tour Montauban (René de), lieutenant général du comté de Bourgogne, etc. Quitt. aut. sig., et quitt. sig. (sur parch.). 1675 et 1696. — La Tour Montauban Gouvernet (Hector de), gentilhomme de la chambre du roi. Quitt. sig. (sur parch.). 1621. — La Tour de Gouvernet (René de), gouverneur de Nyons et Montélimart. Trois quitt. sig. (sur parch.). 1583-1602. — La Tour La Charce (Hector de) gouverneur de Nyons. Quitt. aut. sig. (sur parch). 1649. — La Tour Maubourg (Marie-Victor Fay, marquis de), gouverneur des Invalides, ministre de la guerre. N. 1756. M. 1831. Deux lett. aut. sig. 1804 et 1825, 2 p. in-4, et lett. sig. 1 p. in-fol. — La Tour Maubourg (Septime de). Quitt. aut. sig. 1824. — La Tour Maubourg. Trois lett. et bill. aut. sig. an VIII et 1810. in-8 et in-4. — La Tour Maubourg, officier du régiment d'infanterie de Lyonnais. L. aut. sig. Paris, 31 mai 1722. 3 p. in-4.

1723. **LATOUR** (Antoine de), littérateur, poëte, secrétaire des commandements de M. le duc d'Aumale. N. 1808.

1° L. aut. sig., à M. Jules Janin. 20 mars 1840. 1 p. in-4.

2° L. aut sig., à M... Tuileries, 24 janvier 1841. 1 p. in-4.

3° L. aut. sig., à M. Lucas de Montigny. Tuileries, 23 mars 1841. 1 p. in-4.

Il lui recommande de toutes ses forces le fils de Mme Desbordes-Valmore qui va se présenter devant le conseil de révision.

1724. **LATREILLE** (Pierre-André), anatomiste, zoologiste, membre de l'Institut. N. 1762. M. 1833.

1° L. aut. sig., à M. Coulier. Paris. 12 avril 1831. 2 p. in-8. Deux *portr.*

2° L. aut. sig., à MM. Levrault. Paris, 18 oct. 1832. 1 p. in-4.

3° L. aut. sig., au baron Walckenaër. Paris, 17 avril 1826. 2 p. pl et demie, in-4.

Curieuse recommandation en faveur de M. Isidore Geoffroy Saint-Hilaire, conscrit... Malade, il n'a pu accompagner MM. Geoffroy Saint-Hilaire (le pere et le fils), lorsqu'ils ont eu le plaisir de le voir. S'il a jeté un coup d'œil sur le petit ouvrage que M. Geoffroy fils a eu l'honneur de lui offrir, il a dû être étonné de trouver dans un jeune homme de vingt ans un ensemble de connaissance, une maturité et une sagesse de jugement que l'on rencontre à peine dans des personnes beaucoup plus âgées et qui ont fait de longues études. « Ce se« roit bien peu consulter les intérêts de son pays que de l'enlever, par un ri« gorisme intolerable, aux sciences naturelles qu'il illustrera certainement un « jour, d'une manière brillante. Elles perdroient un géant, et la carriere mili« taire n'acquérerolt qu'un pygmee.. »

1725. **LA TROUSSE** (François Le Hardy, marquis de), maréchal de camp. Tué en 1648.

Sa femme, Henriette de Coulanges, était sœur de Marie de Coulanges, mère de Mme de Sévigné. « Il étoit estimé brave, » dit Mme de Motteville, « honnête « homme, et si civil que, même quand il se battoit en duel (ce qui lui arrivoit « souvent), il faisoit des compliments à celui contre qui il avoit affaire. Lors« qu'il donnoit de bons coups d'épée il disoit à son ennemi qu'il en étoit fâ« ché; et parmi ces douceurs il donnoit la mort aussi hardiment, et avec autant « de rudesse que s'il eût été le plus brutal de tous les hommes. » (*L. de M.*)

Quitt. aut. sig. (sur parch.). 1645.

La Trousse (Philippe-Auguste Le Hardy de), lieutenant général et commandant en Languedoc, cousin et ami de Mme de Sévigné. Quitt. aut. sig. (sur parch.) 1687.

La Trousse (Adrien Le Hardy de), seigneur de Bois-Leprestre, maréchal de camp. Quitt. aut. sig. 1680.

La Trousse (Sébastien Le Hardy de), capitaine de la porte du roi. Quitt. sig. (sur parch.). 1621.

1726. **LAUNEY** (Bernard-René Jourdan de), dernier gouverneur de la Bastille. Né en 1740. Massacré en 1789.

L. aut sig.. à M. Moreau. A la Bastille, 3 mars 1779. 1 p. in-4.

Il a reçu sa lettre qui le prévient que la ville sera dans le cas de faire travailler sous le pont Saint-Antoine, de mettre des échafauds, des matériaux et des ouvriers dans les fossés de la Bastille... Il ne peut pas le permettre à moins qu'il n'ait un ordre du ministre..

1726 *bis*. **LAURENT**, médecin, à Strasbourg, député du *Bas-Rhin* à la Convention nationale.

L. aut. sig.. comme représentant du peuple en mission, au citoyen commissaire... Maubeuge, 20 germinal an II. 2 p. pl. in-4.

Dans toute mission il faut être juste, et ne pas tyranniser le cultivateur. « Ce sont bien les principes, comme les miens. Il faut sans doute qu'il verse « son contingent : mais il faut aussi qu'il réserve pour ses semailles : car qu'au- « rons-nous l'année prochaine si nous ne semons pas celle-ci. N'exige donc « pas l'impossible, et laisse au laboureur le moyen d'employer utilement sa « charrue. Frappe sur les riches égoïstes : tu ne saurais croire combien ils rient « sous cape de voir le pauvre sans-culotte fournir avec loyauté ! ils l'attendent « au moment du besoin pour l'étrangler avec les denrées qu'ils recèlent ! L'acte « de la commission des subsistances du 20 ventôse m'a aussi frappé. Comme tu « dis, quinze jours plus tard, il serait arrivé à temps ; notre opération eut été « terminée avec avantage. Cependant, pour ne point tomber dans la disette par « la pénurie momentanée qui en est le résultat, j'ai pris un nouvel arrêté dont « j'ai envoyé copie au comité de salut public. Fais le mettre à exécution, jus- « qu'à ce que je te mande qu'il est improuvé. » Il dit en terminant. « Tra- « vaillons avec ardeur : nos ennemis seront écrasés sous peu comme les mons- « tres qu'ils soudoyaient parmi nous. Vive la république. »

LOUVET DE COUVRAY (Jean-Baptiste), député du Loiret à la Convention, membre de l'Institut. N. 1764. M. 1797.

Ordre sig. comme membre du comité de sûreté générale, signé aussi par Rabaut-Saint-Étienne et Doulcet de Pontécoulant. Paris, 25 messidor an III. 1 p. in-4. Tête impr. Notice de M. *L. de M.* Deux *portr.*

LE BAS (Philippe), conventionnel. L. aut. sig. Strasbourg. 11 du 2e mois an II, 1 p. in-8 en travers. — Tyrannie exercée à Strasbourg par Saint-Just et Lebas. Impr. Incomplet par défaut de pagination.

1727. **LAURIERE** (Eusèbe Jacob de), avocat au Parlement de Paris, auteur d'ouvrages de Droit. N. 1659. M. 1728.

Quitt. aut. sig. (sur parch.). Paris, 18 février 1698.

1728. **LAUZUN** (Antonin Nompar de Caumont, duc de), époux de la *Grande Mademoiselle*, N. 1632. M. 1722.

Quitt. sig. (sur parch.). Paris, 6 juillet 1607.

LAUZUN (François Nompar de Caumont, comte de), capitaine de 50 hommes d'armes, probablement le père du précédent. — 1° Acte notarié. sig., avec une ligne aut. 1615. 1 p. in-fol. — 2° Sa signature au bas de son contrat de mariage (sig. aussi par Fromenac, Jane Secondat, C. de Lausun, Hellye de Lausun, de Longueval, H. Pompadour, Montesquieu, de Buade, Sardymalye, Rocques, F. Charon, etc. 1615. 8 p. in fol.

1729. **LAUZUN** (Armand-Louis de Gontaut, duc de Biron, et de), maréchal de camp, membre de l'assemblée constituante. Né en 1746. Mis à mort en 1793.

1° L. aut., au comte de Mirabeau. 10 décembre 1787. 2 p. pl. et demie in-8. Curieuse. *Portr.*

2° L. aut. sig. : *Biron*, aux commissaires de la section des Lombards. Lundi soir, 21, 5 heures du soir. 1 p. pl. in-4.

3° L. aut. sig. : *Le C. général en chef Biron*, aux citoyens commissaires... Nice, 16 avril 1793. 1 p. in-4.

4° *Rapport sur l'affaire du duc de Biron ;* manuscrit de 21 p. in-fol. Écriture fine et serrée.

1730. **LAVAL** (Anne-Adrien-Pierre de Montmorency, duc de) ambassadeur à Rome. N. 1768. M. 1837.

1° L. aut. sig., au citoyen Méjean. 1 p. pl. in-8.

2° L. aut. sig., au duc de Tarente. Rome, 27 déc. 1825. 1 p. in-4.

Laval (Guy, comte de), de Montfort, sire de Vitré. Pièce sig. (sur parch.). 1512.

Laval (Antoine de), géographe du roi, capitaine du château de Moulins. Quitt. sig. (sur parch.) 1596.

Laval (Jean de), commandant pour le roi à Colmars, en Provence. Quitt. aut. sig. (sur parch.). 1697.

1731. **LAVALETTE** (le père Antoine de), jésuite, supérieur des missions de la Martinique, préfet apostolique, etc., célèbre par sa banqueroute. N. 1707.

Lett. de change aut. sig., pour la somme de 5,000 livres, à trente mois de date. A Saint-Pierre, le 30 sept. 1758. Couverte de plusieurs endossements.

1732. **LA VALLETTE** (Louis de Nogaret, cardinal de), archevêque de Toulouse. N. 1593. M. 1639.

1° Quitt. de deux lignes aut. sig. (sur parch.). 1622.

2° Acte notarié, sig. 1616. 1 p. in-fol. *Portr.* Notice de M. *L. de M.*

La Vallette (Bernard de Nogaret de), gouverneur de Dauphiné et de Provence, amiral de France. N. 1553. M. 1592. Quitt. sig. (sur parch.), de « 1583 escus d'or en or, au soleil, et ung tiers à raison de 66 s. 6 d. « chascun sol, pour notre estat de gouverneur et lieutenant général, « et pour notre pension durant quatre mois et 22 jours. » 1581.

La Vallette (Bernard de Foix de), duc d'Epernon et de Candale, gouverneur de Bourgogne et de Bresse, etc. N. 1592. M. 1661. — 1° Quitt. sig. (sur parch.). 1637. — 2° Acte notarié, sig. 1650. 3 p. in-fol. *Portr.*

La Vallette (le chevalier de), capitaine de six vingts hommes de guerre à pied. Quitt. aut. sig. (sur parch.). 1627.

1733. **LA VALLETTE** (Marie Chamans, comte de), directeur général des postes. Né en 17.., condamné à mort en 1815, et sauvé par le dévouement de sa femme. M. 1830.

1° L. aut. sig., à M. Paul Bossange. Berlin, 11 pluviôse an IX. 1 p. in-4. *Portr.* In-4., imprimé en bistre.

2° L. aut. sig., à M. Méjean. Paris, 3 nivôse an XII. 1 p. in-4.

3° L. aut. sig., à M. Mercier... Ce vendredi. 1820. Demi-p. in-8.

1734. **LA VALLETTE** (Emilie-Louise de Beauharnais, comtesse de), épouse du précédent.

L. aut., à madame Mercier. Paris, juin 1820 (écrite un ou deux mois avant la déclaration complète de sa folie). *Portr.* et gravure représentant la délivrance de son mari.

Elle craint que son mari lui en veuille de l'avoir reçu si peu de temps... Il y a au bas de la main de M. Mercier : « Elle venait de renvoyer tous ses domestiques « à la fois au même moment, et de se loger, à l'insçu de tous ses amis, dans la « maison qu'habite Mongis, libraire (boulevart Poissonnière). Là elle se suffisait à elle-même pour toutes choses, et croyait être séquestrée du monde « entier. D'abord étonnée de voir en face un être humain, puis effrayée de me « voir m'asseoir, elle poussa un cri perçant, et m'ordonna impérieusement de « sortir. Le lendemain, jouissant sans doute d'un peu de calme, elle écrivit ce « billet. »

1735. **LA VALLIERE** (Louis-César La Baume Le Blanc, duc de), grand fauconnier de France, célèbre bibliophile. N. 1708. M. 1780.

L. aut. sig., à M... Bellevue, 21 mars 1752. 1 p. in-4. Deux *portr.*

Il lui recommande le placet du sr De Haussay, dont la mère est une bien bonne femme, veuve d'un officier, bon gentilhomme, et à qui le manque de bien a fait prendre le parti d'être femme de chambre de Mme la marquise de Pompadour...

1736. **LA VARANNE** (Guill.-Foucquet de), baron de Ste-Suzanne, contrôleur des postes, gouverneur de la ville et du château d'Angers.

C'est une chose notoire depuis 200 ans que l'office de proxénète qui fit la fortune de Guillaume Fouquet de la Varanne (dit Varenne) auprès de Henri IV, faisant allusion aux fonctions de cuisinier piqueur de viandes, que La Varanne avoit remplies chez la sœur du roi, Catherine de Bourbon, depuis et malgré elle duchesse de Bar, elle dit un jour à Foucquet : « Tu as plus gagné à porter les « *poulets* de mon frere qu'à piquer les miens. » (*L. de M.*)

1° Quitt. avec quatre lignes aut. sig. (sur parch.). 1615.

2° Promesse de payement aut. sig. en tête d'un acte notarié. 1616. Trois quarts de p. in-fol., et sur le verso six petites lignes aut., et deux sig.

3° Acte notarié, trois fois sig., avec six lignes aut. 1608. 4 p. in-fol.

La Varenne (Guill. Foucquet de), évêque d'Angers. Sa signature, au bas d'un mémoire de dépenses... 1611. 3 p. in-fol.

1737. **LAVARDIN** (Jean de Beaumanoir, marquis de), gouverneur du Maine, ambassadeur en Angleterre, maréchal de France. Il était dans le carrosse de Henri IV quand il fut assassiné le 14 mai 1610. 1551-1624.

Par des mémoires que Saint-Foix a vus et extraits, on apprend quelques particularités sur ce personnage, dont la versatilité suspecte ne cessa que quand il se fut rallié à Henri IV. Ainsi par exemple il raconte : que sa vie fut sauvée pendant la fatale nuit du 24 août 1572 par une *bonne catholique dame de charité* dont il avoit partagé le lit. — Qu'il reçut trois blessures au siége de Saint-Lô en 1574. — Qu'il sauva la vie à Henri IV, dans une grange où il *lutinoit* une jeune fille, dont la mere prit mal la plaisanterie, si bien que, ne connoissant pas le roi, elle alloit lui fendre la tête d'un coup de serpe, quand Lavardin para le coup asséné par derriere. — Qu'il tua Candau qui lui disputoit la main de Mlle de Montafié. — Qu'il prit (en combattant pour Henri IV) et d'assaut, le faubourg Saint-Germain de Paris, conjointement avec d'Aumont. — Qu'il fut blessé au combat d'Aumale près de Henri IV qui le fut aussi. — Au reste il ne parle pas *des petits chiens blancs* dont il avoit la garde (voir le dossier de son fils, Jean de Beaumanoir, *n° 192 de ce catalogue*). — J'ai noté les faits ci-dessus parce qu'ils ne sont pas dans les biographies qui se copient l'une l'autre; j'oubliois de noter que, si l'on en croit Mme de Motteville, Lavardin avoit hautement témoigné à Marie de Médicis une passion dont elle rioit, et faisoit rire Henri IV. (*L. de M.*)

1° Rôle de montre et revue de sa compagnie, sig. (sur parch.), signée aussi par Montmorency de Lauresse, du Hallot de Lestonville, Louis de Fontenay, Louis d'Humières, etc. 1612. 2 gr. p. in-fol. *Portr.* in-4.

2° Acte notarié, sig. 1587. 3 p. in fol.

3° L. aut. sig., à M. de Rambouillet. Nérac, 17 février 1580. 1 gr. p. in-fol. *Rare.*

Partant de Nérac il lui fit l'honneur de lui écrire, et qu'il y a ja assez longtemps qu'étant par delà sans qu'il ait eu ce bien de recevoir aucune de ses lettres « ie nay voulu faylir vous suplyer par celle cy me fayre cete faueur de « me mander ce que ie dois esperer de mes affayres et cependant croyre que ne « troueres iamays parant seruyteur et amy sur lequel vous ayes plus de puys-« sance... »

1738. **LAVARDIN** (Henri-Charles de Beaumanoir, marquis de), lieutenant général de la Haute et Basse-Bretagne, ambassadeur à Rome, etc. N. 1643. M. 1694.

Sa femme étoit bavarde et curieuse : aussi Mme de Sévigné allant la voir, disoit-elle : *Je vais en bavardin.* (*L. de M.*)

1° Quitt. aut. sig. (sur parch.). 1672. Coupure à la marge intérieure enlevant les premières lettres des cinq lignes aut. — 2° Quitt. sig. (sur parch.). 1694.

1739. **LA VAUGUYON** (..... de Quélen, duc de), lieutenant

général, pair de France, ambassadeur en Hollande, en Espagne, etc. N. 1746. M. 1828.

L. aut. sig., à M. Le Noir, lieutenant général de police. La Haye, 1er août 1777. 3 p. in-4.

Relative au comte de Mirabeau, fugitif en Hollande.

LAVAUGUYON (Jacques Stuard de Caussade, comte de), grand sénéchal de Guienne. Procuration notariée, sig., donnée à Louis de Rochechouart, comte de Maure, pour recouvrement des sommes qui lui reviennent comme héritier de feue dame Diane d'Escars, vivant dame de Saint Maigrin, 31 janvier 1629. 3 p. in-fol.

1740. **LAVERDY** (Clément-Charles-François de), conseiller au Parlement, contrôleur général des finances, membre de l'Académie des inscriptions et belles-lettres, etc. Né en 1723. Mis à mort en 1793.

1° Minute aut. d'une lettre à l'infant don Philippe, duc de Parme, gendre de Louis XV. 19 avril 1761. 3 p. à mi-marge, in-4. Notice de M. *L. de M.*

2° L. aut. sig., à M... Neuville, 28 octobre 1774. 1 p. in-4.

3° L. aut. sig., à M. l'abbé Riaque, vicaire de Saint-André, à Paris. Neuville, 3 juin 1780. 1 p. in-4. Cachet. Curieuse.

1741. **LA VIEUVILLE** (le duc de), gouverneur des ville et forteresse de Fontenay-le Comte.

C'est l'époux d'Anne Lucie de La Mothe Houdancourt, fille d'honneur de la reine et objet des jeunes amours du roi avortés grâce à la vertueuse sévérité de la duchesse de Navailles, à qui le roi garda une rancune, et infligea une persécution et une punition également immorales, impolitiques et scandaleuses. (*L. de M.*)

Quitt. aut. sig. (sur parch.), de la somme de 600 liv., pour partie de ses appointements en ladite qualité, pendant l'année 1665, à raison de 100 livres par mois.

LA VIEUVILLE (Mme la comtesse de), née de La Vieuville. L. aut. sig., à M.... Paris, 30 sept. 1757. 1 p. pl. et demie in-4. Curieuse.

1742. **LA VIEUVILLE** (Charles, marquis, puis duc de), gouverneur en Champagne, grand fauconnier de France, surintendant, ministre, etc. N. 1582. M. 1653.

1° Trois actes notariés, sig., 1611-1615. Ensemble, 13 gr. p. in-fol. — 2° Quitt. sig. (sur parch.). 1620.

LA VIEUVILLE (Jean de *La Viefville*), seigneur de Westrehan, bailli et capitaine de Gisors. Quitt. sig. (sur parch.). 1509.

LA VIEUVILLE (Robert de), vicomte de Farbus, capitaine et gouverneur de la ville de Maizières, en Champagne. Q. s. (sur parch.). 1573.

LA VIEUVILLE (Robert de), gouverneur de la ville et citadelle de Maizières. Deux quitt. sig. (sur parch.). 1603 et 1605.

LA VIEUVILLE (Charles de), gouverneur de la ville de Maizières. Quitt. sig. (sur parch.). 1650.

1743. **LAVOISIER** (Antoine-Laurent), fermier général, chimiste, botaniste, astronome, etc., membre de l'Académie des Sciences. Né en 1743. Mis à mort en 1794.

L. aut. sig., à M. Bugnet. 1er juin 1775. Demi-p. in-4. Quatre *portr.*, dont celui de Levachez, avec le dessin de Duplessis-Bertaux, avec notice biographique gravée, et *Notice sur la vie et les travaux de Lavoisier, précédée d'un discours sur les funérailles, et suivie d'une ode sur l'immortalité de l'âme.* Paris, an IV (Impr.). 60 p. in-8.

1744. **LA VRILLIERE** (Louis Phélypeaux, marquis de), comte de Saint-Florentin, ministre et secrétaire d'Etat, ministre de la maison du roi. N. 1672. M. 1725.

1° L. aut. sig., à M. de Nesmond, à Paris. Versailles, 4 mars 1708.

1 p. in-4. Enveloppe aut., avec cachet armorié. Deux *portr.* Sur l'assignation donnée aux officiers du bailliage d'Orléans au sujet des entreprises qu'ils ont faites sur sa juridiction de Châteauneuf.

2° L. s., à M. de Vauvenargues. Paris, 3 juillet 1721. 2 gr. p. in-f. Au sujet de la peste qui sévit à Aix, et de l'urgence de faire partir pour Arles le médecin et le chirurgien dont il l'entretient.

La Vrillière (Louis Phelypeaux, marquis de), secrétaire d'Etat. L. avec la souscription aut. sig., à M. le maréchal de Brézé. Amiens, 23 juillet 1647. 1 p. in-fol.

1745. **LAW** (John), créateur de la *Banque générale*, contrôleur général des finances. N. 1671. M. 1729.

« État des gratifications qu'il convient accorder aux directeur, re-
« ceveur et commis aux aydes de Versailles pendant la présente année
« seulement, pour les indemniser de la cherté des vivres. Au direc-
« teur des aydes 100 livres, au sous-receveur, et onze commis, tant
« aux exercices pied fourché qu'aux portes à chien, 80 livres; en total,
« 1060 livres... », sig. par le directeur de la compagnie des Indes,
« *Del haye*, et par Law, qui a aussi écrit le mot *bon*. Paris, 4 mai 1720. 1 p. in-fol. *Portr.* Notice de M. *L. de M.*

1746. **LAYA** (Jean-Louis), membre de l'Académie française, auteur de l'*Ami des Lois*. N. 1761. M. 1833.

1° L. aut. sig., à M. Lucas de Montigny. Châtillon, 25 sept. 1830. 2 gr. p. pl. et demie in-4 *Portr.* — 2° Envoi de deux lignes aut. sig., à M. Lucas de Montigny, en tête de sa réponse à M. de Pastoret, successeur de Volney, et son discours sur les prix de vertu. Impr. 18 p. in-4. — 3° Un mot sur le directeur de l'imprimerie et de la librairie. Impr. 1819. 59 p. in-8, avec une ligne aut. sur le titre. — 4° *L'Ami des lois*, comédie en cinq actes. Paris, 1842. 90 p. in-8. Avec deux lignes d'envoi aut. sig. *L.*, en haut du titre, à M. Lucas de Montigny.

1747. **LAYA** (Alexandre), publiciste, fils du précédent. N. 1806.

Trois lett. aut. sig., à M. Lucas de Montigny. 1830 à 1845. 5 p. et demie in-4.

Laya (Léon), auteur dramatique, frère du précédent. N. 1809. Deux lett. aut. sig., à M... 1834. 3 p. in-4.

1748. **LEBEL** (frère Nicolas), procureur général des frères minimes ès provinces de France, confesseur de Monaldeschi.

Quitt. sig. (sur parch.), de la somme de trois cents livres, dont Sa Majesté a fait don aux frères Minimes du couvent de Fublaines, proche le château de Monceaux... 19 sept. 1610.

1749. **LEBER** (Jean-Michel-Constant), littérateur, archéologue. N. 1780. M. 1860.

1° L. a. s., à M. Du Sommerard. 27 avril 1833. 1 p. in-8. Prière de laisser visiter son musée par M. Fumeron d'Ardeuil.

2° Deux lett. a. s., à MM. Baudouin frères. 1815-1827. 2 p. in-4.

1750. **LE BLANC** (Claude), conseiller au parlement de Metz, intendant d'Auvergne, puis de Dunkerque, ministre de la guerre. Né en 1669. Mort en 1728.

1° L. avec des corrections et un post-scriptum de huit lignes aut. sig., au maréchal de Berwick. Paris, 7 oct. 1719. 5 p. et demie in-fol. Affaires militaires... S. A. R. lui paraît disposée à faire sauter dès à présent les fortifications de Saint-Sébastien, du passage de Fontarabie et de Castel-Leon...

2° L. avec post-scriptum de six lignes aut. sig., à M. Le Bret. Paris, 18 novembre 1719. 2 p. in-fol.

1751. **LE BLANC DE QUINET** (Antoine Blanc, dit), oratorien, auteur dramatique, membre de l'Institut. Né en 1730. Mort en 1799.

1° L. aut. sig., à Mgr ... Paris, 13 mai 1789. 4 p. in-4

Au sujet de sa pièce : *Libertat ou Marseille rendue* dont la représentation vient d'être interdite par le lieutenant de police, au moment d'être jouée ... Ce qu'il ignore vraisemblablement, c'est que cette pièce dont il est l'auteur, n'inspire que le patriotisme le plus ardent, et ne recommande que la soumission la plus inviolable à l'autorité légitime... Il le prie de lui accorder un tour de faveur pour une autre tragédie, *Penélope*.

2° Notice sur Antoine Le Blanc, ... lue à la rentrée des écoles centrales du département de la Seine, le 1er brumaire ... an VIII, par J.-F.-R. Mahérault, professeur à l'école centrale du Panthéon. An VIII. Impr. 80 p. in-8.

1752. **LE BLOND** (Guillaume), mathématicien, coopérateur de l'*Encyclopédie*. N. 1704. M. 1781.

Quitt. sig. (sur parch.). Versailles, 21 mars 1760. *Portr.* de Saint-Aubin, in-4.

Le Blond (l'abbé Gaspard-Michel), bibliothécaire du collége Mazarin, membre de l'Académie des inscriptions. N. 1738. M. 1809.

L. aut. sig., au citoyen Méjean. 30 floréal, an XI. 1 p. in-4. Tachée.

1753. **LE BOIS**, accusateur public, successeur de Fouquier-Tinville..., président de la section du *Théâtre-Français* lors de l'insurrection de vendémiaire an V. Mis à mort en 1795.

Ordre aut. sig., comme accusateur public, au concierge de la maison d'arrêt, dite Lazare, de recevoir les nommés Dauvin et Bunel, venant de la maison de La Force, et accusés de bris de scellés. « Les deux « prisonniers sont recommandés aux soins et à l'humanité du con- « cierge. » Paris, 22 brumaire an III. 1 p. in-4. Cachet.

1754. **LE BON** (Joseph), oratorien, membre de la Convention nationale. Né en 1765. Mis à mort en 1795.

1° L. aut. sig., au ministre de la guerre. Arras, 15 germinal, deux heures du matin. 1 p. pl. in-4. Deux *portr.*

2° *Les formes acerbes*, gravure allégorique représentant deux guillotines en exercice. in-fol. *Rare.*

3° Ordre du Comité de sûreté générale au concierge de la maison de justice du Palais, de recevoir et garder sous sa responsabilité Joseph Le Bon, « décrété cette nuit d'arrestation ; il prendra à son égard « toutes les mesures de prudence et ne le laissera communiquer avec « personne. » Sig. par Pierre Guyomar, Courtois et Lomont. 23 messidor an III. 1 p. in-fol. Tête impr. Vignette. Cachet.

4° Le Comité de sûreté générale du 24 germinal an III, onze heures du soir, ... prenant en considération les renseignements qui lui sont parvenus sur ce qui s'est passé dans la maison d'arrêt de Port-Libre, à l'époque des douze et treize de ce mois, et sur les complots qui continuent à s'y former, arrête, que Joseph Le Bon, député à la Convention nationale et ... (dix autres dénommés) seront de suite transportés à Meaux, sous bonne et sûre garde... Copie conforme, sig. *Aumont.* 1 p. et demie in-fol. Cachet.

5° Ampliation d'un arrêté du Comité de sûreté générale, ... Joseph Le Bon, de présent détenu aux prisons de Meaux, sera transféré à la maison d'arrêt du Plessis... 28 floréal an III. 1 p. in-fol.

6° Trois ampliations d'arrêtés du Comité de sûretégénérale du 30 nivôse an III... « Vu les notes et pièces de dénonciations particulières, « ensemble les pétitions et adresses manuscrites et imprimées des « sociétés populaires de Cambrai et d'Arras, renvoyées au Comité par

« la Convention nationale, appuyées sur les informations faites par la « commission nommée *ad hoc*, et par le Comité révolutionnaire, en « conséquence d'arrêtés des représentants du peuple, Florent Guyot « et Berlier, et sur la demande de plusieurs membres de la députation « du Pas-de-Calais, desquels il résulte que les nommés Tournond, Cé- « lestin, Lefetz, Nicolas Lefetz, Taffin-Beniant, Duponchel, Va- « nier, etc., etc., prévenus d'être complices des délits imputés à Joseph « Le Bon, pour l'avoir aidé à propager et à réaliser dans les dépar- « tements du Pas-de-Calais et du Nord, et notamment dans les districts « et les communes d'Arras et Bapaume, le système de terreur qui a « pesé sur toute la République sous le régime de Robespierre, et ses « complices existants et punis, qu'ils ont porté le deuil et l'épouvante « dans l'âme des citoyens paisibles, et des cultivateurs, qu'ils ont été « dans la même affaire dénonciateurs, témoins, juges et jurés, et qu'ils « ont concouru à faire périr injustement plusieurs Français, soit pour « des délits ou des fautes antérieures à la Révolution, soit par des « faits, contre lesquels la loi ne prononçait pas la peine de mort, il en « résulte, qu'ils ont corrompu, conjointement avec Le Bon, la morale « publique, et contribué aussi par leur conduite révoltante, à avilir « les autorités constituées, et à faire haïr la Révolution, qu'ils ont « dilapidé les biens, meubles, effets, et propriétés de la nation et des « particuliers... » 6 gr. p. in-fol., deux avec tête imprim. et vi- gnette. Cachets.

7° Délibération du Comité de salut public... « Vu l'arrêté du Direc- « toire du district du bourg de l'Égalité, le Comité arrête, que Veau- « geois, maire de la commune de Choisy-sur-Seine, oncle de Le Bon, « et qui avoit d'intimes liaisons avec le traître Robespierre, sera sur- « le-champ traduit à la Conciergerie, pour être poursuivi et jugé au « tribunal révolutionnaire... » Signée par Voulland, Elie Lacoste, Legendre (de Paris) et Goupilleau de Fontenay. 15 thermidor an II. 1 p. in-fol. Tête impr. Vignette. Cachet.

8° Délibération du Comité de sûreté générale qui arrête, que Jo- seph Le Bon, maintenant détenu à la maison du Plessis, sera sans aucun délai transféré dans la maison de la Conciergerie, sig. par Al- letz et Champenois, membres de la commission administrative de la police de Paris. 13 prairial an III. 1 p. pl. et quart in-fol. Tête impr. Vignette.

1755. **LE BRUN** (Charles), écuyer, s^r de Thionville, premier peintre du roi. N. 1619. M. 1690.

Quitt. notariée, sig., avec ces mots de renvoi : *de ses gages L. B.* (sur parch.), de la somme de trois cents livres, pour le quartier de juillet, août et septembre, de ses gages de premier peintre du roi à lui attribués en ladite qualité. 13 oct. 1688. Cette quittance a été coupée à la fin des lignes, mais toutes les signatures sont intactes. Cinq *portr.*

Le Brun (Charles), bourgeois de Paris, demeurant à la manufac- ture royale des Gobelins. Quitt. notariée, sig. (sur parch.). 1680.

1756. **LE BRUN TONDU** (Pierre-Hélène-Marie), abbé, imprimeur, journaliste, ministre des affaires étrangères, membre du Conseil exécutif, etc. Né en 1763. Mis à mort en 1793.

L. aut sig., au président de la Convention nationale. Paris, 7 avril 1793. 1 p. in-4. Notice de M. *L. de M.*

Il lui transmet la nouvelle des premières hostilités et des premiers succès de nos armées contre les Espagnols.

Le Brun (Charles-François), 3e consul, duc de Plaisance, archi- trésorier de l'Empire, etc. N. 1739. M. 1824. 1° L. aut. sig., aux commissaires des domaines nationaux. Paris, 25 mai 1791. 1 p. in-4.

— 2° L. aut. sig., au préfet de Paris. Paris, 4 sept. 1803. 1 p. in-4. — 3° L. sig. 1791. 2 p. in-fol. Six *portr.*

1757. **LE BRUN** (Pierre-Denis Ecouchard), dit : *Pindare*, poëte, membre de l'Institut. N. 1739. M. 1807.

Vers aut. 2 p. pl. in-8. Trois *portr.*

1758. **LE BRUN** (Sophie Vigée, dame), peintre, de l'ancienne Académie royale de peinture. N. 1755. M. 1842.

L. aut., à M. Poujoulat, à Passy, Saint-Germain-en-Laye, 12 juillet 1836. 3 p. in-8 (papier vert). Curieuse. Deux *portr.* — Précis historique de la vie de la citoyenne Le Brun. Impr. 22 p. in-4. (Mouillures).

1759. **LE CAMUS** (Etienne), aumônier du roi, cardinal, évêque de Grenoble. N. 1632. M. 1707.

1° Deux quitt. sig. (sur parch.). 1663 et 1664.

2° *Lettre de M. le cardinal Le Camus, au R. P. Armand-Jean Bouthillier de Rancé, ancien abbé de La Trappe...* Grenoble, 12 novembre 1680. 10 p. in-4. Copie du temps.

Sur les troubles de l'Eglise suscités par le Jansénisme.

3° L. aut. sig., à M... Grenoble, 27 septembre 1686. 1 p. pl. in-4.

Lettre curieuse sur sa promotion au cardinalat. Il n'a rien fait pour obtenir un pareil honneur, mais il a regardé en ce choix l'ordre de Dieu qui, pour faire mieux connaître sa puissance, se sert de ses plus faibles instruments... « Le « courrier extraordinaire que M. le cardinal Cibo mauoit depeché de la part « du pape m'apporta la nouuelle à Grenoble dimanche au soir, 8 septembre, « j'étois fort endormi et il me mit la calotte sur la teste apres mauoir osté mon « bonnet, cela me reueilla en un terrible sursaut comme vous pouuez croire. »

Le Camus (Jean), lieutenant-civil, frère du précédent. N. 1640, M. 1710. Quitt. sig. (sur parch.).

Le Camus (Antoine), président au grand conseil. Quitt. sig. (sur parch.). 1601.

1760. **LE CAMUS** (Etienne, cardinal). *Le même.*

L. aut. sig., à M. le curé de Saint-Jacques du Haut-Pas, à Paris. Grenoble, 1er avril 1697. 1 p. pl. in-4. Cachet. *Portr.* in-4.

... Il lit présentement le livre de M. de Cambrai, et il n'a pas encore celui de M. de Meaux. « Je trouue qu'on subtilise beaucoup et qu'on met au « iour quantité de cas metaphisiques qui scandalisent les foibles dont les theo- « logiens methodiques et exacts ne peuuent s'accommoder, et dont les libertins « se raillent, et si un mot a échappé a quelque pieus auteur, on prétend au- « toriser par là un langage fort différent de celuy dont les saints peres se sont « seruis communément dans l'eglise. Mais comme ces nouueautés de langage et « de sentiments sont entierement bannis de ce diocese, je n'ai rien à dire là- « dessus... »

1761. **LE CAT** (Claude-Nicolas), chirurg. célèbre. 1700-1768.

L. aut. sig., à M. Wille, graveur de l'Académie, à Paris. Rouen, 26 décembre 1755. 1 p. pl. in-4. Cachet de l'Académie de Rouen bien conservé. *Portr.* (Collection de M. de Monmerqué). Intéressante.

1762. **LE CHAPELIER** (Isaac-René-Guy), avocat, député aux Etats-Généraux. Né en 1754. Mis à mort avec Thouret, d'Eprémesnil et Malesherbes en 1794.

L. a. s., à M... Paris, 29 déc. 1789. 1 p. in-4. Quatre *portr.*

1763. **LE CLERC** (Sébastien-Claude), dessinateur et graveur ordinaire du roi. N. 1637. M. 1714.

Quitt. notariée, sig. (sur parch.). 1686. Beau *portr.* in-4.

1764. **LE CLERC DU TREMBLAY** (Charles), gouverneur de la Bastille.

C'est le frere du père Joseph, l'*Eminence grise*, le conseil, le confident, et au besoin l'aide-bourreau du cardinal de Richelieu. (*L. de M.*)

Quatre quitt. aut. sig. (sur parch.), pour nourriture des prisonniers de la Bastille. 1627, 1635, 1636 et 1640.

1765. **LE CLERCQ** (Théodore), auteur de *Proverbes* dramatiques. N. 1776. M. 1851.

Deux lett. aut. sig., à MM. Roger et Taschereau. 2 p. in-8 et in-4.

1766. **LECLERE** (Achille), architecte, membre de l'Institut.

Sept lett. et billets aut. sig., à M. Lucas de Montigny, de 1834 à 1844, ensemble, 10 p. in-8 et in-4, et deux dessins à la plume.

1767. **LE CLERE.**

L. aut. « A madame ma mère, la présidente Le Clere, demeurant « rue de la Huchette, à l'enseigne des Trois-Roys, logis du facteur des « Messageries de Poitiers. A Paris. De Tours (sans date). » 2 gr. p. pl. in-fol. Cachet abbatial.

Lettre pleine de dévotion mystique d'un fils religieux, qui exhorte sa mère à se mettre « à l'abry et à couvert, en la retraite des affaires misérables... » Il s'inquiete d'un projet de mariage compromettant pour son frere.

1768. **LECOMTE** (Pierre), garde général des forêts de la couronne, l'un des nombreux assassins du roi Louis-Philippe. Né en 1798. Exécuté en 1846.

Récépissé de son acte d'accusation rendu par la Cour des Pairs. Quatre lignes aut. sig. 27 mai 1846. Demi-p. in-8.

1769. **LE COZ** (Claude, comte), évêque de Rennes, archevêque de Besançon. N. 1740. M. 1815.

1° L aut. sig. : *Le Coz, évêque de Rennes, membre de la Législature de* 1792, au citoyen Le Clère, imprimeur-libraire. Rennes, 12 fructidor an VI. 3 p. in-8. Curieuse.

2° L. a. s., au ministre de la marine. Paris, 9 août 1811. 2 p. in-4.

3° L. aut. sig., à M... Besançon, 29 nov. 1814. 3 gr. p. pl. in-4.

Curieux details sur les persécutions dont il vient d'être l'objet lors du passage du duc d'Angoulême à Besançon. Ses ennemis ont dépensé plus de 30,000 fr. pour le perdre. Pendant le sejour du prince, des gendarmes ont été mis aux portes de son palais et de la cathédrale pour l'empecher de sortir... « Ce même jour, M. le maréchal Ney, notre gouverneur, remit à *Monsieur* la « lettre dont je joins ici une copie avec un *discours* prononcé pour une bené- « diction de drapeaux. Combien je vous aurois d'obligation, si vous pouviez « faire mettre ces pieces sous les yeux de notre excellent roi! S. M. y verroit « mes veritables sentiments pour sa personne auguste et pour sa famille... »

1770. **LEDRU-ROLLIN** (Auguste-Alexandre), avocat, député, ministre de l'intérieur en 1848. N. 1808.

L. aut. sig., à M. Lucas de Montigny. Paris, 1er mai 1836. 1 p. et demie in-8. *Portr.*

Puisqu'il trouve digne d'éloge l'article sur Mirabeau considéré comme avocat, il s'empresse d'en rapporter le mérite à son auteur; il est de Me Pinart, l'un de ses meilleurs camarades, aussi distingué que bon écrivain. « Vous me de- « mandez s'il entrerait dans le cadre du *Droit* de rendre compte de vos inté- « ressants mémoires sur Mirabeau, très-certainement; qui donc Mirabeau pour- « rait plus intéresser que nos lecteurs?... »

1771. **LEFEBVRE** (François-Joseph), duc de Dantzick, maréchal de l'Empire. N. 1755. M. 1820.

1° L. sig., au citoyen Méjean. Paris, 6 ventôse an XI. 2. p. et demie in-4. Dix *portr.*

2° L. avec la fin de dix lignes, et un post-scriptum de quatorze lignes aut. sig., à Son Altesse Sérénissime... 17 janvier 1808. 4 gr. p. pl. et demie in-fol.

Il rappelle à son souvenir des officiers qui ont bien fait toute la guerre, et particulièrement les dernieres campagnes. Ils ont mérité d'être cités honorablement dans ses rapports sur les operations du siége de Dantzick. Il parle de ses cinq aides de camp, qui n'ont encore participé en aucunes manieres aux bienfaits de l'empereur.

Lefebvre-Desnoettes (Charles, comte), général. N. 1775. M. 1822. 1° L. aut sig., au préfet de la Seine. 1813. 1 p. in-4. — 2° L. sig., au même. 1813. 1 p. in-fol. *Portr.*

1772. **LEFEVRE** (Nicolas), précepteur du prince de Condé, depuis de Louis XIII, philologue, etc. N. 1544. M. 1612.

Quitt. sig. (sur parch.), Paris, 24 juillet 1596.

Lefevre Gineau (Louis), physicien, député, membre de l'Institut. N. 1754. M. 1829. 1° L. aut. sig. (à la 3e personne), à M. Méjean. Paris, 12 nivôse an XIII. 1. p. pl. in-4. Intéressante. — 2° Article aut. sur *Bosquillon* 1 p. et quart in-4. Deux *portr.*

Laugier (André), savant chimiste, professeur au Jardin des Plantes. N. 1780. M 1823. L. aut. sig. 1831. Demi-p. in-8 *Portr.*

1773. **LEFRANC DE POMPIGNAN** (Jean-Jacques), poëte lyrique, membre de l'Académie française. 1709-1784.

L. aut. sig., à M. Martin, à Toulouse Pompignan. 9 sept. 1763. 2 p. in-4. Cachet. Deux *portr.* Belle lettre.

1774. **LEGENDRE** (Adrien-Marie), géomètre, membre de l'Académie des sciences. N. 1752. M. 1833.

L. aut. sig , à son ami... 15 avril. 1 p. in-8.

La correspondance pour laquelle il réclame ses bons offices ne roule que sur des objets de science ; cette correspondance a lieu à l'occasion d'une édition anglaise que M. Brewster, physicien distingué d'Edimbourg, veut bien donner et soigner lui-même de ses éléments de géométrie « Cette entreprise prouve « que mon ouvrage a fait fortune, même dans l'Université d'Edimbourg, et « malgré un nouvel ouvrage très-savant sur le même objet de M. Leslie, autre « savant qui jouit d'une grande célébrité Cela prouve que la science est de « tous les pays, et qu'au moins sur cet objet la politique ne répand pas son « amertume et ses dégoûts. »

Legentil de la Galaisière (Guill.-Jos.-Hyacinthe-J.-B.), voyageur, astronome, membre de l'Académie des sciences. N. 1725, M. 1792. L. aut. sig., à M. Anisson Du Perron. Paris, 20 oct. 1791. 1 p. in-4.

1775. **LEGENDRE** (Louis), marchand boucher, député de Paris à la Convention. N. 1756. M. 1797.

Il vouloit que le corps de Louis XVI fut dépecé en quatre-vingt-trois morceaux, pour être distribué aux quatre-vingt-trois départements. — Il s'associa au mouvement de Thermidor, et alla de vive force, et de sa propre main, fermer l'antre des Jacobins, mais ce fut après s'être bien assuré de la perte infaillible de Robespierre, devant lequel il avoit toujours tremblé. (*L. de M.*)

1° Quitt. aut. sig , de la somme de 392 livres 19 sous 6 deniers, reçue de M. le président de Fleury, pour la dépense de sa maison, pendant le mois de février de la présente année. Paris, 30 avril 1784. Demi-p. in-4. *Portr.*

Pièce sig., comme membre du comité de sûreté générale, sig. aussi par Amar, André Dumont, et Louis (du Bas-Rhin), ordonnant que le nommé Tronquoy, ancien trésorier de France, prévenu d'intelligence avec les émigrés et de plusieurs autres délits contre-révolutionnaires, présentement détenu au corps de garde du comité, sera transféré dans les prisons de la Conciergerie, pour être jugé par le tribunal révolutionnaire.. 15 thermidor an II, 1 p in-fol. Tête impr.

3° Arrêté du comité de sûreté générale signé par lui et par Elie Lacoste, Louis (du Bas-Rhin) Goupilleau (de Fontenay) et Vadier, ordonnant la mise en liberté d'Etienne Lormier, peintre, détenu aux Bénédictines anglaises. 30 thermidor an II. Demi-p. in-fol. Tête impr. Cachet.

4° L. sig.. comme membre des amis de la Constitution, *aux amis de la Constitution, aux Jacobins, à Paris, pour remetre à monsieur Robespierre, membre de l'Assemblée nationale*. 25 juillet 1791. 2 p. pl. et demie in 4. Cachet. Sur la suscription se trouve le timbre de la poste de Mantes.

Comme défenseur ordinaire des citoyens opprimés pour leur patriotisme, il lui envoie copie de la lettre qu'il a adressée hier aux représentants de la nation, séance tenante. Il le prie de la communiquer ce soir aux Jacobins... « Une reconnaissance immortelle s'épanche vers Robespierre toutes les fois « qu'on pense à un homme de bien. » ... Suit la copie de cette lettre.

1776. **LEGOUVE** (Gabriel-Marie-Jean-Baptiste), poëte, auteur dramatique. N. 1764. M. 1813.

L. aut. sig., au préfet de la Seine. An IX. Demi-p. in-4. Deux *portr.*

Legouvé (Adèle), femme du précédent. L. aut. sig. 1 p. in-12.

Le Hoc (Louis-Grégoire), ambassadeur, poëte, auteur de *Pyrrhus*. N. 1743. M. 1818. 1° Deux lett. aut. sig. 1781 et an VII. 2 p. in-4. 2° Passeport sig., comme « ministre de France en Basse-Saxe, pour « M. Jean-Pierre Blanchard, natif d'Andely, département de l'Eure, « premier passager aérien d'outre mer, qui ayant exécuté à Lubeck sa « quarante-quatrième ascension, part de cette ville pour Philadelphie. » Hambourg, 23 sept. 1792. 1 p. in-fol. Cachet.— 3° Inscription latine qui renferme les principales circonstances de la vie de M. Le Hoc, et qui doit être gravée sur son tombeau. Par M. Le Maire. Impr. 4 p. in-4.

1777. **LEGRIS DUVAL** (l'abbé René-Michel), prédicateur, bienfaiteur des pauvres. N. 1765. M. 1819.

L. aut. sig., à M. de [illegible]iresse, secrétaire des commandements du duc d'Angoulême. 3 déc. 1818. 1 p. in-4 *Portr.*

Témoignage de sa vive reconnaissance pour les deux nouveaux bienfaits de Son Altesse Royale.

Lécuy (Jean-Baptiste), abbé général de l'ordre des Prémontrés, controversiste, historien, biographe. N. 1740. M. 1834.

L. aut. sig. 25 février. 1 p. pl. in-8.

1778. **LEIBNITZ** (Godefroi-Guill., baron de), philosophe, mathématicien, etc. N. 1646. M. 1716.

L. aut. sig., à M... Luxembourg, 8 oct. 1701. 2 p. in-8. Remontée. *Portr.*

Sa lettre lui est parvenue dans le château de la reine, près de Berlin, où il est présentement. Il lui a fait rapport de sa lettre, Sa Majesté s'est souvenue de celle qu'il lui a écrite, et il croit qu'elle lui répondra...

1779. **LEJAY** (Nicolas) premier président du parlement de Paris. M. 1640.

1° Deux quitt. sig. (sur parch.). 1625 et 1632.

2° Cinq lignes aut. sig., au bas d'une requête 1610. 1 p. in-fol.

3° L. aut. sig., au maréchal de Brézé. 29 juin 1635. 1 p. pl. in-4. Cachets et soies.

« La bonne fortune du roy, sa cause juste, la sage et prudente conduite, et « le courage de ceux qui commandent ses armées dedans et dehors le royaume, « produisent des effetz merveilleux, et incroyables à la postérité, cet heureux « succez comble d'honneur et de gloire vre nom si illustre, etc., etc. »

1780. **LEKAIN** (Henri-Louis), célèbre tragédien. 1728-1778.

L. aut. sig., à M. Antoine le sculpteur, au nouvel hôtel de la Monnaie. Paris, 25 nov. 1773. 1 p. pl. in-8. *Port.*

Il est malade. On lui a rapporté dans sa triste solitude que Mme Vestris avait très-bien joué le rôle d'Ariane; s'il en a été le témoin, il est bien heureux.

1781. **LELORRAIN** (Robert), sculpteur du roi. 1666-1743.

Quitt. notariée, sig. (sur parch.) 1705.

Le Gros (Pierre), sculpteur du roi. N. 1656. M. 1719. 1° Quitt. sig. par lui et par sa femme, Marie Le Paultre (sur parch.), de la somme de cent livres, à compte d'un groupe de figures représentant Pomone au château de Marly. 1683.

1782. **LEMONNIER** (Pierre-Charles), astronome, membre de l'Académie des sciences. N. 1715. M. 1799.

L. aut. sig., à M. Dubois. Paris, 11 octobre 1780. 1 p. pl. in-4.

Au sujet du Mémoire qu'il a présenté pour la ville de Vire, et des dépenses qu'elle veut faire pour ses chemins.

1783. **LEMONTEY** (Pierre-Edouard), député à l'Assemblée législative, historien, moraliste, membre de l'Académie française. N. 1762. M. 1826.

1° L. aut. sig., à son ami Fréminville, à Laumusse, près Mâcon. Lyon, 15 août 1813. 1 p. pl. in-4. — 2° Note aut. 1 p. in-4. — 3° L. sig. 1815 1 p. in-4. *Portr.*

LEMERCIER (Louis-Népomucène), auteur dramatique, membre de l'Académie française. N. 1770, M. 1840. L. aut. sig., à M. Guénepin. Bayeux, 22 oct. 1826. 2 p. in-4. *Portr.* — Discours de Naigeon à la réception de Lemercier, et la réponse de celui-ci. Impr. 34 p. in-4.

1784. **LEMOT** (François-Frédéric), statuaire, membre de l'Institut. N. 1773. M. 1827.

1° L. aut. sig., au citoyen Chalgrin, architecte. Paris, 20 fructidor an VI. 1 p. et demie in-8. *Portr.*

Il lui transmet, comme il en est convenu ce matin, avec lui, le montant des prix. — Pour le groupe de la clémence et de la justice 3,000 francs. — Pour celui de la liberté et de la victoire 5,000 francs. — Pour le trophée 4,500 fr. Ce génie n'est pas conforme à celui qu'ils avaient d'abord donné...

2° Mémoire... pour avoir refait en entier le bras et la main de la figure de la Liberté de la place de la Concorde, et l'avoir entièrement restaurée, laquelle figure a 8 mètres 118 millim. de proportion... 600 liv. Paris, 9 vendémiaire an VIII. 1 p. in-4.

3° L. aut. sig., au citoyen Chinard, à Lyon. Paris, 1er prairial, an VIII. 3 p. in-8

Au sujet du vol qui lui a été fait par un nommé Portail, sculpteur, de plusieurs plâtres de sa figure d'Hebé donnant à boire à Jupiter transformé en aigle, de deux pieds environ de proportion... On lui a dit qu'il les vend à qui veut les acheter. Cela est-il vrai ? Il le prie de faire des recherches à cet égard.

4° L. a. s., au préfet de la Seine. Paris, 25 sept. 1820. 1 p. in-4.

5° L. aut. sig., à M. le préfet du Rhône. Paris, 12 avril 1821. 3 p. in-4. *Portr.*

Relative à la statue de Louis XIV. Curieux détails.

1785. **LEMOYNE** (Jean-Baptiste), sculpteur. membre de l'Académie royale. N. 1704. M. 1778.

L. aut. sig., à M... 30 janvier 1761. 1 p. in-4. *Portr.*

Au sujet du buste du roi qui lui a été commandé pour la faculté de médecine de Montpellier.

LEMOYNE (Jean-Baptiste), peintre ordinaire du roi. Quitt. sig. (sur parch.). 1698.

LEMOYNE (Jean), peintre ordinaire du roi. Quitt. sig. (sur parch.). 1706.

1786. **LENOIR** (Jean-Charles-Pierre), lieutenant général de police de Paris. N. 1732. M. 1807.

1° L. aut. sig., à M. Trudon. Uberlingen, 11 février 1798. 4 p. pl. in-4. Intéressante.

2° L. aut. sig., au même. Uberlingen, 1er mai 1798. 4 p. in-4. Cachet. Intéressante.

3° L. aut. sig., à M. le préfet. Crosne, par Villeneuve-Saint-Georges. 14 floréal an XIII. 1 p. in-4.

4° Observation touchant le ministère de la police générale. — Réminiscences touchant d'anciennes attributions du département du ministre de Paris. Aut. 4 gr. p. in-fol.

5° Beau *portr.* de Chevillet, in-fol., et autre *portr.* in-4.

1787. **LENONCOURT** (Philippe de), archevêque de Reims, ambassadeur à Rome. N, 1520. M. 1591.

Prélat illustre, ferme patriote, il fit baisser les yeux à Sixte-Quint, joyeux de l'assassinat de Henri III, rejeta les avances de la Ligue, reconnut et servit Henri IV. (*L. de M.*).

L. avec la souscription d'une ligne aut. sig., sig. aussi par *Bauquemare* et *Thibault*, agents du clergé, à M. l'évêque de Noyon. Péronne, 12 juillet 1583. 1 gr. p. in-fol. Cachet. Belle pièce.

D'après la charge que le roi lui a donnée es provinces de l'Ile de France, Champagne et Picardie, pour ouir les plaintes et doleances des ecclésiastiques et de son pauvre peuple, et donner ordre à plusieurs affaires qui touchent le bien de son service et soulagement de ses sujets, il a avisé l'avertir, que pour cette bonne et sainte occasion, ils se rendront à Noyon le dimanche prochain, et par meme moyen, le supplier autant qu'il lui est possible, et qu'il porte d'affection au service de Dieu, de sa dite Majesté et du bien public, de s'y trouver, avec les principaux et premiers de son clergé....

LENONCOURT (Charles de), gouverneur de la ville de Bar-sur-Aube. Acte notarié, sig. 1619. 3 p. in-fol.

1788. **LENORMAND** (Marie-Anne), cartomancienne, auteur de mémoires et de prédictions. N. 1768. M. 1843.

L. aut. sig. (sur timbre), à M. le préfet de police. 6 juin 1827. 1 p. in-4.

1789. **LE NOSTRE** (André), dessinat. de jardins. 1613-1700.

Quitt. notariée, sig. (sur parch.), comme conseiller du roi, contrôleur-général des bâtiments et jardins de Sa Majesté, arts et manufactures de France, ayant la charge et entretenement des deux grands parterres et bordures, parterres de gazon qui sont dans le grand jardin du palais des Tuileries, jardin, fleurs et palissades de jasmin d'Espagne au-dessous de la haute allée, le long du manège... de la somme de 2,250 livres, pour les susdits entretenements, pendant le quartier d'octobre, novembre et décembre 1681. Paris, 14 mars 1682. Deux *portr*.

LE NOSTRE (Jean), père du précédent, maître jardinier du roi en son palais des Tuileries. 1° Quitt. not., sig. (sur parch.). 1629 — 2° Acte notarié, sig. 1614. 2 p. et demie in-fol.

1790. **LEONARD** (Frédéric-Pierre), imprimeur des *Ad usum Delphini*. M. 1624.

1° Quitt. aut. sig. (sur parch.). 1672. *Portr.* de Vermeulan.

2° Deux quitt. sig. (sur parch.). 1673 et 1706.

1791. **LEPAULTRE** (Pierre), sculpteur du roi. 1659-1744.

Auteur, entre autres beaux ouvrages, des groupes d'*Enée et d'Anchise*, d'*Arria et Pætus*, aux Tuileries. (*L. de M.*)

Quitt. notariée sig. (sur parch.). 1707.

1792. **LE PELETIER** (Claude), ministre d'Etat, contrôleur général des finances. N. 1730. M. 1711.

1° L. aut. sig., à M... 25 janvier 1687. 1 p. in-4. Deux *portr*.

2° Quitt. sig. sur parch.). 1679 et 1685.

LE PELETIER (Hiérôme), conseiller d'honneur au Parlement. Quitt. sig. (sur parch.). 1692.

LE PELETIER (Louis), président à mortier du Parlement. Deux quitt. sig. (sur parch.). 1690-1700.

1793. **LE PELETIER DES FORTS** (Michel-Robert), intendant des finances, directeur général des fortifications de France, contrôleur général. M. 1740.

1° Deux lett. aut. sig., à M. Le Bret. Paris et Fontainebleau, 1703 et 1712. 4 p. in-4.

2° Quitt. sig. (sur parch.). 1700.

3° L. sig., à M. Le Bret. Fontainebleau, 11 nov. 1720. 1 p. in-fol. Envoi de l'extrait d'une deposition faite au sr Pellas, général provincial des monnayes en Provence par sa lettre du 25 oct. 1726.

4° Extrait annoncé dans la lettre qui précède. 2 p. in-4.

« Envoye copie de la déposition d'un nommé Honoré Mirabeau de Pertuis, « en Provence, par laquelle ce particulier expose que le 16 du mois de may « dernier après s'être endormy longtems sous un amandier, il se réveilla en « sursault, et aperceut à la faveur du clair de la lune un spectre d'une grandeur « extraordinaire qui lui dit de ne rien craindre, et lui jetta une pierre avec « ordre de creuser à l'endroit où elle s'arresteroit, qu'il y trouveroit beaucoup « d'espèces d'or, lesquelles il luy donnoit sous condition de faire dire des « messes pour le repos de son âme... »

5° Extrait de la procédure qui a eu lieu à l'occasion de l'apparition du spectre au s[r] Honoré Mirabeau, et du procès qui s'en suivit pour le trésor trouvé, envoyé à M. Le Peletier. Aix, 14 décembre 1726. 11 pages et demie à mi-marge, in-fol. Curieuse affaire.

1794. **LE PELETIER DE SAINT-FARGEAU** (Louis-Michel), président à mortier au parlement de Paris, député aux Etats-Généraux et à la Convention nationale. Né en 1760. Assassiné en 1793.

Notes aut. pour le travail préparatoire du code pénal de l'Assemblée constituante, certifiées par son frère, Félix Le Peletier. 2 p. et quart à mi-marge, in-4. Quatre *portr*.

Le Peletier (Félix), frère du précédent, aide de camp du prince de Lambesc, compromis dans la conspiration de Babeuf. 1767-1837.

Trois lett. aut. sig., à M. Lucas de Montigny. 1830-1832. 3 p. et demie in-8 et in-4, et six petits billets aut. sig., au même.

1795. **LEREBOURS** (Alexandre), président de la Cour des aides.

Je ne sais si c'est à lui que se rapporte un fait raconté par l'Estoille, et que je copie ici, à tout hazard, parce que la narration est piquante, et peint bien l'esprit parisien, resté toujours le même; quelles que soient les calamités qui l'exercent. « Le samedi 16 juin 1590 ceux du roi (Henri IV qui assiégeoit Paris), « tirerent, à coup perdu, sur Paris, de deux pieces qu'ils avoient posées sur le « mont des martyrs de Montmartre. Du boulet de l'une desquelles fut blessé le « President Rebours, qui en eust la jambe rompue, comme il estoit dans la « chambre de M. Roissy, devisant avec lui. Et pour ce que le dit Rebours estoit « tenu pour royal et politique, les prédicateurs, en leurs chaires, en faisoient « une gosserie, et disoient que les coups que tiroient les rolaux avoient tout à « *rebours*. » (*L. de M.*).

Quitt. avec une ligne aut. sig. (sur parch.) de la somme de deux mille livres, pour ses gages de conseiller d'Etat durant l'année 1624. Mars 1625.

1796. **LEROY**, doyen du chapitre du Mans.

Est-ce celui qui eut la pensée première et génératrice de la satire Ménippée ? (*L. de M.*)

L. aut. sig., en son nom et en celui des chanoines et chapitre du Mans, à l'évêque du Mans. Au Mans, le 13 mars 1588. 1 gr. p. in-fol. Belle ecriture. Mouillures et déchirures.

L'évêque est attendu avec la plus vive impatience par tout le clergé et touts les fideles du diocese. Il a été permis à maître Guilloreault de faire la prédication pendant le carême...

1797. **LE ROY DE CHAVIGNY** (François), comte de Clinchamps, gouverneur de Chinon, lieutenant général de la Touraine, de l'Anjou, du Maine, etc. Né en 1519. Mort aveugle en 1606.

En 1560, conjointement avec Brézé, il arrêta le prince de Condé à Amboise, en vengeance de quoi les Huguenots démolirent depuis son château de Chavigny. En qualité de gouverneur de Chinon, il y eut la garde du cardinal de Bourbon, arrêté aux Etats de Blois en 1588.

Trois quitt. sig., la dernière étant aveugle (sur parch.). 1569, 1594 et 1604.

Le Roy de Chavigny (Louis), père du précédent, capitaine de l'une des bandes de la garde du roi. Il servit sous Louis XII, sous François Ier, auprès de qui il était à la bataille de Pavie. Quitt. sig. (sur parch.). 1548.

1798. **LESDIGUIERES** (François de Bonne, duc de), maréchal de France, puis connétable. N. 1543. M. 1626.

1° Quitt. sig. (sur parch.). 1608. Trois *portr.*

2° Acte notarié, trois fois sig. 1616. 4 p. in-fol.

3° L. avec la souscription de deux lignes aut. sig., à M. de Motet, Bibiane, 22 octobre 1594. 1 p. in-fol.

Il lui envoie les deux continuations de la trêve qu'il lui a demandées. Qu'il les fasse voir (s'il lui plaît) comme il jugera à propos. « Nous auons esté « deux jours logés à une canonnade de l'ennemy, et maintenant nous nous « approchons à la mousquetade, et croy que ce jour ne se passera pas sans « nous voir de bien pres, car nous mettons l'ennemy entre les assiégés et « nous. Le duc a desia faict fouldroyer sur Brigalras, mil coups de canon. Les « assiegés sont prests et font merueille de se defendre... »

Lesdiguières (Marie Vignon, marquise de Tresfort, maréchale de), femme du précédent. Quitt. sig. (sur parch.), de la somme de six mille livres, moitié d'une pension de douze mille. 1617.

Lesdiguières (François de Bonne, duc de), gouverneur du fort d'Exiles. Quitt. sig. (sur parch.). 1649.

Lesdiguières (madame de Durfort de Duras, duchesse de). Deux quitt. aut. sig. 1699 et 1731. 2 p. in-4.

1799. **LESNE**, relieur, auteur du *Poëme de la reliure*. M. 1840.

1° Deux lett. aut. sig., à M. Lucas de Montigny, 16 décembre 1824 et 26 juillet 1825. 3 p. in-4. — Billet aut. sig., au même, in-18. — Et minute aut. d'une lettre au préfet de la Seine. 1 p. in-4.

2° L. aut. sig., au même. Paris, 7 nov. 1826. 3 gr. p. pl. et demie in-4.

Sacrifices qu'il a faits pour l'établissement de son fils, qui déjà a pris le goût de l'indépendance, et voudrait bien secouer par avance le joug paternel ; les conseils d'un père ne sont pas aussi puissants que ceux d'une personne tout-à-fait désintéressée, il va en juger, et il pourra lui être d'un grand secours dans cette circonstance.

« Avant-hier j'eus avec lui une grande difficulté relativement aux livres « qu'il vous a portés hier ; ces livres sont bien en eux-mêmes, je n'en suis « pas mécontent, bien que dans son voyage il se soit accoutumé à joindre les « filets de dessus les plats à vue d'œil, et que, si j'approuve cette méthode « abréviative pour les ouvrages ordinaires, je l'improuve dans les ouvrages « soignés, en ce que des filets qui ne sont pas poussés à la règle présentent « toujours un certain tremblottement désagréable ; je désirerais qu'il ne tombât « pas dans la manie qu'ont tous les autres relieurs de placer dans les angles « de ces filets une perle, un pois qui, s'il ne fait pas absolument mal sur de « simples filets, ne fait jamais bien sur de doubles, en ce qu'il détruit toute « harmonie, et que je crois qu'un angle coupé bien carrément sera toujours « préférable à celui gâté par un objet qui lui est étranger; voilà de ces vérités « si palpables qu'il est impossible de ne pas se rendre à leur évidence, et je « désire beaucoup que vous lui rendiez le service de lui en faire l'observa- « tion. Votre goût, monsieur, pourra vous en suggérer d'autres qui ne seront « pas moins importantes... » De plus, il a mis à ses reliures des bordures intérieures à froid ; il croit qu'il sera de son avis, et qu'il trouvera préférable que les bordures intérieures soient en or, cela est infiniment plus joli quand on ouvre le livre. Il lui en a fait l'observation. Sa *prétendue*, sa mère se sont jointes à lui : il n'en a pas démordu, il n'a pas voulu se rendre à l'évidence. « Vous lui rendriez un très-grand service en lui renvoyant ses livres pour y « mettre des bordures dorées, ce petit avis lui serait plus profitable que tout « ce que je pourrais lui dire. Gardez-moi, je vous prie, le secret; vous me « le garderez, vous êtes père, et vous m'approuverez. J'aime mon fils par « dessus tout, mais je prendrai tous les moyens possibles pour en faire un bon « artiste, et non pas un routinier et un maniaque. »

1800. **LESUEUR** (Jean-François), compositeur. 1763-1837.

1° L. aut. sig., à M. Roger. 7 avril 1807. 2 p. in-4. *Portr.*

Détails intéressants sur le Conservatoire de musique, les répétitions, à propos d'une demande de place.

2° L. aut. sig., à M. le comte de Chabrol. Paris, 19 août 1828. 1 p. pl. in-4.

Recommandation en faveur d'un jeune séminariste de la chapelle du roi.

3° Recueil de pièces à opposer à divers libelles dirigés contre le Conservatoire de musique. Impr. An X. 40 p. in-4.

4° Mémoire pour J. F. Lesueur, l'un des inspecteurs de l'enseignement au Conservatoire de musique, au conseiller d'État chargé de la direction et de la surveillance de l'instruction publique ; en réponse a la partie d'un prétendu recueil de pièces (celui qui précède), imprimé soi-disant au nom du Conservatoire, et aux calomnies dirigées contre le citoyen Lesueur, par le citoyen Sarrette, directeur de cet établissement, et autres, ses adhérents ; contenant en outre quelques vues d'amélioration et d'affermissement dont le Conservatoire paraît susceptible. Par le citoyen C. P. Ducancel, défenseur officieux et ami de Lesueur. Imprimé. Paris, an XI (1802). 208 p. in-8.

1801. **LE TELLIER** (Michel), garde des sceaux, chancelier de France. N. 1603. M. 1685.

1° Quitt. sig. (sur parch.). 1657. *Portr.* d'Edelinck, in-4.

2° L. sig., à M. Le Bret. Fontainebleau, 2 sept. 1683. 1 p. in-8.

3° L. sig., a Mgr . . . Melun, 23 avril 1652. 1 p. in-4.

4° L. sig., à M. de Villemontier. Aix, 31 janvier 1660. 2 gr. p. in-fol. Affaires militaires.

5° L. aut. sig., à S. E. (le cardinal Mazarin). Paris, 27 octob. 1652. 1 gr. p. pl. in-fol.

Relative à la dernière conspiration de Gaston d'Orléans, et à sa retraite à Limours. Il a occasion de faire savoir à S. E. qu'hier apres midi, M. d'Aumale, et Goulas, retournerent à Limours avec l'acte d'acceptation faite par S. A. R. de l'amnistie et tout ce dont on était convenu pendant que le roi était à Saint-Germain, « de sorte que je pars dans deux heures auec M. le duc d'Au- « male pour aller signer les articles de l'accommodement, Sa Majesté n'ayant « pas desaggreable que M. d'Haligre ayt été de la partie a cause dune letre « qu'il maddressa dernierement, dont je vous envoie l'original. Les demandes « de S. A. R., et les responses du roy sont demeurez au mesme estat que « vous les auez veu, on y a adiousté seulement ung art. touchant les exilez, « par lequel Sa Majesté respond quelle ne peult changer de résolution, etc. »

Le Tellier (Elisabeth Turpin), femme du précédent. Quitt. sig. : *Turpin* (sur parch.). 1696.

1802. **LE TELLIER** (Charles-Maurice), fils du précédent, archevêque de Reims. Il a légué sa belle bibliothèque à la bibliothèque de Sainte-Geneviève. 1642-1710.

Trois quitt. sig. (dont deux sur parch.). 1682, 1697 et 1698. Beau *portr.* de Habert, in-4.

Le Tellier (Michel), jésuite, dernier confesseur de Louis XIV. N. 1643, M. 1719. L. sig., à M. Le Bret. Paris, 4 déc. 1712. 1 p. in-4 *Portr.* Notice de M. *L. de M.*

1803. **LE THIERE** (Guill. Guillon), peintre, membre de de l'Institut. N. 1760. M. 1832.

1° L. a. s., à son ami Chiuard, statuaire. 1806. 1 p. in-8. *Portr.*

2° L. a. s., à M. Lucas de Montigny. 18 mars 1830. 1 gr. p. in-4.

Il lui recommande M. Storello, son élève, jeune homme de la plus belle espérance ; il s'est fait remarquer dans le dernier concours de paysage historique ; il est fils unique d'un homme distingué qui est maître de dessin de la duchesse de Berry. . . D'une santé extrêmement faible, il ne pourrait porter le mousquet ni soutenir la rigueur de la vie militaire. . .

1804. **LE VAILLANT** (François), célèbre voyageur, naturaliste, etc. N. 1753. M. 1824.

1° L. aut. sig., au citoyen Lainé, notaire à Paris. 25 frimaire an V. 3 p. in-4. — Gravure le représentant en Afrique. — Et *portr.* gravé de sa première femme, née Denoor, depuis dame Chénié, in-18.

2° Trois lett. aut. sig., à la citoyenne Denoor (depuis sa femme). Ensemble, 7 p. in-4.

3° Traité sig. avec Perrier, graveur géographe, pour la gravure de la réduction de la carte de son voyage dans la partie méridionale du Pacifique, depuis le Tropique du Capricorne jusqu'au cap de Bonne-Espérance, moyennant la somme (gravure entière, plan, lettre et fourniture du cuivre) de 880 francs.. 1 p. pl. et demie in-4.

1805. **LE VAILLANT** (Adèle Brutinel, femme), bru du célèbre voyageur, accusée d'empoisonnement, etc.

Neuf lett. aut. sig., à Mme Chénié, sa belle-mère, et à M. Chénié, datées de Montreuil, Saint-Omer et Paris, an XIII, 1806, 1807 et 1810. Ensemble, 16 p. et demie in-4. — Deux numéros de la *Gazette des Tribunaux* (1846), rappelant les faits de son procès, qui eut lieu en 1811.

1806. **LE VENEUR DE CARROUGES** (Tannegui), comte de Tillières, gouverneur de Normandie.

Un des plus vaillants guerriers de son temps. Courageux protecteur des huguenots, à Rouen, lors du massacre de la Saint-Barthélemy, protection qui, malheureusement, fut à peu près impuissante. (*L. de M.*)

Deux quitt. a. s. (sur parch.), dont une avec cachet. 1569 et 1573.

Le Veneur (Jean), évêque de Lisieux, cardinal, grand aumônier de France. Pièce sig. (sur parch.). 7 oct. 1539. (Collection de M. de Monmerqué.)

1807. **LEVIS** (Jean de), seigneur de Mirepoix, sénéchal de Carcassonne, maréchal de la Foy, conseiller et chambellan, panetier ordinaire du roi.

Quatre quitt. sig. (sur parch.). 1504, 1512, 1516 et 1528. (Une avec cachet.)

Lévis (Philippe de), baron de Mirepoix, maréchal de la Foy, sénéchal de Carcassonne. Deux quitt., dont une sig. (sur parch.). 1528. — Lévis (Jean de), commandeur de Charlus, capitaine des galères du roi. Quitt. sig. (sur parch.). 1550. — Lévis (Antoine de), baron de Mirepoix, capitaine d'une compagnie de gens de guerre à pied, en Languedoc, père du jeune Jean de Quélus, l'un des favoris de Henri III, tué en duel par d'Entragues. M. 1586. Quitt. d'une ligne aut. sig. (sur parch.). 1570. — Lévis (Anne de), comte de Sault, gouverneur du Limousin. Quitt. sig. (sur parch.). 1590. — Lévis (Jean de), maréchal de la Foi, sénéchal de Carcassonne, de Béziers et de Mirepoix. Deux quitt. sig. (sur parch.). 1596 et 1598, et acte notarié sig. 1695. 3 p. in-fol. — Lévis (Charles de), capitaine des gardes du roi. Quitt. sig. (sur parch.). 1632. — Lévis (Charlus, marquis de), lieutenant général en Bourbonnais. Quitt. aut. sig. (sur parch.), de la somme de 1,800 livres en louis d'or, d'argent et douzains, pour ses appointements en la dite qualité pendant 6 mois. 1663. — Lévis (Pierre-Marc-Gaston, duc de), constituant, pair de France, de l'Académie française, auteur des *Souvenirs et Portraits*, etc. N. 1767. M. 1830. L. sig. Paris, 6 février 1829. 1 p. et demie in-8. Curieuse. — Lévis Mirepoix (Athanase-Gustave-Charles-Marie, marquis, puis duc de), maréchal héréditaire de la Foi, pair de France, etc. N. 1792. M. 1851. Homme éclairé, sage, pieux, bienfaisant; loyal et chevaleresque comme ses ancêtres, et avec qui j'ai été lié d'une honorable amitié pendant plus de trente ans. (*L. de M.*) Deux lett. sig., à M. Lucas de Montigny. 1817 et 1819. 2 p. in-4.

1808. **LEVIS** (François-Gaston, marquis, puis duc de), maréchal de France. N. 1720. M. 1786.

1° L. sig., à M. le maréchal... Paris, 1er juin 1786. 1 p. in-fol.

2° L. aut. sig., à M... Saint-Omer, 31 août 1768. 3 p. pl. in-4.

Relative aux travaux à exécuter au canal d'Aire par deux bataillons français... Les deux bataillons de Royal-Bavière qui sont destinés pour cette place ne rempliront pas cet objet tant pour la raison de la désertion, que parce que devant aller l'été prochain au camp de Compiègne, ils ne s'occuperont pendant l'hiver que des exercices.

1809. **LHOSPITAL** (Michel de), ambassadeur au concile de Trente, chancelier de France. Né en 1505. M. 1573.

Quitt. sig. : *M. de Lhospital.* (sur parch.). 1565. Huit *portr.* (deux coloriés).

Morin (Marie), veuve du chancelier de Lhospital. Quitt. sig. (sur parch.). 19 janvier 1584.

1810. **LHOSPITAL** (François du Hallier, comte de), duc de Châteauvilain, d'abord abbé de Sainte-Geneviève et évêque de Meaux sous Henri IV, maréchal de France, gouverneur de Paris. N. 1578. M. 1660.

Le maréchal de Lhospital, qui s'étoit signalé à la guerre et qui, notamment, avoit été grièvement blessé à la bataille de Rocroy, resta pendant la Fronde attaché à la cause royale ; et par exemple résista, comme gouverneur de Paris, à l'initiative téméraire de Mlle de Montpensier qui, aussi résolue que Gaston son père étoit indécis et lâche, fit violence au maréchal, pour protéger l'armée de Condé, vaincue en 1652 par Turenne, aux portes de Paris. — Témoin ce curieux passage de Conrart : « Elle jura plusieurs fois au maréchal de Lhospital « et au prevôt des marchands, que s'ils ne signoient l'ordre d'aller aux portes « de la ville pour faire donner passage à l'armée, ces gens là (le peuple mutiné) « qu'elle leur montroit par la fenêtre (de l'Hôtel de Ville) le leur feroit bien « signer... Elle dit beaucoup de choses étranges à ces deux messieurs, et « entr'autres au maréchal de Lhospital, qu'elle lui arracheroit la barbe, et qu'il « ne mourroit jamais que de sa main, ce qui l'intimida de telle sorte, qu'enfin « il signa l'ordre. » (Il est juste de remarquer qu'il avoit alors 74 ans.) — Le surlendemain (4 juillet 1652), lors de l'incendie et du massacre de l'Hôtel de Ville, le maréchal ne fut sauvé qu'avec peine, et à l'aide d'un déguisement. (*L. de M.*)

Deux quitt. aut. sig. (sur parch.). 1616 et 1627. Deux *portr.*

Lhospital (Jean de), conseiller au Parlement. Quitt. sig. (sur parch.). 1541.

Lhospital (Pierre de), s[r] de La Roche, maitre d'hôtel ordinaire du roi. Quitt. sig. (sur parch.). 1575. Cachet.

Lhospital (Jacques de), marquis de Choisy, lieutenant-général au comté de Clermont et d'Auvergne, et sa femme, Claude de L'Aubespine. Quatre actes notariés, sig. 1601, 1609 et 1619. 12 p. in-fol.

Lhospital (Paul Hurault de), ambassadeur à Constantinople, archevêque d'Aix, et sa sœur, Marguerite, veuve de Jean de Gontaut Biron. 1° Deux actes notariés, sig. 1590, 8 p. in-fol.— 2° Quitt. sig. (sur parch.). 1605.

1811. **LIANCOURT** (Charles du Plessis), premier écuyer du roi.

Lors de l'assassinat de Henri IV, Liancourt étoit dans la voiture du roi. — Il avoit épousé la belle et sage Antoinette de Pons, marquise de Guercheville en premières noces, et qui, aimée passionnément par Henri IV, lui opposa une invincible résistance toute nouvelle pour lui. Liancourt déclara, en justice, que le matin du fatal 14 mai 1610, le jeune duc de Vendôme l'avait prié de dissuader le roi de sortir, parce qu'une prédiction de l'astrologue *La Brosse* annonçoit un grand malheur pour ce jour-là. — Un écuyer du roi, ajouta Liancourt, lui avoit exprimé la même crainte et adressé la même prière, parce que le cheval habituel du roi *étoit triste depuis le matin, et n'avoit pas voulu manger.* (*L. de M.*)

1° Deux quitt. sig. (sur parch.). 1576 et 1608. — 2° Acte notarié sig. 1 p. in-fol.

Liancourt (Roger du Plessis de), marquis de Montfort, comte de La Roche-Guyon. 1° Deux quitt. sig. (sur parch.). 1648 et 1661. — 2° Certificat militaire sig. 1640. — 3° Acte notarié sig., signé aussi par Jeanne de Schonberg, sa femme, et par Françoise de Schonberg, veuve de Daillon, comte du Lude. 1629. 3 p. in-fol.

1812. **LICHNOWSKY** (Félix-Marie-Vincent-André, prince), général au service de D. Carlos. Né en 1814. Massacré à Francfort en 1848, par les révoltés dont Robert Blum était le chef.

L. aut. sig., à M. Jules Janin. Francfort, 3 mars 1840. 3 p. pl. in-4. (A la fin, note aut. de M. Jules Janin). Cachet.

1813. **LILLE** (défense de), en 1792.

L. aut. sig. de M. de Brigode, député du Nord, à M. Odilon Barrot, préfet de la Seine. Paris, rue de Lille, n° 45 *bis*. 3 p. in-4.

Il lui envoie copie de la lettre qu'il a fait remettre hier au roi, en apprenant que la rue de *Bourbon*, ci-devant rue de *Lille*, venait de prendre la dénomination de rue de *Lobau*. Il a adressé pareille copie à M. le Préfet de Police, persuadé que l'indication des rues concernait son département; il l'a desabusé ce matin, en lui témoignant qu'il croyait sa réclamation fondée.

« La rue de Bourbon a reçu le nom de rue de Lille en 1792, par l'effet d'un « décret de l'Assemblée de cette époque, dans le but de perpétuer la mémoire « de l'héroïque défense des habitants de cette ville, qui attaqués à l'improviste, « *sans troupes* et presque sans munitions, donnèrent à la France le premier « exemple d'une résistance admirable à l'invasion de l'ennemi. Ils soutinrent « un bombardement, virent plusieurs quartiers de leur cité réduits en cendres, « bravèrent les menaces de l'assaut et du carnage, et sortirent resplendissants « de gloire de cette première lutte de la valeur française, contre les présomptueuses tentatives de l'Autriche et de l'émigration.

« Le même décret qui déclara que les Lillois avaient bien mérité de la patrie, « leur décerna le titre de *braves* et décida que la rue ci-devant de Bourbon, « s'appellerait *rue de Lille*. La Restauration seule pouvait effacer ce souvenir « qui leur était si cher.

« Dans les circonstances où nous nous trouvons, une distraction, ou (ce qui « me semble difficile) l'ignorance de ces faits, peuvent seules avoir occasionné « la substitution de nom dont il s'agit. Mes compatriotes verraient avec une « peine bien vive, qu'elle ne fut pas réparée, et je ne fais pas de doute qu'elle « ne devînt incessamment le sujet de nombreuses pétitions au roi et aux « chambres... »

1814. **LINDET** (Robert-Thomas), curé de Bernay, député de l'Eure à l'Assemblée nationale et à la Convention, évêque constitutionnel de l'Eure (le premier évêque qui se maria). N. 1743. M. 1823.

L. aut. sig., au citoyen Schérer, ministre de la guerre. Paris, 18 nivôse an VI. 1 p. in-4. *Portr.* — Robert-Thomas Lindet, à la haute-cour de justice, sur l'accusation contre Robert Lindet. Impr. 28 p. in-8.

Lindet (Jean-Baptiste-Robert), frère du précédent, avocat, député de l'Eure à l'Assemblée législative et à la Convention, ministre des finances. N. 1744, M. 1825.

1° L. aut. sig., au ministre de la guerre. Caen, 21 sept. 1793. An II. 1 p. pl. et quart in-8.

Rapports sur certains officiers, et appréciations sur leur caractère, etc.

2° Deux décrets de la Convention ordonnant sa mise en liberté. 12 thermidor an II. 3 p. in-fol. Tête impr. Vignettes. Cachets. — Exposition des motifs qui ont déterminé Robert Lindet à voter pour l'arrestation de 32 membres de la Convention nationale. Impr. 47 p. in-8.

1815. **LINGUET** (Simon-Nicolas-Henri), avocat, historien, pamphlétaire. Né à Reims en 1736. Mis à mort en 1794.

L. aut. sig., à M. Coupart, à Paris. Bruxelles, 16 février 1788. 2 p. in-4. Cachet. Trois *portr.*

Il désirerait avoir la collection complète de ses œuvres qu'avait son pauvre frère, il a écrit à son neveu à cet égard. Affaires diverses...

1816. **LIONNE** (Hugues de), secrétaire d'Anne d'Autriche, ambassadeur, ministre, etc. N. 1611. M. 1671.

Pièce contresig., au nom de la reine régente. Paris, 17 avril 1647. Grande feuille in-fol. oblong (parch.). *Portr.*

Lettre de maitrise de François Dossenne, *cordonnier-carreleur*, de Quillebœuf. Curieuse pièce.

LIONNE (Louis de), maitre de la garde-robe. Quitt. aut. sig. (sur parch.). 1680.

1817. **LISZT** (François), pianiste et compositeur. N. 1811.

1° Trois lett. aut. sig., à M. Jules Janin. 1841... 5 p. et demie in-8. *Charge* et notice biogr. impr. 1 p. in-8.

2° L. aut. sig., au même. Pise, 28 janvier 1839. 4 gr. p. in-4.

Il ne sait vraiment comment le remercier de toutes les belles et aimables choses qu'il lui dit et lui imprime. Ils en ont été tout joyeux, tout aujourd'hui, ses amis et lui. Une bouteille de Champagne a été entièrement vidée en son honneur, et Dieu (ou le vin de Champagne) aidant, il ne désespère nullement de barbouiller cette nuit même une demi-douzaine de pages de musique qu'il lui fera avaler à son retour à Paris, et qu'il gardera en mémoire de lui... Il lui envoie une énorme *lettre de bachelier-ès-musique* qu'il désirerait bien voir insérée dans l'*Artiste*...

1818. **LITTERATEURS,** *historiens*, etc. 19 lett. a. s. et pièces.

AIMÉ MARTIN. Trois lett. — ALBY (Ernest). — ALLETZ (Edouard). Deux lett. — AMANTON. Lett. et fin de lett. aut. sig. — ANNE (Théodore). Deux lett. à M. Jules Janin. Curieuses. — ARBANÈRE (Etienne-Gabriel). — ARLINCOURT (le vicomte d'). L. a. s., au rédacteur du *Journal des Débats*, au sujet des deux feuilletons (ci-joints) de M. Jules Janin. *Portr.* Et ordre d'arrestation de Charles-Adrien Prévôt d'Arlincourt, ci-devant fermier-général, délivré par les membres du Comité de surveillance de la commune de Nanterre, approuvé et signé par Louis (du Bas-Rhin) et Lavicomterie. Nanterre, 23 floréal an II. 1 p. in-fol. Deux cachets. — AUBERT DE VITRY. — AUDIN. Fragment aut. *Scène de la réforme. Dispute entre Luther et Karlstadt.* 1 p. in-12. — AUGIER DE MARIGNY. 1749. — AUGUIS (Pierre-René). Lett. et minute aut. — BARANTE (Jean Brugière de). L. sig. 1803.

1819. **LITTERATEURS,** *historiens*, etc. 19 lett. aut. sig.

BARBIER-NEUVILLE. — BAST (Louis-Amédée de). — BATISSIER. — BAUDEMENT (Théophile). — BEAUCHAMP (A. de). Deux lett. aut. — BEAUMONT (Gustave de). — BEAUSSIRE (Ludovic). Quatre lett. — BÉDOLLIÈRE (Louis Gigault de Bellefont, comte de la). Lett. à M. Jules Janin. Intéressante. — BÉRAUD (Antony). — BERNARD (Charles de). — BERR (Michel) de *Turique*. — BERRYER (Constant). — BICHET (Léonard). — BILDERBECK. — BLANCHARD DE LA MUSSE.

1820. **LITTERATEURS,** *historiens*, etc. 23 lett. aut. sig.

BONNELIER (Hippolyte). — BOUCHON DUBOURNIAL. — BOURIENNE (Fauvelet de). L. a. s., et lett. sig. — BRETON (Jean-Baptiste-Joseph). Deux lett., à M. Jules Janin. — BRIFFAUT (Eugène). Deux lett. — — BRISSET (Joseph-Alexandre). Lett. et pièce aut. — BRUCKER (Raymond). Deux lett. — BRUGNIÈRE (du Gard). — BRUNET (Charles). Quatre lett., à M. Lucas de Montigny. Intéressantes. — BUSONI (Philippe). Trois lett., à M. Lucas de Montigny, avec la minute d'une réponse de ce dernier, au sujet de lettres de Catherine de Médicis, qu'il a confiées à M. Gérard pour sa publication officielle. — CAPEFIGUE. — CASTIL-BLAZE. *Charge* et biographie. — CHATELAIN. *A Molière*, pièce de vers aut. sig. 1844.

1821. **LITTERATEURS,** *historiens*, etc. 17 lett. et pièces a. s.

CHEVALLIER. — CHEVREUX, *La Providence. Imitation de M. de Lamennais.* Vers aut. sig. — CLER (Albert). — COLLIN DE PLANCY. — CORAN (Charles). — CORBIÈRE (Edouard). — COUAILHAC. Deux lett. —

COURTIN. L. a. s., et lett. sig. — COURCHAMPS. Deux lett. a. s. et lett. sig. — COUSIN D'AVALON. — CROSNIER (François). — DAMPMARTIN, avec une lettre de M. Germain Garnier. — DELAVIGNE (Germain).

1822. **LITTERATEURS,** *historiens*, etc. 15 lett. et pièces aut. sig. Six *portr.*

DELRIEU (André). — DÉMEUNIER (Jean-Nicolas), député à l'Assemblée nationale. Lett. et 3 *portr.* — DENINA (Charles-Jean-Marie). — DESPORTES (Auguste). — DESTAINS (Eugène). Deux lett. curieuses. — DEYEUX. *Sur le sommeil.* Pièce de vers aut. sig. 1811. 13 p. in-4. — DIDIER (Charles). — DOUCET (Camille). — DUCHATELIER (Armand). — DUCOS. Aut. sig. de ses initiales. — DUNOYER (Joseph). Quatre lett., à M. Lucas de Montigny. — DUPLEIX (Scipion). Quitt. sig. 1629. — DUPUIS (Charles-François). Signature découpée. Trois *portr.*

1823. **LITTERATEURS,** *historiens*, etc. 19 lett. aut. sig.

DURAND (Charles). Lett., à M. Jules Janin. Intéressante. — DURDENT (René-Jean). — ECKARD. — FAYOT (Alfred-Charles-Frédéric). Quatre lett., à M. Lucas de Montigny. — FERRI DE SAINT-CONSTANT (Jean-Louis, comte). — FIÉVÉE. Deux lett. — FONTAN. — FOREST (P.). Lett., à M. Jules Janin. Curieuse. — FORTIA D'URBAN (Agricole-Joseph... marquis de). Deux lett. aut., et aut. sig. 1827-1831. — FOUCHER (Paul). Deux lett. *Charge* et biogr. impr. — FOUINET (Ernest). — FRANTIN. — FRAYER.

1824. **LITTERATEURS,** *historiens*, etc. 15 lett. aut. sig.

FRÉMY (Arnould). L., à M. Jules Janin. — FRÉMILLY (Auguste-François de). — GALLAIS (Jean-Pierre). Lett. et lett. de sa femme. — GALLOIS (Léonard). — GATAYES (Léon). — GÉRAUD (Edmond). — GÈRES (le vicomte Jules de). — GOLBÉRY. Trois lettr. — GOZLAN (Léon). Lett. et *portr.* — GRIMOD DE LA REYNIÈRE. L. aut. — GUÉRARD. — GUÉROULT (Pierre-Claude-Bernard).

1825. **LITTERATEURS,** *historiens*, etc. 20 lett. aut. sig. Quatre *portr.*

HALÉVY (Léon). Deux lett. — HAREL (Charles-Jean). Deux lett., à M. Jules Janin. 1842. *Portr.* Au sujet des succès de Mlle Georges, à l'Odéon. Curieuses. — HÉDOUIN. — HÉGUIN DE GUERLE. L., à M. Jules Janin. — HÉNIN DE CUVILLIERS (le baron d'). *Portr.* — HERBIN (Victor). Quatre lett., à M. Lucas de Montigny. — HOUSSAYE (Arsène). Deux lett. — JAL, historiographe de la marine. — JOUVENCEL (Paul de). L., à M. Jules Janin. 1841. Intéressante. — KÉRATRY. Trois lett. (dont une à M. Lucas de Montigny. Deux *portr.* — LABAUME (Eugène). Deux lett.

1826. **LITTERATEURS,** *historiens*, etc. 25 lett. aut sig.

LAFOLIE (Charles-Jean). Cinq lett., à M. Lucas de Montigny. — LA MADELAINE (Stéphen de). L., à M. Jules Janin, et lettre de sa femme, au même (charmant billet, avec entourage de dentelle). 7 mars 1840. — LA MOTHE-LANGON. — LAVALLÉE (Joseph). — LE CLERC (Victor). — LEPEINTRE DESROCHES. — LESOURD. Deux lett. — LESUR. — LÉTENDART. — LEVAVASSEUR (B.-M.-F.). L. et *portr.* — LIREUX (Auguste). Trois lett. — LORINE (Louis). Deux lett., à M. Jules Janin. — MAHUL (A.) — MARCHANGY. Deux lett. *Portr.* — MASSEY DE TYRONE.

1827. **LITTERATEURS,** *historiens*, etc. 22 lett. et pièces aut. et aut. sig.

MASSIAS (Nicolas, baron). — MAZAS (Alex.). — MOLÉ-GENTILHOMME. —MOLLEVAUT (Charles-Louis). Deux lett. — MONGEZ (Antoine). *Observations relatives à la fabrication des monnoies de France, par Ant. Mongez.* Aut. 4 p. pl. in-4. — Et discours prononcé par le citoyen Mongez, membre de l'Institut national, et de l'administration des monnaies, dans l'hôtel des Monnaies de Paris, lors de la plantation de l'arbre de la liberté, le 2 pluviôse de l'an VII. Impr. 7 p. in-4. — MONNAIS (Désiré-Guill.-Edouard). — MONTROL. — MOREAU, de Commugny. Chanson aut. sig. — MOREAU DE JONNÈS (Alexandre). — MOREL DE VINDÉ. Deux lett. — MUSSET (Paul de). — MUSSET PATHAY. L., à M. Lucas de Montigny. — NOGARET (Félix). Deux lett. a. s., et deux fragments aut. — NOUGARÈDE. — OUZILLE. L. a. s., à M. Lucas de Montigny, et pièce de vers aut., à lui adressée, en lui offrant la collection des poëtes classiques italiens. — PARFAIT (Noël).

1828. **LITTERATEURS,** *historiens*, etc. 23 lett. et pièces aut., sig., et aut. sig.

PARIS (Paulin. — PARIS (Louis). — PAUL DE KOCK (Charles). — PAUL, de l'Orient. Deux lett. — PAUTET (Jean-François-Jules, baron). L., à M. Jules Janin, au sujet de son livre de Barnave. Il lui adresse son volume des *Chants du soir*, et va publier une étude sur *Vergniaud*. — PÉRIN (René). — PHILIPON DE LA MADELAINE. L., à M. Jules Janin. 1840. — PICHOT (Amédée). Deux lett., au même. — PILLET (Léon). — PITRE-CHEVALIER. Deux lett. — PYAT (Félix). — PROPIAC (Antoine-Joseph-Ferdinand Girard de). Pièce de vers aut. sig. *Le vœu de Paris*, couplets chantés sur la place de l'Hôtel-de-Ville, un moment avant le feu d'artifice. Impr. 2 p. in-fol. — QUESNÉ. — RABBE (Alphonse). — RASTOUL (Alphonse). — RAVAISSON (Félix). Sa signature en tête d'un manuscrit sur la révolution d'Angleterre. 10 p. in-4. — RAVENEL (J.). L., à M. Lucas de Montigny. — REVELIÈRE. Deux lett. a. s., et un dialogue aut. sig.: *Clitophon*.

1829. **LITTERATEURS,** *historiens*, etc. 20 lettres et pièces aut., et aut. sig.

ROGER DE BEAUVOIR (Edouard Roger de Bully, dit). Deux lett. — ROGER (Edouard) — ROLLE. Trois lett. — RONDET (Laurent-Etienne). 1783. — SAINT-AGUET (Maurice). — SAINT-VICTOR (J. Bins, comte de). — SCHŒLCHER (Victor). — SIMIEN DESPRÉAUX. — SOUVESTRE (Emile). — TAILLEFER. — TAYLOR (le baron). Deux lett. — TERLON (Hugues de), ambassadeur en Suède et en Danemarck. Quitt. sig. (sur parch.). 1664. — THIESSÉ (Léon). — THORÉ (Théophile). — TOUCHARD LA FOSSE.

1830. **LITTÉRATEURS,** *historiens*, etc. 12 lettres et pièces aut., et aut. sig.

TOULONGEON (le marquis de). — TROUVÉ (le baron). Deux lett. — VALANT. — VELLEXON (Mme B. de). — VIGÉE. Vétheuil, 3 octobre 1810. — VIGNÉ. Rouen, 1841. — VILLEMAREST (de). L. a. s., sur le 1er vol. des *Mémoires de Mirabeau*. Et *Sommaires* des tomes 3 et 4 des *Mémoires*. Aut. 11 p. in-4. — VILLENEUVE (le vicomte F. de). — VILLIER DU TERRAGE (Paul-Etienne, vicomte de). — WEBER (le chevalier de), frère de lait de la reine Marie-Antoinette. L. a. s., (à la 3e personne), au duc d'Angoulême. 1829. 1 p. in-fol.

1831. **LLORENTE** (Jean-Antoine), auteur de l'*Histoire de l'Inquisition*. N. 1756. M. 1823.

1° L. aut. sig., à M. Delcros. 1er mars 1818. 1 p. in-8. Deux *portr*. — 2° Deux notes aut. sig. Paris, 1er juillet 1818. 1 p. et demie in-4.

LORIQUET (le père), supérieur de Saint-Acheul. L. sig. Saint-Acheul, 31 janvier 1819. Quart de page in-8. Les 2e et 3e pages, sont remplies de brouillons d'écritures de commerce.

LOISEL, directeur de l'école de Droit de Rennes. L. aut. sig. Rennes, 1806. 3 p. et demie in-4.

LOCRÉ (le baron). L. sig. An XII. 2 p. in-4, et ordre d'arrestation sig., comme juge de paix. 1792. 1 p. in-4. Cachet.

1832. **LOIGNAC** (de Montpezat de), chef des 45 de la garde de Henri III, l'assassin de Henri de Guise, à Blois.

L. avec un post-scriptum de six lignes aut. sig., à M. de Rambouillet. Lauguais (Langeais, probablement), 2 décembre 1579. 1 p. pl. in-fol. Cachet. Très-belle lettre.

Il désire infiniment le retour du roi de Navarre par deçà, pour avoir le contentement de le voir, et cependant il prie Dieu que les affaires soient conduites par delà suivant son bon avis et prudent conseil. « Sa Majesté me « commande par sa ltre de temporiser encores jusques à la fin de ceste année, « prez du roy et royne de N^re... »

1833. **LOMENIE** (Henri-Auguste de), comte de Brienne, ministre des affaires étrangères, auteur de *Mémoires* publiés en 1719. N. 1594. M. 1666.

Quitt. sig. (sur parch.), de la somme de dix mille livres, pour les deux premiers quartiers de ses appointements, à cause de sa charge... 1644. *Portr.* gravé avant la lettre, in-4.

Loménie (Antoine de), secrétaire d'Etat et grand audiencier de France, fils de Martial, greffier du Conseil, massacré lors de la Saint-Barthélemy. N. 1560. M. 1636. Trois quitt. sig. (sur parch.). 1603-1610. *Portr.*

Loménie (de), notaire secrétaire du roi. Quitt. sig. (sur parch.). 1567.

Loménie (François de), notaire et secrétaire du roi. Quitt. sig. (sur parch.). 1601.

1834. **LOMENIE** (Louis-Léonard de), littérateur. N. 1818.

Jeune et habile auteur de la *Galerie des Contemporains illustres par un homme de rien* (*L. de M.*)

Six lett. aut. sig., à M. Lucas de Montigny. Paris et Saint-Yrieix. 1840-1851. Ensemble, 13 p. in-8 et in-4.

1835. **LONGEPIERRE** (Hilaire-Bernard de Requelayne, baron de), poëte dramatique, traducteur d'Anacréon, de Théocrite, etc., précepteur du comte de Toulouse et du duc de Chartres. N. 1659 M. 1721.

Quitt. notariée, sig. (sur parch.). 1704.

1836. **LONGO** (Alphonse, marquis), économiste, bibliothécaire à Milan.

Correspondant du marquis Victor de Mirabeau. Voir mes Mémoires (*L. de M.*)

L. sig., *à madame Robien, veuve Riquetti Mirabeau, rue de Bourgogne, 1463, à Paris.* Milan. 14 nivôse an X. 2 gr. p. pl. Tache d'huile à l'une des encoignures.

Il lui offre de lui adresser le dépôt qu'il a reçu du marquis Victor de Mirabeau de ses papiers et manuscrits. « ... Ce grand homme dont la vue étoit si « clairvoyante et le cœur si bon prévit le désastre et les atrocités qui alloient « désoler la France, prévit les ruines de sa fortune et de sa famille, et se ré- « solut à sauver de la destruction générale ses derniers manuscrits. Il les dé- « posa dans le sein de son ami, et il m'envoya un gros paquet de son dernier « ouvrage. Lorsque je reçus la fatale nouvelle de sa mort, je crus de mon de- « voir d'instruire sa famille que j'étois le dépositaire de ses manuscrits... »

1837. **LONGUEIL** (René de), ministre d'État, président au parlement de Paris. M. 1677.

Je crois que c'est celui qui, du temps de la *Fronde*, acquit une grande influence, et l'exploita à son profit et au profit de son frère, Jean-René de Maisons, surintendant des finances. — Voir les mémoires de La Rochefoucauld, qui accuse René d'avoir reçu 50 000 livres pour sa part. (*L. de M.*)

Quitt. sig. (sur parch.). 1658.

Longueil (Jean de), s^r de *Maisons*, maitre des comptes. Quitt. sig. (sur parch.). 1626.

Longueil (Claude de), marquis de Maisons, seigneur de Poissy, président à mortier au Parlement de Paris. Contrat notarié d'échange et de translation de *Mouvances*, sig., et sig. aussi par *Phélypeaux*. Paris, 10 mars 1711. 3 p. in-fol.

1838. **LONGUEVILLE** (Jeanne, duchesse de), comtesse de Dunois.

Acte de foi et hommage pour la terre du Plessis Deschelles. 1522. Grande pièce sur parch.

LONGUEVILLE (Léonor d'Orléans, duc de), marquis de Rothelin, gouverneur de Picardie. Acte de foi et hommage pour la terre du Plessis Deschelles. 1572. Grande pièce sur parch.

LONGUEVILLE (Henri II d'Orléans, duc de), membre du conseil de Régence, gouverneur de Picardie et de Normandie. N. 1595. M. 1663. Quitt. sig. (sur parch.) de 6,000 livres, pour son état et appointement de gouverneur, etc. 1631. Deux *portr.*

LONGUEVILLE (Catherine d'Orléans, princesse de), fondatrice des Carmélites du faubourg Saint-Jacques. Acte notarié, deux fois sig. 1608. 2 p. in-fol.

Vente de deux arpents de vigne, à Neuilly. — Prix, 360 livres.

1839. **LORGE** (Gui-Alphonse de Durfort, duc de), capitaine des gardes, maréchal de France. M. 1703.

1° Certificat de service militaire aut. sig. 1687. 1 p. in-4.

2° Trois mémoires aut., au duc d'Orléans, Régent de France. 5 p. in-4. Voici l'un d'eux ;

« Le duc de Lorge, ayant esté obligé pour avoire de quois vivre, de vendre « l'hostel de Couty, par les pertes quil a fait dans un tems, ou tout le monde « c'est enrichy, il en perds a present totalement le prix, par le visa, c'est « rentes estant reduites à la moties, il ce flate que dans ce triste estat, Son « Altesse Royal sera touché de sa situation, il luy demande qu'il ait la bonté « de le secourir et de luy acordé quelques graces, qui le puisse dédomagé de « toutes les pertes qu'il a fait, Son Altesse Royal, ayant par son travaille ren- « düe tout le monde heureux, le duc de Lorge espere que c'est bienfaits sé- « tendront aussy sur luy... »

1840. **LORMOY,** physicien.

L. aut. sig., à Mgr... Paris, Cour des Princes, aux Tuileries, 19 juillet 1784. 3 gr. p. pl. in-fol.

Il travaille depuis plus de 30 ans à des objets les plus utiles pour le bien du service du roi et de celui de sa patrie, sans avoir jamais rien reçu, ni gratification, ni pension. Il a tout fait à ses frais et dépens, touts ses travaux et ses expériences sont reconnus vrais, utiles, et urgents. « Je viens de prouver « de la maniere la plus authentique que l'on pouvait avoir les bêtes à laine de « la plus belle espece, et les moyens d'en peupler toutes les provinces du « royaume et aux plus bas prix possibles, c'est-à-dire, à celui des bêtes ordi- « naires du païs. Tout est reconnu vrai ; il est donc égallement reconnu, que « nous pourions dans peu d'années nous passer de nos voisins, et retenir en « France des millions qui partent ches l'etranger pour l'achat des laines qui « manquent en France; il n'est pas moins reconnu que si l'Espagne se refusait de « laisser passer ses laines, ou que ce royaume devint agricol, que deviendroient « nos manufactures, les draps et les étoffes sont déja hors de prix, mais que « deviendroient des milliers d'artisans et de manufacturiers, qui se trouveroient « sans ressources et sans pain, dans quel état se trouveroit exposé le royaume « de France... » Dans ses établissements, indépendamment des moutons, il élève égalment de gros bestiaux qui fourniront des salaisons pour la marine ; il n'a rien oublié. Il lui envoie un échantillon de laine de bâtards des bâtards à la quinzieme génération... On lit en tête : Repondu le 1er août 1784. f. renvoyer les échantillons cy joints à M. Lormoy.

1841. **LORRAINE** (princes de la maison de).

LORRAINE (Antoine, duc de).

1° Pièce sig. (sur parch.). Nancy, 18 sept. 1538. Belle pièce.

2° Pièce sig. (sur parch.). Bar, 1er août 1543. Belle pièce.

LORRAINE (Charles Ier, duc de).

1° Quitt. sig. (sur parch.). 1564.

2° Pièce sig. (sur parch.). Gondreville, 1568. Fortes mouillures.

3° Pièce sig. (sur parch.). Bar, 1er sept. 1578.
4° Pièce sig. (sur parch.). Nancy, 9 janvier 1603.
LORRAINE (Henri, duc de), et de Bar.
Pièce sig. (sur parch.). Nancy, 3 mars 1612.
LORRAINE (Charles IV, duc de).
1° Pièce sig. (sur parch.). Nancy. 14 février 1625.
2° L. avec la souscription d'une ligne aut. sig., à M. le prince de Salm, gouverneur de sa ville de Nancy. Epinal, 26 novembre 1630. 1 p. in-fol. Cachet.
LORRAINE (Charles, duc de), comte de Marsan.
1° Quitt. sig. (sur parch.). 1673.
2° Quitt. aut. sig. (sur parch.). Paris, 14 janvier 1698.
LORRAINE (Camille, prince de), colonel de cavalerie.
Quitt. sig. (sur parch.). Avesnes, 3 novembre 1697.
LORRAINE (Charles, prince de), mestre de camp.
Certificat militaire sig. Haguenau, 29 juin 1702. 1 p. in-4. Cachet.
LORRAINE (Charles-Henri de), prince de Vaudémont.
1° Passeport sig. Mantoue, 1707. 1 p. in-fol.
2° Pièce sig. 31 mars 1707. 1 p. in-4.
LORRAINE (Léopold, duc de), et de Bar.
Pièce sig. (sur parch.). Lunéville, 20 janvier 1710.
LORRAINE (Léopold-Clément, duc de), et de Bar.
Pièce sig. (sur parch.). Nancy, 12 janvier 1723. Sceau.
LORRAINE (Charles, duc de), et de Bar.
Etat général de personnes de la maison de S. A. R. monseigneur le duc Charles de Lorraine et de Bard, etc., qui doivent être payées à Bruxelles... (comprenant douze départements de dépenses, avec la qualité et les noms des parties prenantes, le total des dépenses se montant à 112,717 liv. 10 s 6 d.), sig. par le duc, à Bruxelles, le 26 janvier 1757. 11 p. in-fol.
Les pièces de ce lot (au nombre de 18) *pourront être vendues séparément, s'il n'est pas fait d'offres suffisantes pour le tout.*

1842. **LORRAINE** (princesses de la maison de).
LORRAINE (Marie de), abbesse de Chelles.
Quitt. sig. (sur parch.). 21 décembre 1614.
LORRAINE (Jeanne de), abbesse de Jouarre.
Quitt. sig. (sur parch.) 1635.
LORRAINE (Catherine de), abbesse de Remiremont.
Quitt. sig. (sur parch.). 10 avril 1647.
LORRAINE (Nicole, duchesse de).
Quitt. sig. (sur parch.). Paris, 28 février 1653.
LORRAINE (Françoise de), abbesse de Montmartre.
1° Quitt. sig. (sur parch.). Montmartre, 1er juin 1677.
2° Quitt. sig. 20 oct. 1678. 1 p. in-4. Curieuse pour les titres.
LORRAINE (Henriette de), abbesse de Jouarre.
Quitt. sig. (sur parch.). Paris, 31 janvier 1680.
LORRAINE (Marie-Anne de), abbesse de Montmartre.
Quitt. sig. (sur parch.). Montmartre, 23 mars 1697.
LORRAINE-LILLEBONNE (Elisabeth de), princesse d'Espinoy. M. 1664. Billet aut. sig., à Mlle Pochon, à Paris. Demi-p. in-8. Cachet. (Collection de M. de Monmerqué).

1843. **LORRY** (Anne-Charles), dernier médecin de Louis XV. Né à Crône en 1726. Mort en 1783.
L. a. s., à M... 1er nov. 1768. 3 p. pl. in-4. *Portr.* de Saint-Aubin.
Il l'entretient de vers qu'il a envoyés et de vers qu'il a reçus, et lui préconise le bonheur du coin du feu dans une aimable famille... Au reste, ici tout est concentré dans les beaux propos du jeune roi de Danemark et dans ses plaisirs, qui consistent dans les spectacles et dans les bals; il pourra beaucoup apprendre dans ses voyages, à l'exemple d'Ulysse, et comparer ensemble les danses des différentes nations, comme les sages comparaient les mœurs des contrées

qu'ils visitaient. Au reste, le peuple, les femmes et quelques sages même coururent pour voir un roi de dix-neuf ans, « pour moi, comme j'espère voir quel- « que jour Alexandre, Titus, Scipion, et Socrate qui valoit mieux qu'eux tous, « je n'ai là dessus aucune curiosité. J'aimerois beaucoup mieux voir Newton, « Boerrhaave, et Leibnitz que tous les rois du monde. Mais ce seroit à condi- « tion que chacun d'eux voulût me dire un des axiomes qu'ils estimeroient « le plus vrai, d'après toutes leurs réflexions. Car figure pour figure, une « bergère de dix-huit ans vaut mieux que les plus grands hommes... »

1844. **LOUIS XI,** roi de France. N. 1423. M. 1483.

Cet homme si supérieur à son siècle, ce roi qui (je dirai plus que Duclos) fut un grand roi, était, en même temps, de tous ceux qui apprécièrent, voulurent, saisirent, exercèrent la réalité du pouvoir souverain, celui qui en négligea, en dédaigna le plus l'extérieur et l'appareil. Et pourtant, chose singulière! Louis XI est le premier roi de France à qui l'on ait donné le titre de Majesté. (*L. de M.*).

Pièce signée par le roi pour le gouvernement de la ville et de la forteresse de Pézénas, datée du Plessis, le 9 mai 1472 Grande feuille in-f. (parch). Fortes mouillures et déchirures. Cinq *portr.*

1845. **LOUIS XII,** roi de France N. 1462. M. 1515.

Dans les petites notes que j'écris sur mes dossiers et qui sont, non pas ambitieusement historiques, mais très-modestement anecdotiques, je n'ai pas la prétention de faire des *résumés*, pour lesquels le savoir, le temps et les forces me manqueroient, car ce seroit une œuvre immense en raison de la quantité des pièces... Je me borne à consigner les souvenirs qui sont restés dans ma mémoire, quoique affaiblie, de quelques faits ou rapprochements que je crois peu connus; et dont la seule destination est d'occuper les loisirs forcés que la République de 1848 m'a faits..... Par exemple, je remarque ici qu'un vieux chroniqueur, je ne sais pas bien lequel (peut-être est-ce le biographe de Bayard) a dit que Louis XII avoit été victime de l'effervescence de son amour suranné pour la jeune et belle *Marie d'Angleterre* sa 3e femme, qu'il épousa âgée de 17 ans. L'historien aurait pu ajouter que le roi unique de la 3e branche des Capétiens finissoit précisément comme avoit fini le chef de la seconde, Philippe VI, dit de Valois, qui mourut au même âge, et par l'effet de la même cause, quelques mois après avoir épousé en secondes noces Jeanne d'Evreux, *âgée de 17 ans*, et réputée la plus belle femme de France. (*L. de M.*)

Ordonnance de payement, sig. (sur parch.). Lyon, 24 nov. 1495. Six *portr.*

1846. **LOUIS XII.** *Le même.*

Ordonnance sig. et contresig., *Robertet* (sur parch.), pour le payement des gages des présidents, conseillers et autres officiers de son parlement de Toulouse... Lyon, 22 juin 1505. Deux *portr.*

1847. **LOUIS XIII,** roi de France. N. 1600. M. 1643.

L. chiffrée, sig. et contresig, *Brulart*, à M. le marquis de Rambouillet Paris, 5 mars 1615. 1 gr. p. et demie in-fol. Cachet.

1848. **LOUIS XIII.** *Le même.*

L. sig. et contresig., *Brulart*, à M. le marquis de Rambouillet. Paris, 15 juin 1615. 3 gr. p. pl. in-fol. Cachet brisé.

Instructions sur la conduite qu'il doit tenir relativement aux affaires en négociation entre le roi d'Espagne et le duc de Savoie. Le duc cherche les moyens d'accrocher l'accord qui existe déjà, et tire les affaires en plus grande longueur sous les apparences de secours que l'on dit qu'il attend de plusieurs endroits « que je tiens cependant imaginaires, mais suffisantz en son esprit « pour le tenir en ceste irrésolution... J'ai commandé estre faict responce a « chacun article la plus favorable que jay peu pour faciliter l'effect et la fin de « cette negociation, laquelle vous conduirez et mesnagerez le plus dextrement « quil vous sera possible pour faire quadrer toutes choses au bien et repos « que nous pourchassons... »

1849. **LOUIS XIII.** *Le même.*

L. sig. et contresig, *Phélypeaux*, à MM. le marquis de Rambouillet, et du Fargis, ses ambassadeurs en Espagne. Villeroy. 8 juillet 1627. 1 gr. p. pl. et demie in-fol. (avec une copie moderne).

Par cette letre, il sera informé des occurences de ces quartiers qui méritent quelques considérations. « Je vous diray donc que la conduite des Anglois « enuers moy et leur procédés estre en toutes choses me donnent auttant et « plus subiect de jalouzie que l'armement de mer quilz dressent depuis un

« assez longtemps (auec desseing comme ilz publient de lemployer en quelque « part de ce royaume) ma faict resouldre, non que je prenne lalarme des bruits « qui courent de leurs entreprises qui ne peuvent estre de grande conséquence « puisqu'ilz nont en tout sur leur flotte que 613 hommes de pied, et IIc che- « uaux, mais plustot pour ne rien me. priser de ce qui peut estre du bien de « mes subjects, de faire oultre les préparatifs que jauois desja ordonnez contre « semblables entreprises, les recreües de mes vieux regimens, de leur donner « rendez-vous es enuirons de Nyort..... » Ses compagnies de chevau-légers vers la Loire, et la plupart du régiment de ses gardes. Il a intention d'aller en personne à son armée. — Il est donc allé en son Parlement pour faire regis- trer quelques édits pour subvenir aux dépenses, et quoiqu'un peu malade, il est parti pour Beaulieu à cinq lieues de Paris, sur le chemin de Fontainebleau. — Mais aussitôt arrivé là il a eu la fievre qui s'est réglée en tierce. Il a été saigné deux fois, et il s'est fait transporter dans cette maison de Villeroy, où il a néanmoins l'espoir d'en être bientôt délivré, et il se tient prêt à marcher pour rejoindre son armée... Commandements dans son armée donnés à son frère, le duc d'Orléans, et à son cousin, le duc d'Angoulême, etc., etc.

1850. **LOUIS XIII.** *Le même.*

L. sig. et contresig., *Phélypeaux*, à MM. le marquis de Rambouillet, et du Fargis, ses ambassadeurs en Espagne. Villeroy, 28 juillet 1627. 2 p. et demie in-fol. (avec une copie moderne).

Ils auront ci-devant appris par les lettres qui leur ont été écrites, le départ de la flotte des Anglais du port de *Portchmutz* avec dessein d'entreprendre en quelque part de ce royaume. « Maintenant je vous donneray aduis que jeudy « dernier XXIIe de ce mois, ilz ont mis pied a terre en l'Isle de Ré. A leur « descente ilz ont esté receuz par les nres. Le combat en ce premier rencontre « a esté assez grand de la part des Anglois il y est demeuré cinq, ou six « cens hommes, des nostres le nombre a esté beaucoup moindre, mais il y a « esté perdu cinq ou six braves gentilshommes que je plainds, comme Les- « tancliwen et Montferrier tous deux freres du sr de Thoiras, les barons de » Navailles et de Chantal (le pere de Mme de Sevigné), Lalande St-Luc et quel- « ques autres, apres cette action le sr de Thoiras a retiré ses trouppes en bon « ordre dans les forts construicts dans l'Isle, l'on presume que les Anglois « voudront les attacquer. Ilz y sont attenduz en bonne deuotion, et cette « descente ne sera considérable...» Qu'ils fassent part de ceci au roi d'Espagne, son beau frere. — On lui assure qu'il est disposé à l'aider avec les vaisseaux qu'il a à la Corogne. — Qu'ils lui disent que le moment est venu de se venger de leur commun ennemi affaibli par cette affaire. Ses diverses forces navales sont en mouvement. — Une prompte reunion peut mettre l'ennemi entre deux feux. — Du reste, toute sûreté dans les ports pour les flottes espagnoles. — Mais si les Espagnols ne veulent payer que de paroles, ils lui en donneront avis...

1851. **LOUIS XIII.** *Le même.*

L. sig. et contresig., *Phélypeaux*, à MM. le marquis de Rambouillet, et du Fargis, ses ambassadeurs en Espagne. Du camp d'Aytré, le Xe jour de nov. 1627. 1 p. pl. et demie in-fol. (avec une copie moderne)

Ils savent le siége de Rhé. — La courageuse défense, les secours qu'il a en- voyés pour repousser l'injuste agression commise par les Anglais *sans aucune denonciation de guerre*... Ils auront pu remarquer le courage, la vertu et la patience que les assiégés ont montre en la defense de la place, mais ce qui principalement doit être reconnu en toutes ces occurrences est l'assistance par- ticuliere qu'il a plu à Dieu lui donner pour la défense de sa cause et de la sienne, laquelle sa divine bonté l'ayant continué en la suite de cette entreprise comme elle a fait des le commencement.., qu'ils en fassent part au roi et à la reine d'Espagne. — Il n'a pas eu de nouvelles de leur armée dont la venue n'est plus nécessaire...

1852. **LOUIS XIII.** *Le même.*

L. aut. sig, a M. le chancelier. Abbeville, 9 juin 1642. Demi-p. in-4. Cachets.

Il lui envoie un placet qui lui a été présenté par le capitaine Reding de ses gardes suisses, afin d'examiner le contenu en icelui, et faire la justice qu'il avisera en sa conscience.

1853. **LOUIS XIII.** *Le même.*

Vingt-un portraits gravés et un lith., anciens et modernes, in-18, in-8 et in-4.

1854. **LOUIS XIV**, roi de France. N. 1638. M. 1715.

1° Projet de décoration pour le salon de Marly, présenté au roi. Sa Majesté a écrit sur la première page : *A Fontainebleau, le 14e septembre* 1699, et au bas de la 3e (7 lignes) : *Je suis de uostre aduis il faut faire trauailler à 4 tableaux comme uous le proposés il faut bien choisir les peintures et ne les pas presser pour qu'ils soient beaux.* 3 p. pl. et demie in-4. Curieuse pièce, à cause de la désignation des tableaux proposés pour cette décoration.

2° Une ligne aut. sig., au bas d'une proposition de permutation de cure (cure et trésorerie de Blainville, diocèse de Rouen...). 7 mars 1665. 1 p. in-fol.

1855. **LOUIS XIV.** *Le même.*

Contrat de mariage de Jacques Dauger, chevalier, seigneur de Villiers, avec Anne-Marguerite du Fossé de Vatteville, fille de feu Me Louis. Ce contrat est signé par le roi ; son fils Louis, grand dauphin ; Louis, duc de Bourgogne ; Philippe, duc d'Anjou, depuis roi d'Espagne ; Charles, duc de Berry ; Elisabeth-Charlotte, duchesse d'Orléans ; François-Louis de Bourbon, prince de Conti ; Le Tellier, archevêque de Reims ; le maréchal de Noailles ; le maréchal de Villeroy ; le chancelier Phélypeaux de Pontchartrain ; son fils, ministre de la guerre ; Elisabeth de Rambouillet, veuve de Gédéon Tallemant des Réaux, etc., etc 3 mars 1696. 9 p. in-fol.

1856. **LOUIS XIV.** *Le même.*

Sept lettres et pièces, dont deux sig. par le roi, et les autres contresig. par les ministres, Colbert, Le Tellier, Phélypeaux (deux sont sur parchemin). 1645 à 1695. In-fol.

1857. **LOUIS XIV.** *Le même.*

Plan de Versailles (1767), gravé et colorié, in-fol., et treize vues de monuments érigés sous son règne, à Versailles et à Paris. In-4.

1858. **LOUIS XIV.** *Le même.*

Portraits de Louis XIV à différents âges (dix sur la même feuille), et vingt-six portraits, in-18, in-8, in-4 et in-fol.

Ce lot pourra être divisé.

1859. **LOUIS XIV ET LA FRONDE.**

Pièce sig. par le roi et contresig. : *de Guénégaud*, datée de Pontoise, le 1er octobre 1652. 3 gr. p. in-fol.

Le roi a été sensiblement touché des nouveaux témoignages d'affection et de fidélité que touts les habitants de sa bonne ville de Paris lui ont envoyé donner par les députés des six corps des marchands. Il en a reçu d'autant plus de satisfaction, qu'il a vu paraître sur leurs visages les mouvements de leur cœur par les larmes dont ils ont accompagné leurs discours. Il ne saurait rien répondre sur les instances qu'ils lui ont faites de retourner à Paris, et de donner la paix à son royaume que ce qu'il a déjà répondu aux députés de l'Hôtel de Ville sur le même sujet, dont il a commandé qu'on leur donne une copie, il veut seulement y ajouter que ce n'est plus à lui qu'il se faut adresser pour obtenir la paix puisqu'il l'a déja accordée par sa déclaration d'amnistie qu'il a fait publier dans son Parlement transféré en la présente ville de Pontoise, dont il n'appartient pas à des sujets de censurer la forme ni les termes, puisque les plus coupables y trouvent, avec une entière sûreté, le pardon et l'oubli de leurs crimes. Il faut s'adresser à ceux qui font durer la guerre, parce qu'ils y trouvent leur avantage. C'est d'eux qu'on doit se plaindre, parce qu'ayant fait de son côté, par une bonté sans exemple et sans aucune condition, tout ce qu'on avait désiré de lui, ils se dédisent aujourd'hui de toutes les paroles qu'ils avaient données publiquement, parce qu'ils disposent de l'autorite royale à son préjudice et de son état, parce qu'ils demeurent armés contre leurs promesses et joints aux ennemis déclarés, parce qu'ils tiennent la ville capitale du royaume dans l'oppression par de continuelles séditions et violences, qu'ils font piller et ruiner touts les Français par les étrangers, et que pour servir l'Espagne, ils ravagent et désolent toute la France.— Si touts ces désordres étaient cessés, il y a déjà longtemps que le roi serait retourné dans sa bonne ville de Paris pour y rétablir le calme et l'abondance par son séjour, si les chefs de la rébellion n'y exerçaient encore un pouvoir tyrannique par le moyen duquel ils tâchent de tenir dans la ville touts les esprits dans l'épouvante. Ils occupent au dehors des postes et y établissent des gens de guerre, pour ôter toute communication entre lui et ses bons sujets, et les priver du bien de sa présence qu'ils souhaitent avec tant d'ardeur... La première preuve qu'il désire de leurs bonnes intentions, et qui est absolument nécessaire avant toutes choses, est que le gouverneur et les magistrats qui ont été ci-devant chassés de la ville y soient rétablis pour y faire en toute sûreté la fonction de leurs charges...

1860. **LOUIS,** fils de Louis XIV, appelé *Monseigneur*, ou le *Grand Dauphin*. N. 1661. M. 1711.

Devoirs corrigés par Bossuet. Dix p. in-4 (plusieurs sont rongées par l'humidité). Quatre *portr.* gravés, in-8, in-4 et in-fol. (Vallet, Roger, etc.).

1861. **LOUIS XV,** roi de France. N. 1710. M. 1774.

1° Deux ordres de payement sig., avec le mot *bon*, et contresig.: *Phélypeaux*. Versailles, 1759 et 1760, 2 p. in-fol., et trois pièces contresig. (dont deux sur parch.).

2° Les mots aut.: *Bon pour les Invalides, seulement en qualité de capitaine*, en marge d'une demande de retraite faite par le sieur de La Barge, compagnie de Villeroy. 30 sept. 1771. Demi-p. in-fol.

3° Quatre lignes et demie aut. (demi-p. in-4), en réponse à un mémoire (ci-joint, 2 p. et demie in-fol.), par lequel le ministre lui expose que le Parlement a arrêté des remontrances pour mettre sous ses yeux les abus excessifs qu'il y a eus dans les dépenses de la ville de Paris, afin qu'il puisse donner ses ordres pour les réprimer : qu'entre autres, le feu roi ayant eu la bonté d'accorder un impôt à la ville pendant 20 ans pour payer différents objets de dépense, le produit de l'impôt pendant 12 ans seulement aurait suffi pour les acquitter, l'argent en a été détourné à un point si considérable, que les 20 années n'ont pas suffi... Le roi dit qu'il s'occupe de l'état de la ville de Paris; il dira à son Parlement qu'il ne fasse rien à cet égard qu'il ne lui ait fait connaître ses intentions.

1862. **LOUIS XV.** *Le même.*

Seize portraits gravés, in-18, in-4 et in-fol. Ce lot pourra être divisé.

1863. **LOUIS,** Dauphin, fils de Louis XV, père de Louis XVI, de Louis XVIII et de Charles X. N. 1729. M. 1765.

L. aut. sig., à M. de Montmartel. Versailles, 4 décembre 1751. 1 p. in-4. Enveloppe avec cachet.

Il a prévenu le roi sur les 50,000 livres du régiment, ainsi il pourra les donner quand il pourra... Qu'il lui donne l'état exact de ce qu'il lui doit pour les dettes de Saint-Sauveur...

1864. **LOUIS,** Dauphin. *Le même.*

Neuf *portr.* gravés, in-18, in-8, in-4 et in-fol. (Aubert, Littret (2 exempl.), J. Daulle). Ce numéro pourra être divisé.

1865. **LOUIS XVI,** roi de France. Mis à mort en 1793.

Sa signature et le mot *approuvé* (précédé de six lignes de la main de Necker), au bas d'un rapport de M. de la Boullaye, à M. le directeur général... 16 mai 1789. 3 p. pl. in-fol.

L'établissement du mur de clôture et du chemin de Passe-de-Bout sur le territoire de Chaillot prive le curé de ce faubourg d'une partie de sa dîme. Il a évalué à 1000 livres la perte que ce nouvel ordre de choses devait lui faire éprouver, et sa demande a paru d'autant plus favorable, qu'en sollicitant une indemnité proportionnée à la diminution de ses revenus, ce n'est en quelque sorte que le patrimoine des pauvres qu'il a réclamé. En soumettant à l'analyse d'un calcul rigoureux la fixation de cette indemnité, on a d'abord pensé que la nouvelle enceinte n'ayant enlevé à l'agriculture qu'environ 12 arpents de terrain dans le faubourg de Chaillot, et le produit de la dîme de chaque arpent ne pouvant pas excéder 12 liv., une attribution annuelle de 144 liv. pourrait dédommager le curé de Chaillot; qu'une somme de 48 liv. suffirait également pour remplacer l'excédant des droits auxquels il est assujetti sur le vin de sa consommation, et ces deux sommes réunies ne présentaient qu'un résultat de 192 liv.; mais on a observé avec raison que la nouvelle disposition des terrains, tant à l'intérieur qu'à l'extérieur, en changerait nécessairement la destination; qu'on abandonnait déjà le genre de culture qui est passible de la dîme, et que toutes les terres arables devant se trouver incessamment converties en jardins par l'effet de la clôture, cette opération lui ferait évidemment perdre la totalité de sa dîme, quoiqu'elle n'eût effectivement distrait des propriétés particulières que 12 arpens. — Enfin il réduit lui-même sa demande à 700 liv., en annonçant que cette somme ne balancera pas entièrement ses pertes... D'un côté, l'honnêteté connue du curé de Chaillot ne permet pas de penser qu'il exagère ses sacrifices; de l'autre, il est certain que la somme qu'il obtiendra sera entièrement employée au soulagement des pauvres de sa paroisse... Le ministre propose donc d'accorder les 700 liv., et le roi approuve.

1866. **LOUIS XVI.** *Le même.*

1° Pièce sig. et contresig., Hue de Miromesnil, Phélypeaux, de Marville, Moreau de Beaurons, Boullongne, Bertin et Boutin. Versailles, 2 nov. 1779. Pièce sur parch. grand in-fol.

2° Les mots: *Bon pour cinquante mille livres*, au bas de 4 lignes de la main de Laporte. Paris, 11 décembre 1791. Demi-p. in-4.

3° Neuf pièces sig. par un secrétaire de la main et contresig. par des ministres, etc. 1776 à 1790, in-fol. Il y a des ordres d'arrestation, de mise en liberté, etc.

1867. **LOUIS XVI.** *Le même.*

1° Quarante-six portraits, portraits et gravures allégoriques, du roi, de membres de la famille royale, vues, etc., in-18, in-8, in-4 et in-f. Plusieurs sont coloriés.

2° Fac simile de son testament gravé par Picquet. Le même testament imprimé avec vignette en tête, in-fol. — Notice historique sur son testament. Impr. 5 p. et demie in-4.

Les différentes pièces de ce n° pourront être divisées.

1868. **LOUIS XVIII,** roi de France. N. 1755. M. 1824.

L. a. s., à M... Hartwell, 12 fév. 1810. Deux tiers de page in-4.

Il est fort touché de ce que le gouvernement Britannique veut bien faire en faveur de Mme de Catuelan, mais il lui sait d'autant plus de gré de l'avoir sollicité, que cette innocente ruse ne manque presque jamais son effet.

1869. **LOUIS XVIII.** *Le même.*

Trente-huit portraits, dont plusieurs collectifs, in-18, in-8, in-4 et in-fol. Ce lot pourra être divisé.

1870. **LOUIS-PHILIPPE Ier,** roi des Français. 1773-1850.

1° L. aut., à M. de Dolomieu. Jeudi soir, 31 oct. 1822. 1 p. in-8.

Il lui envoie le catalogue de M. Barbier Neuville, d'abord pour son amusement, ensuite pour préparer l'acquisition de quelques livres. Il espère qu'il voudra bien lui donner son avis sur les nombreuses marques qu'il y a faites... Ils vérifieront ensuite ce qui pourra se trouver dans sa bibliothèque.

2° L. close sig. et contresig., *Montalivet*. 1838. 1 p. in-4. 11 *portr.*

1871. **LOUIS** (Antoine), chirurgien, inspecteur des hôpitaux militaires du royaume, membre de l'Académie des sciences. Né en 1723. M. 1792.

Certificat médical aut. sig. Paris, 28 août 1775. 1 p. in-4. 2 *portr.*

LONGPRÉ (Haillet de), mathématicien. L. aut. sig. Valence, 10 floréal an XI. 3 p. in-4.

1872. **LOUIS** (Jean-Antoine), député du Bas-Rhin à la Convention, membre du Comité de sûreté générale. Né en 1742. Mort en 1796.

1° Délibération aut. sig. du Comité de sûreté générale (sig. aussi par Jagot, Elie Lacoste et Dubarran), relative à l'arrestation du marquis de Faudoas, de sa fille et de la femme Beaurepaire, ex-nobles, et au transfèrement à Paris de Savary leur concierge, et Borelle, leur agent... 11 messidor an II. 1 p. in-fol. Tête impr. Cachet.

2° Cinq délibérations du comité de sûreté générale, concernant l'arrestation et l'incarcération dans les prisons de Paris des nommés Cassan de Cassagnolles, résidant à Chilly, district de Corbeil ; Larrare, ci-devant comte ou marquis, capitaine au ci-devant régiment des gardes françaises, ayant une maison de campagne à Chatenay, près Sceaux ; Dubignon, ci-devant chevalier et major des ci-devant cent-suisses, ayant une maison de campagne à Aulnay ; Senneville, ci-devant marquis et seigneur de la Grange-la-Prévoté ; Fontaine de Cramazelle, ci-devant seigneur de Moissy, etc., sig. par Louis (du Bas-Rhin), Bayle, Jagot, Vadier, Voulland, Elie Lacoste, Lavicomterie, Dubarran et Amar. An II. Cinq p. in-fol. Tête impr.

3° Sept délibérations des membres du Comité de sûreté générale ordonnant des mises en liberté et des levées de scellés, sig. par Louis (du Bas-Rhin), Merlin (de Thionville), Dubarran, Elie Lacoste, Bernard, Goupilleau (de Fontenay), André Dumont, Legendre (de Paris), Voulland et Amar. An II. 7 p. in-fol. Tête impr. Cachet.

1873. **LOUISE DE SAVOIE,** comtesse d'Angoulême, mère de François Ier. N. 1476. M. 1532.

Ordre sig. et contresig., *Devercle* (sur parchemin), au sieur de La Bourdaisière, trésorier de France, de faire bailler et délivrer aux religieux, prieur et couvent de Notre-Dame des Célestins de Lyon, les trois quartes parties du disme des bleds de Glésy, près Villefranche... Saint-Germain-en-Laye, le 15 mai 1528. *Portr.* Notice de M. *L. de M.*

1874. **LOUISE-MARIE DE FRANCE,** fille de Louis XV, religieuse carmélite, sous le nom de *Sœur Thérèse de Saint-Augustin.* N. 1737. M, 1787.

L. aut. sig., à M. Desforges. 20 oct. 1786. 1 p. in-4. *Portr.*

Au sujet du droit de chauffage des carmélites de Compiègne.

Adélaïde de France (Marie), fille de Louis XV. Elle fut la marraine de Louis XVI. N. 1730. M. 1800. Recommandation d'une ligne et demie aut. sig., au bas d'un mémoire à M. le contrôleur général. 1 p. in-fol. Deux *portr.* in-4 et in-fol.

Victoire de France (Marie-Louise-Thérèse), fille de Louis XV. N. 1733. M. 1799. Pièce sig. Versailles, 23 nov. 1777. 1 p. in-fol. *Portr.*

1875. **LOUVILLE** (Charles-Auguste d'*Allonville*, marquis de), suivit Philippe V en Espagne, et fut chargé de missions importantes. Né au pays Chartrain en 1668. Mort en 1731.

Quitt. aut. sig. (sur parch.). Versailles, 7 avril 1700.

1876. **LOUVOIS** (François-Michel Le Tellier), marquis de), ministre de Louis XIV. N. 1641. M. 1691.

1° Deux lignes aut. sig. en tête d'un certificat militaire, sig. par le comte de Hamilton. 20 août 1673. Demi-p. in-4. Cachet. Deux *portr.* et une charge : Louvois en capucin.

2° Deux lignes aut. sig., au bas d'une demande d'admission aux Invalides. 1673. 1 p. in-4.

3° L. sig., à M. Le Bret. Versailles, 2 juin 1686. 1 p. in-4.

Le Tellier (François-Michel), marquis de Louvois, ministre d'Etat. Deux quitt. sig. (sur parch.). 1681 et 1688.

Louvois (dame Anne de Souvré, marquise de Courtanvaux, veuve de François-Michel Le Tellier, marquis de). Quitt. sig. (sur parch.). 1704.

Louvois (Camille Le Tellier de), abbé commandataire de Bourgueil

et de Vauluisant, bibliothécaire du roi... Quitt. notariée sig. (sur parch.). 1699.

Louvois (Auguste-Michel-Félicité Le Tellier de Souvré, marquis de), chambellan de Napoléon, pair de France. L. a. s. 1821. Demi-p. in-4.

1877. **LOWE** (sir Hudson), lieutenant général, gouverneur de l'île Sainte-Hélène.

Certificat de vie délivré et signé par Hudson Lowe, à madame la comtesse Bertrand (Françoise-Elisabeth Dillon), sur papier timbré de France. 1 p. in-fol. Ile Sainte-Hélène, 1er septembre 1820. En marge se trouve la légalisation qui suit, entièrement écrite et signée par M. le marquis de Montchenu :

« Vu et certifié par nous commissaire du roi de France et maréchal « de camp dans ses armées, pour légalisation, et certifions en même « temps l'existence de madame la comtesse Bertrand, signé par elle « ci-dessus. James-Town, ce 1er septembre 1820. Le marquis de « Montchenu. »

1878. **LUBERSAC** (Jean-Baptiste-Joseph de), aumônier du roi, évêque de Tréguier, puis de Chartres, député aux Etats-Généraux. N. 1740. M. 1822.

L. aut. sig., à M. Antoine, architecte. Paris, 29 avril 1783. 8 p. pl. in-4. Très-belle et très-intéressante lettre sur son projet de décoration de la place du Carrousel.

L'un des plus beaux monuments qu'offre la capitale dans l'hôtel des monnaies, son ouvrage, et qu'aucune ville de l'Europe n'a l'avantage de posséder, est sans doute seul fait pour lui assurer dans la postérité un rang distingué parmi touts ceux de sa profession. En effet, imposante façade dans le vrai genre antique de la Grèce au côté de la rue Guénégaud, magnifique décoration en face de la rivière formant un corps de bâtisse dans le goût brillant et moderne... Depuis cette construction, qui est son premier ouvrage important dans la capitale, il a été fouiller pour ainsi dire les ruines de l'antique Rome, et celles de plusieurs autres villes de l'Italie... Ces jours passés il a eu la complaisance de lui montrer les plans et dessins des plus *conséquens* qu'on puisse imaginer et qu'il destine pour être élevés dans le vaste espace du Carrousel ; il en a admiré l'ensemble dans toutes ses parties et sous touts les points de vue. La colonnade fameuse de Saint-Pierre de Rome l'a sans doute tellement frappé qu'il n'a pu s'empêcher de désirer d'en voir se réaliser un second modèle, ou à peu près, dans notre capitale et la fixer devant le premier palais du monde, celui des Tuileries, en décorant cependant cette colonnade à ses extrémités de pavillons d'un excellent genre, de manière même que le palais n'en fût point écrasé et ne devînt point un accessoire à cette fabrique immense, et vraiment digne d'annoncer la principale habitation de nos rois. « Une salle de spectacle pour l'opéra qui « maintenant devient l'objet des désirs du citoyen de la capitale, se trouve fixée « dans vos plans en face du palais des Thuilleries. Ce monument m'a semblé traité « dans le plus grand genre, du moins quant à ses dehors; car je n'ai pu juger ni de « la coupe, ni de la distribution intérieure que je suppose être complette dans « toutes ses parties. Vous isolez ce monument comme il est convenu et arrêté « par le gouvernement qu'il le soit. Deux façades dans la longueur enrichies de « colonnes semblent se raccorder parfaitement bien avec votre principale co- « lonnade formant place publique, et tout cet ensemble présente un spectacle « vraiment imposant et majestueux. Ainsi ce projet, une fois exécuté, vous as- « surerait certainement le beau titre d'artiste célèbre, et même vous placerait « au niveau de notre Vitruve françois (Claude Perrault). Mais trop malheureu- « sement, vous le savez, monsieur, les belles productions du génie dans votre « art se trouvent-elles souvent contrariées lorsqu'il s'agit de les réaliser en grand. « Alors, une multitude d'obstacles se présentent presque toujours en foule, « surtout quand ces mêmes productions intéressent une nation entière, un « gouvernement et un corps nombreux de citoyens d'une immense capitale telle « que Paris : les rois mêmes, quelque puissants qu'on les suppose, sont-ils « quelquefois forcés d'abandonner l'exécution des plus beaux monuments, et « laissent-ils à leurs successeurs le soin d'en enrichir leur empire, et de ter- « miner au moins ce qu'ils ont commencé à élever; la colonnade du Louvre en « fournit la preuve... » Obstacles et difficultés pour l'exécution de ce plan de décoration de la place du Carrousel... Le bon abbé en présente un de sa façon qu'il développe très-longuement et très-minutieusement ; il va sans dire qu'il est le meilleur...

1879. **LUCE DE LANCIVAL** (Jean-Charles-Julien), poëte, auteur dramatique. N. 1764. M. 1810.

L. aut. sig., à M. Roger. Ce 25. 1 p. pl. et demie in-8.

Relative au discours latin et français. Il voudrait savoir par lui s'il y aurait de l'indiscrétion à inviter M. le grand maître à honorer de sa présence l'Assemblée où il doit le prononcer...

Lucas (Hippolyte), romancier, journaliste. 1° Quatre lett. aut. sig., à MM. Jules Janin, Charles Blanc, etc. 4 p. in-8. — 2° Pièce de vers aut. 1 p. in-4. *Charge*, et biogr. impr.

1880. **LUDE** (Gui de Daillon, comte du), gouverneur du Poitou, etc. M. 1585.

Vaillant et généreux guerrier signalé au siége de Metz, à la prise de Calais et de Guines, au siége de Poitiers, etc. J'ai lu, je ne sais où, qu'il sauva la vie à Charles IX près de se noyer. (*L. de M.*)

Quitt. sig. (sur parch.). 1568. Cachet.

Lude (François de Daillon, comte du), capitaine de 80 hommes d'armes des ordonnances du roi. Trois actes notariés, sig. 1597-1617. Ensemble. 10 p. in-fol.

Lude (Françoise de Schonberg, comtesse du), femme du précédent. Acte notarié sig. 1608. 2 p. in-fol.

Lude (Henri de Daillon, comte du), premier gentilhomme de la chambre du roi. Obligation notariée, sig., de 3000 livres envers son marchand épicier. 1660. 2 p. in-fol.

Lude (Henri de Daillon, duc du), grand-maître de l'artillerie. N. 1640. M. 1685. C'est le *grand-maître* dont Mme de Sévigné parle plusieurs fois, et *qui se croyait son amant*. (*L. de M.*). Cinq pièces et quitt. sig. (trois sur parch.). 1676-1681.

Lude (Marguerite-Louise de Béthune, duchesse du), femme du précédent, dame d'honneur de Mme la duchesse de Bourgogne. Mme de Sévigné parle souvent d'elle, et l'appelle : *la belle duchesse*. Quitt. sig. (sur parch.). 1700.

1881. **LULLY** (Jean-Baptiste), surintendant de la musique de la chambre du roi. N. 1633. M. 1687.

1° Quitt. sig. (sur parch.). 1686. Trois *portr.* in-8, in-4 et in-fol.

2° Acte notarié, sig. 1683. 2 p. in-fol.

Achat du tiers d'une maison sise à Puteaux. — Prix, 2,200 fr. Un autre tiers appartient à Michel Lambert.

C'est là sans doute que celui-ci donnoit les célèbres concerts qu'il « formoit « dans ses appartements, ses jardins et ses bosquets » (Parnasse français de « Titon du Tillet, page 391). Boileau, dans une de ses épîtres, a fait un odieux portrait de Lully, que l'innocente rancune de La Fontaine a moins maltraité. (*L. de M.*)

Lully (Madelaine Lambert, veuve de). Quitt. s. (sur parch.(. 1695.

1882. **LULLY** (Jean-Louis), fils du précédent, surintendant de la musique de la chapelle du roi.

Acte notarié sig. (15 sept. 1688. 4 gr. p. pl. in-fol.), par lequel les héritiers de Lully vendent à un sr Vauthier la permission d'établir une académie de musique (un opéra), à Rouen, où pourront être représentés les opéras de Lully et ceux que sa famille fera faire en vertu du privilége à elle concédé par le roi. — Prix, par chaque année, 2,000 liv. — Acte curieux et bien fait. La famille se compose, outre Madelaine Lambert, veuve de Lully, de Louis Lully, fils aîné; Gabrielle-Hilaire de Lully, femme de Jacques Du Molin; Jean-Baptiste Lully, abbé de Saint-Georges; Jean-Louis Lully; Marie-Louise Lully, et Jean-Nicolas Francini, époux de Catherine Madeleine Lully, la plupart signataires dudit acte.

Lully (Jean-Baptiste de), frère du précédent, aumônier du duc d'Orléans, frère du roi. Quitt. sig. (sur parch.). 1695.

1883. **LUXEMBOURG** (François de), fils d'Antoine et de Marguerite de Savoie, duc de Piney, pair de France.

Un des premiers parmi les grands qui reconnurent Henri IV. Ambassadeur à Rome, avant la bataille d'Ivry, il fut mal accueilli par Sixte-Quint qui, au contraire, le reçut très-bien après la victoire. — Il avait épousé une sœur de la reine, femme de Henri III.—J'ai lu quelque part que dans les lettres d'érection de Piney en duché-pairie, Henri III présente François de Luxembourg comme issu de *Clodion le Chevelu*.

Quitt. sig. (sur parch.) de la somme de 662 écus. 1594.

Luxembourg (Marguerite de Savoie), duchesse de), mère du précédent. L. sig., *A mon fils De Luxembourg, duc de Pigney et pair de France. A. L. ce* 8e *juillet* 1589. 1 p. pl. in-8 en travers. Cachets.

« ... Ce iourdhuy ont passé par Saint-Aulbin le vicomte de Tauanne et le « baron d'Issey ou d'Essey qui s'en vont joindre des Reistres qui sont à Com- « mercy ville, Issy la Neufuille au Rup et Woyd. Priant sur ce Dieu mon filz « qui vous donne en santé ses sainctes et dignes grâces, me recommandant « bien affectionnement aux bonnes vostres... »

Luxembourg (Marie de), abbesse de Notre-Dame aux Nonnains de Troyes. Quitt. sig. (sur parch.). 1573.

Luxembourg (Antoinette de), abbesse de Notre-Dame d'Yères. Quitt. sig. (sur parch.). Abbaye d'Yères, 23 janvier 1581.

1884. **LUXEMBOURG** (Charles de), comte de Brienne, de Ligny et de Roussy. M. 1610.

Ce valeureux guerrier, voulant retarder la marche des ligueurs qui se dirigeoient sur Tours pour surprendre et enlever Henri III, soutint, près d'Amboise, avec 500 hommes qu'il commandoit, un terrible combat contre 10,000 ennemis; accablé par le nombre, il se jeta avec 50 ou 60 hommes dans le château de Saint-Ouen, où il tint encore trois jours. Après la capitulation forcée, Mayenne lui dit : « En vérité, cousin, qu'espériez-vous d'une pareille « résistance ? J'espérois, » répondit l'héroïque vaincu, « vous rencontrer dans « le combat, et vous y tuer comme j'y ai tué votre lieutenant-général, le gros « Cazillac, que j'ai pris d'abord pour vous. Je vous aurais épargné bien des fu- « nestes projets, et à l'Etat bien des maux. » (*L. de M.*)

Acte notarié, quatre fois sig., et signé trois fois par Louis de La Vallette, duc d'Epernon, son beau-frère, héritier de feu sa sœur, madame de Luxembourg. 1606. 4 p. in-fol.

Luxembourg (Jean de), sr de La Chapelle. Quitt. sig. (sur parch.). 1630.

Luxembourg (Madeleine-Bonne-Thérèse, duchesse de), femme du capitaine des gardes du corps du roi. Quitt. de deux lig. aut. sig. (sur parch.). 1676.

Luxembourg (le chevalier de), colonel du régiment de Piémont. 1° Certificat militaire aut. sig. 1703. 1 p. pl. in-8. — 2° Certificat militaire sig. 1704, in-4. Cachet.

1885. **LUXEMBOURG** (François-Henri de Bouteville, duc de), maréchal de France. N. 1628. M. 1695.

Deux quitt. sig. (sur parch.). 1676 et 1678. Cinq *portr.*, et *Eloge de Luxembourg*, par le prince de Conti, gravure coloriée. Notice de M. *L. de M.*

1886. **LUYNES** (Charles d'Albert, seigneur de), grand fauconnier de France, chef du vol, etc., maréchal et connétable de France. N. 1578. M. 1621.

Quitt. sig. (sur parch.). 1619. Deux *Portr.* Notice de M. *L. de M.*

Il reconnait avoir reçu de M. Gilbert Bourlois, conseiller du roi et trésorier de ses vénerie et fauconnerie, la somme de 1446 livres 15 sous, à lui ordonnée par S. M. durant l'année 1618, à savoir, 700 livres pour ses gages, comme chef du dit vol. Pour la nourriture, à raison de 3 sous par jour, de huit oiseaux y servant, 448 livres. — Pour la nourriture d'un garde du dit vol, à raison de 15 sous par jour, 273 livres 15 sous — et pour ses souliers 35 livres.

1887. **LUYNES** (Famille d'Albert de). Quinze lett. et pièces.

Luynes (Charles-Honoré d'Albert, duc de), gouverneur de Guyenne.

Deux quitt. sig. (sur parch.). 1676 et 1697, et acte notarié, sig. 1711. 2 p. et demie in-fol. — LUYNES (Louis-Joseph, comte d'Albert de). Quitt. sig. (sur parch.). 1691. — LUYNES (Charles-Philippe d'Albert, duc de). Trois actes notariés sig., avec diverses signatures : Louise-Léontine-Jacqueline de Bourbon, sa femme ; Charles-Honoré d'Albert, duc de Chevreuse ; François de Clermont-Tonnerre, évêque de Langres ; le marquis de Rothelin ; Georges d'Antragues, etc. 1711. Ensemble, 9 p. in-fol. — LUYNES (Albert, duc de), député aux Etats-Généraux. L. aut. sig. 1803. Quart de page in-4. *Portr.* colorié. — LUYNES (d'Albert de Chevreuse, duc de). Deux lett. aut. sig., et une lett. sig.: *duc de Chevreuse*. Dampierre, 1808 et 1828. 5 p. in-8 et 1 p. in-4. — LUYNES (d'Albert, duc de), représentant à l'Assemblée nationale de 1849. Deux lett. aut. sig. Paris et Dampierre. 1849. 4 p. in-8. — LUYNES (Antoinette de), dame d'atour de la reine. Quitt. sig. (sur parch.). 1625. — LUYNES (Marguerite d'Aligre, veuve de Louis-Charles d'Albert, duc de). Quitt. sig. (sur parch.). 1698.

1888. **MABILLON** (Dom Jean), bénédictin de la congrégation de Saint-Maur. N. 1632. M. 1707.

L. aut. sig., au révérend père... Mars 1695. 3 p. pl. in-4. *Portr.* gravé in-4.

Remerciements pour un dessin et une pièce qu'il lui a envoyés touchant le monastère de *Tegriental*. ... Il est ravi de le voir travailler à l'histoire de son abbaye. Les deux manuscrits qu'il a trouvés, mais particulièrement celui du Dominicain, lui paraît d'un grand usage. Il ne doute plus après tout ce qu'il lui remarque du temps auquel vivait saint Hidulphe. Le mot de Balma n'est pas un mot propre, mais un terme gaulois qui signifie en général une montagne...

1889. **MABILLON** (Dom Jean). *Le même*.

L. aut. sig., au révérend père... Moyenmoutier, 3 octobre 1696. 4 p. pl. in-4. *Portr.*

Relation intéressante de son voyage en Allemagne. Le lendemain de son arrivée à Munster l'abbé de Senones le vint joindre avec M. le Doyen. Ils partirent le lendemain après avoir vu les archives pour aller à Morbach. « Nous y avons trouvé de fort beaux et très-anciens Mss, mais non pas les chartes qui sont à Notre-Dame-la-Pierre... »

1890. **MACDONALD** (Antoine-Jacques-Joseph-Alexandre), duc de Tarente, maréchal de France. N. 1765. M. 1840.

1° Trois lett. aut. sig., à divers, 1799 à 1807. 3 p. in-4 et in-fol., et apostille aut. sig. 1 p. in-fol. Dix *portr.*

2° L. aut. sig., au général en chef Moreau. Quartier-général de Middelburg, 6 pluviôse an IV. 1 p. in-4. Tête impr.

Il a oublié de lui proposer un habit, superbement brodé, qu'il n'a pas essayé, et qui se trouve parfaitement conforme au dernier arrêté du Directoire, concernant l'uniforme des généraux en chef ; il est sans revers et brodé dans toute sa longueur. Il l'a reçu de La Haye deux jours avant son départ pour la France. Le drap en est des plus beaux ; en un mot, il n'a rien épargné pour le rendre brillant. « Tu viendras l'essayer ici, ou je te le porterai. Il me coûte « 500 florins, tu l'auras pour 400 et moins, si tu le veux, car il est certain que « je ne serai jamais dans le cas de le porter. »

1891. **MACHAULT D'ARNOUVILLE** (Jean-Baptiste), contrôleur général des finances, ministre de la marine, membre de l'Académie des sciences. N. 1701. M. 1794.

1° L. avec un post-scriptum de cinq lignes aut. sig., à M. de Boullongne. Compiègne, 3 août 1749. 1 p. in-fol. *Portr.* Notice de M. *L. de M.*

2° L. aut. sig., à M. Perronet. Paris, 3 mai 1784. 1 p. pl. in-4.

MACHAULT (Charles de), intendant de la police, justice et finances en Languedoc. Quitt. aut. sig. (sur parch.). 1642.

MACHAULT (Louis de), président au grand conseil. 1594-1664. Quitt. sig. (sur parch.). 1649.

1892. **MACKINTOSH** (Sir James), baronnet, célèbre avocat anglais, membre de la chambre des communes, publiciste éminent. Né en 1763. Mort en 1832.

L. aut. sig., à l'abbé Morellet. Upper Guilford Street, London. 10 décembre 1802. 2 p. pl. et demie in-4. Cachet.

Il lui envoie sa petite dissertation sur le droit naturel et politique. On ne peut plus trouver un exemplaire de l'ouvrage de Malthus sur la population. L'auteur même n'en a pas un. Mais on va en donner une nouvelle édition. « Vous êtes « plus en état que personne de donner un précis de l'histoire de l'Economie « politique dans le siècle passé et surtout en France, avec des petites notices « bibliographiques et biographiques sur les livres et les auteurs. Vous pouvez « y donner une chronologie des *découvertes* ou au moins des *idées nouvelles*, « puisque le premier consul ne veut pas qu'on regarde les idées économiques « comme *des découvertes*; on saurait alors, au juste, ce que Smith a ajouté aux « économistes français... »

1893. **MACQUER** (Pierre-Joseph), médecin, chimiste, membre de l'Académie des sciences. N. 1718. M. 1784.

Mémoire aut. sig., *Sur la porcelaine de France*. Paris, 20 août 1761. 2 gr. p. pl. et demie in-fol. Intéressant.

Contre le projet d'acquisition par l'Etat du secret de la porcelaine du sr Hannon. Dans cette circonstance, il croit de son devoir d'exposer l'état actuel de la découverte de sa nouvelle pâte de porcelaine dont les matériaux sont touts tirés de France, qui réunit toutes les qualités qu'on peut désirer, et qu'il ne craint pas de comparer avec aucune porcelaine étrangère, même avec celles qui sont reconnues pour les meilleures et les plus parfaites à tous égards...

1894. **MAGISTRATS**, *Jurisconsultes*, *Avocats*, etc.

Agier (Jean-Pierre), membre de la commune de Paris, président du tribunal révolutionnaire. — Agier (F.), procureur général. — Albisson (Jean). — Angran d'Alleray (Denis-François). Trois lett. et pièce, et notice impr. — Argouges de-Rancé (Jérôme). Deux lett. et pièce. *Portr.* — Augier (Victor). Deux lett. — Barris (Pierre-Jean-Paul, baron). — Battur. — Berville (Saint-Albin). Cinq lett. et pièce. — Bexon (Scipion). — Beyts. — Billecocq (Jean-Baptiste-Louis-Joseph). Lett. et *portr.* — Billot. — Boucher d'Argis (A.-J.). Brok (Jean de). Lett. et *portr.* — Ensemble, 21 lett. aut. sig., et deux pièces sig. Trois *portr.* Très-beau lot.

1895. **MAGISTRATS**, *Jurisconsultes*, *Avocats*, etc.

Carré. Deux lett. — Cassaignoles. Deux lett. — Chaix d'Est-Ange. Deux lett. — Cottu. — Dalloz. — Dambray (le chancelier). Lett. et apostille. — Dard. — Delamalle (Gaspard-Gilbert). — Demante. — De La Place (le président). — Descordes. — Donat. 1769. — Duveyrier (Honoré-Nicolas-Marie). Lettre, ordre de son arrestation, et ordre de sortie de prison. 1792. Trois pièces. — Franck Carré. — 4 lett. — Froland (Louis). 1711. — Galis. — Ensemble, 21 lett. aut. sig., et 4 pièces diverses. Très-beau lot.

1896. **MAGISTRATS**, *Jurisconsultes*, *Avocats*, etc.

Garnier (François-Xavier-Paul). — Guichard. — Guien. — Hallé (Pierre). 1676. — Hémart. — La Mothe Le Vayer (Félix de). 1624. — Lamache (Paul). Manuscrit aut. — Laplagne Barris. Deux lett. — Lavaux, père. — Le Graverend (Jean-Marie-Emmanuel). Lett. et *portr.* — Le Page (P.). — Lerat de Magnitot. — Liborel (Guill.-François-Joseph, baron). — Liouville (Félix). Lettre aut. sig., à M. Jules Janin. Intéressante. — Macarel (Louis-Antoine). Trois lett. — Meindre (A.-J.). — Ensemble, 16 lett. aut. sig., trois pièces, quitt. sig. et pièce aut. Un *portr.* Très-beau lot.

1897. **MAGISTRATS**, *Jurisconsultes*, *Avocats*, etc.

Maleville (Jacques, marquis de). — Maleville (Pierre-Joseph, marquis de). — Maugis (Pierre-Louis). — Maulinière (Vincent). — Muraire (Honoré, comte). Lett. et *portr.* — Paillet (A.). Deux lett. *Portr.* — Pailliet. Deux lett. — Pardessus. Deux lett. — Parquin.

Deux apostilles. *Portr.* — PIGEAU (Eustache-Nicolas). — PLOUGOULM (Pierre-Ambroise). Deux lett., deux lett. de madame Plougoulm, et brochure des événements de Toulouse. — POIRIER. — PRÉVOST SAINT-LUCIEN. — RAVEZ. Deux lett. Trois *portr.* — RENDU (le baron). — — TOULLIER. Deux lett., et observations sommaires de l'école spéciale de droit de Rennes, à S. E. le ministre de l'intérieur, sig., sig. aussi par Loisel, Aubrée, Carré, Laubespin, Félix Vater et La Guérinais. Rennes, 14 juin 1807. 17 p. in-fol. — VAUFRELAND. — ZANGIACOMI (P., baron).— Ensemble, 26 lett. aut. sig., deux pièces sig., et six *Portr.* Très-beau lot.

1898. **MAGNIERE** (Laurent), sculpteur des bâtiments du roi, membre de l'Académie de peinture, sculpture, auteur de plusieurs statues du part de Versailles, des Termes d'*Ulysse*, *Circé*, etc. N. 1618. M. 1700.

Quitt. sig.: *Laurans Magnières* (sur parch.), de la somme de 100 livres, à lui payée suivant commandement de M. le prévôt de la ville de Paris, *pour les ouvrages de sculture, par luy faictes a la nouuelle fontaine, proche les Capucines de la rue Saint-Honoré*. 22 octobre 1674. Entre ses deux noms il a dessiné à la plume une petite tête d'ange.

1899. **MAGON** (Charles-René), contre-amiral. Né à Paris en 1763. Tué à Trafalgar le 21 octobre 1805.

Trois lett. aut. sig., au citoyen Fortin. Brest, Rochefort et Nantes, an IX et an X. 5 p. in-4.

1900. **MAGU** (Eloi-Marie), poëte tisserand. N. 1788.

Souvenirs d'enfance. 12 vers aut. sig. Lizy-sur-Ourcq. 18 mars 1842. 1 p. in-8. Article de journal de madame Georges Sand, sur les poésies de Magu.

1901. **MAIGNELAY HALLWIN** (Marguerite de Gondi, marquise de), tante du cardinal de Retz. M. 1644.

La marquise de Maignelay-Hallwin avoit, par testament, institué l'Hôtel-Dieu de Paris son légataire universel, à la charge de plusieurs autres legs, notamment 66,600 livres à la congrégation de Saint-Magloire; 24,000 livres aux Incurables du faubourg Saint-Germain; 18,000 livres aux prêtres composant la congrégation de la mission de Saint-Lazare; 6,000 livres à la Charité du faubourg Saint-Germain; 40,000 livres à l'hôpital des Quinze-Vingt, etc. Ci-joints sont, en minute: 1° l'inventaire fait après le décès de la marquise, à la requête des *gouverneur* et *administrateurs* de l'Hôtel-Dieu, *Mathieu Molé*, Premier président, *Lefèvre de Lezeau*, *Sébastien Cramoisy*, etc. 2° Les actes de délivrance de legs ci-dessus indiqués, sauf ce qui concerne la mission de Saint-Lazare, dont la minute est au dossier de Saint-Vincent de Paul.

Voici présentement les conjectures que me suggère cette grande libéralité. Le mari de Marguerite de Gondi, Florimond d'Hallwin, gouverneur de la Fère, avoit été assassiné dans cette ville, en sortant de l'Eglise, par Colas, lieutenant des gardes du duc de Mayenne, vice-sénéchal de Montélimart (1592). — Les autres fils de Charles, premier duc d'Hallwin, avoient tous eu une fin tragique: l'aîné, Antoine, assassiné à la suite de son duel avec Livarot; Robert, tué à la bataille de Coutras; Léonor et Charles, tués à la prise de Dinan. — Il y a donc lieu de penser que c'est parce qu'elle étoit restée sans famille, que la bienfaisante et pieuse Marguerite de Gondi, après avoir longtemps survécu à son mari et à ses beaux-frères, conçut et réalisa le projet de léguer sa grande fortune aux pauvres des divers établissements et catégories. (*L. de M.*)

1° Acte notarié sig., signé aussi par J. Louis de La Valette, duc d'Epernon, pour le rachat d'une rente constituée par ce dernier. 1620. 3 p. in-fol

2° Acte notarié sig., sig. aussi par Henri de Gondi, évêque de Paris. 1601. 3 gr. p. in-fol.

3° Inventaire fait en 1650 chez la marquise de Meignelay, qui lègue touts ses biens aux pouvres et à des établissements religieux (minute originale), dressé à la requête de Mathieu Molé, président au

Parlement de Paris, Nicolas Lefèvre de Lezeau, Nicolas de Pois, et Charles Robineau, administrateurs de l'Hôtel-Dieu de Paris, et Sébastien Cramoisy, etc., au nom et comme nommés et députés du bureau dudit Hôtel-Dieu, pour la conservation de ses droits... Ledit inventaire signé à trois endroits par les dénommés et autres. Dernier août 1650. 32 p. et demie in-fol. Curieux détails d'un mobilier de cette époque.

4° Acte notarié. Délivrance du legs de 40,000 livres, à l'hôpital des Quinze-Vingt. 3 novembre 1650, signé par Mathieu Molé, etc. 6 p. in-fol.

5° Acte notarié. Délivrance du legs de 6,000 livres à l'hôpital de la Charité, sis à Saint-Germain des Prés. 3 novembre 1650, signé par Mathieu Molé, etc. 5 p. in-fol.

6° Acte notarié. Délivrance du legs de 24,000 livres, à l'hôpital de Notre-Dame des Incurables du faubourg Saint-Germain des Prés. 3 novembre 1650, signé par Mathieu Molé, etc. 5 p. in-fol.

7° Acte notarié. Délivrance du legs de 66,600 livres, à la Congrégation de Saint-Magloire. 7 octobre 1650, signé par Mathieu Molé, etc. 5 p. in-fol.

Ce numéro pourra être divisé :

N. B. Par suite d'erreur de chiffre, il n'y a pas de n° 1902.

1903. **MAILHE** (Jean), avocat, député de la *Haute-Garonne* à la Convention. N. 1754. M. 1834.

L. aut. sig., au citoyen Martin. Paris, 7 pluviôse an IV. 1 p. pl. et quart in-4.

Marragon (Jean-Baptiste), député de l'*Aude*, à la Convention. L. aut. sig. Hauterive, 21 août 1772. 1 p. in-4.

Mathieu Miranpal (Jean-Baptiste-Charles), député de l'*Oise* à la Convention. Six pièces et lett. sig. et aut. sig., comme membre du Comité de sûreté générale, receveur général de la Gironde, etc. An III à 1807. 12 p. in-4 et in-fol. Cachets.

1904. **MAILLARD** (Stanislas-Marie). N. 1763. M. 1794.

Laquais, soldat, huissier aux *Requêtes de l'Hôtel*, chef des bandes insurgées qui se portèrent à Versailles le 5 octobre 1789. Président des égorgeurs du 3 septembre 1792 à la prison de l'Abbaye, etc. (*L. de M.*)

L. aut. sig., à MM... Paris, 14 sept. 1791. 2 gr. in-fol. *Portr.*

Au sujet des droits payés aux soldats de garde par les marchands de vins faisant danser à Paris et dans la banlieue. Prix pour le service de jour et de nuit,.. Mais l'état-major garde une partie de cette allocation au détriment des gardes... « Les soldats qui estoient soumis comme des esclaves, sous le régime « abominable que nous avons détruit, ce seroient bien gardés de demander le « moindre compte à son dernier chef. Il auroit encouru les suitttes d'une puni- « tion... »

1905. **MAILLARD** (Marie-Thérèse Davoux), célèbre actrice de l'Opéra. N. 1767. M. 1812.

Cette femme, d'une beauté virile, eut le malheur de remplir forcément le rôle de *Déesse de la Raison* dans les scènes sacriléges que joua l'infâme Chaumette à la barre de la Convention, dans l'église de Notre-Dame-de-Paris, etc. (*L. de M.*)

Son engagement signé pour le théâtre de la République et des Arts, aux appointements de douze mille francs par an, au titre de première artiste de chant... Paris, 11 frimaire an VII. 1 p. et demie in-4.

Lange (Anne-Françoise-Elisabeth), actrice du Théâtre-Français. N. 1772. M. 1855. Quitt. sig., pour un mois de son traitement. 1er germinal an V. 1 p. in-4.

1906. **MAILLE DE BREZE** (Urbain, marquis de), maréchal de France. N. 1597. M. 1650.

1° Quitt. d'une ligne aut. sig. (sur parch.), de la somme de 15,000 livres dont S. M. lui a fait don. 1630. *Portr.* Notice de M. *L. de M.*

2° Quitt. d'une ligne aut. sig. (sur parch.), de la somme de 900 livres pour trois quartiers de ses appointements de gouverneur de la ville d'Angers.

Maillé (Arthur de), seigneur de Case, gentilhomme de la chambre du roi. 1° Trois quitt. sig. (sur parch., une avec cachet. 1555, 1567 et 1576 (celle-ci incomplète). — 2° L. sig., à M. de Rambouillet. De Brézé, 13 juin 1575. 1 p. in-fol. Cachet.

Maillé (César de), s^r de Lespine. Quitt. d'une ligne aut. sig. (sur parch.), de la somme de 200 écus sous à lui ordonnée, pour distribuer par forme de *prest* aux quarante cuirassiers dont il a la charge, sur et tant moins de leur solde de cette année. 1592.

Maillé (Charles-François Armand, duc de), pair de France, etc. N. 1770. M. 1836. L. aut. sig., à M. Méjean. Ce lundi. 1 p. in-8.

1907. **MAILLE DE LA TOUR LANDRY** (Jean-Baptiste-Marie de), évêque de Saint-Papoul.

L. aut. sig., à M. Mongenot, orfèvre, à Paris. Saint-Papoul, 6 décembre 1787. 2 p. pl. in-4. Cachet.

En vérité, il le persécute bien cruellement relativement aux engagements qu'il a pris avec lui pour son argenterie. Il le prie d'observer qu'il n'y aura qu'un an au mois de janvier prochain qu'il l'a reçue, et il a déjà touché seize mille livres sur la dite argenterie. S'il n'avait pas eu un payement pour ses Bulles, il aurait reçu plus d'argent... « Vous me dites dans vos différentes lettres que « les seigneurs qui vous doivent ne vous payent pas; j'en suis bien fâché pour « vous, mais je ne devrois pas, à raison de mon exactitude, être le seul qui « éprouve de votre part des désagréments .. »

1908. **MAILLEBOIS** (Jean-Baptiste-François *Desmarets*, marquis de), fils du contrôleur général, conquérant de la Corse, maréchal de France. N. 1682. M. 1761.

1° Quatre lett. et deux certificats militaires, dont un aut. sig. 1709 à 1746, datées des camps de Pastoreccia, Bastia, Novi, 1709 à 1746. 12 p. in-4 et in-fol. *Portr.* de Vangélisti. In-4.

2° L. aut. sig., à M... Paris, 30 mai... 1 p. in-4.

3° L. aut. sig., à M. l'intendant... Antibes, 9 avril.

Au sujet de l'assassinat de deux soldats sans armes par des paysans. Une pièce de vin avait été défoncée par des soldats lors du passage d'un bataillon, des experts avaient évalué la perte à quatre louis, mais le propriétaire demande quatre cents francs, ce qui est injuste... « J'auray l'honneur de vous ajouter ici « que depuis un temps infini nos soldats ne sont point payés... »

1909. **MAILLY** (François de), cardinal, archevêque de Reims. Né à Paris en 1658. Mort en 1721.

Prélat ardent et opiniâtre, promoteur de la bulle *Unigenitus*; ultramontain résolu jusqu'à l'esprit de sédition. (*L. de M.*)

L. aut. sig., à M... 3 déc. 1 p. in-4. Superbe *portr.* de Drevet, d'après Van Loo. Très-grand in-fol. Bonne épreuve.

1910. **MAIMIEUX** (Joseph de), major d'infanterie, littérateur, inventeur de la *Pasygraphie*. N. 1753. M. 1820.

L. a. s., à M. le préfet de la Seine. Paris, 10 mai 1806. 1 p. in-fol.

1911. **MAINE** (Louis-Auguste de Bourbon, duc du), fils de Louis XIV et de Mme de Montespan. N. 1670. M. 1736.

1° Deux lett. sig. 1700 et 1722. 4 p. in-4 et 1 p. in-fol., et commission de lieutenant-garde-côte (sur parch.). 1719. *Portr.*

2° L. aut. sig., à la princesse de Conti, à Paris. Versailles, 16 mai 1712. 1 p. et demie in-4. Cachet aux armes en cire noire.

Il l'attendait de jour en jour, voilà pourquoi il a tardé à lui rendre les actions de grâces qu'il lui doit pour la part qu'elle a bien voulu prendre à sa joie. La venue de Mme la Princesse a absolument dérangé son voyage. « Mme la Du« chesse a commencé à porter ses mémoires à nos juges et je n'auois pas de « tort lors que j'ay pris la liberté de uous conseiller de faire instruire M. d'Or« messon... »

1912. **MAINE** (Anne-Louise-Bénédicte de Bourbon Condé, duchesse du), femme du précédent. N. 1676. M. 1753.

L. aut., à M. d'Argenson. Ce jeudi, 9 novembre 1713, à deux heures. 3 p. in-4. Trois *portr.* Notice de M. Sainte-Beuve.

Elle lui envoie sans perdre de temps les ordres qu'ils attendaient pour arrêter Jossiondo, « parce que ie croy qu'il faut s'assurer de cet homme plus tost que « plus tard. Ie croy, monsieur, qu'il est bon qu'il passe par quelque interroga-« gatoire auant que destre mis à la Bastille et que cet homme sera plus capable « de parler dans un premier moment qu'après qu'il aura eu le tems de se recon-« noistre... Ie diray seulement monsieur que si nous auons à sortir de cecy ce « sera par la detention de Jossiondo, et iespere que nous tirerons quelque chose « de cet homme qui se trouble aisement et qui a tres peu desprit ie vous prie « monsieur de le faire arrester auiourd'huy et de linterroger aussi tost s'il est « possible, ie ne puis iamais asses vous remercier monsieur des soins et des « peines que vous prenes pour nous ie vous prie destre bien persuadé que ien « auray une reconnoissance éternelle. »

1913. **MAINTENON** (Françoise d'Aubigné, veuve Scarron, puis marquise de). N. 1635. M. 1719.

1° L. aut. sig., à son neveu... Saint-Cyr, 23 août... 2 p. pl. in-4. Quatre *portr.*, et un *portrait charge.*

Elle lui écrirait trop souvent si elle le faisait toutes les fois que l'on entend parler de lui, mais encore faut-il bien lui dire de temps en temps la joie qu'elle a de la réputation qu'il établit, et des services qu'il rend au roi. Il lui paraît qu'il est fort attaché à M. le duc de Vendôme. Elle en est ravie, car elle l'aime tout à fait. On ne peut avoir d'autres sentiments pour lui quand on aime le roi et l'Etat. « On le loüe beaucoup icy, et il seroit content s'il pouuoit entendre « sans estre vu tout ce qu'on dit de luy, jespere que sa blessure est peu de « chose je ne sai que ce que vous me mandés, car ie suis partie de Saint-Cir « auant que le roy fust esueillé.... »

2° *Histoire de madame de Maintenon.* Manuscrit du dernier siècle. Ecriture fine et serrée. Sept pages pleines et quart petit in-fol. Curieuse.

1914. **MAINVIELLE FODOR** (Joséphine Fodor, dame Tharraud, dite), première cantatrice italienne à Saint-Pétersbourg, Paris, Naples, Londres, etc. N. 1793.

Lettre signée de M. Valabrègue, mari de madame Catalani, directrice du Théâtre-Italien, à M. de La Ferté, intendant des menus plaisirs. Paris, 27 décembre 1815. 2 p. in-4. *Portr.*

En exécution des ordres de M. le comte de Pradel, directeur général du ministère de la maison du roi... M. Courtin s'est présenté chez Mme Mainvielle Fodor et l'a invitée à l'accompagner à la prison de l'Abbaye pour y subir la peine des arrêts qui lui est infligée : « Cette invitation ayant occasionné à madame Fodor *quelques convulsions*, elle a demandé qu'il fût sursis à l'exécution de l'ordre jusqu'à ce matin : M. Courtin n'a pas cru devoir y obtempérer et pre-« nant les convulsions pour un refus d'obéir, il a réclamé, en vertu de l'ordre « dont il était porteur, l'assistance de la police et au moment où il l'avait ob-« tenue, *Mme Mainvielle avait totalement recouvré l'usage de ses sens*, elle a été « conduite en conséquence à sa destination vers les dix heures du soir. »

1915. **MAIRAN** (Jean-Jacques Dortous de), membre de l'Académie des sciences. N. 1678. M. 1771.

Pièce aut. sig. Paris, 22 juin 1754. Tiers de p. in-4. Deux *portr.* in-4 (Miger et Ingouf).

Il a reçu de M. Du Perron, directeur de l'imprimerie royale, les six cents exemplaires de son traité de l'Aurore Boréale, que le roi lui a accordés ; savoir, deux cents reliés, deux cents brochés et deux cents en feuilles.

1916. **MAISON** (Nicolas-Joseph, comte, puis marquis), ambassadeur, ministre, maréchal de France. 1771-1840.

Trois lett. aut. sig., à divers. Turin, Paris et Langewaden an XII et 1822. Ensemble, 9 p. in-4. Trois *portr.*

1917. **MAISONS** (Jean-René de Longueil, marquis de), président au Parlement de Paris, surintendant des finances. en 1650. N. 1625. M. 1707.

Quitt. aut. sig. Paris, 18 juillet 1661. Demi-p. in-4. *Portr.*

1918. **MALESHERBES** (Chrétien-Guillaume de Lamoignon de), directeur de la librairie, ministre, défenseur de Louis XVI. Né en 1721. Mis à mort en 1794.

L. aut. sig., à M... Paris, 10 février 1756. 1 p. in-4. Six *portr.*

1919. **MALET** (Claude-François), général, fameux par sa conspiration contre l'empereur Napoléon. Né en 1754. Fusillé en 1812.

L. aut. sig., au général Schérer. Quartier général, à Besançon, le 15 messidor an V. 2 p. in-4. Tête impr. Vignette. *Portr.*

1920. **MALEZIEU** (Nicolas de), précepteur du duc du Maine, membre de l'Académie française. N. 1650. M. 1727.

Pièce aut. sig. Versailles, 1er décembre 1695. Demi-p. in-4. *Portr.* Notice de M. *L. de M.*

M. de Millière fera payer aux religieuses Ursulines de la ville de Trevoux la somme de deux-cent dix livres pour son Altesse sérénissime...

1921. **MALHERBE** (François), poëte. N. 1555. M. 1628.

L. aut. sig., à M... Sans date. 1 gr. p. pl. in-fol. Minute avec des corrections. Quelques taches. Huit *portr.* Notice de M. *L. de M.*

1922. **MALIBRAN** (Félicité-Marie Garcia, dame), célèbre cantatrice. N. 1809. M. 1836.

L. aut. sig., à madame... 14 décembre 1830. 2 p. in-8. *Portr.*

Elle reçoit à l'instant le billet qu'elle a eu l'extrême amabilité de lui offrir. Elle la prie de recevoir touts ses remerciements pour la bonté avec laquelle elle l'a jugée digne d'être admise dans cette soirée. « Je serais trop heureuse d'aller « à ce bal ; et j'avouerai même que j'en ai une envie démesurée, mais n'ayant « jamais aimé d'aller là où tout le monde n'était pas d'accord pour me rece- « voir, j'aime mieux me priver de ce plaisir en vous rendant ce billet... »

1923. **MALO** (Charles), littérateur, poëte. N. 1790.

1° *Paris et la province*, chanson aut. sig. (7 couplets), avec une lettre d'envoi sur le verso également aut. sig. 17 février 1811. 1 p. et demie in-4.

2° *Le Banquet d'Esther*, pièce de vers aut. sig. 4 p. et demie in-4.

3° L. a. s., à M. Tézénas. Paris, 15 janv. 1822. 1 p. in-4, et billet a. s.

1924. **MALOUET** (Victor), député de l'Auvergne aux Etats-Généraux, ministre de la Marine. N. 1740. M. 1814.

1° L. aut. sig., à Mgr... Versailles, 13 déc. 1778. Trois *portr.*

Recommandation en faveur du sieur Pagelet qui s'est emparé d'un vaisseau anglais.

2° L. aut. sig., à Mgr... 1 p. pl. in-4.

3° L. sig., au duc d'Angoulême. Paris, 1er mai 1814. 3 p. in-fol.

1925. **MANDAR** (Michel-Philippe, dit *Théophile*), littérateur, traducteur, publiciste. N. 1759. M. 1823.

Après avoir activement coopéré aux fatales journées des 17 juillet 1791, 20 juin, 10 août 1792, Théophile Mandar arracha à l'Assemblée le décret d'organisation du tribunal révolutionnaire qu'elle avoit refusé à Robespierre lui-même, parlant ou plutôt commandant au nom de la *Commune de Paris*... (*L. de M.*)

L. aut. sig., à M. le duc de La Rochefoucauld-Liancourt. Paris, 25 avril 1819. 3 p. in-fol.

Relative à son mémoire en faveur des indigents, et à la demande d'une place dans le comité dont il est président.

1926. **MANDELOT** (François de), seigneur de Passy, gouverneur du Lyonnais. M. 1588.

1° Quitt. sig. (sur parch.). 19 nov. 1560.

2° Certificat militaire sig. sur parch.). Lyon, 12 oct. 1576. Cachet.

1927. **MANICAMP** (Philippe de Longueval, s^r de), commandant des ville et château de La Fère.

Je crois que c'est l'un des héros des *Amours des Gaules* (*L. de M.*)

Quatre quitt. sig. (sur parch.). 1597, 1603, 1608 et 1617.

MANICAMP (Achille de Longueval, s^r de), maréchal du roi en Flandres. Quitt. sig. (sur parch.), de 662 livres, dont 500 pour ses appointements, et 162 *pour six carabins servant près de ma personne pour le premier mois de la présente campagne...*

1928. **MANSARD** (Jean), sculpteur du roi.

Acte notarié, sig. Paris, 14 avril 1614. 3 p. in-4.

Soumission pour faire une fontaine ou plutôt un bassin de fontaine de 17 pieds de diametre dans le jardin de haut et puissant seigneur, Charles d'Angennes, chevalier, marquis de Rambouillet, rue Saint-Thomas du Louvre.

1929. **MANSFELD** (Charles, comte de), illustre général allemand. M. 1595.

L. aut. sig., à Son Altesse... Luisbourg, 23 mars 1584. 1 gr. p. in-fol. Trace de cachet. *Portr.* de D. Custodis.

Affaires militaires, mouvements de troupes...

1930. **MANSFELD** (Pierre-Ernest, comte de), capitaine général des Pays-Bas. N. 1517. M. 1604.

L. sig., comme lieutenant, gouverneur et capitaine général des Pays-Bas, au commandant de la ville de Malines... Bruxelles, 14 décembre 1591. Demi-p. in-fol. Cachet. Deux beaux *portr.* (Robert Van Voerst et...) in-4.

1931. **MANUEL** (Louis-Pierre), procureur de la Commune de Paris, conventionnel. Né en 1751. Mis à mort en 1793.

1° Deux lett. aut. sig., et lett. sig., comme procureur de la commune de Paris. 3 demi-p. in-4. Tête impr. Vignette. Notice de M. *L. de M.*

2° L. aut., à son amie. 1 p. pl. in-4.

Il lui en veut bien. Pourquoi ne lui avoir pas dit hier qu'elle désirait voir la Bastille ? « Il me semble que cela pouvait ne pas s'écrire. Comme j'aurais « eu du plaisir à vous mener, à passer une heure avec vous !... Mais nous « irons ensemble, je vous en réponds, la premiere fois que je prendrai du « caffé avec vous... »

1932. **MANUEL** (Jacques-Antoine), avocat, député, exclus de la Chambre en 1823. N. 1775. M. 1827.

L. a. s., au colonel Brack. Sans date. 1 p. petit in-8. Quatre *portr.*

Relative à une maison, rue des Martyrs, que Béranger et lui ont envie de louer.... Béranger ne paie pour son logement actuel, rue des Jeuneurs, que 250 francs, et ne voudrait pas excéder 300...

LAGRANGE (Charles), l'un des chefs de l'insurrection de Lyon en 1834. Représentant du peuple en 1848. M. 1858. 1° L. aut. sig., à M. Charles Blanc. 1 p. in-8. — 2° L. aut. sig., à M. Séguin. Conciergerie, samedi. 1 p. in-8, avec le cachet de la maison de justice du département de la Seine. — 3° Laisser-passer pour le service de la mairie de Paris, sig. par l'aide-de-camp de service Rey, *pour le général Lagrange*. Petit in-12 impr. *Portr.*

1933. **MANTOUE** (le cardinal, duc de).

Cinq lett. sig. (en italien), à M. le marquis de Rambouillet. Mantoue, 17 novembre 1614 au 25 juin 1615. 5 p. in-4 et in-fol.

1934. **MARAIS** (Marin), musicien de la chambre du roi, célèbre sur la *viole*, compositeur des opéras d'*Alcide*, *Ariane*, *Bacchus*, etc. N. 1656. M. 1728.

Quitt. notariée, sig. (sur parch.). 1604.

1935. **MARAT** (Jean-Paul), médecin, membre de la Convention nationale. Né en 1744. Assassiné en 1793.

1° L. aut., à M. Beugnet, intendant des finances de Mgr le comte d'Artois. Le vendredi soir, 14 août 1778. 1 p. in-4. Cachet aux armes de France. Six *portr.*

Il est un grand négociateur. « Voilà déjà que Caqué nous trompe et qu'il continue plus fort que jamais ses invectives impertinentes. M. de Moncrif vous « l'a dit ce matin, et vous avez oublié de m'en parler... » Regret de l'argent qu'ils vont perdre... « Je crois qu'il me faudra du canon de 48 pour faire les « affaires de M. le comte d'Artois. »

2° Ordre de comparution devant les représentants de la commune de Paris, signé : Dusaulx, vice-président; Maussion, vice-président ; Brousse Des Faucherets, secrétaire; De Joly, secrétaire. Hôtel de Ville, 25 septembre 1789. 1 p. in-4. Tête impr. Vignette.

1936. **MARBEUF** (le comte, puis marquis de), maréchal de camp, commandant en Corse. N. 1736. M. 1788.

L. aut. sig., à M. Du Tillet. Ajaccio, 26 juillet 1778. 2 p. in-4.

Il paraît que la guerre est décidée surtout par mer, d'après la lettre que M. de Sartines a écrite à Marseille, « nous allons nous trouver dans un cas « embarassant si lon ny remedie, nos felouques gardes costes, peuvent être « ataquées... »

1937. **MARCEAU** (François-Séverin des Graviers), général de la République. N. 1769. M. 1796.

L. aut. sig., à Jourdeuil, adjoint au ministre de la guerre. Du quartier général, à Baugé, 20 frimaire an II. 1 gr. p. in-fol. Mouillures en tête. Cinq *portr.* Affaires militaires.

1938. **MARCHIN** (Ferdinand, comte de), ambassadeur en Espagne, maréchal de France. N. 1656. Tué en 1706.

Certificat militaire aut. sig. Paris, 1er avril 1689. 1 p. pl. in-4 en travers. Cachet.

Armentières (Louis de Conflans, marquis d'), maréchal de France. M. 1774. L. aut. sig., au duc de Choiseul. 17 août 1768. 1 p. pl. in-4.

1939. **MARECHAL** (Pierre-Sylvain), poète, auteur du *Dictionnaire des Athées.* N. 1750. M. 1803.

Chanson patriotique, sur l'air : *L'amitié vive et pure...* aut. 1 p. pl. in-8.

1940. **MARECHAUX DE FRANCE**, avant 1789.

Armentières. 1769. — Asfeld. Deux pièces. 1739-1742. 4 p. in-fol. — Balagny (Jean de Montluc, sr de). 1601. — Balincourt. 1767. — Bellefonds. 1669. — Coetlogon. Deux pièces. 1690-1695. — Contades. 1758. — Dumuy. Trois pièces. 1758-1775. — Lowendal. 1751. Trois *portr.* — Mirepoix. 1757. — Montrevel. 1709. — Nangis. 1713. — Schulemberg. 1671. — Tallard. 1726. — Uxelles. Deux pièces. 1681-1711. — Vaux. 1784. — Ensemble, 21 lett., quittances et pièces sig. in-4 et in-fol. Trois *portr.*

1941. **MARECHAUX DE FRANCE**, depuis 1789.

Augereau. Trois lett. et pièce sig. 3 p. in-4 et in-fol. Huit *portr.* — Bessières. Apostille de 8 lignes aut. sig. 1810. 3 p. in-fol. Sept. *portr.* — Bugeaud. L. aut. sig., demi-p. in-8. Trois *portr.* — Clauzel. L. aut. sig. 1826. 1 p. in-4. *Portr.* — Davout. L. aut. sig. et deux lett. sig. 4 p. in-4 et in-fol. Quatre *portr.* — Dode de la Brunerie. Deux lett. aut. sig. 1827 et 1832. 3 p. in-4. — Drouet d'Erlon. Deux lett. aut. sig. An VII et 1811. 2 p. in-4 et in-fol. — Duroc. L. aut. sig. 1811. 1 p. in-4. Deux *portr.* — Ensemble, 14 lett. et 25 *portr.* Très-beau lot.

1942. **MARECHAUX DE FRANCE**, depuis 1789.

Excelmans. Trois lett. et pièce aut. sig. An II à 1843. 4 p. in-4 et in-8. *Portr.* et *caricature.* — GROUCHY. L. aut. sig., et deux lett. sig. An II et 1807. 3 p. in-4 et in-fol. Quatre *portr.* — LAURISTON. L. aut. sig. 1825. Deux *portr.* — LOBAU. L. sig. 1828. 2 p. in-4. Quatre *portr.* et deux *caricatures.* — REILLE. Deux lett. aut. sig. An XIV et 1814. 4 p. in-4. Trois *portr.* — SÉBASTIANI. L. aut. sig. 1827. 1 p. in-4. Quatre *portr.* et deux *caricatures.* — VALÉE. L. sig. 1830. 1 p. in-4. Trois *portr.* — VIOMÉNIL. Deux lett. aut. sig., et apostille aut. sig. 1817-1823. 3 p. in-4 et in-fol. — Ensemble, quinze lett., vingt-un *portr.* et cinq *caricatures.* Très-beau lot.

1943. **MARESCHAL** (Georges), premier chirurgien de Louis XIV. N. 1658. M. 1736.

Père du fameux marquis de Bièvre. Promoteur de la fondation de l'Académie royale de chirurgie. Saint-Simon, si peu louangeur, vante son talent et plus encore son caractere. (*L. de M.*).

1° Certificat médical aut. sig. 10 juin 1715. 1 p. in-8 en travers. *Portr.* Notice de M. *L. de M.*

2° Brevet de lieutenant dans la communauté des maîtres chirurgiens de la ville de Lorry, donné à Jean-Baptiste Guerrier, délivré par *Georges Mareschal, écuyer, conseiller, premier chirurgien du roy, ancien maistre d'hostel de sa majesté, chef de la chirurgie et barberie du royaume...* signé par lui et contresigné : *Delatouche.* Marly, ce 30 janvier 1734. Belle pièce sur parchemin en travers.

1944. **MARET** (Hugues), médecin, secrétaire perpétuel de l'Académie de Dijon. N. 1726. M. 1785.

L. aut. sig., à M... Dijon, 18 février 1772. 4 p. pl. in-4.

Lettre intéressante au sujet de deux météores observés à Dijon en juillet 1771 et 30 janvier 1772... Les nouvelles qu'il vient de lui donner de M. de la Condamine sont bien affligeantes... « Nous venons de perdre un homme qui, « dans son genre, étoit bien précieux, M. de Fontette, éditeur de la Bibliothèque « historique du Père le Long et une de nos meilleures têtes de nos sénateurs « et mort avant hier à 9 h. 1/2 du soir. Il étoit de notre académie, et venoit « d'être reçu de celles des inscriptions et belles lettres. »

1945. **MARET** (Hugues-Bernard), fils du précédent, duc de Bassano, ministre des affaires étrangères. 1763-1839.

1° Cinq lett. aut. et aut. sig., à MM. Frochot, Méjan et Odilon Barrot. 7 p. in-8 et in-4, et une lett. sig. 1827. 1 p. in-4. — Copie (de la main de Maret, d'une lettre de Mirabeau au duc de Lauzun. 1785. 1 p. in-4. Trois *portr.*

2° Deux lett. aut. sig., à M. Lucas de Montigny. 1826 et 1833. 3 p. in-8.

Sera-t-il chez lui dimanche prochain (30 avril 1826) ? Touts ses moments sont libres ce jour-là. « J'ai rassemblé ce qui me reste du grand homme (Mira- « beau) qui m'honorait d'un peu de bienveillance, avec l'excellent homme qui « me traitait en ami, et c'est dans les mains même de monsieur Lucas que je « desire remettre ce recueil qui, par le sujet et l'étendue, n'a peut être pas tout « le prix que j'aurais souhaité... »

1946. **MAREUIL** (Gabrielle de), femme de Nicolas d'Anjou, marquis de Mézières.

Cette femme illustre avoit marié sa fille unique, Renée, avec le duc François de Montpensier, dont on stipule les intérêts dans les pièces ci-jointes. Et de ce mariage naquit Henri de Montpensier, dont la fille épousa Gaston, frère de Louis XIII, et mourut en accouchant de Mlle de Montpensier, *la grande Mademoiselle.* Madame de Mareuil, dans un mouvement de charité spontanée, sauva la vie à l'enfant qui devint l'immortel historien Jacques-Auguste de Thou, ainsi qu'il le raconte lui-même dans ses mémoires. (*L. de M.*).

1° Acte notarié, sig., signé aussi par Catherine de Lorraine, dans lequel elle agit comme procuratrice générale de très-haut, et très-puissant et très-illustre prince, Mgr François de Bourbon, duc de Montpensier, dauphin d'Auvergne, pair de France, souverain de Dombes et baron de Beaujolais... 1583. 8 p. in-fol.

2° L. avec la souscription de deux lignes aut. sig., à M. de Rambouillet. Paris, 26 octobre 1583. 1 gr. p. in-fol. Cachet brisé.

Elle le prie d'accepter, conjointement avec le duc de Retz, un arbitrage qui intéresse le duc de Montpensier.

1947. **MARGUERITE DE VALOIS**, reine de Navarre, sœur de François Ier. N. 1492. M. 1549.

Pièce sig., *Marguerite*, comme duchesse d'Alençon, comtesse d'Armagnac. Paris, 5 mars. 1 p. in-4. Trois *portr.*, et *Marguerite de Valois devant le conseil d'Espagne*. Gravure coloriée.

1948. **MARGUERITE DE VALOIS**, reine de France et de Navarre, première femme de Henri IV. 1552-1615.

L. aut. sig., à M. de Rambouillet (1573). 1 gr. p. pl. in-fol. Trois *portr.*, et trois vues de l'église Saint-Etienne-du-Mont.

Elle a reçu les lettres qu'il a plu au roi lui écrire « et me suis bien aperceue « par lhoneste langaige quil me tient que uous ne lui aues point cele lafection « que iai de lui fere seruice, le mestimerai tousiours tres heureuse quand il « me fera cest honneur de san asseurer nalant rien en ce monde que ie desire « tant que de uoir les aferes de deça se conduire selon sa volonte, comme « iespère qui seront et ne doute point que la longueur ne uous an ennuie comme « il fait a moi extrêmement ne pouuant iamais estre a mon aise que ie ne « uoie le roi et la roine ma mere contans et satisfaits de tout ce quils leur a « este promis... »

1949. **MARGUERITE DE FRANCE**, fille de François Ier, femme d'Emanuel Philibert, duc de Savoie. Elle fut surnommée la *Mère des Peuples*. N. 1523. M. 1574.

L. avec la souscription d'une ligne aut. sig., à M. de Rambouillet. Turin, 6 mars 1573. 1 gr. p. pl. in-fol. Cachet.

1950. **MARGUERITE DE LORRAINE.**

Sa signature au bas d'une requête à elle adressée par le prieur et les religieux du couvent et abbaye de Sénones. Nancy, 9 décembre 1625. 3 gr. p. in-fol. Curieuse pièce.

1951. **MARGUERITE**, duchesse de Parme et de Plaisance, gouvernante des Pays-Bas.

L. sig., *Margarita*, et contresig., *d'Overtoepe*, à son très cher et bien amé, le sieur de Vuatinnes. Gand, le 13 août 1559. 1 p. in-f. Sceau.

Ordre de la part du roi son seigneur, de se trouver en la ville d'Arras avec les députés des trois Etats du pays et comté d'Artois, pour entendre le rapport desdits députés sur ce qui sera proposé par S. M., afin de prendre une bonne résolution...

1952. **MARIE-STUART**, reine de France et d'Ecosse. Née en 1542. Mise à mort en 1587.

L. sig., avec ces quatre mots aut.: *Voltre bien bonne amye*, à M. de Rambouillet. Chattisworth, ce dixième d'aoust 1578. 1 gr. p. in-fol. Trace de cachet. Parfaite conservation. Sept *portr.*, et *Marie Stuart sur l'échafaud*. Gravure in-8.

Outre tant de grandes et continuelles obligations qu'elle a au roi très-chrétien, monsieur son beau-frère, pour la souvenance qu'il lui plait avoir de son état et traitement en cette captivité, « Je me sens luy estre particulièrement « redevable de l'expresse charge que me mandez auoir de lui d'intercéder en « son nom pour mes affaires à l'endroict de la royne d'Angleterre ma bonne « sœur et cousine. Car oultre vos bounes qualitez et mérites dignes de tout « respect, j'espère que vous n'y aurez apporté moins de bonne volonté qu'aultres foys en pareilles occasions j'en ay trouué en deux de vos frères. Je « vous prie doncques affectueusement qu'auant vre partement de ce royaume « je puisse par vre bon moyen ressentir quelque effect de la fauorable recommandation et intercession du roy mond. s^r^ et frère, en ayant autant de besoing que jamais pour le mauuais traictement que depuis un temps jay très- « indignement receu par quelques faulses impressions de mes ennemys près « de la royne Mad^e^ bonne sœur vers laquelle à mon aduis rien ne me nuist « tant que de luy estre si proche parente... »

1953. **MARIE DE MEDICIS**, reine de France. 1573-1642.

L. aut. sig., à M. le duc de Bouillon. Bruxelles, 16 mars 1632. 1 p. in-4. Cachets et soies. Neuf *portr.* (dont plusieurs en médailles), et trois vues du palais du Luxembourg. Notice de M. *L. de M.*

Le sieur Douchant s'en retournant en Hollande, elle lui a commandé de l'assurer de la bonne continuation de son entière affection, dont elle lui donnera des preuves toutes les fois que l'occasion s'en présentera. Cependant elle le prie de prendre créance en ce qu'il lui dira.

1954. **MARIE DE MEDICIS**. *La même.*

1° L. sig., à M. de Rambouillet. Paris, 1er octobre 1614. 1 gr. p. pl. in-fol. Cachet brisé. (Avec une copie moderne).

Elle lui notifie la majorité du roi et la cessation de la régence. Il enverra directement ses dépêches au roi.

2° Copies modernes de trois lettres écrites à M. de Rambouillet (les originaux manquent ici), datées de Paris les 18 et 27 novembre, et 3 décembre 1614.

1re Le roi se résout à accueillir la proposition du nonce Savelli. — 2me Sur la remise de l'armée du duc de Savoie aux mains de M. de Rambouillet. — 3me Négociations avec le nonce Savelli *pour composer ce fâcheux différent* avec le duc de Mantoue, celui de Savoie, et le gouverneur de Milan.

3° L. sig., et contresig., *Brulart*, à M. de Rambouillet. Paris, 28 décembre 1614. 1 p. in-fol. Cachet. (Avec une copie moderne).

Elle désire que sa présence soit utile auprès du duc de Savoie qui désire le retenir... « Je souhaitte qu'en Espagne les offices faictz par le roy monsieur « mon filz succedent aux fins que nous projectons, la raison et leur propre « aduantage requièrent quilz en usent ainsi... »

1955. **MARIE-THERESE**, reine de France, femme de Louis XIV. N. 1638. M. 1683.

Pièce sig., et contresig.: *Colbert* (sur parch. et incomplète). 17 mai 1677. Trois *portr.*

Marie-Josèphe de Saxe, femme du dauphin, fils de Louis XV, mère de Louis XVI. N. 1731. M. 1765. 1° Deux pièces sig (sur parch.). 1755 et 1760 (une avec sceau). — 2° Apostille de six lignes aut. derrière une lettre de M. Fontenay, à elle adressée. Paris, 12 août 1762. 2 p. in-4. *Portr.* de Sabatier.

1956. **MARIE LESZCZYNSKA**, reine de France, femme de Louis XV. N. 1703. M. 1768.

Pièce sig. et contresig.: *Montullé* (parchemin très grand in-fol.). Versailles, 19 avril 1766. Deux *portr.*, et gravure d'une tête de femme peinte par la reine.

« De par la reine, Notre Dame d'honneur, premier maître et mes ordres de « notre hôtel et vous controlleurs et trésoriers généraux de notre maison, « salut. Sur le favorable rapport qui nous a été fait de la personne de la de- « moiselle Michelle Perrin et de son zèle et affection à notre service ; a ces « causes, Nous l'avons ce jourdhuy retenue et par ces présentes signées de notre « main retenons en la charge de l'une de nos femmes de chambre, vaccante par « la démission qu'en a fait entre nos mains le dlle Elizabeth Geneviève Perrin « sa sœur dernière pourvue d'icelle ; pour par la d. dlle Michelle Perrin l'avoir « et exercer, en jouir et user aux honneurs, autorités, prérogatives, privilèges, « franchises, libertés, gages, droits, fruits, proffits, revenus, et émolumens ac- « coutumés et y appartenans tels et semblables qu'en a joui ou dû jouir la de- « moiselle Perrin, sa sœur et ce, tant qu'il nous plaira ; si vous mandons « qu'après qu'il vous sera apparu des bonnes vie et mœurs, religion catholique, « apostolique et romaine de la d. demoiselle Perrin et que vous aurez d'elle « pris et reçu le serment en tel cas requis et accoutumé, vous ayez à faire « enregistrer ces présentes es registres du conte général de notre maison, « et du contenu cy-dessus la faire jouir et user pleinement et paisiblement, « obéir entendre de tous ceux et ainsi qu'il appartiendra es choses concernant « la dite charge... » En marge se trouve la mention du serment accoutumé « prêté entre les mains de madame la comtesse de Noailles, dame d'honneur « de la reine.

D'après l'armorial Polonais (Herbarz Polski), la famille Leszczynska remonte à

Gaspard, dont le fils
Jean............................ épousa Marie ou Marine de *Macrelang*.
Raphaël Ier.................... — Barbe *Wolska*.
André........................... — Anne *Firley*.
Raphaël II...................... — Anne *Radziminska*.
Raphaël III..................... — Anne *Hornostay*.
Boguslas........................ — Anne *Denhof*.
Raphaël IV, 3e fils de Boguslas. — Anne-Catherine *Jablonowska*.
Stanislas LESZCZYNSKI......... — Catherine *Opalinska*.
Marie LESZCZYNSKA............ — LOUIS XV, ROI DE FRANCE.

La famille Leszczynska n'est pas la seule famille polonaise qui soit alliée à des maisons royales.— Un prince Radziwill a épousé, en 1796, une princesse de Prusse; — la sœur du prince Adam Czartoryski a été mariée au prince Louis de Wurtemberg; — enfin, l'arrière-grand'mère du roi de Sardaigne, Victor Emanuel II, était aussi une Polonaise, Françoise Krasinski, dont le prince Charles de Saxe fut épris. Elle compte parmi ses descendants, plusieurs archiducs d'Autriche, fils de l'archiduc Reynier.

1957. **MARIE-ANTOINETTE** (Josèphe-Jeanne de Lorraine-Autriche, reine de France. N. 1755. Mise à mort en 1793.

1° Quitt. de trois lignes aut. sig. (sur parch.), de la somme de cent mille francs, mise comptant en ses mains pendant l'année 1783.

2° Deux ordres de payement sig., avec le mot *bon*. 1783 et 1784. 2 p. in-fol.

3° Son testament, imprimé par Jules Didot. Gr. in-fol.

4° Fac simile de son testament, avec le fac simile de la fin comprenant les signatures de Fouquier-Tinville, Guffroy, Lego, L. Lecointre et Massieu. — Et fac simile de sa signature. In-4.

5° Notice historique sur le testament de la reine Marie-Antoinette d'Autriche... Impr. 10 p. in-4.

6° La communion de la reine Marie-Antoinette à la Conciergerie, par V. Alphonse Flayol, pièce qui a remporté le prix de poésie proposé par la Société d'études littéraires. Impr. 1825. 15 p. in-8.

7° Gravure représentant le supplice de la reine. In-4, collée sur carte.

8° Ordre de la commune de Paris, sig., *Baudrais*, au concierge de la Conciergerie, de recevoir *Paul Nicolas Puig, prévenu d'avoir participé aux projets de conspiration pour enlever la femme Capet de la maison de justice où elle etait détenue*. Paris, 28 pluviôse an II. 1 p. in-4. Tête impr. Viguette.

1958. **MARIE-ANTOINETTE**. *La même*.

Dix-sept portraits in-18, in-8 et in-4. (Ils pourront être divisés).

1959. **MARIE-AMELIE**, reine des Français.

Trois billets aut. 1829... Impr. et deux *portr*.

1960. **MARIE-LOUISE** (Léopoldine-Franç.-Thérèse-Lucie), de Lorraine-Autriche, impératrice des Français, seconde femme de Napoléon Ier. N. 1791. M. 1847.

1° L. aut. sig., à sa chère mère, *Madame*, mère de l'empereur. Saint-Cloud, 22 août 1812. 2 p. in-4. Très-belle lettre. Quatre *portr*.

Il y a longtemps qu'elle n'a eu le plaisir de recevoir de ses lettres, bien qu'elle lui ait écrit plusieurs fois. Elle craint qu'elle ne se trouve incommodée, ou qu'elle ait entièrement oublié une fille qui la chérit tendrement... Elle prend part à l'inquiétude qu'a dû lui causer la maladie de la princesse Pauline, et elle espère qu'il n'y aura bientôt plus rien qui puisse l'empêcher de revenir à Paris où on l'attend avec bien de l'impatience. Elle a dû être bien contente de la santé de la reine d'Espagne qui doit être bientôt arrivée à Aix... « Je reçois d'excellentes nouvelles de l'empereur qui est toujours à Vitepsk, il est « très-content de la marche de ses affaires. La chaleur est affreuse en Pologne, « on dit qu'il y a plus de 27 degrés. Nous en avons aussi une bien forte qui « accable beaucoup tout le monde. J'espère que vous serez satisfaite des pro- « grès qu'a fait mon fils pendant votre absence, il marche tout seul et a bien « grandi, mais il ne veut pas parler et je crains bien que les dents qu'il per- « cera sous peu de temps ne le retardent encore... Ma santé est très-bonne, je

« me trouve très-bien de l'air de Saint-Cloud, où je vis d'une manière très « tranquille, mais quand on est triste comme moi, ma chère maman, l'on n « demande pas de distractions et l'on n'est contente que quand l'on est seule e « que l'on peut se livrer à tout son chagrin, aussi il me coûte beaucoup dans « les moments où je dois me vaincre pour voir du monde. Il faut se borner à « faire des vœux pour que ces inquiétudes finissent bien vite, et pour que nous « puissions voir revenir victorieux vers nous l'empereur, car je sens que je ne « pourrois être heureuse que dans ce moment. »

2° *Protestation de l'impératrice Marie-Louise, adressée au congrès de Vienne, contre l'occupation du trône français par la dynastie des Bourbons.* Copie. 10 p. et demie in-4.

1961. **MARIE-CHRISTINE DE BOURBON,** reine d'Espagne, femme de Ferdinand VII. N. 1806.

L. sig. (en italien), à sa chère Louise... Madrid, 27 novembre 1830. 1 p. pl. et demie in-4. Papier de deuil.

Elle a reçu sa lettre du 21 octobre, avec une autre postérieure dans lesquelles elle lui a témoigné sa grande joie à la nouvelle de son heureuse délivrance (Il s'agit ici de la naissance de la reine Isabelle II). Regrets de la mort du roi François, son pere, etc.

1962. **MARIE-JOSEPHE D'AUTRICHE,** femme de Frédéric-Auguste, électeur de Saxe, roi de Pologne.

L. aut. sig., au prince Xavier, son fils. 18 oct. 1756. 1 p. pl. in-4. Cachet. Belle lettre.

Il peut juger de l'état où l'a mise la triste fin de sa campagne après de si bonnes espérances... Sa plus grande et unique consolation a été les assurances qu'il lui donne par ses deux lettres, par Lebach et Bellegarde, de la parfaite santé de son très-cher père, qui doit faire l'admiration de tout le monde par toutes ses grandes vertus, et surtout par son héroïque résignation à la volonté de Dieu...

1963. **MARIGNY** (Abel-François Poisson de), marquis de Vandières et de Menars, directeur des bâtiments du roi, frère de Madame de Pompadour. N. 1727. M. 1781.

1° L. aut. sig., à M. l'abbé... Gênes, samedi 11 juillet 1750. 3 p. in-4. Deux *portr.* (H. Watelet, etc.)

Nouvelles de son voyage de Turin à Gênes. Sa sœur lui a envoyé un second portrait d'elle tout entier de la main de Boucher ; il a malheureusement un peu souffert en route, « mais pas assez pour que vous n'ayez pas grand plaisir à le « voir. Mon parti est pris ; je reste icy jusqu'à mardi, à ce même jour à deux « heures, je m'embarque sur une felouque pour aller jusqu'à Civita-Vecchia. « Je suis hors de toute crainte. Premièrement c'est la felouque de M. Chauve-« lin dont le patron, nommé Raggio, a des passeports de Tunis et d'Alger ; vous « me direz que ces passep. ne servent de rien ; cela est quelque fois vray. « Mais j'ay quatorze matelots, le padron fait quinze, moi et mes deux domes-« tiques, nous voilà dix-huit, tous bien armés ; d'ailleurs le padron passe icy « pour le meilleur marin de toute la coste ; ensuitte il m'a dit une raison bien « plausible, qui est que dedans cette felouque, nous verrons un bâtiment avant « qu'il nous aye apperçu, et que nous serons à bord et à dix mille sur les « terres, avant que le barbaresque ait songé à nous joindre ; et si le diable « vouloit que ces bandits nous joignissent, ce qui n'arrivera surement pas, « on ne prend pas 18 hommes armés comme 18 mouches. Je n'ai donc à apré-« hender que le mauvais tems... »

2° L. aut. sig., à M... Paris, 4 avril 1772. 1 p. et quart in-4.

3° L. aut. sig.: *le marquis de Ménars*, à M... Menars, 13 août 1780. 1 p. et demie in-4.

4° Brevet d'adjoint et de survivancier de la place de garde des tableaux du roi à Versailles et des plans et dessins des maisons royales, en faveur du s[r] Jeaurat, sig. par le ministre Phélypeaux et le marquis de Marigny. Versailles, 28 avril 1760. Pièce sur parch.

1964. **MARILLAC** (Charles de), habile négociateur en Turquie, en Angleterre, en Allemagne, etc., auteur de *Mémoires*. Né en 1510. Mort en 1560.

L. avec la souscription d'une ligne aut. sig., à Mgr le connétable...

De Bains, le 24 août 1549. 1 gr. p. pl. in-fol. Cachet. Très-belle lettre.

Nouvelles de guerre et de négociations politiques... M. de Thémanet, porteur de la présente, arrivera à la Cour bien à propos pour réfuter les mensonges que les Anglais avaient déjà semés, « ayant publié partout qu'en une grosse escar- « mouche qui auoit este faicte deuant Boulongne, messieurs le prince de La « Roche-sur-Yon et de Chastillon auoient été tuez. Le premier de coup de « main et l'aultre d'artillerie, qui luy auoit emporté une cuysse auecques aultres « qui leur assistoient. De sorte qua ce beau commencement tout le monde par- « loit par deça en faueur des Anglois. Et ne pouuois gagner ce point de leur « persuader le contraire jusques à ce qu'on leur en rendist si vray témoignage « que maintenant lon se moque de ceulx qui auoient diuulgué cette men- « songe... »

1965. **MARILLAC** (Louis, marquis de), maréchal de France. Né en 1572. Décapité en 1632.

Quitt. de deux lignes aut. sig. (sur parch.). 1612. *Portr.*

Marillac (Michel de), frère du précédent, garde des sceaux. N. 1563. M. 1632. 1° Deux quitt. avec une ligne aut. sig. (sur parch.). 1612 et 1615. — 2° Acte notarié signé par lui et par Marie de Saint-Germain, son épouse.

Marillac (Jean-François, marquis de), gouverneur de Béthune. 1° Trois expéditions d'actes notariés. 1682, 1683 et 1692. 13 p. in-fol. (parch.). — 2° Expédition de son contrat de mariage avec la fille du duc de Beauvillier Saint-Aignan. 1703. 20 p. gr. in-fol. (parch.).

Détail de donations faites par le mari. Curieux luxe calligraphique des signatures des notaires *Bru* et *Marchand*. Compensation de la pauvreté de la mariée, qui est de haute noblesse, par la fortune du marié dont la naissance est moins éclatante. Énumération magnifiquement emphatique des titres du vertueux et dévot duc Paul de Beauvillier, frère de la mariée. (*L. de M.*)

1966. **MARIN** (François-Louis-Claude Marini, dit), avocat, censeur royal et de la police, rédacteur de l'ancienne *Gazette de France*. N. 1721. M. 1809.

L. aut. sig., au citoyen Méjan. An III. 1 p. in-8. *Portr.*

Marmier (Xavier), voyageur, homme de lettres. Cinq lett. aut., et aut. sig., à MM. G. de M. et Jules Janin. 1841. 8 p. in-18 et in 8.

Marmier (le marquis, puis duc de), député, pair de France. L. aut. sig. Paris, 27 mai 1829. 1 p. in-4.

1967. **MARJOLIN**, chirurgien, professeur en la Faculté de médecine de Paris. M. 1850.

1° L. aut. sig., à M. Lucas de Montigny. 1828. 1 p. in-4. *Portr.*

2° Vingt-cinq certificats médicaux aut. sig., tant sur papier libre que sur papier timbré. 1825 à 1830.

1968. **MARMONT** (Auguste-Frédéric-Louis Viesse de), duc de Raguse, maréchal de France. N. 1774. M. 185.,

1° Apostille de 6 lignes aut. sig., à la marge d'une pétition. 1816. Quatre *portr.*

2° L. aut. Samedi, 24 juillet 1830. 1 p. in-8.

« Chère amie, je suis venu pour passer quelques heures à Paris, et je n'ai « pu aller vous voir quoique j'en eusse l'intention. Je reviens lundi, et comme « je puis rester plus tard qu'à l'ordinaire à cause d'un voyage que le roi *fait* « (à) *Rambouillet* je viens vous demander si vous voulez *ce jour-là* me donner « à dîner. — Mille tendresses, chère amie. »

Marmont (Mme la maréchale), duchesse de Raguse. L. aut. sig., à M. le duc... Paris, 10 janvier 1814. Demi-p. in-4.

1969. **MARMONTEL** (Jean-François), littérateur, membre de l'Académie française. N. 1728. M. 1799.

1° Deux quitt. sig., de la somme de 60 fr., pour une représentation de son poëme de *Didon*, donnée pendant le mois de septembre 1790 à l'académie royale de musique. 1er oct. 1790. 2 p. in-4. Quatre *portr*

2° L. aut. sig., à M. de La Tour, peintre du roi. 19 déc. 1783. 1 p. pl. in-8.

... Le présent qu'il lui a fait lui sera précieux toute la vie... « Je souhaite « bien vivement que l'état de vos yeux vous permette bientôt de finir cette « belle esquisse ; mais telle qu'elle est, je la préfere au tableau le plus achevé « qui ne seroit pas de votre main... »

1970. **MAROCHETTI** (Charles, baron), statuaire. N. 1805.

L. aut. sig., à M... Vaux, Seine-et-Oise, le 24 nov. 1841. 2 p. et demie in-8.

Il lui annonce l'achèvement de l'ange de Saint-Germain-l'Auxerrois, et veut le lui porter lui-même... La petite esquisse de saint Michel lui a été remise par Visconti pour la retoucher et l'avancer davantage. « Il n'y a rien fait, parce « qu'il aurait fallu recommencer... »

1971. **MARRAST** (Armand), journaliste, président de l'Assemblée nationale de 1848.

L. aut. sig., au rédacteur du *Constitutionnel*. Paris, 182... 1 p. pl. et demie in-4. *Portr*.

Il se plaint d'un vol de 2000 fr. qui doit avoir été commis à la poste.

MÉCHIN (Alexandre-Edme, baron), traducteur de *Juvénal*, préfet, député. N. 1772. M. 1849. Deux lett. aut. sig., et une lett. sig. An II à 1824. 4 p. in-8, in-4 et in-fol. Trois *portr*.

1972. **MARRON** (Paul-Henri), président du consistoire de l'Eglise réformée de Paris, poëte. N. 1754. M. 1832.

1° L. aut. sig., au comte de Mirabeau. Jeudi 2 oct. 1788. 2 p. in-8. Cachet.

Les intérêts pécuniaires sont malheureusement les plus *graves* de touts les *intérêts* pour lui en ce moment. Le style du sentiment est étranger d'ailleurs à des matières de finances. Telles peuvent être les raisons de la *sécheresse* que monsieur le comte de Mirabeau reproche à son billet d'hier, etc.

2° L. aut. sig.: *M.*, au même. 1788. 1 p. in-8.

Il ne lui trouve pas d'autre portrait de Barneveld que celui qu'il a. Ce n'est pas lui que représente la gravure du Berlinois Schmidt, mais le grand pensionnaire Cats. Il serait assez de l'avis de M. de Bourge que c'est plutôt le portrait de Jean de Witt.

3° L. aut., au même, hôtel de Malthe, rue Traversière, n° 4, à Paris. Demi-p. in-4.

4° Note aut. Deux tiers de page in-fol.

La littérature hollandaise manque presque absolument à la bibliothèque du roi. Ce serait une branche intéressante à y ajouter; il faudrait pour celà un Hollandais littérateur, familier également avec les langues hollandaise et française, au courant par ses études et par sa correspondance de tout ce qui a trait à la littérature en question, et qui se chargeât, moyennant un honoraire que l'on laisserait à la générosité du monarque, du soin d'enrichir la bibliothèque royale de ce qui lui manque à cet égard. Tels seraient, par exemple, les ouvrages des plus célèbres poëtes bataves; ceux des meilleurs historiens, itinéraires, etc., de la même nation, les mémoires des différentes académies et sociétés littéraires établies dans les sept provinces, les journaux les plus recommandables qui y paraissent, etc., etc. « M. Marron, ci-devant aumônier de l'ambassade de « Leurs Hautes-Puissances, et à qui son attachement au parti patriote, mainte- « nant écrasé dans la république, a valu la privation de sa place, semble réu- « nir à un très-haut point toutes les qualités réquises à cet effet. Désormais « fixé en France, il serait flatté d'appartenir au roi à un pareil titre. »

5° Trente pages in-4 et in-fol. de notes autographes, adressées au comte de Mirabeau, pour son ouvrage sur la Hollande. Dans ces notes intéressantes se trouvent une liste d'ouvrages à consulter, et diverses anecdotes sur les Hollandais illustres.

1973. **MARS** (Jeanne-Hippolyte Boutet, dite), célèbre actrice du Théâtre-Français. N. 1789. M. 1847.

1° L. aut. sig., à Mme Roger. Sans date. 1 p. in-12. Sept *portr*.

... Le chagrin rend plus traitable, elle se résigne et accepte ce qu'elle lui offre... sa santé est assez bonne aujourd'hui, mais elle était fort mal en finissant la seconde pièce.

2° Invitation impr., à M. Lucas de Montigny de venir passer la soirée du mercredi 21 mars 1827. On devra être en habits de caractère ou en dominos de couleur, et sans masque. On est prié de présenter son invitation en entrant.

1974. **MARSOLLIER DES VIVETIÈRES** (Benoît-Joseph), auteur dramatique. N. 1750. M. 1817.

L. a. s., à M. le c^te de Chabrol. Versailles, 23 mai 1816. 2 p. in-4.

Philipon de la Madelaine (Louis), avocat, littérateur, lexicographe, chansonnier, auteur dramatique, etc. N. 1734. M. 1818. L. aut. sig., à M. Lavaux. 16 nivôse. 2 p. in-8.

Azaïs, philosophe, littérateur, auteur des *Compensations dans les destinées humaines*... N. 1766. M. 1845. L. aut. sig., à M. de Pongerville. 28 mai. 1 p. in-8.

Il fera demain mardi, à 7 heures du soir, l'ouverture de ses conférences philosophiques...

1975. **MARSY** (Baltazard de), statuaire. N. 1624. M. 1674.

Marsy (Gaspard de), frère du précédent, statuaire. N. 1628. M. 1681.

1° Quitt. notariée signée par eux (sur parch.), de la somme de 500 livres, à compte sur leurs travaux au château de Versailles. 1666.

2° Acte notarié, signé par eux, pour la vente d'une maison hors de la porte de Richelieu. Prix. 27,500 livres. L'acquéreur est le marquis de Montbrun. 1666. 6 p. in-fol.

1976. **MARTIGNAC** (Jean-Baptiste-Silvère Algay, vicomte de), avocat, député, ministre. N. 1776. M. 1832.

L. aut. sig., à M. le baron... 1825. 2 p. et tiers in-4. *Portr.*

Martignac (Jean de), corroyeur et baudroyeur à Paris. Expédition d'un acte de vente de maison. 1584, 4 pag. in-fol. (Parch.).

Martinville (Alphonse-Louis-Dieudonné), littérateur, journaliste. N. 1777. M. 1830. 1° L. aut. sig.: *Belliaro*, à M. Vulpian, 1823. 2 p. et demie in-4. — 2° L. aut. sig., au rédacteur des *Petites-Affiches*. 1811. 2 p. in-12, et 1 p. aut. in-4.

1977. **MARTIN** (Bon-Louis-Henri), historien. N. 1810.

1° L. aut. sig., à M. Furne. Saint-Quentin, 25 septembre 1838. 1 p. pl. et demie in-4, et billet aut. sig., au même.

Il a fini entièrement le tome III de son *Histoire de France*.

2° L. a. s., à M. Lucas de Montigny. 30 sept. 1844. 1 p. in-8.

1978. **MARTINEZ DE LA ROSA** (François), historien, auteur dramatique, ministre.

Deux lett. aut. sig., à divers, 1825 et 1842. 2 p. et demie in-8, et note historique aut. 1 p. et demie in-8.

1979. **MARUN**, capitaine, commandant la ville de Bourges.

L. aut. sig., à M. de Rambouillet. Bourges, 14 décembre 1575. 1 gr. p. pl. in-fol. Très-belle et très-intéressante lettre.

Il se plaint de l'ordre donné à ses soldats de remettre la ville de Bourges au s^r Davantigny, lequel a « tousjours teneu le parti des ennemis de Sa Majesté « et que nous aués esté fort bon seruiteur de la coronne de France, ne puis « mettre en mon esprit que ne soit une uraie moquerie que tout se si mais je « panse que lon nous ueult esprouuer si nous sommes si fermes estables comme « nous auons estes des quinze ens ensa... e ne panses pas que j'aie le cueur « si lache de faire un si mechant tour ne qu'il soit dict de moy aiant esté si « longtemps en seste plase tenant tous les jours le parti de mon prinse, etc., »

1980. **MASSARD** (Jean-Baptiste-Raphaël-Urbain), habile graveur de l'*Hipocrate* de Girodet, etc. N. 1775. M. 1849.

L. aut. sig., à M. le préfet de la Seine. Paris, 11 février 1823. 1 p. pl. in-4.

1981. **MASSENA** (André), duc de Rivoli, prince d'Esling, maréchal de France. N. 1758. M. 1817.

1° Ordre de six lignes aut. sig. Milan, 25 messidor an VII. 1 p. in-8. Tête impr. Onze *portr.*

2° Ordre du jour sig.: prince d'Essling, comme commandant en chef de la garde nationale de Paris. Paris, 24 juin 1815. 2 gr. p. in-fol.

1982. **MASSIEU** (Jean-Baptiste), curé, membre de l'Assemblée constituante. N. 1743. M. 1818.

L. aut. sig., à ses collègues de la Convention. Paris, 21 germinal an III. 2 p. pl. in-4.

Justification de sa conduite. Deux journaux qu'il ne lit point, l'*Orateur du peuple*, et le *Journal des Loix* ont annoncé qu'il présidait des assemblées nocturnes dont l'objet était d'exciter des troubles et de rétablir l'affreux système du Terrorisme. Ce qu'il doit à lui-même, à sa femme et à son enfant, de leur déclarer...

Méaulle (Jean-Nicolas), député de la Loire-Inférieure à la Convention. N. 1757. M. 1826. L. aut. sig. An V. 1 p. in-4.

1983. **MASSIEU** (Jean), sourd-muet, élève de l'abbé Sicard, professeur de grammaire, de linguistique, de mathématiques, de philosophie, etc. N. 1772. M. 1846.

Qu'est-ce que l'esprit? — Qu'est-ce que l'éternité? — Qu'est-ce que le génie? Aut. sig. Paris, 13 octobre 1821. 1 gr. p. pl. in-fol.

1984. **MASSILLON** (Jean-Baptiste), oratorien, évêque de Clermont, prédicateur célèbre. N. 1663. M. 1742.

Acte notarié sig. Paris, 10 février 1720. 3 p. in-fol. Cinq *portr.* Notice de M. *L. de M.*

1985. **MASSON** (Charles-François-Philibert), poëte, auteur de *Mémoires secrets sur la Russie*. N. 1762. M. 1807.

L. aut. sig., au citoyen Berdot, à Montbéliard. Metz, 9 brumaire an IX. 3 p. in-4.

Démarche qu'il a faites pour les portraits ou estampes qu'il lui a demandés... « Je ne vous dirai rien, citoyen ami, des nouvelles qui se débitent. L'attentat « entrepris contre le 1er C. a fait bien plus de sensation en province qu'à Paris, « où l'on n'en a presque pas parlé, où rien d'ailleurs ne paraît plus toucher « ou affecter le public. J'ai rencontré Cobenzel qui va à Paris, où l'on dit que « s'ouvrira le congrès. Moi qui connois combien cet envoyé aime le spectacle et « les coulisses, je suis presque sûr qu'il est allé y passer 2 ou 3 jours pour « voir ceux de cette capitale... »

1986. **MASSON** (Auguste-Michel Gaudichot), romancier.

L. aut. sig., à M. Jules Janin. Paris, 6 avril 1840. 2 p. pl. et quart in-4. Au sujet d'un de ses ouvrages qu'il a attribué à un autre.

« L'article est âgé d'un an, tant s'en faut qu'il soit vieux! Mais c'est d'au- « jourd'hui seulement que je le connais. Je veux parler des chaleureuses pages « dans lesquelles vous vous faites si bravement le champion de notre passé, « à propos d'un livre de M. de Balzac. Il est bien d'user de tout son talent « pour défendre sa bonne et pure jeunesse; il est glorieux de pouvoir, sans « cesser d'être vrai, la protéger de son éloquence comme vous le faites... Mon « bagage compte pour si peu que ce n'est point me rendre service que de le « rendre plus léger. Riche que vous êtes, on pourrait vous ôter beaucoup sans « vous apauvrir pour cela; hélas! j'ai tant besoin qu'on me prête! Les tems « sont durs, le vent est froid, ne dépouillez pas ceux qui sont nus, vous qui « avez un manteau doublé d'hermine... »

1987. **MATHEMATICIENS**, astronomes, physiciens, géomètres, statisticiens, philosophes, etc.

Ampère (André-Marie), membre de l'Institut. L. aut. sig. 1826. 1 p. in-4. Deux *portr.* — Bossut (Charles). L. a. s. Paris, 1811. 2 p. in-4. — Chazelles (Jean-Mathieu de), membre de l'Académie des sciences. Quitt. aut. sig. (sur parch.). 1695. — Dinet. L. aut. sig.

1829. 2 p. in-4. — DIONIS DU SÉJOUR (Achille-Pierre), député aux Etats-Généraux. Pièce aut. sig. (à la 3e personne). 1772. Demi-p. in-4. — GIOIA (Melchior). L. aut. sig. (en italien). Milan, 1823. Demi-p. in-4. — LABEY (Jean-Baptiste). L. aut. sig. 12 fructidor... 1 p. in-8. — LACROIX (Silvestre-François). Certificat aut. sig. An IX. — LEVÊQUE (Pierre-Charles). Certificat d'examen d'hydrographie, sig. 1791. — NICOLLET (Jean-Nicolas). 1° L. aut. sig. 1831. 1 p. in-8. Mémoire sur un nouveau calcul des latitudes de Mont-Jouy et de Barcelone, pour servir de supplément au traité de la base du système métrique. Impr. 1828. 20 p. in-8, avec envoi aut., à M. Lucas de Montiguy. — 3° Lettre à M. Outrequin, banquier, sur les assurances qui ont pour base les probabilités de la durée de la vie humaine. Impr. Paris, 1818. 63 p. in-8, br., avec un envoi aut. sig., à M. Lucas de Montigny. — POINSOT (le colonel). L. aut. sig. 1828. 3 p. in-8. — SÉRIEYS (Antoine). L. aut. sig. Paris, an VI. 2 p. in-4. — VERHULST (P. F.). L. aut. sig., à M. Lucas de Montigny. Demi-p. in-8. — Ensemble, 13 lett. et pièces, 2 *portr.* et deux brochures. Très-beau lot.

1988. **MATIGNON** (Jacques de), comte de Thorigny, prince de Mortagne, maréchal de France. N. 1525. M. 1597.

Enfant d'honneur près du Dauphin qui fut Henri II. La suite continue de ses succès à la guerre, dans les négociations, à la Cour, fit dire à des ennemis, ou à des sots, ou à gens qui étoient l'un et l'autre, qu'il avoit fait *un pacte avec le diable*. Il fut sage et brave, loyal et fin, énergique et prudent, humain et ferme, aussi redoutable à la ligue que fidèle à ses rois, surtout à ceux que les circonstances éprouvaient rudement, Henri III et Henri IV! Evidemment son diable étoit un bon diable et de bon conseil! (*L. de M.*).

1° Acte notarié sig. 1590. 2 p. in-fol. *Portr.*

2° Quitt. sig. (sur parch.), de la somme de 1,000 escus sol, à lui ordonnée pour partie de la pension qu'il plait au roi lui donner. 1580.

MATIGNON (François de), comte de Thorigny, gouverneur de Granville. 1° Quitt. aut. sig. (sur parch.). — 2° Quitt. sig. (sur parch.). 1639.

MATIGNON (Charles de), comte de Gacé, colonel du régiment de Vermandois. Quitt. sig. (sur parch.). 1674.

MATIGNON (Léonor de), évêque et comte de Lisieux. Quitt. sig. (sur parch.). 1705. Beau *portr.* de Lenfant (1661), in-fol. Bonne épreuve.

MATIGNON (Jacques de), évêque de Condom, démissionnaire en 1693. 1° L. aut. sig. Paris. 4 juin 1710. 2 p. in-4. — 2° Quitt. sig. (sur parch.). 1697.

MATIGNON (Jacques de Goyon de), comte de Thorigny, lieutenant général en Normandie. Acte notarié sig. 1711. 3 p. in-4.

1989. **MATIGNON** (Charles-Auguste de Goyon), comte de Gacé, maréchal de France. N. 1646. M. 1729.

1° L. sig., à M... Paris, 28 sept. 1725. 1 p. in-4.

2° L. aut. sig.: *Gacé*, à M... Thorigny, 21 septembre 1672. 3 p. in-4. Jolie lettre.

Il va partir pour son gouvernement, et prendra toutes les mesures nécessaires pour la défense de La Rochelle et l'entrée de la Charente contre les projets de descente des ennemis.

1990. **MAUCLER** (Prosper), vaudevilliste.

L. aut. sig., à M. Jules Janin. Vervins, 8 avril 1841. 3 p. pl. in-4.

Il ne lui est point connu, mais il sait qu'il est bon, il l'a bien compris à la lecture de ses œuvres... et il a pensé alors qu'il lui pardonnerait la liberté qu'il ose prendre de lui écrire. S'il sait ce que c'est que le malheur, il aura pitié de lui, et il l'écoutera avec patience. — Il y a quelques jours, cédant aux sollicitations d'une pauvre troupe de comédiens ambulants, il fit jouer sur le théâtre de Vervins, un vaudeville assez insignifiant, qui ne contenait, il le lui assure, rien de répréhensible et qui pourtant fit faire une recette assez belle : c'est tout ce qu'il avait désiré pour ces malheureux acteurs, ils le remercièrent et il fut content. Le lendemain de la représentation de ma pièce, « le sous-» préfet chez qui je travaillais, me fit demander près de lui, puis après une

« longue série de reproches grossiers me pria fort impoliment de sortir de ses « bureaux. — Je n'avais pas soumis mon vaudeville à son approbation, je lui « avais manqué, disait-il, j'avais manqué au respect dû aux lois que je devais « connaître. Et si vous l'aviez entendu, ce gros stupide personnage, me dire « ces choses là, peut-être auriez-vous ri, monsieur, peut-être auriez-vous « haussé les épaules, mais à coup sûr, vous auriez eu pitié de moi, désolé, « éperdu, ne sachant que répondre, moi pauvre imbécile qui n'avais pas com- « pris que pour tout, même pour faire une bonne œuvre, il faut consulter les « lois avant de consulter son cœur. — J'ai perdu la place que j'occupais dans « les bureaux de la sous-préfecture de Vervins... Savez-vous bien ce qu'elle « me valait cette place ? Quatre cents francs ! avec cela, ma mère et moi nous « ne mourions pas de faim, vous souriez de pitié sans doute et vous ne me « comprenez pas, monsieur, car il est des grandes misères qu'il faut avoir tou- « ché du doigt pour les comprendre.— Pour me distraire un jour, j'eus la fan- « taisie d'écrire un vaudeville (mon Dieu, pourquoi permets-tu aux pauvres « d'avoir des fantaisies !) Je le laissai jouer par des acteurs misérables comme « moi, et je vous ai dit ce qui arriva ensuite. — Si vous comprenez la triste « position où je me trouve réduit, vous aurez pitié de moi .. Demain peut-être « ma mère aura faim et je n'aurai plus de pain à lui donner... Maintenant, « monsieur, comment vous dire le service que je réclame de vous ? Je ne suis « point ambitieux ; sans talents, sans fortune, il me siérait mal de l'être, et si « vous étiez assez bon pour me faire entrer au service d'un de vos amis, au « vôtre, ce serait là le comble de mes vœux, vous me rendriez là, le bonheur « peut-être... » — M. Jules Janin a écrit en tête de cette lettre : *Leçons à « l'usage de.... Chap. XXXXLV.*

1991. **MAUDUYT** (Pierre-Jean-Etienne de la Varenne), naturaliste, auteur d'un *Dictionnaire des insectes*. M. 1792.

L. aut. sig., à M... 22 juin 1778. 3 p. pl. in-4. Déchirure par le cachet, enlevant la fin d'une ligne.

Relative à une cure obtenue par l'électricité. Curieux détails.

1992. **MAULEVRIER** (Louis de Brézé, comte de), grand sénéchal de Normandie. M. 1531.

C'est celui, je crois, qui épousa Diane de Poitiers, âgée de 13 ans, et c'est le père de celui-ci qui tua sa femme, fille d'Agnès Sorel et de Charles VII. (*L. de M.*).

Ordre de payement sig. (sur parch.). 1528.

1993. **MAULEVRIER** (Charles-Robert de Lamarck, comte de), duc de Bouillon.

Un des mignons de Henri III, brave comme ils l'étoient touts, et vanté par Brantôme pour sa *goguenardise*, dont il raconte d'étranges traits, et pour sa valeur, signalée notamment aux siéges de Rouen et de Corbeil. (*L. de M.*).

1° Acte notarié sig. 1588. 2 p. in-fol.

2° Quitt. sig. (sur parch.), de la somme de 45 écus sol, pour remboursement de pareille somme par lui fournie et avancée de ses deniers à 45 hommes de guerre à pied, par lui mis en garnison au château de Fère en Tardenais.

Maulevrier (Edouard-François Colbert, comte de), lieutenant général. Quitt. sig. (sur parch.). Paris, 20 sept. 1680.

1994. **MAUPEOU** (René-Nicolas-Charles-Augustin de), chancelier de France. N. 1714. M. 1792.

L. aut. sig., à M... 13 janvier 1764. Demi-p. in-4. Trois *portr.*

Maupeou (Gilles de), intendant des finances. N. 1551. M. 1641. 1° Acte notarié, sig. 1601. 1 p. in-fol. — 2° Quitt. sig. (sur parch.). 1601. *Portr.*

Maupeou (Pierre de), président aux enquêtes du Parlement. Quitt. d'une ligne aut. sig. (sur parch.). 1670.

Maupeou (René de), président au Parlement. Deux quitt. d'une lig. aut. sig. (sur parch.). 1682 et 1683.

Maupeou, maréchal des camps et armées du roi, inspecteur généra d'infanterie. Certificat de congé. 1714. 1 p. in-4.

Maupeou (le comte de). L. a. s. Paris, 16 janv. 1773. 1 p. pl. in-4

1995. **MAUPERTUIS** (Pierre-Louis Moreau de), géomètre, astronome, membre de l'Académie franç. 1698-1759.

L. aut. sig., au président Hénault. Potzdam, 15 octobre 1750. 1 p. in-4. Beau *portr.* hollandais, in-4.

Il lui fait son compliment sur la charge d'historiographe de France que Voltaire lui a appris qu'on lui donnait, ne pouvant pas le faire au roi et à la nation... « Assurés je vous prie M. d'Argenson et Me du Deffand de mon respectueux « attachement... »

1996. **MAURE** (Louise, marquise de Mortemart, comtesse de), dame d'honneur de la reine Marie de Médicis.

« Cette femme dont la beauté avoit autrefois fait beaucoup de bruit avoit, « dit Mme de Motteville, une vertu éclatante et sans tache, de la générosité, « avec une éloquence extraordinaire, une âme élevée, des sentiments nobles, « beaucoup de lumière et de pénétration. » Je pense que les comte et comtesse de Maure qui font le sujet d'un assez burlesque chapitre de Tallemant des Réaux sont le fils et la bru de cette femme si différente. (*L. de M.*)

Acte notarié sig.: *Louyse de Maure*. 1629. 2 gr. p. in-fol.

MAURE (Louis de Rochechouart, comte de), mari de la précédente. Acte notarié sig., signé aussi par François-Théodore de Nesmond. 1629. 6 p. in-fol.

1997. **MAUREPAS** (Jean-Frédéric Phélypeaux, comte de), ministre de Louis XV et de Louis XVI. 1701-1781.

1° Acte notarié sig. 9 avril 1718. 7 p. in-fol. *Portr.*

Maurepas, âgé de 17 ans, emprunte, par constitution de rente, 100,000 livres pour payer d'autant les frais de son récent mariage. Le prêteur est M. Louis Dufossé, chevalier, marquis de Vatteville. L'emprunt est fait avec approbation écrite au contrat : 1° du chancelier de Pontchartrain, grand-père de l'emprunteur. 2° De son père. 3° De son beau-père, lesquels ont aussi signé.

2° Trois lett. sig., à divers. 1729 à 1776. 3 p. in-4.

3° Trois lett., à M ... 1741 et 1742. 6 p. in-4. Curieuses.

Il commence ainsi celle du 14 mars 1742. « Nous voilà, monsieur, quittes à « bon marché des mouvements du Parlement. On m'avoit promis qu'ils défen- « droient l'opéra comique aux jeunes conseillers. je ne vois pas qu'ils aient « poussé leur rigueur jusques là ; j'en suis fort aise ; M. le P. P. m'avoit bien « mandé qu'il mettroit touts les points en délibération, afin de faire opiner les « présidents les premiers, il a fort bien fait et mérite louange... »

1998. **MAURY** (Jean-Siffrein), cardinal, archevêque de Paris, membre de l'Académie française. N. 1746. M. 1817.

1° L. sig., à M. le préfet de la Seine. Paris, 11 nov, 1813. 1 p. in-4. Deux *portr.*, et quatre gravures satiriques.

2° L. avec un post-scriptum de huit lig. aut. sig., à son ami... Paris, 3 décembre 1813. 2 p. pl. in-4. Intéressante.

3° Son discours de réception à l'Académie française. Impr. An VII. 98 p. in-4.

1999. **MAYENNE** (Charles de Lorraine, duc de), fils de François de Guise, chef de la Ligue. N. 1554. M. 1611.

1° Acte notarié deux fois sig., deux fois signé aussi par Henriette de Savoie, sa femme. 1606 et 1608. 9 gr. p. in-fol. Quatre *portr*.

2° Billet de quatre grandes lignes et demie aut. Quart de p. in-4.

Tout présentement il a eu avis que son aîné a été tué dans le conseil à Blois, et messieurs les cardinal son frere, de Nemours, d'Elbeuf, de Joinville et de Lyon prisonniers. Il peut penser en quelle peine il est réduit, il voit bien qu'il faut jouer à quitte et à double. Il le supplie d'en avertir le Pape qui, il en est assuré, trouvera cet acte très-malheureux.

3° L. aut. sig., au cardinal de Sens. Lyon, 26 décembre (1588). 1 gr. p. in-4. Petites déchirures.

Il est si affligé qu'il n'a le loisir de lui faire longue lettre « Mon pauvre frère a esté misérablement assassiné dans le conseil et le reste de mes frères « prisonniers. Jugez si cet acte est malheureux. Je vous suplie le faire entendre « à Sa Sainteté et que c'est la la récompense que nous auons pour nous exposer « pour le fait de la religion catholique. C'est tout ce qui nous reste de ce

« naufrage et si lon ne me secoûrt il ne fault point douter que je ne pé-
« risse... »

2000. **MAYNARD** (François), poëte, secrétaire de Marguerite, première femme de Henri IV. N. 1582. M. 1646.

1° Vers aut. 1 p. pl. 3/4 petit in 8 (détaché d'un livre).

C'est le brouillon, depuis corrigé, presque refait, de l'épigramme imprimée à la page 67 de l'édition *principale* des œuvres de Maynard, publiées en 1646, six mois après la mort de l'auteur. (*L. de M.*). — Cette écriture ne nous présente que peu de rapports avec celle bien connue de Maynard. *A. L.*

« Jeanne le nom de tes ayeulx
« Doibt luire autant que les estoiles
« Et pour le cacher a noz yeux
« Le temps na pas asses de voiles.
« Mais si tu ne possedes rien
« Que ce qu'on ta laissé de gloire
« Et sil fault quon cherche ton bien
« Dans les monumens de lhistoire
« Nostre mariage est détruit
« Ta dot n'est rien quun peu de bruit
« Et les anglois (1) me font la guerre.
« Les palmes de tes deuanciers
« Ne sçauraient détacher ma serre
« Des grifes de mes créanciers. »

(1) Preuve de l'ancienneté de l'acception du mot *anglois* dans le sens de *créanciers*.

2° Notice aut., de M. Lucas de Montigny sur Maynard. 4 p. pl. in-4. Très-intéressante. Trois *portr.*

2001. **MAZARIN** (Jules Mazarini, dit), Cardinal, ministre.

1° L. sig., au marquis de Sauvebeuf. Saint-Jean de Luz, 16 août 1659. 1 p. in-4. Huit *portr.* et trois gravures. (Vues du palais de l'Institut.) Notice de M. *L. de M.*

2° L. aut sig., à M. le maréchal, duc de Grammont. Pontoise, 18 août 1652. 2 p. pl. in-4. Cachets et soies. Belle lettre.

Il lui est très-obligé de la part qu'il prend au malheur arrivé à son neveu... Il proteste de la sincérité de ses sentiments, et il est incapable d'en changer; mais il a pris la résolution de ne se retirer que lorsque les affaires du roi seront en aussi bon état qu'elles peuvent être dans une guerre civile et étrangère...

2002. **MAZARIN** (Armand-Charles de la Porte, duc de la Meilleraie, duc de Rhételois et de).

1° Quitt. sig. (sur parch.). 1676 et quitt. aut. sig. de son fils. 1697. Notice de M. *L. de M.*

2° Pièce aut. sig. Fait au Bourget, 29 juillet 1786. 2. p. in-4.

Renonciation en faveur de son fils Paul-Jules, du droit de porter le juste-au-corps bleu.

3° Quitt. aut. sig. La Meilleraie, 28 août 1712, 1 p. in-4.

« Jay soussigné confesse auoir receu du s^r Cheualier nostre fermier la somme
« de deux cent liures qui excede le prix de la ferme quil a prise de nous mais
« il nous a bien voulu donner ce suppleement par rapport à nos besoins pre-
« sens dont nous le remercions et luy tiendrons compte de ce qui est escheu
« puis quil nen a usé ainsy pour nous qu'afin de nous faire plaisir... »

2003. **MECKLENBOURG-STRELITZ** (Georges-Frédéric-Charles-Joseph, grand duc de). N. 1779.

L. aut. sig., à Mme... Strélitz, 21 octobre 1810. 4 gr. p. pl. in-4.

Lettre touchante au sujet de la mort de sa femme et de sa sœur...

2004. **MEDAVY** (Pierre de Rouxel, baron de), capitaine du château d'Argentan pour la Ligue. M. 1617.

Quitt. aut. sig. (sur parch.). 1584. La fin des lignes a été coupée.

Médavy (Jacques de Rouxel, comte de), maréchal de France. M. 1725. 1° Quitt. aut. sig. (sur parch.). 1697. — 2° Congé sig. Grenoble, 20 juillet 1707. 1 p. in-fol.

2005. **MEDECINS DE LOUIS XIII.** 6 pièces sur parchemin.

Bouvard (Charles). N. 1572. M. 1658. Quitt. sig. 1641. — Cour-

TAUD (Simon). Quitt. aut. sig. 1621. — GORRIS (Jean de). Deux quitt. aut. sig. 1632 et 1642. — LE TELLIER (Simon). Quitt. aut. sig. 1621. — PINEAU (Séverin), *chirurgien et oppérateur de S. M. pour le mal de la pierre*. M. 1619. Quitt. sig.

2006. **MEDECINS DE LOUIS XIV.** 5 pièces sur parchemin.

CHARLIER (Philippe). M. 1669. Quitt. aut. sig. 1663. — CHOMEL (Jean-Baptiste). Quitt. sig. 1683. — DENIS (Jean-Baptiste). Quitt. aut. sig. 1699. — LA CHAMBRE (François de). Quitt. sig. 1675. — LE ROY (Alexandre), opérateur ordinaire du roi. Quitt. sig. 1688.

2007. **MEDECINS FRANÇAIS**, avant et depuis 1789.

ANDRAL (Gabriel). 1827. — ACHARD (Claude-François). 1788. — ADELON (Nicolas-Philibert). 1826. — ASSELIN. 1824. — AUBERY (Jean). 1602. — AUVITY (Antoine). 1830. — BACHER (Alexandre-André-Philippe-Frédéric). 1784. — BAFFOZ. 1830. — BAGNERIS. 1820. BAILLY (Victor). 1819. — BARON. 1758. — BARON. 1826. — BAYLE (Antoine-Laurent Josse). 1829. — BAUDELOCQUE (Jean-Louis). 1783. — BERTRAND (et DE WENZEL). 1829. — Ensemble, 15 lettres, pièces et certificats médicaux aut. sig.

2008. **MEDECINS FRANÇAIS**, avant et depuis 1789.

BIETT (Louis). Six pièces. 1825-1829. — BORDEU (Théophile de). 1771. — BORIÉ. 1826. Sept lett. et pièces. — BRICHETEAU (Isidore). 1825. — BRISSEAU (Pierre). 1677. — BRUNYER (Abel), médecin du duc d'Orléans. 1644. — BUCHEZ. Pièce sig., comme adjoint au maire de Paris. 6 mars 1848. *Portr.* — CAILLARD. 1825. — CAILLE. 1826. CAPURON (Joseph). 1826. — CASTELLAN (Honorat de), médecin du roi et de la reine. Quitt. sig. (sur parch.). 1568. — CAYROL. 1825. — CHAUMETON (François-Pierre). N. 1775. M. 1819. — Ensemble, 25 lettres, pièces et certificats médicaux aut. sig., et un *portr.*

2009. **MEDECINS FRANÇAIS**, avant et depuis 1789.

CHOMEL. 1830. — CIVIALE. 1828. — CLOQUET (Jules). Six pièces. 1825-1840. *Portr.* — COSTE (Jean-François). 1819. — CRUVEILHER (Jean). 1836. — CULLERIER, neveu. 1829. — DAVAL (Jean). 1706. DELPEUX. 1826. — DEMONS. L. aut. sig., à M. Jules Janin. 1844, et pièce de vers latins aut. sig. — DENEUX. 1829. — DESORMEAUX (Marie-Alexandre). 1819. — DUVERGIE (Alphonse de). 1847. — DÉZEIMERIS. Deux lett. 1841-1843. — DISTEL. 1827. — DOUSSIN DUBREUIL. 1827. — Ensemble, 22 lettres, pièces et certificats médicaux aut. sig., et un *portr.*

2010. **MEDECINS FRANÇAIS**, avant et depuis 1789.

DUCHESNE. (Pierre) Quitt. sig. (sur parch.). 1695.—ESQUIROL. 1829. — FALAISEAU (Adam), médecin du roi. 1604. — FERRUS. 1830. — FLANDIN. 1837. — FOUQUIER. Deux pièces. 1826. — FRANÇOIS. 1830. — GARDANE (Joseph-Jacques). 1810. — GARDANNE (Charles-Pierre-Louis). 1827. *Portr.* — GEOFFROY. 1825. — GIMELLE. 1830. — GIRARD. 1813. — GUÉRIN. 1829. — GUERSENT. 1829. — HALMA GRAND. 1848. — Ensemble, 16 lettres; pièces et certificats médicaux aut. sig., et un *portr.*

2011. **MEDECINS FRANÇAIS**, avant et depuis 1789.

HEURTELOUP. 1826. — HONORÉ. 1826. — HUSSON (Henri-Marie). Deux lett. 1806-1818. — ITARD (Jean-Marie-Gaspard). 1830. — JADELOT. 1825. — JEANROY (Dieudonné). 1791. — JOBERT (de Lamballe). 1830 (et deux lettres le concernant 1830). — JOURDAN. 1825. — JUGLAR. 1830. — KERAUDREN. An XII. — KOREFF. Quatre lettres, à M. Jules Janin. 1841. — LAENNEC. 1826. — LAFISSE. 1828. — LAGNEAU. Deux pièces. 1829. — LALLEMENT. 1828. — LANDRÉ BEAUVAIS. 1840. — Ensemble, 23 lettres, pièce et certificats médicaux aut. sig.

2012. **MEDECINS FRANÇAIS**, avant et depuis 1789.

Larroque. 1826. — Lebreton. 1825. — Lermier. 1826. — Le Roux (Jean-Jacques). Trois pièces. An III à 1832. *Portr.* — Le Roy (Alphonse-Vincent-Louis). 1791. — Levraud (Benjamin). 1828. — Lhuillier (Mathurin). Acte notarié sig. 1683. — Louyer-Villermay. 1825. — Lugol. Deux pièces. 1826-1837. — Lullier Winslow. 1830. — Manry. 1825. — Marc (Ch.-Chrétien-Henri). 1826. — Marie de Saint-Ursin. L. aut. 1804. Curieuse. — Maygrier. 1830. — Mège. 1827. — Ensemble, 18 lettres, pièces et certificats médicaux aut. sig., et un *Portr.*

2013. **MEDECINS FRANÇAIS**, avant et depuis 1789.

Michel de Trétaigne (le baron). Trois lett. 1840. — Miquel. L. sig. — Mondat. — Montaigu. 1827. — Montègre. 1817. — Mourgué. 1828. — Nacquard. Deux pièces. 1826-1829. — Nauche. Cinq pièces. 1825-1830. — Percy (Pierre-François). 1809. *Portr.* — Pétroz. 1826. — Piorry. 1830. — Rolando, médecin italien. — Roques (Joseph). 1826. — Rostan. Trois pièces. 1828-1842. — Rouy. 1828. — Rullier. 1826. — Sarlandière. 1827. — Salmade. 1826. — Sédillot. An XII. Ensemble, 28 lettres, pièces et certificats médicaux aut. sig., et un *portr.*

2014. **MEDECINS FRANÇAIS**, avant et depuis 1789.

Ségalas. 1830. — Serres (Et.-Renaud-Augustin.) 1826. *Portr.* — Souberbielle. 1825. — Tartra. Deux pièces. 1829-1830. — Teste (Alphonse). 1849. — Thouret (Michel-Augustin). Deux pièces. 1792 et an V. — Trélat (Ulysse). 1836. — Valentin (Louis). 1825. — Verdier Heurtin (Jean-François). Deux pièces. 1811. — Vergeret. 1825. — Vernage (François). Quitt. sig. (sur parch.). 1703. — Vigor, médecin du roi. Quitt. sig. (sur parch.). 1570. — Wiesecke, médecin polonais. L. aut. 1837. — Wolowski (Stanislas), médecin polonais. 1841. — Ensemble, 17 lettres, pièces et certificats médicaux aut. sig., et un *portr.*

2015. **MEHEE DE LA TOUCHE** (Jean-Claude-Hippolyte), agent de police politique, secrétaire-greffier de la Commune de Paris, au 10 août 1790. Président de plusieurs de ses séances pendant les massacres de septembre, littérateur. N. 1760. M. 1826.

1° Ordre sig. d'arrestation de M. Tresse, commis au bureau de la guerre. 15 août 1792. 1 p. in-fol. Tête impr. Vignette.

2° Mémoire et dénonciation pour le sr Gueffier, imprimeur, accusé de calomnie ; contre le sr Méhée, accusateur. Impr. Paris. 1815. 77 p. in-8.

Publication intéressante en ce qu'elle confirme tout ce qui a été cité sur les massacres de septembre 1792.

2016. **MEHUL** (Etienne-Henri), compositeur, membre de l'Institut. N. 1763. M. 1817.

1° L. a. s., à M. Arnault. Sans date. 2 p. pl. in-4. Deux *portr.*

... L'homme propose et Dieu dispose. Cette vieille maxime s'applique si souvent à ses projets et à ses espérances, qu'elle fait à elle seule une partie de sa philosophie. Elle ne donne qu'une sagesse passive cette misérable philosophie. En endormant les peines du cœur elle tue l'esprit, elle brise les ressorts de l'imagination, elle paralyse toute espèce d'émulation, et fait assez souvent un sot d'un homme d'esprit. . . « Que de choses j'ai à vous dire... ! j'ai eu le « cœur gros de tout ce qui vient de se passer là-bas, là-bas, mais un cœur « gros peut devenir un grand cœur, lorsqu'il sait renfermer ses chagrins... »

2° Certificat ou rapport aut. sig., signé aussi par Gossec et Chérubini, sur la lyre française à sept cordes, inventée par le citoyen de Morlanne. 1 p. pl. in-4.

3° Notice historique par Quatremère de Quincy. Impr. 1819. 46 p. in-4.

2017. **MEJAN** (Etienne, comte), avocat, journaliste, secrétaire général de la Préfecture de la Seine, secrétaire du prince Eugène, ministre, etc. N. 1766. M. 1846.

Un des hommes les meilleurs et les plus spirituels de son temps. (*L. de M.*)

Soixante pages in-8, in-4 et in-fol. de lettres aut. sig., aut., minutes diverses de rapports, décisions, projets, etc. Lot intéressant.

Méjan (Maurice), frère du précédent, avocat, éditeur des *Causes célèbres*. N. 1765. M. 1823. L. aut. sig., à son frère. 24 floréal an XI. 1 p. et demie in-8. Intéressante.

2018. **MEJAN** (Joseph), chef de brigade de la République.

L. aut. sig., au citoyen Cambacérès, ministre de la justice. De la maison d'arrêt de Carignan. Gênes, 23 frimaire an VIII. 4 g. p. pl. in-fol.

Rapport détaillé et très-intéressant sur la reddition de Naples, et plaintes au sujet de sa détention prolongée... « Toute la grâce que je demande c'est d'être « jugé... je suis accablé de malheurs, je suis dans l'indigence, jay tout perdu, « j'éprouve tous les besoins et suis sans appui... »

2019. **MELLO** (don Francisco de), marquis de Tor de Laguna, comte de Assumar, lieutenant-général gouverneur des Pays-Bas.

1° L. sig. (en espagnol), au baron d'Esquelbek. Gand, 14 juillet 1643. 1 p. in-fol.

2° L. sig. (en français), au même. Du camp, à Berghes Saint-Winoc, 21 juillet 1649. 1 p. in-fol.

Melzi d'Eril (François, comte), duc de Lodi, chancelier, garde des sceaux du royaume d'Italie. M. 1753. M. 1816. Deux lett. aut. sig. (en français et en italien), Calais et Milan, 1791. 3 p. in-8 et in-4. *Portr.*

2020. **MENAGE** (Gilles), littérateur, poëte, savant lexicographe, etc. Né en 1613. Mort en 1693.

L. aut. sig, à M..... *A Saint-Denis d'Anjou, lieu célèbre par la naissance de Roland Bignon, père de l'illustre Jérôme Bignon, avocat-général du gouvernement de Paris*... août 1678. 1 p. pl. in-4. Deux *portr.*

2021. **MENARD** (Claude), lieutenant de la Prévôté d'Angers, éditeur de l'*Histoire de Saint-Louis* par Joinville, de l'*Histoire de Duguesclin*, etc. N. 1580. M. 1652.

Quitt. sig. (sur parch.). 20 novembre 1707.

Le Nain de Tillemont (Sébastien), solitaire de Port-Royal, auteur de l'histoire des *Six premiers siècles de l'Eglise*, etc. N. 1631. M. 1698. Fragment aut. 1 p. in-8. Deux *portr.*

2022. **MENOU** (Jacques-François, baron de), député de la noblesse de Tours aux Etats-Généraux, général en chef de l'armée d'Egypte. Né en 1750. M. 1810.

L. a. s., au préfet de la Seine. Paris, an XI 1 p. in-4. Trois *portr.*

Ménard (le général Philippe-Roman). L. a. s. Dantzig, 15 janvier 1808. 2 p. in-fol.

Meda (Charles-André, baron Merda, dit). M. 1812.

Gendarme (depuis général de brigade) qui arrêta Robespierre à la Commune, le 8 Thermidor, après l'avoir désarmé, et tua, dit Léonard Bourdon, deux des complices de ce grand criminel. (*L. de M.*)

Certificat d'existence sig. Groningue, 7 frimaire an IV. 1 p. in-4.

2023. **MERCIER** (Louis-Sébastien), littérateur, auteur du

Tableau de Paris, etc., conventionnel, membre de l'Institut. N. 1740. M. 1814.

Apostille de deux lignes aut. sig., à la marge d'une pétition de Priestley au grand juge. 12 brumaire an XII. 3 p. in-4. *Portr.*

Mentelle (Edme), géographe, membre de l'Institut. N. 1730. M. 1815. L. aut. sig., à M. le comte... Paris, 18 mars 1811. 3 gr. p. in-fol. (Quelques taches de cire).

Lettre intéressante au sujet d'un globe terrestre, en carton, commandé par l'empereur... Exposé de ses travaux géographiques. Il est dans sa quatre-vingtième année.. Aucun professeur de géographie n'a eu le bonheur d'approcher d'aussi près que lui l'auguste famille de Sa Majesté. Il a eu l'honneur de donner des leçons au prince Louis, à Mlle Clary, bien avant qu'elle fût Mme Bernadotte, à Mme Julie, bien avant qu'elle fût reine d'Espagne, au prince Jérôme, depuis roi de Westphalie, au vice-roi d'Italie, le prince Eugène, alors commandant des chasseurs de la garde, etc...

Mimaut (Jean-François), littérateur, historien, auteur dramatique. L. sig. 1836. 1 p. in-4.

2024. **MERCOEUR** (Nicolas de Lorraine, comte de Vaudémont, baron de), père de Louise de Vaudémont, femme de Henri III.

Acte sig. de foi et hommage fait au duc de Bar, par Jean de Fresneau, de la terre de Pierrefort. Nancy, 2 mars 1557. Grande pièce sur parch.

2025. **MERCOEUR** (Marie de Luxembourg, duchesse de Martigues et de), belle-fille du précédent.

C'est la digne femme de l'ingrat beau-frère de Henri III, l'exécrable Philippe-Emmanuel de Lorraine de Vaudémont, duc de Mercœur. Associé à la Ligue et aux Espagnols, avant et après la mort de Henri III, on le voit en qualité de gouverneur de la Bretagne, après le loyal Montpensier, mettre la province à feu et à sang pendant dix années; se déshonorer par d'horribles exécutions militaires, à Blavet, par exemple; ensuite se soumettre bassement par l'entremise de sa femme, dont l'orgueil, jusqu'alors intraitable, s'humilia devant la belle Gabrielle, jusqu'alors méprisée, pour obtenir que le fils de celle-ci, César, depuis duc de Vendôme, épousât l'unique et riche héritière de Mercœur. — Le duc, fatal à la France comme tous ceux de sa maison, n'en obtint pas moins les plus favorables conditions de pacification; mais se sentant haï et méprisé de tous, il alla faire la guerre aux Turcs, y montra des talents militaires, et, de retour, mourut à Nuremberg à quarante-quatre ans (1602). — Pour égayer cette note, j'ajouterai que le jour de sa rentrée en grâce, Mercœur saluant profondément le roi laissa échapper un *pet* qui fit rire toute l'assistance à ses dépens. — Le ridicule est souvent plus mortel que l'odieux. (*L. de M.*)

Acte notarié sig.: *Marie de Luxembourg*. 1613. 3 p. in-fol.

2026. **MERCY D'ARGENTAU** (Florimond, comte de), ambassadeur de l'empereur d'Allemagne près Louis XVI. Mort en 1794.

1° L. aut. sig., à Mme de Nettine, trésorière de la cour, à Bruxelles. Près de Liége, 8 oct. 1765. 1 p. in-4. Cachet armorié. — 2° L. aut. sig., à la même. Fontainebleau, 9 sept. 1771. 3 p. in-4. — 3° L. aut. sig., à la même. Paris, déc. 1774. 3 p. in-4.

2027. **MERIMEE** (Prosper), littérateur, membre de l'Académie française. N. 1805.

Deux lett. aut. sig., à MM. Taschereau et... 3 p. in-8 et in-4.

Mérimée (Jean-François), chimiste, peintre, littérateur. M. 1836. Deux lett. aut. sig., à M. Lucas de Montigny. 1826-1827. 3 p. in-4, et certificat d'études aut. sig. 1829. 1 p. in-4.

Merville, littérateur, auteur dramatique. 1° L. aut. sig., à Bocage. 1846. 1 p. in-8. — 2° Billet aut. sig. in-18.

2028. **MERLIN DE DOUAI** (Philippe Antoine, comte),

constituant, conventionnel, ministre de la justice, membre de l'Institut, etc. N. 1754. M. 1838.

1° L. a. s., au ministre de la justice. Paris, 8 messidor an VI. 1 p. in-4.

2° L. a. s., au prince de Neufchatel. Paris, 4 mai 1808. 2 p. in-4.

3° Deux pièces sig., et Merlin au conseil des Cinq-Cents. Broch. in-8. Trois *portr.*

4° Fragments aut. d'une lettre dont la partie inférieure a été coupée. Paris, 8 messidor an II. Notice de M. *L. de M.* Voici ces fragments :

« J'ai reçu de l'adjudant général Cambray, mon cher ami, une copie imprimée « de ton récit officiel de la journée du 2 de ce mois, adressé au général Grou- « chy; et j'ai si bien fait que la Convention nationale m'a autorisé à lui en faire « lecture et en a ordonné l'insertion au bulletin. J'espere que tu n'en seras « pas fâché... Assiégeante et elle-même assiégée. J'espère que le roi pré- « somptif d'Yorck n'échappera pas et qu'il viendra faire l'amour à la veuve « Capet. Ypres et Poperingue sont en notre pouvoir. »

2029. **MERLIN DE THIONVILLE** (Antoine-Christophe), député à l'Assemblée législative et à la Convention. Né en 1762. Mort en 1833.

1° Sept arrêtés du Comité de sûreté générale de la Convention, de Thermidor an II, sig. par lui, et par ses collègues Legendre (de Paris), Vadier, Louis (du Bas-Rhin), Elie Lacoste, Goupilleau (de Fontenay), Dubarran, etc. 7 p. in-fol. Sceaux. *Portr.* Notice de M. *L. de M.*

2° L. aut. sig., à M... Laon, 7 mai 1815. 4 p pl. in-4.

Il a été bien outragé par le sr Dupassage. « Ce malheureux à la tête de « 60 Prussiens est venu lever une contribution chez moi et y manger le pillage « qu'il y fesait faire en insultant aux larmes et aux terreurs de ma femme et de « ma fille alors prête d'accoucher Au mois de septembre *de l'an de grâce* 1814, « croyant m'en imposer par sa situation, par son habit au collet fleurdelisé, il « vint me braver, dans les champs, en présence de 20 cultivateurs qui rentraient « leurs moissons... »

2030. **MERLIN** (Maria de las Mercedes Santa-Cruz y Montalvo, née comtesse de Jaruco y Mossox, comtesse), auteur de *Mémoires.* M. 1852.

Deux lett. aut. sig. Paris, 1833 et 1845. 2 p. in-8.

MERLIN (Christophe-Antoine), lieutenant général, mari de la précédente. N. 1771. M. 1839. P. aut. sig. 1838. 2 p. in-4.

2031. **MERY** (Joseph), poëte, romancier. N. 1798.

L. aut. sig., au libraire Denain. Marseille, 2 novembre 1829. 2 p. pl. in-4. Deux *portr.*

Lettre curieuse au sujet de la publication de la brochure intitulée *Waterloo*, faite en collaboration avec Barthélemy.

2032. **MESMES** (Henri de), sr de Malassis, chancelier de Navarre, ami et bienfaiteur de Passerat qui lui adressa tout un volume d'*Etrennes poétiques.*

1° Quitt. sig. (sur parch.). 15 août 1565.

2° Quitt. aut. sig. (sur parch.). 1566. Curieuse.

MESMES (Jean-Jacques de), sr de Roissy, conseiller du roi en ses conseils d'Etat et finances. M. 1642. 1° Quitt. aut. sig. (sur parch.). 1625. — 2° Quitt. sig. (sur parch.). 1628. — 3° Acte notarié sig. 1586. 1 p. in-fol. Deux *portr.*

MESMES (Henri de), président au Parlement de Paris. M. 1650. Deux quitt. sig. (sur parch.). 1629 et 1641. *Portr.*

2033. **MESNAGER** (Nicolas), diplomate, plénipotentiaire, avec le maréchal d'Uxelles et l'abbé de Polignac, au congrès d'Utrecht. Né à Rouen en 1658. Mort à Paris en 1714.

Mémoire sur les moyens d'acquitter les dettes de la compagnie des Indes, avec un nouveau plan pour en faire le commerce. Manuscrit 4 p. pl. aut, in-fol. Beau *portr.*

2034. **METEZEAU** (François-Clément), architecte de Louis XIII, constructeur de la fameuse digue de La Rochelle, et d'une partie du Louvre. M. 1628.

Quitt. sig. (sur parch.), de la somme de 1,200 livres, dont S. M. lui a fait don. 28 mars 1626.

2035. **MEUNIER** (Pierre-François), régicide. 1814-1840.

Pièce (3 lignes) aut. sig. in-4. Quatre numéros de la *Gazette des Tribunaux*, relatant son procès. 8, 22, 23 et 24 avril 1837.

« Reçu de M. Sajou la liste des témoins de l'accusé La Caze. Paris, 19 avril « 1837. »

La Caze (Henri, dit *Isidore*), présumé complice de Meunier. N. 1815. Même reçu (aut. sig.) que le précédent. Même date.

Lavau (Charles-Alexandre), présumé complice de Meunier. N. 1810. Même reçu (sig.) que le précédent. Même date.

2036. **MEYERBEER** (Jacques), ou plutôt *Meyer-Liebmann* Beer, compositeur, membre de l'Institut. N. 1794.

L. aut. sig., à M. Armand Bertin, à Paris. Bade, près Rastadt, 38 mars 1833. 3 gr. p. pl. in-4. Cachet en cire noire. *Portr.*

Très-belle, très-touchante et très-intéressante lettre sur la mort de son frère, le poëte Michel Beer. Détails sur la jeunesse de Michel Beer, sur ses ouvrages, son caractère, etc.

2037. **MEYERBEER** (Jacques). *Le même.*

1° L. aut. sig., à M. Jules Janin (écrite chez son concierge). 1 gr p. in-fol.

Invitation à dîner chez lui avec M. Armand Bertin.

2° L. aut. sig., au même. Ce samedi matin. 1 p in-8. *Portr.*

Un démon malin semble prendre plaisir d'empêcher notre petit dîner...

2038. **MEZERAY** (Joséphine-Marie-Antoinette), actrice du Théâtre français. N. 1772. M. 1823.

L. a. s., à M. Max de Villemarest, à Paris. 1 p. in-4. Cachet.

Au sujet de la demande qu'il lui a faite de renseignements sur sa carrière théâtrale.

2039. **MYACZYNSKI** (Joseph), général de la République. Né à Varsovie en 1750. Mis à mort en 1793.

« Conformément au décret de la Convention nationale du 3 avril « dernier. Il est ordonné au commandant temporaire de la ville de « Lille d'arrêter sur-le-champ le général Miaczynski, il le fera tra- « duire sous bonne et sûre garde à Paris, où il sera déposé au se- « cret dans les prisons de l'Abbaye... Valenciennes, 9 avril 1793... « Copie conforme à l'original, sig. par Chevalleau Boisragon, com- « mandant temporaire de la place de Lille. 1 p. pl. in-fol. Cachet en « cire rouge.

2040. **MICHAUD** (Joseph), historien, membre de l'Académie française. N. 1771. M. 1839.

1° L. aut. sig., à M. Laurentie. 1839. 2 p. pl. in-8. — 2° Billet de 4 lignes aut. sig., à M. Roger. Passy, dimanche, in-8. — 3° Minute aut. d'une note relative à la séance de l'académie pour nommer un successeur à M. Lainé. 1 p. in-4. *Portr.*

Michaud (Louis-Gabriel), imprimeur, éditeur, homme de lettres, frère du précédent. N. 1772. Trois lett. aut. sig., à divers. 1812... Ensemble, 4 p. in-4. Intéressante.

2041. **MICHEL-ANGE BUONAROTTI**, statuaire, architecte, peintre, etc. N. 1465. M. 1564.

Cinq mots aut. (en italien), coupés d'une pièce plus grande. Trois beaux *portr.*

2042. **MICHELET** (Jules), professeur d'histoire. N. 1798.

1° Deux lett. aut. sig. 2 p. et demie in-8. *Portr.*

2° L. aut. sig., à M. Preault, statuaire. 9 déc. 1847. 1 p. in-8.

Il faudrait demander à la ville l'autorisation de fouiller Clamart, et d'en tirer le cercueil de Mirabeau qui doit y être encore... « Cela nous importe à « tous, à la France.— On lui doit un tombeau ! Et qui donc ferait ce monument « si ce n'est vous ? Vous êtes le seul digne. »

MIGNET (François-Auguste-Alexis), historien, membre de l'académie française. N. 1796. Deux lett. aut. sig. 1826. 2 p. in-8.

2043. **MIEL** (Edme-François-Antoine-Marie), littérateur, chef de division à la préfecture de la Seine. N. 1775. M. 1842.

1° Quatorze lettres, billets et pièces de vers aut. sig., adressés à M. Lucas de Montigny, de 1815 à 1834. Ensemble, 20 p. in-18, in-8 et in-4.

2° Imprimés : 1° Stances pour le mariage de ma fille Rosine. 2 p. in-8. — 2° Ode à la ville de Cambrai. sur l'inauguration du monument érigé à Fénelon. 1827. 24 p. in-8. — 3° Notice sur Miel le jeune, un des morts de juillet, par Miel l'aîné. 1831. 20 p. in-8. — 4° Discours prononcé au nom de la société des Beaux-Arts, aux funérailles de M. Miel, par M. Hittorff, président. 1845. 16 p. in-4, avec le *portr*. de Miel.

2044. **MIGNARD** (Pierre), peintre du roi. N. 1610. M. 1685.

Quitt. sig. (sur parch.). Paris, 2 janv. 1697. *Portr*. et facsimile.

2045. **MILLEVOYE** (Charles-Hubert), poëte élégiaque. Né à Abbeville en 1782. Mort à Paris en 1816.

Fragment de poëme. 2 p. pl. aut. in-4. *Portr*. de madame Ethiou. — *L'indépendance de l'homme de lettres*. Discours en vers qui a remporté le prix décerné par l'Institut... 1806. 14 p. in-4.

2046. **MILLOT** (Claude-François-Xavier), jésuite, grand vicaire de l'archev. de Lyon, historien. N. 1726. M. 1785.

Vers aut., extraits de divers poëtes. 16 p. et demie in-4.

2047. **MINA** (Don Francisco Espoz y), célèbre général espagnol. N. 1784. M. 1836.

L. sig., à M. Narthus, à Paris. Versailles, 4 mars 1810. 1 p. pl. in-4. *Portr*.

Il le prie de s'intéresser à M. Sasiani, prêtre, son intime ami, afin qu'il puisse obtenir ce qu'il demande avec tant de raisons... ? Il vous fera le « sincer « rapport des malheurs qui lui sont arrivés et dont je partage une grande « partie... »

2048. **MINETTE** (Marie Ménestrier, dame Margueritte, dite), auteur dramatique, actrice du Vaudeville et du Gymnase. N. 1789. M 1853.

L. aut. sig., à M... rédacteur de la *Quotidienne*. 2 p. in-8.

Envoi d'un coupon de loge et (en post-scriptum), programme du spectacle du mardi 17 août, où paraîtront Brunet, Odry, Vernet, Mazurier, Le Peintre aîné, et le petit Hyacinthe, outre la bénéficiaire *Minette*.

2049. **MINISTRES FRANÇAIS**, avant 1789. 12 lett. et pièces.

ARMENONVILLE (Fleuriau d'). *Affaires Etrangères, Garde des Sceaux*. Deux lett. a. s. 1686 et 1701. 2 p. et demie in-4. Deux *portr*. — BARENTIN, *Garde des Sceaux, Chancelier*. L. a. s. 1 p. in-8. — CLUGNY, *Contrôleur Général des Finances*. L. a. s. 1 p. in-4, et pièce sig. 1772. — CRÉMILLE. *Guerre*. L. s. 1758. 1 p. in-4. — LA LUZERNE. *Marine*. Pièce sig. 1788. — MARVILLE. L. a. s. 1738. 1 p. et demie in-4. — MONTEYNARD. *Guerre*. L. a. s. 1782. 1 p. in-4, et lett. sig. 1773. 2 p. in-4. — TABOUREAU DES RÉAUX, *Contrôleur Général des Finances*, L. a. s. 1770. 2 p. in-4. — TASCHEREAU DE BAUDRY, *Intendant des Finances*. Pièce sig. 1724. 3 p. in-fol.

2050. **MINISTRES FRANÇAIS**, depuis 1789. 24 pièces, 9 *portr.*

ABRIAL. L. a. s. An XI. 1 p. in-4. *Portr.* — ARGOUT. Deux lett. a. s. An XIII et 1834. 3 p. in-4. *Caricature.* — BARBÉ MARBOIS. Deux lett. a. s. An XIII et 1814. 2 p. in-4. Deux *portr.* et *caricature.* — BARROT (Odilon). Deux minutes aut. de lettre et de consultation. 1 p. in-4 et 4 p. in-4. Discours impr. 1848. Deux *portr.* — BARTHE. L. a. s. 1835. 1 p. in-4, et pièce sig. *Portr.*, et *caricature.* — BEUGNOT. Deux lett. a. s. 1817. 3 p. in-8 et in-fol. — BOURDEAU. L. s. 1829. 1 p. in-4. — CHAPTAL. L. sig., deux griffes, et lett. a. s. de son fils. 7 p. in-4.—CORVETTO. Deux lett. a. s. 1813 et 1819. 7 p. in-4. *Portr.* — CAHIER DE GERVILLE. L. a. s. 1 p. in-4, et lett. sig. 1792. — CAPELLE. Deux lett. a. s. 1819 et 1825. 3 p. in-8, et minute aut. in-fol. — CHABROL DE CROUZOL. L. a. s. 1 p. in-4., et lett. sig. 1815. 1 p. in-fol.

2051. **MINISTRES FRANÇAIS**, depuis 1789. 23 pièces, 8 *portr.*

CHAMPION DE VILLENEUVE. L. a. s. 1792. 1 p. in-4, et deux lett. sig. 1792. 2 p. in-fol. Notice impr. — CHANTELAUZE. Deux lett. a. s. 1818 et 1830. 2 p. in-8 et in-fol. — COLLIN DE SUSSY. Deux lett. a. s. 1810. 3 p. in-4 et in-fol. Note aut. et lett. sig. — CORBIÈRE. L. sig. 1821. Deux *portr.* — COURVOISIER. L. a. s. 1830. 2 p. in-4. *Portr.* — CRÉMIEUX. L. s. 1848. 1 p. in-8. *Portr.* et charge. — CRÉTET. Trois lett. sig. 1800-1807. 7 p. in-4. — CUNIN GRIDAINE. L. a. s.. 1841. 1 p. in-4. Deux *charges.* — DALBERG. L. a. s. 1823. 1 p. in-4 — DECRÈS. L. a. s. An X. 1 p. in-8, et deux lett. sig. An XI et an XIII. 4 p. in-fol. *Portr.* — DESTOURNELLES. L. a. s. An V. 2 p. in-4, et lett. sig. 1793. 1 p. in-4. — DU BOUCHAGE. L. a. s. 1816. 1 p. in-4.

2052. **MINISTRES FRANÇAIS**, depuis 1789. 28 pièces, 2 *portr.*

DUCHATEL. L. a. s. 1835. 1 p. in-8, et madame la comtesse Duchâtel. L. a. s., à M. Lucas de Montigny. 1 p. in-8. — DUMON. Sept pièces sig. 1844-1847, in-fol. — FAIPOULT. L. sig. An IV. 2 p. in-4. — FLEURIEU (Claret de). L. a. s. (a la 3e pers.). L. sig. et apostille a. s. 1790-1803. 4 p. in-4 et in-fol. — FORFAIT. Approuvé de 5 lignes aut. sig., au bas d'un rapport. An IX. 2 p. in-fol.— FOULD (Achille). Trois billets a. et a. s. — GASPARIN. L. a. s. Lyon, 1834. 2 p. in-4. — GIROD (de l'Ain). L. s. 1830. 1 p. in-fol. 2 *portr.* — GUERNON DE RANVILLE. L. a. s. 1825. 1 p. in-4. L. sig. 1830, et billet aut. — HAUSSEZ. Trois lett. sig. 1828-1830. In-4 et in-fol. — HÉBERT. L. a. s. 2 p. in-8. — HUMANN. Billet a. s. 1835.

2053. **MINISTRES FRANÇAIS**, depuis 1789. 15 pièces, 6 *portr.*

HYDE DE NEUVILLE. Deux lett. sig. 1838 et 1840. 4 p. in-4. — JAYR. L. sig. 1836. 1 p. in-4. — LACAVE-LAPLAGNE. L. a. s. 1840. 1 p. in-4, et lett. sig. 1837. 1 p. in-4. — LAFFITTE (Jacques). Quitt. sig. 1811. Trois *portr.* — LAINÉ. L. a. s. 1816. 1 p. in-4. Deux *portr.* — LAMBRECHTS. L. a. s. 1807. 1 p. et quart in-4, et lett. sig. An VI. 2 p. in-4. *Portr.* — LE ROULX DE LA VILLE. L. sig. 1791. 1 p. in-fol. — LETOURNEUX. L. a. s. An VI. 1 p. in-4, et deux lett. sig. An VI. 6 p. in-4. et in-fol. L'une d'elles est relative aux plantations a faire dans le cimetière de Versailles ; le ministre conseille de préférence les arbres résineux.— LOUIS (l'abbé). Deux lett. a. et a. s. 1829. 2 p. in-8.

2054. **MINISTRES FRANÇAIS**, depuis 1789. 23 pièces, 7 *portr.*

MARIE. L. a. s. 1849. 1 p. in-8. — MARTIN (du *Nord*). L. a. s.

1841. 2 p. in-8, et 4 lett. sig. 1841-1846. 4 p. in-4 et in-fol. — Mérilhou. L. a. s. 1834. 1 p. in-4, et 2 lett. sig. 1830. 2 p. in-fol. *Portr.* — Montalivet père. L. a. s. 1807. 1 p. in-4, et apostille et lett. sig. An XIII et 1813. In-4 et in-fol. *Portr.* — Montalivet fils. L. sig. 1 p. in-4. Lettre d'un jeune pair de France aux Français de son âge. Impr. 1827. 14 p. in-8. *Portr.* et caricature. — Montbel. L. sig. découpée. L. a. s. Goritz, 30 mars 1837. 5 p. in-8 en travers, et lett. a. s. de son père. 1831. 1 p. in-4. — Mourgues. L. a. s. 1792. 1 p. in-4. — Paré. Deux lett. sig. An II. 3 p. in-4. — Passy (H.). L. a. s. 1 p. in-8. *Portr.* — Pelet (de la Lozère). L. a. s. 1828. 1 p. in 4. — Persil. L. a. s. 2 p. in-8, et lett. de M. Poirson, à M. Persil. 1829. 1 p. in-8. *Portr.* et *caricature.*

2055. **MINISTRES FRANÇAIS**, depuis 1789. 20 pièces, 12 *portr.*

Peyronnet. L. a. s. Ham, 1835. 1 p. in-4, et lett. sig. 1827. 1 p. in-fol. Deux *portr.*—Pléville le Peley. L. sig. An VI. 1 p. in-fol. —Portal d'Albaradès. L. a. s. 1816. 1 p. in-8, et lett. avec 16 lig. a. s. 1821. 2 p. in-fol. *Portr.* — Rosamel. L. sig. 1837. 1 p. in-4. — Saint-Priest. L. a. s. 1790. 2 p. in-4, et deux lett. a. s., du vicomte de Saint-Priest. 1787. 2 p. in-4. Curieux cachet. — Teste. L. a. s. 1841. 1 p. in-4. —Vatimesnil. L. a. s. 1824. 2 p. in-4, et deux lett. sig. 2 p. in-4. *Portr.* — Villèle. L. a. s. in-8, et quatre fragments aut. Huit *portr.* — Vivien. Trois lett. a. s. 1832-1835. 3 p. in-8.

2056. **MINISTRES DE LA GUERRE**, 29 pièces. 11 *portr.*

Bernard. L. a. s. 1834. 2 p. in-8. — Bouchotte. L. a. s. 1806. 1 p. in-4. L. sig. 1793. 1 p. in-fol., et note aut. Ordre de son arrestation. An III. Tête impr. Vignette. 1 p. in-4. — Bourmont. Apostille a. s., et lett. s. 1815 et 1829. 3 p. in-fol. *Portr.* — De Caux de Blacquetot. Deux lett. a. s. 1816. 2 p. in-8 et in-4. — Clarke. L. a. s. 1808. 2 p. in-fol., et pièce sig. An X. 1 p. in-fol. Deux *portr.* — Cubières. L. a. s. 1 p. in-8. — Dejean. L. a. s. An VI. 2 p. in-4, et lett. s. An XII. 1 p. in-fol. *Portr.* — Dupont. L. a. s. 1 p. in-8, et lett. s. An VII. 2 p. in-4. *Portr.* — Duportail. Deux lett. s. 1790-1791. 3 p. in-fol. — Milet de Mureau. L. a. s. An IV. 1 p. in-4, et lett. s. An VII. 1 p. in-fol. — Scherer. L. a. s. 1 p. in-8. État de payement sig. 1 p. in-fol. Pièce sig. An V. 1 p. in-fol. — Schramm. L. s. 1835. 2 p. in-4. *Portr.* — Victor, duc de Bellune. Deux lett. a. s. An VI et 1826. 1 p. in-4 et 1 p. in-fol. Cachet, et trois lett. sig. 1808 à 1828. 3 p. in-fol. Cinq *portr.*

2057. **MINISTRES DE LA POLICE GENERALE**, Préfets de police. 36 lett. et pièces.

Bourguignon. L. a. s. 1813. 1 p. in-4. Arrêté du Comité de sûreté générale, aut. sig. An III. 1 p. in-fol., lett. s. an VII. 1 p. in-4. — Carlier. L. a. s. 1848. 1 p. in-8.—Caussidière. L. s. 7 avril 1848. 1 p. in-4. — Chabrol de Volvic, préfet de la Seine. Dix lett. et pièces aut., sig., et aut., sig. Notice biographique, par Jouffroy d'Eschavannes. Impr. 1843. 8 p. in-8. — De Belleyme. Pièce sig. 1828. — — Dondeau. Deux lett. et pièce sig. An VI. 3 p. in-4 et in-fol. Ordre de fermeture du *Cercle constitutionnel* de la rue des Gracches de Versailles. — Franchet Desperet. Quatre lett. aut., sig., et aut. sig. In-8, in-4 et in-fol. — Gervais (de Caen). L. s. 1848. 1 p. in-4. — Lenoir-Laroche. Deux lett. a. s. An XI. 3 p. in-4 et in-fol. — Mangin. Trois lett. sig. 1829. 4 p. in-4 et in-fol. Celle du 29 août est relative aux mémoires scandaleux que le s[r] de la Motte-Valois veut publier. — Savary, duc de Rovigo. L. a. s. Demi-p. in-4. *Portr.* Sur la catastrophe du duc d'Enghien. Impr. 1823. 72 p. in-8. — Sotin de la Coindière. L. a. s. An V. 1 p. in-4. Au sujet de la voirie de

Montfaucon, et trois lett. sig. An V et an VI. 5 p. in-4. Lett. circulaire impr. du 13 frimaire an VI, sur les assassinats et brigandages qui se commettent dans plusieurs parties de la France. 4 p. pl. in-4. Intéressante. — TREILHARD. L. a. s. 1 p. in-8. — TROUVÉ-CHAUVEL. L. s. 1848. 1 p. in-4. Dossier intéressant.

2058. **MIOLLIS** (Sextus-Alexandre-François), général de division, gouverneur général de Rome. N. 1759. M. 1828.

L. aut. sig., au duc de Feltre. Rome, 11 juillet 1810. 2 p. in-fol.

PÉRIGNON (Dominique-Catherine, marquis de), maréchal de France. N. 1754. M. 1841. L. aut. sig., au citoyen Méjan. Paris, 27 nivôse an VII. 1 p. in-4. Trois *portr.*

2059. **MIONNET** (Théodore-Edme), avocat, conservateur adjoint du cabinet des Médailles, auteur de : *Description de Médailles antiques, grecques et romaines*, membre de l'Institut. N. 1770. M. 1842.

L. aut. sig., au citoyen de La Fontaine, fils. Aire, 19 prairial An II. 2 p. in-4. Cachet. *Portr.* Notice intéressante de M. *L. de M.*

MICHAUT, graveur des Monnaies. L. aut. sig. 1840. 1 p. in-4.

MICHAUT, fils, graveur des Monnaies. L. aut. sig., au roi. 3 janvier 1816. 1 gr. p. in-fol.

Demande de la décoration de la Légion-d'Honneur... « Choisi par le roi des « Pays-Bas pour graver ses monnaies, et quittant momentanément les États « de Votre Majesté, qu'il me serait doux d'emporter chez l'étranger une mar- « que de sa bienveillance... »

MILLIN DE GRANDMAISON (Aubin-Louis), antiquaire, numismate, etc., membre de l'Institut N. 1759. M. 1818. 1° L. aut. sig., à M. Guillemot. Paris, 20 sept. 1817. 2 p. in-4. Au sujet d'un échange de médailles. Intéressante. — 2° Billet aut. — 3° Autographie d'une lett. aut. sig. 1 p. in-4. Deux *portr.*

2060. **MIRABAUD** (Jean-Baptiste de), militaire, oratorien, secrétaire dans la maison d'Orléans, traducteur du Tasse et de l'Arioste, secrétaire perpétuel de l'Académie française. N 1675. M. 1760.

Certificat militaire aut. sig., comme capitaine au régiment de l'Ile de France. Embrun, dernier juillet 1719. 1 p. pl. in-fol.

2061. **MIRABEAU** (François-Marie de), conseiller et médecin ordinaire du roi.

Je ne crois pas que ce *médecin* appartînt à la famille des Riquetti (*L. de M.*).

Deux quitt. sig. (sur parch.). 1667 et 1668.

MIRABEAU (Philippe de), écuyer, sieur de la Majoraine, conseiller au Châtelet de Paris.

« Je n'ai point connoissance que ce Philippe de Mirabeau appartienne à la « famille des Riquetti. (*L. de M.*).

Deux quitt. sig. (sur parch.). 1695.

2062. **MIRABEAU** (Christophe ou Crétophe de Riquetti de), capitaine entretenu en la marine du Levant.

1° Quitt. aut. sig. (sur parch.). 1623.

2° Quitt. sig. (sur parch.), de la somme de 800 livres, pour avoir été à Rouen pour le service de S. M., et pour son retour, le tout en poste, en ce compris le séjour de six semaines qu'il a été dans la dite ville... Dans cette quittance, Christophe de Riquetti prend la qualité d'écuyer, s^r dudit lieu, conseiller et maître ordinaire du roi.

2063. **MIRABEAU** (Henoré III, de Riquetti, marquis de), sénéchal de la Viguerie de Sisteron. N. 1623. M. 1687.

Voir à son sujet mes *Mémoires*. Tome 1er, page 28. (*L. de M.*).

1° L. aut. sig., au marquis de *La Charsse*. Sisteron, 23 janvier 1675. 2 p. in-4. Cachet armorié en cire rouge.

Avis de la convocation du ban et de l'arrière-ban de la province.

2° Note aut. de M. Lucas de Montigny, sur Thomas, père d'Honoré, et des deux autres Mirabeau, dont les dossiers suivent.

2064. **MIRABEAU** (Frère François de Riquetti de), frère du précédent, chevalier de Malte, capitaine d'une galère du roi, dite *La Brave*. Né en 1631. Mort en 1690.

C'étoit un gentilhomme violent et un intrépide soldat. Voir à son sujet mes *Mémoires*. Tome 1er, page 38. (*L. de M.*).

Cinq quitt. sig. (sur parch.). 1671 à 1675.

2065. **MIRABEAU** (Bruno de Riquetti, comte de), frère du précédent, aide-major au régiment des gardes françaises. N. 1637. M. 1729.

Voir à son sujet mes *Mémoires*. Tome 1er, page 44, (*L. de M.*).

Trois quitt. sig. et aut. sig. (sur parch.). 1674-1703.

2066. **MIRABEAU** (Anne-Aimée de Boulainvilliers, dame et chanoinesse de Poussay, comtesse de), femme du précédent.

Voir à son sujet mes *Mémoires*, Tome 1er, page 49. (*L. de M.*).

L. aut. sig., à M. de Limanton, à Paris. Provins, 17 novembre 1712. 2 p. pl. petit in-4. Cachet.

2067. **MIRABEAU** (M. et R. de Riquetti de).

Contrat de mariage d'Arthur-Louis de Longueil, *agent de change et banque*, et demoiselle Claude-Marie, fille d'un marchand de Paris, signé aussi par M. et R. de Mirabeau. 1666. 7 p. in-fol.

Mirabeau (Jacques de Riquetti de), capitaine au bataillon de Massia du régiment de Normandie... Quitt. sig. (sur parch.). 1680.

Mirabeau (Joseph de Riquetti de), capitaine de grenadiers, puis major du régiment de Dauphiné. 1° Quatre quitt. sig. sur parch.). 1694-1699. — 2° Certificat militaire aut. sig. Nîmes, 22 janvier 1700. 1 p. in-4. Cachet.

Mirabeau (*Jans* de Riquetti de), lieutenant de la compagnie de Basselande, capitaine au régiment de Dauphiné. Quitt. sig. (sur parch.). 1694.

Mirabeau (Madelaine de Riquetti de), femme de Jacques Du Chastelet, sr de Fresnières, conseiller du roi. Trois quitt. sig. (sur parch.). 1692-1698.

2068. **MIRABEAU** (Honoré-Gabriel de Riquetti, comte de), le célèbre orateur de l'Assemblée constituante. Né au Bignon, près Nemours, le 9 mars 1749. Mort en 1791.

Lettres écrites par un ancien magistrat à un ami, sur le procès du comte et de la comtesse de Mirabeau. 1783. 100 p. gr. in-4. — *Lettres sur l'ordre judiciaire en France, écrites par un ancien magistrat provençal, à son ami, au sujet d'une séparation*. 16 p. et quart in-4. Minutes originales entièrement aut. 1 vol. cartonné.

2069. **MIRABEAU** (le comte de). *Le même*.

Fragments divers autog. — Economie politique. — Etat militaire des principales puissances de l'Europe. — Population de la Suède. — Indication de morceaux à choisir dans les travaux de Dupont de Nemours sur l'économie politique, etc. — Note sur l'étang de Ferrières. — Hauteurs, observations barométriques. — Erreurs de l'historien Vély. — Abbayes, abbés, abbesses. — Armoiries. — Dindons. Leur introduction en France par Jacques Cœur. — Biens ecclésiastiques, anecdotes. — Extraits de lectures. — Hook et Newton. — Y a-t-il une semaine de trois jeudis? — Notes, fragments, extraits de lectures.— Anecdotes. — Vers, épigrammes, etc. 70 p. in-4. 1 vol. cartonné.

2070. **MIRABEAU** (le comte de). *Le même.*

Mélanges littéraires, scientifiques et autres.— Astronomie.— Blanchet (l'abbé). — Chimie. — Des couleurs. — Contes (fragment du Ms des) écrits au donjon de Vincennes, par Mirabeau. — Encres sympathiques (sur les). — Essai sur la littérature des anciens et des modernes (voir les *Lettres écrites du donjon de Vincennes*. Tome III, page 122). — Extrait d'un roman. — Frédéric II (morceau oratoire sur). — Galilée. — Géométrie. — Le lecteur y mettra le titre ; extrait du Ms de cette brochure. — Le Nostre et les jardins de Louis XIV. — Médecine ; extraits sur les caractères distinctifs du pus et du mucus. — Phosphore liquide. — Rivières (notes comparatives sur la longueur des plus grandes). — Vaucluse. — Minutes originales aut. 95 p. in-4. Il y a plusieurs pages écrites par un secrétaire, mais avec des corrections de la main de Mirabeau. 1 vol. cartonné.

2071. **MIRABEAU** (le comte de). *Le même.*

Lettre du comte de Mirabeau au comte de... sur l'éloge de Frédéric, par M. de Guibert, et sur l'essai général de Tactique du même auteur... Minute originale aut. 19 p. pl. in-4. 1 vol. cartonné.

2072. **MIRABEAU** (le comte de). *Le même.*

Discours sur les retours de l'Inde, et réponse à M. Bégouen. Minute de la main d'un des secrétaires de Mirabeau, et avec des corrections aut. de celui-ci (17 juin 1790). 74 p. in-4. 1 vol. cartonné.

2073. **MIRABEAU** (le comte de). *Le même.*

Abrégé de la grammaire françoise. Manuscrit aut. sig.: *Gabriel.* 29 pages pleines in-4 (papier uniforme), écriture fine et serrée. Précieux manuscrit. 1 vol. cartonné.

Sur la première page au-dessous du titre cité plus haut, Mirabeau a écr les vers suivants :

« ...; ce commerce enchanteur,
« Aimable épanchement de l'esprit et du cœur ;
« Cet art de converser, sans se voir, sans s'entendre,
« Ce muet entretien, si charmant et si tendre,
« L'art d'écrire... fut sans doute inventé ,
« Par l'amante captive et l'amant agité.
« . . . . »

(COLARDEAU).

« Surtout qu'en vos écrits la langue revérée,
« Dans vos plus grands excès vous soit toujours sacrée.
« En vain vous me frappez d'un son mélodieux.
« Si le terme est impropre, ou le tour vicieux,
« Mon esprit n'admet point un pompeux barbarisme,
« Ni d'un vers ampoulé l'orgueilleux solécisme.
« Sans la langue, en un mot, l'auteur le plus divin »
« Est toujours, quoi qu'il fasse, un méchant écrivain.

(BOILEAU).

Sur le verso du titre il a écrit :

A ma Sophie.

Ma Sophie. « Tu te souviens bien que ta mère m'a écrit une fois pour me « prier de *t'apprendre l'orthographe* : Je ne sais comment je négligeai une si « grave recommandation: apparemment que nous avions quelque chose de plus « pressé à étudier. Hélas! Il nous est bien force aujourd'hui de suspendre nos « études d'alors : retournons donc à l'orthographe (pour plaire à ton honorée « mère), mais je ne connois qu'un moyen d'écrire correctement, c'est de posséder sa langue par principes. »

« J'ai entrepris de te donner en vingt-cinq pages toute les règles essentielles « de la langue française; de t'en expliquer toutes les difficultés, de t'en énoncer « les exceptions principales d'une manière aussi correcte que concise, et je « crois y avoir réussi. Un petit mémoire de l'abbé Valart, habile grammairien, « m'en a donné l'idée et m'a servi. Mais on ne trouve dans son précis, ni les « principes de la *déclinaison des participes* (et c'est un des articles capitaux et « des plus embarassants de notre grammaire), ni la *conjugaison* entière *des* « *verbes irréguliers*, ni la *syntaxe de leurs régimes*, ni aucune observation dé-

« taillée sur la *prononciation, l'orthographe, la ponctuation*, sa quantité, etc.,
« ni les *exceptions* aux règles générales. Mon traité, qui n'a pas quatre pages de
« plus que le sien, contient tout cela. J'espère que tu le trouveras fort clair, et
« même à la portée des gens les plus illitérés ; mais pense que je ne sais me
« faire entendre qu'aux esprits attentifs. »

« Ce mémoire est plus que suffisant pour te mettre en état de montrer toi-
« même le français par principes à ta fille. Les grammaires ne donnent pas le
« style ; mais si *Gabriel-Sophie* a ton âme, elle trouvera aisément un Gabriel ;
« ils s'aimeront comme nous nous aimons, et je te réponds qu'elle écrira bien.
« C'est pour elle que j'ai fait ce petit ouvrage ,qui m'a couté du temps et de la
« peine ; c'est pour elle, dis-je, car, pour toi , je ne me consolerois pas, si tu
« allois consulter la grammaire sur une phrase que tu me destines ou que tu
« m'adresses... Ah ! ce que ton cœur sait dire l'art et l'esprit le trouveront-
« ils jamais ?... — GABRIEL. »

N. B. Je « t'avertis que ce cahier est extrêmement difficile à copier, qu'il
« faut aller très-lentement, que la plus grande exactitude est nécessaire, et
« qu'un tiret, déplacé ou omis, peut faire un contre-sens. Les *N. B.* doivent
« être écrits en marge. Ces signes + et autres sont des renvois oubliés dans le
« texte. Place les *N. B.* précisément où ils sont dans mon manuscrit ; et laisse
« tes marges plus grandes afin qu'ils puissent correspondre plus exactement à
« l'article auquel ils sont relatifs. »

2074. **MIRABEAU** (le comte de). *Le même.*

Discours sur l'immortalité de l'âme. *De la nécessité d'une autre vie, et des consolations de l'homme juste sur la terre. Sermon prêché à Londres par un jeune ministre genevois.* Manuscrit aut. 28 p. à mi-marge gr. in-4. 1 vol. cartonné.

2075. **MIRABEAU** (le comte de). *Le même.*

Fragments historiques, insérés dans les mémoires du duc d'Aiguillon. Manuscrit aut. 120 p. in-4. 1 vol. cartonné.

2076. **MIRABEAU** (le comte de). *Le même.*

Polémique au sujet des élections en Provence. Manuscrit aut. 45 p. in-4 et in-fol. 1 vol. cartonné.

2077. **MIRABEAU** (le comte de). *Le même.*

De l'Islamisme et du Koran. Manuscrit aut. 24 gr. p. pl. in-fol. 1 vol. cartonné.

2078. **MIRABEAU** (le comte de). *Le même.*

Correspondance secrète de Berlin. *Copie exacte de mes minutes chiffrées. Depuis Brunswick du* 12 *juillet* 1786, *jusqu'à Dresde*, 16 *septembre*. Manuscrit aut. 56 p. pl. et demie in-4. Les cinq dernières sont de la main d'un secrétaire. 1 vol. cartonné.

2079. **MIRABEAU** (le comte de). *Le même.*

Lettre du comte de Mirabeau à M. de Calonne, ministre des finances de France. 1785. Manuscrit aut. 70 p. à mi-marge, in-4. — A la suite, copie de la même lettre de la main d'un secrétaire, double de pages, environ, aussi à mi-marge, avec quelques corrections de Mirabeau. 1 vol. cartonné.

2080. **MIRABEAU** (le comte de). *Le même.*

Mélanges d'histoire, d'économie politique, de politique, etc. Allemands (des premiers), et de leurs mœurs domestiques. — Amérique (sur l'). Deux morceaux. — Canal du Languedoc (sur le). — Commerce des grains (sur le). — Contrebande (sur la). — Finances. — Emprunts. — Juifs (sur les). — Juifs. Sur leur situation en Europe. — Noailles (sur les mémoires du duc de), par l'abbé Millot. — Preuve judiciaire (de la). — Provinces-Unies. Hollande. — Provinces-Unies. Confédération. — Provinces-Unies (aperçu d'un plan de révolution dans les) — Sépultures (police des). — Silius Italicus (fragment du 2e livre du poëme de). — Statistique des principaux Etats de l'Europe (coup d'œil sur la). — Suisse (de la contrebande avec la France). — Manuscrit aut. 97 p. in-4. 1 vol. cartonné.

2081. **MIRABEAU** (le comte de). *Le même.*
Adresse aux Bataves sur le stathoudérat. Manuscrit aut. 39 p. in-4. 1 vol. cartonné.

2082. **MIRABEAU** (le comte de). *Le même.*
Travaux législatifs de Mirabeau.
Appel de la force armée (sur l'). — Bourbons d'Espagne (sur les). — Dette nationale. — Finances (deux fragments sur les). — Emprunt de quatre-vingt millions. La hideuse banqueroute. — Impôt (payement de l'). — Loi martiale. — Municipalité de Rennes. — Narré sur un objet non expliqué suffisamment. — Réélection ou plutôt rééligibilité des députés (sur la). — Résidence des fonctionnaires publics (sur la). — Réunion des trois ordres (sur la). — Saint-Priest (dénonciation contre M. de). — Sanction royale (sur la). Minutes aut. (Il y a quelques pages de la main de M. Pellenc) 50 p. in-4. 1 vol. cartonné.

2083. **MIRABEAU** (le comte de). *Le même.*
Analyse raisonnée du projet d'un nouveau code prussien, par le comte de Mirabeau. Manuscrit aut. 82 p. in-4. 1 vol. cartonné.

2084. **MIRABEAU** (le comte de). *Le même.*
De l'impôt. Manuscrit aut. 24 p. à mi-marge, in-4. 1 vol. cartonné.

2085. **MIRABEAU** (le comte de). *Le même.*
De l'inoculation considérée politiquement et moralement. 1779. Manuscrit aut. sig.: *Gabriel.* 37 p. in-4. 1 vol. cartonné. Précieux manuscrit. Mirabeau a écrit au verso du titre :

« A ma Sophie,

« Je t'envoie, ma tendre amie, un mémoire assez complet sur l'inoculation. « J'ai tâché de n'y rien omettre d'essentiel de ce qui concerne cette opération « salutaire. Je suis assuré que tu te fies à moi sur l'exactitude des recherches « dans un sujet qui intéresse à jamais ta tranquillité, et la vie de ma fille. « Cependant, je vais t'indiquer les sources où j'ai puisé. Sans parler des livres « étrangers et non traduits sur ce sujet, que je crois avoir tous lu. Les meil- « leurs ouvrages sur l'inoculation en notre langue sont l'écrit de M. d'Alem- « bert sur l'inoculation. (Tu le trouveras dans ses mélanges.) Des lettres de « M. de la Coste à Dodard (Paris, 1723). Le recueil de pièces concernant l'ino- « culation (Paris, 1756), par M. de Montucla ; on y trouve la traduction des « écrits latins de Timoni et Pilarini, les premiers inoculateurs Européens ; « celle des relations angloises des succès de la petite vérole artificielle par « MM. Jurine et Scheuchzer depuis 1721 jusqu'en 1727, et une notice de la plu- « part des écrits pour et contre, etc., etc. Un autre recueil imprimé à La Haie « en 1756. Le traité de l'inoculation de M. Butini; Paris, 1752 ; celui de Gatti, « 1762 ; le mémoire de M. Guyot, tome II des mémoires de l'Académie de « chirurgie; l'essai apologétique de M. Chais, La Haie, 1754; l'inoculation « justifiée de M. Tissot, Lausanne, 1754 ; la lettre du même à M. de La Con- « damine, divers écrits de M. Tronchin et de M. de La Fosse ; méthode actuelle « d'inoculer la petite vérole, etc., par M. Dimsdale ; Londres, 1767, etc., etc. »

« Tu vois, mon aimable Sophie, que ce petit traité n'est point fait légèrement. « Mais il n'y a qu'une autorité irrécusable, c'est la vérité; il n'y a qu'une « preuve sans réplique sur les questions de fait; c'est une longue expérience. « Tu trouveras ici des résultats sans nombre et authentiques jugés sans préci- « pitation, sans prévention, favorable, ni défavorable; car mon opinion est « toujours trop séduisante pour ma tendre amie ; et je veux dans un cas si « important la conviction de ton esprit, comme l'assentiment de ton cœur. « J'ai tâché de ne pas omettre une seule difficulté réelle; et de donner à cha- « cune une réponse satisfaisante au dernier degré. S'il te reste le moindre « doute ; écris : je crois être sûr de le dissiper. »

« Crois-moi, ô la bien aimée de mon cœur ! Après la petite vérole de Saint- « Preux, il n'y en a qu'une de bonne, et c'est l'artificielle. Epargnons à Gabriel- « Sophie et à son Saint-Preux, l'épreuve si dangereuse et si triste de l'ino- « culation de l'amour. »

« Gabriel. »

2086. **MIRABEAU** (le comte de). *Le même.*
Plan de l'histoire des progrès de l'esprit humain dans le Brande-

bourg. Manuscrit en partie de la main de Mirabeau. 45 p. in-4. 1 vol. cartonné.

2087. **MIRABEAU** (le comte de). *Le même.*

Vie de En. Julius Agricola. — Sur Agricola et sur les anciens Bretons. 1779. Manuscrit aut. 39 p. in-4. 1 vol. cartonné.

2088. **MIRABEAU** (le comte de). *Le même.*

Projet de discours sur le mariage des prêtres, pour être prononcé à l'Assemblée nationale. Trois copies de trois écritures différentes, avec des notes et des corrections de la main de Mirabeau. Fort vol. in-4, cartonné.

2089. **MIRABEAU** (le comte de). *Le même.*

Des Provinces-Unies. Manuscrit aut. 66 p. in-4. 1 vol. cartonné.

2090. **MIRABEAU** (le comte de). *Le même.*

Observations d'un voyageur Anglois sur la maison de force appelée Bicêtre, etc. (*Suivies de réflexions sur les effets de la sévérité des peines et sur la législation criminelle de la Grande-Bretagne, par le comte de Mirabeau.* — Ce qui précède également écrit en tête par Mirabeau, mais biffé par lui.) Manuscrit aut. 33 p. et demie gr. in-fol. 1 vol. cartonné.

2091. **MIRABEAU** (le comte de). *Le même.*

Idées sur l'éducation d'un prince. — Manuscrit avec des corrections aut. de Mirabeau sur les dix premières pages. 76 p. à mi-marge, grand in-fol. 1 vol. cartonné.

2092. **MIRABEAU** (le comte de). *Le même.*

Note aut. sur les loteries — Critique des assertions de Necker dans son livre sur l'administration des finances. — Mémoire sur les loteries. Manuscrit en partie aut. et avec de nombreuses corrections sur les parties écrites par un secrétaire. 52 p. in-fol., 1 vol. cartonné.

2093. **MIRABEAU** (le comte de). *Le même.*

Introduction à l'étude, pour Son Altesse Monseigneur. — Manuscrit aut. 32 p. pl. gr. in-fol. 1 vol. cartonné.

2094. **MIRABEAU** (le comte de). *Le même.*

Etudes, extraits, fragments, pensées diverses, *pierres d'attentes*, etc., etc. Manuscrit aut. 33 p. pl. très-gr. in-fol. 1 vol. cartonné.

On a écrit sur la garde de ce curieux manuscrit la note qui suit : « Ce « cahier se compose de feuilles volantes, en trop petit nombre malheureuse- « ment, qui sont celles où Mirabeau, qui lisoit toujours la plume à la main, « consignoit soit ses réflexions, soit des extraits ou copies des passages qui « l'avoient frappé, et dont il vouloit conserver le texte ou le souvenir, il est « parfois arrivé qu'il a employé ces notes dans divers ouvrages; et, dans ces « cas là, il indiquoit ces emplois par des marques dont voici la signification : « *Tol.* — *La tolérance.* — L. L. D. C. — *Lettres de cachet.* L. L. Y. M. L. T. « — *Le lecteur y mettra le titre*, etc. On trouve souvent aussi ces mots *pierre* « *d'attente;* ce qui indique que Mirabeau voyoit là une insertion à faire ulté- « rieurement, une idée ou un germe d'idée à féconder, etc. »

2095. **MIRABEAU** (le comte de). *Le même.*

De la tolérance. Manuscrit aut. 26 p. pl. et tiers, très-gr. in-fol., 1 vol. cartonné.

2096. **MIRABEAU** (le comte de). *Le même.*

Lettre du comte de Mirabeau à M. Cérutti, sur les réclamations de ce dernier dans la feuille de Paris, et surtout sur le prêt de vingt-cinq millions fait au roi par les actionnaires de la caisse d'escompte. — Souvenez-vous seulement que toute la magie des tours de gobelets consiste dans le mouvement et la prestesse ; que bientôt le papier monnoie prendra une autre forme, et que vous le verrez sortir de la gibecière sous la figure d'un emprunt.... 1789. Manuscrit. Treize pages sont de la main de Mirabeau, une copie de cette lettre, et une motion faite par M. Boscari l'aîné, en l'assemblée générale des actionnaires de la caisse d'escompte, du 8 février 1789, sont annotées et corrigées par lui. 56 p. in-4. 1 vol. cartonné.

2097. **MIRABEAU** (le comte de). *Le même.*

MONARCHIE PRUSSIENNE. Manuscrit aut. 720 pages, environ. Demi-rel.

2098. **MIRABEAU** (le comte de). *Le même.*

Elégies de Tibulle, Traduction nouvelle, avec des notes. 1780. Manuscrit avec un grand nombre d'additions et de corrections de la main de Mirabeau. Un fort vol. in-4. maroquin bleu, dentelle, doublé en soie. Précieux exemplaire. Plus, en feuilles volantes. 1° *Additions pour les notes de Tibulle. Aux vases de Cumes, etc.* 1 p. pl. in-4. — 2° 4 pag. pleines manuscrites (in-fol.), en tête desquelles Mirabeau a écrit : *Notes et corrections pour la traduction de Tibulle.* — 3°. Cession faite au citoyen Bourrier, de Pontarlier, par le citoyen Lefebvre, d'une créance de huit cent quarante francs en principal qui lui est due... moyennant la remise qu'il lui a faite à l'instant, du manuscrit des Elégies de Tibulle, traduites par Mirabeau... Pontarlier, le 4 brumaire an IX. 1 p. in-4. (sur papier timbré). — 4° L. aut. sig. de M. Aug. Lefebvre, l'un des signataires de l'acte qui précède, adressée à M. Bourdois, pour lui faire hommage du manuscrit des Elégies de Tibulle, traduites par Mirabeau... 1er janvier 1814. 2 p. in-4. à la suite de sa lettre se trouve la note qui suit :

« Mirabeau traduisit, pendant sa détention au donjon de Vincennes, les élé-
« gies de Tibulle, il les fit passer successivement à Sophie-Ruffey, alors ren-
« fermée dans un couvent de Gien. Il paraît que c'est sur ces copies, restées
« entre les mains de Sophie, que des spéculateurs ont donné il y a quinze ans,
« l'édition connue de la traduction de Tibulle, avec le texte en regard. Mais il
« est certain que Mirabeau, mécontent de son premier travail, le revit soigneu-
« sement quelque tems après, comme le prouvent ces mots d'une de ses lettres à
« Sophie : *J'ai infiniment retouché aux notes de la traduction de Tibulle, et*
« *cet ouvrage est absolument neuf.* (Tome IV, page 179, des lettres originales
« de Mirabeau à Sophie).

« Aussi, en examinant cette traduction imprimée, et en la confrontant avec
« le manuscrit, l'on voit que l'Epitre dédicatoire, le discours préliminaire, les
« corrections nombreuses et les additions, toutes de la main de Mirabeau,
« qui se font remarquer dans le manuscrit, ne se trouvent pas dans l'Edition,
« d'où l'on doit conclure qu'elle a été faite sur des premières copies défectueuses,
« produites avant que Mirabeau eût revu son travail, et en eût fait un ouvrage
« absolument neuf. »

2099. **MIRABEAU** (le comte de). *Le même.*

PRUSSE. Projet de code militaire. — Administration. — Commerce. — Agriculture et productions. — Religion. — Instruction. — Législation et gouvernement. — Projet d'un code général à l'usage de la monarchie prussienne. — Catalogue manuscrit des ouvrages que Mirabeau a dû lire pour ses travaux pour l'histoire de la Prusse, etc. (En tête, il y a plusieurs mots de sa main), etc., etc. Manuscrits avec des corrections aut. de Mirabeau. Deux mille pages environ, in-4.

2100. **MIRABEAU** (le comte de). *Le même.*

ALLEMAGNE. Considérations sur la situation de quelques-uns des principaux Etats de l'Allemagne. — Autriche. — Silésie. — Saxe. — Bavière, etc., etc. Manuscrits, avec des corrections aut. de Mirabeau. Deux mille pages environ, in-4. et in-fol.

2101. **MIRABEAU** (le comte de). *Le même.*

BRANDEBOURG. *Considérations générales sur l'élévation de la maison de Brandebourg. — Géographie et population. — Agriculture et productions naturelles. — Manufactures. — Commerce. — Revenus et dépenses. — Affaires militaires. — Religion, instruction, législation, gouvernement.* Manuscrit avec des corrections aut. de Mirabeau. Neuf liasses formant quinze cent à deux mille pages in-fol.

2102. **MIRABEAU** (le comte de). *Le même.*

STATHOUDÉRAT. *Aux Bataves*, etc. Minutes et pièces justificatives, avec des corrections ou additions aut. de Mirabeau. Cinq à six cents pages in-4 et in-fol.

2103. **MIRABEAU** (le comte de). *Le même.*

Discours sur les esclaves de l'Amérique. Manuscrits avec de nombreuses notes et corrections de Mirabeau. Cinq cents pages in-4.

2104. **MIRABEAU** (le comte de). *Le même.*

Lavater (fragment sur), avec des corrections aut. 12 p. in-fol. — Note aut. sur une monarchie. Demi-p. in-4. — Lettre de Mirabeau, à M. le comte de Maurepas. Donjon de Vincennes mai, 1778. Copie de 10 p. in-4. — Tableau historique des mœurs, de la religion, du gouvernement, de la population, du commerce, des finances, des sciences et des arts des Allemands, depuis les temps les plus reculés jusqu'à nos jours. Manuscrit avec des corrections. 77 p. in-4.

2105. **MIRABEAU** (le comte de). *Le même.*

Correspondance imprimée de Vincennes. (Lettres originales de Mirabeau, écrites .. pendant les années 1777, 1778, 1779 et 1780. Recueillies par P. Manuel. Paris, Garnery, 1792. 4 vol. in-8). Exemplaire désassemblé (par M. Lucas de Montigny) et divisé par lettre pour se prêter plus tard, s'il y a lieu, à la fusion des lettres inédites. Chaque lettre est contenue dans une enveloppe particulière.

2106. **MIRABEAU** (Funérailles du comte de).

1° L. aut. sig. du général Jean-Baptiste Gouvion, général major de la garde nationale parisienne, depuis député à l'Assemblée législative, adressée à Sarrette, le fondateur du Conservatoire de musique. Paris, 2 avril 1791. 1 p. in-4. Tête impr. Vignette.

Il donnera ordre à toute la musique de la garde nationale parisienne d'être demain à trois heures et demie de l'après-midi à la demeure de M. de Mirabeau, rue de la Chaussée d'Antin, pour marcher avec son convoi. « Elle sera « placée, ainsi que les tambours, en avant du corps, et elle jouera la marche « qui a été jouée au champ de la fédération lors du service pour les gardes « nationales. »

2° L. aut. sig., de Pierre-Auguste Lajard, premier aide major général (en 1789) de la garde nationale parisienne, puis ministre de la guerre sous Louis XVI. (N. 1757. M. 1837), adressée au même. 3 avril 1791. Demi-p. in-4.

« ... Se rendra demain avec toute la musique de la garde nationale au con« voy de M. Mirabeau, commandant du bataillon des Capucines, Chaussée« d'Antin, et y fera exécuter la marche dite des morts. On sera rendu à « 3 heures 1/2 au plus tard. »

2107. **MIRABEAU** jugé par un *Amiennois;* appréciation de la situation de la France au 13 juillet 1789.

L. aut. de M. Charles-Louis Sévelinges, homme de lettres, traducteur, historien, etc. (Né en 1768. mort en 1832), adressée à M. de Comps, rue Traversière-Saint-Honoré, hôtel de Malthe, à Paris. Amiens, 13 juillet 1789. 4 p. pl. in-4. (Plus, deux lett. aut. du même, au même. Amiens, 28 et 29 sept. 1788. 5 p. in-4. Cachets).

Il n'est point esclave, ce mot lui paraîtrait aussi révoltant qu'à lui, et il aurait peine à le faire rougir de ses sentiments. « En supposant même avec toi « que l'homme en question ne méritât aucun de mes hommages, j'exigerais tou« jours que tu fusses convaincu que je ne lui en ai rendu que comme à celui qui « voulait le bien de ma patrie. Il y aurait de l'injustice à toi de me croire en« goué de l'autorité arbitraire, mais je me rattacherai toujours à quiconque « me paraîtra mériter mon estime ; j'en ai cru celui-là digne, je gémirais de « m'être abusé. Tu dis poliment que tu t'étonnes qu'avec ma sagacité, j'aie été « dupe de son charlatanisme, d'abord il n'est point encore parfaitement dé« montré que je sois dupe, et il y a bien loin d'un grand homme, ou reconnu « tel, à un scélérat. On pourrait revenir de trop d'admiration, sans passer ra« pidement au mépris et à la haine ; je te dirai donc aussi à mon tour, com-

« ment se peut-il faire qu'avec autant d'esprit, et même avec plus d'expérience « que l'on en a ordinairement à ton âge, tu sois si complettement dupe de l'in- « fâme coquin à qui tu fais l'honneur de t'associer. L'honnête homme aidé du « sens commun vaut mille fois mieux aux Etats qu'un fourbe éloquent, dont la « seule ambition est de faire du bruit et dont le cœur est trop corrompu pour « être patriote. Faudra-t-il que ce soit moi qui t'apprenne les ignominies mé- « ritées dont on l'a couvert, et sans détailler les trahisons, les escroqueries, « comment toi, que j'ai toujours vu s'enflammer au mot d'honneur, pourrais-tu « estimer, je dirais presque, peux-tu vivre avec un misérable cent fois menacé « et roué de coups de canne; qui a essayé sa plume contre celui qui avait ob- « tenu sa détention de Vincennes, et qui a été solennellement exclu d'un corps « de gentilshommes qui rougissaient de le voir parmi eux et dont le président « lui a montré le bâton en pleine assemblée. Je ne te cite rien de hasardé, je « te proteste que tout le monde, et tout le monde honnête n'a qu'une voix sur « le compte de ce vil factieux; si son ambition, comme je n'en doute pas, est « de faire du bruit, elle est comblée et au delà de ses vœux, mais son nom n'est « connu dans toutes les provinces que pour y être maudit par toutes les bou- « ches.—Voudra-t-il nous faire croire que c'est par amour pour la patrie qu'il « cherche à fomenter le trouble, à jeter la défiance dans les esprits faibles, en « leur faisant voir le souverain armé contre ses sujets. Oui, il est armé contre « les rebelles, les monstres comme lui, et si ses forces actuelles ne lui suffi- « sent pas, nous sommes cent mille, nous sommes un million de gens de cœur, « qui voleront à son secours. Je voudrais que tu vins en province entendre « raisonner; on y parle sans prévention; on n'y désire pas moins vivement « qu'à Paris ou à Versailles, la destruction des abus, mais on ne veut pas re- « monter au déluge, pour rétablir le bon ordre, on n'y est pas ébloui de tout « ce fatras d'éloquence, ni intimidé de ces menées sourdes qu'un franc patriote « déteste. Nous savons tout comme vous que huit ou dix cerveaux brulés échauf- « fent les autres aux Etats, et vous devriez savoir, encore une fois, que la façon « de penser d'une poignée de députés ne fait point celle du reste du royaume. « Ces appréhensions de massacre entre frères font frémir, mais au reste on « saura purger l'état des vipères qui cherchent à le déchirer. Que ferait le brave « comte qui ne sait que recevoir des soufflets et des bastonnades; il se b'ottira « à cent piés sous terre, et il fera sagement, car en bonne guerre le premier « coup doit tomber sur son exécrable tête. En voilà beaucoup, mais on s'en- « flammerait à moins, de voir un homme dégradé vouloir fixer le sort de l'Etat, « il nous croyait donc bien abrutis, d'oser espérer qu'on permettrait la levée « de ces gardes bourgeoises, qui n'étaient qu'un odieux prétexte pour armer « contre le trône. Je te le répète, mon cher, je te parle comme à mon ami, « non comme à celui d'un tel drôle, tu n'es pas fait pour recevoir un nom si « beau d'un être aussi vil.

« On fesait courir le bruit ici, ce matin, que les troupes étaient tombées sur « les rebelles et que le canon se faisait entendre de fort loin, Dieu veuille que « l'on se soit trompé; en tout cas, les provinciaux n'en feraient paraître que « plus de zèle pour le roi, et le militaire que nous avons dans notre ville n'imi- « tera sûrement pas l'infâme régiment des gardes. Crois-moi, le roi est bien « appuyé, nous ne nous laissons pas éblouir et nous ne souffrirons pas que la « destruction de quelques abus entraîne le bouleversement total de la mo- « narchie. »

2108. **MIRAMION** (Marie Bonneau, veuve de Jean-Jaçques de Beauharnais, seigneur de), fondatrice des Miramionnes, c'est-à-dire de la communauté de Sainte-Geneviève. Née en 1629. Mort en 1696.

Cette bienfaisante et sainte femme, belle et riche veuve à 18 ans, avoit été convoitée par Bussy-Rabutin, qui ne pouvant obtenir de bon gré sa main, essaya de la contraindre par un enlèvement que rendirent inutile le courage indomptable et la résistance désespérée de la jeune femme. Elle échappa ainsi au danger que lui avoit fait courir cette criminelle entreprise, restée impunie grâce à la faiblesse sinon à la complicité de l'autorité fort relâchée, à la vérité, par l'effet des désordres de la *Fronde*. — Après cet événement, Mme de Miramion, cette *mère de l'Eglise*, selon Mme de Sévigné, fut l'objet d'une vénération universelle, et eut, dit-on, l'honneur d'achever une conversion commencée par Bossuet, celle de Mme de Montespan qui, à la verité, était, à cette époque, tout à fait délaissée par Louis XIV.—L'abbé de Choisy a écrit l'histoire de Mme de Miramion; c'est apparemment pour s'absoudre lui-même des scandales de sa jeunesse et du récit non moins scandaleux qu'il en a fait. (*L. de M.*)

Pièce sig. 13 décembre 1692. 1 p. in-4 en travers, avec les deux cachets de la communauté de Sainte-Geneviève, dont un en cire rouge. *Rare.*

Au nom et comme supérieure de la communauté des Filles de Sainte-Geneviève, établie à Paris sur le quai de la Tournelle, elle consent que sœur Elisabeth de Lorraine d'Elbeuf, qui est de sa communauté, obtienne de Sa Majesté toutes les lettres de légitimation et de naturalité qui peuvent lui être nécessaires...

2109. **MIREBEAU** (Jacques Chabot, marquis de), comte de *Charny*, lieutenant général pour le roi en Bourgogne.

Il s'énorgueillit avec raison toute sa vie du mot que lui dit Henri IV à Fontaine-Française en le prenant par le bras : *Marche-là, Mirebeau, et mets-les en fuite ;* mot que l'événement justifia.— Il étoit dans la voiture de Henri IV, quand cet excellent roi fut assassiné le 14 mai 1610. (*L. de M.*)

1° Quitt. de deux lignes aut. sig.: *Jacques de Chabot* (sur parch.).

2° Trois quitt. sig. (sur parch.).

3° Trois actes notariés sig., dont un avec une ligne aut. sig., et un autre sig. par sa seconde femme, Marie de Loménie. 1600 à 1624. Ensemble, 20 p. in-fol.

2110. **MIROMESNIL** (Armand-Thomas Hue, marquis de), premier président au parlement de Rouen, garde-des-sceaux. N. 1723. M. 1796.

1° Deux lett. aut. sig., à M. Boudot, 18 sept. et 3 déc. 1754. 2 p. in-4. Cachets armoriés. Quatre *portr.*

2° Délibération du comité de sûreté générale ordonnant son arrestation *au ci-devant château de Montalais, commune d'Issous, près Mantes, de la nommée Elie de Beaumont, ex noble, à Fontenay-Saint-Père, près Mantes...* En marge de la seconde page, il y a écrit : *Refusé faute de place à la maison d'arrêt du Luxembourg, le 27 germinal an II. Benoit, concierge.* Curieux cachet en cire rouge de la section des Tuileries. 2 p. pl. et demie in-4.

2111. **MISSIESSY** (Édouard-Thomas Burgues, comte), vice-amiral. N. 1756. M. 1837.

Rapport aut. sig., au ministre de la marine. A bord du *Charlemagne*, 5 mai 1811. 2 p. in-fol. Certificat sig. Paris, 2 décemb. 1806. 1 p. in-4. *Portr.*

Notes confidentielles sur les officiers de l'escadre de l'Escaut.

Morard de Galle (Justin-Bonaventure), sénateur, vice-amiral. N. 1741. M. 1809. Note de dix lignes aut. sig., au bas d'une lettre aut. sig. du capitaine Coetnempren, au ministre de la marine. 17 septembre 1793. 1 p. in-fol. *Portr.*

2112. **MOELLENDORFF** (Wichard-Joachim-Henri, comte de), feld-maréchal prussien. N. 1724. M. 1806.

L. aut. sig., à M... Berlin, 10 sept. 1788. 1 p. in-4. Deux *portr.*

Muffling (le baron de), général prussien, commandant la place de Paris pendant l'occupation étrangère. L. sig., à M. le préfet de la Seine. Paris, 8 juillet 1815. 1 p. in-4. Cachet à la cire rouge.

2113. **MOITTE** (Jean-Guillaume), statuaire, membre de l'Institut. N. 1747. M. 1810.

L. aut. sig., aux citoyens administrateurs des monnaies, 29 thermidor an II. Demi-p. in-4. *Portr.*

Moine (Antonin), peintre et sculpteur. N. 1797. M. 1849. L. aut. sig., à M. Jules Janin. 1 p. et demie in-8. Feuilleton de M. Jules Janin sur Moine (*Journal des Débats*, du 2 avril 1849).

2114. **MOJON** (Joseph), médecin accoucheur, physicien, chimiste, professeur, etc. N. 1776. M. 1837.

1° L. aut. sig., à M. Hassenfratz, à Paris. Gênes, 14 sept. 1814. 2 p. pl. et demie in-4.

Sur la fabrication de la chaux et des ciments. Très-intéressants détails.

2° L. aut. sig., à M. Henri Lemercier, à Paris. Gênes, 7 mars 1815. 2 p. et demie in-4.

2115. **MOLARD** (François-Emmanuel), mécanicien, directeur du Conservatoire des arts et métiers. N. 1775. M. 1829.

1° L. aut. sig., à la citoyenne Denoor Levaillant. Paris, 26 brumaire an V. 2 p. in-4.

2° L. aut. sig., à M. de La Rochefoucauld-Liancourt. Beaupréau, 9 février 1813. 1 gr. p. in-fol. Tête impr.

MULOT, habile mécanicien, connu par son entreprise du puits artésien de Grenelle. L. a. s., à M. Trémisot. Paris, 5 juillet 1841. 1 p. in-4.

Il lui annonce qu'arrivé à la profondeur de deux cents mètres, l'eau commence à s'élever de un mètre au-dessus du sol, quoiqu'elle puisse très-bien passer entre les deux tubes...

2116. **MOLÉ** (Edouard, procureur général de la Ligue, président à mortier. N. 1550. M. 1614.

C'est sur ses conclusions, comme *procureur général* (quoique nommé acclamatoirement par la Ligue) que fut rendu le fameux arrêt de 1593, qui déclara la *loi salique* loi fondamentale du royaume, et c'est dans cette circonstance qu'Edouard Molé dit au duc de Mayenne : « *Point d'Infante! ni de mari d'Infante!* Je suis vrai Français, je perdrai la vie devant que jamais être autre. » (*L. de M.*)

1° Trois quitt. sig. (sur parch.). 1601-1609. *Portr.*

2° L. aut. sig., à M. de Rambouillet. 9 novembre 1579. 2 gr. p. pl. in-fol. Cachet. Plusieurs taches d'humidité. Copie de la main de M. *L. de M.*

Affaires politiques du temps. Intéressante.

2117. **MOLÉ** (Matthieu), premier président au parlement de Paris, garde-des-sceaux. N. 1550. M. 1614.

Deux quitt. sig. (sur parch., une incomplète). 1619 et 1639. Cinq *portr.* — Voir *Meignelay*. Dans ce dossier sont les pièces relatives au legs universel fait en faveur de l'Hôtel-Dieu de Paris par la marquise de *Meignelay*, née Marguerite de Gondi (1650), legs à l'exécution duquel Mathieu Molé eut une grande part.

MOLÉ (Nicolas), aïeul du précédent, intendant général des finances. Ordre d'une augmention de 400 livres de gages à la dame de Marigny, gouvernante de la princesse de Lorraine. 1582. Pièce sur parch. Incomplète de la fin des lignes.

MOLÉ (Jean), président au Parlement. Quitt. sig. (sur parch.). 1656.

MOLÉ (Jean), seigneur de Champlâtreux, président à mortier au Parlement. M. 1682. (Ce fut lui qui, au Palais, sauva le cardinal de Retz, à moitié écrasé dans une entre ouverture de porte, poussée sur lui par La Rochefoucauld. — Cette généreuse initiative de Champlâtreux fut d'autant plus louée, qu'il était partisan très-déclaré du prince de Condé. (*L. de M.*). Quitt. de deux lignes aut. sig. (sur parch.), de la somme de *quatre mille cinq cens liures, en louis d'or et d'argent, pour trois quartiers de la pention quil a pleu au roi nous donner...*

MOLÉ (Louis), président à mortier au Parlement de Paris. Deux quitt. aut. sig. (sur parch.). 1678-1690.

MOLÉ DE CHAMPLATREUX. L. aut. sig., à M. Blo, notaire à Paris. Tournay, 13 mai... 1 p. pl. et demie in-4. Cachet.

Il est dans une inquiétude épouvantable de ce qui s'est passé à Toulouse... Il ne sait ce que sont devenus ses meubles restés dans sa maison, ni ce que cette misérable femme de charge en aura fait...

2118. **MOLÉ** (Louis-Mathieu, comte), ministre, membre de l'Académie française. N. 1780. M. 1855.

Trois lett. aut. sig. 1828 à 1841. 3 p. in-8 et in-4, et lett. sig. 1818. 1 p. in-fol. Discours impr.

Dans celle du 26 octobre 1844, il témoigne à M... toute sa sensible reconnaissance pour la pièce dont il veut bien se priver pour lui. « Elle est un souvenir vivant d'un tems toujours présent à ma mémoire, et sur lequel on a « égaré le jugement de la génération actuelle par des récits trompeurs. Je vous « remercie, monsieur, des paroles si honorables pour moi que renferme votre « lettre. Je n'ai fait que servir mon pays avec dévouement et conviction, etc. »

MOLLIEN (François-Nicolas, comte), ministre. N. 1758. M. 1850. Trois lett. aut. sig. an... à 1830. 4 p. in-4. Une avec cachet.

2119. **MOLÉ** (François-René *Molet*, dit), acteur du Théâtre-Français, membre de l'Institut. N. 1734. M. 1802.

1° Billet de deux lignes aut. sig., au citoyen Brunetière. 29 brumaire an X. Quart de page in-4. *Portr.*

2° Notice de François-René Molé, artiste dramatique, membre de l'Institut national et du lycée des arts, sur les mémoires de Henri-Louis Lekain, publiés par son fils... Paris, 1801. 20 p. in-8.

MOLÉ (Victorine), nièce du précédent. L. aut. sig., à M. de La Boulaye, secrétaire général du ministère de la maison du roi. Paris, 31 oct. 1818. 2 p. in-4.

Demande d'un *divertissement* à son bénéfice.

2120. **MOLIÈRE** (Armande-Grésinde-Claire-Elisabeth Béjard, femme de), actrice de la Comédie-Française. 1645-1700.

1° Quitt. sig. (sur parch.), de la somme de 75 livres, pour un quartier d'une rente de 300 livres... 31 mars 1675. (Jaunie par le temps.)

Cette quitt. est rédigée au nom de la veuve de Molière, et de sa fille, mineure, depuis Mme de Montalant, seule survivante des trois enfants de Molière. Le signataire fait écrire feu *sieur de Molière*, titre et particule que le grand homme ne s'attribua jamais. (*L. de M.*).

2° Imprimés. — Découverte d'un autographe de Molière... avec une feuille de fac-simile. 1840. 11 p. in-8. — Dissertation sur J. B. Poquelin-Molière, sur ses ancêtres, etc., par Beffara. 1821. 28 p. in-8. — Notice sur le monument érigé à Paris, par souscription, à la gloire de Molière. 1844. gr. in-8. avec planches.

2121. **MOLINOS** (Jacques), architecte de l'Hôtel-de-Ville de Paris, membre de l'Institut. N. 1750. M. 1830.

1° Sept lettres et billets aut. sig., à M. Lucas de Montigny, de 1807 à 1830. Ensemble, 9 p. in-8 et in-4.

2° Huit dessins de monuments, etc., lavés et coloriés (dont la rotonde de la barrière de la Villette, bâtie par lui).

2122. **MOLLIER** (Louis de), poëte, musicien et danseur dans les ballets du roi. M. 1688.

Acte notarié sig. 1650. 1 p. pl. et demie in-fol.

Promesse de remettre la moitié des appointements d'une place, s'il l'obtient « (celle de maître ordinaire, pour le *Luth*, des enfants de la musique de la « chapelle de S. M).

2123. **MOMORO** (Antoine-François), imprimeur à Paris, membre du club des Cordeliers, condamné comme hébertiste, et mis à mort en 1794.

L. aut. sig., à ses collègues et au procureur général syndic. 1 gr. p. pl. in-fol.

Recommandation en faveur d'un parfait honnête homme et bon patriote que lui adresse le brave général Rossignol, son ami, lequel leur promet de les débarrasser sous un mois au plus tard de la Vendée.

2124. **MONACO** (Alphonse-Honoré Grimaldi, prince de), gouverneur du château de Mourgues.

Est-ce le mari de la princesse de Monaco (Catherine-Charlotte de Grammont), si célèbre par ses galanteries avec Lauzun, avec Monsieur, avec le roi lui-même, et *tutti quanti*? Si maltraité aussi par Mme de Sévigné qui l'appelle le *Torrent*. (*L de M.*).

Quitt. sig. (sur parch.), de la somme de 14,835 liv. 13 sous, pour l subsistance, pendant trois mois, des troupes d'infanterie et officiers majors, qui tiennent garnison dans ladite place.

MONACO (Honoré-Camille-Léonor Grimaldi, prince de). N. 1720.

1° Sommation du Comité de la section du Bonnet-Rouge, au citoyen Grimaldi, d'avoir à payer six livres par jour pour frais de garde. 12 pluviôse an II. 1 p. in-4. Tête impr.

2° Réponse sig. d'Honoré Grimaldi à la pièce qui précède, et annotation du Comité. 13 pluviôse an II. 1 p. in-4. Cachet.

3° Quatre minutes aut. de lettres à la Convention, à Robespierre, etc. Ensemble, 19 p. in-4. Curieuses.

Détenu au secret depuis plusieurs semaines dans la caserne de la rue de Sèvres, il réclame contre cette détention.

MONACO (Honoré Grimaldi, prince de), duc de Valentinois, pair de France. C'est lui qui a émis la fameuse monnaie dite *Monaco*. L. aut. sig. 2 janvier 1809. 1 p. in-8.

MONACO (Marie-Louise-Caroline-Gabrielle Gibert de Lametz, princesse de), belle-sœur du précédent. N. 1793. L. aut. sig. 7 juin 1841. 2 p. in-8.

2125. **MONCEY** (Bon-Adrien-Jeannot), duc de Conegliano, maréchal de France. N. 1754. M. 1842.

1° Apostille de 20 lignes aut. sig., au bas d'une pétition. An III. In-fol., et lett. sig. An XIII. 1 p. in-fol. Six *portr*.

2° L. a. s., au général Dessoles. Paris, 5 sept. 1814. 1 p. pl. in-4.

3° L. avec un post-scriptum de 5 lignes aut. sig., au même. Paris, 15 avril 1814. 1 gr. p. pl. in-fol.

Au sujet de l'organisation de la gendarmerie pour le service des tribunaux et des prisons... « J'ai à Châteaudun six cents gendarmes à pied qui seroient « utiles icy, mais où les loger et comment les nourrir, les gendarmes n'ayant « pas de solde depuis 20 mois. »

2126. **MONCRIF** (François-Augustin Paradis de), poëte, musicien, membre de l'Académie française. 1687-1770.

1° Billet aut. sig. (à la 3e personne), à M. Le Tourneur. 31 mars 1750. Demi-p. in-8. Trois *portr*. in-18 et in-4.

2° L. a. s., à M... Versailles. 16 janvier 1765. Deux tiers de p. in-4.

2127. **MONESTIER** (Benoît), curé à Clermont, député du Puy-de-Dôme à la Convention.

L. aut. sig., à son collègue et ami Legendre (de Paris), membre du Comité de sûreté générale. Paris, 21 frimaire an III. 1 p. pl. in-4.

Il lui a permis de lui donner sa clientelle pour faire de bonnes actions, et il en profite, en lui parlant en faveur de Ferrand, ex-prêtre, ex-ministre de Saint-Sulpice, aujourd'hui ouvrier dans une imprimerie et prêt à se marier, et n'ayant jamais tenu à la caste noble. « Le crime qu'on lui impute est d'être « entré chez le tyran Robespierre pour lui présenter une hymne à l'Être su- « prême. Il y a six mois qu'il est en réclusion pour cette pécadille sans mélange « d'aucune autre... »

2128. **MONGE** (Gaspard), comte de Péluse, mathématicien, membre de l'Académie des sciences, ministre de la guerre. N. 1746. M. 1818.

1° Calculs sur le jaugeage des navires. Aut. 5 p. in-4. Cinq *portr*.

2° Observations sur le jaugeage des navires. Copies. 18 fructidor an IX. 7 p. pl. et demie in-fol.

3° Deux lett. aut. sig., dont une sig. aussi par J. H. *Hassenfratz*. An II et an IX. Deux demi-p. in 4 et in-fol.

2129. **MONGLAT** (Louis de Harlay, sieur de), chargé de missions de confiance de Henri IV.

Quitt. aut. sig. (sur parch.), de la somme de mille écus, reçue de M. Sublet, trésorier des parties casuelles, en une quittance de l'office de receveur alternatif des amendes de la cour du Parlement de Grenoble nouvellement créé... Paris, dernier décembre 1581.

MONGLAT (Robert de Harlay, sieur de), gouverneur du château de Monteclaire. M. 1607. Quitt. sig. (sur parch.). 1599.

2130. **MONGLAT** (Françoise de Longueive, baronne, puis marquise de), gouvernante des enfants de Henri IV. Louis XIII, enfant, l'appelait *Mamanga*.

Quitt. de deux lignes aut. sig.: *De Longueive* (sur parch.), de la somme de deux mille deux cent cinquante livres, à elle ordonnée, pour l'entretenement d'habits de mesdames Chrestienne et Henriette-Marie, filles de France, durant le mois de juillet dernier et la moitié du mois d'août. 16 août 1616. Notice de M. *L. de M.*

MONGLAT (Robert de Harlay, baron de), mari de la précédente, gentilhomme ordinaire de la chambre du roi. Deux quitt. d'une ligne aut. sig. 1611.

MONGLAT (François de Paule de Clermont, marquis de), petit-fils des précédents. M. 1675.

C'est l'auteur illustre des utiles et curieux *Mémoires* qui portent son nom, et que le père Bougeant a publiés en 1728. De son vivant on l'appeloit à la Cour, la *Bibliothèque*, à cause de son vaste savoir (*L. de M.*).

Obligation notariée, trois fois sig., de 290 livres au profit d'un charron, pour fourniture au marquis de Monglat, et à *madame son épouse*. 1650. 3 p. in-fol. Notice de M. *L. de M.*

2131. **MONGLAVE** (François-Eugène Garay de), littérateur.

Quatre lett. aut. sig., à MM. Félix Bodin, Baudouin frères, Jules Janin, etc. De 1825 à 1847. 7 p. in-8 et in-4. Intéressantes.

MÉLESVILLE (Anne-Honoré-Joseph Duveyrier, dit), auteur dramatique. N. 1787. L. aut. sig. Paris, 30 mai 1830. Demi-p. in-8.

MENNECHET (Edouard), lecteur de Louis XVIII et de Charles X. N. 1794. M. 1845. L. aut. sig. 1834. 1 p. in-8.

MENESTRIER (Casimir), poëte, chansonnier. *Impromptu sur le dimanche, fait le dimanche à la campagne*. Chanson aut. sig. 3 p. in-4.

2131 *bis*. **MONMERQUE** (Louis-Jean-Nicolas), magistrat, littérateur, de la société des Bibliophiles français. 1860-1780.

Cinq lett. aut. sig., à MM. le préfet de la Seine, Roger de l'Académie franç., Jules Janin, etc. 1826 à 1842. Ensemble. 8 p. in-8 et in-4.

Il envoie à M. Roger un autographe de Voltaire; détails sur l'origine de cet autographe. C'est une quittance, ou plutôt un reçu de quittance des lots et ventes de la terre de Ferney « ou *Fernex* qui a quelque curiosité. On y voit de « la main de Voltaire que c'étoit pour et au nom de madame Denis qu'il avoit acquis cette terre.... »

2132. **MONNIER** (Sophie de Ruffey, marquise de), maîtresse de Mirabeau.

L. aut. sig.: *Sophie-Gabrielle*, au comte de Mirabeau, détenu au donjon de Vincennes. 18 juillet 1780. 3 gr. p. in-4. Ecriture serrée. Il y a plusieurs passages chiffrés. Intéressante.

2133. **MONNIER** (Sophie, marquise de). *La même*.

L. aut., au comte de Mirabeau, détenu au donjon de Vincennes. 2 nov. 1780. 2 gr. p. pl. in-4. Ecriture serrée. Il y a plusieurs passages chiffrés. Intéressante.

2134. **MONNIER** (Sophie, marquise de). *La même*.

L. aut. sig.: *Sophie-Gabrielle*, au comte de Mirabeau, détenu au donjon de Vincennes, avec cette suscription: A madame la veuve Santôt, à Vincennes, par Paris, à Vincennes, par et près Paris. 2 déc. 1780. 2 gr. p. pl. et demie in-4. Cachet. Déchirure au bas de la marge intérieure par le cachet. Ecriture serrée. Il y a plusieurs passages chiffrés. Intéressante.

2135. **MONNIER** (Henri-Bonaventure), dessinateur, littérateur, acteur comique. N. 1805.

L. aut., à M. Merle. Paris, 12 octobre 1839. 1 p. in-4.

A la place de sa signature, se trouve son portrait à la plume figuré par la capotte d'un cabriolet traînée par un cheval, le domestique en livrée qui est derrière le tient par les oreilles. Curieux et joli dessin.

Merle (Jean-Théodore), littérateur, auteur dramatique. L. aut. sig. 6 novembre. 1 p. in-8. Curieuse.

Au sujet de l'ouvrage que va publier le tragédien Aristippe, sur l'*Art du Comédien*.

2135 *bis*. **MONPOU** (François-Louis-Hippolyte), compositeur de musique. N. 1804. M. 1841.

1° L. aut. sig., à M. Lucas de Montigny. Ce 29... 1 p. in-12. Deux *portr.* et *charge*.

2° Les deux Reines. *Adieu mon beau navire*, etc. Aut. sig. de ses initiales *H. M.* 1835. Demi-p. in-4.

3° *Les deux cousines*, romance. Paroles et musique aut. 2 p. in-fol.

4° *Motet à grand orchestre, composé pour la fête de M. le proviseur du collége Saint-Louis*... Aut. Juin 1829. 7 p. in-fol.

2136. **MONTAFIE.**

1° L. aut. sig., à son cousin, M. de Rambouillet. La Ferté, 24 septembre 1575. 1 gr. p. pl. in-fol. Cachet brisé.

Ce matin, il est venu un homme de la part de M. de Clermont le trouver avec une lettre, et incontinent reçue, il l'a mené au bailly de cette ville, « là « où je l'ay conseillé le retenir et le mettre prisonnier, lequel homme disoit « de bouche auoir commission et en cas qu'il ne me trouua de bailler la l^{re} « a monsieur le bailly. Il me semble que ceste ville mériteroit bien que y en- « uoyassiés quelques ungs pour y prandre bien garde, car ie vous asseure que « ce peuple ne sait où il en est, encore quilz sont bien résolus de la garde ou « dy mourir pour le seruice du roy... »

2° L. aut. sig., au même. Malicorne, 27 septembre 1575. 1 p. pl. in-fol. Une partie jaunie par le temps. Affaire militaire.

2136 *bis*. **MONTAIGNE** (François), secrétaire d'Etat de Catherine de Médicis.

Lettre signée par la reine Catherine de Médicis, mais écrite et contresignée par François Montaigne, adressée à M. de Rambouillet en Pologne. Saint-Germain-en-Laye, 18 janvier 1574. Une belle page in-fol. Cachets, dont un bien conservé.

«... Je vous ay voulu f[e] ce mot pensant que seriez acestheure cy aupres du « roy de Poulongne mon filz pour vous prier de me mander bien au long et par- « ticulierement de ses nouvelles et de sa réception a lentree de son royaume « et ne vous lassez point de me mander come toutes choses y seront passées « et aussi quel contentement il en aura ne craignant point de me mander la « vérité de tout... »

2137. **MONTAIGNE** (François). *Le même*.

Procuration notariée sig. 1580. 1 p. pl. in-fol.

2138. **MONTAIGNE** (Guillaume de), prêtre du diocèse de Toulon.

Pouvoir notarié, signé : *Montaigne*, prêtre au diocèse de Toulon, demeurant à Paris, rue des Deux-Ecus... Fait et passé à Paris, en l'hôtel de Soissons, rue des Deux-Ecus, le 19 juin 1621. 2 gr. p. et demie in-fol.

2139. **MONTAL** (Charles de Montaulnin, comte de), lieutenant général, gouverneur de Charleroi.

Voir, au sujet du comte deMontal, la piquante anecdote qui est au tome 1er de mes *Mémoires*, page 84. (*L. de M.*).

1° Quitt aut. sig. (sur parch.). 1670.

2° Laisser-passer sig. 1674. Demi-p. in-4. Cachet armorié.

Milylos (Arnaud), seigneur de Dalon, conseiller et chambellan du roi. Pièce sig. (en latin, sur parch.). 1462.

Miraumont (Pierre de), seigneur de la Bouteillerie, conseiller et chambellan de monseigneur de Bourgogne. Quitt. sig. (sur pap.). 1460. In-4.

2140. **MONTALEMBERT** (André), sr d'Essé. 1483-1558.

Un des plus intrépides, des plus glorieux guerriers du XVIe siècle, ami et compagnon d'armes de François Ier (témoin le fameux tournois de 1520, entre Ardres et Guines), ami d'Anne de Montmorenci, etc. (*L. de M.*)

Quitt. sig. sur parch.), comme capitaine de 40 lances... 1547.

Montalembert (Charles Forbes Tryon, comte de), pair de France, député au Corps législatif, membre de l'Académie française. N. 1810. L. aut. sig., à M. Nicolas. 1er juillet 1851. 2 p. in-8. Enveloppe aut. sig.

2141. **MONTANCLOS** (Marie-Emilie Mayon de), poëte, auteur dramatique. N. 1736. M. 1812.

1° *Vers à ma filleule* (douze). Aut. 1 p. in-8.

2° L. aut. sig., à sa filleule Eulalie. Paris, 11 août 1812. 3 p. et demie in-4.

Lettre touchante au sujet de la situation qui lui est faite par son âge et par son isolement.

2142. **MONTANE** (Jean-B.-M.), président du tribunal révolutionnaire qui jugea Charlotte Corday.

1° Ordre sig., au gardien de la maison de l'Abbaye, de remettre à la gendarmerie les nommés Mazelier, d'Arnaud et femme d'Arnaud, accusés, pour être conduits au tribunal criminel-révolutionnaire. Paris, 23 juillet 1793. 1 p. in-4. Tête impr. Cachet en cire rouge.

2° L. aut. sig., comme président du tribunal révolutionnaire, aux citoyens administrateurs du département de la Haute-Garonne. Paris, 26 juin 1793. 3 gr. p. pl. in-4.

Ce n'est pas sans le plus grand étonnement qu'il a lu dans les journaux, que les administrations de Toulouse étaient en contre-révolution ouverte. Est-il possible qu'elles aient déclaré ne vouloir plus reconnaître la convention nationale, ni ses décrets depuis le 21 mai dernier ? qu'elles se soient emparées des caisses des districts, qu'elles aient assemblé toutes les sections de la ville où les aristocrates seuls ont présidé et assisté ? Est-il possible qu'on ait délibéré de fermer les sociétés populaires, de rendre la liberté aux aristocrates, gens suspects, et prêtres réfractaires ? qu'on ait emprisonné les patriotes, en un mot, qu'on ait perdu dans un jour les principes de la liberté, de l'égalité et de la République populaire une et indivisible ?... « Au nom de la patrie en « danger, réprimés vos sens. Voyés les choses sous leur véritable aspect. Regardés d'un côté nos frontières bordées de nos ennemis, de l'autre les progrès des révoltés de la Vendée toujours croissants. Si par surcroit l'intérieur « se divise, c'en est fait, le despotisme va ressusciter de plus belle. Ne vaut-il « pas mieux se ranger vers l'arche sainte qui doit nous sauver. Elle est con- « struite, la constitution, que tous les citoyens s'y rangent autour, et une fois « que le peuple aura un gouvernement, faites punir après, tous ceux qui le « mériteront; mais avant tout, sauvés la liberté, l'égalité et la République une « et indivisible que vous voulés... etc., etc. »

2143. **MONTAUSIER** (Charles de Sainte Maure, duc de), gouverneur du grand Dauphin, époux de Julie d'Angennes. N. 1610. M. 1690.

Deux pièces sig. Quitt. et congé. 1660 et 1669. *Portr.*

Montejean (René de), maréchal de France. M. 1539. Quitt. sig. (sur parch.). 1535.

Montauban (Charlotte de Bautru, femme de J. B. Armand de Rohan, prince de). Trois pièces, acte notarié, lettre et quitt. sig. 1687 à 1720.

Montauban (Jeanne-Armande de Rohan, princesse de). Acte notarié, sig. 1708. 2 p. in-4.

2144. **MONTAZET** (Antoine Malvin de), archevêque de Lyon, membre de l'Académie française. N. 1712. M. 1788.

L. aut. sig., à Mgr... Lyon, 4 novembre 1777. 1 p. in-4.

MILON (Louis), évêque de Condom. L. aut. sig.: *l'ancien évêq. de Condom*, à M... Saint-Victor de Marseille, 12 octobre 1713. 1 p. pl. in-4. Curieuse.

Il le prie de bien vouloir faire lire le titre de la possession de feu M. le cardinal de Lyon. Il vient de la faire copier par l'homme d'affaires du chapitre, et il n'y trouvera pas qu'il exigea d'autre place que celle d'après la grande porte du chœur, et ne demanda point que les religieux reçussent sa bénédiction à genoux... Il lui demande justice contre les religieux qui, lorsqu'il officia pontificalement au *Te Deum*, se contentèrent de faire une inclination de tête à M. le maréchal de Tessé et à lui quand ils passèrent dans l'église..

2145. **MONTBAZON** (Hercule de Rohan, duc de), pair et grand veneur de France, père de la duchesse de Chevreuse. Il était dans la voiture de Henri IV lorsque ce roi fut assassiné. N. 1567. M. 1654.

1° Deux quitt. sig. (sur parch.), dont une incomplète. 1635.

2° Quitt. notariée sig., faite à Guill. de l'Aubespine. 1614. 2 p. et demie in-fol.

3° Quitt. sig. (sur parch.), de la somme de six mille six cents liv., à lui ordonnée par le roi, pour la nourriture et entretenement d'une meute de petits chiens blancs, chassant le cerf pour le plaisir de Sa Majesté, pendant l'année 1637.

4° Marché notarié, signé par lui et par *Pluvinel*, pour un marché passé entre eux pour le service de la vénérie. 1607. 5 gr. p. pl. et demie in-fol. Notice de M. *L. de M.*

MONTBAZON (Jeanne-Armande de Schonberg, épouse de Charles de Rohan, duc de). Quitt. notariée sig. (sur parch.). 1670.

2146. **MONTEIL** (Amans-Alexis), auteur de l'*Histoire des Français des divers états*, etc. N. 1769. M. 1850.

1° L. aut. sig., à M. Cotelle, libraire. Paris, 29 août 1828. 2 p. pl. et demie in-4. Notice de M. Paulin Paris sur Monteil, à l'occasion de sa mort (découpée d'un journal).

Au sujet de la publication des premières livraisons de son histoire. Curieuse.

2° L. a. s., à M. Danquin, au carrefour de la Croix-Rouge, à l'entrée de la rue de Sèvres, à Paris. Passy, 12 janvier 1835. Demi-p. in-4.

Il le prie d'avoir, dimanche prochain, s'il lui est possible, le procès-verbal de la diète de Suède. « Monsieur Danquin a sauvé un grand nombre de mo« numens. Il a rendu service à la science de l'histoire. Je le dis, je l'écris ici « avec plaisir ; et la semaine prochaine, je vais l'imprimer. »

C'est avec une bien vive satisfaction que nous reproduisons les lignes qui précèdent en faveur de notre estimable confrère et ami, M. Danquin. Le premier, à Paris, il a eu l'heureuse inspiration de fouiller les magasins de vieux papiers, de parchemins, et il a sauvé ainsi d'une destruction inévitable une immense quantité de manuscrits, d'autographes, de titres et documents précieux dont se sont enrichis les bibliothèques et dépôts publics de Paris et des départements, et les collections particulières... Il a donné ainsi l'impulsion des recherches, et on peut maintenant en apprécier les heureux résultats.
A. LAVERDET.

2147. **MONTESPAN** (Françoise-Athénaïs de Rochechouart, marquise de), maîtresse de Louis XIV. 1641-1707.

Quitt. sig. (sur parch.). 15 juillet 1706. Deux *portr.*

MONTESPAN (Antoine Regnault de Pardaillan de Gondrin, sr de), lieutenant général au gouvernement de Guyenne. Quitt. sig. (sur parch.). 1596.

2148. **MONTESQUIEU** (famille de Secondat de).

MONTESQUIEU (Pierre de Secondat, baron de), maître d'hôtel ordinaire du roi. Acte notarié sig., signé aussi par Jacob de Montesquieu. 1608. 2 p. in-fol.

MONTESQUIEU (Jacob de Secondat, baron de), gentilhomme ordinaire de la chambre du roi. Celui en faveur de qui Henri IV, alors roi de Navarre, érigea la terre de Montesquieu en baronie. Acte notarié sig., signé aussi par Antoine de Fontenac de Paluau, premier maître d'hôtel du roi. 1608. 1 p. in-fol.

MONTESQUIEU (Jacques de Secondat, baron de), frère du précédent, et grand-oncle de l'auteur de l'*Esprit des Lois*, lieutenant-colonel des troupes françaises en Hollande. Procuration notariée sig. 1615. 1 p. et demie in-fol.

MONTESQUIEU (Jean-Gaston de Secondat de), fils de Jacob, grand-père de l'auteur de l'*Esprit des Lois*, président au Parlement de Bordeaux. Quitt. de trois lignes a. s. (sur parch.). Bordeaux, 10 mai 1673.

MONTESQUIEU (Jean-Baptiste de Secondat de), président à mortier au Parlement de Guyenne. Quitt. sig. (sur parch.). 1683.

2149. **MONTESQUIOU** (famille de).

MONTESQUIOU (Jean de), sr d'Artaignan, lieutenant de la compagnie de Monthibault. Quitt. sig. (sur parch.). 1586. Cachet.

MONTESQUIOU (Bernard de), seigneur de Sainte-Colombe. Acte notarié sig. 1588. 2 p. in-fol.

MONTESQUIOU (Pierre de), sr d'Artaignan, maréchal de France. N. 1645. M. 1725. Deux actes notariés sig. 1702. 8 p. in-4 et in-fol.

MONTESQUIOU (Anne-Pierre, marquis de), menin des enfants de France, lieutenant-général, membre de l'Académie française. N. 1741. M. 1798. 1° L. aut. sig. Compiègne, 1770. 1 p. in-4. Cachet. — 2° L. sig. Versailles, 17 mai 1784. 1 p. in-4. En faveur du sr Réveillon qui a une manufacture de papier à Courtalin, près Farmoutier en Brie. Trois *portr.*

MONTESQUIOU (le général comte Anatole de). Cinq lett. aut. sig., à divers. 1823 à 1831. 5 p. in-8 et in-4.

2150. **MONTESQUIOU** (l'abbé Xavier-Marc-Antoine, duc de), ministre de Louis XVIII. N. 1757. M. 1832.

1° L. aut. sig., à M... Plaisance-Gers, 5 juin 1819. 2 p. in-4.

2° L. aut. sig., à M... Paris, 29 avril 1828. 1 p. et quart in-4. Deux *portr.*

Recommandation en faveur de M. Vosgien, petit neveu du géographe.

2151. **MONTESSON** (Charlotte-Jeanne Béraud de La Haye de Riou, marquise de), épouse secrète du duc d'Orléans, dit *Egalité*. N. 1737. M. 1806.

1° L. aut., à M... Aix, 16 mai... 3 p. pl., petit in-8. *Portr.*

Lettre intéressante au sujet de l'ouvrage en prose et en vers dont il lui a fait hommage. Effet que produisent sur elle les eaux d'Aix...

2° L. aut. sig., *C. J. Beraud, veuve d'Orléans*, au citoyen ministre. 7 messidor an IX. 1 p. pl. et demie, petit in-4.

Recommandation en faveur de Dalvimare... « Autrefois ma fortune me permettoit de venir au secours des arts et des talents que j'ai toujours chéris, « surtout quand ils étoient réunis à la moralité qui les rend estimables; — « à présent je ne peux plus qu'élever ma voix en leur faveur... »

3° Arrêté du comité de sûreté générale, par lequel la nommée Montesson, demeurant à Neuilly, Gontaut Biron et sa femme, demeurant près de Melun... la ci-devant vicomtesse de Laval, Dailly, ex-noble, etc., seront saisis et conduits dans la maison d'arrêt dite de la Force, à Paris. . Aut. sig. par Louis (du Bas-Rhin), et sig. par Amar, Dubarran, Jagot et Vadier. 28 germinal an II. 1 gr. p. in-fol. Tête impr. Sceau.

2152. **MONTGAILLARD** (Guillaume-Honoré Roques, abbé de), auteur d'une Histoire de France. N. 1772. M. 1825.

L. aut. sig., à M. le préfet de la Seine. Paris, 15 thermidor an XII. 1 gr. p. in-fol.

MONTGAILLARD (Maurice-Jacques Roques de), publiciste. N. 1770. M. 1841. L. aut. sig. Paris. 11 mai 1814. 1 p. in 4.

2153. **MONTGEROULT** (H., marquise de), depuis comtesse de Charnage, célèbre pianiste. M. 1836.

1° L. aut. sig., *H. de Mongeroult*, à M. Méjan. 15 nivôse an XIII. 2 p. in-8. — 2° Deux lett. aut. sig., *comtesse de Charnage*, à M. Dauprat. 1827. 4 p. in-8. — 3° Vers adressés à Mme de Mongeroult par Lebrun-Pindare. Copie.

MONSIGNY (Pierre-Alexandre), compositeur, membre de l'Institut. N. 1729. M. 1817. L. sig., au baron Denon. 1813. 1 p. in-4. *Portr.*

2154. **MONTGOLFIER** (Joseph-Michel, baron), co-inventeur des aérostats. N. 1740. M. 1810.

L. aut. sig., à M... Paris, 17 novembre 1779. 2 p. in-4. Son *portr.* avec celui de son frère, d'après le buste de Houden fait en 1783.

2155. **MONTGOLFIER** (Jacques-Étienne), frère du précédent, mathématicien, physicien, mécanicien, co-inventeur des aérostats. N. 1745. M. 1799.

L. aut. sig., a M. de Prony. 2 p. in 8. *Portr.* in-4 avant la lettre. Envoi d'une chaîne de cuivre.

2156. **MONTGOMMERY** (Jacques de *Lorge*, comte de).

C'est ce Montgommery qui, dans les jeux d'un siege simulé, avoit involontairement blessé François Ier au menton; d'où la barbe de celui-ci. Ce fut le père de Gabriel de Montgommery qui, involontairement aussi, tua Henri II dans un tournois (1559); — Je pense que ce Jacques est le héros d'une aventure rapportée, je crois, par Brantôme. Assis auprès d'une dame dont Lorge étoit fort épris, il contemploit pres d'elle à l'hôtel Saint-Paul, un spectacle donné par François Ier qui plaisoit fort — c'étoit un combat de lions. — La dame laissa tomber, ou plutôt jeta son gant dans l'arène, et commanda à Lorge d'y descendre pour lui prouver l'obéissance et le dévouement de sa passion. — Le brave et rude guerrier obéit, ramassa le gant, et, remonté sur l'estrade, le jeta au nez de la belle, dont les cajoleries ne purent le ramener. (*L. de M.*).

Rôle et état de la montre et revue faite en la ville de Pontorson d'une compagnie de vingt hommes de guerre « appointez et entretenuz durant ce présent mois pour le secours du roy à la suicte près et a « lentour de la personne de monseigneur de Lorge, lieutenant général « en larmée quil a enuoye au royaulme descosse pour le seruice dicelluy... 18 août 1545. Gr. p. (parch.) in-fol. sig., *de Montgommery*. Forte tache.

MONTGOMMERY (Gabriel de), fils du meurtrier involontaire du roi Henri II. *Roolle de la monstre et revue faite en la ville de Pontorson.* 1605. Gr. in-fol. sig., *de Montgommery* (parch.).

MONTGOMMERY (Jacques de), maréchal de camp, sr de Courbazon. Acte notarié et quitt. sig. 1577 et 1616.

MONTGOMMERY (Jean de), inspecteur général de cavalerie. Deux quitt. aut. sig. (sur parch.). 1684-1695.

MONTGOMMERY (François-Nicolas, comte de). Quitt. sig. (sur parch.) 1686.

2157. **MONTHOLON** (François II de), garde-des-sceaux sous Henri III, beau-père de Pierre de l'Estoille. M. 1599.

Sa signature au bas d'une consultation judiciaire. 2 p. et demie in-fol. En mauvais état.

MONTHOLON (François de), conseiller du roi. Acte notarié, sig. 1619. 1 p. in-fol

MONTHOLON (Guill. de), conseiller du roi. Quitt. (sur parch.). 1621.

Montholon (Charles-Tristan, comte de), lieutenant-général, auteur de *Mémoires*. N. 1783. M. 185... 1° L. sig. 1823. 1 p. in-4. — 2° L. aut. sig. 1843. 1 p. in-8. Trois *portr.*

Montferrand (Gaston de), capitaine des ville et château de Bourg. Quitt. sig. (sur parch.). 1499.

Montchevreuil (Henry de Mornay de). Quitt. sig. (sur parch.), de la somme de 3600 livres, pour l'entretenement d'un faisandier, quatre renardiers et deux valets de limiers pour le loup, pendant l'année 1687.

Montchevreuil (de Mornay, comte de), grand prieur de Normandie, lieutenant-général. Certificat militaire sig. 1691. in-4.

Montchevreuil (Léonor, comte de Mornay, marquis de), lieutenant-général, gouverneur de Saint-Germain-en-Laye. Quitt. sig. (sur parch). 1709.

2158, **MONTI** (Vincent), poëte, improvisateur. 1753-1828.

L. aut. sig. (en italien), au chevalier Franchi. Dem.-p. in-4. *Portr.*

Meneval (Claude-François, baron), secrétaire intime de Napoléon Ier. N. 1777. M. 1850. Deux lett. aut. sig. 5 nivôse et 1842. 2 p. in-8 et 1 p. in-4.

Méon (Dominique-Martin), antiquaire, bibliothécaire, etc. N. 1748. M. 1829. L. aut. sig. 29 nivôse. 1 p. in-8.

2159. **MONTIGNY** (François de La Grange, sr de), lieutenant général en Berry, gouverneur de la ville de Paris, maréchal de France. N. 1554. M. 1617.

Quoique réputé *mignon* de Henri III, ce guerrier intrépide se signala entre tous à Coutras, à Arques, à Aumale, à Fontaine-Française, aux siéges de Rouen, de Paris, de Laon, d'Amiens, etc. — Aucun des serviteurs fideles de Henri III ne fut plus fidele à Henri IV, et à la reine, pendant la minorité de Louis XIII. — Le 24 décembre 1594, il étoit chez Gabrielle d'Estrées, à l'hôtel de Schonberg, qui existe encore rue Jean-Tison, et saluoit le roi, lorsque Henri IV, se baissant pour le relever, fut frappé à la lèvre supérieure par le jeune *Jean Chastel*. (*L. de M.*)

Trois quitt. sig. (sur parch.), et un acte notarié sig. 1592-1606.

Montigny (de la Grange, sr de), le jeune, gentilhomme servant de la chambre du roi. Quitt. sig. (sur parch.). 1584.

Montigny (Antoine de La Grange, sr de), capitaine des gardes du roi. Quitt. sig., *La Grange* (sur parch.). 1588.

2160. **MONTJOYE** (Félix-Christophe Galard de), historien, bibliothécaire, rédacteur de l'*Année littéraire*, de l'*Ami du Roi*, etc. N. 1730. M. 1816.

L. aut. sig., à M. Brunetière, avoué. Samedi matin (1792). 2 p. in4. (Tachée au milieu.)

Curieuse. Au sujet d'une condamnation par corps, à des dommages-intérêts, qui vient d'être prononcée contre lui.

2161. **MONTLOSIER** (François-Dominique Raynaud, comte de), député aux États-Généraux, pair de France, historien, etc. N. 1775. M. 1838.

1° L. aut. sig., à M. Méjan. 4 fructidor... 1 p. in-8. Trois *portr.*

2° L. aut. sig., à M. Clermont, 18 oct. 1816. 1 p. pl. et demie in-4.

Au sujet d'une recommandation qu'il lui fait. « ... Jamais il n'a été plus « nécessaire de s'accorder pour seconder les vues bienfaisantes du roi. Nous « avons eu longtemps à nous défendre de ceux qui fesoient le mal; nous avons « actuellement à nous garantir de ceux qui font mal le bien. La mechanceté et « l'habileté des uns, les passions et l'étourderie des autres semblent une chaine « à laquelle nous sommes destinés. »

2162. **MONTLOUET** (... Dubroullat, dame de), sœur de M. de Rambouillet.

L. aut. sig., à son frère de Rambouillet, chevalier des ordres du roi et capitaine des cent gentilshommes de sa maison. Lisy, 8 avril... 1 gr. p. in-fol. Cachet brisé.

Elle a reçu ses lettres, « *et veu* le jatilomme de monsieur de Basonplare, je « vous puis assurer que je ne maine personne de qui vous puissiés auoir re- « proche. Je serois bien marie que pour me faire plaisir ce vous fut déplaisir. « Jay prié La Feullée et un ostre de mes voisins qui est de la Ligue et qui « vient aussy auec moy et du reste je nay que mes jaus que chacun congnoit... »

2163. **MONTMORENCY** (Anne, duc de), pair et connétable de France. N. 1493. M. 1567.

1° Acte de foi et hommage par Mlle Catherine Courtin, veuve de noble homme, François Hébert. 1538. Pièces sur parch. Quatre *portr.*, et vue du château d'Ecouen.

2° Quitt. sig. (sur parch.), de la somme de 2000 livres, reçue du trésorier de l'épargne du roi, pour une demi-année de la pension de son fils, Henri de Montmorency, s[r] de Damville (depuis connétable). 15 avril 1556.

3° Lett. avec la souscription de deux lignes aut. sig., à M. de Basse-Fontaine, étant de présent pour les affaires du roi, en Suisse. Paris, 27 mai... 1 p. pl. in-4. Trace de cachet. Affaires diplomatiques.

2164. **MONTMORENCY** (Madeleine de Savoie, duchesse de), femme du précédent.

Commission de conseiller et juge des grands jours du duché de Montmorency, donnée à M. Claude Dubuisson, signée par la duchesse, et contresignée *Delahaye*. Ecouen, 4 janvier 1582. Derrière se trouve une mention d'enregistrement de la dite commission, de cinq lignes aut. sig. par François II de Montholon, garde-des sceaux. Grande et belle pièce en parchemin.

2165. **MONTMORENCY** (François de), fils des précédents, maréchal de France, mari de Diane, fille légitimée de Henri II. N. 1530. M. 1579.

Quitt. sig. (sur parch.). 26 juillet 1559. Sceau.

MONTMORENCY (Gabriel de), seigneur de Bours, frère du précédent. (4e fils du connétable). M. 1552. Quitt. sig. (sur parch.). 10 déc. 1545.

2166. **MONTMORENCY** (Henri de), le second des cinq fils d'Anne de Montmorency, duc et maréchal de France, connu sous le nom de maréchal de *Damville*, puis connétable. Né en 1534. Mort en 1614.

Echappé avec ses frères, grâce à la prudence de l'aîné, à la Saint-Barthélemi... Il fut des premiers à reconnaître Henri IV et des plus zélés à le servir. — Il paroit constant que Henri fut aimé de Marie-Stuart qui, devenue veuve en 1560, l'aurait volontiers épousé, s'il n'eût été déjà marié. — Brantôme dit de Henri qu'à peine il savoit écrire, et que *son seing n'étoit qu'une marque*. La signature ci-jointe ne dément pas complètement le malin chroniqueur.—A propos de chroniqueur, Tallemant des Réaux, qui ne recule devant aucune indignité, si invraisemblable, cynique et monstrueuse qu'elle soit, dit que *le connétable prenoit la peine de percer lui-même le tonneau avant de donner à boire à ses gendres*. (*L. de M.*)

1° Certificat de services sig. (sur parch.). 1571. Cachet. *Portr.*

2° *Déclaration et protestation de Mons. de Dampuille, mareschal de France*... Curieux manifeste dans lequel il se déclare chef du parti (des politiques), qui s'unit aux calvinistes dans l'intérêt d'une commune défense. Ecriture du temps. 6 pages pleines très-grand in-fol.

2167. **MONTMORENCY** (Laurence de Clermont de Montoison, duchesse de), 3me femme du précédent. Né en 1571. Mort en 1654.

1° Acte notarié sig.: *De Clermont*. 1619. 3 p. in-fol.

Soumission d'un marchand de chevaux qui s'oblige à fournir des chevaux pour le service de la duchesse au prix de 40 livres par tête et par jour.

2° Contrat de mariage de la femme de chambre de la duchesse avec Jacques Gordier, dit Bocquain, *monstrant à danser à la royne* (Anne d'Autriche). La connétable donne 2,000 livres à la future. Les témoins qui ont signé avec elle sont : Claude de Richelieu, avocat en parlement, Nicolas de Richelieu, procureur, etc. 6 p. in-fol.

2168. **MONTMORENCY** (François de), s^r de La Rochepot, maréchal de France. M. 1579.

1° Quitt. sig. (sur parch.). 18 mars 1526. Sceau.

2° Quitt. sig. (sur parch.). 16 septembre 1536.

Montmorency (Charles de), duc de Damville, troisième fils du connétable, amiral de France. N. 1537. M. 1612.

Fort hostile comme tous les Montmorency aux calvinistes, mais patriote et royaliste, il fut dévoué à Henri III, contribua fortement à sa réunion avec Henri IV, servit celui-ci de sa fortune et de son sang, eut une part considérable à la victoire d'Arques, etc. (*L. de M.*)

Acte notarié sig. 1608. 2 p. in-fol.

2169. **MONTMORENCY** (Charles-François-Frédéric, duc de *Luxembourg* et de), maréchal de France. M. 1764.

L. aut. sig., à M... Paris, 20 juillet 1718. 1 p. in-4.

2170. **MONTMORENCY** (Mathieu-Jean-Félicité, vicomte, puis duc de), constituant, pair de France, ministre d'État, gouverneur de M. le duc de Bordeaux. 1767-1826.

1° L. aut. sig.: *Math. Mont.*, à M. Philibert Gueneau. Paris, vendredi matin. 1 p. pl. petit in-8. Deux *portr.*, et *Fesse-Mathieu*, gravure découpée.

2° L. a. s., à M. le duc... Paris, 9 sept. 1814. 1 p. pl. in-8.

2171. **MONTMORENCY** (Famille de). Vingt-neuf pièces.

Montmorency (Guillaume, s^r de), premier baron de France. M. 1531. Acquit d'un bon à lui donné sur les généraux conseillers du roi, pour la livraison d'un *septier de sel* pour sa provision. Pièce sur parch. 1512.

Montmorency (Florent de), baron de Montigny et de Luz, gouverneur de Tournaisis. M. 1571. L. avec la souscription d'une ligne aut. sig., au s^r Gérard de Clercy, en Flandre. Madrid, M. 1567. Demi-p. in-fol. — 2° Quitt. sig. 1567. Demi-p. in-fol.

Montmorency-Crevecœur (Jacques de), capitaine de cinquante hommes d'armes. Acte notarié sig. 1600. 2 p. in-fol.

Montmorency (Louis de), s^r de Bouteville, père de François de Bouteville, célèbre duelliste, décapité, gouverneur de Senlis. 1° Acte notarié sig., signé aussi par sa femme, Catherine de Lusse. 1605. 2 p. et demie in-fol. — 2° Quitt. sig. (sur parch.). 1608.

Montmorency, gouverneur du pays d'Auvergne. Quitt. sig. (sur parch.). 1613.

Montmorency (François de), marquis de Thury. Quitt. sig. (sur parch.). 1633.

Montmorency (Louis de), seigneur de Saint-Génitor. Quitt. sig. (sur parch.). 1657.

Montmorency (Daniel de), s^r d'Esquancourt, maréchal de camp. Quitt. sig.: *Esquancourt* (sur parch.), de la somme de 16,200 livres, pour la subsistance de trois compagnies. 1660.

Montmorency (François, baron de), seigneur de Courtalain, Avron et Boisruffin. Quitt. sig. (sur parch.). 1661.

Montmorency-Luxembourg (Henri, duc de), et de Piney. Acte notarié sig. 1670. 2 p. in-fol. Location, moyennant 1,200 livres, d'une grande maison, rue *Thibautodé*.

Montmorency (Hector de Bours de), maréchal de camp d'un régiment de cavalerie. Congé militaire aut. sig. 1677. In-4. Cachet et quitt. aut. sig. (sur parch.). 1676.

Montmorency (le chevalier de), colonel lieutenant du régiment d'infanterie de Condé. Certificat de service militaire aut. sig. 1699. In-8 en travers. Cachet.

Montmorency, prince de Robecq, brigadier des armées du roi, et colonel d'un régiment d'infanterie. Certificat de blessures aut. sig. 1703. 1 p. in-4. Cachet.

Montmorency (Léon, baron de). Quitt. sig.(sur parch.). 1706.

Montmorency, mestre de camp à la suite du régiment de cavalerie de Duras... Certificat militaire aut. sig. 1707. 1 p. in-4. Cachet.

Montmorency d'Estairs, brigadier des armées du roi, colonel du régiment de Normandie. Certificat de blessures aut. sig. 1708. 1 p. in-4. Cachet.

Montmorency, mestre de camp, commandant le régiment de cavalerie du Maine. Quatre certificats militaires aut. sig. 1714. Cachets.

Montmorency-Luxembourg, duc d'Olonne, colonel du régiment de Touraine. Quatre certificats militaires s. et a. sig. 1718 à 1745, in-4.

Montmorency (le baron de), capitaine lieutenant des gendarmes d'Anjou. Congé à un soldat. Strasbourg, 25 mai 1735. In-4.

Montmorency-Luxembourg (Charles-François-Christian, baron de), duc de Beaumont, prince de Tingry, etc., gouverneur de Valenciennes. Congé sig. 1700. 1 p. in-fol. Jolie vignette.

2172. **MONTMORIN DE SAINT-HEREM** (Antoine-Marc, comte de), ambassadeur en Espagne, ministre de Louis XVI. Mis à mort en 1792.

L. aut. sig., à M. le marquis de Lafelis. L'Escurial, 12 oct. 1781. 1 p. in-4. Notice de M. *L. de M.*

Il le remercie des détails intéressants qu'il lui donne sur les opérations de la guerre qui se prépare.

Montmorin (Jacques de), écuyer de la reine Louise de Vaudémont. Acte notarié, sig. 1600. 4 p. in-fol.

Montmorin (François-Gaspard de), marquis de Saint-Herem, capitaine des chasses, et gouverneur de Fontainebleau. Quitt. aut. sig. (sur parch.). 1699.

Montmorin-Saint-Herem (Jean-Baptiste-François, marquis de), gouverneur de Belle-Ile, etc. N. 1704. M. 1779. Commission sig. de garde à cheval (sur parch.). 1775.

Montmorin (Louis-Victor-Hippolyte-Luce de), gouverneur et maire de Fontainebleau. Deux ordres d'arrestation et d'incarcération dans la prison de l'Abbaye, 16 et 30 août 1790. In-4 et in-fol. Cachet.

2173. **MONTOLIEU** (Isabelle Polier de Bottens, baronne de), auteur de *Caroline de Litchfield*, etc. N. 1751. M. 1832.

L. aut. sig., au citoyen Louis, libraire à Paris. Lausanne, 18 mars ou 28 ventôse... 3 p. pl. et demie in-4. Cachet. *Portr.*

Au sujet de la publication d'un ouvrage de madame de Soucy.

2174. **MONTPENSIER** (Louis II de Bourbon, premier duc de). M. 1582.

Brave et pieux, mais dur, violent, barbare même dans l'occasion ; on attribuait ses cruautés et manquements de parole envers les huguenots à son confesseur Babelot, qui déclaroit qu'on n'étoit pas obligé de remplir des promesses faites à des hérétiques. — Or, ceux-ci l'ayant pris, le firent pendre, et Montpensier, par représailles, ayant forcé la ville de Fontenay-le-Comte, fit pendre le ministre Dumoulin qui s'y trouva. — Sa femme fut l'exécrable Catherine-Marie de Lorraine, sœur de Henri et de Louis de Guise, celle qui pour faire assassiner Henri III se prostitua à Jacques Clément, et peut-être aussi au prieur Bourgoing, inspirateur de l'assassin. (*L. de M.*)

1° Quitt. sig.: *Loys de Bourbon* (sur parch.). 1556. Cachet.

2° L. avec la fin de trois lignes et la souscription aut. sig., à M. de

La Chétardie, gentilhomme de la maison du roi. Champigny, 20 aoû 1562. 1 p. in-fol. Entièrement gâtée par l'humidité et dans le plus mauvais état.

Invitation à venir à Champigny pour lui communiquer une affaire de conséquence, et pour avoir des gens de cheval pour l'accompagner en Guyenne.

3° L. sig., au même. Lyon, 18 juin 1564. 1 p. in-4. En mauvais état.

2175. **MONTPENSIER** (Catherine-Marie de Lorraine, duchesse de), femme du précédent, et sœur des trois Guise. N. 1552. M. 1596.

Deux actes notariés, sig.: *Catherine de Lorraine*. 1585 et 1586. 4 p. in-fol. Notice de M. *L. de M.*

2176. **MONTPENSIER** (François de Bourbon, duc de), dauphin d'Auvergne. N. 1539. M. 1592.

Quitt. sig.: *François de Bourbon* (sur parch). 1568. *Portr.*

MONTPENSIER (Henri de Bourbon, duc de), fils du précédent, gouverneur de Normandie. N. 1573. M. 1608. Trois actes notariés sig. 1595, 1601 et 1605. 1 p. in-4 et 5 p. in-fol. Deux *portr.*

2177. **MONTPENSIER** (Anne-Marie-Louise de Bourbon-Orléans, duchesse de), fille ainée de Gaston, frère de Louis XIII, dite la *Grande Mademoiselle*. N. 1627. M. 1693.

1° Pièce sig. (sur parch.), en faveur du marquis du Rivau. Mai, 1664. Notice de M. *L. de M.*, et notice de M. Sainte-Beuve (*Constitutionnel* du 24 mars 1851). Sept *portr.*

2° L. aut. sig., *à mon bon papa*. Sans date. 2 p. in-4. Trois cachets en cire noire.

« Mon bon papa, ie suis bien malheureux dauoir fect quelque chose qui et
« pu deplere à votre Altese royalle laquelle ie supplie tres humblement de
« crere quelle ne resevera plus nul me cont antemant de moy et que ie portere
« a iuste titres la qualite de, mon bon papa, votre tres humble etres hobei
« sante fille et seruante. »

« Anne-Marie-Louise Dorleans. »

2178. **MONTPENSIER** (Anne-Marie-Louise de.) *La même*.

L. aut. sig., à M. Colbert. Eu, 19 décembre 1665. 2 p. et demie in-4. Cachets et soies de deuil.

« Monsieur Colbert, ma belle-mère maiant ecrit des excuses insi que iaues
« desire ie me persuade que cet par ordre du roy et un efect de vos soins pour
« ce qui me regarde ie vous prie den voulloir remercier tres humblement S. M.
« pour moy... »

2179. **MONTPESAT** (Antoine de Lettes, sieur de), prisonnier à la bataille de Pavie, maréchal de France. M. 1544.

Pièce sig. (sur parch.). Béziers, 4 juin 1544. Sceau bien conservé.

MONTPESAT (Jean de), dit *Carbon*, sénéchal de Bazas. Quitt. sig. (sur parch.), 14 mai 1542.

MONTPESAT (Honorat de), s[r] de Longnac, gentilhomme de la chambre du roi. Acte notarié sig. 1595. 4 p. in-fol.

MONTPESAT (Henri de), gouverneur de Muret. Quitt. sig. (sur parch.). 1609.

MONTPESAT (Jean-François de Tremolet, marquis de), lieutenant-général. Deux quitt. sig. et aut. sig. (sur parch.), 1662.

MONTPESAT DE CARBON (Jean de), archevêque de Toulouse, de Bourges et de Sens. M. 1686. Deux pièces sig. 1676 et 1680. Cachet.

2180. **MONTPLAISIR** (René de Bruet, marquis de), lieutenant du roi à Arras, poëte. N. 1600. M. 1673.

Quitt. aut. sig. (sur parch.) de la somme de 937 liv. 10 sols, pour ses appointements de lieutenant pour le roi au gouvernement d'Arras, pour les mois de janvier, février et mars 1672.

2181. **MONTRESOR** (Claude de Bourdeille, comte de), ami du duc d'Orléans, auteur de Mémoires. N. 1608. M. 1663.

Quitt. notariée sig. (sur parch.). 1636. Notice de M. *L. de M.*

MONTBAREY (Alexandre-Marie-Léonor de Saint-Mauris, prince de), ministre de la guerre. N. 1732. M. 1796. 1° L. aut. sig. Paris, 11 février 1784. 1 p. in-4. — 2° Brevet signé pour porter le médaillon de deux épées. 1676. (parch.). *Portr.*

2182. **MONTUCLA** (Jean-Etienne), mathématicien, membre de l'Institut. N. 1725. M. 1799.

L. aut. sig., à M. Duchesne, à Versailles. Versailles, 16 juillet. 3 p. in-4. Beau *portr.* de Viel, in-4.

MONTYON (Antoine-Jean-Baptiste-Robert Auget, baron de), fondateur des prix de Vertu. N. 1733. M. 1820. L. avec post-scriptum de quatre lignes aut. sig. 1776. 1 p. in-4. Deux *portr.*

2183. **MONTVERAN** (... Tournachon de), historien, économiste, etc.

Six lett. aut. sig., à M. Lucas de Montigny. 1837 à 1840. Ensemble, 9 p. in-8.

Toutes ces lettres sont relatives à des recherches historiques.

2184. **MORAND** (Jean), chirurgien-major de l'Hôtel des Invalides. Le premier, il tenta l'amputation du bras dans son articulation avec l'omoplate. N. 1658. M. 1726.

1° Certificat médical aut. sig. 1712. In-4. Cachet.

2° L. aut. sig., à M. de Gontaut. Hôtel royal des Invalides, 2 février 1724. 1 p. in-4, écrite au dos de la lettre de M. de Gontaut.

MORAND (Sauveur-François), premier chirurgien de la Charité. N. 1697. M. 1773. Certificat médical aut. sig. 1739. Demi-p. in-4. Beau *portr.* de Saint-Aubin, in-4.

MOREAU (Jean-Nicolas), premier chirurgien de l'Hôtel-Dieu. Certificat médical sig. 9 juin 1749. 1 p. in-4. Beau *portr.* de Jardinier, in-4.

2185. **MORANTCOUR** (de), auteur de la *Gazette de Berne.*

L. aut. sig., au duc de Choiseul. Berne, 2 nov. 1763. 3 p. in-4.

Lettre intéressante au sujet de son arrivée comme ambassadeur à Berne.

MORAND, historien, professeur de législation. L. aut. sig., au citoyen Méjan. Paris, 2 brumaire an X. 1 p. et demie in-4.

MOREAU DE SAINT-MÉRY (Méderic-Louis-Elie), député aux Etats-Généraux, ambassadeur. N. 1750. M. 1819. 1° Certificat aut. sig., en faveur du courageux abbé Lefèvre. Paris, 17 août 1791. 1 p. in-fol. — 2° Billet a. s. 1808. — 3° Journal de son voyage de Parme, à Montechiarugolo. An XII. 9 p. in-8.

2186. **MOREAU** (Jean-Michel), dit le *Jeune*, dessinateur des Menus-Plaisirs, professeur à l'Ecole centrale, beau-père de Carle Vernet. N. 1741. M. 1814.

1° Sa signature sur une feuille d'émargement (messidor an VII), avec celles d'Alex. Brongniart, Lacroix, Domergue, Mentelle, et autres professeurs de l'école centrale des Quatre-Nations. 1 p. in-fol. — Notice biographique impr. 8 p. in-8. *Portr.*

2° L. aut. sig., à M. Eberts. Paris, 10 août. 1781. 1 p. in-8.

Au sujet d'une gravure que Martini s'engage de graver pour mille francs.

3° Deux jolis dessins, femme vue du dos, et paysage.

2187. **MOREAU** (Jean-Victor), général en chef. 1763-1813.

1° Sa sig. au bas de la copie de la plainte des magistrats d'Axel, au sujet d'un arbre de la liberté. 31 décembre 1795. 2 gr. p. in-fol. Cinq *portr.*

2° L. aut. sig., au ministre de la guerre. Du quartier général, à Gorcum, 20 nivôse an IV. 2 p. in-fol. Tête impr. Vignette.

Il se plaint des vexations que le commandant Gerard exerce contre les citoyens de la place d'Axel.

2188. **MOREAU** (Jean-Victor), général en chef. *Le même.*

1° L. aut. sig., à son ami Reynier. Au quartier général... 22 germinal an V. 2 gr. p. in-4. Tête impr. Vignette. Cinq *portr.*

Relative au passage du Rhin et aux autres opérations militaires de cette époque... Il a reçu cette nuit le courrier, il lui a rendu un grand service, on lui disait de passer le Rhin. « Bonaparte cria d'agir, je répondis que je n'avois « rien, on me disoit, eh bien l'armée de Sambre-et-Meuse a ce qu'il lui faut, et « en marche vous l'apprériez, j'ai l'enterné, on s'en est apperçu, on m'a dit de « vous faire appuyer à gauche, j'ai demandé un ordre par écrit, on l'a envoyé « double à Desaix et à moi... »

2° L. aut. sig., au général Lahorie. 1 p. pl. in-4.

Il lui envoie copie d'un acte ou expédition... « Ici, il faut montrer les dents. « Je viens d'organiser une administration qui saisisse tout de suite, et qui vien-« dra dans quelques jours si on ne paye pas..., etc. »

2189. **MOREAU** (Elise), depuis dame Gagne, poëte.

1° Deux lett. a. s., a MM. Rolland et Garnier. 1836-1838. 5 p. in-8.

2° *Fleur immortelle. A Son Altesse Royale Monseig. le duc de Wurtemberg, sur la mort de la princesse Marie.* Vers aut. 6 p. pl. in-8.

2190. **MOREAU-SAINTI** (madame), actrice du Théâtre-Français et de l'Odéon.

L. aut. sig., aux sociétaires de la Comédie française. 18 novembre 1841. 2 gr. p. pl. in-4.

Lettre intéressante au sujet de son désir de rentrer à la Comédie française. La prévention qui existe contre elle daterait-elle d'une démission qu'elle envoya lorsqu'elle occupait parmi eux une place si honorable et qu'elle a tant de fois regrettée! « Je pense avoir été assez punie d'une étourderie de jeune « femme, qui n'a nui qu'à moi, pour espérer que vous ne m'en garderez pas « rancune! M. Vedel m'aurait-il nui dans votre esprit?... »

2191. **MOREAU-SAINTI** (madame). *La même.*

L. aut. sig., a M. Jules Janin. 18 nov. 1841. 2 gr. p. pl. in-4.

Se souvient-il d'avoir écrit le bienveillant article qu'elle lui fait passer en le priant instamment de le relire avec toute l'indulgence qui le lui avait dicté. « La manière si plaisante et si juste dont vous y résumiez ma vie d'artiste, « m'avait donné bien souvent le désir de m'adresser à vous, monsieur, pour « vous demander votre protection et vos bons conseils, mais au lieu de céder à « cette tentation, je suis retombée dans mes habitudes et après avoir joué la « *Folle* avec un succès que vous avez daigné constater, j'ai encore fui devant « l'intrigue (au lieu de lui disputer la place) et l'on n'a plus entendu parler de « moi... » Elle lui demande conseil sur la lettre (qui précède) qu'elle adresse « à messieurs les *Comédiens français...* »

2192. **MORET** (Jacqueline de Bueil, comtesse de), maîtresse de Henri IV. M. 1651.

1° Quitt. sig. (sur parch.), de la somme de 3,500 livres pour le quartier d'avril, mai et juin de la présente année de l'appointement qu'il plait à S. M. lui donner. Juillet 1619.

2° Acte notarié sig. 1615. 3 p. in-fol. Notice de M. *L. de M.*

Vente conjointement avec un sr Lavotat, conseiller d'Etat, d'une rente de 200 livres. L'acquereur est Florent Pasquier, sr de Vallegrand.

2193. **MOREY** (Pierre), bourrelier, régicide, l'un des complices de Fieschi. Né en 1776. Mis à mort en 1836.

L. aut. sig., *à M. Amiard, ouvrier che M. Morey, rue Saint-Victor, n° 3 à Paris. De la Conciergerie, le 30 août.* 1 p. pl. et tiers in-8. En tête le cachet de la maison de justice.

« Mon cher Amiard, je vous renvois votre chapeux par un comisionere, une « chemise, deux mouchoire de poche, vous lui remetere une chemise blanche « deux monchoire de poche une cravate une livre de curque de fruits, vous luis « remeterez—trois piece de cuinque franc car je ne pas un soul dan ma poche « vous devé pense que lon nest pas a sonese sis la bourgoise est partis pour

« trois come ele avais resus une letre de sa mere qui etes malade je sui en « atenden votre reponse. Adieu je vous en brase tous de quere votre des voy. »

« Morey. »

2194. **MOUCHY** (Philippe de Noailles, duc de), maréchal de France. N. 1715. M. 1794.

1° L. aut. sig., à M... Paris, 30 juin 1787. Demi-p. in-4.

2° L. aut. sig., à M.... Versailles, 29 février 1776. 4 p. pl. in-4.

Affaires diverses... « J'ai écrit à M. de La Croix pour notre illumination. « M. Esménard avait flatté qu'il la pareroit sur les deux so's pour livre : ce « seroit un soulagement pour la ville : je ne seais si vous penserés de même : « l'on parle toujours d'un lit de justice. Il m'affligeroit beaucoup.. M. Robin, « peintre de l'Academie que j'ai proposé à M. Louis pour le plafond de cette « comédie (qui me désole et qui nous ruinera) doit avoir l'honneur de vous « écrire..... Ce qu'il a fait a eté tres-aplaudi par M. Pierre, premier peintre « du roy...

Mouchy (Noailles, duc de). L. aut. sig. 24 mars 1841. 1 p. pl. in-4.

2195. **MOUNIER** (Jean-Joseph), député aux Etats-Généraux, promoteur du fameux serment du *Jeu de Paume*, préfet et conseiller d'Etat. N. 1758. M. 1806.

L. sig., comme préfet d'Ille-et-Vilaine, au citoyen conseiller d'État... Rennes, 21 thermidor an XI. 2 gr. p. pl. et demie in-fol. Tête impr. vignette. *Portr.*

Au sujet de la construction du pont de Nançon, situé dans la traversée de Fougeres, route de Rennes à Paris.

Mounier (Claude-Edouard-Philippe, baron), fils du précédent, secrétaire de Napoléon, directeur de la police, pair de France. N. 1783. M. 1843. Quatre lett. aut. sig., à divers. 1814 à 1828 1 p. in-4, et 7 p. in-fol.

2196. **MOY** ou **MOUY** (Jean de), s[r] de La Meilleraie, vice-amiral de France et lieutenant-général au gouvernement de Normandie.

Deux quitt. sig., *De Moy* (sur parch.) 1539 et 1568.

Moy *ou Mouy* (Charles de), Sr de la Meilleraie, capitaine de 50 lances. Deux quit. sig. (sur parch.) 1538 et 1548.

Moy ou *Mouy* (Charles, marquis de), capitaine de 30 hommes d'armes. Quitt. sig. (sur parch.). 1583.

Moussy (Marie de Harlay, dame de). Huit quitt. aut. sig., de diverses sommes reçues de M. le marquis de Béthune, pour son douaire. 1702 à 1708. 8 p. in-8 et in-4.

2197. **MULLER** (Jean de), historien suisse. N. 1752. M. 1809.

Lett. aut. sig., à M. Baggesen. 28 janvier 1794. demi-p. in-12. Cachet en cire rouge.

Morbio (Carlo, marquis), auteur des *Municipes Italiennes*, etc. L. aut. sig. (en italien), à M. Louis de Maslatrie, à Paris. Paris, 17 juillet 1837. 2 p. in-8.

Merle (.... baron), publiciste, rédacteur du *Times*. L. aut. sig. *un avocat Anglais*, au rédacteur du ... Paris, 16 juillet 1836. 1 p. et demie in-4.

Relative au jugement du docteur Beaumont, sujet anglais, condamné d'avril. Interessante.

2198. **MULOT** (François-Valentin), ecclésiastique, littérateur, député à l'Assemblée législative, auteur du texte du *Museum de Florence*, etc. N. 1749. M. 1804.

L. aut. sig. comme député, à ses anciens collègues. 27 décembre 1791. 1 p. in-4.

Réclamation en faveur des employés des paroisses privés de leurs traitements.

2199. **MURAT** (Joachim), maréchal de l'Empire, puis roi de Naples. Né en 1771. Mis à mort en 1815.

1° Trois petites lig. aut. sig., *le l. Gal. J. Murat* (découpées). Dix-sept *portr.*

2°. L. aut. sig., à *Madame* mère. Brunn, 7 frimaire an XIV. 2 p. in-12.

2200. **MUSOTTI** (Philippe), camérier du Pape, Pie V.

L. aut. sig. (en italien), à M. de Pougni, conseiller du roi en sa cour de parlement de Paris. Rome, 15 mai 1570, 3 p. pl. grand in-4. Cachet.

Le Pape a résolu de créer des cardinaux cette semaine, et dans le nombre il y aura des Espagnols et des Français aussi, entre autres, l'ambassadeur, son frère...

2201. **MYRON**, conseiller et premier médecin de Henri III.

Le roi l'employa dans diverses négociations, principalement avec Henri de Guise, massacré à Blois le 21 décembre 1588. (*L. de M.*).

Certificat en faveur de maître Laurent Joubert, médecin du roi. Aut. sig. (sur parch.). Paris, 16 mars 1579.

Myron (R.), président aux enquêtes, ambassadeur en Suisse. Deux quitt. sig. (sur parch.), 1610 et 1617.

Myolans (Louis de), chambellan du roi, capitaine de 40 lances de ses ordonnances. Je crois que c'est le brave Mioleus dont parle Comynes. (*L. de M.*). quitt. sig. (sur parch.). 1498.

Miramont (Pierre de), gouverneur de Nogent-sur-Seine. Deux quitt. sig. (sur parch.). 1575 et 1592.

2202. **NANTOUILLET** (François Duprat, chevalier de), marquis de Barbançon, arrière petit-fils du chancelier Duprat.

L'associé du duc de Nevers et de Mme Deshoulières dans leur cabale contre Racine. Il est mentionné dans l'Epître de Boileau au roi, sur le passage du Rhin. (*L. de M.*).

1° Certificat militaire aut. sig. 1676, 1 p. in-8. en travers.

2° Certificat militaire sig. 1676. Cachet armorié.

2203. **NAPOLEON Ier**, empereur des Français.

L. sig., *Napoléon* à sa mère. Bologne, 5 messidor an XIII. 1 p. in-4.

Il a acheté pour elle le château de Pons. Qu'elle envoie son intendant le voir et en prendre possession. Son intention est d'accorder soixante mille francs pour le mettre en état, et 100.000 fr. (ces chiffres de la main de l'Empereur) pour le meubler... C'est beaucoup plus beau que Brienne. Il désire qu'elle voie dans ce qu'il fait une nouvelle preuve de son désir de lui être agréable..

2204. **NAPOLEON Ier**. *Le même.*

Ces mots aut. avec son paraphe : *On les portera comme du train de la garde*, en marge d'une proposition de récompense en faveur de deux artilleurs blessés le 22 mai, sig. par le général Lariboisière. Vienne, 6 juin 1809. 1 p. in-fol. Deux *portr.*

2205. **NAPOLEON III**, empereur des Français.

L. aut. sig., *L. Napoléon B.*, à son cher Louis... *Ce 14 mai 1832, la 17me d'exil.* 1 petite page in-4. Deux *portr.*

Il comptait aujourd'hui aller faire une course, mais le plaisir d'être avec ces dames et avec lui l'emporte. Il sera à dix heures et demie au Hard et ils iront ensemble à Constance. « J'oubliais une chose importante, c'est le déjeuner; « j'irai donc un peu plus tôt pour déjeuner avec vous. Adieu, *liberté et patrie* « (ces trois derniers mots sont en grec). »

2206. **NAPOLEON III**. *Le même.*

Quart de page aut. sig., in-8. *Portr.*

« Le premier qui fut roi fut un soldat heureux.
» Qui sert bien son pays n'a pas besoin d'aïeux.

« Racine. »

« Fort de Ham, le 4 février 1844. » « Napoléon-Louis Bonaparte. »

2207. **NARBONNE-LARA** (Louis, comte de), ministre de la guerre sous Louis XVI, aide de camp de Napoléon Ier, ambassadeur à Vienne, etc. N. 1755. M. 1813.

1° L. a. s., au Mal Berthier. Nov. 1811. 1 p. in-4. Notice de M. *L. de M.*

2° L. aut. sig., à M. Méjan. 1 p. in-4. Intéressante.

3° L. aut., à M. Desrenaudes. Raab, 27 août. 1 p. in-4.

2208. **NATOIRE** (Charles-Joseph), peintre, directeur de l'Académie de France à Rome. N. 1700. M. 1778.

L. aut. sig., à M. Duchesne, à Versailles. Rome, 8 février 1759. 3 gr. p. pl. in-fol. Très-belle lettre.

Souvenirs de leurs agréables relations, échange de dessins... Il fera sa commission le mieux qu'il pourra au commencement du carême. « Notre carnaval « se passe assez froidement, non pas pour la saison, mais pour la suppression « des bals, etc., que le Saint-Père a défendu, nous avons un pontife très-pieux « qui voudroit réformer bien des abus... »

2209. **NATURALISTES,** *botanistes, géologues, zoologistes.*

Adet (P. A.). an XII. 1 p. in-4.— Bory de Saint-Vincent. Trois lett. 1823 à 1826. 6 p. in 12.— Broussonet. 1 p. in-8. — Desmarest (Nicolas). an XIII. 2 p. in-4. — Descots (Pierre). Quitt. sig. (sur parch.). 1682. — Desmoulins. 1821. 2 p. in-18.— Dryander (Jonas). 1788. 2 p. in-4. — Férussac. 2 p. in-4. — Gigot d'Orcy. 1791. 2 p. in-4. — Lesson. 1828. 1 p. in-8. — Reynier (Jean-Louis-Antoine). 1809. 2 p. in-4. — Savigny. 1823. 1 p. in-8. — Ensemble 13 lett. aut. sig. et une quitt. sig.

2210. **NAVAILLES** (Suzanne de Beaudeant de Neuillant, maréchale, duchesse de). N. 1613. M. 1700.

L'austère dame d'honneur de Marie-Thérèse, femme de Louis XIV, la pieuse et vigilante gouvernante des filles d'honneur, etc., disgraciée pour avoir opposé une vertueuse résistance aux galantes entreprises du roi.— C'est chez la mère de Mme de Navailles que Françoise d'Aubigné, depuis marquise de Maintenon, avoit reçu une passagère et sordide hospitalité. (*L. de M.*).

Acte notarié sig., sig. aussi par le Cte de Froullay, Marie de Froullay, et de Breteuil. 1691. 3 p. in-fol.

Navailles (Philippe de Montault de Benac, duc de), mari de la précédente, maréchal de France. N. 1619. M. 1684. Certificat militaire sig. 1678. in-4. Cachet. Notice de M. *L. de M.*

*2211. **NECKER** (Jacques), banquier, ministre des finances sous Louis XVI. N. 1732. M. 1804.

1° L. sig., à M. de Flesselles. Versailles, 25 février 1780. Demi-p. in-fol.

2° L. aut. sig., à M... 10 août 1788. 1 p. in-4.

3° L. aut. sig., à M. Récamier, banquier. 2 nov. 1803. 1 p. in-4.

4° L. aut., à son ami.. 1 p. in-4.

5° Dix-sept *portr.*, in-18, in-8, in-4 et in-fol.

Ce numéro pourra être divisé.

2212. **NEMOURS** (Anne d'Este, fille de Renée de France, veuve de François de Guise, et femme en secondes noces de Jacques de Savoie, duc de).

Ligueuse aussi acharnée que ses enfants, la duchesse de Nemours monta dans l'église des Cordeliers, sur les marches du grand autel, harangua l'assistance, et l'invita à rendre grâce au ciel de la mort de ce *chien de Valois* (Henri III).— Cette indigne princesse, voulant tromper le peuple de Paris sur les échecs de la Ligue, fit faire de faux drapeaux que l'on promenoit comme les trophées des victoires remportées sur le *Béarnais*. (*L. de M.*).

1° Présentation au roi pour un office de greffier. Pièce sig. (sur parch. Incomplète).

2° L. avec la souscription d'une ligne et demie aut. sig., à M. de Saint-Goard, conseiller du roi et son ambassadeur près la personne de Sa Sainteté. Du Linget, 4 août 1585. Demi-p. gr. in-fol. Taches de cire, près de la suscription.

Lettre curieuse pour lui annoncer la mort de son mari.

2213. **NEMOURS** (Elisabeth de Vendôme, duchesse de).

C'est la veuve de l'infortuné duc de Nemours qui, emporté par une haine furieuse, se fit tuer en duel par son beau-frère, le duc de Beaufort qui, prévoyant cette fatale victoire, s'efforça vainement d'apaiser Nemours. (*L. de M.*).

Pièce sig. (grand in-fol., sur parch.). Paris, 31 avril 1657.

Don d'un office de *courtier aulneur de drap* en la ville de Gisors.

NEMOURS (Henri de Savoie, duc de), filleul de Henri III, beau-père de la précédente. N. 1572. M. 1632.

Pièce sig. (sur parch.). Paris, 3 août 1617.

Provision de courtier auneur de drap.

2214. **NEMOURS** (Marie d'Orléans-Longueville, duchesse de), princesse de Neufchâtel, belle-sœur de la précédente, auteur de *Mémoires sur la Fronde*. N. 1625. M. 1707.

1° Acte notarié, sig. (procuration). 1689. 2 p. in-4. Sceau.

2° Sa signature au bas d'un contrat de mariage signé aussi par Hardouin Rouxel de Médavy; M. Th. Colbert, comtesse de Médavy; Marie-Françoise de Chalais; F. Chalais; Jeanne Chalais, etc., 9 oct. 1694.

3° Acte notarié, sig. (quitt.). 1705. 4 pag. in-fol. Notice de M. *L. de M.*

2215. **NEMOURS** (Louis-Charles-Philippe-Raphaël d'Orléans, duc de), 2me fils du roi Louis-Philippe Ier.

L. aut. sig., au colonel... Tuileries, 27 octobre 1838. 1 p. petit in-8. Trois *portr.*

Il lui renvoie son rapport sur l'armement des lanciers, avec ses corrections à la marge.

2216. **NERESTAING** (Philibert de), grand-maitre des ordres de Montcarmel et de Saint-Lazare, etc.

Voir dans l'Estoille le récit de la cérémonie dans laquelle il donna l'ordre de Mont Carmel à une foule de gentilshommes (1608). Douze ans après, il fut « tué en attaquant vaillamment les retranchements d'un faubourg des Ponts-de-Cé. « C'étoit », dit Fontenay-Mareil, « un fort bon capitaine, qui avoit veu toutes les guerres de la Ligue, et qui ayant eu une grande part à cette action, auroit « esté fait aussytost, mareschal de France. Le roy fust le voir, et en tesmoigna « un extrême regret. »

1° Quitt. sig. (sur parch.). Calais, 10 juillet 1602.

2° Diplôme de procureur général de l'Ordre de Saint-Lazare et du Mont-Carmel, sig. (sur parch.). 1603.

2217. **NESLE** (Gui de Laval, marquis de), capitaine d'une compagnie de 30 lances. Tué à la bataille d'Ivry. 1590.

« En cette bataille d'Yvry, le marquis de Nesle, mon beau fils, fut blessé en « quinze endroits de son corps, s'estant trop hazardé selon la vigueur et l'in- « considération de son aage, faisant ce que le plus vaillant homme du monde « pouvoit faire. Et apres avoir demeuré plus de trois heures dessous son cheval, « entre les morts, ayant enfin esté reconneu, fut porte à Anet pour y estre « pansé; et depuis je le fis conduire et amener chez moi, à Esclimont, où « j'estois; et là, quelque bon soing et traitement que l'on y peust apporter, il « mourut le 12 d'avril, qui estoit justement le trentième de ses blessures, me « laissant un extrême desplaisir et regret de sa mort, et sa veufve, ma fille « aisnée, n'ayant pas encore quinze ans et huit mois accomplis. » (Mémoires « de Cheverny). (*L. de M.*).

Quitt. sig. (sur parch.). *Saint-Vrain, près Estampes*, le premier jour de juillet mil cinq cent quatre vingt.

NESLE (René de Laval, marquis de). 1° Quitt. de quatre lig. aut. sig. (sur parch.), de la somme de 3,000 livres, pour les trois premiers quartiers de la pension de 4,000 livres qu'il plait à Sa Majesté lui donner. 1614. — 2° Deux actes notariés sig., signés aussi par Jean de Montluc, seigneur de Balagny, maréchal de France, et Diane d'Estrées, sa femme, sœur de Gabrielle d'Estrées. 1615 et 1616. Ensemble, 10 p. et-demie in-fol.

2218. NESMOND (François-Théodore de), président au Parlement de Paris. M. 1664.

Ce magistrat, membre de la commission qui jugea Foucquet, exprima dans son testament le repentir d'avoir partialement et hostilement influencé les juges. (*L. de M.*)

1° Quitt. sig. (sur parch.). 16 août 1649.

2° Bail notarié, sig. 23 sept. 1651. 2 p. in-fol.

Nesmond (Pierre-André de), président aux requêtes du parlement de Guyenne. Quitt. aut. sig. (sur parch.). 1684.

Nesmond (Guillaume de), président à mortier au parlement. Deux quitt. sig. (sur parch.). 1686.

2219. NEUFCHATEL (Louis-Henri de Bourbon, prince de), fils légitimé du comte de Soissons.

1° Sa signature au bas d'une expédition de son contrat de mariage avec Cunégonde de Montmorency-Luxembourg. 1694. 28 p. in-fol.

2° Sa sig., au bas d'une insinuation dudit contrat. 1695. 2 p. in-fol.

3° Contrat de rente perpétuelle sig. par lui et par sa femme: *A.—C. de Montmorency-Luxembourg*, sig. aussi par Marie d'Orléans, duchesse de Nemours. 28 janvier 1698. 8 p. in-fol.

Neufchatel (Henri, seigneur de), Chambellan du roi, capitaine de cinquante lances de ses ordonnances... Quitt. sig. (sur parch.). 12 août 1493.

2220. NEVERS (Philippe-Julien Mazarini Mancini, duc de), neveu du cardinal Mazarin. N. 1641. M. 1707.

Ce neveu de Mazarin, ce frère des trop fameuses Mancini est le sot et vaniteux seigneur parvenu qui, aussi dépourvu de goût que de talent, persécuta littéralement Boileau et Racine, fit siffler la *Phèdre* de celui-ci, et applaudir celle de Pradon, digne protégé d'un tel Mécène. Sa pire sottise (sauf l'avantage pécuniaire d'être remis en possession d'une fortune compromise), fut d'épouser Diane-Gabrielle de Damas, fille de Claude-Léonor, marquis de Thianges; laquelle imitant, comme de raison, sa tante, Mme de Montespan, trompa son mari avec le duc de Bourbon, depuis prince de Condé, fils du grand Condé, et avec d'autres. (*L. de M.*).

1° Quitt. sig. (sur parch.). 1704.

2° Quitt. sig., *Philipes Mazarini Mancini, duc de Nevers*, de la somme de 9,000 livres qu'il reconnait avoir reçue de M. le duc de Mazarin. 1669. Demi-p. in-4.

2221. NEY (Michel), duc d'Elchingen, prince de la Moskowa, maréchal de France. Né en 1769. Mis à mort en 1815.

1° L. aut. sig., au général de division Kléber, commandant l'aile gauche de l'armée de Sambre-et-Meuse, à Ober Hadamar. Walendaer, 22 prairial an IV. 2 p. in-4.

Relative à l'investissement de la forteresse d'Ehrenbreitenstein.

2° L. sig., à S. A. S. le prince de Wagram. Malpatida, près Almeyda, 7 sept. 1810. 2 p. in-fol.

3° *Mort de Ney*, par Raffet, gravure in-8. — Le maréchal Ney devant les maréchaux de France (2e partie). Impr. 29 p. in-8. 1815.

4° Treize *portr.*

2222. NICOLAY (Famille de). Neuf quitt. sig. (sur parch.).

Nicolay (Aymar), premier président de la chambre des comptes. 1547. — Nicolay (Antoine de), premier président de la chambre des comptes. Deux pièces. 1567 et 1574. — Nicolay (Jean de), seigneur de Goussainville, premier président en la chambre des comptes. Deux pièces, 1600 et 1601. — Nicolay (Antoine de), seigneur de Presles, premier président de la chambre des comptes. 1605. — Nicolay (Louis de), seigneur de Presles, capitaine guidon des gendarmes, puis premier écuyer du roi. Deux pièces. 1626 et 1643. — Nicolay (Antoine de), seigneur de Goussainville, premier président de la chambre des comptes. 1644.

2223. **NICOLAY** (Jean-Aymar de), marquis de Goussainville, premier président de la chambre des Comptes, tuteur de Voltaire.

1° Quitt. d'une ligne aut. sig. (sur parch.). 1712.

2° Acte notarié, sig. 1698. 2 p. in-fol.

3° L. sig., au cardinal de Fleury. Paris, 14 fév. 1728. 2 gr. p. in-fol.

Il avait cru qu'on aurait pu ménager une somme assez considérable en fermant une partie des monnaies, car la multiplication des ouvriers, des chevaux, du bois, du charbon, des bâtiments, et des autres ustensiles, ne laissent pas de multiplier les frais, et que six ou huit monnaies ouvertes auraient pu suffire au travail quelque flotille qui arrive. — Il a voulu voir à quoi pouvaient monter les frais de fabrication, et pour cela, il a pris les quatre derniers comptes des monnaies qui ont été jugés, qui sont 1715, 1716, 1717, et 1718, et celui de l'année 1719 qui est à juger, et qu'il ne sait comment ils jugeront, à cause des billets de monnaies qui ont été reçus en cette année et qu'on ne fait point voir... Le total pour les quatre années est de 8,403,913 livres. Il aurait bien voulu qu'on eût pu ménager sur ces sommes très-considérables trois ou quatre cent mille livres, mais il s'en rapporte à gens plus éclairés et plus entendus que lui, « car j'avouëray à Votre Eminence que quoique je juge ces comptes « depuis plus de quarante ans, néanmoins j'y entend peu de chose, et que j'ai « toujours pensé que le roy profiteroit beaucoup plus en affermant ses mon- « noyes qu'en les régissant... »

Nicolay (de). L. a. s. Arles, 19 juin. 1698. 3 p. pl. et demie in-4.

Nicolay (de), premier président de la chambre des comptes. Certificat sig. 1769. 1 p. in-4. Cachet.

Nicolay (Charles-Aymar-Christian, comte de), chambellan de Napoléon 1er, pair de France. Sept lett. aut. sig., à M. Lucas de Montigny, 1820 à 1823. Ensemble, 8 p. in-8 et in-4.

2224. **NICOLE** (Pierre), abbé, bachelier en théologie, auteur des *Essais de Morale*, etc., etc. N. 1625. M. 1695.

Quitt. sig. (sur parch.). 2 mai 1678. *Portr.*

Nicolle (Charles-Dominique), abbé, chef d'institution à Odessa, vicaire général à Paris. N. 1758. M. 1835. L. aut. sig., à M. Lucas de Montigny. Paris, 17 mai 1829. 1 p. pl. in-4. *Portr.* in-fol.

Nicolle (Gabriel-Henri), frère du précédent, libraire, puis directeur du collége Sainte-Barbe, puis collége Rollin. N. 1767. M. 1829. L. aut. sig., à Mme de M... Paris, 17 sept. 1824. 2 p. in-4. Biograph. impr. 16 p. in-8.

2225. **NICOLO** (Nicolas *Isouard* dit), compositeur, auteur de *Joconde*, *Jannot et Collin*, etc. N. 1777. M. 1818.

L. a. s. (en italien), à M. Degotti. Paris, 21 déc. 1814. 1 p. in-8. *Portr.*

Nivers (Guillaume-Gabriel), organiste de la chapelle du roi, auteur d'un traité de la composition. M. 1707.. Quitt. sig. (sur parch). 1704.

2226. **NISARD** (Jean-Marie-Napoléon-Désiré), littérateur, membre de l'Académie française. N. 1806.

Huit lett., aut. sig., à M. Lucas de Montigny, et à divers. 1841-1843. Ensemble, 9 p. in-8 et in-4.

2227. **NIVERNOIS** (Louis-Jules Barbon Mancini Mazarini, duc de), ambassadeur, littérateur, membre de l'Académie française. N. 1716. M. 1798.

L. aut. sig., à M... 19 déc. 1781. 1 p. in-4. Deux *Portr.*

Nivernois (Mme la duchesse de). Quitt. aut. sig. 1748.

2228. **NIVIERE-CHOL**, maire de Lyon en 1793.

1° Sa signature comme procureur de la commune de Lyon au bas d'un ordre d'arrestation d'un citoyen Delaunay, commissaire ordonnateur des guerres, en vertu d'un décret de la Convention nationale, et son transfèrement à Paris pour être écroué dans les prisons de l'Abbaye, sig. aussi par Perret, maire provisoire, Picard, Rivaud, etc. Lyon, 25 nov. 1792. 2 p. in-4. Tête impr. Vignette.

2° L. sig., comme receveur du dépt du Rhône, an VIII. 1 p. in-4.

3° Trois pièces de l'époque révolutionnaire concernant *Commune Affranchie*. 1792. 3 p. in-4. Vignettes.—

Certificat de non rebellion. — L. sig. du maire, Bertrand, demandant la liste des citoyens qui ont été arrêtés, ou qui ont dû être arrêtés, etc.

2229. **NOAILLES** (Famille de). Sept pièces.

Noailles (Henri de), comte d'Ayen, gouverneur de la Haute-Auvergne. Codicille notarié de son testament, trois fois sig., avec ces mots aut.: *Cecy est mon codicille.* 3 juin 1615. 3 p. pl. et demie in-fol. — Noailles (François de), comte d'Ayen, gouverneur de Rouergue. Deux quitt. aut. sig. 1674 et 1675. — Noailles (Anne, premier duc de), pair de France, gouverneur de Perpignan, capitaine des gardes. M. 1678. Deux quitt. sig. (sur parch.). 1674 et 1675. — Noailles (Louise Boyer, duchesse de), femme du précédent, dame d'atours de la reine Anne d'Autriche. Quitt. sig. (sur parch.). 1678. — Noailles (Jean-Baptiste-François, marquis de), brigadier de cavalerie. Quitt. aut. sig. (sur parch.). 1692.

2230. **NOAILLES** (Anne-Jules, comte d'Ayen, puis duc de), maréchal de France. N. 1630. M. 1708.

Deux quitt. sig. (sur parch.). 1675 et 1692.

Noailles (Adrien-Maurice, duc de), fils du précédent, ministre d'Etat, maréchal de France. N. 1678. M. 1768.

Les *Mémoires de Noailles*, publiés en 1777, ne sont l'œuvre ni du maréchal Anne-Jules, ni du maréchal Adrien Maurice; ces mémoires, ouvrage de l'abbé Millot, embrassent presque un siècle, de 1682 à 1766. (*L. de M.*).

Quitt. et congé sig. 1700 et 1739. *Portr.*

Noailles (la maréchale, duchesse de). L. aut. sig., à madame de Vassan. Paris, 5 novembre 1740. 1 p. pl. in-4.

Compliments à l'occasion du mariage de sa fille avec M. le marquis de Fénelon.

Noailles (le comte de). L. aut. sig., à M. Trudaine (1740). 2 p. pl et demie in-4. Il y a en tête 7 lignes de la main de M. Trudaine.

La comtesse, sa femme, est appelée à la survivance de la duchesse de Luynes, c'est la première place à la Cour pour une femme, mais c'est un grand sacrifice de liberté, quand on a des enfants qu'on aime. «... Madame de Pompadour « me persécute pour la porte d'Estampes à Arpajon. Je vous prie de vouloir « bien ordonner à M. Denis de faire abbattre la porte qui n'est ni belle, ni « bonne et d'y faire poser des piliers moins beaux que ceux qui sont à l'entrée, « mais qui soient dans l'alignement... »

2231. **NOAILLES** (Louis-Antoine de), cardinal, archevêque de Paris. N. 1651. M. 1729.

1° L. aut. sig., à M. d'Argenson. *Le mercredi matin.* 1 p. in-4. Quatre *portr.* Notice de M. *L. de M.*

Il croit nécessaire qu'en envoyant signifier l'ordre du roi au sr Claude, il fasse mettre ses papiers en sûreté pour les examiner dans la suite à loisir. Il pourrait y avoir de certaines choses secrètes qu'il serait bon de connaître, du moins sur le temporel du monastère qu'on dégrade tant qu'on peut...

2° L. aut., à M. l'abbé Bossuet. Rome, 22 mai 1698. 3 gr. p. in-4.

...Le temps qu'il a été obligé de donner pour mettre sa réponse à M. de Cambrai en état de partir lui a ôté celui dont il avait besoin pour lui faire une longue lettre... Il espère toujours que malgré les efforts de la cabale, la vérité triomphera. Il lui envoie une copie de sa réponse aux quatre lettres de M. de Cambrai... Il envoie aussi par cet ordinaire au P. Zacharie plusieurs exemplaires de son instruction traduite en latin... « l'espere qu'elle fera du « bien, ma reponse en doit faire aussi, car le fait y est eclairci assés fortement « ce me semble, et très-véritablement. le compte d'enuoier dans peu des actes « qui étonneront et feront voir le fons de cette affaire qu'on n'a pû penetrer « iusques a present... »

2232. **NOAILLES** (Victor, comte de), fondateur de l'établissement dit de Saint-Nicolas, pour l'éducation chrétienne des orphelins.

L. aut. sig., à M. Roger, de l'Académie française. Paris, 19 sept. 1836. 1 p. in-8. Au sujet de son établissement de charité.

NOAILLES (Alexis, comte de), ambassadeur, député, ministre d'Etat. N. 1783. M. 1835. L. aut. sig., au même. Paris, 2 janvier 1823. 1 p. pl. in-4.

NOAILLES (le duc de), pair de France. Deux lett. aut. sig., à MM. Laurent e, etc. 1835. 1 p. in-8 et 1 p. in-4.

2233. **NODIER** (Charles), littérateur, poëte, membre de l'Académie française. Né en 1780. Mort en 1844.

1° L. sig. (le corps de l'écriture est de la main de Mme Menessier, sa fille), a M. le comte... 1 p. in-4. Deux *portr.* Notices nécrologiques (MM. Jules Janin, etc.).

2° L. a. s., à M. Roger, de l'Académie française. 1835. 1 p. in-4. L'édition de Pascal dont il lui parle existe, mais il est fort douteux qu'il y en ait un exemplaire à Paris... Il faut voir *les Provinciales* aux mots qui commencent la 1ere ligne de la p. 3. S'il y a *Moines mendiants*, c'est la bonne édition. S'il y a *religieux*, l'édition est contrefaite...

MENESSIER (Marie-Antoinette-Elisabeth Nodier, dame), fille du précédent, femme de lettres. N. 1811. L. aut. sig., à M... Demi-p. in-8.

2234. **NOEL DE LA MORINIERE** (Simon-Barthélemi-Joseph), ichtyographe, voyageur, etc. N. 1763. M. 1822.

L. aut. sig., à M. de Montbret, à Dublin. Rouen, 16 décembre 1790. 4 p. in-4.

Demande de renseignements sur la pêche du hareng.

NOEL (François), inspecteur général des Études, etc. N 1756. M. 1841. L. aut. sig., au citoyen Méjan. Colmar, 2 fructidor an IX. 1 p. pl. in-4.

2235. **NOGENT** (Nicolas de *Bautru*, comte de), capitaine des gardes de la porte de S. M.

L'*Amuseur* de la Cour d'Anne d'Autriche, l'époux peu résigné de Marie Coulon dont l'amant, valet de son métier, fut, sur la plainte du mari, condamné à être pendu. (*L. de M.*). M Lucas de Montigny donne aussi un curieux portrait de Mme de Motteville sur Bautru.

Deux quitt. sig. (sur parch.). 1630 et 1658.

2236. **NOIRMOUSTIER** (Charlotte de Beaune de Semblançay, femme de François de la Trémoille, marquis de). Née en 1551. Morte en 1617.

La célèbre maîtresse de François d'Anjou, de Henri IV, de Henri de Guise, etc. Celui-ci, dit-on, avait passé avec elle la nuit du 24 décembre 1588, jour où il fut assassiné à Blois. Voir pour plus de détails : *Sauves*. (*L. de M.*).

1° Acte notarié, sig.: *Charlotte de Beaune*... 1615. 1 gr. p. in-fol.

2° Acte notarié sig., sig. aussi par son fils, Louis de la Trémoille, qui suit... 1609. 3 p. in-fol.

NOIRMOUTIER (Louis de La Trémoille, marquis de), fils de la précédente. Frondeur actif, amant repoussé, ami retenu par Mme de Sévigné. (*L. de M.*). Quitt. sig. (sur parch.). 1665.

2237. **NOLLET** (l'abbé Jean-Antoine), physicien, membre de l'Académie des sciences. N. 1700. M. 1770.

1° L. aut. sig, à M... 18 sept. 1765. 1 p. in-8. Beau *portr.* de Molès, in-4.

Sa lettre au sujet du fusil à vent lui a rappelé, dans la mémoire qu'il avait demandé, l'arrêt par lequel feu M. Clairaut et lui avaient été nommés commissaires dans l'affaire des chapeliers... Il vient de retrouver ces papiers..

2° L. aut. sig., à M. Narcis, à Nantes. Paris, 12 juin 1769. 1 p. in-4. Joli cachet en cire rouge.

Il y a des expériences pour et contre l'électricité de la flamme, et il est assez difficile d'en bien juger, à cause de l'extrême rapidité avec laquelle se meut cette espèce de fluide...

2238. **NORVINS** (Jacques Marquet de Montbreton de), auteur d'une histoire de Napoléon, poete. N. 1769.

1° Trois lett. aut. sig., à M. Babeuf, libraire. 6 p. et demie in-8 et in-4 (en mauvais état). — 2° Trois lett. aut. sig., à MM de Jouy, Furne, etc. 1830 à 1839. 5 p. in-8. — 3° Note aut. *Sommaire du 2e chant.* 1 p. et demie in-4.

2239. **NOURRIT** (Louis-Adolphe), premier ténor de l'Opéra, de 1821 à 1838. N. 1802. M. 1839.

L. aut. sig., à M. le comte... Paris, 28 juillet 1831. Demi-p. in-4. *Portr.*, deux charges et notice impr.

NOURRIT (Louis), chanteur de l'Opéra. N. 1780. M. 1832. L. aut. sig., à M. le comte de Pradel, ministre de la maison du roi. 1 p. pl. in-4. *Portr.*

2240. **NOVERRE** (Jean-Georges), danseur et chorégraphe, maître des Ballets de l'Opéra. 1727-1810.

L. aut. sig., au citoyen Bélanger. 2 janvier 1802. 3 p. in-4. *Portr.*

Il lui demande les croquis de la décoration d'opéra qu'il prépare, elles lui serviront de cadres, et il fera ses efforts pour les remplir dignement.

2241. **O** (François, marquis d') gouverneur de Paris, surintendant des finances. N. 1535. M. 1594.

Sully raconte que cet homme si riche et si fastueux fut dans ses derniers moments tellement dépouillé par ses domestiques, que le lit où il couchoit étoit le seul meuble qui restât chez lui. — Vérifier l'imputation qui a été portée contre d'O, à propos de la résistance (déloyale ou égoïste, dit-on) qu'il auroit opposée à La Noue qui, après la journée d'Ivry pressoit vivement Henri IV d'en profiter en allant attaquer la ville de Paris, effrayée de cette victoire et découragée. (*L. de M.*).

Quitt. sig.: *François d'O* (sur parch.), de la somme de 10,868 escus sol à nous ordonnée pour notre remboursement de pareille somme de laquelle nous aurions cy devant, et dès le 28e jour de décembre 1591, faict prest à Sa d. Majesté pour subvenir à ses urgentes affaires... dernier décembre 1592. Cachet.

O (Jean d'), sieur de Courteilles et de Manoust, frère du précédent, capitaine des gardes du corps du roi.

Brave, prodigue, et débauché comme son frère, le surintendant, affectant comme lui la dévotion, et voulant, par exemple, après le siége de Rouen, que les morts de l'armée du roi fussent enterrés séparément, les catholiques d'un côté, et les huguenots de l'autre. (*L. de M.*)

Quitt. sig.: *Jehan d'O* (sur parch.), de la somme de 1,000 *écus sol*, dont S. M. lui a fait don. 4 juillet 1584. Cachet (Mouillures).

O (Jean d'), père des précédents, capitaine des gardes. Quitt. sig. (sur parch.). 1488.

O (Gabriel d'), capitaine de vaisseau. Quitt. aut. sig. (sur parch.). 1693.

2242. **OCHS** (Pierre), publiciste, à Bâle membre du Directoire helvétique. Né en 1749. Mort à Bâle en 1821.

1° L. aut. sig., à M. Viennot, à Vesoul. Bâle, 28 floréal an VIII. 1 p. pl. in-4. *Portr.* Touchante lettre.

2° L. aut. sig., au même. Bâle, 2 nivôse an VIII. 4 p. pl. in-4.

Détails intéressants sur les ennuis qu'il éprouve en Helvétie, sur son désir de se retirer en France, sur l'impossibilité de vivre à Bâle, « attendu qu'il n'y est « question que de commerce, de pipes et de cercles d'hommes peu instruits. » Coup d'œil sur la situation déplorable où se trouvait la Suisse avant 1799... « Aussi la nation étoit vraiment dégradée... Votre révolution éclatte. Je vois « les classes privilégiées chez vous compter parmi leurs membres des patriotes « généreux... Je me permets de faire des rêves philantropiques sur notre inté- « rieur... En voila assez pour vous prouver que je dois avoir des ennemis dans « la classe privilégiée. Mais en aimant la liberté et l'égalité, je haïssois la

« démagogie, les caprices de la multitude et tout ce qui entretient les préjugés « opposés à ceux de l'aristocratie. J'ai donc dû tôt ou tard déplaire à certaines « personnes qui ne voulaient l'égalité que pour humilier leurs anciens supé- « rieurs, et qui ne vouloient la liberté que pour opprimer à leur tour... »

2243. **ODRY** (Jacques-Charles), célèbre facteur des Variétés. Né en 1781. Mort en 1853.

1° Réclamation a. s. (sur papier timbré), au sous-préfet de St-Denis. Paris, 3 mars 1837. 1 p. pl. in-4. *Portr.* (Bilboquet), et *charge.*

Au sujet d'une taxe trop forte imposée sur sa maison de Courbevoie.

2° L. a. s., à M. le rédact. de la *Quotidienne*. Paris, 5 avril. 1 p. in-8.

Il le prie d'annoncer sa représentation de retraite ; composition du spectacle.

2244. **OFALIA** (Narcisse de Heredia, comte de), ambassadeur d'Espagne. M. 1843.

L. aut. sig., au grand chancelier de la Légion d'honneur. Grenade, 30 juillet 1824. 1 p. in-fol.

Accusé de réception de la grand'croix de l'ordre.

O'Farrill (don Gonzalo), général espagnol, ministre de la guerre sous les rois Charles IV et Joseph. N. 1754. M. 1831.

L. aut. sig., à M... Paris, 8 octobre. 1815. 2 p. et demie in-4.

Metternich (noble seigneur Henri Harteradt de). Acte notarié sig. 1605. 1 gr. p. pl. in-fol.

2245. **O'HARA** (Charles), général anglais, gouverneur de Gibraltar. Mort en 1800.

L. sig., au ministre de la guerre. Maison d'arrêt du Luxembourg, 4 ventôse. 1 p. et demie in-4, et écrou du général et de son domestique, sortant de la prison du Luxembourg pour être conduits dans une autre. Paris, 5 pluviôse an III, in-8 en travers.

Réclamation au sujet d'un médecin et d'un chirurgien anglais, avec deux domestiques, qui ne peuvent être prisonniers de guerre, le général Dugommier, sous la foi d'un pavillon parlementaire, leur ayant permis de sortir de Toulon pour l'accompagner à Paris, et rester avec lui jusqu'à la guérison de ses blessures.

2246. **OLIVET** (Joseph Thoulier, abbé d'), jésuite, grammairien, traducteur, membre de l'Académie française. Né en 1682. Mort en 1762.

L. aut., à M. de Querlon. Vendredi .. 1 p. pl. in-4. *Portr.* allégorique de Soubeyran, in-4. Bonne épreuve.

Remarques sur l'acception de *Cœnitare*...

2247. **OLIVIER** (François), seigneur de *Leuville*, chancelier de France. N. 1488. M. 1560.

Puisque je m'amuse à noter sur ces dossiers mes souvenirs tels quels, je note ici cette circonstance singulière que quand François Olivier fut nommé maître des requêtes, il ne fut reçu au Parlement que sous la condition de couper préalablement sa longue barbe. (*L. de M.*).

Deux *Portr.* coloriés, in-4.

Olivier (Antoinette de Cérisaye, veuve du chancelier François). Deux quitt. sig. (sur parch.). 1564 et 1568. Une est avec cachet.

Olivier (Jean), fils des précédents, seigneur de Leuville, gentilhomme de la chambre du roi. Quitt. sig. (sur parch.).

2248. **OLONNE** (Catherine-Henriette d'*Angennes*, fille du baron de la Loupe, veuve de Louis de la Trémoille, comte d'). M. 1714.

C'est une des plus scandaleuses héroïnes des *Amours des Gaules* de Bussy Rabutin qui lui attribue pour amants Beuvron, Candale, Jeannin de Castille, Saint-Évremont, Villarceaux, Guiche, etc. Le seul cardinal de Retz échoua (dit-il) près d'elle (avant qu'elle fut mariée, à la vérité) et lui-même a raconté sa mésaventure. (*L. de M.*

Quitt. sig. (sur parch.). 1698.

2249. **ORDRES D'ARRESTATION** et d'incarcération de députés à la Convention nationale.

Sept pièces sig., émanant du Comité de sûreté générale, de la Commune de Paris, etc., ordonnant l'arrestation, etc., de *Jean* Bon-Saint-André ; Jouneau, comme *prévenu d'un assassinat* envers un de ses collègues (pour avoir bâtonné Grangeneuve) ; Osselin ; Perrin, deux pièces ; Philipeaux, mis à mort avec Danton, Camille Desmoulins, etc. — Compte rendu à la Convention. Ensemble, 86 p. in-8 ; Féroux. An II et an III. In-4 et in-fol., plusieurs avec sceaux ou cachets. L'une est aut. sig. de Perrin, et sig. par Bergoing, Mariette, Boudin, P. M. Delaunay, Rovère, Pierres, P. Guyomar et Marie-Joseph Chénier.

2250. **ORDRES D'ARRESTATION** et d'incarcération de généraux.

Onze pièces sig., émanant du Comité de sûreté générale, etc., ordonnant l'arrestation ou l'incarcération des généraux Anselme ; Brunet (mis à mort le 6 novembre 1793). Daubigny, adjoint à l'état-major de l'armée révolutionnaire (deux pièces) ; Desbrulys ; Desforgues ; Doucet ; Grignon ; Harville (Auguste), deux pièces, et le colonel Humbert, au 19e régiment de chasseurs à pied, avec cachet, et les signatures de Dubarran, Jagot, Voulland, Philippe Ruhl, Louis (du Bas-Rhin), Le Bas, Couthon, Amar, A. Dumont, Merlin (de Thionville), Vadier, Goupilleau (de Fontenay), Moyse Bayle, Legendre (de Paris) et Bouchotte.

2251. **ORDRES D'ARRESTATION** et d'incarcération de généraux.

Douze pièces sig., émanant du Comité de sûreté générale, de la Commune de Paris, du tribunal révolutionnaire, etc., ordonnant l'arrestation ou l'incarcération des généraux Kilmaine ; Marcé (deux pièces) ; Pujet, dit *Barbantane ;* Quétineau ; Sandos (deux pièces) ; Sercey, vice-amiral ; Tunck, et Maillé, inspecteur général d'artillerie, les citoyens Magnac et Levasseur, capitaine et lieutenant de la corvette la *Prompte*, et Margaron, ci-devant adjudant provisoire de l'armée du Nord... An II et an III, in-4 et in-fol., la plupart avec cachet et vignette, et les signatures de Basire, A. Dumont, Lavicomterie, Alquier, Maure aîné, Bouchotte, Dubarran, Louis (du Bas-Rhin), Elie Lacoste, Jagot, etc.

2252. **ORDRES D'ARRESTATION** et d'incarcération d'ecclésiastiques.

1° Arrêté du Comité de sûreté générale (vu la lettre du Comité de surveillance de la commune d'Etampes), pour l'arrestation du nommé Hardy, ex-prêtre, demeurant actuellement à Paris... Aut. sig. par Jagot, et sig. par Dubarran, Lavicomterie, Louis (du Bas-Rhin), Bayle, Vadier et Voulland. 3 prairial an II. 1 gr. p. in-fol. Cachet.

2° Expédition conforme délivrée par le district de l'Egalité de Paris, d'un arrêté de Crassous, daté de Versailles, le 30 ventôse an II... 2 p. in-fol. Tête imprimée, vignette, et cachet en cire rouge. « ... Vu « les délibérations faites par le nommé *Charles-Ange* Collet, prêtre « retiré à Thiais, district de l'Egalité, et qui n'a point renoncé aux « fonctions, son refus de dire son opinion sur les grands événements « de la révolution, refus qui caractérise l'homme qui en a été l'en- « nemi et le classe forcément parmi les personnes désignées comme « suspectes par la loi du 17 septembre... Arrête qu'il sera mis en « arrestation... »

3° Arrêté sig., du représentant Crassous, daté de Versailles, 6 messidor an II (1 p. in-4), adressé au district du bourg d'Egalité... Le « nommé *Pipaut* Dupérat, ex-curé de la commune de Chilly, district

« de Versailles, s'est retiré, dit-on, à Ivry, où est sa mère... Il y a « eu cy devant un mandat d'arrêt lancé contre lui pour avoir entre- « tenu l'esprit de fanatisme, et je m'aperçois qu'il a été se mettre « dans le quartier de la mère de Dieu ; vous voudrez bien, au reçu « de la présente, le faire arrêter à Paris par le Comité de sa section, « pour nous mettre à l'abri de ses prières... »

4° Réquisition sig., du même, au commandant de la gendarmerie de Gonesse, « de faire arrêter et conduire dans la maison de détention « de Saint-Lazare, à Paris, le nommé *Coupé*, cy devant chapelain de « l'émigré Nantouillet à Marly-la-Ville, aujourd'hui retiré au moulin « de Goussainville... » Gonesse, 24 germinal an II. 1 p. in-4. Cachet en cire rouge.

2253. **ORDRES D'ARRESTATION**, d'incarcération, etc.

Huit pièces sig., émanant du Comité de sûreté générale, de la Commune de Paris, du Tribunal révolutionnaire, etc., concernant les citoyens LAJOIE... comme suspect, c'est-à-dire, comme n'ayant pas de carte civique, n'étant pas au rôle dans la garde nationale, et ayant connaissance qu'il s'était, depuis la révolution, refusé à touts ses devoirs civiques... ; *Claude* BEAULIEU ; ordre aut. sig. de Leblois, accusateur public, « au gardien de la Conciergerie, de garder pendant « vingt-quatre heures l'exécuteur des jugements criminels, et ce, « conformément à la décision du tribunal assemblé en la chambre du « conseil. Du parquet, le 19 fructidor an II. » 1 p. in-4. Tête impr. Cachet. «... Sur le procès verbal de saisie de la personne du traitre « COFFINAL, ex-vice-président du tribunal révolutionnaire, déclaré « hors de la loi par décret rendu par la Convention nationale, dans « la séance des neuf et dix de ce mois. Le Comité de sûreté géné- « rale arrête... etc... DELACROIX, ancien professeur de droit public « au Lycée, auteur d'un ouvrage intitulé, le *Spectateur français pen- « dant le gouvernement révolutionnaire*... ; *Jean-Baptiste* DECOMBE ; « *Laurent-Urbain* GUILLOT ; *Xavier* AUDOUIN, ex-adjoint au ministre « de la guerre. » An II et an III. In-4 et in-fol., plusieurs avec cachets.

2254. **ORDRES D'ARRESTATION** et d'incarcération.

Six pièces, émanant du Comité de sûreté générale, etc., sig. par Amar, Moyse Bayle, Dubarran, Jacques-Louis David, Lavicomterie, Louis (du Bas-Rhin), Voulland, Cellombel, Bourdon (de l'Oise), Clauzel, Reubell, Harmand, Monmayou, Lesage-Sénault, Reverchon, Angrand, Alquier, Bazire, Panis, Auguis, Delecloy, Gauthier, Pierres, Guyomar, Isabeau et Courtois, concernant *Urbain* JAUME, se disant né à Port-la-Montagne, ami des Lameth, du ci-devant duc d'Aiguillon et de Moreton Chabrillant; l'ex-marquise de SOUDEUIL et l'ex-marquis de FOUCAULT; VARIN, agent du conseil exécutif ; *Robert* PRESSAC et MALHERBE, de la section des Gravilliers. An II et an III. In-4 et in-fol. Tête impr. Cachet.

2255. **ORDRES D'ARRESTATION** et d'incarcération.

Six pièces, émanant du Comité de sûreté générale, sig. par Sevestre, Gauthier, Delecloy, Pémartin, Courtois, Alex. Ysabeau, Clauzel, Auguis, Calès, Bentabole, Lesage-Sénault, Bourdon (de l'Oise), Monmayou, Reubell, Levasseur, Reverchon, Laporte, Mathieu, Lavicomterie, Amar, Elie Lacoste, Voulland, Le Bas, Dubarran et Harmand, concernant *Urbain* JAUME ; DEVÈZE, ex-juré du tribunal révolutionnaire ; MONNOYER, ci-devant employé à la municipalité de Paris; FLEURY et MARSIN; PERRENS D'HERVAL ; le ci-devant marquis de RUMIGNY. An II et an III, in-4. et in-fol. Tête impr. Cachet.

2256. **ORDRES D'ARRESTATION** et d'incarcération.

Cinq pièces, émanant du comité de sûreté générale, sig. par Barbeau Dubarran, Méaulle, A. Dumont, Lesage-Sénault, Clauzel, Goupilleau (de Fontenay), Bourdon (de l'Oise), Louis (du Bas-Rhin), Legendre (de Paris), Moyse Bayle, Elie Lacoste, Lavicomterie,

Voulland, Vadier, Jagot, Philippe Ruhl, Le Bas, Reverchon, Monmayou, Reubell, Mathieu, Garnier (de l'Aube) et Harmand, concernant les citoyens FAUVETY, ex-président de la société populaire d'Orange; *Louis* GASPARD; RENAULT; DORIMIEUX, « ci-devant garde du tiran»; BAISSON. An II et an III, in-fol. Tête impr. Cachet.

2257. **ORDRES D'ARRESTATION** et d'incarcération.

Cinq pièces, émanant du Comité de sûreté générale, etc., sig. par Louis (du Bas-Rhin), Philippe Ruhl, etc., concernant *Mathieu* TAMISIER, prévenu de s'être vanté à plusieurs reprises d'avoir dirigé, excité et coopéré aux massacres des prisonniers d'Orléans a Versailles; *Michel* JAGLY, tonnelier, demeurant cour de Lesdiguière, section de l'Arsenal,...« Fortement prévenu d'avoir participé aux massacres «commis à la Force dans les premiers jours de septembre 1792, «vieux style....»; *Pierre-François* PARIS, de Porentruy, « Prévenu «de propos incendiaires, tendans à provoquer le meurtre et la guerre «civile...» ; SALLIER CHAMONT, ex-conseiller au parlement de Paris (auteur des *Annales françaises*, etc.)...; SÉNART (auteur des *Révélations puisées dans les cartons des Comités de salut public et de sûreté générale*). An II et au III. In-4. et in-fol. Tête impr. Cachet.

2258. **ORDRES D'ARRESTATION** et d'incarcération.

Six pièces, émanant du Comité de sûreté générale, sig. par Clauzel, Monmayou, Delecloy, Rovère, Mathieu, Pémartin, Legendre (de Paris), Augnis, Gauthier, Collombel, A. Dumont, Goupilleau (de Fontenay), Louis (du Bas-Rhin), Bernard, Bourdon (de l'Oise), Dubarran, Élie Lacoste, Philippe Ruhl, Gauthier, Alexandre Ysabeau, Calès, Guffroy, et Moyse Bayle, concernant les nommés *Diogène* TENNAILLE, *Bias* PARENT, *Brutus* GOBET, *Scævola* FORTIER, *Nicolas* PARADIS, *Mousin* PILAVOINE, *Cassius* GILLOIS, *Jean* BASON, *Pierre* GOBIOT, *Philippe* BERNIER, *Jean-Nicolas* LECOQ, *Cursius* PARENT, *Diaboras* LIBOREL, *Zizca* EBERT, *Simon* DUPLAY, *Jacques* JOACHIM, *Pierre* BUSSIERE fils, *Torquatus* DUCHESNE, prévenus de délits de la compétence du tribunal révolutionnaire, et tous de la commune de Clamecy...; *Simon* DUPOTY, et six autres de ses collègues composant le comité révolutionnaire de Montagne-bon-Air...; MAHONE, receveur du district de Rozay, et la nommée COLLÉ, femme DUPUIS; *François-Xavier* BOICHARD, marchand forain, et *Pierre* CRAPARD, horloger ouvrier; LEGROS, PYOT, LE BLANC, FLEURY ET CRÉPIN; *Frédéric* MOUGINOT, *Marie-Geneviève* BARRÉ, femme MOUGINOT, et *Hortense* MOUGINOT, leur fille aînée, de la commune de Montereau... An II et an III. In-fol. Tête impr. vignette. Cachet.

2259. **ORDRE D'ARRESTATION** et d'incarcération.

Le Comité de sûreté générale....« Arrête que le citoyen Millet, ci-«devant commis du Comité de salut public, et maintenant employé «dans les bureaux du Comité de sûreté générale, surpris à présenter «quatre arrêtés de mise en liberté, aux membres du Comité, écrites «de la main du dit Millet, et qui n'avoient pas été délibérées ni dis-«cutées, sera mis en arrestation, conduit au Luxembourg, etc. Aut. sig. de Clauzel, et sig. aussi par Bourdon (de l'Oise), A. Dumont, Mathieu, Lesage-Sénault, Reubell, Goupilleau (de Fontenay), Reverchon et Bentabole. 27 vendémiaire an III. 1 p. in-fol. Tête impr. Vignette. Cachet.

2260. **ORDRES DE MISE EN LIBERTÉ.**

Neuf pièces, émanant du Comité de sûreté générale, sig. par Pierres, Bailly, Boudin, Bergoing, Bailleul, J. Marriette, Lomont, Perrin, P. M. Delaunay, A. Dumont, Élie Lacoste, Legendre (de Paris), Vadier, Merlin (de Thionville), Goupilleau (de Fontenay), Louis (du Bas-Rhin), Dubarran, Bernard, Moyse Bayle, Amar, Voulland, Lavicomterie et Jacques-Louis David, concernant les citoyens BAZIN; BIL

Lecocq; Boucher; *Jeanne-Etiennette* Chalans, femme de chambre de la citoyenne Latournelle; la citoyenne Domerson; Chardet, ci-devant capitaine de la section armée de la Montagne..., arrête que le citoyen Denis, miroitier, rue Bourg-l'Abbé, nº 14, section des « Amis de « la patrie, détenu au Luxembourg, sera mis en liberté, et que les « scellés, s'il y en a d'apposés chez lui, seront levés par le Comité « révolutionnaire de la section des Amis de la patrie, sous la sur« veillance duquel ledit Denis est mis par le présent arrêté..... » *Pierre-François* Domicille, et les citoyens Guignebert, Bosquet et Saucer, de la section des Gravilliers... An II et an III, in-4 et in-fol. Tête impr. Vignette. Cachet.

2261. **ORDRES DE MISE EN LIBERTÉ.**

Neuf pièces, émanant du Comité de salut public, du Comité de sûreté générale et de la Commune de Paris, sig. par Amar, Moyse Bayle, Dubarran, Elie Lacoste, Louis (du Bas-Rhin), Legendre (de Paris), Merlin (de Thionville), Voulland, Collot d'Herbois, Billaud Varenne, Vadier, Bernard, A. Dumont, Goupilleau (de Fontenay), concernant les citoyens Guirault; Jaulme, « arrêté d'après la dénonciation de l'infâme Renaudin;... » Jolivet; *Jean-Ernest* Krick, général; Malancourt, miroitier; Schauenbourg, général; Séguy; Simonet; Taschy; Frédéric; Deglise, et Vacher, marchand mercier, de Choisy-sur-Seine. An II, in-4 et in-fol. Tête impr. Cachet.

2262. **ORDRE D'EXECUTION.**

Pièce sig. par Fouquier-Tinville. 1 p. pl. in-4. Nous donnons cette pièce funèbre dans sa forme et teneur. Elle est imprimée, les parties en italiques sont manuscrites :

Exécuteur
des jugements
criminels.

TRIBUNAL RÉVOLUTIONNAIRE.

L'exécuteur des jugements criminels ne fera faute de se rendre le *quatorze ventôse* à la maison de Justice de la Conciergerie, pour y mettre à exécution le jugement qui condamne *Antoine Merieu Dufrenoy, Pacosme Saint-Lambert, Guillemaut, Saint-Souplet père, Saint-Souplet fils ainé, Saint-Souplet fils cadet, et Laurent Bruxelles* à la peine de mort. L'exécution aura lieu *cejourdhuy à trois heures de relevée* sur la place de *la Révolution* de cette ville.

L'Accusateur public,
A. Q. Fouquier.

Fait au tribunal, le *14 ventôse*, l'an second de la République française.
2 voitures.

2263. **ORFILA** (Mathieu-Joseph-Bonaventure), médecin, chimiste célèbre. N. 1787. M. 1853.

1º Deux lett. aut. sig., à M. le comte de Chabrol et à M. Préchez, notaire. 1830 et 1835. 3 p. in-4. — 2º Certificat médical aut. sig. — 3º Certificat médical sig., et billet d'invitation à M. L. de M. 1831. Deux *portr.* et *charge* avec Notice impr.

Orfila (Gabrielle Lesueur), femme du précédent, cantatrice. L. aut. sig., à M. Jules Janin. Samedi. 2 p. pl. in 8.

« Ai-je pensé à vous dire, monsieur, que notre ami Balfe étoit compositeur, « que tout cet hiver il avoit fait entendre et avoit exécuté lui-même avec le plus « grand succes divers morceaux des opéras qui, à Londres, ont été donnés et « restent au répertoire, car il joint au talent de compositeur celui de chanteur « le plus spirituel et le plus gracieux; plus, depuis la perte que nous avons « faite de Paër et de Rossini, il n'y a pas un artiste qui tienne le piano avec « plus de verve et de sentiment? Je vous ai dit que Thalberg, avec une grâce « et un désintéressement complet, se mettoit à la disposition de Balfe... »

2264. **ORGANISTES,** *Hautbois, Flûtistes,* compositeurs.

Benoist (François), organiste. N. 1795. L. a. s. 1 p. et demie in-8. — Brod, hautbois. M. 1839. L. a. s. 1837. 1 p. in-4. *Charge* et notice impr.—Fontmichel, musicien compositeur. Article aut. sur son ouvrage : *Le chevalier de Canole.* 3 gr. p. in-fol. Magnifique éloge écrit par lui-même, d'un sien ouvrage. (*L. de M.*). — TULOU, flutiste. N. 1786. Deux lett. aut. sig. 1837 et 1841. 3 p. in-4. *Charge* et notice impr. — VALLOIS (Mathurine de), ordinaire (c'est-à-dire musicienne) de la maison du roi et de la reine. Deux actes notariés sig. 4 p. et demie in-fol.

2265. **ORLEANS** (Charles de Valois, duc d'), poëte, père de Louis XII. N. 1391. M. 1465.

Ordre d'une ligne aut. sig., de payer 200 livres tournois à son frère Jean (aïeul de François Ier). 1458. Très-belle pièce sur parchemin. Parfaite conservation. — Vue de l'hôtel, rue des Bourdonnais, qu'habitait Charles d'Orléans, in-4.

2266. **ORLEANS** (Charles, bâtard d'), grand prieur de France, comte d'Auvergne, de Clermont et de Lauraguais.

Quitt. sig. (sur parch.), de la somme de 1,000 *escus sol*, pour deux mois de pension. 1590.

2267. **ORLEANS** (Jean-Baptiste Gaston, duc d'), frère de Louis XIII. N. 1608. M. 1660.

Ordre sig., de payer 1,200 livres à l'archevêque de Tours (entièrement de la main de Goulas, et aussi sig. par lui). 20 déc. 1644. Sept *portr.* in-8, in-4 et in-fol. Notice de M. *L. de M.*

2268. **ORLEANS** (Marguerite de Lorraine, duchesse d'), seconde femme du précédent. N. 1613. M. 1672.

1° L. aut. au R. P. Donat, religieux du tiers ordre de St-François. 8 novembre 1659. 1 p. pl. in-4. Cachets et soies. *Portr.*

Elle est bien réjouie de savoir son frère dans « les bons sentiments qui lest, « et vous ne pouuez pas mieux faire que ce que vous faites continuez lay la « derniere impatiance de voire mon chere frère... »

2° Etat sig. de sommes à payer en forme de gages, pendant le mois d'octobre 1644, à toutes les personnes de sa maison. La somme totale est de 6,038 livres. 4 p. et demie in-fol. Curieuse pièce.

3° « Estat (signé) des parties payées par le commandement verbal « de Madame, pour lesquelles il n'est laissé aucun fonds dans l'estat de sa maison... » 2 déc. 1634. 3 gr. p. in-fol. Curieuse pièce.

4° L. sig., aux conseillers de la ville de Nancy. Paris, 10 nov. 1647. Demi-p. in-4. Cachets et soies.

Elle leur recommande Louis de Lompré, père de son valet de chambre, afin qu'ils l'exemptent de logement et fournitures de gens de guerre, etc.

2269. **ORLEANS** (Philippe de France, duc d'), frère de Louis XIV. N. 1640. M. 1711.

1° Commission sig., de receveur des tailles, à Dourdan, *A Dunquerque*. 1698. Parch.

2° L. aut. sig., à M... Ce 27 d'avril 1677. 1 p. pl. in-4. Fortement tachée. Trois *portr.*

Relative à la bataille de Cassel, dont l'événement, glorieux pour Philippe, excita la jalousie de Louis XIV qui, depuis, ne voulut lui confier aucun commandement militaire.

ORLÉANS (Elisabeth-Charlotte de Bavière, duchesse d'), femme du précédent. N. 1652. M. 1722.

1° Brevet de retenue de 40,000 livres en faveur de son premier maître d'hôtel. Pièce sig. (sur parch.). 1676. *Portr.* de Simoneau.

2° Procuration notariée. sig. par elle et par le duc son mari. Paris, 9 juillet 1698. 3 p. in-fol. Collection de M. de Monmerqué.

2270. **ORLEANS** (Philippe, duc d'), fils du précédent, régent de France. N. 1674. M. 1723.

1° Passeport sig. (en espagnol), pour cinq Français qui se rendent aux Invalides. 1708. 1 p. in-fol. 8 *portr.* Notice de M. *L. de M.*

2° Donation notariée de la terre d'Argenton (en Berri), évaluée

50,000 livres, à Mlle de Sens, dame Louise-Marie-Madelaine-Victoire Le Bel de la Boissière, comtesse d'Argenton, à qui il avait déjà donné 500,000 livres, le tout à charge de substitution au profit du chevalier d'Orléans, leur fils naturel, et que le régent fit depuis général des galères, grand prieur de Malte, etc., sig. par le duc et ladite comtesse d'Argenton. 1er mars 1709 4 p. in-fol.

3° Dix lignes aut. sig. *P.*, sur une lettre sig. de M. Le Blanc au maréchal de Berwick. Paris, 1er juin 1719. 4 gr. p. in-fol.

M. Le Blanc instruit le maréchal de l'arrivée prochaine vers lui du colonel Stanhope, cousin du secrétaire d'Etat... S. A. R. lui ordonne de lui faire savoir que sur les bruits qui se sont répandus en Angleterre que plusieurs Provinces d'Espagne prendraient les armes pour obliger Alberoni à rétablir leurs privilèges, si elles croyaient pouvoir s'assurer de la protection de France et d'Angleterre... Le régent écrit: « Je nay rien a adjouter à ce qui est cy dessus « sinon que je ne croy pas que le colonel Stanhope vous étourdisse beaucoup « de son caquet car il parle peu il ne laisse pas d'estre homme de bon sens... »

2271. **ORLEANS** (Louise-Adélaïde d'), fille du précédent, abbesse de Chelles. N. 1698. M. 1743.

L. aut. sig., à M. Emangard, à Paris. 1 p. in-12. Cachet. *Portr.*

Orléans (Jean-Philippe, chevalier d'), fils naturel et légitimé du duc d'Orléans, régent, et de Mme d'Argenton, général des galères, etc. N. 1702. M. 1748. L. sig., à M. Le Bret. Paris, 3 mai 1722. 1 p. in-fol.

2272. **ORLEANS** (Louis, duc d'), fils du Régent, dit : *l'abbé de Sainte-Geneviève.* N. 1703. M. 1752.

Deux lett. et pièce sig. 1739 et 1749, in-4 et in-fol. Trois *portr.* (Drevet, Laur. Cars et Daullé).

Orléans (Louis-Philippe, duc d'), fils du précédent, gouverneur général du Dauphiné. N. 1725. M. 1785. Il fut (au nom du roi de Pologne) parrain de Louis XVI.

1° Billet de 6 petites lignes aut. sig. *L. P. O.* 1781. — 2° L. sig. 1777. — 3° Pièce sig. 1783. Deux *portr.* in-4, dont celui de L. C. de Carmontelle (représentant aussi *Egalité* à l'âge de 12 ans).

2273. **ORLEANS** (Louis-Philippe-Joseph, duc d'), fils de Louis-Philippe, dit *Egalité.* N. 1747. Mis à mort en 1793.

Billet de six petites lignes aut. Demi-p. petit in-18. Onze *portr.*, dont celui de Chevillon, belle et bonne épreuve.

2274. **ORLEANS** (Louise-Marie-Adélaïde de Bourbon-Penthièvre, duchesse d'), femme du précédent. 1753-1821.

1° L. sig. avec 3 lignes aut., au comte de Brienne. Paris, 20 mars 1788. 1 p. in-4. Quatre *portr.*

2° Extraits aut. de journaux anglais (en anglais). 2 gr. p. in-fol.

3° Fragment aut. sur l'Eglise. 1 p. pl. et quart in-4, en travers.

« Qu'elle est donc l'Eglise qui juge, si elle-même doit être jugée? Sera-ce « les prêtres qui doivent juger les laïques, ou les êtres purs qui doivent juger « les impurs? L'Église universelle n'est donc pas l'Eglise, puisque le pape, « les évêques et les prêtres seuls la composent, pourquoi la nomme-t-on la sainte « Eglise puisque les membres en sont souvent gangrenés... »

2275. **ORLEANS** (Ferdinand-Philippe-Louis-Charles-Henri-Joseph, duc d'), fils aîné de Louis-Philippe. 1810-1842.

1° L. aut. sig.: *F. O.*, au général Aupick. Tuileries, mercredi matin. Demi-p. in-8, avec une note aut. du général Aupick, et une lett aut. sig. d'envoi, à M. Lucas de Montigny. 7 juin 1844. 1 p. in-8. Cinq *portr.*, une lith. et trois caricatures.

2° Note aut. au crayon, *manœuvres ordonnées* par le prince à Metz 1837, offerte par le général d'artillerie Molin. 1 gr. p. pl. in-fol.

Orléans (Eugénie-Adélaïde-Louise d'), sœur du roi Louis-Philippe. N. 1777. M. 1848. Note de 8 lignes aut. détachée d'une pétition.

2276. **ORMESSON** (famille d'). Onze pièces.

ORMESSON (Olivier Le Fèvre d'), l'un des rapporteurs du procès de Foucquet, parent de Mme de Sévigné. M. 1686. Pièce deux fois sig. (sur parch.). 1665. — ORMESSON (Antoine-François Le Fèvre d'), maître des requêtes. Quitt. sig. (sur parch.). 1689. — ORMESSON (Henri-François de Paule Le Fèvre d'), intendant des finances. N. 1681. M. 1756. 1° L. avec 7 lignes aut. sig. 1723. 4 p. in-fol. — 2° Constitution de rente, sig., sig. aussi par Taschereau de Baudry, et Le Pelletier de La Houssaye. 1704. 3 p. in-fol. — ORMESSON (André-François de Paule Le Fèvre d'). Quitt. aut. sig. 1741. Demi-p. in-4.— ORMESSON (Louis-François de Paule Le Fèvre d'), premier président au Parlement. L. aut. sig. 1769. 1 p. in-4, et lettre sig. sur la navigation de la Loire. 1783. 1 p. in-fol. — ORMESSON (d'). L. aut. sig. Au camp de Saint-Nicolas-sur-Dieppe. 22 juillet. 3 p. in-4. Intéressante. — ORMESSON D'AMBOISE (Henri-François de Paule Le Fèvre d'), administrateur du département de Paris. N. 1751. M. 1807. Minute de let. aut. 1771. 1 p. in-4. — ORMESSON (Anne-Louis-François de Paule Le Fèvre de Noyseau d'), constituant, etc. N. 1755. M. 1794. Deux lett. aut. sig. 1789. 4 p. in-4.

2277. **ORNANO** (Alphonse Corso d'), colonel général des Corses, maréchal de France. N. 1558. M. 1610.

Nomination sig., à un commandement militaire. Au Saint-Esprit, 29 octobre 1596. 1 p. in-fol en travers. Plusieurs déchirures par les souris. Notice de M. *L. de M.*

ORNANO (Jean-Baptiste d'), fils du précédent, maréchal de France. N. 1581. M. 1626. 1° Quitt. aut. sig. (sur parch.). 1625. — 2° Marché notarié, sig. avec un fournisseur de vins. 1621. 3 p. in-fol. Notice de M. *L. de M.*

ORNANO (Joseph-Charles d'), frère du précédent, grand-maître de la garde-robe du duc d'Orléans. N. 1592. M. 1670. Acte notarié sig. 1647. 2 p. et demie in-fol.

ORNANO (François d'), colonel des Bandes-Corses. Acte notarié sig. 1655. 3 p. in-fol.

Il avoit été élevé avec Charles IX et Henri III, et leur fut toujours fidèle.— C'est à lui que Mayenne avoit révélé les sinistres desseins de ses frères, Henri et Louis de Guise; révélation qu'il porta au roi, avec offre d'aller au devant du complot, et de combattre Henri.—Henri III hésita, différa, refusa par malheur pour lui qui se seroit épargné un crime lâche et impolitique; et pour le royaume, que le meurtre du 24 décembre 1588 couvrit de sang et de ruines, en exaspérant la Ligue, en lui donnant des prétextes, en la fortifiant, en mettant à la tête Mayenne, le chef le plus ambitieux, le plus actif et le plus habile qu'elle pût avoir. (*L. de M.*)

2278. **ORRY** (Philibert), comte de Vignory, contrôleur général des finances sous Louis XV. M. 1747.

Ministre intègre, ferme et habile, disgracié pour avoir résisté aux exigences de Mme de Pompadour. (*L. de M.*)

1° L. sig., à M. Pallu. Bercy, 5 décembre 1741. 1 p. in-fol.

2° L. aut. sig., à M... Paris, 7 janvier 1739. 1 p. et demie in-4. Relative aux routes et aux plantations à faire dans le bois de Vincennes.

2279. **ORSEL** (André-Jacques-Victor), peintre d'histoire. Né a Lyon en 1795. Mort en 1850.

1° L. aut. sig., à M. Lucas de Montigny. Oct. 1848. 2 p. in-8.

Remerciements; il a lu avec avidité le premier volume de Mirabeau, son sentiment sur cet ouvrage...

2° L. aut. sig. de M. A. Périn, au même, au sujet d'Orsel. 15 déc. 1851. 1 p. pl. in-8.

3° Deux brochures in-4. 1° Tableaux, études, dessins, par Victor Orsel, exposés, après son décès, à son atelier. 4 pages. — 2° Explication des peintures de la chapelle de la Vierge, à l'église de Notre-

Dame-de-Lorette. Imprimé d'après le manuscrit rédigé par Victor Orsel peu de temps avant sa mort. 15 pages.

2280. **ORTEGA** (Casimir), botaniste espagnol. 1730-1810.

L. aut. sig., à M. L'Héritier, à Paris. Madrid, 7 janvier 1782. 2 p. in-4. Cachet.

Envoi d'un petit catalogue de quelques plantes à tige ligneuse...

2281. **ORTOLAN** (Joseph-Louis-Elzéar), jurisconsulte, littérateur, poëte. Né à Toulon en 1802.

Kasimir IV. Né en 1427, mort en 1492. Chant historique, imité en vers français, par M. Elzéar Ortolan. 4 gr. p. pl. et demie aut. in-fol. Il y a sur l'enveloppe cinq lignes aut. sig.: *J. O.*, au crayon, à M. Forster, pour le prier de lui expédier *les épreuves* de ce poëme avant le tirage, pour qu'il les corrige lui-même.

ALBERT (le comte), poëte. *Kasimir le Grand.* 1310-1370. Pièce de vers aut sig. Le 16 septembre 1833. 4 gr. p. pl. in-fol. Intéressante.

2282. **ORVILLIERS** (Louis Guillouet, comte d'), chef d'escadre. Né à Moulins en 1708. M. .....

L. aut. sig., à Mgr... Brest, 18 février 1779. 1 p. in-fol.

Il lui expose la nécessité de renvoyer du port de Brest le sieur Guidet de Saint-Lazare; « cette tete que je crois dérangée y est d'autant plus déplacée « qu'il joint, à ce que l'on assure, aux propos les plus indéssants une corres- « pondance dangereuse avec les étrangers... »

2283. **OSSAT** (Arnaud, cardinal d'). N. 1536. M. 1604.

1° Mémoire aut. (en italien), sur les moyens de pacifier la France. 1 gr. p. pl. et quart in-fol. Trois *portr.* in-8, in-4 et in-fol.

2° L. sig., à M. l'évêque du Mans. 31 août 1595. 1 p. in-fol. Cachet.

Au sujet de l'expédition de l'absolution du roi Henri IV par le pape.

2284. **OUDINOT** (Charles-Nicolas), duc de Reggio, maréchal de France. N. 1767. M. 1847.

L. aut. sig., au général Ambert. Quartier-général, à Turqueme, 13 prairial an V. 2 p. pl. in-4. Tête impr. Vignette.

Relative à la paix qui vient d'être conclue avec l'Autriche. « ... Vous trou- « verez ci-joint les deux derniers numéros de la Gazette de Deux Ponts dans l'un « desquels vous trouverez du style de Bonaparte qui vous fera plaisir... »

2° L. aut. sig., au citoyen Scitivaux. Au quartier général de Bruglae, 15 pluviôse an VIII. 1 p. et demie in-4. Tête impr.

3° L. sig.: *maréchal duc de Reggio.* 1826. 1 p. in-fol. Cinq *portr.*

2285. **OXENSTIERNA** (Axel-Aelias), comte d'), sénateur et chancelier de Suède. N. 1583. M. 1654.

Pièce sig. (en latin), signée aussi par *Ch. Gildehielm*, amiral, *Pierre Brahe, Gabriel Oxenstierna*, trésorier, etc. Stockholm, 18 mai 1644. 1 gr. p. pl. in-fol. Trace de sceau. Deux *portr.*, et *portr.* de Gabriel Oxenstierna.

2286. **PACHE** (Jean-Nicolas), ministre de la guerre, maire de Paris. N. 1740. M. 1823.

1° L. aut. sig., comme ministre de la guerre, au citoyen Escallier. Paris, 14 nov., l'an Ier de la République. 1 p. in-4. *Portr.*

2° Ordre d'incarcération de Pache, et aussi de *Brogniard*, ex-moine, *Boucholle*, ex-ministre, de la princesse de *Nassau*, de quelques membres de la commune de Paris et de plusieurs dames, en tout onze, sig., Aumont. 22 brumaire an III. 2 p in-fol. Tête impr.

3° Ordre de son transfèrement, sig. par plusieurs membres de la commune de Paris. 22 nivôse an III. 1 p. in-4. Tête impr. Vignette.

2287. **PACOTTE** (dom J.), bénédictin.

Mémoire (au ministre de l'intérieur) *par forme de notice, des manuscrits dont le citoy. Pacotte, ci-dev. religieux bénédictin de l'abbaye de*

Saint-Germain-des-Prés, à Paris, est possesseur... Aut. sig. Sans date. 5 gr. p. et demie in-fol.

Les ci-devant Etats du Languedoc l'ayant chargé de se transporter dans les différentes villes et lieux de la ci-devant province, pour y recueillir les manuscrits qui pourraient intéresser l'histoire, la législation et l'administration, il a rempli cette tâche pendant plusieurs années. Il a mis sous ses yeux les copies des différents mémoires et des délibérations des dits états du Languedoc qui rendent compte de l'utilité de son travail...

2288. **PAER** (Ferdinand), compositeur. N. 1771. M. 1839.

L. aut. sig., à M. Lucas de Montigny. Paris, 1er juillet 1827. 2 p. in-4. Enveloppe aut. avec cachet en cire rouge : une lyre avec les mots : *Toujours d'accord*. Deux *portr.*

2289. **PAGANEL** (Camille-Armand-Joseph), fils du conventionnel de ce nom, avocat, député, littérateur, auteur de l'*Histoire de Joseph II*, etc. N. 1797. M. 1859.

Sept lett. aut. sig., à M. Lucas de Montigny. Paris, Cachant, 1826 à 1837. Ensemble, 11 p. in-8 et in-4.

N. B. Par suite d'erreur de pagination, il n'y a pas de numéro 2290.

2291. **PAGANINI** (Nicolas), violoniste célèbre. 1784-1840.

L. aut. sig. (en italien), à M... Paris, 25 décembre 1838. 1 p. in-8 en travers. Fac-simile d'une lett. aut. sig. en français, de 1832. *Charge* et notice impr.

C'est avec le plus grand plaisir qu'il satisfait à son désir de posséder et de réunir à sa précieuse collection un autographe de lui, etc.

2292. **PAISIELLO** (Jean), compositeur. N. 1741. M. 1816.

1° L. aut. sig. (en italien), à M. Grégoire. Paris, 9 frimaire. 2 p. in-8. *Portr.* — Notice historique par Quatremère de Quincy, lue à l'Institut, le 4 octobre 1817. Impr. 18 p. in-4.

2° L. sig. (en italien), au même. Naples, 27 nov. 1807. 3 p. in-4.

Il est très-occupé de mettre en musique un drame héroïque du chevalier Monti, par ordre de S. M. le roi, pour l'arrivée de S. M. I. et R. l'empereur des Français à Naples, etc. Détails intéressants.

2293. **PAJOU** (Augustin), statuaire, membre de l'Académie de peinture et de l'Institut. N. 1730. M. 1809.

L. aut. sig., au citoyen Pajou, son fils, peintre, à Paris. Montpellier, 2 brumaire an III. 1 p. pl. in-8. Cachet. — La tendresse conjugale, chanson à lui adressée. 2 p. in-4. — Notice historique, par Le Breton, lue à l'Institut, le 6 octobre 1810. Impr. 8 p. in-4.

Il est satisfait de ce que la Convention a bien reçu son offrande. Les papiers publics le lui ont appris, et de ce qu'elle a décrété l'exécution en marbre du buste de Beauvais... Curieux détails de l'itinéraire de son voyage à Paris où il espère être bientôt rendu.

2294. **PALAFOX Y MELZI** (Joseph de), capitaine général de l'Aragon, défenseur de Sarragosse. N. 1780.

L. aut. sig., à M. Gautier d'Hauteserve, à Paris. Madrid, 18 septembre 1828, 2 p. in-4.

Lettre très-affectueuse ; elle lui sera remise par le chevalier de Villalba.

2295. **PALISSOT DE MONTENOY** (Charles), littérateur, poëte, critique, etc., auteur de la *Dunciade*. 1730-1814.

1° Sa signature deux fois répétée sur un procès-verbal de l'admitration municipale de Mantes. An V. 2 p. in-fol.; et vignette bizarre en tête d'une lettre des administrateurs de Mantes, au président du département de Seine-et-Oise. An III. 2 p. in-4. Deux beaux *portr.*

2° L. a. s., à M. Champion. Paris, 11 sept. 1 p. in-4. Littéraire.

3° Article aut. sig. sur *la notice historique comparée sur les aqueducs des anciens, et la dérivation de la rivière d'Ourcq, suivie de notes géologiques, etc., lue à l'Institut national par Louis Petit Radel.* 8 p. in-fol.

2296. **PALLIERE** (Marie de Coty de), sous-gouvernante du duc d'Anjou.

Ce n'est pas sans doute l'orthographe que la sous-gouvernante enseignoit au prince. (*L. de M.*)

Quitt. aut. sig. (sur parch.), de la somme de 1,200 livres pour une année de ses gages. 1686. Curieuse pour l'orthographe.

2297. **PALLOY** (Pierre-François), dit le *Patriote Palloy*, maître maçon, l'un des *vainqueurs*, et le démoliseur de la Bastille. N. 1754. M. 1835.

1° Deux fragments aut., au dos de deux curieuses lettres de faire part imprimées en l'an V, avec une curieuse vignette, annonçant le mariage de sa fille avec le citoyen Monvoisin. 1 p. et demie in-4. *Portr.* gravé in-4. Notice de M. *L. de M.*

« Quel générosité d'ame de la part de cette honnette homme qui provoqu'a a « luy meme un compte dont il nétoit pas comtable, celui la est autan patriote « que philosophe, qui se servit des débris de cette forteresse apret les avoir « acquis, une autre usage, que la tyrannie de ces dépouille il fit des trophée, « à la gloire de la liberté, et pour l'honneur de sa nation, illuminée toujour « par son génie et son amour genereuse il en dispersa les membre bideux « dans toute l'Europe et au quatre partie du monde sous mille forme diffé- « rente il fit plus encore ! il fit 83 monument, quil fit accompagné par 83 aposte « préché la liberté, le respect aux lois à tous les chef lieux des sections de « France, aussitôt que ce paladium fut distribué, avec un désintéressement « rare, il reffusa tous offre de reconnoissance... »

2° Minute aut. d'une lettre écrite au dos d'une de ses circulaires imprimées du 12 mars de l'an IV de la liberté. 1 p. pl. avec vignette pour la circulaire, et une p. pl. pour la minute aut.

Cette lettre, chargée de ratures et de renvois, paraît adressée à une grande artiste, sous la restauration, pour lui demander sa protection.

3° *La Charte donnée par le roi*, etc., pièce de vers, avec des notes aussi burlesque que le texte. 4 p. in-fol.

4° Deux lettres le concernant. An IX et 1810. 4 p. in-4. Tête impr. Vignette.

2298. **PALMELLA** (Don Pedro de Souza-Holstein, comte, marquis, puis duc de), ambassadeur de Portugal, plénipotentiaire au congrès de Vienne, ministre, etc. Né en 1786. Mort en 1850.

1° L. a. s. (à la 3e personne), à M. Billing. 14 juillet. 1/2 p. in-8.

2° L. aut. sig., à M. de Blosseville. Paris, 6 mai 1818. 1 p. in-4.

2299. **PANCKOUCKE** (Charles-Joseph), libraire, imprimeur, éditeur de l'Encyclopédie méthodique. 1736-1798.

1° L. a. s., à M. de Maissemy, 21 février 1789. 2 p. in-4. *Portr.*

Sur la nécessité de limiter les priviléges des auteurs.

2° Invitation à dîner (aut. sig., à la 3e personne), adressée au comte de Mirabeau, en lui envoyant sa brochure sur les affaires de la librairie. Paris, 17 juin 1790. 1 p. in-4.

Composée il y a 7 à 8 mois, la question des priviléges et de la propriété y est discutée avec quelque étendue, et il désire qu'il y trouve quelques vues relatives au grand objet de la liberté de la presse qui puisse concilier les propriétés particulières et la propriété publique.

3° L. sig. de sa veuve, au préfet de la Seine. An IX. 3 p. in-4.

PANCKOUCKE (Charles-Louis-Fleury), fils du précédent, libraire, éditeur, traducteur, poëte. N. 1780. M. 1844.

1° *Le Parloir au collége* (en vers). Impr. 13 p. in-8.

2° L. aut. sig., à M. de Pongerville. 1 p. pl. in-4.

3° L. aut. sig., à M. Jules Janin. Paris, 20 juin 1840. 1 p. in-4.

4° L. aut. sig., au même. Fleury, 17 oct. 1841. 1 p. pl. in-4.

Il n'a pu se rendre à son invitation, il est trop faible de sa gastro-entérite qui, il le sait, le tient captif, enchaîné à jeun, depuis 7 mois; « cette maladie « grave et sérieuse qui a fait périr Mirabeau et Mahmoud, m'a respecté et je « vais mieux, je puis vous recevoir à table et vous promener vous et madame à « laquelle j'offre mes respects, dans nos allées de Fleury, mais il faut un beau « soleil et viendra-t-il? S'il veut paraître, venez sentimentalement, Fleury est « un voyage d'amoureux... »

PANCKOUCKE (Mme Ernestine), femme du précédent. Dix lett. aut. sig., à M. Lucas de Montigny, de 1828 à 1836. Ensemble, 15 p. in-8. et in-4. Intéressantes.

2300. **PANIS** (Etienne-Jean), conventionnel. 1757-1832.

1° Discours aut. aux tribuns, prononcé par Duveyrier. 1 p. pl. in-4. Notice de M. *L. de M.*

2° Ordre d'incarcération de Bertrand de Molleville du 18 août 1792, aut. sig., signé aussi par Réal et Duffort, comme membres de la municipalité de Paris. Demi-p. in-4. Tête impr. Cachet en cire rouge.

2301. **PARABERE** (Marie-Madeleine de La Vieuville, marquise de), maîtresse du Régent. N. 1693. M. 1755.

Acte notarié, sig. 1718. 14 p. in-fol. *portr.*

Achat de la terre de Barsy. — Prix, 105,000 livres.

PARABÈRE (Jean de Baudéan, Sr de), gouverneur du Poitou. Deux quitt. sig. (sur parch). 1592 et 1596.

2302. **PARDAILHAN** (Pierre de Boisse, sr de), mestre de camp du régiment de Navarre.

Il combattit vaillamment et fut pris (1592) au terrible siége de Rouen. (*L. de M.*)

Quitt. sig., *Boysse Pardailhan* (sur parch.). 1603.

PARDAILHAN (Anglès de), Sr de Paujas, gouverneur de Lectoure. Quitt. sig. (sur parch.). 1569.

PARDAILHAN (Antoine-Arnault de), marquis de Montespan et d'Antin, maréchal de camp, beau-père de la marquise de Montespan. M. 1624. — 1° Quitt. aut. sig. (sur parch.). 1696.— 2° Deux actes notariés, trois fois sig. 1607. 3 p. in-fol.

2303. **PARDIEU** (de), maire de la ville de Bourges.

Trois lett. sig., au nom des maire, échevins, manants et habitants de la ville de Bourges, à M. de Rambouillet. 1575. Ensemble, 3 p. in-fol.

PARDIEU (Valentin de), seigneur de La Motte, grand maître de l'artillerie aux Pays-Bas, comte d'Eskelbecke, etc. Tué en 1575, au siège de Doullens. Sa commission de gouverneur de Tournehem, sig. derrière par Cornelius Weellemods. Bruxelles, 7 août 1577. Belle pièce sur parch.

2304. **PARE** (Ambroise), chirurgien de Henri II et de ses trois fils. N. 1510. M. 1590.

Quitt. sig., comme premier chirurgien du roi (sur parch.), de la somme de 25 écus d'or, pour une demi-année de rente sur la ville de Paris. 24 juillet 1580. *Portr.*

2305. **PARIS** (Pierre-Adrien), dessinateur, numismate, naturaliste, architecte, etc. N. 1747. M. 1819.

L. aut. sig., à M. Guénepin, architecte. Rouen, 12 décembre 1812. 3 p. pl. in-12. Ecriture fine et serrée. Intéressante.

Il ne peut assez lui exprimer combien son souvenir le touche et le flatte; son âge augmente chaque jour, il est dans sa 68me année, mais l'amitié de ses jeunes collègues en Vitruve le rajeunit et il croit presque être jeune aussi... « J'aime « beaucoup les jardins libres et pittoresques dits anglois; mais c'est à la cam- « pagne où l'on peut les unir au paysage environnant. Un petit jardin de ville « peut même quelquefois en recevoir de l'agrément, mais je désapprouve ce « genre pour un jardin public. Mon improbation n'est pas ignorée ici, et si l'on « m'avoit cru on n'auroit pas tant dépensé ici... »

2306. **PARIS DE MONTMARTEL** (Jean), célèbre financier, garde du trésor royal, etc., le 4me des frères Paris.

1° L. aut. sig., à M... Paris, 22 avril 1748. 3 p. in-4.

2° Vue du *parterre de Brunoy*, crée par Pâris de Montmartel. Belle gravure de Choffard (1763), in-fol.

Paris Duverney (Joseph), financier, intendant de l'Ecole militaire, etc., le 3me des frères Pâris. M. 1770. L. sig., à M. Milsonneau. Mont-St-Père, 4 juin 1779. 2 p. et demie in-4. Cachet. *Portr.*

Paris la Montagne, banquier, le 2me des frères Pâris. L. sig., à M... Serpaise, 11 août 1728. 4 p. pl. in-4.

2307. **PARISET** (Etienne), médecin. N. 1790. M. 1847.

Savant et célèbre médecin, écrivain supérieur, causeur abondant, coloré, d'une facilité et d'une séduction incomparable. (*L. de M.*)

1° Trois lett. aut. sig., à M. Lucas de Montigny. 1831-1841. 4 p. n-8 et in-4. Notice de M. Sainte-Beuve.

2° L. aut. sig., à M. le duc de La Rochefoucauld. Paris, 12 août 1823. 2 p. in-8. Intéressante.

3° L. aut. sig., à M. Roger, de l'Académie française. Au Caire, 1re heure de 1830. 4 gr. p. pl. in-4.

Expression de la plus vive tendresse pour son ami Roger, auquel il consacre a premiere heure de l'année en lui écrivant cette lettre... Voilà six semaines, juste, qu'il n'est rien arrivé de France, à quoi tient ce retard? « Quand je pense « à la dangereuse activité de certains brouillons, je me figure quelquefois des « événemens des plus sinistres. Mais je me rassure bientôt par cette réflexion, « que si de tels malheurs étaient consommés, la malice humaine aurait déjà « trouvé cent moyens de nous en jeter la nouvelle à travers les continents et « les mers. Ainsi donc, je conclus qu'on a été en France plus sages et plus heu- « reux peut-être qu'on ne voudrait. M. Droz a écrit sur l'art d'être heureux : « il devrait bien mieux inculquer son secret à ses contemporains. Il devrait « leur apprendre à *vouloir*, car en vérité, le bonheur ne manque pas en France; « c'est la volonté qui manque Et d'où vient une si étrange perversité? J'ai « presque peur que B., d'odieuse mémoire, n'ait eu raison. La liberté n'est point « faite pour nous. Mais je juge peut-être fort mal des esprits : et puis c'est là « un texte assez triste pour la première demi-nuit de l'année. Je brise donc « pour t'entretenir de quelque chose de plus réjouissant... »

Ce quelque chose de plus réjouissant, c'est la peste qui vient d'envahir le Caire, c'est l'autopsie d'un soldat des plus forts et des plus vigoureux enlevé après cinq heures de maladie... Cette peste, qui lui rappelle celle de Barcelone, peut prendre à tout moment une activité terrible...

2308. **PARLEMENTS** (avocats, conseillers, présidents aux).

Blamont (Nicolas-Remy Frison). 1704. — Brillon (Pierre-Jacques), auteur du *Dictionnaire des Arrêts*. Pouvoir aut. sig. 1723. 1 p. in-4. — Dacy (Jean), président au parlement de Toulouse. Quitt. sig. (sur parch.). 1459. — Elie de Beaumont, ami de Voltaire, défenseur des Calas. Billet aut. sig. (à la 3e personne). Demi-p. in-4. — Erard (Claude). Quitt. sig. (sur parch.). 1680. — Fauris de Saint-Vincens. L. aut. sig. 1815. 1 p. in-4. — Feydeau (Henri). Quitt. aut. sig. 1706. — La Faluere (René Le Feuvre de). Premier président au parlement de Bretagne. Quitt. aut. sig. (sur parch.). *Portr.* — Lamarche. Ordre de payement au nom de la *Cour de parlement*. Pièce sig. (sur parch.). 1460. — Neuf pièces.

2309. **PARLEMENTS** (avocats, conseillers, présidents aux).

Le Bret. L. aut. sig. 1696. Demi-p. in-4. — Lecoigneux (Jacques). Quitt. d'une ligne aut. sig. (sur parch.). 1659. Notice de M. *L. de M.* — Lescalopier (Jean). Quitt. de deux lignes aut. sig. (sur parch.). 1620. — Le Pelletier de La Houssaye (Félix). Acte notarié, sig. quittance de 180,000 livres payées par Le Pelletier de La Houssaye, contre promesse du trésorier des revenus casuels, de lui fournir une procuration d'une charge de maître des requêtes remplie de son nom, *quand il plaira à S. M. de me l'ordonner*. 1688. 3 p. et demie in-fol. — Loyseau (Charles). Quitt. sig (sur parch.). 1710. — Nointel

(Edouard Olier, marquis de), père de l'ambassadeur. Quitt. d'une ligne aut. sig. (sur parch.). 1656. — PINON. L. aut. sig. 1812. 1 p. in-4. — ROBERT DE SAINT-VINCENT (Pierre-Augustin). N. 1725. M. 1799. L. aut. sig. 1788. 1 p. pl. in-4. — SCARRON (Paul). Probablement le père du facétieux et malheureux Paul Scarron. Quitt. sig. (sur parch.). 1637. — Neuf pièces.

2310. **PARMENTIER** (Antoine-Augustin), pharmacien, agronome, membre de l'Institut. N. 1737. M. 1813.

1° L. aut. sig., au citoyen commissaire... 2 prairial an VII. 1 p. in-4. Deux *portr.*

2° L. aut. sig., à ses collègues, les commissaires chimistes nommés par le directoire du district du Bourg-l'Egalité pour examiner des farines... 6 sept. 1793. 2 p. in-4.

3° Note aut. sig. (à la 3me personne). 1 p. in-8.

4° Note aut. sig. sans date. 1 p. pl. et quart in-4. Il y a pour suscription. *Urgence.*

Il s'est présenté chez M. le conseiller d'Etat pour lui faire une proposition qui doit lui être agréable parce qu'elle seconde les vues de l'empereur, elle consiste à ordonner que les compotes en glaces du banquet de la Ville seront faites au sirop de raisins. Il se chargera de guider sur ce point l'entrepreneur des objets de ce genre...

2311. **PARNY** (Evariste-Désiré Desforges, chevalier, puis vicomte de), poëte érotique, membre de l'Académie française. N. 1753. M. 1814.

1° L. aut., à Madame De L'Isle, à Boissy Saint-Léger, par Gros-Bois. Paris, 29 octobre 1786 ou 1787). 2 p. pl. et quart in-4.

« Il faut avouer que nous sommes des êtres bien chétifs, vous et moi et quel-« ques autres de notre société. Il semble que la nature ne nous ait mis au « monde que pour être malades. Elle a fait là une assez froide plaisanterie, « aussi si jamais je la vois, je vous jure que je l'enverrai... où l'on envoye « les mauvais plaisans... » S'il y a guerre, il tâchera de se faire employer. C'est le seul passetemps qu'il ne connaisse pas; il faut tâter de tout. « D'ail-« leurs ma pauvre tête est si pleine, si agitée, si tourmentée ! Quand je pense « qu'une seule once de plomb anglois peut lui rendre le calme, cela me tente. « Je serois mis dans la Gazette, et puis dans les journaux à l'article nécrolo-« gique; quel surcroit de tentation ! Je connois les petits lits et je les aime « assez; mais je voudrais savoir ce que c'est que ce lit d'honneur, si grand, si « commode, où l'on peut être deux, dix, cent, mille, dix mille; où l'on n'a pas « besoin de rideaux, où l'on dort si longtems et si bien... »

2° Billet de 8 lignes aut. sig., à son neveu Du Portail. Paris, 17 août (1788). Tiers de p. in-4.

Il lui annonce ainsi la mort du comte de Parny, son frère : « Pleure, mon « cher Du Portail, pleure toutes les larmes de ton corps. Ton oncle est mort « avant-hier à Croissy d'une fièvre maligne... »

2312. **PARNY** (Desforges, comte de), frère aîné du précédent. Mort en 1788.

Dix lett. aut. et aut. sig., à Mme de L'Isle, amie des deux frères. Versailles, Monmorillon, 1779-1780. Ensemble, 21 p. in-8 et in-4.

Toutes ces lettres sont extrêmement spirituelles et d'une philosophie un peu décolletée.

2313. **PARSEVAL-GRANDMAISON** (François-Auguste), poëte, membre de l'Académie française. 1759-1835.

L. aut. sig., à M. le préfet.... Paris, 12 juin 1807. 2 p. in-4. — Son discours de réception à l'Académie française, et la réponse par Regnaud de St-Jean-d'Angély. Impr. 20 p. in-4. *Portr.*

2314. **PASCAL** (Blaise), l'illustre auteur des *Pensées* et des *Lettres provinciales.* N. 1623. M. 1662.

Quitt. de 8 lignes aut. sig. (sur parch.), de la somme de 250 livres pour un trimestre échu de 1,000 livres de rente constituées sur la ville de Paris. 1660. *Très-rare.* Deux beaux *portr.*

2315. **PASCAL** (Blaise). *Le même.*

Quitt. sig. (sur parch.), de la somme de 53 livres six sols huit deniers..... 16 mars 1652. Trois *portr.*

2316. **PASCAL** (Etienne), président en la Cour des aides de Clermont, père du précédent. M. 1651.

Il y a dans Tallemant des Réaux un joli récit (*rara avis!*) qui est confirmé par la narration de Marguerite Perrier elle-même, nièce du grand Blaise Pascal. — Le père de celui-ci, Estienne, avoit pris part à une publique et véhémente réclamation contre une réduction de rentes; il étoit emprisonné; le cardinal de Richelieu eut la fantaisie de faire jouer par des enfants, en sa présence, *le prince déguisé* de Scudéry : parmi eux étoit une petite fille d'Estienne laquelle enleva tous les suffrages ; profitant de son succès, l'enfant sollicita avec ardeur, avec persistance la grâce de son père, et parvint à attendrir le rude cardinal. — Elle fit depuis profession à Port-Royal sous le nom de *sœur Jacqueline de Sainte-Euphrasie.* (*L. de M.*)

Quitt. sig. (sur parch.). Paris, 28 août 1647.

2317. **PASQUIER** (Etienne), avocat-général en la Chambre des Comptes, auteur des *Recherches.* N. 1529. M. 1615.

Annotation de neuf lignes aut. sig. au bas d'une supplique. 1601. 1 p. in-fol. fortement jaunie par le temps. *Portr.*

2318. **PASQUIER** (Théodore), fils du précédent, avocat en la Chambre des Comptes.

Acte notarié, sig. 3 p. et demie in-fol.

Pasquier (Florent), procureur général au grand conseil. Quitt. aut. sig. (sur parch.). 1er mars 1625.

Pasquier (Etienne-Denis, baron, puis duc), chancelier de France, membre de l'Académie française. N. 1767.

1° Circulaire sig. (impr.) aux chefs de l'administration de la police, etc. Paris, 4 avril 1814. 1 p. in-4. Curieuse. Trois *portr.*, et une feuille de neuf *portr. Caricatures.*

2° Douze lettres sig. au concierge de la maison de justice. 1810 à 1813. Ensemble, 23 p. in-4. Curieuses.

3° L. aut. sig., au duc.... Paris, 26 juillet 1816. 1 p. et demie in-fol.

Il renvoie à S. Exc. *la formule du serment à prêter comme membre de la Légion-d'Honneur...* « Quant au brevet, ayant été nommé grand-croix par Sa Majesté au mois d'octobre dernier, j'ai un brevet à recevoir et je n'en ai pas à « rapporter, d'autant que bien que je fusse officier de la Légion sous le précédent gouvernement je ne me souviens pas qu'il m'ait jamais été délivré de « brevet par ce gouvernement... »

Pasquier (le baron), chirurgien militaire, médecin de *Louis*, roi de Hollande, de la reine *Hortense*, etc. N. 1773. M. 1847. Certificat médical aut. sig. 1828. 1 p. pl. in-4.

Pasquier (A., baron), fils du précédent, chirurgien du duc d'Orléans, M. 1853. L. aut. sig., et note aut. 1846. 2 p. in-4.

2319. **PASSERAT** (Jean), poëte, philologue, l'un des auteurs de la *Satire Ménippée.* N. 1531. M. 1602.

Quitt. sig. (sur parch.). 29 septembre 1601. *Portr.*

2320. **PASTORET** (Claude-Emmanuel-Joseph-Pierre, marquis de), député à l'Assemblée législative, sénateur, chancelier de France, memb. de l'Institut. 1756-1840.

Deux lett. aut. sig., à divers. 1788 et an IV. 2 p. in-4. Trois *portr.*

Pastoret (Mme Adélaïde de). Billet aut. sig., à M. Méjan. 1 p. in-18.

Pastoret (Amédée-David, marquis de), fils du précédent, pair de France, sénateur de l'empire. N. 1791. M. 1857. L. sig., à M. Lucas de Montigny. Paris, 9 nov. 1824. 1 p. in-4.

2321. **PATEL** (Pierre), peintre du Roi ; a laissé des *morceaux* d'architecture. Né en 1754. Tué en duel en 1703.

Quitt. sig. (sur parch.). Paris, 15 octobre 1671.

MONNOYER (Jean-Baptiste), peintre ordinaire du roi, membre de l'Académie de peinture et sculpture. N. 1633. M. 1699. Quitt. sig. (sur parch.). 1697.

VERDIER (François), peintre ordinaire du roi, membre de l'Académie de peinture et sculpture. Quitt. aut. sig. (sur parch.). 1698.

2322. **PATIN** (Guy), médecin, professeur d'anatomie, pharmacie et botanique. N. 1601. M. 1672.

Quitt. de 8 lignes aut. sig. (sur parch.), de la somme de 350 livres, savoir 300 pour ses gages ordinaires et 50 pour augmentation pour la seconde demi-année de l'an 1658. Paris, 21 nov. 1639. Deux *portr.*

2323. **PAUL** dit *de Saumur*, chevalier, chef d'escadre, vice-amiral des mers du Levant. N. 1597. M. 1667.

Il y a un fait étrange à noter ici par addition aux singularités glorieuses de la vie de cet homme, fils d'une blanchisseuse du château d'If, né dans un bateau au milieu de la mer.—Le fait, que je n'ai vu dans aucune biographie, est raconté en ces termes par l'abbé Arnauld. « Je lui ai ouï dire qu'ayant été « attaqué une fois par deux vaisseaux turcs, chacun plus fort que le sien, après « un combat fort opiniâtre, où il avoit perdu presque tout son monde, ne pou- « vant plus empêcher les ennemis de se jeter sur son bord, il se retira sous le « premier pont qu'il fit sauter avec tous les Turcs qui se croyoient maîtres de « son vaisseau ; et que, s'étant ainsi dégagé, il se sauva dans le port de Gênes, « sans mâts et sans voiles, à demi-brûlé, avec l'étonnement de tous ceux qui « le virent arriver en cet équipage... » (*L. de M.*)

Quitt. de quatre lig. aut. sig. (sur parch.), de la somme de 1446 livres, pour nourriture qu'il doit fournir et donner pendant 20 jours à 336 hommes et un sergent de deux compagnies du régiment des gardes à raison de 6 s. pour chacun soldat et par jour, et 12 s. pour sergent. 1664.

2324. **PAULÉE**, fournisseur-munitionnaire des armées de la République et de l'Empire.

Sa signature et celle de Richer au bas d'une lettre aux préposés d'Alost. Bruxelles, 21 brumaire an III. 2 p. in-4. Tête impr., avec la fameuse vignette : *guerre aux châteaux, paix aux chaumières*. Curieuse notice de M. *L. de M.* au sujet de Paulée, signataire de cette lettre.

2325. **PAULMY** (Antoine-René de Voyer d'Argenson, marquis de), secrétaire d'Etat, ministre de la Guerre, ambassadeur, etc. N. 1722. M. 1787.

1° L. avec un post-scriptum de dix lignes aut. sig., à M. de Villeurnoy. Versailles, 2 mai 1753. 1 p. in-fol. *Portr.* in-4.

Il lui conseille fort de se déterminer à accepter le département d'Amiens, et à y travailler comme il est capable de le faire, avec distinction et assiduité...

2° Ordre aut. sig. Paris, 17 décembre 1755. Demi-p. in-4.

3° L. sig., au comte de Bombelles, lieutenant général. 1767. 1 p. in-fol.

PAULMY (Louis de Voyer, vicomte de). Acte notarié sig. 1616. 2 p. in-fol.

2326. **PAVILLON** (Etienne), poëte, avocat-général au Parlement de Metz. N. 1632. M. 1705.

Sa signature au bas du contrat de mariage de Langeois d'Hymbercourt, conseiller au Parlement, et de Marie-Antoinette Croiset, fille d'un autre conseiller, sig. aussi par l'amiral de *Tourville*, le maréchal *Guy de Durfort*, de *Maupeou*, les trois *Phélypeaux*, *Anne Aubourg*, *Le Fèvre de Caumartin*, etc. 1692. 13 p. in-fol.

2327. **PEIGNOT** (Gabriel), bibliographe, philologue, archéologue, etc. N. 1767. M. 1849.

L. aut. sig., à M. Bourée, médecin à Châtillon-sur-Seine. Dijon, 3 novembre 1833. 1 p. et demie in-4. Intéressante.

Muret (Théodore), journaliste, littérateur. L. aut. sig., à M. Roger, 19 août 1836. 1 p. pl. in-8, et fragment aut., 1 p. in-4.

2328. **PEINTRES D'HISTOIRE.** Neuf lettres.

Alaux. L. a. s. 1836. 1 p. in-4. — Antignac. L. a. s. 1 p. in-18. — Atoche. L. a. s. 1831. 2 p. in-4. — Balze. L. s. 1848. 1 p. in-4. — Blin de Fontenay. N. 1654. M. 1715. Quitt. sig. (sur parch.). 1697. — Blondel. Deux lett. a. s. 1833 et 1845. 2 p. in-8. — Bonnefond. L. a. s. 1840. 2 p. in-4. — Bouillon (Pierre). N. 1777. M. 1831. L. a. s. 1818. 1 p. in-4.

2329. **PEINTRES D'HISTOIRE.** Neuf lettres.

Bouterweck. L. a. s. 1841. — Bouton. L. a. s. 1837. 1 p. in-4. — Coignet (Léon). L. a. s. 1835. 1 p. in-4. — Comairas. L. et billet a. s. 1838. 2 p. in-8. — Court. L. a. s. 1842. 2 p. in-8. — Danvin. L. a. s., à M. Jules Janin. 1841. 2 p. in-8. — Daguerre. Billet a. s. 1829. *Charge* et notice. — Dévéria (Achille). L. a. s., au sujet de la gravure du portrait de Lebrun, par Dequevauvilliers.

2330. **PEINTRES D'HISTOIRE.** Douze lettres et pièces.

Durand (André). L. a. s., à M. Jules Janin. 1841. 2 p. in-8. — — Duval (Amaury). L. a. s., au même. 1 p. in-8. — Elyse (Mathieu), maître peintre à Paris. Quitt. aut. sig. (sur parch.). 1695. — Flandrin (Hippolyte). L. a. s. 2 p. in-8. — Garnier (Etienne-Barthélemy), membre de l'Institut. N. 1758. M. 1849. Annotation de onze petites lignes aut. sig. en marge d'une note manuscrite pour des tableaux à vendre. 1 p. in-4. — Gobert (Pierre), peintre du roi. Quitt. sig. (sur parch.). 1708. — Grenier. Billet a. s. (à la 3e personne). 1838. 1 p. in-18. — Grosclaude. L. a. s., à M. Jules Janin. 1842. 2 p. in-8. Curieuse. — Juinne (de). M. 1844. L. a. s. 1830. 1 p. in-4. — Landon. N. 1760. M. 1826. Deux lett. a. s. 1807 et 1816. 3 p. in-8. et in-4. — Larivière. L. a. s., à M. Lucas de Montigny. 1843.

2331. **PEINTRES D'HISTOIRE.** Quinze lettres.

Le Jeune (le général, baron). L. a. s. 1 p. in-4. — Menjaud. N. 1772. M. 1831. L. a. s. 1 p. in-18. — Morel-Fatio. L. a. s. 1840. 4 p. in-12. Intéressante. — Paulin-Guérin. L. a. s. 1829. 1 p. in-12. — Perrin. L. a. s. 1831. 1 p. in-4. — Pujol (Abel de). L. a. s. 1827. 1 p. in-4. — Roger (Eugène). L. a. s. 1843. 2 p. in-8. — Schnetz. L. a. s. 1830. 1 p. in-8. — Signol (Emile). Deux lett. a. s. 1848 et 1850. 3 p. in-12. — Storelli fils (Ferdinand). L. a. s., à M. Lucas de Montigny. 1845. 1 p. pl. in-8. — Uzanne (Jules). L. a. s., au même. 1846. 2 p. in-4. Au sujet d'un portrait de Mirabeau qu'il lui avait confié. — Varnier (Jules). Trois lett. a. s., in-12 et in-4.

2332. **PEINTRES DE FLEURS** et de *paysages*.

Vandael. L. aut. sig., à madame Chénié. 27 mars 1828. 1 p. pl. in-8. — Van Spaendonck, membre de l'Institut. N. 1746. M. 1822. L. aut. sig. (à la 3e personne), à madame Van Roosmalen. 31 août 1813. 1 p. in-4. Deux *portr.* — Aligny (Claude-Félix-Théodore Caruelle, dit). L. a. s. 1841. 2 p. in-8. — Watelet (Louis-Étienne). N. 1780. Certificat d'études aut. sig. Paris, 22 mars 1830. 1 p. pl. in-8 en travers.

2333. **PELLENC** (Jean-Joachim), secrétaire et ami de Mirabeau, publiciste, etc. N. 1753. M. 1833.

Sur cet homme éminent, vénérable et trop peu connu, voir mes *Mémoires sur Mirabeau*, tome III, p. 339. et VIII, p. 569 à 574. (*L. de M.*)

1° *Jamais! Romance du Banni*. Aut. 1 p. pl. in-4.

2° Rapport fait au roi sur la situation de la France, le 15 août 1815. Mémoire présenté dans le même mois, attribués au duc d'Otrante...

(par Pellenc). Impr., avec des corrections aut. 1815. 67 p. in-8. — Copie d'une lettre du duc d'Otrante, à *Monsieur*. 23 avril 1814. 4 p. in-4. — Considérations sur le commerce de la mer Noire. 2 p. in-fol.

3° L. aut. sig., au baron... Paris, 20 juillet 1813. Demi-p. in-4.

4° L. aut. sig., à M. Lucas de Montigny. 1 gr. p. pl. in-4. Écriture fine et serrée. Très-intéressante lettre.

Conseils sur la manière d'écrire son ouvrage sur Mirabeau... « Le travail « qui vous coûtera le plus, je ne dis pas à faire, mais à recueillir et préparer d'a- « vance, sera celui du grand rôle politique qu'à joué Mirabeau. Il s'étoit formé « depuis longtemps à ce rôle par la nature de ses écrits et par de grands débats « judiciaires; c'est un avantage immense qu'il a toujours eu sur ses concurrents. « Pour parler de son père, Mme de Staël a dû peindre la révolution de 1789, « et rappeler tous les actes de l'assemblée constituante; vous aurez à retracer la « même peinture avec des couleurs encore plus vives; et vous verrez que le « tableau de Mirabeau à la tribune ne pourra être ressemblant, qu'en lui don- « nant pour cortége cent autres tableaux. Que de difficultés n'aurez-vous « pas encore à vaincre pour mettre de l'unité dans cette vie si pleine de con- « trastes, et pour montrer qu'en se jettant successivement dans deux routes « opposées, Mirabeau n'a changé de moyens que pour ne pas changer de « plan, de but et de principes! Enfin, des préparatifs d'un autre genre, « car il n'est ici question que de matériaux, vous seront encore nécessaires. « Mirabeau étoit d'une telle nature qu'il devoit faire naître sur lui-même les « jugements les plus opposés. Il n'a cessé de combattre et de vaincre; les « concurrents, les vaincus ne sont jamais des juges équitables; et il a eu en- « core pour ennemis personnels les ennemis de toutes les doctrines dont il a « assuré le triomphe. Il sera donc indispensable de recueillir tous les juge- « ments favorables qu'ont porté de lui les plus illustres de ses contemporains. « En éloquence, il a surpassé tous ses rivaux; et on ne lui refusera point le « titre de grand orateur; il faut encore que la postérité lui donne celui de « grand citoyen..... On a dit surtout que Mirabeau étoit un homme vicieux. « L'histoire de tous les peuples nous montre que la nature, en effet, unit sou- « vent des vices aux vertus pour former les hommes extraordinaires; mais ce « n'étoit point des vices qu'avoit Mirabeau, c'étoit des passions. »

2334. **PELLERIN** (Joseph). N. 1684. M. 1782.

Commissaire général de la marine, savant numismate, et en quelque sorte créateur de la classification moderne et raisonnée qu'Eckhel a consacrée et fixée. (*L. de M.*).

L. aut. sig., à M. de La Ville Hélio. Paris, 27 septembre 1779. 1 p. pl. in-4. Beau *portr.* de Saint-Aubin (avant la lettre), in-4.

2335. **PELLETIER** (Bertrand), chimiste, membre de l'Institut et du collége de Pharmacie. M. 1845.

L. aut. sig., à M. Chevalier. Paris, 22 septembre. 2 p. in-4. *Portr.* Scientifique.

PAYEN, chimiste, manufacturier. L. aut. sig. 1 p. in-12.

PELLETAN (Philippe-Joseph), chirurgien célèbre. N. 1752. M. 1829, Deux lett. et certificat médical aut. sig. 2 p. in-4.

PELLETAN, médecin. Trois pièces sig. et aut. sig. 1824 à 1833. 3 p. in-8 et in-4.

2336. **PELLICO** (Silvio), auteur de *Mes Prisons*.

L. aut. sig., à M. le marquis Colbert de Maulevrier, à Florence. Turin, 10 avril 1840. 2 p. pl. in-4. Cachet. *Portr.* Très-belle lettre.

Il était, en vérité, inquiet sur sa traversée; elle a donc réellement été mauvaise, et encore sur un bateau qui ne valait rien. « Mais au lieu de vous plaindre, « j'aime mieux vous féliciter, Monsieur, puisque en dépit des contrariétés et « des souffrances votre santé n'a pas trop été ébranlée, et que vous avez trouvé « à votre arrivée des figures rayonnantes de santé et de bonheur. J'en remercie « Dieu pour vous... Vous vous imaginez, M. le marquis, la tristesse de cet « hôtel désert. Dans ces jours-ci c'est bien aussi une *retraite* que la vie que « j'y mène. Dans mes faibles prières, je ne vous oublie point; veuillez aussi « dire quelques mots au bon Dieu pour moi... »

2337. **PELLISSON-FONTANIER** (Paul), poëte, historiographe, membre de l'Académie française. N. 1624. M. 1693.

L. sig., à M. Le Bret, intendant du Dauphiné. Versailles, 27 novembre 1685. 4 p. pl. et demie, suivie de la réponse aut. de M. Le Bret. 1 p. pl. et demie, en tout 6 p. in-4. Deux *portr.*, et une charge de Pellisson couvert d'un froc. Notice de M. *L. de M.*

Relative aux gratifications distribuées aux huguenots nouvellement convertis. Dans sa réponse M. Le Bret dit :... « Si vous songez qu'il y a trente mille « personnes converties en Dauphiné depuis le 8 ou 10e du mois de septembre « dernier vous ne serez pas surpris que les libéralités qui ont esté faites « ayent monté à 8000 livres de ma part, M. Lenay fait en deux ou trois jours « du mois de septembre pour quinze à seize mille livres dans la vallée de Queray, « et je le manday à M. le marquis de Louuois, mais depuis que jay sceu que « ses gratifications n'estoient plus du goust de Sa Majesté je nen ay plus « fait.... »

2338. **PELTIER** (Jean-Gabriel), journaliste, fondateur du journal les *Actes des Apôtres*. M. 1825.

L. aut. sig.: *Le bon Apôtre Hortensius P.*, à M. de Crespy le Prince. Ce mercredi des cendres. 2 p. pl. in-8. *Portr.*

2339. **PENTHIEVRE** (Louis-Jean-Marie de Bourbon, duc de), grand amiral de France. N. 1725. M. 1793.

1° Nomination sig., à une office de tabellion. Pièce sur parch. 1779.

L. a. s., à M, de Lamarnière. Vernon, 24 janv. 1781. Demi-p. in-4.

3° L. aut., à madame la marquise de Mancini. Compiègne, 19 août 1770. 1 p. in-4.

2340. **PEPIN** (Théodore-Pierre-Florentin), épicier, régicide, complice de Fieschi. Né en 1800. Mis à mort en 1836.

1° Copie d'une lettre du préfet de police, au procureur du roi. Paris, 11 octobre 1834. Relative à Pépin, déjà compromis en 1832.

2° Six billets aut. sig., à Mme Théodore Pépin, sa femme, du 18 novembre au 3 décembre 1835, datés de la maison de justice.

3° L. aut. sig., au baron Pasquier, président de la Cour des pairs. La Conciergerie, 28 janvier 1836. 1 p. pl. in-8.

Il demande à pouvoir emporter, lors de son transfèrement, les notes qu'il a prises ; il demande aussi des permis d'entrée à la Cour des pairs pour divers membres de sa famille.

2341. **PERARD** (Charles-François), avocat à Angers, député de Maine-et-Loire à la Convention.

L, aut. sig., à M. Labbey de Pompières, député de l'Aisne. 7 octobre 1830. 4 gr. p. pl. in-fol.

De retour de l'exil par suite de la révolution de juillet, il lui fait un exposé de sa situation et du silence que l'on garde au sujet de ses deux pétitions... « Les ex-conventionnels ne seroient-ils donc pas *des amis de la Patrie*, aux « yeux de l'administration ? Soupçonneroit-elle que la nouvelle dynastie leur « fût moins chère qu'à ceux qui l'ont proclamée ? Ah ! dans le pays étranger, « je ne rêvois qu'elle, et je l'appellois de touts mes vœux... sans espérer la « voir jamais. Et qui ne seroit fier, qui ne se trouveroit heureux de vivre sous « un roi *tel que le nôtre* ?... En quel tems, sous la République, les libertés du « peuple furent-elles plus authentiquement reconnues qu'aujourd'hui ? Me « croiroit-elle entiché, encore, du sistème Républicain ! Ah ! il y a plus de « 20 ans que j'en suis guéri sans retour... Nous en fîmes autrefois un essai « trop fatal... Si cette extravagance peut prévaloir *encore*, ce ne peut être que « dans quelques jeunes esprits, que le bonheur éclairera : elle n'a point de « racines dans l'*ancien* patriotisme. Ne sait-elle pas d'ailleurs (l'administration « actuelle), que nous acceptâmes des places de l'Empereur ?... 4 fois, pour « mon compte, j'en acceptai, et comme je ne suis pas jésuite, mon serment à « l'Empereur fut un désistement *sans réserve* des sentimens Républicains..... « *Je n'ai pas changé depuis* : l'expérience et le malheur n'ont pas été perdus « plus pour moi, que pour le reste de la nation...

2342. **PEREFIXE** (Hardouin de Beaumont de), précepteur de Louis XIV, archevêque de Paris, historien, membre de l'Académie française. N. 1605. M. 1670.

Pièce épiscopale sig. (en latin, sur parch.). 1668.

2343. **PEREIRA** (Benito), assassin du prêtre Férère. Né en 1808. Mis à mort en 1836.

L. aut. sig. (en espagnol), au directeur de la Conciergerie. 1er juin 1836. 1 p. in-4, avec le cachet de la maison de justice.

Prière d'envoyer sa lettre au président, et de permettre que son avocat puisse conférer avec lui.

2344. **PERELLE** (Gabriel), dessinateur et graveur à l'eau forte, auteur d'une collection de vues de Paris et de ses environs. M. 1675.

Dessin original, à la plume, représentant la maison et les jardins du père de La Chaise (Mont-Louis), in-fol. oblong. Curieux. En bon état.

2345. **PERIER** (Casimir-Pierre), banquier, publiciste, député, ministre de Louis-Philippe. N 1778. M. 1832.

1° Pièce deux fois sig., avec la souscription aut. au bas d'une demande de percement d'une porte cochère. (Le plan de la maison est derrière.) Paris, 5 juin 1830. 2 p. in-4.

2° Quatre *portr.* et trois caricatures in-fol.

Périer (Camille), frère du précédent, préfet, député, pair de France. N. 1781. M. 1844. Deux lett. a. s. Paris, 1842. 7 p. in-8 et in-4.

Périer (Joseph), député. Quatre lett. aut. sig., à M. Belloc et à M. Lucas de Montigny 1829 à 1841. Ensemble, 7 p. in-8 et in-4.

2346. **PERRAULT** (Charles), poëte, auteur des *Contes de Fées*, du recueil des *Hommes illustres*, membre de l'Académie française. N. 1628. M. 1703.

Quitt. aut. sig. (sur parch.). 1696. Cinq *portr.*

2347. **PERRAULT** (Claude), frère aîné du précédent, médecin, membre de l'Académie des sciences, architecte du Louvre, de l'Observatoire, etc. N. 1613. M. 1688.

Quitt. sig. (sur parch.). 1659. *Portr.* d'Edelinck.

Perrault (André), fils du précédent, architecte des bâtiments du roi. 1° Quitt. sig. (sur parch.). 1703. — 2° Cinq vues de la colonnade du Louvre, de l'Observatoire, de l'arc de triomphe de la barrière du Trône.

2348. **PERREAU** (Jean-André), fils naturel du marquis Victor de Mirabeau. N. 1749. M. 1813.

1° L. aut. sig., au marquis... Rome, 12 avril 1788. 2 p. in-4.

2° Ordre de sa mise en liberté, sig. par les membres du Comité de sûreté générale, Dubarran, Goupilleau (de Fontenay), Legendre (de Paris), Louis (du Bas-Rhin), Merlin (de Thionville), et Vadier. 20 thermidor an II. 1 p. in-fol. Tête impr. Cachet.

3° Deux ordres d'incarcération aut. sig. par Perreau, comme président du Comité révolutionnaire et de surveillance de la section de la *Fontaine de Grenelle*, signés aussi par les autres membres du Comité. 19 vendémiaire an III. 2 p. pl. in-4. Tête impr. Vignette. Cachet à la cire rouge.

4° L. aut. sig., à M. Fourcroy, directeur-général de l'instruction publique. Paris, 14 juin 1808. 2 p. in-4.

Il demande pour les élèves de l'Ecole de droit de Rennes, qu'il lui soit permis de former une garde d'honneur de service près de Sa Majesté l'Empereur qui est attendu à Rennes.

2349. **PERRON**, voyageur, médecin, orientaliste, etc.

L. a. s., à M. Jules Janin. Kaire, 9 novembre 1841. 2 p. pl. in-4.

Lettre intéressante au sujet d'un *Voyage au Soudan* qu'il a traduit de l'arabe et qu'il voudrait publier. Depuis huit ans qu'il est au Caire, comme directeur de l'Ecole de médecine, il a cultivé les lettres arabes, et comme il n'a pas besoin de mentir par modestie, il y a acquis une certaine *force*, terme collégien. Il a principalement fouillé l'antiquité antéislamique, et il a cherché à construire l'histoire littéraire de cette époque si ignorée en Europe. Il a recueilli et traduit en français un grand nombre d'histoires de poëtes arabes, et là, à l'occasion de leurs vers, se trouvent racontées les circonstances soit de guerres, soit de jalousies de tribus qui en ont été les motifs. Ces poésies quoique très-courtes, dans les manuscrits dont il les a extraites, amènent donc droit à l'histoire des Arabes dans leur péninsule...

2350. **PERRONET** (Jean-Rodolphe), ingénieur.

1° L. aut. sig., à M... Paris, 25 sept. 1765. 2 p. in-4. — Billet à M. Didot. 1790. 1 p. in-18.— 2° Deux *portr.* Notice biographique, et trois vues des ponts de Neuilly et de Louis XVI.

2351. **PERROT D'ABLANCOURT** (Nicolas), littérateur, traducteur, membre de l'Académie française. 1606-1664.

Quitt. sig. (sur parch.). Paris, 22 sept. 1643.

Pétis de La Croix (Jean-François), secrétaire-interprète du roi pour les langues orientales. N. 1653. M. 1718. Quitt. aut. sig. (sur parch.). Paris, 18 avril 1687.

Pétis de La Croix (Alexandre-Louis-Marie), fils du précédent, secrétaire-interprète du roi pour les langues orientales. N. 1698. M. 1751. Constitution de rente sig., sig. aussi par Turgot, prévôt des marchands de la ville de Paris, etc. 2 août 1734. 3 p. in-fol.

2352. **PERSUIS** (Louis-Luc Loiseau de), musicien compositeur, directeur de l'Opéra. N. 1769. M. 1819.

1° Billet de cinq lignes aut. sig. Tiers de page in-4. Rare. *Portr.*
2° Feuille de feux aut. sig. 19 nivôse an XII. 1 p. in-4.

2353. **PERTH** (Jacques *Drummond*, duc de), grand chancelier d'Ecosse, l'un des compagnons de Jacques II, qu'il suivit en France, où il fut précepteur de Jacques III, alors dit le chevalier de Saint-George. 1638-1716.

L. aut. sig. *le duc de Perth*, à l'abbé Bossuet, neveu de l'évêque de Meaux. Saint-Germain, 12 avril 1704. 2 p. in-4. Un peu jaunie par le temps.

Madame vient d'arriver, et par ceux de sa suite, il vient de recevoir la triste nouvelle de la mort de Mgr. son illustre oncle avant que d'avoir ouï celle de sa maladie. « Ne peut-on dire sur cette occasion : *Currus Israël, et auriga ejus*. « Le zélateur pour la foy catholique, et pour la pureté de ses dogmes, l'athlète « qui, ayant luté toute sa vie contre les hérétiques, et les athées, est mort! Quelle « joye pour ceux qu'il avoit si souvant terrassé par la profondeur de sa science, « sa doctrine céleste, et son éloquence divine! Mais, Monsieur, il nous a laissé « en vostre personne un digne successeur, heritier de ses belles qualités, et ambi- « tieux de suivre de bien pres un guide qui fera toujours honneur à sa patrie, et à « sa famille, et qui sera toujours en vénération dans la mémoire de tous les gens « de lettres jusqu'à la fin du monde aussy bien qu'honnoré dans l'Eglise de Dieu « comme un des plus illustres défenseurs de la foy de son temps, et le premier « mesme de ceux de son siecle. J'espère qu'il se souviendra de tous ses prose- « lites dans l'autre monde, c'est ce que je luy demande au lieu de prier Dieu « pour le repos de son âme... »

2354. **PETIET** (Claude), député aux 500, ministre de la guerre, sénateur, etc. N. 1749. M. 1806.

L. aut. sig., à M. Tarbé. Rennes, 23 juillet 1791. 1 p. et demie in-fol., et lett. sig. (Commission d'aide de camp). An IV. 1 p. in-fol.

Il envoie à M. Tarbé la soumission du sieur Le Courant, fondeur, par laquelle il s'engage à couler en monnaie les cloches des églises supprimées... « Il a « été chargé par le conseil du département de la fonte d'un canon avec le « métal de cloches; cette opération a parfaitement réussi, le canon a été essayé « et examiné par des connaisseurs, il sert actuellement à la compagnie de « canonniers de la garde de Rennes... »

Anglès (le comte Jules), préfet de police. N. 1778. M. 1828.

1° Quatorze lett. sig., au concierge de la maison de justice de Paris. 1820-1821. Ensemble, 21 p. in 4.

Relatives à des mesures administratives et de sûreté de la prison.

2° L. a. s., à son collègue... Paris, 18 décembre 1816. 2 p. in-4.

Relative aux mesures à prendre pour assurer le service de la boulangerie. Il vient d'écrire à M. Decazes pour le prier de lui faire une avance de cent mille francs pour aider les syndics de la boulangerie. Manière dont se fait la distribution des ressources disponibles... Les boulangers du quartier viennent à la suite les uns des autres chercher leur dividende et le tout est consommé dans l'espace d'un jour ou d'un jour et demi « Quand ils sont obligés de les « renvoyer, faute de fonds, il en résulte une inquiétude pour les derniers venus « qu'ils n'ont pas toujours la prudence de cacher aux habitants qui se pourvoient « chez eux. De là l'empressement du public à s'approvisionner et les dispositions « à redouter l'avenir. Je passe mon temps à faire appeler les boulangers pour « les réprimander, les menacer ou les encourager... »

2355. **PETION** (Alexandre *Sabès*, surnommé), président de la république de Haïti. N. 1770. M. 1816.

L. sig., à MM. les commissaires du roi. Port-au-Prince, 26 oct. 1816. 1 gr. p. in-fol. Tête impr. Vignette. Deux *portr.* in-fol.

Il donne des ordres pour que les matelots ne soient pas embauchés, et pour appuyer par la force les recherches que la désertion pourrait occasionner...

2356. **PETION DE VILLENEUVE** (Jérôme), avocat à Chartres, député aux Etats-Généraux, conventionnel, maire de Paris. N. 1759. M. 1794.

1° L. aut. sig., à M... 22 janvier 1792. 1 p. in-4. — Réponse très-succincte de Jérôme Pétion, au long libelle de Maximilien Robespierre. Impr. 1793. 14 p. in-8. Trois *portr.* Notice de M. *L. de M.*

2° Ordre d'incarcération de Louise-Anne-Suzanne Lefebvre, veuve Pétion, née à Chartres, et de Louis-Antoine-Jérôme Pétion, son fils, âgé de onze ans, né à Chartres (ainsi que de dix autres prévenus). 19 brumaire an III. 3 gr. p. in-fol.

3° L. aut. sig., *François*, adressée à Pétion pour lui dénoncer un complot formé par les aristocrates pour renverser la révolution et anéantir les libertés publiques. Paris, 24 août, l'an IV de la liberté et de l'égalité... 3 p. pl. grand in-fol.

2357. **PETIT** (Antoine), docteur régent de la Faculté de médecine, membre de l'Académie des sciences, inspecteur des hôpitaux militaires du royaume, etc. 1719-1794.

1° L. aut. sig., à M. Jeannin, chirurgien oculiste. Paris, 13 février 1765. 1 p. in-4. Cachet en cire rouge.

2° L. aut. sig., à M. de Comps, à Paris. Fontenay-aux-Roses, près Sceaux, 10 décembre 1788. 1 p. pl. in-4.

3° Deux beaux *portraits* gravés, in-4.

2358. **PETIT** (Antoine), docteur en médecine, voyageur en Abyssinie pour le Muséum d'histoire naturelle. Né en 1811. Dévoré par un crocodile en 1843.

1° L. a. s., à M. Lucas de Montigny. Caire, 10 février 1839. 3 p. in-4.

L'intérêt qu'il lui a toujours témoigné lui fait un devoir de le tenir au courant de son existence nomade, et de profiter d'un moment pendant lequel ils font une halte en attendant leur collègue, M. le docteur Dillon. M. Lefebvre et lui utilisent leur séjour au Caire en apprenant chacun une des langues parlées en Abyssinie... « Nous aurons tous les secours humains que l'on peut « désirer pour réussir. Ce sera donc le cas de nous lancer pleins de confiance « et de dire comme les populations fatalistes qui nous entourent *Allah kerim* « *Allah akhbar*, Dieu est grand, Dieu est juste, — ou plutôt en chrétiens, car ce « titre nous sera précieux dans le pays que nous allons explorer *sit nomen domini benedictum, et fiat voluntas ejus...* »

2° L. aut. sig., à M... Koseir, 10 avril 1839. 3 p. in-8.

3° L. aut. sig., à M. Lucas de Montigny. Abyssinie (Adoua), 12 déc. 1839, 2 p. in-4.

4° L. aut. sig., à M. G. de M. Adoua. 2 janvier 1840. 3 p. pl. et demie in-8.

5° L. aut. sig. de M. Vignaud, à M. Lucas de Montigny, Adoua, 1er juin 1841, suivie d'une lettre au même écrite par M. Petit. 4 p. in-4.

Détails sur la triste existence qui leur est faite par la méfiance du roi Oubrié, les calomnies de deux voyageurs français, et le manque du nécessaire... « Si la vue et la santé me sont enlevées, si depuis deux ans je souffre et si, « à peine échappé à la prison et à la mort je ne sais pas si je ne serai pas « chassé d'ici, n'ayant pas un sou devant moi, je ne me plains pas, mais j'es- « père au moins qu'à toutes ces misères ne viendra pas se joindre la ca- « lomnie... »

6° L. aut. sig., au même. Abyssinie. Adoua, 25 novembre 1841. 10 p. pl. in-4.

Détails sur les calomnies dont M. Petit et ses compagnons sont victimes... C'est aujourd'hui que pour la première fois il se délivre du poids de ses collections et de ses souvenirs en les expédiant ensemble en France, afin de pouvoir en quelques jours, léger de bagages et de pensées, recommencer de nouveau ses courses et ses recherches pour en finir, s'il est possible, dans un an ou dix mois, avec cette Abyssinie qui commence à lui devenir *bastante*. C'est que comme les galériens, il voit approcher le terme du bail de cinq ans que la loi lui a imposé... Et moi aussi je suis près de ce terme que la distance et les « peines que j'ai souffertes allongent au moins du double, ce n'est pas mainte- « nant sans de vifs désirs que je pense à la France et à Paris... »

7° Rapport fait à l'Académie des sciences sur les collections de zoologie et de botanique faites en Abyssinie par MM. Petit, Quartin-Dillon et Lefebvre. 1845. Impr. 7 p. in-4.

N. B. Les lettres de ce numéro pourront être vendues séparément.

2359. **PETIT** (Jean-Martin, baron), lieutenant général, sénateur de l'Empire, connu par les adieux de Napoléon à Fontainebleau. N. 1772. M. 1856.

1° L. aut. sig., à M. Lucas de Montigny. Morainville, 11 septembre 1829. 2 p. et demie in-4.

Si M. de Châteaugiron s'est intéressé à la réussite de sa demande, c'est à sa sollicitation, c'est dans le désir de lui être agréable, c'est à lui qu'il en doit les premiers remerciements... « Quel bon génie a donc conduit madame Chénié « dans votre maison ? J'en rends grâce au ciel, puisque cette heureuse circon- « stance m'a mis en rapport avec vous... »

2° L. aut. sig., au même. Issoudun, 23 octobre 1830. 4 p. pl. in-4.

«... Je vous écris à bâtons rompus, parce que je suis ici dans une ville « insurgée où je fais le petit despote... Je licencie la garde nationale, je « relève les octrois, je force les habitants à laisser circuler les grains et je leur « fais payer des abonnements sur les boissons. Les prisons s'emplissent par « mes ordres, on pleure, on crie autour de mon quartier général, la gendarmerie « entraîne les prisonniers à Châteauroux, les gardes nationales du Cher et « de l'Indre battent la marche de départ et d'arrivée, les autorités s'in- « clinent, la justice réclame mon appui et prend mes ordres, enfin, oserai-je le « dire, les préfets, ces hauts et puissants fonctionnaires publics me traitent en « puissance supérieure... »

3° L. aut. sig., au même. Bourges, 28 décembre 1830. 4 p. pl. in-4.

« Vous voilà sortis, j'espère, d'une assez violente crise, et qui pouvait avoir « des résultats bien fâcheux. Nous autres habitants de la province, nous pre- « nons facilement l'alarme pour ces bons Parisiens, mais le ciel les protège « toujours, et tout vient à bien. J'ai cependant grand désir de vous voir tout- « à-fait tranquille, gardant toute notre ardeur commune contre les ennemis du « dehors. Croyez-vous à la guerre ? J'y crois, moi, et il me paraît impossible « qu'on en vienne à des arrangements satisfaisants... »

4° L. aut. sig., au même. Bourges, 5 août 1831. 3 gr. p. pl. in-4.

Récit des troubles de Bourges à l'occasion d'un arbre de liberté que quelques brouillons voulaient planter; arrestation de l'avocat Michel (de Bourges)... « Quelques personnes vous diront peut être : Mais pourquoi le général agissait- « il en personne ? Mon cher bon voisin, c'est que je suis ici sans troupes, que « les esprits sont flottants, et qu'il fallait une action prompte et ferme... »

5° Deux lett. aut. sig., au même. Bourges, 21 août 1831 et 24 février 1832. Ensemble, 6 p. et demie in-8. Enveloppes aut. Déchirure à celle du 24 février enlevant le commencement et la fin de plusieurs lignes.

6° Cinq lett. aut. sig., au même. 1832 à 1836. Ensemble, 18 p. in-4.

2360. **PETIT-RADEL** (Louis-Charles-François), membre de l'Académie des inscriptions et belles-lettres, administrateur de la bibliothèque Mazarine. N. 1757. M. 1836.

L. aut. sig., au maréchal, duc de Tarente. Paris, 2 décembre 1816. 1 p. in-fol.

Demande de communication de pièces pour la rénovation de son brevet de membre de la Légion-d'Honneur.

Petitot (Claude-Bernard), littérateur, auteur dramatique, éditeur de la collection générale des mémoires sur l'histoire de France. N. 1772. M. 1826. 1° Note aut. sig., sur le *Manuel des maîtres d'études*. 1 p. in-4. — 2° *Biblis*, pièce de vers aut. 1 p. pl. et quart in-8. — 3° Mémoires aut., ou *notes sur l'Instruction publique*, etc. Ensemble, 16 p. in-fol.

2361. **PETITPIED** (Nicolas), docteur de Sorbonne, sous-chantre et chanoine de Paris. N. 1630. M. 1705.

Deux quitt. aut. sig. (sur parch.). 1679 et 1691.

Pey (Jean), abbé, chanoine de l'église de Paris, littérateur. M. 1797. L. aut. sig., à MM. Legrand et Lobhard. Paris, 12 mai 1772. 1 p. in-12.

2362. **PEUCHET** (Jacques), journaliste, économiste, historien, archiviste de la préfecture de Police, etc. 1760-1830.

1° L. aut. sig., au duc de La Rochefoucauld. Paris, 11 sept. 1817. 2 p. in-4.

2° L. aut. sig., à M. Sirey, avocat. Paris 28 sept. 1819. 2 p. pl. in-4. Il le prie de répondre à quatre questions sur l'histoire de Mirabeau.

3° *Vie privée, littéraire et politique de Mirabeau*, etc. Paris, 1823. 48 pages autographes, in-fol.

2363. **PEYRARD** (François), mathématicien, traducteur d'Euclide, professeur, bibliothécaire de l'Ecole polytechnique. Né en 1760. Mort à l'hôpital en 1822.

1° Six lignes aut. sig., au bas du prospectus imprimé de sa traduction des œuvres d'Archimède. 1804. 4 p. in-fol.

2° L. aut. sig., à M. Frochot, préfet de la Seine. Paris, 2 pluviôse an XIII. 2 p. in-fol.

Envoi du prospectus de sa traduction d'Archimède.

2364. **PEYRE** (Antoine-François), architecte, membre de l'Institut. N. 1739. M. 1823.

1° L. aut. sig., à son neveu. Paris, 15 avril 1807. 1 p. in-12.

2° Projet d'ériger un monument à la gloire de l'Empereur. Impr. 1805. 11 p. in 4, avec des planches gravées. Curieux.

Peyre (Marie-Joseph), architecte du théâtre de l'Odéon, membre de l'Académie, etc. N. 1730. M. 1785.

L. aut. sig., à son frère. Paris, 16 septembre 1764. 4 p. pl. in-4. Sur la 3e page se trouve dessinée, à la plume, une jolie maison sur le boulevard des Gobelins (la gravure est ci-jointe). Trois vues de l'Odéon.

Lettre curieuse au sujet d'un projet de palais qu'il a fait pour le prince de Condé, et qui couterait deux millions. Confrères qui ont concouru pour le même objet...

2365. **PEYRE** (Antoine-Marie), fils du précédent, dit *Peyre neveu*, architecte. N. 1769. M. 1843.

1° Rapport aut. sig. sur les travaux de défense en cours d'exécution aux approches de Paris. Décembre 1813. 1 gr. p. pl. in-fol.

2° Rapport aut. sur un projet de construction d'une salle de dessin. 1 p. et demie in-fol.

3° Deux dessins coloriés. — Château de Mirabeau. — Maison de Mme Roland, à Clamart sous Meudon.

4° Gravure à l'eau forte. Pont et fabrique. in-8. Oblong.

5° Projet et plan, et lettre relative à la reconstruction de l'Odéon, etc. 1818. Impr. 23 p. in-8.

2366. **PEZAY** (Alexandre-Frédéric-Jacques Masson, marquis de), littérateur, poëte. N. 1741. M. 1777.

1° L. aut. sig., *De Masson, marquis de Pezay*, à M. Grand, à Paris. Château de Pezay, par Blois, 1er juillet 1773. 3 p. in-4.

L. aut., au prince Czartoryski. 7 août 1774. 4 p. pl. petit in-8.

2367. **PHELYPEAUX** (Remi), sr d'Herbault, secrétaire d'Etat sous Louis XIII. M. 1627.

1° Lettre avec la souscription d'une ligne aut. sig., au marquis de Rambouillet, chevalier des ordres du roi, conseiller au conseil d'Etat de Sa Majesté, maître de sa garde-robe, et son ambassadeur extraordinaire en Espagne. Saint-Germain, 30 sept. 1626, 1 p. in-fol.

Il lui envoie le reste des papiers et dépêches qui ont été par lui désirées « et « qui m'ont esté commandées pour votre légation extraordinaire en Espagne. « Jay ordre de plus très exprès de vous solliciter de partir, ce que je vous « fais sçauoir de la part du roy, vous suppliant en mon particulier de vous « aduancer le plus que vous pourrez en votre voyage comme chose nécessaire « pour le bon seruice des affaires dont vous estes chargé... »

2° L. avec la souscription d'une ligne aut. sig., au même. Paris, 26 novembre 1626. 2 p. in-fol. Cachet.

Il a appris avec contentement le progrès de son voyage, et il désire que pour le bien du service du roi et pour le sien, que lui et sa compagnie, ils arrivent en la cour d'Espagne en bonne santé... Il n'a point eu charge de rien ajouter aux instructions et mémoires qu'il a emportés, seulement il a cru à propos de joindre à cette lettre une copie d'un mémoire qui lui a été envoyé par M. Marini, contenant les plaintes du marquis de la Voghera, afin qu'il s'en serve par delà si l'occasion s'en présente. « au surplus la grossesse de la reine n'aiant pas « continué, le roy s'est résolu de reuenir en ceste ville, ceux du conseil y sont « depuis 4 jours, Sa Majesté s'y rendra aujourdhuy ou demain, Dieu aidant, en « intention de faire louuerture de l'assemblée le premier jour du mois pro- « chain... »

3° L. avec la souscription d'une ligne aut. sig., au même. Paris, 3 décembre 1626. 2 gr. p. in-fol. Cachet.

... Il estime que cette lettre le trouvera bien près de Madrid. Elle sera de peu de substance sur les affaires publiques, n'étant survenu aucune occurrence au dehors digne de considération. Et pour nos affaires de la Valteline il n'en a aucune nouvelle de M. le marquis de Cœuvres depuis le dernier octobre, et il est en peine d'où vient cet extraordinaire retardement... « Cependant le roy « feit hier l'ouuerture de l'assemblée des notables. L'action fut fort célèbre, et « des plus belles en ce genre que j'aye point encores veuë en ce royaume, outre « le corps des officiers des Cours souueraines qui composent un nombre de « 27 ou 28, il y auoit 4 archeuesques et 8 euesques, 6 ou 7 de la noblesse, aus- « quels lon en adiouste encores 4 pour les rendre de mesmes nombre que le « clergé. En un mot ceste assemblée est fort bien composée, Sa Majesté leur « dict qu'elle les auoit assemblez pour auoir leurs bons aduis, régler les dé- « sordres de son Estat, et le remettre en son ancienne splendeur. Ce qui fut « amplement et bien exagéré par monsieur le garde des sceaux, puis monsieur « le maréchal de Schomberg parla du reglement de la gendarmerie, et monsieur « le cardinal de Richelieu couronna ceste action d'un discours le plus ferme, « élégant et judicieux que j'aye point veû ny entendu y à longtemps, tant est « que l'on doibt beaucoup espérer d'un si beau commencement, Dieu veuille « que le roiaume en recueille les fruitz selon la sincere intension de Sa Ma- « jesté... »

4° L. avec la souscription d'une ligne aut. sig., au même. Paris, 4 décembre, 1626. 1 gr. p. pl. in-fol. *Duplicata de la précédente.*

5° Vingt-six lett. avec souscription d'une ligne aut. sig., au même, datées de Paris. Décembre 1626, à juin 1627. Ensemble, 57 p. in-fol. Cachets.

6° Onze lett. avec la souscription d'une ligne aut. sig., au même, datées de Saint-Jean-de-l'Isle-lès-Corbeil. 9 juillet à 6 août 1627.

Ensemble, 17 p. in-fol. Cachets. Plus un extrait d'une autre lettre, dem.-p.in-fol.

7° Deux lett. avec la souscription d'une ligne aut. sig., au même. La Bretonnière, près de Chartres, 22 août 1627. Ensemble, 2 p. in-fol. Cachets.

8° Quatre lett. avec la souscription d'une ligne aut. sig., au même. Saint-Germain-en-Laye, 29 août au 8 septembre 1627. Ensemble, 9 p. in-fol. Cachets.

9° Deux lett. avec la souscription d'une ligne aut. sig., au même. Paris, 22 septembre 1627. Ensemble, 3 p. in-fol. Cachets.

10° L. avec la souscription d'une ligne aut. sig., au même. Tours, 4 octobre 1627, 1 p. in-fol. Cachet.

11° Six lett. avec la souscription d'une ligne aut. sig., au même. Lajarne, près Estré ou *Eshé*, du 28 octobre au 19 novembre 1627. Ensemble, 9 p. in-fol. Cachets.

Dans une de ces dernières lettres (28 octobre), il lui dit, que par la lettre du roi il verra les réponses aux dernières qu'on a reçues de lui, et par la relation ci-jointe, il sera informé des occurrences les plus considérables. « J'adjouste que lon commence à faire passer en l'Isle de Ré l'infanterie, que monsieur le maréchal de Schomberg doibt auoir la conduitte de cette action qui certes est glorieuse, mais elle n'est pas aussi sans hazard et peril, et que lon commence à assembler les matériaux nécessaires pour dresser la machine qu'a proposée Pompée Targon pour fermer le canal du haure de La Rochelle, en ce point conciste la réduction de cette ville, car si le secours de mer luy est une fois osté, il ne faut point doubter quelle ne soit contraincte à recourir à la grace et à la clémence de Sa Majesté, laquelle a cette entreprise fort à cœur, se proposant pour y donner aduancement de passer en ce camp tout lhiver, ou du moins la plus grande partie. Monsieur de Rohan a comme vous aurez peu scauoir leué enfin les armes en Languedoc et déclaré par un manifeste public auoir apellé les Anglois en ce royaume. Il a fait desclarer les villes de Nismes, Usés et quelques autres des Séuennes dans ceste union. Il auoit le mesme desseing pour Castres et Montauban, mais la première luy a fermé les portes et chassé XII ou XV factieux qui trauailloient pour la faire réuolter. Montauban et les villes du conté de Foix tenues par ceux de la religion prétendue refformée suiuent jusques à présent le mesme exemple, j'espere qu'elles perséuéreront en ceste résolution. Cependant monseigneur le prince sen va en Languedoc commander l'armée qui est destinée pour poursuiure le duc de Rohan... » — Et dans celle du 10 décembre, il lui annonce la victoire que Sa Majesté a remportée sur les Anglais dans l'Ile de Rhé... »

En tout, *cinquante six lettres*, dont quelques-unes en partie chiffrées (il y a quelques pages volantes déchiffrées). Toutes ces lettres sont en bon état, et en papier uniforme.

Correspondance d'un grand intérêt sur les affaires du temps; les intrigues de l'Espagne, la succession de Mantoue, la guerre avec les Anglais, etc., etc.

2368. **PHELYPEAUX** (Famille). Vingt-trois pièces.

PHÉLYPEAUX (Raymond), trésorier de l'épargne du roi. Deux quitt. sig. (sur parch.) 1599 et 1604. — PHÉLYPEAUX (Jean), secrétaire des commandements et finances de la reine. Quitt. sig. (sur parch.). 1610. — PHÉLYPEAUX (Louis), sieur de la Vrillière, secrétaire d'Etat. N. 1598. M. 1681. Quitt. sig. (sur parch.). 1630. — PHÉLYPEAUX DE LA VRILLIÈRE (Michel), primat d'Aquitaine, archevêque de Bourges. N. 1642. M. 1694. Quitt. sig. (sur parch.). 1690. — PHÉLYPEAUX DE LA VRILLIÈRE (Augustin), capitaine de vaisseau. Quitt. aut. sig. (sur parch.). 1672. — PHELYPEAUX (Antoine-François), seigneur d'Herbault, conseiller au parlement. Quitt. sig. 1682. 1 gr. p. in-fol. — PHÉLYPEAUX (Jean), comte de Montlhéry, intendant de justice, police et finances, en la généralité de Paris. 1° Deux quitt. sig. (sur parch.). 1682 et 1698. — 2° Déclaration notariée, sig. 1702. 3 p. in-4. — 3° Acte notarié, sig. 1705, 4 p. in-fol. Déclaration singulière comme *prête-nom* du duc César-Auguste de Choiseul. — 5° Acte notarié (obligation) sig., sig. aussi par sa femme, *Marie-Anne Beauharnois*, par *Danycan de Landivisiau*, de *Rotrou*, etc. 1711. 7 p. in-fol. — PHÉLYPEAUX (Balthazar), marquis de Châteauneuf. N. 1639. M. 1700. Deux quitt.

sig. (sur parch.), et un acte notarié, sig. 1680 à 1695. — PHÉLYPEAUX (Louis), marquis de la Vrillière et de Châteauneuf, comte de Saint-Florentin, secrétaire d'État. Bail notarié. sig., du petit hôtel de La Vrillière. 1703. 2 p. in-fol. — PHÉLYPEAUX DE LA VRILLIÈRE (Balthazar), chevalier de Malte, colonel de dragons, brigadier des armées du roi, frère du précédent. Acte notarié, sept fois sig. 1705. 6 p. in-fol. — PHÉLYPEAUX, évêque de Riez. Deux lett. aut. sig. 1713 et 1714. 3 p. in-4. — PHÉLYPEAUX (Anne-Marie de Beauharnois, femme de Jean), intendant de justice, police et finances, Acte notarié sig., sig. aussi par son mari. 1691. 6 p. in-fol. — PHÉLYPEAUX (Jeanne Gallon, femme d'Antoine-François). Quitt. sig. (sur parch.). 1705. — PHÉLYPEAUX (Marie Marguerite de Fourcy, femme de Balthazar), marquis de Châteauneuf. Deux actes notariés, sig. 1704. Ensemble, 15 p. in-fol.

2369. **PHILIDOR** (François-André *Danican*, dit), compositeur, célèbre joueur d'échecs. N. 1726. M. 1795.

L. sig., signée aussi par Gossec, Vestris et Pillot, au comte de Mirabeau. 23 juillet. 1 gr. p. in-fol. *Portr.* de Saint-Aubin.

Les vétérans, les sujets en activité et les auteurs de l'Opéra le prient de prendre en considération le mémoire qu'ils ont l'honneur de lui adresser. Ils espèrent, d'après la justice de leurs représentations, qu'il daignera les appuyer auprès de l Assemblée nationale...

2370. **PHILIPPE II**, roi d'Espagne. N. 1527. M 1598.

Dæmonium meridianum. Tel est le juste surnom que l'exécration universelle décerna à ce monarque, le plus puissant de son temps, qui fut roi de Naples, de Sicile, des Espagnes, des Indes, de Portugal, d'Angleterre, qui voulut l'être de France; qui passa sa vie à susciter des troubles dans toute l'Europe; qui fut le bourreau des Pays-Bas, dont l'affranchissement fut la punition de sa tyrannie fanatique et sanguinaire. (*L. de M.*)

L. sig., (en français), et contresig. *Dennetières*, à nos chers et féaulx les président et gens de mon conseil provincial de Flandres. De Madrid, le 18 décembre 1577. 2 p. in-fol. Trace de cachet.

Mission du baron de Selles, chargé de leur déclarer qu'en maintenant la religion catholique romaine et l'obéissance, comme du temps de feu l'empereur, son seigneur et père, il n'a jamais prétendu ni prétend autre chose sinon qu'y accomplir ces deux points...

2° Ampliation (en français) d'une ordonnance du 13 mai 1596, concernant *Philippe de Guernonval*, héritier de la mère de feu le chevalier de La Motte, etc. 2 p. et quart in-fol.

3° Cinq *portr.*, dont celui de P. à Gunst.

2371. **PHILIPPE II.** *Le même.*

1° L. sig., (en français), et contresig., *De Laloo*, à son bon neveu, le duc de Parme et de Plaisance. De Saint-Laurent, le 17 septembre 1589. 1 p. in-fol. Sceau.

2° Cinq *portr.*, dont celui de Flipart, et deux de P. à Gunst.

2372. **PHILIPPE** (Don), fils de Philippe V, gendre de Louis XV, duc de Parme. N. 1720. M. 1765.

1° Billet de six lignes aut., à son cher Dutillot, ce 30. Demi-p. in-4.

2° L. aut., à M. d'Argental, 3 avril 1761. 2 p. in-4. Cachet.

Il lui est très-obligé d'avoir parlé de lui à la reine, ne pouvant se servir de trop de moyens pour lui marquer et la convaincre de ses plus tendres et respectueux sentiments. « Le pauvre D. de Bourgogne a enfin succombé à sa longue et terrible maladie, cela me fait une pitié horrible, car la douleur de « M. le Dauphin y a jetté toute la famille... »

2373. **PHYSICIENS**, *géomètres*, etc. 20 lett. et pièces.

ALDINI (Jean-Chevalier). L. a. s. Milan, 25 déc. 1827. 2 p. in-8. Et habillement du pompier pour le préserver de l'action de la flamme. Milan, 1828. Impr. 15 p. in-8, sur l'enveloppe, hommage de 8 lig. a. s. — BRÉMONTIER (Nicolas-Thomas). L. a. s. 1785. 2 p. in-8. — BRISSON (Mathurin-Jacques), memb. de l'Institut. Pièce a. s. an VII. 1 p. pl. in-4. — BUSCHE. L. a. s. 1829. 1 p. et quart in-4. —

COULOMB (Charles-Augustin de), memb. de l'Institut. L. a. s. an XI. 3 p. in-4. — COUSIN (Jacques-Antoine-Joseph), memb. de l'Acad. des sciences, sénateur. N. 1739. M. 1800. 1° L. a. s. 1793. 1 gr. p. pl. et tiers in-fol. — 2° Trois lett. et pièce sig. an IV. 6 p. in-fol. — COUTELLE (Jean-Marie-Joseph). L. a. s. 1 p. in-8. — DALESME (André), memb. de l'Académie des sciences. Quitt. sig. (sur parch.). 1707. — FOURIER (Jean-Baptiste-Joseph), memb. de l'Acad. française. L. a. s., et lett. sig. 2 p. in-8. — FRANCŒUR, memb. de l'Institut. L. a. s., et deux notes aut. 4 p. in-8 et in-4. — GAY-LUSSAC, memb. de l'Acad. des sciences. L. a. s. 1818. 1 p. in-8. *Portr.* — ROBERTSON. L. a. s. 1829. 1 p. in-4. — ROMÉ DE L'ISLE. L. a. s. 1789. 1 p. in-4. — VITALIS. L. a. s. 1825. 1 p. in-fol. — Très-beau lot.

2374. **PIANISTES**, *compositeurs*. Huit lett. aut. sig.

ALKAN. 1838. 1 p. in-8. — BERTINI. 1836. 1 p. in-8. — CHAULIEU. 1829. 1 p. in-8. — DOHLER. 1 p. in-8. — KALKBRENNER. Deux lett. 3 p. in-8. — MARMONTEL. 1 p. in-18. — FRAEHER. 1841. 1 p. in-8

2375. **PICARD** (Louis-Benoît), comédien, auteur dramatique, membre de l'Acad. franç. N 1769. M. 1828.

1° L. aut. sig., au citoyen Méjan. Paris, 20 thermidor. 1 p. in-4. — Son discours de réception à l'Acad. française, et la réponse de Bernardin de Saint-Pierre. Impr. 31 p. in-8. Trois *Portr*.

2° L. a. s., à M. Royer, de l'Acad. franç. 20 sept. 1821. 1 p. in-4.

3° Le *Brochet*, le *Cygne*, l'*Ecrevisse*. Fable aut. 1 p. et quart in-4.

2376. **PICHEGRU** (Charles), général en chef. 1761-1804.

L. aut. sig., au citoyen ministre... Hôtel de la guerre, 17 prairial an VI. Demi-p. in-4. Six *portr*.

2377. **PICOT** (François-Edouard), peintre d'histoire, membre de l'Institut. N. 1786.

1° L. aut. sig., à M. Varcollier. 22 mai 1837. 2 in-8.

2° Deux certificats d'études. 1829 et 1830. 3 p. in-4.

2378. **PIE VIII** (François-Xavier Castiglione, cardinal, puis pape sous le nom de). N. 1761. M. 1830.

L. aut. sig. (en italien), à M. Louis Franchi, conseiller à la cour royale de Naples. Rome, 17 janvier 1825. 2 p. in-4. Cachet. *Portr.* Belle lettre.

2379. **PIERREBON** (Pierre), baron de Mullon, lieutenant du roi à Marseille, capitaine du château et forteresse de Notre-Dame de la Garde-lès-Marseille.

Je crois que c'est l'entreprenant capitaine signalé par Martin du Bellay (*L. de M.*)

Deux quitt. sig. (sur parch.). 1572 et 1573.

2380. **PIERRE BUFFIERE** (Jean de), premier baron du Limousin, seigneur d'Aigueperce, etc.

Son testament notarié. 24 février 1569. Très-grand in-fol. (Parch.).

2381. **PIGAULT LE BRUN** (Guill.-Charles-Antoine), acteur et auteur dramatique, romancier, historien. 1753-1835.

L. aut. sig., au comte de Chabrol, préfet de la Seine. Paris, 4 juillet 1828. 1 p. in-fol. Trois *portr*.

Relative à l'inscription de son neveu sur la liste des jeunes gens qui doivent tirer au sort pour le recrutement.

2382. **PIIS** (Pierre-Antoine-Augustin, chevalier de), poëte, chansonnier, vaudevilliste, secrétaire général de la préfecture de Police. N. 1755. M. 1832.

1° *La République, aux élèves des écoles primaires*, vaudeville républicain, composé et chanté à la distribution des prix par le citoyen Piis, commissaire du directoire exécutif près le 1er arrondissement... six couplets aut. 2 p. pl. in-4.

2° Quatre lett. aut. sig., à son collègue Méjan. An XII. Ensemble, 6 p. in-4 et in-fol. Tête impr. de la préfecture de police. Vignette. — Passeport sig. *Portr.*

3° *Observations sur les époques de la nature, par Buffon.* Chanson ou stances aut., sur l'air : *Une fille est un oiseau.* 8 p. in-4.

4° L'Harmonie imitative de la langue française. Poëme en quatre chants. Paris. Impr. de Ph. De Pierres. 1785. In-12, papier fort br. *Portr.*

2383. **PILLES** (Paul de Fortia, seigneur de), gouverneur des Iles de Marseille. Né à Carpentras en 1559. M. en 1621.

Quitt. sig. *Paul de Fortia,* (sur parch.). 31 décembre 1595.

Pilles, gouverneur du château d'If, etc. Quitt. sig.: *Pilles* (sur parch.). 1667.

Pilles, gouverneur de Marseille. L. aut. sig., à M... Marseille, 11 septembre 1728. 3 p. pl. in-4.

Prière de faire *renfermer au château d'If le sieur Gueidon qui est tombé dans des cas deshonorants,* etc.

2384. **PINART** (Claude), seigneur de Cramailles, vicomte de Comblizy, ministre, secrétaire d'Etat sous Charles IX et Henri III. M. 1605.

Cet homme considérable, auquel la biographie de Michaud, qui prodigue d'énormes articles à des inconnus, n'a pas donné une seule ligne, fut ministre d'Etat pendant près de 20 *ans*, sous Charles IX et Henri III, de qui j'ai une grande quantité de lettres rédigées et quelquefois écrites par lui, *propriâ manu.* Après les barricades de juillet 1588, Henri III l'écarta, avec d'autres ministres, les supposant contraires, comme Catherine dont ils avoient toute la confiance, à la catastrophe, dès lors méditée, du 24 décembre suivant. Depuis, Pinart ne rentra plus dans les affaires : je le crois, du moins. Il fut inquiété et même jusqu'à un certain point compromis dans la reddition, au duc de Mayenne, de la place de Château-Thierry, dont le fils de Pinart étoit gouverneur ; et ce fut avec beaucoup de peines que l'ancien ministre arrêta les suites de cette fâcheuse affaire, dans laquelle les historiens, notamment Chiverny, l'ont impliqué. *(L. de M.)*

1° L. aut. sig., à M. de Rambouillet. 17 janvier 1579. 1 p. pl. très-grand-in-fol. Déchirures par les souris à la marge extérieure, et deux fortes taches à la marge intérieure.

2° Interrogatoire de Nicolas Salcède. Minute autographe. 6 gr. p. pl. in-fol. (avec une copie moderne).

« Nicolas Salsède fut amené prisonnier au boys de Vincennes le mercredi
« XXVIIIe jr du moys d'aoust dernier en la garde de ceulx qui lauoient méné
« de Flandres. Le lendemain XXIX fut oy au boys de Vincennes par devant la
« reyne mère du roy où estoient messieurs les cardinal de Bourbon, cardinal
« de Birague chancelier de France, de Cheverny, garde des sceaux, etc., etc... »

Pinart (Claude), fils du précédent, vicomte de Comblizy, marquis de Louvois, gouverneur de Château-Thierry. Quitt. sig.: *Comblizy Pinart* (sur parch.). 1589. Notice de M. *L. de M.*

2385. **PINCKNEY** (Charles Cotesworth), général américain, ministre des Etats-Unis en France.

L. aut. sig. (en anglais), au juge Grimsee. 7 sept. 1791. 2 p. in-4.

2386. **PINEL** (Philippe), médecin en chef de la Salpétrière et de Bicêtre, membre de l'Institut. N. 1745. M. 1826.

1° Consultation médicale aut. sig. Paris, 10 décembre 1811. 3 p. in-8. — 2° L. aut. sig., au duc de La Rochefoucauld. Demi-p. in-4. Deux *portr.* Notice de M. *L. de M.*

2387. **PINGERON** (Jean-Claude), littérateur, économiste. Né en 1730 M. 1795.

1° *Portrait du roi de Prusse Frédéric II*. Extrait aut. d'un ouvrage imprimé à Amsterdam en 1778. 4 gr. p. in-fol. Curieux.

2° Note aut. sur le *polygraphe de M. Chrétien*, musicien ordinaire du roi, envoyé à l'abbé de Lucenay, à Paris, avec un spécimen (petit *portr.* dessiné et gravé en quatre minutes). 1 p. in-8.

2388. **PINGRÉ** (Alexandre-Gui), janséniste, éditeur des *Mémoires d'Arnauld*, astronome, bibliothécaire de Sainte-Geneviève, membre de l'Institut, etc. N. 1711. M. 1796.

L. aut. sig., à MM. les administrateurs de la municipalité de Paris. Paris, 20 décembre 1790. 2 gr. p. in-fol. En tête se trouvent six lignes de renvoi de la main de Bailly, maire de Paris.

Lettre très-intéressante au sujet de la triste position financière de l'administration de la Bibliothèque. On ne peut plus continuer la souscription des collections précieuses en cours de publication. Il réclame le paiement de ses appointements; il expose son dénuement et celui de ses aides, etc., etc.

2389. **PINKERTON** (John), poëte, antiquaire, minéralogiste, géographe, etc. N. 1758. M. 1826.

L. aut. sig., à M. Millin. Paris, 10 janvier 1817. 1 p. in-4, avec une page de gravures. (Collection de M. de Monmerqué).

Il lui envoie la gravure d'inscriptions en lettres gothiques trouvées dans le nord de l'Ecosse, dont, dit-il, personne n'a pu expliquer la langue.

2390. **PIRON** (Alexis), poëte, auteur dramatique. 1689-1773.

L. aut. sig., à mademoiselle Piron la veuve (sa mère), proche le cimetière de Saint-Jean, à Dijon. Paris, 2 avril 1737. 3 gr. p. pl. et demie in-4. Très-curieuse. Sept *portr.* Un peu fatiguée et tachée. Au dos est cette note de la main de sa mère : Auril 1737. 54 liv.

Il lui envoie 54 livres qui est tout ce qu'au monde il peut faire pour le présent, cette année lui ayant été peu favorable. Elle lui parle dans sa lettre d'une aventure altérée par les rapports. C'est au sujet de la reine de Suède. « La « vérité du fait est que cette princesse est la dernière tête vivante du sang « de Gustave; et qu'ayant fait une tragédie il y a quelques années sous le nom « de ce héros, qui eut du succès, j'osay comme cela paroissoit assez naturel, en « addresser un exemplaire à sa majesté suédoise par son ambassadeur que « j'avois l'honneur de connoître. La relieûre et les armes de la reine me cou- « terent un loüis; et j'accompagnay l'envoy de vers convenables autant qu'il « fut possible à mon petit esprit. » Ce que la reine Christine écrivit à son ambassadeur, et récit plaisant de son aventure avec cet ambassadeur, au sujet de la recommandation de la reine de lui faire un présent... « J'en ay été pour les « frais de l'exemplaire et c'est où se reduit ce beau présent que votre public « me donne de sa grace. . »

2391. **PISANI** (Jean de Vivonne, marquis de), baron de Saint-Gouard, ambassadeur de Henri III et de Henri IV en Espagne et à Rome, père de la marquise de Rambouillet. Né en 1530. Mort en 1599.

Cet homme d'Etat, ce vaillant guerrier, des plus considérables et des plus illustres de son temps, parlant à Sixte-Quint, auprès de qui il étoit ambassadeur, et qui lui annonçoit la prochaine publication d'une bulle d'excommunication fulminée contre le *roi de Navarre* (Henri IV) et le prince de Condé, lui dit : *V. S. feroit mieux de la brûler à Rome que de l'envoyer brûler en France*. — Revenant en France sur une galere, il fut pris par un corsaire; deux jours après il attaqua subitement le capitaine, le tua ainsi que trois forbans, et parvint à s'échapper. — A propos de la nomination de Pisani à la place de gouverneur du prince de Condé, alors héritier présomptif de la couronne, l'Estoille dit qu'on ne pouvoit choisir un seigneur plus accompli, et plus généralement estimé... (*L. de M.*)

1° Minute aut. d'une lettre à la reine, 22 avril 1585. 1 p. pl. et quart grand in-fol. Il y a derrière aussi de la main de Pisani : « Mons. de la Bandrie metes acte lre pour la royne mere du roy « au net. »

Protestation de dévouement à sa personne et au service du roi. En se rendant à Rome auprès du nouveau pape; il a passé par Florence, mais il n'a pu y traiter aucune de ses anciennes affaires... « Madame ie diray a Vre Majesté « que passand à Turin et me informant comme toutes chauses sy gouvernent « jay trouué que à la uérité la mémoire de l'honneur que l'on y doibd au roy « ny est que bien peu respectée et moins obseruée, semblant que sest presque « quas dinquisition di estre connu non seulement pour son seruiteur, mais « bien destre naturel françois comme l'experimente à bon estand madame l'a-« miralo à laquelle lon faict infinité de indignités... »

2° Curieux marché notarié de fournitures de comestibles pour sa maison, sig. par lui et par sa femme, Julie Savelli. 1573. 7 gr. p. in-fol.

Pisani (Julie Savelli, marquise de), femme du précédent. Deux actes notariés sig. 1603 et 1605. Ensemble, 6 p. in-fol. Celui de 1603 est signé trois fois par M. d'Angennes de Rambouillet, vidame du Mans.

2392. **PITHOU** (Pierre), conseiller au Parlement de Paris.

Il fut un des deux conseillers envoyés à Doulens, en 1651, pour informer contre le cardinal Mazarin proscrit par plusieurs arrêts du Parlement.

Quitt. (en latin) avec deux lignes aut. et deux fois sig. (sur parch.). 1642.

2393. **PLANARD** (François-Antoine-Eugène), littérateur auteur dramatique. N. 1784.

1° L. aut. sig., à M... 6 janvier 1842. 1 p. et demie in-4.

Recommandation en faveur de M. Boulanger fils, qui débute le lendemain comme *musicien grand prix du conservatoire* dans le *Diable à l'école.*

2° L. aut. sig., à M. Lemetheyer. Samedi 27 oct. 2 p. in-8.

Il le prie de faire son compliment à Mme Clara... « Elle a été fort bien dans « *Marce* et ira mieux encore. — M. Lemonnier en se chargeant d'*Adolphe* a « fait beaucoup gagner la piece... » Détails scéniques, etc.

2394. **PLANCHE** (Jean-Baptiste-Gustave), critique. 1808-1857.

L. aut. sig., à M. Jules Janin. 22 décembre 1841.

« Ingénieux, élégant, judicieux, équitable et intrépide aristarque, agréez « l'hommage de la première traduction qui ait encore paru de la politique de « Plutarque. Vous avez montré dans mainte occasion et dans maint article, que « la politique ne vous étoit pas plus étrangère que la littératnre ; vous ne craignez pas d'être comparé à ces conquérants ambitieux, qui ne regardent pas « à la différence des climats et des langues, pour mettre la main sur tout ce « qui est à leur portée et à leur convenance. Cette traduction seroit plus digne « de Plutarque, de vous et du public, si l'auteur avoit pu vous dérober cette « plume qui a fait oublier celle de Geoffroi, et qui fait avec tant de facilité... »

2395. **PLESSY** (Mlle Jeanne Sylvanie), dame Aug. Arnould, sociétaire du Théâtre-Français. N. 1819.

Un vers aut. sig.: *Excusez-moi, monsieur, je n'entends pas le grec...* In-4. Trois *portr.*

2396. **PLEYEL** (Camille-Marie-Denise Moke, dame), pianiste célèbre. N. 1816.

1° L. aut. sig.: *M.*, à M. Jules Janin. Bruxelles, samedi matin, 25 avril 1839. 1 p. pl. in-8. *Portr.*

... Elle est arrivée bien triste, bien fatiguée, et elle a profité de la nuit pour verser de bonnes grosses larmes. « Ah ! si j'étais petit oiseau ! j'embrasse votre « toutou, coco, et je vous demande l'affection promise et que méritera toujours « votre sincère amie. »

2° L. aut. sig.: *M.*, au même. 11 mars 1841.

3° L. aut. sig.: *M. P.*, au même. Dimanche, 23 mai. 2 p. pl. in-8.

Recommandation en faveur de Mme Nathan Treilhet... Cette jeune et charmante femme l'ayant priée de lui donner un mot pour lui, elle s'est empressée de le faire, « à vous écrire et à occuper votre pensée, ne fut-ce que pendant un « instant, vous avez trop bien apprecié Mme Treilhet pour que je me permette « de vous recommander une jeune personne d'un talent si puissant et si réel.... « Nous pleurons son départ ici où elle était autant aimée qu'admirée, et je ne « doute pas que vous ne serez heureux de la connaître et de lui rendre service « par ces mots que vous seul savez dire. — Je vous embrasse, mon frère, et « vous prie de parler de moi à notre poète Gérard (l'honnête jeune homme). »

2397. **PLUVINEL** (Antoine de), gentilhomme du Dauphiné, célèbre écuyer, auteur du *Manége royal*. M. 1620,

Acte notarié sig., comme chevalier des ordres du roi, et sous gouverneur de la personne de Sa Majesté, signé aussi par Philippe de Gondi. 1613. 3 p. et demie in-fol.

2398. **POCQUELIN** (Famille).

Pocquelin (Jean-Baptiste), bourgeois et marchand de Paris, oncle de Molière. Acte notarié sig. (sur parch.). 1666.

Fondé de pouvoirs de Georges d'Aubusson de la Feuillade, archevêque et prince d'Embrun, ambassadeur en Espagne, il donne quittance de 18,000 livres pour les appointements du dit archevêque, pour six mois de son ambassade.

Pocquelin (Anne de Faverolles), veuve de Jean-Baptiste Pocquelin, second frère de Molière. Quitt. sig. (sur parch.), de la somme de 7 livr 5 s. 6 d., pour arrérage d'une rente sur le clergé. 1695.

Pocquelin (Catherine), épouse séparée, quant aux biens, de s. Claude Jacquin, marchand bourgeois de Paris. Quitt. sig. (sur parch.) 1707.

Pocquelin (Louis), receveur général des pauvres de Paris, et de l'hôpital de la Sainte-Trinité, présumé frère de Molière. Quitt. sig. (sur parch.). 1657.

Pocquelin (Marthe), parente de Molière. Quitt. sig. (sur parch.). 1708.

Pocquelin (sœur Marie de Sainte-Magdelaine, Ursuline), présumée sœur de Molière. Acte notarié sig. 1700. 3 p. in-4.

En relevant laborieusement une multitude d'actes d'état civil de la famille Pocquelin, M. Beffara a montré que ce nom étoit souvent altéré, au point qu'on l'écrivoit *Poclin*, *Pauclair*, *Poquelin*, etc. — Je remarque que les diverses pièces que je possède et qui sont signées par des personnes différentes, présentent toutes le nom de Pocquelin correctement écrit. (*L. de M.*)

2399. **POETES** du XIXe siècle. Neuf lettres et vers aut. sig.

Albert-Montémont, Deux lett. 1826-1841. 2 p. in-8 et in-4. — Antignac. *Parlons peu, mais parlons bien*. Chanson. 1809. 1 p. et demie in-4. — Autran (Joseph). 2 p. in-8. — Beauchesne (Alcide-Hyacinthe Du Bois de), auteur de la *Vie de Louis XVII*. Deux lett. 1836 et 1837. 3 p. in-8 et in-4. — Beauroche. Lettre suivie d'une épître en vers, à Bonaparte. Paris, 7 pluviôse an VIII. 5 p. in-8. — Belliol (Jean-Alexis). Certificat médical. 1828. 1 p. in-4. — Bernay (Camille). 1 p. in-8.

2400. **POETES** du XIXe siècle. Treize lettres et vers aut. sig.

Boisjolin (Jacques-François-Marie Vieilh de). 2 p. in-8. — Bonjour (Casimir). 1 p. in-4. — Boucharlat. *L'Avenir*. Pièce de vers. 1 p. pl. in-8. — Brizeux (Julien-Auguste-Pélagie). N. 1806. M. 1858. Pièce de vers. 1 p. in-fol. — Carrion de Nisas (Marie-Henri-François-Elisabeth). 1 p. in-4. *Portr.* — Chênedollé (Charles). Deux lett. 1830. 1 p. in-8 et 2 p. in-4. — Cottin. Lett. sig. 1 p. in-8, et : *Le poete indigent*. — *Le chantre des prisons*. Deux pièces de vers. 4 p. in-8. Chants de mort d'un prisonnier au Mont-Saint-Michel, par L.-F. Cottin. Impr. 1845. 80 p. in-8. — Coupigny (André-François de). 2 p. in-4. — Crevel de Charlemagne (Napoléon). Deux lett. 1836 et 1843. 4 p. in-4.

2401. **POETES** du XIXe siècle. Neuf lettres et vers aut. sig.

De Guerle (Jean-Nicolas-Marie). 1821. 1 p. in-4. — Dorange (Jacques-Nicolas-Pierre). 1804. 2 p. in-8. — Du Bos (Constant). 1829. 2 p. in-8, et *Le Lis, ode*. Impr. 1816. 1 p. in-8. — Du Doré (Raymond). *Mon pays*, pièce de vers, adressée à M. de Blosseville. Beaupréau, 28 oct. 1840. 3 gr. p. pl. in fol. Cachet. — Dumesnil (Pierre). L. aut. sig. 1809. 1 p. in-4. — Du Puy des Islets. 1° *Stances à mademoiselle C...* 1 p, et demie in-8. — Famin. *Les deux ci-devant cler-*

gés, Conte gothique. 3 p. pl. in-4. — GROULT DE TOURLAVILLE. 1837. 1 p. in-8

2402. **POETES** du XIXe siècle. Dix lettres et vers aut. sig.

KERIVALANT (Nicolas Le Deist de). Deux lett. An IV. 2 p. in-8 et in-4. — MARTIN (Nicolas). 2 p. in-8. — MAURICE (Justin). 1836. 2 p. in-8. — NIBELLE. 1830. 1 p. in-8. — RESSÉGUIER (le comte Jules de). 1 p. in-8. Cachet. — RALLIER (Louis-Antoine-Esprit). An V. 1 p. in-4. — SABRAN (Elzéar-Louis-Marie, comte de), à M. Jules Janin. 1841. 1 p. in-8. Curieuse. Notice biographique (impr.), de Mme Sophie Gay. — TRÉNEUIL (Joseph). 1816. 1 p. in-4. — VANNOZ (Mme Philippe de Sivry, dame). Nancy, 1822. 1 p. in-4.

2403. **POINTIS** (Bernard d'Estréan, baron de), chef d'escadre, auteur de la *Relation du siége de Carthagène.* Né en 1635. Mort en 1707.

1° Deux quitt. aut. sig. (sur parch.). 1691 et 1694.

2° Fin de lett. aut. sig., à Mgr... Par le travers de Malaga, 22 septembre 1704. 1 p. in-fol.

2404. **POIRIER** (dom Germain), savant bénédictin, historien, sous bibliothécaire de l'Arsenal, membre de l'Académie des Inscriptions, et de l'Institut. N. 1724. M. 1803.

L. aut. sig., au citoyen Arnault, membre de l'Institut. 6 fructidor an IX. 1 p. pl. in-4.

Demande d'un rendez-vous pour lui parler du citoyen Desmaretz, qui a travaillé longtemps pour le Comité de droit public, et dont le titre de pension est égaré.

2405. **POLIGNAC** (Melchior, comte de), cardinal, archevêque d'Auch, ambassadeur en Pologne, en Hollande, à Rome, etc., membre de l'Académie française, auteur de l'*Anti-Lucrèce.* N. 1661. M. 1741.

1° L. sig., à l'abbé de Rothelin. Rome, 11 avril 1726. 2 p. in-4. Deux *portr.* Notice de M. *L. de M.*

Il le remercie de tout ce qu'il lui a envoyé par le dernier ordinaire. Ne pouvant recevoir de pièces de paix, il faut au moins celles de guerre. « Je suis « bien persuadé qu'elle va se ranimer plus que jamais. On en peut juger par la « joye que les deux partis font éclater de ce que rien ne s'accomode. Je com- « prens que beaucoup de gens même s'ensés et raisonnables trouveront ce qu'on « demande à M. le cardinal de N. trop dur. Quand on ne juge d'une chose que « sur l'étiquette, qu'on n'en sait point les circonstances, ny par quels degrés « elle est venue à son point, on en juge fort vite et fort mal. Si on vouloit « prendre la peine de relire tout ce qui a été dit, fait ou écrit contre la con- « stitution, peut-être ne trouveroit-on pas le Saint-Siége si difficile qu'on se « l'imagine... »

2° L. sig., à M. le chevalier de Moy. Rome, 28 oct. 1726. 1 p. pl. in-4.

3° Post-scriptum aut. d'une lettre (dont le commencement manque), à S. A. (le cardinal de Bouillon). 2 gr. p. pl. in-4.

Il le supplie de faire part de cette lettre à M. le cardinal de Janson, s'il est encore à Rome... « Je ne dois pas aussy oublier de vous dire, monseigneur, « que ce seroit pour nous une chose excellente, si le pape écriuoit à la Repu- « blique de Pologne un bref, pour l'exhorter à la concorde, dans lequel Sa Sain- « teté mit seulement qu'elle luy recommande par dessus toutes choses de prendre « bien garde que la religion catholique ne coure aucun danger ny pour le pré- « sent, ny pour l'aueuir et qu'elle aille au plus sûr, en obseruant à la rigueur « et à la lettre les sages loix des ancêtres qui ont voulu que le roy et la reyne « fussent certainement catholiques, apostoliques et romains... Que si l'Elr de « Saxe a écrit au pape pour lui donner part de sa pretendüe conuersion et « élection, pour l'amour de Dieu que Sa Sainteté n'écriue pas, *Eletto Rè di Polonia,* car ce seroit prendre party contre nous, et si ce mal arriuoit, il en fau- « droit autant du moins pour le véritable roy... »

2406. **POLIGNAC** (Diane, marquise de).

L. aut. sig., à M. le duc de Penthièvre. Montmirail, 8 oct. 1773. 1 p. in-4. Il y a en tête de la main du duc de Penthièvre : *Faire passer la réponse ci-jointe.*

Elle le félicite de ce que la duchesse de Chartres est accouchée heureusement d'un fils (ce fut plus tard Louis-Philippe, roi des Français).

POLIGNAC (Jules, premier duc de), frère de la précédente, époux de la favorite de la reine Marie-Antoinette. M. 1817. L. aut. sig. Paris, 29 sept. 1782. 2 p. in-4. Tachée.

2407. **POLIGNAC** (Auguste-Jules-Armand-Marie, prince de), ministre de Charles X, signataire des ordonnances de juillet 1830. N. 1780. M. 1847.

1° L. a. s., à M... Londres, 24 mai 1816. 1 p. et demie in-4. *Portr*

2° Deux lett. sig. 1819 et 2 juillet 1830. 2 p. in-4.

POLIGNAC (Armand-Jules-Marie-Héraclius, duc de), frère du précédent, premier écuyer de Charles X. N. 1771. M. 1847. Deux lett. aut. sig. 1817 et 1819. 2 p. in-4.

POLIGNAC (Marie-Charlotte Parkyns, princesse de). M. 1792. L. aut. sig., à M. Bouchard, peintre. Au Palais-Royal, 23 nov. 2 p. in-18. Au sujet de son portrait.

POLIGNAC. L. a. s., à MM... Dusseldorf, 13 fév. 1761. 3 p. in-4.

Lettre très-intéressante au sujet de l'ordre et de l'économie à établir dans l'hôpital de Ruremonde... « Il faut dans un temps de calamité que tout le « monde se donne la main. Armez-vous de courage tout ira bien avec un peu « d'argent, et purgez vos hôpitaux des gens inutiles qui vous mangent et qui « font de faux frais journaliers dont vous ne vous relèverez pas si vous per- « sistez; aux grands maux les grands remèdes, mais en renvoyant le monde il « faut le payer, par ce moyen personne ne criera, votre besogne ira mieux, et « l'on chantera vos louanges, je serai toujours prêt à en donner l'exemple; « mais souvenez-vous, messieurs, qu'il faut respecter l'humanité... »

2408. **POLONCEAU,** ingénieur en chef des ponts et chaussées, constructeur du pont du Carrousel. 1778-1848.

Quatre pièces et lett. aut. sig. 1817-1818, avec le plan d'une route traversant le bois du Vésinet. Ensemble, 7 p. in-4 et in-fol.

2409. **POMARÉ,** reine de Tahiti.

L. aut. sig., (en langue tahitienne), à M. Mœrenhout, consul de France. Taiarapu, 7 mai 1839. 1 gr. p. pl. in-fol. Très-belle lettre. *Rare.* avec une traduction littérale, par M. Charles Giraud, dessinateur, peintre de l'expédition française, à la suite d'une lettre d'envoi (aut. sig.), à M. Lucas de Montigny.

« O cher ami Mœrenhout,

« La paix à toi que Dieu te prenne par Jeovah notre sauveur, ceci est ma « petite parole à toi. Je suis touché de la lettre que tu m'as écrite, tu me dis « afin que tous les hommes de Tahiti aillent prendre du travail. Ceci est ma « parole, tout le monde est occupé à la construction de cases, ne pense pas « mal de moi... »

2410. **POMME** (André), dit l'*Américain*, député de Cayenne à la Convention et aux Cinq-Cents.

L. aut. sig., au général Dugua. Paris, 10 germinal an VI. 2 p. et quart in-4.

Lettre curieuse au sujet des élections générales qui se préparent. Il dit en terminant : « Le Corps législatif est tout disposé à frapper les élections dirigées « dans un esprit royaliste ou ultra révolutionnaire, aussi vous pouvés agir en « conséquence. »

2411. **POMPADOUR** (Jeanne-Antoinette Poisson, marquise de), maîtresse de Louis XV. N. 1722. M. 1764.

1° L. aut. *De Marly et Versailles ou jetois* 27 *may* 1761. 1 p. in-18. (Remontée). Notice de M. Sainte-Beuve (*Constitutionnel* du 16 septembre 1850).

Elle a encore mal à la tête, mais elle est cependant mieux. « Il me reste un

« petit agrément charmant des efforts que jay fait pour vomir, c'est la peau du « visage et du col toutte pleine de sang extravasé. Il faut que vous m'apportiés « les 500 liv. du mois de juin de l'hopital, j'aime mieux perdre 600 liv. de « rente que de voir mes pauvres malheureux. »

2° Trois épreuves de gravures, délassements de cette fameuse et fatale courtisane, dont le seul mérite, à peu près, fut d'aimer et protéger les arts, d'ailleurs dégénérés, de cette époque de dégénération universelle. (*L. de M.*). Ces trois épreuves sont in-8.

2412. **POMPADOUR** (Philibert, vicomte de), baron de Bret.

Acte notarié sig., signé aussi par sa femme, Marguerite de Rohan. 1613. 7 p. et demie in-fol.

Pompadour, baron de Laurières. Quitt. sig. (sur parch.), de la somme de 1,500 livres, dont il a plu à S. M., lui faire don, durant l'année dernière, en considération des services qu'il a rendus, et pour lui donner moyen de les continuer. 8 juillet 1624.

2413. **POMPONE** (Simon *Arnauld*, seigneur de), négociateur en Italie, ambassadeur en Suède, secrétaire d'Etat des affaires étrangères. N. 1618. M. 1699.

1° Deux quitt. sig. (sur parch.). 1671 et 1681. *Portr.*

2° L. sig., à M. Le Bret. Versailles, 10 août 1698. 1 p. in-fol.

Au sujet des maîtres de postes d'Aix et de Lambesc.

3° L. aut., à M. d'Andilly, conseiller d'Etat, à Pomponne. — Stockholm, 7 décembre 1667. Deux p. pl. et tiers petit in-4. Cachet. Notice de M. *L. de M.*

Il l'entretient de diverses affaires et de l'éducation de son fils... « Cette « ligue de la Suède avec la Hollande dont le bruit court à Paris n'a point de « fondement. Quoique cette cour ne soit pas bien disposée pour nous, et que « la maison dAutriche ait icy une forte cabale, elle n'a rien résolu jusques à « cette heure, et difficilement entrera-t-elle dans une déclaration ouverte contre « la France... »

Pomponne (Henri-Charles *Arnauld*, abbé de). L. aut. sig., à M. le marquis de La Charse, à Paris. 20 février 1740. 1 p. pl. in-4. Cachet. Curieuse.

2414. **PONCE** (Nicolas), graveur, littérateur. 1746-1830.

1° Brevet de volontaire de la garde nationale du bataillon du district de Sorbonne, signé par lui comme capitaine, en faveur de Simon-André Hugelet, imprimeur en lettres. Paris, 30 novembre 1790. 1 p. in-fol. en travers. Sceau du bataillon en cire rouge. Curieux spécimen typographique, (les noms et qualités de l'impétrant y étant imprimés.

2° L. aut. sig., au citoyen Méjan. Paris, 25 frimaire an XI. 1 p. et demie in-4.

3° L. aut. sig., au même. 7 fructidor an XII. 1 p. in-4.

2415. **PONGERVILLE** (Jean-Baptiste-Antoine-Aimé Sanson de), poëte, membre de l'Académie française.

Quarante-quatre lettres et billets aut. et aut. sig., à divers, dont vingt-trois à M. Lucas de Montigny, de 1833 à 1848. Ensemble, 65 p. in-18, in-8 et in-4. Correspondance intéressante. — Son discours de réception à l'Académie française. Impr. 1830. 20 p. in-8.

2416. **PONS** (Louis de Lorraine, prince de).

L. aut. sig., à M... Au camp près de Moret, 5 juin 1722. 1 p. in-4.

Prière de recevoir un vieux soldat à l'Hôtel des Invalides.

2417. **PONS** *de Verdun* (Robert), poëte, avocat, député de la Meuse à la Convention. N. 1749. M. 1844.

L. aut. sig., aux citoyens membres de l'administration des domaines nationaux. 27 prairial... 1 p. pl. et tiers très-grand in-fol.

Au sujet de sa soumission, conjointement avec le citoyen Second, pour l'acquisition de la maison ci-devant conventuelle, bâtiments et dépendances de la congrégation des religieuses augustines de la rue Neuve-Etienne, nos 27 et 28... Curieux détails.

2418. **PONTBRIAND** (François de), baron de Montrezat, sénéchal du Limousin.

Pièce sig. (sur parch.). 15 octobre 1549. Superbe signature. Pièce intéressante..

2419. **PONTCHARTRAIN** (Paul *Phélypeaux*, seigneur de), secrétaire de Marie de Médicis, secrétaire d'Etat, auteur de *Mémoires*. N. 1569. M. 1621.

Deux quitt. sig. (sur parch.). 1620. *Portr.* in-4.

PONTCHARTRAIN (Louis *Phélypeaux*, seigneur de), secrétaire de la chambre du roi, président de la chambre des comptes. Quitt. sig. (sur parch.). 1664, et acte notarié sig. 1668. 2 p. in-fol.

PONTCHARTRAIN (Louis *Phélypeaux*, comte de), marquis d'Hillières, secrétaire d'Etat pour la marine, contrôleur général des finances.

L. aut. sig., à M. Le Bret. Versailles, 14 juin 1713. 1 p. pl. in-4.

Il compte que Mlle de Monaco est arrivée à présent à Aix dans la maison qui lui a été destinée, et qu'il a pris toutes les précautions nécessaires pour qu'elle y soit de la manière que M. le prince de Monaco le souhaite, et qu'il lui a expliquée... « Outre toutes les mesures que vous me marqués qu'on doit prendre, « il me paroist essentiel que le confesseur qu'on luy donnera soit sûr et abso- « lument dévoué au père, et dans ses principes, et s'il se peut jésuite, et pour « cause. C'est pourquoy je vous prie d'y faire une attention sérieuse, et de me « donner fréquemment de vos nouvelles... »

2420. **PONTCHARTRAIN** (Louis *Phélypeaux*, comte de), marquis d'Hillières, petit-fils de Paul, chancelier de France. N. 1643. M. 1727.

1° Deux actes notariés et un certificat de service sig. 1697, 1704 et 1705. Ensemble, 22 p. in-fol. *Portr.*

2° Trois lett. aut. sig., à M. Le Bret, intendant de Provence. Versailles et Fontainebleau, 1688 à 1697. 3 p. in-8 et in-4.

PONTCHARTRAIN (Jérôme *Phélypeaux*, comte de), fils du chancelier, père de Maurepas, secrétaire d'Etat pour la marine.

1° Deux lett. sig., à MM. d'Argenson et Le Bret. 1696 et 1699. 2 p. in-4, et une quitt. sig. (sur parch.). 1704.

2° Trois actes notariés sig., pour les manufactures du bagne de Marseille, la fourniture générale des galères et hôpitaux de la même ville, et la fourniture des farines pour la ville de La Rochelle. 1711. Ensemble, 23 p. in-fol. Curieux détails de prix.

3° L. s., au duc de Vendôme. La Rochelle, 16 juin 1696. 2 p. in-4.

« Japrens auec une joye incroyable l'auantage que V. A. vient de remporter « en Catalogne, un si heureux commencement de campagne donne lieu d'espérer « que les suites seront encor plus glorieuses et plus auantageuses pour les « armes du roy. J'espère que ce que V. A. vient de faire engagera Sa Majesté « à songer à l'entreprise dont jay eu l'honneur de vous escrire, et à prendre « des mesures pour cette grande expédition... »

PONTCHARTRAIN (Paul-Jérôme *Phélypeaux*, marquis de). Sa signature à la suite d'une expédition de son acte de baptême. 1746. 1 p. et demie in-fol.

2421. **PORRO** (Ferdinand, baron), ancien préfet de Napoléon Ier dans le royaume d'Italie. M. 1860.

L. aut. sig. (en italien), à M. Lucas de Montigny. Milan, 8 mars 1837. 1 p. pl. et demie in-4. Pour cachet, le buste de Léopold Cicognara. Belle lettre.

Relative aux *Mémoires de Mirabeau* dont Mme Jaquotot lui a parlé, et à son aimable offre de les lui faire parvenir par une voie peu dispendieuse pour ses pauvres finances. Malheureusement, le libraire Delaunay a expédié les huit volumes à son adresse, l'exposant ainsi à en payer le port ou à les laisser confisquer par la censure... Il n'a de commun que le nom avec le comte Louis Porro... « De plus, je n'ai jamais eu de relations d'aucune sorte avec Silvio

« Pellico, et je regrette profondément d'être sur son compte d'une opinion bien « différente de la vôtre, car je n'ai jamais pu ni l'aimer ni l'estimer, à cause « de ce qu'il a dit et fait avant comme après son triste changement. J'apprécie « ses talents, mais je méprise et déteste l'usage qu'il en a fait... »

2422. **PORTAIL** (Antoine), premier chirurgien du roi.

C'est lui qui pansa Henri III blessé par Jacques Clément, et qui, malgré l'opinion contraire, exprimée par les médecins Pigré et Lefebvre, et par le roi lui-même, jugea mortelle, au premier coup d'œil, la blessure qui l'étoit effectivement. (*L. de M.*)

Quitt. sig. (sur parch.), de la somme de quatre vingt-trois écus un tiers pour ses gages de conseiler de Sa Majesté et son premier chirurgien, durant le quartier de juillet, août et septembre 1601 Cette pièce a été coupée, et la fin de toutes les lignes a été enlevée.

Cappel (Guillaume), docteur régent de la faculté de médecine en l'Université de Paris. Quitt. aut. sig. (sur parch.). 1582.

Chirac (Pierre), médecin du roi et du duc d'Orléans, membre de l'Académie des sciences, surintendant, après Fagon, du Jardin des plantes. N. 1652. M. 1732. Sa signature au bas d'un contrat de mariage. 1711. 3 p. in-fol.

2423. **PORTAL** (Antoine, baron), premier médecin de Louis XVIII, membre de l'Institut. N. 1742. M. 1832.

1° L. aut. sig., au préfet de la Seine. Paris, 14 mai 1813. 1 p. et demie in-4. *Portr.* Notice de M. *L. de M.*

Recommandation et certificat médical en faveur d'un aide naturaliste du Jardin des plantes.

2° Certificat médical aut. sig. 28 avril 1820. 1 p. pl. in-8.

2424. **PORTALIS** (Jean-Etienne-Marie), ministre des cultes, membre de l'Institut. N. 1746. M. 1807.

1° Extrait de lettre écrite par M. de Lussan au sieur Lieutard. Copie aut. sig. pour extrait par Portalis. 1787. 3 p. in-4, sur papier timbré.

3° L. sig., au citoyen Méjan. Paris, 1802. 2 p. in-8.

4° Circulaire (impr.) sig., aux préfets, au sujet de la députation que les gardes nationales de chaque département enverront à Paris, pour assister à la cérémonie du couronnement de Napoléon. Paris, 20 thermidor an XII. 2 p. et demie in-4. Trois *portr.*

Portalis (Joseph-Marie, comte de), fils du précédent, garde des sceaux, premier président à la cour de cassation. N. 1778. M. 183.. L. aut. sig. 1830. 1 p. in-4, et lett. sig. 1828. 1 p. in-4.

2425. **POT** (Guillaume), seigneur de Rhodes, grand maître des cérémonies de France.

Ce généreux gentilhomme, digne descendant des preux de son illustre race avoit fondé dans sa terre une sorte d'hospice pour quinze soldats invalides pris parmi ses vassaux. Cet établissement donna l'idée d'une pareille et plus grande institution à Henri III qui ne vécut pas assez pour réaliser ce projet, dont l'exécution est une des plus royales œuvres de Louis XIV. (*L. de M.*)

1° Trois quitt. dont deux aut. sig. (sur parch.), pour les honoraires de sa charge de grand-maître des cérémonies de France. 1607, 1613 et 1614 Belles pièces.

2° Procuration notariée sig. 1614 1 p. in-fol.

Pot (Jean), s^r de Chemeaulx, premier écuyer tranchant du roi. Quitt. sig. (sur parch.), de la somme de 150 livres, pour un quartier de ses gages. 1568. Tachée.

Pot (Claude), s^r de Rhodes, grand-maitre des cérémonies de France (mort en 1650), descendant dégénéré des preux bourguignons du quinzième siècle. Celui-là fut le sot, le bénin mari de Mlle de Romorantin, fille *reconnue* du cardinal Louis de Lorraine, duc de Guise, archevêque de Reims, et de la belle Charlotte Des Essarts. Celle-ci, veuve : 1° de Henri IV, dont elle avoit eu deux filles *légitimées ;* 2° du cardinal de Guise, précité, dont elle avoit eu cinq enfants; 3° d'un autre dignitaire de l'Eglise, De Vic, archevêque d'Auch 4° et de beaucoup d'autres, sans doute. Pour faire une fin, Charlotte Des Essarts avoit épousé en dernières noces, n'importe le numéro, François de L'Hospital, comte du Hallier, d'abord évêque de Meaux, et depuis maréchal de France en 1643. Sa fille, femme de Claude Pot, se rendit fameuse par ses intrigues galantes et politiques si communes à l'époque orageuse de la Fronde. Elle mourut de saisissement à la suite de l'incendie et du massacre de l'Hôtel de Ville (4 juillet 1652), où commandoit le maréchal de Vitry, qu'elle affectionnoit beaucoup. (*L. de M.*)

Deux quitt. sig. (sur parch.). 1623 et 1631.

Pot (Henri), de Rhodes, grand-maître des cérémonies. Quitt. sig. (sur parch.). 1645.

Pot (Louis de), marquis de Rouillac. Quitt. sig. (sur parch.), de la somme de 4,000 livres, pour la pension qu'il plait à S. M. lui donner.

2426. **POTAIN** (Nicolas-Marie), architecte du roi, contrôleur général des bâtiments de Fontainebleau, auteur du *Traité des ordres d'architecture*, etc. N. 1720. M. 1790.

1° Bail aut. sig. 1777. 2 p. et demie in-fol.

2° L. aut. sig., à M. Maugise. Paris, 9 février 1777. 1 p. in-12.

3° Cinq vues du Garde-Meuble et de l'Ecole militaire.

Poyet (Bernard), architecte, membre de l'Académie des sciences. N. 1742. M. 1824. 1° L. aut. sig., à l'administration centrale du département de la Seine. Paris, 15 ventôse an V. 1 gr. p. et demie in-fol. Deux vues de la chambre des députés, et d'une maison bâtie par lui. — 2° Projet d'un monument à élever à la gloire de Napoléon Ier. Impr. 18 p. in-4.

2427. **POTIER DE BLANCMESNIL** (Nicolas), président au Parlement, chancelier de Marie de Médicis. 1541-1635.

Sans l'appui de Mayenne, il auroit partagé le sort de Larcher, Tardif et Buisson. Plus qu'aucun autre, Potier se distingua par son courage contre la Ligue, sa fidélité envers Henri IV.—Il est permis de dire qu'à part la forme, quelques détails et les développements, il n'y a pas de fiction ni d'exagération dans la belle prosopopée que lui prête le IVe livre de la Henriade. (*L. de M.*).

1° Quitt. sig. (sur parch.). 1628.

2° Acte notarié sig. 1605. 3 p. pl. in-fol.

Achat pour la reine Marie de Médicis d'une maison rue de Seine.

Potier de Blancmesnil (René), président au Parlement. M. 1680.

Signalé pendant la *Fronde* par son opposition violente, par l'idolâtrie de la populace, par ses fureurs lors de l'arrestation de Broussel et de Blancmesnil, celui-ci emprisonné à Vincennes... (*L. de M.*)

Quitt. sig. (sur parch.). Paris, 18 février 1650.

Potier de Gesvres (Louis), frère de Nicolas Potier de Blancmesnil, secrétaire des finances, secrétaire d'Etat, etc. M. 1630.

Trois quitt. sig. (sur parch.). 1587, 1588 et 1610.

Potier de Novion (André), président au Parlement. M. 1677.

Signalé par sa fidélité à la cause royale, et son courage pendant les troubles de la *Fronde*, et surtout en 1652. (*L. de M.*)

Quitt. sig. (sur parch.). Paris, 17 nov. 1525.

Potier de Novion (Nicolas), fils du précédent, président à mortier au Parlement de Paris, membre de l'Académie française. 1618-1697.

Deux quitt. sig. (sur parch.). 1665 et 1685.

Potier de Novion (André), premier président au Parlement. Présumé auteur du fameux *Mémoire pour le Parlement contre les ducs et pairs*. M. 1731.

Quitt. sig. (sur parch.). Paris, 30 oct. 1675.

2428. **POTIER** (Charles), acteur du théâtre des Variétés. Il appartenoit à l'ancienne famille de robe des Potier de Gesvres et de Blancmesnil. N. 1775. M. 1838.

L. aut. sig., à M. Prissette, directeur du *Courrier des spectacles*. Paris, 5 septembre. 2 gr. p. in-4. Trois *portr*.

Il lui semble qu'on pourrait faire un petit article assez plaisant sur sa rentrée en France, c'est à dire, sur la visite de sa voiture aux douanes « Je voyage or- « dinairement avec moi les accessoires dont j'ai besoin dans les pièces de « mon répertoire, comme le mirliton pour *Je fais mes farces* et les polichinels, « le bâton blanc de l'*Enfant prodigue*, la gorge et le faux derrière des *Anglaises* « *pour rire*. La visite a été des plus rigoureuses et c'est surtout sur ces derniers « objets que les douaniers se sont jetés avec le plus d'acharnement. C'est au « point que j'en ai été scandalisé, et leur ai recommandé de la décence. Les « mœurs! messieurs, leur ai-je dit. Paroles inutiles... »

2429. **POTON DE XAINTRAILLES** (Jean), l'un des compagnons de Dunois et de Jeanne d'Arc, maréchal de France. M. 1461

Pièce sig. (sur parch.). 4 mars 1456. *Portr*.

Il atteste que les habitants de Balahade ont fait deux cents journées de manœuvres aux châteaux neufs qu'on fait de par le roi à Bordeaux, et les habitants de Sore en ont fait quatre cent...

2430. **POUJOULAT**, littérateur, historien, membre de l'Assemblée nationale de 1848. N. 1808.

1° L. aut. sig., à M... Passy, 25 mai 1836. Demi-p. in-8.

2° L. aut. sig., à M. Roger, de l'Académie française. Passy, 12 février 1838. 2 p. pl. in-8. Intéressante.

Il le remercie de tout ce qu'il lui dit d'aimable et de bienveillant au sujet de ses articles sur l'histoire de France de M. Michelet; il vient de faire un troisième article dont il ne sera pas, il l'espere, trop mécontent; par le temps qui court, lorsqu'on se dévoue au pénible rôle de critique, on est heureux d'être soutenu par les suffrages d'hommes tels que lui, « J'ai dit que jusques à l'époque « des Capétiens la royauté en France avait été élective, et vous m'avez ex- « primé un doute sur ce point; je vous dois un mot d'explication. Sous la race « carlovingienne, l'hérédité n'était pas un droit absolu; les assemblées de la « nation, noblesse et clergé, prononçaient sur la succession au trône; l'élection, « il est vrai, ne pouvait avoir lieu que dans la famille régnante, mais il y avait « toujours élection. La succession à la couronne devenait toujours une grande « affaire. Il fallut que Louis le Débonnaire, fils de Charlemagne, passât par les « assemblées de la nation, avant de monter sur le trône paternel; à partir de « Hugues Capet seulement, les assemblées nationales n'ont plus été consultées « pour l'hérédité royale. Remarquons pourtant que Hugues Capet eut besoin de « l'autorisation des grands du royaume pour associer son fils Robert à la cou- « ronne... »

2431. **POURBUS** (François), dit *le jeune*, peintre ordinaire du roi. Né en 1756. Mort en 1622.

Quitt. sig. (sur parch.), de la somme de 1,635 livres tournois, pour six portraits qu'il a faits et fournis en la présente année, par commandements de S. M., lesquels elle a ordonnés, « assavoir, deux « petits de la royne mère du roy, ung grand de madame la princesse « d'Espaigne... » Dernier décembre 1616. Belle pièce.

2432. **POYANNE** (Bernard ou Bertrand de Baylens, baron de), secrétaire des Landes de Bordeaux, lieutenant-général en Navarre.

Quatre quitt., dont trois s. (sur parch.). 1601, 1621 et 1629.

2433. **POYET** (Guillaume), chancelier de France. 1474-1548.

L. avec la fin d'une page pleine aut. sig., à M. le connétable. Paris, 20 février 1538. 3 gr. p. pl. in-fol. Trace de cachet. Très-belle lettre.

Relative à des affaires de finances de Normandie, de Dauphiné, etc., au sujet de la monnaie de Billon. Le maître des ports de Lyon lui a fait entendre que les gardes des ports au dit Lyon ont surpris un portefaix chargé de deux cents-trente-deux marcs de billon, disant le dit portefaix lui avoir été baillé par un nommé François Bégat, *scomteur* d'un changeur de Lyon qui la détient... Poursuites exercées, et ce qu'il advint de cette affaire, etc., etc.

2434. **POZZO DI BORGO** (Charles-André, comte), ambassadeur de Russie à Londres, à Paris, etc. 1764-1842.

L. aut. sig., à M... Vendredi, 13 février 1824. 1 p. in-4.

2435. **PRADIER** (James), célèbre statuaire, membre de l'Institut. N. 1795. M. 1852.

Quatre lett. aut. sig., à MM. de Rambuteau, Jules Janin, etc. 1840-1846. 4 p. in-18 et in-8.

2° L. a. s., à M. Varcollier. 27 fév. 1837. 1 p. pl. in-4. Belle lettre.
Très-intéressants détails sur une statue qu'il a faite, et qui doit être coulée en bronze. Prix que demandent plusieurs fondeurs pour cette opération...

2436. **PRADT** (Dominique Du Four de), membre de l'Assemblée constituante, aumônier de l'empereur, archevêque de Malines, publiciste. N. 1759. M. 1837.

1° L. a. s., à M. Germond, 17 fév. 1829. Demi-p. in-8. Deux *portr.*

2° L. a. s., à M. Méjan. Paris, 25 brumaire an XIII. 2 p. in-8.

Pradel (Eugène de), poëte, improvisateur. Deux lett. aut. sig., et fragment d'une autre lett. 1825 à 1848. 3 p. in-8 et in-4, et lettre aut. sig. de M. de La Valette, rédacteur de l'*Assemblée nationale.* 1848. 1 p. in-8.

Pradel (le comte de), ministre de la maison du roi. Deux lett. aut. et aut. sig. 1815 et 1820. 3 p. in-8 et in-4.

Pradel (François de), gouverneur de Bapaume. Quitt. sig. (sur parch.). 1672.

Pradel (Charles, comte de), évêque de Montpellier. M. 1696. Deux pièces sig. 1677 et 1678.

2437. **PRASLIN** (Charles-Laure-Hugues-Théobald de Choiseul, duc de), pair de France, assassin de sa femme. Né en 1804. Mort en 1847.

L. aut. sig., au baron Capelle, préfet de Seine-et-Oise. Paris, 9 août 1829. 1 p. in-4. Cachet en cire rouge.

2438. **PREVOST D'IRAY** (Chrétien-Siméon, vicomte), professeur aux écoles centrales, membre de l'Académie des Inscriptions, etc. N. 1768. M. 1849.

1° L. aut. sig., au citoyen président de l'administration centrale de la Seine. 1 p. in-4.
Hommage de plusieurs exemplaires de son *Manlius Torquatus.*

2° L. aut. sig., à M. Roger. Rigeaud, commune de Chartres, 29 septembre 1836. 3 p. pl. et demie in-8.
Lettre intéressante au sujet d'une pièce en cinq actes qu'il a composée pendant une grave maladie qui vient de le retenir au lit pendant trois mois.

2439. **PROFESSEURS D'HISTOIRE**, de législation, etc.

Berriat Saint-Prix (Jacques). Deux lett. aut. sig. Grenoble, 1807 et 1833. 1 p. in-18 et 1 p. in-4. — Billet (Pierre). M. 1619. Quitt. sig. (sur parch.). 1700. — Binet (René). Deux lett. et pièces aut. sig. 1793 et 1801, in-4. — Burette (Jean-Baptiste-Théodose). Deux lett. aut. sig., à M. Jules Janin, et à M. G. de M. 1843. 3 p. in-8. — De La Place (François-Marie-Joseph Guislain). L. aut. sig. An X. 1 p. in-4. — Du Rozoir (Charles). Deux lett. aut. sig., à M. Lucas de Montigny, etc. 1812 et 1844. 3 p. in-8. — Grivel (Guillaume). Note aut. sig. sur sa personne et ses ouvrages. 2 gr. p. in-fol. — Haussard (B.). Trois lett. aut. sig., à M. Lucas de Montigny. 1841. 4 p. in-8 et in-4. — Maugras (Jean-Baptiste). Certificat aut. sig. 1828. Demi-p. in-8. — Ensemble, 15 lett. et pièces.

2440. **PROUDHON** (Jean-Baptiste-Victor), professeur, directeur de l'école de Droit de Dijon. N. 1758. M. 1838.

Déclaration aut. sig., faite au grand-maître de l'Université, le 29 octobre 1808, suivi des déclarations aussi aut. sig. des autres professeurs Ladey, Poncet, Jacotot, Vernisy et Guillemot. 2 gr. p. in-fol.

2441. **PROUST** (Joseph-Louis), chimiste, membre de l'Académie des sciences. N. 1761. M. 1826.

L. aut. sig., à M. Vauquelin. Angers, 10 thermidor an XII. 3 gr. p. pl. et demie in-4. *Portr.*

2442. **PROVENCE** (Marie-Josèphe-Louise de Savoie, comtesse de), femme de Louis XVIII. N. 1753. M. 1810.

1° Etat approuvé et sig. des pensions pour 1781. 1 gr. p. et demie in-fol.

2° Etat approuvé et sig. des nourritures en argent que madame belle-sœur du roi veut et ordonne être payées par Mᵉ Geoffroy Chalut de Verin, trésorier général de ses maison et finances pour la présente année 1781, aux officiers dénommés au présent état pour et au lieu de leur nourriture ordinaire aux tables où ils devroient manger, si elles avoient été établies ou autres dépenses, savoir : A quatre aumôniers de quartier à raison de 5 livres par jour... à quatre chapelains aussi à raison de 5 livres par jour... etc., etc. 1781. 3 p. in-fol.

3° Trois beaux *portraits* in-8.

2443. **PRUD'HOMME** (Louis-Marie), libraire, éditeur de pamphlets et de journaux révolutionnaires. 1752-1830.

L. aut. sig., à M. Dumesnil de Merville, à Paris. Saint-Brieuc, 2 février 1782. 3 p. pl. in-4.

2444. **PRUD'HON** (Pierre-Paul), peintre, membre de l'Institut. N. 1760. M. 1823.

Aperçu du tableau destiné pour la salle du tribunal criminel au palais de justice. 10 floréal an XIII. 2 p. pl. et quart gr. in-fol. Superbe lettre. Deux *portr.* et gravure. (Un jeune zéphir se balançant.)

Trouver un sujet qui soit en rapport avec la destination d'une salle de justice criminelle, et les fonctions des magistrats qui doivent y siéger; présenter à la fois des victimes, des juges et des coupables ; rendre ces objets avec cette énergie d'expression qui donne à l'âme une commotion forte, et y laisse une trace profonde, serait, s'il ne se trompe, atteindre le but que l'on se propose dans l'exécution du tableau qui doit être placé dans cette salle. Plein de cette idée, mais peu satisfait de tout ce que l'histoire nous donne sur cette matiere qui ne consisterait d'ailleurs que dans des faits usés ou obscurs, il s'arrête à la nature de la chose même qui, remplissant en tout point les convenances, fournit le tableau le plus énergique : il est de touts les temps, appartient à touts les peuples ; s'annonce et s'explique de lui même ; et présente en même temps la cause et son effet. « Figurez-vous la vangeance publique, Némésis à l'aile de vautour, chargée de la poursuite des coupables, traînant au pied du tribunal de la justice le crime et la scélératesse. « La justice, armée du glaive, entourée de la force, la prudence, et la modération, prononce l'arrêt foudroyant qui les frappe de mort. La victime ensanglantée du crime, le poignard dans le sein, gissant sans mouvement sur les marches du tribunal même, et sous les yeux de l'hommicide : il est saisi de crainte, et frisonne d'horreur !... Ajoutés pour sentir l'effet de ce tableau terrible, la présence des juges, l'arrivée des coupables, l'éloquence mâle des orateurs, les émotions diverses peintes sur le visage d'une assemblée nombreuse ; et vous avourés qu'il seroit difficile à l'imagination de n'être pas frappé d'un tel ensemble. Ce tableau composé de huit figures, de la largeur de dix pieds... seroit du prix de quinze mille francs, etc., etc. »

2445. **PUBLICISTES**, *journalistes*, etc. Douze lett. aut. sig.

Bequet. 1832. 1 p. in-8. — Bodin (Félix), 1832. 1 p. in-8. — Bohain (Alexandre-Victor) 1833. 1 p. in-8. — Bonnetty (Augustin). Deux lett. aut. 2 p. in-8. — Buloz (François), à M. Jules Janin. 1840. 2 p.

in-8. — CANTAGREL. Deux lett. 1841 et 1849. 2 p. in-8. — CARMIGNANI (Jean), publiciste à Pise. 1832. 1 p. in-8. — CHAPUYS DE MONTLAVILLE (Benoit-Marie-Louis-Alceste, baron). 1841. 1 p. in-4. — DUJARRIER. Deux lett. 1835. 2 p. in-8.

2446. **PUBLICISTES,** *journalistes*, etc. Dix-sept lett. aut. sig.

DUSSAULT (Jean-Joseph). Deux lett. An II et 1822. 2 p. in-18 et in-4. — DUVIQUET (Pierre). 1825. 1 p. in-4. — GRANIER DE CASSAGNAC. 1840. 1 p. in-18. — LANGLOIS (Isidore), déporté en fructidor à Oléron. 1798. 2 p. in-4. — LAPELOUZE (Valentin de). Trois lett., dont deux à M. Jules Janin sur Mlle Louise Fitzjames. 1841. 6 p. in-8 (l'autre à M. de Lasalle est de 1830). — LASSAILLY (Charles). Deux lett. à M. Jules Janin (dont une en partie en vers). 1841. 4 p. in-18 et in-8. Intéressante. Et feuilleton biographique de M. Jules Janin). — LE PAN (Edouard-Marie-Joseph). An X. 1. p. in-4. — LIMAYRAC (Paulin). Deux lett., et *Mercredi soir*, pièce de vers aut. sig. 4 p. in-8 et in-4. — LINGAY. Trois lett. à M. Jules Janin. 1840. 3 p. in-18 et in-4.

2447. **PUBLICISTES,** *journalistes*, etc. Treize lett. aut. sig.

LOCMARIA (le comte de). 1836. 2 p. in-4. — LOEVE-VEIMARS (le baron). à M. Jules Janin; Saint-Pétersbourg. 1836. 2 p. pl. et demie in-4. Lettre très-intéressante sur la Russie, et plus particulièrement sur l'empereur. — LAURENTIE. Trois lett. 1823-1836, et fragment aut. 6 p. in-8 et in-4. — LOURDOUEIX (H. de), à M. Laurentie. 1 p. in-8. — MADROLLE. In-8. — MAZURE. 1 p. in-4. — OURRY (Maurice). Deux lett., à M. Jules Janin. 1841. 2 p. in-8 et in-4. — PERIAUX (Nicolas). 1841. 1 p. in 8. — PÉRÈE (Louis). 1 p. in-4. — POTTER (Louis-Joseph-Antoine de). 1823. 1 p. in-4.

2448. **PUBLICISTES,** *journalistes*, etc. Quinze lett. aut. sig.

RABOU (Charles). 1827. (en vers). 3 p. pl. et demie in-4. — SAINT-AUBIN (L. de) Cinq lett. 1827. — SAINT-CHAMANS (Auguste, vicomte de). 1830. 1 p. in-4, et une lettre de son frère. 1819. 1 p. in-4. — SAINT-MAURICE. Trois lett., à M. Jules Janin et un fragment aut. 1841. 4 p. in-8. — SALGUES (Jacques-Barthélemi). 1825. 2 p. in-4. — SARRANS jeune (B.). 1831. 1 p. in-4. — VILLERS (Charles-Francois- Dominique). an XIII. 3 p. in-8. — WALSH (Edouard, vicomte). 1 p. in-8.

2449. **PUCELLE** (René), abbé de Corbigny, conseiller au Parlement, a écrit contre l'Histoire des Jésuites par le père Jouvency. N. 1655. M. 1745.

L. aut. sig., au très-révérend Dom Crochet, prieur de son abbaye, à Corbigny. Paris, 7 août 1742. 2 p. in-4. Cachet. Beau *portr.* de Le Beau.

Il fait présent à l'abbaye de la glace qui est dans la sacristie et du tableau qui est une descente de croix dans un cadre doré qui est dans la bibliothèque.

2450. **PUISSANT** (Louis), colonel d'état-major, membre de l'Académie des sciences. N. 1769. M. 1842.

1° L. aut. sig., au citoyen législateur... Agen, 4 juin 1793. 3 gr. p. in-fol.

Envoi de quelques dessins faits par lui ; détails sur sa vie et ses occupations.

2° L. aut. sig.: *P.*, à M... 27 juin 1826. 2 p. in-4.

3° L. aut. sig., à M... Paris, 27 février 1841. 1 p. et demie in-4.

Eclaircissements sur la construction du phare de la Manche.

2451. **PUSSORT** (Henri), doyen du conseil d'Etat, coopérateur des fameuses ordonnances de 1667 et 1670, l'un des juges de Foucquet concluant à la mort. 1615-1697.

1° Quitt. d'une ligne a. s. (sur parch.). 1676. Notice de M. *L. de M.*

2° Sa signature et celles de Henri Daguesseau, Louis Phélypeaux de Pontchartrain, Michel Chamillart, Claude Le Peletier, François de Breteuil, Joseph Fleuriau d'Armenonville, Louis-Urbain Lefèvre de

Caumartin, et Michel LePeletier, touts intendants des finances, au bas d'un acte d'aliénation de douze cent mille livres de rentes viagères. 1696. 14 p. in-fol.

2452. **PUY DU FOU** (François du), *varlet* tranchant du roi.

Un des ancètres, sans doute, de Marie-Angélique du Puy-du-Fou, seconde femme du comte de Grignan (la 3e fut Mlle de Sévigné, à laquelle il survécut). Telles étoient les orgueilleuses servitudes de Cour, que le François du Puy-du-Fou, dont il s'agit ici, et dont la signature (belle et curieuse) est ci-dessous, s'honorait, sans doute, d'être *varlet tranchant* de François Ier. Or, cette famille estimoit fort haut sa noblesse, car elle prétendoit descendre de Renaud, seigneur du Puy-du-Fou, qui épousa en 1197 Adèle de Thouars, fille d'Emery, vicomte de Thouars, sous Philippe-Auguste. (*L. de M.*)

Quitt. de deux lignes aut. sig. (sur parch.), de la somme de cent livres tournois, pour ses gages de varlet tranchant du roi, durant le quartier de janvier, février et mars 1546.

2453. **PUYGAILLARD** (Jean de Leaumont, sr de), grand maréchal des camps et armées du roi.

C'est l'actif et hardi capitaine, fidèle au roi, qui, avec des fortunes diverses, combattit les troupes de l'*Union*; prit Angers, échoua à La Rochelle et à Marans, où il fut repoussé par un adversaire digne de lui, La Noue, alors chef des Huguenots, et qui se rallia quelques années après à la cause royale. (*L. de M.*).

Quitt. sig. (sur parch.). 20 sept. 1574. Cachet. Belle pièce.

2454. **PUYSEGUR** (Jacques de Chastenet, marquis de), maréchal de France. N. 1656. M. 1743.

Certificat militaire aut. sig. Paris, 28 sept. 1698. 1 p. in-4. Cachet.

PUYSÉGUR (De Chastenet, marquis de).

1° Rapport aut. sig., signé aussi par Cassini, sur un nouveau mors de cheval qu'ils ont été chargés d'examiner avec M. de Nully. Paris, 9 juin 1778. 1 gr. p. et demie in-fol.

2° Rapport sur le même objet sig. par lui, par le marquis de Cassini et par de Nully. 26 mars 1778. 3 p. in-fol.

PUYSÉGUR (le comte de). L. aut. sig. 28 novembre. 2 p. in-4.

PUYSÉGUR (de Ste-S., marquise de), mère du précédent. Deux lett. aut. sig., à Mme... 1813 et 1820. 2 p. in-8.

2455. **PUYSIEUX** (Pierre Brulart, vicomte de), conseiller d'Etat, etc. M. 1640.

L. aut. sig., à M. de Préault, conseiller du roi en sa cour de Parlement de Paris. Paris, 26 avril 1610 (quinze jours avant l'assassinat de Henri IV). 1 gr. p. pl. in-fol. Très-belle lettre relative à la princesse de Condé, emmenée à Bruxelles, pour la soustraire à la folle passion du roi.

M. de Béthune était prêt à partir quand le roi m'a envoyé quérir pour me « commander de vous escrire que sur ce que les peuples de delà murmurent « contre leurs princes quils dient les jetter en la guerre de laquelle ils ne font « que sortir pour la détention qu'ils font de madame la princesse, et blasment à « ce que nous entendons tout hault le conseil en cela des d. archiducs de vouloir « subir et leur faire souffrir tant de misères pour une cause aussi légère. Il est « à propos et expédient de faire semer et publier aussi soubs main par aucuns « deux que si on la rendoit il y aurait subiect d'espérer quelque adoucissement « aux affaires... »

2456. **PUYSIEUX** (Pierre Brulart de). *Le même.*

L. avec la souscription de deux lignes aut. sig., à M. le Reingraff. Béziers, 28 juillet 1622. 1 gr. p. pl. in-fol. Forte mouillure en tête de la marge extérieure.

Mécontentement du roi sur un manque de parole du comte de Mansfeld.

2457. **QUATREMERE DISJONVAL** (Denis Bernard), helléniste, chimiste, physicien, botaniste, mécanicien, chef d'état-major aux armées de Hollande, etc., membre de l'Académie des sciences. N. 1754. M. 1830.

Mémoire aut. sig. Anvers, 9 octobre 1809. 9 gr. p. pl. in-fol.

Très-intéressants détails sur la facilité d'amener des mélèzes de Suisse à Anvers, sur les qualités de cet arbre pour la marine, le chauffage, etc.

2458. **QUATREMÈRE DE QUINCY** (Antoine-Chrysostôme), membre de l'Académie des Inscriptions, secrétaire perpétuel de l'Académie des beaux-arts. N. 1755. M. 1849.

1° Huit lett. aut. sig., à M. Lucas de Montigny et à divers. 1793 à 1830, in-8 et in-4. — Minute aut. d'une lettre. 1809. 2 p. in-8, et lett. aut. sig. de M. Mérimée, terminée par 3 lignes aut. sig. de M. Quatremère. 1830. 1 p. in-4.

2° Projet de groupe à élever au fond du Panthéon français. Gravure in-fol. *Portr*. in-4.

2459. **QUELEN** (Hyacinthe-Louis, comte de), archevêque de Paris, membre de l'Académie franc. N. 1778. M. 1839.

1° L. aut. sig., à M. le préfet de la Seine. Paris, 4 janvier 1809. 1 p. in-4. Quatre *portr*.

Étant prêtre, il demande sa radiation de la liste du jury.

2° L. aut. sig., à M. le comte... Paris, 14 oct. 1823. Demi-p. in-4.

3° L. sig., à M. le procureur général. Paris, 5 nov. 1825. 2 gr. p. pl. in-fol.

Réponse à certaines allégations du *Constitutionnel*, au sujet des élèves d'enseignement mutuel, etc.

4° Lettre bouffonne du sieur Legrain, au sujet du sac de l'archevêché le 29 juillet 1830. 1 p. pl. in-fol. Il y a en tête six lignes explicatives de la main de M. Lucas de Montigny.

QUÉLEN (le comte de), frère du précédent, député. L. aut. sig. Saint-Brieuc, 22 octobre 1820. 1 p. in-fol.

QUÉLEN (sœur de), prieure perpétuelle de l'abbaye de Poissy. L. aut. sig., à M... Abbaye de Poissy, 3 oct. 1790. 1 p. in-4.

2460. **QUENISSET** (François), dit *Papart*, régicide. Condamné à mort et grâcié par le roi Louis-Philippe.

1° L. aut. sig., *à M. Boucheron Jean-Marie, détenut politique à la prison du Luxembourg, à Paris... Fait dans ma sellule à la prison du Luxembourg, le* 23 *déc.* 1841. 1 gr. p. in-4. Fatiguée.

Il lui écrit avec le contentement de savoir qu'il ne partage pas tout-à-fait le même sort que lui, il ne l'a pas mérité, et leurs juges ont été justes... « Je » tecrit de suite car le moments sont précieux nous nauront plus jamais lavan- « tage de nous revoir, reçoit cette lettre de la main de celui qui voudret bien « pouvoir emporter avec lui ta peine et la sienne... Tu connais maintenant le « piége que lon nous a tendut cest a toi a t'en défier pour toute la vie... Les « heures me coute trop cheres maintenant il faut que je termine ma lettre qui « est de tout cœur et de tout amitier je vais occuper maintenant mes dernières « heures pour faire mes adieu à tous ceux qui me sont chéres au monde... »

2° Deux lett. aut. sig., à M. Dufresne, inspecteur général des prisons de la Seine. 1er janvier et 15 mars 1842. 3 p. pl. in-4.

Il le remercie de ses bontés... Il voudroit pouvoir lui prouver toute sa reconnaissance avec l'évidence que son cœur désire. « Ne croyez pas monsieur « que ce sont les vœux dun homme qui changerois de sentiment du jour même « ou il ne se trouveroit plus dans le malheur. Oh, mais non, ce sont les vœux « cinsères de celui qui plus dune fois sauva la vie a des hommes qui ne lui « avet jamais fait de biens oui monsieur il m'est arrivée plusieurs fois de « sauver la vie a de mes camarades qui ne mavaient jamais fait aucun bien « et je l'ai prouvé... » Le détenu Bonnet, instituteur, qu'il lui a permis de voir « lui apprend les mathématiques, et avec un grand succès...

3° Lett. deux fois sig., avec trois lignes aut., au même. 2 p. pl. in-4.

« Il n'a pas oublié la reconnaissance qu'il lui doit pour toutes ses bontés au moment de sa condamnation à mort, car il n'a pas voulu qu'il fût traité avec toutes les rigueurs dont un condamné doit subir les conséquences.» etc., etc.

2461. **QUEQUET** (Charles-François), avocat général, conseiller à la cour de cassation. N. 1767. M. 1840.

1° Huit lett. aut. sig., à M. Lucas de Montigny. Ensemble, 10 p. in-8 et in-4.

2° *Etudes de poésie latine appliquées à Racine, par C. F. Q. A. G.* (Charles-François Quéquet, avocat-général). Paris, imprimerie royale. 1823. 51 p. in-8, br.

2462. **QUESNAY** (François), médecin du roi, le patriarche des économistes. N. 1694. M. 1774.

L. aut. sig., à l'abbé Le Blanc. Sans date. 1 p. pl. in-4. (Collect. de M. de Monmerqué.)

Il lui envoie quelques notes que lui a inspiré la lecture de Hume. Cet ouvrage est très-bon pour l'Angleterre, mais les idées de l'auteur ne peuvent s'étendre jusqu'à la France ; ainsi on ne peut pas les regarder comme des institutions générales ; il faut les restreindre aux lieux et aux circonstances où elles sont applicables, et les exclure des pays auxquelles elles ne conviennent pas...

2463. **QUESNEL** (G. Pasquier), prêtre de l'Oratoire, célèbre auteur des *Réflexions morales*, persécuté par les Jésuites. N. 1634. M. 1719.

1° Procuration aut. sig., à Mme Anne-Louise Cordier. 3 novembre 1703. 1 p. pl. in-8. En travers. Rare.

2° *Eliam Cruci Affixa*...Gravure in-4. Trois *portr.*

2464. **QUETANT** (François-Antoine), littérateur, auteur dramatique. N. 1733. M. 1823.

1° Quatre lett. et ordres de payement aut. sig. 1776 à 1789. 4 p. in-4. Un cachet en cire noire.

2° *Nouvelle épître, ou réplique de M. De la Garde à Monsieur Quétant* (en vers). Paris, 19 janvier 1769. Aut. de Quétant. 7. p. in-4.

2465. **QUINAULT** (Philippe), poëte lyrique, membre de l'Académie française. N. 1635. M. 1688.

1° Quitt. sig. (sur parch.). Paris, 22 janvier 1666.

2° Quitt. sig. (sur parch.). Paris, 27 déc. 1676.

3° Quatre *portraits*, in-8, in-4 et in-fol.

2466. **QUINAULT** (Jeanne-Françoise), célèbre actrice de la Comédie française. N. 1700. M. 1783.

L. aut., à madame.... Mercredi... 2 p. pl. in-4. Cachet.

Elle vient de lire sa pièce. Il lui paraît qu'il y a quelques longueurs dans les trois dernières scènes, mais il n'est guère possible d'en rien retrancher qu'aux répétitions... « Il y a bien quelsque petis mots parcy par la a oter mais toustes « ces fautes ne doiuent pas uous retarder de la présenter elles ne sont ni « considérables ni difficiles a corriger, je uous drois seulement que ualere ne « dis pas si souuent le mot de mon oncle ; quoy qu'il soit fort bon pour la « santé, a ce qu'on dit d'auoir bien des égards pour son oncle»... Elle dit en terminant : « Adieu, madame, je me suis couchée à cinq heures le jeu a tourné « si mal pour les carabins que je nay uoulu jouée que mon argen je vous ren- « uoye le uostre et uous souhaitte bien une bonne santé acompagnée de plu- « sieurs autres. »

2467. **QUINET** (Edgard), professeur au collége de France.

1° Deux lett. aut. sig., à M. Jules Janin. 1830. 3 p. in-8. *Portr.*

Au moment de partir pour l'Italie, il n'a le temps que de confier à sa franche et vieille amitié, un de ses bons amis qui est aussi celui de M. de Lamartine. — « M. Dargaud, qui te remettra cette lettre, est l'un de tes plus dévoués ad- « mirateurs. Il désire passionnément te voir. Il emporte avec lui un manuscrit « qui est le fruit de longues années et de longues souffrances, aides-le, secou- « res-le. Je t'en remercie d'avance, M. Dargaud est un homme d'un rare talent « et tout à fait digne de tes bons services. »

2° L. aut. sig., au même. Lyon, 16 janvier 1840. 4 gr. p. pl. in-4. Très-belle et très-intéressante lettre, relative à ses luttes pour arriver au collége de France, etc. Il lui avoue qu'il peut lui rendre en ce moment un éminent service. Voici sa situation qu'il lui confie. « Poussé par l'opinion publi- « que, Villemain s'est engagé à m'appeler cette année à Paris, non pas avec « une suppléance, chose qui ne me convient plus, mais avec une chaire véri- « table, dont j'aurois le titre. Lui-même m'a dit de le faire aider en cela par « mes amis, car tu le connais, il a bien de la peine à exécuter même ce qu'il « désire. Pendant que je t'écris, il est pressé par une foule de personnes de « toutes couleurs, le président de la chambre, Augustin Thierry, Lamartine, « Torqueville, et même une noble habitante du château. D'une autre part, quel- « ques intrigants se démenent en tous sens, pour me tenir éloigné de Paris, et « m'arracher le résultat de mes travaux..... » Ce qui semblait impossible, son auditoire s'est encore accru depuis l'année dernière. En mettant *tout au plus bas*, pour n'effaroucher personne, il a un fond au moins de douze cents auditeurs, très-exacts, très-réguliers. C'est l'élite de la population de ce pays; magistrats, médecins, avocats, etc. C'est plus que n'en ont ensemble touis les professeurs de la Sorbonne. Pour arriver à ce résultat, il n'a fait aucune concession ni au goût ni aux habitudes d'esprit de ce pays. Et quel sujet a-t-il choisi? Ce qu'il y a de plus impopulaire en apparence, l'antiquité *orientale et grecque*. C'est avec cela qu'il a remué tout Lyon. Il a popularisé les idées qu'il nourrissait depuis si longtemps dans la solitude, il a pris pour sujet en général l'histoire des religions dans leurs rapports avec les arts et les lettres... Il dit en post-scriptum : « T'ai-je raconté que l'année dernière j'ai consenti à passer « des thèses à Strasbourg, avec toute la solennité du moyen-âge? toute la ville « y était. »

2468. **RABAUT DE SAINT-ETIENNE** (Jean-Paul), pasteur protestant, constituant, conventionnel, historien. Né à Nîmes en 1743. Mis à mort en 1793.

1° Ordre aut. sig., comme membre de la commission des Six, sig. aussi par Garray, La Reveillère-Lépeaux et Gomaire, de transférer le citoyen Fontenay dans la maison d'arrêt de l'Abbaye...Paris, 27 mars 1793. Demi-p. in-fol. Cachet.

2° *Les coups de Rabot*, caricature (*Rare*), et quatre *portr.*

2469. **RABUT** (Eléonore), actrice du Théâtre-Français.

1° L. aut. sig., *Rabut Fechter*, à M. Léon. Sans date. 2 p. pl. in-8.

2° L. aut. sig., à M. Jules Janin. Bruxelles, 10 août. 3 p. pl. et demie in-8.

Il peut croire qu'elle n'oubliera jamais son accueil si bon, ses paroles si affables, « Si vous saviez combien vous m'avez rendu heureuse, combien vous « m'avez donné de courage pour continuer à travailler; oui, je veux faire des « progrès, je veux avoir du talent pour vous prouver que j'étais digne de l'in- « térêt que vous voulez bien me témoigner. Je suis rentrée lundi par l'Ecole « des Vieillards; j'ai été saluée à mon entrée par trois reprises d'applaudisse- « ments, le lendemain le Manteau, et hier les Fausses Confidences avec le même « succès, je suis heureuse, bien heureuse par le public qui est on ne peut « meilleur pour moi; mais malheureusement la comédie en province attire peu « de monde, grâce aux directeurs qui ne font *mousser* que l'opéra, genre qui « finit toujours par les ruiner, mais enfin ils le veulent; on commence toujours « par cette pauvre comédie, et moi qui l'aime avec passion, je pleure de dou- « leur de la voir ainsi méprisée, de voir Molière faire antichambre à une foule « d'opéras comiques, qui ne sont souvent que de petits vaudevilles; mon pauvre « cœur saigne plus d'une fois, allez; et pourtant je ne puis faire autrement « puisque ce Théâtre-Français ne veut pas voir tout ce qu'il y a en moi d'ardeur, « de courage, de persévérance et d'amour pour cet art que j'aime plus que la « vie, c'est vrai, monsieur, on m'offrirait, je crois, le titre de comtesse avec « 30,000 fr. de rentes, ou celui de sociétaire et devant jouer mon vieux et beau « répertoire, pouvant lutter avec toutes ces dames, que sans hésiter je pren- « drais cette dernière position, c'est de la folie, n'est-ce pas? Que voulez-vous, « je l'aime... »

2470. **RACAN** (Honorat de Bueil, m^is^ de), maréchal de camp, poëte, membre de l'Acad. française. N. 1589. M. 1670.

... On a beaucoup parlé des *Bergeries* de Racan; quant à moi je fais plus de cas de ses poésies philosophiques, dont je conseille la lecture, à qui lira ceci: il devra rechercher notamment l'Ode bachique à *Maynard*, une autre à *Bussy-Rabutin*, des Stances à *Tirsis*, pseudonyme que je n'ai pas le temps d'éclaircir, etc.—Tallemant des Réaux s'est prolixement amusé à raconter les bégaiements et distractions de Racan, et il faut convenir que c'est un des plus piquants chapitres de ce volumineux recueil, où il y en a si peu, à mon avis. (*L. de M.*)

Acte notarié. sig., signé aussi par son tuteur, Roger de Bellegarde. 1608. 2 p. pl. in-fol. Deux *portr*.

2471. **RACINE** (Jean), poète, membre de l'Académie française. N. 1629. M. 1699.

1° L. aut., à M. . Paris, samedy matin. 1 p. petit in-4.

Il mande à M. le maréchal de Noailles qu'il a bien voulu se charger de lui rendre son paquet. Il est assuré qu'il sera fort aise de l'entretenir sur l'affaire dont il lui parle. « Si néanmoins le malheur voulait que vous ne le trouvassiez « pas chez luy, vous pourriez vous confier à Mme la maréchale qui vous aime « de tout son cœur, et qui tout en riant et en plaisantant ne laisse pas de « prendre très-sérieusement le party de la justice... »

2° Quinze *portraits* gravés et un lithographié, in-18, in-8, et in-4.

2472. **RACINE** (Catherine de Romanet, veuve), femme du précédent. N. 1657. M. 1732.

Quitt. aut. sig., signée aussi par Jean-Baptiste Racine, son fils (sur parch.), d'une rente sur les aides et gabelles. 1702.

Dans cette quittance dont l'orthographe est fort incorrecte, la veuve de Jean Racine ne fait pas mention de sa qualité de poète, d'historiographe, d'académicien : — Mais à quoi bon, puisqu'il est qualifié *segrétaire du roy* ? (*L. de M.*)

2473. **RADET** (Étienne, baron), lieutenant-général, inspecteur général de la gendarmerie, grand prévôt de l'empereur. Ce fut lui qui enleva de Rome le pape Pie VII.

L. aut. sig., au ministre de la guerre. Paris, 2 juin 1815. 1 p. in-4.

2474. **RADONVILLIERS** (Claude-François Lizarde, abbé de), littérateur, sous-précepteur de Louis XVI et de ses frères, membre de l'Acad. franç. N. 1709. M. 1789.

L. aut. sig., à M.... Paris, 26 avril 1775, deux tiers de page in-4.

2475. **RAFFET** (Denis-Augustin-Marie), peintre et dessinateur. Né à Paris en 1804. Mort à Gênes en 1860.

Trois billets aut. sig., un à M. Jules Janin, et deux à M. Furne. 1841. in-8. (Nous ajoutons ici sa notice nécrologique par M. Jules Janin.— *Journal des Débats du 27 février*.)

Raffet, commandant temporaire de la place de Paris. Ordre sig., au concierge de la maison d'arrêt Duplessis, de recevoir seize prisonniers. Paris, 20 messidor an III. 2 p. et quart in-4. Tête impr. Vignette.

2476. **RAMBOUILLET** (Charles d'Angennes, marquis de), marquis de Pisani, père de la célèbre *Julie d'Angennes*, ambassadeur en Piémont, en Espagne. 1577-1652.

1° Quitt. sig., *Dangennes*, de la somme de huit cent cinquante livres, pour ses gages de maître de la garde-robe du roi durant le quartier d'avril... Paris, 4 juillet 1631.

2° Quitt. sig., *Dangennes* (sur parch.), de la somme de 768 livres quinze sols à lui ordonnée par S. M. pour son remboursement de pareille somme par lui payée et avancée au cocher de charriot du but de chasse de S. M., tant pour ses gages d'un postillon et d'un garçon que pour la nourriture et entretènement de six chevaux servant au dit charriot durant le quartier de janvier, février et mars de l'année dernière.... Paris, 8 janvier 1635.

3° Acte notarié, sig., *Dangennes*. Marché pour la fourniture de vivres et comestibles de toute nature pour sa maison, pendant dix-huit mois (viande de boucherie, volailles, poissonnerie, poisson de mer, légumes secs, cristallerie, épiceries, pain, vin, bois, nourriture pour les chevaux). La qualité, le poids, la longueur, la grosseur, le prix, etc. des objets sont minutieusement désignés (ainsi qu'à touts les autres marchés de ce genre faisant partie de cette collection). Fait et passé à Paris, en l'hôtel du dit sieur marquis, rue Saint-Thomas-du Louvre, paroisse de Saint-Germain-de-l'Auxerrois, le 10 juillet 1617. 15 gr. p. pl. in-fol.

4° Acte notarié, sig., *Dangennes*, « Marché pour la continuation de « fournitures de vivres et comestibles, etc., passé avec honorable « homme Louis Haraulx, marchand pourvoyeur en la maison du dit « Sr marquis, demeurant à Paris, rue Montorgueil, paroisse St-« Eustache... » 19 juillet 1616. 3 gr. p. pl. et demie in-fol.

5° Acte notarié, sig., *Dangennes*. Marché pour la fourniture de vivres et comestibles, etc., passé avec Auzias Beuny, marchand pourvoyeur de M. de Nemours, demeurant à Paris, rue du Bout-du-Monde, paroisse Saint-Eustache... Paris, 21 décembre. 1605. 16 g. p. in-fol.

2477. **RAMBOUILLET** (Catherine de Vivonne Savelle, marquise de), femme du précédent. N. 1588. M. 1665.

C'est la *reine*, l'*Arthénice*, l'*Eracinthe* de l'hôtel de Rambouillet. — C'est la mère de la fameuse Julie d'Angennes. Sous le nom de *Rodanthe* elle a été célébrée par Malherbe dans des vers d'une galanterie froide, compassée, et ceci s'applique à la chanson « Chère beauté que mon âme ravie...., » etc., etc. (*L. de M.*)

1° Acte notarié, sig., *Catherine de Viuonne Sauelle*. 1615. 8 p. et demie in-fol

2° Acte notarié, sig., sig. aussi par son mari, avec sept mots aut. de celui-ci. 1632. 3 p. in-fol.

3° Sept actes notariés, sig., sig. aussi par son mari. 1606 à 1616. Ensemble, 12 p. et demie in-fol.

2478. **RAMBUTEAU** (Claude-Philibert Barthelot, comte de), préfet de la Seine, pair de France. N. 1781.

1° Six lett. et billets aut. sig., ensemble, 9 p. in-8. —2° L. sig., à M. Lucas de Montigny. 1843. 1 p. in-fol. — 3° Quarante trois notes et billets aut. sig. 1836 à 1840,

2479. **RAMEL** (Jean-Pierre), maréchal de camp, commandant à Toulouse en 1815. Né en 1770. Assassiné en 1815.

L. aut. sig., aux membres du comité de salut public. Cahors, 18 fructidor an II. 1 p. et demie à mi-marge in-fol.

2480. **RAMSAY** (David), médecin, historien américain, membre du Congrès.

L. aut. sig. (en anglais), à M. Myers, à Georgetown. Charlestown, 16 février 1818. 3 gr. p. in-4. *Portr.* Relative à la vaccine.

2481. **RANTZAU** (Josias, comte de), maréchal de France, gouverneur de Dunkerque. M. 1650.

Quitt. sig. (sur parch.), de la somme de 5,000 livres pour une demi-année de son traitement. 1645. *Portr.* in-4.

2482. **RAPIN** (Nicolas), publiciste, poëte, grand prévôt de la connétablie. N. 1540. M. 1608.

Guerrier et un des vaillants vainqueurs d'Ivry. — Avocat — lieutenant civil — publiciste — poëte — un des principaux auteurs de la *Satire Ménippée* dont les vers sont écrits par lui ou par Passerat ; de cette œuvre de génie patriotique dont on a dit avec raison qu'elle avoit été aussi utile au succès de la juste cause de Henri IV que ses plus glorieuses victoires. (*L. de M.*)

Quitt. sig. (sur parch.). 1601. (Partie coupée, enlevant la fin de toutes les lignes).

2483. **RAPIN** (René), jésuite, poëte. N. 1621. M. 1687.

L. aut. sig., à Mlle de Scudéry, à Paris. Arras, 10 mai. Deux p. in-4. Cachet de la Compagnie de Jésus. Deux *portr.*

Il la remercie de la bonne réception qui lui a été faite à cause d'elle, par M. de Monplaisir : « iay bien reconnu par là le pouuoir que vous aués sur luy : et que

« cest vous qui estes la lieutenante du roy icy... Vous voulés bien que ie salue
« M. de Pélisson pour qui ie continue toujours à prier Dieu, car le bon Dieu
« nous le dois estant aussy homme de bien qu'il est... »

2484. **RASTIGNAC** (Armand-Anne-Auguste-Antoine-Sicaire de Chapt de), grand archidiacre et vicaire général d'Arles, député aux Etats-Généraux. Né en 1726. Massacré aux Carmes le 2 septembre 1792.

L. aut. sig., à M. de Sienne. Paris, 1er juillet 1785. 1 p. in-4. Cachet en cire rouge. *Portr.*

2° Ordre de son incarcération à la prison de l'Abbaye, délivré par la municipalité de Paris, sig., Leclerc, Duchesne, Daujon et Ch. Gorec. Paris, 26 août 1792. 1 p. in-4.

2485. **RAYNAL** (l'abbé Guillaume-Thomas-François), rédacteur du *Mercure de France*, littérateur, historien, économiste. N. 1713. M. 1796.

Fragment aut. sur le Levant. *Egypte. Levant.* 4 gr. p. pl. in-fol. Tache en tête. Sept *portr.* in-18, in-8 et in-4.

2486. **REAL** (Pierre-François, comte), procureur au Châtelet, préfet de Police, conseiller d'Etat. N. 1765. M. 1834.

1° Ordre de son incarcération à la maison d'arrêt du Luxembourg, délivré par les administrateurs de police de la Commune de Paris. 11 germinal an II. 1 p. in-4. Tête impr. Vignette.

2° L. aut. sig. 1813. 1 p. in-4., et 3 lett. et pièces sig. 4 p. in-4.

3° *Au Vatican, mes très-chers frères*... Chanson par M. de Romeuf, en sept couplets, copiée par *Réal* qui l'a donnée au docteur Breschet. 2 p. et demie in-8.

RÉAL (Félix), député. Deux lett. aut. sig. 1837 et 1847. 3 p. in-4.

RAMOND DE CARBONNIÈRES (Louis-François-Elisabeth, baron), physicien, géologue, minéralogiste, membre de l'Institut. N. 1755. M. 1827 L. aut. sig. Clermont-Ferrand, 1810. 1 p. et quart in-fol. *Portr.*

2487. **REAUMUR** (René-Antoine Ferchault de), naturaliste, physicien, memb. de l'Acad. des sciences. 1683-1757.

L. aut. sig., à M. Grosley, avocat au parlement, à Troyes. Paris, 27 avril 1744. 2 gr. p. et demie in-4. Cachet en cire rouge, les deux dernières lettres de la signature ont été enlevées par le cachet. *Portr.* Toute scientifique. Intéressante.

2488. **REBOUL** (Jean), boulanger de Nîmes, poëte, représentant à l'Assemblée nationale de 1848. N. 1796.

1° L. a. s., à M. Mermilliod. Nîmes, 24 novembre 1848. 1 p. pl. in-8.

2° Deux strophes aut. *sur la mort de l'archevêque de Paris*. 1 p. in-8. — Et pièce *sur la mort de l'archevêque de Paris, dédié à monseigneur Sibour*. Pièce de vers. Onze strophes. Impr. 3 p. in-8.

2489. **RECEPTION DU ROI A PARIS EN 1744.**

« Description généralle des festes de la ville, ordonnées par messieurs les prévost des marchands et échevins de la ville de Paris, en « réjouissance du glorieux retour du roy de l'armée, de son arrivée à « Paris, et pour sa réception à l'Hôtel de Ville, où Sa Majesté a dîné « le 15 novembre 1744. » — Exécutées les 13, 14, 15, 16 et 17 novembre 1744, sur les dessins approuvés de messieurs du bureau et sous la conduite de M. Jean-Baptiste-Augustin Beausire, conseiller architecte du roy et de son académie royale d'architecture, etc., etc. Manuscrit du temps. 40 p. in-fol. Très-intéressants détails.

Le roi est entré de nuit le 13 novembre par la porte de Charenton. Les illuminations qui commençaient à la première barrière de Rambouillet étaient sans discontinuité jusqu'aux Tuileries par le faubourg Saint-Antoine, la rue de la Verrerie et la rue Saint-Honoré. Elles étaient composées d'un rang de falots ou terrines posées sur des tablettes le long des murs, et des poteaux et potences de fer portaient des lustres de fil de fer qui étaient garnis de lampes de *Surresne*... « A la seconde barrière de Rambouillet du coté de Paris et au de- « hors de cette barrière étoit dressé un théâtre dont les bois étoient recouverts « de décorations de peintures sur toile et le dessus étoit terminé en berceau « orné de lanternes de verre garnies de lumieres; cet édifice représentoit une « fontaine de vin, sur lequel étoient placés deux muids de vin qui ont commencé « à couler sitôt le passage du roi. A cette fontaine de vin s'est fait une distri- « bution abondante de pain, langues et cervelats (sur tout le parcours se trou- « vaient placées plusieurs autres fontaines de vins et buffets de comestibles). « Orchestres de place en place jouant pendant toute la nuit des contredanses, « arcs de triomphe, etc., etc. Le 14, dîner du roi à l'Hôtel de Ville... »

2490. **REDOUTÉ** (Pierre-Joseph), célèbre peintre de fleurs, professeur de dessin de la reine Marie-Antoinette, de l'impératrice Joséphine, de la reine Hortense, de l'impératrice Marie-Louise, de la reine Marie-Amélie, auteur des *Roses*, etc. N. 1759. M. 1840.

1° Article biographique aut., sur Claude Mellan, peintre et graveur d'Abbeville. 2 gr. p. in-4. Intéressant.

2° Dessin-portrait de Mellan (au crayon rouge), avec deux lignes aut. sig., par Redouté, in-4.

3° Deux *portr.* gravés de Mellan, in-4. (Edelinck, etc.)

2491. **REGNAUD DE SAINT-JEAN D'ANGELY** (Michel-Louis-Etienne, comte), membre de l'assemblée Constituante, ministre d'Etat, etc. N. 1760. M. 1819.

1° Quatre lett. aut. sig., à MM. de Comps, Méjan, Frochot et Boulle. Paris et New-Yorck, 1788 à 1815. Ensemble, 5 p. in-8, in-4 et in-fol. Deux *portr.*

2° *Camarades, je vais chercher du renfort.* Caricature gravée, coloriée, in-fol. *Rare.* — Extrait des pièces relatives à la conduite tenue par le comte Regnaud-de-Saint-Jean-d'Angély, comme chef de la deuxième légion de la garde nationale de Paris, le 30 mars 1814. Impr. 12 p. in-4.

Regnaud-de-Sant-Jean-d'Angély (Auguste, comte), ministre de la guerre, sénateur, maréchal de l'Empire. N. 1794. Deux lett. aut. sig., à M. Lucas de Montigny. Paris, 1827 et 1828. 2 gr. p. pl. in-4.

2492. **REGNAULT** (Jean-Baptiste), peintre. memb. de l'Institut. N. 1754. M. 1821.

Certificat d'études a. s. Paris, 29 janvier 1827. 1 p. in-4. Deux *portr.*

Regnault (V.), ingénieur des mines.

1° *De l'action du chlore sur la liqueur des Hollandais, et sur le chlorure d'aldéhydène.* Mémoire aut. sig. (à la 3e personne). 19 novembre 1838. 18 p. et demie in-4.

2° *Sur l'acide chlorosulfurique et la sulfamide.* Mémoire aut. sig. (à la 3e personne). 19 novembre 1838. 14 p. in-4.

2493. **REGNIER** (Claude-Ambroise), duc de Massa, grand juge, ministre de la justice. N. 1736. M. 1814.

1° L. aut. sig. 23 février 1814. 1 p. in-4, et certificat d'amnistie, sig. de sa griffe. An XI. 2 p. in-fol.

2° L. sig., au préfet de Seine-et-Oise. Paris, 7 prairial an XI. 2 p. et demie in-4.

L'état hostile de l'Angleterre envers la France se liera probablement à des mouvements intérieurs, dont la vigilance des magistrats doit s'attacher à prévenir et à détruire les effets. Les moyens odieux employés par le gouvernement anglais, dans la dernière guerre, pour semer dans nos départements la division, le trouble et le crime, seront sans doute essayés de nouveau.—Quoique beaucoup de personnes qui ont été les instruments de ces manœuvres aient bien apprécié la perfidie de l'étranger et paraissent avoir renoncé entièrement à ce parti, cependant il en est d'autres que des motifs de cupidité et un esprit

d'intrigue porteront encore à seconder les efforts de l'ennemi extérieur. « Des
« écrits séditieux sont préparés à Londres sous le titre d'*Epîtres pastorales* et
« doivent être répandus dans l'intérieur; déjà on a tenté d'introduire deux
« écrits de ce genre ; l'un sous le titre de *Traduction de la Lettre latine écrite*
« *au Pape, par M. l'evêque de Saint-Pol de Léon*, l'autre sous le titre de *Lettre*
« *de M. l'évêque de Blois ;* le cabinet britannique ne manquera pas de donner
« le même cours à des manifestes dans lesquels il cherchera à couvrir son am-
« bition et sa haine jalouse contre la France par des calomnies et des provo-
« cations personnelles au chef de notre gouvernement.—Je vous invite à veiller
« avec sévérité sur ces premières tentatives, à prévenir de tous vos moyens
« l'introduction et la circulation de ces écrits et autres semblables qui ont pour
« objet d'égarer l'opinion publique... »

2494. **REGNIER DE LA BRIERE** (François-Jooseph-Pierre), acteur sociétaire du Théâtre-Français. N. 1807.

1° L. a. s., à M. Varcollier. Paris, 26 août 1840. 1 p. et demie in-8.

Au sujet des entrées accordées aux membres de la commission de Molière.

2° L. aut. sig., à M... 13 avril 1846. 1 p. in-8.

Envoi d'une loge, Mlle Mars devant jouer dans deux pièces.

2495. **REGNIER DES MARAIS** (François-Séraphin), abbé de Saint-Jean de Thouars, grammairien, poëte, memb. de l'Académie française. N. 1632. M. 1713.

Quitt. notariée sig. (sur parch.). Paris, 21 mars 1690.

2496. **REICHA** (Antoine-Joseph), compositeur, professeur au conservatoire de musique. N. 1770. M. 1836.

1° *Note sur le métronome de M. Bienaimé Fournier fils, d'Amiens.* Aut. sig. Paris, 20 février 1830. 2 p. pl. in-4. *Portr.*

Comparaison de ce métronome avec celui de Maelzel sous le rapport de la confection, de l'utilité et du prix.

2° L. aut. sig., à son ami Dauprat, à Versailles. 2 p. petit in-8.

2497. **REGALDI** (Joseph), improvisateur italien. N. 1813.

L. aut. sig., à M. Jules Janin. 12 mars 1840. 1 p. pl. in-4. *Portr.* et biographie.

Au sujet d'une séance d'improvisation qu'il doit donner. Il a une faveur à lui demander, et qui serait pour lui le plus grand bonheur, ce serait qu'il tâche de faire que l'article de M. De Latour soit publié avant que sa séance ait lieu. « Vous savez aussi bien que moi, M. Janin, que la gloire seule c'est trop peu « pour le troubadour errant.... »

Remondini (Joseph), libraire, imprimeur, économiste italien. Cinq lett., dont deux aut. sig., et trois sig. (en italien). 1780 à 1789. 14 p. in-4.

2498. **REMUSAT** (Charles de), député, ministre de l'intérieur.

1° Trois lett. aut. sig., à MM... 1844. Ensemble, 7 p. in-4.

2° L. sig., comme ministre, à Mlle Redouté. Paris, 15 juin 1840. 1 p. in-fol.

Il a reçu la lettre qu'elle lui a écrite afin de l'engager à confier à M. Redouté, son père, l'exécution d'un tableau de fleurs dont le prix serait de 12,000 fr.— Il lui eût été agréable de répondre au désir qu'il lui a exprimé ; mais la situation des crédits dont il dispose pour encouragements aux beaux-arts, ne lui en offre pas les moyens.

2499. **REMUSAT** (le comte de), préfet du Palais impérial.

L. aut sig., au citoyen Méjan. 1802. 1 p. et demie in-8.

Corrections à faire à la liste des Notables en ce qui concerne son nom.

Rémusat (Claire-Elisabeth Gravier de Vergennes, comtesse de), femme du précédent, auteur de l'*Essai* sur l'éducation des femmes. N. 1780. M. 1821. L. aut. sig., à M. Méjan. 30 fructidor 1802. 1 p. in-4. *Portr.*

Rémusat (Jean-Pierre-Abel), orientaliste. N. 1788. M. 1832. Deux lett. aut. sig., à MM. Roger et Dondey-Dupré. 1822. 2 p. in-8.

2500. **RENAU D'ELIÇAGARAY** (Bernard), capitaine de

vaisseau du roi, ingénieur général de la marine, membre de l'Académie des sciences. N. 1652. M. 1719.

Cet homme, fort considérable par ses talents variés, par son esprit inventif, par ses travaux comme marin, comme constructeur de vaisseaux, comme officier du génie, surtout comme artilleur, n'a pas, ce me semble, une réputation proportionnée à ses divers mérites, à ses nombreux services de terre et de mer. (*L. de M.*)

Quitt. aut. sig. (sur parch.), de la somme de six mille livres, à lui ordonnée par le roi, pour ses appointements et gratifications ordinaires pendant les six derniers mois de l'année présente, 1695.

2501. **RENAUDOT** (Théophraste), médecin, fondateur de la *Gazette de France*. N. 1584. M. 1653.

Quoiqu'il fût une créature du cardinal de Richelieu, il eut le courage de flétrir l'atroce jonglerie des *Possédées de Loudun*, de plaindre et de justifier le malheureux Urbain Grandier. (*L. de M.*)

Quitt. de deux lignes aut. sig. (sur parch.). 1654

Renaudot (Isaac), fils du précédent, médecin, continuateur de la *Gazette de France*. M. 1680.

Quitt. aut. deux fois sig., pour contre-promesse d'une somme de deux mille livres... 1643. 1 p. pl. in-fol. (dont la moitié aut. sig.).

Renaudot (J.). Quitt. a. s. Paris, 10 janvier 1678. Tiers de p. in-8.

2502. **RENAUDOT** (l'abbé Eusèbe), historiographe de France, memb. de l'Académie française. N. 1646. M. 1720.

Acte notarié sig., pour quittance de rachat. 1681. 4 p. in-fol.

2503. **RENÉ**, roi de Sicile, comte d'Anjou et de Provence, duc de Lorraine et de Bar, surnommé le *Bon roi René*. Né à Angers en 1409. Mort à Aix en 1480.

Quitt. sig., comme *duc d'Alençon, per de France, conte du Perche et viconte de Beaumont* (sur parch.). 20 déc. 1429. *Portr.* lith., d'après le portrait peint par lui, et qu'il donna à Jean de Mathéron, in-8.

2504. **RENÉ**, roi de Sicile. *Le même*.

Donation sig. (en latin), des villes et château de Marignan et de Gignac, et de leurs dépendances, au profit de Jean de Cossa, comte de Troy. 30 mai 1475. (Parch.). Très-gr. in-fol. Fatiguée. Belle écriture.

2505. **RENÉE** (Amédée), publiciste, rédacteur du Constitutionnel, auteur de *Les Nièces de Mazarin*, etc. M. 1859.

1° L. aut. sig., à M. Lucas de Montigny. 4 déc. 1850. 2 p. in-8.

2° L. aut. sig., au même. Paris, 11 décembre 1850. 1 p. in-8.

3° L. aut. sig., au même. Sans date. 2 p. in-4.

Pardonnera-t-il à un inconnu de hasarder près de lui une démarche qui trouvera du moins son excuse dans de communes sympathies pour la vérité historique, dans le désir qu'il a, comme lui, d'apporter à l'étude du passé un sentiment réparateur de toute injustice et de tout mensonge accrédité. En quelques mots voici l'objet de sa demande. « On m'a fait l'honneur de me charger de « continuer l'*Histoire des Français de Sismondi* que la mort de ce conscien- « cieux et savant historien laisse malheureusement inachevée. La période dont « je suis chargé comprend le règne de Louis XVI jusqu'à la convocation des « États-Généraux en 1789. Les mémoires sur la vie de Mirabeau dont l'histoire « et l'équité vous sont redevables, formant l'une des sources les plus importantes « pour l'étude des mœurs et de l'esprit français dans les temps qui précèdent « la Révolution, je n'ai pas besoin de vous dire, monsieur, de quel intérêt « cette publication a été pour moi : le caractère d'un grand homme en partie « relevé de cette déchéance dont les préventions et les calomnies l'ont frappé « tour à tour, des pièces éloquentes, des documents irrécusables, la plus pi- « quante et la plus originale des correspondances, tels sont les souvenirs, mon- « sieur, qui me sont restés de la lecture de ces mémoires; en vous acquittant « d'un devoir pieux, vous avez fait aux lettres un présent rare et imprévu, comme « vous avez ouvert à l'histoire une source abondante et variée. Je compte donc « bien, monsieur, puiser à cette source et y renvoyer fidèlement le lecteur... »

2506. **RENOU** (Antoine), peintre, littérateur, traducteur, auteur dramatique, secrétaire perpétuel de l'ancienne Académie de peinture. Né 1731 .M. 1806.

L. aut. sig., au citoyen Corbin. 2 pluviôse. 1 p. petit in-8. *Portr.*

RENOU (Mme), veuve du précédent. L. aut. sig., au même. 1810. 1 p. petit in-8.

2507. **RENTES DE L'ETAT** (aliénation d'un million de).

Acte original d'aliénation d'un million de rentes de l'Etat à la ville de Paris, signé par les conseillers d'Etat et intendants des finances : Louis Phélypeaux de Pontchartrain, Michel Le Peletier, Henri Daguesseau, Jean Fleuriau d'Armenonville, François Le Tonnelier de Breteuil, Urbain Lefèvre de Caumartin, Michel Chamillard, Bosc, seigneur d'Ivry, prévôt des marchands de Paris, procureur général en la cour des aides, etc. Fait en l'hôtel et au bureau de la ville de Paris, le 21 mars 1690. 10 p. in-fol.

Voici les considérants de l'ordonnance du roi à ce sujet dont la copie collationnée est annexée à l'acte d'aliénation... « Ayant résolu de vendre et alié« ner à nos chers et bien amés les prévost des marchands et escheuins de « nostre bonne ville de Paris un million de liures de rente annuelle et perpé« tuelle en exécution de nostre édit du mois de mars dernier, à les auoir et « prendre généralement sur tous les deniers proueuans de nos droits d'aydes « et de gabelles dont le principal reuiendra à raison du denier vingt à la somme « de vingt millions de liures, nous auons estimé ne pouuoir faire un meilleur « choix que de vos personnes pour, en conformité de nostre édit, faire la vente « ausdits preuost des marchands et escheuins..., etc., etc. »

2508. **REQUESENS** (Louis de Zuniga, grand commandeur de Castille, capitaine-général des Pays-Bas. M. 1576.

L. sig.. et contresig.: *d'Osterloepe*, au sieur de La Conte... Anvers, 6 janvier 1573. 1 p. in-fol. Sceau. Deux *portr.*

Ordre de la part du roi de se trouver le 22 janvier avec les gens des trois Etats du pays et du comté d'Artois, en la ville d'Arras, pour entendre ce que de sa part leur sera proposé par le comte de La Roche pour l'avancement du service de Sa Majesté et le bien du pays, etc.

RÉCHID PACHA (Méhémet), ambassadeur de Turquie à Paris, grand-visir. L. sig. Paris, 12 oct. 1837. 1 p. et demie in-4.

2509. **RETIF DE LA BRETONNE** (Nicolas-Edme), romancier. N. 1734. M. 1806.

Fragment aut. 2 p. pl. in-4. *Portr.* Curieux.

2510. **RETZ** (Albert de Gondi, comte, puis duc de), maréchal de France, amiral des mers du Levant. 1522-1602.

Ce *maréchal de France*, qui ne commanda jamais une armée, qui ne prit ou ne défendit jamais une place forte, fut un des plus féroces promoteurs et massacreurs de la Saint Barthélemi ; ce qui a fait dire que les crimes de cette fatale journée furent, en grande partie, l'œuvre d'étrangers tels que Catherine de Médicis, Birague, les Gondi, les Guise, etc. C'étoit d'ailleurs un homme prudent, fin, cauteleux, cachant le plus possible la faveur dont il jouissoit sans l'avoir méritée, les grands biens qu'il possédoit, etc. Il avoit épousé la belle Claude Catherine de Clermont, dame de Dampierre, baronne de Retz, d'où le nom qu'il porta. (*L. de M.*)

1° Quatre quitt., dont deux aut. sig., et deux sig. (sur parch.). 1571, 1577, 1582 et 1587, une avec cachet. *Portr.*

2° Acte notarié sig., signé aussi par Hurault de Chiverny, Harlay de Sancy, Schonberg, Sublet, etc. 1595. 5 p. in-fol.

RETZ (le duc de), pair de France, mestre de camp du régiment d'infanterie du Lyonnais. Certificat militaire sig. 1722. 1 p. in-4.

2511. **RETZ** (Jean-François-Paul de Gondi, cardinal de), archevêque de Paris. N. 1614. M. 1679.

1° Quitt. d'une ligne aut. sig., *J. Fran. P. arch. de Paris*, sur parch. 2 fév. 1633. Trois jolis *portr.*

2° Quitt. sig : *Le cardinal de Rais* (sur parch.). 1677.

2512. **REVERCHON** (Jacques), député de Saône-et-Loire à la Convention, représentant du peuple à Lyon, etc.

L. a. s., à ses collègues, représentants du peuple à Commune-Affranchie. 15 ventôse an II. 3 p. pl. in-4. Cachet en cire rouge.

Il voit avec douleur la perfidie ou l'ineptie des journalistes qui rendent toujours mal ce qui se dit à la Convention nationale; il peut leur certifier que les pétitionnaires de Villefranche et de la commune de Pamiers n'ont jamais inculpé aucune autorité de Commune-Affranchie... Il désigne plusieurs citoyens incriminés à tort ou à raison, et dit en terminant : « Soyez persuadés que le « monstre d'aristocratie se montre sous toutes les formes de l'hypocrisie du pa- « triotisme, qui ne le sont que depuis 2 jours et si leur civisme depuis la Ré- « volution était recherché, vous seriez étonné d'y trouver de tiers intriguants, « voleurs et aristocrates. »

2513. **REVOIL** (Pierre-Henri), peintre d'histoire et de genre, élève de David. Né à Lyon en 1776. Mort en 1842.

1° L. aut. sig., à M... Lyon, 12 septembre 1825. 2 p. in-4.

2° L. aut. sig., à M... Lyon, 13 mai 1827. 3 p. pl. et quart in-8. Intéressante.

2514. **REVOL** (Louis), ministre, secrétaire d'Etat sous Henri III, Henri IV, etc. N. 1531. M. 1594.

L. avec un post-scriptum de quatre lignes aut. sig., signée aussi par Henri III, à M. de Rambouillet. Tours, 9 avril 1589, 1 p. in-fol. (avec une copie moderne).

2515. **REWBELL** (Jean-Baptiste), constituant, conventionnel, membre du Directoire. N. 1746. M. 1810.

L. aut. sig., au citoyen Méjan. Arcueil, 3 fructidor an VIII. 3 p. in-4, et signature découpée, avec celle de Carnot. Deux *portr*.

Revellière-Lépeaux (Louis-Marie La), député aux Etats-Généraux, à la Convention, etc., membre du Directoire. N. 1753. M. 1824. Pièce aut. sig. Tiers de page in-4. *Portr*. — Réponses de Revellière-Lépeaux, aux dénonciations portées au Corps législatif... An VII. Impr. 91 p. in-8, et Trahisons manifestes de l'ancien Directoire, ou Réponse au citoyen Revellière-Lépeaux... Impr. 32 p. in-8.

2516. **REYNEAU** (Charles-René), prêtre de l'oratoire, mathématicien. N. 1656. M. 1728.

L. aut. sig., à madame... 2 mars 1693. 3 p. pl. in-4.

Il la remercie des nouvelles qu'elle a eu la bonté de lui apprendre, et sur tout de l'écrit politique sur les guerres présentes... Appréciation de cet écrit... L'auteur imite assez bien M. de Varillas, et s'il n'est pas entré dans les conseils de toutes les puissances de l'Europe pour en pénétrer les desseins les plus secrets, il ne leur prête au moins rien qui ne soit vraisemblable par rapport à leurs intérêts, à leurs inclinations et aux évènements : « Il auroit dû, ce me « semble, mettre au nombre des ressorts dont le prince d'Orange s'est servi « pour donner le mouvement à toutes les forces de l'Europe contre la France, « l'espérance de voir à leurs premieres approches de nos frontières un sou- « levement général dans le royaume, par le grand nombre des pretendus con- « vertis et des autres mécontents... L'état dans lequel M. de Pelisson est mort « a des apologistes aussi bien que des censeurs. Mlle de Scuderi a écrit en « cette ville que ce qui avoit donné fondement à la médisance, se rencontre « asses souvent à la mort des plus SS. religieux; et ne consiste qu'en ce que « quelqu'un luy ayant dit la veille de sa mort, qu'il pensast à se confesser, il « avoit été surpris par un transport, ce me semble, qui luy avoit osté le juge- « ment et ensuite la vie. On dit aussi que M. de Meaux doit faire son apologie. »

2517. **RICCOBONI** (Hélene-Virginie Baletti, dite *Flaminia*, femme de Louis), actrice et poëte. N. 1686. M. 1771.

Quitt. de quatre lignes aut. sig.: *Moy B Riccoboni Flaminia* Paris, 28 novembre 1767. Demi-p. in-8 en travers.

Renaut l'aînée (Rose), femme de d'Avrigny, cantatrice. L. aut. sig., à son camarade... Jeudi, 21 juillet 1791. 1 p. in-4. Théâtrale.

2518. **RICHELET** (César-Pierre), avocat au Parlement, lexicographe. N. 1631. M. 1698.

Quitt. sig. (sur parch.). Paris, 3 sept. 1693. Deux *portr*.

RICHARD (Charles-Louis), savant dominicain, auteur du *Dictionnaire universel des sciences ecclésiastiques*. N. 1711. M. 1794.

L. aut. sig., à M. Méquignon. Sans date. 1 p. pl. in-4.

2519. **RICHELIEU** (Armand-Jean Du Plessis, évêque de Luçon, cardinal de), ministre. N. 1582. M. 1642.

1° Minute aut. d'une lettre à M. le premier président. 29 décembre 1638. 1 gr. p. pl. in-fol. Notice de M. *L. de M*.

2° Bail notarié sig., d'une maison louée par lui, rue des Bons-Enfants, au prix de 2,000 fr. Paris, 20 décembre 1616. 4 p. in-fol.

2520. **RICHELIEU** (A.-J. Du Plessis, cardinal de). *Le même*.

Vingt *portraits* in-8, in-4 et in-fol. Six vues de la Sorbonne (église et palais). — Deux vues de l'ancien Palais-Cardinal. — Mémoire (imprimé), relatif à la succession du Cardinal. 1753. 23 p. in-fol.

2521. **RICHELIEU** (François Du Plessis, sieur de), père du précédent, grand prévôt de France. N. 1548. M. 1590.

Rôle sig., des noms et surnoms des six lieutenants de la prévôté... Pièce (sur parch.). 5 gr. p. in-fol.

RICHELIEU (Henri Du Plessis, sieur de), frère aîné du cardinal, maréchal de camp du régiment de Piémont. Tué en duel par le marquis de Thémines, en 1619. Quitt. sig. (sur parch.). 1611.

RICHELIEU (Alphonse-Louis Du Plessis de), frère du précédent, cardinal, archevêque de Lyon, primat des Gaules, etc. N. 1582. M. 1653. Quitt. sig. (sur parch.). 1637. Deux *portr*.

RICHELIEU (Louis-Armand de Vignerod, marquis de), neveu du grand cardinal, mestre de camp, etc.

C'est celui-là même qui, en 1682, enleva du couvent de Sainte-Marie de Chaillot, Marie-Charlotte de Mazarin, qu'il épousa malgré la famille de celle-ci. (*T. de R.*)

1° Quitt. aut. sig. (sur parch.). 13 octobre 1691.

2° Acte notarié sig., signé aussi par sa femme. Paris, en l'hostel des d. seigneur et dame. 24 sept. 1688. 2 p. et demie in-4.

RICHELIEU (Armand-Jean Du Plessis de Vignerod', duc de), et de Fronsac, pair de France, fils du précédent. Quitt. sig. (sur parch.). Paris, 14 septembre. 1705.

2522. **RICHELIEU** (Louis-François-Armand de Vignerod Du Plessis, duc de), maréchal de France. 1696-1788.

1° Pièce sig., relative à la compagnie de la connétablie, gendarmerie, maréchaussée de France, et des camps et armées du roi, etc. Paris, 2 mai 1786. 2 gr. p. pl. et quart in-fol. Cachet curieux en cire rouge. *Portr*.

2° Certificat sig. 31 décembre 1765, in-4.

3° L. aut. sig., *à madame Fauart, comédienne du roy a Bord*. (Bordeaux), *ce 30 aoust*... 1 p. pl. et demie in-4. Cachet en cire rouge. La suscription qui était sur une enveloppe, et le cachet, ont été collés au bas de la seconde page.

« Je cognois touts vos talents, madame, et je les ai vu trop souuent s'em-
« ployer en ma faueur pour ne pas me croire obligé de les protéger encore plus
« particulièrement s'il est possible; mais le premier de tous dans une société
« cest destre sociable et quand cette société a des supérieurs ne pas s'écarter
« des loix de la subordination come il mest reuenu que vous auiés fait vis à
« vis de M. de La Ferté que cela n'empêchera pas surement de réprimer vos ca-
« marades qui pouroient metre de la jalousie ou de la partialité dans ce qui vous
« regarde, etc., etc. »

4° Ampliation d'un ordre du Comité de sûreté générale du 29 germinal an II, qui ordonne l'arrestation et l'incarcération en la maison d'arrêt de Talaru, rue de la Loi, de la ci-devant maréchale de Richelieu. 1 p. in-4. Tête impr.

RICHELIEU (Vignerod Du Plessis, duc de), et de Fronsac, fils du précédent. Pièce aut. sig., relative à la Comédie italienne. Paris, 13 nov. 1788. Quart de p. in-4.

RICHELIEU (Armand-Emmanuel Du Plessis, duc de), ministre de Louis XVIII. N. 1766. M. 1822. L. aut. sig., à madame de Richelieu, née de Lavaur, à l'Elysée-Bourbon. Odessa le 10 (22) mai 1803. 1 p. pl. in-4. (Fatiguée.) Intéressante. Trois *portr.*

2523. **RICHERAND** (Anthelme-Balthazar, baron), savant et célèbre chirurgien. N. 1779. M. 1849.

1° Trois lett. aut. sig., à M. Lucas de Montigny. 1838. 4 p. in-8 et in-4. Un cachet. — 2° Billet aut., et dix certificats médicaux, etc. Aut. sig. 1824 à 1832.

RÉCAMIER, médecin. Quatre lett., certificats médicaux et ordonnance aut. sig. 1816 à 1841. 7 p. in-8 et in-4.

2524. **RICHOMME** (Joseph-Théodore), graveur, membre de l'Institut. N. 1785. M. 1849.

1° L. aut. sig., à M. Lucas de Montigny. 12 août 1828. 1 p. in-4.

En faveur de M. Langlois, son élève, reçu pour le concours du grand prix de gravure, et qui se trouve compris dans la conscription de cette année.

2° Réclamation aut. sig., à M. le préfet de la Seine. 6 mai 1841. 1 p. pl. in-4.

2525. **RIGOLEY DE JUVIGNY** (Jean-Antoine), conseiller au Parlement de Metz, éditeur de Piron. M. 1788.

Quitt. aut. sig. Paris. 22 janvier 1751. Demi-p. in-4. *Portr.*

2526. **RIVE** (l'abbé Jean-Joseph), bibliographe. 1730-1792.

1° Billet de 6 lignes aut. sig. (à la 3ᵉ personne), à M. De Bure, fils aîné, à Paris, in-18.

2° Mémoire sig., adressé au comte de Mirabeau. Aix, 10 juillet 1789. 15 gr. p. pl. in-fol.

Très-curieuses considérations sur les droits de la nation, les abus du clergé, etc.

2527. **ROBERT** (Louis-Léopold), peintre, auteur des *Moissonneurs*, *des Marais Pontins*, *etc.*, Né en 1794. Suicidé en 1835.

L. a. s., à M... Venise, 25 août 1834. 2 p. pl. petit in-8. Il y a en tête le cachet à l'encre bleue du possesseur précédent de cette lettre.

2528. **ROBERT** (Hubert), peintre d'architecture, de paysages et de ruines, etc. N. 1733. M. 1818.

Arrêté du comité de sûreté générale qui ordonne que le citoyen Robert, peintre, sera sur-le-champ mis en liberté, sig. par Merlin (de Thionville), Elie Lacoste, Vadier, Goupilleau (de Fontenay), Louis (du Bas-Rhin), Legendre (de Paris), et Dubarran. 17 thermidor an II. 1 p. in-fol. Tête impr. Sceau.

ROBERT LEFÈVRE, peintre d'histoire et de portraits. N. 1756. M. 1831. L. aut. sig. 11 oct. 1826. 1 p. in-8.

ROBERT-FLEURY, peintre. L. aut. sig. 1850. 1 p. in-8.

2529. **ROBESPIERRE** (Maximilien-François-Isidore), constituant et conventionnel, membre du Comité de salut public. Né en 1759. Mis à mort en 1794.

1° Fragment aut. 2 p. pl. in-4, avec des ratures et des corrections.

« C'est que le plus glorieux jour de notre histoire fut celui où il immola sur « l'autel de la patrie 1500 citoiens paisibles, hommes, femmes, enfants, vieil- « lards, bien pénétrés d'ailleurs de cette manière antique; que le peuple est « un monstre indompté toujours prêt à dévorer *les honnetes gens* si on ne le

« tient à la chaîne, et si on n'a l'attention de le fusiller de tems en tems, et « que par conséquent ceux qui réclament ses droits ne sont que des factieux « et des artisans de sédition. Ils croient que le ciel créa le genre humain « pour le plaisir des rois, des nobles, des gens de loi, et des agioteurs ; ils « croient que de toute éternité Dieu courba le dos des uns pour porter des far- « deaux, et forma les épaules des autres pour recevoir des épaulettes d'or... »

2° Arrêté du Comité de sûreté générale, sig. par Amar, André Dumont, Merlin (de Thionville), Moyse Baylo, Legendre (de Paris), et Vadier. 15 thermidor an II. 5 p. et demie in-4. Tête impr. Sceau.

« Le Comité de sûreté générale informé que le citoyen Gravier, portier de la « maison ci-devant connue sous le nom de maison de la Justice, a été incarcéré « en la maison d'arrêt de la rue de la Loy, pour avoir il y a environ deux dé- « cades fait part à plusieurs personnes que Lebas, Saint-Just et Robespierre « avaient des clefs d'une porte de la maison de justice avec lesquelles ils se « réunissaient les nuits avec Hermann et Lanne, arrête que le citoien Gravier « sera à l'instant mis en liberté. »

3° Ordre de la commission nationale des administrations civiles, police et tribunaux du 17 brumaire an III, au gardien de la maison d'arrêt du Plessis, de recevoir les ci-après nommés, venant de la maison d'arrêt de Pélagie, et de mettre au secret : Maurice Duplay, âgé de 55 ans, menuisier, arrêté le 10 thermidor par ordre du Comité de sûreté générale; Jacques-Maurice Duplay fils, âgé de 16 ans, étudiant, arrêté le 10 thermidor... etc., etc. 1 p. et demie in-fol. Tête impr.

4° Ampliation d'un arrêté du Comité de sûreté générale, qui ordonne que les citoyens Duplay, père et fils, détenus au Plessis, seront transférés au Luxembourg... 18 nivôse an III. 1 p. in-fol. Tête imp. Vignette.

5° Portrait de Robespierre, fait à la plume, par Parseval Grandmaison, à la séance du 9 thermidor, in-8.

6° Huit *portraits*, in-8 et in-4.

7° *Relation* de l'événement des 8, 9 et 10 thermidor, par Roux (de la Haute-Marne). Impr. 16 p. in-8.

Robespierre (Augustin-Bon-Joseph), frère du précédent, conventionnel. Pièce aut. sig. de Ricord, et sig. par Robespierre jeune. 4 août 1793. 1 p. in-8. *Portr.*

2530. **ROCHAMBEAU** (Jean-Baptiste-Donatien de Vimeur, comte de), maréchal de France. N. 1725. M. 1807.

1° Certificat militaire aut. sig., comme colonel... Saint-Cloud, 28 mai 1749. Demi-p. in-4.

2° Certificat aut. sig., comme commandant général de l'armée du Nord. Calais, 30 août 1791. Demi-p. in-8.

2531. **ROCHECHOUART** (famille de). 23 pièces.

Rochechouart (Antoine de), seigneur de Saint-Amand et Faudoas. Quitt. sig. (sur parch.). 1522. — Rochechouart (Antoine de), baron de Faudoas, etc. Commission sig. (sur parch.). 1536. Incomplète. — Rochechouart (Charles de), sieur de Saint-Amand. Deux quitt. sig. (sur parch.). 1543 et 1552. — Rochechouart (F. de), sr de Jars, maître d'hôtel du roi. 1° Quitt. sig. (sur parch.). 1549. Cachet. — 2° L. avec la souscription d'une ligne aut. sig. 1 p. in-fol. — Rochechouart (Gaspard de), sr de Mortemart. Acte notarié sig. 1575. 3 p. et quart in-fol. — Rochechouart (Louis de), sr de Chandenier. Acte notarié sig. 1588. 1 p. in-fol.—Rochechouart (Louis de), sr de la Brosse, et Catherine de Castelnau, son épouse. Acte notarié sig. 1599. 1 p. in-fol. — Rochechouart (Jean de), abbé de Tonnay (Charente). Acte notarié sig. 1605. 1 p. in-fol. — Rochechouart (Aymé de), seigneur de Tonnay, baron de Mortemart. 1° Acte notarié, deux fois sig. 1608. 3 p. et demie in-fol. — 2° Quitt. sig. (sur parch.). 1607. — Rochechouart (Jean-Louis de), seigneur de Chandenier. Deux actes notariés sig. 1609 et 1613. 4 p. et demie in-fol. — Rochechouart (Gaspard de), seigneur de Mortemart, et dame Louise de Maure, son épouse. Deux actes notariés sig. 1611. 3 p. et demie in-fol. — Ro-

CHECHOUART (François de), sr de Saint-Cyr. Obligation notariée, deux fois sig., à son profit, d'une somme de 2,370 liv. restant de celle de 10,000 livres, à laquelle ils ont composé ensemble pour la charge de lieutenant-général de l'artillerie en la province de Dauphiné, dont il s'est aujourd'hui démis sous le bon plaisir du roi, et de M. le grand-maître de l'artillerie de France, en faveur de Gaspard, seigneur de la Côte-Moreau... 1628. 3 p. et demie in-fol. — ROCHECHOUART (Gabriel de), marquis, puis premier duc de Mortemart, père de Mme de Montespan. 1o Quitt. d'une ligne aut. sig. (sur parch.). — 2o Ordre imprimé, des créanciers de Gabriel de Rochechouart et de Diane de Grandseigne, sa femme, morte en 1666. 53 p. in-fol. — ROCHECHOUART (Pompadour de). Quitt. sig. (sur parch.). 1671. — ROCHECHOUART (Guy de Sève de), évêque d'Arras. M. 1724. Quitt. sig. (sur parch.). 1673. — ROCHECHOUART (Louis de), capitaine de vaisseau. Quitt. sig. (sur parch.). 1673. — ROCHECHOUART (le comte de), maréchal de camp. Il fut chargé, en 1814, de faire descendre la statue de Napoléon de la colonne de la place Vendôme. L. aut. sig. 1821. 1 p. in-8.

2532. **ROCHECHOUART** (dames de la famille de).

ROCHECHOUART (Marguerite de), dame de Vallenas. Quitt. sig. (sur parch.). 1577.

ROCHECHOUART (Marie-Sélenia) de *La Rochefoucauld*, veuve de Louis de), baron de Chandenier, gentilhomme de la chambre du roi.

Voici un piquant trait de caractère, d'après Tallemant des Réaux, qui n'a guère d'*historiette* d'aussi bon goût. — « Elle disoit à son neveu (le premier « duc du nom, père de l'auteur des *Maximes*), la maison de La Rochefoucauld « est une bonne et ancienne maison ; elle étoit plus de 300 ans avant Adam. « — Oui, ma tante, mais que devînmes-nous au déluge ? — Vraiment voire ! le « déluge, disoit-elle, je m'en rapporte. Elle aimoit mieux douter de la Sainte « Écriture que de n'être pas d'une race plus ancienne que Noé. » Et cependant sa ferveur de dévotion étoit telle qu'elle se fit carmélite après la mort de son mari. (*L. de M.*)

Procuration notariée, sig., *M. S. de La Rochefoucauld*, 1609. 2 p. in-fol.

ROCHECHOUART-MORTEMART (Gabrielle de), abbesse du monastère de N.-D.-de-l'Annonciade de Bourges. Quitt. sig. (sur parch.). 1670.

ROCHECHOUART (Marie-Madelaine-Gabrielle de), abbesse en chef, et générale de l'abbaye et ordre de Fontevrault.

Religieuse sans vocation, mais remplie d'esprit, de lumières et de talent. Sœur de Mme de Montespan, de Mme de Thianges, du duc de Vivonne. (*L. de M.*)

Quitt. sig. (sur parch.). Abbaye de Fontevrault. 1677.

ROCHECHOUART (Marie-Henriette de), supérieure du monastère de la Visitation-Sainte-Marie de Paris. Quitt. aut. sig. 1696. 1 p. pl. in-4.

ROCHECHOUART-MORTEMART (Louise-Françoise de), abbesse, chef et générale de l'abbaye et ordre de Fontevrault. Quitt. sig. (sur parch.). 1735.

2533. **ROCHEFORT** (Gui de), chancelier de France. M. 1507.

Pièce sig. (sur parch.). 7 avril 1505.

ROCHEFORT (René de), baron de Frollois, chambellan du duc d'Anjou, lieutenant général au Blaisois, etc. Quitt. sig. (sur parch.). 1572.

ROCHEFORT (Louis d'Aloigny, marquis de), chambellan du prince de Condé (Henri II). Quitt. sig. (sur parch.), de la somme de 6000 livres, pour la pension qu'il a plu à Sa Majesté lui ordonner. 1613.

ROCHEFORT (Henri-Louis d'Aloigny, marquis de), fils du précédent, maréchal de France. Né en 1636.. Mort en 1676, de chagrin, pour avoir été dupe d'une ruse de guerre qui lui fit perdre Philisbourg. (Quitt. sig. (sur parch.). 1676.

2534. **ROCHEPOT** (Antoine de Silly, comte de *La*) gouverneur de l'Anjou, ambassadeur en Espagne.

Il avait prouvé de la valeur à la guerre, et ne montra pas assez de fermeté dans son ambassade, ayant souffert une insulte dont Henri IV exigea et obtint la réparation. (*L. de M.*).

L. sig., à M. le connétable. Abbeville, 25 janvier 1549. 1 p. in-fol.

ROCHEPOT (Antoine de Silly, comte de *La*), fils du précédent, lieutenant-général en Anjou. Trois quitt. sig. (sur parch.). 1581, 1585 et 1586.

2535. **RODE** (Pierre), violoniste célèbre, le meilleur élève de Viotti. N. 1775. M. 1830.

L. aut. sig., à M. Dauprat, à Paris. Bordeaux, 15 mai 1829. 1 p. pl. et demie in-4. Jolie lettre intime.

2235 *bis*. **ROEDERER** (Pierre-Louis, comte), conseiller au Parlement de Metz, constituant, sénateur, pair, membre de l'Institut. N. 1754. M. 1835.

1° Minute a. d'une lettre à *ses chers amis*... 1 p. in-4. Trois *portr.*

« Sur les causes naturelles et physiques du renchérissement d'une marchandise. »

2° L. aut. sig., à Madame Rœderer (sa fille). Le Melle, 20 mars 1823. 1 p. pl. in-8.

Il pense aussi que l'ouvrage de Las Cases n'est pas propre à faire des amis à l'empereur, ni à lui Las Cases. Les parents et les amis des hommes maltraités, ceux des hommes oubliés, ne lui feront pas de remerciements. « Et au fait « quand il nous répète cinquante fois que l'empereur savait qu'il faisait un « journal de ses faits et de ses dits à Sainte-Hélène, et qu'on les relisait en- « semble, il nous avertit que l'empereur était toujours en représentation « devant l'Europe entière ; il ne disait et ne faisait rien que ce qu'il voulait « faire répéter. Dès lors il est ridicule de nous donner ses discours comme ca- « ractéristiques ; de nous dire que c'est la nature prise sur le fait, etc., etc. »

2536. **ROETTIERS** (Joseph-Charles), Tailleur général des monnaies de France. M. 1703.

Quitt. sig. (sur parch.). 1696. Beau *portr.* de St-Aubin, in-4.

ROETTIERS (Georges), graveur de la monnaie de Paris. Quitt. sig. (sur parch.). Paris, 11 décembre 1703.

MONNERON (Augustin), député à l'Assemblée législative, directeur de la caisse des comptes courants, fabricateur de monnaies révolutionnaires, conjointement avec son frère Louis. M. 1801. L. aut. sig., à M. Le Besgue, 1792. Demi-p. in-4.

MONNERON (Janvier), frère du précédent. L. aut. sig., à Mme Le Besgue, à Paris. Au Port-Louis, île de France, 3 sept. 1792. 2 p. pl. in-4.

Lettre intéressante au sujet de la triste situation financière de ses frères. Il veut leur porter secours et les aider de tout ce qui lui appartiendra, lorsqu'il aura liquidé ses propres affaires, et payé d'abord ses créanciers personnels.

2537. **ROGER** (François, auteur dramatique, député, memb. de l'Académie française. N. 1776. M. 1842.

1° L. aut. sig., à M. le comte de Chabrol. 1 p. pl. in-4.

2° L. aut. sig., à M. de Saint-Julien. Demi-p. in-4.

3° L. aut. sig., à M. Jules Janin. 1 p. et demie in-8.

4° L. aut. sig., à M. Varcollier. 8 juin 1840. 3 p. in-4.

En faveur de M. Lescorné, statuaire, auteur d'*Andromède*...

5° Onze lett. et billets aut. et aut. sig., à M. Lucas de Montigny. Ensemble, 17 p. in-18, in-8 et in-4.

Relatives à l'ouvrage publié par M. Lucas de Montigny sur Mirabeau, observations piquantes sur divers passages de ces *Mémoires*...

6° Quarante-neuf lett. et billets aut., et aut. sig., au même. Ensemble, 50 p. in-18, in-8 et in-4.

7° Réponse de M. Roger, directeur de l'Académie française, au discours de M. le comte de Saint-Aulaire. 8 juillet 1841. Impr. 19 p. in-4, avec une ligne d'envoi aut. sig., à M. Lucas de Montigny.

2538. **ROGER** (François). *Le même.*

1° L. aut. sig., à M. Lucas de Montigny. Sans date. 4 gr. p. pl. in-4.

Observations sur ses *Mémoires* sur Mirabeau... Ce que Mirabeau conseille relativement aux instituteurs des princes n'est que de la déclamation et de la fausseté. « 1° Si le gouverneur était pris parmi les grands seigneurs, le précep- « teur et les sous-précepteurs ont presque toujours été choisis indépendam- « ment de leur naissance ; 2° les Montausier, les Beauvilliers, les Bossuet, les « Fénelon et tant d'autres, nommés directement par le roi, n'étaient pas, ce me « semble, de plats courtisans et ces choix là valaient bien, je crois, celui de ce « mouton enragé de Condorcet que voulut imposer à Louis XVI l'Assemblée « nationale ; 3° si nos assemblées avaient le droit de *présider*, c'est-à-dire de « constituer à leur gré l'*éducation* des princes et de les soustraire à l'autorité « paternelle, qui est-ce qui vaudrait être roi à ce prix? 4° Et, ce droit accordé, « qui oserait s'opposer, pour les particuliers, au monopole de l'éducation et de « l'enseignement, et ne verrions nous pas renaître la terrible institution de Léo- « nard Bourdon où les enfants parisiens étaient, malgré leur famille, élevés à « la spartiate, et façonnés au brigandage ?... » — Page 512. Sur sa traduction de Tibulle. ... — P. 527. *Les illégalités devenues impossibles, grâce à la ré- volution*, etc. « Que ne dites-vous vrai ! Mais par malheur, mon cher histo- « rien, cette prétendue conquête de la révolution, cette liberté civile, la plus « précieuse de toutes, n'existe en France depuis quarante ans que dans les « écrits qui l'ont proclamée, comme elle n'existait à Gênes que sur la porte « des prisons. » — P. 533 *Il demande qu'une destination, alors incertaine, comme « elle l'est aujourd'hui, soit donnée à l'église de la Madeleine*, etc. « S'il y avait « incertitude, quand Mirabeau a écrit celà, tant pis pour le gouvernement « d'alors. Mais grâce à Dieu et au bon sens public, il n'y en a plus aujourd'hui. « Changer des églises françaises en temples payens, c'est une idée anti-sociale; « c'est méconnaître tout ce que le christianisme a de favorable à la civilisa- « tion; c'est blesser à la fois la raison, les affections et les croyances natio- « nales qui tôt ou tard se font justice ; car combien la Madeleine a-t elle porté « de temps le titre de *Temple de la Gloire ?* Combien Sainte-Geneviève le nom « de Panthéon ? Combien y sont restés les grands hommes de 89 et de 93 ? « Combien y resteront les héros de Juillet? Bien hardi celui qui leur garan- « tirait leur immortalité pour un seul lustre ! Eh, puisque Sainte-Madeleine, « chassée de son logis, pour la deuxième fois, par le gouvernement provisoire « de Juillet, y a été réintégrée par un gouvernement régulier, qui ne parierait « qu'avant peu la bonne patronne de Paris, que Voltaire lui-même protégeait « de son admiration, rentrera dans l'édifice élevé par Soufflot ? Laissons donc, « mon cher ami, cette proposition de Mirabeau dans l'oubli et contentez-vous « de vanter tous les autres embellissements de Paris dont l'idée lui est due. »

2° L. aut. sig., R., au même. Sans date. 4 p. pl. in-4.

Observations sur le même ouvrage... Il n'est pas de l'avis de l'auteur sur l'abolition du Stathouderat, c'est-à-dire, sur l'établissement d'une république pure en Hollande... Quant au *sermon* (n° 2074 de ce catalogue), il y a certes du talent ; « mais, comme vous dites, mon cher ami, la deuxième partie ne vaut « pas la première. De plus, je trouve dans l'une et l'autre deux défauts, qui sem- « blent pourtant s'exclure, savoir de la sécheresse et de la déclamation. Assu- « rément Mirabeau croyait en Dieu ; il croyait à l'immortalité de l'âme. Mais il « me semble que la manière dont il en parle n'est pas naturelle dans la bouche « de l'orateur qu'il fait parler. L'auteur *secret* se montre sans cesse et ce n'est « pas seulement l'*auteur;* c'est l'homme. C'est Mirabeau : ce n'est presque ja- « mais le ministre. On dirait que Mirabeau, au lieu de se faire payer de son « travail, a payé lui même l'occasion d'exprimer par la bouche d'autrui toutes « ses haines, toutes ses vengeances personnelles. C'est ainsi que dans les co- « médies de Voltaire, ce grand homme, loin de s'oublier pour laisser parler « les personnages, comme ont fait Molière et tous nos maîtres, a mis sans cesse « dans leur bouche les préjugés, les petites passions de Voltaire. Voilà pour- « quoi aussi le sermon de Mirabeau manque d'onction. L'un ne nous fait pas « rire et l'autre ne nous touche point, parce que tous deux ont manqué de « *naturel*, cette première loi de tout ouvrage dramatique ou oratoire, destiné à « émouvoir les hommes rassemblés, etc., etc. »

2539. **ROGERS** (Samuel), poëte et banquier. N. 1750. M. 185..

L. aut. sig. (en anglais), à M... Vendredi... 1 p. et quart in-8.

2540. **ROHAN** (Famille de). Quinze pièces. Deux *portraits.*

ROHAN (Louis de), prince de Guéméné, créé par Henri III duc de Montbazon et pair. Sa signature, à la fin d'un acte (sur parch. 2 p. in-fol.). 1533. — ROHAN (Pierre de), prince de Guéméné, comte de

Montauban, sénéchal d'Anjou. 1° Quitt. sig. (sur parch.). 1619. — 2° Acte notarié sig. 1509. 1 p. in-fol. — ROHAN (Louis VII de), prince de Guéméné, comte de Rochefort et de Montauban, marquis de Marigny, gouverneur de l'Ile-de-France. Quitt. sig. (sur parch.). 1648. Beau *portr.* de Moncornet, in-4. — ROHAN (Alexandre de), marquis de Marigny. Acte notarié, deux fois sig. 1615. 3 p. in-fol. — ROHAN (Charles de), prince de Guéméné, duc de Montbazon, pair de France. Quitt. sig. (sur parch.), signée aussi par Charlotte-Elisabeth de Cochefillet de Vaucelles, sa femme. 1699. — ROHAN (François de), prince de Soubise, duc de Frontenay, lieutenant-général, gouverneur de Champagne et de Brie. N. 1630. M. 1711. Avis de conseil de famille, acte notarié, signé par lui et par Armand Gaston de Rohan, évêque et prince de Strasbourg; Léon de Montmorency; Béthune Charrost, etc. 1611. 3 p. in-fol. — ROHAN-CHABOT (Louis de), duc de Rohan, prince de Léon, comte de Porhouet, etc., pair de France, fils de Henri de Chabot et de Marguerite de Rohan. M. 1652. Sa sig. et une ligne aut. au bas d'une nomination de lieutenant civil (parch.). 1691. — ROHAN (Hercule-Mériadec, prince de), prince de Maubuisson, lieutenant-général, gouverneur de Champagne et de Brie. Certificat militaire sig. 1712. 1 p. in-fol. — ROHAN (Armand-Gaston de), cardinal, évêque de Strasbourg. N. 1674. M. 1749. L. sig., à M. Hérault. Saverne, 4 août 1727. 2 p. et demie in-4. Il intercède en faveur du s[r] Osmond, qui a imprimé des brochures sans permission. — ROHAN (de), grand-maître de l'ordre de Malte. L. sig., au vénérable ambassadeur... 1780. 1 p. pl. grand in-fol. Au sujet de deux négociants maltais, dont le navire a été arrêté à Calvi. — ROHAN (Louis-René-Edouard, prince de), cardinal, évêque de Strasbourg, etc. N. 1734. M. 1803. L. sig. Paris, 15 juin 1784. 3 p. in-fol. *Portr.* de Voyé le jeune, in-4. — ROHAN (Fr. de), premier aumônier de l'Empereur. L. aut. sig. 1813. 1 p. in-4. — ROHAN-SOUBISE (le duc de), duc de Ventadour. L. aut. sig., au rédacteur de la *Quotidienne*. Paris, 3 juillet. 3 p. pl. in-8. Cachet de deuil. — ROHAN (Marguerite de), femme de Charles, marquis d'Espinay. Acte notarié, deux fois sig. *Marguerite de Rohan*, sig. aussi par Henri de Schonberg. 1609. 7 p. in-fol. Très-beau lot.

2541. **ROHAN** (Henri, duc de), prince de Léon, comte de Porhouet, etc., pair de France, chef des protestants sous Louis XIII. N. 1579. M. 1638.

1° Quitt. sig. (sur parch.). 1635. Deux *portr.*

2° Pièce aut., avec des ratures et des corrections, 2 p. in-4.

Notes secrètes, relatives à la *créance* que lui avait apportée l'*homme de* « *Clauzel*, qui était allé le chercher *aux Grisons* et qui rebroussa chemin jus- « qu'à Sédan. Cette *créance* était « qu'on faisoit une ligue pour attaquer la « France, que M. de Guise entreroit en Provence, M. de Savoye en Dauphiné; « qu'on espéroit que M. d'Epernon pourroit remuer en Guyenne, etc., etc. »

3° Sa signature au bas d'un marché notarié pour fourniture de comestibles, viandes de boucherie, volaille en plumes et prête, poissons d'eau douce et de mer, etc., avec les prix. 1634. 12 gr. p. in-fol. Curieux détails.

ROHAN (Catherine de Parthenay, dame de), mère du précédent). Deux actes notariés, sig. par elle et par son fils. 1602 et 1632. 5 p. in-fol.

ROHAN (Marguerite, duchesse de), princesse de Léon, fille de Henri de Rohan : elle transmit son titre et sa fortune à Henri de Chabot de Saint-Aulaye, son époux. N. 1617. M. 1684. Quitt. de deux lig. aut. sig. (sur parch.). 1667. Notice de M. *L. de M.*

2542. **ROLAND DE LA PLATIERE** (Jean-Marie), ministre de l'intérieur. Né en 1734. Suicidé en 1793.

1° Certificat aut. sig., comme inspecteur des manufactures de Picardie, par lequel il déclare que la largeur la plus ordinaire des prunelles en soie, après la teinture, est celle de 16 pouces, largeur qui n'a rien de contraire, ni aux anciens, ni aux nouveaux réglements, etc. Amiens, 18 juin 1781. 1 p. in-4, suivie d'une attestation sig. du maire et du lieutenant du maire de la ville d'Amiens. Cachet de la ville.

2° L. aut. sig., comme ministre de l'intérieur, au conseil général de la commune de Paris. Paris, 3 novembre de l'an Ier de la République française. Deux tiers de p. in-fol.

Il ne peut que louer leur zèle, et les exhorter à la plus grande surveillance. « Je n'entends parler que de conspirations, de projets de meurtres et d'assas- « sinats; mais je dois croire que vos soins préviendront tous les malheurs, et « que les Parisiens, dont la sureté et le repos sont commis à votre garde, con- « serveront aux yeux de la France et des nations, cette renommée de bravoure « et de sagesse qui les a distingués en tant de circonstances. »

3° Rapport du ministre de l'intérieur à l'Assemblée nationale, sur les précautions prises relativement aux événements du 20 juin. Impr. 8 p. in-4. Trois *portr.*, dont celui de Nicolas Colibert. in-fol. Notice de M. *L. de M.*

2543. **ROLAND** (Manon-Jeanne Phlipon, dame), femme du précédent. Née en 1754. Mise à mort en 1793.

L. aut. sig., à M... 8 septembre an IV, 1 p. pl. in-8. Six *portr.* Notice de M. *L. de M.*

2544. **ROLAND** (Philippe-Laurent), gendre de l'architecte Potain, et beau-père de M. Lucas de Montigny, statuaire, membre de l'Institut. N. 1746. M. 1816.

1° Deux lett. aut. sig., à M. Lucas de Montigny ; reconnaissance aut. sig., an XII, sig. aussi par Thérèse-Françoise Potain, sa femme; quatre quitt. aut. sig.,1791-1792; réclamation aut. sig. (à la 3e personne); sept minutes aut. de lettres, notes, etc. Ensemble, 46 p. in-18, in-8, in-4, et in-fol.

2° Huit calques et dessins.

3° Neuf pièces, brochures, discours, etc. Impr. in-4.

2545. **ROLLIN** (l'abbé Charles), historien, professeur d'éloquence, etc., auteur du *Traité des études*. 1661-1741.

Quitt. sig. (sur parch.). 4 janvier 1704. Trois *portr.*

2546. **RONDELET** (Jean-Baptiste), architecte, membre de l'Institut. N. 1758. M. 1834.

L. aut. sig., comme architecte et inspecteur des travaux de la nouvelle église de Sainte-Geneviève, à Messieurs les membres de l'Académie royale des sciences et belles-lettres de Lyon. 4 p. in-4, 4 *portr.* Intéressante.

Il ne saurait leur exprimer combien il est sensible à l'honneur qu'ils viennent de lui faire, et combien il est glorieux d'avoir pu mériter leurs suffrages. La satisfaction qu'il éprouve est d'autant plus grande que le lieu de son triomphe est sa patrie. Le seul moyen qu'il a pour leur témoigner dignement sa reconnaissance est de redoubler ses efforts pour mériter l'estime dont ils veulent bien l'honorer. Il espère qu'ils voudront bien lui permettre de leur adresser successivement plusieurs autres mémoires sur la construction des édifices antiques et modernes qui forment ensemble un ouvrage qu'il doit publier incessamment... Analyse de ces mémoires...

2547. **RONSIN** (Charles-Philippe), auteur dramatique, général de la république, commandant en Vendée, ministre de la guerre. Né en 1752. Mis à mort en 1794.

1° L. sig., au citoyen Jourdeuil. Paris, 13 ventôse an II. 1 p. in-fol. Tête impr., vignette. Notice de M. *L. de M.*

2° Certificat sig., suivi d'un *bon pour continuer son service*, etc., sig. par le *Chr de Caussidière, major-général*. 24 juillet 1788. Petit billet in-8 en travers. Cachet armorié.

3° Bon sig. pour un chapeau. 12 août 1789. Petite page in-18.

Rossignol (Jean-Antoine), général en chef en Vendée, compromis dans la conspiration de Babeuf, etc. N. 1759. M. 1802. L. sig., au général en chef de l'armée des côtes de Cherbourg. Port-Malo, 5 germinal, an II. 1 p. in-4. Tête impr., vignette. Notice de M. *L. de M.*

2548. **ROQUELAURE** (Antoine de), sénéchal de Rouergue, maréchal de France. N. 1543. M. 1625.

Il étoit dans la voiture de Henri IV quand ce grand roi fut assassiné. Cet homme spirituel et bienveillant étoit aussi brave et dévoué. — Au combat de Fontaine-Française, où Henri IV s'exposa témérairement avec 150 chevaux contre dix escadrons, voyant quelques-uns des siens fuir, il commanda à Roquelaure de courir après eux et de les ramener. — « Votre Majesté m'excusera, » répondit le lieutenant fidèle et courageux, « on me croiroit fuyard comme eux; « je combattrai à vos côtés, comme j'ai toujours fait, et nous vaincrons ou pé-« rirons ensemble. »

Quitt. sig. (sur parch.). Dernier décembre 1607.

Roquelaure (Jean-Baptiste-Gaston de Biran, marquis, puis duc de), maître de la garde-robe du roi, lieutenant-général, gouverneur du Languedoc, etc. N. 1617. M. 1683. Quitt. sig. (sur parch.). 1647. Notice de M. *L. de M.*

Roquelaure (Antoine-Gaston-Jean-Baptiste de Biran, duc de), fils du précédent, pacificateur des Cévennes. N. 1656. M. 1738. Quitt. aut. sig. (sur parch.). Paris, 15 février 1683.

Roquelaure (Bernardin de Bossuéjouls, s[r] de). Acte notarié sig. 1620. 4 p. in-fol.

Roquelaure (de), capitaine des grenadiers de Tallard. Congé militaire aut. sig., signé aussi par le maréchal de Tallard. Au camp des lignes de Vissembourg, le 1er juin 1710. 1 p. pl. in-4 en travers.

2549. **ROQUELAURE** (Jean-Armand de Bossuéjouls de), évêque de Senlis, archevêque de Malines, membre de l'Académie française. N. 1721. M. 1818.

L. aut. sig., à M... 30 octobre 1792. 3 p. pl. et demie in-4.

Lettre curieuse au sujet de la vente de ses chevaux qu'il ne pouvait plus nourrir, de la saisie de ses meubles et effets, comme étant accusé d'émigration, etc., etc. Il lui envoie des certificats de résidence tels qu'on les lui a expédiés où il est... « Nous étions à Paris le 14 du mois dernier et nous avons com-« parûs tous deux ce même jour à la section pour prêter notre serment comme « il est aisé de le justifier par les registres (nos sermens ont été enregistrés, « n°s 771 et 772), donc nous ne sommes pas émigrés... »

2550. **ROQUETTE** (Henri-Emmanuel de), abbé de St-Gildas, membre de l'Académie française. M. 1725.

1° Quitt. sig. (sur parch.). 30 janvier 1710.

2° *Discours sur la vanité des grandeurs humaines...* Manuscrit aut. 11 p. pl. et demie in-fol.

Neveu de l'évêque d'Autun, Gabriel de Roquette, prélat fort peu édifiant et qui achetoit ses sermons au dire de Boileau, et dont Mme de Sévigné s'est moqué amèrement. Le neveu, qui valoit beaucoup mieux à tous égards, composoit, ou du moins copioit ses œuvres, témoin le Ms. ci-joint. (*L. de M.*)

2551. **ROSANBO** (Le Peletier de), président au Parlement de Paris, gendre de Malesherbes. Mis à mort en 1794.

Il précéda de quelques jours, à l'échafaud révolutionnaire, son beau-père, l'héroïque et vertueux Malesherbes, dont il étoit tendrement aimé, et qui, sans songer à ses propres périls, avoit laborieusement fait un mémoire pour la défense et la justification de Rosanbo. La femme de celui-ci, ainsi que leur fille aînée et son mari, le comte de Châteaubriant, furent suppliciés devant et avant Malesherbes. (*L. de M.*)

L. aut. sig., à M... Paris, 14 sept. 1789. 1 p. pl. in-4.

Au sujet du mauvais pain, résultat d'une détestable cuisson, qui avait été délivré aux prisonniers de la Conciergerie. Il sait très-bien quelle est la gêne qu'on éprouve dans ce moment pour l'approvisionnement des grains et farines...

2552. **ROSE** (Toussaint), président de la chambre des comptes, secrétaire de Louis XIV, membre de l'Académie française. N. 1611. M. 1701.

Quitt. notariée, sig., signée aussi par Aubéry de Vatan, etc,, de sommes dues à ses petits-enfants, dont il est tuteur. 1692. 4 p. in-fol. Notice de M. *L. de M.*

2553. **ROSSI** (l'abbé Jean-Baptiste), orientaliste, ou plutôt philologue universel. N. 1742. M. 1831.

L. aut. sig. (en italien), à l'avocat Vernazza, à Turin. Parme, 7 février 1774. 1 p. pl. in-4. Intéressante.

Rossi (Pellegrino, comte), économiste, publiciste, pair de France, ambassadeur, ministre de Pie IX. Assassiné en 1849. L. aut. sig., à M. Reboul, secrétaire de la faculté de droit. Dimanche, 1843. 1 p. in-8.

2554. **ROSSINI** (Joachim), compositeur. Né à Pesaro en 1792.

1° L. aut. sig., à M... 18 septembre 1836. 2 p. pl. in-4.

Remerciements pour le soin qu'il a pris de monter l'opéra d'*Ivanhoë*. Il le prie de faire agréer ses compliments et ses remerciements à M. Crémont et à son excellent orchestre qui s'est vraiment surpassé dans cette circonstance...

2° Deux pages aut. de musique, extraites du *Comte Ory*. Trois *portr.* Deux *charges* et notice biographique.

2555. **ROSTAING** (Tristan, marquis de), baron de Brou et de La Guerche, maréchal de France. N. 1513. M. 1591.

...Gouverneur de Melun, et comme tel, deux fois assiégé par les Ligueurs. Il sauva la vie à Charles d'Orléans, 3e fils de François Ier, prince étourdi et aventureux, qui étoit allé témérairement et sans forces suffisantes, attaquer des malfaiteurs près d'Amboise. — Il fut confident de Catherine de Médicis, et plusieurs fois employé dans les négociations... (*L. de M.*)

Deux quitt. sig. (sur parch.). 1563 et 1588. *Portr.* gr. in-fol.

Rostaing (Charles, marquis de), baron de Brou et de La Guerche, gentilhomme de la chambre du roi. N. 1573. M. 1660. Acte notarié sig., sig. aussi par Jacques Amelot. 1601. 2 p. in-fol. *Portr.*

Rostaing (Just-Antoine-Henri-Marie-Germain, marquis de), lieutenant-général, député aux Etats-Généraux. N. 1740. M. 1826.

1° L. aut. sig., à Mgr... Mondésir, à l'île de France. 13 octobre 1772. 3 gr. p. in-fol.

2° Quatre lett. sig., au même. Mondésir, à l'île de France, 1772. Ensemble, 14 gr. p. in-fol.

Ces cinq lettres sont rognées à la marge extérieure (jusques et y compris la fin de toutes les lignes) elles sont relatives aux créanciers du fameux Dupleix, et aux affaires de la colonie.

2556. **ROTHELIN** (Philippe de Hochberg, marquis de), comte de Neufchâtel et Valengin, maréchal de Bourgogne, grand chambellan de France.

Quitt. sig. (sur parch.). 8 avril 1481.

Rothelin (Catherine-Henriette de Loménie, marquise de), femme de Henri d'Orléans-Rothelin. M. 1667. Trois quitt. aut. sig. 1656-1657 et 1658.

Rothelin (Henri d'Orléans, marquis de), fils de la précédente, premier enseigne des gendarmes du roi. Obligation notariée sig., par lui et par sa femme, Gabrielle-Eléonore Bénac de Montault de Navailles. 1689. 2 p. in-fol.

Rothelin (Philippe d'Orléans, marquis de), comte de Moussy, fils aîné du précédent. 1° L. aut. sig., au marquis de Béthune. 2 p. in-4. — 2° Supplique au Parlement, sig. 1706.

Rothelin (Charlotte de Biencourt, comtesse de), femme de François d'Orléans Rothelin, 3e fils de Catherine-Henriette de Loménie. Requête sig. 1719. 2 p. in-4.

Rothelin (Alexandre d'Orléans, marquis de), frère de François.

1° L. aut. sig., à M... 2 p. in-8. — 2° Cinq pièces et arbres généalogiques, tant manuscrits qu'imprimés. 16 p. in-fol.

Rothelin (Jeanne-Catherine-Henriette d'Orléans), femme de François-Maximilien, marquis de Béthune. Acte notarié, deux fois sig. 1683. 2 p. et demie in-fol.

2557. **ROUCHER** (Jean-Antoine), poëte, auteur du poëme des *Mois*, etc. Né en 1745. Mis à mort en 1794.

1° L. aut., à sa fille (Marie-Eulalie-Charlotte-Elisabeth, depuis Madame Guillois). Ce vendredi, 21 mai 1790. 1 p. et demie in-4. Les deux pages qui suivent sont remplies d'une lettre aut. de Mme Roucher, à la même. *Portr.*

... Elle mène donc à Montfort chère et joyeuse vie ! Toujours des courses, des déjeuners ! « qu'ils sont heureux ces gens de province ! à Paris, nous n'a- « vons pas le temps de nous amuser. Toujours occupés de la grande affaire, « passant sans cesse d'une émotion à une autre, jamais on n'a vieilli plus rapi- « dement. Il est très-vrai qu'on n'a pas le temps de goûter la vie. Les journées « s'entassent et s'empilent les unes sur les autres avec une vitesse qui tient de « la magie... et pour nos travaux, comment les menons-nous ! Cet italien, « cet anglais, y fesons-nous des progres ? Je t'en prie; en même tems que « tu employes le tems à te donner de la santé, ne le néglige pas à te donner « des connoissances qu'il faut acquérir. Tu sais bien quelles sont nos vues « quand je t'occupe ainsi. Vois dans l'avenir, ma chère Minette, et songe que « si je n'y étois plus, ton éducation te feroit une ressource utile et honorable. « Ne perds jamais de vue cette pensée; qu'elle te défende de l'inapplication « quand la paresse viendra pour te saisir au collet. Laisse dire les sots ou les « envieux, lorsqu'ils blâment l'instruction, la science, et l'amour de l'étude. « Tu dois prendre pitié de leurs dires et aller toujours vers ton but... »

Guillois (Madame), née Roucher, fille du précédent. Deux lett. aut. sig.: *Roucher Guillois*, à M. Lucas de Montigny. 1830 et 1833. 2 p. in-8.

2558. **ROUELLE** (Guill.-François), botaniste, chimiste, membre de l'Académie des sciences. N. 1703. M. 1770.

L. aut. sig., à M. Graslin. 16 décembre 1746. 1 p. in-4. Beau *portr.* de Cathelin, in-4.

2559. **ROUGEMONT** (Michel-Nicolas Balisson de), chansonnier, auteur dramatique. N. 1781. M. 1840.

1° *Le choix de Minette*, chansonnette de 5 couplets aut. sig. 1812. 2 p. et demie in-4.

2° L. aut. sig., au général comte Dessoles. 1815. 1 p. in-fol.

Hommage d'un exemplaire de sa pièce intitulée : *Le souper de Henri IV*, et demande d'une sous-lieutenance dans la garde nationale.

2560. **ROUGET DE LISLE** (Joseph), auteur des paroles et de la musique de *la Marseillaise*. N. 1760. M. 1836.

1° L. aut. sig., au colonel... 3 nov. 1825. 1 p. in-8.

2° *La Marseillaise*, paroles et musique, gravée avec son *portr.* in-fol.

2561. **ROUSSEAU** (Jean-Jacques). N. 1712. M. 1778.

L. aut. sig., à M. De Luc père, à Genève. Motiers, 26 novembre 1762. 2 gr. p. pl. in-4. Très-belle lettre. Fac-simile gravé d'une lett. aut. sig. du 9 oct. 1751. 1 p. in-4. — Notice de M. Sainte-Beuve. (Deux numéros du *Constitutionnel*.) — De J.-J. Rousseau. Extrait du *Journal de Paris*, des nos 251, 256, 258, 260 et 261 (par Corancez). Impr. 75 p. in-8.

Il s'est trouvé, lui a-t-il dit, quatre cents citoyens et bourgeois qui ont paru mécontents de ce qui s'est passé ; il s'en est donc trouvé cinq ou six cents autres qui en ont été contents. Que veut-il qu'il aille faire parmi ces gens-là?... Il n'a point de démarche à faire auprès de M. de Montmolin, et il ne voit pas pourquoi on lui demanderait compte de ce qu'il ne l'a pas excommunié. « On « mêle ici des discussions dont il ne s'agit point, et on laisse à quartier celles « dont il s'agit. Que je sois orthodoxe, juif, turc, payen, athée ; la question est « de savoir si l'on a violé les lois envers un citoyen. Après cela, une autre « question est de savoir qui cette violation intéresse maintenant le plus, ou « moi qui sûrement n'habiterai jamais à Genève, ou les Genevois qu'une telle

« jurisprudence devroit faire trembler pour eux-mêmes. Je vois, cependant, « qu'ils ne s'en soucient point du tout ; à la bonne heure ; c'est leur affaire ; « pour moi je vous jure que je m'en soucie encore moins... J'aimerai toujours « mes compatriotes. Je sens vivement dans mes malheurs l'atteinte qui a été « portée à leurs droits et à leur libeité ; s'ils avoient vû le tort que leur fait « celui que j'ai receu, et combien ils ont d'intérêt qu'il soit réparé, j'aurois agi « de concert avec eux en cette affaire autant que l'honneur d'un homme ou- « tragé l'eut permis : mais de prétendre que l'offensé se présente en suppliant, « que j'aille comme un enfant leur dire mon catechisme et me soumettre à leur « ridicule inquisition, c'est en vérité, ce que je ne veux pas faire... »

2562. **ROUSSEAU** (Jean-Jacques). *Le même.*

1° Billet de quatre lignes aut. sig., à Mme veuve Duchesne. 16 mai 1768. In-8 en travers.

2° Douze pages de musique. *La Violette. Ariette par M. Légat de Furcy.* Copie faite par J.-J. Rousseau (paroles et musique), le 12 octobre 1772.

2563. **ROUSSEAU** (J.-J.). *Le même.*

Treize *portr.* in-18, in-8, in-4 et in-fol. (dont celui de J.-E. Nochez), et deux gravures représentant l'*Ile des peupliers*, et un *Ancien château près Genève.*

2564. **ROUSSEAU** (Pierre), journaliste (*Journal encyclopédique*), auteur dramatique. N. 1725. M. 1785.

L. aut. sig., à M... Bouillon, 15 août 1772. 4 p. pl. in-4.

Lettre curieuse sur les empêchements apportés à la distribution de ses journaux dans plusieurs provinces par le mauvais service de l'administration des postes, etc.

2565. **ROUSSEAU** (Pierre), architecte du roi.

Sept lett. aut. sig., à M. Lucas de Montigny. Clermont, 1814 à 1828. Ensemble, 22 p. in-8 et in-4. — Vue de l'Hôtel de Salm, devenu le *Palais de la Légion-d'Honneur*, bâti par lui.

Correspondance intéressante. Il l'entretient d'un projet de *Place des Bourbons.* Cette place serait exécutée au moyen d'une cotisation de 20 sous par 6,000,000 de Français Détails curieux sur ce projet.

La Place des Bourbons occupera une partie de l'ancien emplacement de la Madeleine et s'étendra jusqu'à la rue Saint-Honoré... La décoration de la Place, entièrement isolée, se compose de 560 colonnes d'ordre corinthien, de 36 pieds de proportion, formant des galeries et vingt-huit arcs de triomphe de 24 pieds d'ouverture et 48 de hauteur.— L'acrotère qui surmontera les colonnes dans la hauteur des arcs, sera décoré de bas-reliefs, de figures allégoriques, représentant les villes des chefs-lieux des départements ou des provinces.—Huit fontaines et des trophées de proportion colossale décoreront les angles extérieurs des galeries et représenteront les principales rivières de la France... Le centre de la Place sera occupé par un groupe d'une grande proportion dédié aux Puissances alliées, et consacrera le rétablissement de la dynastie des Bourbons sur le trône de France. Les statues des rois de la maison de Bourbon seront successivement érigées sur cette place, etc., etc.

2566. **ROUSSIN** (le baron), amiral, ministre de la marine, membre de l'Académie des sciences.

Trois lett. aut. sig., à MM. de Jussieu, Jules Janin et Michelin. 1841 et 1845. Ensemble, 5 p. in-8. *Portr.*

Roy (Antoine, comte), ministre des finances. N. 1764. M. 1847. Deux lett. aut. sig. An X et 1815. 4 p. in-4. *Portr.*

Rovigo (Savary, duc de), journaliste. 1° Article aut. sig. *R.*, envoyé à la *Quotidienne.* 1840. 2 p. in-8. Enveloppe aut. Relative à M. D... qui réclame les armes et les titres de la famille S. — 2° Billet aut. sig. (à la 3e personne), à M. le rédacteur de la *Quotidienne.* 1841. Avec enveloppe et cachet.

2567. **ROUVIERE** (Audin), médecin, auteur de *La Médecine sans Médecin*, membre fondateur de l'Athénée royal.

L. a. s., au marquis d'Herbouville. 15 février 1816. 2 p. in-4. *Portr.*

Roux, médecin, chirurgien en chef de l'Hôpital de la Charité. Deux certificats médicaux aut. sig. 1828-1830. 2 p. in-4.

2568. **ROUX-LABORIE** (Antoine-Athanase), publiciste, secrétaire du gouvernement provisoire de 1814, député, etc. N. 1767. M. 1842.

1° Deux lett. a. s., à divers. 1814 et 1816. 4 p. et demie in-8 et in-4.

2° Trente-neuf lett. et billet aut. et aut. sig., à M. Lucas de Montigny, et une lett. sig. 1814 à 1838. Ensemble, 42 p. in-18, in-8 et in-4.

3° *Précis de la négociation entamée avec l'Espagne*. An III. Aut., 11 pages et demie in-fol.

2569. **ROVERE** (Joseph-Stanislas), se disant marquis de Fonvielle, député des Bouches-du-Rhône à la Convention. Né en 1748. Déporté et mort à Sinamari en 1798.

L. aut. sig., au citoyen Des Combes, à Nîmes. Paris, 14 messidor an IV. 2 gr. p. pl. et demie in-4.

Si tous les départements et la grande commune suivaient leur exemple (du Gard) ils seraient parfaitement heureux. Ils sont les plus sages de la république quoique entourés de fous et de méchants. « Je ne peux dire que les « choses soient dans un état aussi heureux à Paris. Nous sommes travaillés de « toutes les manières. Royalistes de Blankenbourg, royalistes d'Orléans, tous « dangereux, anarchistes jacobins, anarchistes cordeliers. Intrigants de toutes « les tailles, de toutes les couleurs. Démoralisation générale. Voilà en quel- « ques mots le tableau de la Cour du Luxembourg, des deux conseils de la ville « et de la banlieue. Pénurie dans les finances, agiotage abominable, voilà le « surcroît des maux auxquels nous sommes en proie. Tu me demandes ma fa- « çon de penser, mon cher ami, elle est parfaitement conforme à la tienne, ni « royalistes, ni anarchistes. Des amis de la constitution de l'an III, des hommes « qui veuillent le bonheur de la République et non exclusivement le leur en « parlant sans cesse du peuple, de la liberté, de l'égalité, etc., etc., choses « excellentes en elles-mêmes, dont les charlatans politiques se servent conti- « nuellement pour faire des dupes. Comment sortirons-nous de cet imbroglio « inextricable? » Factions qui ont fait le plus de mal dans cette infinissable révolution ; celle d'Orléans a préparé la Révolution et l'a maintenue jusques à présent où elle agit avec plus d'astuce que jamais... « On parle beaucoup « d'assassinats. Il paroît que les deux partis désignent leurs victimes. Les amis « de l'ordre et de la paix sont inscrits sur les tableaux de mort de deux partis. « Tu dois imaginer combien je suis recommandé, et combien ma vie est en « danger... »

2570. **ROYER-COLLARD** (Pierre-Paul), avocat, député, membre de l'Académie française. N. 1765. M. 1845.

1° L. aut. sig., à M... 2 sept. 1816. 1 p. et demie in-4.

2° Brevet d'instituteur primaire sig., sig. aussi par Cuvier. 1818. Trois *portr.*, deux *caricatures* et discours de réception de M. de Rémusat à l'Académie française. (Feuilleton de la *Presse*. 1847).

Royer-Collard (Hippolyte), médecin. N. 1803. M. 1850. Deux lett. aut. sig., à MM. de Jussieu et Jules Janin. 1835 et 1842. 6 p. in-8.

2571. **ROYOU-FRERON** (Thomas-Marie), journaliste, associé de Fréron. N. 1741. M. 1792.

Quitt. aut. sig. Paris, 13 avril 1791. 1 p. in-18.

Royer (Alphonse), littérateur. L. aut. sig., à M. Lucas de Montigny. Paris, 5 juin 1833. 2 p. in-4.

Roqueplan (Nestor), journaliste, directeur des Variétés. Trois lett. aut. sig., à divers. 4 p. in-8 et in-4.

2572. **ROZIER** (l'abbé Charles), savant agronome. Né à Lyon en 1734. Tué par une bombe lors du siége de Lyon en 1793.

L. aut. sig., à l'abbé Baudeau. Paris, 14 juillet 1778. 1 gr. p. pl. in-4. *Portr.* de Tardieu l'aîné, in-4.

2573. ROZIERS (Claude de), ou *Desrousiers.*

Acte d'émancipation. 1334. Pièce sur parchemin. Grand in-fol.

ROZIERS (François des), sr de La Motte Chrounat, etc. Testament (Expédition de son). 1608. Parch. 3 p. in-fol.

RUCELLAI (Horace). Quitt. sig. (en italien). Florence, 22 juin 1590. Demi-p. in-fol.

2574. RUFFIN (Pierre-Jean-Marie), diplomate, membre associé de l'Institut. N. 1740. M. 1824.

Fils d'un Français, premier drogman du consulat de Salonique, né dans cette ville le 17 août 1740, conseiller interprète du roi et conseiller de l'ambassade de France à Constantinople. Célèbre en Orient par les services qu'il y a rendus pendant soixante-huit ans, par sa détention aux Sept-Tours en 1798, par la part importante qu'il prit à la défense du Bosphore avec le général Sébastiani contre les Anglais en 1807, etc., etc. Surnommé l'Aristide et le Nestor de l'Orient. Mort à Constantinople le 19 janvier 1824.

L. aut. sig., au citoyen Siéyès, président de l'Institut national. Constantinople, 1er thermidor an IV. 1 gr. p. et demie in-fol.

Au sujet de sa nomination comme membre associé de l'Institut.

2575. RUHL (Philippe-Jacques), recteur, député du Bas-Rhin à l'Assemblée législative et à la Convention. Mort en 1795, de sa propre main, pour éviter l'échafaud.

Ce fut lui qui brisa la Sainte-Ampoule à Reims.

L. aut. sig., au député Lacuée. Paris, 16 sept. 1792. Demi-p. in-4.

2576. RUINART (Thierry), bénédictin, collaborateur de Mabillon. N. 1657. M. 1709.

Certificat sig., signé aussi par Mabillon, et entièrement aut. et sig. par Etienne Baluze. Paris, 6 novembre 1700. Trois quarts de page, très-grand in-fol.

Au sujet de l'authenticité des titres de la maison de la Tour d'Auvergne. Curieux détails.

2577. RULHIERE (Claude-Carloman de), historien, membre de l'Académie française. M. 1735. M. 1791.

1° L. aut., à M... Paris. 28 juin 1769. 3 p. in-4. *Portr.*

Nouvelles et affaires diverses... « Je vous parlais de la guerre des mers et « des Russes. Les Russes ont déjà perdu une grande bataille sous les murs de « Choczim contre un des Achmet de l'armée turque. Il y a à croire que le roi « de Pologne sera détrôné... La Russie n'a pas encore trouvé un allié en Europe. Les Anglais négocient à Constantinople pour leur obtenir la paix, mais « leur négociation est jusqu'à présent sans succès. On ne sait ce que veut le « petit roi de Danemark... »

2° L. aut. sig., a Mme... De la Chaussée, ce dimanche, 1 p. in-4.

2578. RULHIERE (de), frère du précédent, commandant de l'ancien guet de Paris, colonel de la gendarmerie nationale à cheval. Il fut le premier massacré à la prison de l'Abbaye, le 2 septembre 1792.

« Billaud Varenne parloit monté sur les marches de l'escalier, lorsqu'un « nommé Rulhière, prisonnier de l'Abbaye, déjà percé de plusieurs coups de « piques, couroit nu dans la cour, tombant, se relevant; je l'ai vu faire encore « quelques pas chancelans, et lutter pendant plus de dix minutes contre la « mort qui l'atteignit enfin. (Extrait d'une brochure intitulée : *La vérité toute « entière sur les vrais auteurs de la journée du 2 septembre...* » Apres ce passage l'auteur cite l'allocution que prononçoit Billaud de Varenne pendant le massacre : « Respectables citoyens, vous venez d'égorger des scélérats, vous avez « sauvé la patrie, la France entière vous doit une reconnoissance éternelle, « etc. » Et quelques jours apres, les Parisiens nommoient Billaud de Varenne député de la Convention ! (*L. de M.*)

1° Ordre aut. sig., à M. Baude, lieutenant de cavalerie, de se rendre aux arrêts à la prison de l'Abbaye. 24 janvier 1792. Demi-p. in-4. Tête impr. Vignette.

2° Ordre de mise en liberté du même. 28 janvier 1792. 1 p. in-8.

2579. **RUPHY,** auteur d'un dictionnaire français-arabe.

1° L. aut. sig., au ministre de l'intérieur. Paris, 16 germinal an X. 1 p. et demie in-fol.

Demande de sursis pour payer les frais de l'impression de son Dictionnaire (à l'imprimerie nationale).

2° Minute aut. d'une lettre pour le préfet de la Seine au citoyen Cambacérès, consul de la République. 3 p. pl. et demie in-fol.

Au sujet du festin que le premier consul a bien voulu permettre à la Commune de Paris de lui offrir à l'occasion de la paix générale... Mais la maison de la Préfecture, seule maison vraiment municipale, la seule par conséquent dans laquelle la ville de Paris puisse recevoir, n'est nullement disposée pour se prêter, sans le secours et les suppléments de l'art, à une fête de la nature de celle-ci. Il n'y a pas une seule pièce, salon, galerie ou autre propre à contenir plus de 35 couverts, et encore ces pièces sont-elles tellement détachées les unes des autres que les tables dont on pourrait les meubler deviendraient absolument étrangères entre elles, etc., etc.

2580. **RUTXHIEL,** sculpteur, statuaire. M. 1837.

Deux lett. aut. sig., à M. Haureau. 1820. 2 p. in-8.

2581. **RUVIGNY** (Daniel Massy, ou Massie, s^r de), lieutenant-général en la Bastille de Paris.

Deux quitt. sig. (sur parch.); une de 1,200 livres dont S. M. lui a fait don en considération de ses services, et pour lui donner plus de moyens de les continuer à l'avenir. 1606 et 1610.

2582. **RUZÉ** (Martin), sieur de Beaulieu, Chilly, Longjumeau, etc., secrétaire d'Etat sous Henri III, oncle du maréchal d'Effiat. Né en 1524. M. 1613.

1° Quitt. sig. (sur parch.). 1688.

2° L. sig. par Henri III et contresig. par Ruzé, à M. de Saint-Goard, à Rome. Blois, 14 octobre 1588. Demi-p. in-fol.

Il a écrit au Pape pour le supplier d'avoir agréable la nomination qu'il a faite de frère Nicolas de Frassans, religieux profes de l'abbaye de Saint-Esme de Pontigny, de l'ordre de Citeaux, pour tenir la dite abbaye, vacante par le trépas de son oncle, le cardinal d'Est...

Ruzé d'Effiat (Jean), abbé des abbayes des Trois-Fontaines et de Saint-Sernin de Toulouse. Quitt. sig. (sur parch.). 1675.

2583. **SABATIER DE CABRES** (Honoré-Auguste-Antoine), abbé, conseiller-clerc au Parlement de Paris, l'un des plus vifs opposants de 1788, etc. N. 1742. M. 1816.

1° L. aut. sig., au citoyen Jolliot. 26 nov. 1 p. in-8.

2° L. aut. sig., à M. Gaudin, ministre des finances. Paris, 28 frimaire an XII. 2 gr. p. pl. in-4.

Très-belle lettre relative à la réclamation des héritiers d'Alfieri, second mari de la duchesse d'Albany... Ce qui le toucherait en particulier, ce serait que le premier consul vit dans cette note le rapprochement qui le rend, *au plus haut titre, Protecteur-né* de la veuve de ce courageux *Edouard*, dont le trône est à *Georges III !* « Un autre fait, qu'apprécieroit le premier consul, est celui-« ci : trois ans après la mort du prétendant son mari, elle fut visiter cette An-« gleterre où il eut dû régner! Après l'avoir traitée *en égalle*, la reine lui fit in-« sinuer l'offre d'une pension de 4,000 *liv. sterl.*, qu'elle refusa avec une grande « dignité. Beaucoup moins fier, le cardinal duc d'York, son beau-frère, a ac-« cepté la même pension il y a quelques années. Quant au Sophocle italien, « c'est une exception favorable, autant qu'une créance, que son rare génie ré-« clame pour sa succession, riche en trésors littéraires, mais obhérée de dettes « pécuniaires... »

2584. **SABLÉ** (Madelaine de Souvré, femme de Phil.-Emm. de Bois-Daulphin, marquis de), fille du maréchal Gilles de Souvré, marquis de Courtanvaux. N. 1608. M. 1678.

Cette femme a eu dans son temps une grande réputation, dont le retentissement est dans beaucoup de livres de cette époque... Femme très-spirituelle, quoique fantasque, et même un peu visionnaire, elle fut liée avec tous les gens d'esprit de son temps, témoin les lettres de Voiture, de Conrart, des coryphées de l'hôtel de Rambouillet, et de la *vice-reine* Julie d'Angennes. Elle eut aussi un actif de commerce d'esprit avec le duc de La Rochefoucauld, aux *Maximes* de qui elle eut, dit-on, quelque part. — Elle fut aussi très-galante, et eut, entr'autres, une liaison fort affichée avec le duc Henri de Montmorency, l'illustre victime de Richelieu. Enfin, par l'entraînement d'une réaction en tout temps fréquente et surtout dans celui-là, la marquise de Sablé devint ou se fit dévote en vieillissant, même janséniste, et mourut à Port-Royal où elle s'étoit fait bâtir un pavillon. — Tallemant des Réaux lui a consacré une de ses plus plates notices. (*L. de M.*)

Acte notarié, sig., *Madeleine de Souuré*. Paris, 23 août 1647. 3 gr. p. in-fol.

Sablé (Philippe-Emmanuel de Laval de Bois-Dauphin, marquis de), fils du maréchal de Bois-Dauphin, mari de la précédente. M. 1640.

Acte notarié, sig.: Philippe de Laval. 1614. 2 p. in-fol.

2585. **SADE** (Donatien-Alphonse-François, marquis de), auteur de romans licencieux. N. 1740. M. 1814.

1° Fragment. aut. littéraire. 2 p. pl. in-4.

2° L. aut. sig., à M de Coulmiers, directeur général de la maison de Charenton. Charenton, 22 juillet 1813. 3 p. in-4.

2586. **SAGE** (Balthazar-Georges), minéralogiste, chimiste, membre de l'Institut. N. 1740. M. 1824.

1° L. aut. sig., à M. Dufresne. Paris, 21 mars 1790. 1 p. in-4.

2° L. a. s., à M... 12 déc. 1 p. in-4. Beau *portr.* de J. Beauvarlot.

2587. **SAINT-ALBIN** (Omer-Charles-Alexandre Rousselin Corbeau de), l'un des principaux rédacteurs et propriétaires du *Constitutionnel*.

1° Quatre lett. aut. sig., à M. Lucas de Montigny. 1842. 4 p. in-8.

2° Arrêté du comité de sûreté générale, qui ordonne, que par mesure de sûreté générale, le nommé Rousselin, ci-devant agent de l'ex-ministre Paré, sera mis sur-le-champ en arrestation. Ampliation de cet arrêté, et ordre du comité de surveillance révolutionnaire de la section *Lepelletier*, de conduire le dit Rousselin en la maison d'arrêt du Luxembourg, signé par dix membres du dit comité. Paris, 7 prairial an II. 1 gr. p. in-fol. Tête imprimée, avec le cachet de la section.

2588. **SAINT-ANDRE** (Jacques d'Albon, seigneur de), maréchal de France. M. 1562.

Guerrier aussi déprédateur que brave, et qui, avec Anne de Montmorency et François de Guise, forma le fameux *triumvirat* si funeste au calvinisme, et aussi à l'autorité royale. (*L. de M.*)

1° Commission de lieutenant-général en faveur du Sr *Arthaud Dapchon*, gentilhomme ordinaire de la chambre du roi. Blois, 16 février 1550. Belle pièce sur parch. Grand in-fol. Trace de sceau. *Portr.*

2° L. avec la souscription d'une ligne aut. sig., au duc de Guise. Montcornet, 3 juin 1555. 1 p. pl. in-fol. Forte mouillure au bas, rongée aux coins. (Les trois dernières lettres de la signature sont en partie atteintes. Trace de cachet.

Pour ne faillir d'avertir continuellement le roi de ce qui se présente du côté de deça, il a avisé, étant arrivé en ce lieu, de faire cette dépêche à Sa Majesté et à lui, « pour vous faire enteudre par ung mémoire enclos en ceste depes« che ce que jay veu et aduisé de faire depuis que je suis party de Guise. « Tant pour la despesche que jay faicte à monsieur de Neuers, et au sieur de « Bourdillon, que pour ce que jay veu à la cappelle, que jay trouue en très « mauuais estat... »

3° L. avec cette souscription aut. sig.: *Vostre hobéissant frère et p. faict amy a jamays...* A M. le comte du Rhein et de Guerry, à Breda. A Lisle, le XVI septembre. 2 gr. p. pl. in-fol. Forte mouillure au milieu, avec usure de plusieurs lignes. Intéressante.

Les négociations qu'il a entreprises sont encore si incertaines qu'il ne se peut assurer de rien, « combien que iaye tousiours bonne esperance qu'auec

« laide de dieu la fin pourra estre bonne ne voullant faillir de vous dire quil y « a aujourdhuy douze iours que Monsieur le connestable et moy sommes en « ceste ville tous deux fort bien et proprement logez en ce palais auquel nous « sommes desia par trois foys assemblés avec Messieurs les prince d'Orange, « etc... qui na este come vous pouuez penser sans beaucoup de grandes dis- « putez dune part et dautre et fut admise en nre dernière communication que « auant passer plus oultre nous escririons bien amplement de toutes choses au « roy notre maistre pour sur le tout nous commander son bon plaisir et vou- « lanté. Mais ion ne nous a iamais voulu permettre d'enuoyer noz lettres à Sa « Maieste par home expres pour plusieurs raisons quon nous a alleguées vray « est que le seigneur Rygomez nous a promis et assurez sur sa foy et son « honneur que nos dictes lettres seroient si seurement porteez quelles ne se- « roient jamais ouuertes ny vüez que de sa dicte maiesté... etc., etc. »

Ce numéro pourra etre divisé.

2589. **SAINT-ANGE** (Ange-François Fariau de), poëte, traducteur, memb. de l'Acad. française. N. 1747. M. 1810.

L. aut. sig., au citoyen Frochot, préfet de la Seine. 13 messidor an IX. — Son discours de réception à l'Institut le 5 sept. 1810. 27 p. in-4. *Portr.*

Au sujet du projet du préfet de distribuer des prix d'honneur au concours des trois écoles centrales, pour encourager le progrès des études...

2590. **SAINT-AUBIN** (Jeanne-Charlotte Schrœder), femme du graveur et comédien d'Herbez, actrice de l'Opéra-Comique. N. 1764. M. 1850.

1° Billet aut. sig., à M. l'Henry. 1830. 1 p. in-12. *Portr.* in-4.

2° L. aut. sig., à ses camarades. 19 déc. 1807. 1 p. in-4.

Après avoir partagé leurs travaux pendant 22 ans, elle vient d'obtenir sa retraite pour le 1er avril prochain, n'ayant plus la force nécessaire pour continuer un travail qui, elle ose le croire, n'a pas été infructueux à la société. « Après avoir rempli dignement ma carrière sans beaucoup d'avantage pour « mes intérêts, il faut que j'aye grand besoin de repos pour quitter au com- « mencement où la situation de la comédie est plus heureuse qu'elle n'a été « depuis que j'y suis attachée... »

2591. **SAINT-CHAMOND** (de).

L. aut. sig., à Monsieur le marquis de Rambouillet, conseiller du roi en son conseil, ambassadeur extraordinaire pour Sa Majesté en Italie, à Turin. Lyon, 14 janvier 1615. 1 gr. p. in-fol. Deux cachets.

Il a appris par M. Gueffier toutes les nouvelles de ses quartiers, « pour « celles de la court, ie vous diray, que le parlement a donné ung nouvel arrest « confirmant les précédents contre l'autorité du pape, ce qui a esmeu le nunce « à demander son congé au roy, qui ne le luy a voulu accorder, et a deffendu « de sa propre bouche à messieurs de la court, sus peine d'estre déclarés cri- « minels de lese majesté de ne point signer led. arrest, ny moins le sel enre- « gistrer, ce qu'on crêt, qui contentera pour ce regard Sa Sainteté... »

2592. **SAINT-CHAMOND** (de). *Le même.*

L. aut. sig., à M. le marquis de Rambouillet. Lyon, 19 janvier 1615. 1 gr. p. in-fol. Deux cachets.

...Il a reçu hier des lettres du roi, par lesquelles il lui recommande de faire renouveler les défenses de ne faire aucunes levées de gens de guerre, ni transporter les armes hors du royaume, « ce que ie fais au matin. L'affaire du « pape auec le parlement n'est pas encores accommodée. Gramont s'est battu « a cheual contre le marquis de La Force, et y a laissé son espée, son escuyer, « qui le secondoit contre Saint-Auger, a heu le mesme malheur, ils sont tous « fort peu blessés, et parce qu'ils ne sont pas daccort des faits, ils se veulent « rebattre... »

2593. **SAINT-CHAMOND** (de). *Le même.*

1° L. aut. sig., a M. le marquis de Rambouillet. Lyon, 11 janvier 1615. 1 p. in-4. Deux cachets.

2° L. a. s., au même. Lyon, 25 janvier 1615. 1 p. in-fol. Deux cachets.

2594. **SAINT-CHAMOND** (de). *Le même.*

L. aut. sig., à M. le marquis de Rambouillet. Lyon, 25 février 1615. 1 p. petit in-8. Deux cachets et soies. Jolie petite lettre.

Il a reçu sa lettre du 16e de ce mois. « Vous aures sceu comme la reyne a « eu de rudes parolles auec Monseigr le prince, pour les coups de baston que « Rochefort aurait donné à Marsilhac, cella a esté despuis accommodé, au con- « tentement de leurs majestés. Mrs des estats debuoient remettre lundy der- « nier leurs cahiers au roy, pour y respondre affin de les renuoyer chacun en « leurs prouinces... »

2595. **SAINT-CHAMOND** (de). *Le même.*

L. aut. sig., à M. le marquis de Rambouillet. Lyon, 4 mars 1615. 1 gr. p. pl. in-fol. Deux cachets. Très-belle lettre. Intéressante.

« Je vis hier par la vre du 24e du passé, comme son altesse de Sauoye ap- « prehende à ce printemps d'auoir une bien forte armée sus les bras, et crés « que c'est auec beaucoup de raison, car on m'escrit de Milan, que le gouuer- « neur y faict des tres grands préparatifs de guerre, et les haste merueilleuse- « ment, ce qui faict iuger, que ce n'est pas sans desseing. On me mande de « Souisse, que les cantons ont refusé passage à la caualerie, que le roy despai- « gne faisoit venir de Flandres et de Bourgoigne, quoy que son ambassad. aye « remonstré que ce n'estoit que pour maintenir la paix en Italie, et garantir « le duc de Mantoue d'oppression, et non point pour empiéter les estats de ses « voisins, mais il nest peu venir à bout de l'obtenir... » Cependant il a reçu encore hier un nouveau commandement de faire châtier exemplairement ceux qui voudraient mener des gens en Piémont ou y porter des armes. « Monseigr. « le prince dança ung fort beau ballet au Louure le 22e du passé, en présence « de leurs majestés, auec lesquelles il est très bien remis à cette heure, mais « on n'a pas laissé pour cela de continuer le procès du sr de Rochefort, et là « on faict trompetter, mais ie ne pense pas qu'on en face dauantage pour ceste « fois... »

2596. **SAINT-CHAMOND** (de). *Le même.*

L. aut. sig., à M. le marquis de Rambouillet. Lyon, 11 mars 1615. 1 p. pl. in-4. Deux cachets et soies.

« Nous auons acheué icy nre caresme prenant le plus ioyeuset, que nous auons peu, ie m'asseure que vous aues bien passé le temps à Turin, on ne manque « pas d'exercice là ou est M. de Sauoye... Cependant le roy a pourueu du gou- « vernement d'Amboise, laisné Luynes que vous cognoissés.. »

2597. **SAINT-CHAMOND** (de). *Le même.*

L. aut. sig., à M. le marquis de Rambouillet. Lyon, 25 mars 1615. 1 gr. p. in-fol. Deux cachets.

On attend à la Cour dans la semaine le retour de M. le commandeur de Sillery, par lequel on espère toute résolution, cependant on lui commande de veiller soigneusement et d'empêcher toutes sortes de levées dans sa charge, soit de pied soit de cheval, et de les châtier exemplairement, ce qu'il fera. « La « paulette, et vénalité des offices a esté supprimée par arrest du conseil. M. le « comte de La Rochefoucauld auoit vendu sa charge de la garderobe à Fonteney « Mareuil pour cent mil escus, mais la reyne ne l'a pas encores agrée. La « reyne Marguerite n'est pas morte, et le ballet de madame fust donné ieudy « dernier en bourbonet trouué fort beau. »

2598. **SAINT-CHAMOND** (de). *Le même.*

L. aut. sig., à M. le marquis de Rambouillet. Lyon, 8 avril 1612. 1 gr. p. in-fol. Deux cachets.

M. le commandeur de Sillery est en chemin pour s'en revenir, on attend toutes bonnes nouvelles de sa négociation, dont il sera bientôt averti. « Ce- « pendant toute la court est en deuil de la mort de la reyne Marguerite, qui a « fait la plus belle fin du monde. Je vous enuoye la copie d'ung arrest que le « parlement de Paris a donné, dont leurs majestés sont esté tres mal satisfaic- « tes. Ils y ont pour leurs contentement adiousté ses mots: le tout soubs le « bon plaisir du roy, mais ils nont pas apporté leurs registres au louure pour « en raver led. arrest suyuant ce qu'il auoit esté ordonné au conseil. Tous « les princes sont à la court, et on parle d'accommoder M. de Longueuille et « M. le maréchal d'Ancre, ce qui n'est encores faict... »

2599. **SAINT-CHAMOND** (de). *Le même.*

L. aut. sig., à M. le marquis de Rambouillet. Lyon, 6 mai 1615. 1 gr. p. pl. in-fol. Deux cachets.

Le peu de séjour que fit à Lyon M. Gueffier ne lui donne le loisir de lui écrire, joint à l'arrivée de M. de Montmorency en cette ville comme il lui aura pu dire, et toutes les nouvelles de la cour. « Depuis qu'il en est party, on « m'a mandé, que Monseigr le prince est entièrement bien remis auec la reyne,

« et que M. de Villars du Haure a esté empoisonné, mais ie nay pas encore « aduis certain de sa mort, ce qui me faict crère qu'il en eschappera. L'as- « semblée de ceux de la religion prœtendue se fera comme on crét à Chastel- « leraud... »

2600. SAINT-CHAMOND (de). *Le même.*

L. aut. sig., à M. le marquis de Rambouillet. Lyon, 27 mai 1615. 1 gr. p. pl. in-fol. Deux cachets. Très-belle lettre.

« La court est tousiours dans les incertitudes en attendant ce qui réussira « de votre négociation et si M. le prince se remettra bien avec la reyne à « quoy on trauaille fort. On parle du voyage de Bayonne, mais personne ne le « crét. Il s'est leué des gens de pied dans les Séuennes, et de la cauallerie en « Auvergne que disent vouloir aller en Piémont, toutefois les prœparatifs des « eschesles et petards qu'ils ont faict sont cause qu'on crét que cest pour faire « une exécution dans le royaume... Messieurs de Tressé et d'Armanuille se « sont tués tous deux en duel. On veut confisquer leurs biens, et quoy qu'on « aye sceu faire, la reyne n'a point voulu rompre le serment quelle fit le mer- « credy St de faire obseruer ledict... »

2601. SAINT-CHAMOND (de). *Le même.*

L. aut. sig., à M. le marquis de Rambouillet. Lyon, 17 nov. 1615. 1 gr. p. pl. in-fol. Deux cachets.

Il aura su par M. le marquis de Sourdis toutes les nouvelles de la Cour et depuis qu'il en est parti, il ne pense pas qu'il y soit rien arrivé qui merite d'être écrit, « si ce n'est que madame la comtesse de Soissons s'en deuoit aller « auec M. son fils a Blandy, pour des parolles assez rudes, qu'elle heu auec la « Reyne, luy refusant de l'accompagner à ce voyage de Bayonne, auquel Leurs « Majestés dient estre résolues quoy qu'il en puisse arriuer... »

2602. SAINT-CHAMOND (de). *Le même.*

L. aut. sig., à M. le marquis de Rambouillet. Lyon, 1er juillet 1615. 1 gr. p. in-fol. Deux cachets.

Il loue Dieu de l'heureux succes de sa négociation et qu'il ait enfin conclu la paix au contentement de Leurs Majestés. M. Guellier lui en a dit les particu- larités et s'en est allé à la Cour en diligence où il sera d'autant mieux reçu que cette nouvelle n'y était pas sitôt attendue. « Il y trouuera les mêmes brouilleries « qui y estoient lors de ma dernière despesche qui ne sont pas encores ac- « commodées, quoy qu'on y trauaille tousiours... »

2603. SAINT-CHAMOND (de). *Le même.*

L. aut. sig., à M. le marquis de Rambouillet. Saint-Chamond, 13 juil- let 1615. 1 gr. p. in-fol. Deux cachets.

Il ne lui saurait mander autres nouvelles de la Cour, sinon la continuation des mécontentements qu'il lui a ci-devant écrit. « La Reyne a enuoyé de Villeroy « à monseigneur le prince pour traicter avec luy... M. d'Halincourt est arrivé « à Lyon depuis huict ou dix iours, a qui i'ay donné l'advis que vous m'aués « mandé... touchant le passage des soldats reuenants du Piémont... »

N. B. Ces quatorze lettres de Saint-Chamond (no 2591-2603) seront vendues en un seul lot, s'il est fait une offre suffisante.

2604. SAINT-GELAYS (Louis de), sr de Lansac, chevalier d'honneur de Catherine de Médicis, diplomate. M. 1589.

Conseiller loyal, hardi et courageux de Catherine de Médicis ; il s'étoit fort distingué à la guerre et dans les ambassades. Il foiblit plus tard, appuya les projets et tentatives ayant pour objet de changer l'ordre de succession à la couronne, vanta le concile de Trente, favorable à ces projets, le présenta comme recevant ses inspirations d'en haut; et se fit rudement morigéner par l'avocat général d'Espesses, qui rapporta des dépêches dans lesquelles Saint-Gelays avoit précédemment écrit que *chaque semaine les courriers apportaient le Saint-Esprit de Rome à Trente dans leurs valises.* (*L. de M*).

Quitt. sig. (sur parch.). Bordeaux, 24 octobre 1542.

SAINT-GELAYS (Gui de), sr de Lansac, gouverneur de Blaye, (un des huguenots qui, ne partageant point la confiance imprudente de Coligny, s'évadèrent à propos la veille de la Saint-Barthélemi. (*L. de M.*).

Quitt. sig. (sur parch.). Bordeaux, 17 janvier 1572.

2605. SAINT-GEORGES (Jeanne de Harlay de Monglat, marquise de), gouvernante de la *Grande Mademoiselle.*

1° Quitt. sig. (sur parch.). Paris, janvier 1618.

2° Procuration notariée, sig. 1634. 3 p. in-fol.

3° Aliénation de rente notariée, sig. 1634. 3 p. in-fol.

2606. **SAINT-GERAN** (Jean-François de La Guiche, s[r] de), comte de La Palisse, gouverneur du Bourbonnais, maréchal de France. N. 1572. M. 1635.

Il fut nommé maréchal de France pour l'empêcher, dit Tallemant des Réaux « de criailler quand on fit M. de Luynes connétable; car il (Saint-Géran) étoit « de ces gens qui prétendent beaucoup, quoiqu'ils méritent fort peu. » (*L. de M.*).

1° Acte notarié, trois fois sig. 1608. 8 p. in-fol.

2° Quitt. d'une ligne aut. sig. (sur parch.). 1608.

3° Quitt. sig. (sur parch.). 1635.

2607. **SAINT-HUBERTY** (Anne-Antoinette Clavel de), comtesse d'Antraigues, célèbre actrice de l'Opéra. Née en 1756. Assassinée à Londres avec son mari en 1812.

1° Quitt. sig., d'une somme de 375 fr. 1781. in-4. *Portr.*

2° L. aut., a M. le comte Louis d'Antraigues, à la Bastide, par Aubenas. Sans date. 1 gr. p. pl. in-4. Cachet brisé. Curieuse.

« Il est enfin sauté, ce cher et aimable et tant indigne baron, que le diable « le conserve, car il y a longtemps que je le lui ai donné. C'est M. Vildeuil qui « a pris sa place nous voirons les belles promesses. Tel mal qu'il fasse, je doute « qu'il vaille jamais ce chien de Baron, etc., etc. »

2608. **SAINT-HURUGUE** (Victor-Amédée, marquis de), chef des émeutiers en 1789, etc. N. 1750. M. 1810.

1° L. aut. sig., à M... Au Châtelet de Paris, le 1er septembre 1789. 1 p. pl. et demie in-4.

Il espère que la commune de Paris a rendu justice à la conduite ferme et inébranlable qu'il a tenue, depuis qu'il est détenu prisonnier au Chatelet «le lieu « le plus infâme qui existe dans l'univers, cela n'empêche pas qu'on ne m'y députe « touts les jours des gens, pour me tirer les vers du nez, mais je les ai per- « siflé si cruellement avec le plus grand sangfroid que leur visite n'a pas été « longue... »

2° Supplique sig., aux représentants de la Commune, à l'effet d'être élargi provisoirement de prison. 1 p. in-fol.

3° Délibération du Comité de sûreté générale, qui arrête que le nommé Victor-Amédée Saint-Hurugue, ci-devant noble, sera saisi partout où il sera trouvé et conduit dans une maison d'arrêt de Paris... sig. par Louis (du Bas-Rhin), Voulland et Dubarran. 28 germinal an II. 1 p. in-fol. Tête impr. Sceau.

4° Ordre de son incarcération à la prison de l'Abbaye. 28 floréal an II. 1 p. in-4.

2609. **SAINT-JUST** (Antoine-Louis-Léon de), député de l'Aisne à la Convention, membre du comité de salut public. Né en 1768. Mis à mort en 1794.

1° Deux pages aut. extraites d'un discours (2 p.), avec une copie moderne. Deux *portr*.

«... Celui qui opprime les lois par le peuple n'est pas plus pervers que celui « qui opprime le peuple par les lois : et rien ne se ressemble comme un sau- « vage et un tyran, etc., etc. »

2° Ordre de son arrestation et de celle de Payan et Dumas qui seront mis à la Conciergerie au plus grand secret. Aut. et sig., par Voulland. 1 p. pl. petit in-8. Tête impr. Vignette.

2610. **SAINT-LAMBERT** (Charles-François, marquis de), auteur du poëme des *Saisons*, membre de l'Académie française. N. 1717. M. 1803.

L. aut., a M. La Bouisse, chez madame de La Briche, à Paris. Franconville, samedi 17 mai 1800. 2 p. in-8. *Portr.* Intéressante.

... On lui reproche trop d'avoir loué le regne de Louis XV, il a peu loué le roi, mais beaucoup son règne parce qu'il a été très-heureux, tout ce qu'il dit est appuyé sur des faits...

2611. **SAINT-PERAVY** (Jean-Nicolas-Marcellin Guérineau de), publiciste, économiste, poëte, etc. 1732. M. 1789.

1° L. aut. sig., au comte de Mirabeau, député du Tiers-Etat de Provence, à Versailles. Orléans, 15 mai 1789. 3 gr. p. pl. in-4. Cachet.

L'étendue de ses lumières, et la manière brillante avec laquelle il les répand, l'engage à soumettre à son jugement des ouvrages qui lui seront remis de sa part. Le premier est un projet de cahiers pour les Etats-Généraux, mais ce qui est le plus intéressant est une réfutation du système de M. de Condorcet sur la combinaison de l'impôt unique territoriale... etc., etc.

2° L. aut. sig. de M. Doussine, à lui adressée. Paris, 26 novembre 1775. 2 p. in-4. Cachet.

2612. **SAINT-PIERRE** (Charles-Irénée Castel, abbé de), aumônier de la duchesse d'Orléans, membre de l'Académie française, auteur d'un projet de *paix perpétuelle*, etc. N. 1658. M. 1743.

. Constitution de rente notariée, deux fois sig. 1704. 3 gr. p. in-fol. Quatre *portr.*, dont celui de J. Gamot, in-4. Belle et bonne épreuve. Notice de M. *L. de M.*

2613. **SAINT-PIERRE** (Jacques-Henri-Bernardin de), auteur de *Paul et Virginie*, etc. N. 1737. M. 1814.

1° L. aut. sig., au citoyen Bosc. Paris, ce 28 octobre 1792. Demi-p. in-4. Deux *portr.*, dont celui de Pelée.

2° Fragment aut. du préambule de *Paul et Virginie*. 4 p. pl. in-4. Au bas de la 4e page se trouve cette attestation de la main de M. Aimé Martin : *Fragment autographe du préambule de Paul et Virginie, édition in-4. Offert à M. Lucas de Montigny*. L. Aimé Martin.

2614. **SAINT-PRIX** (Jean-Amable Foucault de), acteur de la Comédie-Française. N. 1759. M. 1834.

L. aut. sig., à Mme... qu'il appelle *Jolie petite maman*. Duodi thermidor an III. 2 p. pl. petit in-8. Tache en haut de la marge extérieure. Un nom enlevé cinq fois avec le canif. Curieuse.

2615. **SAINT-SEVERIN** (Antoine-Marie de), capitaine de 50 lances, etc.

Je crois que c'est le prince de Salerne qui se réfugia en France, et prit du service sous Charles VIII. Voir Comynes. (*L. de M.*).

Quitt. de deux lignes aut, sig. (sur parch.). 11 sept. 1507.

2616. **SAINT-SIMON** (Claude de Rouvroy, premier duc de), grand louvetier de France, aïeul de l'historien.

1° Quitt. sig. sur parch.). Paris, 11 février 1656.

2° Quitt. sig. (sur parch.), de la somme de 58 liv. 5 s. 6 d., pour ses gages de capitaine, concierge et garde du château de Saint-Germain et garde de Sainte-Jame. 1629.

3° Quitt. sig. (sur parch.), de la somme de 1,000 livres pour l'entretien et la nourriture de quatre laisses de grands lévriers du roi, et officiers servant à icelles, pour le quartier d'avril, mai et juin. Juillet 1635.

Saint-Simon (Louis de), commandeur de l'ordre de Malte. Quitt. sig. (sur parch.). 1633.

Saint-Simon (Claude II, duc de), fils du grand louvetier, père de l'historien, gouverneur de Blaye. Quitt. aut. sig. (sur parch.), de la somme de 1,200 livres pour son état et appointement, comme gouverneur de la citadelle de Blaye, pour l'année 1682. Notice de M. *L. de M.*

2617. **SAINT-SIMON** (Louis de Rouvroy, duc de), auteur des *Mémoires*. N. 1675. M. 1755.

1° L. a. s., au duc de Berwick. Paris, 12 sep. 1720. 1 p. in-4. *Portr.*

« On me mande, Monsieur, que M. l'archevesque de Bordeaux vous disputte « la préséance au Parlement. Je n'entre point en ce qui la peut former entre « luy et le gouverneur ou le commandant de la province en cette qualité, mais « vous estant pair de France c'est chose qui ne peut estre mise en question...

2° Congé militaire sig. Paris, 18 mars 1698. 1 p. in-fol en travers. Joli cachet en cire rouge.

3° Expédition notariée de son contrat de mariage avec Mlle de Lorge. 7 avril 1695. 26 p. et demie in-fol.

4° Sept pièces manuscrites concernant ses affaires. 20 p. in-4 et in-fol.

2618. **SAINT-SIMON** (Henri, comte de), économiste, chef des *Saint-Simoniens*. N. 1760. M. 1825.

1° L. a. s., à M. Gide père. 1814. 1 p. in-4.

2° L. a. s., à Mgr... Paris, 25 mai 1819. Demi-p. in-4.

Saint-Simon (Maximilien-Henri, marquis de), auteur d'ouvrages sur l'art militaire, sur l'histoire, et aussi sur la culture des fleurs, jacinthes, etc. N. 1720. M. 1799.

L. aut. sig., à MM. Legrand, à Paris. Rotterdam, 25 juillet 1763. 3 p. in-4. Cachet.

2619. **SAINT-VALLIER** (Jean de Poitiers, seigneur de).

C'est le père de la célèbre Diane de Poitiers.

Ami intime du coupable et malheureux connétable de Bourbon, Saint-Vallier qui, malgré mille efforts, n'avoit pu le dissuader de ses fatals projets, fut compromis, comme ayant favorisé la fuite du connétable, jugé, condamné à mort, et conduit jusque sur l'échafaud. C'est là, seulement, que sa grâce fut prononcée. — On a dit que cette grâce avoit été accordée à Diane, moyennant un prix tel que François Ier pouvoit l'imposer à une belle femme. Mais ce fut seulement quelques années après que Diane parut à la cour, veuve, à 31 ans, de Louis de Brézé, comte de Maulevrier; et c'est aux seules démarches de celui-ci que la saine histoire attribue le salut de Saint-Vallier; interprétation doublement admissible, d'un côté parce que Louis de Brézé, fidèle serviteur du roi, avoit été le principal dénonciateur du connétable; et d'un autre côté parce que, au lieu d'une grâce entière que Diane auroit obtenue, *au prix fixé*, son père n'eut guère qu'une commutation de peine. (*T. de M.*)

Quitt. sig.: *Poytiers* (sur parch.). « de la somme de six mille liures « tournois, dont le roy mond. seig. nous a fait don en faveur et ré- « congnoissance des bons, grans et recommandables seruices que luy « auons faitz en ceste prte année à la conqueste de sa duché de Millan, « et mesmement à la somme qui fut par luy gaigné contre les Suysses « et les alliez le XIIIe jour du mois de septembre du passé au lieu « de Saincte-Brigide, etc. » 7 janvier 1515.

2620. **SAINT-VALRY** (A.-S.), poëte.

1° L. aut. sig., à M. Aug. Soulié. Montfort-l'Amaury, 8 août 1827. 3 p. pl. in-8.

2° L. a. s., à M. Jules Janin. La Pajoterie, 9 juillet 1840. 2 p. in-8. Envoi de la pièce de vers qui suit :

3° *A M. Jules Janin*. Pièce de vers aut. sig. 3 p. pl. et demie in-8. Curieuse.

2621. **SAINTE-AULAIRE** (Louis Beaupoil, comte de), préfet, député, pair de France, ambassadeur, N. 1779. M...

1° Cinq lett. aut. sig., à MM. de Launède, comte de Rambuteau, etc. 1816 à 1844. Ensemble, 7 p. in-4.

2° L. sig., à M. Lucas de Montigny. 1846. 1 p. in-4. — Apostille sig. 1 p. in-fol. et *portr.* in-8.

2622. **SAINTE-BEUVE** (Charles-Augustin), poëte et critique, membre de l'Académie française. N. 1804.

1° Six lett. aut. sig., à M. Lucas de Montigny. 1850-1851. Ensemble, 9 p. in-18 et in-8.

Correspondance intéressante. Il y parle beaucoup de Mirabeau, de Sophie Monnier, etc.

2° Relation inédite de la dernière maladie de Louis XV. Brochure impr. de 23 p. in-8, avec un envoi d'une ligne aut. sig. (sur la couverture), à M. Lucas de Montigny.

3° Sonnet aut. sig. Précy, 9 octobre 1834. 1 gr. p. in-4.

« Heureux, loin de Paris, d'errer en ce doux lieu,
« Je venais de quitter le petit bois des dames,
« Et m'écartant de l'Oise, où lavaient quelques femmes,
« J'allais, gai villageois, léger, en sarreau bleu,
« . . . . »

2623. **SAINTE-CROIX** (Guill.-Emm.-Joseph Guilhen de Clermont-Lodève, baron de), historien, memb. de l'Académie des inscriptions et belles-lettres. 1746.-1809.

1° L. aut. sig., au citoyen Laverne, directeur de l'imprimerie nationale. 6 frimaire an X. 1 p. petit in-8.

Au sujet de l'impression de sa dissertation sur Babylone.

2° L. a. s. : *S. C.*, au même. 25 sept. 1808. 1 p. pl. et demie in-4.

Relative à l'impression de plusieurs de ses ouvrages. Intéressante.

2624. **SAINTE-MARTHE** (Abel II de), conseiller d'Etat, doyen de la Cour des Aides, bibliothécaire du château de Fontainebleau. N. 1626. M. 1706.

Quitt. sig. (sur parch.). Paris, août 1667.

SAINTE-MARTHE (Abel Ier de), père du précédent, garde de la bibliothèque de Fontainebleau. N. 1566. M. 1652. Son *portr.* par N. Habert, in-4. Bonne épreuve.

2625. **SAINTE-PALAYE** (Jean-Baptiste de La Curne de), membre de l'Acad. des inscriptions, etc. 1697-1781.

L. aut., sig., à M... (le nom a été biffé). Paris, 3 janvier 1762. 3 p. pl. in-4. Joli cachet.

Compliments de condoléance, nouvelles de l'Académie... « Notre dernière « séance fut terminée par la lecture du commencement de votre mémoire sur le « Pont-Euxin ; tout le monde fut on ne peut plus content de votre plan, et de « l'exposé que vous en faites... Nous avons ici notre associé Grosley avec qui « nous nous assemblons au Palais-Royal à notre ordinaire... »

2626. **SAINTINE** (Joseph-Xavier *Boniface*, dit), poëte, auteur dramatique, historien, romancier, auteur de *Picciola*, *Jonathan*, *le Visionnaire*, etc. N. 1796.

L. aut. sig., à son ami J. B. Augustin. 1 p. pl. in-8. Intéressante

SALABERRY (Charles-Marie d'Yrumberry, comte de), député, historien. N. 1766. M. 1847. 1° L. aut. sig., à M. le duc... 9 déc. 1823. 1 p. pl. in-4. — 2° L. aut. sig.: *S.*, à M. Berthevin. 1829. Demi-p. in-8. *Portr.*

2627. **SAINTVILLE** (Séraphine), chanteuse de l'Opéra.

L. aut. sig., à M. le marquis de Lauriston, ministre de la maison du roi. Paris, 3 mars 1822. 1 p. pl. et demie in-4.

Elle le prie de fixer son sort à l'Académie royale de musique, de manière à ce que son service ne soit exposé ni à rivalité, ni à tracasserie. « J'ai demande « la place de seule double et sans partage de Mme Branchu, avec les avan- « tages qui y sont attachés. J'ai précisé ainsi ma demande pour éviter les dé- « sagrémens attachés à un partage d'emploi, toujours pénible surtout si j'avais « le malheur d'avoir à lutter contre l'intrigue... etc. »

2628. **SALAVILLE** (Jean-Baptiste), littérateur, historien, publiciste. N. 1755. M. 1832.

L. a. s., à M. Pellenc, ami et secrétaire de Mirabeau, chez M. de La Mark. Hôtel de Charrost. Paris, 18 juin 1771. 1 gr. p. pl. in-4.

D'après sa réponse il vient d'écrire à M. de La Mark et de lui demander un rendez-vous Il désirerait, s'il était possible, qu'il y fût présent, et qu'il voulût bien employer sa médiation auprès de M. de La Mark pour la termination de cette affaire. « Je prendrai tous les arrangements que vous jugerés convenables. « A coup sûr, les manuscrits de M. de Mirabeau seront publiés tôt ou tard, et « l'ouvrage dont ceux que j'ai entre mes mains font partie, est trop important « pour n'être pas mis au jour. M. de La Marck ne peut que s'honorer en pu- » bliant les œuvres posthumes de son illustre ami. Il ne souffrira pas sans « doute que l'avidité des libraires le prive de l'avantage de rendre cet hom- « mage à la mémoire de Mirabeau, et de remplir en même tems les devoirs « pieux de l'amitié. Si les manuscrits sont vendus, l'analyse du code prussien « se trouvant incomplette par le déficit des cahiers qui me sont restés, sera « donnée pour rien... »

2629. **SALICETI** (Christophe), avocat, député aux Etats-Généraux, conventionnel, ministre de la police à Naples, sous Joseph Bonaparte et Murat. N. 1757. M. 1890.

1° Pièce aut. sig., comme représentant du peuple à l'armée d'Italie... Oneille, 6 floréal an II. 1 p. pl. in-4.

Autorisation au citoyen Giovanni à passer dans l'île de Corse à l'effet de prendre connaissance du pays, assurer les républicains de la prompte arrivée des renforts du continent, et rendre compte aux représentants du peuple des observations qu'il aura faites sur les dispositions des habitants, et sur les mesures qu'on pourrait employer pour rendre la Corse à la République.

2° L. aut. sig., à son collègue Arrighi. 19 prairial an III. 1 p. in-4.

3° Sig., comme visa au bas d'une nomination. An III. 1 p. in-fol.

2630. **SALMON** (François), prêtre, docteur en théologie, bibliothécaire de la Sorbonne, auteur du *Traité de l'étude des Conciles*, etc. N. 1677. M. 1736.

Quitt. aut. sig. (sur parch.). Paris, 3 oct. 1707.

2631. **SALUZZO** (César), précepteur des princes de Savoie, membre de l'Académie de Turin.

1° L. aut. sig. (en italien), à l'abbé Rigoli, à Florence. Turin, 19 décembre 1825. 1 p. pl. et demie in-4.

2° L. aut. sig. (en italien), au comte Morbio, à Milan. Turin, 12 juin 1838. 2 p. in-4.

2632. **SALVANDY** (Narcisse-Achille, comte de), littérateur, historien, publiciste, ministre de l'instruction publique, membre de l'Académie française. N. 1796. M. 1858.

1° L. aut. sig., à M. Roger. Essonne, 4 sept. 1833. 2 p. in-8. Deux *portr*.

Voilà encore un fauteuil vacant. Les regrets personnels qu'il porte à l'homme de bien qui y était assis lui font un devoir de rechercher la mission d'honorer son souvenir. « Qu'en pensez-vous? C'est entre M. Nodier et moi que sera » l'élection. On m'écrit que mes chances sont assurées. Mais je suis payé pour « douter jusqu'au dernier moment... »

2° Fragment aut. sig.: *S.*, d'un discours sur les affaires d'Espagne. 1 p. pl. et demie in-4.

3° L. sig., comme ministre, à M. Lucas de Montigny. 1846. 1 p. in-4.

2633. **SALVERTE** (Anne-Joseph-Eusèbe Baconnière), député, littérateur, poëte. N. 1771. M. 1839.

1° *A Délie*, romance en trois strophes aut. sig., envoyée à M. Capelle. 1 p. pl. et quart in-4.

2° Epigramme de quatre vers aut. sig. 1811. In-18.

3° *L'Amour épicurien*, chanson en dix couplets aut. sig. 3 p. in-8.

4° *L'histoire générale*. Quatre vers aut. sig. in-18.

« D'amour voici l'histoire entière :
« On désire, on demande, on obtient, on est las;
« On aime bien, on n'aime guère,
« On n'aime pas. »

5° L. a. s., à M. Jules Taschereau. Paris, 29 janvier 1831. 1 p. pl. in-8.

Le suffrage dont il l'honore lui est infiniment précieux. « Littérateur éclairé « et excellent patriote, vous êtes un des juges les plus compétents que puissent « désirer ou craindre les orateurs politiques. Ceux qui ont, comme moi, la « conscience de la pureté de leurs intentions, se féliciteront d'obtenir votre « suffrage, lors même que votre bienveillance vous fera pencher du côté de « l'indulgence... »

2634. **SAMBLANÇAY** (Gabrielle de Sade, baronne de), mère de la fameuse baronne de Sauves, marquise de Noirmoutiers.

Obligation notariée, au profit d'un fermier, trois fois sig., signée aussi par sa fille, *Charlotte de Beaune*, qui garantit la dite obligation. 1599. 3 p. in-fol.

2635. **SANCY** (Nicolas de Harlay, seigneur de), et de Grosbois, colonel général des Suisses, ambassadeur, surintendant des finances. N. 1546. M. 1629.

... S'il faut en croire l'abbé de Choisy, Sancy consulté par Henri IV sur le projet de celui-ci d'épouser Gabrielle d'Estrées, auroit répondu : « P. pour P. « encore vaut-il mieux que vous gardiez celle que vous avez ; au moins est-« elle de bonne maison. » — Il est vrai que Gabrielle lui avoit fait perdre la surintendance, dans laquelle il fut remplacé par Sully, au grand avantage sans doute des finances de l'Etat. — La fidélité imperturbable que garda Sancy à l'infortuné Henri III, comme à son glorieux successeur, le défend assez contre le reproche d'inconstance que lui attirèrent ses fluctuations entre le catholicisme et le protestantisme ; variations qui motivèrent la mordante satire de d'Aubigné, intitulée : *La Confession de Sancy*.—Son nom est resté au fameux diamant de *Sancy* qu'il avoit acheté à vil prix du malheureux roi de Portugal; l'acheteur l'engagea chez des juifs pour le service du roi ; et depuis, Sancy, par remords de conscience, ou par générosité, paya spontanément au vendeur un supplément de 20,000 écus. (*L. de M.*)

L. aut. sig., à M. de Schomberg. Mantes, 19 mai 1593. 2 gr. p. pl. in-fol. Petite déchirure en tête enlevant la fin de la première ligne de la seconde page. *Portr.* lith. Très-belle lettre.

Relative à la négociation entamée avec le duc de Mayenne, et à l'abjuration projetée de Henri IV... Le roi ne voulait plus accorder au duc de Mayenne les cent mille écus de pension qu'il avait promis à Bezons, parce que lors il traitait comme huguenot; il traite aujourd'hui comme catholique. « Néantmoins apres « plusieurs remonstrances que ie luy ay faictes en la présence de monsieur de « Bouillon, il m'ha donné charge de vous mander qu'il consent de donner au « d. seigneur la suruiuance du gouvernement de Bourgogne pour son fils, et « les cent mille écus de pension qu'il luy promist à Bezons, tous les bénéfices « de feu monsieur le cardinal de Guise pour ceux de la maison excepté labbaye « pour laquelle ils auront une pension qui sera esteinte de bénéfices de pareille « valeur à mesure qu'il en vacquera... Au demeurant, le roy s'est résolu de ne « bailler aux ligueurs aultre asseurance de sa conuersion que celle que vous « leur auez dernierement portée, ne voulant en façon quelconque qu'ilz puissent « prétendre que le roy se soit faict catholique à leur instance, puisque quelque « éuénement que puisse auoir ceste conférence, le roy est résolu de se faire « catholique... »

2636. **SANCY** (Nicolas de Harlay, seigneur de). *Le même*.

1° Trois quitt. sig. (sur parch.). 1593, 1594 et 1608.

2° Acte notarié, sig. 26 juillet 1609. 3 p. in-fol.

2637. **SAND** (Aurore-Amantine Dupin, baronne Dudevant, dite *George*), romancière. Née à Paris en 1804.

L. aut. sig., *George*, à M. Jules Janin. 1840. 3 p. pl. in-8.

Voici son volume de *Valentine* qui arrive positivement du fin fond de la Vallée noire où il ne s'attendait gueres à l'honneur d'en être rappelé par lui.—

« Merci de toutes les choses gracieuses et bonnes que vous me dites, malgré « mes prétendues injures que je renie. Quant à cela, si j'avais songé à vous « en m'attaquant aux journalistes ce serait un acte de courage dont mon ca- « ractère *belliqueux* tirerait vanité, bien loin de reculer devant si forte partie. « Vous me connaissez assez pour savoir que je suis plus portée à l'audace in- « sensée qu'à la diplomatie timide. Et ce n'est pas que je dédaigne la critique. « Elle m'a fait du mal et du bien, je sais même que le blâme aveugle peut nous « écraser, pauvres diables d'auteurs que nous sommes. Mais je hais assez les « gens sans conscience pour les braver, et quant à ceux qui me reprennent « avec loyauté, je ne les crains pas, je les estime, Ce sont là les critiques qui « nous stimulent en nous corrigeant. Ainsi, une fois pour toutes, ne croyez ja- « mais que je veuille rompre indirectement des lances contre vous. C'est un « mérite que je n'ai pas et qui serait de ma part fanfaronnade. Je vous sais « sincère dans vos impressions, et jamais il ne me viendra à l'esprit de me re- « gimber contre un jugement de vous. Vous êtes artiste aussi,

« E tu anchè sei pittore,

« vous obéissez à un vif sentiment des choses, et vous avez raison encore « quand vous vous trompez. Je n'ai jamais compris que l'amitié empêchât la « liberté de penser et qu'il fallut faire un tel mélange de la vanité avec l'affec- « tion qu'une dissidence littéraire amenât une rupture... entre amis. Tout cela, « c'est pour vous dire que mes injures ne s'adressent qu'aux pédans stériles « qui nous déchirent sans nous connaître, et nous condamnent sans nous « lire... »

2638. **SAND** (George). *La même.*

L. aut. sig.: *George*, à M. Bonnaire. 1 p. in-4. *Portr.*

« ... Je retrouve un article sur Jean-Jacques Rousseau, qui vaudra beaucoup « mieux que le conte fantastique, et qui nous arrangera beaucoup mieux. Vous, « parce que c'est une chose complète, moi parce que je ne serai pas forcée « d'interrompre mon roman... »

2639. **SAND** (George). *La même.*

L. aut. sig.: *George*, à M... Mercredi... 1 p. in-8. *Portr.* Notice de M. Sainte-Beuve (*Constitutionnel* du 18 février 1850), et feuilleton de la *Presse* sur les *Mémoires d'Outre-Tombe.*

2640. **SANTERRE** (Claude), brasseur de bière, commandant général de la garde nationale de Paris au moment de la mort de Louis XVI, etc. N. 1743. M. 1808.

1° Quitt. aut. sig., de la somme de 21 livres, pour un quart de bière vendu au chevalier Dubois. Paris, 1er juin 1785. Petit in-8 en travers. *Portr.* Notice de M. *L. de M.*

2° Ordre sig., au citoyen Bouquet, son aide de camp, de se saisir de la personne de Drucourt, et de le conduire à la prison de l'Abbaye. Paris, 5 décembre 1792, 1 p. in-4. Tête impr.

3° L. aut. sig., à M. Férat. Paris, 10 février 1806. 1 p. pl. in-4.

2641. **SARAZIN** (Jacques), sculpteur du roi. N. 1590. M. 1660.

Quitt. sig., sig. aussi par Michel Corneilles, peintre du roi (N. 1642. M. 1708), d'une somme de 6 liv. 5 s., qui leur appartient en commun. Pièce (sur parch.). *Portr.* d'Edelinck, in-4.

2642. **SARRETTE** (Bernard), directeur-fondateur du Conservatoire de musique. N. 1765. M...

1° L. aut. sig., au citoyen Chalgrin, architecte, membre de l'Institut national. Paris, 26 germinal an X. 2 p. in-4. Tête impr. Curieuse vignette du Conservatoire.

Il est de toute impossibilité de se passer d'une répétition sur les lieux, demain 27. Si cette répétition ne pouvait se faire, il ne pourrait y avoir d'exécution le 28. Le Conservatoire se rendra donc demain 27, à Notre-Dame. Il l'invite à faire terminer les orchestres pour dix heures, les citoyens Méhul et Cherubini iront faire placer les pupitres...

2° L. a. s., à M. Dauprat. Paris, 25 juillet 1840. Demi-p. in-8.

2643. **SARTINE** (Antoine-Raymond-Jean-Gualbert-Gabriel

de), lieutenant-général de police de Paris, ministre de la marine. N 1730. M. 1801.

1° L. aut. sig., à M. Dumesnil de Merville. Paris, 18 juin 1782. 1 p. in-4. Deux *portr.*, in-8 et in-fol.

2° L. aut. sig., à M. Danjou, électeur de Paris. 4 décembre 1791. 1 p. petit in-8.

Il s'empresse de lui donner l'éclaircissement qu'il désire. « Je suis né le « 27 octobre 1730 et baptisé le lendemain à la paroisse Saint-Roch. Je pourais « dire que je m'en souviens comme si j'y étois... »

SAINT-GERMAIN (Claude-Louis, comte de), ministre de la guerre. N. 1707. M. 1778. Billet aut. sig. 20 mai 1776. Demi-p. in-8. Beau *portr.* in-4.

SAINT-FLORENTIN (Louis Phélypeaux, comte de), ministre d'État. N. 1705. M. 1777. 1° L. sig. 1727. Demi-p. in-fol. — 2° L. aut., à son neveu. 25 sept. 1762. 1 p. pl. et demie in-4.

2644. **SAULVEBOEUF** (Charles-Joseph de Ferrières, marquis de), colonel, brigadier, etc.. premier baron du Limousin.

Je crois que c'est lui qui, commandant en Guyenne, pendant la *Fronde*, se distingua par son courage et son humanité. (*L. de M.*).

L. a. s., à son intendant. Paris, 3 sept. 1689. 3 p. et demie in-4.

Ordre de faire préparer deux chambres au château... « Je pence que nous « norons pas plus de logemeu qui ne nous en faudra pour nos domestiques et « une seule chambre pour les estrenge. Je pris un valet de chambre qui ceruira « a lofice et de mestre dotelle, il enten les deus aces bien pour en estre conten « et il est bien faict mesmes de sa persone. Md creit quelle encore scatisfaict. « — Nous en menons quatre laquais et deu fille. — Voila tout nostre eiqui- « page. Si il y a encor des cheupignions feicte enscorte M. deu feire confir en « quentité et des conconbre ausy et de caute de pourpié ; nous ne prétendons « pas faire une groce chere mais feire un petit hordinaire tres propre... Il « est juste, monsieur, que je vous donne toutes les nouvelles que je cey. Je « comencere par uous aprendre que un officié baleman a qui M. de Lorene « auoit dit des dureté cet officié luy repondit ne gardant pas tout le respec qui « luy debueit — sur quoy M. de Lorene leua sa cane — en mesme temps « l'officié mit lepe a la min et luy dona un coup depée lege dans le bras — sur « le chen il feut areste et mits an conceilie de gere qui le condamna a estre « tirée a quatre cheuos et fut executé. Voisy un ostre afeire qui ne feict pas « moins de bruit, etc. »

2° Trois autres lett. aut. sig., au même. 1681 et 1682. Ensemble, 7 p. in-4. Cachets.

3° Trois actes, procurations, etc., sig. 1678... 7 p. in-4 et in-fol.

4° Deux actes passés devant Me *Arouet*, notaire, père de Voltaire, et signés par lui. 1688. 13 p. in-fol.

5° Deux autres pièces concernant la famille de Saulvebœuf. 2 p. in-fol.

SAULVEBOEUF (Anne-Thérèse Chouly de Permangle, marquise de), femme du précédent. Procuration notariée sig. 1692. 1 p. in-4.

2645. **SAURIN** (Bernard-Joseph), auteur dramatique, membre de l'Académie française. N. 1706. M. 1781.

Fragment aut. détaché d'une pièce de théâtre. 1 p. pl. très-grand in-fol. Trois *portr.*

2646. **SAUSSURE** (Horace-Bénédict de), mathématicien, naturaliste, botaniste, minéralogiste, membre de l'Académie des sciences. N. 1740. M. 1799.

L. aut. sig., à M. Des Franches, à Paris. 29 décembre 1780. 1 p. in-4. Cachet armorié en cire rouge. Deux *portr.*

SAINT-HILAIRE (Auguste de), naturaliste. 1° L. aut. sig. Paris, 29 mai 1826. 3 p. in-8. — 2° L. avec la fin de 8 lignes aut. sig. 30 février 1830. 3 gr. p. pl. et quart in-4.

Lettre curieuse au sujet d'un traité à signer avec M. Cassini.

2647. SAUVES (Charlotte de Beaune-de-Semblançay, baronne de), marquise de Noirmoutiers. N. 1551. M. 1617.

Arrière-petite fille de Jacques de Beaune de Semblançay supplicié à Montfaucon. Femme en premières noces, de Simon de Fizes, baron de Sauves, secrétaire d'Etat, et veuve en 1579.— En secondes noces (1581) de François de la Trémoille, marquis de Noirmoutiers... Très-digne *dame d'Atours* de Catherine de Médicis, eut sous le nom de la belle *Charlotte de Sauves*, et de la *marquise de Noirmoutiers* la plus scandaleuse célébrité, fondée sur ses galanteries avec le duc François d'Alençon, puis duc d'Anjou, frere de François II, de Charles IX et de Henri III, avec le roi de Navarre, depuis Henri IV, avec Henri de Guise, *e tutti quanti*. Ce dernier avoit passé avec elle la nuit du 23 au 24 décembre 1588, et s'étoit tellement épuisé qu'il fut pris de défaillance au moment où il fut appelé le matin dans le cabinet royal où il fut assassiné au château de Blois. (*L. de M.*)... Voir aussi à *Noirmoutiers*. Numéro 2236.

1° Obligation sig. en faveur de Sébastien Zamet, dont la quittance à la suite est signée par ce dernier. 1595 et 1607. 2 p. et demie in-fol.

2° Obligation notariée sig., en faveur du même Sébastien Zamet, la quittance également signée par lui. 1596 et 1607. 1 gr. p. et quart in-fol.

3° Acte notarié, deux fois sig., signé aussi par Jean Pol de Lussan. 1599. 6 p. in-fol.

2648. SAUVO (François), publiciste, directeur du *Moniteur Universel*. N. 1772. M. 1850.

1° L. aut. sig., au citoyen Méjan. Paris, 27 thermidor. 2 p. in-4.

2° L. aut. sig., au même. Paris, 5 brumaire an IX. 1 p. in-4.

3° Notice nécrologique impr. 45 p. in-8, et lettre d'envoi de M. Alexandre Corby a M. Lucas de Montigny. 5 août 1851. 1 p. in-8. Intéressante.

Sarrazin (Adrien, comte de), poëte, auteur dramatique. N. 1773. L. aut. sig., à M. Louis, libraire. Vendôme, 30 novembre 1831. 1 p. et quart in-8.

Saint-Marc Girardin (Marc *Girardin*, dit), membre de l'Académie française. N. 1801. 1° L. aut. sig. 1 p. et demie in-8. — 2° Note aut. sig. 2 p. in-8. — Son discours de réception à l'Académie française.

3649. SAVOIE (Maurice, cardinal de), prince d'Oneille.

Prince ambitieux et turbulent qui, en disputant à Christine de France la tutelle de Charles Emmanuel II, suscita une guerre civile en Savoie.

L. aut. sig., au cardinal de Richelieu. Juillet, 1627. 1 p. in-fol.

Remerciements du soin qu'il lui plait de prendre pour lui faire recevoir quelque assistance, etc.

2650. SAVOT (Louis), médecin ordinaire du roi. 1579-1640.

Traducteur du Traité de Galien sur la saignée et auteur d'ouvrages de numismatique et d'architecture. Auteur de l'*Architecture française des bâtiments particuliers*, ouvrage annoté par Blondel. (*L. de M.*).

Quitt. sig. (sur parch.), de la somme de 600 livres, à lui ordonnée par S. M., pour l'état et appointements qu'il plait lui donner durant l'année dernière, à cause de sa charge de médecin, etc. 12 janvier 1622.

2651. SAXE (Arminius ou Hermann-Maurice, comte de), fils naturel d'Auguste II, roi de Pologne, maréchal de France. N. 1696. M. 1750.

L. aut. sig., au comte... A l'armée, 3 août, à midi. Deux tiers de page in-fol. Cinq *portr.*

«..... Je ne connois autre chosse a M. de Waldec que 10 batailons et 15 es
« cadrons qui sont sui vis de l'armée l'on pretant que les Wirtz bourg l'ont
« joint, je ne sais se que sait que printz l'ont et je ne le trouue pas sur mes
« cartes il oret etes a souhaiter que vous ussies peu empêchre le P. de Waldec
« de communiquer avec les troupes qui sont aupre de Bergen Obsom... »

2652. **SCEPEAUX** (Marie-Paul-Alexandre-César de Boisguignon, comte de), un des chefs de l'insurrection Vendéenne, lieutenant-général, etc. N. 1767. M. 1821.

L. aut. sig., au comte (de Mirabeau). Au château de Moulinvieux au Maine, par Sablé, le 28 juin 1790. 1 p. pl. et demie in-4.

La ville de Château-Gontier du département de Laval, au Maine, désire avoir un évêque ; elle a même envoyé deux députés à l'Assemblée nationale pour lui demander cette préférence ; « je ne sais pas trop pourquoi, quarante prêtres de « plus qui chantent du latin que personne n'entend, et qui pour la plus part « ne savent pas parler raisonnablement pendant une demi-heure pour l'instruc- « tion publique ne seront pas d'une grande utilité à cette ville ; enfin, ses habi- « tants qui savent, que depuis bien des années, je suis dans l'habitude des « bontés de votre famille et à qui j'ai fait présent des ouvrages de monsieur « votre père, et de tous ceux des économistes, se sont adressés à moi pour les « recommander à votre justice et à vos bons offices... »

2653. **SCHOMBERG**, Scomberg ou *Schœnberg* (Gaspard de), comte de Nanteuil, grand maréchal des Reîtres, négociateur, etc. M. 1599.

1° Deux quitt. sig., (sur parch.). 1578 et 1588.

2° Acte notarié, sig., signé aussi par sa femme, Jeanne Chastaigner. 1580. 2 p. in-fol.

3° Transfert notarié, sig. 1596. 2 p. in-fol.

4° L. aut. sig., à M. de Rambouillet. *Nantheuil, ce vendredy 19 de fév.* 1580. 1 gr. p. pl. in-fol. (Petite tache au milieu.) Belle lettre.

Il lui demande son avis et quel parti il faut prendre pour que Clermont d'Amboise, son gendre, n'encoure pas l'indignation et *mallegrace* du roi pour n'avoir pas été joindre Crillon, et quelle satisfaction il en doit faire au s^r de Châteauvieux...

Schomberg (Jeanne Chastaigner de), femme du précédent. Acte notarié, sig. 3 p. et demie in-fol.

Schomberg (Annibal de), fils des précédents. Acte notarié, sig. 1600. 1 p. et demie in-fol.

2654. **SCHOMBERG** (Henri de), comte de Nanteuil, fils du précédent, ambassadeur, surintendant des finances, maréchal de France. N. 1583. M. 1632.

Trois actes notariés, sig., signés aussi par sa mère, Jeanne Chastaigner. 1605 et 1611. Ensemble, 16 p. in-fol. *Portr.* Notice de M. *L. de M.*

2655. **SCHOMBERG** (Charles de), duc d'Halluyn, fils du précédent, maréchal de France. N. 1601. M. 1656.

1° Quitt. sig. (sur parch.). 1639. *Portr.* Notice de M. *L. de M.*

2° Acte notarié, sig., signé aussi par sa mère, Anne de La Guiche. 1632. 3 p. in-fol.

3° Contrat de mariage de Baptiste Rampounet, maître à danser des pages de la chambre du roi et de sa petite écurie, usant et jouissant de ses droits, demeurant à Paris, rue Jean Tison, paroisse Saint-Germain-l'Auxerrois, assisté de Antoinette Reté, sa mère, veuve de Claude Rampounet, vivant marchand drapier chaussetier en la ville d'Orléans... Signé par le maréchal, sa sœur, Jeanne de Schomberg, etc. 1616. 7 p. in-fol.

Schomberg (Charles de), colonel de cavalerie. Quitt. aut. sig. (sur parch.). 1674.

2656. **SCHOMBERG** (Armand-Frédéric de), maréchal de France. N 1619. M. 1690.

Un des sept maréchaux que Mme Cornuel appela *La Monnaie de Turenne.* Eminent homme de guerre, dont le sort fut étrange et malheureux. — Apres avoir glorieusement servi en France et obtenu la dignité de maréchal, quoique protestant, il fut déterminé par la révocation de l'édit de Nantes à reprendre du service auprès de son premier souverain, le prince d'Orange, devenu roi d'Angleterre, sous le nom de Guillaume III. Ses succès s'accrurent rapidement par l'assistance de Schomberg, mais celui-ci, victorieux à la bataille de la Boyne, y périt par l'effet d'une méprise de ses propres soldats. (*L. de M.*)

Deux quitt. aut. sig. (sur parch.). 1676 et 1685. *Portr.*

2657. **SCHULEMBERG** (Jean-Mathias, comte de), général allemand au service de Victor-Amédée II, roi de Sardaigne. N. 1661. M. 1747.

L. aut. sig., à M... Hannover, 14 décembre 1716. 1 p. in-4.

2658. **SCHWARTZENBERG** (Charles-Philippe, prince de), ambassadeur d'Autriche à Paris, feld-maréchal, généralissime des armées alliées en 1814. N. 1771. M. 1820.

L. sig., au comte de Lacépède. Paris, 28 février 1811. 1 gr. p. in-fol. Deux *portr.*

Renvoi de la décoration du grand aigle de la Légion d'honneur dont le comte de Schaffgotsche, grand maréchal de la cour d'Autriche, décédé, était décoré.

2659. **SCRIBE** (Eugène), auteur dramatique, romancier, membre de l'Académie française. N. 1791.

1° L. aut. sig., à M. de St-Ange. Montalais, 11 juillet 1837. 2 p. in-8.

2° L. aut. sig., à M. Gide. 1er novembre.... 1 p. in-8.

3° Fragment aut. de comédie. 3 gr. p. in-4.

2660. **SCROFANI** (Xavier), littérateur, historien, économiste, agronome, académicien italien. N. 1756. M. 1829.

1° L. aut. sig., au citoyen Méjan. Paris, 7 ventôse an IX. 1 p. pl. in-4. Envoi d'une copie d'un mémoire au ministre de l'intérieur.

2° Copie de la main de Scrofani d'une lettre du citoyen Bourienne au premier consul. 1 p. et demie in-fol.

3° Mémoire présenté au premier consul sur le *Commerce de la France avec l'Italie*. Copie autographe. 16 p. in-fol.

2661. **SCUDERY** (Madeleine de), romancière, auteur de *Clélie*, d'*Artamène*, etc. N. 1607. M. 1701.

L'hôtel de Rambouillet la considérait comme sa *vice-reine*, pour ainsi dire; Mme de Sévigné l'appeloit *Sapho*, l'*illustre Sapho*, cette *merveilleuse muse*; Louis XIV la pensionnait; l'engouement étoit universel, et cependant Mlle de Scudéry n'a laissé qu'un nom vide et stérile; et personne ne s'avise de lire une page de ses énormes romans. Tallemant, quoique commensal de l'hôtel de Rambouillet, s'explique librement, selon sa coutume, sur Mlle de Scudéry. ... « Elle a plus d'esprit que son frère, mais elle n'est guere moins vaine; elle « dit toujours : *depuis le renversement de notre maison* : Vous diriez qu'elle « parle du bouleversement de l'empire grec. Pour la beauté, il n'y en a nulle; « c'est une grande personne maigre et noire, et qui a le visage très long; elle « est prolixe en ses discours, et a un son de voix de *magister* qui n'est nulle- « ment agréable. (*L. de M.*)

L. aut. sig., *Pour Monseigneur l'évesque de Soissons*. Sans date. 1 p. pl. in-4. Cachet armorié en cire rouge. Quatre *portr.* Belle lettre.

« Si ie n'estois pas un peu malade et fort affligée de la mort de M. le mares- « chal de Créqui, i'accepterois auec ioye l'honneur que uous me uoulez faire, « monseigneur, mais ie n'ay pu encore aller uoir mes amies affligées et il n'y « aurait nule raison d'aller me resiouir dans ce temps ou ie dois pleurer auec « elles... »

2662. **SCULPTEURS**, *statuaires* français. Cinq pièces.

Bertrand (David). Quitt. sig. (sur parch.), de la somme de 69 livres à lui ordonnée pour ouvrages et fournitures qu'il a faites à la cheminée du cabinet des bronzes étant dans les appartements du grand Arsenal de Paris... 29 mars 1687. — Degoullon (Jules). Quitt. sig. (sur parch.). Paris, 13 septembre 1703. — Desbœufs (Antoine) N. 1793. L. aut. sig., à M. Lucas de Montigny. 20 décembre 1844. 2 p. in-8. — Espagnandelle (Mathieu l'), et Philippe Caffier

Quitt. sig. (sur parch.), de la somme de 800 livres, à eux ordonnée, à compte de la sculpture en bois qu'ils ont faite pour les sculptures du roi au château de Versailles. 8 juin 1671. — ESPERCIEUX. N. 1757. M. 1840. L. aut. sig., à M. de Cayeux. 1 p. in-8.

2663. **SCULPTEURS,** *statuaires* français. Cinq pièces.

FLAMEN (Anselme), membre de l'Académie royale de peinture et de sculpture. M. 1730. Quitt. aut. sig. (sur parch.). 1696. — RAON (Jean). Quitt. sig. (sur parch.). 1704. — REGNAUDIN (Thomas), professeur en la ville de Rome, et adjoint recteur en l'Académie royale des sciences. M. 1706. Acte notarié, sig. 16 janvier 1696. 2 p. in-fol. — TRUPHÊME (François). L. aut. sig., à M. Lucas de Montigny. 1 p. in-8. — TUBY, dit *le Romain* (Jean-Baptiste). N. 1630. M. 1700. Quitt. sig. (sur parch.). 1681.

2664. **SECOUSSE** (Jacques François-Robert), curé de Saint-Eustache. M. 1771.

1° L. aut. sig., à M. Boullenois, substitut du procureur général, en sa maison, rue de l'Observance. Paris, 13 mai 1763. 1 p. in-4. Cachet en cire rouge.

2° L. aut. sig., à M... sans date. 2 p. in-4.

Ces deux lettres sont relatives aux arrangements à établir pour les convois funèbres. Le plan sur lequel on vit actuellement date de 1687...

2665. **SECTION DE LA FONTAINE DE GRENELLE.**

Nous donnons textuellement, et dans sa forme, la pièce qui suit, à cause de sa teneur et de sa date. 1 p. in-4. Tête impr.

SECTION
DE LA FONTAINE DE GRENELLE

---

10 août 1792. L'an 4e de la liberté.
Assemblée permanente.

Monsieur Lefeuure commandant des citoyens armés de la section, est autorisé à faire conduire à la prison de l'Abbaye, trois Suisses étant actuellement au poste de la rue de Bourbon.

RAISSON, *président.*

Conformément à l'ordre du président de la section de la fontaine de Grenelle, le concierge des prisons de l'abbaye St-Germain, recevra prisonniers trois ci-devant garde suisse.

Paris, le 10 août 1792. Le commandant des citoyens armés de la dite section.
LE FEUVRE D'ARLES.

2666. **SEDAINE** (Michel-Jean), auteur dramatique, membre de l'Académie française. N. 1719. M. 1797.

1° Sa signature et une ligne aut. au bas d'une quittance pour différentes parties de rentes perpétuelles. Paris, 2 juin 1787. 1 p. et demie in-4. *Portr.* Deux feuilletons d'Adolphe Adam (*Constitutionnel*).

2° L. aut. sig., *à messieurs les comédiens, dits Italiens...* 27 mai 1792. 1 gr. p. pl. in-fol. Très-belle lettre. Intéressante.

Il leur envoie ce papier par lequel ils verront la demande qui lui est faite de permettre qu'on représente des ouvrages qu'ils ont en quelque sorte abandonnés. D'autres spectacles pour obtenir la même permission lui ont fait de grands avantages, en se servant de termes assez honnêtes pour qu'il les puisse accepter sans rougir... Il a permis à M. Boursault de jouer *Rose et Colas, Le mort marié* et *On ne s'avise jamais de tout*, pour qu'il pût essayer et connaître les talents des acteurs de province qui lui arrivent, et qui ne sont préparés que sur des ouvrages connus... Il dit en terminant : « J'ai permis au Théâtre des « Variétés de jouer *le Philosophe sans le savoir*, personne n'y va, et la cham- « brée est très-bonne lorsqu'au Théâtre de la Nation on joue la même pièce, « les vrais talents seuls peuvent donner de la valeur à un ouvrage, et lui attirer « la foule... »

2667. **SEGUIER** (Pierre), chancelier de France. 1588-1672.

Président très-iniquement partial du tribunal qui jugea, ou plutôt qui condamna Montmorency et Foucquet; aussi le vieux Arnauld d'Andilly disoit-il de Séguier «C'est Pierrot déguisé en Tartuffe» et cependant il paroit qu'il essaya de sauver l'infortuné De Thou. Du reste, la conduite de Séguier pendant la Fronde avait fourni à Foucquet, en plein tribunal, l'occasion de se venger de son juge hostile par des allusions d'autant plus cruelles qu'elles étoient justes..... Il paroît qu'il payoit une pension au menuisier et poëte de Nevers, maître Adam Billaud; celui-ci, en effet, en demande le paiement, dans un sonnet que je transcris ici, parce qu'il est assez bien tourné; et parce que sur mes dossiers, où j'écris volontiers plus de raretés que de bannalités, il est bon de consigner quelques échantillons de ces vieilles poésies qu'on n'a pas toujours et partout sous la main: voici donc le sonnet dont il s'agit: ... (cette notice de M. *L. de M.* est de 4 p. pl. in-4.).

1° L. avec la souscription aut. sig., à MM. les Prévôt, marchands et échevins de la ville de Paris. Paris, 30 août 1636. 1 p. in-fol. Cachets.

Ordre de payer au sieur Le Blond, marchand armurier, le prix de 2760 piques de Biscaye, à raison de 50 sols, et de 1500 fers de piques à raison de 10 sols pièce, qui ont été fournies pour le service du roi.

2° Ordre de payement sig., signé aussi par Louis de Bourbon, prince de Condé, surnommé *le Grand*. 1647. 1 g. p. in-fol.

3° Six *portraits*, in-8, in-4 et in-fol.

SÉGUIER (Madeleine Fabry, femme du chancelier). Deux quitt. sig.; *M. Fabry, chancelière de France* (sur parch.). 1677 et 1678.

2668. **SEGUIER** (Antoine), président au Parlement, ambassadeur à Venise. N. 1552. M. 1636.

1° Quitt. sig. (sur parch.). 1605.

2° Acte de vente notarié, sig., signé aussi par le vendeur, François de Montholon. 1611. 3 p. in-fol.

SÉGUIER (Jérôme), président au grand conseil. Quitt. sig. (sur parch.). 13 septembre 1604.

SÉGUIER (Tannegui), premier président au parlement de Paris. Quitt. sig. (sur parch.). 1636.

SÉGUIER (Pierre), marquis de Saint-Brisson, prévot de Paris. M. 1669. Quitt. sig. (sur parch.). 1665.

2669. **SEGUIER.** (Antoine-Louis), avocat général au Parlement de Paris. N. 1726. M. 1792.

L. aut. sig., à M... Paris, 9 sept. 1 p. in-4. *Portr.*

SÉGUIER (Antoine-Jean-Mathieu, baron), premier président à la Cour royale, pair de France. N. 1767. M. 1848.

1° L. aut. sig., à M. Cochu. 10 déc. 1808. 1 p. pl. in-4.

2° Note de vingt lignes aut. sig. (à la 3e personne), à M. Roland, statuaire, 10 février 1815. 2 p. in-4. Cachet. Cette note fait suite à un extrait du *Répertoire de Jurisprudence*, et est relative aux costumes de MM. de la cour de cassation.

3° L. a. s., au préfet de la Seine. Paris, 12 janvier 1819. 2 p. in-4.

Précautions à prendre contre l'incendie dans le palais de justice.

2670. **SEGUR** (Jean-Charles de), militaire, oratorien, évêque de Saint-Papoul. N. 1695. M. 1748.

En 1735, ce prélat publia un mandement, par lequel, parlant à son diocèse, il fait amende honorable, et déclare que l'ambition d'être évêque lui a fait accepter la constitution *Unigenitus*, quoique très-mauvaise en soi; que sa conscience lui a toujours reproché d'avoir conduit ses brebis dans la mauvaise voie; qu'il en demande pardon à Dieu; et que pour faire pénitence il a pris le parti de se retirer. Il quitta, en effet, l'évêché dont le revenu étoit de 35,000 livres et se réduisit pour le reste de sa vie, à la petite abbaye de Vermand, diocèse de Noyon. (*L. de M.*)

Quitt. aut. sig. des revenus de son abbaye. 24 mars 1707. Quart de p. in-4. — *Rétractation*, etc., gravure représentant son abdication. in-4.

2671. **SEGUR** (famille de). Douze pièces.

SÉGUR (le marquis de), capitaine lieutenant des chevau-légers du duc d'Anjou. Certificat militaire aut. sig. 1697. in-4.

SÉGUR (Philippe-Henri, marquis de), maréchal de France, ministre de la guerre. N. 1724. M. 1801. Trois lett. et pièces sig. 1782-1784.

SÉGUR (Louis-Philippe, comte de), fils du précédent, ambassadeur en Russie, grand maître des cérémonies de Napoléon Ier, historien, membre de l'Académie française. N. 1753. M. 1830. Deux lett. aut. sig. an XI et an XIII. 2 p. in-4. Fac simile d'une chanson de 8 couplets, intitulée: *Mon histoire*. Trois *portr*.

SÉGUR (Joseph-Alexandre, vicomte de), maréchal de camp, homme de lettres. N. 1753. M. 1805. Ordre de son incarcération à la maison d'arrêt de Port-Libre. 7 prairial an II. 1 p. in-4.

SÉGUR (Octave de), fils de l'ambassadeur, romancier. L. aut. sig., à M. Maradan, libraire. 1802. 1 p. pl. petit in-8.

SÉGUR (Philippe, comte de), lieutenant général, historien de la *Campagne de Russie*, membre de l'Académie française. N. 1780. 1° Billet aut. sig., à M. Lucas de Montigny. 1825. Tiers de p. in-4. —2° son nom et son adresse aut. — 3° Note aut. relative à sa maison du boulevart Malesherbes. 3 p. pl. in.4. —4° Son discours de réception à l'Académie française. 1830. 38 p. in-8.

SÉGUR (madame de). L. aut. sig., à Mme... Paris, 18 juin. 1 p. in-4.

2672. **SEIGNELAY** (Jean-Baptiste Colbert, marquis de), fils aîné du grand Colbert, ministre secrétaire d'Etat de la marine. N. 1651. M. 1690.

C'étoit, comme son père, un ministre habile et ferme. Boileau lui a adressé une de ses plus belles épîtres. Quoiqu'il eut été fort dévoué et fort utile, quand Seignelay mourut jeune, Louis XIV, s'il faut en croire l'abbé de Choisy, témoigna moins de regret de l'avoir perdu, que d'aise d'en être débarrassé. (*L. de M.*)

1° L. aut. sig., à M... 28 mars 1684. 1 p. pl. in-4. *Portr*.

2° Dix mots aut. sig. au bas d'une lettre, à M. Le Bret. Versailles, 5 septembre 1688. 1 gr. p. pl. in-fol.

Relative à un corsaire provençal qui a capturé l'archevêque de Bethléem et plusieurs passagers arméniens, en leur enlevant 47 mille piastres...

3° Copie du placet de l'archevêque, au roi, en italien. 1 gr. p. pl. et quart in-fol.

4° L. sig., à M. de Valbelle. Versailles, 22 mars 1674. 2 p. in-fol.

SEIGNELAY (Marie-Jean-Baptiste Colbert, marquis de), fils du précédent, maître de la garde-robe, etc. Quitt. sig. (sur parch.). 1709.

2673. **SENAC DE MEILHAN** (Gabriel), intendant de Hainault, intendant de la guerre, éditeur des *Mémoires d'Anne de Gonzague*. N. 1736. M. 1808.

1° Certificat militaire sig. 1783. 1 p. in-fol.

2° L. aut. sig., à M. de La Milière. 23 juin 1788. 5 p. in-4.

Sur la construction de routes en Bourgogne et en Bretagne.

3° L. aut., à M. le comte de la Roche-Aymon, à Reinsberg. Vienne, 4 mai 1795. 2 p. in-4. Cachet.

Félicitations à l'occasion de son mariage... Il est à Vienne depuis douze jours, on n'y souffre aucun Français, mais S. M. Impériale a daigné l'excepter..

2674. **SENARD** (Antoine-Marie-Jules), avocat, président de l'Assemblée constituante de 1848, ministre de l'intérieur. Né à Rouen en 1800.

L. aut. sig., à M. Jules Janin. 27 octobre 1841. 4 p. pl. in-8. Papier de deuil. *Portr*. Intéressante. — Note curieuse de M. *L. de M.* sur l'enveloppe.

Lettre intéressante au sujet de son mariage. Il a été profondément touché de la lettre toute obligeante qu'il lui a adressée à ce sujet, et il l'a considérée comme une marque d'estime personnelle... Il va pouvoir comparer chaque jour le tourbillon, les agitations, les bonheurs même de la vie qu'il quitte avec les émotions que le foyer domestique et la chaste intimité du mariage réservent à ceux qui, comme lui, y apportent un amour sincère et dévoué, et un cœur ouvert aux saintes joies de la famille ! « Joies biens pures et bien profondes, « vous pouvez m'en croire, monsieur, puisqu'apres une des plus rudes douleurs « qui puissent déchirer l'âme humaine, un père trouve encore la force de dire « merci à Dieu pour les années d'amour et de bonheur dont il n'a plus que le « souvenir ! Vous avez une âme à sentir tout cela, monsieur. Vous avez une « raison trop élevée pour ne pas apercevoir ce qu'il y a de doux et de sérieux « en même temps dans les devoirs que votre union vous impose. Aussi je vous « assure que, loin qu'il me soit possible de m'alarmer sur l'avenir de celle qui « a eu foi en vous, ce serait avec un étonnement bien pénible que je la verrais « jamais regretter le jour où elle a voulu vous confier le soin de son bon- « heur... »

2675. **SENATEURS,** *Pairs de France.* 32 lett. a. s. 2 *portr.*

Allent (Alexandre). 1819. 1 p. in-4. — Alton-Shée (Edmond. 1841. 1 p. in-8. — Aubernon. 1831. 1 p. in-4. — Barthélemy (Ant.) Franç.-Xavier-Sauvaire). Deux lett. 1848. 3 p. in-8. — Bastard d'Estang. Deux lett. 1823. 4 p. in-4. — Béthisy (Charles, marquis de). 1825. 2 p. in-8. — Boisjelin (marquis de). 1831. 2 p. in-4. — Bonet (Jean-Pierre-François, comte). 1818. 1 p. in-fol. — Chifflet. 1826, 1 p. in-4. — Cholet. Trois lett. 1795. 6 p. in-4. — Clément de Ris. Deux lett. 1801. 3 p. in-4. *Portr.* — Colchen. 1810. 1 p. in-4. — Dambray (le vicomte Emmanuel). Deux lett. 1826-1830. 3 p. in-4. — Davillier. An XII. 1 p. et demie in-4. — Davous. 2 p. in-8. — Dedelay d'Agier. Deux lett. 1799 et 1819. 2 p. in-4. — Doudeauville (le duc de La Rochefoucauld). Quatre lett. et une lett. sig. 1823-1839. 7 p. in-4. — Dreux-Brézé (Scipion, marquis de). Deux lett. 1837. 2 p. in-8. — Dupont (Jean, comte). Assignat de deux cents livres, sig. — Emmery (Jean-Louis-Claude), comte de Grosyeulx. 1802. 1 p. in-8. Deux *portr.* Très-beau lot.

2676. **SENATEURS,** *Pairs de France.* 40 lett. et pièces a. s. 2 *portr.*

Fabre (de l'Aude). Deux lett. 1826-1832. 3 p. in-8. — Fargues. 1804. 1 p. in-4. — Gaillard de Kerbertin. 1841. 3 p. in-4. — Gautier (J.-E.). Son serment. Bordeaux, 28 décembre 1823. 1 p. in-4. — Germiny. 1 p. in-4. — Grégory, comte de Marcorengo. 1811. 1 p. in-4. — Gueheneuc, valet de chambre de Louis XVI. Pièce sig. An X. 2 p. in-fol. — Herbouville. L. a. s. et lett. sig. 1803 et 1816. 3 p. in-4 et in-fol. — Jacqueminot, comte de Ham. 1837. 1 p. in-4. — Kergariou (le comte de). Sept lett. àM. Lucas de Montigny. 1826 à 1830. 10 p. in-8 et in-4, et l. de Mme la comtesse de Kergariou, au même. 1827. 2 p. in-8. *Eloge de M. le comte de Kergariou...* par Ath. Saullay de l'Aistre. Saint-Brieuc. 1851. Impr. 44 p. in-8. — Lamartillière. Deux pièces. 1817. 3 p. in-4. — La Roche-Aymon. Deux lett. aut. sig. et une lett. sig. 1819 et 1828. 3 p. in-4. — Lauraguais (Louis-Léon-Félicité de Brancas, duc de). L. a. s. et lett. sig. 1764 et 1821. 4 p. in-4. — Le Couteulx de Canteleu. 1802. 1 p. in-fol. *Portr.* — Lemercier (Louis-Nicolas, comte). An X. 1 p. in-4. — Lynch (le comte de). Deux lett. 1813. 3 p. in-8. — Marcellus. Deux lett. 1822 et 1825. 2 p. in-8 et in-4, *Portr.*, et lett. de Mme de Marcellus. 1825. 2 p. in-4. — Mortemart (le duc de). Apostille et lett. 1815-1840. — Mosbourg. 2 p. in-4. — Mun (le marquis de). 1828. 1 p. in-8. — Noé (le comte de). Deux pièces. 1820. 2 p. in-8. — Rivière (le duc de). 1 p. in-4. — Très-beau lot.

2677. **SENATEURS,** *Pairs de France.* 32 lett. et pièces aut. et aut sig. 3 *portr.*

Rousseau, maire du 3e arrondissement. Deux lett. aut. sig., à MM. Lucas de Montigny, etc. 1805 et 1815. 4 p. in-4. L. sig. au sujet du couronnement de l'empereur Napoléon. An XIII. 2 p. in-4, et des impr. lith. — SAINT-ROMAN (Alexis-Jacques), comte de Serre. Deux lett. 1814 et 1827. 4 p. in-4. — SAPEY. An XI. 2 p. in-4. — SCHONEN. Deux notes aut. d'élections. 1837. — SÉMONVILLE. 1803. 2 p. in-4. *Portr.* — SESMAISONS. 1829. 2 p. in-4. — SIMÉON. L. sig. 1812. 3 p. in-4. — TALARU. Deux lett. 1814 et 1821. 2 p. in-4. — TARBÉ DE VAUXCLAIRS. Trois lett. et pièces. 1817-1837. — TASCHER. 1830. 3 p. in-4. — TOURNON. Trois lett. et pièces. 1826-1833. 5 p. in-8 et in-4. — TRESMES (Bernard-François Potier de Gesvres, duc de). Quitt. aut. sig. (sur parch.). 1704, et pièce sig. 1731. 1 p. in-4. — TRIPIER. Trois lett. et une note aut. 1821. 5 p. in-8 et in-4. Deux *portr.* — VÉRAC (le marquis de). Trois lett. et pièces. 1814-1830. 3 p. in-4. — VILLEGONTIER. 1828. 1 p. in-4. — VIMAR. Deux lett. 1808 et 1819. 2 p. in-4 et in-fol. — Très-beau lot.

2678. **SENECEY** (Marie-Catherine de La Rochefoucauld, duchesse de Randan, femme de Henri de Beauffremont, marquise de), dame d'honneur d'Anne d'Autriche. Née en 1588. Morte en 1677.

1° Trois quitt. sig. (sur parch.), dont une de la somme de deux cent cinquante livres à elle ordonnée pour un semestre de ses gages de la charge de dame de la reine. 1625, 1664 et 1669.

2° Acte notarié sig. Paris, 12 juin 1615. 1 p. in-fol.

2679. **SENECTERRE** (François de), lieutenant-général au gouvernement de Metz et pays Messin.

Il avait été tant et si souvent blessé à la guerre, que sa conservation étoit pour ainsi dire réputée miraculeuse. Et pourtant Tallemant des Réaux parlant *de la hablerie* de cet homme *qui n'étoit*, dit-il, qu'un *parleur*, rapporte un couplet qu'aurait fait, pour s'en venger, François de Guise:

« Sénecterre
« Fut en guerre,
« Il porta sa lance à Metz,
« Mais
« Il ne la tira jamais. »

(*L. de M.*)

Quitt. sig. (sur parch.). 10 novembre 1558. Trace de cachet.

SÉNECTERRE (Jean de), baron de Fontenillet, sénéchal de Beaucaire et Nimes. M. Lucas de Montigny croit que c'est le bon Fontenilles ou *Fontanilles* dont parle Montluc. Deux quitt. sig. (sur parch.). 1563. Un est avec cachet.

SÉNECTERRE (Jean-Charles de), comte de Brinon, lieutenant-général. Deux quitt., dont une aut. sig. (sur parch.). 1670.

SÉNECTERRE (Jean-Charles, marquis de), maréchal de France. M. 1771. Trois lignes aut. sig., au bas d'un mémoire au sujet d'un militaire condamné. Paris, 1er mars 1758. 2 p. in-fol.

2680. **SENECTERRE** (Henri de), seigneur de La Ferté-Nabot, ministre d'Etat, ambassadeur en Angleterre, etc., confident d'Anne d'Autriche. N. 1573. M. 1662.

Si l'on en croit Bussy, Sénecterre, pour dissuader un ami d'une trop méticuleuse délicatesse, lui disoit: « A la cour les gens d'honneur ne doivent pas « avoir de chausses. » Si l'on en croit Tallemant des Réaux, Sénecterre aurait été l'époux morganatique de la comtesse de Soissons, devenue veuve. (*L. de M.*).

1° Quitt. d'une ligne aut. sig. (sur parch. incomplète). 1623. *Portr.*

2° Deux actes notariés, sig. 1611 et 1647. 5 p. in-fol.

2681. **SENECTERRE** (Henri, duc de *La Ferté*), fils du précédent, gouverneur de Moyenvic, puis de Lorraine, maréchal de France. N. 1596. M. 1681.

... Il avoit été, pendant la Fronde, et à la bataille de Saint-Antoine, le fidèle et utile auxiliaire de Turenne, concours glorieux, dont les biographies ne dirent mot, je ne sais pourquoi. C'est peut-être grâce à ce souvenir que Louis XIV paya 100,000 fr. pour la rançon de la Ferté, pris à Valenciennes. (*L. de M.*)

1° Deux quitt. sig. (sur parch.). 1657 et 1660. *Portr.*

2° L. sig., à M. de Saint-Martin, gouverneur de l'Hôtel des Invalides. 17 juin 1679. 2 p. in-8. Cachet en cire rouge. Intéressante.

2682. **SERENT** (le duc de), pair de France, ancien gouverneur du duc d'Angoulême et du duc de Berri.

1° L. aut. sig., à M. Huskisson. Londres, n° 13, George Street. 20 décembre 1804. 1 p.pl. et demie in-4.

2° L. aut., au duc d'Angoulême, à Bordeaux. 30 mars 1814. 2 gr. p. pl. et demie in-4. Très-belle lettre.

« Monseigneur, monseigneur, mon fils adoptif, tranchons le mot, mon ami, « et ce que j'ai de plus cher dans le monde, etc., etc. » Félicitations sur sa conduite en entrant en France, conseils à l'égard des acquéreurs des biens nationaux, des protestants dont il faudra respecter les droits, etc., etc.

2683. **SERGENT-MARCEAU** (Louis), graveur, administrateur de police de la municipalité de Paris, conventionnel, etc. N. 1751. M. 1847.

1° Ordre d'incarcération sig. par lui et par Danjou. 13 août 1792. Demi-p. in-4. Tête impr.

2° L. a. s., à M. Jules Taschereau. Nice, 19 nov. 1837. 3 p. in-4.

A propos des erreurs commises journellement par les historiens de la révolution, par les romanciers et autres, il se propose de lui envoyer pour la *Revue rétrospective* des rectifications sur divers passages... « Parmi toutes ces er« reurs, celles qui m'intéressent le plus, ce ne sont pas celles qui ont rapport « à un jeune héros qui me fut bien cher, que j'ai tenu dans son enfance sur « mes genoux, tandis qu'une jeune femme de 20 ans, sa sœur, lui donnait, a « dit son panégyriste, *les premières leçons de la sagesse, de l'honneur, du désin« téressement.* C'est de Marceau dont je veux parler... »

2684. **SERGENT-MARCEAU** (Louis). *Le même.*

L. aut. sig., à M. Jules Taschereau. Sans date. 4 p. pl. in-8.

Très-intéressante lettre de rectification de plusieurs erreurs sur le duc d'Orléans, sur l'adoption des trois couleurs qui sont les couleurs de la ville de Paris, sur l'origine du mot *sans culottes*, etc... Il a vu par exemple dans les journaux que M. de Conny dit que le duc d'Orléans paya à Robespierre par des complaisances, à Marat et Danton, de sa bourse, son élection à la Convention nationale. « Cela est contraire à la vérité, j'ai eu la preuve de la bouche « même de Marat que ce duc lui avait refusé 10,000 fr. qu'il lui demanda peu « de jours après le 10 août, et n'avait pas même daigné répondre à la lettre « qu'il lui avait écrite à ce sujet. Il en était furieux, et au corps électoral il « lui suscita des tracasseries... Et si quelqu'un a contribué à la nomination « de M. d'Orléans ce fut *moi* qui lui obtint les voix des électeurs extrà-muros, « qui me consultèrent sur ce choix, je les déterminai par ce *seul* motif, que ce « serait un triomphe pour le parti de la Cour de voir le peuple repousser avec « mépris un homme qui avait fait des sacrifices de sa fortune pour la cause « populaire, quel que fut le but qu'il s'était proposé, car ce fut lui qui fit naître « et publier la brochure de Siéyès *Qu'est-ce que le tiers état.*

« On imprime encore que la cocarde tricolore et le drapeau ont été emprun« tés au blason du duc d'Orléans, ce texte sert en effet l'esprit de parti, mais « ce n'est qu'ignorance. Voici le *vrai*. Le 14 juillet au matin on arracha des « chapeaux les rubans verts qu'on avait pris, parce que les électeurs réunis à « l'*Hôtel de ville* (remarquez cela) firent dire que c'était la couleur de la livrée « du comte d'Artois, et ils prescrivirent à la place le blanc, le bleu et le rouge. « C'était le blason de l'écu de la ville de Paris. Champ de *gueules* au vaisseau « d'*argent*, au chef d'*azur* fleurdelisé. Voilà les trois couleurs bleu, rouge « et blanc. Il n'y a pas de rouge dans les armoiries d'Orléans, champ *azur*, « fleur de lis d'*or*, lambel d'*argent*.

« Des mille personnes ont parlé des *sans-culottes*, comme des enfants par« lent du déluge. J'étais présent à la création de ce mot, résultat d'une con« versation entre députés constituants, où Dandré, si fameux alors, émit ce « mot par ironie sur plusieurs de ses collègues, mot qui fut relevé par Pétion « et Buzot. Mais on n'y attacha pas cette idée prise depuis de cheveux plats, « de veste et pantalon sale, etc. Bien loin de là, car l'objet de la plaisanterie

« fut des *culottes de velours*. — Vous voyez, monsieur, que je prends à tâche « de ne parler que de ce que j'ai *vu*, *entendu* ou *fait*.

« Et en ce cas je vous dirais aussi que j'ai vu le duc d'Orléans hausser les « épaules en recevant le nom d'*Egalité* par le procureur de la commune de « Paris, Manuel; il m'en parla avec pitié ironique lorsque sortant ensemble de « l'Hôtel-de-Ville, où je me trouvais en ce moment, je lui dis en riant: Comme « cela vous va bien le nom d'une nymphe a vous colonel de hussards et avec « des moustaches noires. — Vous me rendrez justice que je ne suis pas venu « à la commune pour changer mes noms, et que l'on m'a imposé ceux-là. Vous « avez entendu les tribunes applaudir à ce lourd Manuel. Que pouvais-je dire « et faire? Je venais solliciter pour mes filles que leur mere retient à Londres, « qui vont être déclarées émigrées, et j'ai dû sacrifier à ce puissant intérêt ma « répugnance a prendre ce nom burlesque pour moi... »

2685. **SERRE** (Hercule, comte de), député, garde des sceaux, ambassadeur à Naples. **M. 1824.**

L. aut. sig., au directeur de la comptabilité de la chancellerie. Colmar, 10 mars 1815. 1 p. in-fol.

Depuis le 1er août 1813 il n'a touché aucune somme à titre de traitement, ni des autorités françaises, ni d'aucunes autres autorites qui aient administré les Pays-Bas. .

2686. **SERURIER** (Jean-Mathieu-Philibert, comte), maréchal de France. N. 1742. M. 1819.

1° L. aut. sig., au général en chef Bonaparte, commandant en chef l'armée d'Italie. Quartier général de Trévise, 5e jour complémentaire an V. 1 p. et demie in-fol. Tête impr. Vignette. Deux *portr*.

2° L. aut. sig., au citoyen Amelot. Quartier général de Lucques, 24 nivôse an VII. 1 p. in-fol. Tête impr. Vignette.

Molitor (Gabriel-Jean-Joseph), comte, maréchal de France. N. 1770. M. 1849. L. aut. sig. Paris, 15 avril 1826. 1 p. in-4. Quatre *portr*.

Mortier (Edouard-Adolphe-Casimir-Joseph), duc de Trévise, maréchal de France. N. 1768. M. 1835. Deux pièces aut. sig. 1801 et 1807. In-4 et in-fol. Sept *portr*.

2687. **SERVIENT** (Abel de), marquis de Sablé, ambassadeur, secrétaire d'État de la guerre, surintendant des finances, membre de l'Académie française. N. 1593. M. 1669.

1° Quitt. sig. (sur parch.). 1630. Trois *portr*. Notice de M. *L. de M*.

2° Deux actes notariés sig. 1634 et 1651. 5 p. in-fol.

3° L. sig., au maréchal de Brézé. La Roche, 21 octobre 1642. 4 gr. p. pl. in-fol. Cachets et soies.

Relative aux violences commises par le sieur de La Grise, à la tête de vingt hommes armés de fusils et de pistolets. Curieux détails.

2688. **SERVIENT** (Ennemond), ambassadeur en Piémont, intendant de Police et finances de Pignerol.

1° Quitt. sig. (sur parch.) 4 décembre 1661.

2° L. aut. sig., à M... Turin, 2 avril 1662. 2 p. in-4.

Relative à 500 barils de poudre offerts par le duc de Savoie.

2689. **SERVIN** (Louis), avocat général. M. 1625.

C'est le généreux et patriote avocat général, si courageux, devant les *Seize*, qui, s'exprimant avec fermeté sur des édits bursaux apportés dans un lit de justice, fut si rudement apostrophé par Louis XIII, que l'illustre magistrat mourut sur la place de saisissement et de douleur. (*L. de M*.).

Quitt. de trois lignes aut. sig. (sur parch.). 1625.

2690. **SEVIGNE** (Charles, marquis de), fils de la mse de Sévigné, guidon des gendarmes du Dauphin, auteur de : *Dissertation sur l'art poëtique d'Horace*. N. 1647. M. 1713.

1° Quitt. aut. sig. (sur parch.). 1771.

2° Certificat militaire aut. sig. Paris, 3 juin 1682. 1 p. pl. in-4 en travers. Cachet en cire rouge.

Sévigné (le chevalier de), capitaine de vaisseau. Deux quitt. aut. sig. (sur parch.). 1678 et 1690.

Sévigné-Montmoron (Chistophe-Jacques de), enseigne entretenu au port de Brest. Quitt. aut. sig. (sur parch.). 1672.

2691. **SIBILLE** (Augustin), évêque constitutionnel du département de l'Aube.

L. aut. sig., à ses chers concitoyens, les administrateurs du district d'Ervy. Troyes, 25 octobre 1793, 3e de son apostolat. 1 gr. p. pl. et demie in-4.

Il leur donne dans le style le plus embrouillé, l'explication d'une permutation de cure entre les citoyens Coutant et Boursier.

2692. **SIBTHORP** (Jean), voyageur, professeur de botanique à l'Université d'Oxford. M. 1796.

L. aut. sig., à M. L'Héritier, conseiller à la cour des Aydes, à Paris. Oxford, 5 juillet 1789. 4 p. in-4. Cachet. Scientifique.

2693. **SICARD** (Roch-Ambroise Cucurron, abbé), métaphysicien, instituteur des sourds-muets, membre de l'Académie française. N. 1742. M. 1822.

1° L. aut. sig., au citoyen Lucas. 13 brumaire, 10 heures. 2 p. in-8. (Tachée). Trois *portr*. Notice de M. *L. de M.*

2° L. aut. sig., au citoyen Méjan. Paris, 12 messidor an IX. 2 p. in-4. Tête impr.

Il lui recommande diverses affaires… « Je suis si accoutumé à vos bontés, « aimable et bon citoyen, que mes yeux se portent toujours vers vous, quand « quelqu'un de mes amis a besoin d'un protecteur auprès du gouvernement, « dans quelque partie de l'administration que ce puisse être…

2694. **SIEYES** (Emmanuel-Joseph, comte), abbé, député aux Etats-Généraux et à la Convention, membre du Directoire, ambassadeur, consul, sénateur, etc. 1748-1836.

1° Ordre a. s., au recteur de l'Université. 24 mai 1791. 1 p. in-4.

Il doit n'admettre aux assemblées que ceux qui ont prêté serment.

2° Qu'est-ce que le Tiers-Etat? 1789. Impr. Seconde édition. 130 p. in-8.

2695. **SIGALON** (Xavier), peintre d'histoire. N. 1790. M. 1837.

1° Onze lignes aut. sig., à son ami Comeiras, détachées d'une lettre de H. Roustan. In-8 en travers. *Portr.*

2° Lett. sig. 1837. Invitation à venir visiter, au palais des Beaux-Arts, sa copie du jugement dernier de Michel-Ange.

3° Sigalon et ses ouvrages, par M. Jeanron. Impr. 15 p. in-8.

2696. **SIGAUD DE LA FOND** (Jean-René), physicien, chirurgien, correspondant de l'Institut. N. 1740. M. 1810.

1° L. aut. sig., à M. Haudry, président du canton de Soucy. Bourges, 13 brumaire an XIII. 1 p. et demie in-4. *Portr.*

Conditions d'admission au lycée de Bourges dont il est proviseur.

2° L. aut. sig., à M. Fourcroy, directeur général de l'instruction publique. Bourges, 18 sept. 1806. 2 p. pl. et demie in-4.

Au sujet de l'insubordination de certains élèves qui entraînent leurs camarades à commettre toutes sortes de fautes.

2697. **SILHOUETTE** (Etienne de). N. 1709. M. 1767.

Financier très-distingué et ennemi des abus. Maître des requêtes, puis, contrôleur général des finances (1757). Il opéra des réformes qui firent rentrer soixante-douze millions au trésor, mais ayant voulu continuer son œuvre d'amélioration en diminuant la dépense personnelle du roi, il fut disgrâcié et forcé de quitter le ministère au bout de huit mois. Alors, il jouit d'une grande faveur populaire, et l'on donna le nom de *Silhouette* aux portraits faits comme le sien dans les rues de Paris, à l'ombre de la figure. Il a laissé des ouvrages de différents genres: *Politique, Voyages et Traductions.*

1° L. sig. Versailles, 31 juillet 1759. 1 p. in-fol.

2° L. aut. sig., à Mgr... Au camp d'Hamal, 9 septembre 1747. 1 p. in-fol.

Respectueux compliment sur la naissance du nouveau prince (depuis *Egalité*) que le ciel vient de lui accorder.

SERVAN (Joseph), ministre de la guerre. N. 1741. M. 1808. L. aut. sig., à M. David. Paris. 1er juillet 1792. 1 p. in-4. Cachet.

2698. **SILLERY** (Nicolas Brulart, seigneur de), ambassadeur, président au Parlement, garde des sceaux, chancelier de France. N. 1544. M. 1624.

Conrart, qui n'est guère plaisant, raconte plaisamment que Sillery ayant été grièvement insulté par le fougueux cardinal de Sourdis, fut supplié par la belle et célèbre Isabelle Babou, mere du prélat, de pardonner à celui-ci ; durement rebutée par des refus positifs et par l'accusation d'être *mauvaise mère*, la pauvre femme se défendoit d'autant plus du reproche qu'elle ne le méritoit pas, et avoit longtemps demandé une explication qu'elle croyoit ne pouvoir plus obtenir, lorsqu'enfin le chancelier lui répondit avec une feinte brutalité : « N'est-ce « pas être fort mauvaise mère que d'avoir gardé toute la sagesse pour vous, et « de n'en avoir rien laissé à vos enfants. ? »

1° Quitt. sig. (sur parch.). 1623. *Portr.*

2° L. avec la souscription d'une ligne aut. sig., à M. de Rambouillet. Paris, 27 septembre 1575. 1 p. in-fol. Cachet.

SILLERY (Noël Brulart, chevalier de), commandeur de l'ordre de Malte, chevalier d'honneur de Marie de Médicis.

1° Acte notarié sig., signé aussi par le vicomte de Charmel, pour les fournitures de vingt chevaux de trait avec leurs harnais, pour le service de la reine. 1615. 3 p. in-fol.

2° Marché notarié sig., signé aussi par le vicomte de Charmel, de vins pour le service de la reine. — Le fournisseur est Vincent Voiture (père du poëte), *marchand de vins*, bourgeois de Paris. 1620. 3 p. in-fol.

SILLERY, aïeul de Mme de Genlis. Ordre de payement aut. sig. Sédan, 2 sept. 1638. Demi-p. in-8.

2699. **SILLERY** (Alexis Brulart, comte de Genlis, marquis de), député de la noblesse de Reims à l'Assemblée constituante, et de la Somme à la Convention. Né en 1737. Mis à mort en 1793.

1° Deux lett. aut. sig., à M. Pillon. Sans date. Deux demi-p. in-4. Un cachet.

2° Ordre de son incarcération à la prison de l'Abbaye, délivré par les administrateurs de la police de la commune de Paris. 2 août 1793. 1 p. in-4. Tête impr. Vignette.

3° Arrêté du Comité de sûreté générale, aut. sig. de Bazire, et sig. par Alquier, François Chabot et Julien (de Toulouse), qui ordonne son transfèrement à la prison du Luxembourg... où il aura la faculté de se faire soigner dans la maladie grave dont il est affecté. 11 août 1793. 1 p. in-4. Tête impr. Sceau en cire rouge.

4° Décharge sig. du concierge (Benoit) de la prison du Luxembourg, qui a reçu le citoyen Sillery, amené de la prison de l'Abbaye. 17 août 1793. Tiers de p. in-4.

2700. **SIMEON** (Joseph-Jérémie, comte), jurisconsulte, député, ministre du roi de Westphalie, ministre de l'intérieur en France, premier président de la cour des Comptes, etc. N. 1749. M. 1842.

1° L. aut. sig., à Mme de Limage, à Aix. 24 nov. 1791. 1 p. in-4. *Caricature* in-fol.

2° Note aut. concernant les dettes de Mirabeau. 2 p. in-fol. Curieuse.

3° L. aut. sig. Paris, 8 frimaire... Demi-p. in-4.

4° L. aut. sig., à M. Quatremère de Quincy. Cassel, 19 février 1809. 2 p. et demie in-4.

Relative à la direction à prendre pour faire parvenir à Cassel la statue en plâtre de l'Empereur, par Roland, destinée au roi de Westphalie.

5° L. aut. sig., à M. Roland, statuaire. Cassel, 6 juillet 1809. Demi-p. in-4.

... La statue (en plâtre) de l'Empereur n'est pas encore arrivée... « Je « présenterai au roi qui est maintenant à Dresde les renseignemens que vous « me donnez sur le prix d'une statue en marbre de l'Empereur. Je désire que « l'état des finances nécessairement épuisées par le passage de troupes, la « stagnation du commerce, et toutes les suites de la guerre permettent à Sa « Majesté d'élever bientôt ce monument à son auguste frère. »

2701. **SIMIANE** (Gabrielle de Pontevès de Carces, dame de), marquise de Gordes, belle-fille de Bertrand de Simiane, sr de Gordes, qui refusa de massacrer les protestants dans son gouvernement.

1° Procuration notariée sig.: *Gabrielle de Carces*. Paris, 30 sept. 1650. 1 gr. p. et demie in-fol.

2° Inventaire fait à la mort du marquis Guillaume de Gordes de Simiane, son mari, six fois signé par elle. 12 juin 1644. 50 p. in-fol.

Curieux détails des objets mobiliers d'une grande maison à cette époque, et du prix donné à ces objets. Ainsi le marc d'argent valoit alors 26 livres et le marc d'or 320 livres, prix inférieur à celui qu'indiquent plusieurs *monétaires*; *Leblanc*, notamment, cote le marc d'or à 384 livres à cette époque. (*L. de M.*).

2702. **SIMIANE** (Louis-Marie-Armand de), fils de la précédente, dit l'abbé *de Gordes*, aumônier du roi, évêque de Langres. N. 1625. M. 1695.

Cet *abbé*, cet *aumônier* de la reine, ce prieur, cet évêque, ce dignitaire de l'Eglise, perdit au jeu, *en une heure*, CENT CINQUANTE MILLE LIVRES, pendant le voyage de Louis XIV, ramenant à Paris Marie-Thérèse qu'il venoit d'épouser. Un pareil fait si public, si scandaleux, accompli en présence d'un jeune roi, d'un premier ministre cardinal, de deux reines dont la dévotion fervente, même exaltée étoit notoire; un tel fait, dis-je, paroîtroit incroyable s'il n'étoit attesté par les annalistes comtemporains, surtout par l'irrécusable témoignage de Mme de Motteville dont la réputation de véracité est proverbiale. D'ailleurs ce scandale n'est pas pire que celui qui, à peu près dans le même temps, étoit donné par l'abbé de Choisy qui, sous le costume de femme, et le titre de comtesse Desbarres, alloit dans le monde, à la Cour, dans les églises, dans tous les lieux publics, étaler les désordres les plus honteux, qu'alimentoient les gros revenus de plusieurs abbayes. — Il seroit curieux de savoir avec qui l'abbé de Gordes perdit en une heure 150,000 livres provenant aussi des fondations destinées par leurs auteurs à l'église, et aux pauvres, ses enfans; on peut supposer que c'est avec Louis-Henri de Brienne dont on a récemment publié les mémoires, qui parlent de ce fait. Les causes de sa disgrâce si extraordinaire sont sans doute encore assez obscures; mais il y a quelque probabilité qu'elle fut motivée entr'autres griefs par des torts honteux parmi lesquels on signaloit des infidélités commises dans des jeux de hasard... (*L. de M.*).

1° Acte notarié sig. 11 oct. 1650. 1 p. et demie in-fol.

2° Acte notarié sig., signé aussi par sa mère Gabrielle de Pontevès de Carces, payant les dettes de son fils. 1650. 12 p. in-fol.

3° Superbe portrait de Van Schuppen, grand in-fol. Bonne épreuve, mais avec des déchirures aux encoignures.

SIMIANE (Joseph de), capitaine au régiment de Navarre. Quitt. aut. sig. (sur parch.), 1690

SIMIANE DE CLARET (Louis de), marquis d'Esparon, lieutenant des gendarmes écossais, etc.

1° Acte notarié sig. Paris, 1711. 3 p. in-fol.

2° L. aut. sig., à M... Paris, 31 octobre 1715. 3 p. in-4.

Recommandation en faveur du comte de Mazetti qui a levé, pour le Pape, un régiment dans le Comtat Venaissin.

2703. **SIMIANE** (Pauline-Adhémar de Monteil de Grignan, marquise de), petite-fille de Mme de Sévigné. 1674-1737.

L. aut., à M. d'Héricourt. 22 juillet 1733. 2 p. pl. in-4. Deux *portr*. Cette lettre est certifiée véritable par M. François, vicomte de Villeneuve, et accompagnée d'une note aut. de M. Roger, de l'Académie française.

2704. **SIMON-VIENNOT** (Barbe-Henriette Viennot, dame Simon), auteur de *Marie-Antoinette devant le XIXe siècle*, etc.

Treize lettre aut. sig., à M. Lucas de Montigny, datées de Versailles, Montigny-lès-Dames, Besançon, etc., de 1835 à 1846. Ensemble, 35 p. in-8 et in-4. Intéressantes. Celle du 20 décembre 1838, datée de Besançon, est remplie de curieux détails sur la publication de son ouvrage : *Marie-Antoinette*, etc.

2705. **SINETY** (André-Louis-Esprit de), major de cavalerie, député à l'Assemblée constituante, secrétaire perpétuel de l'Académie de Marseille.

Mémoire aut. sig. *Sur la franchise du port, ville et territoire de Marseille*... Aut. sig. 7 p. in-fol.

2706. **SIPIERRE** (Philibert de Marcilly, seigneur de), gouverneur de Charles IX, l'un de ses écuyers d'écurie ordinaires. M. 1570.

Quitt. sig. (sur parch.). de la somme de 100 livres pour un quartier de ses gages d'écuyer. 1549. (Collect. et notice de M. de Monmerqué).

2707. **SIPIERRE** (Imbert de Marcilly, seigneur de), baron de Toisy, capitaine de trente hommes d'armes des ordonnances du roi.

Un des plus braves guerriers de son temps. Sully raconte qu'à la bataille d'Aumale Henri IV s'exposa si témérairement, résistant à toutes les représensentations que pouvaient lui faire ses plus affectionnés compagnons d'armes, que ceux-ci, au nombre de trente, résolurent de se tenir obstinément à ses côtés, en quelque occasion que ce fût. — Parmi eux était Imbert. Il fut blessé à la bataille d'Ivry où il tua le comte de Brunswick.

Quitt. sig.: *Imbert de Marsilly Sipierre* (sur parch.), de la somme de *sept vingt dix esculz sol un quart d'escus, icelle somme a nous ordonnée pour nostre estat et appointement de cappitaine de lad. compaignie*... à Crespin-lès-Rodez le 21 sept. 1586. Cachet brisé.

2708. **SIREY** (Jean-Baptiste), célèbre jurisconsulte. 1762-1845.

1° Cinq lett. et billets aut. sig., à M. Lucas de Montigny. 1813 à 1842. Ensemble, 6 p. in-8.

Dans celle du 2 janvier 1842, il croit devoir lui donner avis qu'une imputation atroce, et d'espèce toute nouvelle, contre Mirabeau, est consignée par M. de Cormenin, au livre des orateurs, édition toute récente, 5me alinéa antefinale : « ... Ce qui est moins douteux, c'est que Mirabeau voulait pousser ses « collègues à des excès, peut-être à des crimes, pour les punir ensuite de les « avoir commis. — Perdition satanique... » Rien de satanique autant que cette calomnie. — C'est bien dommage ; car vraiment l'article de Cormenin est admirable.

2° Cinq lett. et Billets aut., au même. 1812 à 1834. 7 p. in-8 et in-4.

3° Cinq lett. aut., à la citoyenne Mirabeau Du Saillant (plus tard Mme Sirey), à Limoges. An VIII. Ensemble, 16 p. in-8. Très-curieuses.

4° Six pages de notes aut., in-4 et in-fol.

2709. **SIRI** (Victor), historiographe de France. 1608-1685.

Déclaration testamentaire aut. sig. (en italien), en faveur du comte Bartolini. Au bas est une déclaration aut. sig. de La Reynie, signée aussi par François Bartolini. 8 octobre 1685. 1 gr. p. in-fol. Collection de M. de Monmerqué).

2710. **SIRIEYS DE MAYRINHAC** (J.-J.), député, directeur général du commerce et de l'agriculture. M. 1831.

1° Mémoire aut. sig., à S. A. R., Mgr. le duc d'Angoulême. Saint-Céré, 6 août 1815. 23 p. in-4. Très-intéressant.

Apres avoir, dans des considérations générales et particulières, passé en revue la situation de la France, par suite de la révolution française qui peut être considérée comme un torrent dévastateur, ayant sa première source dans cette doctrine hautement publiée, des principes de liberté, d'egalité et d'irréligion... Il conclut ainsi : « Jamais la France ne sera tranquille et heureuse, si « le gouvernement n'est point ferme, juste et sévere : jamais les Jacobins et « les Buonapartistes ne se croiront battus, que lorsqu'ils sauront que l'on ne « les craint pas. Cette secte réunie, que l'on regarde comme dangereuse n'est « rien lorsqu'elle est attaquée franchement. Lyon, Marseille, la Vendée, en « sont des exemples. A-t-elle jamais agi sans le concours du gouvernement, ou « sans sa bonté. Elle est faible, aussitôt qu'on la menace, elle est vile et basse, « aussitôt qu'on la punit : mais elle est terrible et insolente lorsqu'on la craint. « Il faut absolument sacrifier le parti coupable ; détruire les chefs sans rémis-« sion, chasser les complices, ôter les places aux subalternes, même les plus « petites, surtout celles qui approchent le plus du peuple. Ces moyens seuls, « justes, mais un peu violents, attaqueront le mal dans ses principes.— Il est « une autre secte, enfantée par nos troubles civils, et produite par les diffé-« rents calculs de l'ambition et de l'intérêt. Elle survit à tous les événements, « elle est de touts les partis, suivant les circonstances. Son essence est de ne « jamais se prononcer dans le danger ; mais extrêmement dans le calme. Elle « professe les idées libérales, l'oubli et le pardon : jamais elle n'attaque les in-« dividus, et sauve touts ceux qui peuvent la servir, dans les exceptions. Cette « secte de caméléons est la plus dangereuse. Montagnards sous Robespierre, « modérés avant fructidor, buonapartistes, royalistes, toujours ses disciples « prennent les couleurs à la mode, et comme les frêlons prétendent avoir com-« posé le miel des abeilles. Le roi, les princes, les ministres, les préfets : touts « les agents de l'autorite, touts les hommes influents, en sont entourés. Rien « ne les effraye, rien ne les humilie. Un jacobin vaut mieux, si un jacobin pou-« voit valoir quelque chose... »

2° L. aut. sig., au duc... Mercredi, 27 février 1828. 1 p. in-4.

2711. **SISMONDI** (Jean-Charles-Léonard Simonde de), historien, économiste, etc. N. 1773. M. 1842.

L. aut. sig., à M. de Fresne. Genève, 6 juin 1830. 2 p. pl. et demie in-4. Cachet. *Portr.*

Il lui exprime son opinion sur la conquête de l'Algérie par la France... Il a cru les Maures incapables de se gouverner sagement eux-mêmes, il a cru que nous avions le droit de les conquérir, le devoir de les garder. « Je crois comme « vous qu'ils sont encore trop barbares et trop corrompus en même temps « pour commander. Peuvent-ils l'être trop pour obéir ? Il me semble que j'ai « dit, que si on les laisse à eux-mêmes après avoir ravagé leur pays, ils retour-« neront nécessairement à la piraterie et au brigandage. Il en serait de même « si on les donnait au pacha d'Egypte comme on le prétend aujourd'hui. La « France seule, en les gardant, peut en faire des hommes. Il lui faudra long-« tems, bien longtems pour les élever à son niveau. Quand dans le cours des « siècles cette époque sera arrivée, je crois que l'Afrique pourra être émancipée... »

2712. **SMITH** (Adam), économiste. N. 1723. M. 1790.

L. aut. sig., à l'abbé Morellet. Edimbourg, mai 1786. 2 gr. p. et demie in-4. Déchirure par le cachet.

Lettre d'introduction pour John Bruce, professeur de logique, qui accompagne dans ses voyages M. Dundas ; regrets de la mort d'Helvetius, de Turgot, de Mlle de l'Espinasse, de d'Alembert, de Diderot ; compliments au baron d'Holbach...

2713. **SMITH** (Jean-Edouard), botaniste, fondateur de la société Linnéenne. M. 1828.

L. aut. sig. (en anglais), à M. L'Héritier, à Paris. Chelsea, 19 janvier. 3 p. in-4.

Scientifique : Description d'une *Asperula calabrica* qui est dans son herbier.

2714. **SOANEN** (Jean), célèbre prédicateur de l'Oratoire, évêque de Senez. N. 1647. M. 1740.

Janséniste inflexible, fameux *appelant* de la bulle *Unigenitus*. Condamné par le concile d'Embrun qu'on peut apprécier par son président, le cardinal de Tencin, le plus mal famé des prélats de son temps. (*L. de M.*)

1° L. a. s., à M... Paris, 16 déc. 1711. 2 gr. p. pl. in-4. *Portr.* in-4.

Relative aux affaires ecclésiastiques de son diocèse. Curieux détails.

2° L. aut. sig.: *Jean évêque de Senez, prisonnier de Jésus-Christ*, à Mme... 5 juin 1735. 2 p. pl. et demie in-4.

Encouragement au sujet de la dignité d'abbesse qui vient de lui être confiée.

3° *Etiam cruci affixa*, gravure allégorique in-fol.

2715. **SOBOLLE** (Roger de Commenge, sr de), gouverneur de Metz.

C'est le rude et fidèle *Sobolle* qui, haï pour ses exactions et actes arbitraires, soupçonna ou feignit de soupçonner les habitants de Metz d'avoir des intelligences avec le comte de Mansfeld, qui projetait de surprendre la ville. — Sobolle fit mettre deux habitants à la torture, fit emprisonner les plus notables (1601) et finit par être désavoué ou, tout au moins, remplacé dans son commandement (1603) par Henri IV. (*L. de M.*)

Quatre q. s. (sur parch.). Metz, 1599 et 1602. Curieuse signature.

2716. **SOISSONS** (Françoise d'Orléans-Longueville, veuve de Louis Ier de Bourbon, prince de Condé, comtesse de).

1° Trois actes notariés, sig.: *Francese d'Orléans*. 1595 et 1596. 10 p. in-fol.

2° Deux actes notariés, sig. 1594 et 1600. 22 p. in-fol.

Marchés pour fournitures de comestibles pour sa maison. Curieux détails pour les prix et la nature des objets à fournir.

2717. **SOISSONS** (Charles de Bourbon, comte de), 3me fils de la précédente, pair et grand-maître de France, gouverneur du Dauphiné. N. 1556. M. 1612.

1° Quitt. sig. (sur parch.). 14 oct. 1605. Cachet. Deux *portr.*, et vue gravée de l'hôtel de Soissons. Notice de M. *L. de M.*

2° Deux actes notariés, sig. 1609 et 1611. 4 p. in-fol.

3° Acte not. sig., signé aussi par sa mère, Françoise d'Orléans. 1586.

Soissons (Anne de Montafié, comtesse de), femme du précédent. 1° Quitt. sig. (sur parch.). 1618. — 2° Deux actes notariés, sig. 1613 et 1617. 4 p in-fol.

2718. **SOISSONS** (Louis de Bourbon, comte de), fils des précédents, grand-maître de France. N. 1604. M. 1641.

1° Quitt. sig. (sur parch.) 1619. *Portr.*

2° Acte notarié, sig., signé aussi par sa mère, Anne de Montafié. 1613. 4 p. in-fol.

2719. **SOISSONS** (Louis-Thomas de Savoie, comte de), duc de Carignan. N. 1658. M. 1702.

1° Acte notarié, sig. Paris, 18 mai 1694. 2 p. in-fol. Notice de M. *L. de M.*

Singulier marché, à longs attermoiements, pour fourniture de pain à 5 s. — et 4 s. — 6 deniers la livre.

2° Acte notarié, sig. 3 juillet 1694. 2 p. in-4.

3° Acte notarié, sig. par lui et par sa femme, dame Uranie de la Cropte de Beauvais. 18 mai 1695. 2 p. in-fol.

Marché pour la fourniture de *toute et telle quantité de viande de rotisserie, bonne, loyale et marchande, qui sera nécessaire pour LL. AA. et leur maison* (28 sous par pièce de viande).

Soissons (Eugène Maurice de Savoie, comte de), époux d'Olympe Mancini, père du précédent, colonel général des Suisses, etc. N. 1638. M. 1673. Quitt. sig. (sur parch.), de la somme de 18,000 livres, pour ses états et appointements ordinaires et extraordinaires en sa qualité de colonel général des Suisses, pendant les mois de janvier, février et mars 1667, à raison de 6,000 livres par mois... Notice de M. *L. de M.*

SOISSONS (Marie-Jeanne-Baptiste de Savoie, princesse de). Deux actes notariés (bail et transaction) sig., sig. aussi par Louise-Philiberte, princesse de Carignan. 1696. 4 p. in-fol.

2720. **SOLIÉ** (Jean-Pierre Soulié, dit), chanteur, compositeur d'opéras. N. 1755. M. 1812.

1° L. aut. sig., à M. Touchard, à Paris. Avignon, 4 avril 1807. 1 p. in-4. Déchirure par le cachet.

2° Sa signature et celles de *Gaveaux*, *Rézicourt*, *Juliet*, *Lesage*, *Camérani* et *Chenard*, au bas d'une lettre au citoyen préfet de la Seine. 28 fructidor an IX. 1 p. in-fol.

Annonce de l'ouverture de leur théâtre pour le lendemain 29.

2721. **SOLIGNAC** (Pierre-Joseph de La Pimpie, chevalier de), secrétaire, puis grand maréchal du duc de Lorraine. Stanislas Leszczynski, historien. N. 1687. M. 1773.

L. aut. sig., à M. Coignard, imprimeur du Roi et de l'Académie française. Lunéville, 16 mars 1748. 1 p. pl. et demie in-4. Cachet.

Relative à son histoire de Pologne qu'il désire faire imprimer. Il était su le point de partir pour Paris, quand M. de Voltaire arriva à Lunéville. Le plaisir qu'il lui fit de ne point quitter la cour pendant qu'il y serait, lui fit différer son voyage... etc., etc.

2722. **SOMBREUIL** (François-Charles Virot de), gouverneur des Invalides. Mis à mort en 1794.

1° Sa signature au bas d'une pièce régularisant la pension de 250 fr. d'un capitaine admis aux Invalides. 30 mai 1788. 1 p. in-fol.

2° L. sig., au citoyen Ronsin, adjoint au ministre de la guerre Paris, 12 mai 1793. 1 p. in-fol.

3° Ordre de son incarcération et de mise au secret à la prison de l'Abbaye, délivré et signé par Cally, Daujon et Lenfant, administrateurs de police et de surveillance de la municipalité de Paris. 16 août 1792. 1 p. in-4. Tête impr. Vignette. Cachet en cire rouge.

2723. **SOMBREUIL** (Mlle Virot de), fille du précédent, c[sse] de Villelume, célèbre par son dévouement filial. M. 1823.

L. aut. sig., à Mme de Prony, à Paris. Avignon, 28 août 1818. 1 p. pl. in-4. — Gravure la représentant sauvant son père à la prison de l'Abbaye.

Jolie lettre, très-affectueuse. Elle la prie de dire à M. de Prony qu'elle a lu à la fontaine de Vaucluse les vers qu'il y a écrits...

2724. **SONNINI DE MANONCOURT** (Charles-Nicolas-Sigisbert), naturaliste. N. 1751. M. 1812.

L. aut. sig., au préfet de la Seine. Paris, 12 nivôse an IX. 1 p. in-4. Beau *portr.* de Voysard.

FAUJAS DE SAINT-FOND (Barthélemi), géologue. N. 1741. M. 1819. L. aut. sig. La Haye, 3 messidor an III. 1 p. in-fol. *Portr.*

DELEUZE (Joseph-Philippe-François), aide naturaliste et bibliothécaire au Muséum d'histoire naturelle. N. 1753. M. 1835. 1° L. aut. sig., à sa cousine, Mme la marquise... Sisteron, 3 octobre 1780. 1 p. et demie in-4. (Fortement tachée). — 2° L. aut. sig., à M. le préfet de la Seine. 31 mai 1826. 1 p. in-fol.

2725. **SONTHONAX** (Léger-Félicité), député aux 500, commissaire à Saint-Domingue. N. 1763. M. 1813.

1° L. aut. sig., à son ami... 3 ventôse an IV. 1 p. et demie in-4.

2° L. a. s., au citoyen Locré. Paris, 15 brumaire an XI. 1 p. in-4.

2726. **SOREL** (Charles), sr de Souvigny, historiographe de France, généalogiste, etc. N. 1599. M. 1674.

Quitt. sig. (sur parch.), de la somme de 1,350 livres, « pour la « seconde demie année des gages à moy attribuez à cause de ma dite « charge... » 1649.

Du Cerceau (Jean-Antoine), jésuite, poëte en latin et en français, auteur dramatique, historien; précepteur du prince de Conti. N. 1676. M. (par accident d'un coup de fusil tiré par le jeune prince son élève) 1730. Approbation aut. sig, au bas d'un mémoire de dépenses faites au collége Louis-le-Grand, pour M. le prince d'Auvergne. 5 janvier 1719. 1 gr. p. pl. in-fol. En partie rongée par l'humidité à la marge extérieure.

Il résulte de ce mémoire de dépense, qui se monte à 31 livres 12 sous 6 deniers, que le dîner et le souper du prince coûtaient ensemble 1 liv. 5 sous ou un repas seul 12 sous 6 deniers...

2727. **SOUBISE** (Catherine L'Archevêque de Parthenay, fille de Jean, seigneur de). N. 1554. M. 1631.

Femme en premières noces, à 14 ans, de Charles de Quenellec, baron de Pont, en secondes noces de René, vicomte de Rohan... Cette femme si distinguée par sa naissance, par son courage héroïque, déployé notamment au siége de La Rochelle, a fait des vers, une tragédie, un pamphlet piquant contre Henri IV, etc. — Son premier mariage, attaqué sous prétexte d'impuissance, donnoit lieu aux extravagantes et cyniques formalités du *congrès*, lorsque la mort du mari, compris dans le massacre de la Saint-Barthélemi, mit fin au scandale et au procès. (*L. de M.*)

Acte notarié, sig. : *Catherine de Parthenay*. 1595. 4 p. in-fol.

2728. **SOUBISE** (Charles de Rohan, prince de), maréchal de France. N. 1715. M. 1787.

1° L. aut. sig., au duc de Fitz-James. Cassel, 5 oct. 1758. 2 p. et demie in-4.

2° L. aut. sig., au même. Cassel, 13 oct. 1758. 3 p. et demie in-4.

Il lui donne, dans ces deux lettres, des instructions détaillées sur les chemins qu'il doit prendre, d'après les mouvements de l'ennemi.

2729. **SOUBRANY** (Pierre-Auguste de), officier de dragons, député du Puy-de-Dôme à la Convention. Né en 1750. Suicidé et porté à demi mort sur l'échafaud en 1795.

Deux lignes aut. sig. au bas d'une lettre aut. sig. de Hte Richaud, son collègue. au citoyen ministre... Paris, 18 frimaire, an II, 1 p. et demie in-4.

Au sujet d'une calomnie infâme lue par le représentant du peuple Ysabeau contre les députés envoyés à l'armée de la Moselle.

Clauzel, député de l'Ariége a la Convention. M. 1804. L. aut. sig. à ses collègues, à la Convention. Toulouse, 25 fructidor an III. 1 p. pl. in-4. Tête impr. vignette. (Tachée au milieu).

Ennemi, comme eux, de tout esprit de parti, il hait également les terroristes, les fanatiques et les royalistes. « Que peut cette poignée d'insensés « contre les républicains qui forcent l'Europe à respecter leur indépendance? « L'acceptation de notre constitution qui, a ce que j'espere, sera généralement applaudie, va faire tout rentrer dans l'ordre... »

2730. **SOUFFLOT** (Jacques-Germain), architecte, constructeur du Panthéon. N. 1714. M. 1781.

L. aut. sig. Paris, 2 janvier 1779. 1 p. pl. in-fol. *Portr.*, et quatre vues du Panthéon et de l'Ecole de Droit.

2731. **SOULAVIE** (Jean-Louis-Giraud), vicaire général de Châlons, littérateur, résident de la République Française à Genève, etc. N. 1751. M. 1813.

1° L. aut., au citoyen Robespierre l'aîné. Genève, 1739. 2 gr. p. pl. et demie in-4. Curieuse.

« Je vous ay adressé, mon cher Robespierre, des notes sur différentes clas-
« ses de conspirateurs... Comme vous avés l'esprit juste et le cœur bien fait, « vous aurés jugé en vous même que j'etais un bon citoyen puisque je dénon- « çais tous les ennemis de la chose publique, et puisque on ne dénonce pas « les partisans d'une trahison dans laquelle on tremperait... » Situation embarrassante des agents secrets pour leurs communications... Conversation de plusieurs ennemis de la République... « Il me vient une idée : La conjuration « des poudres est possible en France, et si Roland, qui vous a placés dans une « salle suspendue sur des souterrains, avait pratiqué le moyen de vous faire « tous sauter. Et si la garde et la sûreté du Tiers était confiée à un Brisso- « tin? Mon imagination m'entraine, me porte peut-être dans des espaces très- « imaginaires, mais enfin il faut prévoir toutes les scéleratesses, et après la « mort cruelle de Marat et de Pelletier, il faut s'attendre à tout. Veuillés, mon « cher Robespierre, prendre en considération mes idées, elles ne sont pas « tant gigantesques... »

2° Généalogie de la maison de Mouraret, etc. Aut. 2 p. in-fol.

3° Minute aut. d'une lettre à Mademoiselle... 4 p. pl. in-4, et note aut. 1 p. in-8.

4° Epître de M***, à M... son frère, au sujet de sa thèse de bachelier en médecine. 1752. 8 p. grav. et impr. in-8, avec cinq vers aut. intercallés dans le texte.

5° Trois ordres d'arrestation et d'incarcération de Soulavie. An III. in-8 et in-4. Têtes imprimées.

6° L. aut. sig., d'un autre Soulavie, datée de Munich, le 10 ventôse an XI. 2 p. in-4. Curieuse.

2732. **SOULIE** (Melchior-Frédéric), romancier, auteur dramatique. N. 1800. M. 1847.

1° L. aut. sig., à M. Jules Janin. 10 oct. 1840. Demi-p. in-4.

Il lui adresse Mme Lambert de Strasbourg, dont la lettre (2 p. in-4) est incluse, et adressée aussi à M. Jules Janin.

2° Trois lett. aut. sig., à MM. le préfet de la Seine, Henri Berthoud et Giraud. 1835. 3 demi-p. in-8. Deux *portr.*, *charge* et notice impr.

2733. **SOULT** (Jean de Dieu), duc de Dalmatie, maréchal-général, ministre de la guerre. N. 1769. M. 1851.

1° L. aut. sig., au commissaire ordonnateur Boerio. Quartier général de Turin, 6 nivôse an IX. 2 p. in-4. Cachet. Tête impr. Huit *portr.*

Ordre de *faire monter un hospice pourvu de tous les objets nécessaires*, au mont Cenis, *vers la grande Croix*, vu les *accidants qui journellement arrivent à des militaires voyageant isolement*, etc.

2° Nomination sig. d'un conseil de guerre chargé de juger deux déserteurs. Au quartier-général, à Boulogne, le 26 prairial an XIII. 1 p. in-fol. — 3° Deux lett. sig. 1808 et 1814. 2 p. in-fol.

2734. **SOURDIS** (François d'Escoubleau, cardinal de), archevêque de Bordeaux. N. 1570. M. 1628.

1° Quitt. sig. (sur parch.). 4 juillet 1618.

2° Deux actes notariés, sig. 1607 et 1611. 3 p. et demie in-fol.

3° L. avec la souscription d'une ligne aut. sig., au cardinal de Richelieu. Bordeaux, 9 janvier 1625. 1 p. gr. in-fol. Cachets et soies. Mouillures au bas à la marge extérieure.

Il vient tout présentement de recevoir avis que ceux de la prétendue religion sont resolus de surprendre les iles d'Oléron et de Rhé et les fortifier, et qu'ils sont assistés de deniers par les finances, assurément le s^r de Jarnac en a reçu et en a donné pour lever des troupes, etc..

2735. **SOURDIS** (Henri d'Escoubleau de), frère du précédent, d'abord évêque de Maillezais, puis, archevêque de Bordeaux, guerrier et administrateur. M. 1645.

On sait les démêlés de cet orgueilleux archevêque avec d'Epernon, tout au moins aussi brutal et orgueilleux ; et qui, grâce au soulevement public et à la volonté inflexible de Richelieu, fut contraint, à 80 ans, de s'agenouiller devant le prélat qu'il avoit frappé publiquement, et de subir des réprimandes; le tout en présence du maire, des jurats de Bordeaux, de quatre présidents et de vingt conseillers, qui en dressèrent procès-verbal. Quelques années auparavant l'humble et doux archevêque, ayant insulté, en plein conseil, Nicolas de L'Hospital, maréchal de Vitry, en fut bâtonné; et le maréchal en fut quitte, en perdant son gouvernement de Provence, et en étant mis à la Bastille... (*L. de M.*)

1° L. avec la souscription de deux lignes aut. sig., au cardinal de Richelieu. Bordeaux, 14 novembre 1633. 1 p. in-fol. Cachets. *Portr.*

Il n'a pas manqué de lui rendre compte des persécutions que M. d'Espernon lui a faites, et d'envoyer les actes et procès-verbaux de tout ce qui s'est passé sur ce sujet à son frère et à M. Diseraux, pour l'en informer particulièrement. « Et je vous aduoue, monseigneur, qu'encore que les injures qu'on a « faictes à l'Église et à ma personne soient sans exemples, je reçois néan- « moins en ce rencontre un tres parfaict contentement d'apprendre par celle « qu'il vous a pleu me faire l'honneur de m'escrire, que vous me voulez encores « faire celle de me prendre en vostre protection... »

2° L. avec la souscription de deux lignes aut. sig., au même. Bordeaux, 27 novembre 1633. 2 p. pl. in-4. Cachets et soies.

M. d'Espernon est parti cette après dînée pour s'en aller à Plassac, et dès demain il ira conférer avec « messieurs du Parlement pour la levée de l'inter- « dit... Mardy prochain je ne manqueray pas de lever l'interdit, ainsy que « vous me l'avez ordonné, je donneray encore le mercredy aux cérémonies de « la feste St-André qui est nostre grande feste, et jeudy ou vendredy je par- « tiray pour me rendre auprès de vous. Le s^r de Varennes ayant parlé aux « jurats et leur ayant demandé pourquoy ils auoient envoyé le guet de la ville « assiéger l'archevesché, ilz luy ont respondu, que si M. d'Espernon leur « eut commandé, ilz eussent esté bien contraintz de le faire eulx-mesmes, « d'où il est facile d'inférer combien ilz sont ses esclaves... »

3° Ordre de payement, sig. 1636. 1 p. in-fol.

L. avec la souscription d'une ligne aut. sig., à M. Du Pont de Courlay, général des galères de France. Toulouse, le 16 juin 1627. 1 gr. p. pl. in-fol. Cachets. Fatiguée à la marge extérieure. Intéressante.

5° L. aut. sig. de Bernard Despruetz, chanoine de Xaintes, au cardinal de Richelieu. Xaintes, 25 décembre 1634. 3 gr. p. in-fol. Intéressante.

Il a reçu hier seulement la lettre qu'il a plu à Son Eminence de lui écrire. Il lui commande de lui mander la vérité de ce qui s'est passé en sa connaissance entre Mgr l'archevêque de Bordeaux et M. l'abbé de Coursan. « Il est « véritable, monseigneur, qu'ils ne s'entendent pas toujours bien, et qu'ils se « pleignoient réciproquement l'un de l'autre assés souuent. Les subiets, mon- « seigneur, sur lesquels ie les ay veus en contention, sont ceux-ci. Monsei- « gneur l'archevesque dressant l'acte, lequel monseigneur le duc d'Espernon « deuoit signer, et y voulant insérer par exprès, qu'il bastiroit une chapelle « dans l'Eglise de Saint-André en monument de satisfaction publique, Mon- « sieur de Coursan lui représenta, que cette pénitence sembloit estre affectée, « puisque le bref de Sa Sainteté, ny la subdélégation de monseigneur le car- « dinal de Bichi, ny vos ordres, n'en faisoient point mention. A cela monsei- « gneur l'archevêque répartit qu'il y auoit un autre bref du pape qui ne pa- « ressoit pas, lequel portoit cette charge. Monsieur de Coursan répliqua, qu'en « ces matières, ce qui ne paressoit point, estoit estimé n'estre pas ; qu'alléguer « un bref inconnu estoit faire iniure à celuy qu'il deuoit exécuter, duquel il ne « pouuoit estendre les rigueurs, etc., etc., etc. »

6° Deux minutes de lettres du cardinal de Richelieu à l'archevêque de Bordeaux, avec plusieurs corrections qui paraissent être de la main du cardinal. 1634. 2 gr. p. in-fol.

Au sujet de ses démêlés avec M. d'Espernon. Il dit dans une de ces lettres : « ... M^r d'Espernon prendra l'absolution de vous, vous visitera, vous donnera « la main droite chez luy lorsque vous luy rendrez la pareille. Il s'obligera a « bastir la chapelle dans le temps que M. le cardinal Bichi a prescrit..... Je « veux croire que M. d'Espernon fera de bonne grace tout ce qui sera néces- « saire en ceste occasion, mais quand cela ne seroit pas, je vous prie de vous « conduire en sorte que tout le monde juge qu'il ny ayt point de défaut de « vostre part. Je vous coniure aussi de prendre tellement garde à l'aduenir à « vos actions, que quoy qu'il se passe, on ne puisse vous donner le tort... »

7° Relation des cérémonies qui ont eu lieu à Coutras, le 20 septembre 1634, pour l'absolution donnée à M. d'Espernon, par Mgr l'archevêque de Bordeaux, et de toutes les circonstances qui ont accompagné cette absolution. Cette pièce curieuse, est la minute originale envoyée au cardinal de Richelieu par l'abbé de Coursan. 3 gr. p. pl. in-fol.

2736. **SOURDIS** (François d'Escoubleau de), père des deux précédents, gouverneur de Chartres. M. 1602.

1° Deux quitt. sig. (sur parch.). 1576 et 1589.

2° Acte notarié sig., signé aussi par sa femme, *Isabel Babou*, tante de Gabrielle d'Estrées. 1600. 5 p. et demie in-fol.

Sourdis (Henri d'Escoubleau de), marquis d'Alluye, etc. Acte notarié sig., de foi et hommage qui lui est rendu par un s[r] Lebesgue de Majainville, demeurant à Paris, rue *Traversante*, paroisse St-Roch, pour le fief, terre et seigneurie de Tartre et des Audreins, sis à Aulnay, etc. 1694.

2737. **SOUVRÉ** (Gilles de), marquis de Courtanvaux, maréchal de France. N. 1540. M. 1624.

Fidèle et courageux serviteur de Henri IV, gouverneur du dauphin (Louis XIII). Un des hommes les plus sages, les plus patriotes et les plus vertueux de son temps. Henri III disoit: « Si je n'étois pas roi je voudrois être Souvré. » La fameuse marquise de Sablé étoit fille de la vieillesse de Souvré, car elle étoit née en 1608. (*L. de M.*)

1° Deux quitt. sig. (sur parch.). 1576 et 1603. Une est avec cachet.

2° Acte notarié, deux fois sig. 1586. 4 p. in-fol.

2738. **SOYECOURT** (Antoine-Maximilien de Belleforière, marquis de), grand veneur de France.

C'est ce grand veneur, *monomane de chasse*, que Louis XIV, après la première représentation des *Fâcheux* (1661), désigna à Molière, en lui disant: « Voilà un original que vous avez oublié, » indication dont Molière profita si bien que s'étant adressé à Soyecourt lui-même pour en apprendre la technologie spéciale de la vénerie, il ajouta à sa pièce la fameuse scène de Dorante, composée, écrite, apprise et jouée dans les 24 heures. Ce fut ce même Soyecourt qui assista, comme témoin, le chevalier d'Albret dans le fatal duel (1651) où il tua Sévigné. (*L. de M.*)

Deux quitt. sig., *A M. de Belleforière-Soyecourt* (sur parch.). 1675 et 1676. L'une d'elle est fortement tachée.

2739. **SPIFAME** (Jacques-Paul), président au Parlement, évêque de Nevers, puis ministre protestant, négociateur à Francfort. Né en 1494. Décapité en 1566.

Ordre de payement sig. : *Spifame Euesq. de Neuers* (sur parch.). 6 juillet 1556. Belle pièce.

2740. **STAEL-HOLSTEIN** (Anne-Louise-Germaine Necker, baronne de), auteur de *Corinne*, etc. N. 1766. M. 1817.

1° L. aut. sig., à... Ce 1er jour complémentaire, an VI. 1 p. in-4. Papier bulle. L'en-tête a été coupée. Quatre *portr.*.

Elle demande la levée du séquestre ordonné par le directoire sur les biens de son père.

2° L. aut., à M. Nicolle, libraire à Paris. Genève, 18 décembre 1810. 2 p. in-4. Cachet.

Relative à des arrangements pour la publication d'un de ses ouvrages.

3° L. aut., à M... Sto..., 24 mars 1813. 2 p. pl. in-8. Curieuse.

Stael (Auguste de), fils de la précédente, littérateur. L. aut. sig., à M. le pasteur Marron. Paris, 26 juin 1820. 1 p. in-4.

2741. **STAEL-HOLSTEIN** (Mme la baronne). *La même.*

L. aut., à M. Suard. Maffliers (Seine-et-Oise), 24 septembre. 2 p. in-8. Deux *portr.* gravés. Notice de M. *L. de M.*

Voici la lettre de son père et les plus tendres amitiés de sa part. Elle va s'établir pour cet automne à une campagne à sept lieues de Paris... Elle veut qu'il sache combien elle est heureuse de se rapprocher de lui. Elle a lu avec un plaisir infini plusieurs morceaux de ses mélanges, et elle n'a pas besoin de lui dire à quelle distance elle trouve ceux signés S. de tous les autres. « Mais « dites-moi, je vous prie, si c'est Mlle de Meulan qui a écrit le morceau sur « Vauvenargues et celui sur le Thibet, les Anglais, etc. C'est tellement supé- « rieur, même à beaucoup d'esprit dans une femme, que j'ai cru vous y recon- « naître... »

2742. **STAIR** (John Dalrymple, comte), homme d'état et diplomate. N. 1673. M. 1747.

L. aut. sig., au maréchal de Berwick. Paris, 6 mai 1719. 2 p. pl. et quart in-4. Forte mouillure au bas des pages.

Il lui fait part de son *idée* sur la nécessité de prendre d'abord Bilbao. Il en a déjà parlé au duc d'Orléans...

Smith (Sir Williams Sidney), contre-amiral anglais. N. 1764. M. 1841. L. a. s., à M. le comte... Paris, 14 janvier 1817. 2 p. in-8. *Portr.*

2743. **STANISLAS Ier LESZCZYNSKI**, roi de Pologne, duc de Lorraine et de Bar. N. 1682. M. 1766.

1° Brevet sig. de barbier et perruquier, octroyé au sr Antoine Gillot, à la résidence d'Epinal. Lunéville, 1er juillet 1749. Parchemin in-fol. Sceau. Deux *portr.*

2° L. aut. sig., à M... Commercy, 23 mai 1750. Demi-p. in-4.

Il voit avec étonnement par la lettre qu'il lui a écrite, que M. le prince de Salm puisse douter un moment de son engagement.

2744. **STASSART** (le baron de), poëte, fabuliste, gouverneur de Bruxelles, etc. N. 1780. M. 1858.

1° L. aut. sig., à M. Morel, secrétaire perpétuel, de l'Athénée de Vaucluse. La Haye, 13 mai 1812. 3 p. in-4.

Envoi d'une médaille en or, quarante en argent et quarante en bronze, pour distribuer aux membres de l'Athénée de Vaucluse, ainsi qu'aux derniers concurrents de discours ou de poésie.

2° L. aut. sig., à M... Bruxelles, 22 janvier 1836. 1 p. et demie in-4.

3° Sur la nomination de M*** à l'Institut. Aut. sig. Demi-p. in-8.

« Mons Baldus entassant volume sur volume,
« Prend place à l'Institut pour prix de ses travaux.
« Ce que Parny doit à sa plume,
« Baldus le doit à ses ciseaux. »

2745. **STATUAIRES.** Neuf lett. aut. sig. Trois *portraits.*

Bion (Louis-Eugène). 1843. 1 p. in-4. — Bridan, à M. Lucas de Montigny. 1828. 2 p. in-4. — Dantan jeune. 1837. 1 p. in-4. *Portr.*, *charge* et notice impr. — Cartellier (Pierre). Deux lett. 1813. in-8 et in-4. *Portr.* — Debay père. 1828. 1 p. in-4. — De Bay (Jean). 1838. 1 p. in-4. — Dumont (Auguste). 1830. 1 p. in-8. — Etex. 1 p. in-8. — Très-beau lot.

2746. **STATUAIRES.** Treize lett. aut. sig. et une lett. sig.

Foucou. 1775. Demi-p. in-8. — Garraud (J.). L. sig. 1848. 1 p. in-fol. — Grenevich. 1837. 1 p. in-fol. — Guillot (Arthur), à M. Jules Janin. 1840. 1 p. pl. in-4. Intéressante. — Isabey, à M. Lucas de Montigny. 1848. 1 p. in-8. Relative au buste de Mirabeau qu'il lui a confié, lorsqu'il a été chargé de l'exécution de sa statue. — Nieuwerkerke (le comte de). 1845. 1 p. in-8. — Petitot (L.). 1838. 1 p. in-4. — Préault (Auguste). Quatre lett. 1842. 4 p. in-8. — Ramey fils (E.-Jules), à M. Lucas de Montigny. 1828. 1 p. in-4. — Valois (Achille). Deux lett. 1828-1837. 3 p. in-4. — Très-beau lot.

2747. **STOUF** (Jean Baptiste), sculpteur, élève de Coustou, membre de l'Institut. N. 1743. M. 1819.

L. a. s., à M. Méjan. Paris, 7 prairial an XII. 1 p. pl. in-4. *Portr.*

2748. **STROZZI** (Pierre), maréchal de France. M. 1558.

1° Quitt. sig. (sur parch.). 16 décembre 1551.

2° Ordre de payement sig. 1554. Demi-p. in-fol. Cachet brisé, en partie rongée par l'humidité.

STROZZI (Carles), conseiller et maître d'hôtel du roi. Quitt. sig. (sur parch.). 1561. Cachet.

STROZZI (Philippe), colonel général des bandes françaises. N. 1541. M. 1581. Trois quitt. sig.: *Philippe Trosse* (sur parch.). 1571. Notice de M. *L. de M.*

STROZZI (Louis), gentilhomme ordinaire du roi. Acte notarié sig. 1600. 1 gr. p. pl. et quart in-fol.

2749. **SUARD** (Jean-Baptiste-Antoine), littérateur, membre de l'Académie française. N. 1734. M. 1817.

L. aut. sig., à M. Roger. Paris, 17 juillet... 2 p. pl. in-4. Tête impr., et vignette de l'Institut. — Billet a. 1 p. in-18. Beau *portr.* in-4.

Il lui offre ses très sincères félicitations sur le succès brillant et non contesté de sa comédie...

MONVEL fils, secrétaire du consul Cambacérès. Deux lett. aut. sig., au citoyen Méjan. An VIII et an XIII. 2 p. in-4.

2750. **SUCHET** (Louis-Gabriel), duc d'Albufera, maréchal de France. N. 1772. M. 1826

L. aut. sig., au citoyen Amelot. Quartier général de Reggio, 12 nivôse an VII. 2 p. in-4. Tête impr. Neuf *portr.* Notice de M. *L. de M.*

2751. **SUE** (Eugène), littérateur, romancier, auteur dramatique. N. 1804. M. 1857.

1° L. aut. sig., à M. Jules Janin. 1 p. in-18. — 2° L. aut. sig., à M. Gosselin. 1 p. in-8. — 3° Le *Constitutionnel* et les *Sept péchés capitaux*. Caricature lith. in-fol.

2752. **SUE** (Pierre), aïeul du précédent, chirurgien, professeur, bibliothécaire. N. 1739. M. 1816.

Deux lett. et une quitt. aut. sig. 1781 et 1782. 3 p. in-8.

MOREAU (de la Sarthe), médecin. N. 1771. M. 1826. Certificat médical aut. sig. 1825. 1 p. in-4.

MONTALTO (D. Philotheo), conseiller et médecin ordinaire de la reine. Acte notarié sig. 1613. 2 p. in-fol.

MURRAY, médecin allemand. L. aut. sig., à M. Thouret, médecin à Paris. Gottingue, 24 juillet 1785. 3 p. pl. in-4. Intéressante.

2753. **SULLY** (Maximilien de Béthune, duc de), grand maître de l'artillerie, maréchal de France. N. 1560. M. 1641.

1° L. avec la souscription d'une ligne aut. sig. Paris, 19 janvier 1604. Demi-p. in-fol. Trace de cachet.

2° *Estat des procès de monseigneur le duc de Sully, pendans aux requestes du pallais, présenté à mond. seign., et appostillé par luy*, le mardy XIII sept 1616... 23 p. in-fol., chargées d'annotations de la main de Sully en marge de chaque procès.

3° *Estat du total reuenu de la Terre de Gazeran*, etc. 5 p. in-fol.

4° Deux pièces concernant une donation. 18 p. in-fol.

5° Lettres patentes de Henri IV, donnant à Sully entrée et séance au Parlement. 1602. Copie sur papier timbré. 2 p. et demie in-fol.

6° Arrêt du conseil (1618), pour un don de 300,000 livres fait par Louis XIII a Sully. Copie sur papier timbré. 2 p. et demie in-fol.

7° Dix *portr.* et une vue de l'Arsenal.

2754. **SULLY** (Rachel de Cochefillet, veuve de Châteaupers, puis seconde femme de). N. 1566. M. 1659.

1° Deux actes notariés sig.: *Rachel de Cochefillet*. 1642 et 1650. 6 p. et demie in-fol.

2° Quitt. sig. (sur parch.). Paris, 20 janvier 1654.

3° Contrat de donation universelle, à son fils François, duc d'Orval. 1640. Expédition notariée, sur parchemin. 10 p. et demie in-fol. — Et copie d'un acte notarié. 3 p. in-fol.

2755. **SULLY** (Maximilien-François de Béthune, duc de), prince d'Henrichemont, etc., fils aîné de Sully et d'Anne de Courtenay.

Acte notarié sig., signé aussi par son demi-frère, François de Béthune, comte d'Orval. 1642. 3 p. in-fol.

Sully (François de Béthune, duc d'Orval et de), pair de France, etc., fils de Sully et de sa seconde femme Rachel de Cochefillet. 1598-1678.

1° Deux quitt. aut. sig. (sur parch.). 1650 et 1676.

2° Deux actes notariés sig. 1671. 3 p. in-fol.

3° Expédition notariée d'une donation universelle. 1640. 6 p. et demie in-fol.

4° Deux pièces et mémoires le concernant. 1670 et 1705. 21 p. in-4 et in-fol.

Sully (Maximilien-François de Béthune, duc de), petit-fils du précédent, gouverneur du Dauphiné. N. 1657. M. 1685.

1° Acte notarié sig., signé aussi par sa mère, Catherine de la Porte. 1679. 1 p. et demie in-fol.

2° Expédition notariée d'une transaction entre le père de Maximilien-François, etc., et Charles de L'Aubespine. 1643. 16 p. in-fol. Rongée en tête par l'humidité.

Sully (Marie-Antoinette Servien, duchesse de), femme de Maximilien-Pierre-François de Béthune. Acte notarié sig. 1688. 2 p. in-fol.

2756. **SULLY** (Louis-Pierre-Maximilien de Béthune, duc de), fils posthume de Maximilien-François, Pair de France.

Je crois que c'est ce Louis-Pierre-Maximilien qui laissa impunément insulter Voltaire par le lâche chevalier de Rohan-Chabot. (*L. de M.*)

1° Trois lett. aut. sig., à divers. 1744. Ensemble, 6 p. in-4. Cachets. — 2° L. sig., à M. Runget, procureur au Parlement. 1736. 2 p. in-4. Cachet. — 3° Vingt et une pièces et quitt. sig. et aut. sig. 1726-1739. — 4° Bail notarié sig. 1711. 2 p. in-fol. — 5° Deux monitoires (imprimés) de l'official de Chartres. 1713. 2 p. in-fol. (Exemplaires semblables). — 6° Curieuse formule d'invitation (imprimée) de sa réception au Parlement, en la dignité de pair de France. 1733. 1 p. in-4. — 7° Acte d'achat du régiment d'infanterie de la reine. Expédition notariée. 1706. 10 p. in-fol. — Deux placards (imprimés) d'arrêts rendus en sa faveur, in-fol.

2757. **SULLY** (Thomas), peintre, artiste américain.

L. aut. sig. (en anglais), à M. Middleton Smith, à Charleston. Philadelphie, 5 février 1832. 3 gr. p. pl. in-4. Cachet.

2758. **SURCOUF** (Robert), capitaine de corsaire. 1773-1827.

L. aut. sig., au citoyen Pérignon, à Paris. Nantes, 20 messidor an VI. 1 p. et demie in-4. — Cet autographe est l'original du facsimile annexé (à la fin) à l'*histoire de Robert Surcouf, capitaine de corsaire, publiée d'après des documents authentiques, par Ch. Cunt, ancien officier de marine*. Paris, Chapelle. Sans date, en mai 1842. (*L. de M.*)

Envoi de pièces sauvées du naufrage de la *Seine* qui a été forcée de s'échouer après avoir fait une vigoureuse résistance... « J'ai appris la prise de « Malthe par Buonaparte, ce ne doit pas être là le seul but de son expédition, « mais nous n'en savons pas davantage, tant qu'à présent... »

2759. **TAGLIONI** (Marie), comtesse Gilbert des Voisins, danseuse célèbre de l'Opéra. N. 1809.

1° L. a. s., à Mme Godelé. 15 août 1829. 1 p. in-12. Deux *portr.*

2° L. aut. sig., à M. Jules Janin. Saint-Pétersbourg, 28 octobre 1840. 2 p. in-4. Belle lettre.

Qu'il ne croie pas qu'elle le remercie pour le charmant article qu'il a fait sur son bénéfice. « Vous ne vouliez ni me voir ni m'encourager par votre appro-« bation, car vous me traitez d'ingrate et de transfuge... »

2760. **TAILLASSON** (Jean-Joseph), peintre d'histoire, membre de l'Académie royale de peinture et de sculpture, littérateur, poëte. N. 1740. M. 1809.

La Nuit. Poëme gallique, imité d'Ossian. Manuscrit inédit autographe. 12 p. et demie in-4.

2761. **TALLEMANT** (François), abbé du Val Chrétien, 1er aumônier de *Madame*, membre de l'Académie française et de celle des inscriptions. N. 1620. M. 1693.

C'est le frère germain et puîné de Gédéon Tallemant des Réaux, resté inconnu pendant plus de deux cents ans, et devenu récemment fameux par la publication, tout au moins inutile, de ses *Historiettes* que, selon moi, on auroit dû laisser dans l'oubli, à cause des ordures et des scandales dont elles sont remplies, et dont la suppression réduiroit, pour ainsi dire, à rien, ce lourd recueil. — François Tallemant n'a laissé guères que des traductions, et c'est à propos de celle de Plutarque, que Boileau l'a qualifié le *sec traducteur du françois d'Amyot*. — Furetière l'a aussi durement et ingratement maltraité. Tallemant des Réaux, dont la malignité n'épargnoit personne, parle en ces termes de son frère François : « L'ambition le fit changer de religion (la fa-« mille étoit protestante); je ne sais si c'est la soutane qui lui a communiqué « l'avarice des gens d'église, mais il eut une âpreté étrange pour le bien. » Tallemant, du reste, ne traite pas mieux son pauvre pere, dans un long, frivole et fastidieux chapitre consacré à sa famille. (*L. de M.*)

Quitt. aut. sig. (sur parch.), de la somme de trois cents livres, pour un quartier de ses gages, à cause de sa charge d'aumônier du roi. 1665.

2762. **TALLEMANT** (Paul), cousin du précédent, abbé, prieur de Saint-Albin, intendant des devises et inscriptions des édifices royaux, memb. de l'Acad. française et de celle des inscriptions et belles-lettres. N. 1642-1712.

... S'il faut en croire l'aigre et amer Furetière, les inscriptions faites par Tallemant, pour les tableaux de Versailles, furent trouvées si mauvaises que force fut de les effacer. On trouve dans des notes des savants Monmerqué et Saint-Surin un document singulièrement honorable pour la mémoire de l'abbé Paul Tallemant. C'est une lettre pleine d'onction et de douceur par laquelle il reproche à Boileau, son ami, l'amère et immortelle épigramme par laquelle il a stygmatisé François Tallemant, cousin de Paul, à propos de la traduction de Plutarque : « ... le sec traducteur du françois d'Amyot. »

Quitt. aut. sig. (sur parch.), de la somme de neuf cents livres, pour les six premiers mois de ses appointements de sa charge d'intendant des devises et inscriptions des édifices royaux pour l'année 1686.

Tallemant (Gédéon), oncle de l'auteur, Tallemant des Réaux, conseiller du roi. N. 1613. M. 1668. Quitt. sig. (sur parch.). 1650.

2763. **TALLEYRAND - PERIGORD** (Charles-Maurice de), prince de Bénévent, évêque d'Autun, ministre, ambassadeur. N. 1753. M. 1838.

1° Trois pièces et lettres, dont deux sig. An VII, au X et 1814, in-4 et in-fol. — Eclaircissements donnés par le citoyen Talleyrand à ses concitoyens. An VIII. Impr. de 35 p. in-8. Entièrement tachée. — Et dix *portr.*

2° Etat des gendarmes nommés par le Directoire du département de la Seine, signé par lui, Davous, Anson, Glot, La Rochefoucauld, etc. 1791. 1 gr. p. in-fol.

3° Pièce de sept lignes aut. sig., relative à la vente du cabinet du physicien Charles. 1 p. in-8 en travers.

4° L. aut., à M.... à Montfort-l'Amaury. 15 septembre 1781. 1 p. pl. in-4. La signature a été enlevée.

Lettre curieuse au sujet de l'impression d'un prospectus pour annoncer une souscription pour un ouvrage de M. Lucas... Il désirerait que pour les personnes qui ne connaissent pas M. Lucas, on désignât un homme public, tel qu'un notaire, pour délivrer les quittances des souscriptions et recevoir l'argent. « J'ai passé par là, et je sais combien cette inattention de ma part a « donné lieu aux méchans de jaser calomnieusement. On alloit jusqu'à dire que « je mangerais l'argent de la souscription, et que l'ouvrage ne paroîtroit point. « Je n'avois fait cependant rien qui méritât cet abominable soupçon... »

2764. **TALLIEN** (Jean-Lambert), secrétaire greffier de la commune de Paris, conventionnel, membre du comité de salut public, etc. N. 1769. M. 1820.

1° Ordre du Comité de surveillance révolutionnaire de la section des Champs-Elysées, de conduire, en vertu d'un arrêté du Comité de salut public de la Convention, en la maison d'arrêt du Luxembourg, ou toute autre, le nommé Jean Guéry, désigné comme le jeune homme accompagnant la nommée Thérèse Cabarrus, femme Fontenay (depuis madame Tallien)... Douze prairial an II. 1 p. in-fol. Tête impr. Les signataires de cet ordre sont au nombre de huit.

2° Arrêté du Comité de salut public, sig. par lui et par Carnot, Thuriot, Collot-d'Herbois, Eschassériaux, Laloy et Treilhard, relatif à la remonte des chevaux de l'armée du Nord. Paris, 17 thermidor an II. 3 p. in-fol. Tête impr., avec la belle vignette de Quéverdo.

3° Ordre de transfèrement de la Force à la Conciergerie de Guillaume Delarue, prévenu de l'assassinat de Tallien, 11 messidor an III. 1 p. in-4.

4° La vérité sur les événements du 2 septembre (1792), par J.-L. Tallien. Impr. 6 p. in-8.

5° L. aut. sig., au maire du 2e arrondissement. Trois quarts de page in-4. Deux *portr.* Notice de M. *L. de M.*

Réclamation contre le logement de deux officiers anglais qui lui est imposé... « Je n'ai qu'un lit et il m'est physiquement impossible de loger ces messieurs « qui se sont convaincus par leurs propres yeux de l'exiguité du local... »

2765. **TALLIEN** (Thérèsia Cabarrus, veuve Fontenay, puis dame), épouse en 3e noces de Joseph de Caraman, prince de Chimay. N. 1773. M 1835.

Déclaration aut. sig. *Theresia Cabarus Tallien* des cotes de ses impositions. Elle demeure à Paris, rue de Babylone. 21 fructidor an VII. 1 p. in-fol.

2766. **TALMA** (François-Joseph). N. 1760. M. 1826.

L. aut. sig., à M. Auguste Rieusset, à Toulouse. Paris, 19 février 1825. 1 p. pl. in-4. Très-belle lettre. Intéressante. *Portr.* d'Aubert, in-fol.

2767. **TALMA** (François-Joseph). *Le même.*

L. aut. sig., à M. Callou. Demi-p. in-8. Cinq *portr.*

2768. **TALMA** (François-Joseph). *Le même.*

L. aut. sig., à M. Lecocq. Demi-p. in 8. Six *portr.* Fac simile d'une pièce de vers de Ducis.

2769. **TALMA** (Caroline Vanhove, femme de), puis comtesse Chalot, actrice du Théâtre-Français. N. 1770.

L. aut. sig., à M. Lucas de Montigny. Lundi, 12 janvier 1835. 2 p. pl. et demie, in-8. *Portr.* Intéressante.

Elle lui soumet son manuscrit sur l'art dramatique... Elle le prie de lui dire brutalement que ce petit essai ne vaut pas la peine d'être imprimé...

« Moi je n'ai pas la prétention d'être auteur, j'écris comme je parle, et je con-
« cevrais très-bien qu'il fallut autre chose pour se livrer à la critique. . Mon
« mari qui écrit sous ma dictée, n'a pas eu le temps de le recopier, et comme
« je ne veux pas le perdre pour des raisons que je vous dirai, je vous le fais
« passer tel qu'il est... »

2770. **TALON** (Omer), avocat général au Parlement, auteur de *Mémoires*. N. 1595. M. 1652.

Deux quitt. sig. (sur parch. Une est incomplète.) 1636 et 1640. Deux *portr.* in-8 et in-4. Notice de M. *L. de M.*

TALON (Jacques), frère du précédent, avocat général au Parlement. 1° Quitt. a. s. (sur parch.). 1644.— 2° Quitt. sig. (sur parch.). 1623.

TALON (Jean), secrétaire du roi, maison et couronne de France. Quitt. aut. sig. (sur parch.). 1661.

2771. **TALON** (Denis), fils du précédent, président à mortier au Parlement de Paris. N. 1628. M. 1698.

Quitt. d'une ligne aut. s., et quitt. sig. (sur parch.) 1692 et 1694.. Quatre *portr.*

TALON (Claude), secrétaire du cabinet du roi, conseiller d'Etat. Quitt. aut. sig. (sur parch.). 1665.

TALON (Gui Omer), garde-marine. Quitt. sig. (sur parch.) 1698.

2772. **TANEVOT** (Alexandre), premier commis des finances censeur royal, poëte, etc. N. 1692. M. 1775.

1° L. aut. sig., à M..... Versailles, 28 mai 1747. 1 gr. p. in-fol.

2° L. a. s., a M. Du Perron. Paris, 10 déc. 1754 3 p. pl. in-4. Relative à une belle édition de son ami Néricault Destouches qu'a commencée M. Du Perron... Il lui renvoie les deux épreuves qui lui ont été communiquées par son fils... « Je sais qu'il se proposoit de faire révision de toutes « ses pièces. Il l'auoit même commencée, et auoit desja fait plusieurs change- « ments dans une ou deux. Il me les a communiquées quelque temps avant sa « mort, mais l'exemplaire sur lequel il auoit trauaillé ne se retroue point, je « luy en auois pourtant renuoyé un dans lequel estoient les fils ingrats qu'il « auoit retouchés... »

2773. **TARDIEU** (Jacques), lieutenant criminel au Châtelet de Paris, l'*Avare de la X*e satire de Boileau. Assassiné avec sa femme, le 24 août 1665.

Quitt. sig. (sur parch.). 8 février 1641. Notice de M. *L. de M.*

2774. **TARGET** (Gui-Jean-Baptiste), avocat, constituant, membre de l'Acad. française. N. 1733. M. 1807.

1° L. aut. sig., à M. de Fonblanche. Paris, 15 juillet 1784. 3 p. in-4. Deux *portr.*

2° L. aut. sig., au citoyen Frochot, préfet de la Seine. Paris, 9 prairial an IX. 1 p. in-4.

3° *Observations de Target sur le procès de Louis XVI.* Imprim. de 7 pages in-8.

2775. **TASCHEREAU** (Jules-Antoine), littérateur, directeur de la bibliothèque impériale. Né à Tours en 1801.

1° L. aut. sig., à M. Lucas de Montigny. 24 mai 1836. 1 p. in-8, avec une note aut. de Mme de Lasteyrie, fille de La Fayette, annoncée dans la lettre.

2° L. aut. sig., au même. Paris, 28 avril 1851. 1 p. et demie in-4. Il n'avait pas la connaissance des articles de l'*Univers* qui ont soulevé son indignation, et aujourd'hui encore il n'est parvenu à trouver et à lire que le premier; « et en vérité c'est bien assez comme cela. Je trouve que ce serait « faire également injure à Molière que de prendre sa défense contre de pareilles « accusations en pareil style. Vous n'avez pas perdu le souvenir du *Mirabeau* « qu'avait peint M. Victor Hugo. M. Granier de Cassagnac a baptisé *Racine* de « polisson. Il manquait quelque chose à la gloire de *Molière*. M. Veuillot l'a « bien senti. Comment s'en fâcher? Je suis toutefois bien heureux, cher mon-

« sieur, que vous n'ayez pas pris la chose comme moi. Cela m'a valu un sou-
« venir de vous... »

3° Huit lett. aut. sig., au même. 1836 à 1850. Ensemble 8 p. in-8.

2776. **TASCHEREAU DE FARGUES,** fabricant de draps, membre du Comité révolutionnaire de la section Le Peletier, ambassadeur en Espagne, etc. 1750-1832.

1° Sa signature et celle de neuf autres membres du Comité de surveillance révolutionnaire de la section Le Peletier au bas d'un ordre au concierge de la maison d'arrêt du Luxembourg, de « recevoir « et écrouer les nommés *Wemmareng*, ancien capitaine des grena-« diers des Filles-Saint-Thomas; *Piquet*, aussi grenadier de la même « compagnie, arrêtés par ordre de notre Comité, comme très-sus-« pects, et le nommé *Maulgué*, arrêté par ordre du Comité de sûreté « générale comme suspect.... » 19 germinal an II. 1 p. pl. in-4. Tête impr.

2° L. aut. sig. de M. *Jules Taschereau*, à M. Lucas de Montigny. Paris, 27 mai 1836. 1 p. pl. et demie, in-4.

Très-curieuse biographie de *Taschereau de Fargues*, devenu escroc.

2777. **TASTU** (Sabine-Casimire-Amable Voïart, dame), poëte. Née à Metz en 1798. M. 185..

1° Trois lett. aut. sig., à M. Lucas de Montigny. 1828-1846. Ensemble, 5 p. in-8.

2° *A Mlle Aline Avenel à son départ pour l'Angleterre.* Vers aut. sig. 1 p. pl. in-8.

2778. **TAVANNES** (Gaspard de Saulx, seigneur de), gouverneur de Bourgogne, maréchal de France. 1509-1573.

1° Deux quitt. sig. *De Saulx* (sur parch.). 1554 et 1561. L'une d'elle a encore son cachet.

2° L. aut. sig., à la reine Catherine de Médicis. Du camp, près Mâcon, 16 juin. 1 gr. p. pl. in-fol.

Il la servira au mieux qu'il pourra, mais bien marri de ne pouvoir faire la guerre sans l'oppression et pillerie de ses sujets, etc., etc.

TAVANNES (Henri de Saulx, marquis de), second fils du précédent. Quitt. sig. (sur parch.). 1620.

2779. **TENANT DE LA TOUR,** bibliographe, éditeur de Malherbe.

1° L. a. s., à M. le marquis de la Morélie. 1845. 1 p. et quart in-8.

2° Trois lett. aut. sig., à M. Lucas de Montigny. 1843 à 1847. Ensemble, 4 p. in-8 et in-4.

3° *Un cabinet de M. Turgot*... Imprimé. 20 p. in-8. Curieux.

2780. **TENCIN** (Pierre Guérin, cardinal de), archevêque d'Embrun, puis de Lyon, ministre d'Etat. 1680-1758.

L. aut. sig., au grand maréchal... Paris, 14 juillet 1745. 1 p. in-4. *Portr.* Notice de M. *L. de M.*

Espérance pour la paix par suite des grandes victoires remportées en Flandre par le roi.

2781. **TENCIN** (Claudine-Alexandrine Guérin de), sœur du précédent, religieuse à Montfleuri (près Grenoble), chanoinesse. N. 1681. M. 1749.

Auteur du *Siége de Calais*, du *Comte de Comminges*... Auteur aussi, dit-on, de D'Alembert, qu'elle abandonna et fit exposer sur les marches de l'église de Saint-Jean Le Rond, d'où son nom : *Le Rond* D'Alembert... (*L. de M.*)

L. aut., au duc..... Paris, 21 juin 1743. 3 gr. p. in-4. *Portr.*

Lettre curieuse qui, dans un intérêt d'intrigue politique, en indique une à écrire, par voie indirecte, et sous forme déguisée, à l'envoyé du prince de Deux-Ponts.

2782. **TENDE** (Claude), gouverneur de Provence, capitaine des galères du roi. N. 1507. M 1566.

Quitt. sig. (sur parch.). 15 novembre 1550.

2783. **TERMES** (Paul de), maréchal de France. 1482-1562.

Quitt. sig. (sur parch.). 12 juin 1586.

TERMES (César-Auguste de Bellegarde, baron de), frère puîné de Roger de Bellegarde, premier écuyer du roi. Tué au siége de Clérac, en 1621.

C'est le héros de la galante et scandaleuse aventure de la belle Sagonne de La Bourdaisière, une des filles d'honneur de la reine. Le père étoit Georges Babou. Il y a partout des récits de cette historiette, dont la prude Marie de Médicis fit si grand bruit; celui de l'Estoille, assez débraillé, se termine ainsi: « Le Pere Cotton (confesseur de Henri IV) qu'on tient fort habile homme en « telles affaires, et autant versé en cette étude, possible, qu'en celle de sa « théologie, s'employa fort à faire la paix de la Sagonne et de la dame de « Brou » (la gouvernante des filles d'honneur) « avec la reine. Mais il y perdit « son escrime, Sa Majesté s'y étant rendue inflexible, comme elle fait toujours « où il y va de l'honneur et de la chasteté. » (*L. de M.*)

1° Quitt. sig. *Termes* (sur parch.). Paris, 20 juillet 1607.

2° Deux actes notariés, sig. : *Aug. de Bellegarde*. 1617. 3 p. in-fol.

2784. **TERNAUX** (Guillaume-Louis, baron), manufacturier, député. N. 1763. M. 1833.

L. aut. sig., à M. le préfet de la Seine. Saint-Ouen, 26 avril 1829. 1 p. in-4. Quatre *portr.*, dont celui de Renard, in-4.

2785. **TERRAY** (l'abbé Joseph-Marie), contrôleur général des finances. N. 1715. M. 1778.

L. aut. sig., à M.... Paris, 9 mars 1769. 1 p. in-4. Trois *portr.*

TERRAY, intendant. L. aut. sig. 24 mars 1791. 1 p. in-4.

2786. **TESSE** (René de Froulay, comte de), maréchal de France, ambassadeur en Espagne. N. 1650. M. 1725.

1° Certificat militaire aut. sig. 1684. 1 p. pl. in-4. Cachet. *Portr.*

2° Quitt. aut. sig. (sur parch.). 1685.

3° Copie d'une lettre du maréchal de Tessé au Pape. Rome, 2 janvier 1709. 4 gr. p. in-fol.

Curieux détails sur les intrigues de la maison d'Autriche.

TESSÉ (le comte de). L. aut. sig., au baron d'Ogny. 5 octobre 1778. 1 p. in-4. En tête et au bas, il y a la minute aut. de la réponse du baron d'Ogny.

Lettre curieuse au sujet du cachet de la reine qui lui a été remis pour avoir son contreseing comme elle l'a donné à touts ses grands officiers...

2787. **TESTART-DU-LYS** (Augustin-Jacques), *prêtre et gentilhomme*, domicilié *à Créteil*. Mis à mort en 1794.

L. a. s., à la *Cytoyenne* Isebe, à Créteil. Maison d'arrêt... 3 p. pl. in-4.

Il ignore le motif de son arrestation... « La seule chose dont on m'accuse « c'est de n'avoir pas fait le serment de l'égalité, etc., que j'ai ignoré et que « j'ignore encore... Je ne vous dirai pas à quelle peine la loi me condamne, « mais à l'exception de la mort on ne peut une peine plus accablante. Il s'agit « d'être exporté à la Guyanne... »

2788. **TESTU** (Laurent), chevalier du guet, et capitaine de la Bastille.

C'est l'officier lâche ou traître qui, le lendemain des barricades de 1588, livra la *Bastille* à Henri de Guise. L'Estoille dit que Testu « étoit plus propre au gouvernement d'une bouteille que d'une telle place. » (*L. de M.*)

Quitt. sig. (sur parch.). 1585.

TESTU (Jacques), abbé de Belval, membre de l'Académie française. M. 1706. Quitt. sig. (sur parch.). 1684. Notice de M. *L. de M.*

2789. **THARIN** (Paul C.-M.), évêque de Strasbourg, précepteur du duc de Bordeaux.

L. aut. sig., à Mme la marquise de Beaucaire. Strasbourg, 6 mai 1826. 1 p. et demie in-4.

Il est bien affligé de l'accident arrivé à M. de Beaucaire... Quant à lui il va beaucoup mieux, et quoiqu'il soit journellement en butte aux attaques des libéraux, il ne perd pas un moment de sa tranquillité ordinaire. « Ces messieurs « doivent être passablement déconfits, à la lecture de la lettre de monsieur votre « père, et de celle du consistoire. Cela leur donne de nouveaux degrés de « mauvaise humeur... Vraiment ils parlent et écrivent comme des furieux, « comme des enragés Je disais dernierement à mon docteur qu'il devrait se « présenter chez eux, leur offrir ses services, et les traiter pour la maladie de « la rage. Ainsi, vous voyez, madame la marquise, que je suis loin d'avoir du « ressentiment contre eux, puisque au lieu de leur souhaiter du mal, je m'oc- « cupe de leur guérison... »

2° L. aut. sig., à M. le général Borelli. 31 janvier 1830. 1 p. et quart, in-4. Envoi de secours pour sa protégée.

2790. **THEATRE-FRANÇAIS** (acteurs du). Dix lett., 4 *portr.*

Beauvallet. L. a. s. 1845. 1 p. in-8. *Portr.* — Dazincourt. L. sig. An IX. 2. p. in-8. *Portr.*— Desnoyers (Charles.) L. a. s. 1848. 1 p. in-8. — Guyon. Billet de 4 lig. aut. sig. (a la 3e personne). 1840. — Périer. L. aut. sig., à M. Jules Janin. 1842. 1 p. in-8. — Lemazurier. L. a. s. 1820. 1 p. in-4. — Randon. L. a. s. 1843. 1 p. in-8. — Samson. L. a. s. 1 p. in-8. *Portr.* — Valmore (F.-Prosper Lanchantin, dit). L. a. s. 1832. 1 p. in-8. — Victor (Victor Lerebours, dit: *Pierre-Victor*). L. a. s. Demi-p. in-8. *Portr.*— Très-beau lot.

2791. **THEATRE-FRANÇAIS** (actrices du). 13 lett. 16 *portr.*

Aubert (Anaïs). Deux lett. aut. sig. 2 p. in-8. *Portr.* — Candeille (Amélie-Julie), dame Simons, puis dame Périé. L. a. s. 1 p. in-8. *Portr.* — Devienne (Thévenin, dite), dame Gavaudan. Quitt. a. s. 1840. — Duchesnoy. L. a. s. (a la 3e personne). 1 p. in-8. Cinq *portr.* — Leverd. L. a. s. 1827. 1 p. in-4. Quatre *portr.* — Mante. L. a. s. 2 p. in-8. — Maxime. L. a. s., à M. Jules Janin. 1 p. in-8; curieuse. — Tousez (Charlotte-Zoé Régnier, dame). Trois petites lignes aut. sig. (a la 3e personne), à M. Lucas de Montigny. — Volnais. Deux lett. a. s. 2 p. in-8. — Volnys (Léontine Fay, dame). Deux lett. a. s. 2 p. in 18 et in-8. Quatre *portr.* — Très-beau lot.

2792. **THEMINES** (Pons de Lauzières de Cardaillac de), gouverneur de Bretagne, maréchal de France. 1552-1627.

Quitt. sig. (sur parch.). 1619. Notice de M. *L. de M.*

Théminès (Antoine de Lauzières de), baron de Montluc, conseiller du Roi, capitaine de 50 hommes d'armes de ses ordonnances. Tué au siége de Montauban, en 1621.

En 1619 il avoit tué en duel Henri, frère du cardinal de Richelieu. Tallemant des Réaux raconte à son sujet un fait romanesque. Antoine de Théminès aimoit une jeune et belle veuve, fille de l'illustre La Noue *Bras de fer*, et veuve de deux vieillards, le premier Chambray de Pierre Buffiere, dit *le brave*; le second J. de Ballengreville; Antoine se sentant mourir, chargea son père, le maréchal de Théminès, de porter ses regrets et ses adieux à la jeune veuve; et le maréchal s'en éprit, l'épousa, et mourut 5 ans apres, à 75 ans. — Cette Marie de La Noue, trois fois veuve, est du très-petit nombre des femmes que Tallemant n'a pas diffamées. (*L. de M.*)

Acte notarié, sig. 1616. 2 p. et demie, in-fol.

Théminès (Pons Charles de Lauzières, marquis de), petit-fils du maréchal, gouverneur de Domme. Tué au siége de Mardick. Quitt. sig. (sur parch.). 1641.

2793. **THENARD** (Louis-Jacques, baron), chimiste célèbre, membre de l'Académie des sciences. N. 1777. M. 1857.

Trois lett. aut. sig. (dont une à la 3e personne). 1828-1836. 3 p. in-8 et in-4. Trois *portr.*

MÉCHAIN (Pierre-François-André), astronome. N. 1744. M. 1805. Quitt. aut. sig. 1796. In-8 en travers.

2794. **THEOS** ou *Théot* (Catherine), se disant *la mère de Dieu*. Née en 1725. Mise à mort en 1795

1° Ordre des membres du Comité révolutionnaire de la section Bon-Conseil, pour l'arrestation et l'incarcération en la maison d'arrêt dite du Plessis, rue St-Jacques, des nommés Pierre Chevalier, et la citoyenne Catherine-Hélène Treffenscheidl, femme Chevalier, « prévenus d'être à la suite de la *Mère de Dieu*.... » Fait au comité, le 8 messidor an II. 1 p. pl. in-4.

2° Ordre du même Comité, avec la signature des mêmes membres, et délivré le même jour... de conduire à la même maison d'arrêt, la nommée Louise Masson, âgée de 51 ans, demeurant rue Beaurepaire, prévenue d'être à la suite de la *Mère de Dieu*. ... 1 p. pl. in-4.

3° Ordre du Comité révolutionnaire de la section de l'Observatoire, au concierge de la même maison d'arrêt, « de recevoir le nommé Jean-« Baptiste Mure, par suite d'opérations de l'affaire de Catherine Téot, « dite *Mère de Dieu*.... Au comité, ce 1er prairial, l'an second de la « République française, une, indivisible et impérissable... » signé par six membres. 1 p. in-8 en travers. Tête impr.

2795. **THEVENOT** (Melchisédech), voyageur en Orient, garde de la bibliothèque du roi. N. 1620. M. 1692.

Deux quitt sig. sur (parch.). 1665. M. 1677.

2796. **THIERRY** (Denis), imprimeur, libraire, juge consul de Paris. M. 1712.

Libraire de Boileau qui l'a nommé dans sa Xe épitre :

« Ou couvrir chez Thierry d'une feuille encor neuve... »

Quitt. aut. sig. (sur parch.). Paris, 22 février 1704.

2797. **THIERS** (Adolphe), journaliste, historien, député, ministre. N. 1797.

1° L. a. s., à M. Lucas de Montigny. 30 sept. 1840. 2 p. et demie in-8.

2° L. aut. sig., au même. Lille. 18 sept. 1846. 1 p. pl. in-8.

3° Deux *portraits* et trois *caricatures*.

2798. **THOMAS** (Antoine-Léonard), littérateur, membre de l'Académie française. N. 1732. M. 1785.

L. aut. sig., à M. Suard (à la 3e personne). Mardi matin. 1 p. pl. in-4. *Portr.*

Il a vu hier Mme Geoffrin qui lui a demandé des nouvelles de ses amis. Il a eu soin de lui dire le tendre intérêt que touts prenaient à sa santé, et combien ils désiraient de la voir. Cela a paru lui faire le plus grand plaisir, elle s'est attendrie, et s'est mise à pleurer...

2799. **THOMOND** (Charles O'Brien de Clare, comte de), maréchal de France en 1757, commandant en Languedoc.

1° L. aut. sig., *Clare*, à M... Paris, 1er déc. 1749. 2 p. in-4.

2° L. aut. sig., à M. Berryer. Montpellier, 14 février 1759. 2 p. et demie in-4. Affaires militaires.

2800. **THOU** (famille *De*). Quatorze pièces. 5 *portr.*

THOU (Adrien *De*), oncle et parrain de l'historien, conseiller au Parlement. M. 1571. Quitt. sig. (sur parch.). 1567.

THOU (Augustin *De*), frère du précédent, président au Parlement, signalé par son courage pendant la Ligue. M. 1595. Trois quitt. sig. (sur parch.). 1569, 1581 et 1594. *Portr.*

THOU (Christophe *De*), frère des précédents, père de l'historien, premier président au parlement de Paris. N. 1508. M. 1582. Deux quitt. sig. (sur parch.). 1572 et 1582. Notice de M. L. de M., qui commence ainsi : On dit qu'il mourut de chagrin et de remords pour avoir trop partialement jugé *La Salcède* (voir *Pinart*, au n° 2384 de ce catalogue, la minute de l'interrogatoire de La Salcède au château de Vincennes, en présence de la reine Catherine de Médicis), et pour avoir été maltraité par Henri III, malgré cette coupable complaisance; mais l'histoire a un reproche plus grave encore à lui adresser : C'est d'avoir consenti à faire partie de *la Commission* qui, lors de la conspiration réelle ou prétendue d'Amboise, jugea à Orléans, et condamna à mort l'oncle de Henri IV, Louis de Condé, assassiné à Jarnac, par Montesquiou, etc., etc.

THOU (Jacques-Auguste *De*), fils du précédent, co-administrateur des finances, garde de la Bibliothèque royale, président à mortier au parlement de Paris. N. 1553. M. 1617. Acte notarié, sig. 2 p. in-fol. Quatre *portr*. Notice de M. *L. de M*.

THOU (François-Auguste *De*), fils aîné du précédent, conseiller au parlement, ami de Cinq-Mars. Né en 1607. Décapité en 1642. Quitt. deux fois sig., (sur parch.). 1632. Notice de M. *L. de M*.

THOU (Jacques-Auguste *De*), frère du précédent, président aux enquêtes du parlement de Paris, ambassadeur en Hollande. N. 1608. M. 1677. Quitt. sig. (sur parch.). 1650.

THOU (Christophe-Auguste *De*), probablement frère de l'historien, gentilhomme ordinaire de la chambre du Roi. Deux quitt. sig. (sur parch.). 1599.

THOU (Christophe *De*), de Saint-Germain, maître ordinaire en la chambre des Comptes. Quitt. sig. (sur parch.). 1572.

THOU, (René *De*), s^r de Bonneuil, introducteur des ambassadeurs. 1° Quitt. sig., *De Thou*. (sur parch.). 1613.— 2° Deux actes notariés, sig., *Boneuil*. 1601 et 1608. 5 p. in-fol.

2801. **THOUIN** (André), savant botaniste, professeur, horticulteur membre de l'Institut. N. 1747. M. 1823.

1° Trois lett. aut. sig., à MM. Sévigné, l'Ormerie et Chaumette, an II, 1817 et 1818. 3 p. in-8 et in-4. *Portr*.

Par celle de l'an II, il envoie 300 espèces de graines pour le jardin botanique de Nevers.

2° Etat des graines composant le 19me envoi du muséum pour l'Egypte, etc. 1 p. aut. in-4.

3° L. sig., sig. aussi par Jussieu, Haüy et G. Cuvier. Paris, 13 vendémiaire an XIV. 2 p. in-4.

2802. **THOURET** (Jacques-Guillaume), avocat au Parlement de Normandie, député de Rouen aux Etats-Généraux, etc. Né en 1746. Mis à mort en 1794.

Rapport à l'assemblée nationale, aut. deux fois sig. 1er avril et 17 mai 1790. 9 gr. p. à mi-marge in-fol. Quatre *portr*.

Travail intéressant sur la mendicité en France et les mesures à prendre pour la supprimer.

2803. **THOUVENIN** (Joseph), habile relieur. 1791-1824.

1° L. aut. sig., à M. Basti (Paris). Sans date. 2 gr. p. pl. in-4.

Il lui fait part d'une idée heureuse; il vient de trouver le moyen de faire des roulettes dont les dessins continuent dans les angles, etc., etc.

2° Page de dessins appliqués et numérotés (au nombre de 24).

2804. **THURIOT LA ROSIERE** (Jacques-Alexis), avocat, député de la Marne à la Convention, avocat général à la Cour de cassation.

Il présidait à la séance du 9 thermidor, et refusa opiniâtrement de laisser parler Robespierre, qui le qualifia de *Président des Assassins*. (*L. de M.*)

1° L. sig. comme membre du comité de salut public, sig. aussi par Carnot, Tallien, Prieur et Treilhard, au général Muller, aux Pyrénées-Orientales. Paris, 7 fructidor an II. 2 p. in-4. Tête impr. Vignette.

Approbation du rasement des fortifications de Fontarabie, du fort Maya, e de touts les postes au-delà de la Bidassoa, à l'exception de Saint-Sébastien.

2° Note aut. sig. (à la 3me personne) sur ce qui s'est passé à l'assemblée des Théatins. 1 p. pl. et quart in-4.

Thoulouse, député de l'Ardèche à la Convention nationale. L. aut. sig. Paris, 24 nivôse an IV. 1 p. pl. et demie in-4.

2805. **THUROT** (Jean-François), helléniste, auteur d'*Hermès*, traducteur, membre de l'Institut. M. 1832.

1° L. aut. sig. *Th.*, à sa sœur, Mme Gaigneau, à Charost, 7 février 1828. 3 p. pl. in-8, avec une lettre d'envoi de celle-ci. Paris, 14 février. 1 p. et demie in-8. — 2° L. aut. sig. *Th.* à la même. 13 février 1828. 3 p. in-8. Ces deux lettres sont intéressantes.

2806. **TILLY** (Pierre-Alexandre, comte de), page de Marie-Antoinette, écrivain royaliste, auteur de *Mémoires*. Né en 1764. Suicidé en 1815.

Billet à ordre de huit frédérics d'or aut. et deux fois sig. Berlin, 4 mars et 4 juillet 1803. Demi-p. in-4.

Tilly (le comte de). L. a. s., à Mgr... Dieppe, 2 avril 1775. 2 p. in-4.

Il l'informe « qu'il c'est trouvez beaucoup de personnes de cette ville qui a « été attaquée de colicques violante dont plusieurs sont morts, ce qui a donné « lieu a des recherches, et il parois prouvé que ces tout les cidres que l'on a « fait venir de Basse Normandie qui ont ocationné ce malheur, on les a décom- « posés, et il cest trouvé que pour le clarifier on i a mis de la litarge qui est « un poison par la quantité... »

Tilly (François de), évêque d'Orange. L. aut. sig., à M... Orange, 2 novembre 1733. 3 p. in-4.

Demande de réunir à son évêché le revenu d'une abbaye dont le personnel ne se compose plus uniquement que de l'abbesse.

2807. **TINSEAU** (Jean-Antoine), vertueux et bienfaisant évêque de Nevers. N. 1697. M. 1782.

L. aut. sig., à M... Nevers, 20 août 1760. 1 p. in-4.

2808. **TISSOT** (Simon-André), médecin, auteur de plusieurs ouvrages, *De morbis ex manustupratione ortis*, ou *Onanisme*, etc. N. 1728. M. 1797.

1° L. aut. sig., à M. Grand, banquier, à Paris. Lausanne, 13 mai 1785. 1 p. pl. et demie in-8. Cachet.

2° L. aut. sig., à M... 20 sept. 2 p. in-8. Médicale.

2809. **TITON DU TILLET** (Evrard), capitaine de dragons, commissaire provincial des guerres, ordonnateur du *Parnasse français*. N. 1677. M. 1762.

L. aut. sig., à M... Paris, 14 septembre 1727. 2 p. in-4. Déchirure en tête de la marge extérieure, enlevant la fin des deux premières lignes.

Il le prie de lui faire savoir par quelqu'ancien amateur de musique de Marseille, le nom de baptême de feu Gautier, le musicien de la ville de *La Cioutat*, dont il fait mention sur le Parnasse... Il ne doute presque plus qu'il ait péri au mois de septembre 1697 dans le golfe de Lyon... « J'attens M. de Fonte- « nelle demain à diner. Il me fit l'honneur à la fin de l'année dernière de m'en- « uoyer uotre discours a l'Académie françoise, joint auec sa réponse que j'ay « lû plus d'une fois auec un grand plaisir... »

2810. **TOCQUEVILLE** (Alexis Cléret, comte de), littérateur, publiciste, député, ministre, membre de l'Académie française. N. 1805. M. 1859.

L. aut. sig., à M... Jules Taschereau. Tocqueville, 20 octobre 1837, 4 p. pl. et demie in-8. Cachet.

Relative à son élection à Valognes. Curieux détails.

2811. **TOLBECQUE** (Jean-Baptiste), compositeur de musique, chef d'orchestre, etc. N. 1796.

1° L. aut. sig., à M. Agier. 1 p. in-8. *Charge* et notice biographique.

2° L. aut. sig., au même. 3 p. pl. in-4.

Très-belle lettre en faveur d'une pauvre femme âgée, *victime d'une action infâme de la part d'un avoué*. Tolbecque qui paraît avoir pris en main la cause de cette pauvre vieille, termine ainsi : « Je me suis demandé comment il se peut « qu'un avoué qui se trouve mal dans ses affaires puisse céder son étude et « faire admettre un successeur sans que ce dernier soit, jusqu'à un certain « point, responsable pour celui qui lui a cédé. »

2812. **TORCY** (Jean-Baptiste Colbert, marquis de), neveu de Colbert, ministre secrétaire d'Etat. N. 1665. M 1746.

1° L. aut. sig., à M... Versailles, 6 janvier 1696. 1 p. et demie in-4. Notice de M. *L. de M.*

2° L. avec sept lignes aut. sig., à M. Le Bret. Marly, 25 juin 1703. 1 p. in-fol.

Au sujet d'un religieux récollet nommé Félicien Bourdaud, chassé de la ville d'Aix par ses supérieurs, qui a surpris une obédience de M. le vice-légat d'Avignon pour aller à Rome où l'on ne doute point qu'il n'aille dans l'esprit de faire de faux rapports, et de susciter de nouvelles brouilleries contre M. l'archevêque d'Aix... Ordre de l'empêcher de sortir du royaume.

3° L. sig., à M... Fontainebleau, 2 nov. 1696. 1 p. in-fol.

Ordre de tenir la main à l'exécution de l'ordonnance du roi du 31 octobre 1696, qui renouvelle les défenses aux nouveaux convertis, d'avoir chez eux aucune arme, poudre ni plomb.

4° Acte notarié d'une constitution de rente sig., sig. aussi par Michau de Montaran et Arnauld de Pomponne. 1696. 5 p. in-fol.

2813. **TORENO** (Joseph-Marie Queipo de Llano, comte de), ministre des finances, auteur d'une histoire du soulèvement d'Espagne, orateur, etc. N. 1786. M. 1845.

L. aut. sig. (à la 3me personne). à M. de Nartus. Paris, 12 juillet 1816. Demi-p. in-4. Au bas il y a une notice biographique manuscrite de Toreno et de Mina, arrêtés touts les deux en avril 1816.

TORRIJOS (Joseph-Marie de), brigadier général, prisonnier en France à la suite de l'expédition de 1823. Né en 1791. Fusillé en 1831.

L. aut. sig., au rédacteur du *Constitutionnel*. Londres, avril 1824. Demi-p. in-4.

2814. **TOURNEMINE** (René-Joseph), jésuite, directeur du journal de Trévoux. N. 1661. M. 1739.

L. aut. sig., à Mgr..., Ce 26 mai... 2 p. in-4. Notice de M. *L. de M.*

Demande de secours en faveur d'un nouveau converti.

2815. **TOURVILLE** (Anne-Hilarion de Cotentin, chevalier de), amiral, maréchal de France. N. 1642. M. 1701.

Quitt. aut. sig. (sur parch.), comme capitaine de vaisseau. La Rochelle, 3 mai 1673. 1 p. pl. in-8. En travers. Jolie pièce. *Portr.*

2816. **TOURVILLE** (Mme la maréchale de), femme du précédent.

L. aut. sig., à M. Bovy, conseiller et secrétaire du roi. Mardi matin, 20 mars. 2 p. pl. et demie in-4. Cachet.

2817. **TOUSSAINT-LOUVERTURE**, esclave noir, général de brigade, commandant les troupes françaises de Saint-Domingue. N. 1743. M. 1803.

L. sig., au général Et. Laveaux, gouverneur de Saint-Domingue. Quartier-général des Gonaïves, le 7 nivôse an IV. 2 p. in-fol. Trois *portr.* Curieuse.

2818. **TOUTAIN** l'aîné, secrétaire au parquet de l'accusateur public du Tribunal révolutionnaire.

Reçu aut. sig. de divers objets, pièces d'argenterie, etc., révolutionnairement acquis par trois citoyens de Passy, au préjudice du nommé La Chapelle. Au Parquet, 11 prairial an II. 1 p. pl. in-4. Tête impr. Cachet en cire rouge.

2819. **TREMOILLE** (Gilbert de *La*), baron de Royen, grand sénéchal du Poitou.

Acte notarié sig. 1584. 2 p. in-fol.

TRÉMOILLE (Gilbert de *La*), seig. de Royen, grand sénéchal du Poitou. M. 1603. Guerrier valeureux, noble, sensible, compatissant, qui se signala contre les ligueurs, surtout dans la Touraine, le Poitou, etc. Vain d'ailleurs, bizarre et fort ridiculisé par ses contemporains (*L. de M.*). Acte notarié deux fois sig. 1587. 3 p. et demie in-fol.

TRÉMOILLE (Claude de *La*), duc de Thouars, commandant général de la cavalerie, pair de France. N. 1567. M. 1607. Se signala à Coutras, à Ivry, où conjointement avec d'Aumont, il dégagea Henri IV emporté par sa valeur téméraire au milieu d'un groupe de Wallons, qui alloient le prendre ou le tuer (*L. de M.*). Deux actes notariés sig. 1600. 4 p. in fol. *Portr.*

TRÉMOILLE (Charlotte de Nassau, dame de *La*), femme du précédent. Quitt. sig. (sur parch.). 1615.

TRÉMOILLE (Philippe de *La*), marquis de Royen, grand sénéchal de Saintonge. Acte notarié deux fois sig. 1615. 2 gr. p. in-fol.

TRÉMOILLE (sœur Marie-Marguerite de *La*), abbesse de Notre-Dame-du-Lys-lès-Melun. Quitt. sig. (sur parch.). 1636.

TRÉMOILLE (Philippe de *La*), marquis de Royen, etc. Quitt. sig. (sur parch.). 1663.

TRÉMOILLE (Louis de *La*), marquis de Noirmoutiers, duc et pair de France. Quitt sig. (sur parch.). 1661.

TRÉMOILLE (Henri-Charles de), prince de Tarente et de Talmont, duc de Thouars, etc. Congé militaire sig. 1679, in 8. Cachet. *Portr.*

TRÉMOILLE (sœur Madelaine de *La*), abbesse de Notre-Dame-du-Pont-aux-Dames. Deux quitt. sig. (sur parch). 1667 et 1676.

TRÉMOILLE (Madeleine de Crequi, duchesse de *La*). L. aut. sig., à M... Paris, 23 mai 1682. 4 p. pl. in-4.

Lettre curieuse afin d'obtenir par l'entremise de l'intendant « qu'une petite « ville que nous avons sur la Charente (Taillebourg), » soit plus ménagée en « ce qui concerne les gens de guerre.

TRÉMOILLE (sœur Calliope de *La*), abbesse de Notre-Dame-de-Pont-aux-Dames. M. 1701. Deux quitt. sig. (sur parch.). 1691. Une avec cachet.

TRÉMOILLE (Augustin-Paul de *La*), seigneur d'Anchin et de Houx. Quitt, sig. (sur parch.). 1675.

2820. **TRESSAN** (Louis-Élisabeth de La Vergne, comte de), poëte, memb. de l'Acad. française. N. 1705. M. 1783.

1° L. aut. sig., à M... Boulogne-sur-Mer, 20 février 1748. 3 p. in-4. Deux *portr.* Affaire de nomination militaire.

2° L. aut. sig., à M. le marquis... Sans date. 2 p. in-4.

2821. **TRIAL** (Antoine), comédien, membre du Comité révolutionnaire de la section Le Peletier, etc. 1736-1795.

Trois ordres d'arrestation signés comme membre du Comité révolutionnaire de la section Le Peletier, signés aussi par Taschereau et neuf autres membres de ce Comité. 21 floréal et 4 prairial an II. 3 p. pl. in-4. Tête impr.

2822. **TRONCHET** (François Denis), avocat, défenseur de Louis XVI, sénateur, etc. N. 1726. M. 1806.

1° L. aut. sig., à M. de La Marck, exécuteur testamentaire de Mirabeau. 4 avril 1791. Quart de p. in-fol. Trois *portr.*

Il s'empresse de le prévenir que l'Assemblée nationale vient de décréter qu'elle irait en corps au convoi de M. de Mirabeau, et qu'elle se rassemblerait à quatre heures au lieu de ses séances ordinaires.

2° L. aut. sig., au citoyen Du Poirier. 26 pluviôse an XI. 1 p. et demie in-8.

3° Billet aut., à M. Roland, statuaire. Paris, 14 janvier 1806. Demi-p. in-12.

4° Traité du 4 janvier 1806, entre *Tronchet* et *Roland*, pour l'exécution du buste du premier, avec quelques mots autographes signés par l'un et par l'autre. 1 p. et demie in-4.

5° L. sig., à M. Roland. 25 février 1806. 1 p. in-8.

Envoi du traité qui précède.

6° Eloge de M. Tronchet... prononcé le lundi 14 avril 1806, dans la bibliothèque du Lycée Charlemagne..., par M. Delamalle. Impr. 47 p. in-8.

2823. **TRONCHIN** (Théodore), premier médecin du duc d'Orléans. N. 1709. M. 1781.

L. aut. sig., à M. Janin, ancien conseiller du collége royal de chirurgie, à Lyon. Au Palais-Royal, 31 janvier... 1 p. pl. et demie in-4. Cachet en cire rouge. *Portr.*

2824. **TRONSON** (Louis), prêtre, supérieur du séminaire de Saint-Sulpice. N. 1622. M. 1700.

Quitt. sig. (sur parch.). 1690. Beau *portr.* de Cl. Duflos, in-fol.

Tronson (Louis), intendant des finances. Quitt. d'une ligne aut. sig. (sur parch.). 1624.

2825. **TRUBLET** (Nicolas-Charles-Joseph), abbé, membre de l'Académie française. N. 1697. M. 1770.

L. aut. sig., à M... Paris, 5 mai 1761. 2 p. in-4.

2826. **TRUDAINE** (Daniel-Charles), intendant d'Auvergne, intendant général des finances, membre de l'Académie des sciences, etc, N. 1703. M. 1769.

1° L. aut. sig., à M... Châtillon, 30 août 1766. 2 p. in-8.

2° L. avec post-scriptum de 5 lig. aut. sig. 1766. 1 p. in-fol.

3° Sept pages aut. (in-4) de minutes de lettres concernant l'évêque de Metz.

Trudaine de Montigny (Jean-Charles-Philibert), conseiller d'Etat, intendant général des finances. N. 1733. M. 1794.

L. aut. sig., à M. Boullongne. Paris, 11 sept. 1768. 1 p. in-4. Beau *portr.* d'Auguste de Saint-Aubin, in-4.

2827. **TUCKET** (Josiah), économiste et publiciste. 1711-1799.

L. aut. sig. (en anglais), à M. Turgot, intendant de Limoges. Glocester, June 30. 1772. 3 gr. p. pl. in-4. Intéressante.

2828. **TURENNE** (Henri de la Tour d'Auvergne, vicomte de), maréchal de France. N. 1611. M. 1675.

1° Quitt. sig. (sur parch.). 1667. Six *portr.*, et une gravure coloriée. Notice de M. *L. de M.*

2° L. aut. sig., à Mgr le duc de Weimar, à Neuf-Château. 26 déc. 1636. 1 p. in-fol. Affaires militaires.

2829. **TURGOT** (Anne-Robert-Jacques), baron de l'Aulne, contrôleur général des finances. N. 1727. M. 1781.

1° L. s., à M. Foulon. Paris, 7 mars 1772. 1 p. in-fol. Joli *portr.*

Au sujet de la suppression de plusieurs hôtels des monnaies.

2° L. sig., à M. de La Chabanne. Paris, 30 avril 1774. 2 p. in-4.

3° L. aut., à madame... Limoges, 6 nov. 1772. 4 p. pl. in-4.

Au sujet de l'entrepôt pour les colonies qu'il est question de créer à Tonnay-Charente, qu'on appelle dans le pays Charente pour abréger... Mémoire qu'il se propose d'adresser à M. le duc de La Rochefoucauld sur les embarras à lever par rapport à l'emploi d'un régiment pour les travaux de la route de Toulouse... Il dit en terminant : « Est-il vrai que M. Orlof soit mort à son tour d'une co-« lique hémorrhoïdale ? Est-ce l'impératrice qui l'a disgracié ? Est-ce le parti « de Panin qui a forcé la main à l'impératrice. J'ai peur que le dénouement de « la tragédie de *Sémiramis* n'approche. Ce dont j'ai plus de peur encore, c'est « que nous ne soyons assés fous pour nous mêler de tout cela... »

2830 **TURGOT** (Etienne-François), marquis de Soumont, frère du précédent, économiste, naturaliste, botaniste, agriculteur, etc. N. 1721. M. 1789.

L. a. s., à M. L'Héritier. Bons, 4 octobre 1778. 1 p. et demie in-4.

Il lui annonce un envoi d'arbustes rares.

TURGOT (Michel-Etienne), frère des précédents, prévôt des marchands de Paris, président au grand conseil. N. 1690. M. 1751. Ordonnance de saisie sig. 1730, in-4. *Portr.* de Vangélisti.

TURGOT (Jacques-Etienne), s^r de Soumont, conseiller du roi. Quitt. deux fois sig. (sur parch.). 1693.

2831. **TURPIN DE CRISSE** (Lancelot, comte de), lieutenant général, auteur de l'*Essai sur l'art de la guerre*, etc. Né en 1715. Mort en 1795.

1° L. aut. sig., à M. le duc... Paris, 19 juin 1768. 2 p. in-4.

2° L. aut., au vicomte... Boston, 16 décembre 1762. 2 p. in-4.

Défense du caractère des Américains des Etats-Unis. Intéressante.

TURPIN DE CRISSÉ (Gui), s^r de Crissé, commandeur de l'ordre de Malte. Quitt. sig. (sur parch.). 1614. Curieuse.

TURPIN DE CRISSÉ (Lancelot-Théodore, comte), peintre, directeur des Beaux-Arts, membre de l'Institut. N. 1781. M. 1859. L. aut. sig., à M. de Cailleux. 25 avril 1829. 1 p. in-4.

Prière de permettre l'entrée de la première salle du musée Charles X à M. Chenavart, qui est chargé de faire un projet de vase dans le goût de la renaissance.

2832. **TURREAU** (Louis-Marie), baron de Linière, général de la République, auteur de *Mémoires pour servir à l'histoire de la Vendée.* N. 1756. M. 1816.

L. aut. sig., au général Scherer. Paris, 7 messidor... 1 p. in-4. Deux *portr.*

Demande de renseignements de ses campagnes pour son ouvrage.

WIMPFFEN (Félix de), député de Caen aux Etats-Généraux, général en chef de l'armée des côtes de Cherbourg. N. 1741. M. 1814.

L. a. s., à MM... Paris, 6 août 1790. 1 p. in-4. Quatre *portr.*

2833. **UCHARD** (Toussaint-François-Joseph), architecte de la ville de Paris. N. 1809.

1° L. aut. sig., à M. G. de M. Rome, Villa Médicis, 6 mars 1839. 3 p. pl. et demie in-4. Très-intéressante.

Il est à Rome depuis quinze jours ; description de la ville. Tableau grand et beau qu'offre la vue du Forum du haut du Campanile du Capitole, au-delà la campagne couverte de ruines d'aqueducs... « J'ai été à Saint-Pierre et j'ai en-« tendu la messe à la chapelle Sixtine (qui n'est pas dans Saint-Pierre, mais « au Vatican) et j'ai vu Sa Sainteté entourée des monseigneurs et des cardi-« naux. J'ai entendu les castrats et la musique de Palestrina, elle a un carac-« tère tout particulier, c'est un chant vague et plein d'harmonie. Les voix des « castrats font assez bien en masse, mais je n'aime pas les solo, il y a quelque « chose du timbre des vieilles femmes ; j'aime mieux la voix fraîche de nos « enfants de chœur. Je vote donc pour l'abolissement des castrats, d'autant plus « que ce raffinement barbare me paraît indigne du caractère chrétien et de la « civilisation européenne... »

2° L. aut. sig., à M. Lucas de Montigny. Rome, 21 déc. 1839. 3 p. in-8. Cachet.

Il lui rend compte de la vie simple et studieuse qu'il mène à Rome ; il y a un excellent professeur d'archéologie nommé Nibby, etc.

3° Cinq lett. aut. sig., au même. Rome, Naples, etc. 1840-1842. Ensemble, 16 p. in-18, in-8 et in-4.

Continuation de compte rendu de ses travaux, de ses projets, description de monuments, etc.

4° Feuille de croquis, à la plume.

2834. **ULBACH** (Al.), garçon marchand de vins, assassin de la bergère d'Ivry (Aimée Millot), en 1827.

1° L. aut. sig., à M..., avocat. Grande Force. 1 p. in-8.

« Désirant vous confié la défense de ma cause, je vous prie de vouloire bien « aller chercher une permission chez M. Fresinous, pour venir me voire ici « le plutôt qu'ils vous sera possibles... »

2° *Gravure* représentant la scène du meurtre.

2835. **URFE** (Anne, comte d'), marquis de Boye, baron de Castelmorand, gouverneur du Forez, poëte, frère aîné de l'auteur de l'*Astrée*. N. 1555. M. 1621.

Quitt. de quatre lignes aut. sig. (sur parch.). 1601. *Portr.*

Urfé (Claude, seigneur d'), lieutenant de cent lances des ordonnances du roi. Deux quitt. sig. (sur parch.). 1554.

2836. **VADIER** (Marc-Guillaume-Alexis), député aux Etats-Généraux et à la Convention. N. 1735. M. 1828.

1° Ordre de mise en liberté du citoyen Guérin, de la commune de Tours, aut. sig., signé aussi par A. Dumont, Dubarran, Louis (du Bas-Rhin), Merlin (de Thionville) et Voulland. 27 messidor an II. Demi-p. in-fol. Tête impr. Cachet. *Portr.*

2° L. aut. sig., à Bouchotte. Paris 28 mars. An II. 1 p. in-4.

3° L. a. s.: *Vadier nonagénaire*. Bruxelles, 27 fév. 1826. 1 p. in-4.

Treilhard (Jean-Baptiste, comte), député aux Etats-Généraux et à la Convention, ministre d'État, etc. N. 1742. M. 1810.

1° L. aut. sig., sig. aussi par Guyton et Robert Lindet, aux citoyens président et procureur général syndic du département de Paris. 29 avril an II. 1 p. in-4.

Le comité de salut public se propose de discuter ce soir à sept heures les moyens les plus prompts de porter des forces dans le département de la Vendée et autres départements agités par les rebelles... Invitation à se rendre à cette conférence.

2° Minute aut. d'un projet de règlement contre les entrepreneurs et assureurs de contrebande. 3 p. in-4. Tête impr. du conseil d'Etat.

2837. **VALINCOUR** (Jean-Baptiste du Trousset de), secrétaire général de la marine, membre de l'Académie française et de celle des sciences. N. 1653. M. 1730.

1° L. aut. sig., à M. le premier président, à Aix. Saint-Cloud, 29 mai 1711. 3 p. et demie in-4. Notice de M. *L. de M.*

2° L. aut. sig., à M. Le Bret. 21 avril. 1 p. in-4.

3° *La Sarte. A madame la marquise de Torcy.* Pièce de vers signée: *le curé de Sablée.* Copie d'une très-belle écriture. 5 gr. p. in-fol. Fortes taches au milieu.

2838. **VALLOT** (Antoine), médecin de Louis XIV, de Henriette d'Angleterre, de Mazarin, de Molière, etc. Guy Patin lui donna le sobriquet de *Gargantua*. 1594-1671.

Quitt. sig. (sur parch.). 1649. Notice de M. *L. de M.*

Verdier (Jean), avocat au Parlement, médecin, etc. Né à La Ferté-Bernard en 1735. Mort en 1820.

L. aut. sig., à M. Vicq d'Azyr. Paris, 26 sept. 1785. 3 p. pl. in-4. Déchirures à la marge extérieure du second feuillet. Scientifique. Intéressante. Beau *portr.* de Dupin, in-4.

2839. **VALMONT DE BOMARE** (Jacques-Christophe), naturaliste, membre de l'Institut. N. 1731. M. 1807.

L. aut. sig., à M. Méjan. Paris, 28 vendémiaire an XII. 1 p. pl. in-4. Touchante.

Il court un bruit que sa chaire va être supprimée dans très-peu de jours. « Je n'ai rien pour vivre que le produit de ma chaire, et nous sommes quatre « individus à le partager.— Ma carrière a été laborieuse, peut-être utile à une « partie de l'instruction de France ; ma 72e année va finir.— Je parle avec con- « fiance au cœur, à l'âme et à l'esprit de M. Méjan, — quoique mon existence soit « rien ou peu de chose, il n'appartient pas moins à l'homme bienfaisant de lui « porter les consolations du présent et de l'avenir.

« Permettez, monsieur, à l'infortuné Valmont-Bomare de se jetter dans vos « bras. »

2840. **VAN CLEVE** (Corneille), sculpteur ordinaire des bâtiments du roi.

Deux quitt. sig. (sur parch.). 1686 et 1688. *Portr.*

Van Opstal (Gérard), sculpteur ordinaire du roi. N. 1597. M. 1665. Acte notarié sig. 1652. 2 p. in-fol.

2841. **VANDERMONDE** (A.-J.), géomètre, chimiste, mathématicien, membre de l'Académie des sciences et de l'Institut. N. 1735. M. 1796.

1° Procès-verbal aut. sig., de la réception de 10,000 livres de poudre de guerre dont la ville de Paris a commandé la fourniture. 5 octobre 1789. 2 gr. p. in-fol. Signé aussi par Lavoisier, Barré de Saint-Venant, de Sauvigny, etc.

2° Cinq pages a. (in-4) d'un mémoire au comité des finances. An II.

3° *Examen d'une machine à carder le coton. présentée par M. Fournier des Granges, ancien fabricant de bas.* Aut. 3 p. et demie in-4.

2842. **VANTADOUR** (Louis-Charles de Lévy, duc de), pair de France, prince de Maubuisson, etc

Le mari nabot, laid, bossu et... trompé de la belle Charlotte-Eléonore. Madelaine de la Motte-Houdancourt. Outre ses agréments et mérites corporels, le duc de Vantadour étoit si salement débauché qu'on l'accusoit d'avoir compromis la santé de sa femme ; aussi Mme Cornuel disoit-elle, à cette occasion : *Il a mis un bon suisse à sa porte.* » (*L. de M.*).

Deux pièces sig. (sur parch.). Nominations à des fonctions de bailly, etc. 1677 et 1678. Une avec cachet.

Vantadour (le duc de), pair de France, gouverneur et lieutenant général en Limousin. Ordre sig. pour le logement et passage d'une compagnie de 50 chevau-légers. Ayglotons, 16 mai 1635. 1 p. et demie in-fol. Sceau.

2843. **VANTADOUR** (Charlotte-Eléonore-Madeleine de La Mothe-Houdancourt, duchesse de), femme du précédent, gouvernante de Louis XV. N. 1654. M. 1744.

1° L. aut. sig., à Mlle... 11 mai. 2 p. in-4. Tachée au bas.

2° L. aut. sig., à M. Hérault. 8 mars 1725. 3 p. in-4. En tête il y a, en réponse, plusieurs lignes de la main de M. Hérault.

Elle lui recommande M. de Varange, gentilhomme, arrêté dans les Tuileries au moment où il mendiait.

3° L. aut. sig. du sr de Varange. à Mgr... Prison du grand Châtelet où il est détenu sous l'accusation d'avoir mendié. 5 février 1725. 2 p. in-4. (Collection de M. de Monmerqué).

2844. **VARDES** (François-René Crespin du Bec, marquis de), colonel des Cent-Suisses, lieutenant-général, gouverneur d'Aigues-Mortes. N. 1615. M. 1688.

1° Quitt. sig. (sur parch.). 1676. Notice de M. *L. de M.*

2° L. aut. sig., à Mgr. de Turenne. La Fère, 18 juin. 2 p. petit in-4. Cachets.

Au sujet de la détention d'un capitaine de son régiment.

Vardes (René Crespin du Bec, marquis de), père du précédent, gouverneur du Thierache. Quitt. sig. (sur parch.). 1603.

2845. **VARIN** (Jean), conducteur général des monnaies de France. N. 1604. M. 1672.

Bail not., deux fois sig., de partie de la maison, à lui appartenant, et *joignant les galeries du Louvre*, où est établie la *Monnoye*, au profit de Barthelémi Hervart, intendant des finances (l'époux de la bienfaitrice de La Fontaine). 1650. 4 gr. p. in-fol. *Portr.* d'Edelinck, in-fol. Notice de M. *L. de M.*

2846. **VASSAN** (Anne de Ferrière de Saulvebœuf, marquise de), grand mère maternelle de Mirabeau. 1689-1770.

1° L. aut., à M. de Saint-George. 3 gr. p. in-4.

« Ma fason de pancer monsieur et mon amitié pour monsieur de Mirabeau « ce confirme de iour en iour, celle que vous aues pour luy mauoit preueneu en « sa faveur auant de le connaitre il la mérite par le parfait attachement qu'il a « pour vous, madame la marquise de Saint-Ieorge et tout ce qui vous est cher, « ie ne scauroit trop vous marquer monsieur, ma uiue reconnessance de ma- « uoir procuré un iandre ou pour mieux dire un fils ausy aimable dont le ca- « ractaire démontre beaucoup desprit et de probité... »

2° L. a. s., à son mari. Limoges, 2 déc. 1739. 6 gr. p. et demie in-4. Affaires d'intérêts avec M. de Fénelon.

2847. **VASSELIER** (Joseph), poëte. N. 1735. M. 1798.

Copie aut. d'une lettre de l'administration des postes, au directeur de la petite poste de Lyon. Paris, 17 janvier 1790. Demi-p. in-fol.

2848. **VAUBAN** (Sébastien le Prestre, marquis de), ingénieur, économiste, philanthrope, maréchal de France, membre de l'Académie des sciences. N. 1633. M. 1707.

Quitt. de neuf lignes aut. sig. (sur parch.), de la somme de 26,000 livres, savoir, 24,000 liv. à lui accordée par S. M. pour gratification en considération des voyages qu'il a été obligé de faire pendant l'année dernière, et 2,000 liv. *pour mes sécrettaires et dessineurs.* 1697. Quatre *portr.*

Vauban (Paul le Prestre de), capitaine des portes de la citadelle de Lille. Quitt. sig. (sur parch.). 1677.

Vauban (Pierre le Prestre de), capitaine de cavalerie. Quitt. aut. sig. (sur parch.). 1683.

2849. **VAUBLANC** (Vincent-Marie Viennot, comte de), député à l'Assemblée législative, aux Cinq-Cents, etc., préfet, ministre. N. 1756. M. 1845.

Quatre lett. aut. sig., à divers. Metz, Paris, 1813 à 1821. Ensemble, 7 p. in-4. Intéressantes. *Portr.*

2850. **VAUDREUIL** (Louis-Philippe Rigaud, marquis de), lieutenant-général des armées navales, membre de l'Assemblée constituante. N. 1723. M. 1802.

L. aut. sig., à Mgr... Des Trois rivières, 12 mai 1762. 3 p. in-fol. (Rognée à la marge extérieure ; toutes les lignes des 1re et 3me pages ont été atteintes à la fin.). *Portr.*

Plaintes contre le tort que lui fait M. de Longueil au Canada. Curieux détails.

VAUDREUIL (le comte de), sans doute le père du précédent. L. aut. sig., à Mgr... Rochefort, 15 juillet 1746. 1 p. in-4.

2851. **VAUGHAN** (Benjamin), publiciste anglais.

Cinq lett. aut. sig., (en anglais) à l'abbé Morellet. Jeffries Square, London, 1787. Ensemble, 19 p. in-4. En tête de la première est une annotation de trois lignes de l'écriture de l'abbé Morellet.

2852. **VAUQUELIN** (Nicolas-Louis), pharmacien, chimiste, député, memb. de l'Acad. des sciences. 1763-1829.

1° L. a. s., à son ami Chevallier, a Rouen. Paris, 22 août 1849. 1 p. et demie in-4. Scientifique. Quatre *Portr.* Notice de *M. L. de M.*

2° « Nouveau procédé pour brûler le soufre et pour décomposer le « salpêtre dans la fabrication de l'acide sulfurique. » Aut. 2 p. pl. in-4.

3° Rapport aut. sig. sur de l'urine que M. Huzard lui a donnée à examiner. Aut. sig. demi-p. in 8.

2853. **VAUVILLIERS** (Mlle E.), auteur de l'histoire de *Jeanne d'Albret*, *Blanche de Castille*, etc. N. 1775.

1° *Vue d'un haut intérêt social, présentée en toute confiance et modestie à M. le comte de Bondy, préfet de la Seine*. Aut. sig. UNE FRANÇAISE. 10 oct. 1831. Cahier de neuf pages in-4. Quelques taches.

Proposition de fonder à Paris une Ecole normale pour les jeunes filles.

2° L. aut. sig., à M. Lucas de Montigny. Neuilly, 29 déc. 1831. 2 p. pl. in-4.

Relative à la note qui précède.

3° Trente et une lett. aut. sig., au même, de 1830 à 1845. Ensemble, 73 p. in-8 et in-4.

Correspondance intéressante sur divers sujets, Mirabeau, Blanche de Castille, etc.

4° L. a. s., à M. Jules Janin. Neuilly, 30 nov. 1841. 1 p. pl. in-4. Cachet.

« L'admirable article, et si profondément senti, que vous avez fait sur *Blan- « che de Castille*, ce livre qui m'a coûté 16 années du plus douloureux labeur; « votre lettre, nouveau témoignage du bien que vous en pensez ; l'offre géné- « reuse que vous me faites, de vos services à *preuves*, tout m'encourage à vous « demander de vouloir bien dans le tableau sommaire que votre journal fait « annuellement, consacrer encore quelques lignes, quelques-unes de vos paroles « puissantes, sur cette histoire, que vous appelez *noble et pleine de majesté*.

2853 (*bis*). **VAUXELLES** (Simon-Jacques Bourlet, abbé de), bibliographe, littérateur, éditeur d'une édition des lettres de Mme de Sévigné. N. 1734. M. 1802.

L aut. sig., *l'abbé de Vauxelles, bibliothécaire de M. le comte d'Artois*, à l'abbé Mercier de Saint-Léger, à la bibliothèque de l'Arsenal, le 24 avril 1788. Deux p. in-4. Cachet en cire rouge.

Il remercie au nom du prince pour les ouvrages dont il a enrichi la bibliothèque. Qu'il ne juge pas, par les retards qu'il a mis à lui offrir ces remerciements, du plaisir que leur ont fait les presents littéraires d'un homme de son mérite. « Vous nous avés donné un chef d'œuvre de l'immortel Ibarra; « mais nous préférons vos moindres recherches et vos plus petites lettres... « Vous avez montré un vrai talent dans un genre où communément on ne peut « louer que la patience et la mémoire de l'écrivain. La Bibliographie est de- « venue une étude très étendue, où l'art vulgaire des nomenclatures ne suffit « plus ; il y faut une grande étendue de recherches, et dans ces recherches un « art de trouver qui exerce bien autant l'esprit que d'autres genres d'éru- « dition... »

2854. **VENDOME** (Marie de Luxembourg, comtesse de Saint-Pol, duchesse douairière de).

Ordonnance sig., au père Prieur et aux religieux du couvent du Val Saint-Pierre. La Fère, 17 juillet 1532. 1 p. in-4. Fatiguée, avec une copie moderne.

VENDOME (Charles de Bourbon, cardinal de). Quitt. sig. (sur parch.). 1588. *Portr.*

2855. **VENDOME** (César, duc de), duc de Mercœur, fils naturel de Henri IV et de Gabrielle d'Estrées. 1594-1665.

Deux quitt. aut. sig. (sur parch.). 1616. 1622. Notice de M. *L. de M.*

VENDÔME (Alexandre de), frère du précédent, grand prieur de France. N. 1598. M. 1627. Deux quitt. sig. (sur parch.). 1619. 1622. Notice de M. *L. de M.*

2856. **VENDOME** (Louis de Vendôme, duc de Mercœur, puis duc de), fils du précédent, vice-roi de Catalogne, cardinal en 1667. N. 1612. M. 1669.

Deux quitt. aut. sig. (Sur parch.). 1662. 1667. *Portr.* Notice de M. *L. de M.*

2857. **VENDOME** (Louis-Joseph, duc de), fils du précédent, général en chef des armées en Italie, en Espagne, gouverneur de Provence, etc. N. 1654. M. 1712.

1° Congé militaire signé par lui et contresigné par Campistron. Camp de Luzzara, 20 sept. 1702. 1 p. in-fol. Cinq *Portr.*, et Victoire de Villa Viciosa, gravure in-4. Notice de M. *L. de M.*

2° Congé militaire de la main de Campistron et signé par Vendôme. Camp de..., 1er juillet 1703, demi-p. in-4. Cachet en cire rouge.

3° L. a. s., à M... Casal, 22 février 1704. Trois quart de page in-4.

2858. **VENDOME** (Philippe, chevalier de), frère du précédent, grand prieur de France, lieutenant-général. 1655-1727.

1° L. sig., (écrite par Palaprat), à M. Le Bret, à Toulon, 8 sept. 1695. Trois quarts de page in-4. Cachet. Notice de M. *L. de M.*

2° Congé militaire sig., écrit et contresig., par Palaprat. 23 mai 1703. 1 p. in-4, en travers. Cachet.

3° Quitt. sig. (Sur parch.), et congé militaire sig., et contresig., par Palaprat, 1704, in-fol.

2859. **VERGENNES** (Charles Gravier, comte de), ambassadeur, ministre de Louis XVI. N. 1717. M. 1787.

1° L. aut. sig. à M. le duc.... Autun, 7 avril 1770. 2 p. in-fol. Très-belle lettre. Intéressante. *Portr.*

Relative à une nouvelle traduction des capitulations avec la Porte Ottomane, l'ancienne n'étant pas exacte. Motifs.

2° L. aut. sig., à M. de Boynes, ministre de la marine. Stockholm, 12 mai 1772. 2 p. in-fol.

Il lui recommande M. Raulin, chancelier de l'ambassade, à Constantinople.

3° L. aut. sig., à son neveu, M. de Vergennes, intendant des impositions. Versailles, 29 oct. 1784. 1 p. in 4.

4° L. sig., au baron de Breteuil. Versailles, 28 mars 1785, demi-p. in-fol.

2860. **VERGIER** (Jacques), abbé, poëte, commissaire de la marine, ami de La Fontaine. N. 1665. M. 1720.

Quitt. en partie aut. sig. (sur parch.), comme commissaire de la marine. Rochefort, 23 octobre 1694. Deux *portr.* (le même).

2861. **VERGNIAUD** (Pierre-Victurnien), avocat, député de la Gironde à la Convention. N. 1759. Mis à mort en 1793.

Ampliation sig., *Vergniaud, Ex-président*, d'un décret de l'Assemblée nationale du 30 mai 1792, ordonnant, que le député Calvet se rendra à l'Abbaye où il gardera prison pendant trois jours. 1 p. in-fol. Tête impr. Vignette. Sceau. Trois *portr.* Notice de M. *L. de M.*

2862. **VERMONT** (Charles Tussan *de*), médecin, accoucheur de la reine Marie-Antoinette.

Avis médical aut. sig. 4 juillet 1785. Demi-p. in-4. Beau *portr.*, gravé par L.-F. de Vermont, in-4.

2863. **VERMOT** (Henri), poëte.

1° L. aut. sig., à M. Jules Janin, ce lundi soir. 2 p. in-8.

2° L. aut. sig. H. V., au même, avril 1842. 1 p. in-8.

« Avant-hier, malgré le brouillard et la brise, je suis allé me promener dans « les bois de Meudon, j'avais le cœur à la poésie, — c'est-à-dire à la joie ; je « vous avais vu la veille ; la veille j'avais serré votre main ; et tout en songeant « à ces moments passés près de vous, je fis, sans trop m'en apercevoir, les « rimes que voilà... »

3° Pièce de vers aut. sig., à M. Jules Janin. Avril 1842. 6 p. in-4.

« Eh quoi ! railleur (n'est-ce point un mensonge ?)
« Vous ! nous quitter ?
« — Ce bruit hier, comme un pénible songe,
« Vint m'attrister.
« Vous allez fuir cette ardente fournaise,
« Ce vieux Paris,
« Pour aller vivre et respirer à l'aise
« Aux prés fleuris. »
« . . . . »

4° Deux sonnets aut. sig., suivis d'une lettre aut. sig., à M. Jules Janin. 19 et 21 octobre 1841. 3 p. in-8.

« O Jule, après avoir, sans trève et vaillamment,
« Lutté, durant quinze ans, pour l'art, à main armée,
« Tout couvert de lauriers, de fleurs, de renommée,
« Vous cherchez du foyer le saint isolement.
« Une vierge aux doux yeux, au front chaste et charmant,
« Vous apparut un jour — et vous l'avez aimée !
« Près de vous, à cette heure, et d'amour embaumée,
« Jeune femme, elle marche avec énivrement !
« . . . .

5° *Sonnet. A M. Jules Janin*, aut. sig. 2 p. in-4.

« Hier, pour moi, pauvre obscur, c'est comme un rêve étrange,
« Au coin de votre feu, j'ai vu, divin moqueur,
« Celle que dans mes vers j'avais nommée un ange,
« Celle que vous nommez déesse en votre cœur ?
« . . . . »

2864. **VERNES** (Jacob), pasteur Genevois, ami, puis adversaire de J.-J. Rousseau. N. 1698. M. 1789.

L. aut. sig., à MM. Grand et Labhart, banquiers. Genève, 26 octobre 1763. 1 p. in-4. Deux *portr.* (Deux exempl. du même).

2865. **VERNET** (Claude-Joseph), célèbre peintre de marine. Né à Avignon en 1714. Mort en 1789.

L. aut. sig., à M. Girardot de Marigny. Paris, 19 octobre 1778. 1 p. pl. in-4. Trois *portr.*

2866. **VERNET** (Antoine-Charles-Horace, dit : *Carle*), fils du précédent, peintre, memb. de l'Institut. 1758-1836.

L. aut. sig., à M. le comte .... Dimanche 21. 2 p. in-4. Deux *portr.*, *charge* de Dantan, et notice biog. impr.

Le jour où il lui a fait l'honneur de venir chez lui, tout occupé des choses flatteuses qu'il lui a dites, et du plaisir qu'il éprouvait à le posséder dans son atelier ; « j'ai négligé de vous entretenir du prix qui avoit été fixé par M. le « duc de Maillé pour le tableau de la chasse de Ville d'Avrai que S. M. Char- « les X (alors Monsieur) désiroit que je fisse. La somme convenue étoit de huit « mille francs. Je vous prie, monsieur le comte, de vouloir bien me faire con- « noître si je peux compter sur la continuation (par le ministère de la maison « du roi) de cette disposition ? Je travaille tous les jours à cet ouvrage, et « j'espère pouvoir le continuer sans interruption. »

2867. **VERNET** (Emile-Jean-Horace), fils du précédent, peintre de batailles, membre de l'Institut. N. 1789.

1° Billet de six lignes aut. sig., H. V., à M. Kesner. Demi-p. in-8. *Portr.*, *charge* par Dantan et notice biogr., impr.

2° L. a. s, à M. le préfet de la Seine. Paris, 1er mai 1835. 2 p. in-fol.

Très-belle lettre sur l'abandon où on laisse à Paris les artistes récemment arrivés de l'Académie de France à Rome. Les artistes pensionnaires passent presque touts cinq année en Italie ; 25 ans est l'âge moyen auquel ils viennent à Rome, et ils ont souvent plus de trente ans quand ils rentrent à Paris. « Il « semblerait que dès leur retour, ils doivent être en quelque façon les élus du « gouvernement pour les travaux qu'il fait exécuter. Le prix qu'ils ont rem- « porté, et qui déjà était l'annonce de brillantes dispositions ; les fortes études « qu'ils ont faites ensuite d'après les modèles et les inspirations de l'Italie ; la « protection que l'État leur a accordée pendant cinq ans, tout paraît leur as- « surer des faveurs qui, à bien dire, ne seraient que des actes de justice, « puisque leurs succès sont la garantie de leur capacité. Il n'en est cependant « pas ainsi : la plupart, sans fortune, sans appui, sont comme à l'abandon, dès « qu'a expiré le terme de leur pensionnat. C'est surtout dans la première année « du retour que ce dénuement se fait vivement sentir, alors précisément qu'il « serait le plus urgent qu'on vînt à leur aide. Il y a vraiment lieu de s'étonner, « monsieur le préfet, que cette contradiction ait pu s'établir dans une institu- « tion jusque-là regardée comme favorable à l'essor des talents. C'est, à mon « gré, vouloir la fin sans vouloir les moyens... »

2868. **VERNEUIL** (Charlotte-Henriette-Catherine de Balsac, marquise de), maîtresse de Henri IV. 1583-1633.

1° Quitt. notariée, sig., *H. de Balsac*, à Antoine de Loménie, de 13,212 livres 10 s., qu'il a payée à la marquise sur le prix de la terre de *la Ville aux Clercs* par lui achetée de Chadieu, débiteur direct de Charles de Balsac, qui avait transporté la créance à sa sœur. 1613. 2 p. in-fol. *Portr.*

2° Acte notarié, deux fois sig., *H. de Balsac*. Promesse d'un orfèvre, Pierre Courtot (et signée par lui), de fournir à la marquise une chaîne de col, en or, garnie de diamants. — Prix 4350 écus. La chaîne doit être pareille à celle que P. Courtot a fournie à la comtesse de Soissons. 1607. 2 p. in-fol.

2869. **VERNEUIL** (Gaston de Foix, dit : Henri de Bourbon, duc de), fils naturel de Henri IV et de la marquise de Verneuil, évêque de Metz, sécularisé et marié, ambassadeur en Angleterre. N. 1601. M. 1682.

Louis XIV l'appelait familièrement son *oncle*. (*L. de M.*)

Deux quitt. aut. sig. (sur parch.). 1629 et 1665.

VERNEUIL (Charlotte Séguier, duchesse de Sully, puis duchesse de), femme du précédent. N. 1622. M. 1704.

Comme manœuvre préparatoire de la grandeur des légitimés, il faut remarquer que Louis XIV porta 15 jours le deuil de la duchesse de Verneuil. (*L. de M.*)

Quitt. sig. (sur parch.). 1696.

2870. **VERNEUIL** (Mlle), actrice du Théât.-Français. M. 1846.

L. aut. sig., à M. Jules Janin. 3 mai 1840. 3 p. in-18.

Elle s'empresse de lui annoncer qu'elle a joué sa première représentation devant le *vice-roi* et *Marie-Louise* en passage à Milan. « J'ai joué l'*Ecole des « vieillards*, mon succès a été grand, immense, le directeur a reçu pour moi « les compliments du *vice-roi*. Je n'ose vraiment vous parler des transports « que j'ai excités... »

2871. **VERNIQUET** (Edme, architecte, auteur du grand plan de Paris. N. 1727. M. 1804.

1° L. aut. sig., aux citoyens législateurs... Paris, 20 floréal an XI. Demi-p. in-4. Beau *portr.* de Dien, in-fol.

2° *Notes sur le plan général de Paris, et la gravure de ce plan*. 3 gr. p. pl. in-fol.

Ces notes manuscrites sont un état de dépenses : minutes générales du grand plan de Paris, levé à une ligne par pied. — La gravure de 72 planches de cuivre. — Les 306 plans de touts les monuments publics, etc... montent à la somme de 284,300 fr.

2872. **VERON** (Louis-Désiré), médecin, publiciste, directeur de l'Opéra, député. N. 1793.

L. aut. sig., à M... Paris, 22 juin 1832. 1 p. in-8.

Virey (J.-J.), médecin militaire, député, collaborateur du grand dictionnaire des sciences médicales, etc. 1° L. aut. sig. Paris, 16 brumaire an IX. 1 p. in-4. — Hommage de son *Histoire naturelle du genre humain*. — 2° Certificat médical aut. sig. 1827. 1 p. in-4.

2873. **VERTUS** (Catherine Fouquet de La Varenne, comtesse de), femme de Claude de Bretagne, seigneur d'Avaugour, etc. N. 1590. M. 1670.

C'étoit la fille de Fouquet La Varenne, enrichi par de honteux services rendus à Henri IV, dont il étoit le cuisinier et le proxenète; c'est de lui que la sœur de Henri IV, Catherine, duchesse de Bar (malgré elle), disoit : « Il y a « plus gagné à porter les poulets de mon frere qu'à larder ceux de sa cuisine.» La comtesse de Vertus étoit belle, spirituelle, fantasque, avare, et plus que galante, si l'on en croit les chroniques et chansons du temps, et surtout la notice de Tallemant des Réaux, une de ses moins mauvaises. Elle survécut à plusieurs enfants, et entr'autres à la duchesse de Montbazon, si scandaleusement célèbre par ses liaisons avec le duc de Chevreuse, le comte de Soissons, le maréchal d'Hocquincourt, le duc de Beaufort, l'abbé de Rancé, etc. (*L. de M.*)

Acte notarié, sig., *Catherine de Lauarane*, signé aussi par son mari, Claude de Bretaigne, Alexandre de Vieuxpont, etc. 1616. 11 p. in-f.

2874. **VESTRIS** (Marie-Rose Gourgaud Du Gazon, femme de Paco-), tragédienne. N. 1746. M. 1804.

L. aut. sig., à M. Brunetière. Dimanche, 28 avril 1793. 2 p. pl. in-4. Intéressante.

Elle le prie de s'intéresser à une jeune femme « plaine d'intelligence, qui « travaille comme les anges, et qui est très en état d'être à la tête d'un magazin de spectacle... Cette petite femme est toute intéressante, elle a deux « enfants et elle est très honète, on peut donc en toute sûreté s'employer pour « elle... »

2875. **VIARDOT** (Louis), journaliste, historien, etc. N. 1800.

Cinq lett. aut. sig., à M. Lucas de Montigny. 1840-1841. Ensemble, 7 p. in-8.

2876. **VIART**, président de Metz.

L. avec la souscription d'une ligne aut. sig., à M. de Rambouillet. Metz, 7 mars 1583. 2 p. grand in-fol. Cachet brisé. Très-belle lettre. Bonne conservation.

Sur des difficultés entre MM. du chapitre de la grande église de Metz et le duc de Lorraine... « Et ce que je voy qui est le plus important de par deça « et a quoy il fault promptement pouruoir, c'est a l'extresme paurretté des « soldatz, dont il y en a quelques ungs qui ont esté contrainctz d'aller cercher « du pain par les maisons des habitans sur le soir, ce qui est fort honteux, « et qui na esté veu en cette garnison. Et est bien difficile, que si apres ce « mois qu'on enuoye on ne faict suiure les deux mois qu'on promet au commencement daurl quil ny arriue du malheur, tant le désespoir y est grand, « et oultre la pauureté, long temps a qu'on ne vit si peu de cappnes en chef « ny de soldatz aux compaignies quil nest possible darrester quand ils entendent les larcins qui se font aux enuirons de cette ville comme il sen est faict « depuis huit jours... »

2877. **VIC** (Dominique de), seigneur d'Ermenonville, gouverneur de Calais, vice-amiral. M. 1610.

Trois quitt. sig. (sur parch.). 1580 et 1605. (Collection et notice de M. de Monmerqué. — Notice de M. *L. de M.*)

Vic (Méry de), conseiller d'Etat aux finances, ambassadeur en Suisse, garde des sceaux. M. 1622. Quitt. sig. (sur parch.). 1610.

2878. **VICQ D'AZYR** (Félix), médecin, professeur, anatomiste, etc. N. 1748. M. 1794.

1° L. sig., à M. le procureur général. Paris, 16 mars 1781. 1 gr. p. in-fol. *Portr.*

La société royale de médecine ayant été consultée par l'ordre de Malte au sujet des sépultures d'une des églises paroissiales de cette île, elle a rédigé un rapport dans lequel les commissaires se sont principalement appliqués à faire connaître les dangers des inhumations dans les églises. Ce rapport a été rendu public aux dépens de la religion...

2° L. aut. sig., à Mme... Ce mercredi... 2 p. in-4.

Il apprend qu'on a forcé l'une des portes de son appartement dans le château de Versailles, et qu'on lui a tout enlevé, même les gros meubles dont il n'a pas encore achevé le paiement...

3° L. a. s., à M. le marquis de Condorcet. Ce lundi... 1 p. in-4.

4° Note aut. sur l'ouvrage posthume de M. Pouteau. 10 p. in-fol.

2879. **VICTOR AMEDEE I**er, duc de Savoie. 1587-1637.

1° L. sig., à M. le marquis de Rambouillet. Verceil, 28 nov. 1614. 1 p. in-fol.

2° Copies de trois lett. du duc (en italien, écriture du temps), datées de Camera, de Turin et d'Asti. 1615. Ensemble, 4 p. in-fol.

Victor-Amédée II, duc de Savoie, roi de Sicile, puis roi de Sardaigne. N. 1665. M. 1732.

1° L. sig., au procureur général Favier. Moncallier, 17 novembre 1714. 1 gr. p. in-fol. *Portr.*

2° Nomination sig. de substitut de procureur fiscal en Savoie. 1723. 4 p. in-fol. sur parchemin, un peu endommagées dans les angles d'en haut.

Victor-Amédée III, roi de Sardaigne. N. 1726. M. 1796.

Brevet d'arpenteur, en italien, sig. (sur parch.) 1783. In-fol. Joli *portr.* in-18.

2880. **VIDOCQ** (François), chef de la brigade de sûreté à la préfecture de police de Paris.

1° Note aut. sig. 2 p. in-12.

2° Fragment aut. de ses *Mémoires* ou d'un rapport. 2 p. in-fol.

2881. **VIEILLARD** (P.-A.), littérateur, conservateur à la bibliothèque de l'Arsenal.

1° L. a. s., à M. Lucas de Montigny. 18 nov. 1843. 1 p. pl. in-8.

Il lui fait hommage de sa notice (ci-jointe) sur Mirabeau et sa famille (brochure de 20 pages in-8, extraite de l'Encyclopédie des gens du monde)... ... « C'est à plus d'un titre, monsieur, que je vous dois l'hommage de ce travail. Sans le précieux monument consacré par vous à la mémoire du grand homme dont l'affection adopta votre enfance, je n'aurais su quelle route tenir au milieu des écueils semés par les erreurs et les contradictions des anciens biographes de Mirabeau. Grâce à vous et à M. Droz, j'ai pu saisir le fil conducteur qui devait me guider au sein de ce labyrinthe. Trop heureux si dans un récit forcément réduit aux moindres proportions, j'avais pu faire passer la plus petite partie de l'intérêt qui anime toutes les pages du vôtre ! J'ose espérer, du moins, que vous y reconnaîtrez l'empreinte du soin fidèle que j'ai mis à suivre le chemin tracé par vous avec autant de zèle que de succès... »

2° Trois lett. aut. sig., au même. 1842 à 1851. Ensemble, 4 p. in-18 et in-8, avec enveloppes aut.

2882. **VIEILLEVILLE** (François de Scépeaux, sire de), maréchal de France. N. 1509. M. 1571.

1° Attestation sig., *De Scepeaulx* (sur parch.), comme gouverneur de Metz et du pays Messin, et contresigné: *De Neufuille*... 20 décembre 1570. Joli *portr.* de Moitte, in-8.

2° L. avec la souscription d'une ligne aut. sig., à son frère... Langres, 30 mai 1563. 2 gr. p. in-fol. Trace de cachet. Belle lettre.

Relation intéresssante de son voyage, réception qui lui a été faite en Lorraine, partout où il s'est arrêté on lui a fait faire aussi bonne chère que possible ..

2883. **VIEN** (Joseph-Marie, comte), peintre, sénateur, membre de l'Institut. N. 1716. M. 1809.

1° L. aut. sig., à M... Paris, vendredi 28 sept. 1787. 1 p. in-4. Il intercède en faveur de la fille Martin, l'un de ses modèles qui a été prise pour une autre, qui était vêtue en homme, et qui a été conduite à Saint-Martin. Elle est un modèle très-nécessaire pour lui et pour plusieurs de ses confrères, « elle m'a servi pour le tableau que j'ai fait poue le roi, et pour les petits tableaux qui sont également exposés au salon... »

2° Fragm. aut. de ses *Mémoires* publiés par ses enfants. 10 p. in-fol.

3° Copie des fragments qui précèdent (de la main de Mme Céleste Vien ou annotée par elle). 23 p. in-4.

4° Deux pages et demie in-4, de la main de Vien (fragments de ses *Mémoires*).

5° Cinq pièces. Notices, discours et pièces de vers, sur Vien, impr.

2884. **VIEN** (madame Céleste, comtesse), poëte, traducteur d'Anacréon, etc.

1° Le partage de la terre, vers aut. sig. 3 p. in-4.

2° *Chanson du matin*. Imitation de Gessner. Cinq strophes (de 4 vers) aut. sig. 1 p. pl. in-4.

3° Pièce de vers (six) aut. sig. 1 p. in-18.

4° Dix-sept lett. aut. et aut. sig., in-8 et in-4 (1843), et quitt. aut. sig. Paris, 1823.

2885. **VIENNET** (Jean-Pons-Guill.), poëte, fabuliste, député, membre de l'Académie française. N. 1777.

1° *Epitre à l'empereur Alexandre*, vers aut. 5 sept. 1815. 3 gr. p. pl. et quart in-4. — Deux *caricatures* in-fol.

2° Note aut. relative à *Arbogaste*. 4 p. pl. in-8.

Vigny (Alfred, comte de), littérateur, romancier, auteur dramatique, membre de l'Académie française. N. 1799.

1° L. aut. sig., à M. Talandier, 22 janvier 1829. 3 p. in-8. Très-intéressante lettre littéarire.

2° Note de 10 lignes aut., et billet de 4 lignes aut. sig. — Son discours de réception à l'Académie française.

2886. **VIGNAUD** (Adrien), dessinateur, voyageur en Abyssinie, compagnon du docteur Petit. M. 184...

L. aut. sig., à M. Lucas de Montigny. 17 sept. 1842. 2 p. pl. in-8. Lettre intéressante sur les travaux qu'il exécute pendant son expédition scientifique... Le docteur Petit est malade ..

2887. **VIGNEROD** (René), sieur de Glené, etc., gentilhomme de la chambre du roi, beau-frère du cardinal de Richelieu, et ayeul du maréchal.

Les mémoires du temps le qualifient homme *dubiæ nobilitatis*. On dit que le comte de Soissons ayant accueilli par un soufflet un gentilhomme, qui, non sans mission, lui proposait la main de la jeune veuve de Combalet, Richelieu, pour vaincre le refus insultant du prince, qui ne voulait pas *epouser les restes de ce galeux de Combalet*, argua de l'anagramme *Marie de Vignerot*, VIERGE DE SON MARI. Il est bien entendu que je ne garantis pas plus la vérité de l'anecdote, que la virginité de la niece du cardinal, deux fois mariée déjà. (*L. de M.*)

Quitt. sig., *René de Vignerot, sieur du Pont-de-Courlé* (sur parch.). 18 novembre 1607.

2888. **VILLAR** (Noël-Gabriel-Luc), évêque constitutionnel, conventionnel, membre de l'Institut. N. 1748. M. 1826.

L. aut. sig., à M. Target. Dimanche, jour de Pâques. 1 p. in-8.

Vinet (Pierre), conventionnel. L. a. s. 1793. 1 p. et quart in-4.

Wandelaincourt (Antoine-Hubert), évêque constitutionnel, conventionnel. Quitt. de quatre lignes aut. sig. 1783.

Ysabeau de Vaubignon (Clément-Alexandre), oratorien, conventionnel, membre du Comité de sûreté générale. N. 1754. Mort le 19 mars 1831. L. aut. sig., à Mme Richet, sa fille. Paris, 4 janvier 1831. 2 p. pl. in-4. Intéressante.

2889. **VILLARCEAUX** (Louis de Mornay, marquis de), *commandant la meute des 70 chiens gris de Sa Majesté.*

Est-ce l'amant passionné de Ninon de Lenclos, le seul qui lui inspira une passion véritable ? — Est-ce le Villarceaux qu'on a soupçonné à tort avoir été l'amant de Mme Scarron ? (*L. de M.*)

1° Quitt. de deux lig. aut. sig. (sur parch.) 1661.

2° Quitt. sig. (sur parch.). 1664.

3° Congé militaire aut. sig. Fontainebleau, 25 octobre 1686. 1 p. in-4 en travers. Cachet armorié en cire rouge.

2890. **VILLARS** (Honorat de Savoie, marquis de), maréchal et amiral de France, gouverneur de Provence petit-fils naturel de Philippe, duc de Savoie.

Guerrier illustre, deux fois blessé à la bataille de Saint-Quentin. — Il sauva la vie au duc d'Anjou, depuis Henri III, à la bataille de Montcontour, au moment où la valeur téméraire du prince l'avoit emporté au milieu d'un bataillon, où il étoit abattu sous son cheval tué. (*L. de M.*)

L. avec la souscription d'une ligne aut. sig., à M. de Beaupuy, chevalier de l'ordre du Roi, et lieutenant de la compagnie de M. de Biron. 11 novembre 1570. Deux tiers de p. in-fol. Trace de cachet. déchirures par les souris.

2891. **VILLARS** (Philippe de Savoie, comte de Tende, marquis de), amiral de France.

Je crois que c'est celui qui, commandant en Provence, refusa d'y répéter les horreurs de la Saint-Barthélemi. (*L. de M.*)

Quitt. sig. (sur parch.). 6 janv. 1680.

Villars-Brancas (Georges de Brancas, s^r de), gouverneur du Hâvre, grand amiral.

1° Quitt. de 3 lignes aut. sig. (sur parch.) 1601. *Portr.*

2° Acte notarié sig. 1608. 2 p. in-fol.

2892. **VILLARS** (Louis-Claude-Hector, duc de), maréchal de France, etc. N. 1653. M. 1734.

Quitt. de onze lig. aut. sig. (sur parch.). 1693. Deux *portr.* Notice de M. *L. de M.*

Villars-Brancas (Madame la duchesse de). L. aut. sig., à M..... Hullen, ce 21. 3 p. pl. et demie in-4. Jolie lettre.

2893. **VILLEMAIN** (Abel-François), ministre de l'Instruction publique, secrétaire perpétuel de l'Académie française. N. 1790.

1° L. aut. sig., à M. Jules Janin. Paris, 18 oct. 1842. Demi-p. in-8. Deux *portr.*

Il le prie de faire parvenir une lettre à M. Gérard de Nerval dont on n'a pu trouver l'adresse et qui a été recommandée par lui. « Un heureux comme vous « est un excellent guide pour trouver et consoler un peu le malheur. »

2° L. aut. sig., à M. le duc... 19 juillet. 1 p. in-4.

3° L. s., à M. Lucas de Montigny. Paris, 30 sept. 1841. 1 p. in-4.

Il l'informe que, sur sa demande, il a accordé à la bibliothèque curiale de Clamart, un certain nombre d'ouvrages dont la liste se trouve sur le second feuillet.

4° Imprimés. Eloge de Montaigne. 1812. 32 p. in-4. — Discours sur les avantages et les inconvénients de la critique. 1814. 24 p. in-4. — Son discours de réception à l'Académie française, et réponse de M. Roger. 1821. 68 p. in-8.

2894. **VILLENAVE** (Mathieu-Guill. - Thérèse), littérateur, traducteur d'Ovide, etc. N. 1762. M. 1846.

1° L. aut. sig., à M. Sebvé. Ce 13 de l'an 1825. 1 p. et demie in-8. Intéressante.

2° L. aut. sig., à M. de Pongerville. 14 avril 1828.

Lettre intéressante au sujet d'une version de *Lucrèce* en prose qu'il veut donner. Après le beau succès de sa traduction en vers, il croit être sûr que ce projet est dangereux.

3° *Le Ruisseau et la Vie*. Huit stances aut. sig. 2 p. pl. in-4.

4° *La vie future*, fragment d'un poëme... Impr. 1837. 8 p. in-8. Avec deux lignes d'envoi aut., à M. Lucas de Montigny.

5° *Relation du Voyage des cent trente-deux Nantais, envoyés à Paris par le Comité révolutionnaire de Nantes*. Impr. 1793. 45 p. in-8.

2895. **VILLEPARISIS.**

L. aut. sig., à M. de Rambouillet. Rome, 19 septembre 1564. 3 gr. p. in-fol. (La première page est de la main d'un secrétaire). Cachet. Très-belle lettre. Curieuse.

2896. **VILLEQUIER** (René de), gouverneur de Paris sous Henri III. M. 1590.

Ce fut l'assassin impuni (peut-être récompensé) de Françoise de La Marck, sa femme, fille naturelle de Guillaume de La Marck. — On a dit que ce meurtre causé par la jalousie du mari, avoit eu pour provocateur Henri III, irrité des dédains et des refus de la femme. — Le crime est prouvé mais non la cause. (*L. de M.*)

Quitt. sig. (sur parch.). Paris, 2 avril 1587. Cachet.

2897. **VILLEROY** (Nicolas de *Neufville*, seigneur de), secrétaire d'État des finances de Charles IX et Henri III, ministre de Henri IV et de Louis XIII. 1542-1617.

1° Ordonnancement de paiement (sig sur parch.). 2 nov. 1570. *Portr.*

2° Deux actes notariés sig., signés aussi par Madelaine de l'Aubespine, sa femme (célèbre par sa beauté et par sa vertu), et par Martin Ruzé de Beaulieu. 1584 et 1594. 6 p. et demie in-fol.

3° Minute aut. d'une lettre au roi. 1 p. pl. in-fol.

Au sujet de propos tenus par M. de Montpensier au frère du roi, etc., etc.

2898. **VILLEROY** (Nicolas de *Neufville*, s^r de). *Le même.*

L. aut. sig., à M. de Préaux, conseiller au Parlement de Paris, étant de présent en Flandre. Paris, 6 sept. 1609. 1 gr. p. pl. in-fol. Affaires de l'État et de service du roi.

2899. **VILLEROY** (Nicolas de *Neufville*, s^r de). *Le même.*

L. a. s., à M de Préaux. Paris, 7 fév. 1610. Deux tiers de p. in-fol.

2900. **VILLEROY** (Nicolas de *Neufville*, marquis, puis duc de), petit-fils du précédent, gouverneur de Louis XIV, maréchal de France. Né en 1597. M. 1685.

1° Quitt. sig. (sur parch.), de la somme de 17,500 livr. pour un quartier de son traitement de maréchal de France. 1667.

2° Contrat de mariage de Dlle Bernard de Chalon, qui épouse un avocat nommé Virey, signé par lui et par Charles de Lorraine, duc d'Elbeuf; Marguerite Chabot, duchesse de Lorraine; Henri de Lorraine, comte d'Harcourt; Catherine de La Rochefoucauld, marquise de Senecey, etc. 22 août 1650. Dix p. in-fol. Notice de M. *L. de M.*

VILLEROY (François de *Neufville*, duc de), petit-fils du précédent, maréchal de France. N. 1643. M. 1730. Quatre lett. et pièces sig. (dont une sur parch.). 1712 à 1722. In-4 et in-fol. Deux *portr.* Notice de M. *L. de M.*

VILLEROY (Marguerite Le Tellier, duchesse de). Quitt. sig. (sur parch.). 1708.

VILLEROY (le dernier duc de). L. a. s. Villeroy. 16 av. 1782. 2 p. in-4.

2901. **VINCENT-DE-PAUL** (Saint), aumônier de la reine Marguerite de Valois, fondateur des *Filles de la charité*, etc. N. 1576. M. 1660.

Acte notarié, sig. par Mathieu Molé, président au Parlement de Paris, Nicolas Lefèvre de Lezeau, Nicolas de Pois et Charles Robineau, administrateurs de l'Hôtel-Dieu de Paris, et Sébastien Cramoisi, etc., au nom et comme députés dudit Hôtel-Dieu pour la conservation de ses droits à la succession de madame la marquise de Maignelay (voir le n° 1901 de ce catalogue), ordonnant la délivrance du legs de 18,000 livres fait à la mission de Saint-Lazare, signé aussi par les prêtres de la mission, acceptants : « Messire Vincent de « Paul, prestre supérieur général de la Congrégation des prestres de « la mission establie en la maison de Saint-Lazare-lès-Paris, MM. An- « thoine Portail, Jean Béru, Bernard Codoin, Pierre Du Chesne, « Etienne Bourdet, Jean-Baptiste Gilles, Pasquier Blondel, Charles « Bayart, Guillaume Desdames, Georges Le Blanc, Nicolas Duport, « tous prestres de ladicte Congrégation, deuement assemblés au son « de la cloche dans la salle de ladicte maison de Saint-Lazare d'autre « part, lesquelles parties ont recogneu et confessé que ladicte dame « par son dict testament aurait donné ausdicts prestres de la mission « la somme de dix-huict mil liures..... De la maison de Saint-Lazare, « le 3 novembre 1650. » 6 gr. p. pl. in-fol.

2902. **VINCENT-DE-PAUL** (Saint). *Le même*.

L. aut. sig., à M. de Saint-Remy, archidiacre de Langres, à Nevers. Paris, 27 juillet 1642, 1 p. petit in-4. Cachet. Un peu, et bien raccommodée. — Quatre *portr.* — Fac simile de plusieurs lett. aut. sig. 11 p. in-fol. — Certificat de vie d'un enfant trouvé, avec vignette. 1826. 1 p. in-fol.

« La grâce de nostre Seigneur soyt auecq vous pour jamais. Je viens de re- « ceuoir il y a une heure vostre lettre de Neuers laquelle ma consolé voiant « que vous vous portés mieux, et mis en peine pour ne scauoir que vous dire « touchant la proposition que vous me faictes l'honneur de me faire du chan- « gement d'establissement..., etc. »

2903. **VINCENT** (François-André), peintre d'histoire, membre de l'Institut. N. 1746. M. 1816.

1° L. aut. sig., à son ami... Paris, 25 nov. 1810. 2 p. in-4. — Notice (impr.) sur sa vie et ses ouvrages, par Quatremère-de-Quincy. 1817. 12 p. in-4.

2° Minute aut. d'une lettre écrite pour le sculpteur Roland, au citoyen ministre... Paris, 26 fructidor an IX. 3 p. in-4.

2904. **VINTIMILLE-DU-LUC** (Charles-Gaspard de), évêque de Marseille, archevêque de Paris. N. 1655. M. 1746.

L. aut. sig., à M... Paris, 23. sept. 1721. 3 p. pl. et quart. in-4.

VINTIMILLE, archevêque de Nicomédie, L. aut. sig., à M. le comte... Palerme, 16 décembre 1791. 2 p. pl. et quart in-8. Intéressante.

2905. **VIOLONISTES**. Onze lettres. Un *portrait*.

ARTOT. L. a. s. 1841. 1 p. in-8.— CARTIER. L. a. s. 1829. 1 p. in-4. Intéressante.— ERNST (Henri Guill). L. a. s., à M. Jules Janin. 1 p. in-8. — FONTAINE. L. a. s. 1826. 1 p. in-8. — GARAUDÉ. L. a. s. 1829. 1 p. in-4. — HAUMAN (Théodore). Deux lett. aut. sig., à M. Jules Janin. 1840. 3 p. in-8.— FRANCO-MENDES. Deux lett. a. s., au même. 1841. 2 p. in-8.— VIEUXTEMPS. Billet. a. s. (à la 3e personne). 1841. in-18. — VIOTTI. L. sig. 1819. 1 p. in-4. *Portr.* Très-beau lot.

2906. **VISCONTI** (Ennius Quirinus), archéologue, membre de l'Institut. N. 1751. M. 1818.

1° L. aut. sig., au comte de Chabrol. Paris, 8 décembre 1816. 2 p. in-4. Intéressante.

Recommandation en faveur de son second fils Louis Visconti, élève de Percier. Travaux auxquels il s'est livré; prix qu'il a remportés.

2° Gravure de son monument funèbre, in-4.

VISCONTI (Louis-Tullius-Joachim), fils du précédent, architecte du Louvre. Né à Rome en 1791. Mort à Paris, le 29 décembre 1853.

1° Six lett. aut. sig., à M. Lucas de Montigny, 1844-1847. Ensemble, 8 p. in-8. — 2° Description du tombeau de l'empereur Napoléon. Impr. 3 p. in-fol.

2907. **VITET** (Louis), médecin, député de Saône-et-Loire à la Convention, un des commissaires envoyés à Lyon par la Convention. N. 1736. M. 1809.

L. aut. sig. (au ministre de la guerre). Paris, 27 pluviôse an IV. 2 p. in-4. Joli *portr.* de Tardieu l'aîné.

Il lui dénonce le citoyen Chevalier, surnommé Segnaud, ci-devant comédien à Lyon, commissaire des guerres, appelé à la poste par Collot d'Herbois après le siége de Lyon et aspirant à de plus hauts emplois, comme un homme immoral, indigne de la place qu'il occupe, jouant le républicain avec autant d'habileté qu'il en mettait dans ses autres rôles: « Trois années d'expérience pen- « dant que j'étois maire à Lyon m'ont assés prouvé qu'il fallait enfin lever le « voile qui le tenoit caché... »

2908. **VITRY** (Louis Gallucio de l'Hôpital, marquis de), ambassadeur en Angleterre. M. 1611.

1° Quitt. sig., *De Lhospital Vitry* (sur parch.). 1601. Notice de M. L. de M.

2° Contre-lettre notariée, sig. 1601. 2 p. in-fol.

3° Transaction notariée, sig., signée aussi par Roger de Bellegarde. 1607. 6 p. in-fol.

2909. **VITRY** (Nicolas de l'Hôpital, baron, puis duc de), maréchal de France pour avoir assassiné Concini, maréchal d'Ancre. N. 1581. M. 1644.

Trois quitt. sig. (sur parch.). 1615. *Portr.*

VITRY (François-Marie de L'Hospital, duc de), fils du précédent, gouverneur de Meaux, plénipotentiaire au congrès de Nimègue. Quitt. sig. (sur parch.). 1667.

2910. **VITTEMENT** (Jean), précepteur du duc de Bourgogne, sous-précepteur de Louis XV. N. 1655. M. 1731.

Quitt. de neuf lignes aut. sig. (sur parch.). Notice de M. *L. de M.* Extraite de Duclos.

2911. **VIVONNE** (Charles de), s^{r} de la Châtaigneraie, sénéchal de Saintonge.

Acte notarié, sig. 1580. 1 gr. p. pl. in-4.

VIVONNE (Jeanne de), dame de la reine Elisabeth d'Autriche. Quitt. sig. (sur parch.). 1576.

VIVONNE (Faby de), s^{r} de Doulens, gentilhomme suivant la Cour. Acte notarié, sig. 1580. 1 p. in-4.

VIVONNE (André de), grand fauconnier de France. Acte notarié, sig. 1615. 1 p. in-fol.

VIVONNE (Louis-Victor de Rochechouart, duc de Mortemart et de), frère de Mme de Montespan, maréchal de France. N. 1637. M. 1688.

Trois quitt. sig. (sur parch.). 1677-1688. Notice de M. L. de M.

2912. VOIDEL (Charles), député à l'Assemblée constituante, membre du Comité des recherches. N. 1758.

Membre du parti janséniste de l'assemblée, c'est-à-dire du parti dur, exagéré, violent, intraitable, implacable, qui eut la plus grande part aux lois impolitiques et cruelles relatives au clergé. (*L. de M.*)

1° Ordre aut. sig., comme président du Comité des recherches. Paris, 27 mars 1791. Demi-p. in-4. Cachet en cire rouge. *Portr.*

« Le concierge des prisons de l'abbaye St-Germain des Prés recevra sans « difficultés un ou plusieurs particuliers qui lui seront amenés dans le jour ou « pendant la nuit, ensemble ou séparément; les mettra dans ses appartements « séparés et au plus grand secret. »

2° Ampliation de l'arrêté du Comité de sûreté générale, par lequel, vu la dénonciation dirigée contre Voidel, ex-constituant, il sera traduit dans la maison des Carmes, et les scellés apposés sur ses papiers... 1er prairial an II. 1 p. in-4. Tête impr.

2913. VOISENON (Claude-Henri Fusée, abbé de), membre de l'Académie française. N. 1708. M. 1775.

A Mme Mariette. Huit vers aut. sig. Demi-p. in-4. *Portr.*

VOISENON (Claude de Fusée, seigneur de), père du précédent, gentilhomme de la chambre du roi. Quitt. sig. (sur parch.). 1705.

2914. VOITURE (Vincent), l'un des douze marchands de vin privélégiés suivant la Cour, père du poëte.

Engagement de fournir du vin blanc à la reine (Marie de Médicis), représentée par Joachim de Chasteauneuf, chevalier d'honneur. Alexandre d'Elbène, 1er maître d'hôtel, chevalier de Sillery, maître d'hôtel, et Florent d'Argouges, trésorier et receveur général. Acte notarié, signé par eux et par Voiture. 1609. 3 gr. p. in-fol.

2915. VOLNEY (Constantin-François Chassebœuf, comte de), voyageur, député aux Etats-Généraux, littérateur, membre de l'Institut. N. 1757. M. 1820.

1° L. aut. sig., au citoyen Méjan. 24 vendémiaire an X. 1 p. pl. et quart in-4.

2° Deux billets a. s. *V.*, à divers (collection de M. de Monmerqué).

3° Treize *portraits* in-18, in-8 et in-4.

2916. VOLPATO (Jean), célèbre graveur italien. 1733-1802.

1° L. aut. sig. (en italien), à Raphaël Morghen, à Florence. Rome, 15 octobre 1799. 1 p. in-4.

2° *Portrait* de Domenica Volpato Morghen, gravé par Raphaël Morghen. 1791. in-18. Très-joli.

2917. VOLTAIRE (Marie-François Arouet de). 1694-1778.

Minute aut. d'une lettre à M. le baron de Keiserling. Août 1738, avec de nombreuses ratures et corrections. 3 gr. p. pl. et demie in-4. Lettre intéressante qu'il commence par son portrait en vers :

« Favori d'un prince adorable,
« Courtisan qui n'est point flatteur,
« Allemand qui n'est point buveur,
« Voyageant sans être menteur,
« Souvent goûteux, toujours aimable;
« Le caprice injuste du sort,
« T'avoit fait naître sur le bord
« De la pesante Moscovie, etc. »

2918. VOLTAIRE. *Le même.*

Quitt. aut. sig., *Voltaire, gentilhomme ord. du roy.* Château de Fernex, 24 mars 1760. 1 p. pl. In-8 en travers.

Il a reçu la quittance du trésorier de Mgr le comte de la Marche pour quatre mille livres à quoi son conseil a fait monter les lots et ventes de la terre de Fernex, pays de Gex, « payez de mes deniers pour Madame Denis, ma « nièce... »

2919. VOLTAIRE. *Le même.*

L. aut. sig., *Voltaire, gentilhomme ord. du roy*, à M.... au château de Fernex, 22 septembre 1760. 1 p. in-4. En très-mauvais état, petites déchirures endommageant la signature.

Qu'il reçoive ses très-humbles remerciements. « Vous daignez donner aux petits, un ouvrage qui ne semble fait que pour les grands... »

2920. VOLTAIRE. *Le même..*

L. sig. (de la main de Wagnière), à M... Fernex, 20 sept. 1771. 1 p. et demie in-4.

« .... Avez-vous nouvelle à Marseille que la flotte russe ait brûlé toute la « flotte turque dans le port de Lemuos? Le commerce de Marseille ne souf- « fre-t-il pas un peu de toutes ces brûlures? Dieu vous préserve de la peste « qui ravage, dit-on, toutes les échelles du levant. Est-il vrai qu'Ali-Bey s'est « emparé de Damas et de Jérusalem? S'il veut rebâtir le Temple il me fera « plaisir... »

2921. VOLTAIRE. *Le même.*

1° L. sig. V. (de la main de Wagnière), à M... Fernex, 4 mars 1767. 3 p. pl. in-4.

... Il lui jure sur son honneur qu'il n'a aucune connaissance des vers qu'on a faits contre lui ; personne ne lui a écrit un mot, « il n'y a que vous qui « m'en parliez. Toutes ces sottises couvertes par d'autres sottises tombent dans « un éternel oubli au bout de vingt-quatre heures. Je suis uniquement occupé « de l'affaire des Sirven dont vous avez peut-être entendu parler. Ce nouveau « procez de parricide va être jugé au conseil du roi ; il m'intéresse beaucoup « plus que les Scithes dont je ne fais nul cas...

Fac-simile d'une lettre a. s., à M. Panckouke. 1767. 3 p. in-4. — Autre fac-simile. 1 p. in-18.

3° L. aut. sig. de Rigollet à Peuchet, concernant Voltaire. Port St-Nicolas, 19 juin 1806. 3 p. pl. in-4, avec un billet de Peuchet, aut. sig. P. 1 p. in-18.

4° Manuscrit de M. de Scalié, pièces détachées de Voltaire. 22 p. in-4.

2922. VOLTAIRE. *Le même.*

Vingt-un *portraits*, in-18, in-8, in-4 et in-fol.

2923. VOLTAIRE. (Mort et inhumation de).

Mort de Voltaire, sa sépulture refusée à Paris, annecdotes sur son arrivée en l'église du couvent de Scelliers, commune de Romilly-sur-Seine, dépt. de l'Aube, sur la translation de son corps en celle de la commune du dit Romilly, et sur sa translation au Panthéon. Adressées à M. Cubières Palmaizau, par Etienne Faireau, ancien maire de la commune de Romilly-sur-Seine. Huit gr. p. pl. et quart in-fol. Ecriture fine et serrée. (Tachées en plusieurs endroits). Il y a sur l'enveloppe un titre de trois lignes de la main de Cubières-Palmézeau, et sur le verso, d'une autre écriture : *Rédigé par M. Favreau, longtemps attaché à Mme de Villette.*

« Le curé de Saint Sulpice ayant refusé la sépulture à Voltaire, mort à Pa- « ris, dans l'arrondissement de sa paroisse, le 29 de juin 1778, l'abbé Mignot « son neveu, abbé commandataire de l'abbaye de Scelliers, ordre des Bernar- « dins, située sur le territoire de Romilly-s-Seine, fit transporter son corps rejetté « par le fanatisme des prêtres, en la maison ditte abbatiale de Scelliers, où il « arriva le 30 de juin 1778, à 4 heures après-midi, afublé d'une robe de cham- « bre, un bonnet de nuit, assis dans la voiture et soutenu sous les bras par « un bandeau qui le maintenait dans l'attitude d'un homme vivant : ces pré- « cautions ont été sans doute prises pour éviter les entraves qu'auroient son « passage en chaque commune a l'effet d'obtenir, par les curés, le droit de « passe que l'on payait ordinairement à cette époque pour les morts.

« Voltaire fut descendu de la voiture et assis dans la même attitude au pied « d'un arbre situé dans la cour près la grande porte de l'église de ce couvent. « Le voile qui lui couvrait la figure fut levé pour être vu de toutes les per- « sonnes accourues pour voir les restes de ce grand homme. Il fut ensuite en- « seveli et mis dans la bière destinée à le recevoir et placé à l'entrée de « l'église sur deux tréteaux : quatre flambeaux furent allumés et placés aux « quatre coins, deux gardiens sont destinés à passer la nuit près du corps.

« Après une silencieuse et lugubre veillée qui dura jusqu'à minuit, un orage « furieux s'élève, pour ainsi dire tout-à-coup, la tempête siffle d'une manière « effrayante, la barre qui fermoit la grande porte d'entrée, où était placé Vol- « taire, se romp, les portes s'ouvrent avec fracas, les tréteaux sont culbutés, « la bière et les flambeaux sont renversés, les gardiens, dans la plus profonde « obscurité se trouvent peles mèles embarrassés dans les tréteaux, les flam- « beaux, les bancs et autres objets que la foudre avoit amoncelés sur le corps « de ces gardiens qui poussoient des cris affreux, s'arrachoient d'un côté, se « heurtoient et retomboient de l'autre. C'est en vain qu'ils font retentir leurs « cris sonore, tous les moines sont dans les bras de Morfée, ou peut-être dans « ceux de leurs belles? ils se croyent enlevés dans les enfers avec Voltaire. « Cependant l'orage se calme un peu, leur voix plaintive commence à se faire « entendre, mais hélas, quel secours? qu'il est tardif pour nos deux patiens, « l'un est tombé dans la fosse prêt à recevoir le corps de Voltaire, l'autre « les pieds embarrassés sous les tréteaux et chargé du poid du corps de Vol- « taire qui étoit tombé dessus. Les moines pourtant s'éveillent, les femmes « habituées de la maison, car il y en avoient dans cette maison comme ail- « leurs, tremblent et se précipitent au bruit qui se fait entendre, le tonnerre « gronde encore, les éclairs brillent et les cris qui redoublent des pauvres « damnés font croire que le couvent est tout-à fait en feu; cependant les éclairs « se calment et les cris continuent, la plus grande obscurité règne. » On se « leve, enfin on court, encore presque endormi, on cherche de la lumière, c'est « en vain; les briquets, les amorces, les allumettes ne se trouvent pas, il faut « pourtant se diriger du côte que les cris se font entendre, chacun sort de son « dortoir et enfile a demi nu un coridor où les deux sexes se trouvaient confu- « sement ensemble, ne pouvant se reconnaitre qu'à tâtons; enfin, on arrive dans « le lieu du désastre, mais la profonde obscurité qui régnait toujours a empêché « de pouvoir s'instruire de ce qui était positivement arrivé, la frayeur toujours « croissante des deux gardiens n'a pu permettre d'obtenir d'eux aucun détail sur « cet événement, cependant on se doute que l'orage en etait la cause, et chacun « cherche enfin à retourner dans son dortoir. Mais, hélas! ne pourrait-on pas « se tromper à moins ..» Ce qui s'ensuivit de ce pêle mêle du retour.

Comment la cérémonie funebre a été célébrée avant l'inhumation dans l'église par M. Bouillerot, curé de Romilly-sur-Seine. — Comment M. de Baral, évêque de Troyes, prit cette affaire accomplie à son insu et contre sa volonté... « Il vouloit d'abord que le curé de Romilly fut interdit et que le corps de Vol- « taire fut deterré et son corps jetté à.... horreur du genre humain!. . Scélé- « rat tu auroit osé porter toi-même une main perfide et sacrilège sur les restes « du chantre de la liberté et de l'humanité ?... Non j'étais là et toutes mes « mesures étaient prises pour les soustraire à la vengeance atroce de ton in- « solent fanatisme. Non, nos yeux voyaient à l'aide du flambeau que ce grand « homme nous avoit donné par les écrits aussi vrais que célèbres, et il avoit là « un défenseur de ses restes précieux, que les nations les plus barbares res- « pectent envers leurs semblables... » L'évêque avait obtenu l'exhumation, mais le narrateur avait préparé une place dans son jardin pour y déposer les restes du grand homme, et il avait mis l'abbé Mignot dans la confidence de ce projet, mais celui-ci s'est pourvu en cassation, une requête a été présentée au roi « et enfin la philosophie royale a tire le rideau pour voiler l'antre infernale « de ce terrible enfer où les prêtres voulaient faire voyager l'ame de Voltaire « et effrayer les pauvres crédules vivants. Ainsi cette monstrueuse procédure « fut anéantie... »

A-t-il connaissance d'une lettre de Voltaire écrite en 1767, dans laquelle il prophétise pour la France une grande révolution, non pas peut-être de son vivant, mais peu de temps après sa mort... Que sa dépouille mortelle sera peut-être rejettée, par les fanatiques, mais que plus tard on se la disputera... — A la révolution de 1789 la vente des biens nationaux ayant été décrétée, le s[r] Fairéau ne voulant pas que les acquéreurs du couvent de Scelliers pussent s'emparer du corps de Voltaire dans un but de profanation, il fit de nombreuses demarches auprès du Directoire du département de l'Aube pour obtenir son transferement dans l'église de la commune de Romilly. Mais la ville de Troyes obtint un atrêté du même Directoire qui l'autorisait a faire transporter le corps dans ses murs, et à le faire inhumer dans l'une de ses églises... Protestation du s[r] Fairéau contre cet arrêté, ses actifs et singuliers moyens pour le paralyser. — Il obtient enfin un décret de l'Assemblée nationale qui rend sa commune dépositaire du corps de Voltaire, jusqu'à ce que sa translation au Panthéon soit ordonnée...

2924. **VOULLAND** (Henri), député aux Etats-Généraux et à la Convention. N. 1750. M. 1802.

L. aut. sig., à son collègue De Delay d'Agier. Uzès, 19 juin 1792, l'an IV de la liberté. 4 p. pl. in-4.

Il réclame sa protection en faveur d'un ancien militaire, non catholique, qui a servi avec distinction dans les Indes sous le trop fameux M. de Lally... « Son Mémoire... est apostillé et très-vivement recommandé par le général « Montesquiou notre ancien collègue, que nous adorons tous icy comme notre « sauueur. Sa présence a étouffé icy le germe d'une guerre civile qui alloit écla- « ter.. Nous sommes assez tranquilles, nos malveillants sont contenus mais « non pas convertis, ils ont le cœur ulcéré, et divisé par des prêtres qui ont la « rage dans l'âme et brulent de l'occasion de pouvoir se venger ; vous pouvez « être assuré qu'il n'y aura chez nous aucun mouvement... »

2925. **VOISIN** (Daniel-François), secrétaire d'Etat de la guerre, chancelier de France. N. 1654. M. 1717.

1° Trois pièces et quittance sig. dont deux par Louis XIV. (Deux sur parch.). 1703, 1713 et 1714.

2° L. aut. sig., à M... Mons, le 29 août 1694. 2 p. in-fol.

Il a commencé depuis trois jours à instruire le procès de la dame d'Audignies et du sr d'Ingleville, suivant les ordres qu'il lui a fait l'honneur de lui envoyer ...Motif de ce procès... « Je croy que les juges en condamnant la dame d'Au- « dignies se porteront à lui faire donner la question et je doute que pour lors « elle persiste à denier que le sr Dingleville fust de concert avec elle.

3° L. aut. sig., à M. d'Argenson. Paris, 29 mars 1706. 1 p. in-4. Il y a en tête, de la main de M. d'Argenson : « Bastille por. joindre « aux papiers qui concernent les faux hermittes nommes Gérard. Rien « à répondre. 29 mars 1706. »

Relative à un faux hermite arrêté à Paris.

Voysin (Madame de Trudaine, femme du chancelier). L. aut. sig., à M... Versailles, 10 décembre 1711. 2 p. in-4.

2926. **VOYAGEURS**. Douze lettres aut. sig.

Ampère (Jean-Jacques-Antoine). 1 p. in-8. — Caillié (René). 1829. 1 p. in-8. — Estourmel (le comte Joseph d'). Quatre lett. à M. Lucas de Montigny. 1851. 5 p. in-8. — Gaimard (Paul), chef de l'expédition du Spitzberg. 1 p. in-8. — Le Chevalier (Jean-Baptiste). Deux lett. an X et 1828. 3 p. in-4. — Thiébaut de Berneaud. 1825. 1 p. in-8. — Lesseps (Jean-Baptiste-Barthélemi, baron de), ancien compagnon de voyage de La Pérouse. N. 1765. M. 1834. Lisbonne, 1826. 2 p. in-4. — Vaillant (Auguste-Nicolas), vice-amiral. N. 1793. M. 1858. Montévidéo, 1836. 1 p. in-4. — Très-bon lot.

2927. **WAILLY** (Noël-François de), grammairien, lexicographe, membre de l'Institut. N. 1724. M. 1801.

L. aut. sig., *à la Commission d'instruction publique, à Masarin*. Paris, 28 pluviôse an II. 1 p. pl. in 4. Curieux cachet en cire rouge.

La faiblesse de sa santé l'empêche de remplir sa chaire de langue française... « De petites infirmités qui me sont survenues depuis ma nomination, « diminuent beaucoup les moyens que j'avais de justifier vos suffrages... »

Wailly (Etienne-Augustin de), proviseur du lycée Napoléon, depuis collège d'Henri IV, grammairien, traducteur. N. 1770. M. 1821.

1° L. a. s., à M. Beaumont, architecte. Paris, 24 mai 1809. 1 p. in-4.

2° L. aut. sig., à M. Peyre, architecte. 11 juillet 1812. 2 p. in-4. Cachet.

Au sujet de la tour de l'ancienne église Sainte-Geneviève fesant partie des dépendances du lycée Napoléon, et louée à un boulanger.

Lettre aut. sig. du Sr Moulin, boulanger, locataire de cette tour, adressée à l'architecte Peyre, pour réclamer la continuation de sa location. Motifs. Paris, 12 mars 1814. 2 p. in-4.

2928. **WALSYNGHAM** (sir Francis), baronnet, conseiller privé ambassadeur de la reine Elisabeth d'Angleterre, secrétaire d'Etat, etc. N. 1536. M. 1590.

L. avec la souscription d'une ligne aut. sig., *à M. le vicount de Lorraine. De Fere, le 7 d'aoust* 1581. 2 gr. p. in-fol. Fatiguée par l'humidité, et déchirure par les souris.

Importante lettre politique... « Ne vous ayant trouué ce matin au chasteau comme je desirois, je vous ay voulu signifier en peu de paroles (pour vous cognoistre merueilleusement affectionné à la grandeur de son Altesse laquelle « *sempre* dépendre entierement de la conduicte de ceste entreprise que elle « a maintenant entre les mains), ce que j'ay négotié ce jourdhuy auec la roine « mere et son Altesse. Ayant remonstré à Sa Majesté come une bonne et ferme « allyance entre ces deux coronnes, (puisque telles difficultés suruiennent au « fait du mariage) seruiroit aussi bien a l'aduancement de l'entreprinse de son « altesse, comme pour arrester le cours de l'accroissement d'Espagne... etc. »

2929. **WATELET** (Claude-Henri), receveur général des finances, littérateur, peintre, amateur des beaux-arts, membre de l'Académie française. N. 1718. M. 1786.

L. aut., à M. Roland. Du Mans, le 3 mars 1774. 2 gr. p. pl. in-4. *Portr.* de Cochin, in-4.

2930. **WELLINGTON** (Arthur Wellesley-Cowley, duc de), général en chef de l'armée anglaise, ministre, etc. Né en 1769. M. 185...

L. aut. sig., à Mme Joquelet, rue de Bondy. Paris, 18 août 1817. 1 p. in-8. Cachet. Quatre *portr*. Joli cachet en cire rouge.

Il regrette beaucoup ne pouvoir aller chez elle, à midi ni à une heure, puisqu'il va chez le roi à la dernière. Il le quittera peut être à deux heures et demie, et il pourra être chez elle à trois ou quatre heures, et rester jusqu'à cinq ou six, si cela lui convient.

2931. **WESTERMANN** (François-Joseph), général de la République. Né en 1764. Mis à mort en 1794.

1° Signification par l'huissier du tribunal révolutionnaire, du mandat d'arrêt décerné contre Westermann, prévenu de complicité, avec autres, dans la conjuration ourdie contre le peuple Français. 13 germinal an II. Demi-p. in-4.

2° Ordre des administrateurs de police de la commune de Paris, au concierge de la maison d'arrêt de l'Abbaye, de recevoir le citoyen Westermann, général de l'armée des côtes de La Rochelle, qui lui est envoyé de la mairie. 1er août 1793. 1 p. in-4. Tête impr. Vignette.

3° Jugement militaire rendu à Niort, le 29 août 1793, en faveur du général Westermann. Impr. 4 p. in-4.

Il exécutera les projets dont ils sont convenus, il aura souvent de ses nouvelles ; « mais ne nous laissez pas manquer de pain et de picques. J'emmène « avec moi de Saint-Maixent trois officiers municipaux en échange, j'en ferai « autant dans les différents endroits où je passerai... »

4° L. a. s., au général... Saint-Maixent, 30 juin 1793. 1 p. in-4.

5° L. aut. sig., en tête, au général divisionnaire Chalbos. De La Châtaigneraye, le 24 septembre an II. 4 gr. p. pl. in-4. Ecriture un peu pâle.

Lettre explicative de sa conduite après la déroute de Châtillon, sa comparution à la barre de la Convention, son jugement et son acquittement par le conseil de guerre séant à Niort, etc., etc.

2932. **WILBERFORCE** (William), membre du Parlement d'Angleterre, négrophile, président de la *société pour la suppression du vice*. N. 1759. M. 183...

L. aut. sig. (en anglais), à M. Acland. Highwood Hill, Middlesex, 17 juillet 1829. 2 p. in-8. *Portr.*

2933. **WILSON** (sir Robert-Thomas), général anglais, un des libérateurs du comte de La Valette, gouverneur de Gibraltar. N. 1777. N. 1856.

L. aut. sig., à Madame... Prison de la Force, 16 juillet 1816. 1 p. pl. et quart in-4.

Devant sortir bientôt de prison, il ne pourra point accepter le vin qu'elle a bien voulu lui offrir... « Nous avons lu avec le plus vif intérêt l'ouvrage que « vous nous avez envoyé ce matin, et qui fait tant d'honneur à votre cœur et à « votre esprit, aussi bien qu'à la mémoire de votre père... »

2934. **WINTER** (Jean-Guillaume, comte de), vice-amiral hollandais. N. 1750. M. 1812.

L. aut. sig., à Mgr... A bord du vaisseau impérial: *Le Prince*. 6 novembre 1811. 2 gr. p. in-fol. *Portr*. Belle lettre.

Au sujet du plaisir que lui a fait éprouver, ainsi qu'aux commandants des vaissaux, la dépêche par laquelle il manifeste les témoignages de la satisfaction qu'à causé à l'empereur la bonne tenue de l'escadre... Demande de grâces pour les officiers et les équipages...

2935. **WINTERHALTER** (François-Xavier), peintre de genre et de portraits. N. 1806.

L. aut. sig., à M... 25 sept. 1841. 2 p. et demie in-12.

Relative au portrait de la reine des Français qui lui a été commandé par la ville de Paris... « La reine n'a pas encore donné séance pour le portrait qui « lui a été commandé d'elle. On attend toujours après ces séances, et voilà « pourquoi je n'ai pas commencé celui pour l'hôtel de ville. Il faut absolument « avoir d'abord un portrait fait d'après nature pour pouvoir faire le tableau que « M. le préfet demande. Quant au portrait du roi, c'est différent .. »

2936. **XIMENES** (Augustin-Louis, marquis de), poëte, auteur dramatique, ami de Voltaire. N. 1726. M. 1814.

L. aut. sig., à M... Sans date. 1 p. in-4.

Il lui envoie un petit ouvrage qu'il lui propose de mettre en musique... Il y a un rôle d'Apollon que lui seul peut rendre saillant et neuf...

2937. **ZACH** (François, baron de), général Saxon, savant astronome, etc. N. 1754. M. 1832.

L. aut. sig., à M. Coulier. Elfenau, près Berne, 6 juin 1828. 2 p. pl. in-4. Notice aut. de M. Coulier sur Zach (envoi à M. Lucas de Montigny).

Très-belle et très-intéressante lettre sur différents sujets.

2938. **ZAMET** (Sébastien), gentilhomme de la chambre du roi, financier célèbre. N. 1549. M. 1614.

1° Trois q. d'une ligne chacune a. s. (sur pa. ch.). 1585, 1586 et 1605. 2° Deux actes notariés, sig. 1593 et 1605. 5. p. et demie in-fol.

2939. **ZOCCHOLI** (Jacopo), diplomate italien, familier du maréchal d'Ancre.

Quatre lett. aut. sig. (en italien), au marquis de Rambouillet. 1614. 4 gr. p. pl. in-fol. Cachet.

2940. **ARCHEVEQUES**, *évêques*, etc. 11 pièces, un *portr*.

Mons, arch. d'Avignon. L. a. s. 1812. 2 p. in-4.— Montillet, arch. d'Auch. Pièce sig. 1702. 1 p. in-4. — Moreau, évêq. d'Arras. Quitt. sig. (sur parch.). 1664. — Morvilliers, évêq. d'Orléans, chancelier de France. Pièce sig. (sur parch.). 1559. — Rollet, évêq. de Montpellier. L. a. s. 1817. 1 p. in-4. — Rosset de Ceilhes de Fleury, arch. de Tours. L. a. s. 1768. 1 p. in-4.— Royère, évêq. de Castres. L. a. s. 1719. 1 p. in-4.— Reuil, aumônier de Henri IV et de Louis XIII, évêq. de Bayonne. Quitt. sig. (sur parch.). — Rustichi, cardinal. L. sig. (en italien), à M. de Rambouillet, évêque du Mans. Rome, 1588. 1 p. in-fol. Cachet. — Sénault, supérieur de l'Oratoire. Quitt. sig. 1657. *Portr.*— Terrasson, oratorien. Quitt. aut. sig. 1724.

2941. CATHERINE DE MEDICIS, reine de France.

L. sig., et contresig., *Pinart*, à M. de Saint-Gouart, son ambassadeur, à Rome. Nemours, 30 juin 1585. 1 gr. p. pl. in-fol.

Relative aux affaires du royaume, aux espérances d'avoir bientôt la paix, etc.

2942. COUTHON, conventionnel, membre du Comité de salut public. Né en 1756. Mis à mort en 1794.

1° Apostille de deux lignes aut. sig. en tête d'une pétition du citoyen Faucheux, de Clermont-Ferrand, père de dix enfants, qui, par suite de la suppression de sa place à la monnaie, se trouve privé de la source de son existence. 15 nivôse an II. 1 gr. p. in-fol.

2° Expédition de l'ordre d'arrestation de Couthon et de la nommée Bernard, pour être incarcérés à la maison d'arrêt de Talaru, signée par Toutin, secrétaire agent du Comité de sûreté générale. 10 messidor an II. 1 p. in-4.

3° Première partie du rapport sur le siége de Commune-Affranchie, ci-devant Lyon, par le citoyen Couthon. Impr. 35 p. in-8. Quatre *portr.*

Roux (Louis), député de la Haute-Marne à la Convention.

Ce monstre s'appropria le vœu de Néron; et, en proférant son vœu régicide, exprima le vœu que le coup qui frapperoit le roi pût abattre *tous les tyrans*. (*L. de M.*)

L. aut. sig., comme membre du Comité de salut public (sig. aussi par Marec, J. A. Creuzé Latouche, etc.), aux maire et officiers municipaux de la commune de Versailles. Paris, 19 germinal an II. 2 p. in-4. Tête impr. Vignette.

Souhait, député des Vosges à la Convention. L. aut. sig. Paris, 15 ventôse an VI. 1 p. pl. in-4.

2943. DAMES. Onze lettres et pièces.

Bassompierre (Henriette de), femme de Timoléon d'Espinay St-Luc. Acte notarié, sig., sig. aussi par son mari. 1605. 2 p. in-fol. — Lully (Catherine-Madeleine de), femme de Jean-Nicolas de Francine. Acte notarié, sig., sig. aussi par son mari. 1694. 3 p. in-fol. — Mirbel (Lisinka-Aimée-Zoé Rhue, dame Brisseau), peintre. — L. a. s. 1 p. in-8. — Molinos-Laffitte (Antonia), poëte et musicienne. Cinq lett. a. s. 1847-1849. 11 p. in-8. — Monbel (Louise Savary de Lancosme, dame Charles de). Quitt. a. s. 1710. 1 gr. p. in-fol. — Morgan (Miss Owenson, Lady). L. a. s. (à la 3ᵉ personne) demi-p. in-4. — Rumford (Mme la comtesse de), d'abord Mme Lavoisier. L. a. s. 1829. Tiers de page in-4.

2944. DIVERS. Quatorze lett. et pièces sig. et aut. sig. Deux *portr.*

Alfieri (Vittorio). Deux lignes aut. découpées. *Portr.* — Beaupoil Ste-Aulaire. 1724. — Bertier. 1777. — Carafa (L.), compositeur. — Daunou, médecin. 1775. — Hozier (Charles d'), généalogiste. 1697. — Laffitte (Martin). 1831. — Mélac (Ézéchiel de), maréchal de camp. 1692. — Mermet (le général vicomte). 1828. — Mesgrigny (Jean de), maître des comptes. 1602. — Mestadier, député. Lett. et *portr.* — Michel (de Bourges), avocat, député. 1843. — Mirbel, botaniste. Deux lett. 1831 et 1840.

2945. DIVERS. Vingt-cinq lett. et pièces sig. et aut. sig. Trois *portr.*

Moncabrié (le comte de). 1822. — Monnier (le baron de). Dix lett. à MM. Méjan et Lucas de Montigny. — Montboissier (Alex. Delafin, seigneur de). 1618. — Montgon (Jean-François de). 1693. — Montlivault (Casimir-Guyon, comte de) 1812. — Montlort (le comte de). L. a. s. 15... 1 p. in-fol. — Monmor, intendant des galères. Deux quitt. 1688 et 1692. — Nançai (Edme de La Châtre, comte de), maître de la garde-robe du roi. 1635. — Nassau (Ernest-Casimir, comte de).

1629. Cachet. — NASSAU (Henri de). 1629. — NASSAU (Jean-Louis, comte de). Deux quitt. 1660 et 1665. — PIETKIEWICZ (Valérien). 1832. — PLANCHE. — POUGENS. 1804. Trois *portr*.

2946. **DIVERS**. Vingt-deux lett. et pièces sig. et aut. sig. Un *portr.*

POUQUEVILLE. 1825. — REINAUD, orientaliste. Deux lett. 1835. — ROBERJOT, commandant du 110e de ligne. Deux lett. an IX. — ROME (Ch.). An XI. — ROSILY, amiral. 1807. — ROSMADEC (Sébastien de), marquis de), lieutenant général du comté de Nantes. 1693. — ROSPIGLIOSI (Joseph, prince). 1788. — ROTHSCHILD (James, baron de). Trois pièces. 1825-1841. — ROUBAUD (Pierre-Joseph-André, abbé), économiste. 1777. — ROUHIER DE LA BERGERIE. 1830. — ROUILLÉ. 1767. — SANDOZ-ROLLIN, ambassadeur. 1786. — SUFFREN SAINT-TROPEZ (le vice-amiral). Deux aut. et *portr*. — TARBÉ (Louis-Hardouin), ministre des finances. 1791. — VILLEDEUIL (Laurent, marquis de), ministre. Deux lett. 1784 et 1819. — ZANGIACOMI. 1831.

2947. **MAGALLON DE LA MORLIERE** (François-Louis, comte), commandant en chef, ou gouverneur des Iles-de France et de Bourbon. N. 1754. M. 1825.

1° Le Comité de sûreté générale arrête que les nommés Tetilière ou Letilière, sa femme, la femme Magalon sa belle-mère, Bongard, ex-écuyer du tyran, sa femme, demeurants au ci-devant château du ci-devant *Monsieur*, près d'Essone.... sig.: Amar, M. Bayle, Elie Lacoste, Jagot, Lavicomterie, Louis (du Bas-Rhin), Vadier et Voulland. Sept messidor an II. 1 gr. p. in-fol. Tête impr. Sceau.

2° Ordre de mise en liberté du citoyen Destillère, son épouse et le beau-frère Bongard, signé par les membres du Comité de sûreté générale: Amar, Legendre (de Paris), Bernard, etc. 24 thermidor an II. 1 p. in-fol. Tête impr. Sceau.

3° L. aut. sig., au citoyen Méjan. Ile de France, 18 vendémiaire an X. 1 p. et quart in-4.

2948. **MILLOT** (Louis), statisticien.

Tableau du mouvement commercial sur les sucres de 1812 à 1832. — Recherches statistiques sur la consommation et la valeur des sucres en France de 1812 à 1832. Lithographié, très-grande feuille double in-plano, in fol. — Derrière se trouvent (1 p. pl. in-fol.) des recherches statistiques d'économie sociale, avec une échelle de *consommation* triangulaire.... Aut. sig., 20 juillet 1833, adressées à M. Lucas de Montigny. On y lit:

« ... Tel est le secret de la prospérité anglaise, 860 millions de produits « sur la navigation et le commerce extérieur de la Grande-Bretagne, résultent « de la valeur vénale des marchandises. Les Anglais vendent à très-bas prix, « les objets de fabrication, aussi ont-ils pour consommateurs les habitants du « monde entier! les Anglais se contentent d'un faible bénéfice sur chaque fac- « ture, mais comme chez eux la vente est non interrompue, par le renchéris- « sement subit, ils renouvellent leurs capitaux jusqu'à dix fois par an, tandis « qu'en France, par suite de la cherté et des soubresauts dans les cours, ce « renouvellement s'arrête à 2 ou 3 capitaux par année, parce que nous voulons « trop gagner à la fois, et que la circulation, premier moyen de commerce, est « encore mal comprise. — Ce qui fait la richesse commerciale, ce n'est pas « tant l'importance des capitaux que leur circulation rapide, et les bénéfices « qu'elle répand. Cent mille francs, qui sont employés, réalisés et remployés « dix fois dans l'année, sont plus productifs qu'un capital de 700,000 fr. qui « n'est employé qu'une fois. L'intérêt dans le premier cas est de 60,000 fr.; « il n'est que de 42,000 dans le second. »

2949. **PORTRAITS.** Trente-trois portraits divers, gravés et lithographiés : Berri (le duc de), fils du grand Dauphin,

Boutin, Buzot, Byron, Campistron, Chénard, Eugène Beauharnais, Fénelon, Fléchier, etc.

2950. **PORTRAITS**. Vingt et un portraits gravés et lithographiés : Hédouville, Jay, Louise de Lorraine de Vaudémont, reine de France, Maloët, Palaprat, Paine (Thomas), Philippe V (avec le fac-simile d'une lett. aut. sig.), Restout, etc.

2951. **PORTRAITS**. Dix-huit portraits gravés (trois lithographiés) : Jean-Baptiste Rousseau (six), Saint-Réal, Jean Senac, Washington, etc.

2952. **LIMOUSIN**. (Documents et manuscrits sur le).

Généalogie de la maison d'Escars, copie d'actes des 16e et 17e siècles. — Copie du testament de Marie de Crussol. 1611. — Cahier des audiences tenues par les juges de M. du Saillant pendant la vacance du siége de Limoges dans les lieux d'Allesac et Voultezac. 1627. — Enquête faite par M. Louis de La Vergne, juge de la ville et pareage d'Allassac pour le droit de régale appartenant à MM. le vicomte de Combort et seignuer du Saillant... Du 24 mars 1583. — Maison de Sauvebœuf — Contrat de mariage d'André de Bourdeille, avec Jaquette de Mombron. 27 juin 1558. — Et autres actes, dont un (sur parch.) de 136 p. in-fol. — Forte liasse, intéressante.

2953. **PROVENCE**. (Province de Forcalquier).

Transactions relatives à des terres, des paccages, droits de chasse, du droit de glandage, etc., entre Gaspard Jordan, et un grand nombre de contractants, dénommés. 2 mars 1523. 40 p. (parchemin), in-fol. Belle écriture gothique. Forte tache d'huile.

2954. **BROCHURES** (trente-sept) *contemporaines de la révolution de* 1789, *de la Convention, et y relatives.*

Mémoire sur la constitution des Etats de la province de Languedoc, par le Comte d'Antraigues. 112 pages. — La journée parisienne, ou le triomphe de la France. — Adresse à l'Assemblée nationale. — L'Ami de la révolution. Première Philippique. — L'Esprit public, nos 1, 2, 3 et 4. — Un mot à l'oreille du clergé. — Manière dont les Parisiens doivent s'y prendre pour s'assembler et faire connaître leur vœu.— Procès-verbaux de la Convention des 27, 31 mai et 2 juin 1793. — Dernier mot des braves sans-culottes au roi. — Rapport de Barras sur les journées des 13 et 14 vendémiaire. — Discours de Robespierre du 7 prairial an II. — Acte d'accusation contre Carrier. — Projet de procès-verbal des séances des 9, 10 et 11 thermidor, par Ch. Duval. — Rapport sur la guerre de la Vendée par Richard et Choudieu. — Réponse de Guadet à Robespierre, le 12 avril 1793. — Essai sur les journées des 13 et 14 vendemiaire.— Du tribunal révolutionnaire, par Sirey.— Les angoisses de la mort, ou idées des horreurs des prisons d'Arras, par Poirier de Montigny. — Le dernier gémissement de l'humanité, contre J. Lebon et complices.— Atrocités commises envers les citoyennes, ci-devant détenues dans la maison d'arrêt dite de la Providence, à Arras, par Joseph Lebon... par Mongey et Poirier.— Instruction principale sur ce qu'il faut faire.— Des réactions politiques, par Benjamin Constant. — Procès instruit et jugé au tribunal révolutionnaire, contre Hébert et consorts. An II. etc.

FIN.

CORRESPONDANCE

ENTRE

BOILEAU DESPRÉAUX

ET

BROSSETTE

PUBLIÉE SUR LES MANUSCRITS ORIGINAUX

PAR AUGUSTE LAVERDET

INTRODUCTION PAR M. JULES JANIN

Première édition complète, en partie inédite.

Un volume in-8 de XXXII-608 pages, avec six fac-simile, et la généalogie de la famille de Boileau-Despréaux.

SOMMAIRE DU CONTENU DE CE VOLUME :

(COMPLÉMENT DES ŒUVRES DE BOILEAU DESPRÉAUX).

PREMIÈRE PARTIE (Premier volume du manuscrit). — Correspondance entre Boileau Despréaux et Brossette (contenant soixante-quinze lettres autographes signées de Boileau Despréaux). — Arrêt de noblesse de la famille de Boileau Despréaux. — Sentence des requêtes du Palais sur le procès du Lutrin. — Lettres et pièces de divers. — Testament de Boileau Despréaux.

DEUXIÈME PARTIE, ou *Supplément* (deuxième volume du manuscrit) comprenant les papiers de Boileau Despréaux laissés à sa mort, et donnés à Brossette par l'abbé Boileau, son frère. — Les Héros du Roman, dialogue. — Deux Epitaphes de Racine. — Réponse à un mémoire de Claude Perrault. — Lettres : au comte de Vivonne; à Maucroix; à Racine (dix lettres); à madame Manchon, sa sœur; à madame la marquise de Villette; à M. de La Chapelle, son neveu (dix lettres); à M. le comte de Maurepas; à M. de Pontchartrain; à M. l'abbé Bignon; à M. le comte de Revel sur le combat de Crémone; à M. Le Verrier; à Destouches; au père Thoulier (trois lettres), etc., etc...; Maucroix à Despréaux (cinq lettres); Racine à Despréaux; le père Bouhours à Despréaux, etc., etc. — Pièces de vers: Epigrammes; Chanson à boire; Enigme; Parodie burlesque; Réponses aux jésuites de Trévoux; Quatrains, etc., etc. Fragment d'un prologue d'opéra...; Préface pour la Satire XII; Notes pour l'intelligence des œuvres diverses de Boileau Despréaux, sur la préface de l'édition in-4 de 1701.

Ttoisième partie, ou *Appendice.* — Mémoires de Brossette, sur Boileau Despréaux, d'après les fragments originaux conservés à la Bibliothèque Impériale. — Lettres de M. A. Péricaud, et dissertation, au sujet de Brossette. — Table analytique des noms, des lieux, etc., cités dans la correspondance entre Boileau Despréaux et Brossette.

Prix, papier carré vélin..................	10 fr.
— papier grand rainsin vélin..........	15 fr.
— papier grand raisin vergé...........	15 fr.
Il a été tiré vingt-cinq exemplaires sur papier grand raisin fort, vergé, numérotés, avec titre imprimé noir et rouge, et collés après l'impression............................	30 fr.

L'épitaphe de Racine par Boileau Despréaux, conservée dans l'Eglise Saint-Etienne-du-Mont, et reproduite dans ce volume, a été tirée à part, pour les trois papiers grand raisin, seulement.

ISOGRAPHIE

DES HOMMES CÉLÈBRES

Ayant acquis les *défets*, ou parties restantes des volumes incomplets de l'*Isographie des hommes célèbres* (Collection de fac-simile de lettres autographes et de signatures dont les originaux se trouvent à la Bibliothèque Impériale, aux Archives de l'Empire, à celles des différents ministères du département de la Seine, et dans les collections particulières; publiée par MM. Bérard, marquis de Châteaugiron, Duchesne ainé, conservateur à la Bibliothèque Impériale, Trémisot et Berthier. Paris, 1840. 4 vol. in-4). Les lettres, ou fac-simile séparés sont vendus au prix de *vingt-cinq centimes* (voir pour le détail de ceux restant, notre catalogue de lettres autographes, manuscrits, etc., avec prix, n°s 14 et 15.)

Paris. — Typ. de Gaittet, rue Gît-le-Cœur, 7

CPSIA information can be obtained
at www.ICGtesting.com
Printed in the USA
LVHW040119210323
742063LV00001B/365

9 783382 700980